Gárgoris y Habidis

Fernando
Sánchez Dragó

Gárgoris y Habidis

Una historia mágica de España

Prólogo de Gonzalo Torrente Ballester

Planeta

Av. Diagonal, 662-664, 08034 Barcelona
www.editorial.planeta.es
www.planetadelibros.com

Diseño de la sobrecubierta: Enric Jardí
Ilustración de la sobrecubierta: © Cristina García Rodero/Cover

Primera edición: septiembre de 2001
Segunda impresión: diciembre de 2001
Tercera impresión: julio de 2003
Cuarta impresión: febrero de 2004
Quinta impresión: octubre de 2017
Depósito legal: B. 4.638-2004
ISBN: 978-84-08-03817-6
Preimpresión: Foto Informàtica, S. A.
Impresión: Egedsa
Printed in Spain - Impreso en España

El papel utilizado para la impresión de este libro es cien por cien libre de cloro y está calificado como **papel ecológico**

Índice

PRÓLOGO A ESTA EDICIÓN

La mágica historia de la historia mágica

Empecé a escribir Gárgoris y Habidis *en Dakar el 17 de marzo de 1973 y llegué a su última línea en Tokio el 24 de diciembre de 1975. Atrás quedaban mil ochocientos veintinueve días de cópula tántrica (los transcurridos desde mi primera caída del caballo en las escalinatas del Ganges a su paso por Benarés hasta el momento de amistad e iluminación en el que decidí poner manos a la obra), trescientos sesenta y uno de gestación (los que necesité para deglutir y digerir más de mil epígrafes bibliográficos —consúltese la lista que cierra este volumen— y para recorrer España de arriba abajo) y mil doscientos ochenta y tres de parto con dolor.*

Pero eso no fue todo: entre la nochebuena del 73 y la del 78, que es cuando grosso modo apareció el libro, seguí en la órbita de éste y fui añadiendo cosas y casos, corrigiendo palabras, frases y pasajes, ajustando costuras y poniendo puntos sobre algunas íes.

Vale decir: un palizón, una tarea hercúlea, una enfermedad crónica que me tuvo entretenido casi cinco años, día a día y de sol a sol. Ignoro si la obra así nacida está a la altura de tamaño esfuerzo y si hay en ella no sólo cantidad, la que salta a la vista, sino también calidad, pero sepa el lector, perdonándome tan minúsculo gesto de ufanía, que estaba entonces y sigo ahora convencido de haber hecho méritos mecánicos, sólo mecánicos, más que suficientes para que alguien, algún día, prenda en mi pecho la medalla del trabajo.

¿Debo añadir —corren malos tiempos para el sentido del humor. La corrección política *se lo ha llevado por delante— que lo dicho en el párrafo anterior es, simplemente, broma y no, en modo alguno, instancia elevada a las autoridades?*

¡Pues ea! Lo añado, y no se hable más del asunto.

A todo esto, y por si fuera poco, conviene explicar que el mencionado palizón lo fue, inclusive, físico, porque el libro resultó tan andariego antes, durante y después del parto como entonces *lo era y hoy lo sigue siendo su autor. Se concibió en la India (a la que le debo, en mi vida y en mi obra, casi todo), maduró en el resto de Asia —y especialmente en Japón— al hilo de los hechos recogidos y de los países mencionados (o no) en la menos mala de mis novelas* y se redactó, con la mochila preparada y apoyada siempre en el quicio del portal de mis lugares de residencia, en Dakar, Fez, Soria, Tokio y Madrid. Creo recordar, para mayor nomadismo, que algunas páginas —no muchas— se escribieron en Alicante.*

Cumplamos ahora puntual y, si es posible, concisamente, con lo anunciado en la rúbrica de este prologuillo, tracemos a grandes rasgos la mágica historia de la historia mágica...

Estuve, durante los felices sesenta, alrededor de seis años en el exilio, que para mí fue casi siempre jubiloso y en muy contadas ocasiones doloroso, y el grueso de esa aventura —su tercera parte: la comprendida entre marzo del 66 y diciembre del 68— transcurrió en Asia. Fue allí, y de modo muy especial, como ya he insinuado, en la India y en Japón, donde me encontré conmigo —con mi yo profundo, con el fondo de mi subconsciente, con mi karma, *con mi carácter, con mi destino— y donde, en consecuencia, germinaron y poco a poco crecieron las ideas que después tomarían cuerpo y verbo en el libro que ahora, al llegar su vigésimo quinto cumpleaños, regresa a los escaparates y, posiblemente, a las manos de los lectores. No es un tópico, sino una verdad de a puño, reconocer y declarar que sin Varanasi, sin Kioto, sin Ubud y Kuta (la de entonces, no la de ahora), sin Angkor, sin Vientián, sin Kathmandú, sin Laotsé, sin Buda, sin Shiva, sin el Tantra y sin otros muchos nombres propios —y casi todos asiáticos— de persona, de deidad, de lugar o* genius loci y *de concepto,* Gárgoris y Habidis *no habría venido al mundo.*

Volví luego, en julio del 70, a España, me tomé unos vinos con jamón de Jabugo y cangrejos de Soria en la madrileña calle de Narváez, lloré al encontrarme en la del Doctor Cortezo con una panadería en cuyo dintel campeaba la hermosa, castellanísima y —por mí— olvidadísima voz tahona, *me reencontré con los amigos (que aún no habían empezado a dejar de ser* nosotros, los de entonces*), miré alrededor y comprendí que, como buen jipi y monje giróvago, llevaba un barril alrededor de la cintura y no tenía donde caerme muerto.*

Perentorio era, pues, encontrar trabajo cuanto antes, y lo en-

* *El camino del corazón*, Planeta, 1990, y El Mundo, 2001. *(N. del a.)*

contré, de hecho, y casi en seguida, gracias a mi buen amigo Ángel Sánchez-Gijón (sí, sí, el padre de Aitana*), que por aquel entonces se ganaba la vida elaborando desde las covachuelas de la Editora Nacional un imponente diccionario biográfico de la España contemporánea que jamás llegó a la imprenta. Quiso la casualidad, o quizá la causalidad junguiana, que la empresa en cuestión estuviese por aquellos años a las órdenes del historiador (y, luego, ministro) Ricardo de la Cierva y que se empeñase éste en iniciar, promover y dirigir desde la citada empresa pública una operación de deshielo —como entonces se decía— mirante a captar o, por lo menos, a sacar del congelador de la nevera franquista a escritores y presuntos intelectuales (perdón por la palabreja) jóvenes, disidentes y preteridos o postergados. Yo lo era, todo ello, menos lo último, porque nunca me había puesto en la cola de nada, y menos, si acaso, lo de intelectual, porque ese adjetivo sólo se convierte en sustantivo cuando es el prójimo quien, con el pasar del tiempo, lo acuña, adjudica e impone.

Y Ángel, con dramatismo decimonónico y reciedumbre hispánica de esa que no admite réplica, me dijo:

—¡Presenta un proyecto, coño, y ya verás como te lo aprueban! Están buscando gente.

—¿Qué clase de gente? —argüí con lógica cautela.

—¡Gente como tú! —bramó, implacable, aquel terrorífico deus ex machina.

—¿Y qué clase de proyecto? —insistí con un hilo de voz (y de esperanza).

—El primero que se te ocurra —respondió mi Yavé particular desde su particular Sinaí.

Me rasqué la cabeza y...

—Vale —dije—. ¿Dónde tienes una máquina?

Estábamos en el salón de su domicilio, cerca de la plaza de toros de Las Ventas, rodeados de niños, de amigos, de amigas, de novias, de cónyuges, de puerros —lo de porros vino después— y de botellas de güisqui, ginebra y ron.

Ángel trajo la máquina, que era, por cierto, una Olivetti... Lo señalo porque yo, lector, he detestado siempre esa marca, cuyos engendros —otra cosa no son— tienen teclas (o, mejor dicho, brazos de teclas) no de fornido acero vibrátil, como las de las res-

* Nombre de una famosa actriz que hizo furor en las últimas décadas del siglo veinte y primeras del veintiuno. *(Nota del autor dirigida a la posteridad por si acaso —nunca se sabe— llegase este libro a ella.)*

tantes marcas, sino de rígido y asténico cadmio, a quién se le ocurre, y espaciadores de arista —otra cosa no es— tan afilada y cortante como la de la navaja de Shiva.

En fin... Manías.

Conque depositó Ángel el cacharro sobre una mesa relativamente apartada del mundanal ruido, completé yo aquel paisaje con figuras *no precisamente renacentistas acomodándome ante ella, añadí la gollería de un vaso bien surtido de tónica con ginebra y volví a rascarme la cabeza.*

—¿Qué carajo de proyecto —pensé— podría interesar al señor De la Cierva sin aburrirme a mí?

Fruncí el entrecejo, mordisqueé el bolígrafo, tabaleé sobre el filo del espaciador poniendo en grave riesgo la integridad de las yemas de los dedos implicados en la operación y si no grité ¡eureka!, *como el clásico, fue porque, más castizo (andaba yo a la sazón, después de tanto destierro, ávido de españolía), preferí exclamar:*

—¡Tate!

Y la luz se hizo: presentaría a don Ricardo el embrión de una futura obra cuyo meollo consistiese en el rastreo de cuantos datos, noticias y rumores relativos a las cosas, los mundos, los cortocircuitos y los fulgores que me habían deslumbrado en Oriente fuera yo capaz de encontrar, exhumar y trasladar al lector en el ámbito de la historia cultural y espiritual de las Españas.

Dicho y hecho. Me puse a aporrear el teclado de la Olivetti, exprimí el zumo de lo vivido y sentido en Asia, compuse de memoria, a ojo y al tuntún una arbitraria, caótica y provisional lista de asuntos hipotética e hipostáticamente relacionados con lo que se me acababa de ocurrir —iba a ser, aunque luego no lo fuera, una especie de manual de esoterismos, ocultismos, orientalismos y misticismos, *por llamarlos de algún modo,* en la cultura española— *y me quedé tan ancho como, al mismo tiempo, íntimamente convencido de que los gerifaltes de la Editora Nacional tirarían al cesto de los papeles, entre risas y mofas, mi propuesta sin tan siquiera tomarla en consideración.*

Pero no fue así. La presenté al día siguiente y veinticuatro o, quizá, cuarenta y ocho horas más tarde, si el paso y el peso de los muchos años transcurridos no ofuscan mi memoria, Ricardo de la Cierva aprobó el proyecto, lo respaldó personalmente y dio las órdenes necesarias para que se me extendiera un contrato de edición, se me concedieran dieciocho meses (que después se convirtieron, creo recordar, en veinticuatro) y se me entregara la módica cantidad de diez mil pesetas mensuales en concepto de anticipo a cuenta sobre los derechos de autor.

No era, ciertamente, mucho, ni siquiera para la época —estaba a punto de exhalar su último suspiro la década prodigiosa—, pero sí lo suficiente, habida cuenta de mi condición de hippy *que vivía ajeno a los cantos de sirena del consumo, para ir tirando a mi aire y escribiendo al son con ton de lo que poco a poco o mucho a mucho —yo aún no sabía ni podía saber lo que me iba a encontrar— se me fuera viniendo a las manos.*

Y no fue poco, sino —que tus músculos lo digan. Sopesa, lector, el tocho que ahora tienes entre las manos—, mucho, muchísimo, lo que se dice una barbaridad...

O un disparate.

Y, disparate o barbaridad que fuese, así, lector, termina lo que salvando las distancias cabría llamar hoy Libro del Génesis de Gárgoris y Habidis.

Vamos ahora con el paso del mar Rojo, la travesía del desierto y la subida al Sinaí y la entrega del Arca de la Alianza.

Lo primero que hice después de firmar el acuerdo, y de celebrarlo como tamaño acontecimiento requería, fue sentar mis reales en todas y cada una de las miríadas de dependencias del laberinto de la Biblioteca Nacional. Días, semanas, meses gozosos para quien, como yo, se había destetado con libros y entre libros, línea a línea, verso a verso, había ido aprobando la difícil asignatura de llegar a ser hombre. Todo, prácticamente, lo hacía allí, de sol a sol, menos dormir —fuera de alguna que otra cabezada entre libro y libro o a la hora de la siesta— y follar, aunque de esto último ni siquiera estoy seguro. Algún polvete o, cuando menos, achuchón y restregón, digo yo, caería. Sé que el ectoplasma lúbrico de don Marcelino Menéndez y Pelayo, del que cuentan que cuando fue director de la susodicha biblioteca se llevaba allí, a su despacho, mientras el sol caía, a alguna que otra moza de las que entonces llamaban del partido *y regaba el jocundo encuentro con generosas provisiones de coñac, me entenderá, me envidiará y me absolverá.*

Reanudo el hilo... Instalé, como decía, mis campamentos de primavera, verano, invierno y otoño en la sede de la más vasta e importante colección de libros y librículos existente en el ámbito de las Españas, arrimé de firme el hombro y el resto de mi anatomía a la tarea de encontrar allí lo que ciegamente buscaba, husmeé, ejecuté prospecciones de pozo petrolífero en los sótanos y cloacas de la honorable institución, excavé túneles de rata literata (así me llamaban burlonamente mis compañeros de colegio) en los yacimientos jurásicos de letra impresa, pasé revista a las tropas rigurosamente uniformadas en negro sobre blanco, me adentré con bolígrafos y lápices en el fondo de lo desconocido —Baudelaire dixit— para encontrar lo nuevo y, en líneas generales, y dejándome de bromas, sometí a donoso escrutinio de integérrimo cura e implacable barbero los cajones, cajones y cajones, y más cajones todavía —repletos todos ellos de cartulinas con latinajos y signaturas— del catálogo-diccionario y demás escondrijos afines.

Así empezó la aventura propiamente dicha, en la que yo oficiaba de Teseo y Pilar, mi novia de entonces (la misma que figura en la primera de las dos dedicatorias antepuestas a este libro), con la que a la sazón acababa de iniciar intensas y ambulantes relaciones, era Ariadna. Rompimos, por cierto, tras casi cinco años de escaramuzas y batallas de amor, pocos días después de que la obra quedase vista para publicación y sentencia —qué cosas, qué burlas y cuántos sinsentidos y desencuentros tiene la vida—, pero vaya desde aquí mi inmarchitable gratitud hacia la mujer de ojos de zafiro negro, abnegada y hermosa, que me siguió, efectivamente, tal y como la dedicatoria en cuestión asegura, por tierra, mar, aire y subsuelo, fundió días de arrojo y noches de bravura persiguiendo mariposas que nunca desovarían en los rincones de su domicilio ni de su patrimonio y desperdició, sí (¿o quizá no?), muchas tardes de juventud en la penumbra de las hemerotecas.

Sé que la escritura no es una partitura, aunque rime y linde con ella, y que, por lo tanto, lo que ahora acabo de escribir carece de sonido, pero no renuncio, pese a ello, a la esperanza de que el lector se percate de que no he podido evitar un suspiro y entienda que lo haya exhalado mientras redactaba las últimas líneas del párrafo anterior. Pilar y yo estaríamos celebrando ahora no ya nuestras bodas de plata, sino algo más: treinta años mondos —lo nuestro empezó en las navidades de mil novecientos setenta y uno— de asendereada vida cuasi conyugal. No pudo ser. Quizá nos brinde otra oportunidad nuestra próxima reencarnación. No lo digo en broma. Parece ser que así, en parte, funcionan los engranajes del karma y se enredan o desenredan las cosas del querer en lo que los budistas del Tibet llaman bardo (vale decir: el período que transcurre —allá arriba o, mejor, aquí dentro— entre cada encarnación y la siguiente). Sic transit, en todo caso, el ir y venir de los apegos en las arenas movedizas del espejismo de la gloria del mundo.

Decía que de ese modo, ante las fauces abiertas de los cajoncillos de los archivadores del catálogo-diccionario (¿o era diccionario-catálogo? Envejezco), empezó la singladura de la obra a la que estas páginas quieren hoy servir de tardío prólogo. Fui una especie de sistemático y empedernido ladrón de tumbas, pero forzoso es reconocer que el método por mí aplicado era mucho menos científico del que utilizaban los cacos sacrílegos para profanar hipogeos en el Valle de los Reyes y no digamos los profesionales de la investigación académica en sus mecánicas y tediosas pesquisas. Una chapuza, vaya... Consistía mi peculiarísima técnica de rastreo de datos en consultar una por una todas las fichas agrupadas bajo voces tales como arqueología, ocultismo, misticismo, esoterismo, religión, herejías, sociedades secretas, templarios, alquimistas, cabalistas, sufíes, sefardíes, ritos, gitanos, masones, iniciaciones, rosacruces, drogas, Atlántida, maragatos, folclor, curanderos, celtas, guanches, cantería, simbología, tauromaquia, ritos, Grial, prehistoria, arte rupestre Oriente, Buda, Tao *y otros mil conceptos análogos, paralelos o consanguíneos. Todo a bulto, cuando no —peor aún— a ciegas. Seleccionaba luego, al hilo de tan peregrina operación, y guiándome exclusivamente por el olfato, el azar, la intuición o el capricho, las obras que en teoría podían contener y transmitir información útil para los fines que me animaban, anotaba sus signaturas, rellenaba las papeletas correspondientes, se las entregaba a cualquier sufrido (y desdeñoso) miembro de la polvorienta tropilla de bibliotecarios, servíanme éstos los volúmenes pedidos, hojeábalos yo (cuando no era preciso leerlos a fondo) deteniéndome en los tramos que me interesaban y subrayándolos a lápiz, pasaba después la obra en cuestión a Pilar —sentadita, la pobre, a mi vera— para que trasladase lo subrayado a fichas y borrase luego con finura de orfebre florentino y esmero de bordadora de convento las huellas de mis fechorías gráficas, devolvíamos los libros ya inspeccionados y copiados a sus cuidadores, recogíamos en el mostrador de servicios la tanda de obras todavía vírgenes que previamente habíamos solicitado con miras a no quedarnos nunca sin tarea, acometíamos su lectura y posterior saqueo, las restituíamos, pedíamos otro lote, y otro, y otro, y otro, y así, con insobornable paciencia, cien veces, mil, un millón...*

Temía yo al principio, cuando me puse a tirar del cabo de la madeja sin saber lo que ésta llevaba en su interior ni, menos aún, lo que me aguardaba en el otro extremo, que no hallaría consonante, pero —como Lope en su soneto— no tardé en darme cuenta de que las había a miles ni en comprender —eso ya a solas— que me estaba metiendo en un buen lío.

Y lo fue, ya lo creo que lo fue... «Me vio la luz del día, / me vio la tarde pálida, / me vió la noche fría, / y siempre el tronco de árbol / a cuestas del titán.* *No diré cuáles ni cuántas fueron mis lecturas. No contaré los folios emborronados ni inmediatamente despedazados. No lamentaré las muchas horas de juventud fundidas en la crisopeya. No volveré sobre mis pasos. No llevaré el balance ni pasaré la factura. No me pondré moños. No desandaré la subida al monte Carmelo de los tres primeros años ni descenderé a la noche oscura del alma en la que naufragaron los tres últimos».*

Pertenecen estas líneas al prólogo con el que inauguraría muchos años más tarde, en mil novecientos ochenta y dos, la tentativa frustrada de añadir a los cuatro volúmenes de Gárgoris y Habidis *otros tantos tomos de silvestre y lupina andadura agrupados bajo el título genérico de* Yin y yang – Un viaje mágico por España (1700-1983). *De aquel esfuerzo quedó sólo una especie de* coitus interruptus *o sinfonía incompleta que, sin embargo, vio la luz doce años después, se llamó* Discurso numantino – Segunda y última salida de los ingeniosos hidalgos Gárgoris y Habidis** *y pasó, como diría mi maestro Groucho Marx,* de la nada a la más absoluta miseria *en medio de la indiferencia general. Confieso que la cosa me dolió (poco), me sorprendió (bastante) y me pilló desprevenido. No me lo esperaba. Aún creía yo entonces que la Iberia Mágica era orégano de alquimista, pedrusco filosofal, milagro de los panes y los peces, vara de Merlín, sopapo de rey Midas.*

Por cierto: estoy hasta la coronilla del adjetivo mágico. *Todo quisque lo utiliza ahora, venga o no venga a cuento.* Mea culpa *(pero también de otros). Mejor sería decir la España Oculta.*

Fin del inciso. Volvamos a la Biblioteca Nacional...

Lo peor —o lo mejor, según se mire— de nuestro acuartelamiento en ella no fue el atragantón de lecturas sugeridas por el cacheo del catálogo-diccionario (o del diccionario-catálogo, ¡coño!), sino la asombrosa fertilidad de los libros elegidos y consultados. Aplicáronse éstos con vehemencia rayana en el paroxismo de la lujuria al trajín de reproducirse por partenogénesis.

* Ruben Darío, soneto a Caupolicán. Me he permitido la licencia de sustituir *lo* por *me* en los encabezamientos de los tres primeros versos.

** Planeta, 1985.

Leerlos era como meter la mano en un cestillo de cerezas: salían los dulces frutos (aunque algunos amargasen) enredados entre sí, un título llevaba a otro, éste a un tercero, el tercero a un cuarto, el cuarto a... Y así una y otra vez, de cereza en cereza, de flor en flor, de oca en oca, de folleto en folleto, de tocho en tocho, tira que te tira del ronzal del borrico de la noria, hasta que se me vino encima, aplastándome y simultáneamente acicateándome, una bibliografía monumental, a decir poco, de unas cinco mil entradas, título arriba, título abajo, con la que hice, lector, lo que pude (y lo que pudo mi gentil amanuense) hasta dar por terminada la fase de investigación y pasar a la de redacción, que resultó ser, por difícil que ese récord se nos antoje, mucho más ardua.

Pero no nos adelantemos a los acontecimientos...

Mil ciento y pico obras de mayor o menor entidad y envergadura —todas las citadas al término de este volumen— cayeron en mi buche y fueron deglutidas e incluso, quiero creer, digeridas, aunque no faltaron entonces (y supongo que tampoco faltarán ahora) aguafiestas convencidos de que se me indigestaron.

No todos esos libros procedían, claro está, de los fondos de la institución a la que hasta ahora me he referido. Vivaqueamos Pilar y yo durante varios meses en sus salas, saletas, gabinetes y celdillas, pero al cabo, y no sin cierta pesadumbre, por parte nuestra, de inquilinos repentinamente puestos de patitas en la calle, se agotaron las, en teoría, inagotables reservas de la Biblioteca Nacional y tuvimos que salir en apresurada búsqueda de nuevos yacimientos.

Los había, naturalmente, en Madrid, donde teníamos alquilada para la ocasión —mi verdadero domicilio estaba, y está, en Soria— una minúscula guardilla por la que no era fácil caminar erguido, pero también los nuevos depósitos de mineral impreso terminaron extinguiéndose y no hubo ya más remedio que abandonar la urbe para explorar el orbe, cosa que hicimos no sin cierto fatalismo, pero también con entusiasmo y júbilo, pues yo me sentía (y alardeaba de ser) nómada de nacimiento —antes de cumplir mis primeros cuatro meses de asendereada existencia ya había estado en dos continentes, en tres naciones y en otras tantas ciudades— y Pilar, a la fuerza ahorcan, empezaba a serlo.

Vergüenza da añadir —soy un megalómano— que lo del orbe *es simple, y simplona, metáfora (o peor aún: frase hecha, y hecha, además, por clérigos judeocristianos para uso retórico por parte de la cabeza visible, demasiado visible, de la institución que más detesto en el mundo), pues inicialmente, aunque luego cam-*

biasen las tornas, sólo fuimos a provincias, y eso, admitámoslo sin rebozo, resultó determinante, con el correr del tiempo, para el contenido, el estilo, el tono y la indudable —a falta de otras virtudes— singularidad o, acaso, excentricidad (no me atrevo a decir originalidad) del libro que me traía entre manos y que ahora está, lector, entre las tuyas.

Quiero decir con ello, y a mucha honra, pues no es motivo de desdoro, sino timbre de orgullo, que fue la cultura provinciana, *¡ele!, recogida al hilo de nuestra rapaz caminata de veinte mil kilómetros por todos los montes, llanuras, valles, mesetas, ayuntamientos, archivos, bibliotecas, palacios, conventos, burdeles, pajares, tugurios y entresijos del país, y trasvasada luego a fichas de cartón rayado por la tenaz diligencia de la firme mano de la admirable (y admirada) Pilar, lo que confirió a* Gárgoris y Habidis *su* toque, *su ángel, su duende, su* sex-appeal *—suponiendo que tenga algo de todo eso— y, en cualquier caso, su innegable, aunque quizá engañoso, sabor a novedad.*

Existía allí, en el orbe *provinciano, ignorada u olvidada (y secularmente despreciada) por la soberbia de las* urbes, *un impresionante filón de datos, noticias, rumores, leyendas, creencias y filosofías que suministraban al investigador base, instrumental y productos abrasivos más que suficientes para levantar la piel de Iberia, hurgar en su interior, sacar a la luz del día, y de la letra impresa, el envés de su trama oculta y proponer una versión intrahistórica del ser y el existir de los españoles radicalmente opuesta a la oficial.*

Y aún más asombrosa y, para mi quehacer, reconfortante fue, quizá, la evidencia de que todo ese rico despliegue de información y erudición, lejos de ser una mina de diamantes en bruto, estaba perfectamente organizado, analizado y clasificado —procesado, *diríamos (o dirían) ahora los idólatras de la modernidad— por la perseverante, encariñada y a menudo heroica labor de cientos y cientos de humildes polígrafos locales entregados en cuerpo, péñola y alma, y casi siempre sin recibir a cambio emolumento alguno, a bucear en lo cercano, sabedores de que la materia del universo es holográfica y de que, por ello, la parte contiene el todo y la realidad entera está al alcance de cualquier mano, de cualquier pupila o papila, de cualquier persona.*

Mirar adentro: de eso, sólo —en definitiva— de eso se trataba, y eso, nada más que eso, es lo que yo, con peor o mejor gracia y fortuna, hice. No tengo otro mérito.

Platón y Jung sabían que conocer *es* recordar... *El secreto de*

España estaba, pues, en el interior de los españoles, y no había más cáscaras.

De modo que nos pateamos —Pilar y yo— la península Ibérica de cabo a rabo, sin excluir, por supuesto, Portugal, que para mí (como para Camoens y, sospecho que también para Saramago) forma parte de ese proyecto común de unidad de destino en lo universal* *que fueron —ya no lo son— las Españas.*

Y así, haciendo camino, poco a poco, copo a copo, tomó cuerpo en mi alma la obra que hoy se reedita.

Determinante fue en su gestación, por encima de cualquier otra semilla, y por eso la menciono y lo subrayo, la dejada en mí por las muchas, muy arborescentes y siempre convergentes rutas jacobeas, que Pilar y yo recorrimos al detalle y con fruición, por no decir pecaminoso regodeo, durante una hilada de meses, y que estaban a la sazón —hablo del otoño de mil novecientos setenta y dos— completamente olvidadas por todos, empezando por la Iglesia, siguiendo por los peregrinos y terminando por los gestores y defensores del patrimonio nacional.

*Que conste: no me quejo. Más bien lo contrario. Ni mal hay que por bien no venga ni mal viene que por bien no lo haga. Daba gusto recorrer entonces el Camino —*los *caminos— de Santiago, por estrepitosas que fuesen, y lo eran, la incuria, la mugre y la devastación, mientras que hacerlo hoy, a lo largo o a lo ancho de una red viaria en la que ya casi todo es cochambre turística, pista de circo, parque temático, pasarela de actrices y mozalbetes, pastizal de borregos pluriparlantes y ocasión de latría del Becerro de Oro, sólo sirve para agotar la paciencia, irritar la conciencia, fomentar la nesciencia y perder lastimosante el tiempo (suponiendo que el tiempo pueda perderse. No está nada claro).*

El Camino, entonces, tenía alma, y la tenía, entre otras cosas, porque era puñeteramente duro. Hoy sólo tiene asfalto, taquillas de peaje, flechas de orientación, carriles velocipédicos, agentes de tráfico, mostradores de información y entrega de folletos, cartelones y pins del Ministerio de Obras Públicas... ¿Sigue, por cierto, existiendo éste? Ahí me las den todas. ¿Yo? Anarquista. Únicamente pido, y me conformo con ello, un barril, una linterna, una bandeja de sushi, *una petaca de marihuana y que no me quiten el sol. Diógenes es mi filósofo predilecto y también lo sería, si co-*

* Sí, sí, ya sé que la expresión es de José Antonio. ¿Y con eso? No me busquen las cosquillas. La verdad lo es dígala quien la diga y niéguela quien la niegue. Basta de demonizaciones.

nociéramos su nombre, el presocrático autor de la frase nada importa nada. *Quien entre en mi despacho se topará con ella.*

¿Vía Láctea? ¡Venga ya! Las únicas estrellas que hoy señalan y roturan el Camino —sin parpadear, porque están muertas— son las del escudo, multiplicado hasta el vómito, de esa futura, inminente parte del Tercer Mundo a la que los horteras, los mercachifles, los banqueros, los brokers, *los tecnócratas, los ejecutivos, los socios del Real Madrid y los políticos llaman Unión Europea.*

Corto, jadeo, respiro abdominalmente y sigo, pero quede claro que sin la experiencia sacramental *—hago hincapié en la palabra— del camino jacobeo ni* Gárgoris y Habidis *hubiese venido al mundo ni, en consecuencia, estaría yo ahora aquí, aporreando mi vieja Olympia en el desván* —sobrado *lo llaman los lugareños— de la casona del caballero del Escarabajo* sita en la muy noble, mesteña y casi despoblada villa de Castilfrío de la Sierra.*

Lo escribo y en el acto —soy un bocazas— me muerdo la lengua. No se les ocurrirá visitarme, ¿verdad? Recuerden o sepan que dos personas son para mí muchedumbre y sean ustedes tan caballerosos conmigo como intenta serlo con el prójimo el recién mencionado señor del Escarabajo. No me obliguen a emigrar. Cuando veo por la calle a alguien conocido, me cruzo de acera. Yo sólo soy yo cuando estoy solo,** *y además, si fuera posible, me gustaría poder decir en la hora de mi muerte que fui, hasta su advenimiento, como Sinuhé,* el egipcio que vivió en soledad durante todos los días de su vida.***

Amén.

¿Dónde estábamos?

Estábamos en Compostela, pero yéndonos ya hacia tierras más vírgenes y lejanas...

Lo explicaré.

En enero de mil novecientos setenta y tres, recién pasado el día de Reyes —que no en balde es, según la canción, jornada de fiesta grande para los negros—, puse, efectivamente, la proa de un Land Rover corto recién comprado hacia la ex África Occidental Fran-

* Ese soy yo. Julito Ferrer, ex compañero de cárcel y, hoy, entomólogo en Suecia, ha puesto mi nombre a un escarabajo nuevo descubierto (y residente) en Namibia. Se llama *somaticus sánchezdragoi* y garantiza mi paso a la posteridad. Es éste el más alto honor que la vida, hasta ahora, me ha conferido.

** Miguel Hernández.

*** Así termina, si la *luz de la memoria* de mi adolescencia no me engaña, una de las diez mejores novelas aparecidas en el siglo XX. La escribió el finés Mika Valtari, nombre olvidado hoy —o, cuando menos, arrinconado— por todos los críticos. Sólo Terenci Moix, que yo sepa, y este servidor de nadie se atreven a decir lo que acabo de escribir.

cesa después de embutir en sus sentinas, en su abdomen y en su baca una pila de diccionarios, varias resmas de papel cortado en forma de holandesas, dos Olympias modelo Mónica *(por si la primera se me estropeaba en cualquier culo del mundo), unos cuantos envases de dexedrina* y todos los ficheros relativos a lo que iba a ser —y, de hecho, fue, aunque en aquel momento careciese aún de nombre propio— mi* historia mágica de España.

Pilar, la duda ofende, venía conmigo.

Y también venía Guillermo, ese hombre *(hay)* entre mil, Salomón dice, / que os será más amigo que un hermano.** *Para mí lo fue. Tenga ahora el descanso que merece su espíritu y venga éste a darme la bienvenida en la linde del más allá cuando llegue mi hora.*

Nuestra aventura equinoccial *(sin Lope de Aguirre) empezó, también ofende esa duda, donde tenía que empezar: en Soria, en el* salón de música*** *de mi palomar de El Collado, en la plaza del Chupete, en la salida hacia Madrid por la bocana de la fuente de la Teja, al pie del viaducto sobre el río Golmayo...*

Lo demás fue llegar a la Villa y Corte, cenar con los amigos, despedirme de mi madre, atravesar la Mancha y el Ándalus, subirnos todos —Pilar, Guillermo, los ficheros, el Land Rover y este cura— a un paquebote en Algeciras, cruzar el Estrecho en sentido inverso al que hoy siguen las pateras, subir hasta Ketama —ya en Marruecos— para comprar en cualquiera de sus fértiles valles medio kilo de hachís de calidad cero cero, seguir hacia abajo y en vertical la línea del sur profundo y fecundo, adentrarnos en territorio saharaui (nunca marroquí. Algún día entraré con las tropas del Frente Polisario en El Aaiún y con los dulces monjes inermes del Dalai-lama en el Tibet, salir de él después de embaularnos una buena dosis de ácido lisérgico en el fastuoso escenario del destacamento de Guelta y en la no menos fastuosa compañía —¡evohé, psiconauta! ¿Dónde te metes?— del capitán Valero, surcar el lóbulo mauritano de la geografía del padre Sáhara, vadear el

* Se vendía entonces, libremente, en las farmacias. Luego llegaron los demócratas, decidieron instaurar lo que pomposamente llamaban (y siguen llamando) *régimen de libertades*, impusieron a la maravillosa sustancia el trágala de la receta y posteriormente, ya sin tapujos, la prohibieron. Hoy no se encuentra ni en el mercado negro, aunque dicen que en los Estados Unidos, supongo que con bastante dificultad, todavía puede conseguirse. ¿Qué hubiera sido, sin ella, de Rafael Sánchez Ferlosio, de mí y de algunos de *nosotros, los de entonces*? ¡Asco de mundo! Dime de qué presumes y... *Requiescat in pace* la libertad de costumbres.

** Rudyard Kipling.

*** Véanse el comienzo y el final de la novela —ya citada— *El camino del corazón*.

río Senegal y rendir viaje en el país al que éste da nombre para incorporarme, todavía con arena en la boca y en los pulmones —¡brava fue la travesía!— al puesto de lector en el departamento de lengua y literatura española de la Universidad de Dakar que unos meses antes me habían ofrecido. ¡Qué vidorra aquélla, la de mis años de hippy, *sin un duro en el bolsillo y todo el mundo por delante y cuesta abajo!*

Y fue allí, en la capital senegalesa, que hoy —me aseguran— es, como casi todo, un infierno, pero que entonces era casi un paraíso, donde rompí aguas, aunque el parto, que lo fue a la antigua (esto es: con dolor), duró mil doscientos ochenta y tres días con sus respectivas noches —algunas de las cuales (una, para ser exacto, cada siete) transcurrieron insomnes y a pie de máquina, lo que no hubiera sido posible sin el esplendoroso despegue y vuelo de la dexedrina— y se produjo no sólo en Dakar, sino también, sucesivamente, en Soria, Alicante, otra vez Soria, otra vez Alicante, Tokio, Fez, de nuevo Soria, de nuevo Fez y, por fin, en... ¿A que no lo adivinan? ¡Pues en Soria, carajo, y no se hable más del asunto!

No sólo yo era nómada. También lo fue mi libro.

Y, siempre, al hilo de tanta y tanta andadura por Oriente y por Occidente, el mismo milagro: cuando estaba fuera, en Senegal o en Japón, oía dentro de mí la música callada del inconsciente colectivo de los españoles, y cuando estaba dentro, en Alicante o, mayormente, en Soria, llegaba hasta mi tercer oído, y hasta el tercer ojo de lo que escribía, el mismo clamor de mercaderes de muelles de Levante *que sesenta años atrás (¿o serían setenta? No voy a irme ahora al Larousse) escuchó don Antonio Machado, el* Bueno *—y conste que el otro, el del* alma de nardo del árabe español, *también me lo parece, así en lo ético como en lo estético— en el mismo lugar en el que estoy ahora: el* alto llano numantino. *¡Qué bien su nombre suena!*

Y no es, lector, lo que acabo de decir licencia poética —legítima, en cualquier caso—, sino dato riguroso de una ciencia tan exacta como presume de serlo la geografía: el casón del caballero del Escarabajo está en Castilfrío, Castilfrío está a diecisiete kilómetros de Garray y en Garray, hoy como en la numinosa (con ene) noche de los tiempos, está Numancia.

—¿Y Marruecos, señor? Os habéis olvidado de él. Decidnos qué demonios escuchabais con el tercer oído o, ya puesto, qué carajo veíais con el tercer ojo cuando morabais en la villa imperial de Fez?

Es Oisinoid, mi ángel de la guarda, mi álter ego, mi yo astral, mi sombra, mi grillo de la conciencia, mi gorila y mi cruz, metiendo, como siempre, la pata, las plumas y el cucharón en todos los platos.

—Estar en Marruecos, querube, era como vivir en Alicante y en Soria. La misma banda acústica, el mismo telón de fondo, idénticos olores, colores y sabores... No te olvides de que la medina vieja de Fez fue construida, o empezada a construir, por exiliados cordobeses —los rabadiyun*— allá por el siglo* IX.

Todos los viajes susodichos, en cuyos pintorescos pormenores no tengo la más mínima intención de entrar ahora, adolecían de un fatigoso denominador común: la formidable envergadura de lo transportado y el consecuente lastre de las maletas, que si no llevaban plomo, lo parecía. Baste decir que el manuscrito, sólo el manuscrito —mondo y lirondo— de Gárgoris y Habidis, *sin computar los ficheros, los diccionarios, las resmas de papel y las Olympias, llegó a pesar la lindeza de once kilos en sus etapas terminales. Lo sé, entre otras cosas, por las balanzas de los aeropuertos, en las que muchas veces me vi obligado a hacer lo que se dice encaje de bolillos blandiendo las mejores y más eficaces armas de la picardía ibérica con miras a no tener que pagar exceso de equipaje a precio de petrodólar, lo que de ningún modo hubiera sido posible en el marco de mi muy precaria economía de estricta subsistencia. Ya he dicho, me parece, que con cuarenta castañas en el zurrón, seguía siendo (o jugando a ser) un* hippy *numantino, irredimible e inasequible a los cantos de sirena del consumo.*

Y en eso, encontrándome —¡qué raro!— en Japón, murió el Caudillo, me separé de Pilar, fuese ésta con otro, fuime yo con otra, regresé como una cigüeña de esas que transportan rorros en un hatillo a la efervescente España posfranquista con tantas arrobas de folios a cuestas como sacos de frijoles llevaba la acémila de Humphrey Bogart en El tesoro de Sierra Madre, *miré otra vez en derredor tapándome con un barril las vergüenzas —tal como lo había hecho al volver del exilio seis años atrás— y llegué a la conclusión de que lo más conveniente para el incierto futuro de mi libro consistía en salir disparado hacia el despacho de alta dirección que mi antiguo amigo, camarada comunista (¡oh, tempora!) y compañero de cárcel Javier Pradera ocupaba a la sazón en las oficinas de la sede de Alianza Editorial.*

Lo de la incertidumbre que por aquel entonces se cernía sobre el futuro de Gárgoris y Habidis *no era aprensión de literato primerizo, sino dura, severa, probable, exacta hipótesis. ¿Quién, qué insensato mecenas, cuál —y cuán— arriesgado editor se atrevería a poner en los escaparates, suponiendo que los libreros así lo decidieran, una obra con formato de elefante lanudo —dos mil páginas, cuatro tomos, infinidad de notas, firme voluntad de estilo, acarreo de palabros churriguerescos, notable dificultad de lectura y un tema rarísimo desarrollado intramuros de una filosofía exótica— firmada por un autor sin más antecedentes conocidos que los penales?*

Cierto es que el libro había sido contratado por la Editora Nacional a ciegas, antes de que los gametos formaran el óvulo y de que el nascituro alcanzara la fase de embrión, pero la coyuntura era ahora, muerto Franco y advenida la democracia, tan diferente que no resultaba fácil saber si, en primer lugar, iba a seguir existiendo o, por lo menos, vegetando la citada empresa pública —cuya fama no era buena— ni, en segundo, si el contrato en cuestión estaba aún vigente al cabo de más de un lustro.

Pero lo peor no era eso. Lo peor era que aquel manualillo de esoterismos, ocultismos, orientalismos y misticismos en la cultura ibérica *(así lo califiqué en el arranque de este prólogo), inicialmente concebido como mero recurso para obtener ingresos de ramplona y peleona subsistencia en tiempos difíciles, se había disparado cuantitativamente —y, desde mi punto de vista, obvio es decirlo, también cualitativamente— hasta tal extremo que publicarlo dentro de los angostos límites de una editorial* políticamente incorrecta *(para el discurso de valores dominantes acuñado por el Nuevo Régimen) y, sobre todo, carente por completo de distribución era a mis ojos, y a los de las personas con las que cambié impresiones sobre el asunto, sencillamente un suicidio.*

De modo que me encogí de hombros, decidí hacer caso omiso del contrato que obraba en poder del gerente de la Editora Nacional —ya veríamos en qué pararía el conflicto, suponiendo que estallase y sólo cuando así lo hiciese. Siempre he aplicado la máxima de no plantearme problemas hasta que los problemas se planteen— y me fui derechito, como ya he contado, hacia quien en aquel instante me parecía la persona más indicada para sacar mi obra del atolladero.

Lo hice llevando al hombro, como es natural, el cuerpo del delito: nada más y nada menos que los ya mencionados y cuantificados once kilos de literatura en canal.

Descargué el fardo sobre la mesa de mi despavorido interlocutor, estreché su mano, palmoteé sus espaldas, me senté, señalé el mamotreto, sonreí y dije:

—La montaña no ha parido un ratón, sino un diplodocus.

Javier tragó saliva, se rascó la cabeza y salió del paso, lo que no era fácil, preguntándome:

—Eso, Fernando, ¿es un libro o es una catedral?

—¿Lo dices por el tamaño? —contraataqué.

—No, no —dijo aquel gigantón mientras apuntalaba la negativa, que lo era de disculpa, con un contundente gesto de la mano.

E inmediatamente añadió:

—Lo digo para saber si hay que respetarlo como se respeta una catedral o si podemos, ejem, no te lo tomes a mal, quitarle piezas.

—Ni una coma —dije en tono que no admitía réplica.

Era yo entonces, y lo sigo siendo, aunque con menos humos, un integrista de la literatura.

Javier separó los brazos, dirigió hacia el cielo las palmas de sus manos y, recalcando su ya de por sí visible desaliento, sentenció:

—En ese caso, Nano —los amigos viejos me llamaban, y me siguen llamando así. El apodo procede de los años de mi infancia—, no podemos publicarlo. Somos una editorial pequeña. No tenemos dinero para eso.

¿Pequeña?*, pensé con sorna mientras ponía cara de póquer. Pero sólo dije:*

—Entonces, ¿qué puedo hacer? ¿Qué harías tú? Sabes más que yo de estas cosas. Dame un consejo.

Me lo dio:

—Ve a ver de mi parte a Jesús Aguirre. A lo mejor él te lo soluciona.

—Muy bien. Así lo haré.

Volví a encerrar el muerto en su caja, me lo eché otra vez al hombro, me despedí de Javier, salí, busqué un teléfono, marqué el número de la Editorial Taurus, conseguí que Jesús Aguirre —cura progre a la sazón y, hoy, duque consorte (y sin suerte) de Alba— me citase para el día siguiente, deposité el manuscrito en el chiscón de la portería (sin portero) de mi casa y me fui tan contento a devorar las calles aún noventayochistas del Madrid posterior a Franco con la curiosidad y la juventud que ya no tenía pintándoseme en los ojos.*

* Ex duque. La Parca no reconoce los títulos nobiliarios. Y yo, en el ínterin, me muerdo ahora la lengua para no incurrir en el pecado de asestar a moro muerto gran lanzada, por más que —eso sí lo digo— a mi juicio la mereciese. Fue un *erudito a la violeta*. Lo demás me lo callo. Descanse, pese a todo, en paz.

¿Qué se me daba a mí, pequeño Ulises de Soria, minúsculo guerrero a la ventura (o, si se terciaba, a la desventura), de un simple rechazo editorial? Ya lo dije antes: nada importa nada.

Jesús Aguirre, con el que había tenido algún que otro trato —superficial— al socaire de las luchas y conjuras antifranquistas, me recibió en su opulento despacho de la madrileña plaza de Salamanca, prestó oído aparentemente atento —no digo que no lo fuera— a mi exposición de los hechos y se quedó con el manuscrito para, según explicó, echarle un vistazo.

—Llámame dentro de unos días —añadió mientras me acompañaba a la puerta.

Así lo hice. Jesús, con un tono de voz tan seco como el chasquido del látigo de una gobernanta vestida de cuero, se limitó a decir:

—Lo que me has traído, Fernando, no es un libro para una editorial, sino para una fundación.

Y colgó.

Luego, mucho tiempo después, los servicios informativos de radio macuto y los correveidiles, chichisbeos y mensajerías de la República de las Letras pusieron en circulación la noticia, no sé si verdadera o falsa, de que había encomendado la lectura del novelón a tres personas: Fernando Savater, que lo defendió; Ignacio Gómez de Liaño, que lo despreció, y un tercer prohombre cuya identidad nunca me fue revelada. Tampoco su dictamen.

Volví a encogerme de hombros, volví a mirar alrededor con mi exasperante —a muchos se lo parece— sonrisilla y volví a probar fortuna. El destinatario de mi tercera intentona fue Jaime Salinas, que acababa de empuñar con excesiva cautela —es su carácter— el timón de la nueva Alfaguara.

No llegué a verlo. Le telefoneé, se interesó por el contenido y las características de la obra que le ofrecía, le puse al tanto de la situación y me dijo:

—Sólo tenemos tres colecciones, Fernando. La primera es de novela; la segunda, de literatura infantil, y la tercera, de tesis doctorales. Tu libro, por lo que me cuentas, no es una tesis doctoral, no es literatura infantil y no es una novela, de modo que...

Siempre he sido buen entendedor y sólido encajador. No insistí. Por tercera vez casi sucesiva mascullé para mis adentros: nada importa nada.

Y, con una zapateta, me fui a pasear por el Retiro y a tomarme un vermut en la terraza de cualquiera de sus aguaduchos viendo pasar a las chicas.

Lo gracioso —o lo curioso— era que tanto Pradera como Salinas habían rechazado el libro sin tan siquiera molestarse en leer su prólogo. Cosas (y planchazos) de esa anglocabronada a la que llaman marketing.

Javier reconocería algunos años más tarde, cuando mi libro era ya eso que los anglocabrones, siempre ellos, han bautizado con el sórdido remoquete de bestseller *—se mantuvo durante tres temporadas casi íntegras (y, para colmo, no consecutivas) en la cabeza de la lista de los diez libros más vendidos—, que el rechazo de* Gárgoris y Habidis *es (o lo era hasta aquel momento) el mayor error cometido en su vida profesional.*

Se agradece el gesto. Y sepa Javier, sin que ello le sirva de coartada para tomarme por tonto, que lamento haber sido yo, involuntariamente, el brazo del destino que le condujo a cometer ese error.

Total: que decidí presentar mi candidatura al puesto de profesor que Fanny Rubio iba a dejar libre, de un momento a otro, en la Facultad de Letras de la Universidad de Fez, lo obtuve y allá que me fui otra vez con el tocho en la mochila, al que, por cierto, aún seguía manoseando, repintando, retocando y añadiendo trozos. Mi aventura mágica se estaba convirtiendo en cuento de nunca acabar.

Instalado ya en Fez, donde iba a transcurrir uno de los períodos más copiosos, anarcoides, libertinos, disparatados y felices de mi vida, recibí la visita del poeta y casi primo —se había casado, aunque ya no lo estuviese, con la novelista Lourdes Ortiz, hija mayor de la hermana menor de mi padre— Jesús Munárriz, propietario y director de una pequeña editorial en la que publicaba casi exclusivamente libros de poesía, aunque alguno había también de prosa en su aún escueto catálogo. Venía el bueno de Jesús acompañado por su nueva novia, Maite, con la que luego contraería matrimonio, no sé si por vía de burocracia civil o de libre arrejuntamiento, y no lo hacía como editor, sino como amigo, fundamentalmente, y —en todo caso— como viajero deseoso de conocer una de las ciudades más hermosas de la tierra.

Ni que decir tiene que agradecí la visita, abrí de par en par las puertas de mi casa a los recién llegados, los instalé en el espartano salón con el consentimiento, previamente solicitado, de mi buen amigo Manolo Bayo, que compartía la vivienda, y luego los abandoné a su suerte, recorriendo ellos con explicable gozo las medinas, el barrio judío, la Ville Nouvelle *y los parajes que rodeaban la ciudad, y dedicándome yo a retocar —a seguir retocando— el maquillaje de mi libro.*

Jesús y Maite se quedaron en Fez varios días, y al término de uno de ellos, después —supongo— de una copiosa cena regada con Gris de Boulaouane y celebrada, posiblemente, en La Tour d'Argent, sabroso restaurante en el que trabajaba —y por eso, y no sólo por la calidad de la cocina, íbamos Manolo y yo tan a menudo— un camarero asombrosamente parecido a Fraga, Jesús me pidió que le dejase leer el libro.

Lo hice encantado, estuvo un par de días y al menos una noche —pasada en vela— leyéndolo sin pausa ni prisa y sobrevivió a semejante atracón no sólo para contarlo, sino también para decirme que él estaba dispuesto a publicarlo tal y como yo quería (recuérdese mi conversación con Pradera) que se publicara: sin quitarle una coma.

Dije:

—Hecho. No se hable más.

Y no se habló más. Le estreché la mano, estrechó él la mía, y así, a la antigua usanza, sin molestarnos en firmar —eso vendría luego— ni tan siquiera un esbozo de contrato y sin pedir ni recibir yo un maldito duro de anticipo, fue como Gárgoris y Habidis *se incorporó al catálogo de Hiperión.*

Fortuna iuvat audaces. *Consiéntaseme citar el axioma, tópico donde los haya, en gracia a la evidencia de que ninguna otra frase podría describir mejor lo que a partir de la aparición del libro un par de años más tarde —laboriosa fue la tarea de editarlo— sucedió no con quien esto escribe, sino con el hombre que tuvo el coraje de sacar los pies de sus zapatos de exigua talla para calzarse, jugándosela, las botas de Gargantúa. Gracias, Jesús.*

Conque salió el libro, primorosamente editado —mía fue la idea de dar cobijo a los cuatro volúmenes que lo integraban en un estuche de cartón forrado—, y...

Y así, lector, empezó, como si fuese una bendición, lo que posteriormente yo mismo me vería obligado a calificar de maldición de Gárgoris.

Bendición por su éxito de ventas, de críticas (no todas), de impacto, de porfías, de concordias y discordias, de dimes y diretes, de premios y castigos, de royalties *devengados...*

Y maldición por casi todo lo que de él —de ello— se derivó en lo tocante a mi vida privada. No quiero hablar del asunto, por no parecer quejumbroso, ni creo que, puesto a hacerlo, sea éste el lugar indicado. Algún día, se supone, escribiré mis memorias y en ellas rajaré mi pecho, expondré mis vergüenzas, me lameré las heridas. Baste hoy con decir que a nadie, absolutamente a nadie en el mundo, por miserable que sea su conducta, le desearía que le pasara lo que a mí me pasó —juro por Dios que el éxito es, como lo son los terremotos y los ciclones, una devastadora catástrofe para todo aquel que no sea un memo rematado— y que si pudiese ahora volver atrás, a un minuto antes del momento en que estreché la mano de mi editor y cerré el trato, no firmaría éste, no consentiría que se publicase Gárgoris y Habidis *y seguiría siendo hoy el mismo que era en el otoño de mil novecientos setenta y seis, cuando los Munárriz llamaron a la puerta de mi casa de Fez.*

Y te suplico, lector, que no me digas lo que ahora estás pensando. Guárdalo para tu coleto o coméntaselo a los amigos. No quiero volver a oír, por enésima vez en mi vida, lo que todo el mundo me dice cuando cometo el error —lo estoy cometiendo ahora— de reincidir en la jeremiada que acabas de escuchar. Nadie se la cree, nadie la da por buena, todos opinan que no soy sincero, que busco mimo, que quiero parecer extravagante, que me gusta la popularidad, que ya no sabría vivir sin ella, que pierdo el culo por salir en la prensa o en la tele, que me encanta firmar autógrafos, que tengo un ego del tamaño de una secoya, que el dinero me vuelve loco...

Pues muy bien. Cree tú y creed todos lo que os venga en gana. No está a mi alcance evitarlo. Allá vosotros con vuestra conciencia y vuestra malevolencia.

Pero permitidme que vuelva a citar entre dientes, y con la ya mencionada y puñetera sonrisilla, el también mencionado ya endecasílabo de Miguel Hernández: yo nada más soy yo cuando estoy solo.

A otra cosa.

Salió, decía, el libro, consolidóse poco a poco su leve éxito inicial, fue subiendo el suflé, empezaron a escribirme o a telefonearme hermosas desconocidas y desconocidas brujas, doliéronse los de izquierdas en banderillas, hicieron todo lo posible por manipularme quienes no lo eran, entré a todos los trapos, respondí a todas las provocaciones, me encampané en el centro de la plaza, resistí como pude tirando derrotes a diestro y siniestro, aguanté navajazos y estoconazos, perdí amigos o descubrí que no lo eran (eso fue, quizá, lo más doloroso), gané enemigos, ligué a mansalva, me convertí en puta de rastrojo y conferencias, fui dando tumbos de aquí para allá, dejé de dormir a pierna suelta, empecé a tomar benzodiacepinas para conciliar el sueño (lo que alrededor de diez años después me condujo a un ataque de pánico. Fue —sería— aquél el episodio más duro de mi primer medio siglo de existencia), me metí en toda clase de líos, ya lo fuesen de faldas o de pantalones, y —al cabo— me dieron el premio Nacional de Literatura, vi el cielo abierto, invertí íntegramente la cuantía del galardón en comprarme un Land Rover, lo equipé, me instalé en su cabina acompañado por mi hija Ayanta y mi neoesposa Martine, toqué madera, me persigné, recité un rosario de mantram, *me di casi de bruces con una lechuza (signo de buen augurio) al salir de Soria y puse tierra por medio rumbo a la del Oriente Medio, lo que me dio un respiro, aunque eran ya muchas, muchísimas, las cosas del querer y del soñar que se habían deteriorado irreversiblemente.*

En fin...

A todo esto, y dejándome ya de lamentelas y vanaglorias, ¿qué era o en qué se había convertido Gárgoris y Habidis*?*

Tengo que ir pensando en terminar este prólogo, de forma que, para responder a esa pregunta, lo mejor será reproducir lo mismo que escribí entonces, aunque los textos apareciesen sin firma, para las cinco contraportadas del elefante lanudo.

Cinco, porque había en él, además de los cuatro volúmenes, el estuche que ya quedó mencionado.

Decían esos textos:

1. «¿Qué es Gárgoris y Habidis*? Ante todo, una obra de imposible definición. Luego, y además, una gran ceremonia, un apocalipsis, un laberinto, una eucaristía, una navegación por el desierto en busca de la felicidad y una tauromaquia radicalmente eversora de cuanto sobre nosotros se nos ha dicho. Sus cánones barajan y postulan la irrealidad de lo que parece irreal para disolver lo que juzgamos real en las probetas de la irrealidad. De tal apuesta y de ese juego, circunscritos al ámbito de Iberia, se deriva una versión de España y una interpretación de lo español rabiosa y subversivamente originales. Libro contra todo y a favor de todo: al terminar su lectura no queda títere con cabeza, pero* otros *españoles salen a escena para sustituir a los depuestos. Son la oscura gente: atlantes, heraclidas, arquitectos de dólmenes, gnósticos, bardos, energúmenos, peregrinos jacobeos, templarios, parsifales, licántropos, brujos, sefarditas, sufíes, estrelleros, saludadores, antipapas, alquimistas, pastores nómadas, reyes hechizados y toreros de a pie. O lo que monta igual: toda la locura, pasión, problema, identidad y* gratia *de las Españas. Atrás quedan una bibiliografía babélica, veinte mil kilómetros de andadura por los subterráneos del país y cinco años de incierta pelea con y con-*

*tra nuestros ángeles y demonios, todo ello organizado por el cauce de una implacable voluntad de estilo en cuatro tomos silvestres que cualquiera puede leer de un tirón a pesar de (o gracias a) sus muchos y simultáneos niveles de lectura. Nadie los abarcará todos, pero todos alcanzarán los que en función de sí mismos necesiten».**

2. «La danza —la epopeya de nuestros orígenes— empieza a partir de lo que el mundo antiguo llamaba Jardín de las Hespérides. O traduciéndolo al lenguaje llano: la Atlántida, un lugar al oeste —allí donde termina Europa y crece la tiniebla— y el recuerdo numinoso de una cultura sumergida (con la consecuente esperanza de que salga otra vez a flote). Los primeros náufragos de la catástrofe —o los últimos piratas con memoria de ella— arriban a los finisterres andaluces: será el mito de Gárgoris y la revolución del neolítico. Una segunda oleada de supervivientes y héroes diluviales aterriza en el litoral cantábrico: será el tubalismo y la primera piedra del futuro culto jacobeo. Mientras tanto —y por entre tribus, éxodos, dioses, gestas y fundaciones— Hércules roba la vacada de Tartessos y se convierte en nuestro padre primordial con permiso de los druidas, que prefirieron ser teósofos a sacerdotes. Dice Torrente Ballester en el prólogo: ¡Peligroso hereje, este Fernando Sánchez Dragó! La Inquisición no se hubiera limitado a discutir con él de ideologías: le hubiera enviado a la hoguera. Y no estoy nada seguro de que no lo haga la de hoy, aunque dude acerca de cuál de ellas, porque, como insinué, Sánchez Dragó es hereje para todos los gustos y todas las ortodoxias, e inquisiciones las hay de todos los colores. *Y añade el autor al término de la introducción:* trato de *maestros*, licántropos, rosacruces, tesoros bajo tierra e insignias pitagóricas. Sólo un profano se atrevería a escribir este libro. Dice el Tao: *quienes hablan, no saben; quienes saben, no hablan».***

3. «La península se hace cristiana a toque de tambor sin abjurar del paganismo. Roma juega en nuestros campos al ganapierde. El Cristo gnóstico y alejandrino de los Reyes Magos desarrolla su ecuación solar frente al Cristo belicoso, oportunista y civil de los Pastores. Su mensaje prende en Galicia por obra y gracia del varón Prisciliano: es una apuesta de anarquía y conocimiento que

* Texto de la contraportada del estuche.
** Texto de la contraportada del primer volumen (*Los orígenes*).

*no rendirá sus bazas hasta muchos siglos más tarde. Comienza la hermosa locura del monacato giróvago y solipsista. Todos los Apóstoles del mundo se superponen en Compostela para abrir por enésima vez el cauce astrológico y escatológico del Finisterre. Allí la arribada de una peregrinación hermética cuyo impulso inicial no se inscribe en los círculos del Tiempo. Allí los arroyos, crismones, rituales y alquimias de una ascensión iniciática accionada por el marcapasos de la heliolatría y regulada por la dinámica —*yin *y* yang, *Empíreo y Hades— de la luz y la sombra. El Temple garantiza la transitabilidad del Camino hasta que el papa y París —la siniestra Europa— urden e imponen su conjura laica. Termina así la* civitas Dei *mientras los abanderados del Grial se echan al monte. Las cosas ya no volverán a llamarse del mismo modo, pero palabras diferentes servirán de tapadera para las mismas cosas. La España Antigua —la de Hércules, la de Sertorio, la del termestino— se repliega hacia sus catacumbas más íntimas».**

4. «Moros, judíos y cristianos muerden en el mismo anzuelo. Los nombres no importan: el gnosticismo priscilianista se hace sufí con los derviches del Islam y cábala en el recato de las sinagogas. Moisés de León, Abén Masarra o Raimundo Lulio son apellidos circunstanciales de quienes al correr del tiempo se esconderán tras los circunstanciales apodos de san Juan o santa Teresa. Estalla la gran ceremonia de la confusión pluralista: Sefarad, el Andalus, Covadonga, el Sobrarbe... Y —punteándola— los cubiles de un revoltijo de tribus marginadas y sujetas a la angustia del no saber adónde vamos ni de dónde venimos: agotes, pasiegos, vaqueiros, maragatos y quinquis (con un paréntesis cañí). Almanzor roba las campanas de la catedral jacobea para fabricar lámparas de la mezquita de Córdoba y la mezquita de Córdoba se convierte en iglesia de la Asunción por voluntad del tercer Fernando. Toledo —ay, Escuela de Traductores— *interviene como juez de paz en los litigios culturales de tres mundos. La península es una fiesta de taifas, abluciones y alcuzcuz. Nunca coincidirá tanto el país con su propia imagen. Pero ya alborea la traición de Guisando: carpetazo y cierra España. Se impone la retórica de la unidad. Adiós a los andalusíes, a los sefarditas, a los moriscos... La fecunda promiscuidad va a resolverse en onanismo de cristianos viejos. ¿De por vida? No, porque la Historia —como Sísifo— tiene que repetir sus ciclos kármicos de reencarnación a la espera del*

* Texto de la contraportada del segundo volumen (*Ciclos cristianos*).

*Apocalipsis. Dejaremos de ser, concluye el autor, si no volvemos a ser».**

y 5. «... y fuerza es disfrazarse: yo no digo mi canción / sino a quien conmigo va. *Los santones de púlpito pasan a la trastienda. Los cristos ambulantes renuncian a la vida pública. El saber hermético será ya asunto de susurros, desván y laboratorio. O sea: alquimia. Y a su hilo, entre la clandestinidad y la farsa, irá asomándose la* perduta gente *del Milenio: jorguines, espantanublados, diantres, maléficos, lémures, sacamantecas, saludadores, antipapas, monagos, leviatanes... Y en eso, cuando la suerte parece echada, los Austrias —o la imaginación— se hacen con los resortes de un poder inexistente. Y es el nacimiento de América, es Eldorado, es Miguel de Molinos, y El Escorial, y la juerga alumbrada, y los plomos del Sacromonte, y el cadáver incorrupto de santa Teresa, es el saco de Roma, es la Biblia de Amberes, es Cervantes. Pero llegan los Borbones y se extingue España. O, por lo menos, la España —las Españas— de esta historia mágica. Se abre el turno de la involución, del aquí cerca y ahora mismo. Predicadores de tente mientras cobro se instalan en los cafés: masones, rosacruces, espiritistas, comuneros, rotarios,* maharishis... *¿Conque nada, entonces, permanece y dura? Sí, nos queda lo fugitivo, una sombra, un remedo —entre feliz y fatal— de lo que fue la España Antigua: los toros, los caminos de cordel y las fiestas solsticiales o equinocciales. Hasta que el autor, como Quevedo, no encuentra sitio dónde apoyar los ojos que no sea recuerdo de la muerte y remata con una pregunta el viaje —finito, pero ilimitado— de su obra: esta casa de Dios, ¿qué guarda dentro?».***

Eso —todo eso, aunque también algo más que eso—, es lo que yo pensaba entonces acerca de mi criatura. Queda así descrito el libro. Los textos que acabo de rescatar y reiterar perseguían un fin publicitario, pero pese a ello, y a la evidencia de que mi opinión no es ni puede ser objetiva e imparcial, resultan, creo, suficientemente reveladores y sumamente descriptivos del contenido de la obra.

¿Y entretanto —es posible que estén preguntándose quienes en este momento me leen— qué diantre pasaba con el contencioso latente y pendiente entre mi persona y las personas que a la

* Texto de la contraportada del tercer volumen (*Minorías y marginaciones*).
** Texto del cuarto y último volumen (*Entre la clandestinidad y la farsa*).

sazón (ya no eran las mismas del preposfranquismo ni figuraba entre ellas Ricardo de la Cierva, al que muy pronto harían ministro) gobernaban la vetusta y, no obstante, aún peleona Editora Nacional?

Lo de peleona lo digo, en el mejor sentido de la palabra, porque durante los dos primeros años, grosso modo, de la Transición aún seguía publicando dicha empresa, y malamente distribuyendo, los títulos integradores de la colección de Heterodoxos, Visionarios y Marginados *—no sé si me equivoco en el orden de los dos últimos adjetivos— que pocos años antes había fundado, y seguía dirigiendo, mi buen amigo Javier Ruiz.*

Gárgoris y Habidis, *qué duda cabe, hubiese podido figurar con todos los honores y papeles en regla —lo digo por el asunto del que la obra trataba y no por el valor literario que pudiera tener o dejar de tener— en la citada colección, lo que no contribuía, ciertamente, a calmar mi inquietud ni a mitigar la impresión de que me estaba metiendo, por enésima vez en mi vida, en un considerable carajal jurídico. Podían, de hecho, llevarme a los tribunales, pues el contrato seguía en vigor —ya había iniciado yo por aquel entonces alguna que otra averiguación al respecto— mientras la obra, prácticamente en la imprenta, estaba a punto de aparecer bajo distinta bandera y sello editorial.*

Pero en eso bajó un ángel y... Un buen día, bueno de verdad, me telefoneó el funcionario del Ministerio de Cultura a quien acababan de nombrar director técnico (o lo que fuera) de la Editora en cuestión, me dijo —y yo temblé— que quería hablar conmigo, me citó a media mañana, que por mayo era, por mayo, en el Café Comercial de la glorieta de Bilbao en Madrid, y acudí temiéndome lo peor, pero no hubo caso, porque aquel bendito blandió un no menos bendito papel ante mis ojos estupefactos y, deshaciéndose en excusas y en halagos, pidiéndome que le perdonara y asegurándome que la purga no iba conmigo en particular, sino —en general— con todos los autores pendientes de entregar originales, me comunicó que a nuevos tiempos vida nueva y que era política general de los burócratas, covachuelistas y futuros yupis recién incorporados a los puestos de mando de la empresa la de cancelar en la medida de lo posible cuanto viniera del ayer, y por fin, casi con lágrimas en los ojos, me preguntó que si accedía a firmar aquel documento en el que se estipulaba, no sin reconocer en una de sus cláusulas que yo había cumplido (y ellos, también) todo lo pactado, la disolución del compromiso que vitaliciamente, o casi, nos unía.

Tardé unos segundos en digerir la asombrosa noticia, contuve el lógico impulso de vitorear el Altísimo dando una zapateta, puse mi mejor cara de niño bueno educado en el Colegio del Pilar, esbocé un gesto discretamente compungido y me apresuré a estampar mi firma en el papelucho de marras antes de que aquel benefactor de la humanidad se arrepintiera de su ofrecimiento.

Y hasta ahora.

El libro apareció en las navidades del 78 y pasaron dos o tres semanas de calma casi chicha, de suave ascensión de las ventas —no se le hizo publicidad alguna (pagada, quiero decir)— y de beneplácitos y parabienes prácticamente generalizados hasta que apareció su tercera edición un par de meses después de que lo hubiese hecho la primera, empezó a ser patente que la cosa se estaba convirtiendo poquito a poco, y en contra de los pésimos (y, a la vez, por parte de las alimañas carroñeras de costumbre, desiderativos) augurios formulados por todos, en un inexplicable éxito y se puso la envidia, pecado capital, dicen (y yo, por lo que sé y me toca, así tengo que creerlo) de los españoles, a hacer de las suyas.

Determinante fue, me parece, en lo relativo a ello y a lo que de ello se derivó —aludo al toque de generala y subsiguiente zafarrancho de combate cuerpo a cuerpo, línea a línea y trinchera a trinchera, declarado por las inquisiciones a las que ya se había referido Torrente Ballester en el prólogo de la obra—, la ceremonia de presentación de ésta, más de dos meses después de su aparición, en la que intervinieron nada menos que mis maestros —lo habían sido en los años de la universidad— José Luis Aranguren y Dámaso Alonso, mis amigos Arrabal, Savater y Luis Racionero, el francotirador Agustín García Calvo y el barojianísimo Julio Caro, sin cuyos numerosos libros nunca se habría podido escribir Gárgoris y Habidis. *No recuerdo, y es curioso, si también participó en el acto quien era, simultáneamente, amigo y maestro, además de comadrona —en su día— de mi incipiente quehacer literario y prologuista del mamotreto. Sobra añadir que me refiero a Gonzalo Torrente, sumo hacedor de gozos y de sombras.*

El bautizo se celebró en el Ateneo de Madrid, acudió un caudaloso y expectante gentío —no, desde luego, para verme ni oírme a mí, que era, como escritor, un absoluto desconocido y que, además, había anunciado, y cumplí mi palabra, que no figuraría en la mesa de los ponentes ni despegaría los labios en el trans-*

* Savater comentaría al término del acto, con su habitual y siempre ingenioso gracejo, que yo había pasado de estar inédito a tener mis obras completas.

curso de la francachela—, se llenaron hasta sus bordes los dos pisos del aula magna de la docta institución, se llenaron los pasillos, se llenó la cacharrería*, se llenaron —digo yo, aunque no creo que en tan señalada ocasión los visitase— hasta los retretes, y hubo que activar a toda prisa el circuito interno de televisión existente en las mencionadas (menos una) dependencias.*

El acto fue de los que hacen época y, para bien o para mal, pasan a la historia. Lo que allí se dijo llegó a muchos de los rincones de la red mediática y sentó jurisprudencia en la vida cultural de la Villa y Corte. Y fue, más o menos, a partir de esa eclosión (no me riñan. Empleo adrede el galicismo) cuando las ventas se dispararon, y también lo hicieron las envidias.

Cundían éstas, según se me dijo, por doquier, y salían de sus vainas al unísono las lenguas ponzoñosas en todos los mentideros literarios e ideológicos del país. Yo, en realidad, casi ni me enteraba de ese frufrú, o sólo me enteraba parcial y muy tardíamente, pues no solía entonces ni suelo frecuentar ahora (aunque a veces me divertiría hacerlo) tales campos de batalla, y también porque a los pocos meses, como creo que ya he dicho y, si no, lo digo ahora, me largué a Jordania y, poco después de volver de allí, me refugié durante casi un par de años en Nairobi, de donde salté directamente a Tokio y...

Dejémoslo. Esto no es una guía de la Lonely Planet. Pero sepa el lector que a ninguno de los lugares citados fui como viajero ni —menos aún— como turista, sino que lo hice, en todos los casos, como vecino. Siempre he sido una especie de emigrante ilegal e inmigrante legal.

¿Me zumbaban los oídos? Pues sí: me zumbaban los oídos e inclusive los cojones, porque siempre había gargantas más o menos profundas y voces obsequiosas y teóricamente amigas —del agua mansa me libre Oisinoid— que me susurraban (deformándolo y exagerándolo, supongo, porque así lo exige la naturaleza de los bípedos implumes) parte, si no todo, de lo que por acá y por acullá comentaban, sibilantes, acerca de mi libro y de mi persona las víboras de café, pero pensaba yo entonces, tan sonriente como de costumbre, y sigo pensándolo, que ahí me las dieran todas, pues jamás de los jamases —otra virtud no tendré— me ha importado ni poco ni mucho ni nada el decir del prójimo.

¡Pero cómo!*, imagino que exclamaban para sus adentros los futuros maledicentes, sobre todo si pertenecían al círculo de quienes, entre mis amigos, eran ya o aspiraban a ser escritores.* ¿Que Fernandito, después de haber ido proclamando a troche y moche desde el día en que rompió a hablar *(o a leer, añado yo)* que lo suyo es la alta literatura, se descuelga ahora, sin haber dado antes palo al agua ni haber hecho nunca cola ante la ventanilla de las editoriales, con un pedazo de obrón que ni los *Heterodoxos* de don Marcelino, y no sólo corta orejas y sale a hombros por la Puerta del Príncipe, sino que además, y encima, se hincha a ganar europesetas?

Y era entonces cuando decían con el dedo que nones y añadían con la boca llena de espumarajos que de ningún modo, que eso no podía tolerarse, que era absolutamente necesario desenmascarar y desjarretar al intruso... E incontinenti pasaban al ataque.

Hasta ese momento —el del despegue comercial del libro— todo había sido casi unánime elogio... Elogio oral, por supuesto, pero también, y sobre todo, escrito. La crítica se había volcado —se estaba volcando— a mi favor, sin que yo consiga recordar ahora (aunque no excluyo la posibilidad de que las hubiera) ni una sola nota discordante. Manolo Cerezales había sido el primero en romper el fuego desde las páginas del ABC, *donde su generosidad le llevó a incurrir en la hipérbole de asegurar —¡y yo, triste de mí, con estos pelos!— que la literatura española tenía un nuevo patriarca, y tras él, aunque con menos desmesura en la alabanza, llegaron Isaac Montero en* Informaciones, *Juan Cueto en* El País, *Luis Racionero en* El Viejo Topo, *Rafael García Serrano en* El Alcázar, *Eduardo Haro Ibars en* Triunfo...

Y así, de requiebro en requiebro, siguió la buena racha hasta que dos altos señores —lo eran de verdad. Tuve luego ocasión de comprobarlo— a los que de nada conocía, aunque posteriormente tuviera trato de amistad con ambos, dieron a Gárgoris y Habidis *el empujón que definitivamente colocó en órbita mi libro. Y es curioso —caigo ahora en la cuenta. No había reparado en ello. El Gotha no es lo mío—, que esas dos personas estaban emparentadas entre sí, aunque no creo que en lo concerniente al encomio de mi obra actuasen mancomunados. Uno de esos valedores fue José María de Areilza y el otro, que estaba casado con la mayor de sus hijas, sería —llegó más tarde— Joaquín Garrigues Walker, entonces vicepresidente del gobierno. Ninguno de ellos sigue vivo, por lo que mi gratitud —que desde aquí abajo les envío... ¡Va por ustedes, maestros!— sólo podrá alcanzarles en el Valhala, si es que el Valhala existe.*

Areilza dijo tales cosas de mi libro en una tercera *del ABC íntegramente dedicada a él que, por modestia (aunque sea ésta, según asegura hoy Terenci Moix, en* El Mundo *la máxima virtud de los horteras) y en todo caso por pudicia, no me atrevo a reproducir aquí.*

Garrigues, que al parecer leyó mi libro durante uno de los enojosos períodos de reclusión en el hospital a los que los vaivenes de la leucemia le obligaban, publicó en El País *un curioso y algo críptico trabajo de esos a los que en la jerga del gremio llaman* sábanas *—lo tituló* El pelícano que salió de su jaula de oro *o algo así— sosteniendo o insinuando la, para mí, lisonjera hipótesis de que todos los políticos antifranquistas (y no digamos los franquistas) se habían equivocado de pe a pa en su visión de España, cosa que al parecer, según paladinamente reconocía, él había descubierto leyendo* Gárgoris y Habidis.

Palos, *lo que se dice* palos, *sólo hubo, que yo recuerde, tres de consideración, pero los tres llegaron muchos meses después de que se publicara el libro y siempre —el adverbio vale también para las alusiones o reseñas negativas de menor cuantía o trapío— cuando la obra era ya uno de los clarísimos éxitos, quizá el mayor hasta aquel momento, de toda la literatura posfranquista.*

Uno de los garrotazos lo descargó Carmen Martín-Gaite, a la que personalmente conocía, aunque no mucho, y con la que luego hice buenas migas, en las páginas culturales del Diario 16, *cuyo timón aún no había sido imaginativa y férreamente empuñado por Pedro J. Ramírez.*

Carmiña, al vapulearme, tenía razón, y no porque a mi juicio la llevara, ¡faltaría más!, en lo tocante a sus opiniones sobre el libro, sino porque éste no le había gustado, y punto, y no —como en otros casos— por y para seguir consignas ideológicas, barrer hacia dentro de lo que fuere (familia, partido, iglesia, empresa) o prestarse al sucio juego de la envidia.

¿Envidiar a una persona como yo una mujer como ella, escritora de cuerpo entero con pedigrí literario muy superior al mío, que llevaba infinitas lunas gozando, justificadamente, del favor de los críticos, de los profesores y de los lectores? ¡Venga, venga! Si acaso, aunque tampoco, porque la envidia nunca es propia de gente sensata ni yo la había sentido jamás hacia nada ni hacia nadie, era este plumilla y servidor de la verdad quien tenía que admirarla —sólo admirarla— y, por lo tanto, emularla.

El segundo castañazo me lo propinó en El Viejo Topo *un tal Rafael Cano Gaviria, me parece, y resultaba tan evidente el porqué de su salvaje, abyecta, sectaria y doctrinaria crítica, admitiendo que lo tuviera, que no merece la pena invertir tiempo, caletre y tinta en comentarla. A ese pollo, por cierto, se lo tragó luego* el olvido en un acto de justicia. Y yo me alegro, porque ni siquiera aversión, sólo hastío con adobo de desdén me producen quienes juzgan las cosas y los libros en función de la ideología que profesan —o que profesan sus amos— y no por lo que los libros y las cosas sean en sí y lleven dentro.

España, dicho sea de paso, está llena de tipos así.

Algo hubo también de eso —de inquisición, represalia y estrategia— en el tercer roción, que fue el más sonoro, sonado, aplaudido y abucheado, quizá por ser el único al que respondí y contra el que pataleé saliendo al paso de las falsedades que contenía (o que yo creía que contenía) y de lo que con razón o sin ella se me antojó clara maniobra tendente a conseguir para su ejecutor el munífico premio de novela que se fallaba unos días más tarde en Barcelona y al que el cornúpeta responsable de la embestida se había presentado.

Por cierto: no se lo dieron. La maniobra, si de verdad lo era, salió por la culata.

Estoy hablando de alguien —Leopoldo Azancot— al que ahora considero (y querría seguir considerando) amigo, aunque con amistad, reconozcámoslo, más bien platónica, pues parece como si los ínferos lo hubieran devorado sin avisar a nadie y, en consecuencia, hace ya muchas lunas que no le veo ni sé de él.

Confío —excusatio non petita, sí, pero sería injusto tomarla por accusatio manifesta— en que no se reanuden las hostilidades por culpa de lo que estoy escribiendo. Me limito a contar lo que pasó por mero prurito de exactitud, pero sin ánimo alguno de desenterrar herrumbrosas lanzas (horresco referens) ni hachas de guerra con el filo mellado. Lo de cornúpeta no responde, Leopoldo, a voluntad de insulto, sino que es o quiere ser metáfora también platónica, inofensiva y coherente con el rudo sustantivo de raíz verbal al que unas letras después recurro: embestida.

¿Por qué, en todo caso, hizo lo que hizo y dijo lo que dijo el bueno de Azancot si no lo hizo ni lo dijo, tal como yo supuse entonces y no descarto ahora, para beneficiarse de la polémica conmigo, escritor a la sazón de moda, e influir así en el ánimo del mecenas que creó —y que teóricamente seguía controlando— el premio más cuantioso, pintón y gárrulo de las letras españolas.*

¿Pudo ser, envidia aparte (no insinúo que la hubiera), simple

* Hablo, obviamente, del Planeta. Yo lo obtuve trece años más tarde. O lo que viene a ser lo mismo: jugué a la ruleta rusa y me tocó la bala. Fue un suicidio. Véase al respecto lo que en este prólogo he dicho a cuento de la *maldición de Gárgoris*.

venganza? Lo apunto porque unas semanas antes —o quizá, incluso, casi por las mismas fechas. No soy un ordenador— había descargado yo, a mi vez, un ligero sopapo sobre las mejillas del escritor planetable en el transcurso de la servil (por mi parte) charla mantenida con Juan Benet en el programa de televisión Encuentros con las Letras *a propósito de la novela* En el Estado *—se llamaba, me parece, así y era tan ilegible como todas las escritas (y, ay, publicadas) por aquel ingeniero metido a literato—, que Azancot había zurrado de lo lindo (razón llevaba) en las páginas de una revista hoy difunta.*

La cosa no pasó de llamar a Leopoldo circasiano, *aludiendo a lo que de los circasianos decía Benet en su libro, lo que tampoco me parece, a decir verdad, excesivamente malévolo ni injurioso, pero seguro que el ofendido lo escuchó —y, de no ser así, alguna lengua oficiosa y cortesana se lo contaría— y decidió devolverme la pelota. En su derecho estaba.*

Es otra hipótesis. Creo, sin embargo, y me parecería —caso de que la cábala resultase cierta— explicación mucho más noble (aunque no, desde mi punto de vista, menos injusta), que fue la cuestión judía, *llamémosla de ese modo, la que envenenó los sentimientos de Azancot hacia mí, más que hacia mi libro, y motivó la exacerbada dureza de su crítica.*

Hablaré de ello a renglón casi seguido, pero antes quiero dedicar un breve escolio a Benet para que lo dicho sobre su obra —que no, en modo alguno, sobre su persona, a la que tuve en aprecio— no se quede en caprichosa y biliosa salida de pata de banco.

Soy de la opinión, y podría fundamentarla si lo que ahora estoy escribiendo no fuese simple (aunque prolija) nota preliminar de Gárgoris y Habidis, *de que el ejemplo narrativo de Juan Benet —hombre culto e inteligente, buen ensayista y articulista, y deplorable novelista acogido siempre a la no siempre benéfica sombra de William Faulkner, al que incansablemente imitaba sin que el plagio (¿o sería intertextualidad?)* se transformase nunca en magnicidio— ha sido funesto para el presente, pretérito inmediato y próximo futuro de la novela española. Muchos son los escritores en activo que lo copian, poniendo así en evidencia su pésimo gusto, y ninguno de esos epígonos —*ninguno, *digo, y lo recalco— sabe escribir novelas, aunque algunos entre ellos, coin-*

* Alusión —obvia, en este momento, pero será críptica dentro de un par de años— a la polémica que en torno a dicho concepto agitó las estancadas y malolientes aguas de los canales del mundillo lierario español pocos meses después de que empezase el siglo XXI.

cidiendo así todavía más con el modelo al que imitan, salgan mejor librados en lo relativo al ejercicio de la literatura ensayística y periodística.

Miro a muchos, y especialmente a uno, de incomprensible fama y tan misérrimo como absurdo relumbrón, que mejora considerablemente —cuentan— cuando se le traduce, sobre todo al alemán, pero no quiero citar nombres ni —caso de que los implicados me lean, que no lo harán— oscurecer el corazón de nadie.

¿Verde y con asas? ¿Blanco y en jarra? ¿Amarillo y con ojeras?

Allá cada quien. Yo no me pronuncio. Dicho queda, y con lo dicho, basta.

Vamos con la cuestión judía*...*

Ése fue —y yo, al comprobarlo, me quedé de un aire. No me lo esperaba— uno de los más enconados y, a mi juicio, menos justificados motivos de polémica entre las muchas que el libro provocó. Cifrábase el casus belli*, aunque no querría yo entrar ahora a ese trapo ni remover aquellas aguas, en considerar reas de antisemitismo algunas de las hipótesis sustentadas no tanto por mí, aunque también, cuanto por ciertos autores e investigadores citados en mi obra. Azancot, que unos años antes había descubierto o, por lo menos, aceptado su condición judía, y la había asumido con el fervor integrista que suele caracterizar a los neófitos (y también, inversamente, a los cristianos viejos), se dio por aludido y ofendido, hizo suya la polémica, atizándola, y empuñó con inusitado brío la bandera de Sión. Fue, seguramente, esa actitud la que le indujo a declararme la guerra, lo que, de ser así, no implica, pero tampoco excluye la posibilidad de que en (y desde) su inconsciente escarabajearan también los restantes motivos apuntados. Lo Cortés no quita a lo Moctezuma, dicen, ni lo junguiano —digo yo— a lo freudiano.*

Dejemos a Azancot no sin añadir aún unas palabras sobre la cuestión judía*...*

¿Antisemita yo, que me considero moro de la morería y, si me obligan a elegir, mucho más musulmán que cristiano o mucho menos cristiano que musulmán?

Lo sé, lo sé, es una respuesta provocadora, pero nunca sobra, me parece a mí, recordar a todos —a los de la media luna, a los de la cruz, a los de la estrella de David y a los que no se postran, genuflexos, ante ninguno de esos símbolos— que tan semita es el pueblo de Abraham como el de Mahoma y que yo, como buen espécimen ibérico, me siento simultáneamente sefardí y andalusí. ¿Y cómo diantre podía ser de otro modo siendo este cura budista, y juro por Laotsé que es así, hijo de padre madrileño y de madre alicantina, nieto de abuelo onubense, soriano de educación, elección y adopción, autor de los días de un pimpollo que se llama Aixa, caballero mozárabe y pequeño filósofo de barril al cinto y linterna al hombro procedente, en cuanto tal, de la Escuela de Traductores de Toledo y de la España de las Tres Culturas (tan traída y llevada la pobre, últimamente, como cuentan que llevaban y traían antes a las putas por los rastrojos)?

Repito al respecto lo que declaró Chicho Sánchez Ferlosio en una de sus coplillas: yo soy un moro cristiano / que vive entre los judíos / y no sé cuál es mi Dios / ni quiénes son mis hermanos.

O algo así, porque estoy citando de memoria.

Se me acusó entonces —por exceso (digámoslo así) de suspicacias entre quienes, desde luego, no carecen de motivos históricos para ser suspicaces— de haber sembrado la confusión —¿por qué no lo dejamos en desconcierto?— intramuros de las tribus de Israel especulando con la posibilidad de que los askenazis y los sefardíes no sean ramas de un mismo tronco, sino pueblos diferentes, y de que los hebreos *del lado de allá fueran lo mismo que los* iberos *del lado de acá, o viceversa, lo que significaría que los judíos destinados a convertirse, con el correr del tiempo, en españoles (exiliados o no, pero españoles.* Sefarad *vale por* Iberia*) no* vinieron *a la península, sino que* volvieron.

Pues bien: sepa el lector de hoy que sigo admitiendo esa posibilidad, aunque nadie (yo tampoco) pueda, de momento, demostrarla fehacientemente, y que también sigo pensando, como lo pensaba y lo dije entonces, que no me parece que la conjetura en cuestión pueda dar pie —no lo daría ni siquiera en el supuesto de que resultase exacta— a sospecha alguna de antisemitismo achacable a quien la formula.

De verdad (y, si es preciso, lo juraré sobre la Biblia, aunque ese libro me horrorice y no forme parte de mis Sagradas Escrituras): no lo entiendo. Será, seguramente, torpeza mía. Que alguien me lo explique.

Y no se hable más. Acuda el lector al capítulo pertinente —no tiene pérdida: encabeza la segunda parte del libro y se llama Los judíos*—, llegue por sí mismo a las consecuencias que considere oportunas y dígame luego si hay o hubo, en su opinión, indicios racionales que justifiquen (o justificaran) la polémica.*

Quienes más se enfadaron con mi libro, excepciones aparte, fueron las gentes de izquierdas, mientras las de derechas acogían mis extravagantes planteamientos con más sentido del humor (y del amor a España) y se dividían en dos facciones de muy desigual actitud y tamaño: la de quienes entendieron y alabaron o, por lo menos, toleraron, sin compartirla, mi visión y versión de Iberia, y fueron muchos, y la de quienes en idéntica tesitura optaron por guardar silencio y mirar hacia otra parte.

En el segundo grupo sólo figuraban la Iglesia y el Opus Dei. Éste se limitó a prohibir la venta de Gárgoris y Habidis *—ahí me las den, una vez más, todas. Yo no escribo para ganar dinero, aunque bienvenido sea éste cuando llega— en sus librerías, mientras aquélla —la Santa Madre de Roma, que no, desde luego, mía— no dijo ni hizo nada. O, al menos, no hizo ni dijo nada de lo que yo me enterase.*

El berrinche de la izquierda no me sorprendió demasiado, aunque me pareció, eso sí, excesivo, pues ya conocía yo a esa señora bastante a fondo por dentro y estaba, en consecuencia, al tanto de sus modales, de su miedo (o, a menudo, odio) a la libertad, de su perversa e irrefrenable inclinación a instrumentalizarlo y politizarlo todo, de su creencia en que el fin justifica los medios, de su extraordinaria habilidad para ver la paja en el ojo ajeno haciendo caso omiso de la viga en el propio, de su no menos portentosa capacidad en lo tocante a presumir de lo que se carece, y de su convicción de que, estando como cree que lo está en posesión del pensamiento único (y en eso acierta) y de la única verdad, ningún catecúmeno iniciado en los Santos Misterios del Dogma marxista, leninista y estalinista puede rebrincarse, desmandarse y echarse a volar por su cuenta.

Esto último fue, creo, el quid de su desproporcionada reacción: otro gallo me hubiese cantado de no haber recibido yo en las lejanas calendas del antifranquismo los óleos de un sacramento —el de la militancia en el Partido Comunista— que, según los teólogos de dicho club, implica y confiere carácter vitalicio. ¡Quién iba a decirme a mí cuando Jorge Semprún (o, más bien, su heterónimo Federico Sánchez) derramó el agua bendita y moscovita sobre mi colodrillo, y eso sucedió a finales de julio de mil novecientos cincuenta y cinco, que me estaba metiendo alegremente en un lugar del que nadie, quiéralo o no, puede salir impune!

Así, sin embargo, era. Y así, seguramente, sigue siendo. A ver qué pasa en esta ocasión. Cayó el Muro de Berlín, convirtiéronse los chinos al monoteísmo del mercado sin renunciar al politeísmo de la nomenklatura *y de los rituales (y bestiales) sacrificios humanos, súpose lo que sucedía y, ay, sucede en la Cuba de Fidel, pusiéronse sobre el tapete los crímenes cometidos* urbi et orbi *a mayor gloria de la dictadura del proletariado, alzóse por doquier el pueblo contra los* appratchiki *que lo oprimían y ordeñaban, convirtióse el felipismo en la mayor feria de monipodio, puerto de vanidades y patio de arrebatacapas que la historia lógica —dejemos estar la mágica— recuerda y... Permítanme que insista: a ver qué pasa conmigo, después de lo que acabo de escribir, en esta nueva y postrer salida de* Gárgoris y Habidis. *Supongo que me la he ganado —o que he vuelto a ganármela— y que el Santo Oficio de la muy católica y apostólica Izquierda se llamará a anatema, me declarará hereje e hideputa (son así), prohibirá que se me entierre en sagrado y procurará que mi obra y mi persona queden confinadas hasta que la muerte las separe en los más remotos y gélidos círculos purgatoriales de las tinieblas exteriores.*

Lo único que, tal como están las cosas, y sólo en el supuesto de que haya sonado por fin la hora de perdonarme la vida, me atrevo a esperar de vosotros, antiguos camaradas (que ya no lo sois, que nunca, en realidad, lo fuisteis) de una lucha que ya no existe, es que me respetéis o, mejor aún, que me olvidéis como soléis ignorar y, a menudo, tolerar —digan lo que digan, piensen lo que piensen, hagan lo que hagan— a quienes nunca han sido de izquierdas. Sería, además, lo correcto, porque yo, efectivamente, nunca lo fui, strictu sensu, *por más que lo fingiese, que lo pareciese y que, incluso, durante algún tiempo, yo mismo me lo creyese, y también por mucho que ahora, al leerlo, os llevéis los puños cerrados a la cabeza y os rasguéis los uniformes del ejército rojo con hoces y martillos bordados por* la Pasionaria.

Fui, ciertamente, antifranquista y escogí, para serlo, el único grupo organizado que existía en la Universidad de Madrid cuando, a mediados de los cincuenta, llegué a ella, pero ni yo me sentí jamás cómodo en el seno del Partido Comunista ni a los dirigentes de tan provecta institución les gustó nunca mi modo de ser y de estar en ella. Lo he contado ya en otro sitio y no volveré a hacerlo ahora. Baste añadir que, hoy como ayer, y ayer como hoy, mi anarcoindividualismo, mi absoluta falta de interés por la economía, mi convicción de que en el ser humano pesa más la naturaleza que la historia, mi incompatibilidad con cuanto supone y propone el* american way of life, *mi aversión al Estado y*

* Vid. la primera parte de *La del alba sería* (primer volumen de *Mis encuentros con lo invisible*), Planeta, 1996.

a lo que el Estado significa y trae consigo, y —sobre todo— la repugnancia que me inspira el igualitarismo así como mi permanente, creciente, desproporcionada y quizá, incluso, obsesiva dedicación a las correrías más o menos fructuosas por el territorio de lo sagrado hacen de mí una persona radical e irreversiblemente disconforme con el ideario laicista y colectivista de la izquierda.

Y aunque así no fuese, aunque yo no sea hoy el que fui, que sí lo soy, al menos en lo que atañe a mis escépticas relaciones en el abominable mundo de la política, tampoco es cosa de olvidar que sólo los muertos permanecen inmóviles de por vida.

Hojee quien dude de lo que estoy diciendo mi novela Eldorado,* *escrita en el otoño de mil novecientos sesenta (entre cárcel y cárcel, por así decir), y opine en conciencia y con lealtad si era realmente de izquierdas el díscolo mozalbete que la concibió y redactó.*

Pero dejemos esto —batallas que a nadie conciernen— y sigamos en y con lo que estábamos. Una vez me dijo Cela que no quería convertirse en su propia mascarilla fúnebre. ¡Toma! Ni yo. Que los vivos entierren, sí, a los muertos, pero que éstos no entierren a los vivos.

Afirmaciones de Perogrullo: Gárgoris y Habidis *no fue ni quiso ser nunca un libro de izquierdas, pero tampoco —quizá menos aún— lo fue de derechas. ¿Por qué, entonces, la derecha lo respetó mientras la izquierda lo demonizaba?*

No es difícil responder a esa pregunta. Lo hizo, en realidad, a su manera, el ensayista —a filósofo no llegó nunca— Henry Lefebvre, que posteriormente ahorcaría los hábitos del partido en el que, como yo, militaba, al sostener hace más de medio siglo que «cuando alguien dice que no es de derechas ni de izquierdas, ya sé que es de derechas».

Y se quedó tan ancho. No cabe llegar más lejos en la teoría y la práctica del dogmatismo y el cinismo. Lo grave es que nosotros, los de entonces, *le riéramos la gracia. Me estremezco al recordarlo. Se conoce que nos gustaba comulgar con ruedas de molino.*

E igual —o peor— de grave es la evidencia de que quienes con notable cinismo y abuso de la semántica se llaman a sí mismos progresistas *sigan aún, más chulos que Stalin, en idéntica postura, convencidos de que fuera de la izquierda sólo hay fascismo y oscurantismo.*

* Planeta, 1984.

Pero tampoco voy a explayarme sobre este asunto. Necesitaría muchas páginas: un libro entero, probablemente... Quizá lo escriba en mi vejez, aunque mis enemigos apostillarán, no sin buenas —y tristes— razones, que ya estoy en ella. Quizá, con todo y con eso, me decida y atreva a explicar a fondo *por qué no soy de izquierdas, por qué —insisto— nunca lo fui y por qué la izquierda me parece una de las mayores imposturas de la historia del mundo. La otra es el cristianismo. Lobos, los unos y los otros, de la misma camada igualitarista.*

O quizá no, quizá guarde silencio y me lleve a las regiones de ultratumba lo que sé, lo que viví, lo que deduje, lo que pienso, lo que hice... La verdad: puesto a escribir sobre residuos arqueológicos, entes de ficción, bodegones transgénicos y naturalezas muertas, mejor hacerlo, como Homero, sobre Troya.

¿Le gustaría, con todo, a alguien, ya que ha salido a relucir la cuestión, saber dónde rayos me sitúo ahora en lo relativo, por ejemplo, a esa insensata querella de la globalización y la antiglobalización que equivale, grosso modo, en estos tiempos a lo que otrora fue la pugna entre derechas e izquierdas? Aunque no venga a cuento, seré buen chico y lo revelaré, pero sin entrar en pormenores ni meterme en berenjenales. Sepan los curiosos, y vayan apilando leña los torquemadas nazimarxistas, que soy enemigo a rajatabla de la globalización, pero por motivos que nada o muy poco tienen que ver con los que esgrimen sus adversarios sociales, económicos y políticos. Tan alienígenas se me antojan y tan distantes me resultan los galopines de Seattle con sus pasamontañas y su vulgaridad plebeya como ajenos y ridículos me parecen los magnates de Davos con sus chaquetas cruzadas, sus suspensorios guarnecidos y su distinción patricia.

Peccata minuta, en todo caso, e inútil y bizantina discusión sobre el sexo de las musarañas y otras naderías, porque ni de Davos ni de Seattle oirán hablar nunca nuestros descendientes.

Si los hay.

Nada, sea como fuere, tendría que reprochar ahora o habría reprochado entonces a quienes, desde la izquierda, criticaron ásperamente mi libro si se hubieran limitado, como mandan la lógica y la ética profesional, a analizar y flagelar éste sin cebarse con su autor. Pero no fue así: optaron los maledicentes y quienes obedecían las voces de sus amos por personalizar las críticas, llegando incluso en ellas no sólo a la charranada de la injuria, sino también a la abyección de la calumnia, desautorizándose, al hacerlo, a sí mismos y desactivando a priori la credibilidad de sus argumentos.

Invoqué en el párrafo anterior la deontología... Pues bien: libreros hubo que, por ser comunistas, dieron en imitar al Opus Dei —consignas convergentes— e incurrieron en la felonía de negarse a vender Gárgoris y Habidis en los establecimientos que regentaban. ¡Cuánta vileza! Quienes prefieren vencer a convencer siempre han sido usuarios y partidarios de las razones de la mordaza.

Pero ya está bien de victimismo y penitencia. He dado hasta ahora pábulo, pábilo, cancha y cuartelillo a mis detractores, a los que, por otra parte, agradezco de verdad en lo que valen, que es mucho, los servicios que me han prestado, pero ya va siendo hora de que dé también voz —la que merecen— en este capítulo a cosas, gentes y casos menos hostiles. ¿Las célebres mayorías silenciosas? No, no... Ni silenciosas, porque fueron muchos los que en público o en privado y de viva voz o por escrito salieron en defensa o alabanza de Gárgoris y Habidis, ni tampoco mayorías, porque todos los libros del mundo son (y ojalá no dejen de serlo nunca) por lógica, definición y cifras minoritarios, cualesquiera que sea el número de ejemplares que de cada uno de ellos se venda. Una cosa es comprar y otra, harto menos frecuente, leer. En el mundo de hoy, con su tupida trama de nuevos y cada vez más estúpidos usos y costumbres, no queda tiempo ni espacio —tampoco hay apetito— para eso. Crece la pedagogía, disminuye la cultura. Escolarización general a toque de corneta de la ONU y de timbre de perra de Pavlov significa analfabetización universal. Así es: lo estamos viendo. No se hizo el Quijote para la boca de los asnos con o sin título de bachilleres. Paradojas de la vida de ese mono marisabidilla y protésico —deberíamos llamarlo exsimio, nunca eximio— que es el hombre: todo el mundo sabe ya leer, pero nadie lee. A tan delirante resultado conduce la convicción, propagada por los tambores excesivamente cercanos de la izquierda, de que el progreso es siempre progresista y no, como sucede a menudo, exactamente lo contrario. Alcanza así su cúspide la curva del desarrollo del despotismo ilustrado.

Salgan, pues, a escena los motivos (y los motivadores) del éxito de Gárgoris y Habidis —no hay fenómeno, Wojtyla, que carezca de causa. Nada se produce ex nihilo—, pero consiéntaseme antes jurar por el Tao y la memoria de Buda que lo dicho en el párrafo precedente a propósito de mi gratitud a los enemigos no es, como seguramente pensarán éstos, inevitable y quizá disculpable ejercicio de cinismo e ironía, sino conciencia de vivir en un lugar del globo en el que resulta preferible ser puesto en la picota por las malas lenguas que subir a los altares aclamado por las *buenas. ¿Que hablen de uno, aunque sea bien, como dicen que dijo Foxá? No, no, de ningún modo. Lo mejor o lo menos malo, si eres español, es que tus compatriotas te ignoren. Desconozco, porque las traducciones nunca me han interesado y en el extranjero sigo siendo casi un don nadie, si sucede lo mismo en otros países.*

Fin del paréntesis.

Se ha dicho con insistencia, y acaso sea cierto, que Gárgoris y Habidis *fue el libro de mayor impacto en los órganos vitales (y también en algunas de las vísceras marginales) de ese período, recinto o entidad nebulosa a la que nebulosamente hemos acordado llamar* posfranquismo, *y he dicho yo también al hilo de este prefacio, con parecida insistencia, que tan inexplicable éxito ideológico, literario, social y comercial nos pilló por sorpresa a todos: a quien lo editó, a quienes* no *lo editaron, a quienes lo leyeron, a quienes* no *lo leyeron, a mis amigos, a mis enemigos y, naturalmente, al desconcertado plumilla que lo escribió y que ahora añade esta especie de obertura. Veamos del modo más suscinto posible el probable porqué de aquel impacto.*

Me limitaré a mencionar de manera sinóptica algunas de las razones, erradas o no, que en lo tocante a ese asunto se me ocurren. Son éstas:

1. El libro apareció, por azar o por necesidad, en el momento más adecuado. El país, tras la muerte del abuelito (según algunos) o parricida (según otros) Francisco Franco, andaba huérfano de identidades. Mi libro, que pretendía rescatar el concepto clásico de las Españas *frente a la singularidad centralista y falsedad histórica de la supuesta nación* única *—luego vendría lo de* grande *y* libre*— surgida del matrimonio y de los tejemanejes políticos, militares y diplomáticos de los Reyes Católicos, suministró involuntariamente datos, emociones y coartadas al* work in progress *—discúlpeseme la expresión. Es innoble, pero resulta gráfica— del proyecto relativo a ese* Estado de las Autonomías *que, de hecho, no tardó mucho en llegar a ser discutida y discutible realidad. Baste decir al respecto que los seguidores de Blas Infante utilizaron —y así lo reconocieron— algunos pasajes de* Gárgoris y Habidis *para reelaborar, reactivar y actualizar la filosofía del andalucismo. Algo muy semejante sucedió en Galicia, aunque no estatutariamente, a cuento de la exhumación del hereje Prisciliano propuesta y perpetrada por mi obra —soy, vuelvo a ser, fui, un ladrón de tumbas. Te reitero, lector, que es ésa una de mis más constantes vocaciones— e inmediatamente acogida* por la vox populi gallega como una devolución de lo dicho: de sus señas de identidad.

2. Empezó a ponerse de moda al morir Franco la hoy cacareadísima y entonces postergadísima España de las Tres Culturas. No añadiré aquí nada a lo que ya dije, y fue mucho, sobre ella en las páginas de este libro (y, especialmente, en los dos primeros y largos capítulos de su segunda parte), pero sí voy a dejar constancia sin petulancia de mi convicción de que Gárgoris y Habidis fue uno de los afluentes que más agua llevaron al cauce y a las ruedas de ese molino. ¡Insh'allah! Y aprovecho la ocasión para repetir por enésima vez en público que de todas las Españas posibles ninguna me satisface tanto —hasta el punto de que me hubiese gustado nacer y vivir en ella antes que en cualquier otro período de nuestra historia— como la de los reinos de taifa. Después de lo dicho, sobra (supongo) añadir que la Escuela de Traductores de Toledo sigue pareciéndome hoy, como me lo parecía al escribir mi libro, el momento estelar del quehacer y devenir ibéricos.

3. ¿Iberia he dicho? Pues sirva su sagrado nombre, que prefiero al de España, para rascarme la cabeza con perplejidad mientras me pregunto cómo es posible que el recién mencionado país de las tres culturas sea, puertas adentro de la Europa de los mercaderes, los bombardeos, la corrupción y las vacas locas, uno de los poquísimos ámbitos nacionales y todavía relativamente soberanos (por muy poco tiempo. Esto se acaba) en los que no existe ni tan siquiera un grupúsculo de euroescépticos, tanto menos un partido. Vivir para ver y para salir corriendo. ¿Ubi España? ¡Esnobismo de criadas y de horteras, voluntad de parecer sin ser, misérrima rusticidad de nuevos ricos con cadenilla de oro cruzada sobre el barrigón! Quiero, con todo, creer que esa especie —la de los euroescépticos— tiene solapada carta de existencia, puesta —eso sí— boca abajo, en la Expaña (con equis) de hoy y que fue precisamente ese sentimiento cuasi clandestino y aplastado por la mole del Discurso de Valores Dominantes uno de los agentes secretos (nunca mejor dicho) que trabajaron en la sombra para hacer posible el éxito de mi libro. Gracias.

4. Todo lo que hasta ahora he dicho en lo referente a explicar ese inexplicable —en teoría— éxito guarda relación con algo que fue, a mi juicio, aún más determinante: la posible solución del dificilísimo koan —lo que se dice, en toda la extensión filosófica y helénica del concepto, una aporía del ser— planteado a cuento de lo que Laín, aupándose al plinto de la generación del 98 y to-

mando carrerilla desde sus muy emotivas posturas, dio en llamar España como problema. *Y ese* koan, *lector, esa* coincidentia oppositorum, *ese cortocircuito, ese proceso de fusión y fisión simultáneas, esa cuadratura del círculo, ese sonido del aplauso proveniente de una sola mano (la que Cervantes no perdió en* la más alta ocasión que vieron los siglos), *no es sino la evidencia histórica, antropológica y psicológica de que la unidad de España —deseable y deseada, o no, que eso es otra historia— dimana de su más que visible y tangible diversidad, por ser ésta el único rasgo constitutivo —y, al parecer, irrevocable— del* carácter nacional *que, en definitiva, nos calza, connota y mancomuna a todos. La Parte está en el Uno y el Uno está en la Parte o Iberia como holografía. Líbreme Dios de dar a entender, incurriendo en el muy soviético pecado de atribuirme el descubrimiento de la patata, que fue* Gárgoris y Habidis *el molde en el que se troqueló el viejo, requeteviejo, concepto de* las *Españas —motor y, a la vez, consecuencia de nuestro devenir histórico, y, topicazo, hoy, al que una y otra vez recurren los políticos en sus hueros discursos y parlerías—, pero sí voy a atreverme a manifestar respetuosamente la convicción de que fue, en efecto, mi obra la que sacó de la fosa común cavada por dos siglos y medio de centralismo borbónico y por cuarenta años de fúnebre* pax *franquista el susodicho concepto y lo puso nuevamente en circulación. Nadie, por supuesto, va a reconocerme ese mérito en tiempos de tanto tira y afloja autonómico, pero lo tuve, dicho sea con la venia de los partidos que ahora —escribo este prólogo, o su terminación, en plena campaña electoral de los comicios vascos— se atribuyen la condición sacramental y sacerdotal de* constitucionalistas *con miras a marcar distancias respecto a quienes, según ellos, no lo son. En fin...* Reges Hispaniarum *—o, en todo caso,* hispaniorum, *pero nunca* Hispaniae*— fueron los Austrias, y yo, en este libro, me acojo a esa bandera. Algunos historiadores británicos y norteamericanos —hispanistas todos— han tenido tardíamente la nobleza, y la puntería, de reivindicar la memoria de Felipe II (y también, con menor ahínco personal y repercusión mediática, la del César Carlos) al hilo de las celebraciones de su cuarto centenario, pero hablar bien, o no excesivamente mal, del soberano en cuyos dominios nunca se puso el sol era cosa que sonaba a herejía, si no a blasfemia y a apología del terrorismo, en los círculos ilustrados (léase* progres. *Otros no había) cuando yo concebí, escribí y publiqué* Gárgoris y Habidis.

5. No sé ya, con tanto y tan excesivo prólogo a vueltas y a *cuestas, si he aludido en el curso de estas páginas —y si no lo he hecho, lo hago ahora— a lo que también debería ocupar, a mi juicio, una posición preponderante en la lista de los factores que hicieron posible la marcha cuasi triunfal de la obra que estoy prologando. Apunto a esa* música callada *—y ya, más arriba, por mí mencionada— del inconsciente colectivo del hombre ibérico que yo había intentado trasladar a la partitura polifónica de mi sonata siguiendo los pasos dados y obedeciendo las instrucciones impartidas por mi maestro Jung, sin el cual nunca habría surgido ni tan siquiera el embrión —el cigoto— de* Gárgoris y Habidis. *Ignoro si lo conseguí, pero sí creo que, como mínimo, anduve cerca del objetivo que me había propuesto, pues de otro modo no se explica lo sucedido. La obra —tal vez ópera. Lo era por su ambición coral— funcionó, de hecho, como una caja de resonancia, como una especie de caracola marina que evocaba o despertaba ecos ha mucho dormidos en el corazón, el cerebro y la piel de los lectores. Ese punto o fenómeno de* encaje* *—así lo llamaría don Juan Matus, el brujo amerindio de Carlos Castaneda— es lo que, para decirlo de algún modo, hipnotizaba o simplemente atraía a los españolitos de aquí o de acullá que se acercaban, supongo que con cierta expectación y excitación posfranquistas, pero también con recelo, a lo que el estuche de mi cuádruple libro contenía. Jugaba yo, desde ese punto de vista, con ventaja: los arquetipos —volvamos a Jung— siempre despiertan numinosas, con ene, y (por ello) poderosas, aunque a menudo oscuras emociones en quienes asisten a su manifestación, a su epifanía. ¿Condicionamiento subliminal? En parte, sí, pero no del todo, porque esos símbolos, al convertirse en objeto de literatura, al salir de su recóndito, casi inexpugnable refugio transpersonal y rendir viaje en el papel impreso, se tornaban explícitos, se* explicaban *en el sentido etimológico del verbo... Esto es: perdían su condición de* implicados, *se abrían, se iluminaban, se desplegaban.* Oscuro, para que todos atiendan. / Claro como el agua, claro, / para que nadie comprenda.** *Por eso es por lo que Jesús Munárriz, mi editor, celebró el éxito alcanzado por* Gárgoris y Habidis *regalándome a los pocos meses de la aparición del libro un grueso reloj de oro macizo en cuyo reverso se había grabado a buril, por petición mía, un laberinto y, en torno a él, en latín, la frase que los alquimistas del mundo occidental utilizaban*

* No el tejido, sino la acción de encajar.
** Antonio Machado.

para describir, crípticamente, su trabajo: a lo oscuro por lo más oscuro, a lo desconocido por lo más desconocido. *Ése fue también mi lema. Y, hasta cierto punto, la* nigredo *—la crisopeya— se consumó, transformándose, efectivamente, el plomo en oro.*

6. Escritor es —creía Aldous Huxley, otro de mis maestros— sólo aquel que, tonto o listo, cultivado o indocto, sensible o embotado, no puede ni sabe ni quiere resistir la tentación, que únicamente los escritores experimentan, de ponerse a jugar con las palabras. Pues bien: siendo yo, o sintiéndome, aguerrida y desiderativamente escritor y nada más que escritor desde mi más remota infancia, es humano y, por ello, comprensible, acaso disculpable, que me crea (o que me interese creer) que fue el uso del idioma y de sus recursos gramaticales y retóricos otro de los factores, principalísimo, que más contribuyeron a la buena acogida dispensada a mi obra. Cuestión de estilo, ¡vaya! Y, posiblemente, de anticuerpos, pues aún prevalecía por aquel entonces en la literatura española, estragándola y desactivándola, la peste del realismo social y cutre aportada al ruedo ibérico por lo que había dado en llamarse, con sarcasmo no exento de regusto masoquista, generación *—mejor sería decir* generaciones*—* de la berza, *y yo, aunque ya no llovía tanto como había llovido en el pasado, fui uno de los primeros en romper con eso. Volví, ya digo, al idioma, a su* langue *y su* parole, *lo convertí en músculo de mi brazo, punta de mi flecha y centro de mi diana, luché por él y con él, intenté rescatarlo y revitalizarlo, pugné por restituirlo al lector y, para ello, acudí a todos los venerables posibles de la lengua, a los diccionarios, a las gramáticas, a los depósitos de fraseología y paremiología, a los manuales de preceptiva y elocuencia, a la relectura de los clásicos y, por supuesto, al decir de la voz del pueblo, al habla de las ágoras, los burdeles y las tabernas, al* román paladino *que Dios nos conserve. Mi apuesta, dicho sea salvando las inmensas distancias que de tales semidioses me separan, fue análoga (aunque no idéntica) a las de Quevedo y Valle-Inclán. Todo hubo de servirme en tan alta ocasión: lo arcaico y lo moderno, lo popular y lo culto, lo plebeyo y lo patricio, lo urbano y lo rural, lo concreto y lo abstracto, lo gremial y lo general, lo oficial y lo dialectal, lo académico y lo bárbaro, lo coloquial y lo gramatical, lo continental y lo insular, lo ibérico y lo iberoamericano. Salamanca, ciertamente, no da lo que natura non presta, y ésa es la razón de que no llegase yo, en mi hercúlea tentativa, a rozar (aunque a besar, sí) la suela de los zapatos a Valle-Inclán y Quevedo, pero trabajé, mordiéndome la punta de la lengua, como* *un burro, como un contable, como un monje transcriptor de códices miniados, con absoluta dedicación, atención, integridad y escrúpulo, y eso se nota, ¡carape!, aunque no fueran muchos quienes, entre mis colegas, me lo reconocieron, lo que no me sorprendió ni puede sorprender a nadie que esté al tanto, como yo lo estaba, de la mezquindad imperante entre los individuos, monstruos más o menos sagrados, capillas, facciones y tribus de la república de las letras. Pero algún escritor hubo, y sólo con eso ya me sentí pagado, que corrió hacia mí, metafóricamente, como en el corazón de la noche moscovita había corrido Turgueniev en busca de Dostoievski, al que no conocía, para decirle que acababa de leer su primera obra —*Pobres gentes*— y que, en consecuencia, lo amaba, y me dedicó elogios —a menudo hiperbólicos, y por ello, sin duda, inmerecidos— que nunca (no por vanidad, sino por amistad) olvidaré. ¿Nombres? ¡Por qué no! Ahí van algunos: Abel Posse, Mauricio Wácquez, Ernesto Giménez-Caballero, Rafael Borrás, Teresa Gracia, Manuel Andújar, Carlos Moya, Eduardo Blanco-Amor, Javier Satué, Ignacio Amestoy, Guillermo Gutiérrez, Joaquín Arnáiz, Antonio Ruiz-Vega, Mario Satz, Fanny Rubio, Rubén Caba, André Malby, Juan Cueto, Eduardo Aute, Alberto Cardín, Federico Jiménez Losantos, Campillo, Antonio Domínguez Ortiz, Camón Aznar, Blanca García Valdecasas, Isidro Palacios, Juancho Armas-Marcelo, José Antonio Maravall, Sánchez Albornoz, Jesús Torbado, Ramón Buenaventura, Alfredo Bryce Echenique, Vicente Palacio Attard, José Saramago, Cela y, naturalmente, todos los que al hilo de este prólogo, por fas o por nefas se han citado. ¡Caramba! Me rasco, perplejo, la cabeza al constatar que no son tan pocos como yo creía. Y eso que hay más, muchos más: todos los que ahora, sin tiempo para revisar los archivos, no se me vienen a la punta de la pluma. Perdónenmelo los interesados, y reciban todos —los que figuran y los que no figuran en la relación— mis más cariñosas zalemas y demostraciones de gratitud. Aplíqueselas también, por cierto, el zamorano (y, por ello, un poco soriano: nos riega y hermana el hilván del Duero. Los ríos son como un padre, como una aorta, como un cordón umbilical, como un flujo seminal) Jesús Ferrero, que al salir mi libro estaba echándose a andar por las veredas y galianas de la literatura —en su caso, y en el mío, taoístas, aunque todavía no hubiese terminado él su novela* Bélver Yin*— y que muchos años más tarde, hace cosa de cinco o seis, me dijo, conmoviéndome, que los cachorros literatos de su generación exhalaron un suspiro de alivio y de reencontrada libertad al aparecer*

Gárgoris y Habidis *y me nombraron oficiosamente y* sotto voce, *lo que yo ignoraba, nada menos que su hermano mayor. Así, literalmente, con esas dos mismas palabras, me lo explicó Jesús cierto día de resaca jaranera y cañí en un vagón del AVE. Ojalá lo siga siendo: lo de hermano, digo... Y, de nuevo, gracias.*

7. No sólo pesó la voluntad de estilo. También contó, me parece, por más que todo esto suene a vanagloria de la que el lector, espero, me absolverá, lo que Carlos Bousoño —miembro del jurado que unos meses después de la aparición del libro concedió a éste el Premio Nacional de Literatura— había manejado como argumento decisivo a favor de mi candidatura en el transcurso de las deliberaciones. A saber: que Gárgoris y Habidis, *debido a su naturaleza multidisciplinaria y a la evidente intención de saltarse a la torera todos los límites establecidos por la preceptiva canónica en lo tocante al territorio de cada género literario, constituía la primera gran manifestación en España de una nueva sensibilidad, erigiéndose así en modelo de lo que, a su juicio, iba a ser el talante de la literatura y de* nuestra *literatura: la española en los raros tiempos que se avecinaban. También Luis Racionero vendría a decir lo mismo, poco después, en un largo artículo publicado por* El Viejo Topo. *Elogios y exageraciones aparte, lo cierto es que mi obra era, todo a la vez, ensayo, novela, epopeya, autobiografía, testimonio, libelo, manifiesto, evangelio, enciclopedia, religión, santoral, devocionario, filosofía, historiografía, antología, centón, libro de viajes, crónica de Indias, arrebato lírico, declaración de guerra, arma arrojadiza, himno de combate, confesión general y ajuste de cuentas. Lógico. Era mi mamotreto tan grande —tan grueso, tan cuantioso, quiero decir. No es estimación valorativa, sino meramente cuantitativa— que cualquier cosa cabía con relativa holgura y soltura en él. Debo, sin embargo, añadir que todo lo dicho se disolvía y resolvía en un solo y común caldo de cultivo o líquido placentario: el de la narración en estado más o menos impuro. Mi mester, ejercido con mejor o peor fortuna, es el de juglaría. Lo único que quiero y, acaso, sé hacer en lo que concierne a la literatura es contar, y huelga añadir que no precisamente con números. El envase, celofán y* soporte *(dicen ahora los preciosos ridículos de la nueva culta latiniparla) narrativo ayuda, supongo, a convocar lectores o por lo menos, ay, compradores.*

8. Yo estuve siempre, desde que apareció, detrás del libro. No lo abandoné a su suerte ni lo confié a las imprevisibles rachas y ventoleras de esa escurridiza deidad femenina a la que los griegos y los romanos pintaban calva. Lo cuidé, lo respaldé, lo empujé, lo propagué y lo expliqué. Estoy convencido de que esa presencia personal, ese continuum *trazado entre el autor y su obra, entre la obra y su autor, fue otro de los factores que auparon el libro. No parecía éste, por lo dicho, letra muerta, pese a su exceso de erudición, ni museo de figuras de cera o de reproducciones arqueológicas, sino todo lo contrario:* tranche de vie, *que diría Zola. Recibía el usuario la impresión de que la obra era, como mínimo, honrada, sincera, sentida, digna de crédito, y de que en lo relativo a ella existía, por así decir, una especie de servicio posventa, de garantía de origen, de control notarial, de certificado de homogeneidad, de coherencia entre lo que se leía y lo que yo pensaba, decía y hacía. Creo que eso, en principio, y mientras nada venga a insinuar o demostrar impostura, es algo que agrada y tranquiliza a la gente.*

Y 9. Al arquero zen *—virtuoso, como buen budista, en la práctica del desapego— no le importa alcanzar o dejar de alcanzar el centro de la diana con sus flechas, y por eso, precisamente, a diferencia de lo que ocurre con sus homólogos occidentales, que son deportistas y, por ello, competitivos, lo alcanzan siempre. Yo, en cierto modo, aunque no adrede, apliqué la misma fórmula al escribir mi libro. No entré en liza, no pulseé, no porfié, no perseguí nada ni rivalicé con nadie. El trabajo me absorbía y, por agotador y acogotador que resultase, me gustaba. Fui, a palo seco, feliz haciendo lo que hacía. No es que quisiera o no quisiera tener éxito: es que jamás pensé en éste. En ningún momento se me cruzó esa sombra fatal por la cabeza. No me lo planteé. ¿Y cómo diantre hubiese podido planteármelo sabiendo, como lo sabía, que lo más probable era, a tenor de las reglas del juego del mercado, que mi obra —extensa, rara, erudita, difícil y, además, firmada por un don nadie— no llegara a la imprenta? Me ensimismé, me entusiasmé, me divertí y trabajé como un burro sin esperar nada a cambio: eso fue todo. Vale decir: seguí el consejo de la* Baghavad Gîta *e hice las cosas por sí mismas, no por sus frutos. Y éstos —mano de santo— vinieron. El* karma *premia la generosidad con generosidad.*

Punto y aparte.

Lee Oisinoid lo que acabo de escribir —los nueve posibles motivos del extravagante éxito de Gárgoris y Habidis*— y, escandalizado por mi desfachatez, y yo por su nada angelical hipocresía, pregunta sarcásticamente:*

—¿Significa todo eso, señor, que estáis persuadido de que semejante armatoste tiene garantizado su ingreso en la posteridad?

—Ya dije antes, querube beatucón, o lo dijo Terenci Moix y yo se lo abono, que la modestia es una horterada. ¿Queda claro?

—A buen entendedor...

Y hace mutis.

Menos mal, porque las conversaciones con mi ángel de la guarda, álter ego y doble astral son tan farragosas e impertinentes como inacabables y yo quiero rematar de una puñetera vez este no menos interminable prólogo, pero antes de que ese momento, para mí gozoso (y para el lector, supongo, todavía más), llegue me gustaría salir al paso de ciertas objeciones formuladas —más bien blandidas— a propósito del libro en los meses que siguieron a su aparición.

La primera, y quizá la más sustantiva y reiterativa de todas, fue la que algunos historiadores de canon, poltrona y plantilla esgrimieron en contra de su título. Éste, dijeron, y no les faltaba razón, debería haberse llamado Gárgoris y Habis, *que no* Habidis, *por ser lo segundo un genitivo y la nomenclatura por ellos propuesta un nominativo. Cierto, pero existían dos razones por mi parte para incurrir en ese error meramente morfológico, que fue desde el principio voluntario (y, por lo tanto, advertido), y para sostener luego mi postura, como Suero de Quiñones, sin enmendalla jamás. Ni siquiera lo he hecho ahora, cuando sería bastante sencillo corregir el yerro en la portada, en el lomo y en algunos pasajes —quince. No hay más menciones— de esta edición que quiere ser definitiva. Veamos...*

Verdad es que los nombres de pila precristiana referentes a los dos primeros héroes genesíacos de la mitología ibérica fueron latinizados por los historiadores que nos los transmitieron —Trogo Pompeyo o, más bien, Justino, que fue quien reprodujo, compendiándola, la perdida Historia universal *redactada por aquél— y que desde ese punto de vista sería* Habidis, *en efecto, genitivo derivado del nominativo* Habis, *pero no menos verdad es que ambos nombres —incluyo el de* Gárgoris*— son fonéticamente inciertos, a decir poco, pues aluden a dos monarcas fabulosos que reinaron, si es que realmente existieron, lo que en puridad no consta, muchos siglos antes de que Justino escribiese el epítome de la gran obra ecuménica (y también, por ello, y a su modo, quimérica) de Trogo Pompeyo, cosa que hizo cuando ya el almanaque cristiano llevaba por lo menos una centuria en el calcañar y bastantes décadas después de que el autor del modelo en el que se inspiró hubiese pasado a mejor vida. Imagínese usted, lector amigo o, inclusive, historiador enemigo, las deformaciones eti-*

mológicas que los patronímicos en cuestión, propagados desde la época tartésica hasta la de los Antoninos por tradición oral, pudieron y debieron sufrir. De modo que tanto vale Habis *como* Habidis *o como cualquier otra variante fonética, y no fonológica,* por la que cupiese optar.*

Hasta tal punto es eso cierto, y corroborable, que son numerosos los autores —aunque no, desde luego, Joaquín Costa— que han preferido y por ello, al menos en cierta medida, establecido el uso de Habidis *como alternativa al de* Habis. *Valga un solo ejemplo, para mí determinante, por ser alusivo a la obra —tan escasa, y cortés, de tamaño como rica de contenido— que me insufló la idea de bautizar por rito gnóstico mi libraco con el nombre de los dos reyes a los que estoy haciendo referencia. Apunto al folleto titulado* Gárgoris y Habidis. Epopeya de la Costa del Sol *que el inolvidable, sinóptico, herético y hospitalario erudito (entre otras cosas) malagueño don Manuel Laza Palacios publicó en mil novecientos sesenta y cinco. ¡Loor a su memoria!*

Pero con todo y con eso, hagámoslo constar, no fue nada de lo que hasta ahora, en mi descargo, he dicho lo que verdaderamente me indujo a optar por Habidis *frente a* Habis. *Mis razones o, acaso, sinrazones en tan terrible (para los académicos) y, para los literatos, fútil disyuntiva no fueron históricas ni tampoco, por así decir, científicas, casi matemáticas en lo que de afán de exactitud pudieran tener, sino pura e insolentemente estéticas, por más que semejante actitud resulte difícil de entender y de aceptar para las molleras de quienes todo lo reducen al dato enjuto, a la noticia cierta, al* hecho, *oh, supuestamente comprobado, por mínimo que sea, y todo lo sacrifican en aras de lo que con altanería y hueca pompa consideran y llaman, arrugando la nariz,* rigor científico. *Allá ellos.*

Y, como de ninguna forma ni bajo excusa alguna quiero incurrir yo en el pecado de lesa —y, por lo general, también ilesa, esto es, aplaudida— arrogancia que acabo de poner en solfa, me limitaré a recordar humildemente a los ceñudos aristarcos que por un genitivo de más y un nominativo de menos se rasgaron en su ya lejano día las vestiduras talares de la ortodoxia algo que, por otra parte, a mí, y a muchos, nos parece obvio. A saber: ni soy

* No todo el mundo ha estudiado lingüística. La fonética analiza y describe los sonidos desde el punto de vista acústico, fisiológico e histórico. La fonología lo hace atendiendo a su respectivo valor funcional —y, en todo caso, semántico— dentro del sistema propio de cada idioma. Nadie me acuse de *intertextualizar:* estas definiciones proceden del diccionario de don Julio Casares.

ni nunca quise ser historiador o investigador, sino, simplemente, escritor de obras de ficción con algún que otro ribete de modesto filósofo presocrático. ¿Vale? Confío en que así sea y, para sancionar ese acuerdo, ahí va, señorones del birrete y de la toga, mi tendida (pero no rendida) y abierta mano. Arrieritos somos. Tregua y gloria, salud y anarquía, y ni una palabra más. Nada importa nada.

Solventado de tal forma el contencioso, y hechas así las paces con quienes en la tarima o entre los tumbos, códices, petroglifos y becerros se cogen los humos, las cábalas y las peñolas con papel de fumar, haré por explicarme. Dije más arriba que fueron estéticas *las razones o sinrazones por las que en su día preferí el castizo* Habidis *al ilustrado* Habis, *y esa afirmación —peregrina, sin duda, para los historiadores, pero inteligible y hasta consuetudinaria, creo, para los escritores— requiere un comentario. Helo aquí...*

La literatura es, a mi juicio, música (aunque no, como de la poesía dijera Verlaine, avant toute chose*), como lo es o debería ser siempre cualquier sonido cargado de significación que se escuche con el alma, con el oído interior —así la lectura—, y por eso tiene el literato que evitar, cuando escribe en prosa o en verso libre, no sólo la consonancia, axioma éste con el que todo el mundo está de acuerdo, sino también la asonancia, como sostengo yo y sostuvo mi reverenciado Maeterlinck, por más que tan descomunal batalla —la de evitar en el ensayo, la novela y el periodismo cualquier asomo de rima interna— estuviese y esté perdida de antemano. Esa derrota fue, por cierto, y según dicen, la que obligó al autor citado a colgar los trebejos de escribir y a renunciar de por vida a la literatura.*

Pues bien: Habis *rima en asonante con* Gárgoris *y, señores míos,* Habidis, *no. Eso fue todo. Les doy mi palabra. ¿Cómo iba yo, literato hasta la médula de la desesperanzada búsqueda de estilo, a tolerar tamaña cacofonía no ya en el cuerpo de mi obra, lo que por inevitable hubiera resultado aceptable, sino en su título, en su sobrecubierta y en su portada? ¡Ox, ox, mosquita, ox! Ya dijo, y eso no hay quien lo mueva, mi maestro (y maestro de todos) Platón que la Verdad es la Belleza y la Belleza es la Verdad. Amén.*

O lo que tanto monta: tiene el corazón del escritor razones que la razón del historiador ignora.

Sigamos...

Tres clamorosos (pero también glamurosos. *Valga el barba-*

rismo) despistes —tres meteduras de pata, tres patinazos, tres colosales planchazos— hay, como mínimo, en mi libro, lo que en modo alguno libra a éste de la sospecha de que, además, no haya otros que correteen, clandestinos aún, por cualesquiera de sus innumerables páginas. Dos de ellos fueron descubiertos y llevados a la picota por mi buen amigo Ángel Sánchez-Gijón, que siempre ha sido, haciendo honor a su oficio de profesor de historia, hombre con olfato de sabueso. La identificación y correspondiente denuncia —en privado y entre risas— del tercer desliz corrió por cuenta de otro buen amigo, también citado (como Ángel) con anterioridad, que había nacido y vivido largamente en Tánger y que, por lo tanto, conocía al dedillo, se supone, la configuración orogénica, fluvial y marítima del antiguo Protectorado. Me refiero a Ramón Buenaventura.

Primera pifia: mi entusiasmo priscilianista me llevó a incurrir en el exceso lírico de evocar la figura del Heresiarca y de algunas de sus gentes recortándose —Dios y Quetzalcoatl me lo perdonen— «contra el amarillo y el verde tenue del maizal». Ahora bien: vergüenza da decir en letras de molde que el cereal tan emotivamente citado por mi pluma vino de América y que, por lo tanto, ni existía ni podía existir, por más que yo me empeñase, en la Galicia del siglo IV.

Segundo resbalón: nunca estuvo el gran Servet, aunque yo —abusando de las prerrogativas que de mi condición de autor del libro se derivaban— me lo llevase alegremente allí, en la Viena austriaca (y alejadísima, por ello, de Ginebra), sino en la Wien del Delfinado, que caía mucho más cerca de la ciudad en la que el energúmeno Calvino lo atrapó y lo envió a la hoguera. No pido ni quiero árnica para tan garrafal patinazo, pero quizá aligere un poco el peso de mi culpabilidad, sin eximirme de ésta, la circunstancia de que fue nada menos que don Marcelino Menéndez y Pelayo quien desde lo alto de la pirámide de sus Heterodoxos *me indujo involuntariamente al susodicho y casi cómico, por disparatado, error. Hablaba él en ese libro, y en el capítulo dedicado al oscense (para los aragoneses) o tudelano (para los navarros) Miguel Servet, de Wien, así, sin más, a palo seco, y yo, mal conocedor por aquel entonces de las particularidades geopolíticas del mapa de la pérfida Europa, que nunca ha sido santa de mi devoción, agarré al hereje, me lo llevé por las bravas a la ciudad de* El tercer hombre *y, una vez allí, convirtiéndome de ese modo en protagonista activo —acaso en reo— de un curioso y claro fenómeno de transferencia, le obligué a hacer lo mismo que yo había hecho durante mi única visita —nueve o diez años atrás— a tan aburridísimo lugar del orbe. Esto es (dicho sea literalmente, como comprobará el lector que llegue al tercer capítulo de la cuarta parte de mi obra): dormir, sonreír, tomar el sol, hojear los periódicos, desayunar con* sachertorte *en el* Zur blauen Flasche, *cultivar el lánguido (sic) ajedrez de sobremesa, bailar el vals, deambular por el* Prater *y, al caer la fresca, descorchar canecos de* grinzinger *en las posadas del extrarradio. ¡Con razón fue Viena la ciudad en la que Freud sentó las bases del psicoanálisis!*

Tercer gazapo... ¡Un momento! No estoy seguro de que lo sea, aunque respete y escuche la opinión del tangerino Buenaventura. Sostiene éste que en Alcazarquivir (Marruecos) no hay playa, y así, en efecto, debe ser, porque yo, que pasé muchas veces —casi infinitas— por esa ciudad cuando iba y venía entre Madrid y Fez, y que incluso tuve una novia sarracena nacida allí, tampoco la vi nunca, pero eso, mi querido Ramón, en modo alguno significa que no exista, pues el enclave de marras hunde sus cimientos en la llanura costera, a la salida del valle del Lucus y a muy corta distancia del litoral, y —por otra parte— la batalla en la que perdieron la vida el rey don Sebastián y el extraordinario poeta, y general de los Tercios, Francisco de Aldana, se celebró entre los ríos Maconin y Rur, lo que abre por añadidura la posibilidad de que fuese una playa fluvial, y no marítima, el escenario en el que yo, trasladando a él lo que en mis investigaciones a ese respecto había encontrado, situé el rifirrafe al evocar la vida y muerte del susodicho escritor (que es, por cierto, uno de los que más respeto y estimo en toda la historia de nuestras letras). De forma que...

En cualquier caso, y sea como fuere, ya irá comprobando el lector, si su lectura sigue, que en esta definitiva edición canónica, por mí autorizada y revisada, de Gárgoris y Habidis, *tal como lo hice también en todas las que siguieron a la primera, he mantenido los tres errores citados pese a tener plena y, ligeramente, sólo ligeramente, avergonzada conciencia de ellos. Obedece tamaño empecinamiento a la convicción, por una parte, de que las obras* literarias *—subrayo el adjetivo— dejan de pertenecer a su autor en el mismo instante en que se publican y, por otra, a la ya expresada certidumbre de que la literatura, a diferencia de lo que sucede con la historiografía, no sólo no está obligada a someterse a la servidumbre de la objetividad, sino que por definición debe ser más bien lo contrario: esencialmente subjetiva.*

Reivindicaba yo así, y reitero ahora esa actitud, mi condición de escritor y nada más que escritor. No soy, no he sido y nunca querré ser historiador. Entiéndaseme: ¿acaso Borges —salvemos con humildad las distancias de rigor— no maneja una y otra vez en sus ficciones, con naturalidad y desparpajo, notas y citas bibliográficas e historiográficas imaginativa y caprichosamente inventadas por su talento burlón sin que los lectores reparen en tan curioso y bienintencionado trompe-l'oeil *ni los críticos se lo reprochen?*

Reitero lo que dije en la página anterior a cuento de la Verdad y la Belleza según Platón.

Lo de Prisciliano y el maíz fue, aunque involuntaria, una licencia poética, de la que además, sea o no sea esto ceguera y locura de padre, me siento orgulloso. Mantengámosla, pues, sin enmendalla.

Lo de Servet fue sólo un equívoco gracioso, como suelen serlo las meteduras de pata, o a mí, por lo menos, me lo parece. Quédese también donde estaba.

Y en cuanto a lo de Alcazarquivir y su fantasmagórica playa, sigan, oh, Ramón del alma mía, las espadas en alto (o más bien las cimitarras), pero con la mía quieta, de momento, en su panoplia hasta que tú o yo, o yo y tú, volvamos a comprobar in situ *la configuración del terreno y obremos, como Micifuz y Zapirón después de comerse el capón en un asador metido, en consecuencia.*

¿Algo más? Casi nada, lector, casi nada... Asoma ya por el horizonte, tan propincua su raya que inclusive yo, boquirroto padre de la criatura, alcanzo a verlo, la deseada línea postrera de este manojo de consideraciones que ponen definitivo fin al inacabable proceso bautizado más arriba con el remoquete de maldición de Gárgoris. *¡Lagarto, lagarto!*

Quizá, empero, debería añadir aún, con la intención de ejemplificar un poco y escenificar un mucho el tipo de berenjenales a los que el mencionado maleficio me condujo, algo sobre la descacharrante —pero también apabullante— historia del pregón escrito por mi pluma y recitado (¡y amplificado!) en olor de multitud por mis cuerdas vocales a instancias de un amigo que pese a tan descomunal encerrona lo sigue siendo, en el coso taurino de Madrid cuando estaba a punto de empezar a desarrollarse en él una corrida goyesca de tristísima memoria, pero será mejor dejar el relato de ese lance estupefaciente, gracias al cual tuve ocasión de ver y oír —no sé si también de mirar y escuchar, porque yo estaba en aquel momento tan sonado como un boxeador al fi-*

* Juan Gómez Soubrier.

nal de su carrera— a quince mil personas increpándome y llamándome —hubo aquel día división de opiniones entre los aficionados— cabrón, los unos, e hijo de puta, los otros, todo ello en presencia de mi desconsolada madre, de mis atónitos hijos, de mi no menos atónita consorte (la quinta) y de una nutrida, pero no, ciertamente, aguerrida representación de mis mejores amigos... Un lujo, lo que se dice un lujo, señoras y señores míos, pero será mejor, apuntaba, dejar el relato de tan agridulce tragicomedia para las memorias jocosas que algún día, si antes no me muero de risa o de pena al ver cómo va el mundo, me sentiré obligado a escribir. ¡Vaya si lo haré!

O acaso debería también dolerme en banderillas, crecerme en el castigo y llevarme quejumbrosa y protestonamente las manos a la cabeza al constatar que nadie —he dicho nadie*— se ha hecho eco hasta ahora, ni para bien ni para mal (que no es aplauso lo que pido, sino debate o incluso, llegado el caso, razonada refutación) de la novedosa y sediciosa hipótesis aportada por mi libro, y apoyada, intramuros de él, por datos, hechos y noticias a mi juicio irrebatibles, acerca de la posibilidad de que Jacobo fuese en su día y siga siendo hoy cristianizado* paredro *o avatar de Osiris y el Camino apostólico nueva —aunque enésima-versión del mitologema correspondiente a las navegaciones, degollaciones y resurrecciones nilóticas de la asendereada deidad egipcia, pero ¿a qué ton vendría sorprenderse, amargarse y despepitarse por esa minucia en años como los que ahora corren, carentes de pulso, caracterizados por la desbocada e irrefrenable ascensión de la ligereza y, consecuentemente, poco o nada proclives a aceptar y desarrollar en su seno discusiones —no digamos revoluciones— intelectuales de ningún tipo?*

Y debería, por último, señalar —y así, efectivamente, lo hago, aunque sin tirar del hilo ni descender a detalles— que yo fui, no sé si por suerte o por desgracia ni si por casualidad o por causalidad, uno de los escasísimos pensadores libres (lo soy, lo soy, pero no se me sulfuren por tamaña pretensión. Lo de libre *significa aquí* independiente *y quizá, por ello,* honrado, *pero nada más que eso) que acertó a infiltrarse en la* nomenklatura *de la Transición y de lo que de ésta se derivó sin comulgar ni poco ni mucho ni nada con el nuevo, a la sazón, y hoy aún vigente Discurso de Valores Dominantes. Me ayudó, supongo, en eso la coincidencia de que tampoco había comulgado con el del Antiguo Régimen. Pensarían, digo yo, los cancerberos del orden posfranquista que, habiendo sido este cura sin tonsura pequeño héroe*

—si se me consiente la expresión— del antifranquismo, no cabía recelar de mí colgándome el sambenito de la disidencia ni, por ende, convenía excluirme del reparto de beneficios. Lo cierto es que, sea como fuere y por lo que fuere, me colé en lo que Andrés Trapiello llama en sus espléndidos diarios club de las almendritas saladas, *y ahí sigo, pese a mis continuas salidas de pata de banco, a mis encampanamientos, a mis* rebotes *(dicho sea en la acepción cheli de la palabra), a mi antieuropeísmo, a mi antiamericanismo, a mi anticomunismo, a mi anarquismo, a mi insobornable defensa de la necesidad de liberalizar —no sólo legalizar— las mal llamadas* drogas, *a mi nunca escondida convicción de que sólo regresando al tibio seno de la pobreza (no de la miseria) se salvará el mundo, a mi interés por las religiones, a mi desinterés por la globalización y la informática, al escepticismo —jamás ocultado— con el que pacíficamente asisto al despliegue universal de la democracia (esa religión de nuestro tiempo no corregida por la meritocracia, que es lo que yo propugno) y a la implacable persecución de la que fui objeto cuando los felipistas estaban en el machito.*

—Señor Dragó...

—Dígame usted, angelote de mi guarda, dulce compañía.

—De ser cierto lo que está insinuando, ¿por qué no lo echan de tan selecto club?

—¡Ay, Oisinoid, Oisinoid! Eres tan ingenuo como el color de tus alas. Lo de la nomenklatura *es algo bastante parecido a la gloria celestial que tu religión describe: carece de prescripción, no caduca, es vitalicia...*

—¿Y eso por qué, patrón? La metáfora me ofende. Estás confundiendo el cielo con la Moncloa.

—Sí. Y el infierno con el Pentágono. Mira, Oisinoid, y escucha, si es posible, que ya vas teniendo edad para dejar de chuparte las plumas de las alas. No me echan, querube, porque no quieren líos. Así de simple. Sería, desde su punto de vista, un escándalo, una contradicción, un sinsentido. No te olvides de que los próceres, abanderados, mamporreros y palanganeros del Sistema se pasan todo el santo día y parte de la noche, que en su caso debe ser igual de santa, presumiendo de ser tan tolerantes, oh, como el que más y ya no les parece posible, a estas alturas, enviarme de nuevo a las mismas tinieblas exteriores en las que me confinó el franquismo. Prefieren poner cara de póquer, hacer oídos sordos, silbar aires de moda y mirar hacia otro lado. Ya dije antes que tal es la tónica de los tiempos. Pero no le des más vuel-

tas, Oisinoid. Paguémosles con la misma moneda. Desviemos también nosotros la mirada.

Sí, desviémosla.

Y acabemos de una vez.

¿Cómo?

*Con una cita sacada del rabo del libro que este prólogo encabeza. Dice así: «mi deuda, como la de Sócrates con Critón, está saldada».**

Mi *deuda, sí, pero no* —Y al cabo, nada os debo; debéisme cuanto he escrito— *la deuda de los lectores conmigo. O, por lo menos, no lo estaba entonces, cuando redacté esa frase, cuando terminé la obra. Ahora sí lo está, y fue nada menos que don Salvador Dalí —el españolito que yo prefiero entre todos los nacidos después de la muerte de Ibn Arabí— quien se encargó de pagar esa segunda deuda, aunque yo no me enteré de ese gesto de generosidad, y de magnanimidad, hasta hace cosa de tres años. A tal señor...*

*Seguiré citándome. Fue de este modo: «Me cuenta una amiga avecindada en el Ampurdán*** que hace algún tiempo consiguió colarse de rondón en la mítica casa de Salvador Dalí, cerrada a piedra y lodo, y a tirios y troyanos, desde que el genio y* magister ludi *ascendió a los cielos, y vengo así a saber que en la mesilla de noche del más alto pintor que las Españas han dado con posterioridad a Velázquez había, y allí sigue, un solo libro:* Gárgoris y Habidis. *Permítame el lector este ligero sarpullido de vanidad. Es el mayor halago y el mejor piropo que he recibido en mi vida. Ya puedo morir, como Simeón, tranquilo, y con una sonrisa daliniana —la del gato de Chester— de oreja a oreja.»****

La cosa —el débito— venía de antiguo, y por ello, como en seguida se entenderá, no se me ocurre ni me parece que exista mejor manera de dar definitivo carpetazo a la Historia Mágica que trayendo aquí a colación la mágica historia de cómo Dalí iluminó mis ojos —lo acabo de contar— veintidós años después de haber estado a punto de dejármelos sin luz para todo lo que el 19 de noviembre de 1974 me quedaba de vida. Fue entonces cuando escribí y envié al frágil coloso de Port-Lligat la carta que a continuación transcribo...

* *Gárgoris y Habidis*, p. 955.

** Es Carmen Giménez-Cuenca: la Sherezade y la Jana de *Discurso numantino (Segunda y última salida de los ingeniosos hidalgos Gárgoris y Habidis).*

*** *El camino hacia Ítaca*, Barcelona, 1998, p. 211.

Maestro: hace dos semanas estuve a punto de quedarme ciego por su culpa. La historia vale una misa.

Fue aquí, en esta ciudad desnuda,* donde me he refugiado para terminar un libro de casi dos mil páginas,** y en un cubil o cuadratura doméstica del círculo que a su debido momento fabriqué (ídolos orientales, sombras chinescas) con la esperanza de encontrar en él abrigo cuando la tensión de mi quijotesca y quizá daliniana empresa se hiciera verdaderamente insoportable.

Pilar y yo cenamos bien aquella noche, trasegamos con el último sorbo de vino una píldora mágica,*** pusimos al azar un disco (creo que era de Vivaldi) y a eso de las doce nos repantigamos a cal y canto entre los cojines de la guarida. Llevábamos entonces alrededor de una prieta semana leyendo, discutiendo y volviendo a leer *La vida secreta de Salvador Dalí*. Y estábamos impresionados. Sobre todo yo, que —más brutal— dedicaba varias horas cada día a proclamar mi entusiasmo directa e indirectamente en cartas, tertulias, zaguanes de casa noble, trastiendas, confesionarios, esquinas y vidrieras de cenáculo abiertas a la calle mayor. No era para menos. Como Diógenes a su Hombre, así llevaba yo treinta años buscando un Escritor Español; y al sesgo, en provincias, distraídamente, acababa de encontrarlo.

Me explicaré.

Mis primeras lecturas se produjeron antes de que cumpliera cuatro abriles. Mis primeros ejercicios literarios se remontan a los seis. Fui un lector prodigio y un escritor precoz. Desde entonces he vivido constantemente para eso y, como usted puede suponer, en implacable soledad de artista. No atiné a comulgar, y no comulgo ahora, con ninguno de los autores que la inútil posguerra nos iba deparando. Así que me largué muy pronto, recorrí el mundo, día tras día en el silencio de mi telar. Quise ser, como usted, un *uomo* del Renacimiento: no hay belleza (ni tampoco otras cosas) sin fanegadas de tradición, técnica, dibujo, academia, pensamiento, voluntad, fatiga, mujer, dolor, erotismo, ultratumba y reto detrás de cada rasgo de pincel o trazo de pluma. Al cabo, hace tres años, dueño ya de todo eso (y de una mitología o cosmología personal), acoté un territorio en-

* Soria.

** Sería, andando el tiempo, *Gárgoris* y *Habidis*.

*** De LSD.

cantado en este bárbaro enclave con la determinación de no moverme hasta que la antigua apuesta me explotara dentro. Y ahora, superada la *nigredo*, estoy acercándome a la órbita sin retorno de la definitiva transmutación. Dejé atrás la página mil trescientas de un libro que no desmerecerá allí donde yo quise colocarlo: en la inigualable biblioteca de quienes tuvieron la dicha de vivir y escribir (o pintar) bajo la férula fantástica, iluminada, monárquica y anarquista de los Austrias. Incluso, cuando llegase el momento, pensaba pedirle un prólogo a usted (el único genio *español*, junto a Gaudí, que Expaña —con equis— ha alumbrado en los tres últimos siglos) y, de paso, autorización para reproducir en la portada de mi obra su *Dalí niño* (¿o niña?) *levantando la piel del agua*, cuadro portentoso que ilustra como pintiparado cuanto yo —buceador agónico de arquetipos— estoy escribiendo o haciendo por escribir. Ahora, sin embargo, no me dirijo a usted para lo uno ni para lo otro. La aventura de mi libro es historia diferente (aunque en modo alguno independiente) de la que aquí quiero contarle.

(Quizá peco de injusticia. Lorca también pudo ser un genio español. ¿Se le cruzó antes la muerte? Usted conoce la clave de ese enigma.)

Y perdone la divagación. Sospecho que recibe a diario muchas cartas no solicitadas ni agradecidas y que casi todas van al fuego. Tal vez el envite autobiográfico me salve de tan triste fusilamiento colectivo.

Ahora, al grano.

¿Cómo es posible que yo —lector entusiasta, escritor en sempiterna búsqueda de un compinche con talento, linaje y afinidades electivas— no me haya tropezado con su *Vida secreta* hasta el trigésimo octavo año de mi edad? Gajes de la diacronía. En 1944, cuando esa obra maestra apareció en castellano, acababa yo de hacer la primera comunión. Luego, a medida que mi infancia dejaba de serlo, el país se dedicó a imitar sin prisa ni pausa todo el cutre y roñoso racionalismo europeo del siglo XX con el lógico resultado de que su libro se esfumó de los escaparates sin tiempo para llegar a mis manos. Lo demás —¡a quién se lo digo!— fue terco, sórdido, envidioso silencio de nuestras capillas culturales. Y despiste mío, lo reconozco, ya que Salvador Dalí se me había revelado muy pronto como el pintor más grande de su época. Ni siquiera en mi adolescencia marxista —pues la tuve, ¡cielos!— fumé con demasiada convicción el clásico opio de Picasso. Y sin embargo, burla burlando, habría de írseme media vida antes de que una casualidad soriana me brindara nuevo acceso al prodigio perdido. Sonó aquélla, y pude por fin coronar la primera lectura de una autobiografía secreta que para mí tardó treinta años en cambiar de estado. De eso todavía no hace un mes. Y en el acto dije (para mis adentros y, de viva voz, para los oídos no siempre sordos de quienes forzosamente tuvieron que prestármelos): he aquí al mejor escritor español desde Gracián.

Tras lo cual me precipité sobre el resto de la literatura daliniana. Huelga aclarar que con escaso éxito, pues buena parte de ella permanece inédita, desconocida, virgen y mártir en este famoso rabo de Europa por desarrollar. Quizá usted, hombre en definitiva superior, haya perdonado y olvidado el ultraje.

Yo quise lavarlo y encargué varios libros a Francia. Algunos llegaron, otros no.

Pero vamos ahora con el verdadero motivo de esta carta: mi asombrosa ceguera causada por su genio literario.

Conque andábamos Pilar y yo arrebujados sobre los divanes del cubil, a la hora de las brujas, en actitud de trance y con las piernas aún temblorosas por la reciente y candente desfloración que su *Vida secreta* había perpetrado sin analgésicos en nuestra virginidad de españolitos ansiosos de rasgarse las ingles con un mínimo de belleza autóctona y coetánea.

En tan dulce postración transcurrieron cien minutos de ensoñaciones y paranoia crítica hasta que de repente le dije a Pilar: ¿por qué no me lees unos trozos de Dalí?

Pasemos al presente de indicativo...

Se levanta mi novia como un dontancredo de resorte, trae el libro y elige (Dios se lo premie) las páginas dedicadas a los desafueros juveniles en Madrid.

Imposible frenar. Desde ellos nos trasladamos al encuentro con Gala, al perfume de morueco, al episodio del moco pegado, al número de la escafandra, a la garrapata traidora, a la comisaría de Nueva York... Resbalamos de genialidad en genialidad, pegamos bocados a diestro y siniestro con la desordenada gula del gusano japonés que se encarama a una morera. Dan las cuatro, las cinco y hasta las seis. No importa. No pasa el tiempo, porque Pilar lee con fortaleza de cariátide y yo me ocupo siempre en lo mismo: ruedo por la alfombra presa de satánica hilaridad, me deshago en carcajadas, me oprimo los ijares, me cascabeleo los testículos, me araño el costillar, me estrujo el páncreas, me perforo el estómago, me quiebro la ciática, me añudo los intestinos, me muero de risa. Y eso me hace llorar. Lloro, lloro de alegría, de miedo, de emoción, de nervios. Lloro de increíble, milagroso orgasmo literario. Lloro como lloraban los niños que ya no existen en las películas de Stan Laurel. Lloro como los indígenas de Nueva Guinea a quienes el canibalismo de cerebros regala una jocosa enfermedad mortal. Lloro como lloraría Iavé. Lloro sin dejar el hueco de un instante a lo largo de cinco horas consecutivas. Lloro hasta formar mi propia laguna Estigia con purísimas lágrimas de risa y bañarme en ellas y salir metamorfoseado en Aquiles con alas de mariposa y echarme a caminar y a volar por todas las galaxias del infinito, pero en eso Pilar protesta, se cruza, dice no, imposible, te vas a morir. Y me quita el libro (pues para entonces ya se lo he arrebatado y ha mucho que pugno por seguir leyendo a la débil luz de un farol birlado en cierta lejana y dionisíaca noche de Tokio al escaparate de unos grandes almacenes), y me deja vacío a ras de tierra, y sale, y me trae un pañuelo, y lo empapo con purísimos mocos de risa, y trae otro, y vuelvo a empaparlo, y ya soy tremenda broncorrea, expectoración incontenible, garganta rascadora, cuello borracho de pituita, inminencia de hemoptisis, gargajo primordial, nadador de flemas, boca atrincherada tras velones que para sí hubieran querido los funerales de don Eduardo Dato... Cede el ataque, abandono los exámines pañuelos, me levanto con pie incierto y decisión de ganar el retrete, acometo la travesía del pasillo y ahí, en su negro lindero, zas, la nada, una muralla china de carbón, el tigre sin rayas, el inapelable no, o sea, la bruma total en el ojo izquierdo, parcial en el derecho. Y el terror. Intento sobreponerme. Me digo: pasará. Entro a tientas en el despacho. Enciendo la luz. Miro hacia ella: el iridio (o el platino, o el wolfram, o lo que rayos parpadee en el corazón de una bombilla) ocupa el epicentro de una eternidad luminosa que se propaga en círculos y círculos y círculos teñidos para mi horror con los más hermosos colores. Aquello me hubiese recordado en cualquier ocasión diferente el arco iris del patriarca Noé. Pero no soy un imbécil. Conozco el síntoma y la enfermedad que anuncia, pues un primo lejano incurrió años atrás en la impertinencia de padecerla. Se llama glaucoma.

Adiós a la vida. Adiós al Libro y a Pilar. ¿Cómo permitir que ésta sacrifique su frágil belleza encanallándose al servicio de un ciego? ¿Cómo terminar aquél, cuando cada una de sus líneas me obliga a desojarme durante horas?

Me hago fuerte en el dormitorio. Empujo con ira los postigos para oscurecer un sol naciente que a partir de hoy sólo me dará la exacta dimensión de mi ceguera. Busco la cama. Hacia mediodía resucito de un sopor fatal y corro, convulso, hasta encontrar mi imagen en la álgida superficie de un espejo. Lo que veo es Waterloo; conjuntiva purpúrea, pupilas desmesuradas, legañas purulentas, párpados abotargados como la panza de un asno muerto y enormes bolsas supinas en violácea multiplicación descendente. Para colmo es sábado. Execro la pereza de los gringos: nada cabe hacer por culpa de su estúpido e interminable fin de semana. Paso cuarenta horas ciegas sombríamente acodado en una mesa de camilla. Y apenas despunta el lunes me lanzo hacia la clínica del oculista atropellando ganapanes que regresan al trabajo. Una pánfila disfrazada de enfermera me explica que su majestad no se dignará recibirme hasta dos días más tarde. ¡Por Lucifer y su prole! Echando humo telefoneo a Madrid: que me pidan hora en el carnet de baile de un famoso especialista. De acuerdo, lo intentarán. Me encamino a la biblioteca del Municipio. Allí, por suerte, no faltan libros de medicina, pues desde hace varios años funciona en la ciudad un bendito colegio universitario. Devoro montañas de literatura oftálmica. ¡Sí, sí, glaucoma! Enfermedades mucho peores y harto más verosímiles a juzgar por mis síntomas se agigantan en la penumbra de la sala de lectura: diabetes, queratitis intersticial, tracoma, atrofia del nervio óptico, tumor indoloro, cáncer de cerebro... ¿Puede un adulto aprender el sistema Braille? Conviene empezar sin demora las prácticas de invidencia. Vuelvo a casa, me afeito delante de una pared, escribo a máquina mirando al tendido, bajo una y otra vez las escaleras con los ojos cerrados... Ni por esas me toma Pilar en serio.

Miércoles. Audiencia del primer oculista. Le relato con puntilloso rigor científico los modos y maneras de la catástrofe. Comentario: usted sabe mucho de medicina. Encajo el cumplido con una sonrisa sardónica. Se abre la consulta: linternas, cristalinos, goniómetros, colirios, puñetas... Nada, no tengo nada. Normalidad en el frente. Sonrío otra vez con dignidad y amargura, me produzco en sarcásticas expresiones de agradecimiento y salgo a uña de caballo hacia la estación. Villa y corte. El famoso especialista, amigo de mis padres, me trata con mimo. Que si fondo de ojo, que si verde por aquí, que si colorado por allá... Y palmadita en el hombro: nada, muchacho, a seguir escribiendo. Tienes la vista más sana que una reineta.

Pero ¿y la bruma? ¿Y el tigre sin rayas? ¿Y los párpados transubstanciados durante casi cuatro días en un a modo de pelotas de frontón sádicamente usadas y machacadas contra las callosas manos de setenta veces siete generaciones de gañanes vascos? ¿Y aquellos maravillosos halos de colores que festoneaban las bombillas puñeteras?

Bueno, pues hasta para eso me dieron explicación: con tanta purísima lágrima de risa trastorné el nivel ocular de cloruro sódico y me hice acreedor a un bonito, certero, falso y fugaz edema de córnea.

El resto puede imaginarlo. Regresé cabizbajo a Soria y aquí me tiene aporreando la máquina (otra noche en blanco) para contarle cómo la magia de Salvador Dalí a pique estuvo de frenar en seco la gloriosa realización de mi primera obra maestra.

Usted ha vivido mucho tiempo en yanquilandia: ¿prosperaría una petición de daños y perjuicios? ¿No se avendría a pagar por lo menos el hisopazo de los oculistas?

Pero basta de bromas y de carta. Aguardo sus noticias con la natural impaciencia de quien tantos años esperó desesperando de encontrar alguna vez un escritor vivo e ibérico de su talla y de su alcurnia. Transmítale un respetuoso saludo a Gala de Portlligat. Su miel y su sangre —las de usted, *maestro*— me han parecido igualmente dulces. Confío en que ni la una ni la otra vuelvan jamás a dejarme desamparado.*

No me contestó, e hizo bien. No le pedí el prólogo, e hice bien. Pero sí puse en la carátula del segundo volumen de la quinta edición —he dicho edición, *no* reimpresión— *de* Gárgoris y Habidis** *el cuadro de Dalí que menciono en la carta.*

Veinte años, según los argentinos, no serán nada, pero veinticinco, según el vulgo, valen por unas bodas de plata. Hasta aquí hemos llegado, amigos míos, y lo único que todavía quiero preguntarme en lo relativo a la Historia mágica *es si, caso de tener yo ahora cinco lustros menos en el costillar, haría lo que entonces hice: publicar mi obra. Y la respuesta, tajante, es que no: no la publicaría y ni siquiera, creo, la escribiría, aunque esté contento, eso sí, de haberla escrito. Aquella empresa, aquel albur, carece hoy de sentido. ¿Por qué? Pues por una razón de peso, contundente, inapelable: la España que yo describí ya no existe.*

* Incluido en *Discurso numantino*.
** Planeta (en la colección Espejo de España), Barcelona, 1985.

Se me dirá que tampoco, strictu sensu, *existía en 1970, que es cuando salí a buscarla, y redargüiré que entonces sobrevivían, al menos, sus huellas: los restos de un naufragio. Pero ya no es así: hasta eso —la* música callada *del inconsciente a la que me referí en los primeros tramos de este prólogo, de esta carta de despedida, de este largo adiós— se ha ido al garete por el sumidero de la modernidad, de la posmodernidad, del fin de la historia, del pensamiento único, de la corrección política y de la europeización forzosa. Nos han homologado, nos han expropiado, nos han emasculado, nos han ligado las trompas, nos han lobotomizado. El dinero lo corrompe todo, nada vuelve a crecer allí donde ese quinto jinete del Apocalipsis llega. Las cosas se han ido al diablo durante las dos últimas décadas. Aquí y fuera de aquí, pero yo vine al mundo en España y me entristece saber, y reconocer en privado y en público, que* ya no me siento español. *Así de claro.*

Fui, mal que me pese, profeta. La última frase del último capítulo de Gárgoris y Habidis *miraba a España y decía:* quizás tu camino y el mío estén a punto de bifurcarse. *Así, en efecto, ha sido. Paciencia, y a otra cosa. Ha llegado para mí el momento de sacudir la arena de las alpargatas —las* espardenyes *payesas de Dalí— como hacen a veces los toreros y de anunciar que nunca volveré a torear en esta plaza.*

Tan bien va España que se ha transformado ya en cuerpo glorioso: está en la sepultura. ¡Ojalá nos fuese un poquito peor!

Ecce liber. *Decía Hemingway que los libros pertenecen inicialmente a su autor, pero que ese derecho de propiedad absoluta se transfiere al lector cuando la obra alcanza su última línea. A punto estoy de llegar a ella. Tuyo es ahora, amigo que me lees,* Gárgoris y Habidis. *Los hijos vuelan y se van.*

A mí también me gustaría hacerlo.

Castilfrío de la Sierra, 21 de mayo de 2001

Prólogo

Resulta, a primera vista, chocante, ya que no impertinente, que el prólogo a una obra histórica —como es, a fin de cuentas, la presente— lo escriba y firme un autor de obras de ficción, pues no parece que la libertad a que una mente imaginativa se encuentra habituada compagine con el rigor que parece exigir, por su propia naturaleza, cualquier obra científica. Pero es sólo a primera vista; se trata de una apreciación superficial, de —me atrevo a asegurar— la prolongación de un tópico, o de todo un sistema de ellos, cuyo punto de apoyo falso lo constituye la supuesta incompatibilidad entre la imaginación y el rigor, como si la invención fabuladora no obedeciera a leyes, aunque el método científico las ignore: leyes que, por otra parte, los devotos del método se empeñan en no tener en cuenta, por lo que jamás alcanzan el meollo de la obra de ficción. Pero acabo de escribir que la presente, esta Gárgoris y Habidis *de Fernando Sánchez Dragó, es histórica. ¿A qué viene, pues, semejante insistencia de varias líneas en lo ficticio y en lo que no lo es? ¿Será porque pretendo de esa manera justificar mi presencia en este prólogo? Pudiera ser, y lo es de hecho; más aún, lo considero la única justificación posible, pero no de las baladíes y ligeras, sino de las que caen por su peso, ya que, tras la lectura de las páginas cuasi infinitas de este libro, he quedado persuadido de que su autor, provisto, como comprobará el que lo quiera, de un nutrido y aterrador arsenal bibliográfico, de una lúcida mente y de un excelente instrumental, ha utilizado en su concepción y en su redacción, además, aquellas facultades del espíritu que hemos dado en llamar poéticas y que la imaginación preside y encamina. Lo anuncia en el prólogo (o introducción) de su mano escrito; lo anuncia repetidas veces y con distintas proporciones, y a fe que el lector no queda defraudado, pues cumple lo que promete cuando opone el «método de las asociaciones libres», pongo por caso, al estricto y desazonador (por insuficiente) de «la causa y el efecto». Hay obras de historia que se escriben con sólo la aplicación de la inteligencia a un montón de datos comprobados y garantizados; pero existen otras, mucho más ambiciosas, que al mismo material, garantizado o no, comprobado o no, aplican la imaginación, y aunque no falta quien las repute de «poéticas», no cabe duda de que en casi todas ellas, por no decir en todas, se encierran ráfagas de verdad resplandeciente más reveladoras que todo lo que la ciencia nos ofrece. Lo cual no tiene nada de nuevo si se dice aquí por primera vez. En todo caso, habría que ver si la verdad que se deduce de Mommsen supera a la que nos regala Shakespeare.*

No se vaya a pensar, a la vista de lo dicho, que este libro pertenece al género de Coriolano, Julio César *y* Antonio y Cleopatra*; menos aún al de las historias noveladas o al de las novelas históricas. Insinué su carácter y debo precisar inmediatamente que es el fruto de una investigación, de un estudio, en el que mediante el relato de lo que fue o de lo que no fue, mediante la hipótesis, mediante la reflexión, se intenta alcanzar un cúmulo de verdades acerca de un tema histórico, en este caso de los más controvertidos, de los que provocan opiniones y aun acciones encontradas, tan violentas a veces como pueden ser unas guerras civiles. Dicho lo cual, resulta inútil añadir que se trata de España, una vez más, pues es el único tema que, con estas formulaciones que anteceden, puede darse por aludido. Esta España acerca de la cual los españoles nunca estamos de acuerdo, hasta llegar a negarle el nombre y la realidad, hasta rechazar el gentilicio que gratuitamente ofrece a los en ella nacidos. ¡Singularidad la de este rabo de Europa, la de esta piel de toro, la de constituir una realidad acerca de la cual es tan arduo llegar a un acuerdo: un pueblo, o un conglomerado de ellos, que es un problema y que hace de esta problemática, o de este problematismo, uno de los temas capitales de su cultura y uno de los motivos de su íntima disensión! Podría escribirse un libro —del que algunos capítulos andan por ahí desperdigados y firmados por distintos autores— en que se describiese la conciencia progresiva que España va teniendo de sí misma, y su proyección en actos y en instituciones, hasta llegar a ese momento dramático del siglo* XIX *en que se pregunta si es o no es, y, para dirimirlo, en vez de confiarlo a una junta de sabios que se reunieran bajo el roble de las verdades invariables, lo entrega al albur de varias guerras civiles, las ya mentadas, las que siempre se mentarán: expresiones violentas, castrenses, de la guerra civil de los espíritus y de la que muchos espíritus individuales sostienen consigo mismos, en su propio* *interior, partidos ante los mitos de la unidad y de la variedad, ante el sistema de contradicciones que, a partir de ésa, constituye a España no en la invariabilidad de su paisaje, sino en la inestabilidad de sus conciencias. ¿Por qué somos así? ¿Por qué hemos llegado a serlo? ¿Fuimos alguna vez de otra manera? Y lo que jamás tendrá respuesta contundente: ¿Es nuestra historia un error? (Ortega y otros muchos lo afirmaron.) ¿Estamos a tiempo de rectificar o no nos queda ya remedio? Todo lo cual, implícito o explícito, consta ya en la abundante literatura acerca del problema de España como problema: el cual, como estamos viendo cada día, no es una invención de intelectualidades, sino una realidad en que nos hallamos metidos y a la que intentamos dar salida cada vez con mayores torpezas políticas y culturales.*

No hace falta, pues, añadir que el libro de Sánchez Dragó se suma por derecho propio a esa lista, nunca cabal, ahora acrecentada, como grandes aportaciones de los últimos tiempos, con los del profesor Sánchez Albornoz y de don Américo Castro, los más recientes esfuerzos por aclarar qué es y en qué consiste nuestra realidad. De que Sánchez Dragó los conoce al dedillo y los ha manejado, no cabe duda; de que no está de acuerdo con ellos, tampoco, y dice claramente por qué: es una cuestión de fundamentos intelectuales, y Sánchez Dragó no siente embarazo en proclamar los suyos, que son nada menos que Platón, Nietzsche y Karl Jung: tres nombres que, quiérase o no, confieren carácter y dan a la mente un tono y un color determinados, nunca ese gris de los buenos trabajadores, ratones de bibliotecas, redactores de fichas, ordenadores de conclusiones evidentes, a los que cabría aplicar el razonamiento de Kant acerca de los juicios sintéticos a posteriori, es decir, los que no amplían el auténtico saber. Se advierte, naturalmente, que Sánchez Dragó (y él mismo lo dice) ha fisgado como cualquiera en bibliotecas y otros lugares en que la sabiduría se decanta (unas veces) o se enmohece, y ha redactado fichas, y ha extraído conclusiones, e incluso, como antes dije, ha establecido hipótesis; pero la dirección de su curiosidad no ha sido nunca el camino trillado, sino el insólito, y la presidencia y presencia de sus tres santos tutelares ha impreso a su búsqueda una determinada orientación, precisamente hacia aquello que la ciencia descarta por su especial naturaleza, o relega a la investigación secundaria. Hemos visto, por ejemplo, cómo los mitos son estudiados, analizados, descompuestos, mostrados en su estructura e incluso en su función abstracta, *en verdaderos alardes de precisión formalista, pero ¿cómo fueron vividos? ¿Qué signi-*

ficaron en la vida real, intrahistórica, de sus sostenedores? ¿Por qué dejaron de informarla? Que es, a la postre, lo único importante, y quizá también lo más revelador. Pues Fernando Sánchez Dragó pretende averiguar algo nuevo de esta España cambiante y problemática por medio de sus mitos, de la materialidad de sus mitos, de sus imágenes y de sus consejas: es, hablando con mayor propiedad, una de las cosas que pretende. Y no deja de ser curioso que esta actitud mental y esta decisión y el origen de este libro se hallen en un determinado momento biográfico, que lo es al mismo tiempo histórico y geográfico: un momento además poético, casi también mítico, que el autor cuenta y describe en su lugar adecuado y que el lector debe esperar desde el principio.

La historia de España, en esto estamos de acuerdo, viene considerándose, una vez que se ha constituido, desde un punto de vista excluyente y con frecuencia terrorífico. Es la dualidad cifrada en la fórmula de Larra, la media España muerta de la otra media, o en la de Machado, una de las dos Españas ha de helarte el corazón. Consisten, una y otra, en seleccionar, discriminar y repeler, no hechos aislados, sino sistemas de hechos, estructuras generales, con criterios maniqueos de contrario signo; y cada uno de los que acepta cada parcialidad, de buena gana borraría la otra de la memoria, que es ya de lo único que puede borrarse: de la constancia escrita, de toda posibilidad de transmisión al futuro, y, al mismo tiempo, concebir bajo especie pecaminosa la parcialidad contraria, barrer de la haz de España a los que la sostienen: por eso le llamé terrorífico al punto de vista en que se engendra cada una. Sin embargo, y a pesar de todo, ahí están Villalar y Pavía, los Austrias y los Borbones, Menéndez Pelayo y Giner de los Ríos, Maeztu y Ortega y Gasset. Hasta ahora, aunque con frecuencia escasa y timidez en el talante, se creyó que la postura integradora llegaría alguna vez a superar la dualidad, y se esperó que semejante actitud nos vendría de Europa, sin darnos cuenta, quizás, de que Europa en cuanto tal y en cuanto ejemplo era también parte en la contienda. ¿Cabe, pues, la posibilidad de una vía nueva, de una actitud distinta y original, superadora de algún modo de las hasta ahora conocidas y ensayadas? Fernando Sánchez Dragó la apunta mediante una dialéctica de afirmación y de negación. En general, nos viene a decir, España es un país que no pudo expresar su originalidad porque siempre le tocó habérselas con la invención ajena, traída en forma o bajo forma de invasiones y mandatos políticos, de influencias religiosas y culturas extrañas, que de algún modo y casi siempre por el mismo procedi-

miento, la violencia, impusieron la unanimidad sobre la variedad, la ortodoxia sobre la heterodoxia, lo común universal sobre lo peculiar. Europa fue la gran aniquiladora de España, enviando sus ideas y sus formas desde París, desde Cluny, desde Roma (más tarde desde Londres, Berlín y Moscú). Lo espontáneo y autóctono fue destruido cuando no pudo ser domesticado. Sirvan de ejemplo el Camino de Santiago y Prisciliano. Galicia y sus confines era una de las metas de las peregrinaciones prehistóricas, célticas quizás; meollo de una cultura distinta: estaba al cabo de una de las «rutas de las estrellas». Para cristianizarla, para raer de las conciencias su inmemorial sentido, envió Cluny a sus monjes. Por su parte, Prisciliano había llegado a un cristianismo original retrotrayéndolo a la gnosis de la que nunca debiera haber salido; la popularidad alcanzada con su predicación muestra que respondía a la conciencia religiosa española, que la expresaba. Roma se interpuso, aunque por mandatarios, y el priscilianismo, pese a su arraigo, desapareció como forma de la piedad oficial y visible, aunque persistiera como fe críptica y perseguida. Y así en muchas ocasiones. La verdadera España, pues, no es la de los unos (las derechas) ni la de los otros (las izquierdas), sino esa otra que no llegó a ser, esa que tropezó en su camino con el Imperio Romano, con el cristianismo católico, con el racionalismo francés y quizás últimamente con el liberalismo y con el socialismo en cuanto variedades del racionalismo. Lo curioso es que esa España malograda de los saberes secretos que esboza Sánchez Dragó tampoco *había elaborado los fundamentos y los contenidos de su saber, ya que por una vía o por la otra le vinieron de Oriente: todo cuanto los especialistas y los aficionados llaman* saber hermético, *depósito transmitido a través de la Edad Media por caminos extraordinarios y cuyas manifestaciones de interpretación o dilucidación difíciles lo mismo hallamos en los rosetones de las catedrales que en las mal conocidas peripecias de los cátaros o de los templarios, en la mística ortodoxa que en la heterodoxa, en las formas primitivas del monacato visigótico que en las sociedades secretas del siglo* XVIII*; todo ese saber hermético, en lo manifiesto y en lo oculto, del Oriente procede. Y era como se sabe un saber de salvación.*

Por todo cuanto queda someramente indicado y por lo al mismo tiempo aludido, el libro con que nos las habemos pertenece al género de los escritos por Charpentier o por Fulcanelli: eso que algunos llaman despectivamente historia-ficción y que yo prefiero llamar historia-poesía: la historia que se acoge, ya lo dije al principio, no a las reglas de la investigación positiva (aunque a veces las utilice), sino a la imaginación y a las musas. ¿No fue la historia, en sus comienzos, un género poético? ¿No nos habló de mitos Herodoto, padre de cuanto vino después? El lector de este libro experimentará muy pronto los efectos de un instrumento nada frecuente en los libros habituales, pero presente en éste desde la primera línea, un instrumento cuyas leyes conoce la Poética: la buena prosa de Sánchez Dragó, yo la llamaría su endiablada prosa, pues es de esas que envuelven y enmarañan, que tiran del lector y le llevan adonde quiere, que le convencen por la virtud de la palabra bien escogida y ordenada y no por el respeto a los encadenamientos de la lógica. Prosa convincente, espejo de una personalidad igualmente convincente: pues el autor está en cada línea y en cada afirmación, en cada paradoja y en cada boutade. *Es como si ejerciera la presencia física y le escucháramos un monólogo de mil páginas del que, tanto como las palabras, nos importasen los tonos de la voz, los ademanes y los gestos. Quiero decir con esto, y no sé si lo he logrado, que esta prosa no se limita a comunicarnos lo meramente intelectual, el* logos, *sino también lo sentimental, lo pasional y lo patético, lo sarcástico y lo irónico, en una palabra, la personalidad entera de un hombre que se adhiere a lo que cree y que sabe que una verdad caliente no se queda en la mente, sino que baja al corazón. ¡Peligroso hereje, este Fernando Sánchez Dragó! La Inquisición no se hubiera limitado a discutir con él de teologías: le hubiera enviado a la hoguera. Y no estoy nada seguro de que no lo haga la de hoy, aunque dude acerca de cuál de ellas: porque, como insinué, Sánchez Dragó es hereje para todos los gustos y todas las ortodoxias, e inquisiciones las hay de todos los colores.*

Quisiera, para terminar, referirme a un aspecto muy parcial, a un mero detalle, que me hizo gracia y que me libró de un velo que la pasión me tenía echado desde hace tiempo, oscureciéndome ciertas visiones: prefiere Sánchez Dragó los Austrias a los Borbones, cosa no nueva, y los prefiere por mágicos y no lógicos, cosa «no tan corriente. Porque lo habitual es amar o denostar a nuestros Habsburgos por razones políticas, por cómo nos gobernaron o nos desgobernaron, por lo que ganaron o por lo que no supieron conservar, por sus aptitudes maquiavélicas o por sus ineptitudes económicas, etc. Sánchez Dragó no tiene nada de esto en cuenta: ve el período y la corte de los Austrias con una mente próxima a la de un novelista gótico que acusase al mismo tiempo cierta sensibilidad para lo sexual, y así nos presenta unos hechos de que Carlos II fue protagonista (que nos hacen recordar otros que su padre y sus abuelos llevaron felizmente a término), que son algo así como la mezcla de un ceremonial funerario con un ritual erótico operada por la virtud del protocolo borgoñón. Y lo que esta síntesis nos hace ver, desplaza de la atención y de la estima cuanto hemos aprendido últimamente acerca de la ruina del país perpetrada por unos reyes y una clase dirigente que se gastaban en un traje las rentas de una provincia, que empobrecieron el país mientras Europa se enriquecía, que lo debilitaron mientras Europa se fortificaba y que permanecieron fieles a una mitología que Europa ya arrojaba por la borda: todo lo que nos muestra como verdad inapelable la historiografía científica. Y el vacío que de ello resulta no se colma, como pudiera imaginarse, de los acostumbrados tópicos de grandezas y batallas, sino de lo que hemos dado en llamar la España negra, aunque no tan negra, puesto que también florece en ella el rosa y la plata de la Infanta María Teresa o del Felipe IV de Praga, y el verde de los jardines del Buen Retiro, y el rojo opulento de los obispos y los cardenales (aunque en él se refleje el resplandor de las hogueras); una España, en fin, en que el olor a chamusquina se disimula con los guantes de ámbar, y el temor al infierno se mitiga con reiteradas fornicaciones, de unos y de otros, a cencerros tapados. Estamos en plena novela gótica. Largos corredores sombríos que atraviesa como una espada un rayo del sol madrileño; paredes cargadas de santos, vírgenes y martirios que ocultan los de bacanales paganas y deidades en puritito cuero. ¿Habrá habido jamás espíritus como aquéllos? Un bastardo real aspira a casarse con su hermana. Temerosa de su raza mezclada, toda una clase, la nobleza, se inscribe en la Santa Inquisición en calidad de familiar: se acoge al perseguidor el que puede ser en cualquier momento perseguido; porque, ¿quién no tiene una bisabuela judía, empezando por el propio rey? Mala es la fortuna de las guerras: hay que quemar un buen puñado de brujas, de herejes y de cristianos nuevos para que se aplaque, allá en su altura, el Dios de los ejércitos, empeñado en favorecer a esos frívolos de franceses. ¿Habrá operación mágica de más envergadura que ésta? Pues hay teólogos que la justifican. Para llevarla a buen término, se organizan lucidas procesiones, y, acabado el espectáculo, cada cual busca descanso en el regazo de su amiga, que para eso la tiene y es cosa de hombres, no como esas sodomías del extranjero. Y cuando, de noche, ya acostado, busque cada pecador el olvido del sueño, una voz que viene de la noche le invitará al arrepenti-

miento, porque puede morir. Hay monjas que le enseñan al rey cómo debe gobernar, y otras que lo son a la fuerza porque antes fueron queridas del monarca, y lo que tocaron las manos reales no puede ser rebajado por otras manos. ¡No faltaría más! Y monjas que esperan alcanzar la unión mística ejercitándose en el coito sacrílego con el propio capellán del monasterio: como que no hay más que comparar, para ver en qué se aparta una mente mágica de otra, racionalista, el proceso de San Plácido con el de Port-Royal. ¿Habrá nada más elocuente? Monjas las unas y las otras: cultas, gramáticas, resabidas, las alumnas de Pascal y de Monsieur Arnauld; pero también soberbias como diablos, aunque puras como arcángeles. Ordinarias, analfabetas, supersticiosas, las de Madrid; pero vulgarmente humanas y conmovedoramente humildes. Si se dejan aparte las consideraciones de orden científico y se adentra uno en la descripción, en el relato, de aquel mundo que empieza con la abdicación de Carlos V y termina con la llegada de los primeros peluquines, se tiene la impresión creciente, hasta culminar en los últimos quinquenios del siglo XVII*, de que se transita por un mundo alucinante y alucinado, fuera de toda realidad, un mundo de monstruos locos y extravagantes por el que de cuando en cuando se distrae un genio de la novela, de la poesía o de la pintura. Duró casi dos siglos. ¿No son muchos? ¿No acaba uno, al final, por desear el aire libre y las fachadas frías de los palacios borbónicos, harto ya de columnas y de mentes retorcidas? ¿Harto, en una palabra, de tanta magia y con apetito de alguna lógica? No olvidemos que, a la novela gótica, le sucedió la novela realista, por cansancio.*

Habrá quien prefiera, por supuesto, la España de la rabia y de la idea, *y yo soy uno de ellos, aunque no siempre, sino cuando me sopla la vena racionalista. ¿Quién duda que lo que trajo consigo la introducción subrepticia de la razón en aquel mundo —de la mano, por cierto, de un monje gallego, nacido al margen del camino de las estrellas— era lo que el país necesitaba? Alumbrado público y alcantarillas, sensatez financiera y reformas agrícolas, un ejército y una marina modernos, y, de paso, las capas algo más cortas y el sombrero algo menos caído. Lo que no parece tan necesario es negar la otra España, no ya la de los triunfos militares y el imperio, sino la del saber hermético, la de los heresiarcas, de los iluminados, de los canteros prehistóricos, de las razas misteriosas y marginales: todo ese mundo, en fin, tan nuestro como el otro, tan constituyente como el otro de nuestro ser (entero), que es el que Fernando Sánchez Dragó pone en pie con su prosa valiente y rápida, no exenta (tampoco) de rabia cuando le viene a cuento ni de ideas que se proyectan sin decirlo en un futuro que tampoco se nombra pero que sí se alude o se da por supuesto: ése que nos amenaza, hecho de estupidez y cibernética, y del que muchos quieren salvarnos asiéndonos al clavo ardiente del otro extremo, el mismo que quien escribió estas mil páginas que siguen, vio o adivinó, en ocasión ya lejana, junto al Ganges, y que bien podría formularse así: sabiduría frente a técnica.*

GONZALO TORRENTE BALLESTER

A Pilar, que con iluminada paciencia me siguió por tres continentes, copió millares de fichas, ordenó datos, borró subrayados, buscó signaturas, reservó asientos, exploró las mazmorras y tumbas de la Biblioteca Nacional, ablandó a ceñudos ujieres del Consejo, resolvió petroglifos, creyó en druidas, columbró fantasmas, capeó camino de Compostela la cólera de los Inmortales, brindó con licor de agotes, vadeó noches blancas y desperdició muchas tardes de juventud en la penumbra de las hemerotecas.

Dakar, marzo de 1973

Pero el tiempo pasa y vuelve el Tiempo:
a Caterina, porque con ella lo encontré casi todo,
y a mi madre, porque me hizo posible.

Madrid, septiembre de 1978

Tácito refiere en su limpia prosa un episodio de Termancia que anticipa Fuenteovejuna. El pretor Pisón quiso, en efecto, cobrar tributos de manera violenta a los arévacos, por lo que fue muerto por los nativos. Detenido un joven de la ciudad y torturado para que revelase los nombres, se negó, manifestando que el crimen era colectivo. Lo interesante del caso es la frase que atribuye Tácito al testimonio prisionero: *aquí existe todavía* —dijo— *la España Antigua...*

José María de Areilza
ABC, nov. de 1972
(y Tácito, *Anales,* Lib. IV, IV, 45)

Introducción

La cita de Tácito que encabeza este volumen, hábilmente alterada por quien la recoge, no puede ser más explícita sobre el propósito que me anima a escribirlo: trato de aventurarme sin esperanza de retorno por el inconsciente colectivo de esa poliédrica y escurridiza —aunque rotunda— comunidad geográfica que otros han dado en llamar *españoles* (pues éstos —como Américo Castro nos recuerda— siempre se consideraron a sí mismos, y a secas, «gallegos, leoneses, castellanos, navarros, aragoneses o catalanes. El nombre *español,* que los unificó a todos, se originó en Provenza por motivos comerciales o por cualquier otra razón de carácter práctico»).[1] Y quede ya por delante, cogida al vuelo, la salvedad de que tan madrugadora alusión al más avispado y menos cobarde de nuestros historiadores, en modo alguno equivale a comulgar con sus tesis. Los representantes de ese gremio, en el que no me incluyo, suelen confundir la identidad de los pueblos con su toma de conciencia militar o política, sin reparar en que ambas se definen a partir de un concepto —el de nación— parcial, soslayable, reciente, mostrenco y condenado, como todas las ideologías, a la interinidad de lo especulativo. No entraré aquí en polémicas atizadas desde esa deformación profesional. El filósofo pasa, el historiador no llega, el profeta permanece. Sólo conozco, para quienes gustan de estructuras, una *estructura* humana: la numénica (que aplicada a lo temporal y cotidiano determina los esquemas psicológicos en función de los cuales se produce la actividad de los individuos y de los pueblos). ¿Por qué demorarse en *hechos* cuando una memoria más profunda y convincente nos suministra *mitos*? En las páginas que siguen procuraré subir a éstos desde aquéllos y, entre aquéllos, mencionaré sólo los que apunten a éstos. Pertenezco irremediablemente a esa ralea de plumíferos que Américo Castro, con desprecio y quizá con despecho, agrupaba bajo la doble etiqueta de *psicó-*

grafos o *antropólatras del «homo altamirensis»*. No hace falta decir más. El lector está avisado y a tiempo de arrepentirse.

Para bucear en arquetipos se requiere manga ancha. E ingenuidad (si la expresión no os irrita). *Plura transcribo quam credo,* decía el padre Mariana. Pues bien: yo voy más allá y, lejos de transcribir incluso lo que no creo, creo en todo lo que transcribo. Si nada es verdad, como Buda enseña, nada tampoco es mentira. Prefiero, en consecuencia, acumular datos a seleccionarlos según la relativa y pasajera lógica de los usuales criterios historiográficos. Parte del material así recogido se revelará mensurable y, por ello, satisfactorio para el gusto y los dedos de Santo Tomás; el resto, en el peor de los casos, simplemente —y con más o menos gracia— inventado (aunque no, en esta ocasión, por mí). Pero tan real —o irreal— resultará y parecerá lo segundo como lo primero, pues supongo que nadie se atreve ya a ver en la invención un antónimo de la existencia. ¿Acaso hay *morenos de verde luna*? Lo que no es histórico, y más aún lo intrahistórico, bien puede servir de metáfora a la historia e iluminarla, ahondando en ella como hondamente ilumina la imagen lorquiana los andares del Camborio. El deseo de entender algo no se agota en la torpe tentativa de reproducirlo. «Pinte usted su perro exactamente —ironizaba Goethe— y no tendrá un cuadro, sino dos perros.» Eso que por ahí llaman *metodología científica* —asidero al que tantos espíritus obtusos suelen agarrarse— sirve sobre todo para trazar caricaturas o pontificar, cuando no, desde la epidermis de lo observado. Mi método, en buena lógica, es —o aspira a ser, que por desgracia nunca trepará a esas cumbres— tan escasamente científico como el del niño que se asoma a la vida y acierta (¡qué duda cabe!) a subsistir en ella sin necesidad de comprobar la inexistencia de Peter Pan. Mis paisanos de Occidente suelen preocuparse (y preguntarse) por las causas de las cosas. Tarea inútil. ¿Adónde nos lleva el juego? Ahí mismo, a la vuelta de la esquina; nunca a lo remoto, a la postrer unidad, a las esencias... Cae ahora la tarde, dormita mi gata blanca en un sillón, enciendo la luz y eso es todo. ¿Incurriré en el vaniloquio de atribuir tanta maravilla a un vulgar enredo de cables alimentados por un generador? Quédense éste y aquéllos para los electricistas. Una lámpara, al fin y al cabo, sólo alumbra cuando Dios lo quiere. Hay, Horacio, en la breve Tierra y por el vasto universo infinitas cosas que no son el fruto de tal o cual martingala. La ciencia (o la historia científica) se ocupa de mecanismos inmediatos. Para arribar a ese puerto, mejor no salir de casa. Lo que sabemos, lo sabemos ya, del todo y desde siempre. El problema estriba en recordarlo y recuperarlo. O sea: en iluminarlo entornando los ojos. El análisis no sirve a los fines del conocimiento ni la ley de causalidad explica la cadena del *karma*. El mundo es simultáneo. Jamás ha existido el tiempo. Jamás el ayer. ¿Son, por ventura, *consecutivas* las estrellas? De igual modo, los sucesos de la historia suceden, pero no *se* suceden. Mi empeño consiste en retrotraerlos hasta la nebulosa región de los mitos para alcanzar, con la ayuda de éstos, el espacio interior (y nivel inferior) donde reposa el específico inconsciente colectivo del entorno cultural que a partir de un determinado momento empezó a llamarse España. Y entiendo, pues de no ser así la empresa carecería de sentido, que los hombres y pueblos históricamente inscritos en ese entorno pertenecen a una misma colectividad, continua e incesante (aunque a veces casi yugulada por el intervencionismo romano, francés, católico y, en general, europeo), cuyo discurrir puede reconstruirse y verificarse —si aceptamos la convención cronológica— incluso desde los más inaccesibles y arcanos rincones de la Prehistoria.

Temo que esta actitud me granjee las iras de los investigadores con diploma, pero no sé de ninguna otra que mejor convenga a las necesidades planteadas por una incursión en territorio apache. He preparado cuidadosamente la aventura, sin prisa ni pausa, minucioso, fanático, casi angelical en mi paciencia. Y ahora, al cabo de eternos meses e infinitas bibliotecas, aquí estoy, pisando la raya de otro mundo con explicable indecisión, algo de hastío, un muestrario completo de malditas paradojas y un frenético vaivén de interrogantes. Mi libro crece a partir de esta encrucijada o combinación de hechos extraños y fórmulas dubitativas, unos y otras manejados con la técnica de la libre asociación. Para empalmar o interpretar los elementos del rompecabezas no he vacilado en recurrir a símbolos, corazonadas, imágenes oníricas, ecuaciones diofánticas, loterías, certidumbres, figuras de cera, anábasis, naufragios, estados febriles, vivaques neolíticos, teosofías, odiseas, visiones de infancia, cultura de bachiller y hasta magias agridulces más o menos de importación. Tampoco me han detenido lugares comunes (ni *horror vacui*) en la tentativa de recuperar mundos *féeriques* deglutiendo esos aliolis de brujas que la pedantería de nuestro siglo, algo policíaca, cataloga entre los alucinógenos.

La única forma de entender a qué sabe un melocotón consiste en probarlo. Y para hablar de duendes tenemos, como mínimo, que volar a la ínsula de los duendes, tanto si existe como si no. De más está aclarar que ni en tales andanzas ni en ninguna otra me incumben funciones de adelantado. Muchos escritores ilustres de ayer y de hoy franquearon a su debido tiempo las puertas del Valhaya y volvieron para contarlo. Un deber de gratitud me obliga a destacar, en esa lista, los nombres de mis maestros Platón, Nietzsche y Jung. No sé yo nada que ellos no supieran ni sé, por supuesto, todo lo que sabían.

Américo Castro, defensor de una realidad histórica de España entre las más plausibles que hasta ahora se hayan formulado, sentó judíos y moros a nuestra mesa en un gesto de hospitalidad intelectual que afortunadamente no parece reversible. Sánchez Albornoz, con dialéctica menos penetrante, ha optado por resolver el enigma histórico del país insistiendo una vez más en el gambito —manoseado, pero evidente— de lo romano y cristiano. Aun así, faltan piezas. Los arquetipos son el troquel de las razas, y la nuestra no empieza en Tartessos ni en las supuestas migraciones de pueblos australes o boreales. Atrás quedan milenios de milenios, acaso grandes ciclos periclitados y, desde luego, toda la belleza y la cólera de eso que llaman historia natural y que a menudo no es sino historia sagrada. ¿Estaría en lo cierto Estrabón al afirmar que el pueblo ibero tenía cantos y leyes con más de seis mil años de antigüedad?[2] Ahí duele y ahí apunta este libro: a vindicar un talante crónico perpetuamente actual. Su punto de partida son los mitos, las leyendas, la hagiografía popular, las constantes lúdicas, el folklore autóctono, lo que cualquier español sabe sin necesidad de que se lo expliquen. Creo que ese fuego central ni puede apagarse ni está apagado: sus reflejos alumbran una y otra vez muchos rincones —casi todos con olor a tigre— de nuestra peripecia propiamente histórica. La España Antigua —que fue española antes de hacerse cristiana, árabe o judía, y no dejó de serlo después— alienta aún, como aseguraba el termestino, aunque desde la paz de Augusto sus manifestaciones se ensombrezcan y adelgacen hasta dar en lo actual. Mi libro, por ello, podría subtitularse *estudios tradicionales* o algo así (entendiendo la tradición en el sentido tradicional y no en el revolucionario y alicorto que los tradicionalistas le dan). Tal apuesta se expone al fuego graneado de todos los riesgos del oficio. Contra ella podrían concitarse las dos Españas que helaron el corazón del españolito machadiano. La ultramontana me acusará de herético, la regeneracionista, de traidor. ¡Qué le vamos a hacer! Decía Larra (sin señalar): «Aquí yace media España; murió de la otra media.» ¿Cuál de las dos nos matará a quienes no somos güelfos ni gibelinos? Esa guerra civil constantemente proclamada no me convence ni me incumbe. El país, estremecido, sigue aguardando el advenimiento de un grupo de pensadores libres.

La antropología norteamericana ha demostrado que el contenido de los sueños y sus implicaciones cambian según las etnias. A cada colectividad corresponde un esquema diferente de símbolos oníricos. Es lo que un estudioso de las tribus de pieles rojas ha denominado *sueño cultural.*[3] En él suelen mezclarse los factores determinantes del comportamiento adquirido (o imágenes tomadas del entorno social) con los arquetipos junguianos que explican el comportamiento congénito. Rara vez existe acuerdo entre ambas escalas de conducta. El *establishment* hace suyas las reglas del juego predominantes en la comunidad cuyos destinos rige, o por lo menos tiende a identificarse con ellas, y desde la plataforma de los tres poderes reprime, encauza o ahoga las manifestaciones arquetípicas. Lo que suele llamarse *proceso histórico* es, en casi todas partes (pues todavía colea algún estadículo budista en Asia a pesar de los esfuerzos convergentes de rusos, chinos y americanos), el resultado acumulativo de las operaciones practicadas para cercenar —y, por supuesto, violar— el ser íntimo de la especie. «Sin saberlo —escribe Denis de Rougemont— arrastramos nuestras vidas de hombres civilizados en medio de una confusión completamente insensata de religiones nunca del todo muertas y raramente comprendidas y practicadas del todo.»[4] El porqué de este lento parricidio cae de lleno en los dominios del psicoanálisis y excede, por lo tanto, a los límites de mi intención. Jung ha dedicado muchas páginas al tema. El mundo actual, forjado en el delirio del progreso, sería el momentáneo resultado de esta tenaz falsificación. A lo largo de la mínima parcela de vida humana estudiada en los manuales de historia, una segunda personalidad —artificial y secularizada— se superpone a la personalidad original determinando una alucinación (la creencia de que se puede cambiar el mundo), una neurosis colectiva (el deseo de hacerlo) y una agónica contingencia: la destrucción, probablemente irreversible, del ecosistema que posibilita la evolución biológica tal y como el humanismo la entiende.

De ahí que los hombres de hoy, ante la inminencia ambiguamente barruntada de una catástrofe, reincidan una vez más —aunque con dudosa *gratia*— en pintorescas y desconcertantes manifestaciones de la primitiva religiosidad. De ahí, también, el creciente prestigio que desde hace pocos lustros —desvanecida ya la presunción del progreso *ad nauseam*— asume ante nuestros ojos el mundo de los orígenes. Como oportunamente señalaba Vicente Risco,[5] el mayor riesgo de la hora actual consiste en la amnesia de los arquetipos y en su natural secuela: la pérdida del sentido de identidad (lo que a todas luces constituye una de las mil formas posibles del apocalipsis). Desde este punto de vista, y remedando a Américo Castro, mi libro también podría titularse *Historia de una frustración o de cómo los españoles no volvieron a serlo.* ¿De *una* frustración? Mejor de *bastantes* (lo que ya se irá viendo). Y esa abundancia me constriñe a utilizar una de las técnicas más desprestigiadas entre los profesionales del dato a machamartillo: la reconstrucción de la historia tal y como pudo ser, en contraposición a lo que fue. Menciono aquí a título de ejemplo, entre esas coyunturas fatales y ocasiones perdidas, el malogrado sueño político de Sertorio al cruzar el Estrecho, la pacificación de los cántabros y astures en el 19 a. de C., el procesamiento de Prisciliano, la llegada de los cluniacenses y la arbitraria sustitución del rito mozárabe bajo la atormentada férula de Alfonso VI, el golpe de estado nobiliario contra el testamento en el que Alfonso el Batallador nombraba al Temple heredero de sus dominios, la derrota de los albigenses, el soslayable acuerdo de los Toros de Guisando, la expulsión de los moriscos y —en época mucho más reciente y a consecuencia de los siempre fortuitos avatares de una guerra— la entronización de una dinastía cartesiana y timorata en el palacio encantado de los Austrias.

África siempre estuvo a punto de empezar en los Pirineos, inclusive cuando el latino se empeñó en incorporarnos a la paticorta Europa. El triunfo de Sertorio frente a Sila hubiera supuesto la creación de un estado democrático, popular, autóctono e indigenista en el flanco occidental de la cubeta mediterránea. Con ello, tanto si el prematuro anticolonialismo de Sertorio se extendía a la metrópoli como si quedaba circunscrito a la Península Ibérica y Norte de África, el *mare nostrum* perdía su unanimidad autocrática y centralista. Es fácil suponer lo que tal bifurcación hubiera entrañado en aquella ardua esquina de la historia. El cristianismo, por lo pronto, no se habría convertido en monopolio de la fe (esfumándose para siempre la posibilidad de un saludable pluralismo religioso) ni las veleidades ecuménicas de la Iglesia paulina hubiesen derribado las fronteras naturales (y arquetípicas) del Viejo Mundo. La soberbia apostólica de quienes con ella apostataban de Cristo nunca hubiera encontrado un poder temporal en que apoyarse. Verosímilmente, al menos otro gran esquema religioso —el mitraísmo— habría perdurado, introduciendo en los órganos vitales de la Edad Antigua una cuña mística, iniciática, orientalizante y —con adjetivo de forja más tardía— gnóstica. Sertorio, al frente de una legión extranjera en la que fraternizaban mercenarios y anarquistas de las dos riberas del Estrecho, encarnó ocho años de esperanza. Tropas mogrebíes y milicias españolas, componiendo un mosaico que iba a repetirse muchas veces en los siglos posteriores, a punto estuvieron de cambiarle las cartas en el aire a la historia que conocemos. Nunca tales vasallos tendrían tan buen señor. Miles de celtíberos —cuenta Plutarco[6]— le rodeaban constantemente para vivir o morir con él. De hecho, hasta mucho tiempo después de la traición que condujo al asesinato de Sertorio, la enconada resistencia de arévacos, termestinos, calagurritanos y oscenses —por citar sólo algunos entre aquellos hombres de honor— mantuvo en vilo el fiel de la balanza. Hubo que esperar al 19 a. de C. para que ésta se desequilibrara con el sometimiento a regañadientes de los partisanos vascos, quizá depositarios de un saber más antiguo, y de los astures, entre cuyos posibles orígenes no cabe descartar —como veremos— la directa ascendencia oriental. A partir de esa fecha «todo ha terminado y España se dispone a gozar de unos siglos de paz que nunca más ha tenido, siglos que irán acompañados por la tormenta moral necesaria para expulsar el paganismo e imponer la cristianización. A lo largo de estas luchas, los textos romanos nos enseñan las características espirituales de los pueblos hispánicos. Sus cualidades y defectos son los del pueblo español de todos los tiempos y sin duda no eran distintas las de los precursores en el Paleolítico (...) Resulta difícil valorar en la historia estas fases de resistencia cuando se es a la vez hijo de la raza vencida y de la cultura vencedora. ¿Qué era preferible? ¿Continuar la cultura indígena y mejorarla por cuenta propia sin imposiciones extrañas? ¿Entregarse con entusiasmo a la cultura que nos venía otra vez del Mediterráneo, olvidando la tradición secular? (...) Es imposible que las raíces milenarias (...) no hayan dejado en el fondo del alma hispana un sedimento más poderoso que todas las aportaciones de los últimos dos mil años. Somos un producto del natural crecimiento de las pequeñas bandas del paleolítico superior, con el sello que el medio geográfico impuso y con el matiz que les dieron un par de nuevas inyecciones de sangre africana o el baño de indoeuropeísmo de los celtas».[7] A tan larga cita me empuja, quizá justificándola, el consuelo de escucharle estas opiniones afines a un representante nada sospechoso de la historiografía oficial. Solo como Don Quijote, proclamaba mi amigo Gil-Albert, pero nunca aislado como Robinsón.

El negocio priscilianista, tan inseparable de los problemas planteados con posterioridad al siglo IX por las rutas jacobeas, constituye uno de los quicios de mi argumentación y, en cuanto tal, impregna muchas páginas de este libro. Creo, con Sánchez Albornoz,[8] que la sensibilidad religiosa de la España anterior al 711 no se ha estudiado con la atención que merece. Varios siglos después de la *pax* de Augusto, y pese a los esfuerzos moderadores de quienes le sucedieron, los habitantes de la Península seguían padeciendo la misma noble angustia ante las fuerzas cósmicas que había caracterizado a sus padres primordiales. Dan fe de ello las actas del Concilio de Iliberri y la escandalosa anecdótica del fenómeno priscilianista. En realidad, como comprobaremos en su momento, el estado de trance se mantuvo hasta bien entrado el siglo XII, cuando los monjes de Cluny consiguieron desviar la antigua ruta de las estrellas transformando el Camino en itinerario de badulaques y turistas, y aún resucitó en la alucinada España de los Austrias, sostenido por místicos, conquistadores, clérigos vagantes y alumbrados. Pero mucho antes de estos lodos, el proceso de Prisciliano —que, no lo olvidemos, a pique estuvo de resolverse con una sentencia absolutoria o por lo menos conciliatoria— abrió *urbi et orbe* la serie de las persecuciones por delitos de opinión, convirtiendo la disidencia religiosa en indicio razonable de criminalidad. No puede extrañarnos que fuera un español, el corregente Máximo, quien puso de moda el asesinato jurídico en un mundo liberal, ya que de casta nos venía tan execrable primicia. Dos prohombres de origen peninsular —el andaluz Trajano y el vacceo Teodosio— se habían encargado de sentar jurisprudencia: el primero, al calificar de delictiva la discrepancia religiosa en carta enviada a su amigo Plinio; el segundo, utilizando la fe católica como martillo de herejes y horca caudina de sus desventurados súbditos. Otro de nuestros paisanos, el obispo Osio, redactó materialmente el libelo que en Nicea iba a proscribir con alcance retroactivo la libertad de interpretación. Durante el tenso e intenso período que va del siglo II al IV, Galicia y Prisciliano encarnan la confluencia de un medio ambiente y un maestro espiritual capaces de legitimar *sine die* el cristianismo gnóstico o esotérico de los esenios y de los evangelistas Tomás y Felipe junto al cristianismo exotérico y absorbente del poder temporal. La llama tardaría mucho tiempo en extinguirse y, antes de hacerlo, culebreó caprichosamente a lo largo del reguero de pólvora —y espina dorsal de las artes iniciáticas— trazado, ya que no abierto, por las peregrinaciones a Compostela. Entre las querellas que aún tiene planteadas nuestra historia, ninguna tan candente como la del Camino. Por muchos equilibrios que se hagan es casi imposible sostener que el sepulcro de marras no está o estuvo ocupado por el mártir gallego. Y lo que en cualquier caso no necesita demostración es la audaz y categórica posibilidad de sincretismo religioso abierta por Prisciliano. Convergían en ella Plotino, Mitra, algún que otro Buda, la magia, la astrología, las ciencias druídicas y el desalado misticismo vernáculo. Los obispos reunidos en Tréveris se cargaron, por las buenas, la vertiginosa perspectiva de un esoterismo a la occidental. Su decisión, incierta hasta el último momento, constituye otro de esos momentos estelares en los que el destino humano, perdiendo, se juega el resto. La decapitación de Prisciliano, tal y como asegura uno de sus últimos hagiógrafos, frustró el feraz intento de conciliar lo antiguo y lo moderno para hacer posible la «coexistencia de los cultos y concepciones astrales con la nueva fe y moral cristianas».[9]

Luego vinieron los moros y empezó esa extraña danza de la muerte que conocemos con el disparatado nombre de *reconquista*. ¿Reconquista por quién y de qué? ¡Una empresa política maquinada ocho siglos antes de su terminación! Por supuesto no hubo tal, sino simple obra de marquetería en cuya trama mil veces se compuso y recompuso la esgrima plurivalente de las Españas. Ningún fenómeno tan proclive a la mixtificación como esta larga fiesta de moros y cristianos cuyas recíprocas y fecundas imitaciones suenan más alto que el entrechocar de los aceros. Todas las interpretaciones son posibles, hasta ésa —feliz, verosímil y deseable— según la cual no se ventilaba «tras el juego bélico (...) una cuestión religiosa o de raza, sino un problema de ganadería trashumante, para la que los cristianos necesitaban los pastos invernales andaluces y extremeños, y los moros los pastos veraniegos de las serranías castellanas, leonesas y astures, haciéndose por ello entrambas razas incompatibles».[10]

Y es que, vueltas y revueltas, tratándose de asuntos peninsulares siempre acaban por asomar las astas de un bovino. No se requieren grandes cavilaciones para llegar a la conclusión de que el toro constituye el más vehemente y menos acomodable de nuestros arquetipos. La tradición esotérica lo propone como animal totémico de los pueblos boreales frente al dragón de la raza camita y lo empareja, cuando su piel es negra, a la muerte o cielo inferior, suministrando así una plausible explicación del origen de la tauromaquia.[11] En él se dan cita todos los requisitos asignados por Jung a las imágenes arquetípicas, esas que con su simple aparición desencadenan impulsos irresistibles y liberan líneas de fuerza trazadas tiempo atrás en los mapas de la memoria colectiva. El potencial del toro es análogo, en España, al que de forma más ecuménica poseen símbolos como la Cruz, el Triángulo Equilátero, el Laberinto, las Flechas y, por supuesto, la Esvástica. Cierto que las corridas actuales, con su paroxística carga de elementos profanos (lo que casi en broma se ha bautizado *corruptelas de la fiesta*), hacen tambalearse la fe del buscador de arquetipos, pero en definitiva es natural que un rito mágico, filtrado durante siglos por las rendijas de una sociedad católica y positivista, se nos presente bajo el disfraz tranquilizador de espectáculo apto para menores.[12] Y no parece descabellado suponer que el hondo arraigo de las artes taurinas en la Península pueda guardar relación con esa peculiar sensibilidad religiosa de sus gentes a la que hace poco aludíamos. Otros fenómenos con marchamo de exclusiva —como el misticismo del siglo XVI, que sólo en España se produjo— abonan esta hipótesis. Místicos y toreros, de hecho, coinciden adrede y a menudo. Cuenta Montherlant en *Los Bestiarios* que la canonización de Santa Teresa costó la vida a más de doscientos toros, pues cada uno de los monasterios fundados por aquel tabardillo se creyó en la obligación de festejar el acontecimiento con una capea. En idénticas circunstancias, aunque referidas al varón de Loyola, incluso los áridos jesuitas solicitaron del Capítulo hispalense la inclusión de una «brillante» corrida de toros entre las ceremonias religiosas. Y, a propósito de la Reconquista, sorprende no poco enterarse de que, cuando Pelayo se echó al monte, ciertos paisanos suyos —en los que se ha querido ver el origen de los vaqueiros de alzada,[13] hasta hace algún tiempo «raza maldita» y, siempre, gente del toro— se negaron a intervenir en aquel supuesto encontronazo de pastores trashumantes. Sobra aclarar que inmediatamente se acusó de cobardía a quienes tan incomprensible abstencionismo demostraban, pero entonces era aún más llevadera la condición de asturiano cobarde que la de cautivo en tierra de moros. Andando el libro se comprobará que también este enrevesado asunto de las *razas malditas* —agotes, pasiegos, vaqueiros, maragatos y quinquis— merece la atención de quienes por ahora se la niegan.

Como casi todos los mecanismos culturales de transformación (considérese Altamira, Belén, Ayanta, Bamián, el monte Tabor, la espelunca de la Pitia...), el impulso —mesiánico o no— de la Reconquista proviene de otro símbolo explosivo: la caverna, esa fragua o placenta de la especie. E incluso, por si quedaban cabos sueltos, esta vez el símbolo se duplica y aun se triplica. Hay, en efecto, dos grutas fehacientes y una sólo probable (la de Sotoscueva, entre los ríos Trueba y Engaña, donde los *Anales Complutenses* del 788 ubican el objetivo inicial de las primeras razias organizadas por los musulmanes contra lo que aún no era Castilla.[14] De este antro casi nadie habla).

En cuanto a las cuevas comprobadas por los sabios y santificadas por el pueblo, son —sobra decirlo— la asturiana de Covadonga y la que junto al Pirineo, entre Jaca y San Juan de la Peña, muerde el promontorio de Oroel. Allí, en el año 724, trescientos nobles de tan brusca comarca deciden levantar el reino de Sobrarbe, troquel de lo que andando el tiempo se llamaría Aragón. El incentivo de esta problemática empresa no se nos alcanza, aunque acaso la supuesta presencia del Grial —o de *un* Grial— en la iglesia de Santa María de Sasabe, también perdida entre aquellas gándaras, ayude a entender el hecho de que un puñado de rústicos, tránsfugas, ermitaños y rancios aristócratas campesinos acometiera la alucinada y descomunal proeza de lanzarse al llano no se sabe muy bien para qué. Algo similar estaba sucediendo o a punto de suceder en tierras de Santillana y de foramontanos. ¿Fueron los socorridos «núcleos iniciales de la Reconquista» un episodio más en la incansable y eviterna búsqueda del Santo Grial, símbolo —según los tradicionalistas— del centro o línea de intersección de los cielos inferiores y superiores? No cabe duda de que el mito, en aquella época, aún podía suscitar irreprimible entusiasmo en vastos sectores de la población y, sobre todo, en quienes a sí mismos se tildaban de caballeros. Muchas premisas respaldan esta hipótesis, que tiene —entre otros méritos— el indiscutible de iluminar rincones oscuros.

Y el enredo o *satori* proseguirá con los juramentados del Temple, a los que una cláusula testamentaria de Alfonso el Batallador hizo por convertir en dueños de media España cristiana (¿o, simplemente, de las válvulas pirenaicas que abrían el itinerario compostelano a los hombres de Europa?). Las piezas encajan bastante bien. Parece como si un proyecto milenario se hallara en lento trance de realización. Pero una vez más la intriga se malogra: los nobles navarros y aragoneses se niegan a acatar las últimas voluntades de su rey. Las motivaciones de esta traición son difíciles de discernir a causa de las luchas intestinas y la penuria documental que caracterizan el período. Sin duda, la mano de Urraca —movida por los hilos de Cluny— no andaba lejos. Esta princesa de León, que ya en vida de su esposo Alfonso se había atrevido a acusarle de fiar en agüeros, hizo cuanto femenina y fementidamente estaba a su alcance para sembrar la discordia nacional. En su actuación se perfilan dos injerencias destinadas a convertirse en recurrente pesadilla de nuestra andadura: la castellana y la francesa. Tras la muerte de Alfonso, la historia vuelve sobre sus pasos. Como en los sucesos de Sertorio y Prisciliano, el principio autocrático y la intervención extranjera quiebran el curso de los acontecimientos. Los templarios, los campeones del Grial y, en definitiva, los peregrinos que en Compostela buscaban el mensaje del antiguo saber, quedan en situación precaria, casi clandestina. Dos siglos más tarde, la corona francesa y el poder temporal deciden excomulgar y disolver el Temple. Con ello, el Camino de Santiago —cuya transitabilidad estaba garantizada a punta de lanza por los caballeros proscritos— se viene abajo. Los sucesores del Batallador, sin agallas para enfrentarse al coloso bicéfalo del Vaticano y del Imperio, desoyen el clamor de toda la cristiandad y aceptan el anatema. Pero antes, y a diferencia de lo que estaba sucediendo en el resto de Europa, consiguen rescatar a muchos de los maestros españoles enclaustrándolos en el seno de las demás órdenes militares. Los ritos de iniciación sobrevivirán largo tiempo al abrigo de la Tebaida Leonesa y entre los ascetas del Bierzo, donde según la leyenda encontró refugio una de las cuatro Gotas de Sangre o logias hispánicas del Santo Grial.[15] Pero mucho antes de todo esto, casi por los mismos años del Batallador, la centripetocracia castellana y papalina se había apuntado una baza de lujo con la prohibición de utilizar el rito mozárabe en las ceremonias litúrgicas. A tan draconiano carpetazo se prestó Alfonso VI, no en balde padre de doña Urraca, tras un juicio de Dios celebrado nada menos que en Toledo y ante las más ilustres cabezas del reino.

Era aquel monarca un individuo atormentado y contradictorio, que sin duda respaldó la decisión de imponer el rito galicano muy a regañadientes. Los verdaderos responsables de la trapisonda fueron, cómo no, los tonsurados de Cluny (a quienes debemos, en compensación, el arraigo peninsular de los vinos del Rhin y del Mosela, *c'est à dire,* el Albariños, único caldo *fruité* que nuestras viñas deparan). El pleito venía de lejos. Los papas, siempre alertas frente a la proverbial heterodoxia española, veían en el rito visigodo un maquiavélico criadero de zarabandas teológicas. En el año 1064 llega de Roma un tal Hugo Cándido, legado pontificio cuya espinosa misión estriba en unificar la liturgia. Fieles y clérigos se resisten. Alfonso —presionado por Su Santidad, por la consorte gabacha doña Constanza y por los astutos abades de Cluny— titubea. Al cabo, salomónicamente (o como Pilatos), monta una ordalía de gran guiñol cuyo veredicto se conoce de antemano. Comienza así una de las mayores farsas de nuestra historia palaciega. Los libros romanos y mozárabes serán arrojados simultáneamente al fuego: los que, entre ellos, no ardan se considerarán vencedores de la prueba. El resto es leyenda. Parece ser, aunque podría tratarse de una proyección desiderativa elaborada *a posteriori,* que el legajo mozárabe resultó incombustible y que Alfonso, tragándose las promesas, impuso porque sí el rito romano. A la anécdota suele atribuirse el origen del dicho popular *allá van leyes do quieren reyes.* Lo que no cabe discutir son las infaustas consecuencias del suceso. Equivalía éste a malbaratar «una independencia mantenida a través de los siglos desde los tiempos apostólicos y a formar una cadena que sujetase las conciencias. La intromisión francesa, que después iba a dar tan amargos frutos, y la soberanía de Roma —que más tarde, haciendo a España hija predilecta de la Iglesia, había de empeñarla en desesperada y ardiente lucha contra el progreso y la civilización—, quedaban establecidas en este oculto rincón del Occidente. Ya tenía el Papa intervención directa en nuestros asuntos espirituales; ya nuestras oraciones eran las mismas que las de los pueblos sujetos servilmente a su poder. El culto nacional había muerto y, con él, nuestra libertad».[16]

Palabras estridentes, pero no exageradas. El juicio de Toledo, en el que nos detendremos con más detalle, excita los instintos patrióticos: España, después de la sentencia, no volvió a rezar en español. La gravedad del hecho se impone por sí misma, cualquiera que sea la plataforma ideológica utilizada para interpretarlo.

Conque ya a partir del siglo XI se dibuja el triángulo intervencionista delimitado por Francia, Castilla y el Santo Padre que está en Roma. Será una constante fatal en nuestra historia. Una y otra vez el pluralismo de la España Antigua va a estrellarse contra ese juego de potencias. Y acaso nunca de forma tan aciaga como en 1468, cuando una futura reina castellana —émula de Urraca— da en Guisando el definitivo espaldarazo al poder central. El primevo y taciturno rebaño de verracos, símbolo y tótem de la legitimidad ibera, asiste —supongo que cabizbajo— a la consumación de lo que los siglos nos habían preparado. La historia de España será ya historia de Castilla. El país sienta plaza en las filas utilitarias del estado moderno, al que desde luego no le faltarán valedores. Los hombres de la meseta, en ella forjados y gastados, asumen la responsabilidad del porvenir y, sobre todo, de la aventura imperial. ¿Qué hubiera sucedido sin la debilidad de Enrique IV? He ahí una incógnita que ya nadie despejará. Se estrenaba el error, sostenido y no enmendado, de negarle voz en capítulo a las provincias periféricas.

Hubo, sin embargo, otras oportunidades perdidas. Amainó la infatuación europea al despuntar el alba de América, murió Isabel, se desdijo de bastantes cosas su vapuleado cónyuge y vinieron los felices años de los Austrias, aunque el propio Fernando —digámoslo al sesgo— estuvo a punto de arrebatarnos *in extremis* incluso ese postrer eslabón tendido entre la realidad histórica del país y la congénita realidad de sus habitantes. El episodio merece ser recordado tal como lo recuerdan Mártir de Anglería y Galíndez de Carvajal.[17] El Rey Católico, casado en segundas y sexagenarias nupcias con su sobrina Germana de Foix, deseaba un descendiente directo para apartar del trono a la rama tudesca de la familia. Desde tiempo inmemorial existía en los pagos iberos la costumbre de apuntalar la virilidad vacilante de los viejos (o de los flojos a secas) con un «potaje frío» de testículos de toro. Dos damiselas de la corte, camarlenga la una y desposada la otra con todo un contable mayor, hablaron de la pócima a la reina, dándole a entender que «aluego se haría preñada». El suceso, narrado por Galíndez de Carvajal con malévolo lujo de detalles, tuvo lugar en la aldea de Carrioncillo, cerca de Medina del Campo, donde existía un cazadero en el que a la sazón moraba el rey «para holgar con su consorte». Total: sirvieron el sopicaldo, bebiólo el monarca y, lejos de caer en el yerto catre de la malmaridada, dio directamente con sus huesos en el no menos gélido regazo de la Parca. Una vez más, como en las Guerras Púnicas, la magia del toro ibérico salvaba los destinos peninsulares. Se abría un camino verdaderamente real ante la estirpe mesiánica que en Gante aguardaba su turno.

Porque a partir del césar Carlos un soplo de locura germánica vivifica el aire estancado de la meseta. Todos y cada uno de los Austrias, desde el propio Carlos (que, inasequible a la gota, fundiría sus últimos años trasegando barriles de cerveza de Munich en el cenobio de Yuste) hasta el Hechizado (cuya incipiente esposa, ferolítica infanta francesa recién salida de Versalles, tuvo que presenciar en plena cripta de El Escorial el beso depositado por el monarca en la venerable y católica calva de su padre, fallecido de maloliente cáncer bastantes años atrás), hicieron honor a la fama que la posteridad les reservaba. Nos faltó, desgraciadamente, un Suetonio capaz de llevar al verso aquel admirable período. Calígula, arrastrando trirremes por las calzadas y elevando su caballo a los altares, nunca llegó a tanto. Fueron años surrealistas, precedidos (y anunciados) por la estantigua que doña Juana tramó en memoria de su difunto esposo. El cadáver de este pájaro de cuenta fue embalsamado y facturado a Flandes. La reina acompañó el fúnebre y nocturno cortejo hasta la raya del mar, campo a través de una España corroída a la sazón por una epidemia de peste bubónica. De vez en cuando ordenaba que se abriera el féretro para besuquear los pies del finado, mordidos ya por una podredumbre que las técnicas de momificación no acertaban a contener. Descomedidos, sin embargo, seguían siendo los celos de doña Juana, que una noche llegó al extremo de prohibir la habitual parada en el convento de turno al enterarse de que eran monjas, y no frailes de pelo en pecho, quienes mansamente lo habitaban. Ni una sola vez accedió la reina a comer en la mesa o dormir entre sábanas, prefiriendo hacer lo uno y lo otro agazapada en el suelo como un animal, y durante todo el trayecto se negó a utilizar agua, jabón, afeites, perfumes y ropa limpia. Así aullaba su dolor aquella gran señora, cuyo vientre había alumbrado al taumaturgo de la nueva época.

Y, de retrueque, a su entera estirpe. ¡Qué gente! El joven Carlos, epiléptico y víctima de un prognatismo garrafal que le impedía cerrar la boca, se reveló maestro en el difícil arte de atizar pluralismos sin quebrar lo recóndito y unitario. Su casi medio siglo hierve en comuneros, germanías, guerras de religión, caprichos estéticos, bilingüismos, aventuras africanas y sacos de Roma. El delfín Felipe heredó la epilepsia y el talento. Ahí quedan El Escorial masónico, el secuestro del Lazarillo, el cierre de fronteras y universidades, la invención de un tribunal metafórico (el de la Sangre), la bíblica inmovilidad del sol en el ámbito de un imperio macrocósmico, las columnas derribadas a papirotazos, la princesa tuerta, el rasgo de brindar al romanticismo su mejor tema en la persona del infante Carlos, la larga cambiada con que recibió —de rodillas, como mandan los cánones— la noticia del mayor desastre naval de todos los tiempos, la severa expresión, las rizadas golillas, el plumazo testamentario que nos privó de un destino *mitteleuropeo*... ¿Cabe más jubilosa imaginación, más estimulante tropelía? La cosa pública derivó a soneto de vanguardia, España era la *Closerie des Lilas* y el país entero secundaba a ritmo de macumba su primera y enfebrecida revolución cultural. No recurro a la antífrasis ni uso de ironía ni despabilo el pábilo de la leyenda negra (que siempre aborrecí). Me limito a admirar y, sobre todo, a echar de menos el portazo nietzscheano que los Austrias dieron en las fauces de esta nación hambrienta de maravillas. Lo que se dice una ventana abierta al mundo. Y a nuestro almario. Sólo entonces fuimos genuinamente universales. O lo que a juicio de los alejandrinos importa mucho más: cosmopolitas.

No decayó la fiesta con el tercer Felipe —hombre de tanta devoción que sólo consentiría en reírse tres veces a lo largo de su vida— ni menos aún con el siguiente, al que atribuyen la friolera de treinta y dos bastardos habidos con una actriz apodada La Calderona, pero el clímax y definitivo jolgorio se produjo al nacer el segundo Carlos en jornada de luna llena, bajo el signo de Escorpio en conjunción con Mercurio y precisamente cuando el primer minuto de Acuario se encaramaba al horizonte.[18] El nuevo césar mamó toda la leche del país agarrado a las ubres de catorce nodrizas vicisitudinarias, más las dieciséis de repuesto a las que accidentalmente se recurría, y supo aprovecharla, como lo demuestra la impertinencia en que incurrió al cumplir los cuatro años, recién destetado y ya huérfano, diciéndole a un personajillo de la corte que le brindaba su amistad: «los reyes no consideran amigos a sus vasallos, sino humildes servidores».[19]

Mantendría el tipo en la edad adulta. Transcribiré sólo una anécdota... Se las daba aquel energúmeno de impotente, si bien era tan rijoso como un mandril, hasta el extremo de que su atribulada esposa tenía prohibido calzar bragas, con objeto de que jamás seda alguna se interpusiera entre su ingle y los arrebatos del rey. Costumbre ésta que motivó episodios tan divertidos e inéditos en los anales de la Corona como aquel en que la augusta consorte se quedó enganchada por un pie al estribo de su corcel, y el animal corría desalado chichoneando el occipucio de su dueña por entre adoquines y boñigas, y dos caballeros —honra de la juventud dorada— acudieron al quite, y ya en él no pudieron soslayar la visión de los blancos muslos (cuando los esponsales, doña Mariana, madre del Hechizado, había hundido en la miseria a un mercero de Béjar —que le traía a la novia algunas cajas de medias— con la sorprendente afirmación de que *las reinas de España no tienen piernas*); y esa deleitable imagen llevaba aparejada la pena capital, y los dos gentilhombres tuvieron que salir a uña de caballo mientras el Consejo del Reino deliberaba. Carlos —ofendido y cejijunto, pero presionado por el cónclave— optó al cabo por indultarles con la condición de que se condenara al puñetero caballo a la horca, y así se hizo, erigiéndose el patíbulo en los jardines de palacio y permaneciendo en la soga durante muchos días el cadáver del ajusticiado para escarmiento de mirones y entretenimiento del rey a la hora del desayuno.

Repito que no me anima espíritu de burla. Lo cuento tal como sucedió, con el estilo desenfadado y barroco de los Austrias. No tenerle respeto a ese arte del desgarro, tan español, equivale a insultar a la memoria de nuestras más insignes cabezas. Cervantes, Quevedo o Velázquez escriben y pintan con el lenguaje que los Austrias inventaron. Estos mestizos, y la sociedad que les fue contemporánea, suministran un raro ejemplo de coincidencia entre forma y fondo. No otra cosa es la belleza. Los extranjeros suelen percibir en seguida los muchos lazos que nos unen a lo germánico (alejándonos de lo francés), pero nosotros preferimos hacernos lenguas sobre la fidelidad a una vocación latina que sólo existe entre quienes nacieron a la sombra de Cataluña y Levante. Volviendo a entonces: ¡qué época tan feliz! ¡Cuánta fortuna! Por fin los españoles, monárquicos y anarquistas, encontraban la estirpe real acorde con sus merecimientos. Y se reconocieron en ella como Ulises reconoció su rostro en los espejos de Itaca. La centuria, que se anunciaba prodigiosa, lo fue durante casi doscientos años. No hubo locura a la que el país no se arrimara ni experimento o proeza que no cuajase. Reverentemente, con la tensión de lo sagrado, se practicaba por doquier la irreverencia. No llegaron a arder los templos, como en los siglos XII y XIII, pero más les hubiera valido, pues casi todos sirvieron de ágora para la profanación y de cómplice penumbra para los devaneos amorosos de los cristianos. «En ellos se suscitaron disputas que acabaron a estocadas, a ellos se echaron muertos para evitar responsabilidades penales (...) Las *Cartas de Jesuitas* y los *Avisos de Barrionuevo* han conservado memoria de tales sucesos. Por aquéllas y por éstos sabemos que fueron asesinados sacerdotes por haber predicado contra algunas deshonestidades y que varios aristócratas titulados —Chinchón, Talavera, Fernandina y Villanueva del Río— intentaron romper la procesión del Viernes Santo.»[20]

No defiendo la arbitrariedad, sino lo español irreversible. Durante el Siglo de Oro —junto a grandes talentos, soldados de ventura, místicos, chamanes, toreros de a caballo y erasmistas— florecen las hermosas flores de la superstición (mensajes enviados por el subconsciente hacia la trivialidad de lo cotidiano) entre las trochas, nunca desbrozadas por completo, del antiguo paganismo. Las creencias levantinas, acarreadas por musulmanes y judíos con la bendición de la Escuela de Traductores de Toledo, le añaden al monipodio la gracia y el escozor de lo alienígena. Es el desquite de la libre interpretación. El *Apocalipsis,* lectura favorita de Cervantes, corre de mano en mano. España prolonga o recupera un sueño cubierto por el polvo de los siglos. En 1583, cogollo del reinado de Felipe, el inquisidor de Valladolid notifica la existencia de profesores de magia en la universidad de su demarcación. La hechicería erudita, bebiendo en las fuentes de Alfonso X, Arnaldo de Vilanova y el marqués de Villena, descombra el horizonte del arte notoria, la ciencia paulina, la cábala y la astrología judiciarias.[21] Los lavados de cerebro de la Inquisición y los trapos sucios de los Austrias no eran sino el descolorido reflejo de lo que sucedía más allá de las puertas de palacio y de las secretarías judiciales. La psicosis popular terminó por extenderse a quienes estaban encargados de ahuyentarla: en Logroño, y al socaire de un auto de fe, los inquisidores ordenaron quemar en *efigie* a cinco brujos de Zugarramurdi,[22] lo que a todas luces tipificaba un delito de magia simpática. Y aunque de antiguo se atribuía a la Corona la facultad de infundir cordura en los endemoniados, nada ni nadie consiguió exorcizar al último de los Austrias. Familiares eran sus delirios. Doña Mariana, reina madre con más de aquello que de esto, ocultó hasta el final la presencia de un tumor muy ramificado en su opulento pecho. Conveniencias y mojigatería le impidieron mostrar las mamas a quienes, con lanceta y sahumerios, hubieran podido atajar el mal. En 1696, cuando la tensión áulica se hizo insoportable, el Protomedicato español admitió la irreversibilidad del desaguisado y varias de las casas reinantes europeas se apresuraron a movilizar sus mejores sabios rumbo a Madrid. Y aunque las lumbreras no llegaron a tiempo, sí quedó el suficiente para recurrir intramuros a un saludador gallego, séptimo hijo varón de sus padres y, en cuanto tal, según la tradición gallega, licántropo rematado. Detalle éste casi inédito en las crónicas de la época y en los cuadernos de la erudición, pues a nadie parecía ni parece sorprender el merodeo de un hombre-lobo entre los oropeles de quienes aún encabezaban el linaje más poderoso de su tiempo. Conque aquella corte empezó y llegó a ser el retablo de las maravillas. Lenguas algo venenosas y freudianas atribuían el malaje del rey a un episodio de su infancia. Quería la tradición palaciega que los príncipes herederos besaran a sus mayores en la hora de la muerte. Con el cuarto Felipe las cosas se complicaron. Alguien tuvo la feliz idea de meterle en la cama la momia de San Isidro por ver si la agonía se acortaba o remediaba. Varios días yacieron juntos el monarca en coma y el fétido fiambre. Ya en las postrimerías, el futuro rey de España —apremiado al beso por sus familiares y alejado de él por la proximidad de la calavera— se negó a cumplir con su deber filial. Fraguóse allí —dirían más tarde— un complejo de culpa, y en éste la esterilidad del personaje. El resto queda apuntado: Carlos, ya adulto y cónyuge infeliz, ordenó la exhumación de su padre. El ósculo se produjo al fin en presencia de la atónita (supongo) reina consorte, que para colmo era cursilinda, pulquérrima y muy francesa sobrina de don Luis XIV. ¿Cabe mayor creatividad? Los Austrias o la imaginación *en* el poder. Bajo su férula, y pese a todas las apariencias, España llegó a ser (o siguió siendo) el territorio más libre de Europa. Hablo de libertad espiritual, pues no conozco otra posible.

Tan fausta Edad de Oro terminó en sórdidos debates sucesorios. Carlos II murió sin engendrar varón ni hembra y al archiduque le faltaron medios o arrestos para conseguir lo que un siglo después obtuvo el hervor libertario del pueblo llano: derrotar a los franceses. Los Borbones —razonables, tibios, iluministas (aunque no iluminados), incrédulos y europeos se instalaron en el Campo del Moro con sus inadmisibles pretensiones de achicar capas y recortar chápiros. Instalación, al parecer, *casi* definitiva. Algaradas y pronunciamientos les resbalaron. La guerra civil entre carlistas e isabelinos, crisis nacional aún por resolver, no coloreó sus empolvadas mejillas. Prim, por meterse a redentor y aullar en el Parlamento que jamás, mientras él viviera, reinarían en España los Borbones, se adjudicó un cargador a quemarropa. En ello andamos. La oportunidad de los Austrias se esfumó, como todas las anteriores. *Eppur...*

Sectas hebreas y tibetanas pretenden que Dios es la formulación del nombre de Dios y dedican la vida de sus miembros a barajar sonidos con la esperanza de encontrarlo. En España, una argucia popular afirma: *lo que tiene nombre, existe.* Luego esta sucesión de fechas fatales, esta red de ocasiones fallidas, este crucigrama de futuribles, existe, consta de dimensión y de entidad. Estoy convencido de que casi todo el mundo prefiere (cree preferir) lo que fue y es a lo que pudo ser. Pero las cifras no me sirven como razones. ¿Obedece el proceso de secularización a la voluntad del pueblo o se le impone a éste? Y en todo caso, habiendo individuos, ¿qué importa el pueblo?

Intramuros de lo hipotético, cualquier hipótesis es por definición esclarecedora. Se nos ha dicho, sucesiva o simultáneamente, que la historia responde a motivación económica, lucha de clases, castigo bíblico, providencia, guerra de religiones, esgrima de caracteres, vaivén de climas, capricho, corrimientos migratorios, demografía, ciclos de litoral e *hinterland,* sueño de la razón, *magistra vitae,* eterno retorno y otras cosas. ¿Por qué no, entonces (y además), juego de iniciados o desarrollo de mitos? Ignoro para qué puede servirnos la reconstrucción del pasado si no es para acercarnos a lo único que importa: el perfeccionamiento interior (o, con frase que irritará menos, la armonía entre conciencia y subconciencia). Dice un haiku: *no corras. Ve despacio. Adonde tienes que ir es a ti solo.* El estudio de la historia me interesa en esa dimensión junguiana: analizar el proceso por el que el hombre, a costa de su felicidad, se aleja de los arquetipos; averiguar cuándo y por qué la peripecia humana vuelve a sus orígenes; aprender el camino de regreso al antiguo, arcano, solidario, común y a menudo tenebroso ser congénito.

Hasta 1383 en Castilla, 1358 en Valencia, 1350 en Aragón y 1180 en Cataluña, los reinos españoles se rigieron por un calendario exclusivo que arrancaba del 1 de enero del 38 a. de C., fecha en la que Julio César dio por terminada la conquista de las Galias cispirenaicas. Un mal día, como al filo del milenio hiciera Alfonso VI con el rito mozárabe, las Cortes de Segovia decidieron *aggiornarsi,* y Castilla —que a la sazón cumplía 1421 años según la Era Hispana— tuvo que retrotraerse al 1383 para no desentonar en el concierto europeo. Juego infantil, aunque satánico, con una materia inexistente: el tiempo. De esta falacia griega proviene la sensación de que el mundo se desplaza sobre un alambre diacrónico que algunos llaman historia. O la vida como funambulismo. Lo cierto es que nadie, hasta ahora, ha conseguido demostrar la existencia de nada (y mucho menos de la evolución). El hombre *pertenece* a un universo unitario e inmóvil que no traza ni admite fronteras entre lo orgánico y lo ecológico. O entre el *yo* y una circunstancia que no es sólo orteguianamente suya. Tal certeza, inevitable e inmediata en cualquier experiencia mística, les parece algo dura de tragar a quienes nada quieren saber de misticismo. Supongo que al acometer estas páginas no me dirijo a nadie, pero desde luego no me dirijo a esa tibia (y *apersonal*) categoría de personas. Son los áridos de corazón, los que —ojos y calcañares hincados en el suelo— aún no se enteraron de que vivimos en plena *maya,* trivialidad, apariencia, espejos cóncavos y convexos, vanidad de vanidades, ilusión de ilusiones. Y aunque por moda, academicismo, arteriosclerosis o estética adopte yo en este libro, sólo de vez en cuando, aires de objetividad, distanciamiento e inclusive desgarrado humor, salta a la vista (y vaya desde aquí por delante) mi simpatía hacia el material acarreado y mi lenidad en lo atinente a admitirlo como verdadero. ¿Por qué la rancia duda de Descartes ha de parecernos preferible al fideísmo sin rebozo? Hace ya mucho que aposté por él y no me quejo. Sólo desde tan candorosa y vituperable postura cabe buscar las iluminaciones que perseguí, acaso inútilmente, al redactar esta versión mágica de España. Buscar no significa encontrar, pero ayuda a ello.

¿Añadiré que el libro, y las muchas lecturas y desvelos que lo hicieron posible, es también pura *maya*? Sobra la aclaración, mas ¿por qué, entonces, el arduo trabajo de escribirlo? Cada uno lucha con su *karma y obedece* a su *dharma* como puede. Hasta los albatros. Giren, pues, los molinos del Boddhitsava y Dios con todos.

Trato de *maestros,* licántropos, rosacruces, tesoros bajo tierra e insignias pitagóricas. Sólo un profano se atrevería a escribir este libro. Dice el Tao: *quienes hablan, no saben; quienes saben, no hablan.*

Historia, quoquomodo scripta, delectat.
PLINIO, Lib. V, cap. 8.º

A man cannot live without charms.
W. H. GARBUTT

Cuando mires tu imagen en el espejo mágico, evoca tu sombra de niño. Quien sabe del pasado, sabe del porvenir. Si tiendes el arco, cerrarás el círculo que en ciencia astrológica se llama anillo de Giges.

VALLE-INCLÁN,
La lámpara maravillosa

Bueno es recordar
las palabras viejas
que han de volver a sonar.

ANTONIO MACHADO,
Nuevas canciones

Quien crea —como San Agustín, Osorio o Bossuet— que el hombre vive en este mundo sólo un instante subordinado y fugaz de su existencia, ése adoptará un enfoque providencialista a fin de coordinar el proceso terreno y el destino ultraterrestre del hombre.

AMÉRICO CASTRO,
Sobre el nombre y el quién de los españoles

... Interpretaciones españolas acerca de otros pueblos apenas existen. El español nunca supo *nadar* sino dentro de su propia vida; fuera de ella, se asfixia o se aburre. No contribuyó al estudio de otras culturas, porque así lo configuró su casticismo.

AMÉRICO CASTRO, íd.

Me convidó a tomar la pluma el deseo que conocí —los años que peregriné fuera de España en las naciones extrañas— de entender las cosas de la nuestra.

Padre Juan de Mariana,
Historia de España

¡Ojalá en España se pudiera olvidar la historia nacional!... ¡Continuar la historia de España!... ¡Lo que hay que hacer es acabar con ella para empezar la del pueblo español!

Unamuno,
Contra esto y aquello

Yo tampoco tengo ideas muy acordes —repuso Larrañaga—; en política, por mis extremos, me siento anarquista y monárquico, y en religión, ateo y católico.

Pío Baroja,
Las veleidades de la fortuna

En el silencio sigue
la lira pitagórica vibrando,
el iris en la luz, la luz que llena
mi estereoscopio vano.
Han cerrado mis ojos las cenizas
del fuego heraclitano.
El mundo es un momento
transparente, vacío, ciego, alado.

Antonio Machado,
Nuevas canciones

PRIMERA PARTE

Los orígenes

I. UN JARDÍN AL OESTE

> En siete días todas las criaturas que me ofendieron serán destruidas por el diluvio, pero tú te salvarás mediante un navío milagrosamente fabricado. Toma, por lo tanto (...) siete hombres piadosos contigo, sus mujeres y una pareja de cada especie animal. Entonces verás a Dios cara a cara y todos los problemas quedarán resueltos.
>
> *Baghavad Gita*

> «Conde Olinos, conde Olinos,
> es niño y pasó la mar.»

En la España antigua confluyen los mitos más arcaicos y provocadores del Occidente europeo. El de la Atlántida —privilegio que a menudo hubimos de pagar con sangre— los encabeza. La fama de intolerancia que se nos asigna al norte de los Pirineos responde en gran parte a las contradicciones impuestas por el hecho de ser finisterre atlántico, lindero entre el mar de la cultura y el océano tenebroso, encrucijada de Europa y África, plataforma bélica para dirimir el encontronazo del *logos* central con el caos mágico de las regiones periféricas. Vicente Risco, gallego absoluto al que un día nuestros intelectuales volverán los ojos, distinguía dos zonas perfectamente delimitadas en el mapa del mundo medieval: una —Roma, Milán, Zaragoza, París, el Rhin, el Sena, los Pirineos y los Alpes, por no hacer esta lista exhaustiva— donde todo parece someterse al orden geométrico y tranquilizador de la razón; otra —plagada de piélagos, selvas y desiertos— en la que moran grifos y trasgos, hiperbóreos, pigmeos, acéfalos, cuélebres y endriagos. Hasta hace muy pocos siglos, el hombre —tanto en la clase culta como en la nesciente— vivía sumergido en un cosmos de bayoneta calada donde la percepción del yo, en cuanto núcleo de referencia, soportaba el incesante asalto de lo marginal e irrepetible. Lucha íntima e incierta, pero enriquecedora. Risco llama *exótero,* colocándose en una óptica relativa, a todo aquello que en un momento dado resulta incomprensible a la luz de los valores culturales predominantes.[1] Desde la época clásica hasta el descubrimiento de América se arrinconó en el *exótero* cuanto por fama existía más allá de esa limitación arquetípica de la conciencia (o el conocimiento) que eran y son las columnas de Hércules. Éstas, paulatinamente y al paso de la historia, derivaron luego hacia un *non plus ultra* todavía más remoto:

platillos volantes (a ellos dedicó Jung su última obra), ciencia-ficción, guerras atómicas, abstracciones de la física, dolencias implacables... Y, siendo el hombre un microcosmos, aquella cosmogonía se trasladó inmediatamente al espacio individual: funcionaba, y funciona, la infancia como *exótero* a los ojos del adulto. Y en ello estriba su función equilibradora frente a los excesos del sentido común.

Por lo que hace a la geografía, volviendo a Risco, es evidente que la cenestesia de lo periférico (y, en cuanto tal, extraordinario) se agudiza en los países limítrofes, razón ésta por la que España se ha convertido desde los tiempos más remotos en algo así como el vertedero del subconsciente occidental: un baluarte ocultista tolerado, pero nunca aceptado del todo por el resto de Europa. Sorprende el que casi cinco siglos de esfuerzos gubernamentales para ingresar como miembros de pleno derecho en la comunidad europea no hayan conseguido disipar la prevención que se nos tiene. Mitchener, en el prólogo a su apremiante *Iberia,* opina que todo escritor debe tomar postura frente el problema planteado por España. Los antiguos identificaron a ésta con el Jardín de las Hespérides, los Campos Elíseos y el Hades o tierra de los muertos. Entre las víctimas de ese antiguo espejismo figuran los escritores románticos, los maestros de la generación perdida, los soldados de ventura de las brigadas internacionales y los turistas que ahora nos visitan. Goethe iba a Italia para conocer *la tierra donde florece el limonero,* pero ni Merimée ni Borrow ni Hemingway ni Pietro Nenni llegaron aquí animados por tan bucólicas motivaciones. Resulta curioso oír hablar de España a quienes, de puertas adentro y en tono ligeramente despectivo, seguimos llamando *extranjeros.* Curioso y un poco desconcertante, ya que en mayor o menor medida todos nos hemos resignado a fumar el mefítico opio europeo, católico y occidental. El lavado de cerebro que iniciaron los Reyes Católicos y mantuvieron sus sucesores en el cargo (con la salvedad, ya mencionada, de los Austrias) no ha servido para otra cosa. Y sin embargo, ante el asombro de nuestros próceres, la metáfora no prospera al norte de Roncesvalles. Cualquier españolito de esos que por rojo o ganas de currelar han participado en el mayor desplazamiento demográfico de los tiempos modernos, sabe de qué estoy hablando. De grado o por fuerza, seguimos siendo tierra exótica y poco de fiar, aunque excitante. Cuando las amas de casa anglosajonas dicen España, descomponiendo la eñe en un difícil diptongo, cierto breve escalofrío se asoma a su mirada. Como en vida de Goethe, para los alemanes no es lo mismo hacer turismo en Italia que pasar sus vacaciones entre nosotros. La cosa resulta algo ridícula si consideramos el encanallamiento de nuestra actual vida cotidiana, pero ahí está. No se borra con facilidad la condición de *exótero*, y menos en un mundo tan poco sobrado de elementos irracionales. Aunque ha llovido a cántaros desde que Alfonso X colocó su *Loor de España* en el vestíbulo de la *Primera Crónica General*, los farautes de la periferia siguen poblando nuestras pesadillas. A nadie se le oculta que quienes intentaron trajearnos con ternos europeos a base de quemar brujas y expulsar infieles estaban más que convencidos de pertenecer a una patria pagana y embrujada. La Inquisición es una neurosis de respuesta al extraño clima imperante en la Península Ibérica desde que se tiene recuerdo de ella. Nadie tan proclive a creer en fantasmas como quien se dedica a ahuyentarlos. Es el chiste del majara y el psiquiatra: *Doctor, estoy lleno de moscas... —Sí, pero no me las eche usted encima.*

¿En qué fecha empezó la danza? Antes, desde luego, de las más antiguas referencias a nuestra identidad histórica. Cuando los viajeros de Asia Menor desembarcaron en las costas andaluzas, las leyendas recitadas por los nativos eran ya asunto milenario. Hay quien sostiene que España fue la primera tierra poblada después del diluvio. Estrabón cuenta que los turdetanos o tartesios sabían escribir y conservaban poemas y leyes en verso con seis mil años de antigüedad. También opina, siguiendo a Asclepíades y Artemidoro, que los Campos Elíseos de la *Odisea* se encontraban, según Homero, en las cercanías de Tartessos. Hubo una época en que todo, y no sólo España, fue mitología, cuna de dioses, provincia del *exótero*. Precisar los límites cronológicos de esa noche de los tiempos, que algunos llaman dorada, es tarea imposible. Acaso coincida con el paleolítico, tierra de nadie tan remota que no ha dejado tras de sí ni siquiera el tenue rastro de la mitología (aunque individualmente quepa remontarse a ella por clarividencia, sueño, locura, droga o gracia de Dios. Asusta pensar que en Asturias ha aparecido un hacha de piedra a la que el prehistoriador Francisco Jordá atribuye 550 000 años de antigüedad). Es, en cualquier caso, harto difícil hablar de un ayer que sólo se manifiesta a través de vestigios materiales sin hilván, escasos, mal conservados y desprovistos de cualquier relación a flor de piel con los modos y maneras del vivir histórico. El neolítico, al fin y al cabo, está aún con nosotros y se inscribe en una esfera geográfica muy parecida a la actual. El siglo XX conoce y estudia enclaves humanos que aún practican el megalitismo; algunos de ellos se encuentran a pocos kilómetros de modernas y aparatosas ciudades. Pero el paleolítico está separado del mundo posterior por una convulsión geológica que abrió una falla muy profunda entre quienes quedaron a una y otra orilla del desastre. Consecuencia de ello es la aparente imposibilidad de establecer pautas evolutivas desde el hombre magdaleniense hasta el mesolítico. Con ligereza clasificadora suele hablarse a bulto de una *edad de la piedra antigua,* comprimiendo medio millón de años en lo que nos parece un simple engranaje en la rueda dentada de la historia. Y evidentemente no lo es. No lo es, por lo menos, para quien desea trazar algo así como una cartilla clínica de arquetipos. El paleolítico, en lo tocante a la formación y evolución psicológica, puede ser la fase crucial del acontecer humano. Pertenecemos a él como el adulto pertenece al niño. En ese entorno prediluvial, difícil de reconstruir y de concebir, se ahorma nuestro carácter, nuestra visión de lo trascendente-numinoso, nuestro sistema de relaciones y nuestro determinismo sentimental, de tal modo que a partir de entonces todo o casi todo está consumado y no hacemos sino repetirnos creyendo que nos desarrollamos. Es imposible buscarle arquetipos al *homo hispanus* sin precipitarse antes o después en las espeluncas paleolíticas de las provincias cantábricas. Allí, como en un útero de piedra, se activó la fragua donde el magma común de los orígenes iba a definirse en formas y perfiles españoles. «Todo intento de descubrir huellas de la mentalidad cuaternaria en los mitos actuales podría parecer aventura temeraria. Sin embargo, la tenaz persistencia de muchos temas míticos —aun en sus más nimios detalles— a través del tiempo autoriza a establecer un parangón entre las supervivencias actuales y las producciones del arte paleolítico.»[2] Hasta Menéndez y Pelayo, tan poco amigo de reconocerle a la Península otros moldes que los cristianos, se ve obligado a admitir que «en los cultos primitivos —indígenas o importados— está acaso la explicación de algunos fenómenos que durante el curso de los siglos se repiten en nuestras sectas heréticas y son o pueden ser una prolongación atávica. Algo de ibérico ha de encontrarse en el fondo de las supersticiones populares».[3]

¿Qué sabemos acerca de los trogloditas españoles? Poco, aunque lo suficiente para tender elusivas aproximaciones a lo posterior. Moraban y se demoraban en esas mismas cuevas que la tradición esotérica habría de elevar a símbolos del centro místico. Jung las definirá como «lugares donde lo numinoso se produce o es acogido». Se trata de algo que puede percibir por ósmosis cualquier visitante de un antro paleolítico o incluso de una simple gruta de estalactitas. Nadie, ni el hombre de letras ni el hijo del arroyo, consigue mantenerse ajeno a la peculiar proposición de encanto emanada por esos recintos. ¿Nos parecen numinosas las cuevas porque a su arrimo vivieron los padres primordiales o éstos las eligieron precisamente por ser ya manifestaciones de lo numinoso, santuarios donde la divinidad se revelaba? Hoy por hoy, la respuesta importa poco. Ambas hipótesis encienden un fuego inicial.

Sabemos también que respetaban o veneraban las piedras (y éste es el único eslabón cierto que los emparenta con el constructor de dólmenes). Alguna vez, según Mircea Eliade, creyeron los antiguos que el cielo era pétreo. Esa convicción, y no sólo sórdidas consideraciones de comodidad, pudo acuciarlos a vivir en cuevas naturales bajo grandes bóvedas líticas. Dice Frobenius que toda bóveda encierra una significación genésica de ayuntamiento entre el principio masculino del cielo y el femenino de la tierra, y que su separación engendra el vacío. Desde esta perspectiva no sorprende que el chamán paleolítico, aquejado de *horror vacui,* llenara el techo de las cavernas con dibujos de claro sabor mágico. Se limitaba a colocar los dioses del empíreo en otro cielo para no perder el estado de trance durante los largos períodos de vida doméstica impuestos por el frío. Todas y cada una de las religiones propiamente históricas recogen y desarrollan el símbolo místico de la bóveda, que alcanza su culminación en las soberbias cúpulas romanas y cristianas. El bisonte de Altamira y las demás figuras táuricas del arte rupestre franco-cantábrico expresan este motivo de la madre tierra, o diosa Nutricia, universalmente representada en la vaca. Parsis, hindúes, jainistas, judíos y mahometanos reciben de tan lejanas fuentes uno de sus más intensos mitos (e iconos). Será Isis, Astarté, Tanit, Rhea, Cibeles, María. «Para convencerse de ello basta contemplar la enorme, simbólica y redonda giba que ostentan las efigies rupestres de esos *animales sagra-*

dos. Los pueblos grecolatinos representaron al gigante Atlas (...) llevando el globo terráqueo sobre sus espaldas (...) y lo mismo hicieron los paleolíticos al cargar esa masa esférica sobre los lomos de la dichosa vaca.»[4] Si esta explicación de Roso de Luna se revelase cierta, el hombre antiguo nos habría legado en clave esotérica dos de los principales misterios de las religiones herméticas: la redondez de la Tierra, secreto iniciático por cuya divulgación fueron castigados Anaximandro, Esquilo y quizá Sócrates; y el carácter *animal* de lo que el exoterismo y la ciencia iban a llamar despreciativamente *mundo inanimado.* O sea: la indisoluble vinculación de los seres vivos a un medio ambiente activado por la misma energía que mueve los organismos. En esa verificación convergen todas las experiencias místicas, de la budista a la psicodélica, hasta el extremo de que acaso no exista mejor manera de definir la intuición o evidencia que avasalla al hombre sumido en éxtasis. Desde hace pocos años, con la llamada *toma de conciencia ecológica,* algunas migajas de este antiguo secreto se han trasvasado al racionalismo científico y los técnicos empiezan a darse cuenta —demasiado tarde, como siempre— de que contaminando nos contaminamos. ¿Creían que los hindúes —depositarios de la cultura más desarrollada de la historia— se niegan a luchar contra la enfermedad y el hambre por puro capricho o masoquismo? Sí, la verdad es que lo creían...

Mencioné antes *dibujos de claro sabor mágico.* ¿Cuándo nos decidiremos a atajar esas mostrencas sequedades de que el artista rupestre se limitaba a reproducir fotográficamente cacerías, animales, escenas bucólicas y saraos más o menos picaruelos? Detrás de cada pintura paleolítica hay un símbolo y, por lo tanto, una invitación al arrobo. Demostrarlo sería abrumador y perogrullesco, pero nada impide espigar unos cuantos ejemplos españoles en los que, para colmo, se insinúan algunos elementos inquietantes. «El interior de la caverna de Santimamiñe (...) fue probablemente un centro mágico-religioso del paleolítico superior (...) En el fondo de este lugar sagrado se conservan —intactos— frescos y enigmáticos signos cuyo significado todavía se desconoce. Son abundantes y en el rincón donde están no cabe una persona ni siquiera de rodillas. Otros signos semejantes y reticulares vimos en la Cueva de la Pasiega, en un corte alto donde apenas pudimos entrar de costado.»[5] Pero Arrinda Albisu se queda corto: signos así abundan en los antros del Castillo, Ramales, Pindal, Tito Bustillo y San Román de Candamo, e incluso en algunos yacimientos paleolíticos de Ciudad Real. Los hay también en puntos muy alejados entre sí de África, Asia y América, siempre distribuidos de la misma forma y situados a idéntica distancia. Los investigadores han visto en ellos juegos, calendarios, trampas, redes, barcas de pesca y otros objetos más o menos chatos y tangibles. Recientemente, según me dijo, entre respetuoso y sarcástico, el inspector general de cuevas prehistóricas de la provincia de Santander, todo un señor científico de Michigan voló a tierras pasiegas para observar de cerca lo que, en su opinión, guarda asombroso parecido con ciertas fotografías de la Tierra sacadas desde satélites artificiales. Y sin necesidad de suscribir sueños, aunque también éstos tengan sus razones, salta a la vista que nos encontramos ante un sistema de escritura que alcanzó difusión universal (lo cual no significa necesariamente alfabetización de las masas) ya en el paleolítico superior, si no antes. Es, por añadidura, uno de los pocos elementos transmitidos a la civilización posdiluvial: en el neolítico —y será al hablar de él cuando dediquemos más atención al problema— abundan las inscripciones ógmicas, reticulares, esféricas o tectiformes, que de tantas maneras las ha bautizado el desconcierto de los estudiosos. ¿Hay que buscarle *pedigree* egipcio a estos incipientes ideogramas? En los aluviones cuaternarios de Tebas, Tuj y Abidos aparecieron hachas chelenses idénticas a las de San Isidro (con ellas nos remontamos nada menos que al alborear, o casi, del paleolítico inferior). Desde finales del siglo pasado se está aludiendo a la posibilidad de que los jeroglíficos arcaicos de la Península tengan directa ascendencia egipcia, proveniente de un cruce de civilizaciones anterior al hundimiento del estrecho. Dichos jeroglíficos —que no deben confundirse con las cazoletas ógmicas— abundan en Baena, Campo de Calatrava y cumbres de Sierra Morena, allí donde la Mancha se hace andaluza.[6] O abundaban, porque mis referencias son de principios de siglo e ignoro la suerte que sesenta años de sistemática destrucción del patrimonio histórico hayan podido depararles. En todo caso, la semejanza entre la prehistoria ibérica y la egipcia se acentúa a partir del neolítico, por lo cual es preferible dejar su estudio para más adelante (anticipando que nada obliga a explicar las coincidencias por contacto material, pues de acuerdo con una lógica más alta cabe inferir como justificación un solo caudal previo del que todas fuesen herederas).

Otro ideograma, no menos enigmático e igualmente repetido hasta la saciedad en las paredes de las cuevas, es el de la mano abierta. Se trata, casi siempre, de una huella material en la que los dedos asumen posiciones y conllevan significaciones minuciosamente descritas en los rituales iniciáticos. Todavía hoy, por carnaval y en el enclave vascongado de Ataun, el mocerío recorta trozos de tela en forma de mano e interrumpe con ellos, hilvanándolos, el monocromatismo de unos pantalones invariablemente blancos. ¿Será, como recuerda Caro Baroja,[7] vestigio sacramental de alguna *confirmación* perdida? O acaso recuperada: supongo que los escuetos monseñores de la última leva católica siguen atizando a los chavales eucaristizados el mismo esotérico cachete que en su día, hace ya muchas lunas, me propinara —yo boquiabierto, él distraído— un orondo anciano de birrete y croza. *Soy el obispo de Roma* —dicen que decía—, *y, para que te acuerdes de mí, toma.* Polvo, más bien, de siglos. Los chamanes curaban y curan mediante la *imposición de manos,* arquetipo que aún colea tras el gesto mecánico y secularizado de tomar el pulso a un enfermo o comprobar su temperatura tocándole la frente. En la iconografía cristiana del siglo I, antes de que la Iglesia se decidiera a inventar o respaldar la cursilada de un dios antropomórfico, fue la mano anuncio y prenda de ese poder divino que a menudo protege y, cuando no, restaña. O sea: la *baraka* de los árabes y la *bendición* de todos. Una y otra vez se nos *impone* desde el arte medieval la figura del Cristo o de sus santos con los dedos índice y corazón verticalmente erectos en el puño. Tiempo atrás, en el país del Nilo, la mano se había prodigado ya como símbolo de hipnosis, quehacer y donación. Grecia y la mitología precolombina concedieron alcance solar al mismo emblema: el *de los rosados dedos* atribuidos a la diosa cíclica del amanecer. La combinación de ojos y manos es en Oriente señal o garantía de clarividencia. Jung... Pero basta y baste lo apuntado para subrayar lo que aquí importa: la evidencia de otro arquetipo universal claramente formulado por la cultura paleolítica.

Arrinda Albisu, siempre a propósito de Santimamiñe, hace notar que las pinturas rupestres se encuentran en salas oscuras e inaccesibles, lo cual demuestra su carácter religioso y no, como muchos supusieron, ornamental. «El Sancta Sanctórum de la cueva —dice— no es lugar apto para reuniones de masas.

Más bien parece imposible otra presencia que la del sumo sacerdote y alguna persona acompañante.»[8] Observación de rara oportunidad, porque ahora —desgraciadamente— *sí son posibles* audiencias más vastas. Pocas veces he sentido tanta irritación hacia ese delirio contemporáneo de «poner la cultura al alcance de todos» como al recorrer las galerías de Altamira sumergido por una caterva de turistas propios y extraños, y hasta por un colegio entero de niñitas tomando apuntes con sádica delectación. Las explicaciones de la maestra se mezclaban al pintoresco canturreo del guía (obligatorio), que para disipar malentendidos desviaba insistentemente nuestra atención hacia «el bisonte de las cajetillas». Fuera aguardaban su turno colas de tarde de toros serpenteando entre autocares, vendedores de naranjada, industrias de algodón hilado y guardias civiles cejijuntos. Sea. La civilización industrial prefiere superficialidad al por mayor que profundidad al detalle, sin comprender que con eso sólo la banca gana, pues la cultura —guste o no— es por definición minoritaria y se transforma en preservativo o sucedáneo al hacerse mayoritaria. Defender el patrimonio artístico significa devolvérnoslo como fue y no trasmudado en droga de muchedumbres. ¿Regresará alguna vez una Granada que sea, como dijo el clásico, *jardín abierto para pocos, paraíso cerrado para muchos*? Permitir que miles de beocios invadan cámara en ristre el tabernáculo de un pueblo es profanación y blasfemia propiciadoras de un atroz castigo. Por menos cayó la Atlántida.

En cuanto al espíritu de trance religioso que se respira en las grutas, comparto plenamente las impresiones de Arrinda Albisu. No puedo olvidar mi emoción al visitar por primera vez Altamira ni resisto a la tentación de transcribir aquí la líneas que apresuradamente garabateé al salir, hostigado por las gotas de lluvia que rezumaba la capota de mi *dos caballos*: «Lo que asombra en la cueva (aparte del grotesco *lobby* edificado en torno a su entrada) es la perfecta habitabilidad. Suelos secos, catorce o quince grados de temperatura constante, huecos acogedores, aire limpio, carencia de humedad, silencio... Un lugar verdaderamente confortable, incluso para las exigencias del hombre de hoy. Segunda sorpresa: esto es una auténtica *polis* subterránea, comparable a las que pudieron existir en el antiguo Egipto y en otras partes. Los arqueólogos tropezaron en el suelo del zaguán con una costra formada por cuatro metros de fósiles, casi todos huesos humanos o animales y herramientas.

¿Comunidad sacra? Dada la escasa población de la época, un sitio con características tan fuera de lo común (aunque otros quedarán por descubrir) forzosamente tuvo que convertirse en foco de atracción. Cabe distinguir, junto a la *polis*, el templo: salas capitulares, dependencias, camino iniciático, lugares de culto y el clarísimo *pronaos* donde se encuentran las pinturas. ¿Por qué pintaban echados en el suelo si la estructura de la sala no impedía decorar las paredes? Se tumba uno para el éxtasis o la meditación, para el amor o el sueño, pero no por mecanismo cotidiano. Y las figuras son demasiado hermosas para no ver en ellas el coronamiento de un largo aprendizaje. Sugieren la hora culminante de una civilización, no los balbuceos de un homúnculo. ¿Intentaban crear otro cielo?»

Estas líneas, que he preferido no retocar, expresan un estado de ánimo que invariablemente se repite cuando visito una cueva prehistórica y en el que predominan dos sensaciones complementarias. Ante todo, la de encontrarme en presencia de una cultura homogénea y con ideas muy claras, dueña de un conocimiento de la naturaleza harto más profundo del que generalmente se le supone. ¿Cómo explicar, si no, el hecho de que todas las grutas habitadas, y sólo las habitadas, tengan la misma temperatura, medida al dedillo y sin marrar una décima? Parece forzoso aceptar que el hombre paleolítico seleccionaba su vivienda atendiendo a normas de carácter colectivo. Existía, por así decir, un plan de urbanismo. Las cuevas presentan, además, extrañas particularidades ecológicas. Su atmósfera está perfectamente esterilizada y no crece en ellas flora espontánea. Sin embargo, apenas se introduce tierra de fuera (para rellenar huecos o, involuntariamente, con los zapatos), el polen fructifica y surgen insólitas plantas semiacuáticas. Si alguien deja en el interior un ramo de rosas, éstas aguantan sin marchitarse casi un mes, pero luego se pulverizan en cuarenta y ocho horas. Las pinturas también revelan considerables conocimientos técnicos: se ven mejor desde una perspectiva horizontal (como *ellos* las trazaban) que vertical y resaltan mucho más en la penumbra o sometidas a una lámpara ultravioleta que iluminadas de plano y sin ambigüedad. ¿La física y la óptica al servicio del artista? Puede (ya que la media luz fue siempre incitación al ensueño religioso). Y también la química: «En el color rojo de las pinturas (óxido de hierro, almagre, ocre) el hombre paleolítico vio la fuerza de la sangre que mantiene la vida. Este soporte colorante se convierte para él en material de enorme significación (...) Aparece en el sur de Rusia, entre los *amos* japoneses (siempre en tumbas, para devolver la vida al muerto en el más allá), en la cultura de los grandes lagos norteamericanos (...) Después de la Edad de Piedra, esta impregnación rojiza del cuerpo se ha señalado en otros muchos pueblos con fines rituales.»[9]

Hablé de *dos* sensaciones. La segunda se refiere a mi convicción de que los hombres capaces de decorar Altamira o Lascaux eran pintores tan evolucionados como los griegos o los renacentistas. Y no se adquiere ese talento —insisto en que se trata de *arte* y no de maña— sin un medio ambiente histórico y social que haga posible el desarrollo individual. En los yacimientos paleolíticos se palpa una filosofía de la existencia, una postulación de la realidad, un código de comportamiento. Y también, acaso, poderes psíquicos superiores, tales como esa extraña energía *eidética* que permite al cavernícola rehacer a la perfección los perfiles de un objeto mucho tiempo después de haberlo visto. «El hombre del musteriense al magdaleniense (...) orientado aún hacia lo numinoso (...) es sujeto y objeto al mismo tiempo. Siente más de lo que ve: *se siente* (...) en sí mismo, en su carne y en las radiaciones emitidas por todo su ser. Responde a la llamada, se entrega, pasa del sujeto al objeto. Renuncia a su identidad para renacer en otra diferente.»[10] Y ese proceso de muerte voluntaria y posterior resurrección corresponde a lo que desde hace mucho tiempo, y en todas partes, se denomina *sendero iniciático* o mudanza del hombre en adepto. Así que en lo tocante a la sensibilidad religiosa, al deseo de perfeccionamiento y a la aptitud para verlo realizado, sólo decadencia hemos añadido al nivel que recibieron o alcanzaron nuestros padres paleolíticos.

No es absurdo definir la historia como el descenso del éxtasis a las pasiones. Caro Baroja imaginaba al *azti* o mago tribal de la prehistoria navarra, depositario del genio de la colectividad, en el acto de trazar las figuras rupestres al fondo de la caverna. Esa ceremonia, si pudiera estudiarse con atención, iluminaría lo sucedido en los albores de la humanidad, cuando «sobrevinieron cosas que nos obligaron a ser lo que somos y que, justamente, calificamos de místicas».[11] El caudal de experiencias del hombre primitivo sobrevive en los ritos de iniciación que han llegado hasta nosotros y cuya indefectible meta estriba en facilitar el libre acceso del neófito al mundo trascendental. No hay clave esotérica ni secreto religioso que no se remonte, cuando menos, a ese tenso instante en que el *homo* de Cro-Magnon —rodeado por líquenes, abedules, sagsífragas, rinocerontes lanudos, hienas cavernícolas y sinclinales inciertos, y dueño al fin de una línea de acometida al centro o sintonía de comunión cósmica— franquea el umbral de una gruta, se inclina sobre una oquedad y descubre la alquimia de los colores.

Valle-Inclán también lo hizo. Y lo contó. «Los instantes —dice— se abrían como círculos de larga vida, y en este crecimiento fabuloso todas las cosas se revelaron a mis sentidos con la gracia de un nuevo significado. Cada grano de la espiga, cada pájaro de la bandada, descubrían a mis ojos el matiz de sus diferencias. Yo conocía fuera de la razón utilitaria, transmigraba amorosamente en la conciencia de las cosas y rompía las Normas. Mis ojos y mis oídos creaban la Eternidad. Disfruté por primera vez de esta gracia intuitiva en una tarde dorada, mirando al mar azul. Llegaban las barcas pescadoras, las anunciaba el caracol. Entonces sentí lo que jamás había sentido. Me sentí anegado en la onda de un deleite fragante como las rosas y gustoso como hidromiel. Mi vida y todas las vidas se descomponían para volver a su primer instante, depuradas del Tiempo.»[12]

¿Esquizofrenia? Sí, puesto que llamamos esquizofrénico al individuo capaz de instalarse simultánea o sucesivamente en varias esferas de la realidad. Y algunos psicólogos, como el gran Marius Schneider nos recordaba hace cosa de treinta años (tiempo suficiente para que hayamos vuelto a olvidarlo), han querido interpretar con esa clave el estado de ánimo que, en efecto, *animaba* a los pueblos primitivos. «Un fenómeno sobre el que existe un raro acuerdo entre los investigadores es el de la extraordinaria uniformidad entre las antiguas creencias religiosas y las fórmulas simbólicas que de ella se derivan. Hemos explicado dicha uniformidad por su origen común (totemístico y megalítico) y por su fundamento en una meticulosa observación de la naturaleza. Se puede añadir ahora la extrema semejanza de las visiones o alucinaciones esquizofrénicas más corrientes con los *leitmotivs* del sistema de correspondencias místicas. Lo mismo podemos decir respecto a las imágenes que se producen bajo la influencia de determinados narcóticos (...) La constancia o los repetidos descubrimientos de estos símbolos universales por parte de los poetas de alta inspiración parece demostrar que tales ideas no son creaciones fortuitas, sino que tienen un hondo arraigo en la vida cósmica (...) Casi todos los genios acusan rasgos moderados de esquizofrenia, pues son capaces de vivir simultáneamente en distintos niveles de realidad sin por ello perder el control sobre sí mismos ni disociar o aislar de su raíz esas *realidades diferentes,* a las que mantienen unidas mediante la fuerza del pensamiento simbólico.»[13] Y concluye Schneider afirmando o explicando que tal debió de ser el esquema de comportamiento mental dominante entre quienes por ello dominaron los siglos áureos de la Prehistoria. El subrayado de *realidades diferentes* es mío y apunta a señalar la coincidencia con la *separate reality* de Carlos Castaneda. A saber cómo se dice en algarabía yaqui.

Hablábamos hace poco de *sendero iniciático...* Quizá las cuevas suministraban una especie de soporte o símbolo material que reproducía en el microcosmos el sinuoso itinerario macrocósmico recorrido por el adepto. Algo así como una maqueta en piedra del gran laberinto espiritual. La cámara de las pinturas sería entonces grávido e inexpugnable vientre de madre virgen para alumbrar Hijos de Dios. Se refiere Bettelheim, en sus *Heridas simbólicas,* a la posibilidad de que las aficiones cavernícolas del hombre prehistórico respondieran al intento de reproducir el escenario y la escenografía de la procreación: húmedos y angostos túneles de acceso a una celda uterina rematada por una cúpula en cuyo cimborrio y hemisferio se registraban mediante símbolos y jeroglíficos los arcanos de la naturaleza.[14] Otros autores perciben «una conexión definida y cercana entre las pinturas rupestres, los rituales del hombre primitivo y la importancia que en ellos se concede al nacimiento, la muerte y la resurrección». La caverna —dicen— empezó a sentirse como *Magna Mater* incluso antes de que se desarrollara la agricultura y por eso los artistas prehistóricos incluyeron a menudo figuras de mujeres preñadas en sus retablos de la Creación. Levy, a propósito de ello, recuerda que en los pueblos iletrados de la hora actual se reactiva una y otra vez «el rito del viaje a lo largo de un camino sinuoso y difícil», y se practican *ceremonias de caverna* respaldadas por la convicción de que en ésta se encuentra el útero donde los iniciados renacen.[15]

Lo cual —Valle, Schneider, Bettelheim y hasta yo mismo— no equivale a sostener que *todas* las gentes del paleolítico platicaban a diario con la divinidad. Ni las masas hacen la historia ni en cualquier caso, aun admitiendo cierta superficial verosimilitud en las teorías de quienes tal afirman, es ése el planteamiento que ahora me interesa. Lo que define arquetípicamente un estadio de civilización no corresponde a los menestrales o los políticos, sino a los artistas y los sacerdotes. Me estoy refiriendo, por lo tanto, al chamán que combina parsimoniosamente sus mejunjes y rituales o al pintor que retrocede antes de darle una pincelada ocre al resalte de un esquisto, y no —dicho sea sin desprecio— al tallador de sílex ni al virtuoso de la clava. Siempre coexistieron ilotas y hierofantes, intocables y brahmines, *etas* y samurais, feligreses y gurúes, escuderos y caballeros, hombres de la calle y *personas.* Lo que a nadie quita, pues Alcibíades pudo ser esclavo en una existencia anterior y, desde luego, todos —los Alcibíades y los esclavos— hemos sido alguna vez trilobites. O la rueda inexorable del *karma.* De ahí que en las sociedades donde ni monoteísmos racionalistas ni revoluciones industriales han oscurecido la percepción de ese ritmo macrocósmico, se acepte la desigualdad económica o cultural sin enojo ni mohína, con el buen talante del jugador que recibió pocos ases en su lote y el *fair play* del deportista que hoy no fue capaz de ganar, pero que acaso mañana pueda. Se trata, en definitiva, de una cuestión de fe. El ateo no tiene más denario que la vida terrena y parece lógica su lucha por adecentarla en la medida de lo posible, mientras el creyente, persuadido de que su humanidad es un soplo, y además ilusorio, se desentiende de las tareas políticas y sociales, sin morder el anzuelo del trabajo entendido como principio ordenador de la existencia. Adán, al fin y al cabo, tuvo que sudar el jornal sólo después de haber perdido el paraíso y lo que el hombre de fe desea es precisamente regresar a él. Aunque los evangelios recogen y exponen con claridad esta enseñanza (en pasajes como el de Marta y María o el sermón del monte), hace ya mucho que la clerigalla romana consiguió imprimir una orientación diferente a la doctrina, tiñéndola de incredulidad. Protestantes y marxistas (dos ramificaciones del cristianismo exotérico) se han encargado de exaltar el trabajo en cuanto a valor supremo y fuente de virtud. Pírrica victoria, porque a pesar de todo un puñado de santos y de justos sigue en la penumbra, inmóviles, con los ojos en cualquier lugar del infinito y la cabeza en las nubes. Hubo alumbrados en la época imperial y hay ahora *freaks* en las playas de Formentera (y hasta en el Rastro). Por mucho que se esfuercen los progresistas, siempre quedará gente sentada en la posición del loto. Y conste que no estoy esgrimiendo juicios de valor (aunque tampoco los escondo), sino describiendo maneras diferentes de gastar la vida. Michkin y Dimitri Karamazov son creyentes; Iván es ateo. Lo es también nuestra sociedad occidental, nacida en el discurso del gran Inquisidor, y no lo es —aunque empezando a serlo— la India de ahora. Sin duda, el mismo ambiente de feliz promiscuidad y conciliación de los opuestos que aún hoy se respira en los *ghatt* de Benarés fecundó la iluminada paz social del magdaleniense, donde el troglodita raso no se sentía menoscabado por la presencia del brujo ni aspiraba a convertirse en su igual ni le profesaba resentimiento. Hermann Hesse ha recreado magistralmente esa atmósfera en *El hacedor de lluvia.* Era un mundo más generoso y, por ello, menos competitivo. Se respetaba el plan de la Creación, no tenía el hombre ínfulas de superioridad respecto a los demás estamentos del orden natural. Y ello no por innata sumisión o voluntad de esclavitud, sino porque los jefes o iniciados se cuidaban muy mucho de informar a sus súbditos. Aún no transpiraba la cultura de arriba abajo perturbando el equilibrio psicológico y biológico de quienes no pueden ni deben recibirla. El hombre de Altamira o Lascaux, flotando *sub specie aeternitatis* en una realidad sin movimiento, *sabía* mucho más de lo que aparentaba y de lo que los prehistoriadores le atribuyen, pero escondía cautamente sus conocimientos tras una simbología que, sin embargo, cabe descifrar. Éste es, seguramente, el principal elemento diferenciador entre las sociedades iniciáticas y las sociedades tecnocráticas (o democráticas). Einstein no se equivocó inventando la relatividad, sino divulgando su fórmula. Error que jamás hubieran cometido sus predecesores: los astrólogos de Altamira. La ciencia no se enseña ni el conocimiento se aprende: se *conoce.* Donde Iván busca, Michkin sabe.

Cartailhac, Breuil, Salomon Reinach, Dechelette y otros mitólogos o prehistoriadores más cercanos en el tiempo no albergaban ni albergan dudas respecto a la sacralidad de los antros paleolíticos. Los dos primeros se fijaron, sobre todo, en los groseros perfiles de hombres con cabezas de animal dibujados en algunas cuevas y los interpretaron como danzas mágicas a las que sólo tenían acceso los iniciados ocultos tras la máscara de su respectivo tótem.[16] Alcalde del Río localizó costumbres muy parecidas en las aldeas de los alrededores de Altamira.[17] El 31 de diciembre irrumpe en ellas el baile de la *vijanera*: bandas de pastores se lanzan a las calles cubiertos de pieles y con campanas de cobre colgadas de la cintura. La saturnal, que empieza al salir el sol, suele derivar hacia furiosa batalla entablada entre cuadrillas de diferentes aldeas. Cabría aportar muchos ejemplos sobre la abundancia de costumbres paleolíticas aún vivas en torno a los grandes centros del arte cuaternario. Quince milenios no han bastado para borrar el hechizo tangible de esos lugares. En la cueva de Santimamiñe siguen celebrándose rogativas para espantar a las brujas que merodean por las inmediaciones. Y encima de ella, en la cumbre del monte, se yergue el cenobio de San Miguel. Dicen que el agua despedida por su techo va a parar a un sepulcro medieval y cura la sarna... Ejemplos, sí, pero ninguno mejor que el del *tesoro escondido*: no hay gruta prehistórica que carezca de él, «atributo solar en contraposición al oro moneda, que representa la exaltación de los deseos terrestres y su perversión. Con frecuencia, en mitos, leyendas y cuentos folklóricos, el tesoro se encuentra en una caverna. Este doble símbolo significa que la cueva (imagen materna o inconsciente) contiene el *tesoro difícil de alcanzar.* Con tal expresión se alude al centro místico, que en el propio espíritu del hombre define Jung como *selbst* en oposición al mero yo».[18] Salta a la vista la coincidencia entre estos temas y los que siglos más tarde propondrán los alquimistas. ¿No será el *arte magna* prolongación de la búsqueda del oro solar protagonizada por esos hombres del paleolítico que insuflaban espíritus en la piedra y que acaso, a fuerza de crisoles y transmutaciones, provocaron la revolución del bronce? La terminología es idéntica, iguales los símbolos, parejos los ideales y equivalente el respeto hacia un mundo mineral que el hombre blanco y cristiano quiso reducir a siervo. Hay mucho que aprender en esa edad de oro. O mejor dicho: está todo por aprender. Si alguien supiera investigar y soñar, tal vez descubriríamos que no somos, sino fuimos. O se nos despertarían fieras dormidas de esas que menciona la canción. O quizá...

Entre el remate del paleolítico inferior y la empuñadura del neolítico se abre un período incierto, un paréntesis milenario zarandeado por glaciaciones y cataclismos. A renglón seguido empieza a roturarse el mundo que hoy conocemos: es la historia de cómo un centro motor, el mismo que aún acciona nuestra cultura, aplica a los seres mitológicos un movimiento centrífugo y los empuja paulatinamente hacia las tinieblas periféricas. A partir de la primera confederación helénica, una zona muy bien delimitada y con tendencia al crecimiento queda libre de monstruos y de dioses. Pero antes de eso, y no sin lucha, el *exótero* se prepara una forma de vida yacente en el seno de sociedades iniciáticas diseminadas por las que iban a ser sus últimas playas europeas: Irlanda, España, Egipto, Creta y Escandinavia. Los recuerdos conservados en estos países bajo el disfraz de mitos se mantienen hasta muy entrada la historia histórica y añaden por lo menos seis mil años al conocimiento de la peripecia humana. Es el *illud tempus* de la Biblia, el *érase una vez* de los cuentos y fábulas. Entre éstas, y en ese caldo de cultivo, se inscribirá la parábola de grandeza y decadencia descrita por lo que sólo a partir de Platón se conoce con el nombre de Atlántida.

Dice la segunda epístola de San Pedro: «voluntariamente quieren ignorar que en otro tiempo hubo cielos y hubo tierra salida del agua y en el agua asentada por la palabra de Dios; y que aquel mundo pereció anegado, mientras los cielos y la tierra actual están reservados por la misma palabra para el fuego en el día del juicio y de la perdición de los impíos (...) Pero nosotros esperamos otros cielos nuevos y otra tierra nueva en la que reine la justicia según la promesa del Señor».

Esta opinión del primer Papa, herética y soslayada por el cutre cristianismo de Nicea, carga la suerte sobre algo que ya los evangelistas gnósticos habían puesto en boca del Mesías: «este cielo pasará y pasará lo que se halla bajo él; y los muertos no vivirán y los vivos no morirán».[19] Amén, pero prevalecieron (a la corta, como empieza a verse) los intereses creados por el terrorismo de Nicea y el ala clerical de lo que hasta entonces había sido un movimiento religioso consiguió acreditar y propagar cierto elegante escepticismo a propósito de aquella Atlántida platónica cuya existencia nadie se había atrevido aún a poner en duda. Fue un gesto de coquetería científica que hogaño no ha desaparecido de las sesiones académicas, pero que ya se bate en retirada. Por ello, y por lo que en seguida se dirá, no dedicaré mucho tiempo a romper lanzas en defensa de algo sin lo cual la historia de tres continentes se desmoronaría. Prescindiendo de que nada autoriza a suponer voluntad de engaño respecto al tema en un hombre tan digno de crédito como Platón (ni tampoco, referida a él, en los graves hierofontes del saber hermético), y pasando por alto la avalancha de certidumbres históricas, geográficas, biológicas, etnológicas, psicológicas y religiosas que atestiguan hasta la náusea la presencia *in illo tempore* de un sexto o primer continente, me detendré sobre una argumentación *a posteriori* que convierte en pleonasmo las demás: la Atlántida es la única pieza maestra capaz de ubicar en el tiempo y en el espacio el espacio y el tiempo de la historia, algo así como aquellos imanes del colegio *(a las nueve lección de física)* en cuyo campo de fuerza se ordenaban y orientaban hacia un mismo norte las limaduras de hierro arrojadas por el profesor. Con lo que el desbarajuste de la mitología se transforma en geométrica colmena: cada héroe en su alveolo. Noé, Gilgamesch, los Atridas, Quetzalcoatl... y, en lo tocante a España, todo o casi todo el entramado del primer volumen de este libro (con incursiones en el siguiente): el desembarco de Túbal, Gárgoris y Habidis, la epopeya del Hércules osiríaco, Tartessos, las Ofiusas, los Sefes y los Oestrimnios, los cultos táuricos, las Batuecas, los guanches, la ruta del estaño, el druidismo, Compostela y, quizá, el origen de los vascos y los agotes. No es preciso insistir. Los mitólogos conocen la imposibilidad de mantener *urbi et orbe* una patraña con tanto detalle y durante casi doce mil años por mucha garra que el narrador le eche (ni siquiera Homero inventó: contó. Lo sabemos por Schliemann, un hombre de fe). Y del mismo modo conocen los psicólogos la imposibilidad de discurrir un artificio capaz de ajustarse a las imágenes arquetípicas de grupos étnicos que nunca, en el ámbito de la historia desbrozada, mantuvieron entre sí contactos ni directos ni indirectos. Podrá ignorar la Atlántida el historiador de amplias tragaderas que no aspire a rebasar la linde de los primeros testimonios escritos, pero nada adelantará sin ella quien pretenda investigar sobre algo más que esa migaja.

Platón, por boca de Critias, asigna al mito nueve mil años de antigüedad, lo sitúa en una isla atlántica frente al estrecho de Gibraltar y atribuye a Poseidón el olímpico origen de sus habitantes. El filósofo (e iniciado en los misterios délficos) nos lo cuenta tal como se lo habían contado los epígonos del hermetismo egipcio y con ello pone la primera piedra de un relato cuya singular fortuna obedece al hecho de que todos conocemos de antemano su contenido por haberlo escuchado desde la infancia en los hondones del subconsciente. Es la sensación del *yo estuve aquí una vez* lo que convierte esta fábula de imperios tragados por el mar en algo perfectamente a prueba de hundimientos. Dice Ortega que «las Atlántidas son las culturas sumergidas o evaporadas» y «representan el fenómeno más sorprendente de la historia» porque «hace un siglo nadie hubiera aceptado seriamente la posibilidad de que pueblos un tiempo poderosos, creadores de culturas completas, causantes de grandes acciones y reacciones históricas, hubieran llegado a borrarse por completo».[20] En el mito, a decir verdad, llama la atención justamente lo contrario (su virtud de perpetua flotabilidad por encima de milenios y hecatombes geológicas), pero Ortega acierta de lleno al ver en la Atlántida una *categoría histórica* y una *constante.* Con ello alude a la vertiginosa perspectiva abierta por la posibilidad de que ciclos enteros de civilización lleguen a su desenlace sin dejar *demasiadas* huellas tangibles detrás de sí (aunque en este caso haya algunas). Por ahí se nos cuela de rondón nada menos que el relativismo histórico, la sospecha de que nuestras más ambiciosas convicciones son tan insignificantes como caducas. Y el mundo no vuelve a rodar de la misma manera. La fe en el progreso, que es la espina dorsal de la cultura contemporánea, queda bastante maltrecha y en las rutas humanas se establece para siempre el doble sentido, la posibilidad de que el acaecer de los siglos conduzca a una meta diferente de la que a partir del iluminismo habíamos imaginado. En el prólogo al *Retorno de los brujos,* Pauwels y Bergier citan la frase pronunciada por Donoso Cortés durante una sesión parlamentaria del 1849. *Señores* —rebatió (aunque quizá en otros términos, pues cito desde el francés)—, *están completamente equivocados: el mundo no avanza, retrocede.*

¿Quería transmitir Platón el mismo mensaje al desvelar lo que se le había enseñado bajo la rigurosa promesa del secreto iniciático o sólo deseaba explicar a sus coetáneos que los esfuerzos dedicados a la *res publica* son —hoy como ayer— vacíos, insensatos, infantiles e inútiles? Ambas cosas, pues la primera se cae por su peso y la segunda viene impuesta por las circunstancias de aquel siglo, el de Pericles, al que debemos el delirio de la participación popular e intelectual en los asuntos políticos. Hasta entonces el pueblo vivía entregado al quehacer insoslayable de la supervivencia y la procreación, mientras los hombres de ingenio dedicaban su tiempo a la metafísica y el sendero de perfeccionamiento, despreciando por nimio cuanto se refería a la marcha de la sociedad. La democracia vino a llenar de preocupaciones triviales y mezquinas un mundo que antes de ella gustaba de dialogar con los dioses. ¿Puede extrañarnos que Platón, como también hizo Pitágoras, volviera a recoger el vanidad de vanidades recogido por la Biblia en Hermes Trismegisto? El episodio más significativo de su vida parece aquel en que, siendo ya el poeta y autor dramático preferido por la frívola Grecia de Pericles, reúne al *todo Atenas* en los jardines de su mansión y allí, cuando los invitados esperan la lectura de la tragedia que convertirá al joven genio en definitiva luminaria de los siglos pasados y futuros, anuncia su retirada del mundo, del cultivo de las letras y del trato de los poderosos.[21] Tal hizo Platón, y tal hicieron (entre muchos otros) Cratilo, Orfeo, Diógenes, Sakya Muni, Felipe II, Tolstoi, Aldous Huxley y Christian Rosenkreuz. Cada uno a su manera, que es la manera de todos.

Respetaron y transmitieron el mito de la Atlántida más autoridades de las que aquí cabe citar. Posidonio,[22] Filón el Judío.[23] y el neoplatónico Marcelo hurgan en el tema. Crantor, según los *Comentarios,* de Proclo, encontró en Sais unos jeroglíficos que repetían el relato hecho por los sacerdotes egipcios a Solón tres siglos antes. Amiano Marcelino llama a la Atlántida *insula europea orbe spatiosor.*[24] Arnobio supone a los atlantes contemporáneos de Nino el asirio.[25] Tertuliano vuelve una y otra vez sobre el asunto.[26] Entre los manuscritos de Macrobio se conserva un mapamundi con la imagen del continente. Toda la cartografía medieval lo menciona: Honorius de Autun en su *Imago Mundi,* Jacques de Vitry, Robert de Auxerre, Picignano, el mapa de Weimar, la carta genovesa de Beccaria, el globo terráqueo de Tra Mauro.[27] Sería un alarde inútil pasar revista a la falange de científicos, filósofos e historiadores que avalan la existencia de la Atlántida con posterioridad a los viajes del almirante. Bailly, Buffon y el geólogo Bory de Saint-Vincent[28] no son los únicos nombres ilustres en ese elenco. El último citado se atrevió a esbozar un *mapa conjetural* del continente con todos los topónimos que, a su juicio, le correpondieron en la antigüedad.

La mayor parte de dichos autores se limitan a seguir la tradición platónica, pero incluso en el período precristiano hay otros que aluden por su cuenta al mito, asignándole nombres diferentes. Todos coinciden con Platón, y con la *vox populi,* en situar un enclave de cultura muy evolucionada más allá de los mares entonces navegables y siempre con proa al occidente. Eliano lo bautiza Merópida. Plutarco —otro iniciado en los misterios de Hermes que no obstante goza de amplio crédito entre los historiadores positivistas— alude a la existencia de un continente *croniano* (por Cronos) en su tratado *Defacies in orbe Lunae,* curioso resumen de lo que el mundo antiguo pensaba acerca de nuestro satélite. Algunos eruditos se han apoyado en el texto de Plutarco para vindicar una Atlántida escandinava. El autor de las *Vitae* menciona, en efecto, una gran masa de tierras situadas más allá del archipiélago británico y descubiertas por los griegos, cuyos habitantes desconocían la navegación a vela y donde el sol tardaba un mes en ponerse. Había allí numerosas islas, limo en abundancia y témpanos erráticos que dificultaban el tráfico de cabotaje. Sorprende esta minuciosa descripción de los parajes vikingos por hallarse inmersa en un contexto descaradamente mitológico, pero es improbable que Plutarco, al que no le faltaba información de primera mano, identificase la Atlántida con el continente hiperbóreo. Parece más lógico suponer, como supuso Chil y Naranjo,[29] que el latino pespunteó la narración con elementos fabulosos para hacer más digerible el prodigio del sol de medianoche. Ni aun así le creyeron sus coetáneos.

Aristóteles y Ptolomeo hablan de una isla Antilia, más occidental que las Columnas de Hércules. Se trata, a todas luces, de la Antia, otro lugar fabuloso relacionado con el ciclo de Osiris, esa deidad que en Grecia se llamará Dionisio y Baco en Roma. Antia viene de Anteo, el coloso fundador de Tánger al que Hércules derrotó teniéndolo en vilo. Lo extraño es que varios textos equiparan la Antia a la India, y parece confusión muy grave para que se produzca sin motivo. ¿Tendrá algo que ver esta India atlántica con los muchos topónimos comunes a la Península Ibérica y el Indostán? Se cree que las raíces sánscritas agazapadas en bastantes lugares de nuestra geografía llegaron con la invasión céltica, pero la cosa no está clara. También cabría imaginar un mismo sustrato étnico para hindúes y españoles o incluso, como insinúa Thayer Ojeda en su *Ensayo de cronología mitológica,*[30] una remota emigración de gentes hispanas hacia el continente asiático. La hipótesis de un ir y venir de pueblos entre el occidente europeo y las regiones situadas al este del Mediterráneo no es tan descabellada como a primera vista parece. En el capítulo siguiente volveré sobre el tema. Por lo que hace a la historia, nada se opone a ello. Y psicológicamente es, además, verosímil: el empecinado talante migratorio de los españoles constituye otra de las constantes del país.

¿Alcanzaron, pues, a la India los círculos originados en la catástrofe atlante? Vinculaciones más improbables suelen admitirse. Al fin y al cabo, los Vedas refieren puntualmente el mito platónico y la doctrina hinduista respecto a los ciclos sucesivos de creación-destrucción-conservación (Brahma-Shiva-Vishnú) encuentra su paralelo cosmogónico en la leyenda del continente sumergido. La India pasa por ser el principal centro emisor de esvásticas y *mandalas,* esos signos cabalísticos que se hicieron crismones entre los cristianos y rosacruces en el ocultismo occidental. El *mandala* es herramienta indispensable de todos los aspirantes al éxtasis y no mero símbolo de éste. Se trata de un mecanismo activo que reproduce la estructura de la energía cósmica o *luz blanca.* A través de él se libera la fuerza vibratoria del universo —o, más sencillamente, la cara de Dios— en forma de espiral o torbellino. Algo así como la fisión nuclear a escala de conciencia individual. Todos los profetas, santos, estilitas y hombres de religión acaban yéndose por este vertiginoso sumidero. En él cae también el derviche adormecido sobre su narguile, el bonzo abismado en la flor de loto, el peyotero mejicano y el que conoce las rutas curvilíneas del ácido lisérgico. En general, todos los alucinógenos destapan una realidad de *mandalas* que parpadean en continua composición y descomposición. No sucede lo mismo con la esvástica, diagrama esencial del laberinto, que es sólo signo de reconocimiento, emblema, guiño entre adeptos, puro símbolo. Su poder de sugestión se explica porque en ella confluyen dos importantes arquetipos: la cruz griega de brazos iguales y los cuatro ejes (línea polar y órbita del sol) orientados en una misma dirección rotatoria. Es, desde luego, clave de tropismo, de búsqueda del centro, de arduo camino iniciático. Y también inevitable imagen sagrada en todos los cultos solares. Salomon Reinach la interpreta como una estilización de cigüeñas en vuelo y le atribuye valor de tótem pelásgico, lo cual —de ser cierto— confirmaría su origen atlante.[31] Otros[32] ven en la esvástica sencilla un símbolo de propagación de la especie referido al principio femenino (las Venus cretenses llevan ese emblema inscrito en un triángulo equilátero o, simplemente, una cruz en un círculo.

De ahí procede la *triskeleta,* o entrelazamiento de tres piernas humanas en un centro común, tal como aparece en la moneda asiática de Licia, en la griega de Odomanti y en la ibérica de Eburra). Vicente Risco se extraña de que su contemplación produzca sosiego pese a ser una figura cuaternaria y en cuanto tal, según Jung, vehículo de la doble tensión expresada por el par de fuerzas. El mitólogo gallego sugiere que tal vez la impresión de estabilidad se debe al perfecto equilibrio de los contrarios.[33]

A diferencia del *mandala,* común a todas las experiencias místicas y por lo tanto espontáneo, la esvástica es forma transmitida y característica de los lugares donde dice la tradición que hubo desembarco de atlantes. «Figuraba ya en el navío de Roma. Se la encuentra en multitud de edificios búdicos. Es uno de los signos que los sectarios de Vishnú se trazan hoy sobre la frente. En la Europa occidental aparece desde la Edad de Bronce. Schliemann la ha encontrado en Tirinto, en Micenas y en los cuatros recintos superiores de Troya. Este signo enlaza nuestras antiguas poblaciones, y en particular las de Portugal, con los etruscos, con los griegos, con los habitantes de la India antiguos y modernos. Nos conduce mucho más lejos todavía. Stevenson ha descubierto la esvástica en América. Schliemann asegura haberla encontrado en el Yucatán y en Paraguay. Es una de las pruebas que confirman la realidad de los viajes hechos a América por los peregrinos budistas antes de los escandinavos y antes de Colón.»[34] Menéndez y Pelayo olvida las cruces gamadas chinas, japonesas, hititas, tuaregs y transilvanas, y sin duda también yo olvido otras, aunque no la que aparece en el sello de Gengis Khan. Puede añadirse que hay esvásticas doquiera vivieron arios y que no se ha encontrado ninguna en el ámbito de las razas semitas. Muchos, influidos por acontecimientos demasiado recientes, confunden este emblema con la insignia nazi (cuyas aspas se doblan al revés), pero eso es equivocación tan grosera como ver en el Crucifijo el símbolo de la Inquisición. La esvástica más antigua corresponde seguramente a un sello desenterrado en la localidad india de Harappa y fechado dos mil años antes de Cristo. Ni esto ni las alusiones védicas ni las coincidencias toponímicas con España ni los paralelismos doctrinales son argumentos suficientes para atribuir directa ascendencia atlante a la civilización indostánica, pero sí autorizan a formular la hipótesis. En torno a ella está casi todo por descubrir.

La zona de las esvásticas coincide a grandes rasgos con el área de difusión de la escritura hemisférica, ógmica, reticular o tectiforme. Son esas misteriosas cazoletas, buriladas en peñascos y superficies graníticas, que hasta ahora ningún experto ha conseguido descifrar. Algunas se remontan al paleolítico, ocasionalmente traducidas a puntos más o menos suspensivos (yo los he visto en la santanderina Cueva del Castillo y en la asturiana del Pindal; abundan también, según dicen, en San Román de Candamo, espelunca prehistórica del concejo de Pravia, que en el momento de escribir estas páginas lleva más de dos años cerrada al curioso y al investigador por capricho de la Diputación de Oviedo o del Ayuntamiento local. No pude averiguarlo, ya que ambas instituciones se pasan recíprocamente la pelota). Por lo que se refiere a la Península Ibérica, menudean las cazoletas en Extremadura, Portugal, Sierra Morena y Galicia. Roso las vio en los verracos abulenses y segovianos, en una inscripción de Santa Cruz de la Sierra y en las aldeas extremeñas de Abertura, Miajadas, Villamesías, El Puerto y Solana de Cabañas.[35] Yo me di con ellas —o quizá las soñé— en el enclave celtíbero de Termancia. Una antigua tradición sostiene que existieron en las columnas sagradas de Gadir, lo cual sería más que significativo, pues —como veremos en el capítulo siguiente— allí se localizan los primeros cultos atlánticos españoles y los mitos de Gárgoris y Habidis y del Hércules osiríaco. Fuera de la Península, abundan las cazoletas en Escandinavia, Inglaterra, Escocia y la Bretaña francesa. Los hindúes las veneran y algunas de sus paisanas, en las peregrinaciones budistas, riegan las cavidades de ciertas rocas con fe y esperanza de fecundidad. Rivett Carnac, especialista en la materia, encontró inscripciones hemisféricas en los alrededores del templo de Nagpur (la ciudad de las serpientes), en los repechos de Ellora (cerca de Aurangabad), en el santuario de Vishvakarman, en las piedras túnicas de la isla de Rungen, en las dos Américas y en Australia. Existen también en la zona dolménica africana y en algunos monumentos de la arquitectura sudanesa (yo las vi en Gao, sobre la tumba de los Ashkia, a orillas del Níger, allí donde el desierto se transforma en sabana). Roso de Luna intentó descifrar las cazoletas extremeñas comparándolas con las mayas y aztecas. Fracasó, como cuantos le precedieron o siguieron. La escritura hemisférica aguarda aún su

Champollion y, sin duda, el día en que éste aparezca muchos enigmas del pasado quedarán resueltos. ¿Y el futuro? ¡Quién sabe! Hace ya medio siglo supuso Obermaier que las insculturas gallegas respondían a una clave astrológica y por lo tanto augural... Claro que también las imaginó litúrgicas, políticas y lustrales, y al final no sacó nada en limpio.[36] Los celtistas llegaron a considerarlas receptáculos para la sangre de las víctimas inmoladas en los sacrificios druídicos (aún hoy se llama *Ogam,* de donde ógmico, la principal revista consagrada al estudio de la cultura celta). Otros han visto en ellas relojes de sol y hasta mesas de juego. Especulaciones... Sólo sabemos que la mayor parte de las cazoletas se encuentran al aire libre, en promontorios, junto a las fuentes y en lugares que dominan el océano, los fiordos y las rías. ¿Quizás un culto pelásgico? Por encima de interpretaciones más o menos delirantes, la escritura ógmica responde al deseo de transmitir un mensaje *indeleble* y, como la cruz gamada y los dólmenes, denuncia la existencia de un antiguo linaje común a muchos pueblos y culturas.

Esvásticas, cazoletas y dólmenes son las tres grandes balizas hincadas en la frontera que deslinda los campos atlantes de los profanos. Entre los *leitmotivs* del ciclo, el dolmen parece el menos estimulante para la imaginación, pero es el que de modo más claro revela la huella de esa gran raza aglutinadora que durante varios milenios se mantuvo unida por encima de las bifurcaciones demográficas, las enormes distancias y las dificultades de comunicación. Algo tan evidente como inescrutable, que sólo se explica en el contexto de poderes telepáticos desconocidos. «La zona geográfica de los dólmenes es inmensa. Hasta ahora han sido reconocidos en la India, Siria, Cáucaso y Crimea, en la costa septentrional del mar Negro, en el África del Norte, en Dinamarca y en Suecia. En Italia parecen confinados a la provincia de Otranto. En España abundan...»[37] Y sobra aclarar que el catálogo, desde la redacción de los *Heterodoxos,* ha aumentado notablemente. Hay también dólmenes en Palestina, Arabia, Etiopía, Rusia meridional, Tirinto, Micenas, Etruria, Siberia y Córcega, y sospecho que alguna vez los hubo en el África negra francófona. Ninguno queda en pie, que yo sepa, pero los *bassaris* y los *toucouleurs* de Senegal siguen construyéndolos hoy día en forma de taula, de pequeño tamaño y rodeados por círculos de piedras. Sobre ellos celebran sus ceremonias religiosas y musitan sus plegarias al alba y al ocaso. Hace poco pude ver varios de estos dólmenes en la apartada y fragosa región Bassari, donde un niño de ocho o diez años me brindó un impresionante ejemplo de sincretismo religioso explicándome que todas las noches acudía al monumento para rezar en él un padrenuestro invocando al sol.

Los dólmenes plantean infinidad de problemas, empezando por el de su significación. Quizá sólo eran un gesto de impotencia, el remedo de una gran cultura que perdió repentinamente la capacidad tecnológica y tuvo que transmitir sus valores recurriendo a sistemas muy rudimentarios. Parece absurdo suponer que quienes durante tanto tiempo mantuvieron un entero ciclo civilizador por encima de los océanos rayaran a tan bajo nivel en las actividades manuales. El diluvio es, sin duda, causa más que suficiente para explicar la contradicción. Al fin y al cabo, los hombres que —extenuados o no— llegaron a las costas africanas y españolas eran simples náufragos. Cultos, sí, pero carentes de las herramientas necesarias para reproducir lo que las aguas se habían tragado. Muchas novelas de ciencia-ficción describen situaciones análogas. Robinsón sólo pudo imitar toscamente las formas de vida de la lejana Inglaterra. ¿Qué quedaría de nuestro mundo occidental sin materias primas ni fuentes de energía? Principios, sistemas filosóficos, fórmulas, reglas morales, organigramas, fe religiosa y, sobre todo, un bagaje de recuerdos. Eso fue lo que transmitieron los atlantes: datos, opiniones, sentimientos y creencias, pero no técnica ni destreza artesanal. Conocían de memoria las rutas oceánicas y la forma de cubrirlas, pero les faltaban astilleros para construir embarcaciones. En la mayor parte de los casos, las estructuras económicas y sociales de los puertos de arribada no permitían el desarrollo de la metalurgia. Por eso recurrieron los náufragos al único material sólido que la naturaleza les brindaba con largura: la piedra. Y lo trabajaron con instrumentos también de piedra: buriles, hachas, martillos, puntas de flecha. A esta epopeya del sílex contra el granito sobrevivieron, esotéricamente grabadas para la posteridad, las leyes áureas de un saber perdido. Son los miles de insculturas y petroglifos que salpican la zona dolménica y en especial, con insistencia abrumadoramente sospechosa, las costas gallegas. En ellas se refugiarán los druidas y a ellas llegarán más tarde —perdidos entre la chusma jacobea— astrólogos, alquimistas, cátaros, templarios y soñadores de toda laya buscando *satoris* y aniquilamientos. Pero no corramos...

Si las señales dejadas en los roquedales atlánticos eran esotéricas, los monumentos y las formas arquitectónicas no les iban a la zaga. El simbolismo dolménico coincide con el habitual en las litofanías: alude a la fertilidad o transmisión de la vida, pudiendo entenderse ésta, ora en su aspecto físico ora en el espiritual, como acceso a niveles superiores de conciencia. El dolmen es alegoría de la Gran Madre o eterno principio femenino, del *yin,* de la *triskeleta* o esvástica de tres piernas, de lo que se llamará Isis en Egipto, Maya en Roma, Cibeles (con nombre latino) en Asia, Parvati o Shakti en la India y María en la tradición evangélica. Reproduce además uno de los ejes de la cruz gamada, ya que su puerta mira siempre al sol de levante. Los templos cristianos conservarán más tarde la misma orientación, aplicando el simbolismo heliolátrico a Cristo, alba de un mundo nuevo. Casi todos los dólmenes se levantaban en oteros o cruces de caminos, allí donde los arios suelen colocar las apariciones de ultratumba. A menudo, los despojos humanos sepultados en ellos presentan trazas de una doble trepanación. Y es que se consideraba santo a quien, por motivos de salud o por lo que fuera, sufría en vida el taladro del cirujano (y luego, ya muerto, se le practicaba una segunda operación para guardar como amuleto la pieza ósea). Es evidente el paralelismo entre esta usanza y la de habilitar en el dolmen una abertura por la que el espíritu abandonaba el sepulcro. Aún hoy los vascos abren ventanas o quitan tejas cuando alguien muere en su casa.[38] Todo esto recuerda los rituales escatológicos de los lamas tibetanos, que al velar a los moribundos, y con objeto de que el alma no quede aprisionada en su cárcel corporal, recitan el *Bardo Todol* o *Libro de los Muertos* (lo cual garantiza de por sí el sosiego del tránsito) y después perforan el cráneo del agonizante profiriendo un berrido ultrasónico de insoportable agudeza que actúa como un rayo láser. Los grandes iniciados del lamaísmo conocen esta técnica. Su eficacia, por increíble que parezca, ha sido personalmente comprobada por Alexandra David-Neel, tibetóloga de sólida reputación en los medios científicos occidentales. *Mandalas,* cazoletas ógmicas, esvásticas y trepanaciones jalonan una vía de comunicación entre el Himalaya y los finisterres atlánticos. En muchos dólmenes, además, se doblaban y ataban las piernas de los cadáveres, seguramente para impedir que la materia siguiera al espíritu en su ascensión al Elíseo. ¿No se percibe aquí un reflejo de la doctrina budista e hinduista sobre el *karma* o deuda espiritual acumulada por los quehaceres terrenos que cada ser vivo debe saldar antes de ascender a formas superiores de existencia? A la luz de todo lo dicho no puede sorprendernos que la fe en el poder de las grandes piedras se mantenga viva en las creencias populares europeas y, de modo especial, en el Cantábrico español, Irlanda, Escocia y la Bretaña francesa. Tendré que referirme muchas veces a ella en las páginas de este libro.

Y aún existe otra hipótesis para explicar la tosquedad de los monumentos megalíticos. Autores de ayer y de hoy pretenden que el Diluvio no fue catástrofe natural, sino provocada por las contradicciones bélicas o ecológicas del excesivo desarrollo tecnológico. Los supervivientes, en tal caso, habrían decidido dar marcha atrás para impedir la repetición de semejantes horrores. Esta teoría se ajusta al unánime mensaje transmitido por las religiones mistéricas: el saber es peligroso y debe mantenerse celosamente guardado en el seno de sociedades iniciáticas que lo distribuyan con cuentagotas al hombre de la calle. No me extenderé sobre algo que desgraciadamente está de moda. Pauwels y Bergier acertaron a explicarlo con plebeya eficacia en su *Retorno de los brujos* (recuérdese la leyenda india del rey Ashoka y los nueve desconocidos). ¿Por qué ardió nada menos que tres veces la Biblioteca de Alejandría, donde al parecer se conservaban casi todos los textos de la tradición hermética? ¿Acaso fueron incendios voluntariamente provocados por quienes *sabían*? ¿Cuál es la causa, si causa tiene, de que una y otra vez se produzcan diluvios cíclicos, naturales o artificiales, y de que —tras ellos— el hombre regrese a sus orígenes? ¿Por qué los adeptos de cinco continentes, délficos o pitagóricos, gnósticos o esenios, chamanes o taoístas, velan con escrúpulo sus conocimientos hasta el extremo de que escucharlos equivale a poseerlos? ¿Será sólo, como pretenden los indios, porque la verdad es la búsqueda de la verdad, o hay otros gatos en la trastienda? ¿Y qué creer o pensar respecto a la insistente fábula de los libros depositados en ciertas grutas del Tibet, China y Manchuria? Gurdjieff y Madame Blavatsky no admitían bromas sobre ellos. En todo caso, para quienes aceptan o por lo menos no rechazan la posibilidad de que un anónimo grupo de iniciados mueva los hilos de la historia (y a los prohombres que aparentemente la gobiernan), nada de esto suena a desatino. A los otros, que son los más, el papel jugado por las sociedades secretas les parece pura fantasmagoría. Me pregunto: ¿cómo encajan el grupo Thule que tan de cerca precedió la subida de los nazis al poder? Es sólo un ejemplo y no el mejor, pues los intelectuales de Hitler no hacían sino remedar los gestos de un esoterismo que estaban muy lejos de poseer.

Un dato, al menos, parece fehaciente: los dólmenes son neolíticos —o lo que tanto monta: postdiluviales— y corresponden al momento en que otra cultura —agrícola, ganadera y en algunos sitios metalúrgica— desplaza los modos de vida paleolíticos. Todo hace suponer que las costas atlánticas de tres continentes recibieron la visita —brusca o gradual— de una raza electa. Ignoramos si los colonizadores llegaron en gran número o si se trataba de simples minorías capaces de imponerse a las comunidades locales. Tampoco podemos precisar si el primer contacto fue pacífico o belicoso, aunque ello dependería probablemente de la idiosincrasia de los anfitriones. Pero sí sabemos que a partir de ese momento cambia radicalmente la *weltanschauung* del género humano, las religiones, los valores morales, los modos de producción, las formas artísticas, la vida cotidiana y hasta la manera de honrar a los muertos (lo último que desaparece en cualquier estadio de civilización). G. de Bonstetein, en su capital *Essai sur les dolmens,* afirma tajantemente que la cadena dolménica tendida desde el Báltico hasta las fronteras egipcias es obra de un solo pueblo. Tal vez éste se estableció definitivamente en África, suministrando un plausible ancestro a la raza blanca y tatuada de los *tamhou,* o *gentes del norte,* que bajo la dinastía de los Ramsés se instalaron en el litoral líbico.[39] Sea como fuere, nadie puede negar que el hombre de los dólmenes sucedió en Europa al de las cavernas y precedió a las llamadas razas históricas. En él reside la clave de ese antiguo elemento aglutinador cuyos resultados conocemos desconociendo su esencia. Y ahora volvamos a la geografía de las Atlántidas.

La Antilia terminó mudándose en Antillas con la misma pedantería renacentista que, trasplantando al Nuevo Mundo el mito de Eldorado, condenaría al pobre Lope de Aguirre a su desenfrenada aventura equinoccial. Pero los vínculos entre la Atlántida y el continente americano no se limitan a la puntillosidad paganizante de los cosmógrafos del siglo XVI. Los collares de la Dama de Elche lucen siete jarritas idénticas a la que ocupa el centro de la esvástica vaticana y a las que tan profusamente dibujan los yucatecas. Roso de Luna ve en ello una prueba más de los contactos entre éstos y determinadas etnias del occidente europeo.[40] La semejanza de las dos orillas del Atlántico es, en todo caso, innegable y exige el nexo de un eslabón perdido. Los mitos mejicanos y peruanos recogen consejas que ya circulaban entre los iberos y escandinavos mucho antes de la aparición de los griegos. No voy a insistir en las manoseadas tradiciones precolombinas relativas a esos navegantes blancos y bien barbados que al parecer visitaron América cuando los españoles andaban aún en pelota. Los cronistas de Indias cuentan el grave patinazo en que incurrió Moctezuma al confundir a Cortés con el dios civilizador que un día se había alejado por el océano prometiendo volver. Y Fray Gregorio García, en 1729, comentaba con asombro el hecho de que los aztecas llamasen *atl* al agua[41] (sílaba, por cierto, que se repite hasta la saciedad en la toponimia precolombina). Nadie duda ya de que las Indias occidentales estaban más que descubiertas cuando Erik el Rojo o las carabelas de Isabel fondearon en sus playas. Pasemos por alto las teorías de Wegener y lo que allende el charco pudo suceder antes del Diluvio. Después de éste, al menos un pueblo —egipcios, vascos o supervivientes de la Atlántida— tocó tierra americana. Tal vez los tres, en oleadas sucesivas (Menéndez y Pelayo menciona incluso una remota singladura amerindia de monjes budistas, sin especificar si recorrieron el Pacífico largando velas o por telecinesis. Candidatos, como se ve, no faltan). En cuanto a los egipcios, Thor Heyerdahl es quien mejor apoyó la tesis con su aventura de la Ra, pero muchos investigadores le habían precedido sin renunciar a la tranquilidad de sus hogares. A los vascos tampoco les faltan valedores. Balleneros intrépidos, y dueños de una curiosa técnica de navegación en botes de piel, fueron alejándose cada vez más de sus costas a medida que los grandes cetáceos se retiraban hacia el norte, y así, de isla en isla, bien pudieron terminar en algún bajío americano. Tal asegura la unánime tradición éuskara, que incluso atribuye a un tal Juan de Echaide el honor del descubrimiento.[42] Es difícil ignorar las afinidades entre el vascuence y algunos dialectos precolombinos. En pleno baile de los conquistadores, un misionero vasco utilizó su lengua madre para predicar a los guatemaltecos de Petén, que le entendieron sin esfuerzo.[43] Paul Gaffarel ha analizado el desconcertante parecido de las hablas *delaware* y *chippeway* con el idioma que tantos quebraderos de cabeza dio a Humboldt.[44] Del vascuence se dirán otras cosas más adelante. Pero no son sólo lingüísticas las convergencias entre éuskaros e indígenas americanos. Una de ellas se refiere a la serpiente heptacéfala que allá llaman *Quetzalcoatl* y acá *Erensugía*. El *jai-alai* o cestapunta se jugaba también entre los mayas con el nombre de *pok-a-tok*. Muchos se sorprenderán al enterarse de que, antiguamente, los vascos tenían el vicio o costumbre de reducir cabezas humanas, tal y como siguen haciendo —y son por ello denigrados— los jívaros y otros grupos étnicos del Orinoco y Amazonas. Asimismo, la tendencia vasca a contar por veintenas (de la cual han heredado los franceses ese extraño *quatre-vingts* con que formulan el guarismo 80) encuentra su exacto paralelo en la América Central, si bien no sea este argumento muy poderoso, ya que la numeración gadhaélica o vigesimal constituye una especie de *homo mensura* —tenemos cuatro extremidades con cuatro quinquenas de dedos— y por ello puede ser tan natural y espontánea como lo es el zote que se pone a contar con los dátiles. Los primitivos sistemas de medición se refieren siempre al hombre: pies, codos, pulgadas, brazas, palmos, el sánscrito *nimesha* o parpadeo del ojo, el *tatami* japonés y hasta los mucho más evolucionados cánones de la escultura griega.

Sea como fuere, vascos y egipcios, cada uno por su parte, *pudieron* adentrarse en el mar tenebroso buscando a sus hermanos de sangre o de cultura. De ser así, tal vez lo hicieron siguiendo un plan establecido de antemano o bien acatando consignas arquetípicamente grabadas por algún poder superior en las capas más recónditas de su conciencia. Lo que parece algo duro de creer es que se lanzaran a la descomunal aventura de atravesar un océano desconocido en chalupas de cuero o papiro sin más acicate que el de arponear cachalotes. No tiene, en cualquier caso, mucha importancia averiguar si egipcios, vascos y americanos llegaron a entablar contactos entre sí, ya que en todo caso los entablaron con el eslabón perdido, ese misterioso pueblo que al empezar el neolítico introdujo nuevos modos de vida no sólo en el Pirineo, como observa Arrinda Albisu,[45] sino en la mayor parte de la Bética, Extremadura, Portugal, Galicia y Asturias, para circunscribirnos a la Península. Sobre todo ello volveré en el capítulo siguiente. Lo que, a propósito de vascos y embarcaciones de pellejo, tiene su celtibérica gracia es el presunto (y famoso) Cristo del convento palentino de Santa Clara que Don Fadrique encontró muchísimos siglos más tarde en pleno Atlántico y que llevaba varios días anunciándose con espectrales luces (cerca de Palencia, no sé si en Frómista o en Castrojeriz, se celebra aún la fiesta de San Telmo, hacedor de fuegos y patrón de navegantes). El Cristo es a todas luces una momia de cortísima estatura envuelta en piel de búfalo, pero los fieles no parecen darse cuenta de algo tan evidente y peregrino. ¿Qué diablos hacía, va ya para cuatro siglos, este enanito flotando a la deriva en derrotas previamente surcadas por atlantes, egipcios y pescadores vascos —todos ellos expertos, como los aztecas y mayas, en el arte de momificar— y enfundado además en un sudario de idéntico material al que dichos pueblos utilizaban para construir sus barcos? Cuando a finales de 1972 visité Palencia, una beata me habló de lo milagrera que es la momia y de cómo pocos días antes había curado de cáncer de estómago a una señora del Norte. Luego, me pidió un duro. Y se lo di, claro. ¿Quién se mostraría cicatero o incrédulo ante tan fantástica cadena de casualidades?

(Hay otros cristos de similar pelaje. El de la catedral de Burgos, que tiene también capilla en la compostelana, es del siglo XIII, fofo, jacobeo, peripuesto y articulado como un *golem*. Su leyenda añade que todas las semanas le afeitan y le cortan las uñas. Lo encontró en el mar un mercader que venía de Flandes. Y casi un paisano suyo —el peregrino alemán Erich Lassota de Steblovo— vio en la iglesia de Finisterre, año de 1580, un tercer cristo de idéntica reputación, con la circunstancia, no sé si agravante o eximente, de que en los días de bochorno sudaba.[46] *Señor mío Jesucristo...*)

Dicen ahora que la Atlántida pudo estar ubicada en el Mediterráneo oriental. Existe allí, a seiscientos metros bajo el nivel del agua, un atormentado sistema de depresiones que antes de Homero se llamaba Cretia. La geología de este submundo exige un remoto ayer de lagos unidos y abastecidos por cursos fluviales idóneos para la navegación de altura.[47] El enclave se cierra sobre sí mismo como la concha de los moluscos que hoy lo pueblan, pero su hermetismo se interrumpe brevemente en cierto angosto y angustioso umbral plantado entre las islas Cárpatos y la de Creta. Laberinto por laberinto, ¿habrá servido éste —el hidrográfico— de cuna y troquel al que luego, tras la inundación de lo que hoy llamamos Mediterráneo, fue palacio del Minotauro y palenque de Teseo? No me remonto a mitos de

Ctulhu, sino a razonable suposición en cuya hermenéutica confluyen casi todas las constantes de las culturas atlántidas: vocación de navegar, geografía inexpugnable, tauromaquia, esvásticas o representaciones concentradas de un tercer laberinto (el iniciático) y brusco desenlace motivado por la cólera del agua. Creta sería entonces el moño que sobrevivió al desastre y el centro propulsor de la sabiduría que luego, al bajar la marea, derivó lentamente hacia Egipto, el Peloponeso y la Península Ibérica. Con la ayuda de esta hipótesis se despejan muchas incógnitas, entre ellas (y sin ánimo de agotarlas) cuanto se refiere a la vindicación de un sustrato lingüístico anterior al latín en todo el Mediterráneo, a la abundancia de formas micénicas en España y especialmente en Galicia, a la posibilidad de que el Indostán recibiera de inmediato y sin intermediarios el mensaje del continente sumergido, a la común filiación smeragdina de las religiones mistéricas, al exacto recuerdo que la leyenda dejara en el Nilo y la Hélade (son sacerdotes de Sais y un iniciado ateniense los únicos que a sabiendas la transmiten) y, como un ejemplo más, a la tenebrosa fama que aún rodea y oprime los Cárpatos sin que nadie acierte a dar razón de sus razones.

Repito: asunto no de Ctulhu y compañía, sino inclusive de zapa, cedazo, fichero y erudición mostrenca. Arqueólogos de ambos mundos, hasta anoche partisanos de la duda a ultranza, se empeñan ahora en exhumar o dragar una Atlántida chiquita e impúber bajo el plancton del Egeo, y concretamente en el archipiélago de Santorín o Thera, sacudido hace tres mil quinientos años por un krakatoa de lujo y empapado por el tsunami que a tales fiestas suele rematar. Acaso, dicen, naufragó en su furia la koiné o talasocracia prehelénica mencionada y escondida por Platón bajo el sibilino seudónimo de Atlantis, con lo que se revelaría correcta *(sic)* la parábola del filósofo en la mayor parte de sus extremos, a excepción de los relativos a la fecha del maremoto (se hubiera producido éste nueve siglos —y no nueve milenios— antes de que Solón platicase con los sacerdotes saítas) y a la superficie del recinto acotado frente a la ciudadela, en cuyo cálculo habría que sustraer dos ceros a los seis millones de estadios esgrimidos por Platón. Lo que se dijo: una Atlántida al alcance de cualquiera, reducida a su centésima parte y retrasada hasta el Bronce Medio del Egeo. El positivismo, sin embargo, maneja razones que la imaginación desconoce y resuelve la charada acudiendo a un supuesto error de decimales en la transcripción de los jeroglíficos egipcios al áureo griego de Pericles.[48] Tales acrobacias interesan poco y mucho, en cambio, su rumor de fondo, al que ni sondeos ni excavaciones conseguirán arrebatar la última palabra.

Conque burla burlando tenemos ya tres atlántidas posibles (la mediterránea, la americana —que se cae por su base— y la escandinava), además de esa otra, cuarta o primera (la de toda la vida), insistentemente vindicada por la tradición y harto más verosímil que las restantes: la *Atlántida atlántica,* tautología en la que debemos hurgar con explícita solicitud porque a cuento de ella vienen el ciclo de las islas Canarias y la mayor parte de nuestros mitologemas. Y que nadie achaque esto a mi dudoso patriotismo, pues la hipótesis de una Atlántida cretense me parece, en realidad y como mínimo, atendible. Platón pudo situarla más allá de Gibraltar obedeciendo al reflejo de alejar geográficamente lo que, en efecto, sentía muy lejano no sólo en el tiempo, sino también respecto a la mentalidad de su época. Lo que en este asunto pesa y vale es el contenido del mito, así como sus consecuencias históricas o psicológicas, y no los grados de latitud y longitud que materialmente ocupara en los mapas. Knossos y el Teide equidistan, o casi, de nuestro litoral. Poco monta que quienes desembarcaron en él tras la retirada de las aguas vinieran de Oriente o de Occidente. Y si las Canarias no fueron cuna de atlantes, a la vista está que terminaron siendo puerto de arribada. De otro modo no se explican las peculiaridades del archipiélago ni la insistencia con que los mitos grecolatinos y cristianos apuntan hacia él. ¿Es por la tendencia, ya mencionada, a confinar el *exótero* en anillos excéntricos? Lo dudo, porque aquél reviste siempre caracteres amenazadores (de ahí que se le empuje a los aledaños), mientras las leyendas del ciclo atlante responden a lo contrario —a la búsqueda de la felicidad— y son por ello un capítulo más en la formulación del mismo arquetipo universal que se manifiesta en las alegorías del Jardín de las Hespérides, la ruta de Itaca, Shangri-la, el Vellocino de Oro, la Tierra Prometida, Eldorado, el Edén, la Isla de San Brandán y las Batuecas.

No conviene tomar al pie de la letra la afirmación de que nada ni nadie menciona la fábula del continente sumergido dentro de la cultura helénica con anterioridad al *Critias* y al *Timeo.* El mito de las Hespérides, relacionado con los trabajos hercúleos, se remonta al siglo XV a. de C., mil años antes de que Platón escribiera sus *Diálogos.* Recordemos brevemente esta saga inicial: Gea (la Tierra) entrega las manzanas de oro a Hera, como regalo de boda, y encomienda su vigilancia a las tres Hespérides (cuatro, según algunos), hijas de Atlas y de la Estrella Vespertina, que viven en el océano y llevan pieles de diferente color, en correspondencia con el de las tres grandes razas atlánticas: la negra, la roja y la blanca. Las manzanas de oro son las nubes arreboladas que acompañan al sol en su caída. De ahí que Hércules-Osiris, el héroe solar por excelencia, las robe y posteriormente las devuelva. Otra vez el culto al astro rey de los dólmenes y esvásticas, de los vascos, aztecas y egipcios. Otra vez el coloso que anima los sueños griegos, faraónicos y españoles. Otra vez ese eterno *jardín al oeste* postulado por todas las tradiciones antiguas y medievales.

La vida termina en Occidente, y allí, en esa sombría demarcación, se levantan las puertas del Hades: es lugar común de muchas cosmogonías religiosas. Ka, la diosa funérea de los egipcios, conduce su barca hacia el oeste, donde también asoma la isla de Avallon (o de las manzanas), último refugio para las almas de los celtas. Santiago, semidiós de la mitología hispano-cristiana, sube al patíbulo en Jerusalén, pero en seguida embarcan sus despojos en un lúgubre crucero rumbo al litoral de Galicia. Incluso Ulises se dirige al oeste en su búsqueda de Itaca (otra isla). La *Odisea* viene a ser el Libro de los Muertos de las culturas prehoméricas. En ella, un simple mortal sobrevive a tempestades, burla a cíclopes, vence a lestrigones, desciende a los infiernos, resiste a la llamada de la carne, se aparta del mundo durante siete años (cifra clave en casi todos los rituales iniciáticos) y llega por fin a su punto de destino transformado en un ser superior, innominado y justiciero. El simbolismo es evidente. Superar penalidades, desprenderse del *karma,* renunciar a la propia personalidad (Ulises escoge el seudónimo de Nemo), acallar las pasiones, recorrer una trayectoria laberíntica que conduce al centro, morir y resucitar: no falta una sola pieza de las que, *nemine discrepante,* configuran los misterios de cualquier iniciación. Ni tampoco faltan razones para defender el emplazamiento español —levantino por más señas— de Itaca.[49] La complicada peripecia histórica de los iberosicanos y ligures autoriza a pensar en ello, aunque con el apoyo de datos algo resbaladizos. Resultan casi grotescas las expresiones *¡voto a Minos!* y *¡botaminas!* utilizadas por los ribereños del Júcar y por algunos campesinos gallegos.[50] Han caído en desuso, pero todavía pueden escucharse. Y no parece imposible que los hermeneutas antiguos, siendo el poema de evidente inspiración helénica, colocaran automáticamente la verde (o pedregosa) Itaca en el mar Egeo. Está demostrado, en cualquier caso, que muchos lugares y personajes de la *Odisea,* la *Ilíada* y, sobre todo, la *Eneida* guardan relación con la Península. García Bellido rastreó la presencia en España de siete *nostoi* (o héroes del ciclo troyano): Ulises, Menesteo, Tlepólemo, Anfíloco, Teukros, Antenor, Okellas y Menelao.[51] Abrumadoras son, por otra parte, las coincidencias entre los capitanes de Eneas y los epónimos de los pueblos iberos. Adelantar explicaciones parece hoy por hoy aventurado.

Lo que en la noche original se llamó Atlántida o Jardín de las Hespérides, fue luego —para griegos y romanos— último refugio de Saturno, y más tarde, cuando el cristianismo desplazó a las antiguas religiones, sede del Paraíso Terrenal. Desde el primer momento, exegetas y padres de la Iglesia se esfuerzan por determinar las coordenadas de éste, y siempre, por casualidad o por presciencia, lo sitúan en el horizonte atlántico. Los esenios, iniciadores de Cristo en los misterios herméticos, colocaban la felicidad del justo en ignotos, puntos del océano. San Clemente de Roma, San Isidro, San Ambrosio y Beda el Venerable suponen vastas tierras lindantes con el ocaso. Poco a poco, a medida que el mundo antiguo va cristianizándose y el medievo espantando telarañas, estas pías leyendas se incorporan a la historia en una desesperada tentativa de racionalizar el inquietante *exótero.* Surge así la fábula de San Brandán y las Siete Ciudades, acaso última formulación occidental del arquetipo atlante. Ya Plutarco, en su vida de Sertorio, atribuye a este enigmático personaje la intención de terminar sus días en el archipiélago de los Bienaventurados y explica su aventura española como una circular aproximación al enclave donde aspiraba a vivir sin guerras ni tiranías.[52] Ptolomeo, en el 145 d. de C., también alude a la fantasmagórica isla, le pone el nombre de Aprositus *(la inaccesible)* y la incorpora a las Canarias.[53] El ciclo de San Brandán es obra de marquetería entre gentiles, árabes y cristianos. Sus versiones proceden siempre de lugares atlánticos, dolménicos y emparentados con la cultura sumergida: Bretaña, Irlanda, litoral cantábrico, África septentrional, pueblos precolombinos y archipiélago canario. «Refiere el *Panteón* de Godofredo de Viterbo que unos monjes partieron de la costa bretona rumbo al paraíso, que (según es fama) está en el confín del océano. Llegaron a una ciudad con murallas de cristal, donde el aire era fragante. Ciervos de plata y caballos de oro bajaron a recibirlos y los condujeron a un árbol en cuyas ramas había más pájaros que hojas. Un día entero les fue permitido pasar en el paraíso. De vuelta en Bretaña, los monjes buscaron en vano la iglesia en que antes sirvieron. Había un nuevo obispo, un nuevo pueblo, una nueva grey. Las cosas viejas habían muerto y habían nacido otras nuevas. No conocían los lugares ni los hombres ni el lenguaje. Derramando lágrimas se contaban unos a otros sus cuitas, pues ya no tenían patria ni gente conocida.»[54]

La versión irlandesa es menos ambigua. San Brandán, abad de Cluainfert con tres mil religiosos bajo su férula, se entera de que Mernoc, ahijado del monje Barintus, ha descubierto el Jardín de las Delicias en medio del océano. Entusiasmado, convence a catorce hermanos de la comunidad para que le sigan en la búsqueda del paraíso (uno de ellos, llamado Macutus o Maclovius, será el futuro Saint-Malo). Su primera escala es la isla de Alende, donde *construyen una barca de cuero* (se reitera el principal motivo náutico de los vascos, egipcios y escandinavos). Llegan luego a un arrecife abundoso en árboles cubiertos de pájaros blancos. Brandán habla con ellos y se asoma a su destino (también Noé dialogaba con un cuervo y fue éste quien trajo al Arca la prueba de que las aguas se retiraban): seis años durará su periplo y otras tantas veces volverá a celebrar la Pascua en el *Paradisus Avium*. Los monjes se conceden cincuenta días de descanso antes de echarse nuevamente al mar y vagan por él tres meses enteros hasta desembarcar en una isla inmensa. Allí, un anciano silencioso los conduce a un monasterio donde veinticuatro ascetas viven en riguroso mutismo. Cinco veces va y viene Brandán de la isla de los pájaros a la de los mudos. Cada viaje le trae nuevas y extraordinarias aventuras. Al cabo de siete años (la cifra hermética de Ulises), los peregrinos celebran su última Pascua en el *Paradisus Avium* y llegan a la *Terra repromissionis* tras surcar el océano de tiniebla que los separa de ella.[55]

El ciclo de San Brandán, cuyas implicaciones españolas veremos en seguida, se entronca con la leyenda gallega de San Amaro, acaso la de sabor más orientalizante entre cuantas se refieren a la Península. Alfonso el Sabio la menciona y narra en la *cantiga* 103, anticipándose a (o coincidiendo con) Jacobo de Vorágine, que por los mismos años la incluye en su *Leyenda Áurea*. Según Carré Aldao, que la escuchó de labios aldeanos en la feligresía de Figueiroa,[56] la conseja aún circula por las ferias y romerías de Galicia. Existe también en Navarra, con epicentro en el monasterio de Leyre y protagonizada por el abad Virila, que luego fue superior de Samos. Filgueira Valverde rastreó sus huellas por toda Europa y topó con versiones más o menos corregidas y menoscabadas (o aumentadas) en Portugal, Bélgica, Picardía, País de Gales, Alemania y otros sitios.[57]

Fue Amaro (o Virila) heredero de una gran fortuna que repartió entre los pobres con ánimo de expiar culpas pasadas, conservando sólo lo necesario para construir un buque en el que se lanzó a los mares. Tras muchos años de peregrinación llegó a una costa desconocida y solitaria, ordenó a sus gentes que acampasen y se fue tierra adentro *con un báculo de piel de toro* como único equipaje. Ante él se alzaba una áspera sierra, cuyas crestas parecían estar cada vez más lejanas. Por fin llegó a la cumbre y desde ella contempló un valle muy feraz, encerrado en una gran muralla blanca que sólo una puerta de oro y gemas interrumpía. Amaro empuñó el aldabón y, desde dentro, un viejo de enormes barbas le explicó que no podía franquearle la entrada del paraíso. Insistió y volvió a insistir el viajero, hasta que su interlocutor, compadecido, le permitió que echase un vistazo a través de la mirilla. Así lo hizo Amaro, pero acababa de acercar el ojo a ella cuando el viejo la cerró de golpe y desapareció. El santo varón regresó entonces adonde había varado la nave y encontró una ciudad de soberbias cúpulas. Ante su asombro le dijeron que se llamaba San Amaro en recuerdo de quien la fundó: un venerable peregrino arribado a esas tierras trescientos años antes.

En la versión navarra, el abad Virila sale una tarde del convento con el propósito de pasear hasta una fuente cercana y, ya en ella, el trino de un pajarillo distrae su atención. Lo contempla arrobado un instante y luego se encamina al monasterio. En la puerta de éste le cierra el paso un desconocido. Virila revela su identidad y se entera con espanto de que ha estado tres siglos en éxtasis escuchando al pajarillo. La fuente existe todavía. Yo la he visto.

La relación entre la aventura de San Amaro y las leyendas de la vida de Buda se pone de manifiesto no sólo en la franciscana renuncia a las pompas del mundo, sino también en la fulmínea revelación de un estadio de conciencia atemporal. Esa imagen del monje que se abisma trescientos años en la contemplación de un pajarillo recuerda la clásica iconografía de Gautama sentado en la posición del loto a orillas de un río y bajo las ramas de un mango. Dicen que así consumió casi toda su existencia hasta recibir la iluminación. También he visto el sitio donde ésta le llegó. Seis kilómetros lo separan de Gaya, la ciudad santa de Vishnú, y hay en él agua que corre, árboles frondosos y —a pocos metros— un monasterio, ahora convertido en centro de estudios búdicos. Pero no extraña la semejanza, pues Amaro era de estirpe celta y el druidismo proviene de los misterios de Rama.

Cuentan los árabes que tras la desaparición de Don Rodrigo en la batalla del Guadalete, un grupo de godos españoles acaudillados por el arzobispo de Oporto se embarcó sin rumbo fijo en las costas portuguesas hasta alcanzar las playas vírgenes de una isla desconocida. En ella dieron fuego a las naves y fundaron una ejemplar *República Christiana.* Lo sabemos porque siete siglos más tarde encalló en los mismos bajíos una carabela tripulada por hirsutos españoles.[58] Y volvieron para contárselo al príncipe Enrique de Portugal, encomiándole las maravillas de un enclave que los cartógrafos de la época se apresuraron a identificar con la Cartaginesa mencionada por Aristóteles y Diodoro de Sicilia, y a incluir en los mapas bajo el rótulo de *Isla de las Siete Ciudades.* «Esta denominación se ha conservado en un lugar de la isla de San Miguel, cerca de las Azores. En su extremo oriental existe un valle o antiguo cráter, semejante a una inmensa caldera rodeada de montes escarpados, con dos pequeños lagos en el fondo... Unas cuantas cabañas miserables forman un pueblo que lleva el nombre de Siete Ciudades.»[59]

Feijoo, con su habitual minuciosidad (y escepticismo), dedica al tema uno de sus discur*sos críticos y universales.* El benedictino empieza afirmando que la isla de San Borondón se divisa desde las Canarias, concretamente desde Hierro, cuando los días son muy claros, para luego explicar que nadie ha podido desembarcar en ella a pesar de las muchas expediciones enviadas (*non trubado* o *encubierto* llamarían después al mefistofélico arrecife). Juan Núñez de la Peña, en su *Historia de la* *conquista y antigüedades de las Canarias,* refiere que en 1570 salieron tres navíos a buscarla, capitaneados por Hernando de Troya, vecino de Gran Canaria, y Hernando de Villalobos, regidor de La Palma; en 1604 levó anclas otro buque con Gaspar Pérez de Acosta y el padre fray Lorenzo Pinedo, franciscano e insigne hombre de mar. Sin embargo, y pese al fracaso de estas y otras intentonas, Núñez de la Peña defiende la veracidad de los rumores por haber visto «unos papeles viejos (...) en poder del capitán Bartolomé Román de la Peña, vecino de Garachico (...) con una información hecha el año de 1570 en la isla de Hierro y de orden de la Audiencia».[60]

Sin dar más nombres (aunque los hay), y por lo que luego veremos, fuerza es mencionar la curiosa relación suministrada al rector del colegio de La Orotava por Pedro Bello (o Pero Velo), piloto de una carabela portuguesa, que juró haber llegado a la isla y encontrado en ella pisadas de hombre «que representaban ser los pies doblados mayores que los nuestros y a proporción la distancia de los pasos».[61] El fraile Abreu Galindo, en su muy curiosa *Historia de la conquista de las siete islas de Canaria,* fue aún más lejos e incurrió en la audacia o disparate de afirmar que la de San Brandán se encontraba a 10 grados y 10 minutos de longitud por 29 grados y 30 minutos de latitud.[62]

Conque, como puede verse, la tendencia a identificar las Hespérides o Islas Afortunadas con el archipiélago canario no es privativa del mundo antiguo. Todavía a mediados del siglo XIV, el papa Clemente VI —al conceder a Luis de la Cerda derecho de conquista sobre las Canarias— alude a ellas con el nombre mitológico de Hespérides o Gorgonas. Desconcierta saber que al noroeste de La Palma, en el concejo de Punta Gorda, existe hoy día una parroquia de San Amaro.[63] Y para que todas las cuentas tornen, en Asia circula —o circulaba— la misma leyenda a propósito de una fantomática Java Menor, situada al oriente de Java Mayor. También en este caso la identificación es fácil: se trata de Bali, isla de verdad *afortunada,* donde cinco millones de hinduistas de sangre azul, descendientes de quienes en plena Edad Media huyeron ante el empuje del Islam, subsisten entregados al cultivo de las artes. No exagero. Los balineses, como los monjes mudos de San Brandán, viven inmersos en una naturaleza que lo da todo sin necesidad de arrancárselo y, por ello, pueden dedicarse plenamente a lo que la tradición señala como prerrogativa de los justos: labrar la madera, trabajar el marfil, mover las marionetas, recitar la saga de Valmiki, bailar en los centenares de antiguos templos esparcidos por la isla, cabalgar al dios Garuda entre volutas de *ganja*, percutir sus fantásticos xilófonos, proyectar sombras chinescas, adorar los volcanes, emborronar lienzos con exuberantes motivos floribundos e incinerar a los muertos en concordia y alegría. Bali es aún —no sé por cuánto tiempo— la última colectividad de artistas inocentes en comunión con la naturaleza. Muy otro destino se ha abatido sobre su hoy desafortunada hermana occidental. Como después del diluvio, gentes escandinavas van y vienen a las Canarias, pero no lo hacen en barcos de cuero ni son los mismos de entonces.

Levantóse el Conde Olinos / mañanita de San Juan... Ya sabemos con qué intenciones: las de cruzar el océano. O también: *quién hubiera tal ventura / sobre las aguas del mar / como hubo el infante Arnaldo / la mañana de San Juan.*

Y es que, en España, la fábula de San Brandán se unce al carro del mitologema más extendido y mejor conservado a lo ancho de su geografía: la zambra con que todos los pueblos iberos (e ibéricos) saludan al solsticio de verano en la madrugada del 24 de junio. Cuando Feijoo dijo que San Borondón se ve desde la playa de Hierro sólo en días muy claros ignoraba que esa isla es realidad o espejismo asociado a «las maravillas de la mañana de San Juan, de extraña luminosidad y radiante sol».[64] Atlántida y beliolatría vuelven a darse la mano en una de nuestras más sonadas fiestas pagano-cristianas. Y no por última vez.

Anticipé que la leyenda de las Siete Ciudades tiene un facsímile o sosia en las culturas precolombinas. Los reyes de las tribus ecuatorianas y colombianas se cubrían con polvo de oro antes de celebrar el baño ritual en el lago sagrado de Guatavite. De esa costumbre deriva, según Cirlot, el mito de Eldorado que tantos estragos iba a hacer entre los aventureros extremeños. El ciclo americano es algo confuso, porque en él se amalgamaron las antiguas creencias indias con las batuecas y brandanes llevados por los conquistadores. No resulta fácil deslindar lo autóctono y lo que se divulgó de retruque. También allí menudearon las expediciones organizadas con apoyo oficial. Los gobernantes no regateaban doblones a quienes proponían empresas tan ilusorias como la búsqueda del manantial de la eterna juventud o la piedra filosofal. Ya se dijo que los Austrias fueron la imaginación en el poder. Felipe II financió trabajos de alquimia.[65] Eran los originales modos y maneras de subvencionar a la cultura antes de que la burocracia borbónica corroyese las jerarquías del estado. Punta de lanza de tales expediciones fue el franciscano Marcos de Niza, que —alentado por chismes de mentidero— batió las trochas californianas en pos de una villa legendaria que los indígenas llamaban Cibola (y que respondía al mito de Chicomoatot o de las *Siete* Cuevas). Con él se fueron tres frailes y un negrito de redaños. Todos contaron al volver, pues volvieron, que habían tomado posesión de siete purpúreas ciudades entrevistas a lo lejos en nombre del rey de España. La tropa de fray Marcos era ambulante entimema de la epistemología de Occam: conocemos lo que queremos conocer. Le siguió, en 1540 y por los mismos derroteros, Francisco Vázquez Coronado. Buscaba éste el *floridísimo* imperio de Quivina y, según cuenta fray Juan de Torquemada en el primer tomo de su *Monarquía indiana,* «tuvo noticia de los indios que habitaban aquellos desiertos, que diez jornadas adelante había gente que vestía como nosotros y que andaban por más y traían grandes navíos y le mostraban por señas que usaban de la ropa y vestidos de nuestros españoles; pero no pasó adelante por parecerle que dejaba lejos a los demás».[66] El geógrafo Tomás Cornelio apostilla que los aborígenes en cuestión eran gente pobre, enfundada en pellejos de buey, golosa de carne cruda, proclive a engullir *brutalmente* la grasa de las bestias y a beber su sangre, y además nómada.

En Chile hubo otro país dorado al que en tiempos del césar Carlos llamaron Cesáreo. Se envió una goleta cargada de familias a poblar aquellas tierras y años después otros adelantados los vieron arar con rejas de oro. Muchas expediciones salieron en su busca: lo cuenta Alonso de Ovalle en la *Historia de Chile,* mientras fray Claudio Clemente añade en sus *Tablas Cronológicas* que un colega de la Compañía de Jesús, el padre Nicolás Mascardi, consiguió llegar a la Ciudad Cesárea y en ella predicó a los gentiles de la localidad, que por cierto se llamaban *poyas.*

Y precisamente en la Extremadura de los conquistadores, volviendo a la Península, vamos a encontrar la enunciación más insistente y exhaustiva del mito. Brotará y rebrotará éste una y otra vez en el valle de las Batuecas, áspero y breñoso enclave del obispado de Coria, de cuyos habitantes dice la fama que vivieron muchos siglos sin comunicación con el resto de España y del mundo. Dos polígrafos del batallón de los curiosos, Alonso Sánchez[67] y Tomás González de Manuel,[68] recogen pormenores del portento. Durante el reinado de Felipe II, un paje y una doncella de la casa del duque de Alba, determinados a casarse contra la voluntad de su dueño, se adentraron en la serranía hasta topar con quienes la habitaban, «hombres extremadamente bozales y de idioma peregrino».[69] La voz *bozal* significa, según el diccionario, *negro recién salido de su país*; y también *cerril e indómito,* pero sólo aplicado a caballerías. Los batuecos creían ser los únicos mortales sobre la tierra (pretensión admisible en quienes se consideren descendientes de náufragos escapados a una hecatombe telúrica). La *Crónica de la Reforma de las Descalzas de Nuestra Señora del Carmen* dice que los ganados no frecuentaban aquellos pastos por miedo de los pastores. Todos los comarcanos imaginaban el monte bullente de salvajes por nadie vistos ni oídos, infieles que honraban al demonio y andaban en cueros. Hartzenbusch dedicó al tema una de sus comedias de magia. Muchos vindicaron el origen árabe de los batuecos, pero durante bastantes siglos fue ésta atribución común, y lógica, a cuantas etnias de origen desconocido existían en la Península. Es famosa la descripción de las Batuecas recogida por don Jorgito Borrow. El inglés la pone en boca del pintoresco morisco, judaizante o maragato que tanta tinta ha hecho correr. Dice el marrano: «aquellas de allá lejos son la serranía de Plasencia; la cordillera es muy grande y separa los dos reinos. Del lado de allá está Castilla la Vieja. No hay en toda España cordillera como ésta, caballero. Tiene sus secretos, sus misterios. Muchos se han perdido en ella y no ha vuelto a saberse nada de su paradero. Entre otras rarezas cuentan que en ciertos sitios hay profundas lagunas habitadas por monstruos. Allá lejos, hacia el oeste, hay un valle maravilloso, tan estrecho que en él sólo se le ve la cara al sol en pleno mediodía. Este valle permaneció desconocido durante miles de años. Al cabo, hace mucho tiempo, unos cazadores entraron en él casualmente. Encontraron una pequeña nación o tribu de gente desconocida, que hablaba una lengua ignorada y que acaso vivía desde la creación del mundo sin tratarse con las otras criaturas humanas y sin saber de la existencia de otros seres cerca de ellos. Caballero, ¿no ha oído usted hablar nunca del valle de las Batuecas? Se han escrito muchos libros acerca de este valle y de sus habitantes».[70]

Parece lógico pensar que los batuecos son los antiguos *vettones,* cuyos rasgos étnicos se han conservado casi puros, a causa de la rígida endogamia, entre los habitantes de la Alta Extremadura.[71] De ellos dice Diodoro que al alcanzar la edad viril se marchaban al monte. Y en una de esas sierras, por azar o necesidad, se conserva un ídolo neolítico consistente en una calavera de tres metros de altura arrancada a un bloque natural de granito.[72] Impresiona el tamaño, la mirada y la perfección de esta figura ciclópea, en cuya boca —abierta— alguien puso una piedra adornada por señales ógmicas. ¿Eran los *vettones* un brazo marginado de los grupos de fugitivos que llegaron a las costas cantábricas, portuguesas y andaluzas al producirse el último diluvio? En el capítulo siguiente veremos los argumentos que autorizan a emparentar las razas extremeñas con los pueblos turdetanos del Guadalquivir. Las Batuecas, en tal caso, constituirían otra ramificación del gran ciclo mitológico que estamos estudiando. La imagen de un valle tan estrecho que desde su fondo sólo cabe contemplar el sol de mediodía calza que ni pintiparada al *modus vivendi* de una comunidad heliolátrica, como lo eran las de los atlantes y sus epígonos. Los moradores de ese valle de tinieblas asistirían con el ánimo en suspenso a la mágica y cotidiana aparición del dios ígneo en la boca de su angosto telescopio natural. Es fácil conjeturar los cantos, las invocaciones, los cuerpos genuflexos, la alucinada fijeza de los rostros atezados. Y conviene reparar en la alusión de Borrow a *lagunas habitadas por monstruos,* ya que gigantes y ciudades sumergidas son las dos rastrojeras más visibles abiertas por el mito en nuestras tradiciones populares. En seguida lo veremos.

Jenofonte cuenta cinco diluvios. Diodoro de Sicilia añade un sexto. La lista de *capitanes de arca* da para eso y para más. Apabulla. Marea. Cada tribu postula el propio. Yo, sin intención de buscarlos, fui encontrando los siguientes: Noé (con perdón), el vaivasdata de los *Vedas,* Manu, Gilgamesch o Utnapishtin (por otro nombre Atrahasis), el Deucalión o Gyges de los griegos, los gaélicos Dwyfan y Dwyfach, Merops, Xishustros, Perrirrohes, Hu, Jasión, el Bergelmir de los *Eddas,* el Ziusudra sumerio, los tibetanos Khung Litang y Chu Lyang, el Dooy de la Isla de Flores, el Trow de Sarawak, el chino Du-Mu, el birmano Pawpaw Nan-Chaung, Baal, los maoríes Tawhaki, Para-

Whenuamea y Tupu-Nui-A-Uta, los Qat y Nol de las Hébridas, el peruano Viracocha, el Ni-Yi de los mayas, los aztecas Coxcox y Tezpi, Quetzalcoatl, el Marerewana de la Guayana, uno —beréber— cuyo nombre he olvidado y los Kunyan, Szehuka y Montezuma de los pieles rojas.

¿Por qué los geólogos y arqueólogos, con unanimidad impropia de su oficio, se ven obligados a colocar la cuna de las cuatro grandes razas no en valles y llanuras, como parecería lógico, sino en montañas y altiplanicies? Los chinos bajan desde el Himalaya, los blancos palidecen en el Irán, los negros surgen sobre Etiopía, los amerindios se desparraman a partir de Méjico, Perú y (si acaso) las Montañas Rocosas...

Imposible discernir —aunque quepa *saberlo*— si hubo una sola catástrofe escalonada en varias etapas o si el fenómeno, como sostiene la doctrina hermética, se repite cíclicamente. Según el ocultista (y gallego) Papus, cada 12 924 años se produce un diluvio.[73] El relieve submarino sugiere la existencia de seis inundaciones de diferente duración comprendidas en los cuatrocientos cincuenta años que siguieron al hundimiento de Gibraltar.[74] El recuerdo del maremoto se mantuvo por lo menos hasta la época de Virgilio, que evoca a Eolo encadenando a los vientos para evitar estragos semejantes a los que separaron Sicilia de Italia y España de África. ¿Cómo, cuándo y por qué se levantaron las aguas? El sacerdote de Sais describe a la Atlántida como una isla principal, del tamaño de Libia o Asia Menor, rodeada por islas más pequeñas que delimitaban un mar interior. Este relato no sólo es admisible a la luz de la geología moderna, sino que dibuja bastante bien el continente bético-rifeño surgido del plegamiento herciniano y encajonado entre dos estrechos a raíz de la falla alpina que arrancó la cadena del Atlas al geosinclinal norteafricano.[75] El Sáhara, que era entonces un mar (como lo demuestra su arena, originada en gran parte por moluscos univalvos y bivalvos), termina de componer el escenario de la catástrofe. Ésta se produce cuando las aguas acumuladas en lo que hoy es desierto buscan salida —a consecuencia de algún brusco fenómeno de bradisismo— por la depresión más próxima y la encuentran en la tierra de nadie que separa a Egipto de Libia. El Mediterráneo sube rápidamente de nivel, y está hecho. Sólo Madera, las Canarias y las islas de Cabo Verde escapan, por su altura o por su relativa lejanía del epicentro, a la furia destructora.[76]

Sobre la inmersión de Gibraltar nos queda un curioso testimonio árabe que la sitúa en época descaradamente histórica y la atribuye nada menos que a la mano del hombre. Lo da Al-Edrisi en su celebérrima geografía y merece la pena reproducir el párrafo (aunque sólo sea por el mensaje ecológico que contiene): «El Mediterráneo era en otro tiempo un lago (...) de suerte que los habitantes del África occidental hacían irrupciones en España; Alejandro (...) hizo venir ingenieros (...) y les ordenó medir y comparar el nivel de los dos mares, encontrando algo más elevado el del Atlántico; se excavó el terreno, se construyó un canal entre Tánger y España, y se continuó la excavación hasta llegar al pie de los montes españoles, construyendo allí un muro de piedra y cal. La longitud de este muro era de doce millas (...) y también se construyó otro enfrente, es decir, en la costa de Tánger (...) Cuando se terminaron estas obras, se abrió paso a las aguas del océano (...) El muro que estaba junto a las costas de Andalucía puede verse aún los días en que el mar está claro (...) y Ar-Rabí lo ha hecho medir. Yo mismo lo he visto y he navegado a lo largo de todo el estrecho al lado de esta construcción.»[77]

Ya se aludió a ciertos autores, hechos y tradiciones que proponen un origen artificial, tecnológico y humano para el cataclismo. ¿Es un puro disparate lo que nos cuenta el más avezado cartógrafo del Islam o hay en su fondo el recuerdo de algo que nadie —y menos aún sus protagonistas— quería recordar? Al-Edrisi, por elementales afinidades de religión y raza, pudo escuchar consejas asiáticas o africanas que jamás llegaron a oídos europeos. La gente del desierto es reservada y terca. Y el geógrafo nubio, en todo caso, nos brinda la sugestiva posibilidad de hacer ciencia-ficción en sentido inverso.

Un último dato de cronología diluvial relativa a España: la *taula* menorquina de Torrauba d'en Salord, con sus once mil años de antigüedad, corresponde al período en que probablemente se produjo el hundimiento. El cálculo ha podido hacerse con exactitud basándose en la actual desviación del pedrusco horizontal respecto al meridiano magnético, ya que todos los megalitos de esta clase reflejan la trayectoria de dicho meridiano en el momento de la construcción.[78] La *taula* es imagen primeva de la esvástica; su forma aparece luego en el cristianismo gnóstico, en el cuadrado mágico de los alquimistas y en el emblema de varias sociedades secretas contemporáneas. La vida de las tribus neolíticas menorquinas se organizaba en torno a estos altares megalíticos (hay unos veinte diseminados por la isla) dibujando un símbolo de alcance universal: la cruz en el círculo. Si Papus tiene razón, faltan diecisiete siglos para el próximo diluvio. Nostradamus es mucho más pesimista.

¿Cuánto duró la acometida de las aguas? Ya dije que alrededor de cuatrocientos cincuenta años, entrecortados por fases de bajamar. Lo interesante, sin embargo, es la tradición bíblica que atribuye al diluvio el número arquetípico —cuarenta— de todos los procesos de iniciación o purificación.[79] Así las jornadas de Moisés en el Sinaí y de Elías en su ancho ayuno, así los años gastados por el pueblo judío en su búsqueda de la tierra prometida y los días de penitencia que Jesucristo soportó en el desierto. Otros tantos se le impusieron a Nínive para pechar con la suya y contabilizaron los cátaros en sus ritos de mortificación. Los nascituros se alojan durante cuarenta semanas en el vientre de sus madres. Cuarenta horas permaneció el Redentor al abrigo de su sepultura y cuarenta días prolongó la resurrección. El mismo decurso asigna el *tantra* a las prestaciones de la mujer. Y la cuarentena sanitaria de nuestros días le da respetabilidad científica al arquetipo, pero es en definitiva un proceso de purificación el que se impone a los presuntos portadores de gérmenes (como lo es la supersticiosa castidad que los esposos bien educados practican hasta los cuarenta días después del parto, incurriendo en una forma de expiación que se remonta por lo menos al Levítico). La lista sería interminable.

Una leyenda gala recoge en Occidente la gesta del diluvio. Es tal vez la formulación más compleja e interesante de cuantas componen el ciclo. De ella guardan severo y minucioso recuerdo las tradiciones populares de Galicia.[80] Trata de un héroe, Hu, y de un gran lago cuyas aguas amenazan la tierra. Ciclópeos diques defienden a ésta, pero un castor trabaja día y noche para horadarlos. Hu está felizmente casado con Koridwen y vive en las proximidades del agua. No es ilógico suponerlo vigilante de los rompeolas. El castor se sale al fin con la suya e inunda toda la superficie del globo. Sólo Hu y Koridwen se salvan a bordo de una barca sin velas en la que también encuentra refugio una pareja de cada especie animal. El castor mantiene a la tierra en cautividad bajo las aguas, pero Hu posee dos espléndidos bueyes que se encargan de sacarla a flote. A partir de ese momento, el héroe funda las instituciones humanas y se convierte en vencedor de los gigantes, padre de los druidas, rey de los bardos y defensor del santuario. Su trono se encuentra en el centro de un círculo de piedras que representa el mundo. Koridwen le da tres hijos: Mor-Vran, el cuervo marino protector de los navegantes; Creiz-Vion, la mujer más hermosa del mundo, yema del huevo y símbolo de la vida, y Avank-Du, el ignorante castor negro, el más feo de todos los seres. Por culpa suya se enturbian los días de vino y rosas entre Hu y Koridwen. Ésta, deseosa de salvar al hijo desgraciado, lo lleva a lejanas tierras y allí prepara un licor iniciático que debe hervir constantemente por espacio de un año y un día. El enano Gurión se encarga de atizar el fuego, mientras Koridwen estudia el curso de los astros y recoge en los bosques plantas místicas de las que sólo ella conoce las propiedades. Tras muchas peripecias, el enano echa a perder la pócima y Koridwen, encolerizada, lo devora sin imaginar que con ese acto de canibalismo va a quedar encinta de un niño que Hu condenará a morir. Nace el bastardo y la madre, incapaz de ejecutar la sentencia, lo abandona en el mar sobre una cuna de cuero. Ésta llega a las esclusas de un país lejano donde manos reales liberan al recién nacido exclamando: *¡Taliesin!* (o sea: *frente radiante*). El niño entona dos himnos ante sus salvadores. En el primero dice haber vivido todas las edades y se identifica con el sol. En el segundo se declara conocedor de los caminos que conducen al templo de la sabiduría y origen de las ciencias. Concluye diciendo: *sé cuanto ha de ser.*

La leyenda de Hu, en cuya narración he omitido muchas partes, produce vértigo. Sus raíces se revelan autóctonas e independientes de la cosmogonía griega, bíblica y babilónica que recogió hechos semejantes. Las coincidencias entre los cuatro ciclos son tantas, tan precisas y tan sintomáticas que por fuerza deben aludir todos ellos —y cada uno por separado— a una misma realidad ecuménica. Para entendernos: la que Jung acotó en *Psicología y alquimia* («las vivencias individuales revisten formas muy diferentes cuya multiplicidad no puede abarcarse en una mirada, pero no son sino variantes de ciertos modelos que se repiten en todas partes. Dichos modelos proporcionan a las religiones las imágenes primordiales necesarias para formular principios que a veces son absolutos»).[81] Hu y sus acólitos nos llevan al punto donde convergen las paralelas, al *aleph* con que se hizo el barro inicial. Analizar los elementos de la epopeya requeriría un libro entero. ¿Qué significa esa *barca sin velas* (y sin remos, ya que no vamos a suponer a los animales manejándolos)? Tampoco el Arca las tenía. Esta rareza, en la que insisten muchas de las gestas diluviales, obliga a considerar la posibilidad de un ingenio de navegación accionado por algún tipo de energía. ¿Y los *grandes diques* del lago que se desborda? ¿Y las *esclusas* donde se engancha el moisés? El monarca de ese «país lejano» poseía —lo dice la leyenda— un enorme estanque que vaciaba una vez al año para recoger los peces. Obras de ingeniería hidráulica anteriores al neolítico: se reitera la imagen que tentó al árabe.

No podía faltar el motivo taurino (los *bueyes de Hu*) ni el de los *gigantes,* tal como volveremos a encontrarlo en los bosques de Tartessos aludiendo a la rebelión de los Titanes. El trono del Hacedor ocupa el centro de un *cromlech* o círculo de menhires (¿no tendría ese trono forma de altar, de piedra de los sacrificios, de *taula*?). Los hijos de Koridwen son las *Hespérides,* las tres razas: Sem, Cam y Jafet. Aparece el tema del *cuervo marino* (Noé, el *Paradisus Avium* de San Brandán), el huevo simbólico de los druidas y un *héroe solar* (Hércules, Osiris) que *atraviesa el océano en una barca de cuero.* Koridwen, buscando hierbas en la selva, es encarnación de las vestales celtas que bajaban a los bosques para arrancar con el dedo meñique el *hyosciamus niger,* planta de extraño aspecto (muy abundante, aún hoy, en ciertas regiones de la Península) que contiene un alcaloide alucinógeno. Con ella dicen que se preparaba la *belinuncia* o soma de los ritos druídicos. El licor iniciático que debe hervir constantemente, y que pierde su virtud a consecuencia de una profanación, es el *elixir* de los alquimistas. En la última escena del mito, Taliesin se atribuye la fórmula del *Verbo:* soy el que soy (el ser universal es el conocimiento universal, *ser* y *conocer* son sinónimos en el lenguaje de los maestros). Como se verá, la mayor parte de los ingredientes mencionados concluyen en el primer arquetipo español: Gárgoris y Habidis.

Por lo demás, y sin necesidad de recurrir a esa excepción que son los celtas, el relato bíblico del diluvio se entronca por sí mismo en las leyendas peninsulares y produce un subciclo autóctono: el *tubalismo.* «Tradiciones fabulosas cuentan que Túbal, hijo de Jafet y nieto de Noé, atravesó en barca el Mediterráneo rumbo a Occidente, donde fue atraído por las aguas de un río misterioso que remontó hasta llegar a Bares»[82] (aunque hay otro Túbal en la Biblia, herrero, metalúrgico, pariente próximo de Caín y hermanastro de Noé). Entre las muchas hipótesis formuladas sobre la génesis de las razas peninsulares, la tubalita es la más antigua y la mejor documentada. Plinio, Estrabón, Ptolomeo y otros cosmógrafos clásicos atribuyen al Patriarca la fundación del enclave asturiano de Noega.[83] No faltan en Galicia y en el golfo de Vizcaya varias *Noya* para apuntalar esta toponimia diluvial (y hay en la ría gallega de ese nombre unas montañas bautizadas con el de *Aro,* quizá como *Ararat,* el gigante turco donde quiere la leyenda que encallase el Arca y hacia cuya cumbre se encaminaron los argonautas buscando el toisón o vellocino). Por los mismos atajos iba a perderse Lactancio Firmianus, profesor de retórica en Nicomedia allá por el siglo III y áspero detractor del politeísmo sin más argumentos que los cristianos, al asegurar que Osiris (o el buey Apis) fondeó en Asturias quinientos años después del diluvio y que uno de sus hijos fundó la plaza de Tineo.[84] Antonio de Nebrija, Marineo Sículo, Juan Vaseo, Pedro de Medina, Florián de Ocampo y Alfonso de Carvallo refrendan la genealogía tubalita con el apoyo del italiano Annio de Viterbo, del *escritor y filósofo caldeo* Veroso y de otros autores para mí desconocidos (y acaso inventados, como lo parece un tal Magnetón).[85] El padre Mariana admite sin empacho la colonización de Túbal y hasta le atribuye esa fantasmal *lengua nativa* que en opinión de muchos hablaban todos los habitantes de la Península con anterioridad a la llegada de los romanos. En general, ni clásicos ni modernos han sofrenado su fantasía al enfrentarse al tema, como lo demuestra el hecho de que el mítico linaje tubalita de los veinticuatro reyes de la España primitiva se convirtiera luego en caballo de brega común a todos los falsos cronicones.[86] Sabido es, sin embargo, que ninguna fantasía nace por partenogénesis. La toponimia derivada de Noé no demuestra el desembarco de éste en las costas cantábricas, pero sí el arraigo que en ellas alcanzaron las tradiciones diluviales. Acevedo y Huelves, en el libro más ambicioso que hasta ahora se haya escrito (o que yo conozca) sobre los vaqueiros de alzada, convierte a estos pastores trashumantes en hijos de Noé afincados monte arriba desde que el nivel de las aguas empezó a bajar.[87] Allí fundarían las *baranah,* o actuales *brañas,* amalgamando dos voces hebreas: *bará (creó, formó, eligió)* y *nah (mansión, habitación, asiento, pasto).* Otros autores atribuyen ascendencia celta a la palabra. Sea como fuere, los vaqueiros —*raza maldita* de ignoto origen— siguen viviendo en *brañas* de invierno o de verano, según su ubicación en el litoral o en la cordillera, y llamándose *brañeros* en contraposición a los *xaldos* serranos y a los *marnuetos* ribereños.

El principal monumento del tubalismo hispánico es el ídolo prehistórico de Peña-Tú, situado cerca de Llanes, sobre un otero que domina el mar. Antiguamente, *Tu* era patronímico común en la comarca.[88] Sus conexiones etimológicas son, en el ámbito de la mitología, asombrosas. Expresa el concepto de la divinidad en multitud de lenguas.[89] Es el Atum o Tum de los egipcios (encarnación del sol poniente) y el Aitor de los vascos, el Tu-Par o Tu-Pac de los indios americanos y el Tus, padre de Turibio o Santo Toribio de Liébana (figura clave en los orígenes foramontanos del reino de Castilla). Como la *u* proviene de una doble *i*, *Tu* es también el *Ti* chino-atlante, el *It* o Kwan Yin de las teogonías tibetanas y el *Dios Término* de etruscos, pelasgos y pueblos protomediterráneos. En la toponimia asturiana abundan los Torín, Toriezo, Toriello, Turón y Toraño. Todos estos lugares son montes o están al pie de los mismos. El gran asturianista Constantino Cabal[90] juega con toponomásticos, patronímicos, raíces y desinencias. En el bajo latín, *toro, toronus, torus, turonus* y *turo* valían por *montículo*. Eran, posiblemente, voces metafóricas por referencia a la giba del buey o uro. Aquél se llamaba *bos* en latín y *bous* en griego. *Burr*, de *buerius* (buey sin domar), aparece en algunas inscripciones bajo la figura de un astado. Con un cruce semántico y fonético entre *bur-tur* o *bu-tu* se llega a Peña-Tú, risco del toro o del buey indómito. Ya tenemos al vaqueiro Túbal convertido en paterfamilias de nuestra tauromaquia. Cabal pretende que la forma del ídolo recuerda a los verracos de Guisando. Yo no le saqué el parecido, aunque vi en él otras muchas cosas, sugestionado por la magia de ese monumento incomparable (o comparable sólo, por lo que a la Península se refiere, con las cuevas del paleolítico cantábrico y las ruinas sorianas de Termancia. Análoga e inexplicable emoción se siente en el Mont-Ségur de los cátaros). Hoy, un bosque de pinos jóvenes se interpone entre el mar y el ídolo; antaño, la gran cara de éste, como una gárgola solar, daría la bienvenida a los viajeros mucho antes de que sus naves se arrimaran a la costa. Historiadores y teósofos de todas las épocas han visto en el tótem de Llanes una representación de Túbal o Tu-Baal, ese cómitre que surcó las aguas para convertirse en guía de una nación. En cualquier caso, con o sin mitos, efigies como la de Peña-Tú no se conciben fuera del contexto de una navegación de altura. Esta evidencia psicológica es, para mí, mucho más convincente que los malabarismos etimológicos. La filología de ida y vuelta, aplicada a la historia, puede demostrar casi cualquier cosa. Cuando un instrumento de investigación se convierte en costurero de comadre, mejor destinarlo a otros usos.

Con todo, y a beneficio de inventario, fuerza es reconocer que la raíz *tu-tur* nos lleva muy lejos. Hubo en Troya, cuando allí imperaba el protomediterráneo Júpiter Asterio, un curso caudal de agua llamado Aestuario o Asturio.[91] Sin insistir en la palmaria conexión con Asturias, da que pensar la existencia en España de un río Turia cuyas orillas abundan en topónimos derivados de la radical en cuestión. Sobre dicho río, en plena provincia de Teruel, se yergue la montaña escrita de Peñalba mojón importante en el ciclo mitológico de Hércules y ciudadela iniciática de los *tur*boletas, que fueron soldados y ganaderos. En ese enigmático paraje, literalmente cubierto de signos y pinturas, puede verse una tosca cabeza humana esculpida sin arte sobre un espigón de roca y prolongada por el borroso dibujo de un cuerpo. Juan Cabré, que a principios de siglo estudió el yacimiento de Peñalba (al que llama «piedra roseta del iberismo»), afirma sin rodeos que *Turba* o *Teruel* es la ciudad del toro, *Turia* el río del toro y *turboleta* el adorador del toro, pero incurre en el extendido error de atribuir a los fenicios la introducción en España del culto a Hércules y de los toponímicos en *tur.*[92] Éstos se han localizado en la cuenca del Duero *(Duris* o *Doris),* en el País Vasco, en Cataluña, en los valles franceses del Adour *(Atur)* y Garona, en el sur de Inglaterra o Irlanda, en los afluentes superiores del Po, en la Italia meridional, en Túnez, en la hoya del Danubio, en el mar Egeo y en Asia Menor. ¿Cómo imaginar que unas cuantas flotillas de piratas inundaron el mundo con una toponimia que pide a gritos la presencia de un pueblo mucho más numeroso, antiguo, culto y homogéneo?[93] Los truchimanes fenicios, tan hábiles que se han ganado hasta el favor de los historiadores, arramblan con los laureles de una raza previa que es ancestro común de todos los hombres mediterráneos y de bastantes atlánticos. En el *Periplo,* los habitantes precélticos de Galicia y de la Armórica llevan el mismo nombre, y los Albiones ingleses parecen hermanos de esotros Albiones colocados por Plinio en el convento jurídico de Lucus (por cierto: hubo un Lico en Siria, cerca de Biblos y Tiro). El prehistoriador López Cuevillas exclama: «¿Hay en el fondo de todo esto una antigua unidad racial? He ahí una pregunta a la que tendrán que contestar los antropólogos.»[94] Y Pericot recoge el desafío: «... una unidad étnica, o por lo menos cultural, abarca estas regiones colocadas en un gran arco alrededor de un mar difícil».[95] Ambas citas se refieren al Atlántico, pero ¿no convendría extenderlas al sacro Mediterráneo? Ello requiere valor y un poco de iconoclastia, dos virtudes que no abundan entre los investigadores. Si nadie se decide a derribar cabezas, el enigma planteado por la afinidad racial e idiomática de las comunidades protomediterráneas seguirá eternamente en pie. Se trata de introducir un pequeño cambio metodológico: ¿por qué explicar, *siempre,* las coincidencias entre los pueblos históricos como préstamos de unos a otros y no, *a veces,* como herencia de un sustrato común? Leo en un libro que nadie lee: «la relación armónica entre la mitología griega y la romana ha determinado la creencia de que ésta procede de aquélla. Es, sin duda, uno de los muchos errores que han perdurado, pues la mitología romana es tan antigua como la griega».[96] Parece extraño, efectivamente, que un pueblo adopte en bloque la religión de otro y luego se dedique a cambiar uno por uno los nombres de los dioses. La transmisión de teogonías suele traer consigo una oleada de barbarismos. Los propios romanos, al dar cabida en su santoral a las deidades asiáticas o egipcias, aceptaron los apelativos que éstas llevaban en su país de origen. Al historiador de las religiones, acostumbrado a trabajar con la imaginación y a manejar un material de por sí resbaladizo, no le costará demasiado esfuerzo admitir esta metodología abierta. Pero ¿qué hará el filólogo si la aplicamos a la sacrosanta filiación latina de las lenguas romances? Prorrumpirá en llanto y rechinar de dientes, porque la gramática histórica presume de ser ciencia exacta (a pesar de las lagunas que en ella quedan y de lo manipulable que resulta el silente material lingüístico). Con todo, algunos autores se atreven a discutir la progenie latina del habla peninsular. Personalmente no entro ni salgo: estudié románicas. Son *otros* los que se extrañan de que los altivos celtíberos abandonaran sin pestañear su idioma para adoptar el de sus aborrecidos dominadores.[97] Siete millones de habitantes y cuatrocientas ciudades había en España cuando Cicerón exclamó: «no hemos superado en número a los españoles, ni a los galos en fuerza, ni a los griegos en el cultivo de las artes». Tampoco el Lacio hablaba latín en aquellos años. Son, además, las mujeres quienes transportan la lengua, quienes ante el fogón o en el mercado fraternizan con las poblaciones locales. ¿Cómo pudo una minoría de soldados imponer su idioma a comunidades relativamente cultas, mucho más numerosas y animadas por un odio secular hacia el invasor? Eso no ha sucedido ni siquiera en el colonialismo moderno, que cuenta con poderosos medios de información y entrevera sus ejércitos de maestros y predicadores. Fuera de las ciudades, el francés, el inglés y el español retroceden en los países colonizados hasta casi desaparecer. O, en el mejor de los casos, coexisten. En la India nadie olvidó el *hindi,* el *urdu,* el *bengalí* o el *tamil.* Los filipinos de Luzón hablan *tagalo,* los senegaleses *bualof,* los afganos *puchú* y algunos vascos vascuence. Los aborígenes de Taiwan no aprendieron el chino. Y hasta en la América española, que tan profundamente se identificó con los valores de la metrópoli, subsisten grupos humanos que pese no ya a la colonización, sino al contexto de un idioma que a estas alturas es genuinamente nacional, siguen hablando como sus mayores. Lengua y religión constituyen las últimas trincheras de los pueblos.

¿Desbarra, por las buenas, quien cautamente admite la posibilidad de que los celtíberos poseyeran, a la llegada de los romanos, un idioma emparentado con el de éstos en la matriz común de un remoto sustrato étnico? Existen inscripciones ibéricas muy antiguas que pueden interpretarse por el latín. Entre ellas, el bronce de Sigüenza (núm. XXXV de la *Monumenta* de Hübner), que es anterior a la destrucción de Numancia, y el plomo de Alcoy, incluido por Gómez Moreno en su aportación al homenaje a Menéndez Pidal, tan rancio que asoman en él caracteres jónicos.[98] Con lo cual, tras admitir a título de hipótesis la presencia de un sustrato lingüístico protomediterráneo, una nueva querella puede sembrar la discordia entre los investigadores heterodoxos: ¿llevaron los iberos el prelatín a Italia o fueron los celtas quienes lo trajeron a España? Ya veremos los argumentos favorables a la primera tesis. En cuanto a la segunda, panceltistas de antes de la guerra sostuvieron que el gallego no procede del latín, sino que coincide con él (incluso Risco llegó a tanto, aunque luego —acobardado por el clima intelectual de los años del hambre— se comiera todo lo dicho). El eterno Estrabón afirma que los gallegos nunca olvidaron su idioma, frase que han utilizado algunos galleguistas para sostener la evidente exageración de que su lengua es una mezcla de celta, hebreo y griego; de que el latín de Roma lo es también, con predominio de la última, y de que, por ende, los legionarios romanos se entendieron desde el primer momento con los indígenas de allende el Cebrero.[99] Todo esto, por peregrino que parezca, no contradice las férreas leyes de derivación fonética promulgadas por Menéndez Pidal y su escuela en el ámbito de la historia del español, ya que éstas se rigen a partir de un estadio lingüístico muy posterior. Es lógico que el latín de los conquistadores, en contacto con dialectos de matriz similar, impusiera a los mismos la ortodoxia de la metrópoli. De ella arrancaría el latín vulgar que puso en marcha el mecanismo motor del romance. Si todo lo dicho fuera verdad, ¿quiénes serían los inventores de ese idioma *parecido* que se habló en Italia y España? ¿Los troyanos, que se protegían *con diques* de la invasión del mar y que, de creer a Virgilio, fueron a parar a las costas del Lacio, donde fundaron ciudades, y acaso luego trajeron a la Península la toponimia del *tur*? Ello explicaría la semejanza, ya citada, entre los nombres de los capitanes de Eneas y de los caudillos iberos. Se trata sólo de una hipótesis.

Y hay otra, referente a esa *lengua nativa* de la que hablaba —bebiendo en muchas fuentes— el padre Mariana. Una hipótesis que margina la cuestión del latín prerromano y entra de lleno en la cosmogonía tubalita y atlante. ¿Fue el vascuence, en el que se ha visto una de las setenta y dos lenguas matrices de la dispersión, común denominador de los dialectos peninsulares? El gran Humboldt lo afirma a rajatabla: «dos puntos me parecen perfectamente establecidos (...) Los antiguos iberos son la cepa de los vascos actuales (...) El vascuence fue la lengua de los primitivos habitantes de España, tanto de los autóctonos como de quienes llegaron a ella en época anterior a cualquier testimonio histórico».[100] En un curioso (y olvidado) libro, Erro y Aspiroz *—contador principal, por S. M., de rentas reales, propios y arbitrios de la ciudad y provincia de Soria—* traduce por el vascuence la famosa piedra de Clunia, a la que muchos consideran el más antiguo vestigio taurino de la Península.[101] También Roso de Luna interpreta los signos de algunas monedas ibéricas mediante la falsilla del euskera, al que emparenta con las lenguas precolombinas y con varias uralo-altaicas.[102] Lo mismo opina Arrinda Albisu, que se atreve a vindicar para el vascuence ascendencia caldea,[103] aunque sería más verosímil considerar a los tres grupos —el americano, el hispano-francés y el turanio— derivaciones o desagües de un tronco común. Hubo, probablemente, una lengua prediluvial que sobrevivió a la catástrofe y se transformó en jerga iniciática: a ella pertenecerían las inscripciones descubiertas por Apolonio de Tiana en el *herakleion* de Cádiz. «El idioma de un pueblo —decía Valle-Inclán— es la lámpara de su *karma*. Toda palabra encierra un poder cabalístico: es grimorio y pentáculo.»[104]

En todo caso, el vascuence —sea cual sea su origen— presenta características harto extrañas. Por ejemplo: no obedece a la ley de evolución progresiva. Mientras las demás lenguas se forman a partir de un balbuceante estadio inicial, el euskera arranca de un sistema tan cumplido y cabal que no hay en él espacio para el parche, el acrecimiento ni el retoque. «Su locución responde a principios de lógica matemática y leyes armónicas adaptadas al espíritu humano, por lo cual es inconcebible que un adulto (nacido y educado entre gentes que sólo hablen vasco) pueda incurrir en faltas de sintaxis. La desaparición de esta lengua precisamente ahora, cuando el materialismo eclipsa poco a poco todos los valores, constituiría un nuevo cataclismo.»[105] Casi en los mismos términos se expresa Arrinda Albisu: «si los vascos, que todavía hablan el único idioma vivo de la arcaica y prehistórica Europa, abandonaran éste, el continente entero quedaría empobrecido al desaparecer un sistema de comunicación que se remonta a la más lejana antigüedad y puede ser la clave de grandes secretos».[106]

Ambas opiniones (o intuiciones) reflejan la posibilidad de que el vascuence sea una lengua iniciática (como lo es la hebrea en la interpretación que le dan los cabalistas), capaz de expresar por sí misma una escala de relaciones cósmicas. E *iniciática* significa *transmitida* a alguien con la misión de guardarla. No se trata de una teoría inverosímil, porque tal hizo Moisés. Y también sabemos que el mismo carácter de fórmula sagrada se imprimió a los templos egipcios, griegos y cristianos, cuyo plan arquitectónico se concebía en función de una frase esotérica que, justamente interpretada, permitía sintonizar el edificio con las vibraciones del tiempo, del espacio y de los seres. Los vascos del siglo XII, por ejemplo, invocaban a Dios con la palabra *urci,* tetragrámaton (o clave de cuatro letras para designar las potencias superiores) utilizado por todos los pueblos magos y caldeos.[107]

Otros hechos confieren prosapia atlante al pueblo eskualdún. Lampridio, en su vida de Alejandro Severo, atribuye a este emperador gran habilidad en la orneoscopia o adivinación por el vuelo de las aves, hasta el extremo «de aventajar a los vascones de España».[108] Noé confió a un cuervo la delicada misión de fijar el derrotero de su nave. Ya hemos visto la importancia que este elemento asume en la mitología diluvial. En 1945, el argentino Etcheverry notó que el porcentaje del RH negativo, calculado en un 15 por 100 para todas las razas blancas, variaba en los vascos. Cinco años más tarde, en una memoria leída ante la Academia de Francia, el doctor Eyken ilustró la posibilidad de que los antiguos eskualdunes hubieran propagado dicho factor en el occidente europeo, revelándose así portadores de un rasgo de individualidad sanguínea que autorizaría a ver en ellos los descendientes más puros de quienes por primera vez poblaron estos pagos.[109] El diagrama se completa con las consabidas esvásticas. El arte popular vasco no escatima círculos simples y concéntricos, ruedas de radios rectilíneos y curvos, estrellas pentagonales, cruces gamadas, laberintos y rosetones. Son todos ellos claves solares, como lo es la flor del cardo silvestre que el campesino eskualdún de nuestros días sigue colgando en el portal de su casa.[110] Esa planta se llama *eguzkilore,* que significa flor del sol. El *lauburu* o esvástica vascona es, según el padre Henau, una representación de la Cruz de Cristo traída a la Península por Túbal. Los naturales de Euzkadi vieron y ven en ella «un emblema misterioso, un símbolo que encierra arcano, un secreto que nadie acertó a descifrar».[111] La ETA, en tiempos dolorosa aunque esperanzadamente actuales, escogió —y no en vano— una esvástica con los extremos curvos como símbolo de su actividad. Y de su finalidad.

Antiguas tradiciones, ya citadas, hacen desembarcar a Túbal en el puerto coruñés de Bares, donde existe —asombrosamente conservada— una escollera ciclópea de origen prerromano. Maciñeira y Pardo de Lamas, gran senor gallego y hombre de agudas letras, dedicó a esa obra de ingeniería naval un libro prodigioso tanto por su fantasía como por su rigor científico.[112] En Bares termina el *escabroso camino tumular* de la altiplanicie de Puentes de Garci-Rodríguez, paralelo a la cuenca superior del Eume, al que Maciñeira llama «río sagrado de los primitivos gallegos» y no vacila en comparar al Ganges. Se han descubierto allí más de cien sepulturas, dolménicas en su mayor parte, y varios *cromlechs*. Es curioso que tradiciones independientes de las vascas y asturianas coloquen a un héroe diluvial en ese arcaico cementerio defendido por el mayor dique artificial que la protohistoria nos ha legado. Y no lo es menos el hecho de que ya en pergaminos del siglo VIII se llame *arcas* a los dólmenes y de que con ese nombre designaran los informadores de Maciñeira a los megalitos funerarios por ellos mismos descubiertos en la sierra Faladoira.[113] Todos los elementos órficos y orientales de la peregrinación a la tierra de los muertos confluyen en esta esquina de Galicia: actividad prehistórica, puerto de muy remota fundación, cumbres de una cordillera paralela a un río, antiguos mitos actualizados corriendo de boca en boca por la región e infinidad de tumbas salpicando el camino que la cruza. Los cristianos heredarán más tarde esta costumbre de erigir cruceros en las vías de comunicación para *memento moris* del caminante.

La escollera de Bares, que delimita una dársena en forma de polígono irregular de trescientos metros de circunferencia, ha dejado muchas huellas en el folklore de la comarca: los viejos creen, por ejemplo, que el diablo la construyó en una noche (conseja análoga a la que circula sobre el acueducto de Segovia, el puente medieval de la desembocadura del Eume y otros monumentos antiguos). Según Maciñeira, el camino más largo para llegar al mar desde Puentes es precisamente la vía sagrada de la Faladoira. ¿Por qué, entonces, la trazaron? ¿Qué había en Bares capaz de suscitar tanto entusiasmo entre los habitantes del interior? ¿Quiénes eran los canteros que se consideraron obligados a levantar, con ímprobos esfuerzos, el gigantesco rompeolas? Éste, como el ídolo de Peña-Tú, exige la hipótesis de una navegación de altura. Además, puesto que el sentido común obliga a asociarlo a la ruta dolménica que en él empieza o termina, fuerza es reconocer su contemporaneidad respecto a la cultura megalítica que erigió las tumbas. Dos hechos que en principio desconciertan, pero que nadie puede humanamente negar. Ya en el neolítico hubo, por lo tanto, una ruta marítima —mística o comercial— que desembocaba allí donde acaso los flujos y reflujos del diluvio trajeron a Túbal y donde iban a darse cita, en constante ir y venir, druidas, compradores de estaño, apóstoles degollados, gnósticos, magos orientales, obispos simoníacos, licántropos, irlandeses, piratas vikingos, bardos, templarios, esbeltos defensores del Grial y peregrinos jacobeos. O lo que es lo mismo: Galicia, las costas de Galicia. Volveremos muchas veces a ella en las páginas de este libro. Lo que ya desde ahora se nos impone es la evidencia de Túbal, o quien fuese (si es que verdaderamente alguien desembarcó tras la catástrofe en el *coido* de Bares), no jugaba a ciegas ni de farol.

Pero el diluvio —tubalismos aparte— ha dejado otras huellas en el inconsciente de la Península. Gallegos y andaluces consideran el arco iris garantía de que no habrá más inundaciones. Los portugueses llegan más lejos y convierten el *arco-da-velha* en síntoma de que Dios avala a los hombres y de que *este* mundo no concluye[114] (prueba inequívoca de que alguna vez terminó *otro* mundo; y terminó por castigo de Dios —o sea: de forma provocada y ajena a lo natural— en medio de un chubasco de proporciones más bien creciditas. Segunda consecuencia: si la cosa se sabe, es porque alguien sobrevivió para contarlo y, además, lo contó).

Los cronistas de Indias refieren la tradición antillana que hace perecer a un continente. El pueblo de Haití atribuye a una repentina subida de las aguas la formación del archipiélago. Los aztecas —ya lo vimos— dijeron adiós a hombres que se fueron en balsa a través del océano para nunca más volver. Las tribus del Orinoco tienen nombre propio para el desastre: se llama *catenamonoa* o «ascensión de un gran lago».[115] En Ecuador y Perú se cree que un pueblo culto y bondadoso, de origen septentrional, empedró los caminos, levantó ciclópeas murallas y esculpió colosales estatuas antes de sufrir un descalabro militar en Titicaca y de alejarse por el mar.[116] El franciscano, misionero y mala bestia Diego de Landa transmite leyendas quichuas que describen el diluvio en términos muy parecidos a los de la Biblia. Froberville...

Casi no hay playa donde no siga vivo el recuerdo de acontecimientos que siempre conoció el geólogo, pero de los que no se pensaba que ojos humanos hubieran podido recogerlos. La supervivencia en época histórica de elementos del ciclo atlante retrotrae la antigüedad de nuestra especie a un *illud tempus* realmente vertiginoso. Ese eco devuelve las palabras del Cristo gnóstico: «vendrán otros cielos y otros mundos...». En todas partes el mismo desembarco mítico de un portador de valores que conculca los arrecifes postreros de un universo de agua para predicar formas diferentes de entender la vida. Atlantes o no, esas navegaciones definen la diáspora ultimadora de una gran cultura a la que, sin embargo, aún quedaban arrestos para hacer la revolución megalítica. Con un factor común en tales desembarcos de semidioses: sus bajeles atracaban en puntos cuya altura dependía de la distancia al ecuador. Más elevados —el Cantábrico, el Cáucaso, el Atlas, Etiopía, Nepal— a medida que se acercaban a él. Más bajos —Cornualles, Irlanda, el Báltico— al aproximarse a las zonas árticas, donde la inundación tocó sus cotas inferiores. Y siempre en lugares marcados por esvásticas y dólmenes. Y siempre en focos que luego irradiarían enteros ciclos de civilización.[117]

Guardan memoria de aquellos hechos las leyendas de ciudades sumergidas y las tradiciones de gigantes. Unas y otras se cargan de connotaciones negativas en el mundo cristiano. El gigante se identifica con Satán, arconte de la primera rebelión contra el *ancien régime*. El asolagamiento de ciudades se atribuye a castigo divino por el proyecto de crear un orden nuevo (tal fue, según Risco, lo que desencadenó el furor del cielo contra la Atlántida). No puede extrañarnos, por lo tanto, que fábulas de este tipo abunden sobre todo en Galicia, sede durante casi un milenio del más terco foco de heterodoxia que la historia del cristianismo recuerda. La insubordinación religiosa, la eterna tentativa de arrebatar el fuego a los dioses, es probablemente rasgo ancestral con valor de arquetipo en la idiosincrasia gallega.

Allí, sobre los esteros de las rías, entre charcas y juncos, despuntaban los palafitos de las comunidades lacustres en remotas épocas. Es posible que los primeros rumores sobre ciudades submarinas arranquen de aquellas inestables construcciones, siempre proclives al hundimiento. Uno de ellos, acaso el más antiguo, se refiere a las aguas del Orzán. Carré Aldao lo recoge con tintes muy sombríos: «Muy próxima a la ensenada de Orzán existía una gran isla o porción de tierra que en una terrible noche (...) apareció (...) rodeada de súbito por enorme llamarada, seguida de una horrísona explosión (...) que hizo desaparecer para siempre en el seno de los mares aquella isla de la que dicen ser restos los peñascos de la ensenada.»[118]

Más interesante, y mucho más rica de elementos, es la tradición relativa a la Limia o laguna Antela, en la provincia de Orense, hoy desecada o en trance de desecación por motivos industriales. Murguía afirma haber visto en ella, por el estiaje, *calzadas y cimientos de edificios.* La Limia fue santuario de pájaros, como los que hoy subsisten en las Marismas y en las Tablas de Daimiel, y a veces surcaron sus aguas cisnes boreales no muy diferentes a los de Lohengrin. Esta insólita presencia y las lucubraciones de Hecateo de Abdera explican el delirio de quienes han columbrado la barca solar en la albufera. Un documento de 1513 afirma que el ejército del rey Arturo, transformado en batallón de cínifes, vuela (o volaba) sobre los tremedales.[119] Fábulas y ensueños de distinto origen colocan en el fondo de esta laguna la ciudad de Antioquía, fundada por algún héroe de la guerra de Troya (Anfíloco o Antíoco) y fulminada por causa de idolatría. Sus habitantes —añade la conseja— se prosternaban ante ese mismo gallo que hoy recorta su perfil en veletas y espadañas. No son ni fueron los únicos: en las aves matutinas se ha visto siempre un símbolo solar y, por lo tanto, a un dios. Creían los creyentes griegos que Ares convirtió en gallo a Alectrión, alcahuete de sus amores con Afrodita y culpable de haber permitido que Hefaistos, consorte y por ello víctima, pescara a los adúlteros *in fraganti* (aquel judas no volvió a olvidarse de cantar las horas y andando el tiempo prestó su nombre a la *alectromancia* o arte de adivinar el porvenir interpretando al gallo). Mucho dio luego que pensar el adeudado por Sócrates a los exegetas de Platón. En el cristianismo se consideró a este animal irreversible personificación de la vigilancia, de la primacía del espíritu sobre la carne y hasta de la resurrección. Caro Baroja nos recuerda que en el folklore indogermánico es el ave de marras símbolo de la vida y debelador de espíritus malignos.[120] Gallos siguen corriendo los gallegos allá por carnaval y otro tanto, con las variantes de rigor, se hace en algunos concejos asturianos y villorrios burgaleses.[121] Pero en fin: antropomórficos, platónicos, cristianos o folklóricos, parece ser que los campesinos de la Limia escuchan aún, a veces y por la noche, «el canto de los gallos de esta pequeña Atlántida sumergida».[122] Y también, como en la parroquia francesa de Paladru (donde existe otra aldea submarina), hiere entonces sus oídos el repicar de campanas que jamás se vieron.

Una tradición menos impía reduce a términos más prudentes la odisea de tan cuitado burgo. Nueve siglos antes de Cristo, cierta legión de galos capitaneada por Kornterriben llegó al castillo de Sandianes, que a la sazón se llamaba Gémina, y desde sus torres avistó Antioquía. Horas después —a la del alba y cuando ya se aprestaban a ponerle cerco— no encontraron más rastro de la ciudad que una apacible laguna.[123]

Otra leyenda del ciclo se refiere a Dugium, capital de los ártabros y varadero de las naves que cubrían la ruta del ámbar y el estaño entre Galicia y las islas Británicas. Este emporio —al que se atribuyen intensos lazos con Oriente, mucha actividad y gran ambición— fue cegado por las dunas.[124] En los mismos parajes se alzaba el famoso Promontorio Nero, meta convergente de peregrinación para fenicios, griegos, cartagineses, celtas y romanos. Los antiguos creían que allí —o en el puerto de Bares, o en el cabo Ortegal (donde hoy se venera a San Andrés de Teixido)— empezaba el país de los muertos. Piadosos jacobitas de la Hélade erigieron en Finisterre, y antes de Jacobo, el Ara-Solis, lugar de culto, de meditación y de turismo, que siglos más tarde cedería su carisma a Compostela (la Vía Láctea, al fin y al cabo, conduce también al Promontorio). Generales de Roma hubo que viajaron hasta él sin más objeto que presenciar el espectáculo del sol hundiéndose en el océano. Y se comprende. Lo raro es que los obispillos y *tour operators* de la hora actual no incluyan en sus borregosos itinerarios este palmo de tierra donde dormita un castro prehistórico cristianizado bajo la advocación de San Guillermo. Abundan en él las alimañas, hay infinidad de barcos hundidos junto a la piel del litoral y los aldeanos cuentan con sorna, pero crédulos, la historia de la ciudad sumergida. Pasé allí una noche de luminosas (y numinosas) presencias. Es un bailiazgo de Ctulhu, un ágora preestablecida para los horrores acuáticos que Lovecraft extrajo de las profundidades. Su atmósfera es de limo y escamas; palmípedos sus cimientos.

(El incomparable don Jorgito Borrow también recorrió y padeció la tremenda zona. «Por una playa de blancura deslumbradora —escribe— avanzamos hacía el cabo, meta de nuestro viaje. En aquella playa, según la tradición de toda la antigua cristiandad, Santiago predicó el evangelio a los idólatras españoles. En aquella playa se alzaba en otro tiempo una ciudad comercial inmensa, la más orgullosa de España. En la bahía, hoy desierta, resonaban entonces millares y millares de voces, cuando las naves y el comercio de toda la tierra se concentraban en Duyo.»[125] Mr. Borrow debió de sentirse consoladoramente respaldado por el Apóstol, pues venía con su mismo talante: el de propagar la Biblia entre los idólatras de *Spain*.)

El capítulo tercero de la primera parte del *Pseudo-Turpín*, pseudoapócrifo compuesto en Santiago —entre 1131 y 1134— por un pseudomonje francés que Dios confunda, aporta (o propone) un delirante mapa de España, concebido a mayor gloria de Carlomagno, en el que se atribuye a éste el asedio de Lucerna; y aun explica el cronicón que las hostilidades se prolongaron cuatro meses, hasta que el Apóstol decidió repetir el milagro de Jericó, y allá que se desmoronaron los muros en un periquete, quedando desierta la ciudad y ocupado su emplazamiento por la negra laguna de la Riera, en la que sólo nadan negros peces.[126] Gaston Paris, al que cito por boca de Menéndez y Pelayo, veía en esos tristes animales el resultado de la metamorfosis disciplinaria impuesta por Iahvé a los habitantes de aquella ciudad sin Lot. Y adujo, en apoyo de su teoría, la existencia de una fábula similar entre las mil de *Las mil y una noches*.[127]

Conque a la chita burlando existen más ciudades asolagadas en Galicia que soleadas en el resto de España. Añadiré la de Estambón o Estebanón en la laguna de Carrucedo; la de Valverde, colocada por el obispo Turpín en el lago Domiños; la de Carragal, mencionada por Sarmiento, y las que poco a poco fue atisbando la imaginación del hombre llano en Reiris, valle de la Barcala, Vores y juncales de Betanzos. Otra —enésima— sitúa el licenciado Molina, autor de una *Descripción del reino de Galicia*, en las lamas de Gua y a la vera del río Támago: «de este lago —dijo— se cuentan dos cosas extrañas. Cuando algunos años por falta de agua se viene a secar parte de él, en aquello que queda como tremedales se hallan cosas de hierro labradas y piedras cortadas, y ladrillos y clavos y hollas, y todas otras cosas de esta calidad, que demuestran a claro aver avido allí edificios y población, cosa es de admirar».[128]

Juan Amades, sin pretensiones de ir al copo, menciona hasta doce burgos sumergidos en el litoral o en los *estanys* de Cataluña y Menorca, aunque todavía a flote por entre los comineos del vecindario.[129] Y da cuenta de un rasgo novedoso frente a los cánones gallegos: tres de esos lugares se desencantarán al término de la noche sanjuanera en que, por casualidad y no de intento, siete Juanes y otras tantas Juanas coincidan junto a sus orillas. Amades articula estas creencias con la antigua norma de que el viaje a la región de los muertos debe hacerse surcando el agua (por eso los ataúdes tienen aún proa, popa, vago aspecto de bote e incluso, a veces, un conato de quilla). Toda Europa creyó, hasta muy entrada la Edad Media, que las fronteras del Hades estaban en Galicia. El cuerpo del Apóstol atraviesa el océano en un féretro o barca para reposar en Compostela. ¿Qué otro origen cabe atribuir a la metáfora?

Pícaros y mercenarios llevaron a América la fe peninsular en las ciudades sumergidas y en sus posibles riquezas. La laguna colombiana de Guatavite, donde ya vimos que los caudillos locales se bañaban cubiertos de oro, fue objeto de tres expediciones. En la primera, Antonio de Sepúlveda obtuvo doce mil pesos por el botín extraído. José Ignacio París organizó la segunda, de inciertos resultados, en 1823. Y por fin, una compañía inglesa se embarcó en la tercera, vencida ya la mitad del siglo, con tan poco medro que sus dirigentes cometieron la impertinencia de pedir daños y perjuicios al historiador Humboldt, a quien consideraban responsable moral del fiasco. Sería fácil encontrar más datos, más buzos y más locuras. El oro de los mitos es simbólico y, en cuanto tal, poco rentable.

Los gigantes, en cambio, provienen directamente de la cultura megalítica, o neolítica, que empieza a desarrollarse en la época postdiluvial. Su significación resulta hoy algo confusa a causa del paralelismo con los ángeles rebeldes por donde la Iglesia romana los encarriló. Antes de eso, los gigantes no eran demonios, sino titanes. Y nadie se atreverá a comparar la situación de un titán en el Olimpo con la de Lucifer en el infierno.

El gigantismo es también recuerdo folklórico de una raza que degeneró, acaso por haber sido erradicada de su entorno ecológico (el diluvio podría ser la causa), y que buscó refugio en las montañas hasta irse extinguiendo poco a poco. Parábolas como la de David y Goliath sugieren este planteamiento de un ocaso.

Quizá nuestro primer gigante sea celta, como la fábula que lo parió. Debemos ese golem inicial al frankestein Maclovio, luego santo de Roma y antes compañero de Brandán, que cierta vez en alguna parte tropezó con un muerto de colosales dimensiones y lo devolvió a una *vita nuova* que ya no se desvanecería hasta los tiempos del emperador Justiniano.

Las connotaciones malignas no son, a decir verdad, sambenito de todos los gigantes, sino de uno solo: el cíclope, que en el folklore septentrional de la Península se llama *ojáncanu*. Los cántabros lo imaginan provisto de larga melena cobriza y dueño, por supuesto, de un único, brillante y atravesado ojo. El símbolo no deja lugar a dudas: dos ojos representan la garbancera normalidad, tres (como los tiene Shiva) la divinidad y uno la animalidad. El mito del cíclope, común a todo el occidente europeo, se desarma al cruzar el Bósforo, quizá porque más allá de éste nadie defenestró a los dioses. En España, con el aliño de innumerables contrapuntos y variaciones, es o fue muy popular, especialmente tierras adentro de Santander, Andalucía y Alto Aragón, donde Joaquín Costa aún alcanzó a escucharlo en forma de cuento.[130]

Pero no sólo el *ojáncanu*, sino también su costilla... Los montañeses afincados al norte de la Cabuérniga se creen oriundos de la cordillera meridional y arguyen que sus mayores bajaron al valle empujados por un vestiglo o bruja de las cumbres cuyos brazos barrían la nieve como las aspas de una tempestad.[131] Así la *ojáncana*, en la que sin embargo distingo el eco de otra historia. Volvamos, pues, a la que ahora me ocupa.

Titán, demonio, sombra de sí mismo o espíritu del mal, el gigante tuvo que simbolizar antes de todo eso al héroe trágico y quizá alienígena, al pecador expulsado de un paraíso y de las formas superiores de conciencia que éste entraña. Sea como fuere, y por encima de interpretaciones más o menos logreras, salta a la vista el entronque megalítico y diluvial de tan formidable asunto. Colosos con los pies de barro y el agua hasta los tobillos. Hipopótamos, zánganos de acequia, girasoles de charca. Gómez Tabanera acertó a dibujar un mapa en el que los focos de gigantismo mítico o folklórico se superponen a las zonas de difusión de los monumentos megalíticos en Occidente.[132] La concordancia de ambos croquis se impone sola.

Hay que distinguir entre huellas tangibles de gigantes, que no faltan, y mitologemas. Éstos, por lo que hace a la Península, parecen concentrarse en los Pirineos y el Cantábrico. Al otro lado de aquéllos, en el Rosellón y la Cerdaña, existe incluso una versión occidental del *yeti*.[133] El topónimo *Aneto* arrastra una connotación de gigantismo positivo. La menciona el *sherpa* Amades: «el Puigmal catalán y los diversos Anetos catalanes y aragoneses encierran las características propias de los genios de las montañas y el espíritu y la esencia del propio Pirineo, adquiriendo a la vez las particularidades de los héroes civilizadores, ya que velan celosamente por la conservación de los bosques y de su fauna, e instruyen al hombre en las artes de aprovechar la leche para su alimento».[134] Se alude en este párrafo al simbolismo inicial del gigante, convertido —como los epónimos del diluvio— en un conductor de pueblos y emparentado con el mito de la *Magna Mater* o diosa nutricia. Verdaguer *sintió,* en la acepción añadida por Jung a este verbo, la hipóstasis que zurce a los gigantes, al Heraclida y a la Atlántida en una sola trinidad. Su vasto *purana* o teogonía recoge la leyenda hercúlea del pavoroso incendio que consumió los Pirineos y aventó de sus cubiles a los monstruos y gigantes allí atrincherados frente a los dioses. El ciclo diluvial letra por letra: tentativa de un orden nuevo, cólera de Dios, catástrofe provocada y dispersión de los insurrectos.

Otras leyendas, y otros bichos, ensanchan el zoo humanoide de los Pirineos. Está, referida sólo a las faldas septentrionales de los picachos que en la Cataluña francesa miran o se acercan al mar, la sabrosa especie de los *simiots* o híbridos abominables de cristiano y fiera que amparados en el medievo gustaban de diezmar el trigo de los campos y la paz de los apriscos. Cierto día, un sacerdote con mando en parroquia cercana al monte Canigó (seguimos bajo la férula de Verdaguer) tomó el acuerdo de atajar la calamidad esgrimiendo los poderes de cualquier santo cadáver e incontinente se fue a Roma para buscarlo. Llegó, expuso la coyuntura al Pontífice, concedióle éste su venia, compró u obtuvo los despojos de los reyes armenios Abdón y Senén, regresó a su aldea con la carroña al hombro e instantáneamente se desvanecieron los *simiots*. Éstos, sin embargo, aún colean de través por las hojas del santoral, pues *mamma* Roma reparte cada 30 de julio entre los payeses del Rosellón agua manada por los sepulcros de los santos y procedente de las barricas que en la *translatio* les sirvieron de ataúdes. De todo ello, asegura Juan Amades, existe copiosa documentación medieval.[135] Doy fe de ésta, préstola a sus palabras y extraigo mi personal moraleja: para canutos y yetis / no te vayas al Nepal / que las dos cosas abundan / en tu propio pegujal.

Los gigantes vascos, gallegos y asturianos suelen vivir agua adentro, tal como conviene a su prosapia atlante. Son esos tritones, serpientes marinas e individuos con cola de pescado (o viceversa: pescados con piernas de individuo) que tanto abundan en las mitologías de casi todas partes, hasta el extremo de que se han localizado algunos entre los aborígenes del Pacífico, por no hablar del *kappa* o pueril versión que los japoneses imponen al asunto. En Galicia hay un entero linaje de *hombres mariños*.[136] Yéndonos a Santander, y —dentro de su provincia— a Liérganes, oiremos hablar (citando a Feijoo) de un mito de Ctulhu referente al paisano majara que fundió varios años a remojo, adquiriendo en el trance caracteres y humor acuáticos. Tampoco es lerda la antigualla vizcaína del franciscano de Izaro, que todas las noches atravesaba a nado las cinco millas medianeras entre la isla y el continente para cortejar a una dulce de la costa con pecaminoso e inextinguible rijo. Al cabo prefirió sepultarse para siempre bajo las aguas del mar, cuyas olas surcaba constantemente como un asiduo cachalote trayendo y llevando recados de y para la hospitalaria desconocida.[137] ¿Quién dijo Lovecraft?

Páramo abajo, con proa a la meseta y pies en las huellas foramontanas, encontraremos gigantes de carne y hueso exhumados por los alfiles de la prehistoria y la antropología, que no —esta vez— por los mitólogos (y uno todavía en tierras al norte: dos metros y veintisiete centímetros calzaba Sancho el Fuerte de Navarra. Otro tanto ocupa hoy su esqueleto en el sarcófago de Roncesvalles). Se dice, a propósito de la fundación de Madrid, que en el foso de su castillo apareció un cadáver de 57 codos medidos en canal.[138] Hacia 1753, un cabrero soriano descubrió en los cuetos de Santa María de la Hoz, cerca de Medinaceli, una profunda caverna con muchas reliquias de gigantes entre las que resaltaban un cráneo y numerosas tibias.[139] En Monreal de Ariza, según Menéndez y Pelayo, y junto a la boca de un castro megalítico, montaba guardia un osambre de colosal envergadura con dos ladrillos de adobe entre la cabeza y los hombros, y el cuello ladeado para mirar a poniente.[140]

(Sobre los ladrillos algunos han visto borrosamente dibujados el testuz de un buey y la silueta de un escarabajo. A poca distancia de Monreal de Ariza existe, por cierto, una cueva atiborrada de signos cupuliformes, cazoletas, puntos y rayas, garabatos casi alfabéticos, ideogramas y caligrafía ógmica. El marqués de Cerralbo interpretó estos jeroglíficos zambulléndose por los despeñaderos de un simbolismo sideral apoyado en el culto a la luna. Coincidencias, tal vez.)

La gigantología de Levante, jocosa y adulterada, prefiere confeccionar energúmenos de madera, cestería o cartón piedra para quemarlos entre empinar de porrones. Es remedo de una ceremonia menos reciente y algo más severa durante la cual animales, y también hombres vivos, se acurrucaban por las buenas o por las otras en el vientre de los simulacros para arder con ellos. Lo cuenta Frazer.

Y vámonos a Sevilla, donde seis gigantes y una tarasca se transformarán en sendas representaciones expiatorias de los siete vicios capitales. Tiene la palabra don José Blanco White, pues yo no voy a enmendársela. Describe la procesión del *Corpus Christi*, «único día del año en que la hostia consagrada es expuesta por la calle. A poca distancia (...) venía un grupo de siete gigantescas figuras. Debajo de ellas estaban unos hombres vigorosos que de cuando en cuando divertían a los boquiabiertos espectadores con una grotesca danza que bailaban al son de la flauta y el tamboril. Detrás de los gigantones, y como dominándoles, venía un paso con la figura de una hidra rodeando un castillo del que, para delicia de los niños sevillanos, salía un muñeco parecido a Polichinela y vestido con un jubón escarlata guarnecido de cascabeles. El muñeco bailaba una especie de danza salvaje y se volvía a ocultar en el cuerpo del monstruo. Esta representación llevaba el nombre de *tarasca*. Los gigantes simbolizaban los siete pecados capitales. La hidra representaba la Herejía, guardiana del castillo del cisma, en el que la locura —representada a su vez por la extraña figura de escarlata— desplegaba un dominio completo. Todo este tropel de monstruos iba huyendo en desbandada delante de la presencia del triunfante sacramento».[141]

(Añadiré sólo una posdata, que me brinda Cirlot. Las procesiones son rituales de *ciclo y transcurso*, como lo demuestra el retorno de las imágenes al punto de partida. Desde siempre —desde la Prehistoria— han figurado en ellas gigantes, cabezudos, enanos y demás ralea. La tradición esotérica ve en tales monstruos a los espíritus elementales y en la procesión el símbolo de su sometimiento a las leyes de los hombres, «pues aunque se los expone triunfalmente, van en realidad como los vencidos que los romanos incorporaban a sus grandiosos desfiles una vez terminadas las campañas militares».[142] Nadie tan capaz de digerir cuerpos extraños como la Iglesia de Roma.)

Y sin salir de Andalucía, pero terminando con ella: cuenta Plinio que en el *Oceanus Gaditanus* moraba un facsímile de hombre, nocherniego y quizá nictálope, cuya peor costumbre consistía en encaramarse a la cubierta de los barcos haciéndolos escorar con el peso de su peso.[143] A veces —añade— se hundían.

Y aquí, un respetuoso etcétera, pues no puedo enumerar a todos los gigantes y cabezudos o carátulas aspaventeras que de solsticio a solsticio reparten incruentos vejigazos por los espolones de nuestras capitales de provincia y cabezas de partido. Más allá del folklore, el lector interesado encontrará muchas noticias cuasi-verdaderas en la *Gigantologia spagnola,* del padre Giuseppe Torrubia, y en el *Jardín de flores curiosas* de Antonio de Torquemada. Pero le aviso de que, en puridad, todos sus esfuerzos serán como muletazos en corrida a la portuguesa, pues ya no quedan gigantes ni hombres marinos ni merluzas de anzuelo ni tan siquiera fresas de bosque en los bosques de Aranjuez.

Parece ya inevitable dedicar unas páginas a las islas Canarias, insistentemente vindicadas como última Thule de lo que antaño fuera universo de prodigios. Y ello porque «los antiguos filósofos, que fueron / los que más lo oculto investigaron, / y como estas calidades y otras vieron, / en tanto aquestas islas estimaron, / que por Elíseos Campos las tuvieron / y Bienafortunadas las llamaron, / diciendo no haber cosa acá en el suelo, / que así se afronte y frise con el cielo».[144]

Según los guanches que encontraron los españoles en el siglo XV (o sea: según los *únicos* guanches de los que hay testimonio directo, pues a partir de entonces desaparecieron como por birlibirloque), el gentilicio de este pueblo significaba *hombre solo.* La cosa da que pensar, pues revela que el inventor de la palabra —tanto si era aborigen como forastero, coetáneo de la catástrofe o anterior a ella— consideraba a los naturales de esas islas supervivientes respecto a algo en lo que había perecido el resto de la etnia. *Hombre* puede llamarse a cualquiera que lo sea, pero *hombre solo* no lo es sino quien estuvo acompañado.

Recordemos brevemente el mito tal como lo recoge el antropomorfismo griego. Zeus decreta la muerte de los atlantes, dispone la desaparición de su reino y condena a su monarca a sostener con los hombros el peso del mundo que hasta entonces gravitaba sobre las columnas de Hércules. Atlas muere y recibe sepultura en campo abierto. La huesa se transforma en espinazo de la cordillera mogrebí que hoy lleva su nombre. El continente platónico queda cubierto por las aguas con la excepción de algunas cumbres, o islas, donde los últimos atlantes se enquistan bajo el disfraz de roquedales y montañas. Así el Caribe, Cabo Verde, Madera y, sobre todo, las Canarias.

Algunos autores traducen este topónimo refiriéndolo a *tierras de Cam.* Otros, como el gramático Nebrija, prefieren la hipótesis jafética («hay un belicoso género de hombres que se llaman *gomeros* y se suelen asoldar para la guerra; los cuales se dicen gomeros y por Gomer, hijo de Jafet...»).[145] La disputa, en todo caso, ni nos lleva muy lejos ni da lo que tiene.

Canarias también podría venir de *can,* por los muchos perros que existen en el archipiélago. Ésta es ya teoría de más garra, al menos por su extravagancia. Y con puntos de apoyo: una leyenda casi histórica sostiene que los guanches desbarataron en cierta ocasión a las tropas españolas azuzando contra ellas varias jaurías de *verdines.* Ignoro si estos feroces perros, famosos por lo exagerado de su tamaño y lo insólito de su cromatismo vegetal, existen en nuestros días o han pasado al archivo de la fauna extinta, pero épocas hubo en que las casas de fieras se los disputaban. Ángel Sánchez-Gijón los vio y padeció durante su infancia isleña.

Lo que sí conservan los canarios es su fe en las llamadas *tiberenas* o apariciones de grandes perros lanudos, acompañados a veces por pavas, gallinas, marranos y becerros.[146] López de Gómara, en su *Historia general de las Indias,* y Francisco de Támara (que escribió sin pestañear un volumen titulado *Costumbres de todas las gentes*) aseguran que las Canarias se llamaron así «porque los habitantes de esas islas comían mucho y crudo, como canes».[147]

Dejándonos de bromas y de perros, fuerza es admitir que en las Afortunadas confluyen rarezas suficientes para montar una lonja de lo maravilloso. Iremos viéndolas no con talante de ilación o corolario, lo que sería imposible, sino con el mucho menos ambicioso de mencionar, recordar, acumular y catalogar.

Primer ejemplo: hasta el siglo XIX se creyó a los gitanos de la Península raza guanche y últimos supervivientes de la Atlántida.[148] Blaise Cendrars, admirador y adlátere de la gente del bronce, y muy acostumbrado a bucear en arquetipos, defiende con vehemencia esta teoría: «creo que los gitanos son oriundos de las islas Canarias, que son los antiguos guanches. Y no soy el único en opinar así. El doctor Capistán, el hombre que ha dedicado su vida entera al estudio de la civilización de los guanches —los últimos atlantes— estaba casi convencido de ello».

Cendrars se refiere al director de *El Museo Canario.* Gitanos y guanches, en cualquier caso, tienen un rasgo en común muy curioso: la fobia al mar (bastante comprensible en quienes quizá escaparon a un colosal *tsunami*).

Rarezas de fauna y flora. El naturalista H. Crist calculó en 426 el número de plantas aceptadas en el archipiélago, y Viera y Clavijo demostró que cincuenta de ellas no crecen en ninguna otra parte.[149] Las Canarias, de hecho, configuran una especie de jardín botánico en el que están representadas casi todas las especies vegetales de los dos hemisferios. El *drago* es, por sí solo, una invocación de fuerzas oscuras, un heraldo del magma inicial (como el *baobab* en África y el *mango* en la India). Los guanches lo tenían por genio bienhechor y Humboldt, en 1799, calculó dos mil años de edad al famoso ejemplar de La Orotava.

Por lo que hace a la fauna, el zoólogo Kraepelin clasificó 180 especies de moluscos en las aguas del archipiélago (160 de las cuales con carácter de exclusividad) y Wollaston encontró 1 039 coleópteros autóctonos. Los organismos vegetales y animales importados de otras latitudes arraigan con facilidad, aunque en el trance sufran mutaciones. Se dan cita en las Canarias insectos tan extraños como el *cimex semele* de las nieves y el *hypsicorypha juliae* de las zonas tropicales.[150] Causa inmediata de tanto desbarajuste (y exuberancia) puede ser el desorden tectónico del archipiélago. «El plutonismo canario —anotaba Roso de Luna— acusa a las claras que allí actuó una espantosa y repentina catástrofe, porque aquello —en efecto— *no está organizado geológicamente.*»[151]

Al mixtifori de plantas y animales que en otros sitios no aciertan a convivir corresponde análoga confusión, o coexistencia, de estadios culturales. «En las Canarias se me ha ofrecido el curioso espectáculo de ver los adelantos pertenecientes a las anteriores épocas confundidos y mezclados con los de períodos prehistóricos posteriores. El sílex o la piedra tallada al lado de la pulimentada (...) Toscos jarros, pertenecientes a la infancia de la cerámica, junto a otros de esmerada construcción (...) La época prehistórica de las Canarias es tan oscura que burla todos los sistemas y cuanto sobre la no interrumpida sucesión de las épocas y sus períodos han escrito los inteligentes.»[152] Pero hay, por supuesto, una forma de explicar tanta diacronía: imaginemos la brusca aparición en cualquier momento y lugar de una élite extranjera que por razones más o menos discernibles no ponga su cultura al alcance de la población autóctona. Eso es, al fin y al cabo, lo que ha sucedido y sigue sucediendo en la mayor parte del África negra. Allí, todavía hoy, coexisten sin desafinar altos niveles tecnológicos y modos de producción (y de vida) consoladoramente megalíticos.

Esta polivalencia convierte a las Canarias en una especie de vivero enciclopédico cuya atmósfera estimula, tonifica y regenera todos los gérmenes biológicos o culturales que en él se siembran. Es lo que se llama *aire isleño,* una peculiaridad racial —hecha de costumbres, juegos, curanderías, sones, idiosincrasias y dejos— que no se ha perdido en casi seis siglos de presencia peninsular y de turismo anglosajón o escandinavo, un aroma irreproducible que nos envuelve incluso en los monumentos del más remoto pasado, en esas cuevas y panteones prehistóricos donde «se observa el mayor orden y todo inspira respeto y veneración hacia la muerte. Yo no he podido menos de ver en ese orden, en ese respeto, el reinado de un período que no corresponde a su época».[153]

La misma tenue magia y prudente zozobra empapan otra rareza del archipiélago, acaso la que más admiración y comentarios despierta en el visitante: el *lenguaje de silbos* que hoy se practica sólo en la Gomera, pero que antaño fue también arte de palmeños y tinerfeños. Islas de geodas, socarrenas, huecos y anfractuosidades donde el sonido tropieza, se añasca, crece en ululantes resonancias, enronquece y destrenza sus ecos, sí, pero a pesar de ello, esta mineral invitación al silbido, al ajú o al tamtam, ¿de dónde viene la clave y la destreza necesarias para entenderse a golpes de viento con el pastor de otros riscos? Jung dice que silbar y chascar son cadencias ancestrales con las que se invocaba al animal totémico o deificado. A ello se debe la represión social sobre el silbido.

Sin embargo, el guanche —o por lo menos el guanche que en vestigios, costumbres y recuerdos ha llegado hasta nosotros— pertenece al neolítico y, en consecuencia, no pudo ser atlante ni náufrago de atlante. Los pueblos dolménicos recibieron la semilla y la transmitieron, pero no la inventaron ni la sembraron. Más lógico parece hablar de tradiciones heredadas y mejor conservadas —por motivos de proximidad— que en otras partes. El Teide, por ejemplo, excitaba ya la imaginación de los antiguos, como lo demuestra el memorable fragmento de la *Eneida* en que Mercurio se lanza al océano desde su cumbre nevada para llevar hasta Cartago su mensaje. El lugar que los latinos llamaron Planaria y los españoles Fuerteventura sirve de marco a otra hermosa leyenda: los atlantes gustaban de reunirse allí al caer el sol para comentar las peripecias de la jornada mientras jugueteaban con el pie en las frescas aguas del crepúsculo. Y tantas veces se sentaron sobre la isla que ésta terminó por achatarse como la palma de la mano.[154]

En Lanzarote quedó el recuerdo de la tumba de un atlante (medía 22 pies de estatura y se llamaba Mahán).[155] O mejor dicho: «del descendiente de uno de esos colosos (...) condenados a habitar las casi desérticas zonas del noroeste africano. Algún grupo de esta degenerada especie, o restos de la misma, consiguió en un postrer intento la evasión y regreso a sus ancestrales lares, en donde vieron extinguirse los últimos días de su ciclópea existencia».[156]

García de la Torre repite en este párrafo, acaso sin saberlo, la misma explicación dada por los mitólogos respecto a los primeros gigantes. ¿No convendrá buscar por ahí el origen de la proverbial habilidad de los canarios en lo tocante a tirar piedras y de la sobrehumana fuerza que en muchos casos se les atribuye? El uso de proyectiles siempre ha sido arma de los débiles: por eso los enanos de las fábulas dirimen sus rencillas a golpes de honda. Chil y Naranjo presenció pedradas más potentes que balas de arcabuz y dio fe de que los canarios de casta cortaban a cantazos «y a cercén una penca de palma, como con un hacha».[157] En su libro se menciona a cierto preso, por nombre Guadarfia, que tronchó con las manos sus cadenas sin aparente esfuerzo. Vestigio de esta hercúlea naturaleza es el deporte que aún hoy se practica bajo el marbete oficial de *lucha canaria*.

Otras tumbas de gigantes —o de atlantes— han ido apareciendo en la aldea de San Nicolás (Gran Canaria), en el término de Tejeda, en Temiras y en otros pueblos isleños.[158] Pero la fuerza y la estatura no son los únicos factores que mueven a pensar en genes heterodoxos. La frenología tiene voz en este capítulo y dice que la capacidad craneana de las momias guanches casi nunca baja de 1900 cm^3, cifra superior a las más altas que se conocen. Y el índice encefálico de los esqueletos de varón es de 77,77, capicúa que al parecer también pone una pica en Flandes.[159] Por enésima vez se demuestra que la inteligencia no paga en nuestra sociedad occidental.

Y si doce eran los reyes de la confederación atlántida según los diálogos de Platón, otros tantos *consejeros della guerra* o *gayrés* existían en la isla de Gran Canaria cuando los españoles llegaron a ella. Tan alto y sideral consejo llevaba el nombre de *sabor.*[160]

¿Cuáles son los primeros testimonios históricos relativos al archipiélago? Estrabón afirma de modo tajante que los fenicios supieron de él mucho antes que Homero. Herodoto cuenta el viaje de circunnavegación de África por ellos realizado en el 616 a. de C., pero no dice nada a propósito de las Bienaventuradas. El faraón Nechas II accedió a financiar la empresa. Las naves salieron del mar Rojo y regresaron a Egipto por el Mediterráneo, coronando la proeza de doblar El Cabo veintiún siglos antes de que Vasco de Gama lo hiciera en sentido inverso. Cuesta trabajo admitir que los fenicios no visitaran entonces las islas, si es que aún las desconocían. Parece lógico pensar que sí, que llegaron a ellas y ocultaron el hallazgo para que a nadie más le aprovechara. Eran, por encima de todo, astutos comerciantes.

En varios puntos del archipiélago se han desenterrado jarras con motivos idénticos a los que adornan la cerámica egipcia del Louvre. Y en la cueva palmeña de Belmaco, así como en la de Los Letreros de Hierro, despuntan jeroglíficos de claro pelaje nilótico. Los grafitti, a pesar de su ubicación en lugares separados por el mar, apenas difieren entre sí, razón por la cual ya en 1873 no quedó más remedio que admitir la existencia y evidencia de un alfabeto prehistórico común a las siete islas.[161]

Las características momias o *saxos* de los guanches son tan abundantes que sólo en la necrópolis tinerfeña del barranco de Herque han aparecido más de mil. Menéndez y Pelayo reconoce que Tenerife surtió de tales piezas a todos los museos de Europa y también que el sistema de embalsamar era muy parecido al egipcio. «Hasta la circunstancia de ser execrados en Egipto los *paraschistas* o ministros inferiores de la momificación conviene con lo que el padre Espinosa dice de los hombres y mujeres que mirlaban en Canarias a los difuntos: no mantenían trato ni conversación con persona alguna, ni nadie osaba llegarse a ellos, porque los tenían por contaminados e inmundos.»[162] Y —como en toda tierra de fe— por inmundos y contaminados se tenía a los carniceros, en cuyos despachos no entraban mozos ni mujeres ni niños. Se les obligaba, además, a deambular permanentemente armados con un puntero para señalar los objetos, pues siendo parias o *intocables* nada estaban autorizados a tocar.[163]

Los secretos de la momificación ya eran letra muerta cuando los españoles desembarcaron en las islas, pero se sabe que los antiguos guanches utilizaban *tabonas* de piedra en sustitución de la famosa laja etíope de los egipcios. Ambas lancetas, la canaria y la africana, se tallaban en basaltos volcánicos de telúrica dureza. Y aunque el arte de mirlar se perdió, las *tabonas* siguieron empleándose hasta muchos años después de la conquista. El padre José de Sosa, en su *Topografía de la isla de Gran Canaria,* refiere que en 1677, durante la terrible epidemia de tabardillo que devastó Lanzarote, se curaba a los enfermos sangrándolos con *tabonas* o pedernales.[164] La flebotomía también se practicaba en la fiesta de San Antonio, como precaución frente a los calores del verano, y se repetía la noche de San Juan en ceremonia que llamaban *de emparejadura.*

El curanderismo, último bastión de la medicina numinosa, sigue ganando batallas —y perdiéndolas— entre los canarios de hoy. Enfermedad característica de éstos es el misterioso *mal de pomo,* que sólo cabe detener practicando un cabalístico masaje. La saludadora vierte un poco de ron de caña en el ombligo del paciente, moja los dedos en aceite de ruda o beleño y traza espirales de fuera adentro sobre el vientre emponzoñado. El ritual se repite durante varios días hasta conseguir la *pulsación* del ombligo, síntoma de que el veneno se bate en retirada. Una especie de éxtasis o místico desmayo suele apoderarse de los curanderos en el curso de éstas y otras ceremonias, hasta el extremo de que a menudo tienen que guardar cama después de cada intervención.[165] Como cama guarda el marido de la parturienta en aplicación del *zorrocloco* o versión insular de la covada.[166]

Momias, jeroglíficos, leitmotivs ornamentales... ¿Quién iba a transmitir tantos elementos de la cultura egipcia sino los taimados libaneses, que se habían constituido en marinaje a sueldo del faraón? A no ser que unos y otros —guanches y gitanos del Nilo— descendieran de un antepasado común o fueran discípulos de un mismo maestro: el eslabón aniquilado (que no perdido), la raza roja, los atlantes... Ahí apuntaba Schliemann, que murió —¿adrede?— antes de tiempo.

Los geógrafos árabes también se ocuparon de las Canarias. Masudi, a mediados del siglo X, habla de seis *islas perennes (chazair-al-jalidat).* Abraham el Himiarita describe una isla de Salomón con ciudades flotantes y tres ídolos de manos levantadas para detener a los argonautas que se adentraban por el mar Tenebroso. Al-Edrisi menciona dos *islas Afortunadas* con sendas estatuas de más de cien codos de altura, y narra el mítico viaje a ellas realizado por los Maghrurinos antes de 1147, fecha en que los moros fueron expulsados de Lisboa. De allí habían partido «para saber lo que encerraba el océano y cuáles eran sus límites. Al cabo descubrieron una isla que parecía habitada y cultivada. Acercáronse a fin de reconocerla, pero luego se vieron rodeados de buques, fueron hechos prisioneros y llevados a una ciudad situada en la orilla del mar. En seguida les hicieron entrar en una casa donde había hombres de alta estatura, de un color rojizo y atezado, de cabellos largos, y mujeres de notable belleza».[167] Abulmafa, a principios del siglo XIV, sugiere que las *islas perennes* se habían hundido, por lo cual apenas existían datos fidedignos sobre ellas. Todas estas opiniones son, para Menéndez y Pelayo, «consejas maravillosas».[168] Pero no hay invención sin resorte que la active.

Puesto que los guanches no parecen —como algunos sugirieron— atlantes venidos a menos, más fácil será imaginarlos servidores, colonizados, clase de tropa o casta inferior en el seno de aquella raza de electos. García de la Torre no se niega a considerarlos fruto de un hipotético asentamiento colonial organizado con posterioridad a la difusión de la cultura levantina en el Mediterráneo.[169] Es decir: insinúa, sin atreverse a afirmarlo en estilo llano, que los fenicios descubrieron un archipiélago total o parcialmente despoblado y llevaron a él, sacándolos de otras partes, esclavos capaces de tirar de pico y pala. En las islas quedan bastantes vestigios de una coexistencia de razas de nivel cultural muy diferente. Ya hemos visto algunos de ellos, y no son los únicos. La momificación, por ejemplo, llegó a ser general en Tenerife (donde acaso estuvo la capital del enclave, el *acantonement* de los *sahib,* que de esta forma —no contentos con inventar la trata de esclavos— habrían aplicado también un precoz sistema de *apartheid*), pero en Gran Canaria estaba reservada a los nobles. Allí, un sector de la población vivía en régimen troglodita, mientras las clases acomodadas —o lo que fuere— disponían de grandes construcciones con paredes de piedra seca (algo parecido a lo que ocurre con el chabolismo en el *way of life* industrial). Los *almogarenes*[170] de Gran Canaria están labrados «con tan rara perfección que al examinarlos se duda con qué clase de cincel se hayan podido abrir».[171] Los guanches, además, recitaban fábulas similares a las precolombinas sobre el desembarco de semidioses llegados por el mar y en él desaparecidos. Y a veces, en un claro ejemplo de *whisful thinking* o anhelo de recuperar la inocencia adamita, las referían al futuro. Los *guañameñes,* o zahoríes oficialmente investidos como tales, hablaban de gentes blancas que llegarían a las islas sobre grandes pájaros para enseñorearse de ellas.[172] Salta a la vista que tales tradiciones no pueden ser endógenas y exigen la intervención de *otro* pueblo.

En la convivencia de los guanches con la raza electa cabe buscar el origen —acaso sólo mimético— de ciertas instituciones inexplicables en comunidades que nunca dejaron de ser trogloditas. Marín y Cubas, en un libro que se remonta a 1694, describe «hombres que vivían en clausura a modo de religión; vestían de pieles, largo el ropón hasta el suelo; barruntaban lo porvenir y eran *faisages*; observaban algunas moralidades, y en corridos sabían de memoria las historias de sus antepasados, que entre ellos se quedaba; contaban consejas de los Montes Claros de Atlante en metáfora de palomas, águilas. Éstos eran maestros que iban a enseñar muchachos a los lugares».[173] Supongo que Marín llama *faisages* a los *faicanes* y *faycages* o sumos sacerdotes que los españoles encontraron al llegar a las islas y que subsistieron hasta mucho tiempo después. Estos fantasmones bien podrían ser los últimos y vacilantes emisarios de una sociedad iniciática a la que se hubiese privado de todo contacto con los grandes maestros. Vida ascética y comunitaria, ropas talares, dones proféticos, elevación moral, transmisión de un antiguo saber, amistad con las aves, influencia sobre la juventud: son las clásicas atribuciones del hombre superior, del brahmín, de quien procede de la frente de un dios. Los *faicanes* servían de intermediarios entre la comunidad y los *maxios* o antepasados, que vagaban por los mares (la eterna canción) corporeizándose en forma de nubecillas blancas durante algunas fiestas señaladas y especialmente en la de San Juan.

Otra institución insólita en el marco de una sociedad tan primitiva era la de «las Vírgenes / que suelen llamar Hamariguadas / y prometían virginal pureza, / las cuales habitaban en clausura / de grandes cuevas, como en monasterios...». O lo que es lo mismo: santas mujeres dedicadas a la oración y a la enseñanza, en cuyos conventos se concedía derecho de asilo a los delincuentes. Menéndez y Pelayo percibió, y subrayó, la semejanza entre estas vestales canarias, las sacerdotisas aztecas y las Vírgenes del Sol peruanas, tal y como las habían descrito los cronistas de Indias y sobre todo el, por breve, dos veces bueno José de Acosta. Quizá guarde relación con todo esto la fábula de que los españoles apenas encontraron resistencia al desembarcar en Fuerteventura porque dos comadres *venidas del cielo* —una tal Tamonante y otra tal Tibiabin— rebajaron el ardor de los lugareños diciéndoles «que por la mar había de venir cierta manera de gente; que la recogieran, pues aquéllos les habían de decir lo que habían de hacer».[175]

Chil y Naranjo exploró en 1868 la Montaña de las Cuatro Puertas, situada en el término de Telde, y al punto la consideró *gran santuario de las hamariguadas.* El cerro debe su nombre a una cueva artificial, protegida por una muralla ciclópea, que presenta todas las características de los recintos sagrados. Allí, y en otros lugares, aparecieron las famosas *pintaderas* o piezas de barro cocido con mango circular, triangular o rectangular y relieves geométricos en su cara inferior. Los símbolos trazados en ellas responden a un diagrama ecuménico cuyas primeras manifestaciones proceden del paleolítico: son alegorías de la matriz humana o mapas dinámicos del firmamento. Imágenes similares se han encontrado en la cueva budista de Saptapana, en las pirámides del Nilo, en los yacimientos mejicanos de Chicomozoc y Pacaritambo, en los *nuraghi* de Cerdeña y en el megalitismo balear.[176] Los tihuanacos y toltecas empleaban sellos de cerámica idénticos a las *pintaderas* y hermanados con éstas en la mimesis de un modelo egipcio o quizá anterior. Roso de Luna, por poderes, tuvo algo que decir al respecto: «los sabios las clasificaron como *pintaderas* porque servían para pintar. Yo les pregunto a los sabios: ¿qué pintaban? ¿Vieron alguna vez al indígena americano manejándolos? Yo sí. En las cumbres de los Andes y en Guatemala (...) vi cómo los *pistacos* o sacerdotes los utilizaban y cómo escribían en papiros fabricados con papel de pita o de Magüey; vi los antiguos códices (...) los tuve en la mano y no pude conseguir que me dieran la clave para su lectura».[177]

Igualmente curioso es el rito lustral descrito por fray Alonso de Espinosa en «el primer libro impreso que trata exclusivamente de Canarias y uno de los más importantes y fidedignos», según lo definiera Menéndez y Pelayo.[178] Lleva un largo título: *Del origen y milagros de Nuestra Señora de Candelaria que apareció en la isla de Tenerife, con la descripción de esta isla.* Se publicó en Sevilla, en 1594, y los tinerfeños hicieron una reimpresión en 1848. No conozco otras ediciones. Fray Alonso recogió ochenta años después de la conquista no sólo tradiciones, sino incluso algunas palabras del antiguo dialecto guanche, que se batía ya en franca retirada. La ceremonia de purificación por el agua descrita al comienzo de su obra revela una impresionante semejanza con el sacramento cristiano del bautismo: «acostumbraban (...) cuando alguna criatura nacía, llamar a una mujer que lo tenía por oficio, y ésta echaba agua sobre la cabeza de la criatura (...) y contraía parentesco con los padres (...) de suerte que no era lícito casarse con ella ni tratar deshonestamente».[179] El autor, contagiado o cautivado por los temas que maneja, atribuye esta piadosa costumbre nada menos que a las predicaciones del celta San Brandán. Exceso de celo, a más de erudición inútil, ya que ritos bautismales de parecido jaez se practican en varios puntos de América y hasta en algunas islas del Pacífico.[180]

La misma devoción isleña a la Virgen de la Candelaria trasuda paganía por todos sus poros. Bastante responsabilidad en este enésimo ejemplo de sincretismo religioso incumbe al guanche Antón, prisionero de los españoles y convertido a la fe de sus verdugos. Tras un período de cautividad en Lanzarote, regresó a Tenerife, su isla, a tiempo para que dos pastorcillos, allá por el 1390, avistaran en una cueva a la clásica señora de manos afiladas, ademán invitante y afables ojos. Antón se apresuró a cristianar el prodigio y, astutamente, lo hizo caer en 2 de febrero «porque una tradición guanche señalaba que todos los años por ese día (...) se observaba en la lejana playa, y cerca de la cueva en cuyas proximidades hizo su aparición la señora, el brillo de muchas luces y llamas, y que al día siguiente aparecía el suelo, por aquellos contornos, salpicado de muchas gotas de cera».[181]

Y peor aún, pues cuenta Abreu (español y fraile) que la imagen de la Candelaria llevaba alrededor de cien años en Tenerife cuando los españoles invadieron la isla.[182] A eso le llaman, en toda tauromaquia de garbanzos, matar a pasatoro. Y aliviándose, ya que la *madonna* en cuestión pertenece a la ganadería de las *vírgenes negras,* cuya historia cruza por Astarté (aunque no comienza en ella) y por la Sara cañí de las orillas del Ródano hasta desembocar en las discutibles devociones marianas de los camborios andaluces. Estudiaremos esa línea hereditaria en su momento. Lo que ahora nos importa es la imagen del guanche Antón, gran *faicán* de la cueva, encendiendo cirios con la diestra a su santa patrona y con la siniestra a los atlantes que arbitrariamente se disfrazan de ectoplasmas (nubes o luces: tanto monta) a la vera del mar en fiestas señaladas.

Y, por último, algunas interrogantes relativas al folklore. Los bailes isleños, de origen entre ibérico y americano, presentan frecuentes y «misteriosos dejos de procedencia ancestral».[183] La *isa,* por su compás ternario y el *moderato* de la inflexión mayor-menor, es una especie de *jota.* García de la Torre señala coincidencias entre la *folía* y una variante de la jota manchega de Ciudad Real.[184] Clébert lo enreda todo al asegurar que fueron los españoles quienes llevaron el baile canario a la Península y no viceversa.[185] Con ello, y con la cara morocha de la Candelaria, hay quien redondea la teoría de que el pueblo calé salió de las Afortunadas. Seguramente no hay tal, sino maraña de idas y venidas entre canarios y andaluces, que siempre se sintieron primos hermanos. Sorprende e importa más la semejanza entre isas y jotas, por ser éstas acompañamiento litúrgico en los misterios castellanos de la noche de San Juan y en casi todas las fiestas taurino-dionisíacas de la Península. Su origen es aún querella abierta entre los investigadores. Sin entrar por ahora en el debate, adelantemos que la jota reproduce en el microcosmos un compás arcaico, solar y macrocósmico a cuyo son se citan toros, se saluda el solsticio y se rehacen por pura magia musical las quebrantadas fuerzas de mozos y mozas tras muchas horas o días de feria. Es droga psicotrópica y motora que excita las pasiones, enciende la fe, mueve a la proeza y aguijonea el sistema nervioso. Y es también danza fálica de invitación, pavoneo de hembras y varones, reclamo en el que jóvenes de uno y otro sexo, promiscuamente confundidos, ofrecen sus cuerpos alzando los brazos, se llaman, se encelan, se hurtan y calcan ritmos sexuales con el vaivén de las piernas. Ceremonia orgiástica de misticismo colectivo con raíces en el más arcano genio de la especie: el de aquellos españoles que, según Estrabón, se reunían en las noches de plenilunio para bailar ante el pálido astro. Y también, ¿por qué no?, de estos otros españoles —por canarios— de La Palma que entre pirámides de cantos rodados trenzaban pasos de danza celebrando el sol, la luna nueva y llena, la siembra, la primavera y hasta al mismo demonio en forma de perro[186] (¿o de *verdín*?).

Así que Canarias *atlántidas...* «El cielo, allí, con liberal franqueza, / entendimientos dóciles reparte, / y tal esfuerzo, fuerza y ligereza, / que no se vio jamás en otra parte; / y, lo que más me admira, una extrañeza / de luenga vida, que parece en parte / que no conoce aquí la humana suerte / el general imperio de la muerte (...) / Daba la inculta tierra varios frutos; / suave miel los riscos destilaban / y eran tan abundantes los tributos / que todo el año los ganados daban, / que aquellos soberanos atributos / del prometido reino aquí cuadraban; no son patrañas éstas, no poesía, / que mucha parte de ello dura hoy día.»[187]

Guanches y precolombinos terminarán encontrando al profeta que les señale una misma sangre. Entretanto, esto es lo que hay, o lo que yo he podido recoger, a propósito de un continente al que no descolorieron los milenios. Textos platónicos, leyendas diluviales, trenos de patriarcas, dólmenes, barcos de piel, jardines al oeste, uros de arisca giba, cúpulas de oro en los espejismos del desierto salado, doncellas predicando numinosos advenimientos a pastores y, en definitiva, esvásticas, laberintos que acaso acerté a dibujar, pero que nunca pretendí resolver. A partir de ellos cabe entrar en un territorio igualmente mítico, aunque de proyección más tangible sobre la historia conocida; igualmente universal, aunque más alusivo a eso que, me temo, vamos a seguir llamando *españoles*.

Los guanches, tribu a tribu, guardaban en el *tagoror* un hueso del más antiguo rey de cada linaje y sobre él pronunciaban la fórmula *agoñe jacoron yñatzahaña chacoñamet* («juro por el hueso de aquel día en que te hiciste grande»). Hoy sabemos que sólo volverán a serlo —grandes— aquellos pueblos que, ensimismados, evoquen el encanto de la primera mirada a un mundo inicial, enésimo o último, pero nuevo para ellos. «Y así tus ojos, adentro tornados, / te enseñarán tu tesoro escondido / bajo la tierra de tus propios campos.» Conque *agoñe jacoron yñatzahaña chacoñamet*. Ésta es la fórmula. El contenido pertenece al secreto de mi almario.

II. GÁRGORIS Y HABIDIS

Volvamos a tomar el hilo desde el Promontorio Sacro, por ser éste el término más occidental no sólo de Europa, sino de toda la tierra; pues ésta tiene por límites en su occidente a las últimas puntas de Europa y a las primeras de la Libia, habitadas aquéllas por los iberos y éstas por los maurusios.

ESTRABÓN

Sobre la limpia arena, en el tartesio llano por donde acaba España y sigue el mar...

ANTONIO MACHADO

Tres hijuelos había el rey / tres hijuelos que no más. / Por enojo que hubo de ellos / Todos malditos los ha. / El uno se tornó ciervo / el otro se tornó can. / El otro se tornó moro / Pasó las aguas del mar.

(Recogido en *Primavera y flor de romances*)[1]

Nuestro primer recuerdo se llama Gárgoris, andaluz y rey de los cunetes, patriarca del bosque tartésico donde los titanes se alzaron contra los dioses, amigo de las abejas e inventor del arte de recoger la miel. Se emparejó con la más hermosa de sus hijas y de ella tuvo un varón que era el nieto del padre y hermano de la madre. A este prodigio le pusieron por nombre Habidis. Y cuando aún repetía el eco su primer vagido, Gárgoris lo echó al monte para encubrir un acto que ya las gentes empezaban a llamar incesto y a considerar pecaminoso. Quería que las alimañas se cebaran en el niño, pero sucedió que se acercaron mansamente a él y hasta le dieron leche. El rey hizo entonces ayunar a su jauría y, cuando ya los perros babeaban, les arrojó el cuerpo tierno de Habidis. Pero los lebreles, rodeándole, lo halagaron. Seguros servidores se hicieron a la mar con el recién nacido y lo abandonaron a mucha distancia de la costa. Pero las olas lo devolvieron sin encono y una cierva tuvo para él leche y premura de madre. Habidis bebió la ligereza en esos pechos y, ya adolescente, devastaba la región sin que nadie se atreviera a plantarle cara. Cayó al fin en una trampa y los campesinos lo llevaron ante Gárgoris, que primero cobró afición al muchacho y luego lo reconoció como nieto y único heredero de su reino. Habidis fue un monarca sabio, prudente generoso y grande. Dio leyes al pueblo bárbaro, unció los bueyes a la reja y fundó la ciudad santa de Astorga, acaso el más antiguo enclave urbano de los que subsisten en la Península.[2]

Trogo Pompeyo recoge el cuento en la perdida *Historia universal* cuyo epítome trazó Justino. Forzosamente hubo testimonios anteriores devorados por el sueño de la razón. Con o sin ellos, Gárgoris y Habidis protagonizaban la fábula más antigua del Occidente. En su bóveda resuenan otros ámbitos y otras voces: las de Horus y Set, Astiages y Ciro, Semíramis, Zaratustra, Telephos, Atlante, los hijos de Malanippe, Cibeles, el príncipe egipcio Moisés, Rómulo y Remo, los hindúes Sandragupta y Krishna, San Jorge, Bernardo del Carpio, Fernán González y —ya en un terreno puramente literario— las del Gargantúa de Rabelais, el Mowgli de Kipling y el *gurú* inventado por Hermann Hesse en el epílogo del *Juego de abalorios.*[3] Un hilo secreto mueve a todos estos personajes, una misma sangre los recorre. Cito de memoria y olvido o desconozco otras formulaciones de este sueño común que los españoles soñaron antes (o recordaron mejor).

A finales del siglo pasado, cuando la polémica de las dos Españas empieza a afilar sus uñas y todos los argumentos parecen buenos, algunos de los pensadores más representativos de ambos bandos resucitan el mito. Joaquín Costa lo narra, desmenuza, emparenta y metaforiza con más acopio de datos que claridad.[4] Menéndez y Pelayo, siempre a la caza de infiltraciones libertarias, lo incluye con razón en los *Heterodoxos.* Ya en nuestros días, alguien menos popular y más impertinente afirma —o quizá demuestra— que los dibujos rupestres del Tajo de las Figuras —situados por los esteros de la Janda— aluden a la peripecia de Gárgoris y Habidis.[5]

La hipótesis me fascina. Los argumentos manejados por don Manuel Laza apuntan a la posibilidad de que el mito alentara durante muchas centurias no sólo en el seno de grupos eruditos o iniciáticos, sino en la memoria del hombre de la calle. El *arte esquemático,* al que pertenecen las imágenes en cuestión, no alcanza su apogeo hasta el cuarto milenio antes de Cristo, por lo menos cinco mil años después de que se produjera la epopeya (si es que ésta coincidió con el comienzo del neolítico y la fase de reconstrucción iniciada tras el último diluvio. Ya hemos visto algunas de las razones que abonan tan fantástica cronología. Vendrán otras). El Tajo está muy cerca de esos bosques que la propia leyenda de Gárgoris llama tartésicos y junto a la cueva que Plinio denominó *curense.* Si a ello añadimos que Diodoro de Sicilia atribuye a los *curetes* la invención del arco, la espada, el casco, la ganadería y la agricultura, no parece aventurado suponer que Gárgoris y Habidis —apicultores, armígeros y campesinos— fueron curetes y reyes de curetes. Acerca de este pueblo dice Diodoro que ocupaba riscos y cumbres cuando los titanes vagaban por el llano, estableciendo así la primera intersección flagrante entre Andalucía y la Atlántida.

Asegura a tal respecto el *Critias* que la isla de Atlantis, sometida por los dioses a la férula de Poseidón, abrazaba la más fértil y hermosa de las llanuras catalogadas por el hombre. García Bellido interpreta este y otros pasajes platónicos como una taimada alusión a la vega del Betis o Guadalquivir, que de sobra conocía y admiraba el mundo antiguo.[6]

Sigamos, pues, con el *Critias*. Dice uno de sus párrafos que Poseidón dividió el territorio entre sus dos hijos gemelos, dándole la primera mitad a Atlas y la segunda (o, para ser exactos, «el extremo de la isla sito hacia las columnas *herakleias*, frente a la región que ahora se llama Gadeirike») a su hermano Eúmelos, que en dialecto aborigen llevaba el inequívoco nombre de Gádeiros. Y Gádeira fue el consecuente topónimo acuñado por los griegos para la misma *ciudad eterna* que los fenicios hicieron derivar a Gádir, los romanos a Gades y los españoles a Cádiz. Pero aún hay más, pues Eúmelos significaba *hermosos ganados* y bien pudiera apuntar a esos rebaños del Guadalquivir que dentro del ciclo heraclida se encomiendan a Gerión.[7]

Otra esquina convergente asoma por los terrenos de lo económico, pues «aunque era mucho lo que en Atlantis se recibía de fuera, merced a su imperio, casi todo lo necesario para la vida se encontraba en el interior, empezando por los metales (...) y, entre ellos, por el oricalco, del que hoy sólo conocemos el nombre». ¿Sopla esta frase, como García y Bellido sugiere, hacia la proverbial riqueza en minerales del subsuelo ibérico?[8] Quizá, por aquello de que un grano ayuda a otro. Y quédese la pregunta grávidamente sin respuesta, aunque sobre el *oricalco* tendremos que volver. Schliemann supo cosas al respecto que todavía no conviene desvelar.[9]

Y añade el *Critias*: «en el centro de la Ciudadela, proscrito a los curiosos y envuelto por un recinto de oro, se alzaba un templo consagrado a Clito y Poseidón. Allí, tiempo atrás, la divina pareja engendró el linaje de los diez reyes alumbrados en la comarca. Continuamente acudían al santuario romeros procedentes de las diez provincias del país». Como seguirían acudiendo a la sinagoga fenicia de Melkart, luego *herakleion* y, siempre, monumento erigido a ese Hércules gaditano cuya fama de santidad rebasó los cristianísimos linderos póstumos de la Edad Antigua.[10]

En el templo poseidónico hubo, dice Platón, manantiales de agua fría y caliente pintiparada al placer y a la salud. Y pozos de la misma laya —mencionados por Posidonio, Artemidoro, Estrabón, Silanós y Polibio— hubo en el *herakleion* de Cádiz, playas adentro de lo que hoy es isla de Sanctipetri.[11]

¿Más? Sí. En el santuario de Atlantis —remata el *Critias*— una columna de oricalco servía de soporte a mensajes grabados por los primeros reyes y relativos al gobierno de la comarca. «Es ésta —anota García Bellido— una de las coincidencias más llamativas entre la leyenda platónica y la realidad histórica. Sabemos (...) que en el *kerakleion* gaditano se alzaban dos columnas de bronce (según Posidonio, citado por Estrabón) o de oro y plata (según Filóstrato) en las que podía leerse una misteriosa inscripción.»[12] Sobre ella, acompañados por Apolonio de Tiana, también tendremos que volver.

Pero se habló de *curetes*. ¿Quiénes eran y cómo llegaron a la Península los montaraces adoradores del dios Kium? La mano de Tartessos anda cerca y excluye, por ahora, la cuestión. El imperio del Guadalquivir es a nuestra historia lo que el cáncer a la medicina: obsesión de investigadores y problema casi incurable. Todo lleva a pensar que los arquéologos están a punto de localizar el virus, pero entretanto más vale no perderse en esas marismas béticas tan insistentemente visitadas por la erudición y por la fantasía.[13] Tartesios y curetes (o cunetes) se nos trenzan en los orígenes y tal vez no importa mucho averiguar si fueron una sola raza o si mediaron entre ellos jerarquías de antigüedad, de clase, de casta o de forcejeo. Si no fundadores, los curetes llegaron a ser ciudadanos de Tartessos, y con ese título basta. Hacia ellos, probablemente, señalaba Estrabón en sus alusiones a la grande y primitiva raza ibérica. Turdetanos o tartesios, curetes o cunetes: iberos, en definitiva, y primera manifestación histórica de *lo español.* Todos los mitos de los orígenes nos han llegado a través de ese inicial núcleo andaluz en cuya órbita girará durante varios milenios gran parte de la Península y de la cuenca mediterránea. La hipótesis, que luego intentaré razonar, puede contarse así: al producirse el cataclismo, los titanes —hijos, según la tradición platónica, de los atlantes— huyen por el mar y desembarcan en ambas orillas del Atlántico, originando las leyendas tubalitas y precolombinas; el grueso de los fugitivos rinde viaje en las costas gaditanas, más accesibles que las cantábricas para quienes probablemente venían de Canarias y se enfrentan a los indígenas en esa guerra o batalla del bosque tartésico que todos los textos y rumores recogen (es de suponer que en Egipto, por los mismos días y sin entrechocar de aceros, se produjo una irrupción paralela e independiente); los andaluces, quebrados por el choque, se desparraman en el triple juego del maquis, la lucha abierta y el exilio... Algunos, según Laza, se refugian en las montañas del Algarve y conservan largo tiempo sus tradiciones: son los cunetes o conios, que mantienen al dios Kium en los altares y que incluso lo predican por las sierras mogrebinas. Otros se encaran con los titanes y, vencidos, escogen la gallarda libertad del destierro: en España eran curetes, pero fuera de ella los llamarán iberos, o sea, *los del lado de allá* en remota jerga semita. Existe aún el verbo hebreo *habar,* que significa *extrañarse, pasar a otra parte.*[14] Los curetes componen una epopeya que parece ficción de Borges: un exilio circular, luego inexistente, ya que el éxodo los arrastra a las orillas del Nilo y en ellas tropiezan con quienes los expulsaron o con los epígonos de quienes los expulsaron. Destino casi irónico éste de cambiar el Guadalquivir por un río del desierto y encontrar bajo sus palmeras las mismas caras, los mismos artífices de jeroglíficos, los mismos ininteligibles sacerdotes que profanaran la Bética de sus dioses lares. Pero otros destinos concéntricos acechan en la gesta de titanes y tartésides: es la primera invasión por el Estrecho de un país condenado a sufrirlas para siempre. La primera guerrilla, el primer contingente de españoles que prefiere el exilio a la sumisión, la primera mesnada de prófugos que funda un reino sobre los ventisqueros. Si es verdad que la historia proyecta una y otra vez las mismas cintas, Viriato, Jebdel-Tarik, Covadonga y el de Vivar cabalgan ya desde las entrañas del neolítico.

Pero un pueblo nunca emigra del todo. Muchos curetes permanecieron en la Andalucía de las dehesas y, tras el combate, hubo fusión de razas. Nace ahí la memoria mitológica de un incesto, o coyunda pecaminosa entre invasores e invadidos, que iba a aunar la cultura ultramarina con el genio de la tierra. Habidis —hijo de atlantes con respaldo de sangre aborigen— trae la concordia, la paz fecunda, la revolución neolítica, «el paso de la caza y la ganadería a la agricultura sedentaria y civil».[15] ¿Empieza así el ciclo de Tartessos? Cabe suponerlo. Y también imaginar que en esta etnia nueva pensaba Estrabón al sostener que España se pobló inmediatamente después de la desbandada del género humano en las llanuras de Senaar; y que los famosos poemas o leyes de seis mil años de antigüedad conservados por los turdetanos no eran sino las fábulas y sistemas de administración transmitidos por los invasores. De hecho, la cronología estraboniana coincide grosso modo con la diluvial, aunque si los años del geógrafo grecorromano tuvieran sólo tres meses, como algún autor ha pretendido, los seis milenios se quedarían en uno y medio, que es el lapso de tiempo comprendido entre Moisés y la redacción de las *Geográficas*. A eso se agarra el padre Sarmiento para ver en las leyes turdetanas una simple reducción a metro de las tablas mosaicas o de los proverbios y parábolas de Salomón.[16] Aquéllas pudieron llegar con el tropel de palestinos o cananeos que, según leyendas no comprobadas, vinieron a España huyendo de Josué; éstas, con los buques que en el 970 a. de C. cubrían las rutas comerciales entre Jerusalén y Tarsis. Discusión *ben trovata,* pero ociosa, porque los rasgos comunes de judíos y curetes (que no se limitan a la etimología de la voz *ibero*) son anteriores al paso del mar Rojo, como en seguida veremos. Desde luego, aunque por otras causas, no faltan motivos para suponer que las Tablas de la Ley y los versos turdetanos eran formulaciones de un mismo credo, pero la coincidencia no se explicaría por contactos recíprocos, sino por herencia que precede a éstos. Habidis promulgó esas leyes en el Andalus y Moisés las recibió en la iniciación hermética que a su vez habían recibido los sacerdotes egipcios de los atlantes. Capítulos, pues, de una cadena esotérica que inexorablemente se muerde el rabo. Los diez mandamientos, por otra parte, constituyen un código arquetípico de comportamiento y pueden nacer por generación espontánea en el seno de cualquier colectividad humana. Exigirles transmisión verbal o gráfica es meticulosidad de perogrullo.

Y un inciso antes de abandonar a los titanes. ¿Serían éstos las legendarias serpientes que, a partir de cuatro versos de Avieno,[17] todos aceptan como invasoras ciertas de una Península cuyo primer nombre fue el de Ofiusa? La raíz semita *tanan,* que significaba *bestia marina,* dio un *tanin* del que fonéticamente no es difícil pasar a *titán*: basta una metátesis vocálica y una asimilación dental o disimilación nasal. La controversia, sin embargo, se presenta confusa y esquinada, porque los investigadores han entablado un curioso pugilato de honor regional para adjudicarse el dudoso título de tener antepasados que fueron pasto de reptiles. Los galleguistas llaman Ofiusa a la tierra de los *oestrimnios,* ese pueblo anterior a los celtas que en barcas de cuero iba y venía entre Galicia y las islas de los *hibernos* y los *albiones.*[18] Los celtistas, que además de galleguistas pueden ser asturianistas, arguyen que los colonizadores celtas recibieron el nombre de *sefes* y que *saepes* vale por *serpiente* en griego. García-Lomas, aunque cántabro, cree que la verdadera Ofiusa fue Formentera, «inhabitable en la antigüedad por la gran cantidad de reptiles que en ella había».[19] Los valencianos no titubean en apropiarse el lance, articulado en dos tiempos: aparición de bichas peludas y erguidas sobre la cola lanzando ensordecedores bramidos y expulsión de las mismas por los musculosos menestrales de la *terreta.* Un atrevido y (con perdón) estrambótico mitólogo, para el que Valencia es el ombligo de cuanto pasó en el mundo antes de Cristo (lleva su audacia al extremo de suponer a Europa topónimo derivado de la Oropesa castellonense), certifica que los monstruos eran melenudos ligures de los que dieron buena cuenta un puñado de ibero-sicanos.[20] Para el malagueño Laza, «la leyenda de una invasión de serpientes todavía se cuenta de padres a hijos en torno a unas viejas ruinas de una antiquísima ciudad, cuyos restos estarían en lo que hoy se llama Mesa de Salia, al noroeste de la provincia de Málaga, no lejos del boquete de Zafarraya».[21] Volviendo a Galicia, los gallegos (y por ello galleguistas) López-Cuevillas y Bouza-Brey creen que la ofiolatría fue por aquellos predios heliolatría y que no hubo invasión de reptiles, sino de razas que esgrimían a éstos como animal totémico.[22] En todos los puntos del Cantábrico donde la tradición dice que estuvieron los atlantes, hay también dragones y fieras de los abismos. A ninguna aldea asturiana le falta su cuélebre. De cosas así podría derivar el arquetipo periodístico y veraniego de la serpiente de mar (como nada impide que los platillos volantes sean enésima formulación del *lapis* alquímico circulando por las órbitas de los planetas. Esta interpretación del laberinto cósmico aparece en una ilustración holandesa de 1672).[23] El reptil sin patas es símbolo doble, de fertilidad y destrucción, y con este valor aparece en muchos monumentos megalíticos de la región gallega.

Con posterioridad a Habidis, o acaso bajo su férula, los curetes suben hacia el Cantábrico y cruzan el Estrecho. Su expansión sigue dos líneas de fuerza: una que por tierras extremeñas, lusitanas y leonesas lleva al norte de la Península, y otra que desde Libia se extiende hacia Asia Menor, el mar Egeo y casi toda la cuenca del Mediterráneo. En Egipto, y acaso en Creta, los curetes encuentran culturas vagamente familiares y sin duda más evolucionadas, ya que el desembarco de los atlantes en el país del Nilo pudo ser anterior al diluvio. Paralelamente, nada impide que Túbal —o lo que su nombre designe— y otros evangelizadores aislados hubiesen preparado el terreno en la España septentrional. En todo caso, con o sin atlantes, es evidente que la reforma neolítica empieza en la época postdiluvial y que los curetes constituyen la primera manifestación española de «ese misterioso pueblo que introdujo la agricultura en el valle del Betis valiéndose de la hoz de sílices dentados».[24] Esta espléndida cultura de labriegos, que Menéndez y Pelayo califica de exótica, es para Laza occidental y «prehistórica en el más absoluto sentido de la palabra, pero su huella histórica se percibe en la leyenda de la Atlántida, joya inestimable que los sacerdotes egipcios confiaron a un sabio griego en la penumbra del secreto iniciático».[25]

Mientras tanto, el mensaje de los fugitivos sobrevivió aislado en la otra orilla del Atlántico hasta que el genio colonizador de andaluces y extremeños fue a buscarlo de nuevo, esta vez con pólvora y en plena Edad Moderna. Se cierra así, al cabo de muchos milenios, el *pèlerinage aux sources* iniciado al filo del diluvio. El mosaico queda recompuesto, aunque demasiado tarde: su carga mística se diluye entre sórdidas preocupaciones económicas y triviales delirios imperialistas. Al despuntar el alba de América, sólo en muy peligrosas esquinas del subconsciente saben sevillanos y onubenses que quienes a culo pajarero les brindan piñas en playas inmaculadas podrían alardear de sus mismos blasones. Es paradójico, pero no imposible, que Cortés y Moctezuma hayan tenido tatarabuelos comunes.

La expansión andaluza por el Mediterráneo pudo hacerse a pie, trillando el Rif y el Sáhara o a través del mar. Lo segundo obliga a suponer a los curetes dueños de una náutica de altura. De casta les venía, si es que de verdad encarnaban el relevo atlante. Antiguo era ya el arquetipo de la navegación. Asirios y egipcios conocían, dibujaban y acaso construían barcos solares. La nave jugaba el mismo papel onírico que la isla en cuanto burladero frente al asalto oceánico. Ulises es el hombre con sed de eternidad, siempre amenazado por los dos riesgos inherentes al viaje marítimo: la destrucción y el retroceso. Más allá de esas sirtes espera el cielo o tierra de los muertos, Itaca, la iluminación, el universo no sometido a las leyes kármicas. El palo mayor del navío materializa el eje cósmico plantado en el centro de la barca fúnebre o vehículo de la trascendencia. En todo y por todo responde la fábula atlante a este simbolismo. Ulises es un héroe tan diluvial como Noé. El latín, por boca de Pompeyo, dará siglos más tarde una definición lapidaria del mismo concepto: *vivir no es necesario, navegar sí.* Alude esta frase a dos maneras muy diferentes de andar por el mundo: la del bípedo implume, que considera la existencia un valor en sí y *per se*, y la del hombre superior o *persona*, que la utiliza como instrumento de trascendencia. Nietzsche hablará de *vivir para desaparecer,* pero no por pesimismo (como piensa Cirlot), sino refiriéndose a la necesidad de *vivir para algo más*: vivir, por lo tanto, para dejar de vivir. Ésa era la intención esotérica de Cristo al buscar discípulos que *no sólo vivieran de pan.* Como de costumbre, todos manosean su dictamen, pero muy pocos lo entienden. No cabe duda de que los curetes, en este sentido, sabían navegar.

Y, posiblemente, también en el otro. El Libro I de los Reyes dice que las flotas de Salomón cargaban de oro, plata, marfil, monos y pavos reales una vez cada tres años en el litoral tartésico. Pase lo de los monos, pero nadie se atreverá a sostener que en las marismas menudeaban los paquidermos. Alguien, por lo tanto, se dedicaba a importar colmillos y animales exóticos del África negra. ¿A través del desierto? No parece lógico. «Vemos, pues, que los tartesios fueron navegantes antes de que en sus costas se establecieran los fenicios.»[26] Estas remotas singladuras andaluzas originaron mitos como los del Jardín de las Hespérides, las Gorgonas, el Gran Tártaro, la lucha de Hércules con el Can Cerbero y las vacadas de Gerión.

Aspecto importante de la religión tartesia era el culto a los cabos, explicable sólo en quienes gustan de adentrarse por el mar. Hay buenos motivos para suponer que nadie precedió a los curetes en la legendaria ruta del estaño. Ésta alcanza primero a Galicia y luego, agotados los yacimientos peninsulares, se alarga en derroteros oceánicos hasta las islas Casitérides. El puerto prehistórico de Bares, mencionado en el capítulo anterior, pudo ser obra de andaluces. El propio Maciñeira lanzó esta hipótesis hace casi medio siglo: «no debe extrañarnos la presencia de tan sorprendente obra portuaria en esta parte de la Península, si —como afirma Elena M. Whishaw (...) en *La Nación*, de Madrid (20 de marzo de 1935)— en Niebla, a orillas del famoso río Tinto andaluz y a treinta millas del Atlántico, se ha descubierto bajo montones de arena una obra hidráulica estupenda de medio kilómetro de extensión (...) que la conocida folklorista relaciona con la explotación prehistórica de aquella cuenca minera».[27] Ya conocemos los fastos que convierten a los atlantes en constructores de diques, la leyenda gala de Hu y las pormenorizadas alusiones de Al-Edrisi a obras de ingeniería localizadas en el litoral gaditano.

Otros argumentos respaldan las aventuras marítimas de los tartésides. Existe, por ejemplo, una clara semejanza entre los ritos funerarios de Benin (al sur de Nigeria) y el enterramiento de la cueva de Los Murciélagos, cerca de Adra. Las tumbas guanches, que también se parecen, pudieron servir de eslabón en esa liturgia. Lo curioso es que las estatuas en bronce de Benin reproducen guerreros armados de coraza y casco, prendas militares cuya invención atribuye Plinio precisamente a los curetes. No se ha encontrado nada similar en el resto de África. Los relieves nigerianos son de la Edad Media, pero este salto cronológico podría explicarse con la sutileza (o sofisma) de que el arte negro lleva milenios repitiéndose a sí mismo. Y las cosas se complican ulteriormente al comprobar el extraordinario parecido de la sepultura de Los Murciélagos con la tumba real de Ur. Quiring lo justificó afirmando que Sargón, conquistador de Siria y Palestina, utilizó la flota mercante de Creta para llegar a España, país del estaño, allá por el 5000 a. de C., adentrándose luego en el Atlántico.[28]

Esta hipótesis, tan aventurada como sugerente, no invalida cuanto a propósito de la expansión andaluza por el Mediterráneo llevamos dicho, ya que en ella se vindica la existencia de relaciones entre España y Asia Menor aproximadamente contemporáneas al artista que decoró el Tajo de las Figuras. Cabe pensar, y algunos lo han pensado, que el viaje de Sargón al occidente de Europa originó el mito de Hércules. De no ser así, pudo al menos reforzarlo. Pericot sostiene que la más antigua alusión al comercio de otros pueblos con la Península (o viceversa) señala precisamente a Babilonia.[29] En un texto cuneiforme del 2800 aparece esta ambigua y vertiginosa filiación geográfica: «*Anaku, Kaptara,* los países allende el mar superior; *Dilnum, Magan,* los países allende el mar inferior, y los países entre los que nace y muere el sol, tres veces conquistado por Sargón, rey del mundo.» García Bellido subraya la posibilidad de que sea éste el primer testimonio escrito donde se menciona la Península Ibérica. El texto, a todas luces, abarca o pretende abarcar los extremos del planeta Tierra tal como entonces se entendía. Lo de *mar superior* alude al Mediterráneo y el *inferior* a las aguas del golfo Pérsico. *Anaku,* voz que según los asiriólogos significó sucesivamente *plomo* y *estaño,* sería sinécdoque para extender al acabóse occidental el topónimo de la Península o para designar ésta con el nombre de todo el occidente.[30] Sabemos que los pueblos del Mediterráneo oriental importaron estaño español en gran escala durante la Edad del Bronce.

Y, desde luego, hubo gentes iberas en el Cáucaso. Una inscripción recogida por Masdeu en el quinto volumen de su *Historia cristiana* menciona la promesa formulada a Termegista (*madre lunar de los dioses, los demonios y los hombres,* según Lucrecio) por un tal Simno, «de la raza de los moscos asiáticos».[31] Así, *moscos,* se llamaba sin sorna a los iberos de la Cólquide y el Cáucaso, a los que Plinio coloca también en la península arábiga. Y ya todo vuela. Hasta la posibilidad (o deseo), avalada por las inequívocas relaciones existentes entre España y Asia Menor, de que una augusta talasocracia ibera hubiese dominado el Mediterráneo antes de que lo colonizaran las naves cretenses y micénicas.

Pero aun sin ella, sin ese delirio joseantoniano, no cabe negar lo que Pericot llama *camino del norte de África.* «Entre las culturas predinásticas egipcias y la cultura sudanesa con su cerámica, por una parte, y las culturas neolíticas españolas, por otra, hay tantos puntos de contacto que es un hecho seguro la llegada a España de elementos neolíticos del Valle del Nilo en fecha muy temprana.»[32] Aquí una impertinencia de profano: ¿algo nos obliga a suponer que las antiguas civilizaciones se desplazaron *siempre* de oriente a occidente? ¿Qué argumentos justifican esa especie de sentido único impuesto a las idas y venidas demográficas por eruditos con vocación de semáforo? Es un tic de perra pavloviana: los investigadores al uso dan mecánicamente por sentado que la historia sirve de modelo a la prehistoria y superponen al dilatado anteayer los esquemas vigentes en el fresco y corto ayer de los primeros testimonios escritos.

Desde hace dos mil años, sin embargo, el péndulo se mueve al revés: la cultura (llamémosla así) viaja hacia el este. Asia nos hace cristianos para que en seguida le enviemos misioneros. Los siglos, desgranándose, demuestran una y otra vez que no existe flujo sin reflujo. Y viceversa, claro. Si los judíos no llegan a España hasta la época de Salomón y si las coincidencias entre hebreos y curetes se remontan a mucho antes, ¿no será razonable imaginar un camino de ida en sentido contrario? ¿Quiénes eran esas «muchedumbres de toda suerte de gentes» que, según la Biblia, acompañaban a Moisés cuando salió de Egipto? ¿No irían entre ellas occidentales o descendientes de occidentales? Laza apoya con vigor la posibilidad de que un tropel emigratorio de andaluces recorriera el norte de África en época muy remota escaqueándose al paso y al hilo del litoral hasta sus últimos fondeaderos orientales. Ello —anota— no es absurdo, pues en plena Edad Media se produjo un fenómeno similar y fehacientemente documentado.[33]

Laza alude a la odisea protagonizada en los siglos IX y X por los moros, mozárabes, muladíes y judíos cordobeses —muchos de ellos estudiantes y teólogos— que Al-Hakam I expulsó del emirato tras la sangrienta insurrección del Arrabal del Sur. Al menos quince mil familias buscaron refugio en Egipto, sin saber que su conducta obedecía a un arquetipo, y se adueñaron durante diez años de la ciudad de Alejandría hasta que diplomáticamente, que no por las armas, accedieron a salir de ella. En el 826, fieles a la antigua ruta, se aposentaron en Creta, donde Abu Hafs Umar al Balluti —manchego del Campo de Calatrava— tuvo la celtíbera insolencia de fundar una dinastía que hizo, deshizo y mandó en la tierra del Minotauro hasta la segunda mitad del siglo siguiente. Y Laza pregunta: «¿será lícito pensar, con Giambattista Vico, que la historia se repite ante este hecho asombroso de unos miles de andaluces dueños de Alejandría, primero, y después de toda la isla de Creta?»[34] Sí, y aún volverá a repetirse con la *catalana venganza* y furia de los almogávares.

(Corrijo melancólicamente estas líneas a la sombra de Fez, ciudad que en la cepa del siglo IX recibió a casi ocho mil *raba-*

diyun desterrados de Córdoba por necesidad o capricho de un alevoso emir.[35] Miro atrás: once centurias para que el tiempo muera en nuestros brazos. Vuelvo los ojos a la ventana, marco de hoy por donde se cuela Fes-el-Bali, incomparable *medina* de ayer y de siempre. Desde ella —hacia ella— reconstruyo con la memoria su *idwat* andalusí, sobre la margen derecha del río, en cuyos zacatines aún perduran las huellas de mis abuelos. Y distingo, Fabio, en *este despedazado anfiteatro, cuya afrenta publica el amarillo jaramago, cuánta fue su grandeza y es su estrago*.)

En el grávido mito de Habidis sobrenadan litofanías, aperos de labranza, cultos solares, toros de lidia, dólmenes, hachas, bipennes, colmenas, laberintos, jeroglíficos ógmicos, Venus marinas, danzas circulares, ocelos y ciervos. Lista, me apresuro a aclarar, donde no figura todo lo que es, pero donde es todo lo que está. Perseguir a esos demonios familiares, y a algunos de los que faltan, va a llevarnos muy lejos, aunque no tanto como para que el prehistoriador sea incapaz de dirigirse —y llegar— al mismo sitio por senderos diferentes a los del mitólogo. De hecho, López-Cuevillas —batiendo un lábil atajo de insculturas, megalitos y toponimias— pudo dar por definitivamente comprobadas las siguientes premisas (que este libro no desmentirá): *a*) los cabos del occidente europeo, cuyos pobladores tal vez pertenecían a una misma raza marinera, se mantuvieron en contacto desde el arranque del neolítico; *b*) el foco español de esas relaciones, inicialmente ubicado en la Lusitania meridional, se desplazó a la región gallega al empezar la Edad del Bronce; *c*) las culturas extremeñas (incluyendo la del Algarve) coinciden con las andaluzas del período dolménico; *d*) las tierras situadas al norte del Duero recibieron de la Bética el primer impulso metalúrgico, y *e)* Galicia sirvió de estación de enlace entre las islas Británicas y las rutas comerciales del Mediterráneo.[36]

¿A qué ton, entonces, analizar el mito? Pregunta pedestre que exige una respuesta obvia: para que los exangües datos del investigador proyecten una singladura espiritual. No intentaremos reconstruir un cadáver, sino devolverlo a la vida. Aprender —y aprehender— algo más que el hecho en sí: lo que le subyace, el porqué, el quién, el ánima, su causa última, el adónde. Y los caminos peninsulares no conducen a Roma, sino a Compostela. Así lo entendieron druidas y peregrinos. Y así los súbditos de Habidis, cuyos vagabundeos nos llevarán de sur a norte, de calor a lluvia. Pero volvamos ya a tomar el hilo en el término más occidental de toda la tierra...

Sabemos, por Avieno, que los conios poblaban la zona de los cabos San Vicente y Sagres, con epicentro en el Promontorio Sagrado. Allí sitúa Estrabón un importante santuario de Saturno (los hubo también en la isla de Cádiz y cerca de Cartagena) y añade, poniendo el relato en boca de Artemidoro, que «se ven de trecho en trecho, y de tres en tres o cuatro en cuatro, unas piedras a las que dan la vuelta los que se allegan a dicho sitio siguiendo en esto una costumbre propia del país, y ahí se funda la fábula de que tales piedras mudan por sí mismas de lugar».[37] Entre el ocaso y el alba, los dioses se adueñaban del Promontorio y estaba prohibido pernoctar en él, haciéndolo los peregrinos en una aldea cercana. Al parecer, aún quedaba rastro de estas costumbres (*supersticiones indígenas* las llama el no menos indígena Menéndez y Pelayo) cuando en 1894 Leite de Vasconcelos visitó la región y las ruinas del convento de San Vicente, junto a las cuales se veían montones de piedras llamadas *moledros* por los lugareños.[38] Era opinión muy extendida que todas las noches, en las proximidades del cabo, una procesión de *medos y fantasmas* se dirigía hacia la playa con antorchas en las manos y al son de una extravagante música. Ignoro si el rumor colea. Pero aunque se haya extinguido, salta a la vista su relación con el mitologema gallego y asturiano de la Santa Compaña. El geógrafo Al-Edrisi menciona la iglesia del Cuervo existente en los alrededores del cabo y describe costumbres cristianas del siglo XII muy parecidas a las que recogió Artemidoro: «El templo, situado a siete millas de Tharf-al-Garb, no ha sufrido cambio alguno desde la llegada de los cristianos (...) Almas piadosas acuden hasta él en peregrinacion y depositan sus oblaciones. Surge en un promontorio que sale y se adelanta por el mar; y sobre su cúpula hay diez cuervos, cuya falta o ausencia jamás ha notado nadie. Los sacerdotes de la iglesia cuentan a propósito de estos animales maravillas *que harían sospechoso al que las repitiese.* Los visitantes tienen que participar en el ágape ofrecido por el convento, siendo ésta una obligación inmutable y una costumbre perpetua que no se omite nunca.»[39] La responsabilidad del subrayado me incumbe, pero no así —pues incumbe a Roma— la de *lo* subrayado. ¡Por vida de Satanás!: *¿sospechoso* de qué?

Huelga decir que la advocación de San Vicente se añadió a cuerna pasada. Y quizá hasta sus despojos. Ambos oportunismos llevaban incorporada la penitencia, pues «al cabo de mucho tiempo, invadida la España por los feroces y fanáticos almohades, un tropel de estos africanos salteó el monasterio, mató bárbaramente a todos los monjes ancianos, cautivó a los mozos y desoló la iglesia. Las reliquias de San Vicente quedaron ilesas en un sepulcro subterráneo, sin más custodia que la de los maravillosos cuervos, que habían permanecido sobre las ruinas, hasta que muchos años después uno de los monjes cautivados, ya viejo, informó al rey de Portugal don Alfonso Henríquez del desamparo en que yacía tan precioso tesoro. Aquel pío monarca envió una expedición al Promontorio del Cuervo, en donde después de muchas oraciones y diligencias se hallaron las codiciadas reliquias. Alegres con tal hallazgo, los expedicionarios se embarcaron para volver a Lisboa con el cuerpo de San Vicente, verificándose el nuevo prodigio de que un cuervo se puso sobre la popa y otro sobre la proa, acompañando así los restos del glorioso mártir, cuya guarda les había confiado el cielo. En memoria de este prodigio, el mencionado rey concedió por armas a Lisboa la insignia de una nave con la imagen del santo sobre el mástil y los dos cuervos, uno en la popa y otro en la proa».[40]

¡Prodigioso popurrí de paganismos! Las comuniones y lectisternios realizados sobre montones de piedras parecen rituales de origen semítico. El cuervo posado en el techo es una imagen bíblica alusiva al mito de Noé. Ese pájaro lenguaraz, que anunció a los tripulantes del Arca el retroceso de la inundación, constituye una de las piezas del ajedrez atlante y, en cuanto tal, no puede extrañarnos su presencia en uno de los finisterres donde presumiblemente desembarcaron los fugitivos antes de enfrentarse a los soldados de Gárgoris. En la leyenda de Hu, el cuervo Mor-Vran protege a los marineros. San Brandán llega a un *Paradisus Avium* cuyos habitantes le desvelan el futuro. Los vascos eran peritos en orneoscopia. Otras coincidencias señalan...

Laza identifica tajantemente a los curetes de Andalucía con los *kereti* de Creta. Si la cultura de aquéllos engendró la de éstos y ambas se revelasen hijas o hermanas de la civilización egipcia, muchos de los enigmas históricos del Mediterráneo quedarían explicados. Entre ellos, la aparición —atestiguada hasta la náusea en todas las esquinas peninsulares— de elementos minoicos, micénicos y helénicos fechados con anterioridad al desembarco de los focenses. Tal vez, como sospecha Laza, los hombres de la Bética «llevaron su cultura a esa isla del Mediterráneo oriental donde se desarrolló con mayor esplendidez y dio luces que repercutieron de nuevo en Occidente».[41]

Ya dijimos que diez reyes gobernaban la Atlántida y que, por encima de ellos, un descendiente directo de los dioses fundadores ejercía la suprema magistratura del archipiélago. Poseidón, padre de Atlas, es la deidad más antigua del Mediterráneo y acaso de todo el mundo occidental. Herodoto afirma que su liturgia se propagó a Grecia desde el litoral líbico, mientras que los restantes dioses del Olimpo provenían de Egipto. Conque, doquiera hubo atlantes, quedarán huellas del culto rendido al señor de los océanos. También entre nosotros. Muchas discusiones ha suscitado una pieza de cerámica de Los Millares decorada con una extraña imagen que Siret interpretó como un pulpo, símbolo de la potencia vital del mar. Los portadores del cuerpo del Apóstol tropezaron en la confluencia de los ríos Sar y Ulla con una estatua sumergida de Neptuno, «resto probabile dos mais antigos cultos atlánticos e posidónicos».[42] La epifanía de los cabos hilvana de punta a punta las costas españolas. Varios dioses se relevarán en esa liturgia al paso de los siglos. Los salientes del litoral se consagraron en un principio a Poseidón, pero de ello no ha quedado memoria histórica. Cuando los geógrafos griegos y romanos se ocupan del negocio, las lenguas de tierra están ya ocupadas por Kronos o Saturno, eón del tiempo y de las regiones occidentales. Costa, hojeando textos clásicos, concluye que las Columnas de Hércules se llamaron antes Columnas de Kronos. Entonces, «¿será aventurado deducir que el nombre de *Kruña* procede de este dios?»[43] En el macizo coruñés, como rodrigón de la conjetura, aún asoman la Torre de Hércules y un *altar de gentiles,* además de cierta punta Herminia que en la fonética destapa su advocación.

Luego —después, mucho después, de Poseidón y Kronos, pero en época todavía harto remota— el *yin* o principio de la

Magna Mater prende en España y señoras de la fecundidad se instalan en sus rompientes. «La religión mediterránea de la diosa Madre llegó a la Península Ibérica traída por los colonos neolíticos (...) y con ella entraron en fermento creencias que más tarde se mezclarán a las aportadas por la evangelización megalítica.»[44] Empieza nuestra tantas veces demostrada y siempre sospechosa pasión por las deidades del sexo débil: Isis, Astarté, Tanit, Afrodita (destinataria, dice Costa, de danzas matriarcales y doncelliles que no brillaban por su honestidad),[45] Artemisa y Cibeles alientan una liturgia de salitre y cabotaje en la que confluyen ritos del sol, la luna, la vida, la muerte y el *primum navigare.* Estrabón habla de un santuario de la luz divina emplazado junto a lo que más tarde sería Sanlúcar de Barrameda y Avieno cuenta que el templo de Cádiz también acabó reciclándose en satélite de Afrodita. Otro funcionó en Cartagena. Y es que amanece por el mar: de ahí que en los promontorios imperase el culto a Venus, lucero del alba. Hay un Port-Vendrés o *Portus Veneris* que en los siglos oscuros se consagrará a San Telmo (el afán de cristianizarlo todo es tan irritante como la acucia de los políticos en cambiar el callejero del régimen que los precedió. ¿Dónde están los Torrijos y Recoletos de antaño?).

Pero no sólo las diosas citadas: también Hécate o Proserpina, teócrata de los infiernos. Se le rendía culto, que sepamos, en una opaca canorca cuyas fauces se abrían a corta distancia de la laguna Etrefea (situada, quizá, sobre o junto a lo que hoy se llama Palos de Moguer). Lo contó Avieno y lo tradujo Rodrigo Caro en hirsutos endecasílabos: «Levántase de allí un alto collado / del infierno a la diosa consagrado / y es rico templo una escondida cueva / cuyo ciego lumbrar no hay quien se atreva / a penetrar, que en torno la rodea / la laguna difícil Etrephea.»[46]

(Mucho después, andando el tiempo y concretándolo en la noche del 28 al 29 de diciembre de 1370, iba a encallar por los bajíos santapoleros de Tamarit un *arca* sin timonel cuyo vientre escondía una imagen de la Virgen de la Asunción. Dicen que el irreprimible *misteri* de Elche reproduce o celebra aquel hallazgo.)[47]

Y así las costas españolas se llenan de ermitas, oratorios, templetes, transeptos y antuzanos. Un perfil de cúpulas y espadañas para un litoral que alardea de última Thule. Porque el culto a los cabos se exaspera precisamente en el extremo noroccidental, allí donde sin falsos pudores comenzaba la tierra de los muertos (y la linde del estaño). Dos espigones de impresionante perfil geológico —el Ortegal y la Estaca de Vares— se empapan de raíz en un turbador simbolismo. El primero acoge la ermita de San Andrés de Teixido, teatro cristianizado donde aún se pone en escena el más antiguo *sabbath* religioso de cuantos organiza la Península. Dentro de pocas páginas presenciaremos el espectáculo.

Y en la Estaca de Vares, o simplemente en Bares, ensenada numinosa que precinta la vía tumular de Puentes con el muelle ciclópeo estudiado por Maciñeira, los ancestros quisieron y supieron componer una delirante tocata de litofanías. Al sudeste del pueblo y frente al mar despunta un mogote de cuarzo blanco en cuyo remate descansó la iglesia parroquial hasta 1617, año en que fue arrasada por una montonera de corsarios turcos. El señor Maciñeira subraya el sinsentido de ese emplazamiento, despatarrado e inerme ante las correrías normandas de la Alta Edad Media, y llega a la conclusión de que allí existieron cultos precristianos inextirpables. También se sorprende al comprobar que los vecinos de Vivero, en cuya demarcación no faltan Vírgenes muy veneradas, invocan en los momentos de peligro a la de Bares, que ni les pertenece ni les cae a mano. Pero en seguida resuelve el problema recordando que el angla en cuestión se llama desde tiempo inmemorial *Punta de Muller Mariña,* lo que en gallego vale por la puñetera Venus. Un erudito local[48] se jugó la vida para mirarla de cerca y descubrió que el peñón es un titánico busto femenino sujeto por una cuña y llevado allí desde otra parte, ya que se trata de un tipo de roca diferente a las que forman el acantilado. ¿Cómo pudo encajarse ese mascarón entre farallones incesantemente batidos por el mar? Estamos ante un problema de tecnología prehistórica análogo al planteado por los menhires de Stonehenge o las pirámides del Nilo. Pero el misterio de la *Muller Mariña* (¿por qué no *Cariño,* que es como los gallegos llamaban a Venus?) se acentúa al comprobar que tiene dos rostros. O dos perfiles: uno de dama griega y otro, visto desde el mar, de hierática esfinge. Simbolismo contradictorio que deja de serlo en un lugar donde los vivos y los muertos se separan. La cariátide de Bares es a un tiempo Afrodita y Proserpina: diosa bifronte que con la diestra enciende cirios y anuncia fecundidad a quienes se afanan en tierra firme, y con la zurda envuelve en inapelable silencio a los que surcando ya el océano tenebroso aceptan la tentación de mirar atrás.

Bascoy, de hecho, descubrió tres omegas grabadas en la superficie de la roca. Conocida es la significación de este signo, o *non plus ultra* de los griegos, y congruente su presencia en los postigos del Hades. La Estaca fue simultáneamente plutonía y *Promontorium Artemisium.* Hay otras encrucijadas así a lo largo del caprichoso litoral gallego. En el cabo Morás, por ejemplo, dos grandes efigies femeninas se dibujan sobre la pared rocosa del oeste: son *as Santas* o las Vírgenes, que producen una «sorprendente impresión de obra del hombre».[49] Pero no hace falta perderse en pormenores para llegar a la conclusión de que curetes, griegos y gallegos rendían culto a una misma diosa, que se llamó Isis en Egipto, Astarté o Tanit entre los pueblos púnicos, Salambó en Siria y María en la tradición cristiana.

Todas o casi todas empezaron por ser *vírgenes negras,* pues la mayor parte de los mitos referentes al origen del cosmos arrancan del chispazo que se produjo durante la primera (y quizá única) cópula del divino Sol con la divina Tierra. O el juego del *yin* y el *yang,* en cuya confluencia nace la vida. ¿No dijo Freud que nuestro subconsciente —esta vez sin edipos— ve en el astro rey a un padre y a una madre en el planeta que nos aloja? No, no lo dijo. Su miopía se lo impidió. Sólo Jung alcanzaba a vislumbrar profundidades así... Pero no señalemos.

(A propósito: existen dos explicaciones para explicar la existencia, y la universalidad, del culto que a partir del diluvio recibe la *Magna Mater.* Pedestre la una, sublime la otra. Dice la primera que muy pocas mujeres sobrevivieron a la catástrofe —hipótesis machista donde las haya— y que ello, con miras al mantenimiento de la especie, granjeó nimbo de semidiosas a quienes con la ingle a remojo escaparon de la quema. Y sostiene la segunda, en mi opinión más verosímil, que los tripulantes del *arca* —de las mil arcas postdiluviales— se revolcaron a las indígenas de los fondeaderos convirtiéndolas en madres de mutantes. Y ahí los *héroes.* Dije *más verosímil* por dos motivos: porque los trabajadores del mar suelen llegar a puerto con un rijo incontenible, exasperado esta vez por la duración de la travesía y la incertidumbre del derrotero, y porque los Túbal y Gilgamesch forzosamente debieron de antojárseles marcianos a las indiadas ribereñas.)

La efigie de Isis, con el *bambino* Horus en su regazo, inspiró las innumerables *Vírgenes con Niño* de la pegajosa imaginería cristiana. Estremece saber que en Éfeso, ciudad donde residió

María después de la Pasión y en cuyo templo se veneraba una estatua morena de la *Magna Mater,* subsiste el recuerdo de un lugar que los turcos llaman *karatchalti* (o *piedras negras)* y que la madre de Jesús utilizó como pista de despegue en su asunción al Empíreo.[50]

Pero hay éfesos en todas partes. Y naturalmente en España, donde un catálogo provisional anuncia (o denuncia) el culto de vírgenes negroides en Ávila, Cáceres, Cádiz, Ciudad Rodrigo, Compostela, Covadonga, Estella, Fuenterrabía, Guadalupe, Madrid, Montserrat, Nuria, Panzano, Puigcerdá, Salamanca, Sesa, Sevilla, Toledo, Valencia, Veruela, Vich y Zaragoza.[51] Amén de la Candelaria tinerfeña, que ya se citó, y de las muchas que los misioneros gentilmente trasladaron a América.

Nada que objetar, pues los españoles siempre hemos demostrado —ya lo dije— sospechosa pasión y predilección por la Diosa Madre, pese al constante escándalo de los teólogos, que veían y ven en ello —no sin motivo— un riesgo para las buenas costumbres y un síntoma de insobornable paganía. Nuestro catolicismo popular —sobre todo el portugués y el andaluz, oriundos de las regiones donde más abundaron los curetes— sigue siendo mariano, que no cristiano. Las iglesias y romerías de este país se intitulan a la Virgen y es siempre la *madonna* quien desde horquillas de árbol o conejeras de bruja sobresalta con su aparición el deambular de los pastores. Sabemos, verbigracia, que aún coleaba Salambó en la Sevilla del siglo III (*execrable y portentoso monstruo* la llama don Marcelino al hacerse eco de este eco pagano y por ello execrable, aunque portentoso).[52] No parece necesario añadir otros ejemplos a los muchos que muchos conocen.

Reiterados son los cruces de las primitivas religiones con la Biblia. Y todos dan que pensar. Artemisa, ordenando la muerte de Ifigenia a manos de su padre Agamenón, provoca un drama paralelo al que Jehová indujo en Abraham. De igual manera se bifurca en cien ritos el antiguo culto del *yin* para que los cien converjan luego hacia la Virgen María, casta como Diana y fecunda como Cibeles, en cuya peripecia vuelven a darse la mano los atlantes y los semitas. Otro círculo que se cierra. ¿Por qué en la mitología del Egeo encuentran acomodo las tradiciones hebreas? ¿Por qué se parecen tanto sus respectivos himnos a Zeus y a Iahvé? ¿Por qué dos leyendas de ciclos diferentes —la de Babel en la Biblia y la de los Titanes en Grecia— traducen a un mismo lenguaje histórico la fábula del continente perdido?

Hay un abrevadero común y por sus obras empezamos a reconocerlo.

Entre ellas acaso convenga incluir ese *ars poetica* que enseña a citar un cuatreño y a burlarlo. Los diez reyes de la confederación atlante se reunían una vez al año para presenciar la ceremonia religiosa de la lazada del toro y su posterior ofrenda a los dioses. Platón lo cuenta con detalle: los soberanos empezaban por elucidar o confesar sus posibles abusos, luego impetraban a Poseidón brío y destreza para capturar la res y por último reducían a ésta con garrotes y cuerdas, pero sin fierros, y la degollaban con arreglo a un puntilloso ritual. El filósofo ateniense ignora que está describiendo una corrida: también los matadores solicitan la venia de un ser inaccesible (el presidente), se apoderan psicológicamente del burel con palitroques y telas, y al final utilizan un arma blanca para desgolletarlo como mandan unos cánones rigurosamente programados.

En tres países existieron reglamentos taurinos de corte similar (aunque sólo en uno han perdurado): Egipto, Creta y España. Luis Bonilla cree que las fiestas minoicas eran importación de ritos tartesios y toma en consideración la posibilidad de que el imperio del Guadalquivir fuera una de las capitales de «esa misteriosa confederación atlántica desaparecida en un cataclismo más fuerte que el de Agadir».[53] Pero es casi el único. ¿Por qué la mayoría de los investigadores buscan el origen de la tauromaquia española en Creta y no al revés? La cronología de ambos ciclos es imposible de precisar, por lo que sólo les queda un argumento: el culto arcaico al toro —dicen— ha dejado más vestigios en la isla griega que en la Península. Afirmación harto discutible, pues en los campos celtibéricos no hay excavación, mito, impulso o memoria ancestral que no pague su tributo al gran buey de los orígenes. ¿Qué significa la majestuosa osamenta de morlaco desenterrada en un yacimiento neolítico de Almizaraque? Tabanera admite la existencia de vínculos muy especiales entre ese animal y los primeros pobladores de la Península, y cree que algo se filtró al subconsciente de la raza originando ritos, creencias y ceremonias agrarias en tiempos plenamente históricos.[54] El vaco de Almería, encarnación de poderes superiores y hasta telúricos, fragua después en mil Guisandos: Beja, Écija, Cabeza del Lucero, Balazote (cuya bicha recuerda el cornúpeta androcéfalo de Asiria y Babilonia), Osuna, Menorca... El número de estos monstruos es, según Menéndez y Pelayo, tan grande que en 1862 ya se conocían más de trescientos; y desde entonces han aparecido otros muchos.[55] En las Baleares, además de las famosas piezas de Costig, asoman constantemente testuces de toro, ciervos y aves engastadas en varillas metálicas, cuernos sueltos, fémures bovinos con hechuras de falo y viejas leyendas de reses encantadas en cuevas y *talayots*. La *taula* podría ser una gran testuz de toro «estilizada, vista de frente, construida en piedra, monumental y grandiosa».[56] ¿Y los áureos bureles de las tazas de Vaphio, la copia del domador de toros de Tirinto descubierta en Zamora, el ídolo Miqueldi del País Vasco, la toponimia del *tur*, el monte de Peñalba, el vaso de Liria, las tradiciones vaqueiras y pasiegas, los muchos personajes folklóricos dotados de cuerna, la copa de Hagia Triada y la insistente hazaña de Hércules con los rebaños de Gerión? («en el sur de Iberia, en tierras ahora gaditanas, existía en la antigüedad una ganadería de reses gordas, lucidas, capaces de despertar la atención de los poetas [...] para tejer un hermoso mito que los antiguos dieron por cierto [...] Las hazañas de Hércules figuran muy bien dibujadas en un mosaico romano descubierto en Liria»).[57]

Y, por añadidura, las monedas: la sevillana de Orippo, los erales monstruosos de las de Arce y Gadir, los bóvidos engallados de la ceca saguntina, el añojo de Ampurias al que un Pegaso sujeta por la cola, los novillos también de Ampurias que doblan los brazuelos en actitud de embestir... Quien acuñó tales peluconas conocía muy bien esa característica arrancada del toro ibérico que hace posible su lidia. Porque cornúpetas hay en otras monedas del Mediterráneo (las de Siracusa, Massilia y Posidonia, por ejemplo), pero son siempre bichos parados. Muchos pueblos adoraban a este padre animal y primordial, pero sólo los iberos lo torearon. Y, después del primer éxodo, siguieron toreándolo en las colinas requemadas de Creta.

El arte rupestre de Valonsadero, que suele fecharse entre el cuarto y el primer milenio a. de C., ilustra la tauromaquia prehistórica: un hombre aguanta de poder a poder la embestida del monstruo agarrándole de los cuernos con una mano y embarcándolo con la otra en el engaño de una especie de muleta.[58] El Valonsadero soriano es la verdadera cabeza de Extremadura y uno de esos raros circos naturales donde el paisaje y la emoción histórica demarcan un territorio de belleza casi absoluta.

A su derecha queda Numancia, donde apareció un cántaro decorado con absurdos toros (*mandalas* en el costillar, cola arqueada, jeta bífida y mayúscula cornamenta) sobre un fondo de espirales, cruces, emblemas del sol y símbolos masónicos. Y a su izquierda, donde Soria se hace caracense, Termancia. Allí, en el sanctasanctórum de la España antigua, existe aún la primera plaza de toros de la historia roturada: un graderío de roca viva frente a un albero circular que lentamente vomita en serones de arqueólogo los residuos de un cruento ritual taurino. Ya entonces, muchos siglos antes de que los romanos emprendieran su infausta tarea de secularización, los toros españoles morían en olor de multitud. Es necesario asesinar a los dioses (y a los reyes) para que los hombres puedan vivir: por algo curetes y termestinos serán luego fervorosos cristianos.

Y si Termancia suministra un modelo arquitectónico para el espectáculo de la posteridad, Clunia —enclave burgalés— ofrece la primera imagen de un torero en el sentido que hoy se le da a la palabra. El 28 de julio de 1774, mientras se extraían piedras de la antigua muralla para reparar la iglesia parroquial del cercano pueblo de Peñalba, apareció entre ellas una lápida con el relieve de un valiente, armado de rodela y chuzo (o de montera y estoque), que arrostraba la hora de la verdad entre los pitones de un marrajo. El arte rupestre también había pintado españoles ante los cuernos de un toro, pero esquivándolos y sin citar de frente. La lápida se hizo humo (aunque nos queda el dibujo incluido por José Loperráez Corbalán en su *Descripción histórica del obispado de Osma*). Erro y Aspiroz cuenta el descalabro: «En el año de 1804 escribí a un amigo para que me enviase una copia exacta de este antiguo fragmento y tuve el desconsuelo de saber que el cura de uno de aquellos pueblos inmediatos, en cuya casa se depositó (...) lo había colocado en el transfuego de su cocina, donde (...) se había desconchado la piedra sin que apenas le quedase figura.»[59] Normal. En Termancia vi hace muy poco cómo su regidor, un termestino que compone coplas de cordel y diseca zarigüeyas, le arreaba dos cantazos al estuco de una cámara romana para que algunos trozos se vinieran abajo y los señores turistas pudiéramos observar de cerca la decoración. Volviendo a la estela de Clunia, había en su base una inscripción que parece vasca y a la que se han dado diferentes interpretaciones. Una de ellas la deletrea *ni beyarnari,* que significa *torero* o *lidiador de toros.* En el mismo sitio apareció también una moneda con un absurdo animal de cuerno prolongado por una cabeza de jabalí en el abdomen. Toros, toros de pitón a rabo de la Península. ¿Más o menos que en Creta? Más, sin duda, pero a falta de un Evans capaz de reconstruir al pastel el palacio del Minotauro y de reclamizarlo en el ágora de las academias con raro talento de ejecutivo. Además, el hecho de que aquí existan *aún* corridas convierte el asunto en tema de actualidad, arrebatándolo a la investigación y abandonándolo en el bebedero de los técnicos turísticos, empresarios rumbosos y covachuelistas del Ministerio de Gobernación. Los prehistoriadores y arqueólogos, con razonamiento mecánico (aunque explicable) e infantil (aunque arbitrario), suponen: si el asunto dura es que debe de ser reciente. Pero hay verdades eternas.

¿Dónde se dio la primera tanda de naturales? Egipto, Creta, España... Según algunos, los egipcios trajeron dos o tres mil años antes de Cristo un culto que motivó la labra de los verracos de Guisando.[60] Según otros, ciertas ramificaciones del mito taurino-ctónico-solar de Alaka Hüyük y los Balcanes pudieron llegar a España al mismo tiempo que el megalitismo.[61] Tabanera, sin negar los vínculos cretenses, atribuye a cultos heliolátricos los tauricidios del neolítico peninsular: con la sangre derramada se pretendía devolver los colores y los arrestos al sol, tantas veces quebrantado por el crepúsculo y las nubes.[62] Roso de Luna, disparatando (y me duele decirlo), relaciona el sacrificio de la Vaca y la Ternera con el odio que los semitas profesaban a las religiones arias, en las cuales dichos animales eran y son sagrados.[63] Teoría absurda, porque la tauromaquia surge precisamente al conferir carácter sacro a un tótem que no se inmola por vesania, sino para que los oficiantes adquieran su energía vital (como más tarde demostrarán los taurobolios mitríacos). Roso de Luna cree que las ceremonias descritas en la Biblia (*Éxodo* y *Números*) son los ejemplos más antiguos de holocaustos bovinos, y de ahí su error. Además, ¿cómo se explica el teósofo de Logrosán que el degüello de toros vaya generalmente acompañado de esvásticas, símbolo ario por excelencia?

Álvarez de Miranda, ante la similitud de los ritos taurinos griegos e ibéricos, propone para explicar su origen un estrato común de creencias mágico-religiosas en el Mediterráneo preindoeuropeo. «El mundo grecorromano —dice— conservó el recuerdo de ese estrato y de esa mentalidad en dos altas palabras, en dos solemnes nombres: Europa, la mujer poseída por un dios-toro; Italia, el país de los jóvenes toros. Pues bien, el mundo ibérico ha conservado también el mismo recuerdo, pero no con palabras, no en la zona del verbo, sino —una vez más— en el seno tenaz de su tierra y de sus hombres.»[64] Lo cual no le impide reconocer que «la infraestructura cultural de nuestra península está mucho menos vinculada con el mundo clásico de cuanto ha solido aparecer a los estudiosos antiguos y modernos, demasiado dóciles al prejuicio humanístico de ver en el mundo clásico el precedente o el modelo necesario de realidades históricas que con el mundo clásico han tenido poco o nada que ver».[65]

Una observación (o recordatorio) inevitable: Júpiter —dice el mito— se transformó en toro, raptó a Europa y la llevó *a través de los mares hasta el más lejano occidente.*[66]

Volviendo a España, o siguiendo en ella, parece ser que la cosa quedó entre iberos. A los celtas les faltaba afición. Incluso ahora, Galicia es tierra de nadie para quienes viven o gustan del toro: sólo una plaza estable (en Pontevedra) y otra, portátil, en la Noya de Noé. Donde clamorosamente se mezcla desde los más remotos milenios la ovación y el mugido es a partir de Bilbao, por el norte, y de la línea del Duero, hacia el sur. Álvarez de Miranda dibuja un mapa muy preciso y dice que el fenómeno táurico abarca sobre todo la zona central y occidental de la Península, con focos de especial intensidad en el Moncayo (Soria y parte de Cuenca), Gredos y el sistema oretano (Ávila, Toledo y Cáceres), y las montañas leonesas.[67]

Aquí viene a cuento recordar lo que a propósito de iberos recordara Polibio: que los mercenarios españoles contratados por Aníbal quebraron en las gargantas de Falerno la entereza del enemigo azuzando contra sus filas más de dos mil toros con hachones en las astas. Otro tanto dice Diodoro que urdieron —esta vez frente a Amílcar Barca— en la desastrosa refriega de Heliké.

Iberos, pues: andanada del ocho y epígonos de atlantes. Ya Platón, en el *Timeo,* alude a la costumbre española de acosar toros como a algo heredado de la liturgia poseidónica. Teseo, después de vencer al Minotauro, enseñó a siete jóvenes y siete doncellas una danza cuyos movimientos simulaban las vueltas y revueltas del galimatías recorrido por el héroe. A Álvarez de Miranda este baile le recuerda los gestos de los nadadores que trazan molinetes en el agua.[68] Siret veía en el folklore cretense una tentativa de reproducir el esquema del laberinto. Es curioso que en las aldeas portuguesas aún se practique el salto mortal sobre los cuernos de un bóvido. ¿Responde la forma de los ruedos y su enigmática distribución en medios, tercios, tablas, callejón y tendidos a la distribución y forma del antro del Minotauro? ¿No es la sucesión de círculos concéntricos característica de todos los escenarios iniciáticos y no se reduce la iniciación, como ya hemos visto, a buscar y alcanzar el *centro*? Ahí, referido al redondel, es donde los grandes matadores realizan sus faenas; ahí es donde la danza táurica concilia definitivamente el riesgo con el donaire, la dignidad con el dominio. Los aficionados de solera dicen que sólo manda en el toro quien consigue burlarlo con las zapatillas plantadas en la boca de riego. ¿Y no se parecen los asientos de la plaza a ciertos laberintos dibujados en el tablero de la oca, que es de raigambre ocultista y emparentado con el *tarot*? Cuando de niño me llevaban a alguna corrida, veía los graderíos como celdillas de colmena. No es imagen ociosa, porque ésta fue también dédalo iniciático con un centro ocupado por la abeja reina, sin la cual no hay producción de miel, y porque en la fábula de Habidis zumban enjambres de esos insectos.

¿Hubo, entonces, no sólo adoración u holocausto del toro en Tartessos, sino verdaderas corridas tal como hoy las presenciamos y entendemos? Resulta difícil moverse con un mínimo de rigor por este terreno de libres asociaciones. La imaginación se desboca y una Andalucía de talante folklórico muy parecido al actual cobra perfiles desde la penumbra de los milenios oscuros. Hasta nos llegan unas palmas de *tablao*. No es delirio del que suscribe, sino fascinante hipótesis de un severo científico alemán: «creemos haber dado con la solución del problema relativo al nombre y origen del cante flamenco mediante la definición de la postura mística de este cantar melismático ejecutado con voz de cabeza (...) Más tarde veremos que el ámbito melódico propio del flamenco (la séptima mi-re) corresponde a la relación entre el valle y el lago de la montaña. Esta manera de cantar, tan conocida en la Península Ibérica, se basa seguramente en los ritos pluviales de la cultura megalítica. Conviene observar que la posición característica del flamenco es la de permanecer cerca del agua sosteniéndose con un solo pie.

En la China antigua se ejecutaban sobre una pierna los bailes propiciatorios de lluvia y consideraban pregoneras de ésta a todas las aves que se mantenían en equilibrio escondiendo una pata».[69]

No me importan los pájaros zancudos ni las precipitaciones atmosféricas... Sí, en cambio, la posibilidad de que el folklore andaluz sea tan anterior a la historia. Sabemos, por otra parte, que nuestra canción popular melismática no hunde sus raíces en la música supuestamente árabe, a pesar de lo que muchos creen. Y ello por dos razones: porque esos aires vienen de Persia y porque allí como aquí son preislámicos y patrimonio de todas las razas mediterráneas.[70] O mejor: de esa única raza mediterránea que alguna vez llegó a la India. Pero ni se agota ni agotó el tema. Todavía hay tiempo.

Dijimos coplas y toros: no faltarán bailarinas. Son las *puellae gaditanae* que hicieron furor, junto a los rapsodas celto-focenses, en el iluminado *mare nostrum* protohistórico. Y después.

Las mencionan varios textos del siglo VII a. de C., pero esta fecha sabe a escasa antigüedad. Costa dice que alborotaban las campiñas de la Bética con sus corros, al menos desde los fastos tartesios. Anacreonte las conoció en los puertos jónicos y compuso varias odas para ellas. Más tarde aparecieron en Roma «como si fueran una institución nacional y su ministerio datara de siglos».[71] Posidonio, en un texto rescatado por Estrabón, asegura que el navegante Eúdoxos se llevó de Cádiz a una gavilla de jóvenes cantoras rumbo al litoral atlántico de África (quizá para enredar con su talento o su lujuria a los caciques de las tribus negras).[72] Ricard Ford recuerda que un amigo de Plinio renunció en cierta ocasión a su cena de olivas y gazpacho para correr tras las faldas de una de estas flamenconas.[73] Marcial describe a otra en los siguientes términos: «su muelle y ondulado cuerpo se presta a tan dulce estremecimiento y a tan provocativas actitudes que haría desvanecerse al propio Hipólito si la viera». Y también, dirigiéndose a Toranius con motivo de un convite: «el dueño de la casa no te leerá ningún manuscrito grasiento ni bailarinas de la licenciosa Cádiz mostrarán ante ti sus atractivas caderas exhibiéndose en posturas tan libres como excitantes».[74] Juvenal, por los mismos años, se dirigía a un amigo —tras haberlo invitado a comer— curándose en discutible salud: «quizá esperes que alguna gaditana venga a provocarnos con sus lascivas canciones (...) pero mi humilde caso no tolera ni presume de semejantes frivolidades».[75] Y hasta don Manuel Gómez Moreno, en *La novela de España,* inventa una epístola donde, de romano a romano y entre otras cosas, se dice lo siguiente: «nuestras virtudes propias sufren tal choque en Turdetania con la molicie, holgazanería y vicios a que arrastra tan regalado país, que parece cosa de hechizo y no hay medio de resistirlo. Romano que allí cae, romano perdido, y no le hables ya de república ni de leyes; que con una naranja, una taza de vino blanco y una muchacha da por clavada la rueda de la fortuna».[76]

Hubo en Cádiz, al parecer, una academia de juglaresas —como ahora las hay de baile español— cuyas coplas se hacían rápidamente populares en todos los rincones del Imperio. Y con muy buen acuerdo, pues el pelmazo de Juvenal dice de ellas que «a veces no se atrevían a cantarlas ni las desnudas meretrices».[77] Posteriormente se montó una sucursal nada menos que en el Nilo, estableciendo así un enésimo paralelo entre ese río y el Guadalquivir, cursos de agua que parecen abrevar en las mismas fuentes o correr hacia los mismos mares.

Lo de las *puellae* gaditanas no es sino el albor de otro fenómeno que se convertirá en constante histórica y arquetípico talento de los españoles. Acostumbrados a oír —y a detestar— jacarandosas coplas agitanadas desde nuestra más tierna infancia, no entendemos el éxito que esos jipíos invariablemente cosechan al otro lado de la frontera. Lo tienen, sin embargo, y siguen teniéndolo no sólo de cara al pueblo, lo que podría pasar, sino también entre los muñecos de la *jet-society*. Eso sí que nos rebasa y confunde. Por lo demás, cortesanas españolas algo achuchadas y un poquitín jamonas animan todavía las noches del trueno del Mediterráneo y hasta del Atlántico afrocubano. Las he visto en Nápoles, en El Pireo, en Belgrado, en Estambul, en Alejandría, en Túnez, en Orán, en Dakar, en Abidján, en Cotonú... Son casi siempre andaluzas o, a lo más, valencianas. Alegres con un toque amargo, muy vacunadas en los remos, morenas naturales o rubias desteñidas, cristianas, talludas, atanagradas de abdomen y depositarias de una ética francamente familiar, sorprende encontrarlas en lugares tan exóticos y tan poco cosmopolitas, pues no hay en ellos, ni junto a ellas, más lumias que las locales. Si es verdad que España exporta monjas de Madrid hacia arriba, no menos cierto es que despacha rameruelas de su cintura para abajo. Siempre tuvimos reservas espirituales que ofrecer al mundo. Y hubo un período feliz —lo evoca Estrabón— en que nuestros compatriotas fundían las noches de plenilunio brincando frente al porche de sus casas (aún hoy lo hacen los vecinos del partido judicial y gallego de Viana del Bollo).[78] El país se consumía en una zambra inagotable. Faltaba vino, pero el que había era de ley y los mozos lo trasegaban mordisqueando adormideras, entre flautas, clarines y saltos rematados por una genuflexión, como en las zardas rusas. En Bastenia, en el sudeste de la Península, las mujeres se mezclaban a los hombres durante estas fantásticas ceremonias y juntos trenzaban al alimón la pausada circunferencia de los bailes redondos o sardanas. Ritos que no han dejado de celebrarse en las plazas de Cataluña, donde hembras y varones se dan la mano para componer las posturas eternizadas en la cerámica ibera de San Miguel de Liria. La sardana es homenaje prehistórico rendido al sol en veinticuatro compases —ocho cortos y dieciséis largos— que tañen las horas nocturnas y diurnas. Ahí arranca, o en eso se resuelve, la probada vocación dionisíaca de la *pell brau*. Las doncellas de la Bética pudieron empezar por ser vestales de los templos emplazados en los cabos hasta que la *orgía* de los orígenes perdió poco a poco su carácter sacro para adquirir rasgos más seculares y cuarteleros. Entre prostituirse a mayor gloria de Dios y ganarse la vida por los cantones media un buen paso, paradigmático del que a otra escala y por los mismos siglos ha ido desgastando la trama del vivir humano.

Vestían las saltatrices gaditanas —dice Bonilla— «esas faldas de volantes que también vemos en los dibujos de las sacerdotisas de Creta».[79] Con lo que se añade otro sillar al latebroso puente tendido de extremo a extremo del Mediterráneo y se brinda un punto de apoyo a la identificación entre curetes y *kereti* propuesta por Laza, que no sólo resulta cada vez más verosímil, sino que contribuye decisivamente a resolver enigmas sin ella irresolubles. Los túmulos funerarios de Grecia, Asia Menor, Galicia y el sudoeste de la Península miran hacia oriente, patentizando un culto solar que concuerda con las viejas tradiciones atlantes y osiríacas. Son las *mámoas* gallegas y las *motillas* luso-andaluzas. Las tumbas de cúpula (cuyo prototipo es la Tesorería de Atreo en Micenas) existen sólo en los dos extremos del Mediterráneo: la cueva del Romeral, situada cerca del famoso dolmen de Menga, suministra el mejor ejemplo español. El ídolo de esteatita tallada de Tijola (Almería) es similar a los desenterrados por Schliemann en Hissarlik. Los monumentos gallegos de Briteiros responden a la misma inspiración que con mayor esplendidez fraguó en Micenas. Centenares de laberintos, más o menos equivalentes al de la moneda de Knossos, adornan los roquedales de Pontevedra y Orense. Pero no empujaré estas páginas a catálogo de paralelismos. En general, como Menéndez y Pelayo apuntó cuando aún quedaba mucho por descubrir, los cultos neolíticos españoles llevaban el germen de lo que más tarde, y de forma menos primitiva, granaría en el Egeo sometido al fecundo calor de los mitos.[80] Siret, abrumado por tanta coincidencia y muy a su pesar, se vio obligado a admitir relaciones entre Grecia, Italia y la Península anteriores en bastante más de dos siglos a la destrucción de Troya. No es casualidad que este nombre salga otra vez a relucir. Según Asclepíades Minleano, al que cito por boca de Menéndez y Pelayo, «todos los héroes del cielo épico que sobrevivieron a la destrucción de Troya han dejado vestigios en España».[81] Ya hicimos mención de ello.[82] Nace entonces la incomparable saga de los *nostoi* o viajes de retorno emprendidos por los capitanes que cantara Homero. Ulises, Diomedes, Anfíloco, Menelao, Antenor, Menesteo, Tlepólemo y Teukros ocupan un lugar más o menos airoso en las leyendas peninsulares. No narraré sus peripecias. Nadie ignora, por ejemplo, que Cádiz fue antiguamente la ciudad de Menesteo y que en la punta de su bahía moraba un oráculo puesto bajo la advocación del héroe.

Pero sí tengo que hablar, sobre mojado, de una cofradía de fantasmas plantada en el *aleph* de Galicia, León y Asturias. Hay que remontarse a Memmón, semidiós que traía tropas frescas de Oriente para ayudar a los troyanos, y que rindió el alma ante el implacable Aquiles. Antonio de Nebrija cuenta que Astyr (o Astur), su auriga, vino a España tras la muerte de su señor y en ella fundó la muy noble ciudad de Astorga (aunque igual mérito, como vimos, se atribuye a Habidis). El *Epítome de las historias portuguesas,* de Manuel Farias de Sousa, asigna progenie helénica al topónimo, compuesto —si tan improbable etimología se aceptara— de *astu* (ciudad) y *orgia* (ceremonias sagradas). Tendríamos así nuestro Benarés o Keiruán, un enclave santo de esos que tanto abundan entre los pueblos orientales, especialmente en el ámbito del hinduismo. Lo curioso es que Roso de Luna se ponga a hablar de una invasión aria, anterior nada menos que al diluvio, organizada por indo-escitas y parsis que se instalaron en el Bierzo, precisamente en las cercanías de la futura Astorga.[83] ¿Gentes braquicéfalas, rubias y de fe solar en el escenario del primitivo monacato leonés? Pero la curiosidad se convierte en asombro al descubrir, con el aval de un prestigioso historiador, que las tradiciones relativas a la fundación de Villafranca del Bierzo son idénticas a las que con el mismo motivo circulan sobre Troya.[84] Ilos, hijo de Tros y padre de Laomedonte, se adjudicó la victoria en una competición atlética organizada por el rey de Frigia y recibió, como premio, una vaca overa. El oráculo le ordenó que fuera en pos de ella y levantase una ciudad en el lugar donde el animal se echara. Así empezó Troya y también, como veremos al hablar de los Templarios, Villafranca del Bierzo o acaso la misma Astorga. Hay en todo esto resonancias de un antiguo sustrato mitológico. Otras vacas o toros conducen a otros pueblos hacia su destino: italiotas y samnitas no son los únicos. El Bierzo ha alumbrado muchas aventuras místicas y heterodoxas. Es lugar de milagros y sociedades secretas, inseparable de la Vía Láctea, el Grial, los caballeros gnósticos y los monjes que entre el siglo VIII y el XI de nuesta era asumieron el relevo del ascetismo troglodita. Luego vendría Cluny y la fe se perdió, o hubo que conservarla en catacumbas. Queda mucho por decir sobre San Fructuoso y su Tebaida. Cosas que, por supuesto, sería inútil buscar en los ingenuos manuales hagiográficos consagrados al tema. Estuve en el Bierzo a finales del setenta y dos. Había salido de Astorga muy de mañana para visitar el monasterio de Carracedo, construido con piedras de una ciudadela celta y, en consecuencia, adornado por símbolos «masónicos y egipcios» (son palabras del párroco que a regañadientes me hizo los honores. Y luego masculló: «no se sabe *nada* de lo que pudo pasar aquí antes del siglo IX». El subrayado es del párroco). Diciembre leonés: uno se pelaba de frío. Media hora más tarde llegué a Villafranca entre sol, aire tibio y luz difusa. Donde hubo, sobra. El Bierzo sigue componiendo una geografía mágica, acerada por una benevolencia ecológica que carece de sentido en el contexto de la tundra siberiana que la rodea. Sí, tierra de dioses. Los santos saben elegir.

Y con ello no acaban las coincidencias. Cadmos, heredero del reino de Fenicia, se echó a los mares para encontrar a su hermana Europa, repentinamente desaparecida. Llegó a Grecia y el oráculo de Delfos, una vez más, le aconsejó que buscara una vaca y la siguiese. Así lo hizo y terminó en Tebas (otro campamento de ermitaños). Erro y Aspiroz sospecha que el libanés pudo llegar a España y no cree que, una vez en ella, «su talento cultivado perdiese ocasión de informarse de las cosas de nuestro país».[85] ¿Vino solo o siguiendo a la vaca? Parece probable lo segundo. El caso es que terminó en Astorga y allí aprendió «un alfabeto nuevo, desconocido hasta entonces y mucho más arreglado que el suyo al sistema de la naturaleza». Erro es un decidido paladín del vascuence y, como Humboldt y otros grandes intuitivos, sostiene que toda España habló el euskera en algún momento de su historia. Ya aludimos a ello. Y también al enigma de que esa lengua nazca de una vez, en bloque no caduco ni perfectible, como *directamente emanado del orden natural.* Abreviando: Cadmos —dice la leyenda— recogió en el Bierzo un método para transcribir fonéticamente la realidad, se trasladó a Grecia por decisión de los iniciados de Delfos, fundó Tebas y desde allí entregó a la Hélade un nuevo sistema de escritura. ¿Disparates? Tal vez no. En Galicia, y sobre todo en la zona portuguesa de Alvao, han aparecido tejas de barro con letras idénticas a las que formaban el primer alfabeto de los fenicios, que llegaron al Atlántico —ahí el busilis— mucho después de la fecha asignada por los arqueólogos a las piezas en cuestión.[86]» Erro arguye además que las letras griegas arcaicas son iguales a las celtíberas en forma y número. Y dice que Herodoto, Diodoro Sículo y Plinio se confundieron al suponer que el fenicio Cadmos había traído quince siglos antes de Cristo el alfabeto de su país y no de aquel al que sus correrías y el favor de los vientos (o el designio de los dioses) le habían conducido. Sin inferencias. Me limito a consignar este hilo subterráneo que a través de un polígrafo del siglo XIX, un teósofo del XX, un francés majara y un historiador en ejercicio borda un origen común para Astorga, Troya y Tebas, con la venia de un toro en puntas y de un faraón de curetes. Si ya entonces agarrochaban novillos, rasgueaban peteneras y taconeaban con revuelo de volantes, ¿qué nos queda de nuevo bajo el sol?

El simbolismo de las abejas, animal de Artemisa, también proviene de Creta (o nos fue devuelto desde allí) y marcará jalones importantes en el Camino jacobeo y en todo el norte de España. Es otro de los rastros dejados por los andaluces de Habidis. Los órficos convirtieron esos insectos en alegoría del saber y, sobre todo, de las almas (que se desprenden de la unidad divina como las abejas que salen en enjambre de la colmena y va cada una a su flor). Dicen que su meliflua laboriosidad levantó el segundo templo de Delfos. Los griegos las vincularon a Zeus no por virtud de jefatura, sino de fecundidad, y las pintaron en los vasos fúnebres como símbolo del espíritu que abandona el cuerpo. Virgilio les dedicó su última obra (y muchos siglos después el belga Maeterlinck imitó el ejemplo). Otros autores clásicos afirmaron que son almas preparadas para los niños que van a nacer. Un axioma ocultista dice: *las abejas nacen a los bueyes*. Cirlot le da explicación astrológica, por la relación entre Tauro y Cáncer, e iniciática, por ser el buey signo de sacrificio: sin éste, no hay conocimiento. Ni renacimiento: la abeja es también metáfora del cambio de personalidad acarreado por la iniciación. O simplemente, como quieren los hindúes, del yo superior y del fuego, que son entidades análogas. Analogía, en realidad, casi automática: la miel y el adepto nacen tras un misterioso ritual. Los gallegos creen que a la luz de la luna pueden verse las almas bajando de los montes con apariencia de enjambre. También moscardearon himenópteros en los viajes de Borondón. Y hay otros colmeneos de Galicia: un refrán *(quien mata a una abeja tendrá siete años de dolor)* y una danza (la del *abellón*: los comparsas, cogidos de la mano, giran alrededor de un féretro emitiendo una especie de zumbido. Muere en el año quien deja de runflar antes de que termine el baile). También una fábula leonesa: a San Isidoro lo olvidaron de niño en un olivar y su padre lo encontró varios días más tarde con abejas que le entraban y salían de la boca (a Zeus lo alimentaron con miel del Monte Ida). Tradiciones del Camino: las abejas y las hormigas son almas que viajan a Compostela (a San Andrés de Teixido van en cambio reptiles y sabandijas, o sea, difuntos que no peregrinaron de vivos. Ningún gallego de pro pisaría una lagartija en las proximidades del templo). Hay abejas en la tumba de San Juan de Ortega, deidad jacobita, asceta, ingeniero y constructor —como Santo Domingo de la Calzada— de puentes y veredas. En el País Vasco, las abejas son miembros de la familia y no sólo se enlutan las colmenas cuando muere el dueño de la casa, sino que en algunos villorrios se comunica oficialmente a los enjambres el fallecimiento de los deudos y allegados. Lo creen de buena lógica y elemental cortesía, puesto que los panales suministran la cera necesaria para iluminar la tumba (y la ultratumba). En resumen: griegos y españoles consideran a la abeja emblema de postrimerías. Y parece inevitable que terminen todas en Galicia, tierra de los muertos por unanimidad.

Pero el gran elemento aglutinador de la cultura neolítica, atlante y postdiluvial es, como sabemos, la piedra bajo todas sus formas: entendida como tótem y materia prima, como símbolo de eternidad, como *bottega d'arte,* como vivienda y sepultura, como medio de información, como museo, como objeto y lugar de culto, como fármaco, quizá como instrumento de ciencia. Se trata del más antiguo y desparramado *leitmotiv* del saber iniciático, anterior incluso a las esvásticas y laberintos (con los que guarda una estrecha relación). Los hombres, desde que tienen memoria de sí mismos, vieron en la piedra algo ajeno a la biología, y por lo tanto a la decrepitud y a la muerte, y opuesto al polvo, es decir, a la disgregación y el fracaso. Símbolo, pues, de inmortalidad y de unidad, «primera solidificación del ritmo creador, escultura del movimiento esencial, mística petrificada de la creación».[87] Los volcanes escribían la historia del Génesis ante los ojos atónitos de nuestros antepasados: por sus cráteres, y contra las nubes, el aire se transformaba en fuego, éste en un líquido abrasador y de él surgía la piedra. Como si el centro les devolviese —rumiado, masticado y digerido— el *soma,* la sustancia Una. Y los pueblos primitivos adoraron forzosamente a esos volcanes que trituraban en su andorga los cuatro elementos y convertían esta papilla en *apeiron* o infinito. La alquimia fue, ciertamente, imitación humana de lo que la tierra componía en sus ocultos laboratorios ígneos; y el fuego central, el primer horno de atanor; y craza la caldera volcánica; y la lava, escargiro; y el basalto, piedra filosofal; y la erupción, crisopeya...

Para explicar el origen de la vida se recurrió a los meteoritos, si bien la ciencia occidental —por increíble que resulte— no aceptó la existencia de tales objetos hasta que Newton y otras luminarias del siglo XVIII los vieron caer con sus propios ojos. La *Kaaba* y la *Piedra Negra* de Pessinonte (imagen de la *Magna Mater* frigia que los romanos llevaron a la metrópoli durante la tercera guerra púnica) generaron enteros ciclos religiosos. Los maestros del brahmanismo siguen materializando cuerpos astrales y entregándolos a sus discípulos para estar en constante comunicación mística con ellos. Cristo, el gran iniciado de Israel, utilizó este símbolo hermético para transmitir a Pedro sus poderes. San Pablo lo esgrimió contra los corintios: «no ignoréis que todos nuestros padres (...) bebieron de la roca espiritual que los seguía».[88] Lo gracioso (aunque no mucho) es que Europa, al cumplir la Edad de la Razón, quemó en nombre de esos mismos padres a quienes pretendían beber en idéntica piedra filosofal. Pero no importa. Antes de que Occidente se hiciera ateo, los *betylos* o piedras santas habían sido venerados durante milenios con el salvoconducto de la Biblia. Ya en el *Génesis*,[89] Jacob atardece por un canchal, se acuesta con la cabeza sobre un pedrusco y sueña la escala de los cielos y todo su largo y preclaro linaje. Al despertar, estremecido, yergue la dura almohada y derrama aceite sobre ella bautizándola con el nombre de *beith-il* (morada o residencia de Dios). Los ingleses tienen la osadía de afirmar que su famosa *piedra de Scone* o de la Coronación es la misma que sostuvo la cabeza de Jacob (de lo cual se infiere que los reyes de Buckingham reciben su investidura según los fueros del más encallecido paganismo), pero la discusión no merece la pena. Lo importante es que a partir del sueño de un patriarca nazca el *betilo,* el *Grial,* el *ónfalo.* En Delfos hubo uno —ovoide, blanco, de cuarenta centímetros de altura, envuelto en cintas de lana y custodiado por dos águilas— al que los griegos, por boca de Píndaro y Pausanias, llamaron ombligo del mundo y centro de la tierra. Estas dos hipérboles desvelan la posición de tales objetos en la taracea engañosa del hermetismo: nos encontramos una vez más ante el punto focal donde entran en contacto los muertos, los hombres y los dioses. Plantar un ónfalo equivale a convertir su entorno en vórtice del universo. Y es evidente que este juego arranca del megalitismo. La mentalidad neolítica y la cosmogonía por ella generada ordenan la realidad en forma de círculos concéntricos unidos radialmente: se trata de una especie de truco para mantener cierta coherencia mística entre los dispares elementos que componen la creación (un truco o la visión inevitable de quien conserva la inocencia). Schneider lo explica muy bien: todo —«instrumentos de música, de culto o de trabajo; animales, dioses y astros; estaciones, puntos cardinales y símbolos tangibles; ritos, colores y oficios; partes del cuerpo humano o períodos de la vida»—[90] se estructura con arreglo a una liturgia común (por eso decía Platón que no cabe modificar el sentido de la música de un pueblo sin que al mismo tiempo se transformen las costumbres y las instituciones del Estado).[91]

La teoría de Schneider puede resumirse así: cada uno de los citados grupos morfológicos constituye una demarcación propia (circular y concéntrica) en cuyo interior todo objeto aislado guarda relaciones analógicas de carácter místico con otros objetos de otras demarcaciones. Desde una perspectiva epistemológica —la del *hombre que conoce*— el resultado es algo así como un éxtasis permanente estructurado por los radios que convergen en el sujeto. Esto, que parece confuso siendo en realidad muy sencillo, explica por ejemplo la correspondencia entre el cante jondo y los ritos de lluvia. Y el simbolismo del *mandala.* Se trata, en definitiva, de añadirle una dimensión a lo tangible, de utilizar ese famoso *tercer ojo* o visión pineal de las religiones mistéricas. Al europeo del siglo XX, acostumbrado a clasificar el cosmos en compartimentos estancos linealmente distribuidos (y relacionados sólo con dos elementos contiguos, de uno en uno, sin percibir nunca instantánea y cegadoramente el conjunto), esta manera de ver y de mirar se les hace cuesta arriba. Pero los niños, los esquizofrénicos, los místicos, los adictos al *cannabis* o al LSD y, hasta cierto punto, los orientales ven y miran (y piensan) así. También el hombre prehistórico, a juzgar por las manifestaciones que de él nos han llegado, vivía en idéntica embriaguez de totalidad. Pues bien: la yema de ese universo omnipresente se señala desde el principio con una piedra vertical, *betilo, ónfalo,* columna, pirámide o *menhir.*

Quien deje volar la fantasía —¿por qué no, ya que está para eso?— podrá pensar que los monumentos megalíticos eran o querían ser cachivaches científicos de mayor o menor precisión. Madame Blavatsky, haciendo por desentrañar el misterio de las *piedras oscilantes* esparcidas por toda la superficie del planeta, las imagina hitos de un rudimentario sistema de transmisiones o base de ondas hertzianas que imprimirían bamboleos cortos y largos a los monolitos.[92] Según Creuzer, algunas de esas peladillas son sensibles a la sola acción del pensamiento.[93] Charton, atendiendo a la composición geológica, sospecha que varios ejemplares irlandeses fueron acarreados desde África. Idénticos problemas plantean las *Dracontiae* o

Rocas del Destino, inicialmente consagradas a la Luna y a la Serpiente, y destruidas luego por el salvajismo de los prelados medievales. Bastantes investigadores han intentado descifrar las esquivas cazoletas *ógmicas* como si fueran *puntos* y *rayas* de significación análoga a la del alfabeto Morse. Charpentier ve en los *menhires* instrumentos de acupuntura terrestre para regular las cosechas y el movimiento de las aguas: una especie de tablero de mandos conectados con marcas, inundaciones y estiajes. Volvemos así a la hipótesis de un pueblo constructor de diques y esclusas, que acaso determinó su propia extinción al manejar equivocadamente el juguete tecnológico que los científicos de turno le confiaron. En el monte Saint-Michel, donde terminaba una de las tres grandes rutas de peregrinación iniciática de la Europa precristiana (las otras llevaban a Compostela y Stonehenge), siguen produciéndose extraños fenómenos de pleamar y bajamar a los que desde siempre se han atribuido efectos e intenciones místicas. ¿Serían artificiales los aluviones del Nilo que hicieron posible la supervivencia en pleno desierto de quienes con más ahínco tomaron el relevo de la Atlántida? ¿Se implantó en sus orillas un sistema de drenaje desbaratado ahora por la torpe presa de Assuán, factor de enloquecimiento ecológico que a la larga obligará a evacuar el país? ¿Inferirían los arquéologos, dentro de cinco mil años y con un cataclismo por medio, que los canales de Suez y Panamá fueron abiertos a golpes de piqueta? Una ley no escrita, pero tajante, prohíbe al campesino de nuestros días remover las grandes piedras que a menudo le estorban en el cultivo de sus campos. Con ello se perjudica, pero algo indeleblemente grabado en los entresijos de su conciencia lo constriñe a respetar el obstáculo. Hablo, naturalmente, del labriego cabal, no maleado por el tractor, la reforma agraria o los fertilizantes; del labriego que hiende la tierra sin motores, con la sola ayuda de la reja y el músculo; del labriego en Galicia, vamos... Que, por cierto, cree a pie juntillas en la virtud fecundadora de los monolitos y con ellos ataja, si está de Dios, las enfermedades. Hoy, los gallegos siguen señalando los límites de sus fincas con pedruscos o *marcos,* que ya en Grecia (donde se llamaban *hermes*) tenían consideración de objetos numinosos y, por ello, intocables. Y cuando alguien cede a la tentación de *mover os marcos,* sabe que un escatológico tribunal de justicia telúrica lo condenará a volver de muerto con el solo fin de rectificar los límites.[94] Quizá guarde relación esta costumbre con lo que de-

relacionado con la tierra

tectó Baroja en el campo soriano de Santa Bárbara, que se llamaba *de la verdad* por celebrarse en él —y en presencia de un monumento *con forma de pirámide*— los juiciosos juicios de Dios, ahora desdichadamente obsoletos.[95]

Tampoco faltan interpretaciones del megalitismo en clave astronómica. Sabemos ya que Stonehenge fue un laboratorio espacial, así como suena, sin metáfora ni medias tintas. Los recientes estudios practicados con la ayuda de calculadores electrónicos indican que en lo relativo a la observación del firmamento estamos casi donde estábamos. Tabanera da por sentada la afinidad entre ciertos monumentos megalíticos y las posiciones del sol y la luna, admitiendo que algunos yacimientos prehistóricos fueron calendarios concebidos para calcular solsticios, equinoccios, eclipses y lunaciones.[96] En lo tocante a España, ya vimos cómo las *taulas* se construían paralelas al meridiano terrestre. Roso de Luna cree que las cazoletas ógmicas de Extremadura pudieron ser transcripción de las constelaciones: algo así como una esfera armilar donde el mayor o menor grosor de las cavidades correspondería a tosco reflejo de la magnitud de la estrella. Y desemboca el teósofo en la conclusión de que alguna vez merodearon por los campos de su tierra pueblos de linaje caldeo o egipcios capaces de estudiar la bóveda celeste con instrumentos adecuados. ¿Telescopios, ciencia infusa, revelaciones divinas, datos transmitidos, poderes extraños o, simplemente, órganos visuales más agudos que los nuestros? La hipótesis de Roso obliga a suponer una larga evolución desde el simbolismo astronómico hasta el caligráfico, análoga a la que medió entre las estructuras jeroglíficas o cuneiformes y las fonéticas de los idiomas indoeuropeos.[97]

Nadie ha desentrañado aún el misterio de los *ogam,* pero ahí están, ternes, remisos y cargados de una significación cuyo alcance se perfila en la penumbra. A Obermaier, que en 1922 volvió fascinado de una incursión prehistórica por el laberinto de Galicia, le parecieron las cazoletas de marras *obra de profesionales confeccionadas con esmero y, quizá, con instrumentos ad hoc.* Éstos y otros rasgos —añadía— demuestran que no las hicieron pastores o campesinos para matar las horas ni por pasatiempo, sino gentes que conocían el simbolismo de las cavidades y con ellas apuntaban lejos, alto y a dar.[98]

En países tan distantes (y diferentes) como China e Irlanda, una pirámide cuadrangular señalaba el centro de las tierras enfeudadas al mismo castellano. Su vértice reproducía el eje cósmico (capaz de transformarse en falo, estaca de los sacrificios, atalaya o mástil para la navegación) y sus lados indicaban los puntos cardinales. Parecida significación reviste el castillo español, también ciclópeo, cuadrilongo, ubicado en un espacio abierto, escandido por torreones o líneas verticales y sede del principio de autoridad. Pero nuestro *betilo* más famoso es el Pilar de Zaragoza, del que supimos hacer un símbolo nacional. Otro hubo en Compostela, que desapareció cuando las correrías de Almanzor. En general —y a medida que nos desplazamos de la ciudad al campo, del centro a la periferia y del hoy al ayer— un número cada vez mayor de piedras sagradas nos cierra el paso. Algunas son prodigiosamente antiguas y constituyen algo así como los mojones dejados por las bandas de Habidis en sus merodeos peninsulares. Sobre todo en Galicia. Podrían llenarse tantas páginas con los prodigios de la litolatría gallega que fuerza será mencionar algunos.

Cerca de Verín, en la *Baixada* de San José, una gran mole se le antoja bloque arrático al forastero que por allí se aventura. No lo es. Los aurienses ven en ella a un encanto que buscó el río para con éste acercarse al mar, última meta de todos los megalitos.[99]

Y dice Salomón: «Como el que echa una piedra en el montón de Mercurio, así el que da honor al necio... »[100] Pues necios así no faltan al noroeste de León. La ruta de San Andrés de Teixido está jalonada por enormes *amilladoiros* (o *humilladeros*) surgidos por la acumulación de los guijarros que allí arrojan los romeros. Los aldeanos de Pontevedra trazan un círculo lítico en torno al lugar donde ha muerto una persona.[101] Hasta hace algunos años, grupos de segadores bajaban a trabajar en los trigales castellanos por la vereda de las Portillas y, precisamente al llegar al Bierzo, volvían los ojos atrás y tiraban una piedra al pie de la *Cruz do Ferro.*[102]

(Aunque en toda la Península —y, según Murguía, también en Irlanda— hay gentes que no han dejado de rendir homenaje a Mercurio en las encrucijadas de los caminos. Yo vi, en tierras del Urbión y del Moncayo, a labriegos que lo hacían y que a veces rezaban por si bajo el mogote estuvo enterrado un moro.[103]

Pla Cargol oyó hablar de lo mismo, y quizá lo presenció, en la provincia de Gerona.[104] Los guanches de La Palma se congregaban alrededor de un rimero de guijas para bailar, luchar y entonar himnos sagrados.[105] Blanco White menciona la costumbre de levantar cruces a lo largo de los caminos reales en memoria de quienes perecieron a manos de salteadores.[106] ¡Válgame Dios! Leo ahora, junio del setenta y tres, en el periódico, que alguien ha señalado con un pedrusco el lugar exacto donde fue detenido *el Lute*.)

¿Dije *costumbre pagana*? Y cristiana, pues por lo mismo empezaron los adeptos de esa religión a cerrar las tumbas con losas de mármol y a protegerlas con cruces que sólo en época muy tardía llegaron a ser de hierro. Lápidas de los gentiles, estelas árabes, dólmenes neolíticos, hipogeos de sabor a Sáhara... Hoy como entonces, los hombres de fe marcan con una piedra, símbolo de eternidad, el sitio del eterno descanso. En la región del Finisterre —volviendo a Galicia— no hay recodo, gándara, teso o carrascal que no esté santificado por una peña. *Silex religiosa* las llamó Claudiano y *mirificae moles* Cicerón. Por dos veces consecutivas, en el 681 y 682, los concilios de Toledo tuvieron que anatematizar a los *veneratores lapidum*. Y eso que anacoretas y ermitaños llevaban ya siglos agarrados a las morrenas: los primeros monjes son trogloditas; el monacato, una Edad de Piedra. Abajo, en la llanura de las gentes laicas, la trama social aún se tejía con familias: nada más infamante para un gallego que la esterilidad. Y a ese baldón también ponían remedio los dioses del granito. El padre Sarmiento, con un regusto de vanidad regional, admite que sus paisanos creían en la virtud de ciertas lajas para preñar machorras. Dice, por ejemplo, que en el finisterrano monte de San Guillermo había «una cama de piedra en la cual se echaban a dormir marido y mujer que, por estériles, recurrían al santo y a aquella ermita, y allí, delante del santo, engendraban; y por ser tan indecoroso se mandó por Visita [episcopal] quitar aquella gran piedra, pilón o cama, y se acabó el concurso».[107]

(¿Tiene todo esto algo que ver con la antigua conseja de que los menhires son *lingam* o trebejos fálicos en cuyo glande se concentra el poder de los muertos para engendrar seres vivos?)

Y no haya asombro, pues a menudo se celebran tales ritos con la bendición de la Santa Madre Iglesia, que «no pudiendo desde un principio destruir la superstición (...) la tomó bajo su amparo».[108] La pareja sin prole se apareaba a lo bestia, sobre la roca viva y a veces hasta en presencia del párroco. Es lógico que las piedras temblaran. Luego, por mojigatería y quizá para evitar sofocos a los sanguíneos frailes, se atajaron estas saturnales, pero las ermitas de hoy denuncian a las claras la paganía de ayer. Los santuarios gallegos se hicieron con sillares celtas, imaginería gnóstica y cimientos infieles. Ermita puede venir de Hermes. La de Nuestra Señora de la Barca, que es del siglo XVII, tiene mucha nombradía. Extramuros de ella, en una impresionante azagaya de roquedales lamidos por el mar, reposa la *pedra abaladoira* o piedra oscilante más mentada de Galicia (y con razón, pues dicen justos y pecadores que rompe a hablar si quienes intentan menearla no se hicieron antes absolver de sus pecados). Malnacido es el gallego que no la adora. «En la romería de septiembre se baila sobre ella la muñeira y la piedra toma parte en la danza antigua y solar. Acaso fue la barca en que vino hasta esta alta orilla la imagen milagrosa de la Virgen. Es prodigio que se ha visto más de una vez en la mar Atlántica: navegar santos en naves de piedra.»[109] Otro molón, por los mismos parajes, quita el dolor de espaldas o de riñones a quienes con ánimo puro reptan bajo él.

Dice al respecto Marius Schneider: «la estrecha puerta o bóveda bajo la cual han de pasar los pacientes debe de ser expresión del mismo agujero que es forzoso atravesar a rastras para recuperar la salud. Esos agujeros, que se abren al terminar cada período de la vida humana, indican los ritos de paisaje»[110] o renacimiento. Y no hay casualidad, como en seguida veremos, en la profusión y barroquismo con que tales ceremonias se manifiestan en Galicia.

Por los montes de Culleredo, cerca de La Coruña, vi o soñé las Peñas de los Gigantes (a quienes también llaman *de los gentiles*): son colosales riscos encabalgados, a cuya superficie se asoman cavidades unidas entre sí por un sistema de gárgolas. «Allí —escribía Maciñeira— siempre encuentra agua el cazador sediento y las aves errantes apagan su sed.»[111]

¿Y la *pedra formosa* que estuvo en San Esteban de Briteiros y a la que el padre Sarmiento devolvió su primitiva ubicación en el castro de Sabroso? Elías de Tejada distinguió en ella nada menos que el plano topográfico de una ciudad fantasma.[112] Y —sobra decirlo— celta.

Otras hay... Pero Galicia tiene la especialidad, no la exclusiva. En este catálogo atolondrado habrá que señalar, al quiebro, la *dracontia* cacereña de Montánchez y los muchos granitos sagrados de la Cantabria. Descuella, tal vez, el que se ha dado en llamar —no siéndolo— Dolmen del Abra, incomparable escenario de una antigua danza guerrera, pastoril y religiosa, y puerto de recalada —algo más tarde— para la romería que aún se celebra en honor de Nuestra Señora de las Nieves. Arquéologos e historiadores coordinaron ambos detalles con miras a interpretar el mencionado megalito como un símbolo de la vieja paganía».[113]

De los cabos y deidades femeninas a los toros, las abejas y los ónfalos... Sigamos ahora otro rastro: el del hacha, también piedra sagrada (que derivó luego hacia el metal) y depositaria de una significación que alcanzará su máximo retorcimiento y densidad en el contexto de la cultura minoica. Es como la esvástica, emblema solar. Glotz, en su celebérrima obra sobre la civilización egea, se atreve a describir este arma o apero tal y como los antiguos debieron de imaginarla: suspendida en el aire o desprendiéndose del firmamento, por lo que no tardaron en llamarla *piedra del rayo* o *del cielo*. De ambos términos hubo arcaica traducción a las lenguas de Euzkadi y Galicia. Mencionan el asunto los *Anales de Cuauhtitlán,* la *Biblia,* el *Papiro de Ipuwer* y el códice budista del *Visuddhi-Magga.*[114] Pitágoras infundió o percibió en la azada (o *ascia*) del labriego una turbadora significación escatológica (con la que luego pasaría a decorar las tumbas cristianas de Lyon y de otras partes): los dos brazos de este instrumento corresponden a la eterna alternativa entre el bien y el mal, o por lo menos —corroborando al santón de la Magna Grecia— así lo entendieron los místicos españoles de la época áurea.[115] San Isidoro y Solino mencionan una extraña piedra o *ceraunio* que abundaba en las costas de Lusitania y que, por ser insensible a la luz, servía de protección durante las tempestades.[116] Muchos siglos (o quizá milenios) se mantuvo en Europa la creencia de que los rayos eran hachas, cuchillos o puntas de sílex que al caer se enterraban hasta la profundidad de siete estados, iniciando luego una lenta ascensión a la velocidad de un estado por año.[117] En la boca de la cueva de Zabalaitz asomó un hacha de bronce con el filo vuelto hacia arriba, como hoy siguen colocándola los vascos en la puertas de sus casas para desviar la trayectoria de las chispas cuando estalla un temporal.[118] Suetonio alude a cierta tradición de Clunia según la cual una ignota sacerdotisa predijo alguna vez que en España nacería un príncipe capaz de dominar el mundo; y a poco de llegar Galba a la Península corrió el rumor de que en Cantabria se habían encontrado doce segures tras la descarga de un rayo, coincidencia ésta que interpretaron los oráculos como confirmación del vaticinio imperial, pues doce —dijeron— eran las segures llevadas por los líctores ante los cónsules.[119] Schulten, sin salir de Cantabria, atribuye a sus indígenas la costumbre de arrojar hachas a los lagos, y Cossío recoge chismes de comadre sobre el pozón montañés de Peña Sagra, que nadie ha conseguido medir y en cuya sima se elabora el fragor de las galernas. Son, todos ellos, cruces mitológicos más que significativos. Sabemos que el culto a las lagunas pudo ser secuela atlante (y, en cuanto tal, transmitida por los vagabundos de Habidis). El negocio nos lleva a Excalibur, al Santo Grial y a la Tabla Redonda. Es el mito de las armas enterradas que sólo un electo puede arrancar y blandir. El hacha, ungida por el poder de la luz, apunta a lo mismo que el martillo de Thor, las flechas de Júpiter, la Cruz cristiana y las tizonas de los héroes místicos medievales. Sobre todo cuando es *bipenne* o de doble filo, como inicialmente se adoraba en Creta y, luego, en todo el Mediterráneo, Asia Menor y Mesopotamia. En el mar Egeo se la llamó *labrys* y de ella nació el *laberinto*. Fue también símbolo del rayo, «que hiende y derriba los árboles más corpulentos del bosque»,[120] pero no se quedó ahí. Martillos, espadas, cruces y bipennes tienen algo en común: son formas geminadas, bífidas, dobles. Trayectorias diofánicas. Prismas bifocales. Dioses con dos frentes: como los cuernos del toro. ¿Se trata, entonces, de un enésimo emblema alusivo al animal solar que los atlantes degollaban en presencia de un descendiente de Poseidón? Sí (entre más cosas). Podemos decirlo sin titubear, porque en muchos lugares del Mediterráneo han aparecido hachas bipennes sobre el testuz de un buey (y porque 2400 años a. de C. se vinculaba el toro al rayo para componer un símbolo armónico de las divinidades atmósfericas).[121] Su culto, además, surge desde o hacia Knossos, recinto del Minotauro: nuevo eslabón que se engancha. La segur entre los cuernos dibuja, por un lado, la mándorla mística que luego hará furor en los tímpanos de las iglesias románicas; por otro, la oposición valle-montaña, tierra-cielo, mástil-mar, *betilo*-patio del templo, bandera-ejército... Y, por encima de todo, el punto en el círculo, la defensa del espacio mágico: el laberinto. «Éste expresa el mundo existencial, el peregrinaje en busca del centro. El hacha alude a la revelación de dicho centro.»[122]

Y en el laberinto, según Tabanera, se atrincheraba la divinidad ctónico-agraria o su tótem, inaccesible para los no iniciados (que, sin embargo, podían vulnerar esta impenetrabilidad jugándose la vida y ganándola: es el viaje de Ulises o la apuesta de Teseo).[123] Mircea Eliade lo empareja al dragón que vigila el tesoro e impide que se apoderen de él quienes no aceptaron y ganaron la apuesta de la iniciación. En la filosofía platónica, el talismán defendido por el dédalo se identifica con el mundo de las Ideas, al que regresará quien sepa romper las cadenas de Segismundo. Cirlot añade una connotación astronómica: los laberintos elípticos —dice— reproducen la bóveda celeste y el movimiento de los cuerpos que por ella transitan. Nerval lo entendía en su dimensión kierkegaardiana: pintura del caos, de la angustia, del equilibrio perdido. ¿Y por qué no —añado— símbolo de la *otra* vida, la de los muertos?

Prisma de muchas facetas o polígono de mil caras: todas las interpretaciones son posibles y plausibles. Durante mucho tiempo los hombres vivieron en laberintos: lo eran las ciudadelas medievales, la *casbah* de los árabes, las *medinas* y zocos, los cubos y planos inclinados del urbanismo babilónico, los *bazares* del Medio Oriente, el entorno de los ríos sagrados en la India, Angkor, las megalópolis de Catay (con sus ciudades prohibidas dentro de cada enclave) y los barrios de luces rojas japonesas. Fez, Kathmandú, Venecia, Benarés, Shinjuku, el *Pallonetto* de Nápoles, la vieja Delhi, el puerto de Barcelona, Estambul y —la duda ofende— Compostela son ejemplos actuales y prototípicos de esta moda arquitectónica. Los constructores cristianos levantaron muchos dédalos en miniatura, porque recorrerlos equivalía a visitar Tierra Santa (da que pensar esta indulgencia). Existe un juego del laberinto, otro que lo es llamándose *rayuela* y hasta en el muy familiar de la oca hubo que hacerle sitio a tan descarada proposición esotérica. Para los brujos de Babilonia era esta pesadilla circular una proyección cartográfica de los intestinos y servía como organigrama de agüeros.[124] Así que entre lo lúdico y lo adivinatorio no puede extrañarnos la presencia de laberintos en las ferias y verbenas, lugares dionisíacos donde los haya, además de irresponsables, desvergonzados, promiscuos y a menudo dirigidos por gitanos. Ni vayamos a olvidar que el español juicioso —o sea: el que prefiere quedarse donde está, sin franquear las puertas de la percepción u otras jilipoyeces así— recurre con frecuencia al pancista consejo de *no te metas en laberintos*. Con lo que sin saberlo alude al mismo del que estamos hablando.

(A propósito de la *rayuela,* juego que ya practicaban los niños —¿o los adultos?— de Egipto y Grecia: en Andújar, Granada y la Rambla se distribuían los espacios de la figura trazada en el suelo tan caprichosa y arbitrariamente que el conjunto terminaba asemejándose al laberinto de Creta. Ignoro si el portento sigue en vigor. Lo estaba en 1884, fecha en que el folklorista Hernández de Soto dio noticia de él.[125] Y a propósito de la *oca,* ya que andamos en tales dibujos: tradiciones muy tenaces disciernen en este juego, y en el del ajedrez, «un sistema de enseñanza, una representación —o una fórmula, como diríamos hoy— y quizá un método para hacer memoria».[126] Aún más: el alquimista Fulcanelli lo consideraba *laberinto popular del arte sacro y suma de los principales jeroglíficos referentes a la piedra filosofal.*[127] «El tablero de la oca tiene 63 casillas y 14 cisnes. Su disposición es la habitual en la cosmogonía rosacruciana: siete segmentos consecutivos y centrípetos, cada uno de ellos formado por nueve celdas y rematado por un ave solar. Ambas cifras —el 7 y el 9— desempeñan funciones mágicas en la notación cabalística. *De oca a oca,* o entre oca y oca, se suceden los arcanos: puente, posada, pozo, cárcel, dados, laberinto... El número 58 —cuyos dígitos suman 13— corresponde a la parca. Si el jugador cae en ella, la norma le obliga a volver atrás para empezar de nuevo. O lo que tanto monta: *a reencarnarse.* Y en la última casilla le espera un jardín: el paraíso o nirvana reservado a quienes supieron correr la aventura de la vida sorteando escilas y caribdis.[128] Aunque, como intuía Machado, hubo y hay jardineros que prefieren ser marineros.)

Cinco grandes laberintos señalan los textos clásicos y a todos los colocan en lugares aquejados de prosapia atlántida. Son el egipcio del lago Moeris, los dos cretenses de Knossos y Gostyra, el griego de Lemnos y el etrusco de Clusium.

Por primera y (quizá) última vez menciono a este pueblo, principal actor en uno de los misterios que más de cerca nos tocan y que con mayor ahínco —por razones personales— me propongo soslayar. Valga, con todo, un inciso: estudiosos de la última hornada sostienen que los *euskos* del Pirineo estaban emparentados con los *e(tr)uskos* de la Umira y el valle del Arno, quienes también se llamaron *oscos*, de donde *Huesca,* provincia de Euzkadi hasta bien entrada la Edad Media... Y aquí Arrinda Albisu confiere rostro humano a su erudición intercalando un melancólico exabrupto: «mientras escribo estas líneas —dice— contemplo desde la ventana de mi casa en Deva, País Vasco español, el monte Arno».[129] ¡Cuántas casualidades! Y una más: el hacha bipenne era símbolo de doble cara como el dios bifronte Jano, que tanta devoción inspiraba a los etruscos. Éstos lo habían heredado de Troya y seguramente lo transmitieron a Roma, Irlanda y Vasconia, donde abundan y destacan los *Jaun*. Luego cruzó el Atlántico. Y me pregunto: ¿fue Jano encarnación antropomórfica de la segur cretense?

(Otro abismo nos aguarda. Este dios, como el mito de Géminis, mira simultáneamente a la derecha y a la izquierda. Es, por ello, protector de quien desea dominarlo *todo*. Y águila bicéfala de penetrante pupila que contempla el pasado y el futuro, claves —respectivamente— de la conciencia histórica y de la adivinación. Pero entre ambos rostros existe un tercero: el del *eterno presente*. Por eso hay Janos nórdicos con tres pares de ojos dispuestos en forma de triángulo.[130] Y giran, te están viendo.)

En cuanto a *labrys*, lo que se dice *labrys*, sólo ha aparecido una en España, y concretamente en el monte gallego *das Regas*, pero su liturgia dejó tantas cicatrices que no es posible dudar de su presencia en la mayor parte de la Península. Se mencionaron ya algunas tradiciones de Vasconia y Cantabria. Menéndez y Pelayo reconoció en nuestros ídolos neolíticos «el culto fundamental del hacha pulimentada. En Almería, como en Micenas, las puntas laterales se encorvan a veces hacia arriba en forma de cuernos o de media luna (...) Una deformación particular de los simulacros del hacha engendra las figuras cruciformes de España y el del palacio de Knossos».[131] En general, la reproducción pictórica o escultórica de la segur evoluciona hacia lo abstracto en Creta —el laberinto— y hacia lo figurativo (zoomórfico o antropomórfico) en España: ídolos almerienses, toros iberos. En Galicia, jardín siempre abonado para teísmos y especulaciones filosóficas, arraiga en cambio el laberinto, complicándose a menudo con la cruz y originando un símbolo muy complejo, y de *bouquet* etrusco, que se bautiza *nudo de Salomón*. Volveremos a tropezar con él.

Otra representación esquemática del hacha bipenne es el

doble triángulo unido por sus vértices. Aparece al mismo tiempo en España y Creta con una clara significación sexual: la acopladura del macho y la hembra, o de las divinidades de distinto sexo, con fines generadores. Salta a la vista que el triángulo puede hacer las veces de falo o de pubis femenino. Donde uno y otro se juntan, ahí la cópula. En el neolítico español este símbolo suele agavillarse con la figura del ciervo. Y es cosa que no pilla de nuevas al menos por dos motivos: a Habidis lo amamantó una cierva; y —segunda ilación— desde siempre se ha asociado el crecimiento de la cuerna a la virtud reproductora (como lo expresa el denuesto universal de *poner los cuernos*. Los pone quien actúa varonilmente sobre los ijares de una malmaridada que busca extramuros del matrimonio el gozo o fecundidad que en éste no recibe). Quizá venga a cuento recordar ahora un acertijo de la alquimia: *ciervo* y *unicornio* (o *alicornio*) llaman los maestros a las dos partes en que se descompone la materia prima durante cierta fase de la *obra*. Ambos animales son objeto de una implacable *caza*. El primero termina despedazado por los perros. Al segundo sólo pueden capturarlo las artes de una virgen (tal fue siempre la venadriz Artemisa).[132]

José María Blázquez demuestra que el culto al ciervo es, en la Península, de origen lusitano.[133] Ya está aquí el Algarbe, ya los curetes... Y por cierto: la carga erótica del venado —invención y exclusiva española— sirvió de argumento a un curioso libro de San Panciano escrito en el siglo IV de nuestra era y hoy perdido. Lo tituló *Cervus* y en él se glosaba desde muchos ángulos la costumbre hispánica de disfrazarse con pieles de ciervo para encubrir los tratos de mancebía. Dice por ejemplo el autor que los barceloneses siguieron practicando la *hennula cervula,* a pesar de sus admoniciones, *con el mismo escándalo de siempre.* Este carnaval cervuno se mantenía a finales del siglo pasado en algunos pueblos del sur de Francia. Pero quien lo cuenta es don Marcelino, *propheta in patria,* por lo que parece lícita la sospecha de que también durase el zafarrancho en las aldeas del norte de España.

Y así concluye, de momento, otra desquiciada trayectoria hispanoegea que parte del hacha, recorre el laberinto, aguijonea toros, caza ciervos, disuelve tempestades, se chapuza en ciertos lagos y zurce con el mismo hilo a cretenses, etruscos, egipcios, vascos, andaluces y gallegos. Todo, y usted que lo vea, a mayor gloria de un dios que mira por el cogote y con las trompas de Eustaquio. ¿Cómo no entrar en el reino de los cielos?

El neolítico se ha mostrado generoso. Y aún, antes de abandonarlo, nos suministrará un último factor de enlace: el *ocelo,* «mundo de creencias (...) que pervivirá entre las gentes peninsulares como pervive en Italia, África Menor y Próximo Oriente».[134] Corresponde en román paladino al *mal de ojo,* solar acotado por el pueblo en el que desagua otro pintoresco flujo mediterráneo. El hombre aprende en seguida a garabatear globos oculares a la vez agresivos y defensivos. La inspiración, seguramente, le viene de los malignos ojuelos de ciertos animales inferiores a los que, con razón o sin ella, juzga peligrosos: moscas, sapos, reptiles y aves nocturnas. De temer algo a convertirlo en amuleto frente a las fuerzas del mal media un corto paso: el pastor neolítico se apresura a plantar grandes ojos, ojos abiertamente desmesurados, en sus ídolos y fetiches; luego los pinta por todas partes, en los escudos, en la proa de sus embarcaciones, en las viviendas, en los hórreos, en las sepulturas, en las vasijas, doquiera haya algo que defender... El ojo, orientado hacia los cuatro puntos cardinales, aparece también en los *stuppas* o torreones budistas y se convierte en símbolo triangular del omnividente Iahvé. Por fin, y en tropel, la imaginación popular se adueña de la alegoría, la retuerce, le saca el jugo y la reduce a mostrenca superstición. Aojamientos, ligaduras y nudos compusieron un capítulo de genuina cultura plebeya. Sicilia y Andalucía fueron sus universidades. No pasaré revista a *fatture* de allá ni a bilongos de acá, pero cedo a la tentación de invocar al basilisco, alimaña de mucho cuidado que mata a quien mira o muere si la miran. Sobre ella se explaya, en su estilo habitual, el habitual Feijoo. Irrita escucharlo, pero a la vez divierte. Conque dice: «lo que vulgarmente se cuenta de que el gallo anciano pone un huevo, del cual nace el Basilisco, no es sólo hablilla de vulgares: también tiene por patronos algunos autores, sin dejar por eso de ser cuento de viejas. Si la vejez del gallo nos hiciese tan mala obra, y el Basilisco fuese tan maligno como se pinta, ya el mundo estuviera poblado de Basiliscos y despoblado de hombres. Es verdad que el gallo en su última vejez pone un huevo; pero falso que este huevo sea de tan malas consecuencias como aquel que, según la fábula, puso Leda, mujer de Tíndaro, y del cual nació la famosa Helena, verdadero Basilisco de aquella edad».[135] ¡Quién lo cogiera! Y, sin embargo, el mismo curita incrédulo admite la existencia de una salamandra tan peligrosa que «con sólo el vapor que exhala inficione a alguna distancia, que sea enemiga de toda naturaleza, que tale los campos, marchite las selvas, rompa los pedernales, ahuyente o mate a todos los demás animales ponzoñosos (exceptuando únicamente la comadreja, que dicen la acomete intrépida, pero quedan entrambos muertos en la batalla, como Petreyo y Juba) y que tenga en la cabeza una especie de corona, por cuya razón se llama Régulo, como en señal de superioridad a todos los demás vivientes venenosos».[136]

En nuestro catálogo de basiliscos sobresalen los de Santander, Pirineo catalán y Andalucía. Empecemos por la Montaña, donde una vez cada siglo ponen los milanos un huevo de color rojo, del que sale una pájara blanquinegra. Vive este híbrido cincuenta años cabales, muere, se descompone y en su carroña despunta un gusano que poco a poco se metamorfosea en negro Gallo de la Muerte. Hay, dicen, una yerba capaz de neutralizarlo, pero por fortuna nadie la conoce.[137]

El basilisco catalán —entre sardanés y ribagorzano— anida en las sepulturas de quienes se llevan al féretro sus tesoros, de cuya guarda se ocupa con ferocidad y celo. La mirada de este bicho policíaco y necrófilo fulmina incontinenti, pero los ladrones de tumbas se cubren el rostro con un espejo y frente a él, suicida o víctima de sí mismo, dobla el iracundo dragón.[138]

Los gallos de siete primaveras ponen al sur de Despeñaperros un huevo minúsculo y veteado, lo empollan, rompen la cáscara y expiran. Nace en ello el basilisco andaluz. Y de ahí que por esos pagos no se le permita llegar a viejo al gallináceo, aunque —por tratarse de un pueblo tradicionalmente hambriento— es posible que los marxistas propongan otra cutre explicación: la caldera. En 1884, según el folklorista Guichot y Sierra, la fe andalusí en el basilisco seguía siendo unánime.[139] Ignoro hasta qué punto la Dictadura, la República, la secularizadora posguerra y la colonización vikinga o boche han hecho mella en el mito. No es difícil que lo sirvan congelado y con *nihil obstat* de la ley, pues para eso están las leyes: para codificar desmanes y al foso con quien no los cumpla.

¿Aclararé que silbaron no pocos basiliscos en la cultura egipcia, aunque allí los alumbraba la ibis, ave zancuda y religiosa cuyo asesinato era causa de pena capital? Y con razón, pues remotos historiadores aseguran que innumerables ejércitos de culebras venenosas, salidas del légamo de los pantanos, hubieran llevado el país a la ruina de no interponerse las ibis, que plantaron cara al invasor y por supuesto lo acogotaron.

Posteriormente se cristianizó el negocio (aunque no tanto como para romper la costumbre de frenar en seco el mal de ojo gruñendo un *¡carajo!*):[140] varios padres de la Iglesia sostienen que Eva tuvo sus más y sus menos con el padre primordial de los reptiles. Y ya será María quien desde entonces aplaste la cabeza de la serpiente o basilisco. Faraones y andaluces, viborillas de tremedal y *sefes* convirtiendo a *Iberia* en Ofiusa, *ibis* y *Evas, aves* zancudas y cante flamenco... ¿De dónde arrancan estas líneas convergentes?

Sabemos que los curetes, en su marcha hacia el norte, llegaron por lo menos a Coimbra y Astorga. Aquí, porque las efemérides leonesas atribuyen su fundación a Habidis; allí, porque Conimbriga significa *fortaleza de los conios.* Reconstruir el itinerario seguido por los labradores y soldados andaluces no es muy difícil: lo jalonan todos los ingredientes descritos —ciervos y verracos, símbolos solares, hachas, abejas, cabos santificados, cultos marianos— y otros que en seguida veremos. En la Alta Extremadura encontraron, seguramente, a los *vettones,* gente montaraz y huraña que llevaba su misma sangre, a pesar de lo cual es de suponer que ni se reconocieron ni confraternizaron. Habían pasado siglos o tal vez milenios desde la dispersión postdiluvial. Los vettones vivían en terco aislamiento (y a fe que no cejaron), hechos a la dureza de los riscos, taciturnos, salvajes, endógamos, preparándose ya a atizar la leyenda de las Batuecas. Los curetes, en el cambio, se habían convertido en tartesios, en gentes de bosque fluvial y fértil planicie; sabían de navegaciones, de marfil, de fastuosas culturas transmediterráneas, de nomadismo, de metales nobles, de embriaguez; tenían leyes en verso, vestales, bailarinas y fiestas del toro. Así que despectivamente pudieron pasar de largo para en seguida toparse con otra comuna de cimarrones, también enquistada entre breñas, cuya cerril virginidad aún se mantiene, protegida por el ostracismo, garantizada por la nostalgia, purificada por la incuria de los gobiernos (que Dios conserve), hibernada por la terquedad y prolongada por un atavismo a prueba de maestros, terratenientes, filántropos y curas párrocos. Son las Hurdes leonesas —aspírese la hache— o serranía de Cabrera: uno de los pocos santuarios y capítulos de la España antigua que se han conservado químicamente puros. Allí, en condiciones de vida que apenas han evolucionado desde el neolítico (y lo anoto con admiración), subsisten costumbres casi escalofriantes. Que por mayo, cuando hace la calor, comienzan a toque de campana las *ceibas o* emparejamientos: los mozos, brincando alrededor de una hoguera y tras haber medido su fibra en una lucha primordial para la que se disfrazan con pieles y cuernos de buey, eligen a la doncella que durante medio año dormirá sobre sus jergones (o, más a lo vivo, por los *palleiros* del vecindario). Y así hasta la noche de los muertos, cuando las campanas vuelven a sonar para que las parejas, después de otro baile vertiginoso, se rompan o deriven a noviazgo.[141] El juego no entraña promesa de matrimonio, sobre todo si la rapaza se revela yerma. Las bodas —a regañadientes, por faltarles el apremio de la represión— se disimulan entre ceremonias de agridulce sabor helenizante: la novia, por ejemplo, tiene que lavarse en público con abluciones muy parecidas a las que nupcialmente, y ante el porche del hogar paterno, practicaban las *koré* griegas; después baila con todos los solteros del pueblo, remedando la prostitución hospitalaria del paganismo y hasta el derecho de pernada que en buena hora proclamasen los libios y captasen los españoles ya antes de nuestro primer recuerdo.[142] Estos leoneses de esquina pudieron llegar a las Hurdes por su cuenta, pero nada impide suponerlos descendientes de curetes que se despistaron, por vocación bucólica o discrepancia espiritual, del grueso de las fuerzas encaminadas hacia lo que aún no era Astorga.

Otros grupos subían al abrigo del litoral. Leite de Vasconcelos ha olfateado el perfume de una arcaica epopeya en su trabajo sobre la *ornamentação dos jugos e cannas de bois nas provincias de Douro e Minho.* Los boyeros y labrantines del norte de Portugal (como los pastores del Pirineo) graban soles y lunas en los ubios de sus yuntas. Leite rechaza el supuesto carácter ornamental de estos dibujos y ve en ellos el baluarte «donde se encastillaban y libraban de fanáticas persecuciones muchas creencias precristianas».[143] Pero ya tenemos a los hombres de Habidis instalados a la altura del Miño y de Astorga, lindando con las dos provincias que mejor han conservado el recuerdo de aquel asentamiento: Asturias y Galicia. En vida del padre Sarmiento aún se llamaba *coritos* o *curitos* a los asturianos (y el Diccionario de la Lengua recoge esta acepción de la palabra). Los así designados se enorgullecían del calificativo (al menos los del concejo de Llanes) y presumían de ser los genuinos (y únicos) *coritos* de la antigüedad. El más rancio linaje de la zona corresponde a la casa de Quirós, apellido que parece provenir de *kurus* o curetes (y que, por cierto, revela una absurda semejanza fonética con la voz *gurú o* maestro, de origen sánscrito). En el escudo de esta familia campea el Toisón o Vellocino de Oro, con una leyenda que dice: «Antes que Dios fuera Dios / y el sol diera en estos riscos, / los Quirós eran Quirós / y los Garridos, Garridos.» O su variante popular: «Antes que Dios fuera Dios / y los peñascos peñascos, / los Quirós eran Quirós / y los Velascos, Velasco» (o Carrasco). Estribillo algo desconcertante. Suena muy fuerte ese reclamo de no ceder en prosapia ni al mismísimo Padre Eterno. Vamos a dejarlo en filiación: los pueblos consideran semidioses o hijos de la divinidad a quienes capitanean remotos movimientos demográficos, propagan culturas desconocidas o sobreviven a diluvios y terremotos. Curetes se llamó a los habitantes de una Andalucía más mítica que española y *quirites* a los fundadores de Roma. ¿Fueron los Quirós héroes y emblemas de una portentosa anábasis asturiana? Roso de Luna los cree descendientes de los epónimos solares y emparentados con los *chatriyas* del *Mahabharata.*[144] ¿De verdad cabe defender la existencia de lazos protohistóricos entre la Península del Indostán y los Picos de Europa? Sí, a título de hipótesis. Autoriza a ello el río Deva (del que ya mencionamos la clara ascendencia sánscrita), la legendaria aparición de indoescitas y parsis en el Bierzo, el enigma de los vaqueiros de alzada, el culto a la Vaca... Roso de Luna encontró decenas de topónimos asturianos derivados de la voz *soma* (que los Vedas utilizan para designar el licor iniciático de la liturgia brahmánica): Sama, Somea, Somió, Samielles, Somos, Somonde, Somiedo... El teósofo, arrastrado sin duda por el amor al terruño, esboza también un curioso mapa de préstamos y coincidencias entre Asturias y Extremadura (no desprovisto de cierta lógica, ya que en y por esta última región vivieron *vettones* y transitaron curetes). Coria, otro ceñudo enclave en el que nos detendremos al hablar de la trashumancia y los solsticios, puede pertenecer a la familia lingüística de los *kurus* y *Quirós*. Hay un monasterio de Coria en Asturias. Roso se atreve a sostener que el dialecto extremeño, con sus finales en *u* y sus palabras elípticas, es un bable de pura cepa.[145]

En la parte inferior del ídolo de Peña-Tú, seis bailarines rodean a una figura central, jefe o sacerdote, que empuña un cayado o un mango de hacha. La segunda hipótesis es, neolíticamente hablando, más probable y más interesante que la primera (sin olvidar que en la misma colina arranca una cadena de dólmenes descubierta por un párroco de Vidiago). Constantino Cabal cree a pie juntillas que la danza de Peña-Tú es el grave, solemne y magnífico *pericote,*[146] ceremonia trinitaria en la que ofician seis personas separadas en grupos de tres o varias tríadas compuestas por dos varones y una mujer, además de «baile emblemático donde se atisban sedimentos prehistóricos y simbolismo erótico».[147] Antiguamente, el papel del *perico,* o figura situada en el centro del corro, se confiaba a un representante del sexo débil (y lo mismo ocurre hoy en algunas fiestas vaqueiras). Según Costa, ya bailaban así los primitivos habitantes de Asturias, Galicia y Extremadura.[148] ¿Cuál es el recóndito significado de estas danzas que evidencian en cada nota y en cada paso una intención numinosa? Cadencias del Nilo, del Egeo, del Guadalquivir y del Jordán vibran en ellas recomponiendo el cuadrado mágico del antiguo Mediterráneo: curetes, cretenses, egipcios e *hiberi* «del lado de allá». Rara es la provincia española sin un eco de ese diapasón, sin una complicidad en ese espacio encantado. ¿Mediterráneo solamente? «¿Quién sabe si por la constante ley del movimiento de los pueblos y las transformaciones de las razas descubriremos algún día que muchos de estos cantos eran entonados en el riñón de Asia por las primitivas tribus indoeuropeas?»[149] Estébanez Calderón distinguía el compás y las mudanzas de los tripudios griegos no sólo en la sardana, sino en todo el folklore del Pirineo y hasta en la misma jota. La danza prima asturiana repite los coros hebraicos citados por la Biblia. La muñeira traduce a la verde Galicia el baile pírrico que Horacio nos describiera. El zortzico imita el gregoriano de los faraones. Los himnos marciales del País Vasco se inspiran en partituras celtas e iberas. Las saltaciones valencianas se parecen a las celebradas por los israelitas delante del Arca y por los egipcios en sus funerales. No son juicios míos, sino de eminentes musicólogos.[150] Caro Baroja habla de la *bramadera, zumbadera* o *zumba* característica de nuestras fiestas de carnaval.[151] Consiste este tosco instrumento en un cordel de una vara de largo al que se ata una tablilla. Lo manejan las mozas haciéndolo girar, de lo que resulta una especie de bramido o mosconeo. Saltan a la vista sus afinidades con la zambomba. Los *churingas* australianos utilizan bramaderas en sus ritos de magia negra. Los griegos las llamaron *rhombos* y las emplearon en ceremonias oraculares de significación erótica. También se cree que la gaita es instrumento muy antiguo, inventado por Túbal o por el dios Pan. Gaitas, zambombas y zumbas pueden reproducir por sí solas buena parte de nuestra música vernácula. Y más aún las *sonjas* castellanas o *ferreñas* gallegas, parecidas al *sistro* de los sacerdotes de Isis (el culto a esta diosa se extendió por España mucho antes de que los romanos volvieran a importarlo. Algo así como la gaseosa, que ahora quieren vendernos a triple precio con la etiqueta de *Seven Up*). Las *ferreñas* se manejan aún en algunos pueblos de Galicia con talante más bien peripatético: son instrumentos de romería a cuyo son avanzan los peregrinos turnándose cuando las piernas se quiebran. Pues bien: sabemos irrefragablemente que las sonajas fueron inventadas o al menos aportadas por los curetes. Testimonios muy antiguos dan cuenta de que en todas las fiestas del reino de Galicia resonaban «las *cetras,* especie de escudo parecido al *pelta* de los griegos (...) La *cetra,* a más de ser arma, era también instrumento acústico que servía para el compás del canto y el baile (...) Los curetes eran sacerdotes y sacrifículos que cuando iban a la guerra saltaban armados y batían recíprocamente sus espadas y dardos, y de aquel ruido tomaron el nombre de curetes, palabra originaria de los griegos como las voces *kretam, cetra* o *ketra.* El arma o broquel llamado cetra lo tomaron otras naciones de la nuestra».[152]

No ignoraban los autores clásicos lo que se hacían al elevar la invención del casco y del escudo a rasgo definidor de todo un pueblo. Volvamos a Platón y a su *Critias* para comprobar que en los ejércitos atlantes militaban combatientes pertrechados con una rodela similar, según García Bellido, a la que tan famosa se hizo más tarde esgrimida por los iberos de la Bética.[153] *Caetrati,* en efecto, se llamó a los legionarios de los cuerpos auxiliares reclutados por Roma entre los indígenas de la Península. Y por eso exclama el latino inventado en aquella *Novela de España* que cité al hablar de Cádiz y de sus impúdicas bailarinas: «bien sabes que todo nuestro armamento de espadas y lanzas se hace desde antiguo por los celtíberos y conforme a sus propios modelos, de suerte que somos tributarios suyos por este concepto, y así otras cosas».[154]

La cetra, a la vez pertrecho defensivo y bronce de percusión, nos arrastra a épocas y lugares de vertiginosa lejanía: hay danzas de palos y hierros en los cinco continentes. O hubo, porque ese ritual megalítico casi no se practica ya fuera de Melanesia y de Indonesia.[155] Y de España, claro. Ignoro si la cítara gitana o el *sitar* hindú comparten con la cetra una consanguinidad que explique el parecido fonético de las tres palabras y lo trascienda, pero sí creo que siguiéndole el rastro a este belicoso instrumento musical cabría reconstruir el itinerario seguido por los andaluces en sus desplazamientos extrapeninsulares. Y, por si fuera poco, la adarga de los curetes funciona como un *boomerang,* como uno de esos proyectiles de ida y vuelta tan frecuentes en nuestra historia: los celtas lo recibirán muchos siglos después de manos asiáticas o *mitteleuropeas* y nos lo devolverán con ínfulas de novedad. Y es de suponer que también con algo de sorpresa al encontrarse ante gallegos rasos que lo blandían y percutían mejor. De lo dicho cabe concluir, como lo hizo un ilustre musicólogo, que «los curetes vivieron en Galicia, fueron anteriores a los romanos, tuvieron costumbres que *no* se han perdido y *siguen* empleando una lengua diferente a la castellana».[156] Yo subrayé el verbo y el adverbio, y no sin asombro, pues la obra matriz de esta cita apareció entre 1855 y 1859. Desde entonces —desde mucho antes— mi pueblo no ha dejado de retroceder.

¿Son de origen tartesio todos los bailes donde se esgrimen escudos, bastones y armas blancas? Parece lógico pensarlo. Dispondríamos así de una valiosa clave folklórica para desenredar el ovillo. Palitroques, paveses y espadas, recortándose contra un fondo de flautas y tambores, escanden el ritmo de las fiestas en muchos pueblos de la Península. Joaquín Costa se pronuncia tajantemente sobre la raíz de tales hábitos: «las danzas aragonesas y los espatadanzaris vascongados recuerdan las ceremonias pírricas que los griegos creían nacidas en épocas fabulosas e inventadas por los curetes o dióscuros».[157]

Al principio, la Iglesia cristiana aceptó e incluso consagró estas atávicas manifestaciones, pero algo debió de olfatear a partir del siglo XVI, cuando el obispo de Calahorra se decidió a prohibirlas y otros prelados le imitaron.[158] ¿Era porque aquellos bailarines de armas tomar se disponían hexagonalmente para componer la rosa mística?[159] Por lo que fuese, pero ya volvemos a lo de siempre: otra vez las cañas se tornan incruentas lanzas en la plaza mayor de nuestras villas. Como de costumbre, los poderes temporales no pueden nada contra los ancestrales, aunque es lección que pontífices y políticos se obstinan en desoír.

Me sorprendió comprobar que la supervivencia acaso más descarnada de esta salvaje plegaria inicial se conserva precisamente entre los vaqueiros de alzada. Lo supe a través de don Julio Lamuño, perito del Ayuntamiento de Tineo y hombre de extraordinaria erudición y viveza intelectual: uno de esos intelectuales anónimos que alimentan el fuego de nuestra cultura en concejos desolados, bibliotecas provincianas y boletines de documentación local. Parece ser que la gente de las brañas extrae música de una sartén rascada con la llave del troje. El mango funciona como la cuerda de una guitarra y lacónicamente desempeña el plato las funciones de caja de resonancia. Y cuando los brañeros, por demasiado pobres, no tienen ni sartén, buscan piedras, las entrechocan y la fiesta sigue. Este increíble sarao paleolítico termina con el *ijujú,* grito ritual y guerrero originado en la más angosta rebotica del ayer. Casi no hay región española donde no se practique, y siempre con idéntico salvajismo, aunque disfrazado por una onomatopeya diferente: es el *irrintzi* vasco, el *aturuxu* gallego, el *ijijí* leonés, el *richido* de la Montaña, el *renill* ribagorzano, la *xata* del Ebro, el *rejincho* de Burgos, el *relincho* de Extremadura, el *albórbola* levantino, el *ajujú* murciano... Tan difícil resulta olvidarlo como describirlo: participa del hurra y el aleluya, de la mejicanada, del estertor sexual, del rebuzno, del bronco reclamo del toreo y, naturalmente, del *om* (o *aum*) budista, del *inn* samoano, del *hun* balinés y del *pun* amazónico («esos sonidos obtusos, aspirados, de tonalidad sombría y de pocos matices, que con poder místico parecen abstraer de la vida cotidiana al ejecutante»).[160] Aristóteles, por la misma brecha, nos habla del *alalá* o estrepitosa ceremonia que los etíopes y egipcios, entre otros, celebraban con miras a atenuar el dolor, predecir lo futuro o, simplemente, solazarse.[161] Inzenga, atento al quite, recoge una tradición de interés y lujo en sus *Cantos y bailes populares de España.* Dice que antes de los celtas y galos vivían en Galicia los *brigantinos,* «descendientes inmediatos de los tubalitas según un moderno historiador»,[162] y que esos familiares desconocidos gustaban de trasnochar en el *lubre* para adorar a la luna y agradecerle su luminosidad. Las preces se prolongaban durante cuatro horas y terminaban con un grito parecido al que lanza el gallo cuando amanece. Entonces encendían una hoguera y canturreaban alrededor de sus brasas lo que con el tiempo llegarían a ser *fiadas, foliadas* y *filazanes*. «El *aturuxo* de los brigantinos —concluye Inzenga— era la íntima expresión del sentimiento religioso de todo un pueblo.»

¿Deduciremos que tantos y tales aullidos coinciden con las melopeas de plenilunio achacadas por Estrabón a los turdetanos? Gallegos y andaluces ignoran hoy todo lo que compartieron ayer. Los curetes hicieron de España una nación —la famosa unidad de destino en lo universal— para que el tiempo, los romanos y los Reyes Católicos pudieran deshacerla a disgusto de todos.

En la diadema de Ribadeo se ven jinetes con cascos de cuernos parecidos a los vikingos y gentes de a pie manejando calderas. ¿Otra danza ritual? Los recipientes de esa laya han sido siempre herramientas mágicas en manos druidas, etruscas y calés. No ha llegado el momento de analizar este utensilio esotérico, pero cabe mencionarlo. Es otro mosaico de la taracea mediterránea.

En el pueblo soriano de San Leonardo aún se organiza la llamada *fiesta de las tapaderas* o instrumentos leñosos que reproducen la consabida cetra de los iberos. Los mozos golpean rítmicamente el escudo con un palo y a la vez recitan pintorescos romances. Muy cerca, en Vinuesa, se honra al patrón San Roque con una *pinochada* veraniega. Solteritos y doncellicas se enzarzan en una lucha cuya sangre no enturbia el Duero, allí recién nacido. Huyen los hombres y van tras ellos las rapazas con piñas y otros proyectiles. Un añoso pino preside esta escaramuza de evidente simbolismo erótico. Las batallas sexuales datan de época remotísima, «ya que Herodoto las describe como propias de los habitantes del norte de África, y San Agustín hubo de condenarlas».[163] Otro mosaico: ¿costumbres de curetes africanos en Soria, cabeza de la Extremadura oriental? Más fantasmas y más prodigios tomarán cuerpo en esta hermosa región, cuyos habitantes calzan nombres de raíz helénica y llevan sangre de vascos, iberos y celtas. A seis kilómetros de la capital, en las cañadas de Valonsadero, arranca el ancho camino de cordel que hiende la altiplanicie y se diluye en las dehesas cacereñas: auténtica espina dorsal de nuestra trashumancia y clave de muchos siglos. Aún hoy, miles de borregos abandonan esos parajes al empezar el otoño, conducidos por pastores que ilustran el cuero de sus morrales y la madera de sus cachavas con esvásticas, soles y rosas místicas. Y precisamente en Valonsadero, al abrigo de un repecho rocoso, el hombre de fe descubre pinturas neolíticas al almagre donde el mocerío baila la jota (o una danza en la que también se alzan las manos) alrededor de toros bravos y con un enorme sol al fondo. Escena que todos los años se repite allí mismo y en la misma fecha: el primer jueves después del solsticio de verano. Es decir: ni más ni menos que *la Saca,* con los indígenas al completo y algún que otro alienígena volcándose sobre la hondonada de las figuras rupestres para, al hilo de ellas, desencajonar doce utreros con ritmo de gaitas, garrochas, imaginación, codos al viento, revolar de enaguas, sofaldeos y espantadas. Sobre estas saturnales de San Juan —las más arcaicas, las más bellas, las más paganas de cuantas conoce la Península— tendremos que volver. Y allí cerca, purificadas por su silencio de siglos, dormitan Termes y Numancia: la España antigua. Manuscritos cidianos aguardan su mano de nieve en las parroquias del Burgo y de Medinaceli. Los cenobios octogonales del Temple complican la geometría lineal de la meseta. Castillos de Gormaz, antros tumulares donde fermenta el mosto de San Esteban, planear de águilas blancas en las quebradas del Ucero, pinos aupándose hasta la tierra de Alvargonzález y todo eso bajo los cielos más altos y cobaltos de Europa. Machado, el único profeta que han dado las letras españolas, captó la magia peculiar del llano numantino; y también Bécquer, el iluminado que supo colocar la leyenda de las ánimas en el convento donde mejor se ayuntan los capiteles árabes a los cristianos, y donde había encontrado belleza, soledad y refugio otra de las logias hispánicas del Grial. Justamente entre los chopos que le dan dimensiones verticales a la curva de ballesta...

Tres días hay que non como / tres días hay que non durmo / pra ir a San Andrés / que está no cabo do mundo... Allí, en Teixido, a media andadura entre el *koido* de Bares y los médanos marisqueros de Cedeira, donde el Atlántico dobla la esquina del Ortegal y se convierte en Cantábrico, y bajo la última estrella de la Vía Láctea (transformada en *o Camiño de San Andrés*), convergen Andalucía y Creta, las tradiciones y los hombres, los símbolos solares y el amor a las piedras, la interminable procesión, baile de los malditos o corte de los milagros por cuyos peristálticos merodeos bogamos desde hace muchas páginas. Y todo ello porque en ese paraje, de cara a un océano más tenebroso que nunca, se levanta la ermita de San Andrés, centro propulsor de dos grandes romerías anuales. Su ruta está marcada por más de veinticinco *amilladoiros* nutridos por los cientos de miles de guijarros que los devotos arrojaron al sesgo de los siglos. Son telamones de Karnak, verdaderas tetas fundidas con el paisaje, cubiertas de musgo y animadas por el azacaneo de los insectos: un torso de mujer, una calzada de los gigantes por la que en abril y septiembre discurre hacia el promontorio marino un jubileo más promiscuo, más popular y más gallego que el de Compostela. Muchos españoles rinden su lapidario homenaje al dios Mercurio en otras esquinas, y de algunos ya hemos hablado, pero sólo en los ejidos de San Andrés eleva el fervor de los gentiles mamelones de tanta envergadura. Un poco más arriba, entre las crestas chatas de la Capelada y los enterramientos neolíticos, pajarean foscos caballos salvajes, achaparrados, torpes, fondones y canijos, como con hechuras de infante velazqueño. Más que un misterio, un absurdo.

Romaxes en abril y septiembre (o, mejor dicho, el ocho de éste y el domingo de Pentecostés, que suele caer en aquél). Fiestas, por lo tanto, agrarias, de primavera y otoño, de siembra y cosecha, sin ninguna relación con el Andrés cristiano, cuya efeméride se conmemora el 30 de noviembre. Dice Plinio en una de sus cartas: «tengo que reedificar la capilla de Ceres. La antigua, aunque muy concurrida, se ha quedado estrecha, porque el 8 de septiembre la visitan las gentes de la comarca, y allí se tratan muchos negocios y se hacen o cumplen muchas promesas».[164] Parece la descripción de una de esas ferias provincianas donde se le rezan unas avemarías a la Patrona, se cambian dos yeguas por cuatro chotos, se le compra un percal a la costilla, se encarga una de alubias con oreja en la fonda, se enciende un veguero y se termina el día eructando en una contrabarrena. ¿Son los coruñeses devotos de la diosa romana de la fertilidad? Puede. Y hasta algo más que eso: los misterios de Eleusis también se celebraban el 8 de septiembre, y es mucha casualidad. Además, los peregrinos de Teixido saben perfectamente a qué San Andrés encienden cirios: al que salió de una manzana abierta por Jesús cuando éste vagabundeaba por la tierra en compañía de San Pedro.[165] El episodio, que Roma probablemente desconoce, tiende un puente entre la romería más castiza de las cuatro provincias gallegas y el mito astral (y atlante) del Jardín de las Hespérides. O de las manzanas de oro de Merlín, que son las mismas del islote de San Brandán: vuelven a superponerse gentiles, celtas y cristianos. Inevitable, porque las rutas sagradas de la antigüedad siguen a rajatabla derroteros dibujados allá arriba, y ninguno hay entre ellos tan *claro y distinto* como el de la Vía Láctea. Por eso confluyeron en Galicia todas las bordonerías anteriores a la Buena Nueva y bastantes de las posteriores (que la Iglesia no quiso ni hubiera podido oponerse a cursos tan torrenciales). Teixido es, como Finisterre y Compostela, un capítulo más en la secular peregrinación. Dice Maciñeira: «la manzana conserva entre nosotros su carácter generador y se une de este modo al culto de las estrellas, prohibido —aunque indirectamente— en el Segundo Concilio de Braga».[166] Lo de *nosotros* es pronombre que sólo engloba a ciudadanos gallegos.

Otra leyenda explica que San Andrés llegó a la costa del Ortegal en una lancha de piedra, lo mismo que el apóstol Jacobo a Iria Flavia y la Virgen de Muxía a su santuario (que es, precisamente, el de la barca. Y ésta, aquel famoso peñasco oscilante que no pueden mover quienes se encuentran en pecado mortal). Ya nos había avisado Cunqueiro de que los santos acostumbraban a surcar las aguas de Galicia en naves de piedra. Quizá por eso cantan los peregrinos de Teixido la siguiente copla: «o divino San Andrés / mandou empedrar o mar / para que seus romeiriños / o foran a visitar». Análoga tradición recoge Homero a propósito de los feacios que llevaron a Ulises hasta Itaca: su embarcación fue convertida en roca por el encolerizado Poseidón. Y esa roca, o velero, o isla, existe aún a la entrada del puerto de Corfú. La vi un amanecer, viniendo de Brindisi, y noté algo raro en su perfil, aunque entonces no conocía la leyenda.

Manzanas generadoras y diosas de la fertilidad: no terminan ahí los argumentos de quienes ven un trasfondo dionisíaco en las devociones a San Andrés. Añaden, por ejemplo, y es verdad, que los peregrinos llevan un bordón análogo a los *tirsos* de las bacantes griegas: ramas de tejo y varas de avellano atadas con largas cintas, de cuyo extremo cuelgan roscas de pan y efigies metálicas del santo. El padre Sarmiento dice que este ramillete se adornaba con claveles marinos, muy abundantes en los bajíos del Cabo, y a los que por allí llaman *namoradeiras* o *herbas de namonar.*[167] Es costumbre que parece perdida. Por cierto: Apolo regaló a Mercurio una vara de avellano para que la utilizara como caduceo en sus frecuentes viajes.

Por los alrededores de la ermita han aparecido muchas *pe-*

dras do ceo o do rayo, es decir, hachas neolíticas pulimentadas. Ya sabemos que éstas, además de reclamar consanguinidades tartesias y cretenses, eran geométrico símbolo de la generación, de lo que Hans Castorp llamaría *el sexo oscuro entre los muslos.* Maciñeira añade que las mismas piezas fueron objeto de liturgia en las ceremonias báquicas organizadas por los romanos precisamente el 8 de septiembre.»[168] También se dice que los juncos de Teixido tienen virtudes preñadoras.[169] Y si no los juncos, desde luego las tienen el bullicio, promiscuidad, bailes y libaciones (con su pequeña siesta) que puntean la jornada del peregrino. Un proverbio dice con zumba: «a San Andrés van dous e veñen tres; milagros que o santo faes». En la *Revista Galaica* de 1873, cierto vate de la parroquia de Pantín publicó la siguiente aleluya: «Muchos van a San Andrés / en devota romería. / También fueron Gil e Inés / y en tan amable armonía / que los dos se vuelven tres. / ¡Milagros que el santo haría!»[170] Y ya que entre poetas anda el juego, y para terminarlo, ahí va otro curioso pliego de cordel, también recogido por Maciñeira: «Ela eran tres comadres / e de un barrio todas tres, / fixeron a merendiña / para ir ao San Andrés. / Unha puxo trinta ovos / para cada unha dez; / outra puxo unha empanada de tres codos a un través. / Otra dixo: "Hay que ir por viño. / Comadre, ¿canto héi traes?" "Traiga osté canado e medio / para volver outra vez". / Unha dixo pol-o lúa: "Mira que bolo alí tes." / Outra dixo pol-o boto: "Miraque neno sin pes." / Aló pol-a media noite / veo o marido de Inés... / Pau a unha, pau a outra, / iba o demo en todas tres.» Buenas razones tendría el marido para de tal guisa liarse a palos. Y Maciñeira, llevándose a la tumba su secreto, insinúa que después de cada estrofa se cantaba en coro «un disparatado estribillo».[171]

En el siglo XVII, donde Antonio Valdés, obispo de Mondoñedo, publicó un breve redactado en estos términos: «por cuanto somos informados que en la feligresía de Santo Andrés de Teixido, en la feria de agosto, concurre mucha gente a confesarse, y algunos curas y clérigos vacos de este nuestro obispado confiesan a mujeres en los campos y detrás de las peñas, de día y a horas extraordinarias, de que podía resultar grande riesgo a sus conciencias y escándalo a los que no lo ven, mandamos que de aquí adelante ninguno de los susodichos pueda confesar hombres ni mujeres, si no fuere de día y dentro de la dicha iglesia o en el claustro y adrio de ella, y veinte pasos en contorno».[172] Lo cual, hablando en plata, significa que los clérigos se revolcaban a las comadres que era un primor; eso sí, en horas extraordinarias y a no menos de veinte metros del recinto sagrado. ¡Qué escena para Valle-Inclán! Presbíteros pueblerinos con los mofletes arrebolados, palurdas de papo temblón y bajos en ascuas, bisbiseos rijosos amparados en el secreto de confesión, quejumbres entre breñas y *egoteabsolvos*, mirones con baba y orejas de soplillo restregándose contra las coscojas, tobilleras verriondas, zagalones empalmados, vejetes catarrosos y mocitas tomando ejemplo. Se conoce que la intervención del tonsurado de Mondoñedo no entibió las calenturas, puesto que en 1772 hubo que prescribir nuevas ordenanzas para atajar «las profanaciones del santuario» y «los varios excesos que parece se hacían en la misma iglesia», y tres años más tarde el comendador de Puerto Marín aludió oficialmente a «los abusos que se cometen en la romería».[173] Maciñeira, con su prudencia habitual, confiesa que no puede *aseverar* el carácter de dichos excesos, aunque sí *vislumbrarlo*... Pero ya Feijoo, más combativo, se había despachado sobre el tema —generalizándolo— en los siguientes términos: «con horror entre la pluma en esta materia. Sólo quien no haya asistido alguna vez a aquellos concursos dejará de ser testigo de las innumerables relajaciones que se cometen en ellos. Ya no se disfraza allí el vicio con capa de piedad: en su propio traje triunfa la disolución. Eso se hace, porque a eso se va».[174]

San Andrés, al que ya hemos visto convertido en Ceres y en Dionisio —y no serán éstos sus únicos disfraces—, anda, pues, mezclado en fogosos encubrimientos y paternales tercerías. Su carácter fálico-generador se pone claramente de manifiesto en el romance tradicional de la Dama Gelda, cuyas implicaciones y ramificaciones analizó a fondo don Manuel Murguía. El narrador nos presenta a la moza Zulema arrancando azucenas en el jardín de su casa. Una *meiga* encanta allí mismo a la doncella y la transporta a los alrededores de Teixido con el encargo de embaular insidias en el ánimo de las mozas que asistan a la romería. Hacia ella caminan Saura Rosa y Dama Gelda. La mora asume apariencia de zarza y Saura Rosa, al llegar a su altura, se queda de un aire. Dama Gelda no tarda en comprender que han topado con brujas y protege a su amiga mediante el procedimiento clásico de las *sabias* o *saludadoras*: trazando un círculo mágico en torno a la figura inmóvil. Luego entabla una batalla de ensalmos con el espíritu maligno y lo conmina a presentarse en la *cancela* (lugar donde, al decir de los campesinos gallegos, se agolpan las ánimas del purgatorio). Deshecho el encanto, las tres mozas alcanzan con buen pie la iglesia y San Andrés les dice que tomen las nueve ondas antes de la salida del sol, llevando en las manos nueve hojas de olivo. Toda la trama del relato responde a un simbolismo tan complejo como riguroso. La azucena representa el candor y la virginidad, pero también —en cuanto planta nupcial— la penetración fálica (y fálico es además el olivo, emblema de la vida y de la creación en varias religiones). Por lo que hace al consejo del santo, vale recordar que hacia la playa pontevedresa de La Lanzada, y junto al santuario del mismo nombre, convergen las señoras sin descendencia para meterse descalzas en el agua y esperar a que el flujo sucesivo de nueve olas remedie su esterilidad. Las doncellas del cuento encarnan a las tres Gracias, Marías o Vírgenes, mito popular muy arraigado dentro y fuera del Mediterráneo, o tal vez aluden a los tres núcleos étnicos de la hispanidad: lo semita (la mora Zulema), lo romano-cristiano (la Sora o Hermana Rosa) y lo germánico (Dama Gelda es apelativo de clara estirpe gótica, emparentado con la *Dama Holle* de las tradiciones alemanas). Murguía y Maciñeira citan una antigua leyenda en la que San Andrés de Teixido aparece como protector del matrimonio.[175]

Pero la romería presenta otras características muy curiosas, que la convierten —y éste será su sentido más arcaico y profundo— en una teosófica incursión por la tierra de los muertos. Todo gallego debe peregrinar en vida a la punta del Ortegal so pena de tener que abandonar más tarde su tumba para cumplir con este precepto. Una ley no escrita prohíbe pisar reptiles en los alrededores del templo, pues la imaginación de los romeros ve en ellos almas en pena acudiendo de tal guisa a su cita con el santo (también lo son las mariposas nocturnas, especialmente las de color blanco, que en Galicia se llaman *volvoretas* o *velaiñas.* Mauro Olmeda percibe en este zoomorfismo una alusión a Psiquis).[176] Es más: cada familia se encarga de facilitar el viaje a los deudos que fallecieron sin llevarlo a cabo. Veamos cómo describe esta inaudita costumbre Rafael Usero, autor de una tesis doctoral dedicada al santuario de Teixido: «la manera más singular de hacer la romería es ir acompañando a un muerto (...) Algunos días antes de la partida se le va a buscar al cementerio, diciéndole por ejemplo: "¡Ay, Antonio! Prepárate, porque tal día vamos a San Andrés..." Hay que golpear el suelo con el pie y llamar al difunto por su propio nombre. Pasan unos minutos, durante los que se supone que el fallecido se está disponiendo para emprender la marcha, y por fin la comitiva de romeros, a la cual *se une* el muerto, inicia su peregrinar. Al figurarse que una persona más les acompaña, la tratan igual que si estuviera viva. Hasta se le da conversación. A veces parece que un romero va hablando solo, pero no es verdad. Va acompañando a un muerto y hablando con él. Se admite la posibilidad de que la persona especialmente encargada de velar por el difunto vaya en silencio todo el trayecto o, como se dice, *sin falta* hasta que lleguen a Teixido y —como a la familia de Lot huyendo de Sodoma— le está vedado mirar para atrás. Si por algún motivo se detienen los peregrinos, hay que comunicárselo al finado, que oye, pero no ve; de no prevenírsele a tiempo, seguiría avanzando sin rumbo y acabaría extraviándose. Una vez en San Andrés, llegada la hora del yantar, reclaman la presencia de un mendigo para que sustituya al muerto (...) Al regreso no es cosa de broma ir con el difunto hasta el cementerio (...) Se le despide: "Adiós, Antonio. Adiós, *meu filiño"*, o con una frase por el estilo. Es creencia tan arraigada que incluso cuando los romeros van hasta cerca de Teixido en automóvil, se deja un sitio desocupado y naturalmente se paga billete por él si el viaje es en autocar».[177]

La cosa sería para hacerse cruces si todo esto no ocurriera en Galicia, donde dialogar con cadáveres vivitos y coleando está al alcance de cualquier zambombo. En Nochebuena, y también el día de Difuntos, las comadres le ponen sitio en la mesa a los miembros de la familia fallecidos recientemente.[178] Son fiambres privilegiados los de esa región, y hasta glotones; muertos que —como los de Zorrilla— gozan de buena salud. Y que cada dos por tres salen a tomar el fresco agrupados en *estadeas* o *estantiguas,* lo que suele llamarse Santa Compaña, si bien Valle-Inclán prefiera tildarla de hijos de puta. Pero de estos velorios procesionales, que constituyen una de las tradiciones ocultistas más ricas y antiguas de Occidente, habrá que ocuparse a fondo en algún capítulo venidero.

¿Qué pensar a propósito de un pueblo capaz de entenderse tan familiar y apaciblemente con el mundo de ultratumba? ¿Fue antes el huevo o la gallina? ¿Hablan los gallegos con sus muertos porque allí empieza el Hades, o el Hades empieza allí porque los gallegos hablan con sus muertos? En todo caso es creencia milenaria la que sitúa entre los finisterres atlánticos españoles las bocas del Valle de Josafat. Y creencia que, arrancando del neolítico, se mantuvo por lo menos hasta el siglo XVII. Bouza-Brey dice conocer o poseer obras de esa centuria en las que se sigue identificando a Galicia con el Elíseo de los gentiles. Y cita, como más contundente y probatoria, el *Esclarecido Solar de las religiones recoletas de Nuestro Padre San Agustín,* de un tal fray Alonso de Villarino. Los senderos de estrellas han sido siempre cabos para desenredar la madeja del más acá. ¿Procede de la nebulosa calzada tendida sobre nuestras cabezas el mito de que los españoles estamos obsesionados con la muerte? La Vía Láctea sería entonces un sudario clavado en el dosel de la Península para inspirar el constante *morir habemus* entonado por sus indígenas. Aunque, a decir verdad, yo no distingo tanta llaneza de trato entre mis mayores y la Parca (y, desde luego, los españolitos de hoy se obstinan en alucinaciones mucho más triviales). ¿O es que estoy, junto a todos mis paisanos, homeopáticamente inmunizado por un veneno secular que impone perfiles familiares a *zombis* y fantasmas? ¿Nos parece rutina de cada día lo que en el extranjero juzgan fúnebre y morbosa aberración? ¿Es cierta la pasión escatológica de nuestros clásicos, el frívolo tuteo de nuestros menestrales con los vecinos del otro barrio, el prurito suicida de nuestros tercios y el carácter necrolátrico de nuestras corridas? Insisto en que todo eso me suena no a leyenda negra, lo que tendría perdón, sino a folklore de bajo vientre gabacho con cólico de *sturm und drang.* Y hasta confieso que preferiría tan improbable imagen —oscura, pero metafísica— de mi país al modorro y pueblerino afán de comer caliente que desde hace un par de siglos constituye la única preocupación visible del magín celtibérico. Obligado a señalar un pueblo que de verdad entienda en asuntos ultraterrenos, me quedaría con la India, y no creo que nadie se atreva a impugnar esta elección. Con todo, españolescamente convengo en que algo tendrá el agua, ya que nos la cobran... Algo lúgubre transparentará nuestro talante para que los de fuera nos pinten una y otra vez trincando por la cintura a la Pálida Dama. Y algo cuya insistencia no se agota en los lívidos esplendores del Greco, el luto de Felipe II o los vítores a la muerte lanzados por quienes entre rechinar de facas y empinar de botas se merendaron a la bayoneta el cuartel de la Montaña. Algo que podría dimanar del cofre de los arquetipos, de épocas remotas, de rutas marcadas en el cielo, de peregrinos y de consejas inventadas o repetidas alrededor de los llares gallegos.

Suele afirmarse que *Teixido* viene de *tejo,* árbol muy abundante en la comarca del Ortegal y de cuyas ramas ya sabemos que se utilizan como bordón de los romeros. Pero no es imposible imaginar una etimología helenizante que traduzca el topónimo por *lugar consagrado al Hades* (tal sería el significado de la voz griega θει-γ-αιδου de donde *zei-g-edo, tei-g-edo, Teixido*).[179] En todo caso, y sin necesidad de malabarismos filológicos, el tejo fue planta funeraria en los reinos del Egeo (a más de sagrada entre los druidas), y especialmente en la Arcadia, cuyos habitantes se negaban a comer o dormir bajo sus ramas por considerarlo una segura invocación de la muerte.

Otras coincidencias emparejan el culto a San Andrés con las cosmogonías del Mediterráneo oriental. Usero dice que los gallegos no pueden volver la cabeza cuando acompañan a un difunto en la romería y compara esta costumbre a la prohibición impuesta por Jehová a la familia de Lot. Pero subyacen en tan extraño tabú paralelismos aún más significativos: los de Orfeo descendiendo al Hades para rescatar a Eurídice, Izanagi imitándole en los abismos japoneses por amor a Izanami y Eneas visitando el Averno con ánimo de encontrar a Anquises. Todos, para regresar indemnes al mundo de los vivos, tuvieron que aceptar la condición de no volver la mirada hasta haber traspasado su dintel.[180] La semejanza entre los gallegos de Teixido y estos héroes mitológicos es evidente: en los cuatro ejemplos citados hay que emprender un viaje por el más allá para conducir, o por lo menos consolar, a un alma en pena. Fijémonos sólo en Orfeo, que pasa por ser el hierofante inaugural del esoterismo helénico. Su leyenda dice que recorrió Egipto en época anterior a toda cronología, que allí —como Moisés— se inició en el hermetismo y que de nuevo en Grecia organizó los misterios órficos, cuyos ritos y principios adquirirían encarnadura histórica muchos siglos más tarde en los santuarios de Delfos y de Eleusis. Orfeo representa para la civilización de la Hélade lo que en otras partes representaron Krishna, Cristo o Rama: el primer adepto, *gurú* o profeta de una verdad gnóstica directamente revelada por los dioses. Y, con la venida de tan exótico señor, la semilla de esa verdad parece haberse conservado hasta nuestros días en una gallarda usanza del finisterre ártabro y atlántico. Los coruñeses honran la memoria de Orfeo en las mismas fechas que los eleusinos lo hacían. Conozco casualidades menos propiciatorias.

Aledaños del Ortegal asoman más de treinta topónimos

griegos. Y muy cerca de la ermita de San Andrés, el arroyo Catón (o Casón) baja de la Capelada (¿capilla de Hades?) para despeñarse por un *Pozo do Inferno* en cuya boca aparece —recio, brusco, feroz y tallado en la roca viva— el rostro del Can Cerbero tal como nos lo ha transmitido la iconografía mitológica del Mediterráneo. Por allí, sobre un terraplén que se adentra en el mar, está el caserío de Teixidelo, donde las tradiciones locales colocan una ciudad asolagada y la geología arguye que alguna vez se produjo un derrumbamiento. Si aceptamos la etimología propuesta para Teixido, cabría añadirle a éste un sufijo ελαω que vale por *expulsado* o *embarcado*, llegándose a un *Teixidelo* o *lugar consagrado a Hades que se hundió en el agua*. Acaso estuvo allí el primer templo gallego de los misterios ctónicos y órficos, y el de hoy es sólo sucedáneo impuesto por la furia de los elementos. Y por la vesania destructora de los españoles, que en los siglos XVII y XVIII (ayer como hoy) se dedicaron a «reedificar desde los cimientos de todas las iglesias (...) llevándose a cabo las renovaciones con la mayor despreocupación, cual si existiese un verdadero empeño, fiero y brutal, de borrar las gloriosas huellas del pasado».[181] La actual ermita de San Andrés se erigió en 1785. Y a pesar de su anónimo y desangelado aspecto, cabe distinguir en ella algunos detalles interesantes, sin duda heredados de las construcciones anteriores. Ante todo su orientación, que respeta las instrucciones impartidas por Vitruvio en el Libro X de su célebre *Tratado de Arquitectura:* «si no hay obstáculo insalvable, el templo y la estatua mirarán a la región celeste por donde se pone el sol». El de Teixido lo hace hasta el extremo de que el último rayo del crepúsculo ilumina frontalmente la imagen de San Andrés (o, mejor dicho, «el centro de la *cella* donde otrora debió figurar el ídolo de la deidad pagana»).[182]

Siete pirámides adornan cada uno de los bordes del tejado. Y es también detalle que deja algo perplejo por ser el siete número sagrado en todas las religiones mistéricas, y la pirámide símbolo recurrente en su liturgia. Las de Teixido podrían representar, bajo la pobreza geométrica característica del neoclásico, los cuernos que en el mundo helénico servían de emblema a las deidades de ultratumba. Con esta inequívoca significación aparecieron muchos en los niveles inferiores de las excavaciones de Knossos y abundan hoy en los hórreos asturianos y gallegos. Por cierto: el número siete figura en el escudo de Santa María de Ortigueira, enclave principal de la comarca.

Usero vio en alguna parte del santuario una extraña pieza de granito con tres caras humanas toscamente labradas, una oquedad encima de ellas y, en su base, una esvástica de quince radios inscrita en un círculo muy pronunciado.[183] En Teixido, por lo demás, menudean los símbolos solares sin necesidad de rastrearlos en la pálida arquitectura de la ermita. Son los *sanandreses* o figuras de corteza de pan que los peregrinos cuelgan de los bordones. La artesanía de tales amuletos parece industria iniciática transmitida por herencia a través de los siglos: sólo se venden junto a la iglesia y en días de romería, y de su elaboración se encarga desde tiempo inmemorial una familia de Cedeira, cuyos miembros —según Bascoy— no saben explicar por qué se ciñen siempre a los mismos modelos. Que son dieciséis, todos muy curiosos, más «uno que no se hace, porque cuesta mucho trabajo».[184] ¿O por otras razones? Este *sanandrés* caído en desgracia es una especie de rosca atravesada por dos diámetros. Se trata del crismón o rosacruz repetido *ad nauseam* por todo el ocultismo cristiano. Muy difícil de amasar no parece. Pero quizá evoque a un héroe del santoral gallego que la jerarquía vaticana tiene buenos motivos para posponer: Prisciliano.

Los cultos del Ortegal reproducen, a mil kilómetros de distancia, las ceremonias litúrgicas celebradas por los conios, o curetes, o tartesios, en el *Hieron Akroterion* o Sacro Promontorio de la punta lusitana de San Vicente. De cabo a cabo —y no olvidemos que en ellos se configuran las dos esquinas atlánticas de la Península— un mismo pueblo tiende hilos, vasos sanguíneos y plegarias comunes. No podían faltar, en ese contexto, las dedicadas a la *Magna Mater* bajo cualquiera de sus advocaciones. Y, de hecho, a orillas del camino que desde la ensenada de Cortes lleva a San Andrés, y en el punto conocido por *o Vico*, «hay una peña no muy grande que, mirada desde cierto ángulo, semeja la figura de una santa vista por atrás y cubierta por un manto».[185]

Sabemos que nadie podía pernoctar en San Vicente, porque los dioses ctónicos ocupaban el promontorio al ponerse el sol. Lo mismo sucede en San Andrés de Teixido, donde ningún devoto hace noche. Este miedo a Ctulhu se patentiza, comercialmente, en el hecho de que a nadie se le ha ocurrido abrir allí una fonda, pese al teórico negocio que supondría montarla. Romerías aparte, el sitio es de salvaje e inolvidable belleza, pero los turistas no suelen congeniar con lo que en el Algarbe llaman *medos y fantasmas* y en Galicia Santa Compaña. O *estadea,* sinónimo para el que también se ha sugerido una explicación helenizante: provendría de una fusión entre σαια *(sombras, almas en pena)* y δεοζ *(tea, hachón),* con lo que tendríamos una *procesión de espíritus llevando antorchas* bastante ajustada a la letra de la leyenda (todos estos jeribeques etimológicos proceden de un libro que más vale coger con pinzas,[186] pero las ilaciones propuestas podrían venirse abajo sin arrastrar el cuerpo del edificio. Son los nacionalistas gallegos quienes están o estaban empeñados en atribuirse ascendencia helénica. Yo hablo de hechos anteriores, que si algo tienen de griegos es por mediación de *curetes* y *kereti,* de andaluces y cretenses).

Más coincidencias. En San Vicente había un cuervo marino. En el Ortegal, mirando el peñascal o *penido dos Carros* desde el antiguo *camiño dos romeiros,* se ve un águila de piedra en trance de levantar el vuelo.[187] Cuervos y águilas: aves de presa.

Y hay una tiránica serpiente de mar, y una ciudad sumergida (ya se dijo), y hasta un profeta troglodita: el ermitaño Pardo, que vivió entre los riscos del Curutelo (¿de *curete*?), y del que todos los sanandresanos han oído hablar, aunque no saben o no quieren decir nada tangible.

Galicia, Andalucía, Egipto y Creta: para recomponer una vez más el cuadrado mágico sería menester encontrar un laberinto. Pues bien: lo hay. Maciñeira dio con él a poca distancia de la aldea, bajo una mole de piedra que los lugareños llaman *o penido oscuro.* Es un «vasto dédalo de groseros muros de pizarra que siguiendo las violentas inflexiones del escabroso suelo se desarrollan entre rocas. Forman compartimientos caprichosos de perímetros diversos, encerrando algunos grandes cantos informes (...) Construcción tan sumamente rústica y tan rara suele atribuirse por los vecinos de Teixido a los *mouros,* a quienes asimismo suponen autores de los túmulos de la sierra».[188] Conque ya tenemos aquí arquitectos megalíticos tendiendo un camino de tumbas, por la serranía y rematándolo, de cara al mar (donde se suponía que los muertos entraban en su reino), con un laberinto angustiosamente similar al que encontró el arquéologo Mélida en las ruinas de Numancia. De allí, de los campos sorianos, salí hace cosa de viente páginas para hablar de San Andrés.

Dice Maciñeira que en éste «se condensan, bajo una advocación católica, todas las supersticiones concernientes a la metempsícosis».[189] Y si los muertos del Viejo Mundo marchaban en legión hacia Galicia, ¿puede extrañarnos que los curetes —tan devotos de las potencias ultraterrenas y aficionados a las cavilaciones escatológicas— dieran también con sus huesos entre las gándaras del Ortegal? Lo que no está claro es si seguían una senda previamente roturada o la desbrozaban, si imitaban a peregrinos aún más antiguos o eran los misioneros germinales de los dioses ctónicos y si buscaban en el norte a los hermanos de Habidis, encontrándolos por casualidad, o no hallaron rastro de ellos (para lo cual habría que suponer puras patrañas a todas las tradiciones tubalitas). Resumiendo: ¿abrieron la plutonía de San Andrés de Teixido o se colaron por ella? He aquí una pregunta a la que no cabe ni importa responder. Se refiere a siglos tan vertiginosamente primordiales que todo en ellos asume valor de arquetipo para quien los contempla desde el hoy. ¿De qué nos serviría elucidar si los impulsos subconscientes del español se deben a arquetipos esenciales o a arquetipos de arquetipos? Cuanto se remonta a más allá de un determinado milenio es, por definición y automáticamente, factor indivisible de nuestro yo recóndito. Sólo charlatanes y buhoneros del ocultismo pretenden reconstruir al dedillo la cronología de los tiempos oscuros. Tarea falaz, que niega sus propias premisas.

Así que los andaluces o tartesios llegaron a las escolleras de Galicia en años tan incoativos que nadie puede acordarse de ellos. Quienes *crean* —porque es cuestión de fe, y de fe con tragaderas de carbonero— que sólo la economía mueve la historia y aprisionen los actos humanos en órbitas mecánicamente gobernadas por el magnetismo del vil metal, ciertamente se sulfurarán ante la imagen de un pueblo para ellos subdesarrollado que se dedica a organizar una descomunal expedición protohistórica con el exclusivo fin de colgarle una rosquilla al ídolo que por aquel entonces hacía las veces de San Pascual Bailón. Un poco de calma: no pretendo tanto. A menudo comercio y religión marchan unidos, y ésta sirve de coartada a aquél, y aquél de exotérica tapadera a ésta. En Benarés se venden mapas del Ganges, en Montserrat virgencitas morenas, en Lourdes cantimploras y en Marrakech pipas de kif. Cada loco con su tema, cada paisano con su talento: hay quien pasito a pasito se entretiene desgranando el rosario y quien arrastra carromatos colmos de baratijas. Con tocino y pan de cazabe, con virreyes depredadores y terribles dominicos, con santos medio lelos y capitanes pasotas, con manecillas de azabache y crucifijos vigorosamente blandidos, se ha conquistado América. Lo más probable es que los andaluces se echasen a la carretera porque sí y que luego, al pisarla, le fueran sacando significación y gusto. Es cosa que suele suceder: se hace camino al andar y sólo al llegar a Itaca se descubre que Itaca era el camino hasta Itaca. Alguien dirá que para eso no se requieren alforjas. Allá él, pero las alforjas son precisamente lo único que en tales negocios cuenta.

A los historiadores marxianos, por otra parte, no les faltan contabilidades que cuadrar. Verbigracia: la ruta del estaño. Es, en efecto, muy probable que los tartesios se encampanaran hacia el norte buscando materias primas para sus industrias del metal. Con ello llegamos a uno de los más populares enigmas del mundo antiguo (si bien sus mondongos afecten menos a las artes esotéricas que a los hechos de superficie).

Se ha dado en llamar islas Casitérides a la zona minera donde los pueblos del Mediterráneo satisfacían sus apetencias de estaño a partir de la Edad del Bronce. Pero esta etiqueta encubre una triple convención: en primer lugar no estamos seguros de que fueran *islas,* ya que tal se le antoja al navegante cualquier costa a la que arribe; tampoco sabemos si de ellas se extraía sólo estaño o toda clase de metales, en particular hierro, cobre y oro; por último, todo hace suponer que nos encontramos ante una denominación genérica sucesiva o simultáneamente aplicada a yacimientos muy alejados entre sí. Con lo que enfrentarse al tema es como cazar musarañas con los ojos vendados y manoplas. En casos así dicen los cánones que conviene trastear con aseo y aliñando. Tanto más cuanto que el asunto empalma muy de refilón con las intenciones de esta obra, pues son predominantemente fenicios los primeros rumores acerca de las Casitérides y todo el mundo sabe que los mercachifles del Líbano nunca se han distinguido por la elevación de sus sentimientos o la intensidad de su fe.

Los atlantistas colocan este presunto archipiélago en el de las Azores.[190] Obermaier lo identificó con unos arrecifes plantados frente a Galicia, generalmente en la desembocadura de las rías. Blázquez distingue tres períodos de explotación: el griego hasta el siglo VI, el cartaginés hasta el II y el romano a partir de entonces. Y señala un emplazamiento diferente para cada período: el primero en las *Oestrymnias* citadas por Avieno, el segundo con el cabo de Santa María (cerca de Huelva) y el tercero en Galicia.[191] Es solución ecléctica y habilidosa, que además tiende una especie de pasarela industrial entre los curetes del sur y los del norte, pero una contradicción importante la invalida. Aunque no se conoce con exactitud la ubicación de las *Oestrymnias,* suele creerse que Avieno aludía con ese nombre a las islas Británicas o a Galicia. En tal caso, y suponiendo —como parece lógico— que las Casitérides se desplazaran a medida que los yacimientos iban agotándose, ¿por qué el mineraje se trasladó al sur de Portugal para después subir de nuevo a Galicia —si es que colocamos en ésta a las *Oestrymnias*— o por qué —si preferimos la otra hipótesis— se explotaron antes los filones ingleses, más alejados y menos asequibles que los gallegos?

García Bellido dice, sin mojarse, que las Casitérides estuvieron al principio en las costas e islas occidentales de Galicia y luego «en otros lugares donde se encontraba el estaño con más abundancia a flor de tierra».[192] Casimiro Torres, último estudioso al que interpelo, menciona dos tradiciones diferentes —la de Tartessos o Cádiz y la de Massalia o Marsella, allí recogida por los escritores griegos— y añade que una vez esquilmados los hornachos superficiales de mineral en ambos centros prosiguieron los trabajos de extracción en Gran Bretaña organizados por los romanos.[193]

Todos, probablemente, tienen razón o parte de la razón. Las Casitérides son un buque fantasma cuyas singladuras reflejan las vicisitudes del poder imperial en aquel período de la historia de Europa. Respecto a lo que aquí nos interesa, dos particularidades llaman la atención: que las noticias más antiguas sobre el tema se refieran invariablemente a Tartessos, en primer lugar, y —en segundo— que los focos de explotación, al desplazarse en el tiempo y en el espacio, describan esa famosa marcha hacia el oeste en la que el Mediterráneo entero pareció empeñarse durante más de diez siglos. Las Casitérides, dando por buenos todos los emplazamientos sugeridos, nos llevan de Grecia y Asia Menor a Marsella y Cádiz, quizá de ésta a las Azores, y desde luego a Galicia y a las islas Británicas. Se trata, por enésima vez, del consabido viaje hacia Occidente, acaso inspirado en los albores de la Edad de los Metales por quienes con la alquimia iban a imprimir un giro copernicano a la civilización. Sé que al hablar de esta ciencia suele pensarse en algo —moda, superstición o locura— característico del medievo, y aun del medievo europeo, como si no hubieran existido adeptos del atanor en toda época y lugar. La alquimia nace de una determinada actitud del ser pensante respecto a la materia (entendida en su acepción más amplia: como *organismo*), y es, por ello, fatiga consustancial al espíritu humano. Puede considerarse alquimista a quien busca la transformación de la naturaleza *colaborando* con ella (para lo cual tendrá que tratarla como a una criatura viva y derechohabiente) en interés de todo el sistema; y será, en cambio, científico —en el moderno sentido de la palabra— quien con mucho o poco talento se crea autorizado a manipular lo que nos rodea en exclusivo provecho de sus semejantes y de su persona. Los científicos son ahora tropel, pero eso no significa que hayan desaparecido los alquimistas, sino que éstos trabajan con arreglo a su sensato código: de tapadillo. Parece como si el mundo occidental se despertara de nuevo a esa aletargada metodología con todo el arduo bagaje filosófico y religioso que su práctica implica. La toma de conciencia ecológica y las sutilezas esgrimidas a favor del crecimiento cero son, posiblemente, las primeras manifestaciones exotéricas de lo que esotéricamente se fragua en otras partes y sin que los medios de información se enteren. El catecismo *hippy*, confuso y en general poco afortunado (aunque muy bien intencionado), responde a la tensión suscitada por las mismas corrientes subterráneas. Nadie, en cualquier caso, le negará el mérito de haber agitado las mortecinas aguas de la sociedad de consumo. Los psicoanalistas, tras darse de calabazas contra Freud, han aprendido que muchos sueños pueden y deben interpretarse aplicando claves alquímicas. En cuanto al mundo oriental, nunca abandonó del todo la búsqueda de la Gran Obra, razón —entre otras— por la que ahora se nos propone con redoblada fuerza como modelo. Algo va a suceder: una vez más, no estamos gobernados por quienes nos gobiernan. El fiel de la balanza se desplaza, hay insectos que ya han varado su hojita para mantenerse a flote. Lo saben, a su triste modo, hasta los que *no saben.* Mientras los que *saben,* como de costumbre, no ven la utilidad de pedir la palabra antes de que vuelva el Mesías...

Dijo Platón que los hombres del Guadalquivir manejaban una misteriosa aleación denominada *oricalco*. ¿Cobre y oro? ¿Platino, aluminio y plata? ¿Latón u oropel? Ya se aludió a esas obras hidráulicas del neolítico descubiertas en Niebla. ¿Eran arrugias para la explotación de los aluviones auríferos de la cuenca del Tinto? Los autores clásicos, las leyendas, las excavaciones arqueológicas, la forja de cascos y escudos: todo tiende a demostrar que los andaluces fueron diestros e industriosos metalúrgicos. Y un día, desangrados los yacimientos locales, quizá se pusieron en marcha para probar fortuna en otras geologías. ¿Las del noroeste peninsular? Allí había estaño y también oro (que luego decantarían los romanos hasta alcanzar una producción de veinte mil libras anuales. Prisciliano, mucho más tarde, aún llamaba *siervos de Mercurio* a los buscadores gallegos de ese metal noble y vil. Hubo una época, según López-Cuevillas, en la que todo el oeste del Cebrero fue una especie de Eldorado).[194] Y había también un extraño río, el Calybe (hoy Cave), famoso por el recio temple que sus aguas comunicaban al acero.[195] A propósito de ellas, y en alabanza a los adamantinos fierros de la región, acuñó Justino la frase *aqua ipso ferror violencior.* Los gallegos regalaron a Aníbal un juego de trastos bélicos que Silo Itálico dio en elogiar hasta la hipérbole. Son cosas que huelen a curetes o que resultarían muy tentadoras para quienes, como ellos, alardeaban de espadachines y componían música con la esgrima de las armas.

Los mineros andaluces sabían todo esto antes de echarse al camino (de igual forma que, siglos más tarde y en idéntica coyuntura, iban a saberlo los fenicios), señal evidente de que la ruta ya estaba batida por ellos mismos o por otros pueblos. Así que llegaron a Galicia, y hormiguearon en los panizos hasta que las menas se les fueron a profundidades inaccesibles, y construyeron la escollera de Bares, concebida —como ya se demostró— para empresas marítimas que no eran de simple cabotaje. Todo obliga a suponer o permite imaginar que el *koido* se levantó con el sudor de frentes turdetanas. Y de manos que no se arredraban ante las moles pétreas, porque habían tenido tiempo de sobra para familiarizarse con ellas al erigir los grandiosos mausoleos megalíticos de Soto, en Huelva, y de Menga, en Málaga. El puerto, sin embargo, pertenece claramente al neolítico (puesto que neolíticos son los túmulos que hacia él cabalgan por todas las crestas de la sierra), mientras que la minería empezó mucho después. Cabe imaginar, por lo tanto, que no fueron los picadores tartesios, sino los albañiles de Habidis quienes remansaron la dársena y, dejándola atrás, se aventuraron por las derrotas atlánticas que confluían en Britania. Que luego el *koido* se utilizase también para el comercio del estaño parece verosímil y ni quita ni pone a lo demás.

Entre Galicia y las islas Británicas mediaron relaciones previas a las resultantes de la unidad étnica forjada por las invasiones celtas en el siglo VI. Los dólmenes de Bretaña e Irlanda ostentan petroglifos similares a los que adornan el mismo tipo de monumentos en la región gallega (y conviene recordar que ya llevaban milenios plantados donde ahora lo están cuando los primeros celtas reconocidos como tales se presentaron en Europa). Hay una columna de Hércules en la transatlántica Erín y otra, coruñesa, en la cisatlántica Galicia. Los pontevedreses de Bayona no han olvidado la tradición de que fue San Patricio, y no el Apóstol, quien por aquellos pagos predicó el Evangelio. Y estos vínculos megalíticos, mitológicos y religiosos cuentan con el respaldo de las ciencias naturales, pues muchos sabios (Dorlasse, Mac Andrew, Forbes, Beaumont y el gallego Cornide) y por lo menos un profeta (Vicente Risco) creen que Galicia e Irlanda estuvieron materialmente trabadas por un estribo orográfico antes de que estallase la cólera de los glaciares. La fauna del litoral vigués y la hibernesa coinciden en ciento veinte clases de testáceos.[196] Se sobrentiende que es sólo un ejemplo.

Aturde comprobar o sospechar que los celtas se establecieron exclusiva y precisamente en la zona delimitada por tales semejanzas, algo así como lloviendo sobre mojado, como si a tiro hecho siguieran las huellas de una remota etnia con la que tal vez estaban emparentados. Ello explicaría la rápida simbiosis que inmediatamente se produjo entre lo vernáculo y lo foráneo, la vertiginosa fusión entre los presuntos invasores y quienes a justo título —y respaldados por el inapelable dios del Tiempo— podían presumir de ser la única sal de aquella tierra. Fue un flechazo unánime, el comienzo de un amor perfecto, la fundación de una familia lo que se dice bien avenida... Y el romance perdura. Los galleguistas de hoy presumen de celtismo como si no tuvieran otros ni más rancios blasones que pregonar. En esa cama redonda se solazan con idéntico refocilo gallegos de las cuatro provincias, irlandeses, bretones y parientes pobres del clan. El contubernio se resuelve en revistas financiadas al alimón, convocatorias de simposios, comités encargados de cambiarle el fuego a los dioses lares e ingenuas proclamas de confederaciones políticas. Por lo menos tres *celtic associations* se han fundado hasta la fecha: la primera y la última al socaire de

Dublín (en 1899 y 1917), y otra en Bruselas, que duró más de un lustro y se esfumó al comenzar la gran guerra. Dos *congresos pancéltigos,* que yo conozca, se han celebrado hasta ahora, respectivamente en Cornualles (1932) y Brest (1933). En el País de Gales debe de funcionar aún la Orden Reformada de los Bardos, que según sus miembros nació por iniciativa del mago Merlín en el 940. Un *archidruida* gobierna esta corporación, que se divide en tres castas: la de los *druidas* (o *conocedores de las ciencias*), la de los *orates* (o *músicos*) y, por supuesto, la de los *bardos o poetas.* Hay o hubo en la Armórica un ateneo de parecida inspiración y características cuyos socios se reúnen en junta anual alrededor de un monumento megalítico. Mis informaciones se remontan a un artículo de Risco publicado antes del amotinamiento franquista.[197] Ahora, pasada (y sobrellevada) la ducha, el juego volverá a empezar.

Sorprenden estas monocordes veleidades en pueblos que sólo tienen en común —y aun eso relativamente— un fondo étnico desdibujado por la historia, desgarrado por la geografía y descerrajado por el mestizaje. Y sorprenden, sobre todo, porque se trata de algo con muchas y muy sólidas raíces en la mentalidad popular, y no —como pudiera parecer— de un juego de salón inventado para entretener a los vejestorios de los casinos. Por las montañas de Orense y Lugo he hecho amistad con destripaterrones irredentos que se proclamaban celtas, y me enseñaban sus chozas celtas y sus trébedes celtas y sus trojes celtas, y calzaban madreñas celtas, y me invitaban a sopicaldos celtas, y supongo que hasta se beneficiaban a su costilla de esa forma, a lo celta, que no sé cómo será. Conocí a uno entre las pallozas del Cebrero que me dejó lirondo y patidifuso, aunque andaba el gañán algo maliciado por ser aquello zona-museo muy del gusto de profesores y petimetres... Pero limitémonos a lo que íbamos: se ha pretendido —y ojalá fuera cierto— que los celtas descendían de quienes en la Bética de Gárgoris, o como queramos llamarla, no se doblegaron al *nouveau régime* y eligieron el paso del Estrecho. Así, al regresar a los campos de Iberia cuatro mil años después, aquellos curetes ariscos (y testarudos) toparon en Galicia con los curetes sociables (los revolucionarios de Habidis), que no sólo les eran consanguíneos, sino en cierto modo hasta paisanos. Celtas e iberos resultarían entonces, como algunos postulan, dos ramas desgajadas de un mismo tronco: el de la tribu jafética.[198] Oriente da con una mano lo que quita con la otra. El reencuentro entre quienes se quedaron y quienes (para volver) se marcharon explicaría la agnición, el júbilo, el compadreo y cuanto de éste se siguió... En fin, lo cierto es que los celtas ocuparon Macedonia y la cuenca alta del Danubio, fundaron un reino en Frigia, llegaron a las puertas de Roma, acumularon un impresionante muestrario prehistórico en el lago Neuchatel y vagabundearon por Francia, pero a la hora de la verdad —y por lo que fuera— sólo se establecieron con talante definitivo en Galicia, Bretaña, Irlanda y algunos puntos aislados de las Albiones. O sea: en el mapa —retuerto, caprichoso, disyuntivo, tenebrista y salpicado por soluciones de continuidad— de unas comarcas aunadas sobre el lecho de un mar común por vínculos a cuyo origen es casi imposible remontarse.

¿Cuáles, además de las insculturas de los dólmenes? Los laberintos, por ejemplo, que son insculturas, pero que no siempre están en dólmenes. El de Mogor, que es el más famoso de los gallegos, tiene un sosia en las peñas irlandesas de Hollywood y Sess Kilgreen, otro que ya conocemos en las monedas de Knossos y un tercero entre los indios de Norteamérica. Con lo que esa insolente figura, grabada en una pedriza cercana a la Academia Naval de Marín y desde hace algún tiempo ligeramente inescrutable no porque las olas estén borrándola, sino porque un loco místico se dedicó a llenar de análogos emblemas todo el roquedal allá por los años del hambre, esa figura, digo, se convierte en algo así como el eslabón perdido de la mitología, una pieza tan importante para el atlantista como lo fue el pitecántropo para el evolucionista, una apuesta ganada, los siete recintos de Troya, el movimiento de ajedrez que resuelve la partida adjudicando Creta, Pontevedra, Irlanda y el Nuevo Mundo a un mismo pueblo y a un mismo Dios.

Y están también las *lúnulas* o collares irlandeses del Bronce II: otro laberinto (metáforico) por descifrar. Alhajas similares han aparecido en Dinamarca, en el norte de África, en cuatro lugares de Portugal y en dos de Galicia (Allariz y Cerdedo). Entre ellas, la famosa pieza áurea de Cintra no sólo recuerda a las *lúnulas* de Irlanda y a los *halkragen* nórdicos, sino que tiene paralelos muy aproximados en ciertas joyas metálicas de las Baleares.[199]

Las coincidencias toponímicas anteriores a los celtas son, asimismo, demasiado abundantes y desconcertantes para que ahora entremos en ellas. Varios textos medievales recogen leyendas relativas al desembarco en Irlanda de los *milesios,* gentes al parecer gallegas. Pero lo más extraño es que la *Historia Britorum* llame repetidas veces *Hiberia* al centro primordial del que, según las tradiciones, provenían todas las razas dominadoras de la isla. Julius Evola sostiene que a ese nombre se llega por fantasiosa transcripción de las palabras irlandesas *mag-mô, trag-mor* y *mag-mell,* que también designaban el mismo lugar mítico (y atlántico).[200] Yo, la verdad, no sé por dónde va el ocultista en esta ocasión ni entiendo cómo *Hiberia* puede derivar de *mag-mô* por mucha fantasía que el transcriptor le eche y mucho circunflejo que le pongamos. Además, las tres palabrejas citadas significan *tierra de los muertos,* que es como los irlandeses llamaban al país de sus mayores. ¿Una *tierra de los muertos* étnicamente vinculada a Irlanda y a veces denominada, con o sin fantasía, *Hiberia*? Eso, como rezongaría un *mouro,* me huele a invención y carne de cristianillo gallego por los cuatro costados.

Para rematar esta breve biopsia de las Casitérides volvamos a San Andrés de Teixido y escuchemos lo que Maciñeira quiere decirnos a propósito del traje que en su infancia vio llevar a los peregrinos: «un túnico blanco orillado con cenefas de color formando grecas (...) ceñido a la cintura unas veces y suelto otras. Hábito que viene a rememorarnos, por su forma y adornos, los trajes de los iberos a que se refiere Atheneo, los de los habitantes de las célebres y discutidas Casitérides según los menta el geógrafo Estrabón, y —sobre todo— el *xitón* de los helenos».[201] ¿Conque un mismo vestido talar para irlandeses (es de suponer que Maciñeira situaba las islas del estaño en su último enclave histórico), griegos, iberos y gallegos? Otra vez el mosaico casi completo, el cuadrado mágico reconstruido y, en él, la famosa unidad étnica de los prehistoriadores López-Cuevillas o Pericot alcanzada por los senderos del mito y con los instrumentos del mitólogo. Somos todos deudores de Habidis, excepto —quizá— las gentes del litoral levantino. Una marea común subió desde el Guadalquivir después del diluvio y antes de que los evangelistas megalíticos dejaran de construir dólmenes. Una marea en la que se funden —iguales, pero distintos— curetes y conios, vettones, vascos, cántabros, astures y gallegos. Una música para el mediodía y otra para las noches de plenilunio. Un eje religioso e industrial que se desplaza de Tartessos a Galicia. Unas abejas, unas hachas, unas tumbas idénticas para nuestros muertos. Una fiesta nacional: la del toro. Y un mensaje esotérico petrificado para la posteridad allí donde la tierra acaba, las vidas pasan, el sol se pone y las estrellas detienen su curso. Lo demás —celtas, gentiles y cristianos— va a injertarse, con mejor o peor fortuna, en ese tronco inicial. La anábasis ibérica de Habidis nos instala en ese columpio de la historia imaginado por el Rubachof de *El cero y el infinito.* Su vaivén nos acercará a la ventura o a la desventura según que nuestros prelados, artistas y gobernantes se inclinen al respeto por el ayer o a su violación. Tras el paréntesis del paganismo mediterráneo, las primeras batallas se librarán en el escenario donde los epígonos atlantes actuaron por última vez y entregaron el postrer testigo de su carrera: en Galicia. Será —espadas en alto, cabal la aguja de la balanza y larga patria por delante— el momento estelar de nuestra historia. O la gran oportunidad brindada por el cristianismo mistérico: Prisciliano, Compostela, el Grial y los Templarios. Luego, como Rubachof, nos caeremos del columpio.

III. LAS CARAS DE HÉRCULES

Con elocuencia vence los loores
De fuertes guerreadores: y desata
El lazo, y desbarata: los sofistas.
No ay furor ni conquistas: tan estrañas
Que virtud con sus mañas: no deshaga.
A su saber alaga: la riqueza.
Tiene por gran baxeza: la cobdicia,
Renuevo y avaricia. Las mugeres
Despoja de placeres: muy pomposos.
Alimpia los cien osos: y compone
Los ánimos, y pone: ayuntamientos
Lícitos y contentos: y aborrece
La barbarie y fiereza: su castigo
Dél tiene. El enemigo: acompañado
Dél es desbaratado: Y de la agena
A su tierra la buena: cosa lleva.
Su nombre tanto aprueva: que los sabios
Contino entre los labios: le engrandecen
Y las virtudes dél jamás perecen.

ALCIATO,
Los trabajos de Hércules alegorizados
(en *Emblemas,* versión castellana
de Bernardino Daza Pinciano)

Mar sesgo, viento largo, estrella clara,
camino, aunque no usado, alegre y cierto,
al hermoso, al seguro, al capaz Puerto,
llevan la nave vuestra, única y rara.
En Scilas ni Caribdis no repara,
ni en peligro que el mar tenga encubierto,
que limpia honestidad su curso para.
Con todo, si os faltara la esperanza
de llegar a este puerto, no por eso
giréis las velas, que será simpleza,
que es enemigo Amor de la mudanza,
y nunca tuvo próspero suceso
el que no se aquilata en la Firmeza.

MIGUEL DE CERVANTES
(Los trabajos de Persiles y Sigismunda)

Túbal o Habidis llegan hasta nosotros entre jirones de niebla, son personajes de un sueño rescatado en grafitos, palabras magistrales, fábulas del abuelo, visiones de locura, topónimos callosos y pies desconocidos sobre la arena de una playa. Pero hay un nombre primordial que los siglos no alcanzaron a desteñir, una epopeya que se acomoda intacta en el aleve tiempo de la historia, un mito que ondea casi deportivamente vertical en todas las Españas sucesivas o actuales: el de Hércules, epónimo pluricéfalo que en varias oleadas nos envían, atribuyen o devuelven tres grandes culturas del Mediterráneo. ¿Héroe español? Sí, como el troyano Eneas lo fue de Roma y el egipcio Moisés de los hebreos. Antes de las naciones, las nacionalidades son siempre de elección y no de nacimiento. Invariablemente las precede una travesía, la quilla de un barco hendiendo el agua y las sandalias de un extranjero sobre la curva de los bajíos. Entre todos los capítulos de la mitología ibérica, ninguno tan afín a los nombres propios posteriores ni tan del gusto de nuestros paisanos como este que calza apellido exótico y levanta propileos en las puertas de Gibraltar y Galicia.

La figura de Hércules suscita una vez más la discusión de si las leyendas heroicas aluden a deidades encarnadas o a vulgares hijos de vecino que a fuerza de redaños se ganaron hechuras de semidiós. Ambos orígenes responden, probablemente, a verdad y habrá que optar por uno u otro según los casos. Es decir: según que se trata de un *electo* o de quien a sí mismo se elije y forja, del que lleva la gracia como un don (única manera de recibirla) o del que lucha para hacerse merecedor de ella. Diferencia eterna, pero no arbitraria, entre el Cristo y el Justo, que los hindúes zanjarán arguyendo que la santidad de aquél obedece a muchas vidas anteriores dedicadas a limpiar el *karma* y a cortar las ligaduras del *samsara*: ambos son, por lo tanto, sazonado fruto de sus obras. Pero, en cualquier caso, Jesús, Krishna o Rama, los Mesías de todo tiempo y lugar, lo que Schuré llamó *grandes iniciados,* están llenos de *gratia* ya en el vientre de sus madres, mientras los demás, los que van en pos de los dioses abriéndose un camino a machetazos, son simples héroes, capitanes o *condottieri* animados por la visión y certeza del futuro, causa de civilizaciones y cabezas de una estirpe. Hércules —como Prometeo, Gilgamesch o Abraham— sirve en esas filas. La función de todos ellos se reduce a defender y propagar las verdades religiosas o epistemológicas predicadas por los Maestros. A menudo asumen un rostro más humano que el de éstos (a veces demasiado humano) y menos inquietante para el hombre de la calle. De ahí que sus hazañas se inmortalicen en poemas épicos y ciclos de leyendas, mientras el recuerdo de los Ungidos sólo se conserva en el inmovilismo de la liturgia, la inspiración de los libros sagrados y el esfuerzo de los sacerdotes.

(Existe una tercera categoría de *personas*: los sabios o iluminados, capaces de purificar las conciencias desde un rincón de su laboratorio. Se llaman Platón, Laotzú, Nietzsche, Jung, Ramakrishna... También ellos ascienden a hierofantes del Misterio por mérito individual, labrado no por el vigor de los brazos o la audacia de los actos, sino con el vuelo de la imaginación y la agudeza del ingenio. Armas quizá menos frecuentes, pero en modo alguno más importantes. Mesías, héroes y sabios son tres formas diferentes de postular la Verdad, tres maneras de levantar los ojos.)

Frente a Túbal, Habidis o los caudillos de la Diáspora, tan primevos que sus perfiles acaban transiéndose de sobrehumanidad, Hércules adquiere desde el primer momento el talante familiar de los héroes populares y se eleva a modelo de españoles que lo imitan (o lo repiten) y al que la voz del pueblo identifica en ellos. Viriato, Fernán González, el Cid o los conquistadores son ya fatales encarnaduras de un ejemplo en el que acaso convenga buscar la raíz de nuestro proverbial individualismo (harto más desiderativo que tangible. Nos gustaría ser individualistas, como nos gusta parecer quijotes, bien porque en nuestra zurullez de hoy resuene un débil eco ancestral, bien —y sería explicación más triste— porque nos halague estar a la altura de un renombre ya injustificado. Pasé siete años lejos de España, lampando por la salerosa anarquía de mis compatriotas, y al regresar comprendí —sin el beneficio de la duda— que somos bueyes de la cepa de los cuernos al forro de las criadillas. He visto a nórdicos hacerse cruces ante la espontaneidad de nuestras colas, la higiene de nuestros servicios municipales y la numeración de las butacas de nuestros cines. Y, tras haberme puesto francamente pesado durante más de un lustro acusándoles de lo mismo, al volver tuve que darles la razón. En casos así, los arquetipos —incapaces de remover la losa mostrenca que el tiempo nos ha echado encima— son sólo voz de la conciencia que nos inquieta, pero no nos determina).

Verdad es, sin embargo, que el ejemplo de Hércules hace posible gestas como la de Hernán Cortés o Lope de Aguirre. No en vano se habla de los *trabajos* del héroe: una y otra vez vindican nuestra historia esos tenaces obreros de la aventura que coronan ésta sin más patrimonio que el mar, el viento y las estrellas, sin más virtudes que la obstinación, el valor y la acucia, y sin más armas que la vehemencia y la presura de reflejos. Es una iniciación casi animal, de felinos, la que alcanzan tremendos españoles alacremente solitarios y rodeados por la adversidad. Se explica así la neurosis de un pueblo que exige mesías, campeadores o santos allí donde otros se conforman con ministros, generales o dirigentes, y el opinable misticismo de otorgar licencia carismática a quien con buenas o malas artes escala la pirámide del poder. A mis coterráneos se les hacen los dedos hazañas hercúleas y aplauden boquiabiertos fenómenos como el de Franco enfrentándose al boicot de las naciones en 1945 o el del ciclista Bahamontes pisando en cabeza la raya del Tourmalet y parándose en ella para saborear un helado de chocolate. Lo de menos es que Franco o Bahamontes actuasen movidos por muy diferentes incitaciones psicológicas. Quieras que no, hay que prorrumpir en vítores y epinicios. Ni un día sin corona de laurel ni una boca deportiva sin rubia que la apalanque. En este país, los súbditos y los hinchas sólo obedecen y siguen a caudillos, beatos, ángeles y superhombres. La cosa tiene sus ventajas: nuestros héroes ha tiempo que se cansaron, pero ahí está el buen pueblo para inventar cotidianamente los que sean menester. Se llamarán Urtain o Luis Buñuel, El Cordobés o García Lorca: hilar fino nunca fue asunto de la chusma. En 1959 asistí, entre desmarrido y turulato, al histérico recibimiento que más de un millón de madrileños dispensó a cierto militar americano. Lo grave, lo que apenaba, era la evidencia de que si en el coche de ese deslavazado general se hubiera sentado Marilyn Monroe o Adolfo Hitler, el resultado habría sido el mismo. Por allí resopla la ballena de cartón de nuestra democracia, sistema de gobierno tan cacareado como zarandeado por las intentonas que lo sufragaron. Y es que, mal que pese a economistas y asiduos de café, las gentes de por aquí no lo entienden como cosa propia. Se trata de un fenómeno peculiar, acaso único en Europa. El parlamentarismo nunca prendió entre nosotros ni parece que vaya a tener mejor suerte en el futuro, so pena de violentar algo que para bien o para mal es lo nuestro. Las formas políticas no pueden ni deben imponerse: axioma que reza para

Mao como para la CIA, para Fidel como para Khedaffi. Todo lo que no es tradición, es plagio. Me atrevo a proponer (y corro ya hacia el refugio tapándome los oídos): que se democraticen ellos. Quédese el Mercado Común y la tiránica partitocracia para los europeos, sin olvidar que el pueblo desunido será más divertido. Poseemos, además, un sistema autárquico para la organización de la *res publica*, respaldado por la historia y ganado a pulso por el pueblo: los fueros. Ahí nuestra intransferible democracia, la garantía del pluralismo que dejó de respetarse en los Toros de Guisando, lo políticamente popular en el más amplio sentido de la palabra. Pero no hay fueros sin epígonos de Hércules que los consigan y los mantengan: ¿qué se hicieron los Bernardo del Carpio, Ruy Díaz y Fernán González? Aún no hemos saldado el error de Costa al demandar siete vueltas de la llave en el sepulcro del Cid: lo están pagando nuestras mejores cabezas, hipotecadas por el pueril gibelinismo del 98. Habría que invertir la ruta liberando al Cid, abriendo de par en par las puertas de esos sepulcros, permitiendo que los héroes —los de verdad— aniden en nuestros campos, lidiando la historia por octavas reales. ¿Retórica? Algo hay de eso, pero la otra carta está más que jugada, boca arriba, y era perdedora. Parece absurdo guardar la compostura cuando los pantalones se caen a remiendos. Mejor ir a por todas. La apuesta por un poder personal entraña riesgos, pero permite llevarse el plato y desbancar a los demonios familiares. Depende del señor que venga en suerte. Hay Nerones y Alejandros. La dialéctica del caudillaje es una moneda al aire y va en ella la libertad (nadie lo sabe mejor que los españoles), pero ese valor está perdido de antemano cuando la autoridad descansa en el anonimato de una institución abstracta. Los parlamentos son apisonadoras que no reconocen excepciones (siendo la sociedad mera acumulación de éstas). Carecen, por definición, de las virtudes que justifican a un gobernante: la piedad, la intuición, el cambio brusco, la prudente arbitrariedad, la fantasía, la pasión y, por supuesto, la responsabilidad. No quiero parecer doctrinario: es, en definitiva, nuestra urdimbre psíquica (de la que no tenemos el mérito ni la culpa) quien nos obliga a ello. España necesita una reencarnación del arquetipo, otro Hércules, un héroe popular que nos devuelva firmeza, alegría e improvisación. Necesita un ejemplo nacional acorde con las tradiciones de sus pares. Pero no falsos jefes que encaucen *pro domo sua* el entusiasmo recurriendo a la peor y más ruin de las cualidades humanas: la astucia.

Tres son las aventuras españolas de Hércules: el robo de las manzanas de oro en el Jardín de las Hespérides, el descenso a los infiernos para apoderarse del Can Cerbero y la lucha con el pastor Gerión. Y tres, consecuentemente, sus singladuras: las Afortunadas, las costas gallegas y una isla Ericia que acaso fue la de Cádiz o alguna de las de Huelva. En varios de esos lugares hay o hubo recuerdos tangibles del héroe: una torre en La Coruña, un templo en la bahía gaditana y dos columnas en las puntas que definen el Estrecho. No puede ser casual que todos los lances peninsulares del semidiós guarden relación con curetes y con atlantes, con los mitos del jardín al oeste, la tierra de los muertos y el toro. Ni parece simple coincidencia que sus misiones le lleven precisamente a Galicia, Andalucía y Canarias, las provincias que más huellas conservan del ciclo atlante y del de Gárgoris y Habidis. Hércules, por cierto, tiene una manera muy suya de entender y aprovechar las victorias: restituye las manzanas de oro, permite que Cerbero regrese a los infiernos y (según algunos) se reconcilia con Gerión. No viene a traer la guerra, sino la paz. Ni el botín ni el derramamiento de sangre inspiran sus actos. Parece, además, aquejado de obsesiones: el toro no es la menor de ellas. Tres de sus aventuras giran en torno a él: la lidia del monstruo de Creta (al que enlaza y luego pone en libertad), la limpieza de los establos del rey Augias (que cobijaban tres mil bueyes) y el episodio de Gerión. También tuvo que ver con ciervos: capturó a la extraña corza de Cerinea, que lucía cuernos de oro y calzaba patas de bronce. Fue —como Orfeo, Ulises y el Dante— uno de los pocos mortales que bajó al Averno y volvió para contarlo. Y en lo tocante a España, se le atribuye además la fundación de Sevilla.

En realidad, Hércules pretende lo mismo que Prometeo: arrebatar el fuego divino y ponerlo al alcance de los hombres. Adueñarse, en definitiva, de la gracia para redimir a los ángeles caídos. Su pecado, de orgullo e impaciencia, pudo ser el de Lucifer. Y el de Adán: robar las manzanas de oro equivale a forzar las puertas del Paraíso. Pero Hércules actúa con la venia y bendición de lo alto (aunque excediéndose un poco en sus funciones). El Olimpo lo envía para enderezar, en la medida de lo posible, algunos de los entuertos que por aquí abajo se cometen. Ello le aproxima a Cristo, otro Ungido, otro mensajero del Gran Estatúder con proyectos de redención. De hecho, ambos son punto focal de un desmedido culto heliolátrico; y ya veremos cómo las epifanías de estos héroes solares preparan en España el advenimiento del cristianismo. Lucifer (o Prometeo), Adán y Cristo son tres posibles caras de Hércules. Hay muchas otras en este espléndido mito que se ha comparado al latino de Sanco y Cencio, al védico de Indra, al iranio de Ormuz y Ahrimán, al frigio de Mitra, al caldeo de Gilgamesch...

El Hércules español tiene también tres rostros, que corresponden a tres lugares, tres épocas y tres alcurnias. El primero es egipcio: «este Hércules que vino a España contra Gerión no fue el griego llamado Alcides (...) sino el Egipcio hijo de Osiris, como prueban con gran fundamento Florián de Ocampo y otros diligentes escritores».[1] Todas las tradiciones africanas coinciden en afirmar que un semidiós del Nilo, hijo de Isis, se enfrentó en época remota a un rey del Guadalquivir famoso por el lustre de sus rebaños. Y dicen también que ese jefe nunca volvió a salir de la Península, donde fundó villas, engendró linajes y entregó el alma. Según Murguía, este arcano de nuestros orígenes se resuelve en la figura de un *allophilo* o semita cuasi-egipcio, el Ancheos o Hércules de los Hyksos, que fue también su último rey.[2] En cuanto a las dinastías que de él arrancan, igual que dimos en atribuir ascendencia curete al apellido Quirós, cabría buscarle resonancias de Osiris al de los Osorios, «que siempre se han llamado así, y dicen muchos es derivación y generación de Nabucodonosor desde que vino a España. Otros la sacan más antigua y más ilustre, de más poderoso y mayor rey: Osiris, aquel famoso Dionisio, primer rey de Egipto, y el primero que con poderoso ejército entró en España y venció a Gerión (...) Y aún puede ser indicio, y no pequeño, tener por armas los Osorios lobos y aver usado Osiris lobo por armas».[3] Otra leyenda habla de un tal Busiris, monarca famoso por su crueldad, y español, que se enamoró de las hijas de Atlas y las hizo raptar por unos corsarios, momento en el que interviene Osiris para rescatar a las cautivas y dar muerte a su torturador.[4] Salta a la vista que estamos ante una versión novelesca, y seguramente medievalizada, del mito de las Hespérides. Y no es cosa de analizar una por una todas estas consejas, que suman cientos y parecen en su mayor parte delirantes. Pero el hecho de que se repitan siglo tras siglo y la disparidad de antiquísimas relaciones entre la Península Ibérica y el valle del Nilo (recordemos sólo, para abundar en ellas, que los únicos antecedentes conocidos del vaso campaniforme —*leitmotiv* eneolítico español que se impuso en media Europa— proceden del Tasiense egipcio y son anteriores a Cristo en más de cuatro mil años).[5]

Tampoco importa mucho desentrañar cuál de los tres Osiris citados por Diodoro pudo visitarnos, ya que a cada uno de ellos corresponde en las genealogías grecorromanas un Dionisio y un Baco,[6] y son los tres —o los nueve— denominaciones litúrgicas de un mismo personaje el que se hizo célebre en todo el Mediterráneo bajo el apodo popular de Hércules.

Disponemos así de una noticia bastante atendible para explicar la temprana devoción peninsular a Osiris e Isis («la Neith de los egipcios, el netó o Netón de los españoles y el Netaci de los gallegos).[7] La deidad *yin* de las costas africanas vino a entroncarse con el culto dispensado en los promontorios del litoral a las mil metáforas del Eterno Femenino. Mucho se ha hablado sobre la imperscrutable ciudad de Elo, cuya existencia histórica está más que atestiguada, aunque para algunos resulte dudosa su identificación con las ruinas albaceteñas del Cerro de los Santos (y ello a pesar de que Estrabón llamaba *Mons Argenteus* al pico almeriense de la Sagra, utilizando el mismo nombre —tomado de Herodoto— que Aristóteles aplicase al misterioso lugar donde nacía el Nilo.[8] La cresta en cuestión linda con la frontera de Albacete). Hubo allí un heracleo consagrado a Isis, Horus, Neith Ptah, Serapis y otras divinidades egipcias, que terminó en hoguera durante la caza de brujas desencadenada a finales del siglo IV por el emperador (y español) Teodosio, de triste memoria. En Elo, según Costa,[9] se habían depositado fórmulas rituales, poesías funerarias, himnos religiosos, libros de cosmogonía, manuales celestes del saber caldeo y hasta las milagrosas recetas de los papiros de Thoth (pues Isis fue diosa curandera, como después iba a serlo la Virgen, tanto en Egipto como en Grecia). Todo fue pasto de las llamas para que un vacceo metido a archipámpano se cubriera de la misma gloria que tres siglos más tarde conseguiría un miramamolín jaleando a sus jenízaros durante el tercer incendio de la biblioteca de Alejandría. Emparedado entre Augusto y los Reyes Católicos, Teodosio encarna una desgraciada variante de esos padres de la patria, sino fatal de nuestra historia, que so pretexto de unidad nos arrebatan una y otra vez, y a cercén, los mejores atributos del pasado. Para el pluralismo religioso de la Península, el siglo IV supuso una hecatombre equivalente a la que en mayor escala iba a devastar el mapa etnológico de la misma bajo la férula de Fernando e Isabel.

Marginalmente, el Cerro de los Santos iba a convertirse en plataforma de un escándalo sin igual en los anales de nuestras academias: se produjo allí, a mediados del XIX, una tentativa de falsificación que, pese a su provincianismo, despistó a buena parte de los investigadores de la época. «Los genuinos e imponentes restos de la civilización que floreció a la sombra del santuario de Montealegre aparecieron revueltos desde el principio con otros de sospechosa procedencia, transportados de diversos sitios. En todos ellos intervino la torpe mano de un pseudoaficionado, relojero de Yecla, cuyo nombre no se consigna aquí, porque expió terriblemente —con la pérdida de la razón— sus atentados arqueológicos, a los cuales hubo de arrastrarle, más bien que la codicia, cierta vanidad desatinada de pasar por descubridor de cosas peregrinas.»[10]

Menéndez y Pelayo, atascado en las orejeras ultramontanas que tan a menudo hipotecan los resultados de su brillante fatiga intelectual, niega la existencia en la cumbre del Cerro de un observatorio astronómico gobernado por sacerdotes caldeos, brujos y matemáticos. Su escepticismo, por encima de las verdades de fe que puedan justificarlo, carece de argumentación. De hecho, casi todos sus colegas finiseculares, desde Joaquín Costa hasta Aureliano Fernández-Guerra, no sólo respaldaron esa academia de estudios esotéricos, sino que la imaginaron acrópolis, hemeroscopio y seminario de la cercana y enigmática ciudad de Elo. Ésta, a juzgar por los objetos y monedas desenterrados en el Cerro, fue sede de una importante escuela astrológica y teúrgica del mundo antiguo, cuya autoridad se mantuvo desde el siglo V a. de C., como mínimo, hasta el reinado de Teodosio, novecientos años más tarde. El arte del Cerro es fundamentalmente ibérico, coetáneo de la Dama de Elche y muy relacionado con el culto a las grutas, fuentes, bosques y cabos peligrosos. Pero a este fondo indígena y naturalista se superpusieron los modos y modas de las doctrinas pitagóricas y alejandrinas con toda su carga de misticismo y sincretismo mistérico. También se han encontrado elementos caldeos, como la ofrenda dibujada en un vaso de libaciones o las mitras y tiaras de clara procedencia oriental. Entre los motivos ornamentales, que se repiten en otros cerros de la región, abundan las cruces gamadas, los soles radiantes y unas extrañas figuras con cabeza de espiral y cola serpentina que bien pudieran representar cometas. Menéndez y Pelayo cree que no cabe ver en todo esto símbolos herméticos o mitraicos, porque «las principales esculturas son anteriores a la difusión de tales cultos en España y revelan un arte y una civilización mucho más bárbaros y primitivos».[11] Su error es el mismo del pensamiento católico ortodoxo: encerrar la Antigüedad en unos límites cronológicos harto más estrechos de los que en puridad le corresponden. A finales del siglo pasado era aún dogma de fe el asignar a la creación *ex nihilo* una edad de cincuenta mil años y las lumbreras del Vaticano conciliaban a maravilla los versículos de la Biblia con los hallazgos de la paleontología. Pero se sabe ya, y hasta en Roma lo admiten, que hubo homúnculos hace cientos de milenios. La infancia de la historia se desplaza lentamente hacia un pasado cada vez más remoto. Cuando los romanos trajeron a España efigies de Isis y de Mitra, los iberos estaban cansados de rendir culto a principios similares en el vernáculo seno de esa *bárbara y primitiva* civilización que el polígrafo les atribuye.

Fuera del Cerro de los Santos también se adoraba a las divinidades del Nilo. La liturgia de Isis se extendió por Andalucía, penetró en Lusitania, subió a Extremadura, llegó a Galicia e hizo literalmente furor en las costas catalanas y levantinas.[12] En Valencia quedó memoria de un *Sodalicium vernarum colentes Isidem* y en Cabra de una *Flaminia Pale.* Han aparecido exvotos consagrados a la diosa en Guadix y Caldas de Mombey, altares en Iria Flavia (donde después se levantaría el primer templo del mundo consagrado a la Virgen)[13] y Astorga, lápidas en Carmona y varios yacimientos gallegos, y como mínimo catorce inscripciones dedicadas a ella (y a Serapis) en otros tantos puntos de la Península.[14] La de Guadix, que es quizá la más famosa, incluye el inventario de las preseas pertenecientes al icono local de la deidad[15] (lo que luego, aplicado a las vírgenes cristianas, se llamaría —y se sigue llamando— *tesoro*). Otra posible secuela asoma en la palabra *carnaval,* que acaso derive de *currus navalis.* Los romanos celebraban la fiesta de Isis el 5 de marzo con una procesión de disfraces en la que figuraba un barco o *Isidis navigium.* En algunos lugares de España, y siempre por carnestolendas, desfilan aún (o desfilaron hasta hace poco) simulacros muy parecidos. Caro Baroja cita el ejemplo de Reus, donde salía una embarcación de setenta toneladas largas con simbólicos marineros de agua dulce arrojando flores y caramelos.[16] Algunos autores han visto en la imagen de Nuestra Señora de Mongrony la copia de una Isis fenicia, del mismo modo que otros identifican a la zaragozana del Pilar y a la mayor parte de las vírgenes negroides con las efigies de las Matronas celtas.[17] Es, por lo demás, muy difícil establecer linderos entre lo que se debe a Isis y lo que corresponde a Tanit o Astarté, para citar sólo dos de las múltiples advocaciones adoptadas en España por esa *Magna Mater* que ya tenía devotos en los confines de la Prehistoria. Isis, madre de Osiris, o María, madre de Cristo. Y ambos —Cristo y Osiris— héroes solares de vasto predicamento peninsular. No son ni podrían ser coincidencias.

¿Existe alguna relación entre estos cultos y las huellas dejadas por el cabirismo en España? Antes de afirmarlo o negarlo habría que zanjar la cuestión de si realmente creyeron algunos de nuestros antepasados en los Cabiros. ¿Y por qué no si esos enanos —que los fenicios colocaban en la proa de sus bajeles— eran inventores y númenes tutelares de la navegación, personificaciones cósmicas, encarnaduras de los astros y metalúrgicos expertos en el manejo del martillo y las tenazas? Parece difícil que un culto de tales características no arraigase en el país de los cabos, las minas de estaño y la Vía Láctea. Sí, llegó hasta él, claro. Pero es igualmente difícil que no lo hiciera, traído por los egipcios (a los que Menéndez y Pelayo atribuye la invención del cabirismo), por los jonios (a quienes los hierofantes de Samotracia, según Schelling, iniciaron en los misterios). La doctrina de los Cabiros cantaba las emociones de una magia astral que trascendía a la naturaleza, pero que incesantemente se manifestaba por medio de ella. A gallegos y celtas, como mínimo, forzosamente tenía que caerles en gracia un culto de ese pelaje. Y, en efecto, no faltan historiadores que han querido trasladar a las cuevas de Galicia los místicos y nocturnos aquelarres de Samotracia (a menudo rematados con un festín de toro crudo). Murguía preguntaba: «¿cómo no creer que el cabirismo fue conocido en Galicia, que tanto y tan íntimo trato tuvo con los fenicios, cuando tan claras pruebas hay de que las demás colonias púnicas de España lo conocieron?».[18] Hay una colegiata de Caaveiro junto al Eume, en uno de los lugares más apartados, emblemáticos y misteriosos del macizo galaico; y, por si fuera poco, es cosa probada que los Cabiros medraron en Irlanda y que sus adeptos rendían culto al dios Neith, muy parecido al Netaci de los gallegos. En cuanto a las *claras pruebas* de las demás colonias púnicas, habrá que reducirlas a las monedas desenterradas en Málaga e Ibiza. La cuña de éstas reproduce una divinidad provista de mandil, armada de martillo y coronada por ocho rayos. En aquéllas, la diosa Ptah socava el vientre de la tierra en busca de metales y esgrime un par de tenazas como atributo. Hay quien conduce el topónimo *Málaga* a *Malache,* esposa mística de uno de los Cabiros.[19] A la luz de todo ello parece aventurado afirmar la difusión en España de los misterios del cabirismo, pero sería temeridad negarla.

Arcaicas —y arcanas— tradiciones atribuyen a los egipcios la fundación de Brigantia «y es un hecho curioso que la casi isla en que se asienta tenga muchísimas semejanzas con Tyro, la colonia sidoniana, y con Cádiz, de origen tyrio».[20] En ellas, y en los cuestionables (y cuestionados) Cabiros, comienza la intersección peninsular de los fenicios con los egipcios, que trajo como consecuencia —además de otras cosas— la suplantación del Osiris hijo de Osiris por el Melkart o Hércules Gaditanus. Murguía explica el relevo entre ambas culturas mediante el cojinete, ya mencionado, de los *allophilos* o semitas que invadieron el Delta, visitaron las costas españolas y llevaron a Egipto el estaño que conoció Moisés.[21] Poco importa ahora argüir que pudieron ser curetes, y no *allophilos,* quienes tan preciosa información suministraron al Patriarca. Estamos en el ciclo de Hércules, muy posterior al de Habidis (aunque emparentado con él, como ya se vio). Pero sí interesa recordar que fábulas de aquende y de allende narran el viaje realizado por Sargón (de Ur) al Anakuni o País del Estaño en el tercer milenio a. de C., y dicen que a ese rey llamaron Hércules los siglos y las generaciones sucesivas. Otras tradiciones relatan que «habiéndose aumentado excesivamente la Fenicia y Palestina, los tirios consultaron a los oráculos de Egipto para saber en qué punto podían establecer colonias, y obtuvieron por respuesta *que fuesen allá al extremo de la tierra en donde se levantaban las columnas de Hércules,* prueba evidente de más antiguas navegaciones, de las cuales no tenían conocimiento los fenicios».[22]

Idas y venidas por el Mediterráneo, en las que casi todo está por demostrar. Pero, sea como fuere, en pos de caldeos o de *allophilos* con o sin la bendición de los archimandritas del Nilo, gentes de Asia Menor empezaron a desembarcar en España más o menos por los mismos años de la guerra de Troya. Y trajeron una deidad, heredada precisamente de Egipto y también en Babilonia, que ya no se llamaba Baal-Hammon, sino Melkart, al que en seguida iban a confundir colonizados y colonizadores con el Osiris de unos tiempos ya a la sazón tildados de oscuros. Es el segundo Hércules, el fenicio, a cuyas antiguas funciones y atributos se añaden ahora las correspondientes a Kronos y Saturno, nombres que los griegos y romanos impondrán más tarde a Baal-Hammon-Melkart.[23] De modo que Hércules, acaso *paredro* de Habidis adaptado al gusto y a las necesidades de una época posterior, asume los rasgos de un dios inscrito en los cabos por los curetes. Y Kronos, como ya vimos, pudo dar nombre a La Coruña, ciudad en la que se erigió y aún existe una monumental Torre de Hércules. Es sencillamente portentosa la capacidad de sincretismo adscrita a este héroe español. En él confluyen Habidis u Osiris-Dionisio-Baco, por una parte, y Baal-Hammon-Melkart-Kronos-Saturno por otra, y con él se identifica la figura de Cristo y varios de los mitologemas aportados (o reimportados) por la nueva religión. Aún más: en la inscripción de Quintanilla de Somoza dedicada a Serapis, y al socaire de una mano derecha con los dedos muy separados, alguien grabó en gruesos caracteres la palabra ΙΑΩ, equivalente a Ιαω o sobrenombre de Baco, derivado del *Iahvé* judío, que los egipcios y griegos aplicaban frecuentemente a las divinidades de inspiración dionisíaca.[24] Con ello parece sugerirse una progenie hebrea de Cristo paralela a la pagana de Hércules. Y la catástasis de esta lección de historia de las religiones se produce al descubrir que los fenicios conmemoraban el despertar de Melkart en la noche del 24 al 25 de diciembre, fecha tan vinculada a la génesis de un dios en la devoción del pueblo que la Iglesia no juzgó oportuno desautorizarla: ya para siempre, aunque a regañadientes, la Natividad de Jesús va a caer en ese día. O dicho de otro modo: la liturgia de los héroes solares se mantendrá en latín macarrónico *per saecula saeculorum*. También en Roma, desde el emperador Aureliano (que subió al trono hacia el 270 de nuestra era), se consideraba al Sol Victorioso patrono oficial del estado y de la augusta persona, celebrándose una solemne fiesta en su honor el 25 de diciembre. Este *Dies Natalis Solis Invicti* coincide asimismo con la ceremonia más importante del culto mitraico, que las legiones romanas habían propagado (o iban a propagar) por el Mediterráneo y que atrapó a numerosos adeptos en la Península.[25] Como en Oriente no existían los precedentes heliolátricos del ciclo de Hércules, los cristianos de aquellas provincias festejaron la Navidad el 6 de enero hasta que Roma, siglos más tarde, los llevó al huerto de la infalibilidad. La Nochebuena, tal como hoy se practica, fue innovación tardíamente adoptada por la Iglesia de Occidente, que no pudo o no quiso profanar determinadas festividades del mundo antiguo. Suele decirse que Cristo y Mitra acapararon equivalentemente la religiosidad del Mediterráneo entre los siglos I y III, y que la pugna se mantuvo en vilo hasta que la casual decisión de un emperador inclinó la balanza. Inopinable. Pero ¿habrían arraigado al oeste del Bósforo los ritos cristianos y mitríacos sin el milenario precedente sentado por los cultos de Osiris, Melkart y Dionisio? ¿Es Hércules, ese coloso trífido, quien hizo posible —involuntaria o expresamente— la revolución espiritual del Mediterráneo que culminó en el cristianismo, alcanzó a todos los continentes, mantuvo su inicial fervor jacobino y catadióptrico durante casi veinte centurias y sólo ahora, a partir del Vaticano II, empieza a batirse en retirada y a dejar el terreno despejado para otra explosión de misticismo? Lo cierto es que las religiones solares consiguieron aunar en el mismo credo a todos los habitantes del mundo clásico por espacio de cinco mil años, mientras el ecumenismo de la Iglesia de Pedro, forjado en Nicea, se vino abajo en poco más de mil quinientos.

Tras los fenicios, y desde la Grecia jónica, vinieron los focenses, que al desembarcar en nuestras costas recitaban ya de corrido los trabajos españoles del viejo capitán osiríaco aclimatado en la Hélade con los nombres de Herakles y Dionisio. Los griegos rendían un culto doble (y paralelo) a este dios, por lo que no es inverosímil suponer que ambas liturgias llegaron tempranamente a la Península: la esotérica, reservada a los iniciados en los misterios órficos, y la de pan llevar, accesible al vulgo en bacanales de índole más chabacana. Éstas, como dice Costa, no tardaron en asimilarse a las alegres y ruidosas orgías del Baco ibero.[26] Algo parecido iba a suceder con las ceremonias herméticas, que ya en Grecia eran taurolátricas y que en España se confundirán y mezclarán con los sacrificios de bóvidos, también revestidos de significación ctónica y solar. Así invocaba Plutarco a la deidad iniciática: «Ven, héroe Dionisio, a tu sagrado templo en la orilla del mar. Ven acompañado de las Charites. Penetra en el santuario con tu pie hendido. ¡Digno Toro! ¡Sagrado Toro!»[27] La mitología griega relaciona una de las muertes de Hércules con las virtudes curativas y genésicas desde siempre atribuidas al cuerpo de este animal. El episodio pertenece al ciclo del centauro Nesos, que —ya moribundo— cede su sangre a Deyanina, esposa del semidiós, para que lo utilice como filtro mágico capaz de devolverle el amor de su marido. Pero la receta, entre venenosa y homeopática, larga un culatazo y Hércules muere bajo sus efectos.[28] La potencia farmacológica del toro es y ha sido constante obsesión de nuestros curanderos y saludadores. Se verá, pero ya vimos que al rey católico le fue en ella la vida.

Por estas y otras razones, entre todos los trabajos del héroe es su lucha con Gerión el que desde el primer momento se carga de más hondas connotaciones simbólicas en la Península. El monarca en cuestión era ganadero y andaluz, como Habidis, y vivía en una isla que pudo ser la onubense, luego consagrada a Melkart, o la gaditana, destinada a convertise en azoguejo y emporio del chalaneo libanés. Parece normal que ya entonces ramonease una rica cabaña en las dehesas donde hoy se crían los mejores toros de lidia y otrosí que se juzgara empresa digna de semidioses la encaminada a apoderarse de aquéllos.[29] La fábula dice que nuestro héroe, movido por la codicia, acosó a los pastores de Gerión y que éste, al frente de todo su pueblo, huyó a Galicia, siendo alcanzado, derrotado y muerto en las proximidades de La Coruña. El vencedor se apoderó de los bueyes *coloraos* del vencido, los encerró en una gruta y sobre ella levantó la torre que lleva su nombre (y que posteriormente volverían a edificar los romanos sobre los viejos cimientos fenicios). Ya tenemos otra vez a los andaluces en Galicia. ¿Otra vez o la misma? ¿No será Gerión un sucesor o *paredro* de Habidis? Entre tartesios se juegan los cuartos. ¿Y no será la hazaña de Hércules mitologema sinóptico de una trashumancia que duró siglos y generó la unidad racial encontrada más tarde por los romanos? Una variante de la leyenda asegura que «las gentes de Hércules, dominadoras y pastores en su país (medos y persas), se quedaron en la Península, hicieron tratados de paz con los súbditos de Gerión y continuaron su existencia ganadera. He aquí a una raza de pastores vencida, enfrente de otra raza de pastores, triunfante. Situemos a éstos en la tierra llana de entre el Nalón y el Navia; hagamos subir a aquéllos hasta las brañas de nuestros vaqueiros, y resultará que los verdaderos astures son estos últimos, y que los extraños y advenedizos son los que dominan. Arriba estarán los despreciados vaqueros de Gerión, abajo los altivos vaqueros de Hércules».[30]

Que éste se reconcilió con su enemigo, o con sus vasallos, es cosa que puede aceptarse y hasta darse por probada, ya que los griegos estaban al tanto antes de venir a España. Que ahí se origine la rivalidad y el rencor entre los vaqueiros, por una parte, y los *xaldos* o *marnuetos,* por otra, es hipótesis sin duda arriesgada, pero fascinante, y presenta además la ventaja de parecer mitológicamente armónica, esto es, coherente con el sentido general de nuestro *corpus* de leyendas. En cuanto a su verosimilitud histórica, repetidas veces se ha aludido en las páginas de este libro a una colonización parsi e indoescita con epicentro en Astorga, y cada alusión iba acompañada de su respectivo argumento de autoridad. A ella me remito. La coherencia mitológica se verá, en cambio, con más nitidez al tratar del Camino de Santiago y de las razas malditas, una de las cuales es precisamente la de los vaqueiros.

A la zona del Estrecho, a La Coruña y a la provincia de Teruel pertenecen las manifestaciones más visibles y espectaculares del culto al héroe. De Cádiz o de Mainake arrancaba la Vía Hercúlea —concebida sabe Dios por quién, utilizada por los fenicios, mejorada por los griegos y heredada por los romanos— que recorría el litoral de tres países y terminaba en algún lugar de Italia. Y entre Cádiz y Mainake, en el *non plus ultra* de los promontorios que definen el Estrecho y transforman el mar en océano, se emplazaron o imaginaron las columnas que nadie vio, pero de las que todos se hicieron lenguas. Columnas inevitables y casi lógicas, habría que añadir, ya que ese objeto simboliza, a escala cósmica, la eterna estabilidad, y Hércules es por su parte prototipo de la Firmeza. Alude también al Templo de Salomón, o a lo que después de Salomón se llamó así, imagen de la construcción absoluta y esencial,[31] y punto de referencia de las sociedades secretas nacidas al quedar fuera de la ley el cristianismo de los gnósticos.

Siguiendo el hilo del Estrecho, hubo en Cádiz —y se hizo tan célebre que casi avergüenza citarlo— un heracleo que se mantuvo en pie, y abierto al culto, hasta que Teodosio elevó la fe religiosa a razón de estado e inauguró la era de las intolerancias. Fue opinión muy extendida que en el templo se conservaban las cenizas del semidiós.

La *Vida de Apolonio de Tiana,* escrita por el retórico Filóstrato, cuenta el viaje que en tiempos de Nerón hizo a la Bética «aquel famoso pitagórico, iniciado en todos los misterios de la teurgia oriental», como Menéndez y Pelayo tuvo a bien definirlo[32] (o como mutatis mutandis los definió la literatura antigua encarnación del dios Proteo, exorcista, evocador de sombras, resucitador, augur, brujo, amigo de bramines, compadre de gimnosofistas, viajero por lo que hoy llamamos tercer mundo y repetición de Cristo. «Predicó la reforma de las costumbres, la abstinencia, el vegetarianismo, la comunidad de bienes y los dogmas o teoremas de Pitágoras. Repartió su heredad entre los mendigos, vivió en los templos, apaciguó las sediciones, instruyó al prójimo, caminó descalzo y obró innumerables prodigios»).[33]

Apolonio quedó impresionado por el trance místico y mágico —o mistagógico— que agitaba la ciudad de Cádiz, y tomó nota de que nadie moría en ella durante la pleamar. Menudeaban los dioses y por doquier surgían lararios y adoratorios. Dos Hércules —el egipcio y el tebano— se repartían con el ateniense Menesteo el fervor de los idólatras, mientras piadosos intelectuales de corazón antiguo deificaban símbolos abstractos como el Arte, la Pobreza, la Senectud y hasta la Muerte, en cuyo honor se componían himnos y gorigoris, lo que maravilló al teósofo por ser costumbre sin parangón en otras partes.[34] Diecisiete siglos después las gaditanas de una célebre copla se harían tirabuzones con las bombas de los fanfarrones... Nuevas noticias para los archivos bárbaros sobre nuestra obsesión escatológica.

En el *herakleion* sobresalían y causaban estupor dos columnas de oro y plata —o de *oricalco*— «mezcladas en un solo color, altas más de un codo y cuadradas como yunques», con letras desconocidas («que no eran indias ni persas») en los capiteles. Apolonio, ante el asombro de los sacerdotes, las tradujo así: «estas columnas son las ligaduras de la Tierra y el Océano. El mismo Hércules las grabó en la casa de las Parcas para que no surgiera discordia entre los elementos ni violasen nunca la amistad que hay entre ellos».[35] De nuevo el símbolo de la Firmeza cósmica referido a un semidiós de linaje atlante que traspasa los umbrales del más allá. El significado de la inscripción no podía estar más claro para quien supiera que allí, o cerca de allí, habían desembarcado los supervivientes de la gran catástrofe (Hércules entre ellos, pues dice su leyenda que llegó a España acompañado por el sabio Atlas, primer hombre «que públicamente disfrutó de los movimientos de los cielos»[36] e instructor del héroe en todo lo tocante a astrología. Esta última metáfora alude, según el francés Philippon, a las lecciones de ocultismo impartidas por los atlantes en un país representado por Hércules).[37] Jamás volvería a repetirse el diluvio, o *discordia entre los elementos* causada por la *violación de su amistad* (léase: el orden natural y divino), para lo cual un caudillo garantizaba solemnemente la estabilidad del *océano* y la *tierra* con unas *columnas* levantadas en la *casa de las Parcas* o frontera de la muerte. Mensaje ecológico (y a la vez compromiso de hombres con temor de Dios) grabado en el fin del mundo para uso exclusivo de los adeptos. Y Apolonio, iniciado al hermetismo, lo era, conocía de sobra todo esto y también el enigmático lenguaje utilizado en los capiteles. El mismo, probablemente, que aún se oía en las cámaras oblongas, galerías subterráneas, rampas helicoidales, laberintos pantanosos y fétidos estanques por los que en el interior de los templos del Nilo transitaba el aspirante hasta alcanzar el patio estelífero de la revelación. Mar sesgo, viento largo, estrella clara —la calma después de la tempestad— condujeron a los náufragos por un camino nunca usado hasta el Puerto donde una basílica y unos postes habían de perpetuar la memoria del castigo y el comienzo de la nueva Edad de Oro. *Eternamente,* pero no contaban con el masoquismo de los humanos.

Y tras las columnas, una torre: en La Coruña y dentro ya, probablemente, del ciclo mediooriental. Este tipo de construcciones tiende una escala de la tierra al cielo. Sus ventanas cimeras corresponden a los ojos del pensamiento. El decimosexto arcano del Tarot presagia la catástrofe inminente expresada por una torre a la que hiere el rayo. Es emblema rabiosamente ambiguo, de ascensión y descenso: cuanto más se eleva su fábrica, más hondas son sus raíces. Nietzsche explicó que subimos en la medida que bajamos,[38] lo que constituye un axioma de mucho entendimiento.

Al parecer, se llamaron columnas de Hércules no sólo las del Estrecho, sino también dos de las regiones septentrionales, emplazada la una en La Coruña y la otra en Irlanda, cerca del cabo Cleare. Estamos, en realidad, ante el mismo mito, manifestado de la misma manera y generado por el mismo pueblo. Es muy fácil ver en la columna una torre y viceversa. Dos promontorios en Gibraltar y Ceuta, dos salientes en Galicia e Irlanda. En ambos lugares, las puertas de un mar inexplorado y embravecido por las leyendas. Tribus nómadas que emigran hacia el norte llevándose la tradición a cuestas, y un faro levantado para alivio de navegantes en la peñascosa lengua del Finisterre... Todos los gallegos saben que en días claros cabe divisar Irlanda desde la capucha de la Torre. Y es blasfemia dudar de tan improbable conseja.

¿Faro o ingenio bélico? Se dice que aquel héroe solar de sangre fenicia, tras erigir la inmensa atalaya sobre la cuerna de los bueyes colorados, colocó en el minarete espejos ustorios para incendiar las naves que se acercaran a la costa. La *estoria* alfonsí añade que los reflejos de esos artefactos equivalían a los despedidos por los leones heracleos de las fragatas gaditanas. Y también un detalle macabro: el constructor puso la cabeza de Gerión en los cimientos del edificio. Por los mismos años, pero en otros predios, se sublevaron los *almujuces,* adoradores del fuego; y Nabucodonosor y Jerjes, persiguiéndolos, los confinaron en Noruega, Prusia, Dacia «y demás islas frías». Los pirólatras aprendieron entonces a varar navíos, se adentraron por el mar, conquistaron las Albiones y quisieron fondear en los esteros de Galicia, tan parecidos a los fiordos que recién habían dejado a sus espaldas. Antes de poner proa a La Coruña supieron del prodigio de los espejos y celebraron una asamblea para decidir la mejor manera de burlarlo. Y fue ésta la estrategia concebida: emballestar las cubiertas de sus buques, emperifollarlos con ramajes, aproximarse de tal guisa a la Torre, disparar a un tiempo todas las saetas y quebrantar con estrépito los reverberos. Así lo hicieron, hubo lucha y ésta se dirimió como en la fábula de Gárgoris y Habidis: con una avenencia entre las partes. Cuarenta años mandaron los *almujuces* en Galicia y treinta y siete los *firbolgs* (que tanto montan) en Irlanda. Costa analiza la leyenda[39] y concluye que ese lapso de tiempo corresponde a la fase en que el sol (las gentes de Hércules) está oculto, arrebatada su lumbre por la tergémina sierpe (los invasores, que adoraban el fuego y por ello lo robaban). O sea: que identifica a los *almujuces* con aquellos *sefes* o serpientes, nictálopes y de sangre fría, que convirtieron España en la antigua

Ofiusa. Inyección nórdica, en definitiva, porque *almadjus* llamaban los árabes a los normandos y, quitándole el artículo, nos quedamos en los *maxues o maxyes* citados por Herodoto y en los *maschuach* de los jeroglíficos del Nilo: la raza lunar, devota de los demonios nocturnos que en la cosmogonía galaica se contraponen a los *Tuatha-de-Danann o* dioses solares.

Se nos cuela así el ciclo normando hasta las cachas y aún inspirará, con su dialéctica de la luz y las tinieblas, prodigiosas hazañas medievales. El *Codex Calixtinus,* a propósito de una fantomática conquista de las Españas llevada a cabo por Carlomagno, dice que dos obras de insigne piedad coronaron la gesta: la destrucción de los ídolos y el realce dado a la iglesia compostelana. En cuanto a aquéllos, y en pintoresco gallego macarrónico, aclara el texto: «quantos iddos y achóu en España, todos los destroyóu é birtou salvo o idolo que ha en terra de Alandalusía, que chaman Sala Cadix. E sala quer dizer en lingóajeem ebrayqua Deus. E dizen os mouros que este idolo fez alí Mafomete (...) E aquel idalo está enna riberia de mar en un penedo antigo sobre la terra, moy ven lavrado de huna obra moy nobre é a mourisca. E ten o rostro contra o medeodía. E enna mano destra ten una moy grande chave». La leyenda de Carlomagno es falsa, pero no así este ídolo gaditano al sesgo. Se trata de un monumento rigurosamente histórico, avalado por San Isidoro de Beja, las crónicas árabes y la literatura escandinava. Conocemos con exactitud su emplazamiento, composición y dimensiones: era una estatua de bronce áureo y nueve pies de altura plantada en la boca de la bahía sobre un pedestal de cien codos formado por varios bloques de piedra que trababan ligaduras de plomo y hierro. Las sagas lo llaman *karl* (*Anciano* o *Señor*) y le aplican adjetivos grandilocuentes y majestuosos. También nos dicen que su cara estaba vuelta hacia el sur, que empuñaba una llave en la mano derecha y que señalaba con el pulgar hacia el mismo punto del horizonte indicado por sus ojos. El moro Muza al avistar la blanca Cádiz en aquel largo verano del 711, creyó que el dedo del Señor le anunciaba un feliz desembarco y que su llave le abriría las puertas de la España goda. Trescientos años más tarde, un caporal vikingo soñó a los pies de la estatua que el numen de la misma se le manifestaba ordenándole regresar a su tierra, donde se le aclamaría como un único soberano de Noruega e

Islandia. Olao Haroldson, que tras depredar las riberas del Miño y las costas lusitanas se disponía a traspasar el límite del Estrecho, era hombre de fe y siguió el consejo. Éste le granjeó una corona. El ídolo siguió en su sitio hasta 1145, año en que un arrayaz sublevado en Cádiz —y bautizado con el increíble nombre de Alí-ibn-Isa-ibn-Maimón— lo derribó y deshizo.[40] En la apócrifa *Crónica de Turpín,* arzobispo de Reims e infatigable compinche de Carlomagno, se predice que España permanecerá en poder de los infieles mientras el ídolo esgrima la llave, pero que si ésta se le cae, los *mouros* enterrarán sus tesoros en Galicia y se marcharán de la Península.[41] Todo gallego que se precie ha escarbado alguna vez los campos en busca de esos tesoros, y no solamente en el tiempo feliz *gone with the wind.* Es tema al que se volverá.

El tercer monumento dedicado a Hércules podría ser la montaña de Peñalba, como ya dije al hablar del culto al toro y de la toponimia del *tur* en relación al ciclo de la Atlántida. El arqueólogo Cabré atribuye a los fenicios esta especie de colosal palimpsesto grabado en roca viva y profusamente ilustrado.[42] Si su teoría resultase cierta, estaríamos ante otra manifestación del culto al segundo Hércules, pero la verdad es que cabe suponerle mucha más antigüedad al yacimiento. Los fenicios gustaban de personificar a sus dioses en los cerros, pero no tenían la exclusiva de dicha usanza. En todo caso, y sin meternos en dibujos cronológicos, Peñalba debió de ser un importante centro de romerías prehistóricas. Hay allí, como ya vimos, «una tosca cabeza humana esculpida sin arte en un espigón rocoso y prolongada por un cuerpo que está sólo dibujado», y bien pudiera tratarse de una representación del héroe, pues a corta distancia se ve un perro bicéfalo y el único recordado por la mitología con esa rareza es el llamado Ortus u Ortrus que encarrilaba las boyadas de Gerión. Por si fuera poco, Cabré descubrió cerca de Peñalba, al final de la sierra que nace en Vallestar y concluye a quemarropa de Albarracín, un repecho adornado por toros blancos que rodean a una figura varonil.[43]¿Gerión con sus rebaños? ¿Los doce albos bureles del rey Augias? El hallazgo podría revelarse tan importante para el ciclo mítico de Hércules como el Tajo de las Figuras lo fue para el de Gárgoris y Habidis. Y con parecidas implicaciones: demostrar que en el bajo neolítico o incluso en plena Edad de

Hierro, antes de que los colonos griegos y los legionarios romanos infundieron nueva vitalidad a los heracleos, el héroe no se había difuminado en el érase una vez de las narraciones fabulosas, sino que seguía siendo objeto de un culto público mantenido en olor de multitud. Y como la divinización de las montañas es en sustancia litolatría, a nadie le extrañará ese círculo de *pizarras o pedrones enhiestos* que, según Florián de Ocampo, trazaron los españoles en torno al túmulo de Hércules tras la última, por ahora, y acaso definitiva muerte del semidiós.[44]

Sus hazañas, a menudo enquistadas en el *shangrila* de los cuentos infantiles, no han conocido decadencias. En uno de ellos, extremeño y muy intrincado, Roso de Luna creyó descubrir huellas del *Popool-Vuh* o biblia de los mayas.[45] Es el que relata las peripecias de Juanillo el Oso, personaje vagamente licantrópico que recorre el mundo trabando amistad con individuos aún más extraños y cargados de un simbolismo tan fácil de percibir como difícil de entender. Merece la pena recordar esta fábula donde la admiración por la fuerza física y por la justicia *que no es de este mundo* se mezcla a la bárbara latría de una naturaleza primordial. El telón se levanta sobre la morada de una hermosa viuda, requerida de amores por un gigantesco oso. Éste se decide a raptarla y tiene de ella un hijo, al que ponen por nombre Juanillo. A los tres años, el rapaz siente deseos de jugar con gente de su edad, aparta la enorme piedra colocada por el plantígrado en la boca de su cubil y se echa a los caminos. Tiene ya una fuerza asombrosa y en cada comida engulle siete bueyes y siete fanegas de pan. Llega Juanillo a la corte y el rey, admirado ante sus proezas, se compromete a satisfacer todos sus deseos. El muchacho sólo le pide una porra metálica de cien quintales para deshacer entuertos y reparar agravios. Tras mucho vagar, y muchas hazañas, encuentra a su primer amigo: un hombrezuelo que derriba montes a guantazos y se llama, por ello, Vuelcacerros. Los dos colosos deciden unirse y tropiezan con otro personaje singular, que mata sus ocios jugando a las chapas con ruedas de molino. Sin un titubeo lo aceptan como compadre y marchan en comitiva hasta topar con un mocoso encanijado que arranca pinos de cuajo y sin pestañear. Es el cuarto mosquetero. Las aventuras terminan mucho tiempo después con princesa, boda y banquete. Se supone que también Vuelcacerros, Piedra de Molino y Desgajapinos sientan la cabeza.

Juanillo, y otros Juanillos que andan por las bocas infantiles (o seniles), es el anverso popular de un Hércules cuyo reverso culto podríamos encontrar en los octosílabos del *Mío Cid,* «refundición de leyendas protohistóricas relativas a Alcide, uno de los sobrenombres de Hércules»,[46] y en las andanzas de ese héroe medieval de carne y hueso. Roso de Luna, fiel a sus obsesiones, le busca mondongos al entero ciclo y termina por afirmar que su verdadero significado es el antiquísimo del Hombre Superior cabalgando y embridando a la Bestia Humana. Que así sea, sin perjuicio de lo que llevamos dicho. Por mi parte, entre todas las caras del Heraclida prefiero esa que nos lo muestra como *primus inter pares* de una España promiscua, pero conciliadora, y que nos lo propone como buen ejemplo nacional de un país que tan malos suele recibirlos. Año tras año, la cofradía del *Corpo Santo de Pontevedra*, cuyo *vigario* exhibe en la vara el Teucro del Hércules Fundador, reúne a sus miembros sobre una embarcación anclada en el centro de la ría y sólo entonces enarbola el estandarte para proclamar que nadie a bordo cree en la justicia de la tierra.[47] Es un consuelo saber que aún quedan en estos campos gentes capaces de entender así la fama del más esclarecido de nuestros héroes.

IV. LOS CELTAS

> Cuando les llegó la hora de vadear el río de la muerte, se acercaron los dos a la ribera. Las últimas palabras del señor Desaliento fueron: *Adiós, noche. Bienvenido el día.* Su hijo entró cantando en el agua, pero nadie comprendió su canto.
>
> JOHN BUNYAN
> *(The Pilgrim's Progress)*

> Conversé con las rocas y como un amuleto
> recogí de las rocas el sideral secreto.
> Los números dorados
> de sus selladas cláusulas me fueron revelados.
>
> R. DEL VALLE-INCLÁN
> *(Claves líricas)*

En algún lugar está el Libro y sus páginas dicen: los Bóreos comprendieron que la Luz aumentaba al acercarse al sur y los más ancianos tuvieron entonces la intuición de que ella, la Luz, era causa y materia de la vida. Así empezó la Ciencia, así llegó el primer soplo de la Revelación. Aquellos ancianos se convirtieron en druidas, en depositarios de la Tradición y del Símbolo. ¿Cuál? Escogieron el Sol como modelo, porque en él se generaba la Luz, y definieron su forma con un punto. Luego, grabaron éste en las paredes de las cavernas, en las caras de la roca, en los árboles: nacía la deidad en sus mentes, aún imprecisa e inapelable, pero capaz de arrebatar aquellas almas primitivas y de aturdirlas con el misterio de los astros. Caminaban los Bóreos como perdidos en una naturaleza que se ramificaba por su sangre, buscando a tientas la misma Luz que los cegaba y confundía. Pasaban la noche reclinados en el musgo de los bosques y con el alba se sentaban en las cavidades de las peñas para seguir la trayectoria solar. Lentamente avanzaban hacia un paraje exacto, pero desdibujado en la ambigüedad de su memoria. Y así recibieron los poderes del suelo, visibles en el enigma de la Selva. Los druidas maridaron a ésta con el Sol y añadieron otro punto en representación de la tierra fecundada. Entonces entendieron el último elemento —la autoridad de los hombres sobre las plantas y animales— y fue ése el tercer punto de un esquema que los iniciados tradujeron a palabras: *el ser humano nace del matrimonio sideral entre el firmamento y la esfera terrestre.* En el símbolo del triángulo se define una dialéctica que las grandes religiones arias no han dejado de repetir. Es el primer mensaje del pasado, la escueta geometría del teorema inicial: a un lado, la *Magna Mater,* Gea, el *yin* generador; al otro, Helios, Osiris, Dionisio, el *yang* viril y procreador. En su confluencia —hijos del cosmos, conciliadores de los opuestos, arquitectos del camino que se hace al andar (el *Tao)*— los héroes: Adán, Osiris, Hércules, Cristo. Esos que designaron con una palabra común a todas las lenguas de la dispersión: *man* (el *mannus* ario, el *Manu* hindú, el *Mantu* tebano, el *Manyu* iranio, el *Mana* escandinavo, el *Maner* egipcio, el *Manitu* de los algonquinos...). Y en Europa, en Asia, en el Pacífico, una misma raíz aludirá al principio conformador de la vida, de la energía y de la magia: *mana.* Las tribus del Éxodo, que pintaban a Dios con un triángulo, supieron encontrar en el desierto el *mana,* la fuerza necesaria para seguir adelante. Moisés, un iniciado de los misterios solares, las guiaba. Son esos héroes del Verbo —los semidioses y titanes— quienes roban el fuego celeste y traen su calor, su *mana,* a los hombres rasos, conminándoles a adorar al Sol y a venerar a la Señora. Los tres puntos girarán ya para siempre en la rueda de Brahma-Shiva-Visnú, la creación-destrucción-conservación, y allí serán las esvásticas, los laberintos, los crismones, el *mandala* (de *man)* con un *boddhitsva* en su centro. Todos los símbolos están en ese triángulo: quien lo sepa interpretar será dueño del conocimiento. Del *satori.* No hay otros mandamientos en el Libro. Plutarco leyó en el templo de Sais: «soy el que ha sido, el que es y el que será. Ningún mortal ha podido levantar aún el velo que me cubre».

Los druidas, al frente de su pueblo, irrumpen en la Península hacia el año 1000, pero no pasan de Cataluña: son los primeros celtas, los que incineraban a sus cadáveres y ponían a las ciudades nombres terminados en *dunum.* Dos siglos más tarde, otras vanguardias de los mismos nómadas (que evidentemente buscaban algo) llegan al Ebro, atraviesan el llano del Urbión, dejan atrás Madrid y Ávila, y rinden viaje en el norte de Portugal: muy cerca de la meta. Son hormigas exploradoras que preceden en poco más de cien años a la gran oleada, la del siglo VI, que sin detenerse, siguiendo un itinerario muy preciso, llega a Galicia y allí cambia sus costumbres andariegas por el pastoreo sedentario. Ya lo dijimos: como si vinieran a tiro hecho, como si en esa tierra de casi todos tomara cuerpo el ciego paisaje atisbado en las altiplanicies asiáticas. Ruda, interminable odisea, en cuyo término sólo una parte de los expedicionarios alcanza el punto de promisión. Algunos se quedan en Cantabria y Asturias (pero no en el País Vasco, que sin lógica aparente han evitado y rodeado. Acaso un antiguo tabú prohibía a los druidas traspasar ciertos confines); otros se desparraman hacia el sur, adelgazándose su recuerdo por los valles altos del Guadalquivir, el Guadiana y el Segura. Según Bosch Gimpera, grupos aislados pudieron tocar el Mediterráneo tras abrirse paso por los desfiladeros de Ronda. No importa: si lo hicieron, obedecían al estímulo mecánico de recomponer un círculo, ya que de allí habían salido varios milenios antes. O tal suponen, en teoría que constantemente gana adeptos, muchos arqueólogos y prehistoriadores: los celtas serían el tentáculo oriental y nostálgico de aquellos curetes, o tartesios, o simplemente iberos, que en una imprecisa jornada de los albores postdiluviales renunciaron a Andalucía por el desagüe del Estrecho. De ser cierto, y nada se opone a que lo sea, ya tienen pan para sus dientes quienes sólo se atreven a reconstruir la historia sobre la espina dorsal de testimonios susceptibles de traducirse a relaciones aritméticas. Esos escépticos explicarán el éxodo por el afán o capricho de volver a la tierra madre. Hipótesis edificante, pero arriesgada: ¿Tira tanto la patria —una patria de cinco mil años atrás, calculando por lo bajo— como para que todo un pueblo queme sus haberes y se ponga a dar tumbos por los caminos durante la friolera de cinco o seis siglos? Los nómadas, además, no iban a tontas y a locas, aguijoneados por un hormiguillo del subconsciente, sino cubriendo paso a paso las etapas de un plan previamente establecido. Nos consta que no reconocieron a sus hermanos de Iberia ni en el Finisterre ni en el resto de la Península, conque mal podían buscarlos. También sabemos que Galicia no era la única meta del viaje. Había otras dos: Irlanda y Bretaña. Todo hace suponer que los emigrantes se encaminaban hacia una tierra de promisión desconocida, pero de la que alguien —los maestros— o algo —ciencia infusa, verdad revelada, tradición— les había hablado. Como a Moisés y los hebreos. Comparación nada ociosa, porque los celtas acometieron una empresa muy parecida al Éxodo: tribus de pastores trashumantes, conducidas por hombres de superiores entendederas (los druidas), se ponen en marcha hacia un destino ignorado del que les separan setenta veces siete generaciones. Y tantean, y se descaminan y se dejan distraer por aventuras como el saco de Roma, y retroceden, y destacan ojeadores, y purgan sus yerros, y transmiten una consigna de padres a hijos, y por fin se establecen para siempre jamás en tres lugares de análogas características: finisterres atlánticos de costas recortadas, umbrales del país de los muertos salpicados de dólmenes, bibliotecas de piedra con jeroglíficos escritos a cincel en todas las veredas.

No sabemos cuándo y dónde se incoa el periplo, porque la pista histórica de los celtas desaparece muy pronto en los bosques centroeuropeos. Nos queda la pista mitológica: un reguero de esvásticas y leyendas iniciáticas que arranca del Indostán. Y el nombre de un gran profeta cuyos fastos se remontan a 5 000 años a. de C.: Rama. Sí sabemos, en cambio, cómo llegan estos nómadas al cabo del mundo: siguiendo un camino de estrellas, por la noche, y la trayectoria del sol, durante el día. Astrólogos, han aprendido a descifrar las páginas del cielo. Heliólatras, no se apartan de su dios. Y buscan en Galicia lo mismo que en ella había atraído a los curetes —sus hermanos de sangre— y a los seguidores de Hércules. Es, por lo tanto, una antigua peregrinación la que cumplen. Y no una peregrinación cualquiera, sino la misma que a partir del siglo IX d. de C. abordarán miles de cristianos más o menos engañados y, perdidos entre ellos, los últimos heterodoxos de Occidente. La ruta jacobea se abrió por lo menos veinte siglos antes de que un grupo de prelados belicosillos decidiera postularla otra vez en detrimento de la morisma. Esto es certidumbre que no tiene vuelta de hoja y sólo la mala fe puede negarla. Desde el año 813 hasta la condena de los templarios en el 1308, el Camino de Santiago será la universidad peripatética del esoterismo europeo. Comprendo que la visión de un pueblo pagano atraído por la Vía Láctea hacia la sacrosanta tumba de un apóstol, y eso antes de que los tatarabuelos de los abuelos del padre de éste hubieran pensado en nacer, le parezca amarga a quien cosas muy distintas escuchó de niño en la escuela y leyó de adulto en el periódico de los domingos. Respeto esa amargura. Pero no respeto ni comprendo a quien, después de haberse pasado media vida pegando estrellitas de papel de plata en el dosel de sus belenes y yendo a misa de dos el 6 de enero, considera automática superchería todas las historias donde aparece un astrólogo. Entre éstos, como en botica, los hay buenos y malos. Buenos debían de ser Melchor, Gaspar y Baltasar, que supieron encontrar el pesebre mediante el viejo sistema de los druidas.

Conque quizá Túbal desembarcó en Galicia, y luego vinieron a ella los curetes, y las mesnadas de Hércules, y los almujuces, y los fenicios, y los jonios, y por último —de momento— esos celtas que con sus ásperos Tres Puntos esperaban recibir la Luz precisamente en las riberas de ultratumba. ¿Contradicción? No: armonía con las más puras tradiciones iniciáticas. Lo que llamamos vida es sólo un prepararse a bien morir. O a morir mal, cosa harto común. ¿Tenemos miedo de la muerte? Imposible: ese sorbo equivale a un alfilerazo instantáneo, que además no vuelve. Lo que nos asusta es el lago desconocido cuyas olas lamen mansamente la cara en sombra del moribundo. O la nada, como algunos acostumbran decir: ¿qué sucede tras la bendición del sacerdote y el postrer beso de los deudos? No es verdad que nadie lo sepa. Basta con hacer memoria, porque todos llevamos muchos trances así en el fondo del almario. O de escuchar a Lázaro, a Orfeo, a Ulises, a Cristo, a cuantos fueron y volvieron. En los Misterios, el iniciado muere y resucita. Aún más fácil: hay drogas capaces de provocar muertes reales, que sin embargo no son mortales. Las he probado. He permanecido exánime durante siglos con las manos que se me hacían ríos y los dedos desparramándose en nenúfares y el vientre volviéndose humus en el humus y el pecho desmoronándose sin estruendo. He visto en el espejo árboles creciéndome por la cara, he visto la descomposición de mis mejillas, las células, los átomos, el polvo, los gusanos, he visto los huesos transformándose en cartílagos, he visto la baba de las vísceras, he visto gotear a mi ojo izquierdo por los pómulos hasta convertirse en una ameba, y todo eso ha durado siglos, yo estaba muerto y me hundía en un pasado de lianas y caimanes, estaba muerto de verdad, y sentía espanto, y alrededor de mi muerte era la danza de los monstruos. Pero volví y sé que, roto el hilo de la vida, «la conciencia emerge, alarmada, a un vacío expectante; poco a poco horribles criaturas lo pueblan. Advertimos luego que estamos suministrando las formas y los actos que allí ocurren: las horribles criaturas son el producto de nuestro pavor. Para los que están en el Paraíso, esa fantasmagoría —no menos real que el mundo de los vivos— es dócil; estar en el Infierno es padecerla en ilusoria impotencia, como en los sueños. Por fin dejamos el tejer de los recuerdos y...».[1] Pues bien: digamos que ese indispensable terror no amedrenta a quien descifró los petroglifos tras conseguir a pulso su recóndita clave por entre las revueltas de un camino —el de la vida, el de Compostela, el de Ulises— erizado de pruebas y asechanzas, de culpas y expiaciones. Los más sagrados de los libros sagrados no enseñan sino a morir: de ahí que en la vitalista era industrial se juzguen ridículos, inservibles, estrafalarios. Están escritos de espaldas a todo lo demás. Son manuales —pienso en el *Bardo Todol*— que con un lenguaje sagaz e implacablemente depurado por las muertes y resurrecciones de infinitos ciclos cósmicos preparan al agonizante a enfrentarse con las visiones desconocidas del más allá. Le calman. Le describen esas angustias, le acostumbran a esas pesadillas. Le enseñan a reconocerlas y a gobernarlas. Le explican cómo y por qué son hijas de su horror y nada más que de su horror. Le adiestran para moverse entre ellas, para ahuyentarlas de un papirotazo (tan ilusorio es el sueño de la muerte como el sueño de la vida) y, sobre todo, para remontarse desde la extrañeza inicial a la luz blanca o suprema beatitud. Los Misterios, los Libros de los Muertos y las drogas sagradas conducen, tras la hora final, a un mismo resultado: morir en paz, surcar la laguna Estigia sin miedo, sin prisa y sin pausa (y también los laberintos, los eternos laberintos o «cartas de navegar para las almas en el espacio *trans mortem* hasta que encuentran el renacimiento»).[2] Para quien traspasa el dintel sin ninguno de esos consuelos comienza, en cambio, una pesadilla que sólo se interrumpirá con un nuevo alumbramiento; va de *maya* a *maya*, de ilusión a ilusión, sin pararse nunca a beber un trago de realidad. El adepto no regresa a la carne, mientras el homúnculo lo hace una y otra vez, padeciendo entre las sucesivas reencarnaciones terribles paréntesis de ultratumba. El adepto elige el instante final; su tránsito es voluntario. Al homúnculo le mueren. Así el Cielo y el Infierno. Así la Doctrina. Me he detenido en ella, porque este tipo de iniciación, o de buena muerte, es el que a su modo buscaban en Galicia los celtas, quienes les precedieron y también los peregrinos medievales que no se limitaban a obedecer consignas o a coleccionar indulgencias. Como el señor Desaliento y su hijo, que entraron cantando en el agua, aunque nadie entendiera su canto.

Los druidas, engarce del esoterismo mitológico con el histórico, son los depositarios de la antigua tradición occidental en el seno de una época relativamente moderna. Pero los tiempos están cambiando. El relevo pasa a sus manos y en ellas se queda por la sencilla razón de que, al declinar su estrella, no encontrarán pueblos electos a quienes confiarlo. Romanos y cristianos —los unos para evitar la emancipación de gentes que deseaban mantener esclavas, los otros por inseguridad doctrinal y rifirrafes de clerizánganos— sólo dejarán tierra quemada a sus espaldas. La cadena iniciática, que eslabón a eslabón se había ido forjando desde los primeros héroes diluviales, va a quedarse y a esconderse bajo el disfraz de los vientos que soplan. Pero todo eso vendrá más tarde, con Julio César, con Teodosio, con la degollación de Prisciliano. Estamos aún en el siglo VI: faltan seiscientos años para la palingenesia de Nazareth. Los celtas acaban de aposentarse en la tierra que los dioses les habían destinado. Y se funden con ella, y con los que allí vivían, sin un parpadeo, sin un asomo de desconcierto. Galicia se llena de castros, de casbas, de pallozas, de extraños símbolos formados por ruedas y cordones que se enredan. Al abrigo de una naturaleza exuberante va a surgir un exuberante culto a la naturaleza. Decía Ortega: «el celta es, más que ningún otro hombre, aquel que precisa de las circunstancias». Y las circunstancias son, en este caso, bosques, calveros mullidos por el liquen, gleras, aldebaranes, toros de helecho y lobos de canchal, restingas batidas por un mar intransigente, alcornoques, nidos de salamanquesas: los Tres Puntos con guarnición de cachelos y blanco de Fefiñanes. A tal señor, tal honor. Los celtas darán buena cuenta de este ágape. En abril se cubren con pieles y fauces de animal para saludar los pastos que verdean. En mayo anudan y desanudan guirnaldas en honor de Dana, su *Magna Mater,* la diosa morena que cabalga el Aries zodiacal. En junio saltan las hogueras. En julio arrancan las raíces de beleño y las maceran en almireces de bronce: es el licor sagrado. En agosto buscan huevos de basilisco al abrigo de las sopeñas. En octubre aúllan a la luna. En noviembre atisban el ir y venir de la estadea agazapados tras los maizales. En diciembre cortan el muérdago con una hoz de oro y lo enarbolan en vetustos ritos de fertilidad. «Frente a frente, el hombre y las cosas forjan la eterna danza de la vida. Nada de aspavientos dionisíacos como en la eternidad báquica de Andalucía.»[3] Más bien un concepto teosófico del mundo que considera a todo lo creado directa emanación de la naturaleza divina. Menéndez y Pelayo dirá en su siglo que todas las heterodoxias españolas son de inspiración extranjera y de filiación panteísta. Lo primero suena a denuncia impropia de un intelectual. Olvidémoslo. En cuanto a lo segundo, ¿no será que muchas de esas iluminaciones provienen simplemente de Galicia? El polígrafo pudo y no quiso ir al grano: lo que de verdad se dibuja en el fondo de nuestras disidencias religiosas es el druidismo, filtrado por la fe gnóstica de Prisciliano (y también, como veremos, el frenesí místico de los cabalistas y sufíes). Los celtas se nos cuelan así hasta el ábside de las iglesias, pasean por los claustros, suben al púlpito, se instalan en los confesionarios. Vanamente la jerarquía se esforzará por preterir ese vicio o fiesta nacional, recurriendo a veces —como en el caso del priscilianismo y quien lo trujo— al drástico sistema de la escabechina general. El *bouquet* panteísta ya no desaparecerá nunca de nuestro pensamiento religioso e incluso acabará convirtiéndose en sarcástica gloria de la hispanidad. Precisamente por eso, por ser lustre de la patria (y porque nadie supo leerlos), se libraron los místicos de la excomunión. Si el cristianismo español es un fenómeno independiente respecto a los demás cultos de Cristo, y lo es, ¿cómo negar que la culpa (o el mérito) de ese acento intransferible corresponde en no escasa medida a aquellos hierofantes celtas, maestros de Pitágoras, a los que ya va siendo hora de conceder un poco de atención?

De ellos conocemos, por lo pronto, el nombre. Y no es dato tan perogrullesco como de entrada parece, por tratarse de un voquible sacro a cuyo buche cabe aplicar la cábala fonética con todo su poliédrico juego de significantes y significados. En gaélico, *dru* es la encina, *tru* el jabalí y *truit* el salmón. Póngase esta triple equivalencia en manos de los bardos y harán maravillas. Sus invenciones pueblan los espacios mitológicos con druidas inaprensibles mudándose a placer en plantas o animales. Y cada disfraz entraña una diferente connotación simbólica. El druida-jabalí es un centauro desarraigado y esquivo. El druida-encina corresponde a la fortaleza. El druida-salmón, paradigma de la Era de Piscis, se identifica con el conocimiento.[4] Poco a poco, en un trémolo de fugas y variaciones, la literatura bárdica suministra los datos necesarios para caracterizar emblemáticamente a estos personajes. Con ellos aparece por primera vez la palabra *cábala,* fonéticamente emparentada con *car* (piedra) y *caballo. Carbalier* o cabalista será el jinete de la piedra, el hombre capaz de cabalgar sus secretos desentrañándolos. A este propósito circula una leyenda muy curiosa sobre la isla de La Toja.[5] Parece ser que alguien decidió abandonar un jamelgo decrépito e inservible en ese mágico espolón de la ría pontevedresa; y cuando al cabo de algún tiempo regresó a aquel punto para comprobar la muerte del animal, lo encontró inexplicablemente rejuvenecido, piafador y brioso. Durante su ausencia, el caballo se había bañado en la fuente que muchos siglos después llegaría a ser balneario milagrero y meca de turistas trasojados.

Por sí solo se impone el sentido del cuento: la eterna juventud es, como el oro de los alquimistas, elevación moral adquirida en el proceso iniciático. Así, urdiendo malabarismos con la prosodia, los *carbalier* se harán *caballeros* y saldrán a buscar el Grial o a seguir los pasos del Cisne. Las órdenes de caballería, inspiradas entre líneas por los rapsodas celtas, fueron el instrumento concebido por el druidismo para subsistir en la excluyente sociedad cristiana del medievo. Treta que engañó a todos, y fue engaño tenaz, hasta que un rey de Francia —impío, cartesiano, venal y ávido— levantó la liebre. Pero eso sucederá mucho más tarde. De momento —estamos aún en el alborear del celtismo— el calcidoscopio fonético, imprescindible para la comprensión de las lenguas ideogramáticas y la interpretación de jeroglíficos y textos cifrados, va a servirnos de muy poco. Y ello porque carecemos de testimonios escritos que proporcionen información de primera mano. Los druidas lo confiaban todo a la memoria: es noticia recogida por Julio César. Y noticia sorprendente, pero que no pilla de nuevas, porque el mismo aborrecimiento de la escritura se daba en la corporación irlandesa de los *Filid,* videntes o zahoríes que solían recitar romances en las fiestas de los celtas goidélicos.[6] Aunque para llevar el mundo en la cabeza hay que poseer facultades paranormales, éstas debieron de ser moneda de cada día entre quienes frecuentaban a los *yoguis* de Krishna, imitaban a los *rishis* de los Vedas y recordaban a los brahmines del Indostán, los magos caldeos y los gimnosofistas egipcios.[7] Era saludable costumbre de las religiones mistéricas no redactar libros sagrados. O no ponerlos en circulación. Hay un par de obras atribuidas a Hermes Trismegisto (el *Pimandro* y el *Kybalion*), pero ambas son refundiciones tardíamente elaboradas por los alejandrinos. Volviendo a los druidas, y a pesar del silencio que rodea su memoria, parece evidente que practicaban formas de sincretismo esotérico con preponderancia de elementos órficos, hinduistas y pitagóricos. También se les han señalado muchas coincidencias con el ocultismo moderno. Que Pitágoras fue alumno y aprendiz de los sacerdotes celtas no suena a invención, pues así lo afirman Amiano Marcelino y San Clemente (citando éste a Alejandro Polyhistor, autor de un estudio sobre los símbolos manejados por el filósofo griego).[8]

Entre los cultos naturalistas del druidismo, el que más hondas raíces iba a echar en Occidente fue el profesado al muérdago, emblema de la regeneración y la vida familiar. Hoy, durante el solsticio de invierno, seguimos adornando con esta planta el porche de nuestros hogares y nos besamos bajo ella, tal como lo hacían griegos y romanos. Es la famosa *rama de oro* ofrecida por Eneas a la reina Proserpina y elegida por Frazer para título de su híspido y celebérrimo libraco.[9] Los gallegos utilizan el tronco seco de esta planta para buscar tesoros, incurriendo en una operación de magia simpática referida al color amarillo. Los celtas de la Península creían que el muérdago anunciaba la presencia de una deidad y celebraban, para cortarlo, una solemne ceremonia precedida por el sacrificio de dos toros níveos. Luego, el druida matarife —vestido con una larga túnica y armado con una hoz de oro— trepaba el árbol y arrancaba el ramaje.[10]

Con los celtas aparece en la Península el lobo como tótem patriarcal. En el año 152 a. de C., los *nertobrigenses* sitiados por Marcelo destacaron a un heraldo cubierto con pieles de ese animal.[11] Galicia será luego la región española más abundante en licantropías. También se rindió culto a los equinos. Jorgito Borrow, siempre zascandileando con sus biblias, se perdió una noche en el Corzón, monte sagrado de los celtas, y vio una yeguada a la luz de la luna. El susto debió de ser importante. Nos habla de todo ello Magariños Negreira: «rompe o silenzo vigoroso troupear de manadas mestas de cabalos bravos (...) Son animales que viven en libertade dende fai miles de anos, vestixio vivente d'os tempos célticos. Conta a tradición que os descendentes de Hiar, fillo de Brigo, levaron esta raza sufrida e forte a Irlanda. Fala d'elos con alabanza Silio Itálico, e Justino dí que eran tantos e tan lixeiros os cabalos de Galicia que non sin razón parecían fillos do vento».[12] Ignoro si de verdad hay potros gallegos en Irlanda, pero no es broma que en Galicia abundan. Todos los años se organiza por las alturas del Eume una gran cacería entre gaitas, *queimadas* y revolotear de mozas. Los caballos se enganchan a lazo y luego, vencida la fiesta, recuperan su libertad. En alguna montaña del Atlántico —identificada por Leite con la serranía portuguesa de Monsanto, junto a Olisipo— se criaban yeguas tan veloces que los antiguos las supusieron fecundadas por el viento.[13] Plinio menciona un lugar en los alrededores del Tajo donde el céfiro o *Favonius* preñaba a las jacas. ¡Hermosa época la que tales prodigios consentía! Y no es imposible que las auras del poniente se venerasen ya entre los tartesios. Avieno escribió: ... *inde tenditur iugum / Zephyro sacratum.* ¿Son hijos de éste los caballos andaluces que hoy cabalgan los últimos rejoneadores?

Más zoolatrías: hay quien dice haber visto cerca de La Coruña huevos de cristal negro semejantes al *anginum* druídico, amasado con baba de serpiente y símbolo del universo. Los campesinos gallegos creen en la virtud de este talismán para ganar pleitos. López-Cuevillas y Bouza-Brey cuentan el caso de un parricida de Orense, condenado al patíbulo, que andaba tan feliz por la cárcel con su huevo en el sobaco y no quería quitarse la camisa por miedo a romper el talismán.[14] Nada nuevo bajo el sol: lo mismo cuenta Plinio a propósito de un gentilhombre romano. Conseguir el *anginum* era ceremonia mágica de gran complicación, que requería una determinada fase de la luna y coger al vuelo la saliva del reptil con un trapo blanco.[15] Variante del basilisco: el gallo de siete años pone un huevo, por su cascarón asoma una culebra, entra el dueño de la casa. Si la ve antes de que ella lo mire, no hay peligro. En caso contrario, muere antes de que termine el año.[16] El siete es cifra importante en Galicia (y en la Cábala): suele resultar licántropo el séptimo hijo varón de una familia, pero otros salen curanderos o videntes. Habrá que volver sobre estos temas.

Drogas, *somas,* licores sagrados: no iban a faltar entre quienes tanto tiempo pasaron en Oriente. Koridwen, esposa de aquel fantástico héroe diluvial llamado Hu,[17] prepara su brebaje en un vaso al que denomina *greal.* Imposible soslayar la semejanza con el mito cristiano del Grial o cáliz en el que José de Arimatea recogió la sangre del Galileo (después tentempié purificador en el misterio eucarístico). Los bardos irlandeses atribuyen la invención de los *ogams* al dios *Ogma.* Los epítetos aplicados a éste derivan de la voz gaélica *grian*.[18] Tenemos, anudando paralelismos etimológicos que llegarían a hacerse abrumadores, una significativa homonimia para el recipiente —celta o hebreo— que contendrá la bebida iniciática de ambas religiones, aunque cambie la composición de la misma (la droga de los cristianos será el vino; la de los druidas, una mezcla de seis hierbas, evocadoras de los colores del arco iris. Acaso violeta, aciano, lechuga —o hinojo—, loto —o cebada—, uva y salvia.[19] Sólo esta última, que yo sepa, tiene virtudes alucinatorias. Y adeptos: los *sioux* de nuestros sueños infantiles). La primera experiencia psicodélica corre a cargo del enano Gurión, ayudante de la vestal. Y es muy curiosa, porque recuerda (o anuncia) el descubrimiento del LSD tal como el médico Hoffman lo ha narrado. Gurión está revolviendo el potaje en un caldero de bronce. Un alegre fuego de leña crepita en el hogar. Rompe a hervir el líquido y unas gotas caen sobre la mano del marmitón. El enano, instintivamente, las chupa. En el mismo momento, atroz, percibe, conoce y toca el universo. A Hoffman le sucedió algo muy parecido, sólo que el trancazo no fue instantáneo y le llegó alrededor de una hora más tarde, cuando volvía a casa en bicicleta. Las revelaciones adoptan siempre un aire casual. ¿Casual?

Y por casualidad se me viene ahora a las manos una variante de la leyenda de San Brandán,[20] donde se funden casi con descaro los elementos cristianos y celtas de esta alquimia común. La recoge un breve artículo de Álvaro Cunqueiro. Como veremos, en ella subsisten las alucinaciones y el caldero de bronce, pero el licor místico se ha transformado en suculento ternasco (que también tiene su mística. Díganlo, si no, arandinos y sepulvedanos). Cierro el paréntesis y ya está aquí la duda: ¿el periplo de Brandán animado por un lechazo? ¿No será sabrosa invención de quien tanta fama se ha ganado como perito en salsas y paladeos? Me lavo las manos: ahí va la versión de Cunqueiro y juzgue el lector sobre su veracidad. Empieza con el monje y sus corifeos eligiendo un corderito recental en la isla de las Ovejas. En seguida levan anclas y sueltan el velamen hasta atracar en un estéril peñasco sin sombra, hierba, árbol, playa o bahía que llevarse a la boca. Estamos en vísperas de la Resurrección. Al día siguiente, mientras Brandán interpela a la divinidad desde la cubierta del batel, sus compañeros se aprestan a cocinar el añojo en un gran caldero de bronce. Ya las llamas rojas y azules lamen el atanor, ya la piel del espinazo se dora y alabea, cuando hete que el suelo se pone a temblar y los hermanos ruedan al agua invocando la ayuda del Superior. Los iza Brandán a la barca y desde allí, ya todos al resguardo de la amura, ven cómo la isla falaz boga hacia el norte llevándose el caldero y el cordero. ¿Por qué? Porque no había tal, explica el santo varón, sino el lomo de un enorme pez «que desde el comienzo del mundo busca enrollarse, tocando con su hocico la punta de su cola, y es hoy el día en que aún no lo ha logrado».[21] Brandán conoce el nombre del cetáceo y su significación: se llama Jasconius, símbolo de eternidad. Y eternamente surcan los mares el pez, la lumbre, la olla y el guisote en un círculo tenaz que todos los años, por Pascua, los devuelve al mismo punto de las Afortunadas. Y otra vez despunta el bauprés de una nave en el horizonte, y otra vez negrean monjes entre las estachas, y allí la plática de Brandán, el azacaneo de los hambrientos, la centella enredándose a los tizones, los sahumerios del asado, el estupor de quienes con tanto ahínco lo sazonan...

Otro *soma* utilizaban los druidas: el beleño, alcaloide alucinógeno de la *hyoscyamus niger.* Es planta oscura, torturada, que crece en muchas partes. Yo la tuve un verano frente a mi mesa, metida en un jarrón, hasta que hojeando distraídamente un vademécum de botánica descubrí su identidad. Vírgenes desnudas, adiestradas y cicateadas por las druidesas, recorrían los bosques para extraer su raíz con el dedo meñique de la mano izquierda.[22] Importante servicio a la sociedad. Con razón dice Risco que el sexo débil era muy respetado entre los celtas hasta el extremo de que sus representantes ocupaban cargos en la magistratura.[23] En la catedral de Chartres hay un icono negro, chamuscado por una intentona vandálica del siglo XVIII, que representa a Nuestra Señora de los Druidas. Ante altares así ofician los santos.

Símbolos: los ya mencionados y, además, la caldera, el cráneo y la rueda. Los dos primeros revisten una significación parecida: son receptáculos de las fuerzas transmutadoras y germinadoras. Pero el cráneo, por su forma de bóveda, alude a los aspectos superiores del proceso biológico, mientras la caldera —abierta por encima— guarda relación con los movimientos inferiores de la naturaleza. Por eso los bardos suelen colocarlas en el fondo del mar o de las lagunas. Otro pueblo nómada y místico va a llegar a Europa cargado de enigmáticas calderas, aunque lo hará muy aquende los límites de la historia. Su éxodo, como el de los celtas, también empieza en un lugar de Asia, quizá en la misma India. Pero es aún pronto para hablar de los gitanos.

La rueda, claro signo ascensional, se convertirá en *leitmotiv* del arte y el folklore de nuestros pueblos. Los fuegos artificiales, inventados al socaire del solsticio de verano, abundan en discos ígneos que giran sobre las cabezas de los fieles o se precipitan por las laderas de las montañas. En las procesiones medievales desfilan extrañas ruedas bamboleándose sobre carros y barcas. La Inquisición, y otros clubes de tortura, descoyuntan limpiamente a sus víctimas con ruedas que no siempre son dentadas. La misma forma asumen los horóscopos y la mayor parte de los juegos de azar. Las iglesias románicas y góticas estallan en tambores, rosetones, óculos, lumbreras y compluvios (dice Guenon que la rosa es a Europa lo que a Oriente es el loto. Y que todo —rosas y lotos, mándorlas, crismones, lábaros y cratículas— transparenta la luz sin tiempo del *mandala*). Los alquimistas dibujan en la rueda el proceso circulatorio del universo, que por un lado asciende y por el otro desciende. La mística cristiana hace suyo este símbolo: San Pablo pretende haber alcanzado el Tercer Ciclo y San Juan de la Cruz esconde su herética adhesión al ideario del hermetismo bajo una problemática *subida* al Monte Carmelo.[24] Nuestros hijos o nuestras novias nos acompañan a las verbenas y, con alegría no exenta de morbosidad, se someten al cosquilleo de norias, látigos, tiovivos y demás instrumentos eróticos. He hecho la prueba: desde un *güitoma* en el ápice de su rendimiento pueden vislumbrarse fugaces resplandores del gran *mandala*. Experiencia druídica al alcance de cualquiera que lleve tres duros en el bolsillo. El resto lo harán las copas, las sirenas, el humo de los churros, los visajes de los chisperos y el bochorno de agosto, con tal de que previamente aliñemos el mejunje con unas gotitas de misticismo y buena voluntad.

Los celtas llamaban *faidhé* a sus profetas. Por ello, quienes en Galicia se llaman Faílde o Falxidre, y son bastantes, pueden presumir de sangre druida. La colina de Falxidre, acribillada por piedras que apuntan a todas las encrucijadas de la esfera armilar, fue verosímilmente uno de esos recintos mágicos donde barruntaban el porvenir los que de ello eran capaces.[25] ¿Cómo? Observando las vísceras de las víctimas, el modo de caer de los cadáveres, el vuelo de los pájaros y el temblor de las llamas en las hogueras.[26] Inigualable imagen ésta de un sacerdote con casulla blanca que formula las eternas preguntas del destino entre menhires, acaso al atardecer, brevemente salpicado de sangre y ungido por el silencio de los fieles. Ora sigue los quiebros de las aves recortados contra el azul, ora hunde los ojos en las lenguas del llar, ora troncha las cabezas para que sus propietarios puedan desplomarse con un corto ademán augural. No vacilaban, en efecto, ante las formas más cruentas del arte vatídica: sacrificios humanos que eran a veces ritos de redención.[27] Y no haya escándalo, pues en el Gólgota aceptó algo parecido, y sobre su propia persona, quien tenía poderes para evitarlo. Los dioses deben morir para que el hombre viva.

También, aunque por otros motivos, murieron las divinidades célticas: a manos de sus propios sacerdotes y tras varios siglos de lucha. La intolerancia política y religiosa del colonialismo romano, que empieza con Julio César y ya no se interrumpe hasta el siniestro Teodosio, muerde en los iniciados de Rama. Y los bárbaros, sordos a toda voz que venga de las alturas, atizan y rematan la eversión. Resistir es imposible. Los maestros, sabedores de ello, exhuman la regla de vida postulada por el hermetismo para las épocas calamitosas: esfumarse, no llamar la atención, vestir de gris, nadar con el Tao a favor de la corriente... Las estridencias sobran. Los golpes de efecto perjudican. Para no ser del montón hay que confundirse en él. Y los druidas hacen la señal de la Cruz: más tarde reaparecerán transformados en benedictinos, en caballeros del Temple, en vagabundos de los campos jacobeos. Entretanto, un país celta consigue quedarse al margen de invasiones y represiones: Irlanda. Allí se echan al fuego diez mil manuscritos rúnicos grabados en corteza de abedul: imposible saber si por ingenuidad o por astucia. Y de allí vuelve a Europa la gran tradición, musitada por el cismático San Columbano en el silencio de las ermitas. Es la hora de las órdenes monásticas, en las que van a encontrar complicidad y refugio muchos de los antiguos iniciados. Pero antes de este *reciclaje* —y precisamente en España— surge la ocasión postrera, acaso el período más fértil y apasionante en la historia religiosa del mundo occidental: los misterios druídicos y el cristianismo gnóstico, armonizados por el genio sincretista de Prisciliano, se elevan a casi unánime devoción del pueblo de Galicia. Y la oportunidad se desvanece por motivos de tan poco peso como la sordidez y envidia de unos cuantos canónigos, ya que difícilmente cabía entonces tildar de heréticas a las doctrinas del obispo gallego. Se verá en seguida. Ahora interesa sólo dejar constancia de que las convicciones del paganismo celta se mantuvieron vivas en el amor o en el miedo de las gentes doquiera hubo un remoto druida para sembrarlas, y ello pese a los procónsules del Imperio, a las gavillas bárbaras, a la degollina de priscilianistas y al perseverante martilleo descargado por el magisterio católico desde los años de San Martín Dumiense.[28] «El panteón romano está bien muerto, porque su vida fue siempre artificial, pero el polidemonismo de la antigua Galia ha echado profundas raíces en nuestro suelo y florece constantemente en él.»[29] Vale también para gallegos e irlandeses este párrafo dedicado por Reinach a los bretones. En un capítulo anterior aludí a la singular identificación con los celtas propugnada (y experimentada) por hombres del siglo XX que nacieron donde aquéllos vivieron. Es algo que no sucede en lo tocante a los demás pobladores de la Península. ¿Quién se considera a sí mismo vacceo, ilergete u oretano? Los vascos constituyen un problema aparte y todos sabemos por qué. Pero en Galicia no se habla gaélico ni se enarbolan —hoy por hoy— banderas separatistas ni surgen idearios endogenéticos. El celtismo, además, no se queda en simple —aunque fervoroso— sentimiento popular. Llevado al terreno científico desborda los límites de la especialización histórica o arqueológica para convertirse casi en un partido político, una toma de conciencia, una protesta y una pasión de vida. Hay que remontarse a la gran locura troyana de Schliemann para encontrar algo parecido. Se explican así las nobles exageraciones en que suelen incurrir quienes, nacidos entre el Cebrero y Finisterre, dedican su tiempo al arte de investigar. No seré yo quien los critique, tanto más cuanto que la fertilidad de esa postura está suficientemente demostrada. Para cavar hacen falta arrestos y entusiasmo. Y por más que la historia los sacuda, todo gallego, irlandés o bretón seguirá considerándose celta por encima de cualquier otra nacionalidad que las guerras o la política hayan podido depararles. Es tema que se presta a muchas reflexiones.

El arquitecto Guetard lleva varios lustros estudiando la misteriosa piedra de Autun, formada por tres piezas de oscuro simbolismo geométrico: un cilindro, un cubo y una pirámide. Se trata, en su opinión, de uno de los monumentos cifrados que los druidas borgoñones dejaron a la posteridad al comprobar que todo estaba perdido. Guetard llega a conclusiones desconcertantes. Al parecer, la *lectura* del pedrusco soluciona infinidad de problemas científicos y refleja las constantes que deben gobernar las relaciones del hombre con la naturaleza y con su prójimo. Dicho en otros términos: la pirámide es o quiere ser una especie de enciclopedia concebida para la construcción de una sociedad armónica.[30] El mismo sistema de transmisión de saberes se utilizó en los alardes ciclópeos de Egipto y Stonehenge, para citar los dos ejemplos mejor reclamizados por las agencias de turismo. Pero vaya el escéptico a los guijarrales que erizan la costa entre Corcubión y Muros, recorra las galianas del Corzán y las cejas de Barbanza, alcance los médanos de Corrubedo, humille los rabiones del Lérez y descanse en sus rebalsas, corone las alturas de Santa Tecla, medite junto al dolmen de Dombate... Miles de petroglifos esperan por esas trochas al sabio que los descifre, bruñidas excalibures aguardan en el granito un puño que las arranque. O visite, quien tenga en poco aprecio la servidumbre de los campos, las salas sáxeas del museo de Guimarhaes. Hay allí no sólo símbolos, jeroglíficos e insculturas a saciedad, sino también extrañas cabezas sin boca (y sin vida) hasta que alguien se atreva a descoser sus labios buscándoles la clave y el secreto. Pero sí tienen boca, y muy elocuente, los juglares de los tesos compostelanos que hoy acomodan sus romances a la tríada bárdica, los acompañan con lo que Estrabón llamó *inexplicable dulzura* de las gaitas y los prolongan en el alalá que sin principio ni fin resuena por tales cerros desde la noche de los celtas.[31]

Ya éstos se nos transforman en mozos de borona y *queimada,* ya los druidas se disfrazan de obispos o caballeros... El esoterismo de Rama ha muerto: viva el esoterismo cristiano. Otros tiempos piden otras voces. Y otros ademanes. Los teósofos, los pitagóricos y los gimnosofistas dejan el campo libre para que en él prediquen sus discípulos, que lo son también del hombre encarnado en Galilea. No queda sino esculpir un postrer laberinto en cualquier playa de Pontevedra y vadear, como el señor Desaliento, el río de la muerte. Tal hacen, con orden y sin prisas, en las tres rompientes celtas del Atlántico. Sabido es que los maestros escogen, dentro de lo que cabe, la hora suprema. «Al señor Valiente le habían entregado una citación con esta marca de que era cierta: que su cántaro se había quebrado sobre el manantial. Al recibirla, llamó a sus amigos para informarlos. Entonces dijo: *Voy a juntarme con mis padres. Y, aunque con mucha dificultad he llegado hasta aquí, no me arrepiento del trabajo que me ha costado. Dejo mi espada a quien me suceda en la peregrinación; mi coraje y mi destreza, a quien los iguale. Llevo conmigo mis cicatrices para que sean un testimonio de las batallas libradas por Aquel que ahora me premiará.* Cuando le llegó el momento, muchos le acompañaron hasta la orilla. Y al entrar en el río dijo: *Muerte, ¿dónde está tu aguijón?* Y al avanzar en lo más hondo: *Tumba, ¿dónde está tu victoria?* Entonces, lo vadeó y en la otra orilla resonaron por él todos los clarines.»[32]

Termina así el largo viaje de los celtas. El litoral se queda desierto y casi silencioso, turbado sólo por el chapaleteo de las olas que lo salpican, pero la luna esplende sobre las mismas piedras y sobre el mismo mensaje. Clavado en el firmamento, un camino de estrellas sugiere al hombre de fe idéntica ruta a la seguida por sus mayores. Corren ya apostólicas leyendas por los burdeles de Iria Flavia y los primeros monjes gallegos acuden a buscar la verdad en la abrasada tierra palestina. Blanco y azul será el estandarte de los peregrinos en las altas negruras de la noche. Longanimidad y espera: una luz de varón las rasgará muy pronto.

SEGUNDA PARTE

Ciclos cristianos

I. UN PRÓLOGO: LAS CARAS DE CRISTO

¿Por qué queréis que me haga cristiano? Hay cuatro grandes profetas reverenciados y adorados en todo el mundo. Los cristianos dicen que su Dios es Jesucristo. Lo mismo afirman los sarracenos de Mahoma y los judíos de Moisés, mientras los seguidores de Sakya Muni el Buda sostienen que éste es el primero entre todos los ídolos. Yo, en vista de ello, adoro y respeto a los cuatro e imploro la ayuda de Aquel que por encima de todos ellos está en el Cielo.

Palabras de KUBLAI-KHAN

La eficacia del dogma no se funda en la realidad histórica, verificada una sola vez e irreparable, sino en su naturaleza simbólica que la convierte en expresión de un supuesto psicológico relativamente ubicuo y capaz de existir incluso sin la existencia del dogma. Hay, pues, tanto un Cristo *precristiano* como un Cristo *no cristiano*, en la medida en que Cristo es un hecho de la psique existente por sí mismo.

JUNG, *Psicología y alquimia*[1]

Jesus autem transiens per medium illorum ibat.

RAIMUNDO LULIO[2]

Para conocer a un dios hay que buscarle el reverso. Llegan a mis manos, que en el lejano Senegal se disponen a iniciar este capítulo, dos recortes del *ABC*. El primero[3] anuncia el descubrimiento de un evangelio de San Marcos diferente al canónico, *más espiritual que éste* y fragmentariamente reproducido en una carta del enigmático Clemente de Alejandría.[4] Circulaba por los rincones más íntimos de las primitivas comunidades y sólo tenían acceso a él los adeptos de los Grandes Misterios. El segundo recorte[5] comenta el adusto acuse de recibo dispensado por Roma a la noticia de que otro texto sobre *magia e hipnosis en los ritos del Bautismo y aspectos sexuales de la iniciación cristiana en los primeros siglos de nuestra era* viene a sumarse a los ya existentes. Y aunque se trata de un muerto más en un campo sembrado de cadáveres, no parece probable que la altiva y momentánea perplejidad del Vaticano pueda alcanzar ni siquiera a los guardias suizos que festonean sus puertas. Escribía don Antonio Machado a su colega Unamuno: «Roma es un poder del Occidente pragmático contra el Cristo, que tiene del Cristo lo bastante para defenderse de él.»[6] Sobran allí, en efecto, exegetas y caballeros de mohatra capaces de traducir el nuevo apócrifo al lenguaje de siempre para organizar su publicación filtrándola por la consabida red de comentarios a pie de página. El atolladero se drenará con elegante rigor y no habrá eslabones rotos en la continuidad del magisterio. Todo ello lógico, y hasta justo, en una Iglesia que nunca se consideró depositaria de la doctrina de Cristo, sino pauta, plomada y falsilla de la misma. Roma define el contenido de la fe y luego mueve sus piezas para que los acontecimientos lo corroboren. Es la famosa razón de Estado: Vladimir Ilich aplaudiría. ¿Algún feligrés conoce hoy la interpolación practicada en el capítulo quinto de la Primera Epístola de San Juan? Su séptimo versículo —«tres son los que dan testimonio (de Cristo) en el cielo: el Padre, el Verbo y el Espíritu Santo»— constituye la única referencia bíblica a lo que por error y apresuramiento se convirtió en principio irrenunciable de la ortodoxia católica: el dogma de la Trinidad. En 1806 —aunque Servet ya lo había dicho y murió por ello— pudo comprobarse que la frase no figuraba en ninguno de los manuscritos griegos anteriores al siglo XV.[7] Se trataba de una addenda occidental, fechada en el siglo IV y acaso imputable al español Prisciliano, que el Papado se negó a aceptar como tal aduciendo la tautológica coartada de que jamás el Espíritu Santo, guía y senescal de la Iglesia, hubiera tolerado la perdurabilidad de un falso concepto en la edición oficial de las Sagradas Escrituras. El 13 de enero de 1897, el Índice —con la venia de León XIII, papa que se las daba de intelectual— prohibió poner en duda la autenticidad del versículo. Lo gracioso es que la idea de un dios ternario arrancaba de Hermes Trismegisto y había pasado a todas las religiones iniciáticas, paganas y orientales. Cristo, ciertamente, se había hecho eco de la misma, aunque no de cara a la parroquia plebeya. Y esto, la existencia de un Nazareno oculto y reservado para pocos, era postulación gnóstica que los vaticanistas ignoraban o fingían ignorar. Así quedó encastillada la cosmogonía trinitaria entre quienes se habrían mesado los cabellos de conocer su linaje. No es la primera vez que, para evitar la herejía, Roma lleva a Roma la herejía.

Cito este ejemplo porque nos toca de refilón, porque es desfachatado, cínico, insolente, inútil y divertido. Pero no incoaré más recriminaciones al trono de Pedro ni le pasaré lista a los fraudes bíblicos perpetrados o avalados por sus descendientes. Otros lo hicieron, con más autoridad que la mía, y sólo han conseguido animar ulteriormente las mejillas de una institución famosa por su estómago de hierro. Si los católicos quieren deglutir ruedas de molino, allá se las entiendan: vivimos —dicen— tiempos de libertad. Pero están al alcance de cualquiera, y del creyente que aspire a serlo, los comentarios y traducciones de Fabre d'Olivet,[8] Saint-Yves d'Alveydre[9] y Edouard Schuré.[10] Otro Génesis, otro Moisés y otros Profetas surgen de sus páginas. Y otro Cristo, sobre todo, se impone con incontenible nobleza y elevación desde los versículos de los Evangelios gnósticos:[11] el Cristo de los esenios, el anterior a los Papas y a los mercaderes del Templo, el de nuestra fe inicial, el que teniendo hermanos renunció a ellos, el gran *yogui* del Jordán, el definitivo iniciado e iniciador en las mil artes esotéricas. Y el mío, desde luego. «Entonces Simón Pedro, tomando la palabra dijo: *Tú eres el Cristo, el Hijo del Dios vivo.*»[12] Los adeptos egipcios, indios y griegos aplicaban esta expresión a las conciencias identificadas con la verdad divina y a las voluntades capaces de manifestarla.[13] *Cristo, yoga, gurús* repiten hoy, una y otra vez, los miembros españoles de la iglesia de Yogananda Paramahansa. Entre 1797 y 1847, el teólogo suizo Alejandro Vinet predicó un Cristo pacífico. «Este ideal lo han compartido muchos hombres excepcionales. Pero cabe preguntarles: ¿de qué Cristo hablan? ¿Del de San Marcos o del de San Juan? Hay que escoger, porque son históricamente irreconciliables.»[14] El evangelio de San Juan, el único admitido entre los canónicos sin el calificativo de sinóptico, constituía hasta hace pocos años la sola manifestación de esoterismo cristiano puesta al alcance del estudioso occidental. Ni Reynach ni Schuré pudieron conocer los relatos gnósticos de los apóstoles Tomás y Felipe, que ejercieron una autoridad indiscutible entre los intelectuales de la primera hora, pero que a partir de Nicea fueron relegados a los témpanos del silencio administrativo y no volvieron a hacer acto de presencia hasta 1956,[15] ni a traducirse a lenguas inteligibles hasta 1959.[16] Ambos textos son, sin embargo, casi contemporáneos de los sinópticos y muy anteriores al heterodoxo y enigmático evangelio de San Juan, que incomprensiblemente pasó a formar parte del Canon. La definición de éste fue tan oportunista como tardía y los títulos seleccionados —no soy yo, sino los Padres de la Iglesia quienes lo afirman— desvirtuaban, cuando no alteraban descaradamente, el mensaje inicial de Jesús. El mismo Pablo, deseoso de que sólo sus epístolas adquiriesen carta de legalidad, se encargó de levantar la veda antes de que los perdigones llegasen a perdices.[17] Pero repito que todo esto pertenece a un proceso visto para sentencia y siempre sobreseído antes de que la pronuncien. Así que más vale dejarlo estar. Lo importante es que hoy, aunque de puro milagro, podamos consultar los códices de Tomás y Felipe, el *Evangelium Veritatis* y acaso (pronto) el apócrifo de San Marcos, así como fragmentos cada vez más extensos del *corpus* gnóstico descubierto al terminar la segunda guerra mundial en la aldea egipcia de Nag Hammadi. Respondo de que ninguna fe cristiana saldrá maltrecha del lance, sino templada y fortalecida por éste. Lo sé con la seguridad del cobaya que sobrevivió a la jeringuilla hipodérmica.

¿Puedo citar aquí, invocando la tradición literaria que exhorta a referir cualesquiera caída del caballo a las puertas de Damasco, algunas experiencias personales acaso no del todo intransferibles? Aludo a mis sucesivas (y adultas) aproximaciones a la religión, historia que dura desde hace tiempo y que no progresa poco a poco, sino por bruscos peldaños. Era yo, pese a la inevitable niñez cristiana y a una atormentada adolescencia de congregante, o seguramente por ello, un típico profesional del ateísmo cuando al filo de los treinta años aproveché una escala aérea para visitar Benarés. Un puñado de horas, que no llegaban a veinticuatro, fue suficiente para recibir la primera iluminación. Escribí, semanas después, una larga carta a varios amigos. Entresaco de ella algunos párrafos: «a las nueve salía el avión de Kathmandú. No había tiempo que perder. Me levanté a las cuatro y media, dejé a Caterina en la cama y recorrí como una centella los cinco kilómetros que separaban nuestro *Dak Bungalow* de la orilla del Ganges. Empezaba a asomar el sol, la mejor hora, porque la inmersión taumatúrgica debe practicarse con la luz del alba. Lo que vi ya os lo he contado (...) Benarés pasa por ser la más antigua ciudad del mundo. Desde hace milenios, todo el espectacular detritus de la enfermedad, la carroña y la muerte afluye a sus *ghat* (así se llaman las plataformas, terrazas y escalinatas distribuidas por espacio de cuatro millas en la ribera izquierda del Ganges). Los leprosos, los bonzos, los opulentos, los apestados, los brahmines, los gimnastas, los magos, los titiriteros, los encantadores de serpientes, las jovencitas de piel tersa, los virulentos, las suaves damiselas de las altas castas, los parias, los pedigüeños, los agonizantes, todos acuden a las aguas en confuso montón, y en ellas se desnudan, lavan sus ropas, exponen sus vergüenzas, liberan sus pechos, dejan que las febles túnicas se les adhieran al cuerpo, meditan, cruzan las manos sobre el ombligo, practican el *yoga,* se afeitan, se cortan las uñas, se anudan el moño... De vez en cuando aparece un cadáver flotante, con sus buitres-piloto excavándole las entrañas. Y más allá, casi en las fauces del campo desolado, se alza la *Manikarnika Ghat,* donde los hindúes incineran a sus difuntos (...) ¡Benarés, las puertas de la percepción, el descenso suave de una loma cubierta de nieve, el aprendizaje amoroso de Dafnis y Cloe! A su sola mención me da vueltas la cabeza. Las piscinas de tranquilas aguas verdinegras, las vacas que te lamen las manos como perros, los templos poblados de monos, las pesadas campanas a ras del suelo, los pétalos primorosos y húmedos en el regazo de los dioses, los bonzos de macizas gafas (fueron los primeros intelectuales de la historia, anteriores a Homero, a Hammurabí, al escriba sentado), el *campus* más bello del mundo, la roca desde la que Buda habló en público por primera vez, las mujeres cetrinas, de nariz afilada y perla entre las cejas, que bajan en carricoche al Ganges protegidas por el soplo inconsútil de sus *saris* (...) Después de aquella mañana, todo parece más abarcable, más dócil al *cada cosa en su lugar* del sabio relativismo. En Benarés bebí directamente la vida de labios del sol naciente, toqué el venero del ser, me asomé al firmamento, reconstruí la definitiva pasión que no había vuelto a sentir desde ciertas noches de mi infancia, cuando tendido en la hierba de la Dehesa soriana miraba a las estrellas (...) La lección de la India es una lección de religiosidad. Estamos en el país de Nietzsche, donde no hace falta eterno retorno porque los verbos han dejado de conjugarse. La religión es una propiedad del espíritu, que envuelve las demás sin anularlas y se traduce en respeto del móvil y del inmóvil, del ser que repta y del que vuela, de la lluvia y del ritmo espontáneo de las cosechas, del dios y de la piedra; en respeto, sobre todo, del individuo. Y si esa religión se practica como amor, como entusiasmo, como método de reflexión, como fidelidad a las propias raíces, como humanismo, como afirmación personal, como tensión dionisíaca, como aprecio de las cosas, como fervor ateo, ¿por qué no aceptarla? Mis orejeras ideológicas, mi rencor anticristiano, no me obligan a tanto. Yo soy desde ahora un hombre religioso. La India me ha curado de una ausencia que empobrecía mi espíritu. Me ha dado el fervor, la perspectiva, la afilada introspección, la viabilidad del recogimiento, el lúcido ateísmo (Dios y religión no son conceptos necesariamente afines). Me ha enseñado a perseverar en la rebelión contra la muerte. El círculo se cierra aquí, porque la eternidad es sólo eso: perenne rebeldía ante la muerte».

¿Desentona e irrita una digresión así en un libro como éste? Quizá, y lo siento, pero siempre he creído que el ensayo, el arte, la filosofía, la erudición y hasta la historia (la de los demás) son tareas decididamente autobiográficas. En todo caso, nada de cuanto estoy escribiendo se hubiera escrito sin mi viaje a la India.

Al salir de ella, y al redactar la carta, seguía siendo joven, parlanchín, polémico, proselitista y, desde luego, muy occidental (no es que ahora mi *karma* haya cambiado, pero al menos no pretendo convencer a nadie). Peor: convalecía de varios años de promiscuidad con el partido comunista y el morbo no parecía enteramente curado. Aún peor: amaba el escándalo. Estas cualidades negativas, unidas a cierto vago complejo de culpa con su correspondiente tentativa de justificación, me sugirieron el siguiente corolario: «sé ahora que Buda fue una de las más gigantescas figuras de la historia y que en el fondo todo gran hombre es —mal que le pese— un conductor de hombres. Sé que *una* religión merece este nombre —la budista— y que las demás son vanos remedos, imitaciones más o menos atinadas. Sé, por último, que el cristianismo nació como mortecino reflejo, escasamente religioso, de algún resplandor gautámico; que conocía las enseñanzas budistas, pero de oídas; que respondía sólo al bellaco intento de mercantilizar el budismo, de moderarlo, de aplastarlo en las prensas de la razón para que las mentes de los escépticos y los incrédulos pudieran digerirlo. ¡Qué mal le sientan a Cristo los aires orientales! ¡Cómo se empequeñece su figura y se reduce a lo que verdaderamente fue: un minúsculo contable, un parásito, un planificador económico, un Leibniz de vía estrecha! Mi actitud ante el cristianismo ha cambiado radicalmente. Ahora lo acuso de no ser suficientemente religioso, de ser poco religioso, de no ser religioso».

Cuatro años después, la lectura de los evangelios gnósticos —invernal, vespertina y soriana— iba a propinarme uno de los más soberanos batacazos de mi vida (antes hubo una segunda iluminación de la que no puedo hablar por razones que, de ser reveladas, revelarían el secreto). Dulzor del remordimiento. Deleite de recibir lecciones. Leo en el versículo octavo de Tomás: «el hombre es un sabio pescador que tira la red al mar y la saca llena de pececillos, pero ve entre ellos un enorme y sabroso pescado, y entonces arroja al mar las piezas pequeñas y se queda con la grande. ¡Entiéndalo quien tenga buenos oídos!» Existía, pues, otro Cristo y la Iglesia me lo había escamoteado desde las misas infantiles. Un Cristo religioso, igual o superior al Buda y a los maestros que desde el acre paisaje del Oriente me habían devuelto el misticismo. Fariseo culto, como Nicodemo, también yo me había acercado a este Cristo con temor, vergüenza y nocturnidad, sin que los míos lo supieran, amparado en la penumbra provinciana, y he aquí que Cristo descorría sus tinieblas: *en verdad te digo que quien no naciere de nuevo, no puede ver el reino de Dios.* Arguye Nicodemo: *¿Puede acaso volver un hombre al seno de su madre?* Y responde Jesús: *en verdad te digo que quien no naciere del agua o del espíritu, no entrará en el reino de Dios.*[18] «En el silencio de la noche de Jerusalén una lamparilla alumbra las figuras de los interlocutores y el peristilo de la estancia. Brillan los ojos del Redentor, animados por una luz misteriosa. El sabio fariseo, mientras su ciencia se desploma, atisba un mundo diferente. Ha vislumbrado un rayo en las pupilas del profeta, ha percibido el potente calor que de él emana y que lo arrastra, ha visto apagarse y encenderse tres llamas blancas junto a las sienes y la frente del maestro. El soplo del Espíritu le ha rozado el corazón. Conmovido, silencioso, Nicodemo vuelve a casa a través de la profunda noche. Seguirá viviendo entre los fariseos, pero su alma permanecerá fiel a Jesús.»[19]

¿Cómo es el Cristo verdadero, cómo es el Cristo gnóstico? O bien: ¿cómo es el *otro* Cristo? Yo ni puedo ni debo explicarlo. Ni deseo divulgar su imagen. Ni tampoco mantenerla oculta. Ni sería éste el lugar adecuado. Además, ese Cristo no se enseña. Sólo algunos, por sí mismos y a su tiempo, llegarán a Él. Que lo entienda quien tenga buenos oídos.

Dice Jesús en el evangelio de Santo Tomás: «cuando sepáis hacer de dos uno, y a lo interior exterior y a lo exterior interior, y a lo alto bajo, y cuando hagáis del hombre y de la mujer una sola cosa, de tal modo que el hombre deje de serlo y la mujer también, y cuando tengáis un ojo en el lugar del ojo y una mano en el lugar de la mano y un pie en el lugar del pie y una imagen en el lugar de la imagen, entonces entraréis en el Reino».[20] «A quien tiene se le dará, pero al que no tiene se le quitará lo poco que posee.»[21] «Bienaventurados los *solitarios y elegidos,* porque ellos encontrarán el Reino.»[22] «Si os preguntan qué señal del Padre hay en vosotros, responded: es un movimiento y una quietud.»[23] «Revelo mis misterios a los que son dignos de ellos. Que tu mano izquierda ignore lo que hace tu mano derecha.»[24] «El Reino del Padre es como un comerciante que encuentra una perla y vende todas sus mercancías para comprarla.»[25] «Vendrá un tiempo en el que diréis: ¡feliz el vientre que no ha generado y los senos que no han amamantado!»[26] «Escrutáis el cielo y la tierra, pero no sois capaces de conocer al que tenéis delante ni de observar su señal.»[27] «Quien reconoce a su padre y a su madre es un hijo de meretriz.»[28] «El Reino vendrá cuando nadie lo espere. Y no podrá decirse si está aquí o allá, porque el Reino del Padre se encuentra en toda la tierra y los hombres no lo ven.»[29]

Dice Jesús en el evangelio de San Felipe: «ni los buenos son buenos, ni los malos son malos, ni la vida es vida, ni la muerte es muerte. Cada cosa resultará distinta según el origen de su esencia. Pero los que se elevan sobre el mundo son indisolubles y eternos».[30] «Quienes dicen que el Señor primero murió y luego resucitó, se equivocan, porque antes resucitó y después murió. Quien no haya conseguido la resurrección no podrá morir, porque ya estará muerto.»[31] «No se puede ver realidad alguna sin antes transformarse en ella. La Verdad no se ha hecho para el hombre en el mundo, que ve el sol, pero no es el sol, y ve el cielo y la tierra y las demás cosas, pero no son auténticas.»[32] «Un asno tiraba de una noria y recorrió cien millas. Cuando lo desataron, estaba en el mismo sitio. Hay hombres que caminan mucho y no avanzan nada. Cuando cae la noche, no han visto ciudades ni criaturas ni naturaleza ni potencia ni ángeles. En vano se esforzaron.»[33] «El fuego es el crisma, la luz es el fuego. Yo no hablo de este fuego, que no tiene forma, sino del otro, cuya forma es blanca, hecho de luz y de belleza, y que además da belleza.»[34] «El Señor lo ha transformado todo en un misterio: el bautismo es un crisma, una eucaristía, una redención y una cámara nupcial.»[35] «Si la mujer no se hubiera separado del hombre, no habría muerto con éste. Su separación fue el origen de la muerte. Por eso vino el Cristo: para deshacer la separación que existía desde los orígenes y unir de nuevo a los dos seres, para devolver la vida a quienes en la separación habían muerto y unirlos.»[36] «Hay muchos animales en el mundo que asumen forma humana. El discípulo de Dios echará bellotas a los cerdos, alfalfa, cebada y paja al ganado, y huesos a los canes. Ofrecerá frutos tempranos a los esclavos. Dará a sus hijos lo que es perfecto.»[37] «Quien se convierta en fruto de la cámara nupcial, recibirá la Luz. Y quien no la reciba mientras se encuentra en este lugar, no podrá recibirla en el Otro. El que haya recibido la Luz no podrá ser visto ni retenido; y nadie podrá afligir a ese hombre ni siquiera si permanece en el mundo.»[38]

Y dice el Evangelio de la Verdad: «el poseedor de la *gnosis* recibe su esencia de las alturas. Cuando lo llaman, escucha, responde y se vuelve hacia quien lo llama para retornarse hasta él, porque no se le oculta la finalidad de la llamada. Desea agradarle y recibe el Reposo. Puede conocer el nombre de todas las cosas. Quien de esta forma posee la *gnosis,* sabe adónde va y de dónde viene. Lo sabe como si hubiera estado borracho, hubiese despertado de la embriaguez y, ya en sus cabales, hubiera ordenado sus pertenencias».[39]

Este Cristo, despojado de caridad, sólo es nuevo para el cristiano. No para quien leyó el *Baghavad Gita,* la *Tabla Esmeralda,* el *Bardo Todol* o la *Regla Celeste.* Luz blanca, nirvana, negación, unidad, juego conciliador de los contrarios, dialéctica del *yang* y el *yin* que incesantemente se atraen y se repelen, vanidad del tiempo: el mensaje es siempre el mismo. Ni siquiera su expresión varía. Abro al azar unos textos. Leo en Krislina: «se alcanza la perfección conquistando la *ciencia de la unidad,* que es superior a la sabiduría. Cuando descubras al ser perfecto que te habita y está por encima del mundo, toma la irrevocable decisión de abandonar al enemigo, que asume la forma del deseo. Domina las pasiones, porque el gozo de los sentidos es la matriz del futuro tormento». Y en Hermes Trismegisto: «lo que está abajo es como lo que está arriba, y lo que está arriba es como lo que está abajo, para hacer los milagros de una sola cosa. Separarás la tierra del fuego, lo sutil de lo espeso, suavemente, con gran industria. Subirá de la tierra al cielo y de nuevo bajará a la tierra recibiendo la fuerza de las cosas superiores e inferiores». Y en Milarepa, bandido y santo de Buda: «Patria, casa, campos familiares pertenecen a un mundo sin realidad... Cuando tuve un padre, él no me tenía como hijo. / Cuando tuvo un hijo, yo ya no tuve padre. / Nuestro encuentro fue ilusión. / Yo, hijo, respetaré la ley de la realidad.» Y en Tilopa, maestro *zen*: «ningún pensamiento, ninguna reflexión, ningún análisis, / ninguna preparación, ninguna intención. /

Dejad que se defina por sí mismo». Y en Omar-al-Khayyam: «Sabemos que la bóveda celeste, bajo la cual vivimos, no es sino una linterna mágica, el Sol es la llama, el Universo la lámpara y nosotros pobres sombras que vienen y van.» Y en Laotzú: «quien tiene conciencia del Principio Masculino / y se atiene al Principio Femenino / es como un cauce profundo que atrae todo el universo hacia él». Y en el sufi Jalaludin Rumi: «dos cañas beben en un arroyo. Una está hueca. La otra es una caña de azúcar».

Así, de golpe, a lo largo de una de las lecturas más determinantes de mi vida, recuperé la religión de mis mayores, que mis mayores habían perdido. Sesenta páginas escasas obraron el milagro de convertirme —se necesitaba mucha magia para eso— y de enseñarme entre bastidores el tinglado que la iglesia de Nicea, Trento y Roma había erigido con denarios que no le pertenecían. Caballero agnóstico naufragado en el Ganges, no era yo un profesional del ateísmo al empezar los Apócrifos, pero seguía siéndolo del anticristianismo. Al terminarlos, en cambio, era lo que se dice un creyente.

Esta confesión, vagamente especulativa y quizá algo impúdica, se justifica al menos por dos motivos. Uno académico —no es posible entender las formas asumidas por el esoterismo peninsular entre los siglos III y XVII a la luz del Cristo que hoy conocen los españoles— y otro estrictamente personal: desde la primera página de este libro vengo sintiendo la necesidad de poner las manos por delante para disipar un malentendido. Será paranoia, manía persecutoria o remordimiento, pero sospecho que bastantes de las tesis aquí suscritas pueden sonarle al lector medio insoportablemente heréticas y hasta vejatorias. Lo son, sin duda, para quienes hace ya muchos siglos se arrogaron la exclusiva de la verdad e incurrieron en el dogmatismo de inventarse un Dogma, pero no deberían parecérselo al cristiano de a pie en un país que otrora alcanzara fama por su imaginativo pluralismo (ni sus intereses se lo aconsejan, ya que mientras la clerecía come gracias a la sopa boba de la ortodoxia, el feligrés no saca de ella sino jugarse el alma a un caballo perdedor). Por mi parte, cuando le atribuyo mitraísmo a Cristo, o sugiero que no hay religiones nuevas bajo el sol, o convierto la hispánica mariolatría en secuela de un culto a Isis, o sostengo que siempre se produjeron milagros en los lugares donde milagros hubo a partir de la difusión del cristianismo, en modo alguno lo hago para ultrajar la memoria de aquel a quien venero como a un Maestro, ni para apolillar la urdimbre de su linaje trinitario, ni para empañar la mágica evidencia de tales prodigios. Es, por el contrario, su filiación pagana lo que definitivamente sanciona la verosimilitud del milagro. Es la sangre mitraica o budista de Jesús lo que ulteriormente realza su figura. Es el hecho de que María constituya una enésima exteriorización del *yin* taoísta lo que eleva a arquetipo universal este misterio. Estamos a 16 de agosto de 1973. ¿Puedo sentirme sincretista, creer que la verdad se manifiesta de muchas formas, admitir que fuera de la Iglesia hay salvación y hasta dudar de que exista dentro de ella? Cristiano soy, no papalino, protestante o popista. Mi religión es evangélica, gnóstica, cátara y española: la religión de Prisciliano, Lulio, Juan de la Cruz y Miguel de Molinos. Lo demás —Roma, Bizancio, Canterbury— me parecen vanidades laicas, capítulos de una conspiración política bien tramada, pero pasajera. El juicio que esas tres fatuas luminarias de la historia europea puedan merecer depende del ideario de cada cual, pero no de sus creencias. Ateniéndonos a éstas, el veredicto será duro. E inapelable, porque la farsa sigue. El Concilio Vaticano II ha dado respaldo jerárquico a lo que *sotto voce* y sin perder los buenos modales venía fraguándose desde la inverecunda conversión de Constantino. Es el arribaje de una larga aventura secularizadora, cartesiana y, desde luego, atea. Aún más: *progresista,* en el peor sentido de la pabra. Los neocatólicos pueden estar contentos: tienen ya lo que recientemente llamaba religión *ético-profética* cierto jesuita en un libelo muy vendido. *Delenda est liturgia.* Y, con ella, la magia, el misterio, la unción y el sobrecogimiento espiritual que inevitablemente acompañan a la divinidad en sus manifestaciones. Pecado de esnobismo: creyeron los neocatólicos que latinajos, hisopaduras, turíbulos y maitines eran caprichos aristocráticos merecedores de la Bastilla. Y sin culotes se echaron a las naves majestuosas de sus iglesias. Ahora asisten a misas tecnológicas y democráticas. No les envidio los dividendos. Lo malo es que en el tumulto hemos vuelto a perder un ritual, bastantes libros, cierta música, algunos paisajes infantiles, un caleidoscopio, un entero cuerpo de tradiciones y un acreditado sistema para elevarnos a otros niveles de conciencia. Se equivocaron. No eran abanicos de María Antonieta ni candelabros del Palacio de Invierno, sino vías casi automáticas —por depuradas y decantadas— para ascender al *pleroma,* al nirvana, al séptimo cielo, a la Gran Obra, al *telesma,* al espacio de la Luz Blanca y los círculos angélicos. Atrás queda la *Filocalia,* taracea con textos de Orígenes, San Basilio y San Gregorio Nacianceno que hizo posible el renacimiento místico del alma rusa en el siglo XIX divulgando un truco *yoga* de respiración y enseñando a musitar diez mil veces al día una piadosa jaculatoria sin contenido inteligible.[40] Atrás queda la *Nube del no saber,* obra anónima de un cartujo inglés del *trecento,* que puso el *satori* al alcance de quienes teniendo un dios y la decisión necesaria para buscarlo carecían de un método de contemplación y de una escuela de plegaria.[41] El cartujo se limitó a definir la zona de no-saber que separa a Dios del hombre y que éste ha de atravesar para llegar a Aquél. Elevaciones así no volverán a ser posibles. Se habla ya de acomodar las fiestas al ritmo del trabajo moderno: que caigan todas en viernes o lunes para permitir largos fines de semana y eliminar paréntesis de rendimiento. Lo que gentiles, bárbaros, turcos, masones y socialistas no se atrevieron a hacer, lo harán los neocatólicos. ¿No ordena el Decálogo, que es una tabla de arquetipos, santificar ciertos días señalados en rojo por el reloj de la más oscura prehistoria? Las tropillas del Vaticano II, al fin y al cabo advenedizas, ignoran que esas efemérides se celebraban ya doscientas generaciones antes del nacimiento de su abuelo y disponen de ellas como de cosa propia. Sea. Que salten las hogueras del domingo al siguiente solsticio, vayan a la corrida de Corpus con dos fechas de retraso, preparen torrijas el sábado de resurrección y celebren la Nochevieja cuando el Señor Ministro de Trabajo lo disponga. Ni siquiera serán los primeros: en la Cuba esclavizada de Fidel cantan ya los villancicos a mediados de julio, una vez concluida la zafra. Con lo indigesto que resulta el turrón en verano. Siniestras, surrealistas maniobras. Hace ya bastantes años un potente jesuita me dijo en Génova que el mundo no necesita de la Iglesia, sino al revés. Aunque era mi época de comecuras, me quedé mudo de horror. ¿Llaman los neocatólicos política acertada a la que se traduce en ganancia de votos y pérdida de fe? Nadie ha reparado todavía en las cualidades que hacen de Juan XXIII un buen candidato a la sinecura de Anticristo. Anatema. Pero ¿no dicen las antiguas profecías que éste —el Anticristo— engañará precisamente a los cristianos, que no a otros, jugando las cartas del Salvador y revestido de suprema autoridad? ¿No coinciden las fechas, las anécdotas y el contexto? ¿No es como si Nostradamus hubiera escrito sus últimas centurias pensando en la barahúnda de aqueste gran concilio? ¿Se reencarnó en el papa Bueno, responsable del zurriburri, la Bestia 666 del *Apocalipsis*? Sí, bromeo. Yo no sé quién es el Anticristo. Pero que no lo esperen con trompa, ojos saltones y culo de escamas. Será afable, conciliador, armonioso. Irá a pie, sin palafreneros, y estará disfrazado. No se le conocerá por su aspecto ni por sus obras, sino por lo que éstas traigan consigo. Y, fiel a los supuestos que lo hicieron posible, insistirá en el ecumenismo de su misión.

Así que me confieso gnóstico, albigense y priscilianista (entre otras formas de anarquismo numinoso), por muy chusca que la cosa pueda parecer. Y circunscribo mi religiosidad al Cristo que se presenta como *revolutio* de Krishna, Osiris, Buda, Mitra, Zaratustra y Baco, sin excluir de la lista a los otros *hijos de Dios* que por doquier repiten o adelantan el mismo credo. Esclareceré brevemente esta línea hereditaria para uso y placer de buenos entendedores.

Krishna, avatar de Vishnú y padre del hinduismo tal como hoy lo entendemos, obró en la Península del Indostán sucesos muy parecidos a los que Cristo desencadenaría luego en tierras del Sinaí: reformar con sacro respeto una antigua religión, expulsar del templo a los sacerdotes, instruir a un grupo de adeptos y volar las bocanas cegadas del misticismo. Ambos personajes llevan por nombre un *mantra* bisílabo (correspondiente al segundo estadio de la iniciación *yoga*) que empieza con la misma raíz. Sus respectivas leyendas hagiográficas parecen forjadas en un troquel común y anterior.

La historia de Krishna comienza en Mathura, la ciudad de las cien puertas, los doce palacios y las diez pagodas. El rey Kansa, que aspiraba a dominar el mundo, se entera por un augur de que será un hijo de su hermana Devaki, y no su primogénito, quien se siente en el trono universal. Decidido a impedirlo, condena a muerte a la madre del futuro usurpador, pero la doncella consigue huir, gracias a la ayuda del *purohita* o sumo sacerdote de los sacrificios, y llega al bosque donde un asceta vive desde hace sesenta años alimentándose de hierbas. Vasichta, que tal es su nombre, ordena a los demás eremitas que se postren ante la forastera y exclama: *he aquí a nuestra madre común. De su vientre nacerá el espíritu regenerador.* Devaki se instala en aquellos parajes. Una tarde, reclinada bajo el árbol de la vida, cae en éxtasis mientras el Ser esencial se cierne sobre ella y queda encinta. Al cabo de siete meses, cuando ya el niño alabea su abdomen, Vasichta la llama y dice: *¡Salve, virgen y madre! Tu hijo será el salvador del mundo. Pero huye ahora, porque tu hermano te busca para matarlo. Refúgiate en el Himavat y alumbra un varón al que impondrás el nombre de Krishna, que significa «el sagrado».* Todo sucede según las palabras del venerable. Kansa ordena una degollina de inocentes. Su sobrino, al margen de ella, se cría entre rebaños y pastores hasta cumplir los quince años. Devaki desaparece entonces en el éter y el joven, abrumado por el dolor y la soledad, bordonea durante varias semanas entre los riscos. Son días intensos, gastados en la meditación y escandidos por las iluminaciones. Al volver del monte, armado de arco y flechas, se convierte en capitán de una partida que expulsa del bosque a los animales salvajes, se enfrenta a los poderosos y ayuda a los oprimidos. Pero el adolescente, aquejado de una extraña tristeza, resiste a la tentación de la política, abandona a sus hombres, y vuelve a la soledad. Otras dos tentaciones le acechan en ella: el arte y el amor carnal. Krishna prepara instrumentos musicales, los afina, tañe, sopla y percute. Escribe versos. Compone *ragas*. Danza entre los árboles. Un grupo de mujeres, esposas e hijas de pastores, acuden al reclamo del hermoso rapsoda. Dos hermanas, Sarasvati y Nichdali, lo cercan, lo acosan, lo inquietan, lo envuelven. Krishna, en otro arrebato de pureza, jura que sólo amará de amor eterno. Y *para eso* —añade— *es necesario que la luz del día se apague, el rayo aniquile mi corazón y el alma se me escape a lo más profundo de los cielos.* El joven desaparece, dejando tras de sí una herencia de sagas y epopeyas. Mientras tanto, el rey Kansa no ceja en su empeño de encontrarlo. Alguien le habla de un guerrero y poeta cuya fama repiten todas las lenguas. El monarca lo busca y le nombra jefe de sus ejércitos sin saber que se está convirtiendo en instrumento de su propio destino. Entre merodeos y cacerías, Kansa y su paladín llegan a la choza del sabio Visichta. Éste revela la identidad del joven. Su tío lanza una flecha contra él, pero yerra el blanco y mata al monjte. Krishna, fulminado por una luz cegadora, se derrumba. Ante él aparece un gigantesco *mandala* celestial con Devaki en su centro. Sólo en ese momento comprende Krishna que es «el hijo, el alma divina de todos los seres, el verbo creador que está por encima de la vida y penetra en ella por la esencia del dolor, el fuego de la plegaria y la felicidad del sacrificio». El rey huye y Krishna pasa siete años en la montaña meditando sobre la Doctrina. Luego convoca a los santos del yermo y se la expone. Uno de ellos, Arjuna, se convertirá en apasionado amigo del gurú. Bajo los cedros del monte Meru, frente a la mole soberbia del Himavat, Krishna habla de la inmortalidad del alma, del matrimonio místico con Dios, del dominio de las pasiones, del modo de conquistar la *ciencia de la unidad*... Es el *Baghavad Gita*: el diálogo entre Krishna y Arjuna, destinado a convertirse en evangelio del nuevo hinduismo. No existe en toda la literatura sagrada de la India texto más revelador ni más reverenciado. Krishna se levanta, menciona al Ser de innumerables ojos, formas y caras, y en ese instante un rayo se libera de su rostro mientras los discípulos se prosternan a sus pies. Allí mismo contraen todos el solemne compromiso de seguir al Ungido. Éste cierra el episodio con las siguientes palabras: *estabais ciegos y yo os he hecho partícipes del gran secreto, pero reveladlo sólo a quienes sean capaces de entenderlo. Vosotros sois mis elegidos y podéis ver el fondo de las cosas, mientras los demás a duras penas distinguen la primera curva del camino. Pongámonos en marcha para enseñar a las gentes la vía de la salvación.* Empieza entonces la vida pública de este Cristo: vagabundeos, milagros y predicaciones. Olor de multitud. Krishna y sus apóstoles bajan a las tabernas, a los burdeles, a las orillas de los ríos, a las ágoras donde los iluminados gritan y los paisanos beben té. Sarasvati y Nichdali oyen hablar del Hijo de Dios y van a su encuentro. La primera se ha convertido en prostituta; la otra, en sierva. Ambas se rediment por amor a Krishna, en quien reconocen al bailarín solitario de la montaña, y se incorporan a su séquito. También Kansa se entera del fervor popular que su antiguo capitán despierta y envía una patrulla a detenerlo. Krishna no ofrece resistencia, pero expone su doctrina a los soldados y éstos deciden quedarse con él. El rey se atrinchera en su palacio, mientras el Maestro llega triunfalmente a Mathura, cuyos habitantes le reciben con palmas, ramos y flores. Huye el déspota, se instala Arjuna en su trono y Krishna, presintiendo la inmolación, se aleja hacia el páramo en compañía de las dos mujeres. Pasa una semana entre plegarias y abluciones. Al séptimo día, los arqueros de Kansa encuentran a los penitentes, atan al Redentor y tensan sus armas hacia él. Sintiendo el mordisco de la primera flecha, Krishna exclama: *Vasichta, victoriosos son los hijos del sol.* Traspasado por la segunda, invoca a Devaki: *Madre, haz que cuantos me aman entren conmigo en tu luz.* Al recibir la tercera, musita uno de los nombres de Brahma: *Mahadeva.* Y expira. Un viento huracanado desgarra el crepúsculo, mientras se desata la cellisca y grandes aludes se desprenden del Himavat. Una tromba de aire cárdeno confunde desfiladeros y montañas. El horizonte es un áspero fragor. Calla el *sitar* en las ciudades, enmudecen los *tablas,* el aguador ahoga su grito y, como una mariposa herida, se detienen en los antiguos templos las manos de las bayaderas. Surge entonces un clamor de bronces y campanas que eran ya viejas cuando las razas de Europa ramoneaban el sílex entre los ventisqueros.

El cuerpo de Krishna fue quemado por sus discípulos y las dos santas mujeres se inmolaron en la hoguera. Todos, discípulos y profanos, vieron salir de las llamas al Hijo de Dios, transformado en un vórtice luminoso, que ascendió a los cielos llevándose con él a sus esposas.[42]

He citado sólo los pasajes indispensables para seguir el hilo de esta antigua fábula. Muchos personajes cabalgan en ella hacia el evangelio. Mencionarlos es casi ocioso: Herodes, la Virgen, Simeón, el Espíritu Santo, los apóstoles, Juan, Marta y María, la Magdalena... En cuanto a los episodios, ¿quién no habrá reconocido la anunciación, la huida a Egipto, las tentaciones, el Sermón de la Montaña, la transfiguración, el domingo de Ramos, Getsemaní, el calvario, las siete palabras y la ascensión? A Krishna, que llevaba el sobrenombre de *divino pastor,* se le creía manifestación humana de Vishnú, segunda persona en la trinidad del hinduismo. Los hechos narrados provienen del *Mahabbharata,* los *Purana,* el *Gita Govinda* y otros poemas o fabularios. El más moderno tiene veintiséis siglos de antigüedad. El advenimiento de Krishna se sitúa cinco mil años antes de que su *paredro* cristiano reencarnara en una cueva de Belén.

Mitra (o Mithras), dios de la luz, conductor de los ejércitos celestiales en su eterna batalla contra las fuerzas de Ahrimán, era ya objeto de liturgia en la Persia de las guerras médicas. Había nacido de una roca, a orillas de un río y bajo las ramas de un árbol sagrado. Los pastores rodearon su cuna y le llevaron almojábanas, requesones, pieles de *karakul,* pucheros de arcilla azafranada y sebo de moruecos. Garrido creció el héroe hasta el extremo de enfrentarse al sol y derrotarlo (de entonces data el acuerdo de amistad entre el astro y los habitantes de la tierra). También combatió Mitra con un toro, el más antiguo de los seres creado por Ormuz y —sojuzgándolo— lo arrastró hasta su gruta, pero la fiera logró escapar y su domador, irritado, la condenó a la redención del sacrificio. Salió tras ella, le dio caza ayudado por un perro y un cuervo, la llevó otra vez a la caverna y celebró allí la lustración táurica. Entonces sucedió el milagro: la carne del animal se transformó en trigo y su sangre en vino. Ambas sustancias serán, ya para siempre, condumio espiritual de los iniciados en los misterios mitraicos y cristianos. ¿Qué oscura linfa afluye desde el canibalismo de los homínidos hasta el ritual eucarístico que aún hoy, por reducción al absurdo, practican incrédulos personajes de corbata y camisa blanca? ¿Por qué dioses y toros, sangre y carne, vino y pan, se combinan una y otra vez buscando el jaque sobre el mismo tablero? La primera comunión es algo más que una costumbre o un salvoconducto para la normalidad social. Lo saben, con rabia, todos los padres de país católico que quisieron dar a sus hijos una educación científica y laica.

Arrojó luego Mitra su lanza contra un peñasco y de él brotó un manantial cuyas aguas perdonaban los pecados y se ayuntaban con los campos para granar las cosechas. Pasaron los años, hubo Sodomas y un rumor de diluvios o *tsunamis* llenó de inminencias lo porvenir. Mitra tuvo que insinuar en el pecho de un hombre puro la idea de construir un arca y de encaramarse a ella acompañado por sus rebaños. Conocemos esta aventura. La vida humana del héroe concluye tras una cena celebrada junto a sus discípulos y amigos: es el ágape, después ceremonia cimera en los cultos mitraicos. Este otro Hijo de Dios también ascendió a los cielos, instalado en el carro del sol, y ahí, en esa desquiciada metáfora, en esa efracción del éter, en ese estropicio de esferas armilares, en esa estampa de libros que ya no volveremos a leer, empieza su historia escatológica. Cuando para cada hombre suena el trance del último juicio, Mitra desciende, se enfrenta al Espíritu del Mal, arguye, sopesa vicios y virtudes con la doble vara de la compasión y la justicia, sale fiador y por fin, en los casos de veredicto favorable, conduce el alma del cuitado al paraíso atravesando siete estadios, en cada uno de los cuales se le despinta el *karma* de una culpa capital. Y llegará un día en que Mitra regrese a la tierra, definitivamente purificada por el fuego, para ocupar el centro del *mandala* dibujado por la resurrección universal.[43]

Ésta es la base legendaria de una fe que pudo dominar el mundo. Los legionarios romanos la llevaron de punta a punta del Mediterráneo, después de que los estoicos griegos organizaran litúrgicamente sus ritos. Renan, buen católico, escribió: «si una enfermedad mortal hubiera detenido el cristianismo, Europa habría sido mitríaca». En realidad, los préstamos y coincidencias entre ambas religiones eran tantos que Occidente, al convertirse a la una fue ya para siempre de la otra. Pero no olvidemos que varios milenios, hacia atrás, separan a Cristo de Mitra.

La leyenda de éste converge en el mito cristiano por tres gárgolas diferentes: el Antiguo Testamento, los Evangelios y el culto. Al primer nivel pertenecen el Arca, el diluvio, el carro de fuego y el manantial. Son elementos del segundo los pastores en la gruta, la transubstanciación, la última cena, la ascensión, el juicio final, la comunión de los santos y la resurrección de la carne. En cuanto al tercero, ya hemos visto el paralelismo de los pecados capitales y también el de los siete círculos del más allá, concéntricos respecto a los siete cielos del misticismo posterior. La cifra debió de revestir carácter simbólico en ambas religiones, ya que siete eran —según San Jerónimo— los grados de iniciación del mitraísmo y siete fueron los rangos sacerdotales de la nueva Iglesia. Hubo en la liturgia de Mitra instituciones como el bautismo (que borraba las faltas veniales) y los *sacramenta* o prácticas ascéticas indispensables para alcanzar la última iluminación. Los ritos se celebraban en una habitación subterránea o incluso en una caverna natural, como después harían los cristianos de las catacumbas. Una de las ceremonias consistía en consagrar pan y agua, mezclada ésta con lo que en arameo se llamaba jugo de *homa* o *ahoma* (acaso el *soma* de los Vedas). Y el catecúmeno, después de superar las doce torturas iniciáticas, recibía un panecillo ácimo y redondo que simbolizaba el disco solar y llevaba algunas figuras en el anverso. Una lámpara ardía constantemente sobre el altar: la misma que hoy anuncia la presencia del Altísimo en nuestras iglesias. Por lo que se refiere a la moral, nadie —ni siquiera Menéndez y Pelayo— le ha negado a los adoradores de Mitra elevación, nobleza y dignidad. Fue, además, un credo democrático, en cuyas filas militaron centuriones y galeotes, agiotistas y mendicantes. Ni que decir tiene que eso lo perdió. El dramático ritual de la altiplanicie irania terminó en ademán palaciego, juego de salón, espectáculo circense, exótico escalofrío al alcance de porteros y maletillas. Hasta en el encanallado desenlace se parecen Cristo y Mitra, dioses linchados por la muchedumbre.

Pero toda la fama —y el gancho— de la iniciación mitraica se debe al *taurobolio,* verdadero auto sacramental sin el desagüe de la ficción, cruenta ceremonia de eucaristía y bautismo en la que muchos han buscado precedentes, o corroborantes, de nuestra tauromaquia. Una gruta, una tarima, un puñal y un bóvido hacían posible la representación. El catecúmeno, colocado bajo la plataforma de madera, recibía a través de sus cisuras la sangre del animal inmolado encima. Con sexualidad y avidez dejaba que el pelo, el rostro y los miembros se le empapasen en el líquido dulzón. La escena se pinta sola. Aturdido, salía luego a la violenta luz del sol aquel espectro teñido de rojo, aquel camuñas, aquel mascarón del buque wagneriano, y las multitudes le aclamaban.

Pues bien: queda al menos un lugar en España, y hay seguramente otros, donde todos los años se celebra por carnaval un *taurobolio* incuestionable, aunque algo recortado por la comicidad, que es miseria de estos tiempos. La cosa sucede en el pueblo soriano de Abejar y no con un bicho de carne y hueso, que saldría caro, sino con uno de esos vacos o vaquillas de cartón piedra que esconden chavales en la barriga y animan el cotarro lugareño con sus arrancadas antes de morir en el fuego o a jirones por cualquier cuneta. El pelele de Abejar se llama *la Barrosa* y tiene bula para hacer lo que le venga en gana, así sea sacar a empellones de la iglesia al mismísimo párroco cuando oficia misa mayor o embestir al alcalde mientras con sayuela adamascada preside el capítulo del ayuntamiento. Al terminar el antruejo se degüella simbólicamente el simulacro, pellejos de vino tinto se vacían sobre su lomo y el mocerío, hacinado bajo los tablones, bebe lo que puede poniéndose perdido. Una vez apuntillado el dios, empieza la cuaresma.

Los cristianos practicaban un rito regenerador muy parecido: el *criobolio,* del que habla el Apocalipsis y donde la víctima era un cordero. El clero mitraico acusó públicamente de plagio a los sacerdotes de la nueva fe, y no sólo por esta cuestión de las purificaciones en sangre.[44]

Entre los dos sistemas hay además muchas fechas que se rozan y engarbullan. Conocemos ya la confusión navideña,[45] verdadera olla podrida en la que se cocieron los partos de todos los héroes solares. Hasta San Agustín tuvo que poner en guardia a sus cachorros frente al pecaminoso sincretismo de la fiesta, exhortándolos a no adorar en tal día al Sol, sino a quien había creado el entero firmamento.[46] Los *taurobolios* empezaban a mediados de abril, apoyados en la primavera o en lo que hoy consideramos Pascua de Resurrección, y por las mismas fechas suelen iniciarse nuestros retoños en los misterios eucarísticos. Un camino de ida y vuelta culebreaba entre las epifanías del persa y las palingenesias del hebreo. La simbiosis de ambos con Dionisio, Adonis, Serapis y Atis mezcló aún más las aguas y encareció una atmósfera religiosa en la que los dioses se hicieron prácticamente intercambiables. Aquello era un puerto de arrebatacapas. El emperador Adriano conoció en Egipto a obispos que se arrodillaban ante el buey Apis e identificaban a Jesús no ya con el símbolo solar, sino con el propio astro.[47] Sostenían los gentiles que el relato evangélico de la resurrección se inspiraba en la leyenda de Atis y lo contrario aseguraban con desdén (y desprecio de la cronología) hermeneutas y Padres de la Iglesia. Discusiones un tanto ociosas, puesto que Dionisio (Osiris), Hércules, Orfeo y Esculapio también bajaron a los infiernos y regresaron —mira por dónde— al tercer día. ¿Se escandalizarán los cristianos al saber que Baco, deidad de mala fama si las hay, nació de madre virgen, alegró a los hombres con la promesa de la eternidad, fue llamado *Salvador* y volvió con vida al reino de la muerte para ascender gloriosamente a los cielos? Durante más de tres siglos, Cristo y Baco representaron para muchos dos caras de una misma verdad. Luego, un obispo (y patrón) de Milán consiguió que el homicida Teodosio rebautizara Padre de los Embustes a quien hasta entonces había ostentado el título de Divino Profeta. El trueque se obró nada menos que por imperial decreto.[48] Las sagradas *orgías* fueron ya para siempre aquelarres. El distintivo solar del pie bovino se transformó en la pezuña de macho cabrío que tanto trabajo iba a dar a la Inquisición y tantos orgasmos produjo a las mujeres de los cristianos viejos. Pero ni Ambrosio ni el emperador pudieron impedir que las *liberalia,* o fiestas báquicas de los romanos, se siguieran celebrando bajo la advocación de San Patricio, patriarca de los irlandeses. ¿Sabrán éstos a quién rinden pleitesía? Cuatro efemérides de Baco quedan en el santoral católico gracias a las maniobras apologéticas de los Santos Padres, que recurrieron al inconcebible Lucifer antropomorfo inventado por los fariseos para tildar de *diabólico artificio* a cuanto guardaba relación con los *paredros* precristianos de Cristo. Lo que se dice una parida, porque con ello implicaban a éste en la acusación. Idéntica torpeza cometieron siglos más tarde los misioneros españoles al llegar a América y encontrar allí ritos análogos a los que con no poca impertinencia pretendían importar. También entonces sacaron a relucir lo de remedo discurrido por Satán.[49] Pero dejemos ya tales piques, que sólo son —vengan de donde vinieren— menudencias sin contenido religioso o encelamientos y comadreos de frailes desquiciados por el climaterio.

Zaratustra, que no debe confundirse con el mago Zoroastro, nació tras quince años de gestación y la naturaleza saludó su navidad con una jubilosa danza de animales, plantas y elementos. El príncipe turanio Karpanturamo Durasrobo desencadenó la consabida degollación de criaturas intentando eliminar al mesías que los oráculos anunciaban. Al llegar su mayoría de edad, y tras enfrentarse a los sacerdotes idólatras Karpanes y Kavis, el héroe se echó al camino para ayudar a las bestias, dar alimento a los pobres, atizar el fuego y disolver en agua el mirífico jugo del *haoma*. Pasó luego siete años de meditación y silencio en el fondo de una caverna y desde ella fue conducido por un arcángel al empíreo de Ahura Mazda, que lo inició en sus misterios. También recibió la visita del Maligno y resistió a sus tentaciones. Así templado, volvió al mundo para dedicarse a los milagros y a la exposición de la Doctrina. Zaratustra vivió en las postrimerías del segundo milenio antes de Cristo y narró personalmente estos hechos en los cinco primeros *gatha* del Zendavesta. Su religión, histórica y geográficamente aprisionada entre Jesús y Krishna, era tan parecida a las de Krishna y Jesús que terminó por confundirse en ellas. Gracias a esos dos maestros, y al maestro Nietzsche, sabemos, hoy, cómo hablaba Zaratustra.

Siddharta el Buda nació en el 563 (o 556) antes de Cristo. Hasta los españoles conocen su biografía. Citaré sólo parte de lo mucho que en ella, y en sus palabras, anticipa al Galileo. Como éste, que pertenecía a la estirpe de David, fue hijo de un rey y de una esposa virgen. Según algunos, e igual que Krishna, encarnaba al segundo dios de la *trimurti* hindú. Buscó a sus discípulos entre los pastores, los artesanos y los mendigos.

Obró prodigios, aplastó la cabeza de la Serpiente, derribó los ídolos, divulgó los misterios de la divina unidad, sufrió persecuciones y exilios, murió rodeado de sus apóstoles y cerca de Ananda (el predilecto, el que jamás le negó) y se fue a un nirvana que no es, como los orientalistas de Occidente han malentendido, ni aniquilación ni sumidero nihilista. No lo crucificaron, pero a menudo se le representa bajo el árbol cruciforme de la vida. Otras veces lo vemos sentado en el Naga Raja de los reptiles con una cruz en el pecho.[50] Este singular personaje —destinado a convertirse en profeta de una religión con cuatrocientos millones de fieles— no tardó en despertar el piadoso apetito de los cristianos. Roma necesitaba santos y un linaje que la respaldara ante quienes tanta solera podían esgrimir. Ya los primeros evangelios, que son los Apócrifos y no los Gnósticos ni los Canónicos, incrustaron enteras narraciones budistas en sus páginas. Al nacer Gautama, dice el *Lalitavistara,* treinta y dos mil maravillas coincidieron, se detuvo el movimiento de las nubes en el cielo y de las aguas en sus cauces, enmudecieron los pájaros, las flores represaron sus capullos y la naturaleza se quedó arrobada mientras una luz sobrehumana envolvía la tierra. Pues bien, el *Apocryphum Iosephi,* interpolado en el *Protoevangelio* de Santiago el Menor, incluye esta magistral descripción del nacimiento de Jesús: «Yo, José, estaba caminando y hete aquí que dejé de hacerlo. Miré alrededor y el aire estaba como atónito. Contemplé la bóveda del cielo y la vi inmóvil, con todas sus aves quietas. Volví los ojos a la tierra y había en ella un ataifor con manjares, y obreros en torno a él; pero los que estaban masticando ya no lo hacían, y los que tomaban alimento no lo tomaban, y los que acercaban su mano a la boca nunca llegaban a ella, y todos los rostros estaban vueltos hacia arriba. Y vi paralizadas las ovejas de un rebaño que iba hacia los pastos. Y el pastor levantaba el bastón para golpearlas y se le quedaba suspendido en el aire. Miré las aguas del río y los cabritos tenían su hocico apoyado en ellas, pero no bebían... Y así, en un instante, todas las cosas se vieron apartadas de su curso.»[51] Más tarde, José llega a la gruta y la encuentra escondida tras una nube «que en seguida se desvaneció, dejando paso a una luz tan intensa que nuestros ojos no podían soportarla».[52]

Eusebio, uno de los más infatigables compiladores del Canon, incorporó a la tradición cristiana la leyenda de la santa faz que el rey Bimbisara conservaba en un paño sobre el que Buda había proyectado su sombra. La historia constaba en antiguos legajos de los archivos de Edessa, entonces sede de un colegio de brujos caldeos y ciudad santa, además de patria chica (y luego turca) de Abraham según los historiadores árabes. Consta que Eusebio pasó por allí.[53] Y gracias a su piadosa intervención pudo Roma reservarse el monopolio de la importante industria de reliquias montada a mayor gloria de la Verónica. Hay, por estos mundos cristianos, una asombrosa proliferación de santas faces (¿o fauces?) tendiendo el cepillo a los curiosos que las visitan. ¡Y pensar que todos los años, de niño, le rezaba yo a la que aún se exhibe en cierto pueblo de la huerta alicantina! Iba a pie, traspasado por la canícula, achicándole horizontes a las vacaciones, el mar, las higueras y las trenzas quemadas de mis amigas infantiles... Pero no creo en el tiempo perdido.

Ananda, el discípulo de Buda, pidió de beber a una intocable de Matangha. Arguyó ésta que no era digna de mantener relaciones con un monje. Dijo Ananda: *Hermana, no te pregunto por tu sangre ni por tu familia. Sólo te pido agua, si puedes dármela.* Ello bastó para que la mujer, rozada por el soplo del misterio, entrara en la orden monástica de Guatama y llegase a santa. ¿Conoce el lector esta historia? Es harto probable, porque el artífice gnóstico (y quintacolumnista) del evangelio según San Juan se adueñó del episodio, transformó a la paria en samaritana, añadió un pozo y urdió así uno de los capítulos más turbadores de su libro.[54]

No citaré otros ejemplos. Hubo tantos préstamos, inventos, manejos y confusiones, quedó Cristo al cabo tan parecido al Buda, que los teólogos medievales tuvieron la ocurrencia de incluir al profeta hindú en el santoral con el nombre de Josaphat. Empieza ahí uno de los lances más divertidos en los anales del trapisondismo clerical y la picaresca vaticana. Reconozcamos que el muerto era de difícil resurrección. Los hagiógrafos se las vieron y desearon para recomponer la trayectoria de tan original santo y en su desconcierto lo proclamaron discípulo del apóstol Tomás, que había predicado en la India (suponiendo que así fuera) siete siglos después del nacimiento de Siddharta. Otros historiadores juzgaron más prudente convertirlo en hebreo tránsfuga de Damasco. Por último se decidió incorporar la vida de Buda —tal cual— a la *Leyenda Áurea,* por ver si colaba, y así la recogió Vicente de Beauvais en su *Speculum Historiae.*[55]

Pero estamos ya en el siglo XIII. Los españoles supimos (o supieron) bastante de este negocio, pues el *Barlaam y Josafat* —fruto literario de tanto enredo— hizo furor entre los escritores castellanos hasta más allá del primer Siglo de Oro. Calderón y Lope no fueron inmunes al virus.

En realidad la novela de marras —traducida a la mayor parte de los idiomas europeos, sin excluir los eslavos y alguna que otra lengua muerta— fue redactada por San Juan Damasceno, que antes de hacerse cura, detractor de iconoclastas, obispo y teólogo de campanillas, desempeñaba un alto cargo en la corte del califa Abu Jafar Almansur, y allí, durante alguna muelle velada palatina, escuchó las leyendas del Sakya-Muni.[56] Tortuosos son los caminos del gran Brahma.

¿A quién, entonces, le extrañarán los esfuerzos realizados por Roma para impedir al pueblo la directa, ingenua y espontánea lectura de los libros sagrados? ¿Cómo asombrarse de que la Inquisición quemara cuantas Biblias hebreas caían en sus manos o de que el propio Torquemada echara al fuego seis mil ejemplares de las mismas en el curso de un vigoroso auto de fe celebrado en Salamanca?[57] ¿A santo de qué, si no, el huracán desencadenado en el seno de la Iglesia por la inocente pretensión luterana de interpretar las Escrituras en la libertad y soledad de cada almario? Como dice Madame Blavatsky, filología y teología comparada son las armas que más espanto causan en el Vaticano. Y con razón, porque no habrían existido ortodoxia ni Dogma ni papado sin las deliberadas falsificaciones bíblicas de Ireneo, Epifanio, Eusebio y Tertuliano.

Sabemos ya quién fue el más español entre todos los héroes solares, redentores y Cristos precristianos: el Heraclida. Su condición mesiánica se revela (por ejemplo) en los nombres que la posteridad o sus contemporáneos le pusieron: Unigénito, Soter *(salvador),* Neulos Eumelos *(buen pastor),* Alexicacos *(el que busca a los malvados para convertirlos)...* De él escribió Luciano que no intentaba dominar a los pueblos con la fuerza, sino con la persuasión de la divina sabiduría. Otros hechos, junto a los que ya dijimos, acentúan la semejanza entre el profeta que nuestros antepasados veneraron y el que luego vino aquí desde Judea. Liberó a Prometeo (el Adán helénico), acometió arduas empresas para expiar los pecados de su prójimo, prometió a éste el eterno renacimiento en mundos sucesivamente mejores, levantó altares, prohibió los sacrificios humanos en todas las costas del Mediterráneo, sirvió de mediador entre las religiones, descendió al Hades, resucitó al tercer día y por fin, metamorfoseado en espíritu puro, subió al Olimpo para fundirse con su padre Zeus. Hasta los judíos, en sus denuestos a la nueva fe, confundieron a Jesús con Hércules. Y si a éste lo habían acusado los sacerdotes délficos de intentar apoderarse de los libros del oráculo, a Aquél le imputaron los rabinos la sustracción del Nombre Incomunicable celosamente guardado en el Templo.[58] Tierra mollar debió parecerles a los misioneros de Pedro esta península cristianizada por varios milenios de devoción heraclea. Y lo que aquí hizo Hércules, en Roma lo repitió Baco, y Orfeo en Grecia, y Osiris en Egipto, y más allá Krishna, Zaratustra o Buda, y en casi todas partes Mitra. ¿Cómo no iba a crecer el cristianismo y a conquistar horizontes ecuménicos la aleatoria Iglesia que de él nacía?

Pero Jesús no recibió la iniciación a tan antiguos misterios de labios mitraicos, mazdeístas, órficos o tibetanos. Faltaban hierofantes de esas religiones en las aldeas palestinas. Muy cerca, en cambio, merodeaban los solitarios del monte Carmelo y el mar Muerto, los ebionitas y nazarenos de Cilicia, los terapeutas del Tauro... En una palabra: los esenios, extraños seres que repudiaban el matrimonio (y cuyo número se mantenía estable por los peregrinos que hasta ellos llegaban y no por los hijos engendrados en su seno), depositarios de la verdad hermética, taumaturgos, únicos habitantes de la tierra que —según Plinio— parecían haber alcanzado la felicidad en ella.

Conocían las íntimas y esquivas propiedades de las plantas, el significado alquímico de cada piedra o mineral, sus valencias, sus índices mercuriales, sus disolventes, su márgenes de alotropía, su iridiscencia en noches de plenilunio, el peso metálico de sus almas. Huían de las ciudades y vivían cara al desierto en habitaciones de troglodita, comunitariamente, sin esclavos ni leyes ni propiedades. Imponían tres años de oscuras pruebas al neófito que deseaba convertirse en hermano y, cuando ya lo era, le exigían perpetuo silencio sobre lo que había visto, escuchado y aprendido. Su liturgia comprendía ágapes, abluciones, plegarias al amanecer y obligación de llevar vestiduras de lino. Sólo algunos escudriñaban el cielo y se asomaban a las esquinas del porvenir, pero todos podían curar enfermedades físicas y morales. No buscaban adeptos, no los rechazaban. Hermes, Pitágoras y Samuel seguían viviendo en ellos. Meditaban. Miraban sin ver las arrugas y las dentelladas salitrosas del paisaje. Pasaban meses enteros en el fondo de sus cuevas, rodeados de encausto, cálamo, rodillo, tintero y pergaminos, y allí sus ojos brillaban como cúpulas de antiguos templos que nadie conocía. Graves y dulces, cultivaban las artes de la paz: eran tejedores, carpinteros, orfebres, músicos, gentes de poda y arado, pero nunca hacían comercio ni forjaban armas. Nómadas de siempre, solían concentrarse con talante eternamente provisional alrededor de dos descarnados focos: el lago Maoris, en Egipto, y la aldea de Engaddis, en Palestina, junto al mar Muerto. Ambos lugares pudieron servir de refugio y santuario a Jesús antes de su bautismo en el Jordán. Uno de ellos lo fue de fijo. Años de clausura, de estudio, de ayuno, de mortificación, de gimnasia, de férrea castidad, de alimentos mágicos ingeridos en el curso de hermosas ceremonias. Y por fin, una noche, la mano del mistagogo, su silencio, el paseo hasta el lugar exacto, la bóveda del cielo y la revelación. Termina ahí el aprendizaje de un *cristo.* Que nadie busque aclaraciones en el Evangelio. Éste menciona a todos los grupos religiosos que a la sazón actuaban en aquellos campos, pero ni una sola vez alude a los esenios. También los apóstoles tenían la boca sellada por una complicidad inquebrantable. Hijos del Hijo de Dios, discípulos de un adepto. Para el curioso hay, sin embargo, caminos de conocimiento e investigación que no obligan a correr la aventura iniciática. El libro de Schuré puede encontrarse aún en muchas bibliotecas y hasta en algunas librerías.

Consejas de campesinos hindúes sin picardía cultural aseguran que en el sótano de una anónima casa de Cachemira yacen los restos mortales del *Cristo de los cristianos.* Y un amigo, sin que yo le creyera (pues conozco su desmedida afición a Borges), dio hace pocos años en jurarme que estuvo allí, bajó las escaleras, vio la tumba y se tragó la píldora. En esas porfías andábamos cuando apareció en la prensa la noticia de que un profesor canadiense postulaba en cierto voluminoso libro fondeaderos hindustanos para una segunda vida oculta del Cristo.

Éste no habría muerto en la Cruz (y hasta aquí es ortodoxia), sino que tras la resurrección o convalecencia volvió al barloventeo de la juventud, tiró hacia Oriente, llegó al país para el que iconográficamente (al menos) había nacido, aprendió a amarlo y en él se quedó, como un *gurú* más, hasta que luengos, felices, taciturnos, reconcentrados y esqueléticos años de edad le granjearon una barba blanca, unos ojos que parecían comprenderlo todo, una rara autoridad que no desembocaba en reglas y un tranquilo tránsito a los brazos del Padre. Estaba yo en Tokio, distraído por otros temas. Ni apunté el nombre del profesor ni conservo aquel *Japan Times*.

(Hasta que ahora, casi diez años después y al socaire de este triste postfranquismo, circunstanciales libelos se asoman a los quioscos para divulgar entre los palurdos españolitos del destape la tesis del Nazareno enterrado en Cachemira. Melancólicamente lo anoto al regresar otra vez de Tokio.)

Pero si existen tantas *revolutio* de la misma historia, ¿qué sucederá mañana? Responde Krishna desde el *Baghavad Gita*: *cada vez que la virtud del mundo mengua, yo me manifies*to. No añadiré nada a lo que tan rotundamente traspasa los límites de mi libro.

Todas las religiones circulan por dos vías paralelas que no se enfrentan ni se excluyen: la ascensión dolorosa a la verdad esotérica, reservada a un puñado de valientes, y la planicie confortante de la doctrina exotérica, abierta a muchedumbres de homínidos que en ella se lamen las heridas. El primer sendero es místico, individual y litúrgico; el segundo, ético y social. En los grupos humanos no contaminados por la ambición, la soberbia y el espejismo de la igualdad (que inevitablemente conduce a revoluciones justificadas por la ilusión de que puede y debe cambiarse el mundo), la *res publica* se organiza siguiendo las instrucciones que desde lejos, y como con desgana, imparten los círculos de iniciados a los dirigentes políticos. No se trata de control o injerencia, sino de una ambigua inspiración que llega con cuentagotas y sólo en situaciones abiertamente críticas, pero que permea la sociedad y le confiere una especie de *animus* o programa interior. ¿Por qué los caudillos de otrora consultaban al oráculo antes de embarcarse en una guerra? El

Egipto de los faraones y la India de siempre (al menos hasta la aparición del veleitario Nehru) constituyen ejemplos clásicos de colectividades donde las razones de los dioses nunca se sacrifican a las trivialidades de los hombres. Ashoka, Kublai-Khan y el emperador Juliano enseñan la manera de gobernar un imperio sin profanarlo. Tales comunidades, cuyo modelo es la pirámide y no el plano o el círculo, garantizan a sus miembros la intuición de la inmortalidad y hasta la felicidad, o la relativa felicidad, puesto que en su seno el dolor, el hambre, la enfermedad y la muerte no se viven como experiencias negativas ni se convierten en símbolos del Apocalipsis. Entre los severos lamas o los arrebatados mendigos ambulantes de Vishnú y las mujercitas que les llenan de arroz las escudillas o los simples mortales que se bañan en el Ganges hay armonía, acuerdo, serenidad y respeto, sin envidia hacia los de arriba ni desprecio para los de abajo. Esta salud del organismo social se desmorona cuando la caridad, vía menor, pasa a formar parte de las virtudes teologales y hace acto de presencia el filantrópico mito del progreso.

¿Por qué el cristianismo cayó en la trampa recién salido del toril, mientras otras religiones más antiguas han sabido evitarla sin aparente esfuerzo hasta nuestros días? Dos factores ayudan a comprender tan temprana decadencia: el linaje y el entorno judío que siempre tuvo la nueva iglesia, y los conflictos sociales del Imperio en los últimos siglos de su historia. No es mi propósito analizar aquí este proceso. Nadie ignora que el monoteísmo de los hebreos introdujo una cuña racionalista de incalculables consecuencias en la libre y fantástica mentalidad del Mediterráneo precristiano. La escalada de los científicos (o lo que por tales se entiende), la civilización occidental (o lo que así suele llamarse) y el delirio tecnológico son lodos de aquellos polvos. Por otra parte, varios emperadores decidieron utilizar la carta demagógica que los obispos les tendían para mitigar sus peliagudos problemas de política interior. Continuamente se alude a la conversión de Constantino como al triunfo de los cristianos: así ganaba Pirro sus batallas. Fue más bien la definitiva derrota de la fe, pues en aquel episodio empieza el *mal viaje* del poder temporal y la dedicación a menesteres laicos de lo que, en puridad, ya nunca volvería a ser una iglesia. Emperadores y obispos jugaban de pillo a pillo. Mal asunto: los unos perdieron la corona y los otros la vergüenza. Ya dice el refrán que quien va por lana termina manipulado. Pero por lo que a ideas y creencias se refiere, fue Roma la eversora, fueron los obispos quienes cambiándose de casulla tomaron asiento en los lascivos divanes de palacio, y no los emperadores quienes de hinojos descendieron a las catacumbas.

De eso a inventar un Pontífice, a transformar la sede episcopal de Pedro en cátedra de omnisciencia, mediaba un breve salto. Se busca el apoyo del brazo secular, se define un delito de opinión —la herejía— y una figura jurídica para castigarlo —la excomunión, a menudo acompañada por la pena capital—, se falsea una frase del Evangelio, *et voilà*. Es de suponer que en el año 378, cuando un oscuro concilio consignó el cetro al obispo de Roma y a sus sucesores, los cadáveres de los Apóstoles se soliviantaran en sus tumbas. El gran fraude había comenzado. Y el cisma, porque las congregaciones esotéricas decidieron mantener su independencia. Razones no les faltaban. Si al pesebre de Belén acudieron los Magos y los Pastores —es decir, los iniciados y la soldadesca—, y si Jesús en persona había establecido una especie de jerarquía entre los discípulos, otorgando a Juan la fe de la inteligencia y a Pedro la del carbonero, ¿por qué trocar en confusión la hasta entonces pacífica coexistencia de ambos grupos? Desde el primer momento, los adeptos se declararon dispuestos a aceptar la jefatura del papa sobre la iglesia democrática, pero no sobre la iniciática. «Para el ojo que se abre en el gnóstico triángulo, todas las flechas que dispara el sagitario están quietas.»[59] ¿Cómo iban a confiar aquellos esenios rebautizados en un individuo que se designaba por votación, desde abajo, en vez de esperar un pentecostés que con lenguas de fuego lo señalara? Hubo algunas discusiones, pero San Agustín las zanjó proclamando a la Iglesia de Roma única depositaria de los Misterios y herejes a cuantos fuera de ella se llamasen cristianos.[60] Ese mismo personaje, gigante de erudición, gran filósofo, intelectual exquisito, maestro de generaciones, padre del catolicismo con méritos no inferiores a los de Pablo, se burlaba por aquel entonces de quienes sostenían la esfericidad de la tierra apostillando que, de ser cierta la teoría, nuestros antípodas no podrían presenciar el glorioso advenimiento de Jesucristo para presidir el Juicio Final.[61]

Suya fue, sin embargo, la última palabra y así quedaron las cosas, con la *otra vía* reducida al silencio, que no a la muerte. Pues no muere quien recibe un relevo de la eternidad con la misión de pasarlo a la eternidad: líneas así no tienen principio ni fin. Shelley, iluminado y náufrago, iba a escribir: «Platón, siguiendo las doctrinas de Timeo y Pitágoras, predicó un sistema moral intelectual que abarcaba la condición humana presente, pasada y futura. Jesús divulgó las sagradas verdades que esas ideas contenían, y la Cristiandad, en su pureza abstracta, se convirtió en expresión exotérica del saber esotérico depositado en la poesía y la ciencia de la antigüedad.»[62] Alejandría sirvió de espacio mágico para la transmisión de poderes. El mundo no ha vuelto a conocer una ciudad tan ágil, tan bulliciosa. Era una zona franca, un ágora sin paredes, un convento de contrabandistas, un increíble derecho de asilo, una llanura de predicaciones, un campamento de buscadores de oro, una decisiva frontera donde las diferencias no se dirimían a tiros, sino con la esgrima del ingenio, el ergotismo, la ironía, el camestres y el argumento cornuto. Volaban allí tropos y catacresis, epiqueremas y resultandos. Se desayunaban las gentes con una argucia, una premisa o un dialogismo. Los conciertos eran de aliteraciones. Hubo quien llegó a las manos por un entimema y también individuos que en una sola tertulia emitieron hasta quince equipolencias. Así se ayuntaron las herméticas teogonías de Toth con las revelaciones órficas y eleusinas, la Academia con el Liceo, los sacerdotes de Sais con los profetas del Sinaí. Judíos helenizantes como Aristóbulo acomodaron ideas platónicas y peripatéticas a los rudos principios mosaicos. Esenios, terapeutas y vegetarianos iniciaban en las artes ascéticas a efebos de Capri o Corfú. En cualquier esquina podía levitar un gimnosofista, latinear un cartujo y oscurecerse un jacobino. Filón largaba ingeniosidades que siguen dando en el blanco: la verdad —decía— es cosmopolita, pero más bien oriental y hebrea. Yámblico se proclamó nuevo Trismegisto. Proclo, encarnación (según él) del pitagórico Nicómaco, impartía sus lecciones de noche, en voz baja y nunca por escrito.[63] Parecerá extraño, pero en esa danza se fraguó poco a poco la mejor ocasión de sincretismo entre fe y pensamiento que los siglos han conocido. En ella se incoan dos escuelas que desde entonces no han dejado de irrigar los yermos campos de la cultura occidental: el gnosticismo y el neoplatonismo. Durante mucho tiempo, filósofos, científicos y magos batieron aisladamente sus cazaderos, pero luego apareció un superdotado capaz de implicarlos a todos en la misma gavilla. Se llamaba Plotino. A partir de él, «la filosofía unirá su causa a la de la magia y las ciencias naturales. Ya no habrá pensadores por un lado y espíritus débiles por otro: habrá sólo místicos».[64] Algunos Padres de la Iglesia se acercaron con sed a este hontanar. Y no en balde. Clemente, Justino y Orígenes consideraban a Heráclito y Sócrates profetas de Cristo y entendían como complementarias las enseñanzas de los sabios griegos y de la nueva fe.[65] Cuesta creer que escaparan con vida y, sobre todo, que lo hicieran con tan buena fama. Por bastante menos le rebanaron el gaznate a Prisciliano. Pero es que la iglesia de entonces, dedicada al proselitismo, tardó en comprender lo que estaba sucediendo. Distracción grave, que le costó casi una guerra civil. Quintacolumnistas, herejes e iluminados se le cocían en el propio puchero. Las apostasías aparecieron al mismo tiempo que las conversiones. Y cuando los fieles apenas sabían rezar, era ya el cristianismo un confuso clamor de sacrilegios y oraciones, de blasfemias y sacramentos. Así suele ocurrir cuando las muchedumbres entran en la casa de Dios. Lo hicieron, y no iban en ellas —como al principio— neófitos de inmaculado corazón, sino palurdos, y los palurdos se metamorfosearon en ranas pidiendo rey, y hubo que trocar en manga ancha la severidad inicial, y se les dio santos, y entre ellos se filtraron los héroes del antiguo politeísmo. Ya estaban todos los opuestos en la misma olla de grillos cantando, cosa extraña, un solo son: el del panteísmo. Los unos, por alejandrinos emanatistas; los otros, por campesinos espontáneamente naturalistas. Peligros convergentes de los que ninguna frontera de la Iglesia iba a librarse. Pero éste es un libro sobre España.

A mediados del siglo III, los obispos Basílides de Astorga y Marcial de Mérida pusieron la primera piedra de una heterodoxia que llegaría a hacerse proverbial. Al parecer, ambos patriarcas solicitaron de las autoridades gentiles el *libelo* o certificación que les protegía frente a las persecuciones. Marcial enterró a sus hijos en lugar profano, asistió a convites de mala reputación y terminó renegando de la fe ante el procurador de su provincia. Basílides ensució el nombre de Cristo en el curso de una grave enfermedad. Hubo luego muchos dimes y diretes entre España y Roma a propósito de estos personajes. Don Marcelino cuenta la historia con la escrupulosidad y melodramatismo que le son habituales.[66] Pero la principal preocupación de nuestros ductores religiosos, a juzgar por la frecuencia de sus anatemas, fue el arraigo de los ritos paganos y aborígenes. El Concilio de Iliberri, primero de los que se celebraron en la Península, impuso penas de excomunión a los flámines bautizados que oficiasen en sacrificios y a los feligreses adultos que entraran en los viejos templos para idolatrar. También se prohibía que las mujeres pasaran la noche en los cementerios so pretexto de velar a los difuntos.[67] Posteriormente, los concilios toledanos ordenaron que todos los altares de los gentiles se colocaran bajo la advocación de un santo o de un apóstol. Se trataba de una especie de amortización o expropiación forzosa, con el resultado de que difícilmente se encontrará hoy en nuestro país una ermita, monumento o tradición cristiana que no esconda un origen muy anterior. «Parece como si un poder telúrico, actuando generación tras generación, sin distinción de razas, religiones o costumbres, impusiera un determinado lugar como plataforma específica para percibir el impulso del alma, hambrienta de creencias superiores.»[68] Arqueólogos, folkloristas, hagiógrafos, restauradores y ratas de biblioteca nos devuelven la historia de este secular expolio. Schulten, por ejemplo, fue el primero en señalar que las capillas dedicadas a la Virgen en las costas españolas suelen coincidir con el emplazamiento de los antiguos templos de Venus.[69] El padre Fita menciona varias aras de los gentiles que hoy sirven de altares en monasterios y conventos gallegos.[70] Las ermitas de Santander crecieron en los puntos donde los cántabros adoraban al sol y frente a las estelas gigantes que lo simbolizaban.[71] Gómez Moreno descubrió cuatro miliarios trasladados a recintos cristianos en la provincia de León.[72] La iglesia de Carracedo se levantó con piedras arrancadas a un castro celta. En Baños de Cerrato, muy cerca de Palencia, el oratorio visigodo de San Juan confiere respetabilidad cristiana a las aguas termales que curaron a Recesvinto o Chindasvinto de una afección renal y que hoy, según reza un vistoso cartel, se utilizan para fabricar las gaseosas *Adelita*. En estos momentos tengo a mi izquierda un fichero repleto de ejemplos. Citarlos sería ocioso.

Alcalde del Río encontró en el Pico Dobre, cerca de Torrelavega, un documento en piedra que ilustra la persistencia de cultos paganos en época muy tardía. Se trata de una lápida con una inscripción del año 399 explicando que un tal Cornelio, munícipe de Abrigainum, la escuadró para ofrecerla al dios Erudino.[73] No puede extrañarnos que a finales del siglo VI, cuando los malos sueños parecían desvanecidos para siempre, la idolatría (así la llamaban) resurgiera con feroce virulencia en toda España. El Canon 16 del III Concilio de Toledo transmite la turbadora noticia.[74] Y de ella arrancan varias centurias de anatemas, renuncios, apercibimientos y transacciones. El concilio decimosexto renovará las cláusulas contra los adoradores de fetiches y el decimoséptimo ordenará deponer a los sacerdotes que celebren misa de réquiem para causar la muerte de alguien o que practiquen ensalmos. Es ya magia negra, puertas adentro del clero. Paralelamente se desata un ossiánico y sugestivo universo de supersticiones. El gallego Hidacio, que murió en el 476, nos brinda un inapreciable ramillete. Habla de la luna cubierta de sangre, de niños siameses, de lanzas suevas que cambian el color metálico del acero por una gama de rosas y amarillos, de peces que aparecieron a cinco millas del municipio de Lais con letras griegas, hebreas y latinas en el lomo, y de lentejas amargas caídas del cielo en las cercanías del mismo ayuntamiento. El piadoso varón termina su requisitoria anotando que los testigos de tales portentos eran personas *religiosas y sensatas*.[75]

El bautismo por inmersión, ritual pagano condenado por San Cesáreo en el Concilio de Arlés, cayó en desuso a mediados del siglo VII en todas partes menos en España, donde resistió quinientos años más. Y ello porque el pueblo seguía tozudamente aferrado al principio iniciático del agua como fuente de la vida.[76]

Epitalamios, trenos y endechas —tres formas poéticas proscritas para la Iglesia— acompañaron nuestras bodas y entierros hasta muy entrada la Edad Moderna. La primera Partida de Alfonso el Sabio prohíbe poner sitio en la mesa a los difuntos; y es, por cierto, costumbre que aún practican los aldeanos gallegos en la pitanza de Nochebuena y el almuerzo de San Andrés. Los concilios toledanos disponen que nadie se divierta en las festividades *saltationibus et turpibus cantibus*. Entredicho pijotero que revela tanto advertimiento y astucia como mala uva, ya que nuestro teatro medieval, so capa de religión y acogiéndose al recinto de las catedrales, era desbocadamente obsceno, desvergonzado, laico, retador y paganizante, y además resucitaba callosas tradiciones dramáticas de las razas iberas.[77] «Fue precisamente —dice Caro Baroja— en los tiempos de mayor fervor del catolicismo cuando se celebraron las fiestas de los locos y del asno, la representación de misterios y los sermones burlescos del domingo de Pascua.»[78] En el pueblo soriano de Cabrejas se oficia (o se oficiaba hasta hace poco) una *misa sacrílega,* así como suena, aunque otro tanto le cuadrase el nombre de *libertaria* e incluso el de *libertina,* pues todo se admitía en ella sin que nadie llamara a escándalo. La gobernaba el titular de la parroquia, y los vecinos y autoridades la entendían como una especie de desquite anual que los católicos de la villa brindaban a quienes, por no serlo y resultar minoritarios, pasaban doce meses tragando quina. Curioso, ¿no? Pero colindante con temas de los que ya se irá hablando. Soria es, quizá, la provincia española donde mejor se conserva el prototipo ibero y con toda seguridad la más rica en *torpes cantos y piruetas*. Cabe preguntarse cuándo se cristianizó y en qué medida lo hizo. Un erudito local, tras estudiar la epigrafía, paleografía e iconografía arcaica de la región, llegó a conclusiones poco agradables para el *establishment* que malgobierna esa hermosa zona destruyendo piedras venerables y vendiendo la historia como si fuera alfiler. Nada autoriza a pensar —dice mi erudito— que en los días del famoso Osio, de Florencio de Mérida y Potamio de Lisboa, de Prisciliano, de los prósperos obispados sitos en Tarraco, Caesar Augusta, Astúrica e Iliturgi, hubiera llegado el cristianismo a tierras de Alvargonzález.[79] Por algo —y para algo estuvo allí Termancia, último burladero de la España Antigua.

Y los símbolos. Rosas, lábaros, esvásticas, alfas y omegas, atanores, músicos, patas de ánade, *sigmas, taus, mándorlas*, espirales, sellos de Salomón, pentámeros, escuadras, *abraxas*, laberintos, nudos, estrellas de David, compases... «Jesús se inscribe en el centro de la rueda radiante o disco solar y allí su monograma custodia un significado luminoso.»[80] Todo el esoterismo postdiluvial converge, a caballo de esas imágenes, en la ruta de Santiago. Brilla el Cristo gnóstico en las fachadas, en las columnas, en las capillas de nuestras más bellas catedrales; se dibuja en las caudas y dalmáticas de los tesoros, acecha en el fondo del agua bendita, suena con las campanas, se multiplica en los espejos de las sacristías, oprime el lomo de los Libros, borda las sobrepellices, adorna el manípulo que tiembla en el brazo del sacerdote y con la primera anacrusa del *pange lingua* sube a la Hostia, donde no puede ignorarlo quien —por mínimos que fueran— alguna vez tuvo oídos para escuchar, ojos para mirar y magines para entender. El camino de Compostela es un rosario de crismones. Mil plumas han subrayado la semejanza entre esta insignia del Redentor y la cruz ansata de los egipcios: ahí se están dando la mano esenios y occidentales. No es raro que una *sigma* trepe por el emblema. Letra de los alquimistas, metáfora de relación y movimiento, mimesis del río que baja por la ladera de la montaña, aspiración del valle, trazo del viento, luna creciente y menguante donde la evolución y la involución se encuentran, ritmo alterno para ciclos de tierra y cielo... «Por tales causas —concluye Cirlot— aparece con tanta frecuencia la *sigma* en la ornamentación primitiva.»[81]

Y también la *tau,* ideograma del dios Jano: ambos son duales, simétricos, bifrontes. Entre los gentiles, Jano conciliaba el poder sacerdotal con el político y poseía las llaves de las dos puertas solsticiales (una de plata y otra de oro: la *tau,* como la *sigma,* figura en el cuadrado mágico de los alquimistas). Según Guenon, y se comprende a la luz de este simbolismo, Jano era el maestro de las dos vías y el señor del conocimiento o iniciador de los misterios. *Jaun* dicen los vascos y *Juan* los castellanos. En las iglesias cristianas, las puertas subsistieron y se encomendaron precisamente a los dos Juanes: el Evangelista y el Bautista. Una fábula descansa aquí, esperando el príncipe que la despierte, pues los vicarios de Jesús consagraban cada una de esas puertas en su respectivo solsticio, no antes ni después, y es coincidencia que verdaderamente maravilla. Infierno y cielo, verano e invierno, alquimistas y metales nobles, exoterismo y esoterismo, vascos, etruscos (porque Jano fue deidad afín a esos portadores de un enigma), Jesús, el cerril solitario que derramó sobre su cabeza la *fons vitae* necesaria para la iniciación y el discípulo amado que eligió la fe de la inteligencia y fue elegido para afirmar el menos ortodoxo de los evangelios ortodoxos: quizá no haya sincretismo más fértil, elipsis más locuaz. Y si verdaderamente cabe el universo en el fondo de un vaso, dudo de que otros cálices, gotas de vino, pétalos, trompas de abeja, quiebros de gato o vastas insignificancias encierren tantos universos como la *tau.*

No busco la oscuridad. No he inventado yo el hermetismo de los símbolos. Al contrario: padezco su dificultad. Pero todo el mundo antiguo —los edificios, la mitología, las epopeyas, los libros sagrados, las parábolas, la enseñanza— se formuló siguiendo un complejo esquema de correlaciones. Hay otro concepto detrás de cada concepto, una palabra diferente escondida en cada palabra. Así, al fin y al cabo, pintaban los impresionistas: la pincelada no era en ellos definitoria de un objeto, sino halo o insinuación para contaminar lo contiguo. Sus colores carecían de frontera, llevaban gradualmente a otros colores que tampoco lo eran, y sólo existían en cuanto eslabones de una escala cromática. Pero la pintura se impone con un fogonazo y el espectador no necesita conocer la técnica para percibir su luz. Tal es la facilidad del arte. Y su felicidad. Algo que no vale para los antiguos símbolos. La ecuación se las trae: secretos que quieren mantenerse en secreto son expuestos con deliberada engañosidad en un lenguaje cuyo significado consiste en correlaciones herméticas de símbolos herméticos y cuyo significante, manifestado por lo general en forma de ideogramas o jeroglíficos desconocidos, sugiere al lector la posibilidad de una interpretación lógica y plenamente satisfactoria (ésta es la trampa más burda, pero también la que más torres derriba. ¡Qué simpático nos parece el Cristo multiplicando panes y secando higueras! Como si un Hijo de Dios pudiera perder su tiempo en tales estupideces). Diabólico galimatías. Tanto más cuanto que la cuestión sigue en pie: es absurdo leer la Biblia, o lo que se tercie, quedándose en los contenidos literales. Al hombre culto de hace tres mil años ni se le pasaba por la cabeza la peregrina idea de redactar un texto religioso llamando a las cosas por su nombre. Ni un poema, un drama o un relato. El mundo antiguo, en su totalidad, demanda una lectura traslaticia. Y ésta, a su vez, exige ciertas operaciones en el valiente que desee acometerla. De entrada, volar sin compasión los mecanismos semánticos de su mentalidad actual; y no es fácil, porque se trata de abandonar algo indisolublemente unido al propio cerebro y de recuperar la inocente disponibilidad lingüística del niño en sus primeros días de cuna, cuando aún no ha establecido relaciones visuales y auditivas entre ciertos gestos de los adultos y los sonidos que simultáneamente profieren. Después hay que aprender la estructura genérica de los sistemas cabalísticos aplicados a actividades de expresión y comunicación. Y por último es preciso desentrañar la clave concreta que en cada caso haya utilizado el autor. Porque la cábala no consiste, contra lo que suele creerse, en un lenguaje cifrado, sino en una manera de cifrar, y existen tantas cábalas como culturas, casi me atrevería a decir como adeptos. ¿Hemos saltado las tres barreras? Trabajo inútil, penosa fatiga de mover las piernas sin avanzar. Porque a partir de ahí falta el contexto. Falta la conciencia de las voluntarias desviaciones que acaso se hayan imprimido en el conjunto. Falta una prueba del carbono para detectar al milímetro lo interpolado. Y falta, sobre todo, una noción siquiera sea aproximativa de lo que se va a encontrar, ya que probablemente son ideas o hechos que ni en nuestras más desquiciadas pesadillas pudimos concebir. ¿Dónde hay un poeta capaz de remontarse a esas alturas? ¿Quién conoce el sésamo del inconsciente colectivo y el truco para permanecer lúcidamente en él? No bastarán drogas o estados de trance, porque unas y otros se desvanecen. Si existen hombres con pecho de escamas, branquias, ventrecha y pies de pato, como los descritos por Lovecraft, de acuerdo, que se tiren al agua y buena pesca. Al margen de tales sueños, creo que el problema no tiene solución sin un maestro que nos ayude. Lo cual hace inútil todo comentario.

Hubo símbolos más fáciles. La iglesia cristiana, en cuanto a edificio, fue un puro emblema, una frase que muchos supieron leer. Para entrar en el recinto había que subir unos peldaños, alegoría de la ascensión que el espíritu sufre en presencia de lo numénico. Un tortuoso ceremonial, que nadie se hubiera atrevido a infringir, rodeaba la colocación de la primera piedra. Ésta era un cubo perfecto, llevaba una cruz, guardaba proporciones místicas con el tamaño de la ciudad e invariablemente servía de ángulo o de esquina. La nave central corría paralela a la trayectoria del sol y los tragaluces del ábside mayor se abrían a Oriente, pues ésa es la región de los milagros y a ella tiene que volver los ojos el sacerdote mientras oficia.[82] ¿Se entiende ahora la violación perpetrada por el Vaticano II al disponer que la misa se celebre de cara al público? Pretenden que así era en el principio. Yo les digo: mentira. Lo fue en los ritos bizantinos, porque aquellos curas, o *popes,* mal podían mirar hacia un sitio en el que ya estaban, pero nunca entre nosotros. Y si hubo algún momento del pasado en que por imitación o desvergüenza esa práctica se impuso, peor que peor.

Varios autores respaldan con verdadero apasionamiento la teoría de que hubo en Galicia un foco de cristianismo anterior a las supuestas predicaciones de Santiago y San Pablo. De revelarse cierto, sería cosa notable, pues responde muy bien al arquetipo dibujado por los al parecer inevitables contactos que desde el neolítico mantuvo el finisterre atlántico con la otra punta del Mediterráneo.[83] Una cadena de erudición y piedad sostiene los hechos. El arqueólogo don Julio Carro y Carro cita[84] al historiador don Matías Rodríguez, que cita[85] al canónigo don Pedro Junco,[86] que cita al arcipreste toledano don Julián, para demostrar o insinuar que «viviendo aún en la tierra la madre del Salvador, mandaron los astorganos un comité de peregrinación devota a Palestina con objeto de rogar a la Divina Señora los tomase bajo su tutela y protección», y que «la Santísima Virgen, acogiéndoles con singular cariño, los llenó de consuelo y los despidió con mil bendiciones para los de la ciudad, a la que regresaron sumamente complacidos». Otros curiosos impertinentes retrasan la embajada hasta los años en que Jesús predicaba por los campos palestinos, cuentan que los leoneses solicitaron la presencia del Redentor entre sus paisanos y aseguran que el Mesías, no pudiendo hacerlo, les prometió enviar a uno de sus mejores discípulos. Los padres Alba, Vivar —«monje cisterciense, partidario acérrimo y entusiasta de los falsos cronicones»— y Aingo y Ezpeleta —«lectoral y vicario capitular en 1634— admiten y aun postulan tan tempranas peregrinaciones a Tierra Santa. Estos espigueos por la erudición del pasado y sus propias aventuras arqueológicas en la Maragatería convencieron a don Jesús Carro de lo siguiente: «1.º, que la doctrina del Divino Maestro llegó directamente por vía atlántica a la región galaico-astur en vida de Galileo; 2.º, que comisiones o embajadores de la provincia de León fueron a postrarse reverentemente a los pies de la Virgen y del Redentor, iniciándose en dicha región un foco religioso y nazareno preapostólico.»[87] Si todo esto es mentira, nos hallamos ante un delirio feliz del subconsciente gallego, ante una de esas alucinaciones con que la fantasía equilibra la naturaleza y la invención devuelve a la historia su recóndito significado. La fe cristiana de las provincias celtas nunca coincidió por completo con la que se impuso en el resto de la Península. ¿Procedía acaso de fuentes más próximas a Cristo y menos contaminadas por la *weltanschauung* del Imperio y la exégesis eclesiástica? Una evangelización independiente de la que, arrimándose el ascua, organizaron Pablo y los emperadores, ayudaría a explicar el fenómeno priscilianista y jacobeo, además de otras cosas que se irán viendo en los próximos capítulos. Por ellos también comprobaremos que el arquetipo siguió funcionando en los siglos posteriores, cuando varios ermitaños de ambos sexos emprendieron una serie de extraños viajes al Mediterráneo oriental y a su vuelta rindieron controvertido testimonio de una fe que no era la romana.

Termino aquí una digresión que consideré imprescindible para entender el fárrago religioso imperante en los orígenes del cristianismo español. Con mejor o peor voluntad se nos ha pintado las más de las veces una España monolítica en su actitud hacia lo Alto. No lo fue, ni podía serlo, a la luz de los muchos Cristos que al principio se nos propusieron, de las creencias que entonces barajaban nuestras gentes y de las costumbres que tanto sorprendían a quienes desde el mar o por los Pirineos visitaban esta casa de Dios. Entre oráculos de Menesteo, *taurobolios* de Mérida, mozas del agua, ratas de las fuentes, dólmenes, carnavales, ritos órficos, fiestas que después se llamaron de Santa Águeda, ariolos, arúspices, asoladores de las mieses, tarascas de Salambó, cabezudos, imbunches, ligaduras, *simiots,* tritones, apolonios, *tempestarii,* caldeos rectificando paralajes en plena provincia de Albacete y astartés neolíticas invadiendo todos los promontorios de un litoral interminable, ¿qué espacio espiritual quedaba para la otra religión? Dios no ocupa lugar: se le hizo sitio. Pero fue precisamente el Cristo gnóstico, y no el de Pablo, quien con más fuerza agitó las conciencias y supo canalizar la violenta tensión mística de algunos españoles. Eso no sucedió, o sucedió con menor descaro, en los demás países occidentales. La península se perfila desde el primer momento como una incómoda quintacolumna de heterodoxia en el ecumenismo religioso de Roma. Procuraré fundamentar esta opinión. Y también demostrar que este cristianismo gnóstico —y no el que después se impuso a punta de lanza o de pistola— recogía, rescataba y continuaba la gran tradición teosófica de los celtas y los iberos. En este asunto, como en tantos otros, lo marginado es lo nacional. Los herejes resultan a menudo mejores cristianos que quienes los condenan. Y yo creo que nuestros herejes fueron cristianos, mientras la iglesia oficial, con toda su pompa, se olvidó de serlo. Pensar lo contrario es opción indiscutible de cada español. Afirmarlo sin alegar razones, como si se tratara de un dato de hecho sancionado por un dios de birlibirloque, me parece pintar como querer y ampararse por motivos poco nobles en una situación de fuerza. Prisciliano representa nuestra continuidad religiosa, si es que reconocemos algún derecho a quienes antes de la invasión romana ocupaban estas tierras. ¿Permitiremos, en años de descolonización, que las ideas de la metrópoli ahoguen la voz autóctona? ¿Nunca expulsaremos del templo a los ídolos extranjeros? El Cristo latino y católico desencadenó una revolución que nadie había solicitado. Una revolución, además, organizada por gentes ultramarinas. Y eso es subvertir el orden desde fuera, vaciar los propios bolsillos para que medren los ajenos.

Con el hereje gallego empieza una iglesia del silencio que jamás calló del todo, una corriente subterránea que a veces —en el camino de Compostela, en las ermitas del Bierzo, en los antros templarios, en los jalones del Grial, en la explosión escatológica de jerónimos, franciscanos y carmelitas— sube con ímpetu a la superficie, pero que casi siempre fluye clandestina; y entonces sólo cabe recuperarla con paciencia y fe, practicando pozos artesianos. Ahí apuntan las páginas que siguen: a pintar el mapa de esa inquieta geología, a tender las isobaras de tales puntos de presión. Pero antes, fuerza será dedicar otro paréntesis a Galicia, la región que en tiempos decididamente históricos supo plantar cara a lo foráneo y advenedizo. La confluencia entre el Cristo gnóstico, las tradiciones de los curetes y los celtas, el frangollo religioso del siglo IV y los tenaces arquetipos gallegos hará posible el luengo parto del varón Prisciliano. Y el relevo de la antorcha.

Cuentan los vascos que cierto día estaban congregados todos los gentiles, y sus brujos, y sus divinidades, y sus espíritus severos o zumbones, en el collado de Argaintxabalete, por los estribos de la sierra de Aralar, cuando vieron que desde oriente gravitaba hacia ellos una nube luminosa. Llamaron entonces al más anciano de sus ancianos y le pidieron que descifrara el fenómeno. Dijo aquel sabio: *acaba de nacer el Kixmi que pone fin a nuestra raza. Arrojadme a un precipicio. Kixmi* equivalía al mono y tal era el mote que los paganos aplicaban a Cristo. Cumplióse la voluntad del viejo y después, perseguidos por la nube, escaparon todos hacia el oeste. La huida terminó en el valle de Arraztarán. Los fugitivos se refugiaron bajo una gran losa, que aún puede verse y que se llama *dolmen de Jentillari* o *huerto de los gentiles.*[88] Así perecieron sepultados los duendes de la España Antigua. Pero algunos debieron de sobrevivir, acaso a la sombra y abrigo de un segundo mono que venía a traer la paz y no la guerra.

II. OTRO PRÓLOGO: UN PASEO POR GALICIA

> Es una peregrinación extraña la que está Vd. haciendo, porque mientras avanza hacia Galicia y el Oeste por todo el norte de España, se va acercando al culto de los muertos.
>
> WALTER STARKIE, *El Camino de Santiago*

Y al cancel de los dioses. ¿Quién sería el gallego inicial? «Algunos autores sienten que Noé fue el primero que llegó a Galicia después del diluvio general, de lo cual parece es argumento la villa de Noya, intitulada de su nombre, que está a seis leguas de Compostela.»[1] Tradiciones más insistentes —que ya se vieron—[2] trasladan esa responsabilidad a Túbal, presunto nieto del patriarca. Y no falta un Setúbal para darle aval toponímico a la ilusión, aunque pilla un poco a trasmano, nada menos que en las inmensas inmediaciones de Lisboa. Flavio Josefo, por último, apoya la candidatura de otro nieto de Noé: un tal Gomar o Gomer, que también pasa por hacedor de los gálatas asiáticos. Hay muchas Guiomar entre las ricasdueñas de la zona y también pueblos o valles mentados Gondomar, Guimaro, Gomariz y Guimarães. Pero lo que sí sabemos a ciencia cierta, con permiso de Noé, Túbal o Gomar, y gracias al inefabe Estrabón, es eso —tantas veces repetido— de que los hispanos dedicaban zambras a un mismo y único dios en las noches de luna llena. ¿Hispanos o gallegos? Unos y otros, probablemente, pero a aquéllos se les supone mientras de éstos hemos podido comprobarlo. Un libro publicado en 1914[3] nos dice que los aldeanos del partido judicial de Viana del Bollo aún salían entonces a la calle con la sonochada del verano y los plenilunios invernales, para —agrupados por familias— bailar la muñeira al son de conchas y panderos; al término de la misma, los mozos lanzaban el jujujú alzando los ojos al satélite. Y así hasta despuntar el día. El parecido con la costumbre descrita por Estrabón resulta impresionante incluso en el contexto de un pueblo famoso por su apego a las nieves de antaño. Tales trasnochamientos no pueden confundirse con los rituales de lumbre que se celebran en el resto de España la noche de San Juan: se trata de otro ciclo, de otra religión y de otro planeta. Las noticias recogidas por el geógrafo grecorromano provienen de Posidonio, que a su vez había saqueado los textos de Polibio. Lo que los boleses hacían por los años de la gran guerra, y no es seguro que la usanza haya desaparecido, tiene por tanto una antigüedad garantizada de veintidós siglos (más lo que llevasen de bailado). Tanto sirve una fecha como otra: antes de 1914 casi todo seguía igual a sí mismo al oeste del Cebrero. Y en ello están. Traspasar ese cantón, para quien —como yo— suele venir de abajo, equivale a penetrar en un mundo aparte, implacablemente hibernado por expresa voluntad de sus moradores. Un mundo harto más próximo a la España Antigua que a la actual. Tan fragante es su arcaísmo, tan desnudo de mohos y fermentaciones, que no cabe imaginarlo causal o —menos aún— determinado por el aislamiento y el subdesarrollo, tesis esta que aparece con frecuencia en las garrulerías de economistas y sociólogos. Allen Ginsberg, irritado por la jerigonza tecnológica que chapurrean en los organismos internacionales, se asombraba en cierta ocasión de que funcionarios de misa y olla —contratados precisamente por su aire de marmolillos— tuvieran la desfachatez de considerar subdesarrollada a una nación como la India, donde miles de personas son capaces de fundir una noche a la intemperie con el solo objeto de escuchar las creaciones de un rapsoda. Pues bien: en tal caso, y desde ese punto de vista, Galicia es nuestro Indostán, con la ventaja de que permanece virgen. Nunca, en efecto, he comprendido por qué playas tan incólumes, campos tan espaciosos, guisos tan regalados, indígenas tan confianzudos y *cativas* tan retrecheras no son ya puches saliváceos entre las voraces quijadas de los turistas. Los celtas no pudieron entrar en Vasconia: quizá un análogo tabú protege a Galicia de las ansias extranjeras. ¿O es puro instinto de conservación en quien puro ha sabido conservarse? Dijo Neruda: que despierte el leñador. Pero el gallego no supo de tales siestas. Sobrevive en él la esquinada retórica del tiempo perdido y no cabe soslayarla aquí en aras de la literatura: hay demasiados Guermantes y Albertinas, demasiadas muchachas en flor. Por lo que sea, no cuajó en la ciudad galaica el rascacielos, ni pelotones de labrantes sajaron las curvas de los caminos, ni el Ribeiro empezó a servirse en tazas de duralex, ni los camioneros se acostumbraron a almorzar en cafeterías con platos que en vez de nombres llevan números. Hay que subirse las mangas para amasar la borona, dunas y rastrojales son la retaguardia de las playas y los campesinos remedian dengues y machorreces con el estrenuo recetario del sílex.

Y si el gallego de Estrabón trenzaba pasos de baile en noches de luna llena, el del Milenio seguía a vueltas con las mismas nocturnales: lo sabemos por el Concilio de Compostela, que en 1056 aún anatematizaba los cultos del plenilunio.[4] Mientras tanto, la gallega de bien no se exponía directamente al satélite ni se arrimaba a los postigos en noches de mucha luz:[5] es costumbre que sin miedo podemos tildar de neolítica. Todavía hoy, las gentes sensatas evitan raparse en cuarto creciente o novilunio, porque con ello se arriesga la calvicie (lo sabía, y lo dijo, hasta el pícaro Estebanillo González). La madera, en cambio, tiene que cortarse aprovechando el menguante y así no se quebrará ni astillará.[6] Acomoda el labrador las tareas del campo y de la casa a las fases de la luna: la de enero resulta indicada para la matanza del cerdo, la naciente para salar su carne («si se quiere que crezca en el pote») y la decreciente para que se conserve en buen estado.[7] Pero en ninguna lunación pueden darle los rayos del astro, porque entonces se *aluna,* es decir, se pudre sin criar gusanos.[8] Por las mismas razones (o por las contrarias: las del sol), los rústicos le cuentan al fuego sus pesares, le echan pan y cucharadas del propio yantar y no fornican ni se masturban ni palpan a las pimpollas en presencia de una lumbre. Y es que las cosas del sexo, como todas las demás, revierten a la naturaleza y a veces la contaminan: por eso no hay que barbechar ni sembrar en días de menstruación.[9] El celta y su circunstancia: una herencia teosófica que obliga al gallego a dialogar con su entorno, a reconocer en cada objeto su cuota de eternidad. Lo que Menéndez y Pelayo llama *herético emanatismo.* Lo que Risco propuso como nuevo evangelio para las gentes de su raza. Lo que en definitiva permite a ésta mantenerse pura en un mundo que alardea de lo contrario y se ahoga en la promiscuidad. Pero la pureza es asunto de memoria: corresponde a quien sabe recordar y, por ello, conservar. La historia de Galicia se nos impone como un juguete intransferible. ¿Por qué? Porque allí lo anterior convive siempre con lo posterior. Y porque discurre sometiéndose a un extraño cómputo de cronología: el paso del tiempo no se mide por sustitución, sino por acumulación. Cabe preguntar: ¿adónde llegaría si nada depredase esa despensa ni interrumpiera el proceso de almacenamiento? Sólo en la India he encontrado un cosmos más rico, una actualidad más fertilizada por lo que ya aconteció. Ahí están los países del futuro. Insisto en que Galicia es la única branquia de emergencia que todavía no se nos ha encharcado. En su ámbito coexiste lo mediterráneo, lo atlántico, lo celta y lo germánico: cuatro esquinas que conviven pintiparadas al recinto de lo español. Tengo que recordar lo ya mencionado: mámoas y petroglifos, laberintos, piedras oscilantes, San Andrés de Teixido, la escollera de Bares, el folklore de los curetes, la Limia, lo hercúleo, las yeguas fecundadas por el viento, Koridwen, las Vírgenes de los cabos, el huevo druídico... Galicia es un *aleph,* un punto de observación y vida hacia el que lentamente fluye el universo y allí se queda, empapado por una atmósfera sin tiempo como la de aquellas mastabas egipcias donde hasta un grano de trigo mantenía su poder genésico por encima de las eras y los diluvios. Sin trampa: lo comprobaremos siguiéndole los pasos a Prisciliano y los jalones a la ruta jacobea. Por eso, porque no se puede hablar de esoterismo español sin volver los ojos a Galicia, parece forzoso dedicar unas páginas al raro caldo de cultivo que tan preciosas e infrecuentes germinaciones va a consentir en el seno de nuestra historia. El fenómeno gallego, que permite la vivisección de muchos temas del pasado, ayudará a entender la peculiar trayectoria religiosa de casi quince siglos de fe celtíbera. Y, de paso, le pondrá música de fondo y pinceladas ambientales al gran ciclo gnóstico desarrollado entre el Padrón y Compostela. En la obertura instrumentada por ese rincón de nuestros pecados resuenan aires, andamentos y variaciones que en siglos más auténticos nos obsesionaron para después irse convirtiendo en motivos de remordimiento. Sabido es que los adultos tienden a reaccionar contra las verdades y placeres de su juventud.

Entre Noé, Túbal y Gomar, las ciudades gallegas arrancan poco a poco sus perfiles a una nebulosa que casi parece fuego inicial. Nombres de héroes y de dioses escanden la epopeya demográfica. Iria Flavia fue circunscripción de Isis: lo será también de Prisciliano y del Apóstol. Hubo un tiempo en que Braga no toleró más cultos que los de esa virgen del Nilo.[10] Conocemos dos tipos de asentamientos diluviales: los que se sumergieron —y aún yacen en lagunas y ensenadas— y los fundados por náufragos de otras partes. Hércules puso los cimientos de La Coruña o *lugar de Kronos.* Orense creció junto a unas termas que se reputaban milagrosas (y dicen que esa misma alfaguara, la de las Burgas, pasa bajo el gran crucifijo de la catedral. En fiestas señaladas, y sobre todo en la del Corpus, los villanos hunden caras y manos en el agua humeante como quien cumple con un antiguo precepto).[11] Lugo fue la ciudad de Lug, dios guerrero, caudillo pródigo y encarnación del crepúsculo, anterior a los celtas y común a bretones e irlandeses, que dispondrán de casilla propia y principal en el ajedrez jacobeo. Era, además, patrón de muchos oficios por creérsele capaz de desempeñarlos todos.[12] Las tradiciones de Erín lo suponen inventor de las asambleas populares a plazo fijo, precedente pagano de nuestras ferias. En las inmediaciones de la villa hubo asimismo termas famosas, que aún funcionaban a mediados del siglo XIX, cuando Jorgito Borrow las visitó y describió. «Se hallaban —dice— atestadas de enfermos, a pesar de su estado ruinoso. Extraño espectáculo ofrecían los pacientes, vestidos con túnicas de franela parecidas a mortajas, sumergidos en el agua caliente y envueltos en nubes de vapor que trepaban por los sillares desencajados.»[13] También es cosa singular, como el inglés anota en su libro, que Lugo se convirtiera en capital de la España romana; y concluye que «no siendo este pueblo muy dado a guiarse por el capricho, existieron sin duda razones de peso para elegir la susodicha localidad». Las hubo, efectivamente, y quedarán de manifiesto al tratar del ciclo compostelano.

La magia de la naturaleza y del urbanismo se prolonga en la huraña simbología de la piedra. No describiré otra vez su profusión ni su aspecto. De la raya de Portugal a la del Cantábrico, de Piedrafita a Finisterre, miles de grafitos impúdicamente esotéricos puntean, comentan y subrayan las páginas de la partitura. El gallego de hoy, que no sabe descifrarlos, corrige su desapercibimiento venerándolos. Y uno, entre los signos que la roca nos propone, exige por su reiteración y popularidad la gracia de un comentario: es el llamado *nudo de Salomón* o *esvástica del Miño*, que parece una cruz, un laberinto, ambas cosas y ninguna. Dos cuerdas o madejas, formadas por tres o más cabos, se penetran y atraviesan sin romperse. ¿Difícil? Y angustioso. Pero cabe una aproximación al intríngulis, si se acierta a dominar la zozobra, prolongando las cuatro puntas de una esvástica con líneas curvas que terminan en el extremo del brazo más cercano. Se obtendrá así una especie de cinta de Moebius, artificio geométrico que en las matemáticas no euclidianas ilustra el concepto de la cuarta dimensión. Es telele esotérico al alcance de cualquier cristiano. Para urdirlo basta un rollo de papel higiénico y algo de cola. O de saliva. Gusanillo, comezón y reconcomio están garantizados.

El *nudo de Salomón* es símbolo sincretista, perfecto emblema del potaje religioso que el gallego atesora en su caletre. Se le han dado interpretaciones para todos los gustos: mitológicas, caseras, pornográficas y sublimes. Indica unión (*se anudan* matrimonios, relaciones, amistades), obstáculo (*el nudo* en la garganta), dificultad (deshacerlo es resolver un problema)... Pasando a temas menos discordes con los de este libro, el *nudo de Salomón* alude a los poderes que aquel monarca tenía sobre los espíritus celestes e infernales. El *nudo gordiano* aseguraba los favores de cierta deidad al rey de Frigia; roto por Alejandro, aquélla se pasó a sus filas. Un *nudo herculino* defiende la virginidad de las novias alemanas. Marcelo Empírico escribió: *septem nodus facies et per singulas nectens nominabis singulas anus viduas et singulas feras (...) (ne inguen ex ulcere intumescat).* Y Burcardo de Worms: *cinculum mortui pro damno alicuius in nodos coligasti.* Las brujas *ligan* a los varones y también los *desligan;* o sea, les arrebatan o devuelven la virilidad. Los mozos gallegos, cuando quieren entrar en amores con una rapaza, pronuncian su nombre por tres veces y hacen al mismo tiempo un nudo en el pañuelo. Las *meigas* enredan los canastos y los *demos* las madejas: eso es como torcerle la vida a los hombres (lo cual perturba nada menos que la evolución cósmica). Beatas y monjas atan las imágenes de los santos para arrancarles una gracia. Hay que trabar las piernas de los cojos y niños que no rompan a andar; luego se buscan personas de muy menudos requisitos (mujeres que se llamen María o carpinteros que sean hijos y nietos de carpinteros) y se les pide que corten el nudo, símbolo de la enfermedad. Desafía el destino quien se atreve a pasar bajo la cuerda que ensoga a una vaca. Cuando las tripas se añudan, estalla el cólico miserere. En algunas aldeas gallegas, y con motivo de ciertas festividades, el paterfamilias enlazado por el cuello paga merienda o aguinaldo a los mozos que lo engancharon.

Muchas de estas creencias o supersticiones fueron recogidas (y a veces practicadas) por el insaciable Vicente Risco.[14] La *esvástica del Miño* es, en su opinión, resumen de un mundo ideológico hereditario y herramienta eficaz para las operaciones mágicas. Distingue, pues, entre una dimensión especulativa y otra simplemente pragmática. La representación del símbolo —en dibujo, arimez o retallo— despliega igual o mayor virtud que el nudo real de cáñamo bramante. Esculpido en piedra, alcanza la *relativa eternidad* de ésta. Y concluye el mitólogo: «quizá tales signos, grabados en nuestros castros y citanias, granjean la protección de algún dios —personal o impersonal— con el que cree ponerse en contacto quien los contempla. Quizá servían, como los *mandalas* y *pentalfas,* para elevarse con el espíritu a otros niveles de existencia».[15] Y aunque se trate de un símbolo diferente, algo parecido le sucede al sello de Salomón o doble triángulo resuelto en una estrella de seis puntas. Ésta alude a la intersección o conjunción de la conciencia y el subconsciente, gobernada por el *azoth* de los alquimistas o principio inmaterial situado en el centro del sello. Es un punto que sólo puede verse con la imaginación, igual que les ocurre a algunos *mandalas* hindúes y tibetanos.[16] El *nudo de Salomón* vino seguramente entre los celtas, que lo distribuyeron con mesura. Al *sello,* en cambio, lo pasearon los judíos por todas las edades, culturas y continentes.

Cuatro obsesiones gallegas han alcanzado el siglo XX sin perder un destello de su garra, cuatro anticuerpos combaten en esa tierra la infección racionalista: los vestigios de la *Santa Compaña,* los *mouros,* los *tesoros escondidos* y los *lobishomes* o licántropos. Hay que estudiarlos de a uno y por sus tiempos.

Muchos nombres ha puesto el pueblo a lo que no es, en definitiva, sino procesión de las ánimas. Del latín *hoste* sacaron los gallegos *hueste* y los asturianos (que también ven y hablan a los muertos) *güestia; hostilia* (plural de *hostilis,* enemigo) dio *hostilla;* los romanos llamaban *hostis antiqua* a los diablos y de ahí salieron *estantiga, estandiga* y *estantigua; estadea* puede venir de un cruce entre *estatua* (aludiendo a la rigidez de los cadáveres)[17] y *estadal* o vela que alumbra a los difuntos (de *status,* porque esos cirios tenían en el mundo antiguo la talla de un hombre); algunos aurienses prefieren la voz *antaruxada,* mientras que otros funden *pantasma* (fantasma) con *espantallo* (espantajo) y así llegan a *pantalla*; *Santa Bovia* dicen los asturianos, con expresión que Roso de Luna[18] emparenta al *bous* griego y al *bos-bovis* del latín; y Vicente Risco aún añade *visión, visita* y muchos puntos suspensivos.[19] Este derroche de sinónimos trasluce sobradamente la preocupación popular por lo que bastantes mitólogos consideran la más antigua tradición escatológica del mundo occidental. Santa Compaña, estantigua, hueste, antaruxada... ¿Qué se esconde tras el chisporroteo verbal? ¿Qué alienta bajo las fábulas espetadas con seriedad, malicia y socarronería a quienes viniendo de otras partes recalan en un hogar del agro gallego después de la caída del sol? ¿Quién envía o quién inventa a endriagos y tarascas bullendo por los caminos «con çiriales en manos con çirios ardientes: / con su rey en medio, feos, ca non lucientes», como dijera Berceo en el *Milagro de Teófilo*? ¿Por qué los hombres de Fernán González se quejan de su continuo deambular —en el *Poema* de clerecía consagrado al conde— con la frase «a los de hueste antigua, aquellos semejamos»?[20] ¿De dónde van, adónde vienen y quiénes son esas almas en pena que al señor de Montenegro, o al Valle-Inclán que lo parió, se le antojaban hijos de la mismísima puta? Igual interrogante se plantea Borrow en una de las páginas más populares de su libro. Zascandileaban el inglés y su postillón acercándose a Finisterre, cuando entre ellos se entabla el siguiente diálogo: «*El guía:* —El sol va a ponerse en seguida y entonces, como haya niebla nos encontramos con la Estadea. *Yo*: —¿Qué es eso de la Estadea? *El guía:* —¡Qué es eso de la Estadea! ¿Me pregunta, mi amo, qué es la Estadinha? No he tropezado con ella más que una vez y fue en un sitio como éste. Iba yo con unas mujeres y se levantó una niebla muy espesa. De pronto empezaron a bailar encima de nosotros, entre la niebla, muchas luces; había lo menos mil. Se oyó un chillido y las mujeres cayeron al suelo gritando: ¡Estadea, Estadea! Yo también me caí y gritaba: ¡Estadinha, Estadinha! La Estadea son las almas de los muertos que andan encima de la niebla con luces en las manos.»[21] No es mala definición, aunque podría aplicarse ce por be a la Vía Láctea. Y ni aún así lo sería, ya que gallegos y asturianos se limitan a rodear de tensión mágica ciertos fenómenos atmosféricos que de por sí facilitan la alucinación, el trance y el *viaje*. Por la Vía Láctea marchan además las almas de quienes en vida no pudieron peregrinar a Compostela. Es leyenda paralela, si no igual, a la de la *hueste*.

Menéndez y Pelayo, Murguía y Roso de Luna atribuyen a los celtas el mito de la procesión de las ánimas. En realidad, la cosa parece venir de antes, o de otro sitio, por más que los druidas celebrasen con especial deleite la noche de difuntos y sentasen a éstos en su mesa. Cabalgatas y caballeros fúnebres han existido en todo tiempo y lugar. En pleno neolítico de los curetes, y en el Algarve, había ya comitivas de *medos y fantasmas* verbeneando por los cabos de Sagres y San Vicente.[22] El Ramayana define la muerte como *una caravana en marcha,* hermosa metáfora que traduce a vocablos una intuición de alcance universal. El dios germánico Wotan presenciaba los combates de los hombres desde un trono de nubes e incorporaba a su séquito los espíritus de los héroes inmolados; luego, las valquirias los acompañaban triunfalmente al paraíso (Hitler terminó su responso en los funerales de Hindenburg con esta invocación: *Ve pues, mariscal, al Valhala*). Tradiciones como la del lábaro Constantino, los Dióscuros, el caballo blanco de Santiago y los cuatro jinetes del Apocalipsis pertenecen al mismo grupo mitológico. En él se entroncan las danzas de la muerte, origen de nuestra dramaturgia. Las procesiones penitenciales de la Edad Media, con su secuela de inciensos y pestilencias, componen una vez más el retablo de la *hueste*: gentes que se encaran con los dioses y moribundos liberándose entre aullidos de sus últimos jirones de vida. Durero refleja el arquetipo en su *Caballero de la Muerte*. Gaster cita otras visiones de similar pelaje.[23] Y hasta en el laico siglo actual, Ingmar Bergman lleva el mito a la pantalla, mientras un clorótico *singer* yanqui aprovecha el tema de los jinetes espaciales para guindar a los adolescentes. Mézclese todo ello, y mucho más, a supersticiones sidéreas, cometas que espectralmente nos envuelven en su cola, predicciones del Milenio, fuegos de San Telmo, lactescencias de los astros, calígines y metempsícosis, y está hecho. Se trata del Juicio Final, mejor o peor aderezado. El brebaje resultará más sabroso en Galicia, que es infierno y finisterre de toda la vida, pero eso no significa que sólo los celtas poseyeran el secreto. A lo mejor es receta atlante, recogida en Andalucía por los iberos centrífugos y devuelta a Galicia por los druidas centrípetos. O astrolabio egipcio de la diosa Ka. O doctrina hinduista sobre la muerte como espectáculo de introspección y sendero de perfeccionamiento. Sin embargo, Normandía, Bretaña, Escocia, Irlanda e Islandia tienen *estantiguas* vernáculas no habiéndolas en otras partes, y eso parece demostrar que los celtas fueron quienes con más fe aceptaron la leyenda, con más garbo la salpimentaron y con más ahínco la transmitieron.

Esto en cuanto a la invención y fuentes. Quedan las interpretaciones. Novoa Santos distinguió en la Santa Compaña tres niveles: el psicodélico (alucinación sugerida por el Viático desfilando de noche en una *corredoira*), el psicológico (desdoblamiento y toma de conciencia frente a la propia vida) y el escatológico (visión real de un fenómeno ultrafísico).[24] Roso de Luna imagina una *güestia* formada por los muertos que de vivos quisimos y nos quisieron y que así, cercana ya nuestra última hora, salen a recibirnos en los umbrales de la eternidad. No es sólo una hermosa explicación, sino también la que más se aproxima a la verdad simbólica depositada en el mito original de la procesión de las ánimas. Cada uno tiene, pues, su personal *compaña* y, además, la *merece*: entrar en contacto con ella no es don gratuito de las potencias celestiales, sino premio ganado a pulso en los embates de la vida. Una doble comitiva de níveos fantasmas —a un lado, parientes y amigos; al otro, maestros y ángeles protectores— se acerca astralmente al lecho del moribundo, traza siete solemnes círculos en torno a él y se lleva su *doble* a los valles metafísicos. Así describe Roso el tránsito final de quienes no dilapidaron sus denarios.[25] También el justo bíblico ve la cara de Jehová poco antes de morir, mientras los babiecas y timoratos suelen asustarse de ese desfile. En un mundo de palurdos con cuenta bancaria, zambombos atiborrados de *fabes* y pavisosas empantanadas en la admiración por sus retoños, era inevitable que la *hueste* —magia para los mejores— terminara por asumir perfiles conminatorios. Y precisamente el teósofo extremeño, en vena de iluminaciones, sugiere otra fértil aproximación al mito poniéndolo en relación con los prodigios naturales que a menudo anuncian la desaparición de los grandes hombres. «Ved, si no, la última y pavorosa catástrofe atlante coincidiendo con la muerte del *avatar* Krishna, y a cielos y tierra conmoviéndose —se dice— al expirar Jesús; ved el rayo en que Simeón ben Jocay, autor del *Zohar* o *Libro del Esplendor,* volase al cielo dejando espantados a sus doce discípulos; recordad el vendaval que provocó la desbandada en torno al cadáver de Mozart, razón por la cual no ha sido posible determinar con exactitud su tumba vienesa; o también aquel extemporáneo relámpago y terrible trueno frente a cuyo fragor el sordo Beethoven se irguiera moribundo...»[26]

Las familias gallegas tienen la costumbre de enfundar a sus muertos en hábitos de alguna congregación religiosa antes de expedirlos al camposanto. A esto se agarra el urticense Bascoy para buscarle mondongos griegos a la leyenda: los aparecidos serían fiambres pecadores, incapaces de expiar sus culpas porque el traje sagrado les cierra las puertas del infierno y del purgatorio. En vista de ello salen enteros y verdaderos de sus tumbas y se dedican a errar por paisajes familiares, lanzando de paso lastimeros aullidos, hasta que alguien les hace la caridad de *rechar* o rasgar la dichosa sayuela. Y es operación que exige tantos redaños como sabiduría. El valiente trazará un círculo en la tierra, se meterá en él para aislarse del fatídico *aire de morto* y por fin, con un *fouce, fouciña* o *bisarma, rechará* el hábito de abajo arriba. Requisito, este último, de gran importancia, porque de lo contrario se abrirá el suelo a los pies del finado y por el hueco se irán al *carallo* tanto éste como el remediador.[27] La explicación de Bascoy es pedestre, orejuda y beatucona. Convierte a la Estantigua en monserga de confesionario vedada al amor y a la santidad. No hay grandes ni generosos espíritus en esa *hueste,* sino señoritos viciosos o delincuentes acartonados que recurren a trucos de sinagoga para cuadrar las columnas del debe y del haber en su apuesta de eternidad. Superstición de Maestro Ciruelo, santurronería de hermanos motilones.

Y la Estadea es otra cosa: leyenda universal y lírica, ventilada entre personas de fe y de amistad. Y no entre gallegos y asturianos, y ni siquiera de celtas para dentro, sino al alcance de cualquier espíritu capaz de reconocerla. Aconsejaba Kipling: pensad y soñad, pero no transforméis los sueños o el pensamiento en objetivos. Quien tal haga, y no es fácil, verá inevitablemente a la *hueste* en todos los momentos graves o peligrosos de la vida. Ese pálido desfile es mismidad, reflexión sobre el propio destino, fantasía creadora, fosca del subconsciente y también consuelo que se nos brinda. Un buen día, de tertulia con amigos asturianos, Roso descubrió (recordó) que en su juventud se le había mostrado la *bovia.* Resumo sus palabras: «dos meses antes de coger la enfermedad que entre octubre y diciembre de 1889 estuvo a punto de costarme la vida, tuve una extraña pesadilla cuyo significado ni entonces ni ahora he alcanzado a desentrañar. Tan rara me pareció que hube de consignarla por escrito y titulé aquel trabajo *La fiebre de un sueño.* Pues bien: lo que en él describo es una verdadera *hueste,* a pesar de que en aquella época yo —católico con ribetes de positivista al uso de los tiempos— ni siquiera conocía la existencia del mito».[28]

La lectura de este párrafo me impresionó, y, como a Roso la charla con sus amigos, me ayudó a *reconocer* (a recordar). Porque yo había vivido una experiencia casi idéntica, también adolescente, también gravemente enfermo (con una pulmonía que la inepcia de los médicos se empeñó en tratar como indigestión propinándome agua de Carabaña), también católico en crisis con cenefas racionalistas y un pie en la incredulidad. Fue en marzo de 1954, perdido por esa tierra de nadie que separa la medianoche de la madrugada. Mi madre recordará los gritos, la carrera por el largo pasillo de una casa burguesa, el estupor. Yo no he olvidado otros detalles: un vaso de agua, la esquina de una mesilla de noche, el colchón derritiéndose en mi espalda, la rosa de porcelana de una lámpara del techo. Ni he olvidado el contenido, atroz, de lo que vi o soñé. No puedo decirlo, como tampoco puedo repetir —por incomprensibles— las palabras que a terror y fuego se me ocurrieron entonces para comunicar la visión (o el espanto). Supe incontinenti que aquello era un aviso y también un perdón; hoy sé, además, que me llevaron ante la *hueste.* A la mañana siguiente estaba curado. ¿Ruptura biológica de un organismo que resucita? No, porque los mismos espectros me han visitado otras veces, en perfecta salud y ya sin miedo. ¿Delirios febriles de un moribundo? De *eso,* justamente, se trata...

Los taumaturgos, los agentes de todas las magias, son en Galicia los *mouros,* raza mitológica que nada tiene de islámica o marroquí. *Mouro* vale por diferente: lo que no es español ni cristiano (ni siquiera gallego) ni moro ni judío ni histórico ni tangible ni bastardo de cabrón y mona. Todo intelectual gallego ha escrito unas líneas sobre tan escurridizos personajes, todo gallego a secas se ha preguntado alguna vez por su identidad. Murguía los creyó genios de carácter demoníaco que descendían en línea directa de los mitos precristianos. Martín Sarmiento y López-Cuevillas los interpretaron como una remembranza de los primitivos núcleos de población. Risco, en un primer momento, prefirió emparentarlos con cuanto supiera a duende, enano, trasgo, gigante o gnomo, conviertiéndolos en algo así como los elementos de Paracelso traducidos a la lengua de Rosalía;[29] luego, más ecuménico, los identificó con los «antiguos, los infieles, los gentiles, los depositarios del inmenso saber perdido».[30] Por eso no puede extrañarnos, como tantas veces sucede en las fábulas gallegas, que un *mouro* rematadamente foráneo suministre a soldados farrucos, matalotes de Vigo o emigrantes de La Coruña pormenores minúsculos y exactos sobre parroquias, predios, ayuntamientos y citanias en los que nunca ha puesto el pie: lo sabe por ciencia infusa, por voz de sangre, por vidriosa magia, por tradición oral. Y aunque en todas partes hay númenes vinculados a los monumentos antiguos, sólo en Galicia intervienen habitualmente en los sucesos de la vida cotidiana. Por lo demás, el *mouro* ártabro adolece de vicios y virtudes muy similares a los de sus congéneres indoeuropeos: fuerza colosal, familiaridad con los misterios de la naturaleza, telecinesis, pericia en filtros y abracadabras, lujo de metamorfosis, invisibilidad a placer, sempiterna juventud (con excepciones), severo código moral y benevolencia entre irónica y paternalista. Los huérfanos y desabrigados encuentran en ellos eficaces valedores a condición de respetar ciertas normas de conducta y de mantener la boca cerrada. La ley del silencio es inflexible: quebrantarla acarrea un inmediato castigo al lenguaraz, sobre el que se concita la terrible cólera y superior justicia del macrocosmos. Risco compara esta válvula de compensación a la que gobierna el juego de la cucaña (más rico en entretelas de lo que suele imaginarse): también ahí, entre el espigón y el remate de un poste, los errores se pagan instantáneamente con la caída, mientras la habilidad recibe alacre recompensa. La sanción mágica es, como el vaivén del *karma,* automática e irreversible. El culpable no puede enmendarse ni hacerse perdonar. De ello se infiere que lo *feerique* responde a un orden muy preciso y riguroso, mantenido por leyes deterministas (y determinantes) que integrarían algo así como una física de la metafísica. Este esquema traduce la necesidad de impedir a cualquier precio la violación de la naturaleza. Y forzosamente deben de alentar hecatombes ecológicas tras un instinto de conservación que los animales no humanos, en tan feroz escala, están muy lejos de poseer. ¿Se origina en ese recuerdo la conciencia de un pecado original o interminable cadena de culpabilidades, neurosis y remordimientos? Quizá. La expulsión del Paraíso puede ser metáfora que aluda a la pérdida del mundo natural y al subsiguiente ejercicio de artes artificiosas que generen un entorno caduco. En ello seguiríamos. Jehová es un *mouro*; Adán y Eva, dos gallegos descarriados. O, como el Justicia Mayor Juan de Lanuza, mal aconsejados. En eso estriba, a mi juicio, la clave más profunda y primitiva de cuantas esconden estos guardianes de tesoros.

Porque el *mouro*, antes que cualquier otra cosa, se ocupa de vigilar las riquezas acumuladas y escondidas por quienes en remotas épocas las merecieron o simplemente las arrebataron. Muchos autores relacionan este ciclo de leyendas con las aventuras de Parsifal, acaso inventadas en el camino francés:[31] el caballero tiene que entrar en el castillo de Klingsor, donde un moro agavilla monedas y taumaturgias. Llegamos con ello a la más popular de las fabulaciones gallegas. Yo mismo vi, en noviembre del 72, a enteras familias del agro lerense y brigantino cavando como leones en rastrojales, laderas yermas, sotos alijariegos y cercanías de dólmenes. Es fe, o esperanza de lotería, que no ha mermado con los tiempos. Hoy como ayer, reclutas en caja, coimas paridoras, sacristanes, alfaraches, tusonas de agua bendita, usureros rigurosos y hasta letrados o concejales no se avergüenzan de buscar por las ferias mapas del Capitán Kid y de acomodarlos con los argumentos del azadón a la orografía de sus ínsulas jurisdiccionales. Yo, como Risco, no creo que lo hagan exclusivamente aguijoneados por el *aurisacra fames*. «Es muy probable que en el fondo de la ilusión de los tesoros haya algo mejor que la tan reprochada codicia de los paisanos. En el inconsciente colectivo parece notarse una especial nostalgia del pasado, un ansia de recobrar bienes perdidos (no siempre materiales) y de alcanzar un estado quizá más propio del ensueño que de la realidad tangible.»[32] Milenaria es la identificación entre el oro y los valores religiosos o espirituales. Según Justino, sólo el rayo podía alcanzar las entrañas del Mons Sacer, poniendo al descubierto quijos y cuarzos áureos que los gallegos aceptan como una dádiva del numen solar venerado en su cumbre. La misma diferencia, la misma circunspección y temor reverencial se ha observado en tribus africanas y americanas. El cronista Fernández de Oviedo asegura que los indígenas de La Española guardaban veinte días de castidad y ayuno antes de decantar las arenas de sus ríos en busca de palacranas.[33] El Mons Sacer de Justino es ahora el Pico Sacro del valle del Ulla, implicado en las leyendas jacobeas y horadado en su cumbre por una espelunca transida de recuerdos heliolátricos, remediador de dolencias, término de comparación en refranes y donaires, rima asonante para coplas de trilla y trashumancia, brumosa pirámide del *hinterland* santiagués protegida por un tabú que aún hoy prohíbe herir sus ijares con la reja del arado: un lugar de bárbara y a la vez exquisita magia...

Los antiguos, los alquimistas, los monjes medievales y los helenizantes del Renacimiento nunca olvidaron este sistema de equivalencias místicas. Hubo un momento en que Galicia fue ceca y atanor de Roma: pepitas auríferas y tradiciones iniciáticas coincidían en la misma demarcación. Asombra la cantidad de metal que los latinos extrajeron. Pero asombra aún más la circunstancia de que, esquilmadas las arrugias, surgiera junto a ellas, entre torrentes y montefurados, un espontáneo foco de meditación y gnosticismo. Cientos de ermitas y monasterios florecieron en lo que muchos llaman la Tebaida gallega. Meaculpas, pangelinguas y jaculatorias sustituyeron al blasfemar de la miseria. «La Ribera Sagrada —dice Cunqueiro— iba desde Amandi hasta los Tres Ríos. Todo el Sil era una oración.»[34] Mircea Eliade cree que los tesoros, en cuanto imágenes sensibles de una realidad inmaculada y absoluta, desempeñan una función moralizadora en el seno de la sociedad que los denuncia.[35] Apoderarse de ellos equivale a conquistar la inmortalidad o —lo que tanto vale— a recuperar los poderes arquetípicos. He ahí una alquimia que permanece. Se trata, como siempre, de despertar a la fiera dormida. *Nosce te ipsum* era el mandamiento de Delfos; y ninguna otra empresa debe acometer el hombre sobre la tierra. «El verdadero tesoro escondido es algo que tenemos próximo, pero sólo un rito de iniciación que nos lleve por caminos lejanos y nos enfrente a seres de diferente raza y religión puede devolvernos nuestra propia interioridad.»[36] De hecho, entre cuantas personas se dedican a buscar tesoros, los niños son los únicos que a veces los encuentran. Y también algunos seres excepcionales, desdoblados por la humanidad y la divinidad: Parsifal, Ulises, los Argonautas y quienes saben que la verdad de cada cual pasa por la verdad de los demás a condición de no demandársela. Intuición de todos los poetas: no encontrar Roma en Roma, sino en el camino, y comprender lo que significan las Itacas. San Agustín, Machado, Kipling, Cavafis, Quevedo... No cuenta el tesoro; sí, el ínterin de su búsqueda. Y el querer hallarlo. Es significativo el origen que el villanaje gallego atribuye a las riquezas subterráneas: los moros, perseguidos por el Apóstol, huyeron del país abandonando en él sus caudales que previamente habían embrujado.[37] Estamos ante una enésima fábula edificante inventada por los meapilas, pero importa en ella la voluntad de conferir dignidad moral a la codicia, de transformar la aurifagia en una especie de cruzada *adversus gentiles.* Al mundo cristiano no le parece mal el acicate económico de las conciencias. ¿Por qué, entonces, ese prurito de ponerle una coartada religiosa al deseo de salir de pobre? Cuestión de arquetipos: un anhelo subyace en el juego del tesoro escondido, y la gente, aun viviendo en una época donde suele considerarse oro todo lo que reluce, no consigue frenar la divina vehemencia. Sólo olvida el que puede. Pero salgamos ya a los campos de Galicia.

Hay en ellos más fortunas encantadas de las que notanos y amanuenses del reino alcanzaron a registrar. En Barcelona se conserva un pergamino (mutilado) del castillo morisco de Gutierre de Altamira con el emplazamiento exacto de 174 tesoros.[38] La misma cifra —que ya es coincidencia— se da en la edición brasileña del *Libro de San Cipriano,* popularísimo grimorio del siglo XI (aunque las versiones conocidas se basan en otra del XVI) firmado por una tal *Beniciana Rabina, rabino hembra,* que es sin duda deformación fonética de Antonio Venitiana del Rabina, autor del *Grand Grimoire* francés.[39] El *ciprianillo,* como lo llaman quienes lo usan, circula desde hace cuatrocientos años por colegios, trastiendas, sótanos, casas rectorales, pulperías y trojes de compadrazgo. Sus páginas han encendido muchas calenturas en el bajo y en el alto pueblo. Felipe III otorgó en Madrid, a 16 de mayo de 1609, una Real Cédula por la que se autorizaba al licenciado Pedro Vázquez de Orjas, señor del Coto de Recemil de Parga (Lugo) y apodado el Indiano, a «abrir todas las mámoas de gentiles galigrecos, algunas de las cuales tienen oro, con intervención de los Justicias y ante escribano público, tomando para el Rey la parte que le perteneciere y haciéndose merced de la restante al dicho Vázquez de Orjas».[40] No es difícil imaginar la desbandada aurígera que tan chusca disposición originó en Galicia. Los Austrias se apuntaban a todas.

¿Cómo encontrar tesoros? Leyendo el *ciprianillo,* echándole fe, manteniendo el ánimo puro, escuchando a las sibilas, hurgando en los castros, violando túmulos, explorando las canorcas, interpretando petroglifos, dialogando con las bestias, esgrimiendo el péndulo y, sobre todo, consultando a los *vedoiros.* O sea, a los del tercer ojo, a los que te funden con la mirada, a los que tocan un objeto y, carajo, ya saben su historia y la del entorno en que se desarrolló. Psicometría llaman los oculistas a esa virtud mental. Y aseguran que cualquier persona sensible puede llegar a poseerla: cuestión de práctica... Pues bien, ya el vidente nos ha revelado la procedencia de la herrumbrosa moneda escarbada en un surco o mercada en una feria, ya —incluso— se presta a acompañarnos por aquello de hacer partes, ya salimos del campo con tres varas de olivo, ya el augur da tumbos como alelado... Y hete aquí que aparece la *pita con pitos,* la madre clueca rodeada por sus retoños. Puede ser en las horas bajas de la noche, de madrugada, en mañana de niebla, a mediodía, por la tarde o sólo, según algunos, con la alborada de San Juan. Tiempo de prodigios: las gallinas con pollos anuncian el vil metal. O lo son, quiero decir, son ellas mismas de oro o en tal se convierten al ponerles la mano encima. Antes hay que desencantarlas con un escupitajo o cubriéndolas con un sombrero de hombre. De burla en burla llegamos a uno de los más impenetrables misterios de la mitología universal. Se trata de un recuerdo unánime y unánimemente desdibujado. ¿Quiénes son, hacia qué apuntan estas *pitas* de los huevos o pollos de oro que ya en la infancia nos enseñan a conocer? Mi abuelo tenía un objeto así, una bandeja o recipiente en forma de media gallina, que de vez en cuando alzaba con unción, y en sus entrañas había siempre algún obsequio maravilloso y párvulo: una guinda al coñac, un caramelo, una peseta rubia, un cigarrillo de chocolate. El tesoro de Cosroes Anochirván, rey de Persia, contenía un ave parecida; y otra donó la longobarda Teodolinda a la antigua catedral de Monza. Barros Sibelo ha descrito y dibujado un medallón de cobre que apareció en el Monte Pindo y en cuya superficie el orfebre cinceló una gallina rodeada por seis pollitos. ¿Celtas, Galicia, *mantras* que nos protegen y aleccionan, metales capaces de producir la áurea transformación de quien los toca? El cielo es un libro abierto para el que sabe leerlo: estamos ante otro símbolo sideral. La constelación de las *Pléyades*, o de las *Siete Cabrillas* en la astronomía popular ibérica, se designa con el nombre de la *Gallina y los Pollos* en Francia, Italia, Alemania, Inglaterra, Dinamarca, Rumania, los Balcanes, Siam, Camboya, Borneo, Ghana y otros lugares de África.[41] El etnólogo Lehmann-Nitsche encontró la misma denominación entre los araucanos de Chile y en algunos puntos de Argentina, y cree que sólo de España pudo venir esa metáfora astronómica. Es indudable que hay en todo esto una simbología religiosa de carácter muy arcaico, pero su origen e interpretación se nos escapan. La gallina ocupa una posición de primer orden en el folklore peninsular. Su sacralidad llegó a tomarse tan en serio que el derecho foral navarro dispuso que se utilizaran estos animales para ordalías y pruebas indiciarias.[42] En el Camino de Santiago, concretamente en Santo Domingo de la Calzada, surgió en torno a ellos un verdadero ciclo de leyendas con ramificaciones en Francia y Portugal. Las veremos en su momento.

Tradiciones de distinto cuño señalan la existencia de tesoros enterrados allí donde una vaca se echa a descansar levantándose luego con manchas blancas en la piel. Y eso porque la *vox populi* atribuye al metal noble efectos de irradiación, lo cual —según Risco— refleja el postulado teosófico de que el oro es una solidificación de la luz.[43] Hermosa hipótesis: se trataría de una radiactividad aplicada al perfeccionamiento moral del individuo. Con ello pasamos del campo de los tesoros al de las metamorfosis y zoolatrías, dos cultos también muy arraigados en el Noroeste. Lo de las vacas denunciando fortunas sin dueño podría entenderse como magia simpática (dinero llama a dinero), ya que si precioso es el oro para el campesino gallego, el ganado no le va a la zaga. Hasta existe un denso adjetivo para definir la peculiar tristeza del que pierde una cabeza de vacuno: *siñiardoso* (que vale por *enmorriñado* o *enfurruñado*). Hay en el mes de enero un San Antonio de las Vacas, con trisagios y novenas a ellas dedicadas, y asimismo se les consagran días especiales, como en la India y Extremo Oriente, llevándolas a las ermitas con cruces, rosarios y amuletos enredados en la cuerna. Es de bien nacidos mentar a San Antonio cuando alguien se cruza con un buey o su hembra por los caminos. Y si el animal cae enfermo, un mágico trajín sacude la casa del paisano, en la que todo se vuelve resucitar de sahumerios hipocráticos, escardadura de semillas melecineras, cohobación de licores, bazuqueo de quinas, trasiego de benjuís, chispear de pedernales atesorados en el arca, cauterio de sangraduras y cabildeos con *meigas, sabias, manciñeiros,* saludadores, zahoríes y, a veces, veterinarios.[43]

Llegamos así al gran tema del curanderismo, de la enfermedad interpretada como castigo mágico y combatida, en consecuencia, con las armas de la magia. ¿De qué forma reacciona el gallego —el gallego rural: el de siempre— ante doctores y farmacéuticos? Con la impecable lógica de quien vive inmerso en una realidad encantada: separando lo de hoy y lo de ayer, porque mal podrán valer las modas modernas para las cosas de siempre. Hay enfermedades *nuevas,* que incumben al esculapio, y otras archisabidas, que pasan de tatarabuelos a trasnietos y es preciso atajar con la ayuda de «*cantuxeiras,* sabias, espiritistas, brujas y *meigas*, compostores, atadores, *manciñeiros,* arresponsadores, *remedieiras,* curas, santos y santuarios, romerías, incienso, aceite de lámpara de iglesia, ermitas, cementerios, rescriptos, ensalmos, nóminas, fumazos, cruces de caravaca, amuletos, ajos, cuernos, ritos muy variados, oraciones mágicas, ungüentos, hierbas y remedios *caseiros* que pueden ir desde la bebida de inocuas infusiones de plantas hasta brebajes compuestos con tierra del horno de cocer el pan, sangre de gato negro, excremento e ingredientes similares».[44] Un mundo de taumaturgias, matizado hasta la exasperación por palabras y protocolos, se atrinchera y hace fuerte en las barbas de esa convencional ciencia médica que tiene en la universidad compostelana uno de sus más afamados baluartes peninsulares. ¿Superstición? No seamos sectarios. Defensa, mejor, de un espacio religioso cuya razón de ser es la pureza, la escrupulosa ausencia de profanaciones. En evitar éstas le va al gallego nada menos que su dignidad como persona. Y es que, en definitiva, el tradicionalismo a rajatabla sirve de alibi para demostrar y conservar la propia identidad. Por eso la curandería, prescindiendo de la mayor o menor eficacia terapéutica que su práctica puede entrañar y de la ramplona picaresca que tan a menudo la desvirtúa, exige mortificación, buenas costumbres, ansias de santidad y, naturalmente, fe tanto por parte de quien ejerce los poderes mágicos como en el que con ellos se beneficia. Sólo obtendrá curaciones quien previamente restañe las taras de su espíritu (al psicoanalista le sucede lo mismo: para psicoanalizar tiene que haberse psicoanalizado). Y sólo recuperará salud quien se acerque a esa impartición de sacramentos absuelto y en gracia de Dios. Muchos ritos medicinales de la Península denuncian un origen eucarístico y, por ello, no revisten la menor utilidad para el mal cristiano. Curandero y cura nacen de igual raíz: nunca el uno andará muy lejos del otro Tras el santiagudo se dibuja siempre una infancia de monaguillo, una adolescencia de seminarista y una madurez de hombre de iglesia que no llegó a profesor. Típicos de Galicia son, por ejemplo, los *pastequeiros,* cuyo nombre —de *pax tecum*— habla por sí solo. La superioridad moral de la medicina mágica se revela en el hecho de que no persigue tanto la curación del paciente como el diagnóstico de su futuro. O sea: importa menos el milagro que la presciencia. En vida del padre Sarmiento, los aldeanos llevaban hasta el río San Lufo a los niños enfermos para sumergirlos tres veces en sus aguas con la camisa puesta. Luego abandonaban la prenda a merced de la corriente. Si flotaba, era señal inequívoca de que el rapaz sanaría; lo contrario se tomaba por presagio de la sin dientes.[45]

Paganismo y catolicidad se asocian en los promiscuos ensalmos de la Galicia labriega. Sobran ejemplos. Para las enfermedades de la piel funciona a maravilla el *agua de alicornio,* que se obtiene derramando algunas gotas a través del anillo de marfil colgado al cuello de las criaturas en fase de dentición; es fundamental que el líquido no roce la joya, que la operación se repita tres veces y que otras tantas mencione el saludador los nombres de la Virgen y de la Santísima Trinidad.[46] Muchos talismanes giran en la eterna órbita de la piedra y de los huesos de animales totémicos. Al cayado aórtico del ciervo se le atribuyen fantásticas virtudes terapéuticas; y es prodigio que acaso arranque de la prehistoria.[47] La cabra montés, buena conocedora de antídotos vegetales, cría en su buche la piedra *bezoar,* que en la Edad Media alcanzó precios de escándalo y en la Moderna empezó a importarse de América, aunque allí eran vicuñas, llamas y venados los proveedores del talismán. Las *pedras do ceo,* del rayo y del águila, atadas a la pierna izquierda de la parturienta, suavizan las contracciones, aplacan los dolores y abrevian el trance; para lo contrario basta colocar el sílex en la muñeca del brazo zurdo.[48] Otra *pedra* portentosa es la *de ara,* esquirla arrancada al altar donde el párroco masculla sus latinajos. Mar adentro, llena de jureles la panza de la barca; en tierra, defiende del aojamiento[49] y evita la concepción de hijos sin padre.[50] Los cantos de río pequeños, jaspeados y porosos, remedian las mordeduras de los animales ponzoñosos, e igual hacen las piedras manchadas por la chispa.[51] Sabemos ya de dólmenes que preñan a las estériles y de peñascos que bailan, perdonan, acusan y condenan. Pocos campesinos hay que no guarden entre cintas y refajos una lasca prehistórica, aunque prefieren no hablar de ellas y menos aún mostrarlas. Una curiosa litolatría se centra en el Pico Sacro, al que los aquejados de algún morbo invocan con el estribillo *Pico Sacro, Pico Sacro, / Líbrame do mal qu'eu trayo.* Curiosa, digo, porque una de las primeras manifestaciones de esta costumbre se produjo en torno al *fuego de San Antón,* epidemia que en época pretérita e imprecisa devastaba las provincias del noroeste y cuyo origen era un exceso de *ségala cornuta* en el grano de centerio.[52] Ese hongo o *cornezuelo,* que agosta en años de mala cosecha la espiga del cereal, recién cobró fama por el ácido lisérgico que contiene. Vamos, que media Galicia —adelantándose a los californianos— conoció la gloria y el infierno del LSD allá por los siglos oscuros. El *trip,* sostienen algunos bárbaros representantes de la medicina oficial, provoca alteraciones cromosomáticas de carácter hereditario. ¿Qué clase de pájaros son, entonces, los gallegos?

Otro ramalazo de la tierra se inscribe en el vampirismo. Los sepulcros transmiten el *aire de difunto,* forma de depauperación orgánica que se ceba principalmente en los niños. Abundan las *meigas chuchonas* (que en Asturias se llaman *guaxas*), especializadas en hincarle los colmillos a pimpollos góticos, jóvenes Werther y criaturas anémicas. Según San Epifanio, los gnósticos gallegos —ignoro si también los de otras partes— afirmaban que la sangre menstrual era la de Cristo y, consecuentes, la utilizaban en sus ceremonias eucarísticas.[53] Y menos mal que existe un remedio homeopático contra los draculismos: se conduce la víctima ante los sepulcros de ciertos cadáveres considerados santos para devolverle la sangre y la cordura con raras aspersiones y letanías.[54] O sea: el aire de difunto quita el *aire de difunto.*

Pero el gran desbaratador de brujerías, el contratipo angelical de la diabólica *meiga,* es el *sabio* o provicero, que trae a cuestas la magia ya desde antes del parto. La suya parece una *gratia Dei* casi mecánica (e irrevocable): llegará a saludador todo séptimo hijo varón de la misma madre que haya hablado en el claustro de ésta y que lleve en el paladar las imágenes de una cruz y una paloma.[55] Nadie, aparte de quien lo engendró, debe conocer su condición antes del nacimiento (aunque hay otras tradiciones dentro y fuera de Galicia). En general, el santiagudo español suele ostentar una rueda de Santa Catalina en el cielo de la boca. Lo veremos en su momento. Ahora interesa destacar que, una vez más, contrario llama a contrario (o *similia similibus curantibur):* el *sabio,* por su gestación y señales, se parece al *lobishome* u hombre-lobo, y éste sí que es o parece exclusiva galaico-portuguesa.

Entramos en un mundo sin reticencias lógicas ni apegos sensoriales: el bosque de los celtas, donde cada cosa fue la anterior y será la sucesiva. Nadie ponga límites a lo maravilloso: *«les uns quelquefois se transforment en Fées, / en Dryades des bois, en Nymphes et Napaées, / en Faunes et Sylvains, en Satyres et Pans, / Qui ont le corps pelu, marqueté comme Faons; Ils ont Porteil de bouc et d'un chevreull l'oreille, / La corne d'un chamois et la face vermeille / Comme un rouge croissant, et dansent toute nuit, / Dedans un carrefour ou près d'une eau qui bruit»*... No me atrevo a estropear con las miserias de la traducción estos endecasílabos de Ronsard. El poeta alcanza lo que vanamente lucha por aferrar el prosista. Hay cosas que no se describen con palabras, sino con tonalidades. Así la licantropía, el *morbus lupinus,* una infección o prodigio que desde siempre engatusa a la humanidad: al rapsoda, al historiador, al mitólogo, al médico, al insatisfecho, al que pide emociones fuertes y sustos maravillosos por el precio de una entrada de cine. Herodoto atribuye a los *neurios* la posibilidad (voluntaria) de transformación en lobos. Plinio cuenta los merodeos y metamorfosis de algunos *árcabes*: tenían la costumbre de atravesar un lago, colgar las ropas en cualquier encina, juntarse con alobados seres de su linaje y permanecer en su compañía nueve años, al cabo de los cuales recobraban el aspecto humano y desandaban el camino.[56] Petronio refiere un caso de licantropía en el *Satiricón* y Virgilio varios en la octava de sus églogas. San Isidoro cree que al hombre se le erizan los cabellos en presencia del lobo y se queda sin habla (por eso se les dice a las personas repentinamente enmudecidas: *lupus est in fabula.* Pero el etimólogo tranquiliza a sus lectores añadiendo que el animal pierde poderes y audacia cuando el bípedo *sapiens* lo ve primero). San Agustín, el tosco jesuita Martín del Río y el disparatado Feijoo tercian en la cuestión. Avicena la envuelve en seriedad filosófica. Cervantes la introduce en el *Persiles*, ejemplo de *opera aperta.* Goethe anima la noche de Walpurgis con una zarabanda de mujeres gatas. Eugenio d'Ors explica la licantropía como un fenómeno de premonición. Una loba amamanta a Rómulo y Remo. Sospechan los noruegos que en ciertos parajes de las islas Británicas vagan jaurías de coyotes o de hombres mudados en tales por crueles condenas kármicas.[57] El Anticristo, Merlín, Melusina, los vascos y los hunos se gestaron en fornicaciones de zoántropos e incautas.[58] Imposible olvidar a Mowgli, el mejor, el más genial de los seres que sin temor han compartido muslos de bóvido y auroras palpitantes con el *pueblo solitario*. Arte, epopeya, locura y pasión se mezclan en esta cabalgada de *gerulfs, loup-garous, werwolfs, wargus* y *lobishomes*. ¿Por qué las metamorfosis zoantrópicas llegan a Galicia, pero casi no salen de ella, y por qué suelen revestir carácter lupino? A lo primero cabe responder que acaso los restantes españoles no creen en pamplinas; a lo segundo, que acaso los gallegos necesiten comprobar lo de la fiera adormecida en el alma de los humanos...

Y no hay en el noroeste otras fieras que los lobos. Suelen éstos aparecer de noche, con las fauces amarilleando en la oscuridad y las pupilas encendidas como brasas: no es difícil imaginar el pasmo que semejante visión puede causarle a un lugareño inocente, temeroso de Dios y abierto a todo. Risco adjudica a sus paisanos reacciones similares a las anotadas por San Isidoro. Los pelos se ponen de punta y la voz deriva a estertor inaudible. Hay quien tarda más de tres días en recuperarla,[59] y no por miedo: es algo automático, una propiedad exclusiva de los animales en cuestión, a los cuales se atribuyen otras muchas maravillas. Casi no hay parte de su cuerpo desprovista de leyenda. Los colmillos, la garganta, las tripas, el hígado y el corazón, así como los ojos de las hembras, eran ingredientes habituales en el laboratorio mágico de la Celestina. Vuelve el juego sutil del veneno y el antídoto: para defender a los rebaños del lobo hay que empujar tres tipos de grano —o el mismo tres veces consecutivas— a través del gaznate de un ejemplar muerto y dárselos después al ganado. Algunos pastores creen que igual efecto se consigue quemando hojas de la planta llamada *guardalobos* (a la que el marqués de Villena asignó nombres mejores: candileja, sanjuán, mechera, matulera y oreja de liebre).[60] También dicen que el sonido de la gaita y el chirrido del carro espantan a la fiera en acecho y que, por ser ésta nictálope, cualquier luz la pone en fuga. Yo me permito dudarlo. Y en todo caso, como reza el refrán, *ganado que es del lobo / no hay San Antón que lo guarde*. Queda el consuelo de que estos depredadores sólo comen la parte izquierda de sus víctimas.[61] O tal dicen.

En el capítulo de las homeopatías hay que mencionar el *mal de lobado*: afecta, por contagio o hechicería, a los niños y a los animales domésticos, y se cura precisamente con dientes de lobo que llevan pintada una cruz. Otra gracia lobuna consiste en anunciar la muerte: eso hace —aullando desde cierto *penedo*— la fiera blanca de la Limia cada vez que la Descarnada merodea por los villorrios de las proximidades.[62] Total: que el lobo gallego es el principal enemigo del hombre, un ser maléfico y diabólico, un híbrido a caballo entre la nebulosa mágica y la realidad soez,[63] y el único animal —además de las serpientes— en que a veces y por motivos contradictorios pueden encarnarse o convertirse tanto los *mouros* como los cristianos.[64] Sin embargo, y con ello pongo fin a esta telegráfica semblanza de la fiera, también se les atribuye una gentil y hasta graciosa costumbre: la de vadear ríos caudalosos enganchándose unos a otros por la cola...

Risco define al *lobishome*: es quien por una causa más o menos preternatural se transforma en lobo y así vive durante algún tiempo, distinguiéndose (aunque no siempre) por su ensañamiento y crueldad, sobre todo con los representantes de la especie humana.[65] Cuando en una familia nacen siete varones, el último resulta licántropo (a no ser, como vimos, que meta bulla en el vientre de la madre y lleve símbolos sagrados en el paladar); y si los siete fueran hembras, la séptima saldría *meiga* rematada. Pero hay un sistema para deshacer el embrujo: que el padrino del lobezno sea uno de sus hermanos. Sin esta precaución, el chaval «se demacra, afila, pierde peso hasta la máxima delgadez y vive en continua melancolía. De noche sale al campo y se desnuda bajo un roble. Tiene que ser viernes. Ata las ropas a las ramas de un árbol» —¿recuerdo de las costumbres árcabes citadas por Plinio?— «y cuanto más fuerte sea el nudo, más correrá. Entonces se produce la transfiguración. Convertido en lobo, recorre bajo la luna siete aldeas —una por cada hermano— ladrando tristemente y perseguido por un cortejo ululante de perros pueblerinos. Al amanecer recupera su talante casi humano, pues está siempre con un pie en el lindero de lo maravilloso».[66] Éste es el *lobishome* de Bayona y Finisterre: uno de los más líricos (se dice que el primer finisterrano nació de los amores entre un lobo marino de las islas Lobeiras y una sirena). Pero hay otros.

Un segundo *lobishome* es el que nace la noche del 24 de diciembre, arrogándose un demencial paralelismo con Cristo y atreviéndose a distraer a la naturaleza en hora de tanto mérito.[67] Y un tercero será aquel a quien le echen la *fada,* lo que cabe hacer de dos maneras: por maldición o *pauliña* de los padres y por maleficio o ligadura de alguien que los quiere mal.[68] Por el estado brasileño de Rio Grande do Sul y las provincias argentinas del litoral y del río Uruguay, merodea el lobisón americano, también séptimo hijo en una serie ininterrumpida de varones, que no se transforma en lobo, sino en un extraño can de largas orejas y cuerpo erizado de gruesas cerdas. Los viernes por la noche incurre en metamorfosis, sale, aúlla, se pelea con los perros domésticos, asusta al ganado y devora las aves de corral. En Corrientes lo acusan de canibalismo, sobre todo cuando se le cruza un niño sin bautizar. Argentinos de otros lugares prefieren describirlo como un gigante sin cabeza.[69] Y no olvidemos en esta geografía el archipiélago de las Azores, donde Menéndez y Pelayo situó licantropías similares a las gallegas.[70]

Pariente próximo del *lobishome* es el *peeiro dos lobos* o individuo que frecuenta a estos animales (que va, literalmente, al pie —*ao pé*— de ellos, de donde *peeiro*). Mowgli pertenece a esa cofradía, formada por curiosos o aventureros que no pierden ni renuncian a su condición humana, limitándose a ser compinches, amigos, valedores y a menudo jefes del pueblo solitario. Risco escuchó en Galicia narraciones muy similares, invariablemente protagonizadas por jóvenes de cualquier sexo.[71] Imposible no recordar aquí la escena final del libro de Kipling con el oso Baloo, el Hermano Gris y toda la selva cantando que el hombre siempre vuelve al hombre. Contrapunto cómico de estos licántropos de quita y pon —graves, bucólicos y peligrosos— son los *rabisomes* o gallegos cachondos que se convierten en asnos siguiendo la moda de Luciano y Apuleyo.[72] No abundan.

El *lobishome* —incluso el predestinado— puede a veces volver a sus cabales. Hay varios procedimientos. Uno estriba en cazar al poseído y sangrarlo mientras se musitan jaculatorias.[73] En las Azores también se deshace así el imbunche, pero cabe evitarlo en salud dándole al niño (o cachorro) el nombre de Bento.[74] En los casos de *fada* o ligadura, ésta suele durar cierto tiempo y luego resolverse por sí sola o porque alguien, voluntaria o involuntariamente, la quiebra. Exorcistas más drásticos aconsejan quemar la piel (a menudo imaginaria) en que el energúmeno se envuelve o, simplemente, sorprenderlo cuando ululando se revuelca por el polvo, tembloroso ya de mutaciones y afilándose para la fechoría.[75]

En 1576 el Santo Oficio puso fierros al licenciado Amador

de Velasco, propietario de una libreta llena de fórmulas mágicas «para que se junten los lobos de un término donde quisiéredes».[76] Es probablemente el primer caso de licantropía, o de proclividad a la licantropía, recogido por un documento oficial en nuestra península. Cuarenta y cuatro años más tarde, Antonio de Torquemada escribía: «en el reino de Galicia se halló un hombre el cual andaba por los montes escondido, y de allí se salía a los caminos, cubierto de un pellejo de lobo, y si hallaba algunos mozos pequeños desmandados, matábalos y fartábase de comer con ellos».[77] Lo de llamar *pequeños mozos desmandados* a los niños traviesos es casi una obra maestra del eufemismo. Torquemada remata el párrafo añadiendo que «andan agora muchos animales que han muerto muchas gentes, y algunos piensan que no son animales, sino hombres hechiceros que se muestran en aquellas figuras». En 1648 fue denunciada a la Inquisición, y por ella detenida, una muchacha del concejo de Llanes que al parecer capitaneaba una jauría de siete lobos, todos de diferente pelaje. Para ello trazaba un círculo en el monte, se metía en él, silbaba y al momento acudían los animales. Una ricahembra toledana la acusó de azuzar sus fieras contra los rebaños de los pastores que no la trataban bien o que se negaban a montarla (pues, aunque rústica y prematuramente envejecida, era mujer liviana, amiga de salacidades y dada a trotar conventos). Nadie pudo achacarle metamorfosis y la sentencia fue muy benigna.[78]

También en tierras de Toledo, pero ya a mediados del siglo XIX, fue apresado en plena siega, y a requerimiento de la audiencia de La Coruña, el gañán y destajista Manuel Blanco Romasanta, gallego de buena cepa. Se le inculpaba de haber matado y devorado, encamisándose de lobo, nada menos que a trece de sus paisanos. Conducido a Verín, confesó que llevaba otros tantos años cebándose con carne humana, a veces solo, a veces en compañía de ciertos individuos, cuyos nombres dio. En su descargo dijo que tanto él como sus cómplices se hallaban sujetos a un maleficio: el de transformarse muy a su pesar en fieras, para lo cual se desnudaban, remolineaban por el suelo y —cumplida ya la mudanza— acometían a los viandantes. Todo empezó a partir de su encuentro con dos lobos en la serranía de Couso, rompiéndose algo en él y vagando por los tormos en compañía de ambos animales hasta que, vuelto a la normalidad, conoció a los llamados Gerardo y don Antonio, que sufrían del mismo mal. En su segunda declaración amplió detalles, manifestando que un impulso irresistible lo obligaba a abalanzarse sobre sus víctimas y a desgarrarlas con uñas y dientes. Tras varias pericias judiciales aparecieron en los lugares por él indicados una calavera y varios huesos de gallego. Blanco Romasanta fue condenado a garrote el 6 de abril de 1853, pero antes de la ejecución llegó al Ministerio de Gracia y Justicia un extraño dictamen remitido por el cónsul de España en Argel y firmado por un tal Mr. Philips, hipnotizador profesional y presunto catedrático de electro-biología (ciencia que afirmaba ser de su invención). Solicitaba el inglés los beneficios de la irresponsabilidad para quien, a su juicio, no era sino un cantamañanas aquejado de incurable delirio zoantrópico. Isabel II, enterada del informe, ordenó la suspensión de la sentencia en tanto se practicaban las investigaciones pertinentes. Vino luego el prolijo *iter* judicial al que la magistratura nos tiene acostumbrados. Y entre alegatos fiscales, maniobras del defensor, cabreos de la gendarmería, suspirar de damas toriondas, arreniegos de los paisanos, apelaciones, codicilos en papel de barba, propinas al ujier, cabildeos del Supremo, veredictos difuminados, denuestos de cagatintas y deferentes súplicas de clemencia, con fecha 13 de mayo de 1854 Su Majestad la Reina castiza tuvo a bien indultar al hombre-lobo de la pena capital conmutándosela por la inmediata inferior.[79] Terminaba así uno de los más desconcertantes procesos por canibalismo registrados en la historia de nuestros tribunales.

Poco después, y fruto evidente de la neurosis creada en toda Galicia por el infeliz Romasanta, apareció en los ayuntamientos de Trives, Viana y Valdeorras el feroz e hiperbólico *lobo da xenta*. Era, según algunos, un rematado licántropo y, según otros, un simple animal sin más particularidad que la de haber catado —aficionándose a ella— la carne humana. Un tercer grupo sostuvo con encono que se trataba de una mozuela condenada al morbo lupino por expresa y expresiva maldición de su madre.[80]

Caso más bien grotesco es el citado por Risco como severamente histórico, aunque no sé si contemporáneo del autor. Cierto hombre ya de edad caminaba por la sierra del Cabreiro llevando un burro a la feria de Xestoso. En eso le cerraron el paso varios lobos que el labriego consiguió burlar abandonando entre ellos su caballería. Corrió entonces a la aldea para reclutar un somatén de perros y vecinos, y —encabezándolo— se dirigió al escenario de la refriega. Aquí viene lo chusco, pues uno de los animales intentaba llevarse el pollino tirando de su ronzal, mientras los otros lo aguijoneaban con dentelladas en las jarretes.[81]

Ya en época muy cercana, recién proclamada la República, un individuo de Piñeira de Arcos fue atacado en la cuesta de la Fontella por un enésimo lobo, que se le encampañó. Tiró el viandante de escopeta, fuese al aire el disparo, acudieron curiosos y del animal nunca más se supo. Este prodigio no causó la menor sorpresa a los presentes ni a los que luego escucharon la fábula, sabedores todos ellos de que al *lobishome* (por tal tuvieron al agresor) nadie puede dañarlo en tanto dure su *fada.* Poco después, en Trasalva, un chaval y séptimo hijo varón dio en proferir gritos desgarradores y bestiales sin que palizas a cuatro manos bastaran a corregirlo.[82] A partir de entonces no parece que se hayan producido casos descarados de licantropía en Galicia. Quizá murieron hasta los *lobishomes* durante la degollina de la guerra civil. Quizá se han hecho aún más astutos y latebrosos. Quizá estén prohibidos por la censura o marginados por los buenos modales.

Fuera de Galicia apenas hay memoria de hechos tan vergonzosos para la respetabilidad celtibérica. Fue el *Codex Calixtinus* quien propagó la especie (divertida, por más que los señalados se escuezan) de que vascos y navarros ululan como coyotes para llamarse entre sí cuando andan escondidos. En Cataluña se conoce y recuerda la tradición del *Pare Llop,* individuo de cerril expresión y vicioso conductor de famélicas jaurías de lobos, que vive por lo más trabado de los bosques y a veces, en jornadas de mucho frío, pide hospitalidad en las masías. Si se la niegan, lanza sus fieras contra los rebaños del descortés. Los campesinos tienen una oración para espantar a este personaje y también un remedio homeopático: invocar la ayuda del *Sant Llop,* varón o fantasma que no sólo protege al ganado de toda clase de alobamientos, sino que además cura las enfermedades de la garganta. Las payesas solían preparar (y es costumbre que de vez en cuando aún se despabila) los llamados *panellets de Sant Llop* o cocas triangulares amasadas con harina de trigo, cebada, avena, tres huevos y otras tantas cucharadas de sal. Se le daba una a cualquier pobre derrengado en el camino y la familia entera quedaba libre de aojamientos por un año. Cerdea aquí la licantropía, impregnándose de religiosidad y hasta de catolicismo. La festividad de *Sant Llop* se celebraba el 1 de septiembre con repique de campanas y misa por todo lo alto. A ella asistían, entre madres concupiscentes de milagro, los niños mudos, cazurros, gangosos, raucos, babeadores, iotacistas, afásicos, tartajas, jándalos, de mucha ene, zampainiciales, silbosos, leporinos, sialorreicos y de lengua como tirando al estropajo. Y eso porque a quien el Padre Lobo estropea la voz, el santo del mismo nombre se la recompone.[83]

Volvamos a Galicia. Este clima peculiar, este puré de celtas, plenilunios y procesiones de espectros, este coro de *mouros, pastequeiros,* vampiros y *lobishomes,* este nudo, este adobo de alta cocina esotérica tenía que dejar huella y carácter en la mentalidad religiosa del pueblo. No es cuestión de gnosticismos, herejías y supersticiones (aunque también sea todo eso), sino algo singular e irrepetible, una *summa,* un éxtasis desalado, una argamasa que permite la trabazón de muchas devociones y teurgias en un compacto, armónico y plurivalente cuerpo doctrinal. «Sólo en la distante y excéntrica Galicia —dirá Américo Castro— muy paganizada aún en tiempos de San Martín de Braga, luego priscilianista y más tarde arriana», podía fraguar el mito de Compostela, «caso muy llamativo de sincretismo religioso».[84] *Excéntrico,* en su doble acepción, es efectivamente el adjetivo cabal para definir el fenómeno gallego. En pleno siglo VI, cuando el resto de España se asfixiaba en la involución del cristianismo, un prelado panonio por nacimiento y galaico-portugués por adopción se creyó obligado a redactar el despreciativo *De correctione rusticorum* para atajar, o al menos señalar, la descarada paganía de sus rebaños. Y es, aunque de retruque, documento precioso para reconstruir la fe de *rústicos* tan sutiles. Denuncia San Martín Dumiense las invocaciones a los númenes de los gentiles, las libaciones en las fuentes sagradas, el rito romano de las calendas, el maleficio por hierbas, el sobrecogimiento escatológico en trivios y encrucijadas, los oráculos (que llegaban a practicar la adivinación por el estornudo), el culto druídico a las piedras y árboles, y la manía de hartarse de ratones y polillas durante los primeros días del año por considerar de buen agüero tales banquetes. También censura el Dumiense lo que después iba a convertirse en pecado general del cristianismo: celebrar el año nuevo en coincidencia con la fiesta céltica del solsticio de invierno y no, como parece más lógico por motivos de clima y resurrección, al empezar la primavera.[85] Por otras fuentes sabemos que en el siglo XVI aún se vestían por la cabeza casi todos los brujos gallegos. El Canon LIX del II Concilio de Braga tuvo que prohibir a los clérigos la preparación de hechizos y ligaduras.[86] En una sinodal de 1541, Antonio de Guevara —a la sazón obispo de Mondoñedo— menciona la costumbre de encender hogueras la noche del Jueves Santo en muchas iglesias de Galicia. Allí se encerraban, también con nocturnidad, las mejores familias ártabras el día 2 de noviembre para consolarse y llorar a sus muertos en el curso de un festín rabelesiano a decir poco. Tal honor para tales señores. Humeaban los caldos sobre largas mesas tendidas al hilo y al bies de las naves románicas, empapábase la merluza de anzuelo en el escozor del pimentón, olían las patatas a patata y a uva de mar de Albariño, desmigábanse los centollos, corrían incesantes los monagos a buscar otras viandas en la sacristía, temblaba el papo de los clérigos, resbalaba el sudor por la frente de los hidalgos, tentaban sus dedos los muslos de las coimas y el diablo a éstas, solazábase la servidumbre por entre los altorrelieves de las sepulturas próceres y todo lo envolvía *in extremis* y *dominus vobiscum* el regüeldo maloliente del orujo. Nos lo cuentan el ya citado don Antonio de Guevara, con fecha de 1511, y el señor Padroso, también obispo de Mondoñedo, veintidós años más tarde. Al hilo de aquellas locuras hubo que declarar pecaminosos los autos y misterios escenificados de la Pasión e incluso las procesiones nocturnas, muy populares desde siglos atrás. ¿Cómo no iban a organizarlas quienes tan a menudo topaban con la Estantigua? Salían esos cortejos a oscuras, sin rumbo fijo, dando bandazos por callejones y barranqueras, serpenteando entre desmontes, insinuándose en las esquinas menos frecuentadas del vecindario... No es descripción fantástica, sino casi textualmente tomada de documentos de la época.[87] Y también nos cuentan éstos que los penitentes solían aprovechar su condición para azotarse en público las carnes desnudas con lujuria, grosería y promiscuidad de sexos. De antiguo viene la intromisión de nuestros prelados en ese controvertido asunto que al decir de un refrán no tiene ni puede tener enmienda. Y se explica, lo explican todas estas celebraciones lúbricas y sublimes de un pueblo iluminado (o a veces atormentado) por su fe. Son, por ejemplo, los *foliones* o *foliadas* que aún tronchan virgos en Galicia, pero que proceden del ayer telúrico. Ringleras de luces siguen el lento compás de la gaita, apuntan hacia el calvero más encumbrado de los alrededores, forman un círculo y parpadean en silencio mientras chupinazos, girándulas, morteretes y bengalas irrumpen en la noche. Cada persona sujeta un candil o un hachón «del mismo modo que los celtas llevaban el fuego».[88] Apagada la pirotecnia, acuden los nazarenos a la casa rectoral para que el párroco los obsequie con dulces y refrescos. *Fallón* es un cohete que se dispara sin trueno. No tuvo la Iglesia, ni en Galicia ni *passim,* valor o cuquería para excomulgar los fuegos artificiales. Tracas, buscapiés y toros en llamas siguen poniéndole resplandor ancestral a lo que Roma hubiera deseado menos entusiasta y luminoso. Nuestras fiestas terminan en lozanos desvirgamientos: es el mundo de Dionisio, bendecido —pero no arrebatado— por la religión oficial. La lumbre se enreda en los muslos de las mozas y lo que empezó en misa mayor acaba en susto. El 29 de abril celebran los compostelanos el día de San Pedro Mártir en Belvis. Gentes de la Orden de Predicadores bendicen los ramos que por toda la ciudad esgrime una muchedumbre enfervorizada. Dice al respecto un historiador tan poco satánico como Filgueira Valverde: «podéis ver todavía, en las misas de alba, agitarse con el *meigallo* o *ramo cativo* a algunas mujeres que se creen posesas».[89] Y si en Roma se llamó rameras a las hembras que pregonaban su oficio colgando una rama sobre el dintel de sus puertas, ¿tendremos que suponer doble intención en quienes la víspera de San Pedro, con motivo de la verbena, colocan tallos de codeso en la fachada de las casas aldeanas infringiendo la expresa prohibición formulada por el Concilio de Lugo en el siglo VIII?[90]

Gente sensual e ingenua: désele un sentimiento de culpa, oblíguesela a entrar por la vereda de la represión, y ya está aquí la picardía, la licenciosidad y hasta cierto rebuscamiento voluptuosos. Gallegos y asturianos tuvieron la costumbre de cortejar a sus novias en la cama. Las muchachas, literalmente acorazadas por una tupida red de justillos, bragas, emballenados y refajos, abrían la ventana a sus pretendientes y les franqueaban la mullida intimidad de sus lechos núbiles. Algo queda de tan envidiable costumbre. En la ribera portuguesa del Miño aún pueden las rapazas entretener a tres o cuatro amigos antes de acudir a la vicaría, sin que nadie se asombre o escandalice. Con una condición: guardar ausencias al amante de turno y no plantear de propia iniciativa la ruptura. Es, en definitiva, el adulterio y no la fornicación lo que se condena. Y aunque han menudeado —¡faltaría más!— las presiones eclesiásticas y civiles para desarraigar tanto desmadre, escasa ha sido su mella. Todavía hoy, en Sorto y Salcios (cerca de Lisboa), los lugareños se mofan de las chicas que llegan vírgenes a los dieciséis años.[91]

Antigua, y rara, es la costumbre de abrir un paréntesis de castidad entre el matrimonio y su consumación. Arranca del más remoto fetichismo, se convierte en ritual de precepto para los caldeos, pasa por la Biblia (donde toma el nombre de *noches de Tobías,* pues en blanco fueron los primeros contactos de éste con su esposa Sara), llega a la India e Irán, se extiende por medio mundo y echa tercas raíces en Galicia. Una ingeniosa variante de tal usanza subsiste hoy en la aldea lucense de San Félix de Donís,[92] donde los esponsales se celebran con mucha ceremonia, rematados por un banquete de postín que se prolonga hasta la madrugada. El novio se acuesta entonces con el padrino, mientras la novia lo hace con la madrina. El juego se repite después de las tornabodas. Hasta la tercera noche no va la vencida.

Todo espíritu religioso organiza su propio apocalipsis. Circula por Galicia un romance titulado *Devota y contemplativa relación en que se describen las señales que precederán antes de llegar el fin del mundo.* Ni en él, ni en el trabajo dedicado por Risco al tema,[93] se agota éste. Muchos son los fuegos de artificio que la fantasía gallega ha montado en torno a los novísimos y todos coinciden en algo: la vida se detendrá antes del año 2000. No se trata, como en el milenio, de señalar una fecha, sino de establecer un tope cronológico. Es para escamarse, porque a la misma conclusión llegan los modernos exegetas de San Juan y San Malaquías. En general, suele aceptarse que la tierra dejará de girar cuando el Viernes Santo caiga en el día de San Jorge (23 de abril), Pentecostés en el de San Antonio (13 de junio) y el Corpus en el de San Juan (24 del mismo mes), pero no queda claro si se consideran necesarias todas o sólo algunas de estas coincidencias para el desencadenamiento de la catástrofe. Cabría atribuir tales augurios a la llamada Pascua Altísima, la más tardía posible, que se ha producido dieciséis veces en lo que llevamos de cristianismo, mientras la confluencia de la Eucaristía con el solsticio de verano únicamente se ha dado en seis ocasiones. Los gallegos se contradicen respecto a ella, afirmando que el fin del mundo llegará cuando se junten ambas fiestas, o uno de los veranos en que se junten, o al juntarse en cinco años consecutivos. Muchos renuncian al galimatías del santoral y esgrimen premoniciones más naturalistas (y menos discordes con su sustrato psicológico): la cosa ocurrirá al cabo de un septenio sin nacimientos, precedido de otro desaforadamente feraz. Los más extremosos sostienen que en el último de los dos períodos citados no habrá bodas ni brotarán nuevas plantas ni los animales tendrán descendencia. Todo esto, según Risco, sería encepe galaico de las vacas gordas y flacas soñadas con parecido talante o idéntica periodicidad por el faraón.[94] ¿Quién llevó, y cuándo, ese arquetipo del Nilo a los campos de Galicia?

Matices de la hecatombe: el globo estará cuadriculado por la dura geometría de las autopistas y ferrocarriles; superlativos (y absurdos) inventos pasmarán o irritarán a los hombres... No han faltado profetas, y muy recientes, para transmitir a voces la antigua clarividencia ecológica de los celtas. Hubo en Orense, a principios de siglo, un tal don Ramoncito de Cabeza de Vaca, loco muy mentado y al parecer de considerable cultura, que como Henri Cristophe se proclamaba emperador, como Jesús discutía con los teólogos en el templo y como Nostradamus vaticinaba profusamente el fin del mundo,[95] obsesión gallega a machamartillo es que éste llegará tras conflagraciones fratricidas, coronadas por una última batalla entre niños y mujeres (pues no quedarán soldados hábiles). Hasta se establece el escenario de dicha batalla: será en el Monte Faro, donde los moros enterraron sus armas para que la postrer retaguardia las esgrima con demencia.

En el centro de la tierra —asegura otra profecía teleológica— hay un mundo más ancho y hermoso que el de la superficie, poblado por gigantes cuyas mujeres abandonan a sus hijos en el monte para que se alimenten de hierbas. De esa ralea vegetariana nacerá el Anticristo. Y aparecerá entre nosotros vomitado por la boca de un volcán que disimula sus borborigmos junto al Tajo. ¿Por qué celtas, germanos, tártaros y mongoles postulan, con nombres diferentes, un mismo apocalipsis? Ossendowski lo supo. Y lo dijo, para quien quiera entenderlo.[96]

Así como hubo un diluvio de agua, habrá otro de fuego. Los hindúes creen que por éste, por aquélla o por el viento sobrevendrá la noche definitiva. Los gallegos aseguran que ambos diluvios están prefigurados en el arco iris, donde el azul alude a lo húmedo y el rojo a lo ardiente. ¿Cómo se producirá el incendio final? Responden en Galicia: por caída de estrellas,[97] cosa más que prevista en los textos de San Juan. No olvidemos que el Apocalipsis fue el *best-seller* de la España mal llamada oscura.

¿Por qué el diluvio y no, mejor, la nada? O el comienzo de otro ciclo en el que acaso no haya gallegos ni españoles para recordarlos. Pero hasta que anochezca ese año dos mil y estalle ese último combate, algunos colearán. Es, casi, lo único que nos queda. Y entiendo que la primera persona del plural resulta pretenciosa en labios de un castellano. Digámoslo: no existen muchos nexos entre *este país* —el mío, el de Unamuno— y Galicia. Nos unen a ella unos cuantos siglos de azar en la rueda vana de la historia: poca cosa, auténtico grano de anís o de arena para quien vive de pasados más antiguos y de futuros menos inminentes. De ahí que con las inevitables excepciones esa región se haya desentendido siempre de los asuntos peninsulares. Seguía siendo celta cuando todos éramos romanos. Fue sueva (o nada, sino ella misma) cuando nos hicimos visigodos. No se mezcló con los árabes, ni los tomó en serio, ni casi intervino en la reconquista. Viajó a América no cuando los demás lo hicimos, sino mucho después y por motivos estrictamente personales. La guerra civil apenas llegó a sus campos. Hay en ellos otra gente. La linfa española se coagula en el Cebrero. No hablo de separatismos administrativos o políticos, que se me dan un ardite (y además carecerían de sentido), sino de barreras espirituales y, por ello, más hondas. O raciales, y por ello aún más hondas, ya que la raza es sólo la última singladura de un entero periplo físico y mental, el definitivo balance de una larga cadena de sumandos. Sólo una vez pareció que los gallegos se interesaban por España. Fue en 1467, cuando al grito de *Deus et fratresque Galleciae* desencadenaron la guerra de los Irmandiños para desnidar de sus fortalezas a los señores que los oprimían.[98] La cosa duró dos años, al cabo de los cuales los conjurados de la Hermandad volvieron, encogiéndose de hombros, a sus verdes guaridas. Sin duda habían olfateado los delirios centralistas de Isabel, pero en seguida debieron pensar: ¿qué pueden las Isabeles?

No habrá nunca camaradería entre un español y un gallego. Lo siento, pero lo comprendo. Tampoco la hay entre parias y brahmines, dicho sea a título abiertamente metafórico (puesto que no son gallegos todos los que están ni, por suerte, españoles cuantos en España nacieron). Galicia vive hincada en la orilla de otro mar y proyectada hacia otros horizontes. Y eso desde hace tanto tiempo que las diferencias ya no pueden desteñirse. La *saudade,* por ejemplo. Nosotros jamás la entenderemos (igual que nada sabe de alfajores el que alfajores jamás probó). Es —dice un escritor— sentimiento de frontera y de confín, miedo a lo desconocido desde las puertas aduaneras de la civilización.[99] Todo se explica. Precisamente en ellas, en Iria Flavia, en el Padrón, en la villa de Isis y del apóstol, en el recodo mágico y mago de una ría coruñesa, en el paisaje de los *mouros* y los celtas, acaso pisando tesoros escondidos, espantando gallinas celestiales, acarreando hierbas y danzando en fiestas de cornezuelo, a lomos de un basilisco, acosado por la Estantigua, entre loberos y licántropos, cabe las termas del dios Lug y solas alturas del Barbanza, ahorcado por nudos de Salomón, a merced de una horquilla de rabdomante, silabeando ciprianillos, con santiagudos en los talones, junto a las mesnadas de Arturo, empapado en sangre de gato negro, borracho de menstruación, adornado por alicornios, hirsuto de buriles, meditabundo de laberintos, erizado de esvásticas, amigo de clérigos, cachirulo de barraganas, soñador de vacas, discípulo de Brandán, peregrino de San Andrés, idólatra, quiromante, jorguín, saludador, tropelista y arcabucero, allí, en Iria Flavia, en las mismas puertas aduaneras de la civilización, va a nacer alguien que no fue séptimo hijo ni primero ni último de familia labradora, sino mayorazgo claro y rico en aventura de ilustre familia gallega: Prisciliano, lo que se dice un hombre para la eternidad.

III. PRISCILIANO

> Quiero desatar y quiero ser desatado.
> Quiero salvar y quiero ser salvado.
> Quiero ser engendrado.
> Quiero cantar; cantad todos.
> Quiero llorar: golpead vuestros pechos.
> Quiero adornar y quiero ser adornado.
> Soy lámpara para ti, que me ves.
> Soy puerta para ti, que llamas a ella.
> Tú ves lo que hago. No lo menciones.
> La palabra engañó a todos, pero yo no fui completamente engañado.
>
> PRISCILIANO, *Himno a Jesucristo*

Reconstruir su vida es un paseo por el filo de la navaja. Hay siempre, cuando menos, un camino que arranca a la derecha. Amigos y enemigos —los unos para evitar profanaciones, los otros para urdir calumnias— han revestido de ambigüedad circunstancias que allá en el siglo IV fueron sin duda cotidianas y tangibles. El historiador, acertando encrucijadas, tiene que devolver perfiles concretos a lo que en cada caso le parece más verosímil. Pero a los historiadores, con salvedades casi siempre extranjeras, no les gusta ocuparse de Prisciliano. Quizá exista un complejo español de culpa hacia este relato de un homicidio. Quizá apabulle un individuo tan emblemático y problemático. Por lo que sea, y no deja de resultar absurdo, los servicios de inteligencia del país nunca le han deparado al Heresiarca otra actitud que la del olvido o el desinterés. Por mi parte, inerme en los bivios, ciego de humo o intimidado por el silencio, no traigo aquí ínfulas evangélicas respecto al único *cristo* de nuestra historia, pero sí la intención de proponer una versión arrogante de su peripecia.

De entrada, es ya un puro emblema, y problema, ir a nacer precisamente en Iria Flavia, baluarte de Isis y rompeolas de Santiago levantado milenios atrás por la princesa Illia, «la cual fuyera con el rey Theneo, su marido, de la destrucción de Troya, e viniera a poblar el dicho lugar, y llamóle Illio».[1] En esa especie de Astorga gallega transcurrió la infancia de Prisciliano, niño prodigio y pudiente, acaso primogénito de aquellos imprecisos *Orieses* que consagraron a Neptuno (dios de los atlantes) el *pedrón* hoy colocado (y adorado) en la iglesia rectoral de la villa.[2] Allí no quedaban ya bonzos de cabeza rapada encendiéndole velas a la Egipcia, sino diáconos falderos postrados ante María, y soplaban vientos ostensiblemente cristianos, pero no debieron de serlo mucho los educadores del santo si prefirieron que éste se bautizara, como en efecto hizo, sólo cuando sus propias convicciones se lo exigieran.[3] Comoquiera que fuese, carecemos de información acerca de esos años de juego y aprendizaje. La vida de los Maestros plantea siempre una incógnita inicial. Así Jesús, Zaratustra o Krishna, que se muestran repentinamente, ya nimbados por el conocimiento y el poder. Así Prisciliano, que al filo de la adolescencia desgarra su nebulosa para sentarse en los bancos de la universidad de Burdeos, convertido en brillante e inquieto alumno del retórico Delphidius. Pero ahí empieza o culmina la debatida historia de cómo la verdad lo fue envolviendo: casi la crónica de una carrera de relevos gnósticos.

A mediados del siglo IV, un arquetipo vuelve a funcionar: el de los egipcios que en España ganan batallas, siembran culturas, encarnan mitos o construyen altares. El protagonista, esta vez, será un tal Marcos, nacido en Menfis y educado en Alejandría, discípulo de Basílides, *agitprop* del hermetismo, maniqueo, teurgo, brujo, predicador e iluminado. Su paso por la península resulta tan misterioso como el de Apolonio de Tiana,[4] pero mucho más fructífero. Al menos para la imaginación de los obispos y polígrafos temerosos de Dios. Éstos tejen a cuenta del personaje fábulas tan edificantes como tenebrosas. Marcos, rehaciendo el camino de sus antepasados, alcanza nuestro litoral, conoce a una ricahembra, la seduce, le presta libros, los ilustra, la convierte, le pone el nombre de Agape y funda con ella la iglesia gnóstica de los *agapetas*, cuyos miembros —dice Menéndez y Pelayo espoleando, como de costumbre, la curiosidad del lector— «se entregaban en sus nocturnas zambras a abominables excesos».[5] No es el único detalle cáustico que a propósito de Marcos nos han transmitido nuestros mayores. El padre Sarmiento, en un enésimo esfuerzo para quitarle hierro español a la vasta herejía que allí iba a originarse, transforma al de Menfis en gitano por las buenas.[6] Otros autores hablan de yelmos homéricos impuestos por el hierofante a los adeptos para hacerlos invisibles a la policía,[7] comparan sus ritos a las ceremonias masónicas, encierran en una misma jaula de grillos a agapetas, carpocracianos, nicolaítas y priscilianistas,[8] sostienen que todas las sectas gnósticas degeneraron en sociedades secretas proclives al politiqueo y la lascivia, y atribuyen a aquellos cautos defensores de la transmigración de las almas nada menos que la gloria de haber practicado el espiritismo por primera vez en el ámbito de la península.[9] Murguía se atreve a imaginar el encuentro entre Marcos y Prisciliano, a quien describe como carne de unas ideas «en cuyo seno se unían y hermanaban las dos doctrinas místicas de Asia y Egipto con las sectas filosóficas de Grecia».[10] No sigamos. Exagera Murguía en todo esto, como exageraron sus colegas, porque en realidad no es seguro que Marcos fuera a Galicia ni probable que dentro o fuera de ella trabara amistad con Prisciliano. El único nexo entre ambos personajes, si nexo hubo, lo suministra Delphidius, aquel profesor de retórica que enseñara al padronés cosas muy distintas a las que suelen aprenderse en las aulas. Merece la pena dedicar un recuerdo a tan curioso corruptor de la juventud. Era bordelés de buena familia, descendiente de druidas, hijo de un rector, poeta, jurisconsulto, catedrático y pagano hasta que cambió de tercio, postergando entonces su apelativo de estirpe délfica frente al menos herético de Elpidio. No nació antes del 330 ni murió después del 381. Estaba casado con Eucrocia, que también aceptó la nueva fe y renunció a su nombre, adoptando el de Agape, a la vez mitraico, esenio, helenizante y evangélico. Matrimonio de impecable historial, dejaron de ejercer como esposos a raíz de la conversión, y ello porque su cristianismo era el gnóstico, el ascético, el alejandrino, el que no daba tregua, el que venía de los desiertos orientales predicado por tres herejes que inadvertidamente llegarían a santos: Ambrosio, Jerónimo y Martín de Tours. Tres fueron asimismo los jóvenes españoles, carne ya de heterodoxia y ascetismo, que mediada la octava década del siglo aparecieron en Burdeos: el gallego Prisciliano, el andaluz Tiberiano y el dudoso portugués Latroniano. Todos siguieron las lecciones de Elpidio y todos, probablemente, abandonaron las pompas del mundo por influjo de su maestro. Y no debían ser éstas de escaso lustre. Sabemos que Prisciliano era rico, ingenioso, seductor y mujeriego. Lo que se dice un *beautiful and damned,* un inverosímil Scott Fitzgerald capaz de renunciar al éxito. Hasta sus últimos fuegos arrastrará, en efecto, ese doble e irreconciliable destino de *boddhitsava* y pimpollo consentido de una generación de artistas. Se había criado, por añadidura, en el epicentro de la más limpia tradición gallega. Es decir: practicaba con naturalidad la magia de los druidas y no ignoraba que la vida del hombre se atiene al inflexible peregrinar de las estrellas.[11]

Era, en cierto sentido, inevitable que este triunfador nato, filósofo con ribetes de brujo y primero de la clase versado en la lectura del firmamento, se convirtiera en discípulo predilecto de Elpidio y fundara con él, Eucrocia y otros amigos una especie de comuna *hippy* en una finca de los alrededores de Burdeos. Hoy, en pleno vendaval orientalista y psicodélico, no resulta difícil imaginar su aspecto, sus intenciones, sus actividades. Cualquiera puede franquear esa cancela y echar un vistazo a los enclaustrados. Son místicos, abstinentes, impulsivos, apostólicos y recelosos. Como todos los convencidos de haber encontrado la verdad en un medio hostil, pecan de intolerancia y se exceden en el proselitismo sin por ello renunciar a los placeres de la clandestinidad. Llevan ropas blancas y talares, alaban las perfecciones de la naturaleza y rechazan la impecable artificiosidad de la obra humana, pasean por el bosque, recogen drogas en los cañaverales y amuletos de piedra en las cavernas, utilizan la noche y el plenilunio para recuperar lo numinoso, inventan rituales magnéticos, machacan el deseo a fuerza de jaculatorias y meditan en rudas posiciones verticales hasta que sus cuerpos y sus mentes y el mundo entero se reducen a sístole y diástole de una tremenda pulsación universal. La vía del conocimiento tiene mojones parecidos en todas partes.

Y también la reacción por ella provocada. Curiosidad, envidia, piques y trapicheos. Irritación. Gentes que se dan con el codo. Denuncia y venganza. Los buenos ciudadanos no pueden soportar el inmundo (e inmenso) espectáculo del ascetismo. Sueñan orgías y alucinógenos, abortos, blasfemias, misas negras. Las autoridades intervienen y ya está la finca rodeada, los paramentos por el suelo, aventados los libros, disuelto el grupo, Elpidio apartado de la cátedra y todos los comuneros en un destierro feliz por los campos de Galicia, acogidos a la noble hospitalidad del noble Prisciliano. Una historia que hoy no resulta original.

En cuanto a Marcos, ¿fue por ventura el iniciador de Elpidio y el corruptor de Eucrocia, única Agape implicada en el embrollo priscilianista? Parece más bien difícil. Las noticias sobre el agitador egipcio provienen de un códice titulado *Adversus Haereses* y escrito a finales del siglo II por el obispo Ireneo de Lyon. Mucho tiempo después, cuando ya el carisma del Heresiarca incendiaba las parroquias gallegas, un oscuro prelado lusitano exhumó el manuscrito y lo aprovechó para embarcar en el mismo naufragio al alejandrino, al francés y al español. Así se convirtió éste en «ferviente discípulo de un mago fallecido en Menfis doscientos años antes de que él naciera en Galicia».[12] La patraña, cuyo inventor se llamaba Ithacio, fue aceptada y difundida como *vox Dei* por los nombres más conspicuos de nuestra erudición a lo largo y ancho de dieciséis siglos. Pocos han corrido el riesgo de desmentirla.

(Sin embargo, ¡qué hallazgo para redondear la historia! Ithacio, tonto de él, estaba añadiendo argamasa al puente secularmente tendido de bucle a bucle del Mediterráneo. El egipcio hubiera sido un eslabón perfecto. ¿Por qué no imaginarlo vencedor de Cronos, carcamal venerable y dos veces centenario acudiendo al porche de Elpidio con veinte lenguas de fuego o folgando con Eucrocia a la desesperada?)

Prisciliano vuelve a Galicia como Jesús lo hizo a Galilea. Ya no es el empollón más hemingwayano de la costa, sino un parco, duro, tenso y encendido reformador religioso. Habla, convence, desvía, unge, ordena sacerdotes y, en definitiva, crea una iglesia en la Iglesia, un arisco santuario de la antigua perfección apostólica. Druida y gnóstico, gnóstico y druida, abre las puertas del templo a las mujeres. Es su primera desobediencia formal y le costará cara, porque Marta, María y la Magdalena no pueden ya entrar en una casa donde el decoroso gineceo de Jesús ha sido desmantelado por la misoginia de Pablo. Prisciliano no inventa la rectificación. Se limita a heredarla, a aprenderla, a comprenderla. La posteridad ortodoxa lo acusará de cabalgar a Prócula, hija de Elpidio, de maridarse a ella y en ella empecatarse, de nombrarla gran diaconesa de sus ritos y de convertir su vientre, sus manos y su boca en palancas para alcanzar un éxtasis impío. ¿Prócula? ¿Y la Helena de Simón Mago, la Flora de Ptolomeo, la Lucila de los donatistas, la Marcelina de los carpocracianos, la Filomena de Apeles y la Priscila de Montano? Con ellas nadie se llamó a tanto escándalo como el que armaría nuestro hereje en una tierra cuyo priapismo se había hecho célebre en todos los confines del Imperio. Pero se trataba ya de España. Algo de la futura intolerancia corrompía sin duda aquel presente. Los demonios empezaban a soltarse.

(Cuando siglos más tarde hubo que buscarle un símbolo a

las peregrinaciones jacobeas, se eligió contra pronóstico una concha. Reparo en este dislate gracias a Victoria Armesto. ¿Por qué lo harían? ¿Porque las *vieiras* abundan en el litoral compostelano o porque ése era el talismán de Venus y el emblema de la fecundidad femenina?)

Casi todas las escuelas gnósticas, sin embargo, proscribían el matrimonio. El hombre —enseñaban— tiene que descerrajar el juego eterno del *yang* y el *yin* para alcanzar la unidad. Si nacer es degenerar y la realidad se define como una putrefacción en cadena, ¿quién deseará engendrar un nuevo ser imperfecto? Se viene a la tierra para depurar el *karma* propio y ajeno, no para extenderlo. Atis, hijo de Cibeles y modelo de Cristo, se castra con el propósito de expiar la pasión incestuosa que su madre le inspira. El hierofante de Eleusis evocaba, simbólicamente, este gesto de desesperada pureza. Las emasculaciones no fueron raras en el denso clima espiritual de Alejandría. El propio Orígenes protagonizó una de las más sonadas.[13] Andando el tiempo, cátaros y albigenses denostarán la propagación de la especie e incurrirán en formas místicas de suicidio por asfixia y ayuno indefinido... Pero Prisciliano, antes que gnóstico, era sincretista, un aventurero, un curioso, un intelectual, un típico *libra* (aunque desconozco su signo del zodíaco), un conciliador de fórmulas dispares en ecuaciones vertiginosamente plurifánticas. Por sangre, por herencia, por vocación, no podía eliminar de su sistema religioso lo que los hindúes llaman *la vía de la mano izquierda,* la de Nietzsche, la del *tantra,* la de la exageración, el delirio, el terror y el abandono. Hermetismo puro: por el más y por el menos se alcanza el *satori*. Lo que importa es el exceso. Exceso en la renuncia, exceso en la entrega. Don Juan, el brujo *yaqui* de Carlos Castaneda, explicará que cada hombre tiene un aliado. Prisciliano, al rechazar la procreación y aconsejar (sólo con el ejemplo) la obscenidad, no traiciona a los gnósticos ni a sus involuntarios condicionamientos vitales. Druidas, Galicia, hembras de Magdala, *kamasutras,* juventud y biología lo arrastran al lecho de Prócula, donde no se encanalla, sino que renace.

Sus jueves, en cualquier caso, han transmitido una imagen de su virilidad tan lisonjera para él como improbable para las mujeres de la secta. Es en cierto modo justo, y desde luego inevitable, colgar el mochuelo de libidinoso a quien presume de incontinencia entre gentes que no brillan por su castidad. Hasta Menéndez y Pelayo deja esta puerta entornada.[14] ¿Será

Prócula una invención? Nada, en efecto, impide postular un Heresiarca pudibundo y anafrodita, aunque yo prefiero la iconografía tradicional, tan gallega y española, tan rica de sexo y desmadre.

Dice Sulpicio Severo que en el año 379, un discípulo de Elpidio y Agape llamado Prisciliano, natural de Galicia e hispano latino de raza empezó a predicar doctrinas heréticas en las regiones más occidentales de la península.[15] Es el introito al drama. Atrás queda un lustro de silencioso fervor. Las provincias celtas, ganadas de antemano, suministran prosélitos en número suficiente para invadir las calles, los púlpitos y las cátedras. Los jefes del movimiento se trasladan a Lusitania y allí, en Mérida y Salamanca, Prisciliano despliega su prodigiosa oratoria. Se le rinden obispos, menestrales y comerciantes. La chispa prende, el fuego muerde ya en las dehesas del Andalus. Y entonces, rebajándole calenturas a la apoteosis, es cuando Ithacio, obispo del Algarbe, «audaz, imprudente, suntuoso, esclavo del vientre y de la gula»,[16] ramplón, trapisondista y acérrimo enemigo del padronés, lee el *Adversus Haerreses,* descubre la existencia de Marcos, cavila, teje telas de araña, inventa, relaciona, bufa, y se descuelga con un *Commonitorium* que reciben todos los prelados y personalidades de la zona. En él embaula, por las buenas o por las malas, cuantos errores de aquí y de allá, del hoy, del ayer y del mañana menciona el lionés en su libro. Prisciliano será gnóstico, dualista, maniqueo, zoroastriano y brujo. Cuatro Olimpos —el gallego, el alejandrino, el mitraico y el grecorromano— se le vienen encima enteros y verdaderos. Ithacio convoca un concilio en Zaragoza con ánimo de descargar el último mandoble. Los encartados se niegan a asistir y escriben a Roma, cuyo solio está ocupado por un gallego bracarense que llegará a santo.[17] La mafia funciona y el papa pide a los obispos que no formulen condenas *in absentia.* Tras mucho discutir, todo se resuelve en salvas y fórmulas de compromiso: las actas conciliares guardan silencio sobre los priscilianistas, pero se pronuncian implícitamente contra el priscilianismo al desautorizar bastantes de sus prácticas y postulados. En eso queda vacante la sede episcopal de Ávila. El clero extremeño y portugués, pescando en río revuelto, consigue imponer la candidatura del hereje. Vivir para ver: ya tenemos a éste encaramado, con mitra y cauda, en la cresta de una diócesis de solera. Pero las cosas han ido demasiado lejos. Por una tontuna, Idacio (metropolitano de la Lusitania que no debe confundirse con Ithacio) excomulga a los priscilianistas de Mérida acusándolos de indisciplina. Es un reto absurdo. Prisciliano lo acepta, llega a la ciudad, entra en la catedral cuando el patriarca está predicando y lo interpela. No obtiene más respuesta que la agresión. Sicarios sin rostro lo zarandean y lo expulsan del templo. Termina ahí la hora de la paciencia. El hereje busca un techo amigo y por primera vez empuña la pluma para defenderse. En pocos días redacta el *Liber Apologeticus* o *Professio Fidei* y clava esa declaración de principios en las puertas de la seo emeritense para que amigos y enemigos se enteren de lo que piensa. El gesto le valdrá luego fama de luterano. Hay, es cierto, un recóndito paralelismo entre el reformador de Iria Flavia y el de Eisleben. Y también una flagrante diferencia. El gallego piensa en Dios. Al alemán sólo le importan los hombres.

Defenderse, sí pero ¿de qué? Bulle en esta historia de recelos eclesiásticos algo que irreparablemente se nos escapa. Utilizaré una imagen de novela policial: falta el móvil. Va a cometerse un asesinato y el comisario no encuentra causa justificada. ¿Por qué Prisciliano exasperó de repente a una Iglesia cuyas fronteras estaban aún por definir y se granjeó no ya la antipatía, sino el aborrecimiento de prelados que con tal de medrar hubieran bendecido herejías como ruedas de molino? ¿Tan insólitos, tan escandalosos, tan duros de tragar resultaban sus métodos o sus mandamientos? ¿Era ocasión de guerra el vegetarianismo de los adeptos o su costumbre de escalar montañas con los pies desnudos para que el panteísmo les entrase como un río y el espíritu se enredara en un impulso de ascensión? ¿Tanto y a tantos ofendía la creencia en círculos celestes por los que el alma transmigra o el fatalismo sideral llevado al extremo de supeditar una parte del cuerpo a cada signo del zodíaco? ¿Se consideraban subversivos los ejercicios espirituales en las granjas, el ayuno dominical, los juramentos por vida de Prisciliano, la eucaristía celebrada con uva o leche, la participación de mujeres y legos en el quehacer litúrgico o la sugerencia de que el bautismo no quita ni pone, sino que sólo ayuda a evitar la mala suerte?

Cosas de este jaez pueden sorprender, divertir y hasta enfadar a un cristiano de hoy, con siglos de fe racional a sus espaldas, pero era pan de cada día, sin que las campanas tocasen a rebato, en aquel mundo envuelto de pies a cabeza por los jirones del más desalado paganismo.

No, no son preferencias dietéticas, horóscopos, interjecciones o pruritos sacramentales los que motivan la persecución y, luego, el homicidio. Se trata de un conflicto psicológico, de un enfrentamiento entre personas. Hombres y homúnculos riñen una vez más con ventaja militar para los segundos. Como dice Victoria Armesto, «todos los enemigos de Prisciliano parecen estar dominados por los tres pecados que reconoce el budismo: *raga, dosa* y *moha* (sensualidad, mala voluntad e ignorancia)».[18] A ninguno de ellos le preocupaba la herejía, sino el hereje. Puesto que carecen de ideas, las ideas no les asustan, pero temen el ejemplo. Es un instinto condicionado de defensa ante quien sólo necesita mostrarse para que las máscaras caigan y las coartadas mentales se derrumben. Ithacios y Priscilianos no pueden coexistir, a menos que los segundos guarden silencio y se echen al monte. Guerra ejemplar, la eterna historia, la de Cristo y Krishna, la de los espejos en marcha que tienen el tino o el desatino de venir al mundo en momentos de involución. Pero ¿quién recuerda a los fariseos?

El propio Prisciliano se encargó de suministrar a la posteridad un retrato inamovible de su verdugo. «Ithacio —le increpa en el *Liber Apologeticus*—, yo conozco tus obras y sé que no eres frío ni caliente. Pluguiera al cielo que lo fueses, mas por tibio el Señor te vomitará de su boca.» Son palabras del Apocalipsis.[19]

Después de enviar su escrito de descargo a todos los obispos españoles, Prisciliano calla y espera. En el segundo asalto van a cambiarse los terrenos. Y las tornas. Idacio e Ithacio (Nicolás Rokoff y Alexis Paulvitch), conscientes de la inutilidad de recurrir a otro concilio, acuden al brazo secular jurando en falso. La denuncia es sólo de maniqueísmo. E inmediata la respuesta de un poder civil que en Manes veía la encarnación de la peste: los priscilianistas irán al destierro empujados por las mesnadas imperiales. Parece como si el edificio gnóstico estuviera a punto de venirse abajo. Pero su arquitecto pasa al ataque y marcha sobre Italia encabezando una comitiva en la que figuran Eucrocia, Prócula y varios obispos. Soplan en la metrópoli tendencias muy encontradas. Ambrosio, a la sazón patriarca de Milán y borracho de éxito, cambia de chaqueta, abjura de sus desvaríos y se desentiende del movimiento espiritualista. El papa Dámaso, indeciso entre sus deberes de gallego y las presiones de una jerarquía reaccionaria, opta por lavarse las manos y enfrascarse en asuntos de trámite. Sólo Jerónimo vuelca su prestigio a favor del hereje, que a pesar de ello ni siquiera consigue audiencia vaticana. Le queda el camino de palacio, la probable piedad o simpatía de un césar imberbe, errátil y algo novelero, pero sin mala intención. Prisciliano confía en su carisma y gana la apuesta. Está por nacer el hombre que cara a cara lo derrote. Empieza ganándose la voluntad del gran visir Macedonio y luego convence a Graciano. Es casi una iluminación. Desde la primera mirada el emperador sabe que tiene ante sí a un inocente. *Ubi libertas, ibi Christos.* Se deroga el ucase de destierro. Los fugitivos regresan a España para hacerse cargo de sus diócesis. Roma procesa a Rokoff y Paulvitch. Éste (Ithacio) cruza la frontera, se encastilla en Tréveris, acusa a su enemigo de soborno (en la persona de Macedonio) y sigue escupiendo veneno por la boca y por la pluma. Nada podrá hacer en vida de Graciano, pero ya despunta el español Máximo sobre las cúpulas del Imperio.

A los 33 años, *nel mezzo del cammino della vita,* Prisciliano entra en Ávila. Es la plenitud, la edad de Dante y de Cristo. Galicia entera escucha el mensaje y emprende el camino de vuelta a la religión de los Apóstoles. El patriarca, extranjero en los campos de Castilla, escribe casi con agobio. Siete homilías, los Cánones de San Pablo, una plegaria bautismal y el importante *Liber de Fide et Apocrihis* salen de sus manos. Había un maestro: ahora hay una doctrina. Y una estrategia audaz, respaldada por la rehabilitación que todos creen definitiva. Aunque el papa (o su curia) acaba de prohibir los Apócrifos, Prisciliano reacciona contra esa cobardía (o iniquidad) y confiesa su antigua pasión por las *Actas* de Tomás, Juan y Andrés. Ya no es un gnóstico de tapadillo, sino un adepto a la luz del sol. Como intelectual, rechaza la quema de libros. Como místico, no soporta la violación de las conciencias. Como naturista gallego, detesta las consignas y chapuzas de la administración. El hombre puro —dirá— nunca se equivoca. Por eso puede y debe correr riesgos. «Lo que en realidad pide es libertad para el pensamiento teológico. Por primera vez en la historia eclesiástica de Europa se plantea el principio del libre examen. Doce siglos más tarde, por él se escindiría la Iglesia católica.»[20] Lutero vuelve a colársenos de rondón. Y también un foco alejandrino en la ciudad que a mayor abundamiento servirá de entorno a Teresa y Juan de la Cruz. La lección se hace pública. Prisciliano habla ya sin reservas de una primera materia universal, contemporánea de la divina, con la cual se modelan las almas. Es el emanatismo, que tantas veces propondrán nuestros heterodoxos (y no sólo los cristianos. La misma voraginosa cosmogonía fecundará el esoterismo musulmán de los masarríes)...[21] En fin: nacer es un desastre, el castigo por un pecado del que nadie guarda memoria. ¿Una insurrección de Luciferes, una milicia de arcángeles caídos? Sí. Demonología y gnosticismo corren parejos. Prisciliano conoce muchos diablos: Saclas, Nebroel, Samael, Belzebuth, Nasbodeo, Belial y Abaddon.[22] También los espiritistas del siglo XIX hablarán con ellos. Creían casi todos los alejandrinos que el mundo procede de un agente secundario de Dios (o del Uno). Ofitas, cainitas y priscilianistas cargan aún más la suerte: la creación es obra demoníaca, Satanás provoca y mantiene los fenómenos físicos. Observa Menéndez y Pelayo que ningún pesimista moderno se ha atrevido a tanto.[23]

Entonces, ¿qué sucede con esas almas o sustancia primordial venida a menos? Los profetas tienen la palabra. Sólo el ascetismo por ellos predicado abre brecha en la carne para que el aire vuelva al aire, al *pleroma,* al espíritu universal, parándose antes en la luna. ¿En la luna? ¿Es gnosticismo? ¿Es afán de originalidad, delirio o cachondeo? Decía Manes que el *pneuma,* después de purificarse a fuerza de transmigraciones, dejaba atrás el ámbito de la materia y recalaba en el astro nocturno para desde allí alcanzar el Sol. Los druidas tenían *salas aéreas.*[24] De siete cielos hablaron Mitra y los cristianos... Otra vez andamos a vueltas con la cábala, los símbolos, las alegorías. Nadie, precisamente, insistirá más que Prisciliano en la necesidad de proponer una interpretación críptica para los libros sagrados. Ése es el punto de no retorno en la impetuosa aventura astronáutica que a partir del 382, fecha de su regreso a Ávila, lo alejó meteóricamente de la ortodoxia romana.

Lo que se dice un gnóstico hasta las cachas. Gnósticas fueron las plegarias que inspirándose en los *Apócrifos* compuso y también el *Himno a Jesucristo* citado al principio de este capítulo. Gnósticos son sus temas recurrentes: el dualismo cósmico, la caída y ascensión del alma, la posibilidad de soltar amarras abriendo las puertas del conocimiento, la exégesis metafórica de la Biblia, el cómplice secreto, la selectividad aristocrática de la revelación, el enaltecimiento de la gracia de congruo frente a la de condigno y, en líneas generales, las inconfundibles intenciones herméticas que en todo momento presiden su quehacer. Gnósticas parecen, en fin, las piezas arqueológicas que roturan los itinerarios del Heresiarca: anillos de oro con letras griegas en Astorga y Ginzo de Limia, la curiosa piedra de Quintanilla de Somoza, los muchos abraxas de casi todas partes, el bronce salmantino del Berrueco...[25] Y si en el juicio de Tréveris lo condenaron por gnóstico, bien condenado estuvo (en lo tocante a la técnica procesal). Pero ¿lo condenaron por gnóstico?

En el 383 rudos acontecimientos zarandean el Imperio. Máximo, «uno de esos tiranos que acaban creyéndose hombres providenciales»,[26] se subleva en Galia, entra en París, acosa al desabrigado Graciano, envía esbirros tras él, lo asesina y se proclama corregente. Es una puñalada para Prisciliano, que pierde un valedor, y para la historia de Europa, pues un ambicioso pervertido arrebata entonces el trono de Occidente al impúber y ecuánime Graciano. Para colmo, Máximo asienta sus reales en Tréveris, la ciudad donde Ithacio está pergeñando sus libelos, y oye hablar de la iglesia de Galicia como de una banda maniquea entregada al más rabioso desenfreno. Un nuevo sátrapa y un antiguo obispo: tal para cual. Si en el mundo hay lugares señalados por Dios, es evidente que existen otros dejados de su mano. En Tréveris, cadalso del priscilianismo, nacerá a la vuelta de quince centurias nada menos que Carlos Marx, responsable del mayor paréntesis de involución abierto hasta ahora en la historia del hombre.

Máximo quiere pasar al panteón romano como un émulo de Constantino. Y no le faltan dotes. Cae, además, en el avispero de una clerigalla —la francesa— aquejada ya de cartesianismo y envidiosa de los obispos que tantos éxitos se apuntan en España predicando la reforma ascética. Intrigas palaciegas y abadengas. Al corregente se le brinda la doble oportunidad de convertirse en martillo de herejes y decomisar con la mano izquierda los haberes de quienes la maledicencia asegura que los tienen muy sustanciosos. No es menester que se lo repitan. Unas cuantas vitelas timbradas y otra vez el infierno para hombres de fe que ni lo desean ni lo temen.

Pero hay que sortear algunos obstáculos legales. No se puede procesar por lo civil a un obispo sin una condena previa emitida por la jurisdicción eclesiástica. Ithacio se apresura a convocar un sínodo y consigue que la vista se celebre no en Galicia, donde corresponde (y donde la absolución era segura), sino en Burdeos, baluarte de los contrarreformistas y ciudad que ya había expulsado, en sus años universitarios, al gallego. Éste sale de Ávila y por el camino recoge a los principales apóstoles de su iglesia: Latroniano, Asarivio, Armenio, Instancio, Felicísimo, Higinio, Aurelio, Potamio, Juan y Tiberiano. Son obispos, aristócratas, diáconos, intelectuales, simples parientes del hereje y *yoguis* ártabros o extremeños. Incluso hay un poeta, Latroniano, al que San Jerónimo atribuye acentos insignes, pero cuyas obras se han perdido. ¡Extraño paseo el de estos hombres insumisos por los campos de su patria! Un calvario sin sayones ni cruz a cuestas. «Todos iban relativamente tranquilos. A ninguno de los discípulos se le ocurrió seguramente pensar: "cuando el maestro vuelva a España, lo hará muerto". Nunca en la historia de la joven Iglesia cristiana se había matado a nadie por razones ideológicas y teológicas.»[27]

Pero la veda va a levantarse para siempre.

Falta, sin embargo, un entreacto. Burdeos será sólo la invitación a la danza. Los miembros del Sínodo, a pesar de su disconformidad con las escuelas orientales, no se atreven a pronunciar una sentencia condenatoria. Ni absolutoria.[28] Ya dijimos que, cara a cara, Prisciliano es casi invencible. En la balanza vuelve a influir su proverbial carisma y también la impresión de santidad que sus discípulos producen. Martín de Tours, que figura entre los obispos convocados, defiende veladamente a los convictos. En cuanto antiguo padre del yermo e iniciado a los misterios del cristianismo alejandrino, no puede hacer más. Su postura empieza a ser difícil. Ya Ithacio, siempre Ithacio, le ronda, le acecha, le busca los deslices y las distracciones. Más tarde lo llevará a los tribunales. Martín, de todos modos, pide que no se llegue al derramamiento de sangre. Al fin y al cabo era ermitaño: una voz en el desierto.

Así que los jueces eclesiásticos pegan un campanillazo y salen por el foro, mientras los gallegos terminan en el banquillo de la jurisdicción imperial. ¿Cómo? Imposible saberlo, pero desde luego violando lo establecido por las leyes. La farsa se monta en Tréveris al filo (invernal) del 384. Y es entonces cuando Alexis Paulvitch empieza a despacharse a gusto.

Prisciliano no volverá a ser gnóstico o maniqueo, acusaciones que evidentemente (piensa Ithacio) sólo conducen a logomaquias de picapleitos sin cadáveres en el redondel. Habrá que hacerlo seductor, brujo, exhibicionista y sacamantecas. Basta un poco de fantasía: durante el viaje a Roma del año 382, el padronés —dice entre espumarajos su enemigo— violó a Prócula y luego le suministró hierbas abortivas ayudado por Eucrocia. Éste es uno de los cargos, pero se formularán otros muchos de parecido pelaje. Faltan —por supuesto— pruebas, víctimas, testimonios y confesiones. En vista de ello, un español algarabío —lerdo él, aunque cabezota— va a inventar la Inquisición. Ithacio, al que ya se había unido su antiguo compinche Idacio Nicolás Rokoff, contrata los servicios del prefecto Evodio y le entrega el preso para que lo torture. Entre el torno y la mancuerda, Prisciliano termina por admitir tres infamias: la brujería, las oraciones en desnuda promiscuidad (y nocturnidad) con mujeres y los coitos practicados al término de las ceremonias litúrgicas.

Lo chusco es que esta declaración, a pesar del suplicio, suena veraz. Y también lo parece —fuera del aborto de Prócula, que cualquiera sabe— el resto de las inculpaciones esgrimidas contra el Heresiarca.

Los anacoretas gustan de hablar con Dios en paños menores. Hoy como ayer y al este como al oeste. Nuestra infancia (la de mi generación. No sé las otras) estuvo saturada de estampas donde aparecían esos graves varones de hinojos en sus cubiles con un arrebujado calembé tapándoles escuetamente las vergüenzas. ¡Y eso que eran ilustraciones para niños, adecentadas por mil censuras y fumigadas con kilos de *nihil obstat*! Por lo demás, con tanto turista y *mass-media*, hasta los tontos del pueblo se han familiarizado ya con *mahatmas* y *gurúes* de acrisolada castidad en mística porreta. Otro tanto en cuanto a preferir la noche para fustigaciones y arrobamientos. La oscuridad difumina las formas y el vaivén sueño-vigilia le baja los humos a los pistones de la biología. Así resulta más fácil largar el cuerpo por la borda, mientras la realidad palpable se va, se va... Conque no me explico cómo los togados de Tréveris tuvieron la desfachatez de percibir indicios racionales de criminalidad en unas prácticas que eran moneda corriente de la época.

No hay duda, pues, de que Prisciliano se desnudaba (probablemente de noche) para rezar. ¿Con mujeres? ¿Por qué no, si en su iglesia no existía discriminación de sexos y si a los puros (como nos hartaremos de escuchar en labios cátaros, templarios o alumbrados) no los puede manchar ninguna culpa? Aplíquese la misma reflexión a lo de fornicar como postre litúrgico.

Personalmente me dejo convencer hasta por la folletinesca historia del aborto. Si no ocurrió donde Ithacio lo coloca, sería en otra parte. Y con gallegas o abulenses, si no con Prócula. Acto natural y más que previsible en quien por druida conocía las hierbas y por gnóstico rechazaba la cópula con miras generadoras. ¿Pecado contra el quinto mandamiento? Eso ni se planteaba. Cada época tiene un código moral que no es nunca retroactivo. Y en aquélla, incluso teológicamente estaba aún por definir la vidriosa cuestión de cuándo el alma se incorpora al feto. Supongo que a Prisciliano, en puridad, evitar nacimientos le parecería algo así como quitarle bocados al *karma* colectivo o salvar de la corrupción corporal a un fragmento de sustancia divina.

Abortos, estupros, inmodestia, sodomías (Ithacio se olvidó de ellas), sicalipsis, lenocinio: bobadas. Es decir: bobadas en un Imperio que vivía su decadencia y en un siglo por el que ya tronaban los cascos de los caballos bárbaros. Al gallego podían juzgarlo, pero no condenarlo por esos delitos. Lo verdaderamente grave era la inculpación de *maleficus* o encantador, que llevaba aparejada la última pena. Ithacio jugó la carta hasta el final. Y ganó, porque la carambola era de las que en el arca se venden: Prisciliano no podía ocultar ni disfrazar lo que su piel, sus manos y sus ojos desprendían.

Magia céltica: la misma que hoy, ya sin poderes, sigue practicando el paisano gallego. Magia arcana del Oriente, consustancial al gnosticismo e implícita en un texto de San Jerónimo, que llamó al asceta español —y por algo sería— *Zoroastris magi studiosissimum.*[29] Magia, en fin, que el propio hereje confesó haber cultivado en su juventud, aunque a partir del bautismo —dijo a los jueces— se había alejado definitivamente de ella.[30] Restricción mental, esta última, tan tímida e ineficaz como comprensible.

Oficialmente se le acusaba de consagrar las cosechas al Sol y a la Luna, después de haberlas purificado, y de lanzar una *defixio* o maldición contra quienes intentasen dañar los frutos así bendecidos. Ambas operaciones pertenecían al ámbito de la *goetia,* pero la segunda entraba de lleno en lo que suele considerarse magia negra. Sobre todo teniendo en cuenta los métodos seguidos para que el castigo surtiera efecto. Uno, y pase, consistía en pactar con las fuerzas telúricas, que inmediatamente se abatían sobre el culpable obligándole a reparar los estropicios. El segundo sistema, menos barroco y más clásico, aconsejaba preparar un ungüento para la piel del cuitado.[31] No constan en las actas judiciales los ingredientes de esta bicoca ni sus efectos ni las *nefarias preces* que el oficiante, mortero en mano, debía musitar. Lástima. Otro prodigio que se esfuma.

¿Y todo esto para qué? Para conseguir algo que, siendo magia blanca, los fiscales calificaron de *theurgia*: bendecir el vientre de la tierra, conjurar pedriscos y carestías, echarle una mano al destripaterrones de solemnidad, poner júbilo y mazorcas en la cocina del labriego. No entra en cabeza humana que por ello se pueda ajusticiar a un prójimo. *Justicia* hubo, sin embargo.

Los himnos priscilianistas y ciertas insinuaciones de San Agustín en su epístola al presbítero Cerecio demuestran que todos los encantamientos mencionados transcurrían entre músicas, danzas y canciones. También por ello se inculpó a los herejes, aunque en pleno siglo IV seguía siendo «el baile una de las manifestaciones del ritual cristiano galaico, tal como mucho antes lo había sido de la liturgia celta».[32] No se busque error de adjetivación. Según Bouza-Brey, de cuya seriedad y solvencia nadie se atreverá a dudar, «calificamos indebidamente de *herejía priscilianista*» a lo que sólo fue *primitivo cristianismo autónomo* de todos los gallegos y bastantes españoles.

No tenemos nada que agradecer a los verdugos de Tréveris, pero fuerza es reconocerles el casual mérito de haber rescatado esta hermosa imagen de Prisciliano y sus amigos que con los pies desnudos interpretan antiguas danzas solares, quizá muñeiras o sardanas de otro mar, en un carrascal, en una milpa, en una estribación de granito macho, ante campesinos de su misma raza y tripulando mañanas gallegas de gibosas nubes por un cielo de retazos bruscos, aires de lluvia, lejanía redonda y gotear de un tiempo sin minutos. Allí el tripudio circular, el batimán solemne, el borneo despacioso. Allí el canto llano de los venerables, el solfeo de las esquilas, el gorgorito fodolí del niño mélico y el cuchicheo de las intercidencias. Allí los rostros contra al amarillo y el verde tenue del maizal. Allí la columna de humo donde dialoga el trasgo y el almirez exánime con majadero de ónice. Allí el gran Meaulnes, allí la vida, allí el corro de un profeta ascendiendo en espirales. Gracias, Ithacio.

¿Se defendió Prisciliano? Sí, asegurando que la naturaleza divina participa en plantas, piedras y animales, y que todo nace por conjunción en el seno de Dios de lo masculino y lo femenino.[33] No es salir por peteneras, sino echarse al quite de una liturgia que estaban profanando. Esas frases distraídas y algo retadoras apuntan al metacentro de la Doctrina, y no a quienes oficialmente las escucharon. Como hizo notar San Juan Crisóstomo, los gnósticos jamás discuten.

Tras la tortura y la confesión, la primera sentencia. Prisciliano y cuatro de sus compañeros son condenados a la pena capital. Pero apelan y ya la decisión corresponde a Máximo. Sólo dos jueces, Martín de Tours y un tal Teognasto, piden clemencia. Cinco obispos, entre los que figuran el Gato y el Zorro, quieren sangre. El corregente, no sin vacilaciones, se inclina por ella. Así fue como Prisciliano, Armenio, Felicísimo, Latroniano y Eucrocia perdieron sus cabezas en la primavera del 385. Cuentan que el hereje, sobre el que en definitiva no pesaba entredicho eclesiástico, subió al patíbulo calzando sus mejores arreos episcopales. Ambrosio, patriarca de Milán, llegó a Tréveris cuando la sentencia acababa de ejecutarse. Traía una embajada de Valentiniano II exigiendo la absolución de los acusados. Ithacio, radiante, tuvo el mal gusto de celebrar el degüello organizando una mascarada eucarística. Aeropagitas y mandarines recibieron la comunión de aquellas manos renegadas. Se brindaba con el pan y el vino de Dios a mayor gloria de un quíntuple homicidio. Ambrosio se negó a intervenir en la farsa y aquel mismo día regresó a su sede. Martín de Tours, menos valiente o más comprometido, se prestó a ella. Luego salió de Tréveris y quiere la leyenda que se echara a llorar al amparo de un bosque. Acudió entonces un ángel y le dijo: «con razón te entristeces, pero no pudiste obrar de otra manera. Recobra tu virtud y tu constancia, y no vuelvas a poner en peligro la salvación, sino la vida».[34] Martín ya nunca participó en concilios, sínodos o enjuiciamientos.

Sabemos que una zarabanda meteorológica coreó la muerte de Jesús y de Krishna. La de Prisciliano, en cambio, no despertó más eco que el terror. A su resguardo iba a imponerse la ley de Lynch en todos los rincones del Imperio de Occidente. Dos comisarios de Máximo llegaron a España con el encargo de desenmascarar y procesar a los seguidores del gallego. Hubo confiscaciones, penas de muerte, destierros. La soldadesca arrancó a Higinio, obispo de Córdoba, sus insignias y sus vestidos, y casi en cueros lo paseó por las calles de Tréveris para solaz de la chusma. Urbica, joven bordelesa sospechosa de priscilianismo, murió lapidada por sus conciudadanos. En Andalucía, en Galicia y en Aquitania se ojeaban y cobraban anacoretas como jabalíes en coto de señorones. La desveda alcanzó incluso a Italia, que no estaba sometida a la férula de Máximo. Jerónimo, olfateando el peligro, puso tierra por medio y buscó refugio o virtud en la paz alejandrina de una choza de Belén. La posteridad se encargaría de convertirlo en Padre de la Iglesia, y otro tanto haría con Ambrosio y Martín de Tours. «¿Qué hubiera pasado si Prisciliano llega a vivir en Roma y Jerónimo en España?»[35] Ya se sabe que no hay sorpresa para todos en el roscón de la historia. Frisando el verano del 88, Máximo fue decapitado por orden de Teodosio. Idacio e Ithacio, excomulgados por los obispos españoles, nunca pudieron regresar a sus diócesis. El primero no tardó en rendir el alma (si es que la tenía). Al segundo aún le quedó tiempo para descolgarse en un nuevo panfleto de breve y amable título: *Inquo detestanda Priscilliani dogmata et maleficio rem ejus artes libidinunque ejus proba demostrat.* Rufus, uña y carne de Ithacio dentro y fuera del tribunal, conoció a un tipo que decía ser el profeta Elías, lo sostuvo y se jugó la mitra.[36] Así todos...

Cuatro años después de la tragedia, un grupo de gallegos aparece en Tréveris y pide permiso para exhumar los cuerpos de los mártires. Se lo dan. En cierto modo, termina ahí la historia de Prisciliano y empieza la del priscilianismo. Con unción y afluir de gentes, unos extranjeros de ojos azules escoltan el cadáver de su maestro por los campos de la Galia. Siguen, por determinismo geográfico y por obediencia a los antiguos dioses, el mismo camino que en la Edad Media trazarán las peregrinaciones jacobeas. El que los celtas habían vuelto a abrir. El que los romanos no se atrevieron a cegar, pero sí a secularizar con el nombre de *Via Turonensis*. La procesión se detiene en París, Orleans, Tours y Burdeos. Luego, en el sur de Francia, desaparecen sus huellas. Es posible que vivos y muertos entraran por Somport o Roncesvalles en España. Eso manda el Camino. Es igualmente posible, y más probable, que se embarcaran rumbo a Galicia (y, en ella, Iria Flavia). ¿No dice la leyenda que Santiago el Mayor llegó a ese puerto desde el mar, sin cabeza y acompañado por sus discípulos? Ya tenemos a Prisciliano en el paisaje de su infancia, ya tenemos la capilla ardiente de un *gurú* para la cripta de Compostela.

La arqueología ha demostrado que hubo allí una *civitas* imperial y, después, una villa paleo-cristiana alrededor de una tumba. En ella se rendía culto a un manitú mucho antes de la invasión musulmana ¿Quién era? «¿De dónde procedía su poder espiritual? ¿De dónde el inmarchitable magnetismo que hace surgir una gran ciudad religiosa, la tercera de Occidente, en un castro de segunda categoría.»[36] No existe historiador español que no haya intentado responder a esta pregunta. Escribe Sánchez Albornoz: «¿Santiago? ¿Prisciliano? Cabe dudar de que cualquiera de ellos esté enterrado en Compostela. La leyenda que acredita lo primero es casi ocho siglos posterior a la muerte del apóstol. Y tiene un tufillo anticlerical, muy siglo XIX, la suposición de que pertenecen al hereje las santas reliquias veneradas en la catedral.»[37] Unamuno, al llegar a Galicia, exclamó: «el sepulcro de Santiago lo es de toda España, pero quizá repose en él Prisciliano, el gnóstico gallego, obispo de Ávila, que en el siglo IV mezcló el paganismo de sus paisanos con las doctrinas cristianas».[38] Compostela puede significar *enterramiento,* del latín *compositum,* y no *campo de estrellas,* como el vulgo (acertando en lo esencial) pretende. Muchos peregrinos jacobeos, sobre todo los españoles, aceptaban y aceptan el dicho popular de que no hay romería a Santiago si no se alarga hasta el Padrón (nombre moderno de Iria Flavia).[39] ¿Por qué? ¿Y por qué el romancero carolingio explica que los gallegos regresaron a la fe de los gentiles después de las predicaciones del apóstol?[40] ¿No es esto, envuelto en la nomenclatura mojigata y banderiza de la Alta Edad Media, una clara alusión a Prisciliano? ¿Quién diablos pudo yacer en esa tumba, ártabra hasta la bola, sino el santo de barba dorada cuyo nombre se grabó después de Tréveris en todas las iglesias gallegas y se invocaba junto al de Dios en el curso de cada misa?[41]

Anticlerical o no, y que los manes de Sánchez Albornoz me perdonen, hay que sentirse muy identificado con el macizo de la raza para no aceptar la evidente e increíble paradoja de que la católica España tenga desde hace doce siglos un patrón degollado por gnóstico, brujo, ocultista, astrólogo y casquivano. ¿Que no quedan pruebas escritas? Tampoco las hay referentes al apóstol. No sería, además, la primera vez que Roma destruye archivos (o los sume en un sueño de siglos hasta que llega un Peyrefitte y los despierta). ¿Que, de ser cierto, ya se hubieran encargado los priscilianistas de vocear una baza tan sustanciosa? Al contrario: ¿olvidamos el secreto iniciático? Dice Menéndez y Pelayo que, tras la muerte del hereje, «no se interrumpieron los nocturnos conciliábulos, pero hízose inviolable juramento de no revelar nunca lo que en ellos pasaba. Unidos así por los lazos de toda sociedad secreta, llegaron a ejercer un dominio absoluto en la iglesia gallega y produjeron un verdadero cisma».[42] No sólo en ella, claro, sino también (como el propio don Marcelino reconoce) en Extremadura, Andalucía, Portugal y otras regiones de la península.[43] Media España se quedó en *trip* gnóstico durante siete alucinantes años. Luego, al morir Teodosio y quebrarse el ten con ten, elementos vaticanistas se instalan en las diócesis del sur. El sueño místico tendrá un despertar de comadres desgreñadas. Los regüeldos lanzados desde África por Micer Agustín impregnan con su agrio olor los asuntos espirituales de Tartessos. El priscilianismo, que estuvo a punto de ser religión nacional y masonería internacional, se encierra poco a poco en su concha. O sea: vuelve a sus fronteras naturales, a Galicia. Allí, como una mujer abandonada, el pueblo resuelve su frustración sublimando. Todo el violento *superego* de aquella raza madre eternamente gobernada por extranjeros deflagra en su gran ocasión histórica. El movimiento ascético, ciertamente a su pesar, se ve engrosado y arrastrado por las aguas del atávico revanchismo psicológico. Vencido por los romanos, pero no convencido, el paisanaje gallego se desborda por el clásico cauce de liberación de los pueblos oprimidos: un desafío espiritual que puede ser arte, pensamiento o fe. Pesa la herencia celta, y no soy yo quien lo digo, sino Otero Pedrayo y la unánime voz del humanismo que capitanea.[44] Prisciliano, en efecto, parece un druida. Lo parece por su aristocrático modo de filosofar, por su devoción a la naturaleza, por sus metáforas y adjetivos, por su estoicismo no exento de impulsividad, por su vida cotidiana y por el distanciamiento —querido o no— que en todo instante lo rodea. «El juicio de Tréveris no decapita solamente a un gnóstico, sino que aspira a degollar las cabezas de la hidra panteísta celta contra la que luchará años más tarde San Martín Dumiense.»[45] Todavía anda ese gato necesitado de cascabel.

Dirá Espronceda: «¿en qué parte del mundo, entre qué gente / no alcanza estimación, manda y domina / un joven de alma enérgica y valiente, / clara razón y fuerza adamantina?». Así Dictinio, que casi impúber fue a Tréveris para rescatar las reliquias del hereje, las acompañó hasta Iria Flavia y redactó un extraño libro destinado a convertirse en pasión intelectual de sus coetáneos. La herencia (o la encarnación) de Prisciliano le corresponde. Era hijo de obispo, piadoso, lector incansable de la Biblia, inteligente, astuto (lo que no fue el Druida), activo, brillante y gallego a carta cabal. Su tratado se titulaba *Libra,* quizá porque había en él doce partes (como onzas en la medida romana de igual nombre), quizá aludiendo a un signo zodiacal que le cuadra tanto o más que a su maestro. O por ambas cosas: exoterismo y esoterismo de la medalla.

Dictinio, solapadamente (pues toda su obra está salpicada de exégesis sin estridencias), proponía una ética basada en el antiguo principio de que la verdad sólo debe revelarse a quienes de antemano la aceptan. *Loquimini veritatem unusquis que cum proximo suo.* Esto es ya hermetismo en rama, el *yo no digo mi cantar sino a quien conmigo va* de nuestro romancero. Y una ventana abierta a la simulación, a la reserva mental, al exclusivismo de la doctrina, a la clandestinidad. Cuatro trincheras que iban a hacer posible, y hay que agradecérselo, la supervivencia del mito jacobeo. Mil años más tarde, un tal Wey, anglosajón que llegó al sepulcro por mar y nos ha dejado un puntilloso diario de viaje, puso en la contrapartida de su manuscrito esta sentencia latina (o en latín): *si fere vis sapiens sex serva quae tibi mando: quid loqueris et ubi, de quo, cui quomodo, quando.* Lo que viene a significar: «si quieres guardar tu vida de deslices, observa con cuidado cinco cosas: de quién hablas y a quién, y cómo, y cuándo, y dónde hablas». Kipling no lo hubiera dicho mejor. Una vez más, que entienda quien quiera entender.

Ya en el 390, cuando no cabía sospechar la traición de los prelados andaluces, los dos archimandritas del priscilianismo —Sinfosio de Astorga (padre, por cierto, de Dictinio) y Paterno de Braga— habían preferido abandonar un concilio toledano antes de someterse al plebeyo juego de los votos. Empieza entonces, dice Victoria Armesto, la década más inquietante y menos conocida en la historia de Galicia. «Ser gallego equivalía a ser hereje.»[46] En el 396 se convoca otro sínodo para enjuiciar al clero disidente, pero nadie acude a la cita. Sinfosio, tras manifestar que ya no comulga con las ideas de los Mártires (aunque *mártires* los sigue llamando en ese socarrón *eppur si muove*), se retira a Orense e instala a su hijo en la influyente diócesis de Astorga. Es la última apoteosis. A partir de ella, un puñado de adeptos pasa definitivamente a las catacumbas mientras el movimiento se diluye en querellas, celos, denuncias y picaresca monacal. El obispo Carterio marcha a Roma para acusar a sus amigos y allí tropieza con San Ambrosio y San Agustín, que lo tachan de amancebado (era cierto) y lo defenestran. El fraile Bachiario, paladín de la ortodoxia en una iglesia donde todos lo toman a risa y acongojado por el convencimiento de que el mundo terminará con su siglo, emigra también a la Ciudad Eterna para que nada más llegar lo procesen por el simple hecho de ser gallego. Dos clérigos de Braga, Avito y Avito, salen por separado hacia Roma y Jerusalén con el encargo de encontrar la Verdad y traérsela. Avito jr. frecuenta las logias fundadas por los discípulos de Orígenes en Tierra Santa y compra a peso de oro el tratado más famoso de ese príncipe alejandrino. Avito sr. devora en Italia los libros del platónico (aunque converso) Mario Victorino y se apresura a adquirirlos. Así pertrechados, los Argonautas se presentan en Galicia. Quizá se inventó pensando en ellos lo de que para tales viajes sobran las alforjas. Por partida doble y con recochineo vuelve el gnosticismo al feudo de los gnósticos. No hace falta añadir, como puntualiza Menéndez y Pelayo, que «la nueva herejía extendióse rápidamente en las comarcas dominadas por el priscilianismo».[47] Y, por supuesto, enmendándole la plana al propio Orígenes. Sus discípulos gallegos se atrevían a afirmar que las cosas tangibles existen *tangiblemente* en Dios antes de que éste las vomite al mundo fenoménico; que la realidad viene a ser un ámbito de expiación, algo así como una penitenciaría donde las almas rediman culpas cometidas en otras esferas biológicas; y que los cuerpos celestes son racionales, incorruptibles y animados.[48] Incluso defenderán la tesis (sartriana) de que el infierno está en cada conciencia y la opinión (fáustica) de que también el demonio puede salvarse.[49] Platonismo tan desaforado habría de causar maravilla a Orosio, que pidió consejo a San Agustín sobre el modo de combatirlo.[50] Y así, cuando el emperador Honorio reanudó en el 408 la persecución contra priscilianistas y maniqueos, que sin duda le parecían panes de la misma hornada, sus sicarios apenas encontraron herejes a los que poner fierros, pues andaban ya casi todos disfrazados de origenistas y eso aún no constituía delito.

¿Platón? ¿Orígenes? Máscaras, en efecto, para una eterna canción que seguirá tarareándose en sordina hasta que los primeros templarios se hagan fuertes en el Camino.

Mientras tanto, Honorio —animado por un frenesí legislativo comparable al de Teodorio (que no en vano era o pasaba por ser su padre)— dio en publicar imperiosos rescriptos sobre la fe de sus vasallos y en desbaratar pacíficas comunidades de terapeutas. En ello estaba cuando un buen y día, al parecer martes y trece,[51] los bárbaros atravesaron los Pirineos. Y eran suevos, y por lo tanto arrianos, y por lo tanto comprensivos, quienes hincaron sus estandartes en Galicia. Al calor de la nueva tolerancia, los priscilianistas —que casi se habían resignado a cambiar de nombre— salieron otra vez a campo abierto...

¿Hasta cuándo iba a durar el vaivén de lumbres y rescoldos, las ascuas de aquel fuego sacro siempre trepando a leña virgen desde sus cenizas? No es fácil ponerle fechas a una región donde los labriegos aún suelen caminar descalzos por atavismo que más de un autor atribuye al padronés.[52] En el 567, siglo y pico después de la conversión de Rekhiario, los miembros del Primer Concilio Bracarense se sintieron obligados a formular las siguientes conclusiones: «si alguien cree que las almas o los ángeles están hechos de sustancia divina, como dijeron Prisciliano y Manes, sea anatema; si alguien sostiene, con los gentiles y Prisciliano, que las estrellas mandan en los hombres, sea anatema; si algún clérigo o monje vive acompañado por mujeres que no lleven su misma sangre, como hacen los priscilianistas, sea anatema».[53] Hasta el imbele vegetarianismo y la abstención de alcoholes se transformaron en pábulo de chismes y síntoma de inobservancia (mil años después sucedería algo muy similar, aunque limitado al cerdo, en lo tocante a los moriscos). Bastaba reconocer aficiones herbívoras y aversión a las carnes para convertirse automáticamente en sospechoso, cuando no en reo, de priscilianismo. A finales del siglo VI decidió San Martín de Dumio que los convictos de herejía comiesen chuletas en público para demostrar su inocencia.[54] La palidez del rostro y la humildad del atuendo se elevaron a pruebas judiciales de subversión religiosa.[55] En el IV Concilio de Toledo, con estampilla del 683, las cosas llegaron al extremo de achacar a la clerecía gallega, en cuanto lacra priscilianista, el delirante pecado de no cortarse el pelo.[56] ¿*Hippies, sikhs* o simplemente cristianos? De todo, como Dios manda. Y con piel de elefante: muchos siglos después, entrado ya el decimosexto, aún coleaban las doctrinas del hereje nada menos que en Alemania, donde hubo que llamar a sínodo para condenarlas.[57]

De lo que no cabe dudar, por encima de las cronologías y anales eclesiásticos, es que el culto a los Mártires se mantuvo en Galicia hasta mucho después de la llegada de los árabes.[58] Y eso bastaba: la transmisión del antiguo saber, una vez más, se había llevado a término sin soluciones de continuidad. El hueco dejado por la pasión y muerte de los priscilianistas iba a colmarse inmediatamente con las aguas del espiritualismo jacobeo. Roma no pudo quebrar la Tradición. Sucedíanse los relevos y una corte de druidas volaba ya hacia las encrucijadas del norte para instalarse en ellas a mayor gloria del Apóstol o de quien lo trujo. Pero enemigos disfrazados de noviembre se zambulleron en la resaca.

Antes, como causa y efecto (o paralelismo y divergencia) de lo que estoy contando, empezó la historia contra natura de los contactos entre Galicia y Oriente a los que ya aludieron otras partes de este libro. Entre el último tercio del siglo IV y el primero del siguiente, los inconformistas gallegos peregrinaban a Alejandría con el mismo espíritu que después iba a llevarlos hasta París o Berlín y que ahora los empuja hacia Kathmandú.[59] Adelantada de estos viajes fue seguramente Egeria, virgen y monja, quizá pariente de Teodosio[60] y priscilianista,[61] que en el año 415 envió una carta a sus paisanos desde Jerusalén y luego lo contó todo en un desenfadado *Itinerario*. Estampa familiar, en definitiva, la de aquellos jóvenes moviéndose a báculo —hoy a dedo— por caminos contrarios al que sigue el sol. Otra constante. Entonces era Siria, Palestina, Cilicia y Mesopotamia.[62] Los dos de ahora han ido más allá. Pero siempre a países de profetas.

Uno de los viajeros de mayor prestigio fue Hidacio, con hache, que al volver de Galicia, espantado por la miseria reinante entre quienes ya ni siquiera vacilaban en devorar a su prójimo,[63] se hizo cura, llegó a obispo y dedicó el resto de sus días a luchar sin saña contra las desviaciones teológicas. También el claro varón Orosio apareció por Jerusalén buscando al *mahatma* Jerónimo, y lo encontró, y vivió en su choza, y compartió con él la herética posición del loto. Andaba entonces por allí un tercer Avito, también de Braga, enfrascado en la tarea (o manía) de combatir los errores de Pelagio. Y tuvo suerte, pues alguien —no sé si gallego o *fedayin*— atinó a ponerse en contacto mediúmnico con el espíritu del fariseo Gamamiel y siguiendo sus instrucciones encontró unas reliquias del protomártir San Esteban que por algún raro cambalache fueron a parar a manos de Avito sub tres. Éste se las regaló a Osorio, que le había ayudado a redactar un libelo contra los pelagianos. Debían de ser muy milagreras, porque el futuro historiador se las trajo a España y blandiéndolas consiguió la friolera de 450 conversiones durante una breve escala en la isla de Menorca.[64] Aquello eran los viajes del Barón de Münchhausen.

A partir del 435 empiezan a devolvernos la pelota. Un rosario de monjes orientales cruza quedamente el Mediterráneo y se instala en los entresijos de Galicia. Hidacio, ansioso de encontrar el justo medio entre el desenfrenado ascetismo de los priscilianistas y el no menos desenfrenado pancismo del clero regular, los recibe con los brazos abiertos y pone a su disposición las oquedades de las montañas y los islotes del litoral.[65] Los recién llegados, además de importar una mística, traen especias, piedras preciosas y es de suponer que las drogas sacras o psicomiméticas. Pobre Hidacio: pocos tenía y le parió la abuela. «De este trasiego surgirá el peculiar monacato del norte de España, creado en principio para equilibrar las exageraciones del priscilianismo, pero cuya raíz heterodoxa terminó uniéndose a él para permitir el nacimiento del culto jacobeo.»[66] Hasta un historiador tan pegado a las faldas de mamá Roma como Fray Justo Pérez de Urbel reconoce que el monaquismo hispano-visigodo se inspiró en el modelo de los padres orientales. Y en sus libros.[67] Otros autores aluden a la posibilidad de que las teorías sobre las *fontaines de vie* (o *chakras* cósmicos) del *yoga* alejandrino e hindú hayan entrado en occidente por la brecha de aquellos ermitaños giróvagos. La búsqueda a tientas del finisterre gallego durará casi dos siglos. Lo suficiente para que a partir del sexto estalle la hermosa locura del monacato español. Juan y Sergio en Tarragona, Justiniano en Valencia, Saturio y Prudencio en Soria, Millán en La Rioja, Martín de Dumio en Braga, y Fructuoso y Valerio en León alimentarán la antorcha de una rancia fe que en ellos se hace por fin cristiana sin que medien intimidaciones de la jerarquía. Su mensaje es el del chamán troglodita. Y, como él, acuden a recogerlo —y a vivir— en los nidos de águila, en las tracerías de la orogenia, en las ásperas axilas de la roca, en el espinazo de la muela, en la pared donde sólo el ave rapaz encuentra estribo, en la canorca, en el repecho azufroso, en las ratoneras graníticas de Oroel, Leyre, el Cebrero, Covadonga, Samos, San Juan de la Peña, Oca, el Bierzo y San Saturio. Sin estos titanes del silencio berroqueño y la soledad sonora, no hubiera perdurado el esoterismo occidental ni hubiésemos tenido griales, templarios, rosacruces, carmelitas descalzos o caminos jacobeos. No importa que muchos llegaran a santos. Roma también puede equivocarse, Timothy Leary enseñaba en Harvard, Velázquez fue pintor áulico y, en todo caso, la verdad no pertenece sólo a los porqueros de Agamenón. Precisamente uno de aquellos bonzos o padres del yermo, orando ensimismado, reparó en los fenómenos luminosos que señalaban el emplazamiento del sepulcro. Así se descubrió Compostela y no fue en vano. Aquel monje abría el mejor rigodón de nuestra larga fiesta religiosa.

Hubo así varios siglos de libertad y acracia, animados por discípulos de Cristo que a la vez podían ser criaturas de Dios sin que nadie se lo echase en cara. Luego apareció San Benito e inventó el llamado voto de estabilidad, que convertía a los ascetas en bienes raíces de sus respectivos conventos. Fue una sordidez burocrática digna de una época que se haría tristemente famosa por los siervos de la gleba (aunque no sólo por ellos). Adiós a los San Brandanes, adiós a los monjes irlandeses cuyo más alto ideal se cifraba en peregrinar por Cristo, adiós a los *clerici vagantes,* a San Columbano, a quienes buscaban su numen abriéndose en canal, a los predicadores de esquina, a los penitentes de taberna, a los santos del sendero. Pero estamos en los albores de Santiago y aún anda lejos el prior Benito. Permitámonos el lujo (o alivio) de ignorarlo. Dejemos a los frailes con su bastón, su polvo, su cuneta y mucho camino por delante.

El siglo IV, que es el de Prisciliano, lo fue también de Manes en Persia, Arrio en Alejandría, Donato en África y Juliano en palacio. El primero enseñó un cristianismo mazdeísta (o viceversa). El segundo concilió la *gnosis* griega y la *pistis* judía. El tercero le puso andamios de atavismo tribal a una fe que venía de otros campos. El cuarto —mal llamado el Apóstata, puesto que apóstatas eran quienes le endosaron el remoquete— abrió las puertas del templo a los antiguos dioses. Todos pueden considerarse lados del mismo poliedro, orientes de una sola perla y émulos de Jesús. Todos estuvieron a punto de ganar y todos terminaron envueltos por la derrota y la maledicencia. ¿Derrota? Aquel siglo le habría lavado la cara al mundo. ¿No lo hizo? ¡Quién sabe! Aseguran los maestros que siempre sucede lo que debe suceder.

Prisciliano, puertas adentro de nuestra cultura, está pidiendo a gritos un poco de atención. Es absurdo que españolitos de hoy, teniéndole tan cerca, prefieran a *maharishis* y *maharashis.* Eso en cuanto a los jóvenes. Y en cuanto a los otros, ¿seguirán —seguiremos— olvidando a este gallego universal que al hilo del tiempo, aunque no de la historia, reencarnó en el panteísta Servet, el albigense Miguel de Molinos *(el perfecto,* dijo, *no puede incurrir en culpas ni responder por ellas),* el sufi Juan de la Cruz, algunos alumbrados y muchos erasmistas? También estos epígonos son destellos del mismo diamante.

¡Qué tragedia! Y, como siempre, al cabo de tanto griterío queda sólo una pregunta: ¿merecía la pena? ¿Le importa a alguien que su vecino sea arriano, *maleficus,* origenista, teósofo o vampiro en noches de luna llena? ¿Que lleve corbatas de pajarita, suelte jilgueros en el hospital, desayune nécoras al pipermín o estudie numismática por los ventisqueros? Cada cual dará su respuesta, y Dios le conserve la libertad de hacerlo, pero nadie ignora que nos ha tocado nacer en un país pobre de imaginación y ahogado, como decía Ortega, por el exceso de virtudes pusilánimes. Un importante periódico —acabo de leerlo— denuncia ahora a quienes se desnudan por las playas del santuario psicodélico de Formentera. Nunca aprendemos la lección. Lo nuestro es perder el tren y subirnos al siguiente cuando ya la cantina está cerrada y no hay manera de tomarse una copa ¡Qué tragedia, sí, y qué tristeza!

Prisciliano enseña una mística, y ello sería más que suficiente. Pero su aventura —su vida, Gólgota y resurrección— tiende además un espejo para contemplar el lado en sombra de nuestro carácter (y, por consiguiente, de nuestro destino). Arquetipo bicorne, con dos caras, dos filos, dos puntas y dos porvenires. Antes o después habrá que elegir entre el doctor Jekyll y el señor Hyde. Si recordamos la fórmula.

Y si de verdad son los profetas —y no los artistas, los guerreros o los filósofos— quienes a mayor altura ponen la pica de un pueblo, ¿tendremos que considerar a Prisciliano el español más grande de la historia? Yo así lo creo y también nuestro definitivo momento estelar aquel en que Dictinio y un grupo de gallegos arriban a la muy noble villa del Padrón con los cuerpos martirizados en Tréveris. La estampa encuadra un embarcadero, un atardecer, un grupo de aldeanos reverentes y una comitiva de santos e hidalgos saliendo de las aguas. El ángelus. Atrás queda una rúa luminosa que será el camino del futuro. Raimundo Lulio, Nicolás Flamel, Francisco de Asís y Domingo de la Calzada galopan ya hacia Compostela.

IV. EL CAMINO DE SANTIAGO

> La puerta se abre a todos, enfermos e sanos,
> no sólo a católicos, sino aun a paganos,
> a judíos, herejes, ociosos y vanos;
> y más brevemente a buenos y profanos.
>
> Camino francés, venden gato por res.

Digamos que era inevitable. Si la Iglesia había bendecido los dioses y lugares de la tradición pagana, ¿cómo negarse a cristianizar la antigua ruta de las estrellas? La operación incluía riesgos, pero también resolvía problemas. Muy poderosas razones de cuartel y de claustro obligaban a enfrentarse a éstos y a pechar con aquéllos. Ya arrearían los de atrás. A corto plazo importaba sólo guardar las apariencias. Con una excusa, con una tumba, con un apóstol. Desde Cristo han pasado ocho siglos: los suficientes para acomodar las leyendas a las necesidades con la socorrida artimaña del *illud tempus*. Reina a la sazón un monarca con sangre alavesa por parte de madre. Quizá tal herencia le impone un carácter belicoso y lo gana para esa especie de revolución permanente que los vascos oponen a quien, no siéndolo, se instala en sus territorios.[1] Alfonso el Casto rasga militarmente una tensión racial que hasta entonces sólo se había descargado en acciones de guerrilla. Ya no habrá escaramuzas y merodeos, sino ejércitos, estrategias y aceifas que un verano tras otro menoscaban a dentelladas los altivos campos moriegos. No es la Reconquista, que a nadie se le pasa aún por el caletre, pero sí la guerra declarada. Y en ésas, una noche, el asceta Pelagio ve lenguas de luz y escucha cánticos de trasmundo sobre el cogollo de un viejo castro plantado en la vía áurea que desde el Padrón lleva al Pico Sacro. Suceso más que natural, por tratarse de una penumbra gallega y de unos ojos hechos al éxtasis, y en principio condenados al desapercibimiento. ¿Qué coruñés no ha tropezado con la *Compaña* en ese paisaje de nubes y tetas verdes? Pero Pelagio hace algo inusitado: se llega a la obispalía más cercana y, cargando las tintas, informa a su titular de la aparición. Asunto de trámite, se diría. Pues no. El prelado, al que llamaron y llamaremos Teodomiro, reacciona de forma aún más extraña y, escudándose nada menos que en la inspiración divina, declara al lugar de autos sepulcro del apóstol Santiago. A lo que Alfonso, rematando de cabeza, ordena levantar la primera iglesia de las varias que alrededor y encima de la tumba iban a sucederse, y acuartelar en su recinto a cuantos frailes el decoro exija. Nace así una ciudad sagrada, un culto más bien desconcertante, un permiso de los cielos para acogotar a la morisma y, *brevemente,* un sendero de peregrinación accesible *a buenos y a profanos.* O, si preferimos llamar a las cosas por sus nombres ocultos y verdaderos, quizá la mejor ocasión pública de sincretismo (no sólo religioso) brindada por la historia universal tras el ocaso de Alejandría. Victoria Armesto propone respetuosamente la irrespetuosa imagen de un estómago de camello para ilustrar la férrea capacidad digestiva de las tradiciones jacobeas.[2] El apóstol es, en efecto, lo que por mis años infantiles se llamaba *un gran fajador,* cualidad piadosamente atribuida en la jerga del *catch* a ciertos luchadores tan voluntariosos como ineficaces. Golpes o alimentos —altos y bajos, insípidos y aliñados— le llegan de todas partes y siempre los encaja o deglute con salud: laboratorio de tiempo y piedra donde lo real y lo fantástico se decantan en linfa vital, partida de tute en la que pintan a la vez los cuatro palos. No hay un apóstol, sino mil, y vaya por delante que el de estas páginas es —entre ellos— sólo mío, aunque tan plausible, tan digno de reverencia y tan cierto como los restantes. Busque o elija cada cual el suyo. Yo no pecaré de soberbia creyendo que voy a estañar un colador, pero sí me gustaría despejar horizontes y escardar un campo que generalmente se nos sirve en copas mezquinas, achicado por un partidismo que en lo tocante a los criterios oficiales asume caracteres casi esquizofrénicos. El hombre de Compostela viene de todo tiempo y lugar. Y a ese universo mira, pero naturalizado *in extremis* —y por razones que veremos— en Galicia, parece lógico tirar del ovillo recordando la leyenda jacobea en su versión para andar por casa, tal como el catolicismo español la ha recibido o inventado. Poco importa inquirir en cuál de estos dos participios se encierra mayor certidumbre, pues mil años de equilibrios, alquimias eclesiásticas, santurronería, trágalas y sutilezas de teólogos no han conseguido arrebatar a la escueta hagiografía sus muchos elementos inquietantes. Analizarlos no equivale ni por asomo a empezar desde el principio, pero ayuda a evocar éste y aún más a emprender el vuelo. A la postre, el Camino es un círculo que se cierra sobre todos sus puntos y cualquiera de ellos obliga a recorrerlo por entero. Tanto vale arrancar de ese siglo romano en que, aún caliente el recuerdo de Jesús, cierto ambiguo personaje desembarca en las costas de Galicia con la intención, algo desaforada, de evangelizar una península de casi seiscientos mil kilómetros cuadrados...

Dos actos y un paréntesis tiene la comedia. Se narran en el primero las aventuras vividas por el apóstol en tierra luso-española: es la Predicación. Viene luego un *intermezzo* ambientado en Jerusalén: es la Pasión, la muerte. Por fin, Jacobo —ya cadáver— vuelve milagrosamente a España: es la Traslación.

Narran la fábula apostólica, o aluden a ella, un acta notarial de avenimiento suscrita el 17 de agosto del 1077 por el obispo Diego Peláez y el abad de San Faxildo al término de un pleito por desahucio, el *Cronicón Iriense,* el *Tumbo A* de la catedral santiaguesa, el *Codex Calixtinus,* la *Historia Compostelana* o *Hechos del Arzobispo Gelmírez,* el *Libro dos Cambiadores* y otras analectas o antiguallas medievales de menor cuantía.[3] Sin ánimo de crítica pedestre, que terminaría volviéndose contra mis argumentos y más aún contra mis intenciones, fuerza es dedicar un breve comentario a pergaminos que para tantos repeluznos políticos y religiosos han servido de pretexto.

Cronológicamente, y ello bastaría, ninguno se tiene en pie. Conocemos ya la fecha de la escritura de concordia. El *Libro dos Cambiadores,* donde se recogen las vicisitudes de este gremio, proviene del siglo XIV. Los otros documentos se remontan al decimosegundo. Todos, por lo tanto, cuentan hechos ocurridos (si es que ocurrieron) nada menos que mil años atrás y lo hacen como quien alude a la víspera.[4] ¿Ingenuidad o cuquería? Mal se aviene este optimismo con el terco silencio mantenido a lo largo y ancho de las épocas romana y goda por autores de la talla de Prudencio, Osorio de Braga, Martín de Dumio, Ildefonso, Braulio, Tajón de Zaragoza y Leandro de Sevilla.[5] Los siete eran cristianos y españoles; algunos subieron a los altares. Sólo en una insignificante obra atribuida a San Isidoro, *De ortu et obitu patrum,* se menciona de pasada al apóstol antes de que el obispo Teodomiro lo embaulara por decreto en su dudosa sepultura.[6] No se equivoca monseñor Guerra Campos al señalar *memorias locales* en Compostela ni Victoria Armesto al percibir allí indicios de una *continuidad de recuerdo,* pero resulta exagerado (y, por lo que a mí se refiere, incomprensible) rastrear una *continuidad de culto* en la iglesia de San Fiz de Solovio, plantada en la cresta del declive donde Pelagio quedó traspuesto.[7] El problema estriba en averiguar a *quién* recuerdan los compostelanos, puesto que su mística *saudade* existía —y concerniente a hechos muy remotos— tanto en vida de Prisciliano como del Apóstol. Nadie se atreverá a sostener que éste, olvidado durante siete siglos por gentes de tan feliz memoria, afloró caprichosamente al filo y en nombre de una Reconquista que los gallegos jamás sintieron como suya. Américo Castro no es el único en extrañarse de que un ciclo legendario de tan vasta significación nacional se localice desde el principio en una región de esquina, racial, geográfica y espiritualmente desamorada de todas las empresas castellanas. Y hasta Sánchez Albornoz le sigue en ello la corriente.[8] De hecho, ambos parecen acertar, aunque los árabes siempre creyeron invención gallega a la Reconquista, y a Pelayo perro gallego, y gallegos a cuantos soldados —asturianos o leoneses— los alabardeaban por las planicies. Hay constancia de que esta desquiciada visión del enemigo fue anterior al culto jacobeo,[9] lo cual siega en flor cualquier tentativa de los eruditos geométricos para esgrimir sus pedáneas relaciones de causalidad. Más adelante habrá que volver sobre estas y otras ambiguas realidades.

De entrada, parece harto difícil que en la cripta de Santiago se hayan mondado durante siete siglos los huesos de un Apóstol —ahí es nada— sin que los paisanos, tan fisgones, tan amigos del ayer, tan dados a buscar tesoros precisamente en los castros, se acordaran de la ilustre hoya. Menos tardaron los ladrones egipcios en forzar el Valle de los Reyes, y eran tumbas mejor guardadas. Ni quedan en España dólmenes que no hayan sido precozmente profanados.

¿Que no se trataba de robar, sino de venerar? De acuerdo. ¿Por qué, entonces, no lo hicieron? ¿O fue la suya una veneración subrepticia?

Quizá planteamos mal el problema. Quizá nunca hubo cadáveres en Compostela o no los hubo, por lo menos, hasta el exánime regreso de Prisciliano, cuando aquella tierra llevaba milenios de sacra reputación a sus espaldas. Quizá allí se rendía culto no a los muertos o a un muerto determinado, sino a la Muerte, a esa muerte peculiar del finisterre, a ese canto de frontera, y de ahí surgió luego la costumbre de inhumar en su seno cadáveres de santos varones, como el de Prisciliano, y hasta el noble *deseo* de enterrar en tan buen sitio despojos inaccesibles de lejanos apóstoles. Quizá convenga hacerse a la idea de que los peregrinos jacobeos no se reúnen alrededor de una huesa, sino de un cenotafio. Impulso, al cabo, más acorde con la humana estirpe, que siempre reservó la fe para los símbolos dejando el ritual a los objetos.

Pero sigamos con las fuentes.

Su contenido, expuesto por otros autores[10] con un rigor que aquí resultaría petulante, nada tiene que envidiar a las ya mencionadas arbitrariedades cronológicas. El *Cronicón Iriense,* y es un gallego quien lo dice,[11] está «plagado de anacronismos y de especies ridículas». Tres canónigos más bien lameculos urdieron la *Historia Compostelana* con antigüedades y legajos que hasta cien años después, barriendo para dentro, las autoridades eclesiásticas del distrito no se decidieron a refrendar. Los responsables de esta ensalada, para más inri, olvidaron mencionar el primer viaje del Apóstol, obligando al pobre Menéndez y Pelayo a escribir su comentada y compungida frase de que «sería temeridad negar la predicación de Santiago, pero tampoco es muy seguro el afirmarla».[12] De la *Compostelana,* y siguen los inris, ni siquiera poseemos el manuscrito original, que se esfumó vaya usted a saber cuándo. *Adrede,* añadirán los maliciosos.

Más sugestivo (y manoseado) —aunque igualmente inverosímil— resulta el *Codex Calixtinus* o *Liber Sancti Jacobi,* atribuido al Papa Calixto II, que sin duda gastaba su tiempo en quehaceres menos fabulosos. Un tal Aymery Picaud, canciller de Su Santidad, publicó y fechó el documento en el año 1130. Importa poco elucidar el verdadero nombre del autor, ya que éste no hizo sino poner su pluma al servicio de un ambicioso tinglado propagandístico concebido al alimón por la Santa Sede y la Orden de Cluny, que sin empacho reconocen la índole del intento. Textos, por lo tanto, elaborados *a posteriori,* apologéticos y útiles sólo con miras a acreditar un circuito en el que todos estaban interesados: los reyes para sus guerras, los frailes para su medro y los villanos para sus almas. Ya veremos lo mucho y mal que pintó Cluny en esta historia. Cinco entregas componen el folleto turístico de Picaud. Una de ellas es la memorable *Crónica de Turpín,* que tanto rastro ha dejado en nuestra literatura épica, ya que no en la piedad de nuestras gentes. Recoge las tres expediciones encabezadas por Carlomagno para abrir el Camino y rescatar la Tumba. Sabemos —y sabían todos— que el rey de las barbas floridas jamás estuvo en España, pero su presencia se entendió e inventó como señuelo capaz de atraer a incautos. ¿O sería una enésima (e inadvertida) alusión a la necesidad de despejar un sendero que antaño estuvo expedito? ¿Quién, entonces, y para qué o para quiénes, la incluyó?

Llaman ahora al *Codex Calixtinus* «inocente superchería forjada en el siglo XII para fomento de la peregrinación a Compostela».[13] La frase peca a su vez de inocencia, ya que la martingala tiene seguramente más conchas de las que a simple vista se distinguen, al menos en sus implicaciones religiosas. Respecto a las políticas no es cosa de ensañarse: la época se prestaba a tales mañas y los reyes de León no fueron los únicos ni los primeros en recurrir a ellas. Américo Castro describe la solercia desplegada en Francia por los Capetos, que no titubearon en atribuirse virtudes taumatúrgicas para afianzar su inicialmente dudosa autoridad. Otro tanto hicieron las dinastías normandas en Inglaterra. La magia sirvió entonces de tapadera a muchas intrigas cortesanas. Se vivía —dice Sánchez Albornoz— bajo la cúpula de una fe ingenua y exaltada, respirando una atmósfera de ensueños y prodigios.[14] Pero no cabe perdonar a los negros abades de Cluny lo que en los Alfonsos parece disculpable. Más adelante veremos el porqué.

Éstas son las fuentes disponibles sobre la predicación y traslación del Apóstol. En cuanto al paréntesis de Jerusalén, sólo los *Evangelios Apócrifos* suministran algún dato.

No parece probable que Santiago viniese a la Península y aún lo es menos que regresara de cuerpo presente para criar malvas en ella. Y sin embargo, más allá de los anacronismos, de la gramática parda, de la rufianería eclesiástica, de las estrategias militares, de las fabulaciones carolingias y de la inverosimilitud historiográfica, hubo y hay una leyenda, salida aparentemente de la nada, que echó raíces, flores, frutos y terminó por seducir *a buenos y a profanos*. ¿Repetiré que es imposible fabular desde el vacío? Esta convicción, que consuela al mitólogo y asusta al historiador, subyace en cada página de mi libro. Creo, en consecuencia, que los documentos mencionados, ridículos e inútiles a la luz de la monomanía academicista (so capa de rigor *científico*) hoy tan en boga, llevan incrustados muchos elementos de una verdad conocida por la razón, olvidada por el espíritu, rechazada por la conciencia e impuesta por la oscura memoria colectiva. Dicho de otro modo: esos textos están llenos de pistas. Tantas, que cuesta trabajo atribuirlas a una involuntaria jugarreta del subconsciente y hasta se llega a pensar en algo así como quintacolumnistas, gentes —los famosos *iniciados*— capaces de susurrar antiguas certidumbres en el oído de los cagatintas. ¡Pero qué digo, si cada persona lleva a un dios en su pecho! La duda (o la disputa) carece ahora de interés. Todo el que le sobra a la leyenda.

Ésta se abre con una incógnita: ¿Quién es su protagonista? ¿A quién llaman Apóstol Santiago? Porque el nuestro, el de las rutas compostelanas y el caballo blanco, puede ser cualquiera de los dos que en el Nuevo Testamento se mencionan. El malentendido empieza con los albores del culto jacobeo. Y se diría que atizado a posta, o al menos eso creen casi todos los nombres ilustres con voz en la querella. Los libros infantiles y las hojas de calendario —hagiografía en desabillé para almas cándidas y timoratas— proponen sin más dibujos la candidatura de Santiago el Mayor, apóstol algo nebuloso del que sólo sabemos a ciencia no muy cierta que era hermano del evangelista Juan. Los carboneros dan por buena esta versión, como todos hicimos en el colegio, y sea. Pero la imagen queda desenfocada, cuando no desdoblada, apenas el curioso se adentra por las tracerías de la exégesis medieval o irrumpe en la trastienda de los monarcas reconquistadores. No cabe duda de que los primeros peregrinos adoraban a un Santiago bifronte. Ya antes del milenio, cronistas árabes (e indiferentes, por ello, a los bizantinismos del martirologio cristiano) nos explican que los gallegos confundían a un Jacobo con el otro. Y si la Iglesia no inventó esta babel, desde luego la fomentó en beneficio de los reyes de León y para escarnio de la media luna. ¿Cómo y por qué? Responde Américo Castro: Santiago el Menor, hijo de Alfeo y obispo de Jerusalén, pasaba entonces por mellizo de Cristo.[15] Que éste tuviera hermanos fue siempre doctrina herética para la jerarquía, pero ampliamente aceptada en los siglos oscuros por quienes hoy llamaríamos militantes de base. La virginidad vitalicia de María tardó mucho tiempo en hacerse dogma. Y hubo no uno, sino varios santos ascendidos por la piedad popular o la chifladura de los filólogos a la condición de mielgos del Señor. Tomás, por ejemplo, significa *hermano gemelo* en siríaco. Ello bastó a Prisciliano para identificar al apóstol incrédulo del cuarto evangelio con el judas de las epístolas canónicas e inyectarle sangre de la sangre de Jesús.[16] Extraordinario era el parecido físico entre éste y Santiago el Menor, según los *Apócrifos*. El anillo pasará de mano en mano: se superpone Jacobo Zebedeo a Jacobo Alfeo, presunto hermano del Señor, y ya tenemos a un cuate del Hijo de Dios en el pezón de Compostela partiéndose el pecho contra los sarracenos. En los sermones falsamente atribuidos al papa Calixto II (el titular del *Codex*) se desliza la siguiente argucia, que Cratilo o el varón de Loyola no hubieran mejorado: «más importa ser hermano de Jesús en el espíritu que en la carne. Por lo tanto, quien llama a Santiago Zebedeo (el Mayor) o a Santiago Alfeo (el Menor) hermano de Jesús, verdad dice».[17] Paralelamente a la campaña oral y escrita, una vasta ofensiva iconográfica apoyará la hipótesis. Jacobo de Compostela y Jesús de Nazaret nos miran con la misma cara desde los chapiteles del arte románico, las páginas miniadas de los códices, los paneles del iconostasio y los zaguanes umbrosos de los conventos. Rostros que iguales a sí mismos se multiplican. Herejías en acecho. Sistema de lentes que incendian o confunden. Ojo de mosca. Verbena de espejos. Dióscuros y héroes gemelos. ¿O, de nuevo, Jano? Entre tantas imágenes esféricas recordaré sólo, por más famosa, la que Giovanni Santi dejó en la sacristía de la catedral de Urbino.[18] Un báculo de caminante separa en ellas al Dios de su discípulo.

Conque cierto apóstol apellidado Alfeo o Zebedeo y apodado Menor o Mayor llegó —dice, por fin, la Leyenda— a Iria Flavia con el encargo de catequizar a los españoles. En la barca también venía un perro. Éste y su dueño empezaron por rendir visita a Finisterre, y allí, en esa misma ciudad de Dugium que el mar o las dunas iban a tragarse,[19] el predicador encontró a su primer adepto. Otros ocho recogería intramuros de Galicia. Conocemos sus nombres. Eran Torcuato, Indalecio, Tesifonte, Eufrasio, Cecilio, Hesiquio, Teodoro y Atanasio.

Dos iglesias fundó Jacobo en territorio gallego: la del Padrón y la de Muxía. Tras consagrarlas a la Virgen, se encaminó a Zaragoza, donde se le apareció precisamente la Madre de Dios, sentada (es de suponer) en una columna sostenida por muchedumbres angélicas. María solicitó y obtuvo un tercer templo: sería el del Pilar. Con ello, y con el regreso del Apóstol a Jerusalén, termina la Predicación.

El paréntesis de Tierra Santa parece una novela de enredo. Todo son desafíos y controversias con un mago llamado Hermógenes, al que ayudan aguerridas falanges de demonios. Hay un tal Philetus, por ellos encadenado, que recupera la libertad gracias a Jacobo. La represalia se abate sobre éste vistiéndose de ejército infernal. El Zebedeo quiebra la fidelidad de los endriagos y los lanza contra su adalid, al que cubren de grilletes. La aventura se resuelve en indulto, arrepentimiento y conversión del mago, que decide quemar sus libros, pero —incomprensiblemente— Santiago se lo impide y los arroja al mar... Abreviaré: el 25 de mayo, fiesta de la Anunciación, Herodes Agrippa degolló al Apóstol por los motivos que en tales casos suelen aducirse.

Y así concluye la Pasión.

La *Translatio,* o último acto, es aún más curiosa y española. Apóstoles de este Apóstol arramblan con su cadáver amparándose en la nocturnidad y se echan alegremente al océano en una barca sin velas ni timón. Las olas y un ángel los guían hasta que el ocho de las calendas de agosto encallan, cómo no, en la sablera de Iria Flavia. Surge entonces una reina a la que llaman Lupa. Los viajeros solicitan su permiso para darle definitiva tierra al Maestro. Lupa, por cachondeo o maldad, los envía a la corte de Fileto o Filotro, individuo que tiraniza a Dugium protegido por una sombría reputación. Pausa, pues, para meditar en una herrumbrosa mazmorra del Finisterre (yo la imagino submarina y ululante) hasta que el ángel de costumbre acude a liberarlos. Escapan. Fileto y sus lansquenetes van tras ellos. Hay lanzas, rocines achaparrados que hacen sonar los guijos, resuello de lebreles, un sucederse de horizontes, amanecida, brumas y esperanza. Todos cruzan el Tambre por un puente que, restaurado, aún existe: el de Nigreira. Y que se hunde en cuanto los jerosolimitanos pisan la otra orilla. Muere allí, según algunos, Fileto. Autores menos vengativos lo postulan convirtiéndose a la verdadera fe y hasta rescatando el cáliz (o grial) de estaño del *Ara Solis* para consagrarlo a la Virgen. Rescatándolo, conviene añadir, porque el templo se desploma a resultas del Apóstol. No queda claro si en vida del mismo o por la mefítica acción de su cadáver.

Lupa acoge a los fugitivos con una trampa mortal. Les dice: colocad sobre un carro lo que reste del mártir, uncid mis bueyes a la vara y deteneos para cavar allí donde los animales se detengan. Luego, hurtando el bulto, se frota las manos, porque sólo hay toros en sus dehesas. Bufan y escarban los cornúpetas, disponiéndose a la embestida. Pero la reina no ha contado con los símbolos. Un discípulo se tira a los pitones y hace la señal de la cruz: las fieras se amansan y humillan el morro, mientras la carreta va a inmovilizarse con su carga nada menos que en el centro del palacio. Lupa, espantada, cede éste a quien tales batallas gana después de muerto. Ya tiene Santiago sepultura: es el Castro Lupario, tan anchuroso de murallas que aún, a trechos, se conservan.[20] El Apóstol yacerá entre ellas más de siete siglos, resguardado por un extraño ataúd de mármol con hechuras de *arca*. Sus fieles se dispersan y acaban en mártires por tierras lusitanas o españolas. Sólo Teodoro y Atanasio montan guardia, como hachones, junto a la tumba. Allí los cogerá la Descarnada, allí —a derecha e izquierda del Maestro— dormirán un sueño ancestral hasta que otro *hombre del mar,* Pelagio, venga a despertarlos. El Apóstol ha muerto: viva el culto jacobeo.

Lo demás, por así decir, es historia reciente. Historia de muchedumbres que, peor o mejor encaminadas, acuden de todos los puntos de Europa, y también de Asia y África (y de América, vencido el siglo XVI), para hundir sus dedos en una columna de pórfido del sobrehumano Portal de la Gloria o darse de calabazadas contra la sesera del escultor Mateo. Muchos son creyentes, pero no faltarán a la cita gentiles, moros, herejes, judíos, intelectuales, gnósticos y ateos militantes. Este tropel volteriano no va a ser el único en denostar la versión oficial de la leyenda. Hombres de fe acrisolada se reirán también por lo bajinis. Un irónico lenguaje de codazos corre por las sacristías, las bibliotecas y los caminos de palafrén. Hay mucho vacilón soterrado en la cuaderna vía. Ya San Julián de Toledo, yéndose al quite sin esperar la salida del burel, afirma en el año 686 que nunca Jacobo alguno vino ni por sus propios pies ni con éstos por delante a predicar o a criar gusanos en España.[21] Con los Austrias, aprovechando la arrancada erasmista y mamando en las alunadas ubres de la época, la incredulidad se desboca. No elaboraré un catálogo de criticones, porque detesto la erudición policial. Pero fuerza es citar a dos escépticos muy significativos: el padre Mariana y el arzobispo García de Loaysa, primado de las Españas, que con evidente regodeo divulgó y publicó un documento del Concilio de Letrán desautorizando las tradiciones jacobeas.[22] Lo animaba, tal vez, el deseo de partir lanzas en defensa de su diócesis. Los éxitos compostelanos siempre han suscitado inquina y celos en la ciudad imperial. Menudearon las *feroces disputas* hasta 1630, año en que el papa Urbano VII consagró a Santiago como único Patrón de España, lo cual no acalló los chovinismos ni las burlas ni las conciencias (los carmelitas, por ejemplo, apoyaban la candidatura de Santa Teresa aduciendo que gracias a su intervención salió Felipe II del purgatorio a los ocho días de haber entrado en él). En 1879, el arzobispo de Compostela, harto de discusiones, se puso a buscar las reliquias. Y lo gracioso es que las encontró, aunque no en el punto donde la tradición las colocaba, sino algo más allá y bajo argamasa, pues así las habían escondido en 1589 para evitar que el pirata Drake y sus 14 000 hombres se llevaran a Inglaterra el amuleto cardinal de nuestra historia.[23] O sea: que alguien profanó en su día la tumba y manos sospechosas anduvieron interpolándose por las tibias. Tan dramática, de todos modos, resultó la aventura que cierto Juan de Nartallo, picapedrero no sé si de oficio o por afición, se quedó convulsamente ciego.[24] Y de una pieza los demás, ya fueran arqueólogos, clérigos o chupatintas del Patrimonio Artístico. Las campanas repicaron en Galicia y alborozóse el corazón de los medievalistas modosos. La virtud siempre recibe premio: aparecía por fin el eslabón perdido, un pitecántropo acuclillado en el epicentro más rechulo de la Patria. Schliemann, dieciocho años antes, había desenterrado Troya allí donde Homero la colocó. Las excavaciones de Compostela —arguyeron en seguida nuestros especialistas en trenos— estaban a la altura de tamaña proeza, sólo por españolas iban a tener menos prensa. Por españolas y por chambosas, qué diantre. Con todo, la Santa Sede —hasta entonces racaneante por los dominios del más vale no meneallo— decidió mojarse nombrando una comisión de investigadores. Y así, el 2 de noviembre de 1884, León XIII pudo respaldar la Carta Apostólica *Deus Omnipotens,* que por primera vez confirmaba *urbit et orbi* la veracidad de la leyenda.[25] En teoría, y por lo que al mundo católico se refiere, la querella estaba zanjada. Pero Santiago no era patrimonio de una sola Iglesia. Hombres de buena y mala fe —españoles y extranjeros— se encargaron de atizar las discusiones. E incluso en época reciente, desbaratadas las líneas de contención por la acometividad de Américo Castro, el abad e historiador Pérez de Urbel dio en concertar un repliegue táctico rayano en el disparate: el Apóstol —dice— estuvo enterrado en Mérida hasta que los tonsurados portugueses se lo llevaron a Galicia para salvarlo de los moros.[26] Única pieza de convicción: cierta lápida del siglo VII donde se afirma que la iglesia emeritense de Santa María custodiaba reliquias de los dos hijos del Zebedeo.

Huelga añadir que don Antonio López Ferreiro, Juan de Nartallo y el canónigo Labín —responsables del descubrimiento— se limitaron a encontrar una primitiva urna funeraria y un manojo de huesos arrecidos. Como sabe Perogrullo, éstos son frecuentes en aquéllas, y aquéllas no lo son menos en mámoas, castros y acrópolis de Galicia. Siempre se supo que los parajes compostelanos guardaban cadáveres y también que uno de ellos perteneció a figura de mucho calibre.[27] Y eso a pesar de la conspiración urdida no sé por quiénes para sugerir que en Compostela sólo hubo rastrojales hasta que el hallazgo de la tumba obligó a levantar sobre ellos la tercera ciudad santa del mundo occidental. Imagen falaz, que en el pasado descabaló no pocos criterios. Incluso Otero Pedrayo cayó en la trampa. «Por alguna elocuente contradicción —escribe— la más ilustre villa de Galicia es la más nueva de nuestras ciudades históricas. No tiene bronces, ni cemento, ni epigrafía romana. Para estar más *preta* de la esencia eterna de la tierra, durmió muchos siglos sin historia.»[28] No tantos, don Ramón. La arqueología le está devolviendo a ese enclave horizontes que la leyenda no acertó a conservar. No pasa año sin que algún artista del zapapico empuje hacia atrás sus linderos cronológicos. Hay ya tres niveles urbanos asomándose al actual: el de Roma, el suevo y el cristiano.[29] Consta, además, que en la Edad del Bronce existió una necrópolis donde ahora se levanta la Basílica. Tampoco faltaron *pallozas* celtas, si hemos de creer a Plinio. Así que de casta viene la cosa e inclusive de *noche oscura,* como en seguida explicaré.

Pero —antes— también yo quiero aventurar una hipótesis sobre la ubicación y carisma del sepulcro: ¿no rechinará en Iria Flavia, hoy Padrón, el primer y verdadero quicio de este cuerpo de leyendas? ¿Se equivocan los peregrinos al buscar en Compostela lo que a veinte kilómetros de sus torres les sería menos difícil encontrar? ¿Alguien (o algo) habrá escamoteado el objeto final de tantos desvelos privando al Camino de su única razón de ser? ¿Asistimos a una especie de corrida portuguesa, donde todo está pensado para matar un toro que luego vuelve vivo a los corrales?

Ya lo sabemos: un proverbio medieval aconsejaba al romero rendir viaje en Padrón.[30]

Por lo demás, no sería la primera vez que la óptica o el astigmatismo histórico desplaza a un acontecimiento de su foco original. Para abundar en un ejemplo ya citado, lo mismo le pasó a Troya. Fatehpur Sikri queda lejos del Taj Mahal. Buda predicó a una legua de Benarés. Santa fue para Mahoma la ciudad de Medina, mientras a sangre y fuego tuvieron que forzar sus seguidores la impiedad de La Meca. No hubo batalla alguna en Calatañazor ni llegó Colón a las Indias orientales. La Cartuja de Parma está en Pavía.

Errores no siempre casuales.

Quevedo, hombre astuto, le decía precisamente a un peregrino: no busques en Roma a Roma.

¿A santo de qué la varias veces milenaria procesión que desde toda Europa traía gente al *Ara Solis* iba a detenerse *motu proprio* media jornada antes de alcanzar la meta? ¿Es lógico salir a pie de Viena (por ejemplo), batir trochas, escalar cumbres, vadear ríos enteleridos y glaciares yertos, anochecer al raso y amanecer bajo escarcha, sortear la acucia de los bandidos, entendérselas con navarros, echarle filosofía a la comezón de liendres y ladillas, alinearse en el rebaño de los cabrones y cultivar promiscuidades con la lepra o el fuego de San Antón, pues esto y mucho más (y peor) era el Camino, para ni siquiera asomarse en el último momento al *océano tenebroso,* tan hiperbólico, quimérico, escatológico, mayestático, hermético y colérico? Rueda de molino es ésa —y que se me perdone la ramplonería— equiparable a la del turista alemán que habiendo cogido un *charter* para Benidorm decide quedarse en Villajoyosa.

(Lo jacobeo abunda en verdades o invenciones pintorescas. El *Codex Calixtinus,* por lo que fuese, pone en guardia contra los navarros y asigna al topónimo de la región una burda raíz etimológica: la de *non vera,* por ser —dice— sus habitantes gente espúrea originada en la forzosa cópula de las indígenas con los soldados nubios de Julio César.[31] En cuanto al peligro de los cuernos, tan concreto era que en el 1072 se publicó un edicto excomulgando a cuantas mujeres aprovechaban la ausencia de sus maridos, en ruta hacia Compostela, para darlos por muertos y contraer segundas nupcias.[32] Otra disposición permitía y aconsejaba arrancar legalmente las narices de las numerosas putas estacionadas en el Camino.[33] Quizá por eso —por ellas— algunos viajeros iban en pelotas [nos lo cuenta el anglosajón William Wey, que llegó a ser —o ya era— uno de los *fellows* fundadores de Eton[34]]. En otro lugar mencioné el *fuego sacro* o de San Antón,[35] absurda erisipela que empezaba por carbonizar la piel para después gangrenar los miembros... Con tanto piojo, ácaro, llaga y pestilencia, nada tiene de extraño que entre los peregrinos naciera la imperiosa costumbre de lavarse a conciencia todo el cuerpo poco antes de llegar a Santiago. Tal hacían en lo que entonces era cerro de Triacastela y hoy es aeródromo de la ciudad, ya con las torres de ésta encaramándose al horizonte. Corría allí, y sigue en ello, el santo arroyo de Labacolla, cuyo nombre refleja la costumbre de poner a remojo en sus aguas las partes pudendas o cojones.[35] Esta operación, quizá inspirada en los lavatorios de los musulmanes, empezó siendo precepto higiénico y derivó después, con difícil sinécdoque, a norma moral y hasta litúrgica. El autor del *Codex* la describe sin melindres. Desgarros, todos los citados, de un Camino que siempre tuvo mucho de Callejón del Gato.)

A vueltas con Iria Flavia, habrá quien arguya que los peregrinos no buscaban el *Ara Solis*. De acuerdo. Mal podían buscarla cuando la mayor parte de ellos ni siquiera conocía su existencia, pero quiérase o no *por allí se iba al Ara Solis.* Y ello porque la ruta jacobea no se abrió después de la visión de Pelagio sino que *volvió a abrirse,* lo cual suena muy distinto. Poco importa el marbete que para ese trance se eligiera. ¡Mira que llamar *fromage* a una cosa que se está viendo que es queso! Santa sabiduría popular...

Una calzada romana iba precisamente desde Zaragoza hasta Iria Flavia. El Apóstol, según los hagiógrafos, la eligió como paralelo de sus predicaciones y la recorrió etapa por etapa: Lugo, Astorga, Palencia, Clunia...[36] ¿Qué significa esta coincidencia, este eje visceral de nuestro cristianismo tendido entre el *padrón* gallego y el *pilar* aragonés? Dos soberbios mojones de roca viva, a cuál más legendario, para balizar el camino que va de un Patrón a una Patrona.

Y también dos redes viarias convergentes en Compostela y anteriores a la aparición del culto jacobeo: la romana y la del ganado trashumante.[37] Aquélla nació de empedrar senderos ya trillados por los celtas. Ésta fue trazada por los pastores de Habidis en su larga aventura peninsular. Si druidas del Irán, curetes de Andalucía, centuriones del Lacio y jacobípetas de vario pelaje acudían al mismo sitio siguiendo los mismos caminos, ¿no es lógico suponer que también buscaban lo mismo?

Y eso, el mensaje de las insculturas, no estaba en el Castro Lupario, sino orillicas de la mar. Las ciencias del comportamiento sostienen que ahí, en el mar, se coronan desde el punto de vista psicológico todos los viajes. Sólo un neurótico rematado puede llegar a puerto, viniendo del interior, y no asomarse a la playa, al rompeolas o al muelle de los pesqueros. ¿Desconoce alguien esa experiencia, esa necesidad imperiosa de ver el agua al acercarse a ella? Decirlo es ya evocar mundos de papel, agridulces recuerdos infantiles, veraneos, el sabor a humo de una estación levantina, mis padres aturdidos en la rebatiña de taxis y baúles, el trote hasta el Postiguet y, allí, por fin, la arena húmeda, los roscos con olor a hinojo, las sillas de alquiler, el Mediterráneo...

Pero no hay sólo agua en Iria Flavia. Está, sobre todo, el *pedrón* que le ha dado renombre y nombre. Los gallegos lo adoran hoy como antaño lo adoraron los gallegos. Es un gigante agazapado bajo el altar, un peñasco lamido por el tiempo y por las manos. Se le arrancaban bocados, esquirlas, a su estatura saxátil, y hubo que ponerle cadenas para sofrenar la devota codicia de los peregrinos. Sí, cadenas... Nunca se oyó hablar de prodigio semejante, de una roca atraillada a la iglesia tal que un galeote a sus remos, de un prometeo así ensogado al sitio donde el maestro lo petrificó. Lleva, además, una extraña inscripción. «Los Orieses —dice— erigieron por su propia cuenta este monumento a Neptuno.» ¿A Neptuno? Lo raro no es que en la Galicia de los petroglifos quedaran pueblos o familias con fe en el dios de los atlantes. Lo raro es que la barca sin velas del Apóstol se amarrara a ese pedrusco, como unánimemente afirman las tradiciones jacobeas. Y que el coloso —dos metros y medio de altura por sesenta y tres centímetros de anchura— descanse bajo el ara de un templo consagrado a Santiago.

¿Fue éste —o lo que éste simbolice— un hombre del mar? Tenemos un vínculo con Poseidón, varias travesías del océano y un ingenio para navegar gobernado por un ángel. También, ocho siglos después, a un individuo llamado Pelagio —o sea: marino— que señala la tumba y pone en marcha un mecanismo universal.

¿Cómo no ha reparado nadie en que la historia del Apóstol

constituye una enésima versión o *revolutio* del mito osiríaco? Narra éste, en su inicial versión egipcia, las vicisitudes de un dios asesinado y despedazado cuyos fragmentos volvieron a reunirse. Llegó al Nilo surcando el océano con embarcaciones de afilada proa e instituyó, antes de desaparecer para siempre, un perdurable culto mistérico. También se nos dice que ningún hombre le aventajaba en estatura. Era esposo o hijo de Isis (existen varios Osiris) y oriundo de un país que tenía acceso a las verdades superiores. Tras él vino otro gran maestro, Toth (o Hermes Trismegisto), fundador en Sais de un centro iniciático del que provienen todas las religiones reveladas. Ya sabemos que Hércules y Osiris se confunden en España, que en ella luchan contra un rey ganadero y que en el escudo del Egipcio figura un lobo.[38]

Pues bien: Santiago se adentra por un curso fluvial —que no es el Nilo, sino el Ulla— después de atravesar el océano en una barca movida por fuerzas mágicas. Bordea un litoral plagado de presuntas reliquias atlántidas (petroglifos en lugar de pirámides y esfinges, pero idénticos *sueños culturales* o tradiciones) y se apea en una ciudad dedicada a Isis. Allí, tras enganchar su artefacto a un menhir del dios que Platón asigna al continente perdido, funda la primera iglesia consagrada en el mundo a la Virgen.[39] Se va luego a Muxía y repite la operación. Recordemos que la Virgen es *paredro* de Isis, como varias veces se ha explicado en las páginas de este libro, y que los atlantes llevaban fama de muy duchos en las artes de navegar. Por fuerza sus barcos se les antojarían *diferentes* —sin velas ni gobernalle— a los ribereños de aquella tosca Pontevedra. Y hasta empujados por ángeles u otros seres de birlibirloque.

Viene el Apóstol de un país en cuyo seno se ha formulado la Verdad —Tierra Santa— y trae la misión de predicar un nuevo culto. Muchos lo consideran hijo de María, como el segundo Osiris lo es de Isis, y hermano de Jesús con rango de divinidad. Herodes Agrippa lo degüella convirtiéndolo, de esa forma, en un *dios asesinado y despedazado.* Pero alguien empalmará los trozos: en la leyenda de la *Translatio* no se alude a mutilaciones.

Santiago desembarca acompañado por un perro. ¿O por el lobo del Egipcio? Cánidos, en todo caso, no faltarán en la aventura, pues doña Lupa los lleva hasta en su propio nombre. Derrotada, no hay obstáculo para que el emblema se incorpore al escudo del vencedor. Será, además, un *castro lupario* el que por fin reciba sus despojos.

La fementida sátrapa proporciona también los ingredientes necesarios para evocar el enfrentamiento de Hércules con Gerión. Rey o reina ganadera: tanto monta. Citan las huestes del Apóstol a los toros de lidia traicioneramente uncidos en su carro y los dominan. El territorio mitológico de Lupa-Gerión queda bajo la férula de Osiris-Hércules-Santiago. Éste se identifica con el dios bovino de los indígenas, aunque a veces —y más tarde— corran por cuenta de San Isidoro algunos de los últimos milagros táuricos.[40] Acaso el culto apostólico señalado por Fray Justo en Mérida sea confusión con Mitra, deidad encabalgada al toro que recogió muchos sufragios en esa demarcación.

(Saltemos al siglo nono. Adulfo, decimosexto obispo de Iria Flavia, fue acusado de sodomía por sus servidores. Llegó el rumor a oídos de Alfonso III el Magno, que entre justiciero y malicioso decidió someter la virtud del prelado al temple de una ordalía. Consistió ésta en apartar un cuatreño y azuzarle canes para que el presunto maricón, a cuerpo limpio, sostuviera y desviara la embestida. Pues bien: aquel émulo de don Tancredo no sólo frenó al bicho con la mirada, sino que además —la historia no dice cómo— se adueñó de su cornamenta. Acto seguido, musitando un *ahí queda eso,* ahorcó los hábitos y se retiró a un cenobio. O si se prefiere: otra vez la tauromaquia alrededor del Apóstol para desencadenar inquietudes místicas en el pecho de un santo varón. La *Compostelana* y la *Crónica Iriense* recogen esta anécdota, que Victoria Armesto nos transmite.[41])

Conque ya tenemos aquí la antigua heliolatría funcionando a pleno pistón. Una significativa variante del mito jacobeo sostiene que el *corpore insepulto* del evangelizador ascendió por los aires hasta sumergirse en el vientre del astro rey.[42] Pareja ceremonia fúnebre se le supone al verdugo de Gerión, a Dionisio o Baco y a Jesús. De hecho, dice Filgueira Valverde, la literatura grecolatina dedicada al océano tenebroso suministra todos y cada uno de los motivos recurrentes en el embrollo compostelano.[43] Las idas y venidas marítimas del Zebedeo siguen la antigua derrota *herakleia.* El padre Delehaye enumeró las muchas arribadas de reliquias a bordo de buques fantasmas que la hagiografía popular registra.[44] Así describió Pausanias el advenimiento de una efigie de Hércules a Eritrea.[45] Richard Ford, paradigma (junto a Borrow) de esos anglosajones que en España escudriñan lugares jamás visitados ni mencionados por los nativos, cree que la costumbre jacobea de besar la esclavina del Apóstol es repetición del homenaje reservado por los sículos de Agrigento a su estatua del Heraclida.[46]

Soles y ultratumbas componen el eterno mosaico de Osiris, de Hércules y del toro. En la frontera de arrecifes donde la tierra se hace eterna agua bajo el pie de los humanos y el ocaso definitiva noche ante sus ojos atónitos, allí, en ese cruce absoluto de absolutos, de términos y comienzos, hay siempre una iglesia para saludar al astro que desaparece y una barca de los muertos pronta para la travesía. Antonio Machado, con la noble, terrible lucidez de su inmenso genio poético, supo hacerse eco de ambos arquetipos: los *mil soles* que cabalgando se les van a las entrañas desde una tarde segoviana y la famosa *nave que nunca ha de tornar.* Con ello —en ello— se ilumina el insólito y casi morboso interés demostrado por el Apóstol hacia el Finisterre y los oficios litúrgicos del *Ara Soli.* Había allí una lasca pizarrosa, un cáliz de estaño y un disco de oro.[47] El Philetus de Jerusalén y el Fileto de Dugium son la misma persona, confundida en la embriaguez jacobea por la piedad de un pueblo que siempre gustó de los *Apócrifos* y más a partir de Prisciliano. Y si Jacobo quita las cadenas al cautivo en Jerusalén, ¿por qué va a espachurrarlo en Dugium bajo el puente de Nigreira? No, la segunda versión es la cabal: el monarca, cautivado por la magia sincretista del Apóstol, levanta la copa hacia Isis y María en amplio ofertorio cósmico. Su imagen, y la del Grial, se dibujan en contraluz frente al sol que muere. Un cáliz y un altar de piedra figuran desde entonces en las armas de Galicia.[48]

Tres siglos después, como Toth en pos de Osiris, aparece el Druida con la misión de reavivar la fe iniciática. Se suceden las encarnaciones, pero permanece el escenario: Iria Flavia, lugar mágico si los hay. Sólo existe un Apóstol y Prisciliano es su profeta.

Sí, sólo existe un Apóstol: en él derramarán los españoles todos sus ángeles, sus héroes y sus recuerdos. También sus demonios. Le añadirán semblantes, apacibles o monstruosos, conjeturados durante el sueño. Adorarán en él, pero *ultreya,* a la deidad *única y desconocida* que con asombro mencionó Estrabón. Rezar a Santiago es volver los ojos al numen de la raza. Añadir astillas al fuego del hogar. Porque los dioses lares alumbran con fuerza en la cripta compostelana y cualquier español que allí se incline, aun cuando lo haga sin voluntad ni libertad, estará inundando de luz los repliegues postreros de su conciencia. No cabe imaginar gesto que mejor nos cuadre, actitud más empapada en *gratia* peninsular.

Yo recorrí la India de cabo a rabo, visité la Camboya de Angkor, el Borobudur de Java, el áspero, dulce Kathmandú, y no pude por menos de arrodillarme ante las febriles imágenes que Asia adora. Luego vine a España y otra vez descubrí, camino de Galicia, por las quebradas de Canfrac y los yermos de la Cogolla, el *tesoro escondido bajo la tierra de tus propios campos*. De mis campos. Ahora lo poseo: no volveré a olvidarlo. Todos los dioses llevan la cara de la Verdad, pero sólo el vernáculo es —además de verdadero— íntimo. Sólo Él habita en la callada soledad de cada pecho.

Kali del afilado bengalí, Shiva de la inmóvil Elefanta, Vishnú de las llanuras del Bihar: Buda, Brahma, Santiago.

Otros detalles, o caprichos, o mínimas anécdotas, o recónditas inclinaciones, terminan de dibujar el paralelismo con Osiris. Recalca la *Leyenda Áurea* que el Apóstol, antes de desgranar su sendero de predicaciones, se demoró haciendo penitencia en cierto monte aledaño de Iria Flavia y allí cantó la primera misa española a lomos de una desnuda peña y cabe las ruinas del templo que siglos atrás levantaran los griegos en honor de Neith.[49] No deja de ser casualidad. Esta diosa egipcia, tutriz de Sais (la ciudad de Hermes Trismegisto), fue declarada madre de todos los dioses poco antes de que el ciclo osiríaco tocara a su fin.[50] Sabemos que los iberos la habían incorporado a su olimpo con el nombre (viril) de Netón y los gallegos al suyo con el de Netaci.[51] A Richard Ford, tan amigo de comparaciones, el altar central de la basílica compostelana se le antojaba reiteración de los muchos que la Galicia antigua dedicó a esa virgen andrógina del Nilo[52] (que, por cierto, se confundió tardíamente con Marte, de la misma manera que el pacífico Jacobo habría de encaramarse a una yegua blanca para desde ella proponer a grito pelado la escabechina general de los putos moros).

Poseemos un relato de primera mano sobre otras extravagancias jacobeas que la geografía de Iria Flavia custodiaba y sus habitantes cultivaban. Allá por el siglo XVII, don Mauro Castellá Ferrer, sacerdote sin malicia y gallego de los que ya no quedan (además de marino o marinero en la Invencible), anduvo zanganeando por aquellos andurriales y recogió sus impresiones en un tratado que no tiene desperdicio.[53] Era don Mauro lo que se dice un heterodoxo tocado por la gracia de Dios. Ya de entrada se descuelga con una asombrosa lectura del epígrafe inscrito en el *padrón*. Ve *oris esses* donde pone *orieses,* defenestra a Poseidón, inventa al Galileo, encabalga sufijos, disfraza radicales, habilita complementos, transforma acusativos, enreda cesuras, acogota sibilantes y se las arregla para dejar la cosa en lo que sigue: «ordenó Jesús que estuvieras en España, Santísimo Patrono». A eso se le llama hacer patria con garbo y devoción. Don Mauro pasa luego a la otra orilla del Sar y se detiene, apabullado por el cansancio y el trauma, junto a la fuente que el Apóstol despabiló golpeando con su cayado una roca. Esta gracia, por cierto, también se le imputa a Moisés, otro héroe más o menos solar que, antes de serlo, subió todos los escalones de la iniciación osiríaca y asumió la irrevocable condición de adepto. Anillos que se van cerrando.

Sube que sube, pero ya refocilado por las mágicas aguas del manantial jacobeo, don Mauro llega hasta una breve ermita rodeada de peñascos y allí se entretiene en recorrer una por una las piedras *distinguiéndolas,* contando su historia, llamándolas por sus nombres. En ésta —observará— solía vivaquear el Apóstol acompañado por sus discípulos. En esotra oficiaba misa. En aquélla conoció a una anciana, le habló, la convirtió, y aluego, consumado el prodigio, quedaron las señales de ambos cuerpos indeleblemente marcadas sobre la roca. A don Mauro, ante tan extraña reliquia, se le ocurre una peregrina digresión: la de concluir que Santiago era hombre de muchos centímetros... Y ya tenemos otra pieza, puesto que a Osiris *nadie le aventajaba en estatura.*

Varios siglos más tarde, en una obra unánimemente elogiada por la historiografía contemporánea, el canónigo López Ferreiro no tendrá inconveniente en confundir ese circo de rocas con «uno de tantos altares megalíticos».[54] Ya don Mauro se cuidó de contar que los peregrinos subían hasta la fuente y la ermita de rodillas y remataban luego el suplicio culebreando bajo los numerosos pedruscos huecos que allí rubrican el monte con sus garabatos. Algo parecido se vio, por citar sólo un ejemplo, en los también numinosos parajes de Muxía, adonde arribó costeando una barca de piedra tripulada no por el Apóstol, que en sí sería suficiente prodigio, sino por la mismísima Madre de Dios.

Pero ya el Camino se nos vuelve un rosario de litolatrías. Trama, pues, de eternidad para lo que en olor de ésta se concibe. Cuadran todos los números. Atlantes, curetes y jacobitas marchan sobre el Finisterre cabalgando un denominador común. La vida, entre Jaca e Iria Flavia, va a hacerse recamada de canterías. Habrá una galopada, un juego, una copia, un naipe al viento, un curso caudal de galgas, guijarros, llábanas y trascantones. La bezoar congelará repentís o ahuyentará calenturas entre fuego de alumbres, bruñir de azabaches, guiño de venturinos, calofrío de meláfidos y centelleo de ágatas sardónicas. ¡Ay de la diatomita! ¡Ay de los jacintos de Compostela y de la viscosa almarga! Plutónicas y neptúnicas son las convulsiones o los sueños del Gran Camino. Se atormenta éste, se hace ojo de mosca en el basalto, azufroso liquen en la joroba de la estalactita; se retuerce, se imanta, se asfixia, se rebela en las rendijas más telúricas de la hipogénesis; trepa en simbiosis ruin por el metal, la arcilla, el esquisto, la contera del bordón y la planta del peregrino. Se alarga, deforma y recupera hasta desembocar en la luz rosa del alabastro, la suavidad del mármol y el rostro de los rostros perfectos que en piedra pura, eterna, grave, compostelana, rodean el Pórtico de los Pórticos de la Gloria. Allí ese colofón, el remate o despertar de un delirio, de un Camino silúrico y cambriano, antracífero, devónico, lacustre y diluvial, detrítico, sedimentario, jurásico, andino, pulpaico, dolomítico, pliocénico, cretácico o simplemente de aluvión.

En 1581, cuando el nórdico Erich Lassota de Steblau cambió sus nieves por los verdores jacobeos, los vecinos de Iria Flavia —a la que seguiremos llamando así— adoraban por lo menos otros dos *pedrones,* a más del que encadenado se consumía al abrigo de una vieja iglesia. Casi hundida en el Sar, pero aún asomándose a la mirada de los fieles, el rubio peregrino vio una balsa de piedra en la que Jacobo solía darse a la fuga cuando sus perseguidores paganos lo hostigaban desde la orilla. Y a poca distancia, enhiesto, despuntaba el extraño pendón del Apóstol: una columna hueca que éste solía blandir después de haberla ensartado en su gayata.[55] Peñas con los grilletes puestos, embarcaciones de granito y estandartes de mármol: ¡qué maravilla! (y qué decadencia).

Lo de que Santiago, con su cuerpo de ascua, mullía la piel

de las rocas como si fuesen de plumón o chapapote, es portento que también dejó secuelas. A finales del siglo XVII, Felipe de la Gándara —otro fraile peregrino, en la doble acepción de la palabra— se apoyó en la dudosa autoridad de un individuo llamado Erro Jiménez para cargarse la tradición del *arca marmórea* y sostener que no era tal el envase del esqueleto apostólico, «sino piedra cortada de aquélla en que le pusieron los discípulos cuando lo sacaron del navío, la cual se ablandó como si fuese de cera, y le abrazó en sí mismo, haciéndose ataúd para su custodia».[56] Arguye Fray Felipe que, de otro modo, los varones de Judea nunca pidieran carreta y bueyes a la pagana Lupa, pues les sobraban hombros y brazos para transportar con amor y *más decencia* el cadáver del Maestro. En lo cual —concluye el freire, arramblando *ad majorem gloriam* de Compostela con uno de los más castizos exvotos irienses— «se declara el corto sentir de quienes entienden que dicha piedra permaneció en aquel puesto hasta que después la arrojó al río el Regimiento del Padrón, porque la consumían los peregrinos para llevar reliquias de ella».[57]

Por su parte, el buen don Mauro anota una curiosa fábula referente a Clavijo, el descarnado mamelón riojano donde suponen los fastos militares que Santiago Matamoros condujo personalmente nuestras tropas a la victoria pronunciando para la ocasión el famoso *sus y cierra España* (tendría que llover polvo de siglos antes de que un ariete vasco, en la memorable Amberes, repitiera la frase y la hazaña al aullar en la puerta del gol, y a quemarropa de once estupefactos extranjeros, aquello de *pásame el pelotón, que los arrollo.* Treinta millones de salvajes corearon el bronco monosílabo. Así respondía la Patria al desaliento de los noventayochistas). Cuenta don Mauro que por tierras de Clavijo, desde que el Apóstol las visitó, abundan las rocas con hechuras de «bordones, veneras y calabaças. Y en una peña ay una cosa notable, que rompiéndola muestra el rostro de Santiago con su sombrero. Como es durísima y quebranta por donde más fuerça haze el golpe del pico, o maça, algunas vezes no sale el rostro con tanta perfección, pero en todas ocasiones que se prueve reconócese la milagrosa memoria».[58]

En lo tocante al curanderismo, el picardo Manier —romero y cronista a ratos— enumera minuciosamente las propiedades terapéuticas de ciertos guijarros que se vendían a lo largo del Camino.[59] El que llama *del águila* —algo así como una nuez de color entre rojizo y gris— aliviaba las molestias de las gestantes, impedía los abortos, disipaba las intoxicaciones, atajaba las migrañas, proscribía las lombrices, refrescaba las fiebres y saneaba las pestilencias. ¿Cabe pedir más? No sorprende que Dioscórides, Plinio, San Isidoro, Alberto Magno y otras luminarias del tiempo ido prorrumpiesen en elogios de esta incomparable peladilla.

Manier trabó amistad en el hospital de Oviedo con un peregrino chalado y acabó mercándole nada menos que seis o siete docenas de *piedras de la Cruz,* así llamadas por la imagen recortada en blanco que las adornaba. Provenían tales fármacos de los cerros de San Pedro, situados en las inmediaciones del *Mont Esturdes,* topónimo español que no es fácil traducir a la actual nomenclatura geográfica. El picardo también se explaya sobre las *piedras de golondrina* cuidadosamente extraídas de la cabeza de dichos pájaros. Las había de dos clases, con distinción basada sólo en el color, ya que unas y otras servían para saciar la sed. Los peregrinos acostumbraban a metérselas en la boca, como Demóstenes, y así eludían el riesgo de abrevar en aguas no muy católicas. Lo que no era poco, si atendemos a la especie tempranamente propagada por el *Codex Calixtinus* de que muchos ríos españoles, y sobre todo los navarros, estaban contaminados. Vaticinio, por cierto, que el tiempo y el desarrollo económico se han encargado de cumplir.

Éstas y otras piedras se vendían luego al por mayor en la compostelana plaza del Paraíso o de la Azabachería.[60] Huelga añadir que los curanderismos y milagrería litolátricas se extendieron muy pronto a los imponentes sillares de la Basílica y a los santos graníticos que en ella, a caballo del tiempo y del girar de las devociones, iban instalándose. Ya sabemos que los fieles, a poco de terminarse el Pórtico de la Gloria, dieron en apoyar sus cinco dedos sobre el árbol de Jesé;[61] y tan tercamente porfiaron en ese gesto de sagrada fatiga, que hoy roe o adorna la columna una especie de cortesano, pulido y yerto guante. Siempre los españoles gustaron de meterle mano a la roca: caricias —casi una masturbación— en Compostela, besos de oscuro poder al mármol de la Pilarica... Burla burlando, los estudiantes de la villa jacobea empezaron a darse de coscorrones contra la cabeza del Maestro Mateo, al que pedían memoria y discernimiento, y así terminó el escultor elevado a los altares del pueblo bajo la sonora advocación de *santo dos croques.* Aún más vistosa, por celtibérico desgarro, resulta la costumbre de esas casaditas estériles que como gatas se restriegan contra la misma imagen, la del sufrido Mateo, por ver si el numen de la piedra bendice y llena su vientre.[62] ¿De qué asombrarse? ¿No estamos en tierra de celtas? ¿No arranca uno de los grandes *caminos franceses* del Puy-en-Velay, cumbre del Macizo Central donde hasta mucho tiempo después de Cristo una comuna de druidas devolvía la salud a miles de peregrinos con la sola mediación de una inmensa *pierre des fièvres*?[63] ¿No surgieron todas y cada una de las sucesivas catedrales compostelanas en torno al llamado *altar de Santiago,* consistente en una columna y una lápida celta cuyo epígrafe explicaba que un tal Attiano había erigido el monumento *in memoriam* de sí mismo y de su piadosísimo nieto Viriano?[64] Hasta el ecuánime López Ferreiro, tan ortodoxo, tan respetuoso con las implicaciones cristianas del ciclo jacobeo, descubre reminiscencias de la teosofía céltica en el monte Ilicino o del Encinar —etapa importante de la *translatio*— e interpreta el arrepentimiento de la reina Lupa como símbolo de integración de la iglesia druídica en una fe cuyos principios esenciales no aportaban nada nuevo ni contradecían las enseñanzas de la antigua doctrina.[65]

Pero donde el culto apostólico a la madre piedra alcanza frenesí y orgasmo, casi furor herético o cuando menos chamánica fragancia, es en la imaginería del azabache. Este lignito fuliginoso y susceptible de pulimento dará nombre a un oficio, a un vasto capítulo en la historia de las artes ornamentales y a un lugar famoso en la geografía de la ciudad santa. Los *azabacheros,* o artesanos iniciados en la talla de tan raro carbón, labraban y vendían sus productos en los boliches, hoy casi desaparecidos, de la legendaria plaza de la Azabachería. «Allí —dice el tesorero Bernard, que contempló el negocio en su cenit— ofrecíanse a los peregrinos pequeñas conchas o insignias de Santiago, así como odres de vino, calzado, morrales de piel de ciervo, bolsas, correas, cinturones y toda clase de yerbas medicinales y otras drogas, amén de numerosos objetos que no menciono.»[66] Entre ellos, y en cantidades que incluso ahora —en plena centuria de los macrodígitos— sorprenden al investigador y cabrean al tendero, las celebérrimas *higas,* o talismanes eróticos en forma de puño con un dedo erecto, que se convirtieron en obsesionante estribillo de la industria de *souvenirs* y llegaron hasta los últimos confines de la tierra. Yo las he visto en Vietnam, para uso y consumo de unos soldados (altos, rubios, extranjeros) que a todas luces andaban necesitados de suerte; en zaquizamíes de Manila, talladas de mala gana por *ilocanos* e *ifogaos* que ayer eran hombres libres en perizoma y hoy son esclavos de camisa blanca y nalgas enjabonadas; en Tokio, columpiándose al cuello de los beocios que una mañana tras otra, desde el primer vagido hasta el último suspiro, se apiñan en los andenes del suburbano para apuntarse la cotidiana y dudosa victoria de no llegar tarde a la oficina. Las he visto en las abominables tiendas italianas de *Via della Conciliazione* y *Piazza della Signoria,* en Amsterdam (asfixiadas por las ubres de las putas), en las mezquitas de El Cairo, en Teherán, en Erzurum (con un bóreas que cortaba los cojones), en las chabolas de Seúl, en algunas macilentas jaimas saharauis y, por supuesto, en la Compostela de hogaño, salpicando los tristes escaparates de la rúa del Villar o la calle de Fonseca, modorras caricaturas de sí mismas, adocenadas por la incredulidad, achabacanadas y aborregadas por la mala pata de quienes manipulan sustancias mágicas sólo por la guita, sin respeto —ya que no amor o fe— hacia las paparruchas que mil años antes permitieron montar el negocio.

¿Por qué el arte de los azabacheros se trenza desde el primer momento a las devociones jacobitas, las acompaña a lo largo y ancho de tres edades de la historia y, prácticamente, muere (o agoniza) con ellas? Hay una respuesta inmediata, la más pedestre, que se cifra en esgrimir con aires de suficiencia la proximidad geográfica de las cordilleras astures, cuyo estómago mineral deglute y a veces arroja entre regüeldos de carbonilla los mejores mondongos de azabache existentes en Europa. ¿Y con eso? También se han localizado yacimientos importantes en Portugal, en el sur de Francia y en Sajonia, sin que los industriosos hijos de tales tierras se hayan dejado arrebatar por la llamada del lignito. El delirio del condicionamiento económico a todo trance hizo pensar, en décadas por fortuna desvanecidas, que la mera presencia de un producto induce automáticamente a consumirlo. Hoy, sólo algunos marxistas siguen (vergonzosamente) sin apearse de un burro al que la vida cotidiana quiebra con sencillez el espinazo. ¿Por qué en las pirámides, el mayor esfuerzo ciclópeo hasta ahora realizado por el hombre, no se utilizó la arena que con hechuras de infinito las circunscribe? Al aeropuerto de Barajas llegan mariscos pescados en aguas de Cuba o Senegal, mientras enormes camiones cargados de anguilas españolas (que los españoles desprecian) desaparecen en la herrumbrosa panza de transbordadores encaminados a Italia. El chocolate vino de países donde ciertamente no se vendían bombones. Las vistosas telas de los negros, que se nos antojan mecánica excrescencia de sus pieles, siempre fueron —y siguen siendo— *made in India* (África iba en pelotas hasta que los ingleses decidieron convertir la opulenta península del Indostán en un tronado suburbio de obreros textiles). Ejemplo inevitable: a Jesús lo mataron los judíos.

Donde la lógica falla, lo atávico irrumpe. Sahumerios y sinrazones de una conciencia olvidada ayudan a comprender el fenómeno. «El empleo de azabache en objetos de uso vulgar —dice el autor que más ha hurgado en la materia— obedecería a algún motivo especial, ajeno en todo caso a consideraciones de baratura.»[67] De casta le viene a este carbón su mágica aureola. En varias tumbas prerromanas de las islas Británicas han aparecido «torques, brazaletes, cuentas y dijes» fabricados con él. Plinio, el Infatigable, le sigue la pista: servía —concluye— para espantar los reptiles sin patas y también, colocado sobre una segur candente, para arrancarle al mañana sus secretos. Esta ciencia agorera, reducto de profesionales que interpretaban minuciosamente los desgastes y torcimientos experimentados por el azabache al fundirse, recibió el nombre de *axinomancia.* Por lo que hace a las *higas,* su historial exhibe perfiles de antigüedad casi intolerable. Fue, en el Nilo, mano de fiar o ángel de la guarda que protegía a los niños (y esta acepción —amuleto infantil— recoge hoy el *Diccionario* de la Academia). Los anaqueles del museo Ashmolean de Oxford contienen dos *higas*: egipcia y de cerámica azul la primera, fenicia la segunda. Abundan los talismanes de esa laya en la necrópolis cartaginesa de Ibiza y los hipogeos de los etruscos suministran puños cerrados con tres mil años de silencio a cuestas.[68] En época mucho más cercana, el español y jesuita Nieremberg todavía arremete contra esta superstición universal, aunque —contradiciéndose— reconoce las virtudes del azabache para deshacer fascinaciones y hasta añade el inaudito pormenor de que, caso de haberlas, conviene partir el amuleto y no al niño embrujado.[69]

Sin entrar en más detalles, salta a la vista —como deduce Osma y Scull— que el desarrollo de la azabachería medieval obedece a una moda estrictamente compostelana, nacida de la convergencia entre los fetichismos jacobeos y las ceremonias mágicas de un mundo cuya antigüedad, apenas vislumbrada, cierra las gargantas de quienes se asoman a su brocal.[70] Desde esta perspectiva resultan más que curiosas las sucesivas Ordenanzas de las hermandades de azabacheros, tan ricas en casuismos y cortapisas que no parecen vulgares prontuarios para la organización de un gremio, sino ambagioso código de sociedad secreta. Más adelante, al tratar de las cofradías de canteros, tendremos espacio y tiempo para ahondar en el asunto.

El otro símbolo *exclusivo* del culto jacobeo es la concha. Y, de igual forma que hubo *azabacheros* para las *higas,* habrá *concheros* para fabricar y vender las manoseadas, tenaces e indispensables vieiras de peregrino. Las dos corporaciones, de estatutos y personalidad muy parecidos, terminarán fundiéndose a mediados del siglo XIV.[71] Sorprende esta decisión en organismos que hasta entonces se habían mostrado hiperestésicamente celosos de la propia independencia. ¿Agrupaban, quizá, a gentes de la misma cuerda?

No parece imposible. Si la *higa* era mágica y sexual, sexual y mágica era la *concha.* Ambos objetos responden a filiación pagana. En latín, *venerea* viene de Venus, diosa de la fecundidad y patrona de los cabos de los promontorios marinos, de los navegantes... Es la *Cariño* de los gallegos viejos, el numen femenino de Bares, del Ortegal, del Finisterre, de Muxía, de la última playa pisada por los mortales, del primer litoral encontrado por los sabios que escaparon al diluvio. Gran sacerdotisa del océano, manceba de Hércules, refugio de náufragos con chicha en el caletre.

Y esa *concha veneriae* dará en gallego *vieira,* que a muchos les parecerá propio de vías, de caminos, del Camino, y que en castellano dejará un derivado popular —*vera,* fonéticamente orientado nada menos que hacia la *verdad*— y una voz culta: *venera,* que parece indicativo o imperativo de venerar. No me gusta hacer malabarismos con las palabras, pero ésta se las trae. Dueña de un significado muy concreto, apunta contemporáneamente a encrucijadas semánticas que parecen hechas a medida del Apóstol. *Verdad, Venus, vía, venerar*: he aquí las retaguardias conceptuales atrincheradas en el símbolo.

La concha, por si fuera poco, simula una mano extendida y, en cuanto tal, fue amuleto corriente por todo el orbe pagano. *Higa*: puño cerrado, sexo de mujer. *Vieira*: dedos abiertos, emblema del amor carnal. ¿Cómo no hilar convergencias?

Hay otra. En la *Vida Nueva,* Dante llama *palmeros* a los visitantes de Jerusalén, *romeros* a los de Roma y *peregrinos* únicamente a los de Compostela. Lo que en esta clasificación sorprende es la casualidad de que palmas y conchas —dos figuras emparentadas— sirvan de insignia casi común a los primeros y a los últimos, mientras los fieles encaminados a la ciudad de Pedro van como desnudos. Quiero decir: despojados de símbolos y, por ello, de antigüedad, de prestigio, de subconsciente, de vituallas sincretistas, de benevolencia por parte de quienes moran en las alturas. Son los advenedizos del sacro deambular, los que carecen de meta y —en definitiva— de intención.

La palma del palmero y la concha del peregrino repiten, floreándolo, poniéndole encarnadura, un símbolo aún más antiguo y universal: la *pata de oca.* En seguida haremos por desentrañarlo.

Otros han visto en la vieira una imagen de los senderos del mundo convergiendo líricamente en el *aleph* de Compostela.[72] Vale. Y vale también suponerla alegoría del bautismo, esto es, de evangelización.

Falta un lugar en la tierra y un concepto en el mapa de las religiones o la filosofía al que no pueda llevarnos este yerto detritus empujado a las arenas por el vaivén del mar. Los budistas del Gran Vehículo incluyen la concha entre los ocho emblemas de la buena suerte y la interpretan como signo premonitorio de un próspero viaje (no andan, pues, los bonzos tan divorciados de los jacobípetas). Eliade la entiende en relación con la luna y, por supuesto, con la mujer. Lo mismo hace Botticelli en el más famoso de sus cuadros. Schneider la considera símbolo místico del bienestar de una generación conseguido a costa de la precedente. Es, también, vaso para apagar la sed y a ello atribuye Cirlot su popularidad entre los caminantes...

La leyenda jacobea, tan hábil en buscarle a cada pieza una casilla, se apresuró a ubicar las vieiras en el seno de la santa madre iglesia e inventó una candorosa (y encantadora) fábula para justificar su terca presencia en el Camino: la barca del apóstol, arrastrada desde los bajíos del Ulla hasta el grao de Iria Flavia, habría aparecido con el estrave imbricado de pechinas. Otra versión, casi paralela, humaniza el suceso al añadir que dos caballeros se adentraron cortésmente en el río para empujar la embarcación y salieron de él como arrebujados en un manto de conchuelas. *Ben trovato,* vive Dios.

Así, de reliquia en reliquia, subiéndose al pescante de la

imaginación ajena y sin parar mientes en fetichismos ni cristianerías, los avispados de turno vieron el negocio, lo organizaron, lo acapararon, se instituyeron en gremio o mester y una vez más arrebañaron para el César lo que del César no era. El trapicheo empezó con la manufactura de conchas artificiales vaciadas en plomo que por simple contacto sanaban —es un decir— a los enfermos. Tal fue el origen de la *venera de ley,* respaldada por un sello de las autoridades y con garantía de fabricación *in situ.* O sea: en Compostela. Pero a pillo, pillo y medio, y más aún en el Camino, razón por la que no tardaron en aparecer a su socaire ediciones tan facsímiles como piratas. Todo dios se lió a parir chirlas en aquella babilonia y a punto estuvo la peregrinación de quedarse en mero seminario de conquiliología. Nacarados iban los trotaconventos. Quién recogía en la bajamar ombligos de Venus para que las zorras se los plantaran en el ídem. Quién inventaba pocholísimas bomboneras de madreperla con tapa de carey montada sobre charnelas. Quién urdía triperos o chalecos entreverados de casidulina. Quién maquinaba puertas de doble hoja agarradas a una bivalva. Quién ofrecía fósiles pelásgicos con alboroto de oleaje en la barriga y a la punta una muñequita vestida de lagarterana. Quién fabricaba bustos del apóstol con oídos de caracolejo, boca de veneruela, napias de haba marina, mofletes de quelonio, ojos de aljófar pintado, pestañitas de sargazo, cráneo de taclobo, tonsura de ciprea, venas de coralina, dientes de fotuto y graciosamente asomada entre ellos —a modo de pecadora lengua— una zamburiña del Padrón o un berberecho teñido con licor de rosas. Y quién, para rematar lo que remate no tuvo, molía huesos de jibia despachándolos luego como salvado para gallináceas, colgaba chiqueadores del Caribe en los lóbulos de su entretenida o lunfardamente y con voseo evocaba la concha de la madre y de la madre de la madre, así fueran unas santas, del jodido peregrino que a naipes cubiertos se atrevía a cantar las veinte en copas mientras él arrastraba de as en una pulpería de Betanzos. Aquello era pues el batallón de los conchudos, el zoco de los conquoides, la universidad de los señores bachilleres en ciencias conquiformes y, concha va, concha viene, los franceses —culinarios ellos— se descolgaron con la *coquille Saint-Jacques,* riquísima puñetita a base de besamela y mucho marisqueo mechado, mientras el Papa se olía que allí, para decirlo con palabras del buen Quijano, ya no había milagro, sino industria, y raudo publicaba una bula concediendo —Nos,

Obispo de Roma— a Compostela la exclusiva y patente de esos *signa Beati Jacobi quae conchae vulgariter apellantur.*[73] Porque, vulgaris o no, el latín —ya se sabe— encubre las cosas, arremilga el digo en Diego, el coño en caro, y, si va de refranes, andaba cada loco —franceses, gallegos, anglosajones, macarras de esquina en el Sur bonaerense y sumos pontífices—, cada loco andaba, pues, con su tema, y en especial el vivo al bollo que arrieros somos. Así que los artistas de la concha —como los del azabache— cerraron progresivamente sus filas y sin tasa ni decoro dieron en exigir privilegios, patentes, tumbos, precintos, derechos de pernada, exención de impuestos, alguacilillos, valija diplomática, sexo de los ángeles, seguridad social, qué sé yo, gollerías, matones de sindicato, violetas de Parma, opción al repudio, y a fe que todo lo obtuvieron. Lo gracioso es que todavía en julio de 1207, y por medio de un documento titulado *De adulterinis insigniis beati Jacobi,*[74] el poder temporal ordenaba a los obispos de España y Gascuña blandir penas de excomunión sobre las cabezas de cuantos por fe o comercio pusieran en peligro sus almas cosiendo a las esclavinas *esas falsas insignias del Apóstol que suelen llamar conchas.* Pero como Roma nunca ha escatimado rectificaciones, pocos años después —en el de 1230 y a raíz de la concordia suscrita por los hombres de la vieira en presencia del arzobispo don Bernardo— se decidió que sólo podrían entrar en el mester quienes obtuvieran el *fiat* del Cabildo. En 1262, el papa Clemente IV llegó al extremo de prohibir *ex cathedra* la adquisición de veneras fabricadas extramuros. En 1272 reiteró Gregorio X el entredicho...[75] Ignoro si éste sigue en vigor. Probablemente, las conchas de hoy —esos charros *souvenirs* de plástico relamido, hidrocarburo al patchulí, formica de colorines, escayola de protésico, vinilo con calcomanías o sintalux iridiscente— se importan desde Hong Kong, Jabugo, la refinería de Avilés, la Morgue, las bodegas de Savin o el polo industrial de San Feliu de Guíxols (si es que lo hay, y maldito lo que me importa). Pero, mirando al ayer, el simple de corazón se queda algo perplejo y como atosigado de preguntas. ¿A qué obedecía tanto proteccionismo? ¿De qué era escondite, antifaz, señuelo o cortina de humo la concha venera? ¿Por qué la rodeaban de misterios, codazos, guiños y murmullos? ¿Quién andaba entre líneas? ¿Quién en la sala de los botones? ¿Qué intereses creados o por crear justifican la intervención del Papa en insignificantes trifulcas de tenderos encoñados con lo que aún parecía una ciudad alegre y confiada? De nuevo, teólogos y marxistas (los unos y los otros de tapadillo) esgrimirán cifras, gravámenes, porcentajes. De nuevo quedará en el aire el insuficiente, menguado sabor de esa respuesta. ¿Tan pingüe era el negocio? ¿Tan draconianos los arbitrios? ¿Tan abultadas las taleguillas con que azabacheros y concheros untaban a los señorones del palacio arzobispal? Que me cuelguen si en estas trapisondas no maúlla una falange de gatos.

Existen muchos símbolos *en* el Camino, y los veremos, pero sólo hay tres símbolos *del* Camino. El primero —la concha— nos lleva a Venus, a la pata de oca, al litoral. El segundo —la labra del azabache— conduce a las litofanías, a los egipcios y etruscos, al fetichismo pagano, al arte de predecir. El tercero es el *bagoo* o báculo y apunta a las estrellas.

En el entrepaño del Pórtico de la Gloria, desde 1188, un Apóstol de piedra carga el peso de ésta sobre un bastón que tiene forma de tau;[76] y hubo en la capilla mayor de la Basílica otro Jacobo provisto de un instrumento similar[77] (el inquilino de hoy lleva el clásico bordón rematado por un nudo). Consta que por lo menos hasta 1460, fecha en que murió el arzobispo Rodrigo de Luna, todos los báculos existentes en la estatuaria sagrada de Galicia eran idénticos al que Micer Mateo concibió para su héroe.[78] También sabemos que la tau —letra indispensable en el cuadrado mágico de los alquimistas y diagrama henchido de resonancias esotéricas entre los hombres de la antigüedad—[79] olía a chamusquina, y es decir poco, en el pacato ámbito de la iglesia romana, razón por la cual el *bagoo* hermanado a ese signo cayó muy pronto en desuso y hasta mereció el honor del anatema. Algunos prelados siguieron utilizándolo a título de privilegio y siempre con licencia escrita del Papa, pero no consta un solo permiso de ese jaez otorgado a las autoridades de Compostela. ¿Por qué, entonces, los cristianos de Galicia —tonsurados o sin tonsurar— esgrimieron bastones en forma de tau, con evidente ostentación y (casi) recochineo, hasta las primeras alburas del siglo XVI?

Quizá pueda resolverse este enigma levantando los ojos al cielo. Esplende en él, precisamente sobre Finisterre, la constelación del Tahalí o de las tres Marías, que en algunos sitios, y especialmente en España, muchos prefieren llamar *Báculo de Santiago.* ¿Qué fue antes: el huevo o la gallina? ¿Las manos de los simios o el soplo de Jehová? A una basílica (o tumba), anclada en tierra firme y precedida por un largo camino de peregrinación, corresponde un largo camino de luceros —la Vía Láctea— y un asterismo en forma de *bagoo.* ¿Se acomodó el cielo a lo que abajo sucedía o fue esto proyección de aquello? ¿Superpuso la imaginación de las gentes nombres y perfiles jacobeos al titilar de las galaxias o hubo ciudad santa porque así estaba escrito en las alturas, porque celtas, gallegos y cristianos roturaron el reflejo terrenal de una ruta celeste empedrada de estrellas y porque pareció aconsejable levantar una basílica (o habilitar una tumba) allí donde bruscamente se interrumpía el sendero sideral? ¿Es el báculo, de por sí, instrumento necesario al nómada o gratuito símbolo elegido por los peregrinos para llevar a Compostela un objeto análogo al que con cenital majestad remataba la vía del firmamento? Preguntas a las que cada uno puede responder según el color de sus cristales, pero ante las que sólo cabe una actitud desde el punto de vista religioso (y a la religión, cristiana o no, pertenece el mito del Apóstol): es el cielo quien gobierna los asuntos de la tierra y no al revés.

Sabiamente se expresó el papa Calixto II, en uno de los sermones que sin fundamento se le atribuyen, al recordar que Jacobo «brillaba en la conversación como el lucero refulgente de la mañana brilla entre sus hermanos».[80] Y poco importa el origen novelesco o real de tan cominera información. ¿Por qué, además, habla precisamente de Venus?

Ya el camino —láudano volátil— escapa hacia arriba, ya una ecuación uránica va a plantearse en cada uno de sus recodos. «Luminarias, luces de candelas, una estrella que se posa en el roble más alto (y allí, bajo él, está el túmulo): por tales signos se revela la existencia del *arca* apostólica en medio del bosque sagrado. *Descensos de los astros y ascensiones de los iluminados* pudiera ser la síntesis de estas tradiciones, usando un rubro de Ibn Arabí de Murcia. Estrellas que bajan a ponerse sobre el sepulcro, almas que se elevan por el camino de las peregrinaciones... »[81] ¡Evohé, Pelagio!

Según el astrónomo Lehmann-Nitsche, el báculo jacobeo es y pudo ser una especie de cuadrante o instrumento de orientación. Para ello basta añadirle un palitroque corredizo que se levante hasta formar un ángulo recto con la cachaba.

Este sencillo artilugio permite calcular la altura de los cuerpos celestes y enderezar, con arreglo a la misma, los inevitables despistes del profano que se adentra por caminos nuevos. El judío Levi ben Gerson, catalán, nacido en 1288, muerto en Avignon al filo del 1344 y víctima sumisa del *nemo propheta in patria,* inventó o describió por primera vez un aparato náutico de medición que luego los astrónomos dieron en llamar *báculo de Santiago.* Al parecer, ya los griegos conocieron y utilizaron una herramienta similar, que no era sino el bordón de los antiguos viajeros perfeccionado por algunos aditamentos matemáticos. Cree Lehmann-Nitsche que los lacónicos árabes pudieron transmitirle a Ben Gerson las nociones de este arte. La *balestilla,* pues tal reza otro de sus nombres, fue moneda corriente en los siete mares hasta muy entrado el siglo XVIII.[82]

Hace algún tiempo, visitando el monasterio de Samos (donde sólo unos cuantos sillares románicos, náufragos en el mal gusto de la modernidad, hablan del pasado esplendor), me llamó la atención cierto signo adosado como por descuido, y desde luego sin contexto, a una de sus paredes. Lo formaban dos báculos de obispo cruzados y recíprocamente perpendiculares. De ello resultaba un garabato que casi se resolvía en esvástica. Pero lo sorprendente era el parecido entre este adorno y el que pocas horas antes había descubierto (y fotografiado) en el palacio o cenobio leonés de Carracedo. Ya dije que los albañiles de ese vetusto edificio habían entrado a saco en las ruinas de una ciudadela celta que por aquellas breñas a la sazón se desmoronaba. Piedras, por lo tanto, de absurda antigüedad, quizá neolíticas o aún más lejanas, pues nada impide suponer que también los celtas gustasen de levantar muros y edificios con los despojos de otros castros. Y en una de ellas, mordido por el hielo y el tiempo, estaba el signo: una cruz de brazos sinusoidales que describían una espiral. *Laberinto* —pensé— *a la cuarta potencia...* ¿Será eso —un laberinto pinchado en un palo— la vara de los obispos? ¡Cuánta casualidad o juego de lentes, cuánto posible espejismo, cuántas semejanzas electivas! Báculos en la mano de los peregrinos y en el dibujo de las constelaciones, báculos remachados por la sagrada tau y por el santo dédalo, báculos para observar el firmamento, báculos que como estrellas guían al jacobita, báculos que Roma prohíbe y Galicia conserva... Enésimos botines o cuerpos de un delito sin tipificar.

¿Será Asturias topónimo derivado de *aster* y alusión, por lo tanto, a una etapa en el sendero de perfección iluminado por la Vía Láctea? Así lo apunta Lehmann-Nitsche.[83]

¿Vendrá Compostela de *campus stellae* (o *campo de la estrella*), recinto para el sueño de Pelagio? Tal supone el grueso de los etimólogos.

¿Será *compos* sinónimo de *maestro,* con el significado que la palabra adquiere en algunos círculos herméticos, y tendremos a un *maestro de la estrella* como definición del Apóstol?[84]

¿O exhumaremos el *compost* de los alquimistas, como éstos llamaban a la estrella —siempre la estrella— que aparece en la superficie del crisol durante una de las primeras ceremonias de la Gran Obra? [85]

Quiere una tradición popular que el Judío Errante haya estado en Santiago como peregrino. La *Introductorios ad judicia stellarum* de Ancona[86] afirma que dicho personaje, por nombre Juan Buttadeu, recaló en la ciudad santa con bordón y esclavina allá por el año 1267. A cuento de ello recuerda Bouza-Brey que varios obispos y algún que otro deán santiagueses fueron acusados de practicar la astrología judiciaria.[87] Hasta un apólogo del conde Lucanor se hace eco de la especie.

En Estella *(¿estrella?),* castizo enclave del Camino, se venera la Virgen del Puy, cuya imagen encontraron varios pastores atraídos hasta cierta gruta de Lizarre por una lluvia de luceros.[88]

Para estrambote y colmo de esta sinfonía cenital, la constelación del Can Mayor exorna el cielo gallego allí donde la Vía Láctea se desvanece. Más resonancias o casualidades: el Apóstol llega a Iria Flavia acompañado por un *perro* y luego recibe sepultura en los dominios de una reina *loba.* Walter Starkie, a propósito de ello, cita un antiguo pareado inglés: «*July, to whom, with Dog-Star on her train / Saint-James gives oysters and Saint-Swithin rain.*»[89] O sea: «Al mes de julio da ostras Santiago, con la estrella del Perro en su cortejo, y lluvias San Swithin.» Léase vieiras en vez de ostras para enredar aún más los símbolos...

¿Y los muertos? Un tufillo de esqueletos mondos invade todo lo jacobeo. Se ha postulado una cuarta etimología de Compostela a partir de *compositum,* cementerio. El Hades grecolatino —Finisterre y San Andrés de Teixido— suministra el segundo y tercer vértice de este triángulo macabro. Ya lo sabemos: viajar a Santiago es acercarse al terreno de la sin dientes, al escenario de la Estadea, al preciso límite entre la vida y el más allá. Saudade: sentimiento de frontera. A la ciudad del Apóstol puede entrarse, incluso hoy, por la *Porta da Mámoa* o del Dolmen.[90] Hasta el propio sepulcro santo, como señala Filgueira Valverde, lleva el nombre que tradicionalmente reservan los gallegos a las tumbas de la prehistoria: *arca.*[91] Y si el Camino atrae a gentes de todo tiempo y lugar no es, desde luego, por sus coordenadas cristianas y españolas, sino porque universalmente se le considera evocación del viaje a la última Thule, esa singladura de la que nadie regresa o, con palabras de Walter Starkie, *peregrinación al otro mundo, bajo un cielo tachonado de estrellas, con la senda luminosa de la Vía Láctea*[92] apuntando inflexible hacia el Oeste. En el hospital de romeros anejo a la iglesia salmantina de San Julián hubo una inscripción redactada en estos términos: *quienes dan consejos ciertos / a los vivos son los muertos.* Y no en balde asoma ahí el nombre de un santo extraño y popular que aparece en el Decamerón y —como protagonista— en una de las narraciones de Flaubert. Su leyenda, española y jacobea, constituye otro de esos fantásticos eslabones entre Oriente y Occidente, otra de esas danzas en las que atlantes, griegos y curetes parecen darse la mano. No estará de más recordarla.

Era Julián (el Hospitalario) noble y de noble espíritu. La hagiografía nos lo muestra aún adolescente, pero ya disparando su ballesta contra un ciervo de los bosques charros. El animal, ileso, se vuelve, reprocha, anuncia: *no tiene nada de extraño que quiera matarme quien terminará por matar a sus propios padres.* El joven, como Edipo, huye en un esfuerzo prometeico para hurtarse a su destino, acaba en Portugal, medra, seduce y contrae matrimonio con una viuda hermosa, de posibles, apenas tocada por el tiempo. Entretanto, incesantes, dos ancianos buscan al hijo desaparecido. Es una cita cantada: lo encontrarán. Y así, cierto día, llegan al castillo lusitano, se dan a conocer y consienten en ocupar el lecho nupcial que su nuera, premurosa, les brinda. Siempre sucede así: un error casual, una chispa aleatoria centellea en la culata de todas las tragedias. Julián, nocturno y enamorado, vuelve a casa, quiere sorprender a Adela, quizá poseerla, alarga a tientas las manos, toca dos rostros, enloquece, blande el puñal. Nada cuesta completar el trance, imaginar el claror del alba aupándose por el alféizar de una ventana gótica, la mueca inmóvil de las víctimas, el brochazo escarlata sobre las sábanas, el gotear de un silencio nuevo y las tirantes pupilas del asesino. Vendrá después la cabalgada en atroz intimidad con los remordimientos, el viaje a Roma para implorar un perdón, que el Papa concede, y también una penitencia: instalarse en las márgenes de un río jacobeo, construir muelle y posada, quemar allí la vida entre vigilias, empujones, estachas, remos, monedas de vellón... Pasan los años y las noches. Una de éstas, invernal hasta el delirio, alumbra la corva silueta de Julián arriesgándolo todo para llevar de orilla a orilla un peregrino. Chapaletea la barca contra las últimas olas, se demora en el légamo. El cliente, transformado en un ángel, salta a tierra. Es la anunciación: pronto los esposos subirán al cielo...

Idéntica leyenda circula por tierras de Salamanca y Zamora, pero en ellas el héroe se llama Boal. Las aguas de un pantano cubren hoy el escenario de la aventura. Allí, antes de que el culto al becerro de oro o energía eléctrica legalizase la profanación de tumbas, cuatro pueblos crecían a la derecha del Esla y uno a su izquierda. En éste, que respondía al ilustre nombre de San Pedro de la Nave, se encontraba el único cementerio de la comarca. Y así, los muertos de la *rive droite* tenían que ser transportados *en barca* hasta los nichos y huesas de la *rive gauche.*[93] ¿Revoloteaban vampiros y ululaban cornejas? Vuelve un *leitmotiv* jacobeo: el de los difuntos salvando un paréntesis de agua para llegar a una orilla numinosa.

Extraña región, donde existe otra ciudad sumergida: la de Luiserne.

El Esla es el río de Julián; su bote, y el de los sepultureros de San Pedro de la Nave, el vehículo de Carón. ¿Serán también, me pregunto, el perro del Apóstol y, sobre todo, la reina Loba una manera de aludir con católico pudor al can Cerbero? ¿Tendría perro San Julián?

Éste, en cualquier caso, pertenece a la estirpe de los héroes diluviales. Primero se llama Boal (o Baal): parricida, ser abyecto con una culpa o *karma* que expiar. Luego, en el río de la muerte, bebe las aguas de la inmortalidad, se regenera y sublima, cambia de nombre, asciende al Empíreo. *Se inicia.*

Ignoro cómo se llama el pantano del Esla, pero sé cómo tendría que llamarse: Laguna Estigia.

¿O más bien se trata de un castigo, de una venganza divina contra las cinco gomorras que allí levantaban altares a Baal, de una lección, de una hidroterapia póstuma aplicada al Camino, de un *diluvio*?

As you like it. De hecho, parece como si el embalse actual hubiera consumado con ramplonería una leyenda de inundaciones disciplinarias hondamente arraigada en el ciclo jacobeo. Dígalo, si no, «el suceso de cierta ciudad que hubo en Galicia en ciertos campos, que llaman Lamas de Aguada, que por no aver dado entrada al apóstol de Dios, ni quererle oír siquiera de sus vecinos una sola alma, por estar tan apasionados de un ídolo que tienen de Baal, y por este desacato quedaron hundidos y en su distrito quedó una laguna de legua y media de circunferencia, y en sus orillas se hallan pedazos de tejas, de ladrillos, hierros y otros materiales de edificios. Cuentan casos muy raros de voces, bramidos de animales fieros que se oyen en ella y que yo dejo de repetir, por no afectarlo. A los vecinos de esta tierra llaman vulgarmente *valuros,* y entre ellos hay muchos nobles. La denominación de Baal no es muy violenta. Parece que quedó esta señal para testimonio de su obstinación, como la de Sodoma, de agua muy açufrada...».[94] Fray Felipe de Gándara escribió estas líneas en 1678. El Baal de Lamas de Aguada, ciudad deshecha por un diluvio de Dios, no puede ser otro que el San Boal de las riberas del Esla, asolagadas en pleno siglo XX por un pantano del diablo. Nos guste o no, ya tenemos al ídolo más abominable de los gentiles canonizado por partida doble (y razones muy diferentes) en la linde de los caminos que llevan a Compostela. Horrores diluviales, consejas bíblicas, delirios jacobeos, divinidades de ultratumba: ¡qué gran pepitoria para el estómago de los españoles! Y, de retranca, ¡qué soberbio bromazo! Un ingeniero de la segunda república concibe un artilugio hidroeléctrico. Cree que su tarea es científica, encarada al futuro y útil para aliviar los trabajos y los días de quienes son, quizá, sus paisanos y desde luego sus compatriotas. Éstos, socarronamente campesinos, se dan con el codo y observan. Nadie desengaña al hombrecillo, nadie se molesta en decirle que fuerzas telúricas lo manejan, que es un monigote en sus manos, y un fatal instrumento en las del destino, y un juguete roto por una maldición definitivamente cumplida. O angustiosamente repetida.

Otros pueblos, en otros puntos de España, desaparecerán bajo las aguas peceñas de la tecnología. Otros hombrecillos, o ingenieros, tendrán el triste poder y el pervertido placer de arrasar campos llenos de historia, Itálicas y Numancias, soportales habitados por las voces y las sombras de quienes nos superaban en ventura. Otros dedos apretarán botones con la venia de una administración corrompida y ríos caudales asfixiarán a las escasas criaturas de Dios —plantas o animales— que aún alientan en la fétida Iberia de la industria y las Cajas de Ahorro. ¿No lo han hecho, apadrinados por las grandes potencias y bendecidos por los areópagos internacionales, en el alto Nilo? ¿No han transformado Abu Simbel en un pez que boquea fuera del agua, en un árbol sin raíces, en un proscrito a perpetuidad, en un desahuciado arrugándose bajo un sol que no es el suyo? ¿No han descepado para siempre la frágil e irrepetible magia de una cultura —la nubiense— cuyas enseñanzas aún estábamos (quizá) a tiempo de recoger?

Fabio, las esperanzas de otrora son campos de soledad, mustio collado, devaneos cortesanos, tierra de Alvargonzález, espada puesta lejos, desmoronados muros de la patria, mariposa en cenizas desatada y ojos velados por melancolía.

Todo eso y mucho más de lo que un centón a vuela pluma puede decir.

Pero acaso cabe recomponerse un poco y hasta gozar a ratos, como yo lo he hecho con el hombrecillo del Esla, imaginando que las vanguardias tecnológicas —¡tan engreídas!— se limitan a escribir mecánicos desenlaces para cuentos de niños, para filmes de Frankestein, para historias de la abuelita y refranes de los que bisbisean las brujas tras su fogata. Imposible adjudicarles un castigo más exacto y pintiparado que el de ser pavesas sin voluntad del fuego irracional, obedientes peones del *illud tempus,* de venganzas divinas o diabólicas emboscadas, de vastas empresas concebidas por el Señor del Absurdo con miras a empalmar bucles, circunferencias, rizos galácticos cuyos diámetros y generatrices producirían cortocircuito y absoluto horror en el caletre de los bípedos implumes ingenieros.

¿Se me perdonará este desahogo, sin duda extemporáneo, en gracia a lo amargo, actual y celtibérico del tema? Y si no, poco importa, pues *al cabo nada os debo; debéisme cuanto he escrito.*

Veíamos cómo lo sideral, lo délfico y lo escatológico trepan por la columna apostólica sin que haya manera de saber dónde empieza lo cristiano.

¿Lo cristiano? ¿Quiénes abrieron un Camino virgen, o por

lo menos abandonado siglos atrás, antes de que los llamados *pueblos históricos* empezaran a transmitirlo? ¿Quiénes consiguieron volver a la tierra de los muertos ateniéndose a las indicaciones de las estrellas? ¿Quiénes, tras varios milenios de sempiterno deambular, se detuvieron en Galicia *para morir allí*? ¿Quiénes hicieron de Compostela una necrópolis cuando los antepasados del tatarabuelo del tatarabuelo del progenitor de Pelagio eran vago proyecto seminal hacia un quimérico futuro? ¿Quiénes comprendieron en plena prehistoria que los acantilados del finisterre escondían la clave de un antiguo saber y de una fulminante revelación?

Ya lo dijimos: los celtas.

Porque lo de ponerse a dar tumbos tras los talones de una reliquia es idea perfectamente ajena a la *weltanschauung* del cristianismo.[95] Y aunque el invento nació en muchas cabezas por separado (o no), todas resultaron orientales. Los bonzos, por ejemplo, pechaban con caminatas asombrosas para ver y tocar el árbol de Buddha-Gaya, a cuya sombra alcanzó Sakya-Muni el primer éxtasis, o la roca de Sarnath adonde el maestro se encaramó con la intención aparentemente absurda de quebrantar varios lustros de silencio. Los musulmanes, apostando la propia vida a los fastos de Mahoma, se adentraban sin pestañear por las arenas del más infame de los desiertos. Seis ciudades sagradas tienen los hindúes y todas eran centenarias cuando Eneas fundó Roma. En cuanto a Compostela, se sabe taxativamente que el ambicioso plan de peregrinaciones trazado en torno a ella repite sin ningún ánimo de novedad el que desde mucho antes, ya cristianizado, existía en el Bajo Egipto con epicentro en San Menas.[96] Por toda Europa circularon las medallas de éste, erguido entre sus dos camellos.

Fueron, sin embargo, los celtas quienes iban a practicar y divulgar una extraña manera de echarse al camino *porque sí*, elevando el movimiento a finalidad del movimiento, el querer llegar al haber llegado y lo andariego a filosofía del existir absolutamente satisfactoria. Gentes que *no conocen la prisa ni aun en los días de fiesta*. Tuaregs. Sabias, benignas procesionarias en hilera por el borde de un plato sin más aspiración que la de mantenerse en contacto con el culo de otra oruga. ¡Qué invención tan profunda o ingeniosa! Desmesúrase lo mesurado hasta comprimir el universo en un dedal de vino. Cualquier cosa —el borde del plato, la huella de la sandalia— postula un trance de infinitud. El detalle se hace desierto de los tártaros.

El hombre, propietario del cosmos. Se trata de un errar sin objeto aparente, el de un crédulo avance a ciegas en busca del motor inmóvil. Billete de ida, fidelidad constantemente renovada, indiferencia a todo lo que no sea el propio ego, nomadismo tan gratuito como esencial: la forma más noble de emplear el tiempo que hasta ahora se ha inventado. Obsesión machadiana: *se hace camino al andar.* Así viajaban los caballeros *andantes* y los monjes *giróvagos,* depositarios —en los siglos mostrencos— del *way of life* de los druidas. Es la aventura por la aventura: una fabulosa concepción existencial que ya casi nadie alcanza a comprender. Los *clerici* irlandeses —Brandanes o Columbanos— se lanzan al Atlántico en pos de las Siete Islas, mientras los gallegos —Egerias o Avitos ebrios de sacra abstracción— atraviesan tambaleándose las aguas, aún azules, del más pagano y pródigo de todos los mares. Esas navegaciones se llaman *immramas.* Sus protagonistas —Egeria, Brandán, Jacobo, Parsifal, Arturo— prosiguen la búsqueda de la inmortalidad iniciada tres mil años antes por Gilgamesch.[97] *Jardín de las Hespérides, grial, Paradisus, Avium, insula pomorum, excalibur, Indias Occidentales, Cibola, Eldorado, paso del noroeste, Timbuctú:* cada época postulará el mismo sueño bajo una palabra diferente. Y el Apóstol, mal que nos pese, no fue caballero de ningún ejército ni patrono de nación alguna, sino escueto peregrino de talante celta. En 1781, casi un siglo antes de que el jacobinismo krausista acometiese la cutre tarea de secularizar el país, dos frailes de derechas se sintieron obligados a denunciar de una vez por todas el fraude iconográfico de quienes se empeñaban en divulgar la manida imagen de un Santiago Matamoros y ecuestre además de malabarista, pues tal se diría de quien consigue blandir una espada en la diestra y un estandarte en la zurda sin perder la dignidad ni aturullarse con el brioso caracoleo de su garañón. «Este modo de pintar al Santo —escribieron— es *muy moderno.* En los tiempos en que se dicen hechas tales representaciones *no había ni dibujos ni pinturas* (...) la observación de la antigüedad tiene seguro que en los siglos décimo y undécimo *no se usaba pintar al Santo en tal actitud.*»[98] Fray Andrés de Jesucristo y Fray Sebastián Villa de la Concepción, que desde luego no revelan ningún secreto, son los responsables del subrayado.

Conque ni blancos caballitos ni tizonas ni flámulas ni pollas. Dejémonos de tontunas bélicas tramadas por caudillos inigualables a la hora de ensartar sarracenos o fusilar ácratas, pero a quienes la religión les parecía opio de maricas y asunto de ahí me las den todas. Lo jacobeo fue, y nunca dejó de ser, mero salir al camino con un bordón (quizá chaqueta al hombro y silbando, como lo hacía Baroja) para ponerse a tragar lacónicas leguas entre ocasionales miraditas al cielo. Ahí está la clave. Lo comprendió muy bien el Maestro Cirlot (cuya reciente desencarnación, acogida con gélido silencio por la platea de este país sin pulso, nos arrebata una de las últimas cabezas españolas a la vez perspicuas e inspiradas). La idea del hombre como peregrino y de la vida como peregrinación, común a tantos pueblos, no hace sino reflejar el gran mito de una ciudadanía celestial, rota por la desobediencia de los orígenes, que con mejor o peor fortuna intentamos recuperar. La tierra se transforma así no sólo en valle de lágrimas, sino en estación de paso. El móvil secreto y constante de nuestras acciones es el deseo de regresar al punto de partida. Y precisamente porque la existencia se organiza como una peregrinación, escribirá Cirlot, ésta asume desde el primer momento un significado religioso. Concha, cayado, pozo, manto, sendero y *laberinto* —aquí duele— serán en su opinión los símbolos fundamentales de ese retorno al Edén (pues paradisíacos se le antojan los cazadores infantiles al anciano y los cerros de la patria al prófugo. Siete años de exilio me enseñaron a conocer la paradoja de esperar temblando una vieja hermosura inexistente). «Peregrinar —remacha Cirlot— es comprender el laberinto como tal y tender a superarlo para llegar al centro.»[99]

Ya estamos: hay siempre, a partir del diluvio, un jardín occidental. Y en su búsqueda —denso caldo del Apóstol— sobrenadan los dos elementos aglutinadores de este libro sobre España: la *piedra,* porque en ella —a golpes y con paciencia— se inscribieron todos los mensajes, y el *dédalo,* el antiguo e insondable *labrys* cuyas metamorfosis ovillan el único hilo cierto para desandar la aventura humana. Lo sabemos. Atlantes y cretenses, curetes y ártabros, celtas y gnósticos tampoco lo ignoraban. ¡Pasen y vean, señores! Es la sola y genuina máquina del tiempo, los espejos de Cocteau, el árbol de Alicia, las limpiezas primaverales de Peter Pan. Inclínense sobre ella, y a volar. Sin miedo. Nacemos enseñados. No hay aquí cocoricós para salmodiar negaciones. Ni drogas. Ustedes ponen los ojos, nosotros el laberinto. Da vueltas. Se hace plaza de toros en el granito de

Termancia, estrella de Salomón en la copa del alquimista, *mandala* en Kathmandú, crisma en el románico, hacha de doble punta en las manos del troglodita, danza en Creta, rosacruz en la embriaguez de la clandestinidad, octógono en el Temple, sardana en Cataluña, espiral en el báculo, urbanismo en Compostela, miedo en el niño, juego de salón en la corte del rey Luis, tablero de ajedrez en el insomnio de un matemático desconocido, charada en las verbenas, ojo pineal en los tugurios de San Francisco y simplemente esvástica por doquier. No prolongaré este canto. Escrito queda en capítulos anteriores y más aún en los roquedales de Galicia, donde miles de laberintos y raros diagramas componen el mayor libro de piedra heredado por el hombre. Frente a lo que allí —en mayestático abandono— puede verse, los jeroglíficos egipcios resultan juego de niños. En efecto: *puede verse*. Y los verá quien al margen de lo trillado desbroce trochas, escale aristas, derrote arroyos, rasgue ortigueiras y apuñale gándaras pie con pie de Bares, Finisterre, el Barbanza, Puentecesures o Santa Tecla. Es decir: el peregrino jacobeo.

¿Dije que el dios de Compostela ha sido, yendo hacia atrás, *paredro* de Prisciliano, apóstol del Evangelio, Santiago Alfeo, Santiago Zebedeo, mellizo de Cristo, Cristo en persona, Habidis, hércules solar, timonel de los muertos, estrella de los druidas y encarnación de Orisis? Pues bien: antes, y de mejor grado, fue postulación del centro, de un saber patéticamente agarrado a las piedras gallegas, de una inquietud subliminal, de un mensaje proferido por gentes de otro cielo que aún nos rugen en las tuberías. ¿Sería el Camino zanja abierta en el espacio y en el tiempo por prójimos megalíticos que, recorriéndola, esperaban descifrar un enigma? ¿Brecha para que maestros canteros atinasen a desentrañar el laberinto? ¿Se referirá a esto la oscura memoria de la sangre que indiscutiblemente despierta en propios y extraños el espectáculo del culto jacobita? ¿Nos azuzarán los perros si por un instante, y a título de hipótesis, lo admitimos? ¿Tendremos la humildad de espíritu necesaria para no despejar de volea, con las armas prepotentes de la lógica, lo que desde otras cotas e *imaginativamente* se nos propone?

Dice la Doctrina: «y de esta forma, la corporación de los Maestros Canteros o Constructores de Templos pasó a desempeñar un papel cada vez más importante. Sólo los depositarios de la Ciencia podían levantar un edificio sagrado de acuerdo con los Símbolos. Ante todo había que comprender la Pirámide y el ideal estético por ella representado. Se designó a los Maestros Canteros entre los iniciados laicos, se les dio como emblema la copa de la Pirámide —o sea: el Triángulo— y se les puso el nombre genérico de *Iram* o discípulos de Ram. Sus instrumentos de trabajo se convirtieron en símbolos naturales de aquel Triángulo inicial. Pero el Compás —dos líneas que abandonan un punto para perderse en el infinito— nada producía por sí mismo. Hubo que añadirle un rasgo horizontal mudándolo en Escuadra. La Plomada conducía directamente a la Divinidad, a la vez centro y circunferencia de todo lo creado. Los Maestros Canteros, iniciados en los enigmas del ayer, recibieron el encargo de transmitir al mañana los grandes Arcanos sin caer en la trampa de las revoluciones. Su arte es eterno, porque nadie puede construir espiritual o materialmente sin conocer la Plomada, el Compás y la Escuadra».[100]

Paréntesis. Un amigo lee este párrafo y, bobaliconamente, me pregunta: *¿eres masón?* Esbozo un gesto de planetario desaliento, lo coge al vuelo y rectifica: *¿eran, entonces, masones quienes abrieron el Camino?* ¡Carajo, no! Eso es como llamarme nazi por hablar de esvásticas o católico por rezarle a Cristo. Los masones nacieron a la vuelta de la esquina. Su organización, secreta *ma non troppo,* pertenece a la vacua grey de las sociedades filantrópicas. Se practica en ella un remedo facilón y gestual de esoterismos que en modo alguno poseen. De ahí determinados ritos y bisbiseos, el Compás, los triángulos, el revenido *bouquet* egipcio, la afición al evangelio gnóstico según San Juan... De una vez por todas: los *grupos de iniciados no se manifiestan a los incrédulos.* Y como incrédula —rematadamente incrédula— es la hora actual, basta que un individuo o equipo haga dentro de ella pública profesión de hermetismo para que sin más podamos enrolarlo en el tercio de los farsantes. Otra regla de oro enseña que jamás los adeptos descienden a cuestiones políticas, económicas o culturales. Hoy —y extiendo el adverbio hasta la Edad Media y más allá— proliferan los falsos esoterismos. Es, como todo, un problema de consumo. Los rosacruces se anuncian en la última página de los periódicos. Los templarios teutones acatan la autoridad de Roma. Los atletas practican la posición del loto para conseguir medallas olímpicas. Relamidos griales se exhiben con luz fluorescente en las hornacinas de las iglesias. La Sábana Santa turinesa entra en los hogares de Roma gracias a la solicitud de un telediario. Los masones disponen de cuenta bancaria y organizan ciclos de conferencias en *buildings* de cristal y acero. Los *maharashis* ingurgitan cucuruchos de pistacho, prohíben fumar puerros, se peinan con brillantina y predican la buena nueva a pecosos *teen-agers* de Alabama con altavoces telefunken y desde un platillo volante berrendo en lentejuelas. A su vez, los *maharishis* —ojo a la i— inauguran gimnasios opusdeístas en Huelva para extender la meditación trascendental a ejecutivos acribillados por el feroz anopheles de las marismas y cerúleos ante la botúlica fetidez de las cigüeñas que tienen la desastrosa ocurrencia de repostar en el Coto Doñana... El primer tonto puede abrir un santuario eleusino e inscribirlo en el registro de la propiedad intelectual. Bastan cuatro oraciones, dos abracadabras, un *peplos* de tergal, algún que otro *om* gangoso y un pebetero de sándalo con garantía de origen thailandés importado por el anexo exótico de cualesquiera grandes almacenes. Bueno, lo dicho y también cierta culturilla de la que ahora se lleva: símbolos, terminología junguiana, rudimentos de alquimia... Okay. ¡Con tanto ocultismo guiñando el ojo desde los escaparates de las librerías! Está hecho. Se alquila un chalet. Se imprime un *poster.* Ya llegan los neófitos, ya agitan la campanilla nepalesa del umbral, ya toman asiento en la rala moqueta de color gris, ya crujen sus rodillas, ya consiguen el medio loto, ya nos miran entre tímidos y anhelantes, ya musitan *mantras* de dos sílabas... ¿Y ahora qué, amigos? ¿Cómo se pasa a la trastienda de los gestos? ¿Quién sabe trocar el simulacro en esencia? ¿Quién insuflar un alma en el monigote? ¿Con qué se vende y se come la palabra de Dios? ¿Dónde está el poder? ¿Dónde la lucidez? Sorpresa. Pues sí, para dispensar iniciaciones se necesita *poder,* se necesita *lucidez.* Sin tales requisitos, las artes esotéricas quedan en algarabía de pájaro loco, culta latiniparla, petenera de japonés, película italiana, misa de cura viejo, filosofía de valenciano y buenos días de lorito real. No inicia, en efecto, quien quiere, sino quien *sabe* y *puede.* Lo cual no impide que el artificio arroje a menudo sustanciosos dividendos. Es fácil fingirse poseedor de un mundo sutil y clandestino, que nunca sale por sus fueros. Con una varita mágica sobra para embaucar a infelices. Díganlo las brujas de ayer y de hoy, los astrólogos, los saludadores, las videntes de pago y oficina abierta. Poco importa que la bola de cristal funcione con corriente alterna. Hermetismos de portero sobre los que desgraciadamente será necesario volver. Más adelante. Remacho ahora que en el Camino no hubo masones, sino Maestros Canteros. Y zanjo el paréntesis.

Mil años antes de Cristo, otro hijo de David se impuso la tarea de levantar un Templo. No el inicial, puesto que ya existían las Pirámides, pero sí el primero de la tradición monoteísta (estamos en Jerusalén). Y como sus súbditos —bárbaros pastores nómadas— no conocían más forma arquitectónica que la jaima ni mejor material de construcción que la lona tejida con pelo de camello, el rey sabio tuvo que contratar mano de obra especializada allende sus fronteras. Para ello se puso en contacto con los fenicios, que constituían la vanguardia tecnológica de aquel milenio feliz, y el sátrapa de Tiro le envió el capataz Hiram capitaneando una tropilla de canteros. Ese hábil artesano —puntualiza la leyenda— labró personalmente la famosa columna Jakim y, quizá, la no menos famosa Boaz. En el remate de ambas, añade el *Primer Libro de los Reyes,*[101] se inscribió una flor de lis. También dice que numerosos extranjeros, en posesión de muchos y muy diferentes idiomas, colaboraron en la empresa que a pique estuvo de convertirse en otra Torre de Babel. Pero se salvó el obstáculo: alguien tuvo la hermosa ocurrencia de inventar un código cifrado para que los obreros pudieran entenderlo sin necesidad de proferir sonidos. Algo así como un esperanto gráfico de la arquitectura, un sistema de señalización similar al que siglos más tarde introdujeron los sabios de Grecia en el recinto de la geometría. Y se llamó *Péndulo* o *Sello de Salomón* a la figura resultante de agrupar dichos símbolos alrededor de un círculo. Todo esto trajo cola. Buena parte de las tradiciones herméticas posteriores, sujetas por evidentes causas de fuerza mayor a la órbita del cristianismo, encontraron un *background* aceptable en la epopeya de Jerusalén. Ésta, por lo demás, en nada desmerece de las que respectivamente desplegaron egipcios y chinos en torno a las Pirámides y la Gran Muralla. La misma audacia, la misma ambición. Y la misma locura, ya que en puridad el Templo nunca llegó a terminarse: yendo para definitivo, y esto era en él lo esencial, no supo resistir al furor del tiempo y menos aún a las tarascadas de los babilonios y romanos. Quizá por eso, por tratarse de una empresa sin consumación, se sintió la necesidad de fundar la

Orden del Temple, cuyos miembros consiguieron mantener las canteras abiertas y la luz parpadeando en el sagrario hasta las estribaciones del chapucero siglo XIV. No hubo en ello falsía. Aún hoy, en plena zarabanda de fraudes, la masonería y los rosacruces se dicen depositarios de la misión que el Maestro Hiram desatara... Pero ciñámonos al Camino.

Jakim, en vascuence, vale por *sabio.*[102] Fonéticamente no es muy difícil sacar de ahí Yago, Jacques, Santiago, Jacobo, Jaume, Jaime, James, Diego y otras variantes del prenombre apostólico. Fonológicamente no hace falta más para convertir en lumbrera al apóstol. Y si por añadidura nos percatamos de que el jalón inicial del primer Camino estaba en Jaca, topónimo derivado del latín *Iacca* y quizá del éuskaro *iak* (sabiduría), habremos fabricado un bonito caleidoscopio etimológico, de gran utilidad para redondear teorías deleitando de paso al investigador y a su público. Bien sabido es que las radicales y desinencias, llaves maestras del positivista, abren todas las cerraduras menos, por supuesto, la de la puerta principal. Lo que puede demostrar casi cualquier cosa, rara vez demuestra algo. Cerremos, pues, la caja de Pandora y guárdese el filósofo su linterna mágica por muy cómoda que en este momento nos resulte.

Abundando en lo mismo, se revelan harto más significativas (y, para la ciencia al uso, engorrosas) las coincidencias formales señaladas entre los jeroglíficos del *Sello de Salomón* y los que tanto abundan en los canchales de Galicia (aún hoy pueden verse sobre las losas de la catedral compostelana, junto a compases, triángulos, candelabros y otras yerbas)[102] o en los despojos neolíticos de Alvao y Glozel.[103] Cabría soslayar el asunto recordando que tales signos menudean a partir de la cristianización del Mediterráneo en casi todos los edificios de carácter religioso e inclusive invaden el enigmático espacio circular de los crismones románicos y góticos. Sin duda. Lo malo es que los petroglifos gallegos y portugueses, para circunscribirnos al ámbito peninsular, llevan en sus tumbas de piedra mucho más tiempo del imputable al alfabeto de Hiram.[104]

Y aquí empieza lo fantástico. ¿Serían los arquitectos de Jerusalén discípulos, que no maestros, de mis antepasados? ¿Hubo ya en el primer milenio antes de Cristo almogávares precoces, místicos aventureros de Hispania lanzándose al Mediterráneo con miras a colonizar, a transmitir secretos y a propagar culturas? ¿Deberíamos ponerle un nombre más español, o gallego, a esa ruleta de símbolos que universalmente ostenta el de Salomón? ¿Usurpa éste una gloria ajena como veinticinco siglos después lo haría el artero Vespucio?

Vuelve así a dibujarse el enigma de Gárgoris y Habidis: ¿en qué sentido pasaron los curetes el Estrecho? Los viajeros cabales recorren por lo menos dos veces cada camino. Les obliga a ello un resorte psicológico análogo al del criminal que involuntariamente merodea por el escenario de su crimen. Ya lo hemos visto: no parece imposible que los celtas vinieran a Galicia para devolver o recuperar algo que desde Galicia habían recibido. O que sus oscuros ancestros sacaron de allí (o allí dejaron) al emprender el gran éxodo posdiluvial. No le daré más vueltas a este acertijo sin solución. Pero sí a todos los que en términos muy similares propone a partir del año mil a. de C. la peregrinación que después se llamará jacobea.

Y aun eso sin quitar ni poner rey, acogiéndome a la autoridad del prójimo.

Los *compagnonnages,* miembros de una sociedad secreta de canteros que resistió en Francia hasta mediados del siglo XIX,[105] se consideraban sucesores (por vericuetos iniciáticos) de un tal *Maître Jacques,* pirenaico, adepto, tránsfuga y místico de la piedra, cuyos misterios desentrañó antes de cumplir los quince abriles. Tan grande llegó a ser la fama de este artesano a uno y otro lado de los mares, que el propio Hiram invocó y obtuvo su ayuda para la construcción del Templo.[106] Consta que naves libanesas acudían por aquel entonces a Tartessos y no consta —pero suele admitirse— que también subían hasta el litoral gallego en busca de estaño. No es ningún disparate histórico imaginar que las gentes de Tiro pudieran conocer y contratar *in diebus illis* a alarifes pirenaicos por los muelles de Galicia. Si los fenicios inventaron el comercio tal como hoy se entiende, ¿por qué no iban a adelantarse en lo relativo a la fuga —o importación— de cerebros? La mitología y el estudio de los símbolos suministran (por su parte) otras razones que parecen abonar, si no avalar, la tesis de los *compagnons.*

(Claro que aun admitiendo consanguinidad entre el código de Hiram y los petroglifos gallegos, así como la mayor antigüedad de éstos, no es forzoso atribuirles parentesco en primer grado. Signos análogos, e igualmente remotos, sobrevivieron en otras partes: Egipto, la India, la América precolombina... Quizá todos provengan directamente de la Atlántida, o lo que sea, sin necesidad de eslabones intermedios. Por lo que a mí respecta, el tema está agotado. Me remito a los capítulos iniciales.)

Leitmotiv de la simbología esotérica es, como sabemos, el laberinto. Aquí y allá, a uno y otro lado del océano, en Galicia y en el Nilo, en el Himalaya, en el Egeo, en las Montañas Rocosas, en el Yucatán... Y, por supuesto, en el Camino, en los mil caminos de Santiago. Los canteros plantaban ese emblema circular en el piso de las catedrales y después, en el centro del espacio mágico así delimitado, allí donde otrora bufase el Minotauro, inscribían a martillazos el nombre o siglas de su respectiva corporación. ¿Mera rúbrica o, acaso, instrumento de enseñanza, diapasón de armonías religiosas, regla para calcular proporciones celestiales? Algunos autores irán más lejos: el laberinto —dicen— responde a todas las preguntas del hombre sobre su pasado.[107] Los hindúes de hoy, los *hopis* de ayer y los cretenses de anteayer han intentado desentrañar, en pleno *aquí* de la historia, el secreto (quizá atroz o insoportable) de esta imagen. *¿Jacobea?* Jacobea, sí, y doblemente: por ártabra y por su obsesiva presencia en cuanto de cerca o de lejos, de antes o de ahora y de perfil o de frente se refiere al Apóstol. Como si fuera una especie de maldición. O lo contrario. No deja de tener gracia, y hasta un adarme de arquetípico fatalismo, que el gran gallego y gran mitólogo Vicente Risco imaginara —allá por las boqueadas de los felices veinte— un encuentro con Stephen Dedalus en las calles y plazas de Compostela.[108] El *artista adolescente* —se nos explica— había elegido este enclave como reloj de su hora suprema. Nada que objetar, tratándose de tan famosa, tradicional y concurrida dársena del Hades. Pero ¿por qué precisamente *Dedalus* y no Bloom, Aschenbach, Necht o cualquier otra figura emblemática (y mortal) de las que a puñados inventó la literatura de entreguerras? Risco, hombre de exquisita cultura, se vio ciertamente en un aprieto a la hora de escoger. Por algo lo haría.

Y ya no cabe postergar el análisis de lo que a todas luces encierra la segunda clave gráfica (o encrucijada esotérica) del Camino: la *pata de oca,* representada por tres rasgos que convergen y terminan en un punto. Esta señal, como la del laberinto, disfruta de unas tragaderas prácticamente insaciables: por ellas, una vez más, se colarán los detritus del inconsciente atlántido, los petroglifos de Galicia, las logias de los maestros canteros y la ramificada liturgia o superstición del Apóstol. Es decir: todo lo necesario para que otra borrachera sincretista se líe a trastornar garabatos de factura casi infantil.

La oca fue para los antiguos animal benéfico, tótem de la *Magna Mater* y símbolo de la desencarnación o regreso del alma a las esferas escatológicas.[109] Los egipcios la equiparaban al sol naciente en el momento de romper la cáscara del huevo primordial y, de acuerdo con ello, terminaron convirtiéndola en jeroglífico alusivo a la muerte del faraón. ¿A quién no le resultan familiares esas hermosas pinturas del Nilo donde una o varias palmípedas remontan el vuelo desde el pecho de una momia? Espíritus reales, correveidiles entre la tierra y el más allá. Los sacerdotes de Osiris anunciaban al pueblo (y al orbe) la entronización de un nuevo soberano enviando cuatro ocas inmaculadas rumbo a los cuatro puntos cardinales.[110]

También los celtas creyeron a estas aves farautes encargados de acortar distancias entre la tierra y los infiernos. Los bretones se negaban a comer su carne por considerarla sagrada.[111] Los germanos propusieron la efigie inolvidable de Lohengrin, caballero en un cisne. Los nórdicos identificaron la ascensión iniciática del *homo* sanchopancesco con la fábula de un niño —Nils Holggerson— que recorre la historia y la geografía de sus mayores abrazado al cuello de un pato silvestre.[112] Los romanos *prima maniera* atribuyeron la precoz salvación de lo que otros llamarían cultura occidental a un intencionado jabardillo de gansos capitolinos. Los gallegos aún incluyen las plumas del Auca entre las herramientas imprescindibles para practicar con éxito las artes mágicas, aunque su virtud —añade el capítulo segundo del inefable *ciprianillo*— sólo resultará verdaderamente eficaz si el animal «es macho y tiene todo el crecimiento».[113] Los ocultistas consideran el Juego de la Oca,[114] derivación de un símbolo móvil cuyo curso hilvana las venturas (jardines, puentes, embarcaciones) y desventuras (pozo, prisión, posada, calavera) de este valle de lágrimas antes de que el espíritu vuelva, desencarnándose, al seno de la *Magna Mater.*[115] Los hombres, representados por fichas de colores, avanzan, se detienen o retroceden al hilo de un tablero que es el gran teatro del mundo. Su marcha, lenta en lo que depende de los dados, se acelera bruscamente cuando la casualidad los arroja en la casilla ocupada por el animal mágico. Entonces, el jugador —niño o adulto— salta por encima de las miserias cotidianas canturreando: *de oca a oca y tiro porque me toca.* Vuelve la moneda al aire. Abajo, en diestro y siniestro acecho, aguardan los Arcanos. Ya veremos cómo el *tarot* también tiene su baza en el *rien va plus* jacobeo. Una de las insidias reviste, precisamente, la forma de un laberinto. Adentrarse por sus recovecos equivale a perder varias jugadas. Al final se abre un espacio ilimitado y sublime por el que se contonea un gigantesco palmípedo, algo así como el director de esa especie de oficina postal con carteros alados que continuamente cubren la ruta entre el acá y el acullá. La última casilla —el Empíreo o la región de los muertos— puede alcanzarse pasito a pasito, por nuestros tristes medios, o salvando abismos en volandas de aves iniciáticas. Lo curioso es que el juego no se da por concluido cuando la primera ficha entra en la meta. Tienen que hacerlo, una por una, todas las demás. Lo importante, por lo tanto, no es competir o ganar, sino llegar. O sea: *morir.* Se trata de un verdadero programa existencial o apólogo lúdico entendido como *magister vitae.* La pedagogía moderna postula entretenimientos infantiles que, sin dejar de serlo, resulten educativos. Me pregunto: ¿juegan a la Oca los niños de hoy?

Los druidas *estudiaban* la pata de este animal o, mejor dicho, su representación: los tres radios convergentes,[116] símbolo emparentado al laberinto que también se presta a muchas y muy curiosas metamorfosis. Dirigido hacia arriba parece un tridente: es el arma o cetro de Poseidón, señor de los atlantes. Ya sabemos que también puede convertirse en diagrama de la vieira o concha apostólica. Y uniendo dos de ellos por sus vértices se obtiene la rueda de seis brazos o crismón, símbolo predilecto de la arquitectura cristiana en la Edad Media confiado a la discreción y buenos oficios de los maestros canteros. Éstos inscribirán en su interior el alfa, el omega y las demás letras griegas necesarias para componer el anagrama de Cristo. ¿Nos sorprenderá enterarnos de que todas ellas aparecen también, y a gogó, en los tantas veces mencionados roquedales de Galicia? Escribe Charpentier: «en la semejanza de los petroglifos gallegos y los signos lapidarios de los constructores reside el mayor misterio del Camino y, posiblemente, la solución a los numerosos enigmas que éste dibuja.[117]

Pero no acaban ahí las sombras chinescas. Los crismones más antiguos pertenecen a las iglesias románicas del Pirineo.

Por lo que hace a España, está demostrado que el foco propagador de ese símbolo fue la catedral de Jaca, o sea, el primer edificio religioso de importancia que los peregrinos encontraban al entrar en la Península. Habría mucho que decir sobre ese arduo conglomerado arquitectónico, escrito en clave, a partir del cual —y gracias a un juego sutil de variaciones y contrapuntos— se desarrolló *in crescendo* todo el románico aragonés y parte del castellano. Los crismones —dirá atinadamente un arqueólogo de Soria— parecen arrancar «de la pequeña corte de Jaca, cuyas arcaicas producciones escultóricas fueron, ya en el siglo XI, capaces de grandes empresas. Durante esta etapa artística del primer románico se esculpen en los tímpanos de Jaca, en San Juan de la Peña, en San Pedro el Viejo y en el claustro de la catedral de Huesca, de donde irradian hacia Armentia, Briviesca y Santiago, jalonando el viejo camino de Compostela».[118]

Canterías, Pirineos, jeroglíficos rasguñados en el interior de un círculo, aproximaciones al apóstol: ¿estarían en lo cierto los *compagnonnages*? ¿Colaboró en la construcción del Templo algún *Maître Jacques* o Maestro Yago nacido entre las fragosidades españolas y francesas de los *pueyos*? ¿Es el crisma o doble pata de oca amagogía jacobea del Péndulo de Salomón? ¿Qué cuerda pulsa el nombre de Cristo en esta sinfonía precristiana de la piedra? ¿Existieron letras griegas antes de que la Hélade inventara su alfabeto?

La perplejidad crece al constatar que los *agotes,* minoría étnica acurrucada desde siempre en el Pirineo navarro, llevando obligatoriamente —y como estigma deshonroso— una pata de ánade bordada en la túnica. La norma se mantuvo en vigor por lo menos hasta mediados del siglo XIX. Pero este grupo marginado merece un capítulo aparte y lo tendrá.[119]

Cabe rastrear presencias de crismones, mejor o peor disimulados, en todo el ámbito europeo y medieval de la liturgia romana. El arte gótico, fiel a su propósito de buscar un nuevo equilibrio por la vía del exceso, los transformará en recargados rosetones, sin atreverse —como la lógica ornamental mandaba— a suprimirlos por las buenas. Los alquimistas eliminan las letras griegas (que pasarán a componer el famoso y hasta el momento indescifrable criptograma *sator arepo tenet opera rotas*), pero conservan las aspas y el círculo, en cuya combinación —decían— se manifiesta el *Spiritus Mundi* o fuerza universal necesaria para activar las mutaciones de la Gran Obra.[120] Con posterioridad, la más cristiana de las sociedades secretas se incauta del signo y toma nombre de él, atribuyéndose (y atribuyéndole) el de *rosacruz*. El símbolo colea incluso en la torpe hora actual, tan dada a confundir lo bello con lo nuevo.

Y sin embargo —a pesar de su ortodoxia, difusión y permanencia— se hicieron menos crismas de los que lógicamente cabía esperar. Los canteros, por motivos que no se nos alcanzan, los dosificaron con parsimonia y cicatería. Se perciben vacilaciones, unción sagrada y cierto sentimiento de culpa detrás de cada uno de ellos. «Su empleo en el arte medieval cristiano —puntualiza Teógenes Ortego— fue muy escaso. El *pantocrátor*, el Cordero Místico y otros símbolos del cristianismo sustituyeron al crismón en las obras maestras de gran porte.»[121] ¿Por qué? ¿Cuál es la clave de este atávico remordimiento, de esta absurda reticencia a propósito de algo que la Iglesia de Roma admitía y la opinión pública respetaba? Ya dijimos que el maestro Hiram, según afirma el *Libro de los Reyes*, ordenó grabar una flor de lis en el remate de las columnas Jakim y Boaz. «¿Lis, tridente o pata de oca?», se pregunta Charpentier.[122] Es decir: ¿cultos poseidónicos, litolatrías o cristianismos? Por ese entrevero van los tiros...

Muchas ocas graznan en el Camino. Y no es chiste, sino toponimia. Hay un *río Oja* que da *Rioja*: saben los fonetistas —y quien, como yo, tuvo la desgracia de enseñar castellano a estudiantes japoneses— que entre el sonido velar *ca* y el gutural *ja* media un breve desliz articulatorio. Otro *río Oca* fluye en los *Montes de Oca*. Existe un *Ocón* al oeste de Astorga y un *Puerto de Oca* cerca de Compostela. Pasada ésta encontramos una aldea de *Oca* en la ribera del Tambre (que va a dar, por cierto, en la ría de Noya o de Noé). Y atrás, junto a Pancorbo, quedó ese *Nanclares de Oca* que tan triste y efímera notoriedad alcanzara al término de la guerra civil...[123] Nos sorprende leer en el *Poema de Fernán González* que el culto jacobeo llegó a tierras burgalesas justamente cuando *era Castilla un pequeño rincón / y era de castellanos Montes de Oca mojón.*

Pero «dicen los estudios históricos que en Galicia, y muy especialmente en la provincia de Pontevedra, todos los canteros del país tenían constituida una asociación secreta en la cual se hacía uso de un lenguaje misterioso (...) Denominaban a este idioma *latín dos canteiros* o *verbo das arginas*; y en él transmitían de generación en generación el arte de tallar la piedra, en la cual los obreros gallegos tenían fama de maestros. Por la forma misteriosa que empleaban, fue calificada dicha asociación de masónica».[124]

«Morrón: pra cubicar muriar xidavante / da argina, xeres interbar o verbo das arginas xejorrumeando explicas es deeglase / dadellastadaria e xeras enenvestar moxe xido. // Cando anisques solote polo deundo a / murriar como artina, xera jalrruar toi com- / pinches, o nobis verbo si xeres te or- / meando aprecio, os do gichoficienes e nen- / de te xerian perreamente os lapingos / e buxos. // Xilón, nexo agiote; xilón, nexo chumar; / xilón, nexo esqueirar; xilón, xido cabancar; / xilón, xido entileger; xilón, xido vay, xilón / xido murriar.»[125] Juro que no es chacota, inocentada o changüí, sino volapuk de canteros y germanía de pontevedreses. ¿Quién fue antes: *Rayuela* o la gallina? Ah, chafarrinones de chanfaina manchando la pechera del chorra charro. Oh, jabatos trasconejados y jodidos por jáquimas, jabalinas o jábegas manejadas por jíbaros con jipijapa enjaulados en jabalcones. ¡Evohé, Javaloyes! Se me esperrigan los putisterios y chafanjardan las jimelgas respondiendo de que el susodicho párrafo en *verbo das arginas* chanélase como sigue: «muchacho, para aprender bien el oficio de cantero necesitas saber el idioma en el que se explican las leyes de la talla de la piedra. Cuando salgas solo por el mundo a trabajar como cantero, hablarás con tus camaradas de oficio nuestra lengua, si es que quieres te estimen y no te traten mal los señores y los maestros. Hombre: no serás ladrón. Hombre: no serás bebedor. Hombre: no serás embustero. Hombre: serás caritativo. Hombre: serás instruido. Hombre: serás veraz. Hombre: serás trabajador». Este heptálogo, como las *tablas* de Moisés, también se conserva *en piedra*. Faltan los tres primeros mandamientos: los referidos a la Divinidad. Lógico. Se trata de un código para andar por el mundo sin descalabros excesivos. La traducción no es mía.[126] Nadie me ha enseñado el latín de los canteros, aunque al parecer existió una gramática de tan raro cocoliche. La tuvo —escrita a mano— cierto clérigo apellidado Vanden, si bien luego desmintió el rumor (con inusitada vehemencia) otro hombre de sotana: Nicolás Bezares, párroco de Morillas.

Todo son misterios en este terreno virgen de la dialectología hermética peninsular. El investigador, algo perplejo, chapotea en viscosos lodazales que ora se le antojan travesuras de Cela, ora macabreces de Poe (ese gentilicio Vanden...), ora películas de Hitchcock. El manuscrito número 7.209 de la Biblioteca Nacional contiene, entre otras cosas, una carta ológrafa del eclesiástico en cuestión. Dice don Nicolás: «yo atribuyo que este dialecto sigiloso lo habrán tomado de los vizcaínos por ejercer estos provincianos el mismo oficio que los habitantes de esta comarca (...) El método de vida de estas gentes es el siguiente: los varones, cumpliendo quince años poco más o menos, siguen a sus padres, parientes o vecinos para el aprendizaje de canteros y muchos de carpinteros...».[127] El abuso de demostrativos y los errores ortográficos, dignos de Guillermo Brown, más añaden que quitan a la energía literaria de esta joya epistolar, fechada seis lustros antes de la Comuna. Nótese la espléndida lítote *dialecto sigiloso* y cárguese lo de vizcaíno en la cuenta de una época y un país que —vaya usted a indagar la razón— solía tomar a los tales por banastas de trapero, estuche de gato con botas y zurrón de lo maravilloso. Aunque quizá no anduviera tan descaminado el bueno de don Nicolás, pues en la jerga abundan los términos de origen éuskaro «y también, en menor medida, los vocablos de ascendencia francesa, latina, catalana, griega, sánscrita, arábiga, portuguesa y bretona».[128] Los vizcaínos —según reconoce el maccarthyano historiador V. de la Fuente— eran además los únicos españoles que podían tratar de tú a los lerenses en esto de la cantería.[129]

Morillas pertenece a la provincia de Pontevedra. En ella —y sobre todo en Caldas de Rey y el valle de Cuntis— se encuentra el foco difusor del *verbo das arginas,* que algunos prefieren llamar *monserga.*[130] Asegura Ballesteros Curiel que más de veinte mil gallegos, sin contar a leoneses y asturianos, conocían la jerigonza en 1919.[131] Nadie, que yo sepa, se ha preocupado de poner al día este censo. Los picapedreros de Pontevedra siguen siendo los más hábiles de Galicia. Muchos residen en Santiago, ciudad «donde nunca han dejado de tener trabajo los canteros y albañiles».[132] Entre los cuales, además, «se ha observado cierta especie de masonería. Sin que sepan los otros lo que están diciendo, se apoyan mutuamente y se recomiendan y favorecen de un modo muy marcado».[133] Dice, en gallego, una sentencia lerense: *sete xastres fan un home, / sete peneireiros outro, / un canteiro home e medio / e pra dous, fáltalle poco.* Y otra, en castellano: *los canteros valen oro, / los carpinteros, la plata, / cesteros y zapateros / es moneda que no pasa.*[134]

Ningún indicio, sin embargo, autoriza a pensar que el *verbo das arginas* se inventó en Galicia y menos aún en Pontevedra.

Consta que es muy antiguo y que todas las jergas de mester localizadas hasta ahora en la Península le deben algo,[135] pero el análisis lexicológico obliga a buscarle coordenadas lingüísticas aún más amplias. La *monserga* no nació en sus baluartes históricos: *llegó* a ellos... Y entonces, ¿quién la trajo?, ¿de dónde vino? Ballesteros Curiel, único investigador al que cabría tildar de *relativo* especialista en este asunto, formula hipótesis tan audaces que casi suenan a insolencia. «Aún hoy —dice— se ignora quiénes fueron los primitivos pobladores de España (...) Los últimos descubrimientos han probado la existencia de una raza antiquísima que tallaba la piedra y trabajaba el bronce (...) ¿Será una ligereza suponer que el *verbo das arginas* procede de ella?»[136] Y, resucitando a Estrabón (el único borriquete firme que tenemos para bucear en nuestra cuna), califica de vascoibera a dicha raza, la asienta en Galicia, la supone posteriormente aherrojada o desterrada por otros grupos étnicos y concluye que, en tanto se borraban sus instituciones, «una colectividad o asociación recogió aquel idioma antiguo para transmitirnos misteriosamente el secreto de la piedra».[137]

Si abuso de las citas es para que no se me imputen exageraciones en terreno tan abonado a ellas. Recaiga la responsabilidad (o el coraje) en otras espaldas. Por lo demás, evidentes barreras cronológicas me han impedido estrechar lazos con el señor Ballesteros Curiel. Ignoro, pues, si este individuo gustaba de evocar espíritus con un velador de tres patas o tenía la costumbre de taconear vestido de blanco por los cementerios. Más bien parece sensato filólogo de provincia adscrito a la escuela pidaliana. Tampoco imagino a Estrabón pisaverdeando entre grimorios y jorguinas.

Como diría nuestro erudito: ¿será ligereza suponer que el arte de la cantería nace en las estribaciones pirenaicas y desde ellas, a lo largo de un eje que *grosso modo* se hará jacobeo, avanza lentamente hacia una tierra de promisión —Galicia— en donde echa espectaculares raíces y alcanza definitivo desarrollo? Esta hipótesis tiene la ventaja de conciliar los requerimientos de la cordura, los datos de la historia y las creencias de la mitología.

Es lógico que surjan artesanos de la piedra en lugares donde piedra hay para dar y tomar; y lo es también el que esos artesanos emigren en busca de aglomeraciones demográficas necesitadas de arquitectura civil y religiosa. De nada sirven los materiales de construcción a la habilidad en manejarlos sin príncipes que levanten castillos, obispos que deseen iglesias, burgueses que demanden techo o vehículos que exijan calzadas. En una palabra: enclaves urbanos. No podía haberlos —y no los hubo— en aquella glacial, salvaje y escabrosa cordillera. Pero ¿y en Galicia? ¿Por qué el éxodo se detuvo allí? Los espíritus pedestres disponen de un argumento asombrosamente razonable: el mar. Y no un mar cualquiera, sino el Tenebroso por antonomasia.

Por lo que hace a la historia, es evidente que la ruta en cuestión corre paralela a la seguida por el arte románico en particular y por las líneas de fuerza de una determinada cultura (francesa, germánica y mediterránea) en general. Tan trillado *por canteros* parecía estar ya en la Alta Edad Media ese camino que la arquitectura cristiana ni siquiera hizo por hurtarse a él. En sus flujos y reflujos, yéndonos más atrás, sugiere Charpentier que pudo aprender Europa a utilizar el mortero.[138] Esta invención romana permitía construir bóvedas. Tras ellas vino todo lo demás.

Mitológicamente, el tránsito de los canteros pirenaicos hacia el finisterre armoniza el Jacques de los *compagnonnages* con el Yago de Compostela, la pata de oca de los *agotes* con el crisma de los cristianos, el *perpetuum mobile* de Jerusalén con el cauto sedentarismo de Roma, la altiva apuesta de Salomón con la efectiva construcción de un Templo capaz de acoger sin cicaterías ni partidismos a cuantos se profesan sedientos de espiritualidad.

Pero la hipótesis también se apoya en argumentos menos abstractos y ambiciosos.

Dijimos que sólo los canteros de Vizcaya igualaban y aun superaban a los gallegos en el ejercicio de un arte cuyos polos españoles coinciden con los dos extremos del Cantábrico. En realidad, y por lo que hace al sector más oriental, los artesanos de mayor prestigio no venían (ni vienen) de Vasconia, sino del minúsculo valle santanderino de Trasmiera. Donde, por cierto, iba a acuñarse otra algarabía para uso exclusivo de *alarifes, maestros, compañeros y neófitos: la pantoja.*[139]

Prez de esa comarca, y de aquel gremio, fue nada menos que Juan de Herrera, el enigmático (y emblemático) autor del monasterio escurialense. ¿Por qué Antonio Machado lo imagina masón, por persona interpuesta, en su controvertido elogio al *joven meditador* José Ortega y Gasset? *Coronente, dilecto / de Sofía arquitecto. / Cincel, martillo y piedra / y masones te sirvan; las montañas / del Guadarrama frío / te brinden el azul de sus entrañas, / meditador de otro Escorial sombrío.* Intuiciones de poeta... Juan de Arfe, en una octava, no tan ambagiosa, diría: *Más otro sucedió, y tomó la mano / no menos que el hoy célebre arquitecto. / Éste fue Juan de Herrera, trasmerano.*[140] Y de la Villa de Camargo, a mayor abundamiento.

Por extraño que pueda parecer, no escaseaban los títulos y timbres de nobleza entre aquellos obreros manuales. Suele citarse el caso de Juan González de Acebedo, que tuvo dos hijos Presidentes del Consejo de Castilla, un tercero Merino Mayor del Valle y el benjamín ascendido a Gobernador del Principado de Asturias. Los cuatro pusieron el mingo en los Santos Lugares e intervinieron como puntas de lanza en más de una orden militar.[141] Estirpes así no se han agotado, pero malviven y poco a poco degeneran en la cazurra España de hoy, cuyos habitantes ha mucho que prefirieron la vergüenza barata del plástico a la eternidad y hermosura de la piedra. Dudoso negocio. Los maestros trasmeranos —a la fuerza ahorcan— están volviendo al camino, aunque no precisamente como romeros del Apóstol. Bastantes hay ya instalados en la América anglosajona, que no les regatea bloques de granito ni libertad de inspiración.[142] Cuchicheos en *pantoja* galvanizan las canteras gringas, mientras nuevas generaciones de cincel y martillo —criadas con habichuelas dulces— se disponen a salvar los últimos pelos del lobo. ¿Bendecirá alguien lo que Machado hubiera definido *luterana prole*? España, sea como fuere, pierde otra verdad y otro bocado de aquel famoso patrimonio que la retórica de los gobiernos y la voracidad de unos empresarios con patente para desmanes ha reducido a la patética condición de esqueleto enjalbegado. Mejor. Al hoyo con los cadáveres de esta península maldita. Dése tierra sin titubeos al ángel de las alas rotas. *Don't they kill horses?*

El *verbo das arginas* y la *pantoja* son las germanías de gremio más ricas y más antiguas, pero no las únicas que en estado comatoso aún se tartajean por las estribaciones del Cantábrico. Los tejeros, canteros (u *orguinos*) y *goxeros* de Asturias conservan en su almario (y en sus bocas) la *xíriga,* tan castiza que ya el poeta clerizángano del *Libro de Aleixandre* hubo de dedicarle medio tetrástrofo hilvanado con el vidrioso español y remisa ortografía del *duecento:* «este girgonz que traen por las tierras e por calles / non se contrabandiçcos entre los menestrales».[143] Los *goxeros* o hacedores de banastas proceden de los valles de

Peñamellera y sólo transmiten su algarabía a los aprendices. Los tejeros o *tamargos,* menos recelosos y casi siempre oriundos de Llanes, rara vez ponen trabas a la curiosidad del filólogo. Aún hoy, o anoche, «algunas casas comerciales fundadas en México por personas del Oriente asturiano exigen a sus vendedores llaniscos que sepan la *xíriga*».[144] Acaso no es la primera vez que este dialecto cruza los mares.

En Miranda, a muy pocos kilómetros de Avilés, los caldereros no han olvidado el *bron* de sus mayores. ¿Alude ese ronco monosílabo al material que tales artesanos reservan para sus obras más bellas o se trata, como algunos investigadores aseveran, de una clave cronológica referida nada menos que a la Edad del Bronce? Dicho de otra forma: ¿vinieron los caldereros con los celtas y traían ya, o forjaron entonces, esta germanía inextricable? Sus voces nos devuelven al Génesis, a la estirpe de Caín, a los herreros y alquimistas, a los secuaces de Kali y en definitiva a los gitanos, que con tanto celo preservan su caló. Pero el tema excede aquí al ámbito de los oficios, vuela, es ya asunto de raza, exige un capítulo aparte...

¿Dónde queda el román paladino? ¿Dónde el éuskaro y el gallego? ¿Dónde los dialectos lerdos de la plebe: el baturro, el ribereño, la galiparla, el pejino, el bable, el sayagüés...? Farfolla, guirigay y trápala, frufú con el cual suele el pueblo fablar a su vecino. Y vehículos para la verdad de los porqueros. La otra, la de los agamenones, pide claves, jeroglíficos, rodeos, aduanas, adverbios disfrazados de nombres propios, sílabas heridas, géneros epicenos, sinécdoques que son metonimia de una prolepsis, irrepetibles trampantojos de sibilantes y guturales, haches parlanchinas, iotacismos, triptongos gangosos, ultracorrecciones cacofónicas y paronomásticas ortoépicamente pronunciadas con zazosas apofonías que acurrándose no hacen sino elidir predorsales licuantes e implosivas con la sola finalidad de sincopar la sobresdrújula al quiebro articulatorio del fonetismo sandungueramente interdental proferido con húmeda lasitud por una experta lengua de trapo. Así los ciegos en general[145] (Sábato sabe), los cesteiros de Mondariz, los tejeros de Tomiño (que hablan la *jalleira*), los barquilleros de Parada del Sil, los afiladores que todavía anuncian su presencia soplando (como los cabrerizos albaneses) en la flauta pánica de diez notas y los mil y un gremios ambulantes cuyos miembros, año tras año, se lanzan a España y al mundo desde los municipios aurienses de Nogueira de Ramoin, Pereiro de Aguión, Paderne,

Esgos y Macada.[146] Todos ellos, y aun otros, se entienden en *barallete,* indiscutida lengua franca de quienes ejerciendo un oficio no desean o envidian clientela fija, sino estar a la que salga. Son paragüeros, sogueros, cedaceros, buhoneros, cesteros, segadores, churreros, músicos, heladeros, cordoneros, pañeros, «*naceiros, xabarreadores, arreadores, viveleiros, gobernadores, xingreiros, follateiros* y sus *guezos* y *mutilos,* además de los que viven de la caridad pública, como los *bornas* y *panarras,* y de quienes —como los *lapetas*— disponen sin empacho de los bienes ajenos».[147] ¿Lapetas, bornas, panarras, guezos y mutilos? ¿Quién da razón de estos voquibles, escritos (o impresos) en 1953? Sólo del tercero hace mención el diccionario: *panarra* vale por *individuo cándido y perezoso.* Cabe suponer a *lapeta* trivialización de *lapita,* aunque resultaría más bien arduo establecer conexiones semánticas entre los rateros de la provincia de Orense y los invictos rivales de los centauros. Confieso mi ignorancia respecto a las demás voces transcritas en cursiva. Y mi curiosidad, que acaso alguien pueda resolver. Pero una y otra carecen aquí de importancia. La tiene, en cambio, constatar en qué medida y cuán poco tiempo puede empobrecerse la nómina de un país cuyos pícaros y artesanos ambulantes se dejan guindar por el señuelo del salario fijo, mínimo vital, con escala móvil y etcétera. Ya nuestro país adelanta, ya tenemos millones de proletarios adscritos a la gleba de la urbe. Los nómadas aventureros y venturosos de un pasado aún presente son ahora sedentarios obreritos con televisión, diván de skay para saborear los programas zapateros que desde ella se le brindan y ratonera facilitada por el Ministerio de la Vivienda en algún azufroso punto de los barrios periféricos. O bien —lo que casi asusta más— emigrantes que viajan a campos yertos de la yerta Europa industrializada para regresar un lustro después, por la Virgen, a Morón de la Frontera y airear en el café de la plaza un mechero electrónico y dos pares de calzoncillos *for executive* imitando piel de leopardo. Nómadas y emigrantes o la cochambre que va de ayer a hoy... Con espanto me entero de que en los macizos argelinos del Hoggar y el Tassili, relativamente cerca de la ciudad donde en estos momentos le doy a la máquina, varias tribus de tuaregs han decidido autoextinguirse por el drástico sistema de la abstención sexual. Vivir (o sea: caminar y comerciar) les parece absurdo en el contexto de un Sahara surcado por camiones diesel. Tuvieron abuelos, pero no tendrán nietos. Lo de creced y multiplicaos, se conoce, es derecho exclusivo de quienes ceden al chantaje de la sociedad tecnológica. Ese futuro ya ha comenzado. Y no trae el corazón antiguo que cierto escritor le imaginara. Hace cosa de tres meses, yo mismo vi centenares de camellos muertos en la desolación sin orillas del Sahel. ¿Por la sequía? Sí, por todas las sequías...

El *barallete* es o fue esperanto jacobeo, cenismo de babel, germanía de patriarcas, truhanes, ribaldos, lapetas, peregrinos, pecadoras y macarras. Pero que nadie lo confunda con un argot de cautiverio y malandrines. «Su uso —dice el erudito o curioso que con más ahínco se adentró por él— corresponde exclusivamente a los iniciados (...) a quienes se ganan la confianza de *xabarreadores* y gobernadores. Poner este instrumento de relación en manos ajenas equivale a traicionar las leyes de *a parafusa.* Eso lo inutilizaría de cara al futuro (...) Los vendedores ambulantes suelen lanzar a los profanos tremendas maldiciones en *barallete.*»[148]

Junto a él, la *pantoja,* el *bron,* la *xíriga,* el *verbo das arginas...* Como Clemente XII, también yo creo que sólo recurre al sigilo quien desea esconder algo. ¿Gremios que dedican sus horas libres a la gaya invención de lenguajes cifrados? ¡Prodigioso desatino! Ni los albañiles del Bernabeu ni los picapedreros del Valle de los Caídos ni los trabajadores de los Altos Hornos ni los mecánicos de la Pegaso han sentido hasta ahora la necesidad de reunirse los fines de semana para jugar a guardias y ladrones. La razón es obvia: hoy todo el mundo puede conocer los llamados *secretos del oficio.* Incluso existen universidades laborales, escuelas de adiestramiento y demás coñas franquistoides. El sistema tradicional de maestros y aprendices ha mucho que se derrumbó y, con él, los artesanos perdieron sus señas de identidad. O sea: la conciencia. *No saben lo que son.* Ni podrían saberlo dentro de un mecanismo industrial que con tanto encono separa al hombre del fruto de su trabajo. El menestral hacía *obras.* El proletario fabrica *objetos.* Hoy, en época de gregarismos, se fundan sindicatos. Ayer, en trance de individualidades, bastaba la reserva mental para enfrentarse con éxito a las agresiones del medio ambiente. Suena casi a herejía sostener que los gremios resultaban invulnerables gracias a la vocación aristocrática de quienes en ellos se inscribían. De todos: los adeptos y los neófitos. Había conciencia de clan, que no de clase, y el prójimo allá se las entienda. ¿Puede compararse la autoridad de un *maestro* a la de un profesor o jefe, la obediencia de un *aprendiz* a la de un alumno u oficial? Aquellos artesanos eran grandes señores, mientras sus descendientes no pasan de galopines. Había truco, claro, pero muy sencillo. Se cifraba en transmitir *iniciáticamente* unos saberes enseñados o adquiridos en la *noche oscura* de la humanidad: los secretos de la piedra, del hierro, del bronce... ¿No son las edades en que suele dividirse la prehistoria? O dicho de forma menos mostrenca: los respectivos instrumentos de las tres únicas revoluciones absolutas organizadas por el *homo sapiens.*

El Camino plantea aquí otra de sus charadas. Intervienen en ella grupos de trabajadores manuales que practican el nomadismo, manejan idiomas herméticos inventados ex profeso y provienen casi exclusivamente de las regiones implicadas en la peregrinación jacobea. ¿Era ésta *también* —y sin menoscabo de sus restantes caras— un sendero de perfección a lo largo del cual gentes de determinados oficios recibían las instrucciones necesarias para ejercerlos de conformidad con los planes del Gran Arquitecto? ¿Fue el culto al Apóstol etapa, capítulo o herramienta de un proceso aún más vasto y todavía inconcluso, que sólo se detendrá cuando alguien coloque la piedra cimera del Templo? Ardua tarea para unos cuantos, mientras las masas siguen empeñadas en levantar la babélica torre del progreso. ¡Qué buen tema de ciencia-ficción para el Asimov de las *fundaciones*! ¡Qué rimero de días y trabajos para que un segundo Hesíodo componga su epopeya! Pero ¿quedan hesíodos?

Otro dios, que no es Osiris ni Hércules ni el Nazareno, va a montar su número en la gran farándula jacobea. Se llama Lug, el de la mano larga, o Lleu, el de la mano dura. Lo veneraban irlandeses, bretones y gallegos mucho antes de que los celtas lo adoptaran.[149] Era deidad bienhechora a cuyo cargo corría la protección de los oficios y de los artesanos,[150] «de las personas *ingeniosas,* de cuantos sabían manejar con provecho los materiales de la tierra y las fuerzas latentes en su seno».[151] La geografía del Camino, dentro y fuera de España, postula machaconamente el nombre de este dios. Sin perder el tiempo en detalles que los beneméritos funcionarios del cuerpo de Correos podrían recitar de corrido, parece necesario señalar la *Lugudunum* (después Lyon) de lo que para los romanos era Galia Cispirenaica y la *Lugo* gallega que todavía hoy, tan bien cercada como entonces, eriza su arcaico perfil a sólo ciento tres kilómetros de Compostela. Según Georges Charpentier, la toponimia francesa de Lug dibuja una espiral ascendente cuyo vértice se encuentra en los Pirineos occidentales. Lo mismo sucede en España, aunque aquí el vértice se desplaza en paralelo al Cantábrico. El Camino principal iría, pues, de Lug a Lug siguiendo *una especie de juego de la oca,*[152] algo así como una centrifugadora bipolar que primero atraía peregrinos a Somport o Roncesvalles y luego los repelía en dirección a Compostela. Gráficamente cabe representar este sistema de fuerzas con la imagen de dos tolvas o simples embudos unidos por sus cuellos. Se obtiene así la doble espiral invertida que con tanta insistencia nos proponen los petroglifos neolíticos.[153] Desde esta perspectiva resulta curioso y hasta desconcertante comprobar que los topónimos de Lug corresponden casi siempre a enclaves dolménicos.[154] No es la única coincidencia. Al norte de Cádiz y cerca de Tartessos, en tierras de curetes y turdetanos, existió un *Lago Ligústico* envuelto en misterios que ningún investigador ha atinado a descifrar. En gaélico, *lugos* significa *cuervo* (ya está el pajarito avisador de todas las leyendas diluviales revoloteando de nuevo por Galicia).[155] A propósito: Lug se manifiesta a los hombres por medio del arco iris. O sea: al escampar, al retirarse las aguas. Por último, y para colmo, los celtas irlandeses llamaban *cadena de Lug* nada menos que a la Vía Láctea.[156] Ya es casualidad.

Un hijo del siglo XX podría contar la historia de esta forma: *in illud tempus* hubo cierto pueblo dueño de cogniciones científicas que le permitían alterar el curso de la naturaleza. Cegadas por la soberbia, aquellas gentes forzaron poco a poco el ecosistema hasta sobrepasar un punto crítico a partir del cual la retirada era imposible. Algunos varones de corazón limpio y espíritu despierto (que vanamente se habían esforzado en detener la aturdida carrera de sus compatriotas) construyeron entonces sólidas embarcaciones, las llenaron de plantas y animales (lo único que merecía la pena salvar) y zarparon con ánimo sereno hacia litorales ignotos que además sabían definitivos. Fue luego la catástrofe, la embestida de los geosinclinales, la lluvia sin fin, el *tsunami,* la insurrección orogénica y, seguramente, la guerra, el pillaje, el desbordamiento de los depósitos de energía, las explosiones en cadena... Así, víctimas de juegos científicos y pueriles, aplastados por su ridícula Torre de Babel, perecieron cuantos habían querido asemejarse a un Dios en el que ya nadie creía. Tras el *consumatum est,* los náufragos arribaron a playas novedosas y allí, *en cifra* (para que los homúnculos no tuvieran acceso al saber. Porque ahí estuvo el error: no en adquirir conocimientos, sino en divulgarlos) y *en piedra* (clave de eternidad que ni siquiera otro diluvio acertaría a destruir), dejaron las instrucciones necesarias para que ciertos hombres —los cabales— *colaborasen* con la naturaleza en recíproco provecho. Se trataba, pues, de *iniciar a maestros* artesanos capaces de ejercer su oficio en amor y gracia de Dios. Uno o varios de aquellos héroes desembarcaron en Galicia, grabaron su mensaje, se granjearon el religioso temor de los indígenas y fueron enterrados en dólmenes o castros que miraban hacia el mar. Allí Santa Tecla, Iria Flavia, Noya, Finisterre, el Pico Sacro, Bares, San Andrés de Teixido... Y Compostela. Por todos los rincones de la Península y del Mediterráneo corrió en seguida la fama de que en aquel litoral sagrado descansaba la Ciencia, la Tradición y el Conocimiento. Entonces empezaron los grandes periplos, los éxodos, las navegaciones. Y también la convergencia individual hacia el simbólico cenotafio de lo que aún tardaría mucho tiempo en ser ciudad jacobea. Vino el Habidis de los andaluces, el Lug de los aborígenes, el Osiris de los egipcios, el Herakles de los griegos, el Melkart de los fenicios, el Gwydion de los celtas, el Hiram de los judíos, el Cristo de los gnósticos, el Prisciliano de los gallegos y, por último, el Santiago Matamoros de las tropas leonesas y castellanas. Una tras otra fueron sucediéndose las religiones en ese *exótero* atlántico, borracho de todas ellas, y una tras otra fundieron sus presupuestos con los del mito diluvial allí petrificado. Danza milenaria cuyo paso más reciente se intitula católico, apostólico y romano. Por eso adoramos hoy a Jacobo en el mismo lugar donde nuestros antepasados adoraban a dioses diferentes (pero iguales) y donde razas nuevas adorarán a futuros héroes. Si es que al ciclo actual, tan próximo al próximo diluvio, le queda margen para ello.

Como yo no me considero hijo de mi siglo (al que hubiera antepuesto casi cualquier otro y especialmente los de la piedra), me abstengo de enjuiciar esta plausible explicación de la epopeya apostólica. Parece verosímil, a la luz de cuanto llevamos dicho, y también fascinante, entender el Camino como una brecha abierta por la que se colaban artesanos de todos los mesteres con miras a aprender las leyes áureas de sus respectivos oficios. Pero resulta no posible o probable, sino evidente

—y nadie con un mínimo de buena fe se atreverá a negarlo— que las rutas compostelanas ejercían un atractivo especial sobre los gremios de la construcción. El sabor predominante en aquel ajilimójili de destrezas manuales fue el de la cantería. Quizá hubo talabarteros, forjadores o ebanistas postrados ante la tumba del Apóstol, pero desde luego no faltaron en torno a ella alarifes, masones y *maîtres* Jacques «de esos que bien merecen ser llamados arquitectos, pues trazaban y construían ellos mismos, solos o en compañía, las obras que ajustaban con el acierto, pericia y buen gusto, que deseáramos lo hiciesen ahora muchos de los que pasan por maestros de esta profesión». Lo dice una autoridad irrefragable: Llaguno.[157] Porque en aquella época de hombres libres no se exigían diplomas para desempeñar un oficio, sino habilidad y conciencia. Hoy, patéticos asnos con título destruyen sañuda y presurosamente el hermoso horizonte urbano construido por la artesanía medieval. Y presumen de ello.

La solidez de esta interpretación se hace patente a partir del siglo XI. Durante toda la Edad Media el Camino de Santiago va a funcionar como vía crucis de constructores, y así lo entendieron los primeros peregrinos de la etapa cristiana, ya fueran laicos o tonsurados. Charpentier dirá tajantemente que el báculo del Apóstol se confunde con el legendario *bastón de medidas* de quienes, esgrimiéndolo, hicieron posible el doble milagro del románico y el gótico. ¿Por qué los romeros, según Aymerich Picaud, recibían en Triacastela —cerca ya de la Tumba— una piedra caliza con el encargo de llevarla hasta Castañeda para contribuir simbólica y materialmente a la edificación de la gran basílica compostelana?[158] ¿Por qué la Orden de Cluny, que fue en sus orígenes benedictinos una congregación de hermanos canteros cuyas dignidades utilizaban el castizo título de *pontífices* (o constructores de puentes), desencadenó a principios del siglo XI una ofensiva en toda escala para apoderarse de la antigua ruta de las estrellas o, cuando menos, controlar sus encrucijadas, accesos, bocanas y lugares estratégicos?[159] ¿Por qué una centuria después, y siempre a orillas del Camino, surgió en fecunda emulsión arábigo-cristiana lo que una voz tan autorizada como la de Kingsley Porter no ha vacilado en considerar el capítulo más importante en la historia del arte europeo medieval?[160] ¿Por qué en Rionegro del Puente, cerca de San Pedro de la Nave y entre los paisajes batidos por Julián el Hospitalario, se mantiene contra viento y marea la extraña Cofradía de los Falifos o sociedad cuasi-secreta de hermanos constructores? ¿Por qué el Temple, cuya misión se cifraba en conseguir para el sueño de Salomón un final feliz de compases, ábacos, cartabones y escuadras, se precipitó con gula, urgencia y encono sobre los mismos bocados de tierra que ya ocupaban o pugnaban por ocupar los monjes negros de Cluny?

No nos adelantemos a la liebre.

El papa León III, en su apócrifa carta a los obispos de España, describe de forma muy curiosa el escenario elegido por los hombres de la *translatio* para darle alcoba definitiva a los restos del Apóstol: «y después de haber dicho cómo desembarcados los Discípulos llevaron su santo cuerpo a un campo llamado Libredrón, que es el mismo adonde ahora está su sepulcro venerado y reverenciado por tal. Dicen que allí había un ídolo que habían puesto los gentiles y que mirando a una y otra parte descubrieron una gruta o cueva *donde hallaron herramientas e instrumentos de oficiales de cantería,* y que alegres, aprovechándose de ello, comenzaron a batir el altar y la estatua del Ídolo, echándola a tierra». Traduce o transcribe Fray Felipe de la Gándara en 1678.[161] El subrayado me concierne. León III coronó emperador a Carlomagno en el año 800, así que ya tiene antigüedad la cartita de marras. Y el cuento que recoge.

Otra rara historia de canteros circula aún por Santiago con vitola o disfraz de fábula infantil. Su protagonista, hijo de un alarife, mama el oficio en las gubias de su padre y maneja formones, cortafríos y cotanas a la edad en que otros van a jugar al parque. No llega a convertirse en un hombre de letras, pero estima las *artes de los antiguos* y conoce perfectamente *el puesto de sus predecesores en el juego de los tiempos.* Un día, entrando en la ciudad por la cuesta de San Francisco, tropieza con los oficiales del taller paterno ocupados en demoler un portal románico junto a la Azabachería para sustituirlo por una triste fachada *a la mode* del afrancesado Ventura Rodríguez. Caen las venerables piedras, rebotan sobre las losas holladas por miles de peregrinos y estallan en añicos irrecomponibles. El mozo, sin arrestos para digerir el espectáculo, enloquece, da en murmurar frases sin sentido y escapa hacia las tierras altas, *donde las peñas arman en libertad fantásticas ciudades.* Se suceden años alucinantes. El fugitivo consume la vida *por esos caminos de Dios* con talante de ermitaño, artista, orate, licántropo, desventurado o majareta. Habla a trasquilones de las estatuas caídas y busca *entre los canteros de aldea* al maestro capaz de devolverle el cuerpo a una cabeza exhumada bajo los escombros románicos de la Azabachería. Otra de sus locuras consiste en trazar extraños jeroglíficos sobre el polvo de las rutas jacobeas. Se alimenta con los rebojos mendigados en la traspuerta de las rectorales, donde invariablemente pide también una hoja en blanco para dibujar *la nueva fachada del Apóstol*: un hastial rematado por enormes rocas que casi parecen *cumbres de montañas*... En tales pasos le sorprende la muerte.[162]

Sería infamia añadir comentarios a una leyenda tan sobrada de luz. ¡Felices los niños que pudieron escucharla de labios ancianos, al anochecer, en la cocina de sus mayores, junto al llar, con olor a grelos, en lengua madre gallega y cabe la única ciudad sagrada de Occidente! Ocasiones así no volverán a presentarse.

Estamos a principios del siglo XI. El Camino, puerto franco que era de todos, va a convertirse en feudo *clausus* de los cristianos. Monjes y caballeros, unos y otros bajo la enseña de la cruz latina, ocuparán *manu militari* los enclaves dominantes de una red viaria (e iniciática) cuyo control se juzgaba imprescindible para el medro y mantenimiento del poder temporal en su doble versión laica y profana. Y quien, como los templarios o los alquimistas, se niegue a cortar amarras con las fuentes de la Tradición, ya no tendrá más salida que fingir ortodoxias o refugiarse a título individual en socarrones burladeros de silencio. Para los *modernos* es la hora del triunfo y el reparto de pompas. Para los *antiguos,* el piadoso momento de la clandestinidad. La difícil maniobra, refrendada por el consenso algo dubitativo de los papas y aplaudida con lógico regodeo por los monarcas castellanos, corre a cargo de los hombres de Cluny. Veníamos adelantándolo, pero ahora se imponen referencias más directas. Y, sobre todo, habrá que encontrarle respuesta a este acertijo: ¿por qué una pacífica congregación de cenobitas renuncia a su evangélica pureza con la sola finalidad de acaparar, *caiga quien caiga,* lo que hasta entonces parecía ingenuo culto popular dispensado por aldeanos condenadamente chovinistas a los presuntos despojos de un predicador viajero? Europa era a la sazón un rastrillo de leyendas y supersticiones donde cualquiera, y tanto más el santo padre de Roma, podía mercar reliquias o pseudo-reliquias apostólicas pintiparadas para montar éxodos, años jubilares, sabatinas, huestes de capirotes, queimadas, pías verbenas con separación de sexos, genuinos aquelarres y hasta despelotadas macumbas *only for adults*. En tales circunstancias, resulta evidente que a la Orden de Cluny —francesa por los cuatro costados— no se le daba un piojoso ardite del buen Jacobo, las morriñas gallegas, los espejismos de Pelagio y los reverendos huesos yacentes (o no) en el útero del Castro Lupario. Lo único que en toda esta historia le interesaba, como rudamente concluye Charpentier,[163] era el Camino *per se* en cuanto galería de acceso a realidades harto más significativas que la tumba —varias veces profanada— de un individuo sin fecha, nombre ni apellido.

Cluny, en efecto, redacta con fría inteligencia la única fuente atendible sobre el *pedigree* apostólico de una peregrinación que en tantos siglos precedió al apóstol. Pone el jubileo al alcance de los tibios inventándose el itinerario de Roncesvalles, más corto y menos arduo que el tradicional de Somport. Crea hoteles y hospitales, lazaretos, capillas, figones, tiendas, cuartelillos, puntos de peaje... En una palabra: todo lo necesario para el mantenimiento y explotación de un patrimonio turístico en el moderno sentido de esta entelequia. Monta también un eficaz tinglado publicitario dentro y fuera de la Península. Traza caminos, construye puentes, habilita peldaños, horada obstáculos. Se preocupa del abastecimiento: coloniza, importa cultivos, siembra, tala, destila, adoba, curte, cose, amasa, forja, asierra, clava y predica. Eleva el románico a unánime expresión plástica de lo que el buen cristiano debe mirar y admirar. Somete a regla el *swing* de la música gregoriana. Y sobre todo, incansable, funda o potencia desde el Pirineo al Padrón misteriosas ínsulas monásticas donde encuentran catre, yantar y cálamo los mejores humanistas de la época. Esos hormigueros de frailes y colmenas de afrancesados tendrán algo del aduar y del virreinato, de la ciudad fantasma y del valle de las Batuecas, de la encomienda para marañones y del rancho adustamente explotado por John Wayne en tierra de pieles rojas. Muy pronto se convertirán en *chakras* del sistema biológico nacional, en suaves organismos rectores de la vida económica, política, cultural, militar y religiosa. Así San Juan de la Peña, Leyre, San Martín de Albelda, Santa María de Irache, Oña, Sahagún, San Millán, San Pedro de Cardeña... Lo que se dice un servicio completo para los cuerpos y para las almas. Y todo gracias a los plenos poderes que desde el principio extienden a Cluny Sancho III el Mayor de Navarra y Alfonso VI de Castilla, y que luego refrendan entre guiños de compadrazgo las posteriores testas coronadas de linajes otrora famosos por su altanera autarquía. A partir del siglo XI será norma casi indiscutible la de elevar los abades de los conventos benedictinos al rango de obispos de su respectiva demarcación. Las cartujas, rábidas y cenobios menores quedan vinculados por real decreto a los grandes burgos cluniacenses. Entre 1037 y 1074, para citar sólo un ejemplo, San Millán de la Cogolla absorbe trece de los dieciocho prioratos históricamente destinados a caer bajo su férula. Estremece la lectura de los privilegios concedidos por Alfonso VI a los titulares de Sahagún (valga, y sobre, una muestra: los vecinos del pueblo no podían cocer pan en más horno que el de los monjes ni mercadear vino de cosecha laica antes de que éstos hubiesen terminado de vender el suyo).[164] El Concilio de Coyanza, presidido en 1055 por Fernando I de León y Castilla (monarca todavía leal, pero padre de un segundogénito traidor), devuelve su plena vigencia al derecho canónico visigodo.[165] Actitud, por desgracia, tan hermosa como fugaz. El toro descabellado de la España Antigua aún tiene arrestos para ponerse de pie en las mismas barbas del matador. Pero el cachetero, que se llama (cínicamente) Hugo Cándido y es nuncio plenipotenciario de Su Santidad, esgrime ya el inapelable machete («no pensó Fernando I, al honrar al cuerpo del gran doctor Isidoro Hispalense, que estaba rezando un verdadero y definitivo responso a quien había sido hasta entonces lumbre y guía de la Iglesia española»).[166] Conocemos el desenlace.[167] Iniciada la octava década del siglo, «el esfuerzo conjugado de los cluniacenses, las reinas francesas y el papa Gregorio VII»[168] consigue cerrar en tablas y apuntillar a la liturgia mozárabe o toledana, a un tiempo jaez y forja del honor eclesiástico español. Isidoro y Leandro de Sevilla, Eugenio, Ildefonso, Eulogio de Córdoba, Julián de Toledo y Braulio de Zaragoza rugen en sus tumbas, pero cacorros ohlalás exclamados al alimón por los barbilindos pajes de Inés de Aquitania (sobrina de un abad cluniaciense) y de Constanza de Borgoña (hija de un duque gabacho) sofocan adamadamente la protesta. Cinco nupcias contrae Alfonso y las cinco con mujeres de otros pagos. ¡Qué jugada del destino! Aquel rey se enardecía exclusivamente con meretrices extranjeras (aunque sólo la mora Zaida, bautizada bajo el nombre de Isabel, acertaría a darle un efímero descendiente varón: Sancho, el de Uclés, con el que hubiera llegado al trono de Castilla un mestizo de cristiano y musulmana, hideputa por más señas). Esta perversión o languidez sexual, absurda en guerrero tan bien bragado, confinó en el foso de las serpientes a la España que soñaban los patriotas. Fue la primera vez que una monárquica aberración de alcoba puso el gaznate del país en el tajo del matadero. Y el preludio de una reiterada pesadilla: por el gatillazo conyugal del último Enrique se consumará la tragedia de Guisando; por la debilidad *generandi* del postrer Austria recibiremos a título vitalicio la herencia de los Borbones; por la flojera de remos de don Francisquito de Asís (ese que en una novela de Valle-Inclán se saca la minga muerta, lloriquea y hace pis) la rijosa de Isabel II paseará su papo temblón por cuantas almohadas áulicas o villanas se le pongan a tiro, exasperando así los ya soliviantados ánimos de los prohombres carlistas... Pero no cederé a la tentación de trazar una historia freudiana del país.

Los cardenales y el pueblo de Roma, con fecha 22 de abril del 1073, eligieron papa al monje Hildebrando, que lo sería bajo el marbete de Gregorio VII y que a los ocho días de su hégira «se dirigió a *todos los príncipes que quisieran partir a las tierras de España* para advertirles que no se les debía ocultar cómo *el reino de España antiguamente perteneció por derecho propio a San Pedro, y que todavía, aunque ocupado por los paganos, a ningún mortal sino sólo a la santa Sede Apostólica le pertenece*».[169] Cuatro años y sesenta días después, casi con el solsticio sanjuanero del 1077, ese mismo Pontífice acudió a los reyes y nobles de la Península para notificarles lo que ya «antes había proclamado en Francia. *Quiero haceros saber* —les dice— *que el reino de España, según antiguas constituciones, fue entregado a San Pedro y a la Santa Romana Iglesia en derecho y propiedad. El servicio que por esto se solía hacer a San Pedro, así como la memoria de estos derechos, se perdió a causa tanto de la invasión sarracena como de la negligencia de mis predecesores. Os lo hago saber ahora que habéis recobrado vuestro suelo de los infieles; no suceda que por mi silencio o por vuestra ignorancia la Iglesia pierda su derecho*».[170]

Las intenciones, como se ve, eran inequívocas y más bien de miura. De hecho, un año más tarde, el *Cronicón de Cardeña* anotaba con gráfico laconismo: *intravit romana lex in Hispania.*[171] ¿Romana a secas? ¡Y parisiense, mi señor Alfonso, que las desgracias suelen venir del brazo! A partir de aquel momento se afrancesó no sólo la liturgia, la política y el microcosmos palaciego, sino también la vida privada de los ciudadanos en sus más triviales e íntimos rincones, pues hasta la tradicional caligrafía visigótica —es un ejemplo— empezó a estar mal vista y acabó yéndose por el escotillón. «Pocas veces se ha realizado en España un cambio tan revolucionario con procedimientos tan pacíficos», comentará al respecto un prudente historiador.[172] Y dirá otro: «por una extraña coincidencia los coptos egipcios abandonaron también al mismo tiempo su escritura ancestral. Los resultados de semejantes cambios no pudieron ser más negativos para la cultura. Todo el saber nacional acumulado en nuestros códices mozárabes acabó por convertirse en letra muerta para los españoles (...) Y así ocurrió que precisamente cuando los Estados cristianos lograban preponderar sobre los gobiernos en regresión de los taifas, cuando sus reyes imperaban sobre España (como arrogantemente se titularon) y cuando parecía más lógica la exaltación de todo lo español, se deshizo el espíritu tradicional de la Iglesia y de la cultura hispánicas, que se abrieron curiosas»[173] a la influencia europea.

La nación, en efecto (como ochocientos y pico años más tarde volvería a constatar don Francisco Silvela), andaba escasilla de pulso. Sólo la mitológica figura del Campeador, héroe castellano hasta la cepa, que a pesar de ello se extraña voluntariamente de la corte alfonsí y pasa el resto de sus días en tierra de moros, parece apostar por una alternativa mozárabe frente al centralismo europeísta y cristiano que ensombrece (entonces como hoy) el horizonte español. Un puñado de nobles le siguen al destierro: son los últimos abanderados de una dignidad nacional que prefiere la marginación con honra a ensuciarse las manos en el agua bendita de Cluny. Esta hermenéutica cidiana no admite vuelta de hoja. En el relato juglaresco que sirvió de fuente a la *Crónica* de 1344 y a las *Mocedades de Rodrigo,* el obispo de Roma, el emperador de Alemania y el rey de Francia exigen un tributo al monarca de Castilla aliñándolo con la intimidación de llamar a cruzada contra él. Y es el de Vivar quien se pronuncia negativamente, quien exhorta a la insumisión y quien inspira la réplica de que todo en la Reconquista parece obra de españoles. Meridianos son los versos que Ruy Díaz dirige al pontífice y al emperador en el poema de las *Mocedades: Dévos Dios malas gracias, ¡ay papa romano, / enviásteme a pedir tributo cada año! / Travéroslo ha el buen rey don*

Fernando: cras vos lo entregará en buena lid en el campo. Y anota Menéndez Pidal: «ésta es la contestación que los poetas vulgares de España daban al *subdita erit vobis reverentes Hiberia* del poeta latino-italiano».[174] Deja así de sorprender la sorprendente evidencia de que en la nómina alistada bajo la férula del Cid no figurase nunca un triste apellido extranjero a pesar de las piojosas turbas de espadachines foráneos atraídas entonces por la supuesta cruzada contra el Islam. Y no faltan intérpretes de la historia con títulos debidamente convalidados que atribuyen los orígenes de la rivalidad entre Castilla y León a la dialéctica de ideologías suscitada por los partidarios del mozarabismo frente a los traidores conversos a fórmulas ultramontanas de religión, cultura, guerra y política. Así —aunque junto a otros— Camón Aznar, aliado imprevisto, que también considera al Cid paradigma del caballero mozárabe. «Hay en sus relaciones con Alfonso VI —dice— algo más que un juego de envidias y rencores. Se advierte una insuperable incompatibilidad mutua que muchas veces el corazón quiere salvar, pero imperativos doctrinales lo impiden.»[175]

Ninguna odisea española tan andalusí, en efecto, como la protagonizada por el *sidi* Ruy Díaz, a quien —insistiendo en Camón— una suerte de «fatalidad inexorable lanza contra los príncipes cristianos (...) colocándolo al lado de los árabes, y no precisamente en momentos episódicos, sino en acciones vitales para el proceso de la Reconquista». Con veinte hercúleas primaveras (pues la dignidad no requiere madurez) acude el futuro Campeador en ayuda del cesaraugustano Almoctadir para que Ramiro I muerda el polvo y pierda la vida en la batalla de Grais. Y más aún para que gracias a ello, y a la ulterior cobertura del de Vivar, prolongue Zaragoza su venturoso estado de reino andalusí hasta la embestida del Batallador. Nadie olvide a este respecto que fue precisamente Alfonso quien puso sitio a la ciudad en la fecha toledana de 1085 y precisamente el Cid quien lo desbarató frenando en seco una tentativa de unidad nacional que no pudo cantar victoria hasta cuatro siglos más tarde. Y para entonces eran ya Castilla y Aragón gajos irremisiblemente desgajados de la antigua comunidad panceltíbera. Quizá perdure hoy la lengua catalana gracias a la oportuna intervención del Cid.

Tres años después entrará éste en Valencia como amigo y adarga. Episodio marginal: la ciudad va a seguir bajo la ley de Mahoma. Seguirán los zocos con su sabor a vida, el té de yerbabuena, el humo del alcuzcuz, el *arre* de los arrieros, la importación de fustán y aceituní, las trapisondas del almojarife y el mucilaginoso consumo de arrope. En eso aparece el catalán Berenguer con ánimo de acoso y el Campeador lo desarbola enarbolando a siete mil mozárabes. Tendrá que pasar siglo y medio antes de que la meca levantina caiga en el buche del zopilote cristiano; y ello aunque otra vez el rey Alfonso arremete en son de guerra para que otra vez su insumiso vasallo se lance al quite con los que comen su pan. Y si luego, en seguida, es el propio Cid quien opta por conquistar la urbe, no lo hace en nombre de Cristo, sino en todo caso de Alá, pues le mueve la cólera por el magnicidio de Alcadir y a su impulso combate hombro con hombro de la morisma. Así que se instala en pago ajeno, y por tal lo tiene, y no persigue mudanza, y empieza por ordenar que se cieguen los vanos de los acuartelamientos (para que el ojo turbio de la soldadesca no mancille ni empecate la intimidad mogrebí), y mantiene en su corte la caligrafía de los godos, y tras la cena calza babuchas para recrearse escuchando fábulas o sucesos del Islam. Cabría añadir, aunque no lo haré, otras muchas noticias puntillosas recogidas por puntillosos historiadores en papiros irreprochables y paganos. Paganos, sí, y tomémoslo con calma, pues sólo las fuentes muslimes de la época mencionan a Mío Cid, en quien no repararon las cristianas hasta bastante después, y aun eso robándole naipes para la cebada de la cola del burro a los únicos códices que se habían preocupado de recordar al héroe. A *nuestro* héroe.

Y como ni él ni sus hombres bastaban para hacer verano en el cementerio de la Castilla afrancesada, mejor será que regresemos mohínos al punto de partida. Muere el Cid, y la tradición se enroca otra vez más allá de la meseta, en el terco Kafiristán del noroeste donde los celtas traspapelados aún engallaban su talante fronterizo. Nos lo cuenta la historia y quien la trujo.

Benedictinos y carpetazos alfonsíes se dan de morros contra la enconada resistencia de los monasterios gallegos, cuyos monjes mueren, pero no se rinden.[176] La frase, por una vez, resulta exacta: los cenobios ártabros, a partir de la segunda mitad del siglo XI, conocen una sombría decadencia que sólo interrumpirá al cabo de cien años la gran reforma cisterciense.[177] Y, a remolque de ella, la nueva insurrección de los canteros: el gótico. Pero éste llega demasiado tarde: propios y extraños llaman ya *camino francés*, y con razón, al antiguo itinerario de los alarifes. Triunfo de lo foráneo, del orden público, del dinero, del *panem et circenses,* de la baladí *sagesse* europea y cartesiana. La gente se acostumbra en seguida a comprar gato en vez de liebre o choto. Y más aún a venderlo. Las rutas compostelanas van quedándose en ocasión de banqueros, tablado de farsas y escuela de picardías. Menos las excepciones de rigor.

Conque ya tenemos a los astutos cluniacenses arrellanados en las mejores butacas del Camino. Y vuelve la pregunta: ¿por qué? O más bien: ¿a cambio de qué? La maniobra, evidentemente, no era gratuita. Se habían invertido en ella muchos denarios espirituales...

Varios siglos antes, un monje giróvago irlandés desembarcaba en las playas del continente con la secreta intención de extender por el Sacro Romano Imperio los tentáculos de una colectividad religiosa que no reconociera fronteras, intereses locales o nacionales ni intervenciones de reyes o papas ajenos a la empresa. Columbano, que tal era su nombre, traía en el zurrón una música de viejas teosofías tarareadas con letra celta y escritas en caracteres rúnicos. Los druidas de Irlanda, más afortunados o menos audaces que los gallegos, supieron nadar y guardar la ropa. Mientras Prisciliano perdía la razón y la vida bajo el hacha del verdugo, su hermano Patricio se las componía para salvar ambas cosas sin desdoro, convirtiéndose en patrón de su país, símbolo de las reivindicaciones panceltistas y santo de la iglesia romana. También lo sería —esto último— Columbano, a pesar de sus ásperas disputas con un poder temporal y religioso que todavía no empuñaba en toda su longitud el rabo de la sartén. Así, por derecho y volcándose en los morrillos, *cual torna la cigüeña al campanario,* la gran tradición heterodoxa salía del otro finisterre atlántico para trocar en sementera los barbechos que ambas Romas, la imperial y la cristiana, habían inexorablemente agostado.

Vienen luego décadas de revolotear monástico. Nacen y crecen congregaciones socarronas que esconden, estudian y almacenan en bibliotecas encantadas códices muy poco acordes con las ideas esgrimidas desde el púlpito. Una vez más, la simulación se convierte en consigna, precepto moral y garantía de supervivencia. ¿Que los *clerici vagantes* gozan de mala prensa? Pues a caminar en sempiterno círculo por la intimidad de un claustro cuyo *templo* místico jamás se ve alterado por tropiezos enojosos. ¿Que los enigmas gnósticos le dan dentera al purpurado? Pues a quedarse absorto en ellos fingiendo que sólo cuenta miniar con colores de ala de mariposa un margen, una inicial o las mayúsculas de un parágrafo. ¿Que el compás y la escuadra huelen a chamusquina puertas adentro del clero secular? Pues a esgrimir los útiles de cantero únicamente so capa de necesidades litúrgicas y en obras que parezcan levantadas *ad majorem gloriam* del dios romano. Con lo que las catedrales llegarán a ser buchinches, asilo de cacos y matuteros, espolones para exhibir peinetas, callejón de piropos, imprenta de ediciones piratas, burladero de vírgenes, grillera de brujos, banco de remendones, mecenazgo de juglares, dormitorio de saltimbanquis y piedra lisa para la perpetuación de símbolos alquímicos... Pero otra vez estamos poniendo el lebrel por delante del lebrato.

A principios del siglo IX, casi por los mismos años en que Pelagio sueña el cadáver del apóstol, un abad francés llamado Witiza (que luego, de cara a la historia, cambiará ese nombre por el de San Benito) agavilla en su monasterio de Aniane a los frailes columbanos y a los benedictinos, fecundando la habilidad arquitectónica de éstos con la cosmogonía esotérica de aquéllos.[178] Será, andando el tiempo, Cluny. Druidas y canteros se dan por fin la mano entre las paredes de esta obra maestra del sincretismo religioso, arduo filo de la navaja cristiana donde las tradiciones arias y las semíticas van a mantener durante siglos un equilibrio tan bello como imposible. «Existían dos corrientes en la clerecía medieval: los adeptos del hermetismo y los peleles que, *in albis,* aceptaban el yugo de Roma. Fueron precisamente los primeros quienes, de consuno con los Albañiles Iniciados, concibieron la idea de levantar un Templo (...) que enlazara la tentativa de Hiram con la leyenda de las Estrellas Simbólicas.»[179] La gran apuesta histórica de los pueblos mediterráneos —componer una encrucijada étnica y cultural que permitiese el connubio de los arquetipos orientales y occidentales— se resucita briosamente en la extática y encantada atmósfera de los monasterios. «Los edificios arcaicos del cristianismo demuestran que los monjes arquitectos seguían tradiciones de Bizancio acomodadas a técnicas de Roma.»[180] Quizá los alarifes de Cluny sintieron la necesidad de recuperar los secretos masónicos desperdigados por *Maître Jacques* entre los

Pirineos y Compostela. Quizá palabras musitadas en *bron* mirandés o *pantoja* de Trasmiera se enredaban por los sueños de los frailes, quizá tetrástofos en *barallete* auriense subían a los cimborrios de los conventos. Quizá el magnífico Odilon, Gran Abad de quienes fueran simples benedictinos y Gran Druida de quienes no volverían a ser sólo columbanos, cobró conciencia de que se imponía destapar los accesos cegados del finisterre para recoger en él los principios de una ciencia olvidada sin los cuales nadie conseguiría terminar el Templo en consonancia con las leyes inmutables de Hiram.[181] Se trataba, en resumen, de aferrar el escurridizo Sello de Salomón, descerrajar la pata de ánade, abrir el almario de los *ogam,* orientarse en el Laberinto y ascender por la espiral hasta la edénica casilla de la Madre Oca...

La búsqueda, como sabemos, empieza por el románico, primera formulación cristiana de una estética que se sitúa por encima de las nacionalidades y palpable demostración de que las doctrinas arquetípicas no se habían olvidado en el mundo occidental. ¿Acaso podía Europa constituir una excepción? Por los mismos siglos estallaba en América la arquitectura azteca y en Asia —en China— el estilo Song, clásicos ejemplos de lo que sucede en el terreno de las artes plásticas cuando la cultura de un pueblo se entiende en términos de monolítica fidelidad a un subconsciente inexplicable y desprovisto de referencias cronológicas, geográficas o étnicas, mas no por ello menos real y compulsivo.[182] Las marcas de canteros registradas a lo largo de la ruta apostólica son idénticas a las que utilizaban los arquitectos egipcios, caldeos y helénicos.[183] Desde la catedral de Jaca hasta el Pórtico de la Gloria, una fantástica caterva de símbolos —absurdos en tales pagos y a menudo delirantemente lujuriosos, cuando no sacrílegos o blasfemos— invade iglesias, hospederías, oratorios, claustros, cruceros, nosocomios y palacios episcopales. Lo pagano y lo oriental se nos cuelan por donde menos lo hubiéramos esperado (y deseado). Son azabaches, lunas, conchas de Venus, higas, báculos en tau, pinos propiciadores de la fertilidad,[184] Ícaros alados, guardianes de tesoros, santos que llevan en la diestra la retorta de los alquimistas y en la zurda instrumentos musicales desconocidos en Occidente,[185] águilas de Patmos, gallos en representación del sol y anuncio de la resurrección,[186] piñas que nos hablan de lo eterno, elefantes alegóricos de la longanimidad, grifos, dragones, dédalos... No falta ninguna de las visiones descritas por Juan en el

Apocalipsis, ese impío grimorio que incomprensiblemente (o con lógica agobiante) se convirtió en casi frenético devocionario de la religiosidad medieval, y aun moderna, entendida a la española.[187] Desde el panteón de los reyes de San Isidoro de León nos mira un Cristo en mándorla sentado sobre el arco iris y rodeado por cuatro evangelistas con cuerpo humano y cabeza de animal; un poco más allá, en la bóveda izquierda, otro Cristo empuña una espada de doble tajo mientras le tiende a un ángel el *Libro de los Siete Sellos*; también vemos al discípulo amado en el trance de recibir la Revelación, a las siete iglesias de Asia encarnadas en otros tantos serafines y a varios monstruos alados hundiendo los hocicos en un cáliz...[188] ¿Hay quien dé o conciba más? Hubo en la Capilla de las Reliquias de la basílica compostelana cierto *Lignum Crucis* en cuya funda de orfebrería alguien engastó un abraxas gnóstico y dos topacios con inscripciones árabes. Aunque las tres piezas han desaparecido, el Padre Fita alcanzó a mirarlas y dio primorosa noticia de ellas.[189] El Monasterio de Leyre, la Diputación Foral de Navarra, la Catedral de Pamplona y dos ladrones italianos llevan medio siglo peloteándose una arqueta ebúrnea que los moros cordobeses labraron a maravilla con la intención, al parecer, de que los cristianos la utilizasen para guardar exvotos y otras porquerías. Recónditos (y profanos) dibujos adornan ese marfil cuyo misterio nadie ha sabido descifrar. No el Padre Fita, sino yo mismo tuve la suerte de echar un vistazo al cofre pescándolo en una de sus muchas idas y venidas, pleitos y recursos, mudanzas, raptos, robos, rescates, rebatiñas, tómbolas, subastas, compraventas y restauraciones. Pero donde el delirio de los canteros riza el encaje de bolillos y encanuta los tirabuzones de la hopalanda es en la iglesia sangüesina de Santa María la Real y en la lucense de Barbadelos. Ambas revelan una clara voluntad blasfematoria y desafían con deliberada y prometeica rabia a los dioses establecidos. No son sólo ruedas, rosacruces y gnosticismos quienes trepan por su fachada, sino derreniegos, pésetes, sodomías, cunnilinguas, escupitajos, jumentos acercándose al altar, vaderretros, culos, bestialismos, misas negras y pedos de diablo. «El pórtico de Sangüesa —escribe Walter Starkie— constituye un fascinante objeto de estudio para el peregrino de hoy, porque en él se representa con agudeza la vida medieval tal como la contemplaban los escultores vagabundos durante su viaje de Oriente a Occidente.»[190] En cuanto a la iglesia de Barbadelos, que tan mala reputación tuvo por aquellos siglos, se eleva —casi abandonada— en la penúltima esquina de un paisaje gallego a machamartillo cuya umbrosidad anuncia incesantes meigas y sugiere estantiguas de hisopazo y tentetieso. Me arriesgué a pasar por allí en un día laborable del mes de noviembre y casi no salgo entero para contarlo. El oratorio, como suele suceder en todos los monumentos españoles que por su alejamiento geográfico o falta de promoción no se juzgan idóneos para llenar de peluconas las arcas del Estado, del respectivo Municipio o del correspondiente Cabildo, estaba escrupulosa y concienzudamente cerrado a piedra, lodo, cellisca, arena de playa y polvo de los caminos (hasta el extremo de que un gracioso y ladeado listoncillo impedía mirar por el ojo de la cerradura). Así que contemplé detenidamente la fachada, hollé las ortigas y zarzamoras del jardín, me aupé hasta los opacos tragaluces, comprobé la solidez de las pilastras, subí a una valla, trepé por la herrumbrosa cancela, recorrí las desiertas calles del villorrio, metí las narices en una lúgubre pulpería, me puse hecho un cuadro en la fuente de la plaza, empujé postigos, sacudí aldabones, vociferé en castellano y en gallego, y por fin, al doblar una esquina, me di de bruces con un raro ejemplar de híbrido asexuado que lucía ojos de Stan Laurel, pardusca capichuela de vampiro, peanas de franciscano, garras de lobisón, posaderas de pepona y, en general, jeta así como de monchito recién agarrotado. Huelga decir que mi curiosidad por conocer la cara interna de la pagoda era ya pura vesania. De ahí que me recuperase al instante y consiguiera enhebrar un aborto de salivosa tertulia con el vecinito. Bastó apenas un cuarto de hora para que éste, contra todo pronóstico, acertara a darme razón de la casa rectoral. Quedaba algo a trasmano, pero no era ya cosa de escurrir el bulto. Crucé pues un canchal, salvé dos barranqueras, evité varios recintos de uros, vadeé el pegajoso lecho de un estero, sorteé dólmenes y menhires, y al cabo di con la heredad del licenciado, cuyo titular —como vine a saber luego, cuando me reponía a base de orujo en la taberna de una aldea más poblada— andaba aquel día picardeando por la feria de no recuerdo dónde. El caso es que me detuve ante el riguroso portón de roble del jardín, empuñé el tirador y aún no había tenido tiempo de sacudirlo cuando ya dos perros mastines, o tal se me antojaron, saltaban la valla de dentro a fuera, a diez metros escasos de mi pánfilo paralís y con inequívocas intenciones alobadadas. El resto de la aventura se cuenta en un amén: tomé el olivo de bolazo, desandé canchales y menhires a lumbre de paja, pasé el tremedal en dos corcovos y gané el coche justo a tiempo de colocar un oportuno portazo entre mis nalgas y las espumajeantes fauces de los lebreles. ¡Carajo con el párroco de Barbadelos! Se ve que no le tiene querencia a su inverecunda casa de Dios...

Aquel día, por cierto, almorcé caldo y lamprea en la cercana villa de Portomarín, cuyos edificios —medievales de vocación, si no de fecha— descansan ahora en dudosa paz bajo las aguas de un pantano. Sólo dos garridos templos han escapado a esta tragedia. Sus perfiles, reconstruidos piedra a piedra sobre una loma, se dibujan contra el repulsivo arrabal de fábrica que los accionistas de la empresa hidroeléctrica han levantado graciosamente para resarcir a los ex habitantes de uno de los más hermosos enclaves del Camino. Otra ciudad sumergida que añadir a la lista. Y no por voluntad de Dios, sino del César.

Lujurias y blasfemias se apuntan sendas bazas en el artesonado de Santo Domingo de Silos, en las gárgolas del Hospital compostelano de los Reyes Católicos y en ciertos relieves de la catedral de Zamora. En el claustro de Silos, parcialmente borrado, un pollino acude a comulgar y ocupa luego las andas de una jocosa procesión. En Santiago, desde las cornisas de lo que hoy es muy turístico hotel de cinco estrellas, canalones con disfraz de partes genitales y de parejas imaginativamente abrazadas descargan en las fauces de la Basílica la abundante agua de lluvia que aquellos lugares suelen recibir. En cuanto a Zamora, dice el ultramontano V. de la Fuente —y acierta— que cabe ver allí en la sillería del coro catedralicio, «las estatuas más obscenas, satíricas y picarescas en su género, rebosantes de odio y desprecio contra los frailes y las monjas».[191]

No es mi intención trazar aquí un elenco minucioso de las infiltraciones profanas que adornan (y aligeran) el arte cristiano del medievo en la España septentrional. Lo que desde este punto de vista cabe recoger a lo largo del Camino sólo admite parangón con ciertos escandalosos enclaves de la arquitectura religiosa asiática, pero Georgiana Goddard King ha publicado ya casi todo lo que al respecto puede decirse.[192] Quede, sin embargo, fugaz constancia de que los monjes canteros y sus oficiales prolongaron a golpes de escoplo la promiscua simbología de dos culturas tan alejadas de ellos en el tiempo como cercanas en el espacio al ámbito del Mediterráneo: Egipto y Mesopotamia. «El románico hunde sus raíces en una visión del mundo cuyas aguas fluyen desde Oriente y en especial desde el pensamiento cátaro que por los mismos años empieza a desarrollarse en los Balcanes y en Italia para luego estallar en la llamada *herejía albigense* del *Midi* francés.»[193] Y de Cataluña. Pero eso es otra historia, que veremos en su momento.

De todas formas, el lector interesado en conocer *de visu* tan curiosas (y a menudo geniales) manifestaciones de irreverencia hará bien en darse prisa. Pocas van quedando. Fregar pinturas con lejía o capar estatuas esgrimiendo un formón es auto de fe barato al alcance de cualquier hermano lego. Muchas y muy oportunas hojas de parra (por suerte de escayola) congelan en agraz los plausibles picores clitorideos de las vírgenes cuarentonas que en número quizá superior a las once mil visitan diariamente los Museos Vaticanos. Pero los curas de Castilla, ladinos y sabedores de que un otoño acecha siempre tras el vaivén de los siglos, gustan de aplicar cirugías menos reversibles. Con triste inapelabilidad lo demuestra el techo del claustro silense, donde hace poco se borraron varias de las viñetas dedicadas a ilustrar las andanzas del jumento devoto.

Observa Victoria Armesto, a propósito de orientalismos, que de las nueve torres adosadas en el siglo XII a la basílica del apóstol sólo una, extraña y piramidal, sigue en pie: esa que —vista desde las Platerías— confiere al edificio «cierto aire misterioso de pagoda hindú».[194] *A priori,* las coincidencias y casualidades no significan nada. *A posteriori,* entrecomillan y dan que pensar.

Casualidad o coincidencia podría verse en el detalle de que la catedral compostelana, como Santa Sofía y Asís, esté formada por tres iglesias superpuestas. Y aún más lo sería la evidente semejanza —anotada por la señora King— entre el nivel inferior del templo jacobeo y el Santo Sepulcro de Jerusalén.[195] ¿Sigue la herencia de Hiram?

Espiar la circunferencia y el círculo del gran santuario apostólico, como con detenimiento y comedimiento hace Filgueira Valverde,[196] es actividad que alumbra mucho a este propósito. ¿Por qué no coincide la entrada histórica y urbanística del recinto —que a todas luces se encuentra en el Obradoiro prolongado por el Pórtico de la Gloria— con su embocadura mística o Puerta Santa, disimulada en el culo del edificio, que sólo se abre en vísperas del Año Jubilar? O —mejor dicho— se descombra, pues al terminar éste una tapia ciega el acceso hasta que la festividad de Santiago vuelve a caer en domingo y desencadena otro jubileo. Curiosa, y litolátrica, parece la costumbre de que los peregrinos recojan una piedra del muro derribado al franquear el umbral. Conservarla es castiza devoción jacobea.[197]

Se gana la Puerta Santa atravesando la Plaza de los Literarios o *Quintana de los Muertos,* quizá el más antiguo antuzano de la basílica y ensanche final de una rúa que desde siempre lleva el nombre de Vía Sacra. Tan estrecha es la calle y tan angostos los postigos que en ello ha querido verse brumosa alusión al *arcta via est que ducit ad vitam* del primer cristiano. Cree Filgueira que alcanzar la Basílica por este carril implica un simbólico tránsito del pecado a la gracia. ¿Camino numinoso, remanso de los muertos, escotillón trasero y ocluido? Ya están aquí el Finisterre y sus fantasmas. Prescindamos de los demás accesos. Dos estatuas sedentes del *Santo dos Croques,* cantero de los canteros, vigilan la verdadera entrada iniciática al santuario inferior, al catafalco del Apóstol, a la yerta laguna de ultratumba. En sus manos sendos carteles indican: Puerta de los Cielos. Traspasarla cada cuatro años aún granjea automáticamente esa especie de amnistía general de los pecados (y de su culpa) que es la indulgencia plenaria. Forzosa surge la apostilla: donde hubo, queda. Y eso aunque los jubileos, otorgados al tuntún por una Iglesia que no ha sabido hurtarse al besucón espíritu de prodigalidad impuesto por la economía de consumo, parezcan hoy poco más que papel mojado. Bueno es recordar que los judíos, inventores de este sistema de redención kármica (o psicoanálisis para desheredados), estatuían el borrón y cuenta nueva sólo una vez cada siete semanas de años. ¡Astuciosa tacañería!

Como tacaña y astuta se reveló Cluny al candar la famosa Puerta y disimular los boquetes a ella conducentes. Lo hizo —y eso la explica, aunque no la justifica— para salvaguardar tras las setenta llaves de la ortodoxia secretos que, en su opinión, no convenían ni concernían a los profanos. Y así, burla burlando, desviará ligeramente el Camino, lo apartará un adarme de su quicio sideral, encenderá falsos fuegos y capillas, recatará los cabales e insinuará oportunos meandros en la fiduciosa trayectoria de los peregrinos. Que nadie mire al cielo, a las Estrellas, sino al suelo (donde canteros domesticados ya plantan con argucia mojones de lustroso colorido). Lujuriantes etapas hoteleras sustituyen el dormir sobre bálago al socaire de una encina. Para anochecer en la Oca —susurrarán— está de más tirar los dados, exponerse de pecho a los peligros o franquear la quijada de los dólmenes. Y sobre todo —ahí el triunfo de Cluny, su talento, su culpa, su grandeza— desdibújase en penumbras Iria Flavia, trascuérdase la Noya de Noé, hácese campo de soledad el Finisterre. Las tres metas históricas y naturales de la larga marcha se desvanecen ante el esplendor artificial de Compostela. Y el Camino —que se había ido formando como las montañas, por lenta y sabia estratificación de sedimentos— pierde su estructura cristalina desandando al revés todas las alquimias del sincretismo: ya sólo será cristiano. Para bien o para mal, a Cluny incumbe la responsabilidad de este empobrecimiento. Y si con relación a la historia siempre resulta difícil enjuiciar al caballo ganador, desde un enfoque religioso parece en cambio inevitable, definitiva y fulminante la condena. También las lágrimas.

Pero no se rinde Zamora en una hora ni el invasor puede despintar todos los rincones del ayer. Algún nocturno azteca adora hoy a la serpiente de plumas ante cualquier pirámide de Tlascala. En Wisconsin, pieles rojas de pindárico apodo fuman humo de salvia entre el fragor de las autopistas. Cierto jefecillo negro del África francófona se está aflojando la corbata para recordar con un calambre del estómago la época en que sus antepasados devoraban fibrosos corazones de cautivo. Y aún hay en China banquetes imperiales a pesar de Mao Tse Tung.

Por eso, y gracias en parte a Cluny, el Camino va a seguir siendo ocasión de canterías incluso después de la decadencia del románico. No en vano Burgos y León, enclaves turísticos y bulliciosos nudos de comunicaciones en la ruta jacobea, terminarán adornados con los dos mejores ejemplos del gótico peninsular. Se baila al mismo son y siempre asoma un sello de Hiram revoloteando entre las agujas. La crisopeya no se detiene. Escribirá, a propósito de ello, un ocultista extranjero: «los albañiles de San Dionisio y de San Juan terciaron en el asunto, y así nació el nuevo estilo. La Catedral Gótica, tal y como ellos la planearon, tendría que imponerse a las muchedumbres con aliento igual al de la Esfinge levantada tiempo atrás por sus antepasados egipcios. En cada detalle de su arquitectura debería de celarse por lo menos un símbolo».[198] *Argot* puede venir de *art gothique*. Se ofreció éste, desde el primer momento, como una clave. Raros objetos y vertiginosos garabatos lo componen.

Quizá se cele en ellos el secreto de la alquimia (o al menos, sin revelarlo, tal sugiere Fulcanelli en un libro muy vendido y muy poco leído, pues su comprensión resulta tan difícil como la de Wittgenstein). Hasta se apunta que el juego (o ciencia) del Tarot haya asumido su forma actual en los tascucios y chirlatas del Camino. La Orden del Apóstol también se llamaba *de la Espada*. Ya tenemos un palo. El Cebrero y San Juan de la Peña solían postularse como emplazamientos del Grial. Ya tenemos la Copa. Los Bastos serían derivación del famoso báculo de peregrino y los Oros provendrían de los soles o monedas radiales que tanto abundan en la heráldica jacobea y en los blasones templarios.[199] ¿Sueño, capricho, pintar como querer? Quizá. Pero, al fin y al cabo, «adivinar es imaginar con justeza».[200] El ocultismo hebreo asegura que ya los primeros profetas de Israel sondeaban las intenciones de la Providencia por medio de los arcanos del Tarot, que allí y entonces se llamaban *théraphims*.[201] A partir de la destrucción del Templo, fechada en el año 70, el recuerdo de esas figuras simbólicas se conservó por tradición oral hasta que los cabalistas españoles atinaron a recomponer los naipes allá por el siglo XIII. Y eso sucedió en León, ciudad jacobea hasta la nuez, donde el alquimista Nicolás Flamel también iba a alcanzar su *satori*. Durante mucho tiempo se le dijo *tarot des imagiers*, en Francia, a lo que hoy —*mutatis mutandis*— calificamos de baraja española o napolitana. El especialista Oswald Wirth afirma tajantemente que el Tarot moderno fue reinvención colectiva de los imagineros medievales.[202] Acertará o no, pero todos y cada uno de los Arcanos empiezan a aparecer (y allí siguen) sobre los capiteles, porches y tímpanos de las iglesias precisamente en el siglo XIII, cuando el gótico se impone y la reforma cisterciense, con un siglo largo a sus espaldas, ataja ya —ascetismo frente a pompa— los excesos y prebendas de Cluny.

Según la interpretación de Jung,[203] alquimia y *tarot* son caras de una misma moneda: la onírica. Y pasaportes, por lo tanto, para franquear los postigos del subconsciente. Fulcanelli, yéndose a lo suyo, ve en el juego de la Oca —cuya significación dentro del ciclo jacobeo conocemos sobradamente— «un laberinto popular del arte sacro donde se conservan y transmiten los principales jeroglíficos de la Magna Ópera».[204] Cobra así importancia la conseja de que Nicolás Flamel —el más célebre *faiseur d'or* del medievo— encontró en los caminos de Compostela la luz que inútilmente había buscado durante veintiún años de rabioso quehacer. Y digo conseja porque aún se ignora si el viaje fue simbólico o tangible. Autores hay que en apoyo de lo segundo arguyen hasta pelos y señales. Flamel —escriben— viene a España (el *exótero*) para desentrañar las imágenes del Libro que desde hace lustros lo atormenta y disfraza sus intenciones bajo la plausible excusa de la devoción jacobea. Hacia 1378, al volver, cae enfermo en León y demanda los cuidados de un judío al que llaman Maestro Canches. Éste se revela cabalista de tantos vuelos, que el francés decide enseñarle las figuras en cuestión. Eureka: lo que tienen ante los ojos es el *Asch Mesareph,* sublime obra del rabino Abraham que se creía irremisiblemente extraviada. Convalece Flamel, enreda al sabio, salen juntos para Oviedo, se embarcan cerca de Gijón, arriban a Burdeos, ganan Orléans y allí sucumbe el leonés no sin deslizar *in articulo mortis* la Clave al oído de su atónito discípulo.[205]

También se dice que otros alquimistas de lustre —como Raimundo Lulio en el 1207,[206] Jacques Coeur (que firmaba con dos corazones y a raíz del viaje añadió una concha venera)[207] y Basile Valentin—[208] acudieron a la tumba del apóstol con finalidad poco clara y, desde luego, nada ortodoxa. Valentin, incluso, lo cuenta de modo más bien esotérico y sombrío en el *Char de Triomphe de l'Antimoine:* «hace ya tiempo, a consecuencia de un voto, cumplí con el difícil precepto de peregrinar a Santiago de Compostela. Luego, al regresar a mi monasterio (por lo que todavía estoy dando gracias a Dios), creí que todos se alegrarían ante las santas reliquias por mí aportadas para consuelo de nuestra comunidad y socorro de los pobres. Los frailes, sin embargo, no corrigieron sus defectos ni demostraron gratitud alguna a la misericordia divina, sino que aún se empecataron más en sus burlas, ultrajes y blasfemias. Serán, pues, terriblemente castigados por el Juez Equitativo cuando suenen las trompetas de la hora final».[209]

Muy pocos autores aceptan al pie de la letra estas historias. Casi todos prefieren circunferirlas al área de lo simbólico. *Camino de Compostela,* en efecto, era voz de jerga utilizada por los alquimistas para designar el conjunto de las manipulaciones de laboratorio conducentes a la obtención de la piedra filosofal.[210] Fulcanelli interpreta el relato de Nicolás Flamel en clave abiertamente alegórica: los incidentes de la peregrinación aludirían a las modificaciones sufridas por el carbono entre el principio y el fin de la *Magna Ópera.*[211] Lo mismo opina Sadoul, para quien la muerte del judío leonés en Orléans personifica la destrucción de la *primera materia,* punto de partida indispensable en el magisterio alquímico.[212]

Pero dejemos ahora todo esto. Atanor, Císter, mántica, cábala y arte gótico son —como ya se dijo de cátaros y albigenses— partes o temas de una historia que todavía no hace al caso.

«Gesta Dei per Francos! Pelegrins e cabaleiros d'Oil deberon, matino eu, volveran abrir os camiños seculares, os do Druidismo e do Orfismo primitivos cecais, pr'aseguraren a unión das almas e botaren longe das terras sagras de tradición oucidental e da islámica. Xordas heregias cristiaás poideron soñar un istante en por d'acordo a Cruz e o Crecente: a Táboa Redonda e o San Graal, os Albigenses, os Templarios, a Diviña Comedia levan o testimonio d'unha acción...»[213]

Pero en seguida se descabala este equilibrio frágil y exaltado. Al caer sobre el Camino la imperiosa *pax* cluniaciense, más de un adepto se allana a disfrazarse de ortodoxia, farfulla latinerías, viste ropas talares y acepta entre dientes el juego de los monjes afrancesados. Algunos, danzando en él, llegarán a santos, otros a obispos y muchos a ninguna parte. Son españoles, como Juan de Ortega y Domingo de la Calzada, o extranjeros como Lesmes, Franco de Siena y Francisco de Asís (a quien los cotilleos apostólicos relacionan con el carbonero o alquimista Cotolay. Se dice que juntos encontraron un tesoro y lo invirtieron en la fundación de la rábida lucense consagrada al *poverello*).[214] Los dos italianos aprenden la lección de Compostela y regresan a su patria. Lesmes se afinca en un hospital de Burgos. San Juan y Santo Domingo prolongan con énfasis la tradición de los canteros. También circulan historias tiernas o divertidas, como la de Muñiz, arzobispo gallego y nigromante, que pasaba la Nochebuena en Roma cuando le entró un tantarantán de saudade jacobea (o nostalgia de los grelos) y en el acto se echó a volar, aterrizando en la basílica del Apóstol a tiempo para cantar la última lección de maitines.[215] Su ingrávido cadáver es ahora polvo de siglos en un agujero disimulado tras el Pórtico de la Gloria, pero el Cabildo reza una vez al año por él en la capilla de la Soledad. O quizá impetra comprensión para las fantásticas culpas que en vida le acarrearon un confinamiento de mahrajá en la aldea de Transouto. El papa, que nunca se equivoca, así lo ordenó.

Para entonces, los adeptos de San Bruno de Colonia —al

que una terca iconografía suele evocar en ademán de maestro masón dispensando saberes a un *aprendiz*— andaban ya al paño en el clero español y, por supuesto, en el Camino. Nuestra primera cartuja data del siglo XII, fecha más que precoz si consideramos que la Regla de la Orden fue aprobada por Alejandro II en 1173. San Bruno quiso y consiguió aplicar al antiguo canon benedictino las moradas místicas de la religiosidad oriental. Celda, meditación, plegaria y silencio marcaron, y marcan, las cuatro esquinas de aquella revolución aristocrática. Veintiún centros llegaron a existir en la Península, cuando en el resto del mundo nunca se alcanzó la cifra global de ciento sesenta. Y fueron los cartujos españoles, nadando a favor del ocultismo, solertes heterodoxos en el seno de una heterodoxia de por sí enconada: Roma tuvo que reconocerles autonomía jurídica y libertad de acción frente a las decisiones del Capítulo General. Hasta bien entrado el siglo XIX no se sometieron a ellas los bravos solitarios burgaleses de la irrepetible Miraflores.[216]

Espejo de alarifes y voluntario peón al servicio de una cosmogonía secreta fue Domingo de la Calzada, que quiso enrolarse en varias órdenes monásticas y al cabo prefirió hacer la guerra por su cuenta desde una choza de la Bureba destinada a convertirse en motor inmóvil de la ciudad que ahora lleva el nombre de este adepto. Vayamos a él. Reina a la sazón Alfonso VI el Impío. Cluny está montando su drástica estrategia jacobea. Propaganda obliga: el Camino es ya tema de conversación en los antuzanos, tabernas, gabinetes y lupanares de allende el Pirineo. Afluyen algaras de turistas y empiezan las quejas (sorprendentemente parecidas a las de hoy). Cuestión de infraestructuras. Faltan estradas en itinerario de tanto repecho, pasarelas y transbordadores en zona de tantos ríos, y hospitales o clínicas en país de tan dudosa salubridad (España fue, y sigue siendo, capital europea de la lepra). Cuatrocientos años más tarde aún podrá comentar el Marqués de Santillana: *pasos, puentes y hospitales / donde fuera menester / se quedaron por hacer / parece por las señales.*[217]

Y así, el joven Domingo —fiel a las antiguas leyes de la cantería andante— decide consagrar su fuerza a la transitabilidad de La Rioja. Sin ayuda ni desaliento, durante casi medio siglo, lanza audaces arcos sobre el agua, allana el breñoso firme de las trochas y —alentado por el propio Alfonso— restaura cuantos nosocomios y malaterías se le ponen a tiro. Este azacaneo, andando las edades, le granjeará con justicia el patronazgo de la ingeniería española y no sé si también de la arquitectura. Tres de sus puentes, como mínimo, siguen en pie: el de Logroño sobre el Ebro, el de Nájera sobre el Najerilla y el de su ciudad sobre el Oja, donde, por cierto, imprimió una curiosa corrección a la vieja calzada romana que por Cerezo llevaba hasta Briviesca.[218] A partir de este monje intachable y estrenuo, el hormiguero apostólico podrá atajar hacia Burgos cortando en derechura las tierras de Belorado. Operación —se diría— intencionada, pues a las paredes rocosas de tan abrupto enclave ya se habían agarrado muchos cenobitas de sesgo taciturno y mayéutico silencio. El peregrino de hogaño suele visitar las cuevas de aquellos ascetas trogloditas, para siempre incrustadas en cierto ribazo junto al cual todavía despunta un musgoso gallipuente que en su día levantara Juan de Ortega, otro santo de aquel paisaje (y siglo) que también llevaba cemento en las venas.[219] Estamos, y no se olvide, en plena toponimia —montes, ríos, regiones y ciudades de una *oca* cuya consonante a veces se velariza y da resultados como *Rioja*.

Dentro de ella, la iglesia-cripta de Nájera y la catedral de la Calzada desarrebozan sobre su piel de almagre un muestrario completo de los símbolos utilizados como firma y marca de fábrica por los canteros medievales. Juan y Domingo, los dos santos constructores, son quizá los últimos grandes *albañiles* castellanos en el sentido que Hiram hubiera dado a la palabra. Porque lo posterior —y pienso en Herrera— se trasconejará a empujones en la retaguardia esotérica (y por ello problemática) de la Inquisición. Acertó el escultor Gerardo Zaragoza al representar a Domingo de la Calzada con la rodilla descubierta de los iniciados.[220] Este monumento masónico aún existe en Madrid, frente al antiguo Ministerio de Obras Públicas. ¿Lo derribarán aplicándole la ley de vagos? Me remuerde la conciencia... Pero los gobernantes, por fortuna, no leen ni creen a los escritores.

Funciona además Santo Domingo como *deus ex machina* del celebérrimo milagro atribuido al apóstol allá por el 1080 (y poco importa que la cosa sucediera en Toulouse, según afirman algunos maliciosos, y no en el burgo riojano. Apropiáronsela los vecinos de la Calzada y yo les alabo el gusto, amén de prestarles crédito). Así que —dice el hagiógrafo— una pareja alemana, acompañada por un apuesto hijo, iba camino de Compostela cuando decidió hacer noche en cierta confortable hospedería levantada por el santo. Aína se enamoró del muchacho la *locandiera* e incontinente quiso llevarlo al catre, pero no hubo nada —y aquí, en mi opinión, empieza el milagro—, que a veces no salen tetas para mover carretas. Ello es que la joven, desairada y cachonda, acusó al virtuoso mancebo de haber afanado una taza de plata. Y al punto, pues no era para menos, lo ahorcaron. O casi, porque Santo Domingo formó estribo con los dedos bajo los pies del ajusticiado y aplazó el desenlace. A la mañana siguiente, enterándose los padres de que su retoño aún coleaba, acudieron al juez en demanda de una sentencia que casara la anterior. Andaba el magistrado a pique de desayunarse con dos pollos en chilindrón y no tuvo mejor ocurrencia que comparar la vitalidad de éstos con la de quien llevaba ya muchas horas enfriándose en el patíbulo. O tal creía. Y ahí el milagro: los capones dieron en volar, pasmóse el yúdice, indultó al reo, se aflojó la soga, apeó Santo Domingo el marchapié y prosiguieron los teutones con su romería. Desde aquel suceso, la iglesia y la ciudad de la Calzada acogen en su escudo una coscoja, una hoz, un gallo y una gallina.[221] Aún más: intramuros de la catedral cacarean varios de estos animales, debidamente enjaulados y de vez en vez renovados. Jacobo Sobieski —peregrino, polaco, hijo del rey Juan III y autor de unas andanzas y alucinaciones españolas— los vio en el 1611 y comprobó que los viajeros ensartaban migas de pan en la contera de sus cayados y las pasaban entre los barrotes, persuadidos de que llegarían sin novedad a Compostela caso de que las aves aceptasen la dádiva. Lo contrario se entendía como vaticinio de seguro fallecimiento antes de terminar la peregrinación.[222] Los gilipuertas de los franceses tarareaban al alejarse de la ciudad: *Oh, que nous fumes joyeux / quand fumes à Saint Dominique / en entendant le coq chanter / et aussi la blanche geline!*[223] Y hasta el sesudo humanista Lucio Marineo Sículo anota en su *De rebus Hispania* el dicharacho que luego habría de convertirse en lema cuasi oficial del municipio: *Santo Domingo de la Calzada, donde cantó la gallina después de asada.*[224] Todas estas cloquerías han sido alegorizadas por la señora King en atrayente clave de mitraísmo.[225]

(Cabría acotar el milagro desde otras perspectivas. Símbolos aparte, ¿es magia negra? No. Es vacilón a la española. Lo sugiere un folleto del siglo XVI titulado *Probadas flores romanas* y precedente inequívoco de los *celtiberia show* hoy tan en boga. Sus páginas recogen una temática surrealista que va desde los remedios medievales contra la peste hasta los juegos y trucos de salón. Uno de éstos reza así: «tómese una copa de vino añejo, un pedacito de apio y una miga de pan. Remójese el pan en el vino. Colóquese luego el apio sobre la miga empapada y désele de comer a la gallina, que inmediatamente caerá al suelo muerta. Desplúmese entonces el ave y rocíese toda ella con miel y azafrán para darle la apariencia de que está tostada. Cuando Vuesa Merced quiera que el animal resucite, basta mojarle el pico con vinagre y al momento se pondrá de pie en la bandeja».[226] Huelgan comentarios.)

Otro prodigio muy mentado urdió el santo zapador. Conocemos la fecha exacta: 13 de octubre de 1098. Se ocupaba ese día nuestro hombre en acarrear granito desde una cantera próxima con miras a levantar un templo. El vehículo, arrastrado por dos novillos de mala leche y peor crianza (pues eran en realidad animales de lidia milagrosamente desbravados por Domingo),[227] fue a dar contra el pretil del puente y rebotó noramala. Una de sus ruedas tronchó el abdomen de cierto peregrino que allí, aprovechando el frescor del río y la breve sombra de los sillares, se reponía de los agobios jacobeos. Domingo, espoleado por una rabia íntima y nueva, vino desde lejos hasta el difunto, se arrodilló a su vera y en nombre del Todopoderoso lo conminó a proseguir el viaje. Hoy, en la tarde de cada 11 de mayo, los vecinos de la Calzada celebran esta resurrección riojana paseando por el pueblo una rueda teñida en oro de la que penden obleas, frutas y golosinas. Descansa la curiosa imagen sobre una pirámide poligonal iluminada por hachones. La procesión empieza en la iglesia de San Francisco y termina en la catedral.[228] Redundancia sería encarecer el perfil pagano de este festejo que las autoridades municipales presiden y las eclesiásticas no proscriben. ¿Qué inconfesable simbología se adscribe a la miniatura del peregrino recompuesto? La *pirámide,* prenda de iniciación, nos devuelve a la hermética retranca de los canteros y hermanos masones. La *rueda* bien podría ser ésa, apostillada *de las Cosas* o *de la Existencia,* a cuyos giros pugnan por escapar los budistas con ánimo de percibir el éxtasis inefable de la *luz blanca* en vez del juego ilusorio de los sentidos. Y la carreta funciona como obstáculo para impedir la culminación espiritual del peregrino: su llegada a Compostela. Entonces interviene Domingo —peón caminero— y con artes mágicas consigue que el cuitado se zafe de la física para alanzar la metafísica...

Ya llegamos al penúltimo recodo del laberinto jacobeo (pues el último parece estar en el Hades). Los españoles de hoy, tan secularizados, atienden sólo al trasbarrás de las polémicas desatadas por Sánchez Albornoz y Américo Castro, descuidando así las restantes ramas de un árbol por demás frondoso. Que si Dióscuros, que si veleidades imperiales, que si caballo blanco del Apocalipsis, que si necesidades estratégicas en el aperreo y aporreo de la reconquista. Vuelan insultos, razónase con la pasión, el tema se recorta, sus implicaciones se hacen derecho político y cada cual ejerce como mejor le da a entender el hispánico deporte de arrimar el ascua a sus creencias. Importa sólo abroquelarse en el presunto enigma histórico de una patria cristiana y derechista (¿por qué?) o en su no menos presunta realidad arábigo-judía y —¿por qué?— izquierdista. ¡Ay de las dos Españas! Ya estamos otra vez aplaudiendo contra el prójimo.

Y no es que tan insignes historiadores desbarren (como lo hace en este terreno —en otros no— el monje Pérez de Urbel), sino que innecesaria e inmotivadamente reducen la valencia del elemento con más posibilidades de combinación dentro del *tangram* ibérico. Anchas son las espaldas jacobeas, con espacio y aire suficientes para albergar incluso a don Américo y don Claudio, así lleguen acompañados por todos sus corifeos y blandiendo teorías sutiles, cultas, elegantes, amenas, verosímiles y exclusivistas. Que quizá, por afición a la cuadratura del círculo, también convenga recordar aquí.

Castro hace hincapié en las raíces grecorromanas de la leyenda apostólica: Santiago sería enésimo alfil en la *mytomachia* universal de esos héroes gemelos que nos ayudan en los trances apurados.[229] Dioses bifrontes con idéntico perfil existen prácticamente en todas partes. Son Rómulo y Remo en el Lazio, Titha y Dyaza Kumma en Birmania, Khunlun y Kunlai en el Assam bengalí, Olo-Sipa y Ola-Sapa en las Carolinas, Kirimaliaku y Kirimaika en Nueva Guinea, Honsu y Honsi en Dahomey, Pachakamak y Wichama en Perú, Tiri y Karull en Bolonia, Temendonaera y Arikuté en Brasil...[230] Según Teodoro

Gaster, estas bifurcaciones mitológicas suelen reflejar los orígenes o problemas étnicos y familiares de la raza, pueblo, ciudad o clan que los inventa.[231] O, en otros casos (y ahí andamos más de acuerdo), el inextirpable dualismo yacente en todas las categorías de la naturaleza: el *yin* y el *yang* (o el *animus* y el *anima* junguianos). Lo opuesto a esa armonía litúrgica o calma de los elementos es la religiosidad maniquea, que prolonga la angustia del subconsciente y se caracteriza por el belicoso enfrentamiento de dos deidades antagónicas.[232] El mundo clásico concibió a los hermanos Dióscuros —Cástor y Pólux— como híbridos de la humana Leda y el inmortal Júpiter. Nadie ignora que éste, para tramar fornicación tan poco equitativa, se presentó bajo hechuras de cisne. Dos veces pintó Tiziano la historia y una de ellas —la del Prado— merece el calificativo de obra maestra en sentido absoluto. Los palmípedos eran artilugios eróticos muy ambicionados en los burdeles chinos antes de que el sátrapa Mao decidiera prohibirlo todo. Se les cortaba la cabeza y, enculándolos, el cliente hacía por sacarle partido a los estertores del tomante. No se vaya a creer que era cosa de segundos. He visto degollar miles de patos en el mercado de Taipeh y certifico que su agonía dura tanto o más que un polvo de tarifa normal en el yacijo de cualquier putuela. Quizá la sangre, que sale a cañonazos y se muda en acre vapor, podría inducir a desfallecimientos o momentáneas flojeras y hasta dejar el miembro en definitivamente morcillón, pero los rufianes y matronas se encargaban del quite introduciendo el cuello del animal por un agujero del tabique, de tal forma que éste separaba materialmente decapitación y sodomía. A un lado quedaba el balde enrojecido y la exánime cabeza; al otro, el culo convulso y el rijoso pagano. Tal vez en la China libre de Formosa, Hong-Kong y Macao queden paraísos de tal laya. Yo no supe dar con ellos.

Nunca dudó Roma de que Cástor y Pólux bajaban a voces del Olimpo sobre corceles blancos para ayudar a las legiones acosadas. En España, como en otras partes, arraigó muy pronto esta fe o esperanza en el favor celestial. Toutain leyó dos inscripciones dedicadas a Pólux en la Bética y Américo Castro mencionó una de ubicación tortosina.[233] En muchos enclaves ribereños de la antigua Hispania se consideró a los Gemelos dioses propiciatorios de la marinería (con altar y templo, que sepamos, en la porción murciana del río Vélez).[234] El arqueólogo Mélida ha insistido en el carácter dioscúrida de los jinetes inermes u ocasionalmente provistos de lanza o rayos que tanto abundan en las monedas ibéricas.[235] Pero sobran estos ejemplos, y otros que cabría aportar, pues la presencia en España de ambos paladines y su prestigio no necesitan aval ni corroboración de la epigrafía y la numismática. Surge el cristianismo en Roma cuando más alta es la popularidad de los Dióscuros. Así se explica el apresuramiento de la nueva fe en incorporarlos a su poco escrupuloso santoral y también el absurdo de que esta escandalosa adopción se produjera sin traumas y casi sin dejar huellas. El artículo *Dioskuren* de la *Reallexikon für Antike und Christentum* no deja lugar a dudas sobre la temprana cristianización de Cástor y Pólux.[236] Hasta los papas respaldaron a puerta gayola el cambalache. La iglesia napolitana de San Paolo Maggiore creció impúdicamente sobre las ruinas de un templo consagrado a los Dióscuros. Sin rebozo llamó Dámaso I *nova sidera* a los apóstoles Pedro y Pablo como lo demuestra una inscripción desenterrada en la cripta romana de San Sebastián. Quizá lo arrastrara a este desliz su boquirrubia sangre gallega (incluso la señora Michaelis de Vasconcelos, «que no sospechaba la conexión entre Santiago y los Dióscuros»,[237] hubo de fijarse en la proclividad de los galaico-lusitanos hacia toda suerte de supersticiones siderales). Américo Castro, perfecto director de lidia, alude al patente dioscurismo de Cosme y Damián, varones sin tacha que la Iglesia admite como patrones de las artes médicas y farmacéuticas.[238] Además de los cristianos, también los griegos (el 1 de noviembre), los latinos (el 1 de julio) y los musulmanes (el 27 de septiembre) honraban la memoria de dos mellizos habilísimos con el bisturí y el potingue. El culto, según algunos, nació en la Arabia feliz allá por el siglo III y prendió con prontitud en toda la cuenca mediterránea. Cosme diagnosticaba y Damián suministraba el remedio, razón por la que en seguida se transformó al primero en Hipócrates y al segundo en boticario. Infinidad de ermitas estuvieron y están consagradas a la pareja. De ella se conserva un espléndido simulacro en el santuario oscense de Guara.[239] Cástor y Pólux —o Cosme y Damián— eran hermanos gemelos si no corporalmente, que cabría, sí por sus sentimientos, sus intenciones y su manera de proceder.

Sabemos, por otra parte, que los cristianos de Galicia confundían a Jacobo Alfeo con Jacobo Zebedeo, que a aquél se le llama mellizo de Jesús en varios textos gnósticos, que constantemente recibe el apóstol a lo largo de nuestra historia el calificativo (evangélico) de *Hijo del Trueno,* que aún el campesino portugués habla de este fenómeno meteorológico como si el hombre de Compostela lo provocara,[240] que un Santiago intervino en la *transfiguración* del Monte Tabor y que verdades o mentiras astrológicas han acompañado siempre al deambular de quienes al fin y al cabo encontraron el Camino ayudados por el sextante infalible de la Vía Láctea. Parece superfluo recordar en esta lista el caballito blanco que tantas veces nos sacó de apuros y la rara belicosidad de un Patrón al que pusimos de apellido Matamoros y merced al cual, según Quevedo,[241] dimos española muerte en los campos de batalla nada menos que a once millones y quince mil esbirros de la media luna. Añade Berceo que en el año 939 el primer conde independiente de Castilla inclinó de su parte la algarada de Simancas gracias a la doble ayuda del Apóstol y de San Millán.[242] Así cualquiera. El *Poema de Fernán González* sugiere una variante: no era Jacobo quien arremetía en unión del piadoso monje de la Cogolla, sino San Pelayo.[243] Expresivamente dice el poeta: *moros cuando nos vieren perderán el corazón...*

¿Puede, entonces, extrañar o —menos aún— irritar la tesis de Américo Castro sobre el origen dioscúrida del culto jacobeo? Sobran datos para aceptarla entre las plausibles. El único error del polígrafo estriba en habérnosla propuesto con cierta ferocidad exclusivista, quizá arrastrado a ello por el calor de una polémica que probablemente no esperaba ni deseaba. En la cancha jacobea *también* juegan Cástor y Pólux sin que su participación desentone o vaya en menoscabo de la sospechosa *homogeneidad* (y en eso sí que hay exclusivismo) postulada por algunos. Mejor será buscar y encontrar ésta en el denominador común de los arquetipos españoles y no en las tornadizas implicaciones históricas o religiosas, por fuerza desparejadas, de un fenómeno multisecular, supranacional y pluriteísta. ¿Que Américo Castro considera a Santiago una palabra mágica y «un jinete espoleado por la tradición grecorromana de los Dióscuros»?[244] Pues muy bien y que nadie vea en ello mancilla para la fama de nuestro indiscutible patrón. A la postre, y el propio Castro se encarga de recordarlo, la misma ciega fe ponían los de Roma en sus mellizos celestiales que los leoneses en su solitario paladín. El resto es rebatiña o logrería. Y mezquindad. Citan nuestros mayores —que nunca fueron mezquinos— el ejemplo de un rey de Persia muy devoto del apóstol.[245] *Tierra de Santiago (Jakobsland)* llamaban los nórdicos a nuestro país en los siglos XI y XII.[246] Al filo del milenio, Almanzor entró a saco en Compostela y arrambló con las campanas de la basílica, transformadas luego en lámparas de la mezquita de Córdoba[247] (curioso destino: el bronce jacobeo contribuyó a que los morabitos y herejes de la misma estofa no se perdieran en el bosque de columnas del más fastuoso templo levantado por el Islam). Ibn-Abizar-al-Kartás, cronista marroquí de imprecisa biografía, reconoce que los almohades se apuntaron la sonora victoria de Alarcos gracias a la intervención de un guerrero o *cavaliere inesistente* cuyo blanco corcel parecía flotar a ras del suelo.[248] Un embajador de San Luis de Francia, fraile por más señas, conoció en el tenebroso fondo de la Tartaria a un empedernido nestoriano que a la sazón —estamos en 1253— emprendía viaje a Compostela.[249] Quinientos setenta y nueve años más tarde, el inglesito Richard Ford, arrodillado ante el altar mayor del apóstol, pensaba en Buda.[250] Estos y otros episodios de análoga moraleja transmiten el único mensaje verdaderamente jacobeo: *la puerta se abre a todos*. Seguro que no se la cerraron al tártaro. Seguro que nadie excomulgó al persa o se enfadó con el britano. Seguro que los druidas, el varón de Iria, Fructuoso del Bierzo y el Hijo del Trueno escucharon desde el Empíreo (alborozándose) las plegarias musitadas en Córdoba por los muslimes de Hixem. Dirá Otero Pedrayo: «la fórmula que el sacerdote pronunciaba después de absolver a los peregrinos y dirigiéndose al apóstol (*be tom a trom samgiana! Atrom de labro.* O sea: *recibe benignamente este grito atronador que en todas las lenguas de la tierra profiere el Sabio,* según la interpretación del padre Fita) es —en palabras gallegas— la voz conjunta de la variada Europa sonando por primera vez en la historia».[251]

Sánchez Albornoz prefiere buscar la rebotica de Santiago Matamoros en la delirante afición al *Apocalipsis* de San Juan demostrada por los analfabetos españoles de los siglos oscuros.[252] Verdad es que en ese libro gnóstico aparece el Verbo sobre la grupa de una yegua blanca cuyos cascos no se apoyan en la tierra. Nuestros compatriotas del milenio devoraban la versión que del susodicho poema hiciera el Beato de Liébana al abrigo de los nidos de águila foramontanos. Fue el primer éxito literario —y, por ende, el primer enigma culto— de una península tercamente opuesta a la lectura. El ejemplar iba a mantenerse en los escaparates hasta la decrepitud del Siglo de Oro. Ya dijimos que era libro favorito de Cervantes y desde luego, aunque a la chita, de todos los místicos y alumbrados. He aquí un tema casi virgen, que los clérigos ignoran y los historiadores evitan. Los desvanes del cristianismo español guardan trapos, carátulas, muñecas, baúles y telarañas del *Apocalipsis*. Algún día habrá que franquear su umbral para recomponer esos objetos y colocarlos con buena luz en la vitrina del salón. El Beato de Liébana —hombre *arriscado, vehemente y escuchado,* según lo define Sánchez Albornoz— también compuso el *Himno a Mauregato,* donde por primera vez se confieren a Jacobo honores de capitán general: «Apóstol dignísimo y santísimo / Cabeza refulgente y dorada de España / Defensor y Patrono especialísimo»... Diantre, hablamos del siglo VIII. Como apunta Victoria Armesto, bien pudiera ser este individuo el adelantado de nuestro frenesí jacobeo. O el primer neurótico de la cadena. «A poco de escribir el Beato su himno se descubre el sepulcro de Santiago. Maravillosa casualidad.»[253]

El segundo *casus belli* de la hermenéutica compostelana se entabla en los chiqueros de la semántica política. Aunque ese tibio recinto no me da frío ni calor, tampoco me atrevo a ignorarlo. Arguye don Américo —es otra de sus creencias— que los cristianos terminaron adaptándose a la mentalidad bélica del enemigo. «De ahí que al batallar en nombre de Mahoma correspondiese el combatir en nombre de Santiago.»[254] El eterno inglesito Richard Ford también se arrima al buen árbol musulmán. Dirá que convertir una tumba en epicentro de peregrinaciones es ocurrencia oriental.[255] Y ya están las tres comunidades implicadas —árabes, maños y astur-leoneses— buscando una ciudad con carisma religioso para enardecer a la chusma y a la soldadesca: serán Córdoba, Zaragoza y Compostela. Por alto Carlomagno, que se huele la chamusquina, invoca guerra santa y organiza dos expediciones —militar la una y literaria la otra— respectivamente orientadas hacia el Ebro y el Finisterre. Y es que en ambos lugares se está cociendo un *ersatz* del Sacro Imperio. Irrumpe el anarquismo monárquico de la naciente España. A tomar vientos el agabachado organigrama de las *Marcas*. Que se españolicen ellos. Ni África ni Europa: el *exótero* empieza en los Pirineos. ¡Dios, qué buenos vasallos, qué altos señores! Recién profanado el cadáver del Apóstol, o lo que en el castro hubiere, Alfonso III desdeña los tradicionales títulos de *princeps* o *rege* y se adjudica el increíble de *magnus impera-*

tor.[256] ¿Imagina el lector lo que económica, política, demográfica, cultural y territorialmente abarcaba entonces el lampiño reino de León? Aún no había barcos, pero ya sobraba honra. En el 954 —y sin duda se han perdido o no se han encontrado aseveraciones más antiguas— la Corona rubricó esta inaudita concesión de privilegios: *Yo, Ordoño, príncipe y humilde siervo de los siervos del Señor, a Vos, ínclito y venerable padre Sisnando, obispo de nuestro patrón Santiago y pontífice de todo el orbe, os deseo eterna salud en Dios Nuestro Señor.*[257] Siervo de Éste, sí, pero no de su vicario en Roma. Ahí queda eso: ya tenemos al mitrado del finisterre abanderándose con la Verdad universal, a los rudos monarcas del feto español entrando en la iglesia bajo palio, al Islam huyendo en desbandada, a las ranas pidiendo rey. ¿Justificaciones de tanta osadía? Sólo una y, si cabe, aún más audaz: que Santiago —protomártir, predilecto de Dios, hermano de Cristo e Hijo del Trueno— ocupaba un escalón superior al de Pedro en la jerarquía de los apóstoles.[258] En seguida el poder civil pondrá bajo jurisdicción clerical varias millas de tierra en torno al Castro Lupario: una zona franca para que en ella haga o deshaga el Cabildo sus mangas y capirotes.[259] Los vecinos de la nueva ciudad sólo rendirán cuentas al Primado y se supone que a Dios. Empieza la borrachera de los obispos compostelanos. A mediados del si-glo XI, el Concilio de Reims tiene que excomulgar a Cresconio, acusándolo de exigir para su sede «la cúspide del hombre apostólico».[260] Cien años más tarde, el magnífico Gelmírez —cuya égida cubre o abruma (cualquiera sabe) el momento cenital de la urbe— aspira también al orbe, viste su palacio con todo el oropel del pontificado,[261] reparte púrpuras, nombra cardenales, calza a diario túnica y estola, acuña moneda, acapara los derechos metropolitanos del obispado emeritense, *manu militari* roba reliquias en Braga (entre ellas el cuerpo de San Fructuoso), birla un despacho legacial a Toledo, obtiene la inmunidad para quienes residan entre el Ulla y el Tambre, reúne concilios, llama a cruzadas, proclama emperador a Alfonso VII tras la misa de un domingo de Pentecostés y acoge a miles de peregrinos *apostolico more,* como sólo el Papa podía hacerlo.[262] Diego Gelmírez fue un megalómano, pero su locura pertenece a la época y a la demarcación. Compostela se engallaba frente a Roma y Jerusalén,[263] creíase el Finisterre ombligo de la cristiandad y hasta los baturros, alentados por su ónfalo de Zaragoza, jugaban algún que otro naipe en las apuestas del imperio.

Los rumores (verosímiles) sobre la presencia del Grial en el Cebrero de Galicia o en las cercanías de Jaca autorizaban a pensar que la palabra de Cristo no había caído en los surcos de la presunta Ciudad Eterna.[264] Adelantándose a Quevedo, nadie buscaba a Jesús en Roma, sino en Compostela. Y ya pronto iban a exigir los reyes de Castilla y León que Santiago, y sólo Santiago, los armara caballeros. Así empezaron a tallarse iconos del Apóstol tan delirantes como ese *golem* de Las Huelgas cuyos brazos articulados pueden empuñar una espada y descargar con ella el mandoble de rigor. Un enigma reposa en él. Alfonso VIII, cuando los moros andan arrebatándose hacia el sur y la querella parece resuelta, ordena adosar al monasterio burgalés un palacio árabe que luego desaparece sin dejar memoria. Llueven los siglos y, ya en éste, se descubre —tapiada y olvidada en el solar de la antigua fábrica— una capilla octogonal con arco de herradura y artesonado de estuco mudéjar. En una oquedad del recinto amaneció el autómata. Todo más que normal, pues por algo las órdenes militares de Occidente se concibieron y organizaron a imagen y semejanza de ciertas corporaciones musulmanas. Conviene recordar que los moros también vieron al Apóstol en la batalla de Clavijo. La segunda iglesia o primera catedral de Compostela, terminada por Alfonso el Magno en el 899 y sustituida a la vuelta de dos siglos por el templo románico que todos conocemos, alcanzó larga fama de arabizante (y de obra maestra).[265] A ella se acogerían los adelantados del orto jacobeo. El *Codex Calixtinus,* inventándolo o no (pero qué importa), cuenta lo que sigue a propósito de la *razzia* capitaneada por Almanzor en el territorio apostólico: «aquella gente, metiéndose con sus caballos en la basílica, empezó a evacuar. Fueron atacados por una descomposición de vientre. Cuanto metían en el cuerpo no tardaba en salir por la puerta trasera. Ciegos iban por la catedral y por la ciudad. El caudillo andalusí prometió que si su abdomen y sus ojos recuperaban la salud, renegaría de Mahoma y no volvería a atacar Santiago».[266] ¿Por qué emires, califas y reyes de Taifas rivalizaban en dar hospitalidad a los peregrinos, pero no se la concedían a los caballeros cristianos? La distinción tiene su miga. Y apunta al problema de si el Camino sirvió a los intereses de la Iglesia o, por el contrario, enturbió las aguas. Victoria Armesto cree, tajantemente, que sin el descubrimiento o invención de la tumba, España hubiera seguido los destinos del norte de África.[267] Américo Castro polemiza en sentido inverso:

el culto a Santiago —dice— nos descristianizó. Y Sánchez Albornoz se empeña en considerar lo jacobeo una suerte de imán que retuvo a la Península en el ámbito de la cultura europea.[268] Las tres posiciones son juiciosas. Y quizá exactas. Pero en cualquier caso, dígase lo que se diga, parece evidente que *también* el mundo musulmán jugó su baza de oros o sables en el julepe. Por comisión y por omisión: no hay quien escape a esa dialéctica. De igual modo cabría afirmar que la Reconquista, y no la invasión, fue la máquina islamizadora del país. Las guerras unen, pues toda batalla se olvida mientras permanece la complicidad (a veces un poco perversa) del carcelero y el preso, del mercenario y su víctima, del centinela y el *maquisard*, del violador y la núbil, de los soldados que a gritos fraternizan entre sus trincheras... Santiago Matamoros es la cara en sombra de esta simbiosis; Santiago Peregrino, su vertiente inundada de luz.

Y ya metidos en harinas laicas, habría que discutir si la Iglesia resucitó una tradición en letargo sólo porque ello convenía a los fines de la reconquista. Yo no lo creo. Ni creo que esa cruzada se entendiera tan tempranamente como tal. Definirla así equivale a recomponer por puro capricho el pasado desde la óptica de hoy. ¿Cómo puede iluminarse un momento de la historia manejando ideas o datos posteriores a él? Para enterarnos del sabor de un melocotón, por enésima vez, no va a quedar más recurso que morderlo. Y será lo mismo a la hora de bucear en aguas que ya no nos pertenecen: tendremos que hacer abstracción de lo sabido y no rebasar el ámbito de las imágenes y mecanismos psicológicos, que son eternos. La memoria —dice Krishnamurti—[269] siempre responde a modelos: no hay en ella libertad. Paradójicamente, la acumulación de conocimientos impide *aprender*, o sea, observar lo que fuere sin incurrir en la tentación de interpretarlo o evaluarlo. Juicios, análisis y opiniones configuran fatalmente una experiencia, un troquel, un recuerdo, un *a priori*, un cauce para la actividad cognoscitiva. A partir de ahí ya no cabe progresar en la percepción. A cal y canto se cierran las Puertas que Aldous Huxley glosara. Comprender un problema significa *comulgar* con él. El fogonazo, la famosa síntesis. Dicho de otro modo: el asunto en sí jamás importa. Cuenta, nada más, el estado de la mente al entablar la comunicación. Hay que respirar con el mundo sin reparar en éste, que probar el melocotón, que *viajar* en el regazo de las cosas sin preguntarnos por ellas. Así, por ejemplo, sabemos que es de día o que una mujer nos gusta, mientras el científico y el sofista intentan *averiguarlo*. Identificarse con el objeto —con el otro polo de la comunicación— arrebata al sujeto su *inocencia*. La excluye de antemano. «El *ser* no necesita demostración. Mientras tantos buscan, Parsifal encuentra; mientras tantos hablan, Mishkin sabe».[270]

Y yo no sé si me explico. Pero sé que ahora, al emerger de este largo chapuzón en la estigia jacobea, sólo la *inocencia* puede ayudarme. Ésa, justamente, que entre sus muchas virtudes no acertó a poseer Américo Castro. Ni don Claudio Sánchez Albornoz. Ni el profesor Lacarra. Ni, en otras épocas, el padre Sarmiento. Ni casi ninguno de los investigadores que aquí y fuera, ayer y hoy, incrédulos o creyentes, se ocuparon de este tema, hurgaron en él y lo fueron poniendo a foco. Si algo tenemos en común los españoles, Santiago es el *numen* de esa conciencia colectiva, el espíritu de lo español eterno, irreversible y quizá universal. *Presencias* así no se analizan: se escuchan, se tocan, se aceptan, se viven con el ánimo inocente, el pecho libre y la segura comunicatividad del niño o el gato que por primera vez amanecen cada mañana. No diré más. Estribe lo restante en ir a Compostela para meter los dedos en las cinco huellas dejadas por un milenio de manos peregrinas sobre el mármol gris de la columna central del Pórtico de la Gloria. El escultor Mateo elevó a lo largo de ese quicio un solemne *maestoso* de motivos y jerarquías esotéricas. Se suceden, de arriba abajo, Cristo con sus llagas, el Apóstol sedente, un capitel dedicado a la Trinidad y un fuste que es el árbol de Jesé. Pero ¿cuántos cristales y fósiles se barajan, misturan y recomponen en la linterna mágica o vitrina de museo que convencionalmente hemos dado en llamar *Santiago*? Sí, es el estómago de un camello, la manga de un prestidigitador, el paladar de un escualo, el gaznate de un avestruz, la multiplicación de los peces, el discurso de un campazas, las manos del Rey Midas, la memoria del elefante, el bolsillo de un rifeño, el coño de la Bernarda, los cajones de un mercero, el buche del milano, siete mil monos, una cifra periódica pura, el culo de Papillón, el ombligo de Kali, la curiosidad del gato, los sótanos de las Salesas, la despensa de un chino, las nalgas de una vikinga, los viajes de Brandán, el fondo del Titicaca, la guía telefónica, el Transiberiano, este capítulo, este libro y la conciencia de un jesuita. O dicho con más seriedad: Gwydión, Hércules, Habidis y Juan de Ortega. La Bestia del Apocalipsis. Poseidón. Prisciliano, Hiram y Noé. Osiris. Domingo de la Calzada, Cástor, Pólux, Almanzor, Julián el Hospitalario. El Judío Errante. El lucero del alba. El Hijo del Trueno. El mielgo de Jesús. Un echador de cartas. Un masón, un alarife, un arquitecto. Un alquimista. Un azabachero, un sufí y un apóstol. Dos apóstoles. Tres apóstoles. Santiago Matamoros, Santiago Peregrino, Santiago Alfeo, Santiago Zebedeo, Santiago de Compostela...

Allí, quiere la tradición que la gran basílica se repita en sus cimientos como un edificio asomado a un estanque.[271] Resonancia. *Aleph.* Vastedad de iglesias. Hay otra debajo de cada una. Hay una encima de cada otra. ¿Quién urdió estos jardines colgantes, esta persecución de templos que —crónicos, asiduos, consecutivos— sin cesar se muerden la cola, superponen y prolongan? ¿Quién plantó estas catedrales de hoja perenne? ¿Quién cosechó su fruto y decretó su otoño? Como Narciso, las torres y la tumba se inclinan sobre un remanso de aguas quizá letales. Como Ofelia, la basílica —ya exangüe— flota hacia los rabiones del Finisterre. *Parece una laguna / el ancho río entre la blanca niebla de la mañana.* ¡Qué fastuosa metáfora ésta de la catedral encaramándose sobre sí misma, y sobre sí misma, y sobre sí misma, y sobre sí misma *ad libitum* o hasta el infinito! Según se quiera. ¿Por qué no?

Hace poco más de un año, en el trigesimosexto de mi edad, cumplí por fin con el precepto jacobeo. Lo digo, ciertamente, avergonzado. No iba a pie ni a lomos de mula, como el Apóstol manda, pero sí inerme y en *dos caballos*: el único coche, según mi amigo Úrculo, en el que puede sentarse un hombre sin perder la dignidad. A miércoles 29 de noviembre, tras dos semanas de marcha, avisté el brumoso perfil de Compostela. Fue en tarde de niebla y calabobos. Había almorzado en Mellid, huroneé luego por los Pazos de Ulloa y al coronar el Monte del Gozo me detuve con ánimo de fumar una pipa y serenarme contemplando pausadamente, bajo aquella luz de chafarrinones, los colores y volúmenes de la acrópolis mejor conservada de España. Serenidad, sí, porque llevaba casi veinticuatro horas enfadado con mi compañera de viaje: una de esas riñas tercas e inconsistentes que sin poderlo evitar turban, o acaso hacen soportable, la esgrima sentimental de las parejas. Hubo diez minutos de quisquilloso silencio. Luego seguí adelante. La ciudad —un garabato ocre y puntiagudo— se nos venía encima escurriéndose sobre una toponimia cargada de símbolos. Entramos en el recinto medieval por la rúa de San Pedro, me despisté, hice mil curvas, elegí arbitrarias bocacalles, evité manifestaciones estudiantiles (aquella misma semana matarían a un muchacho con la mezquina dialéctica de la ley de fugas) y al cabo pude aparcar el coche en las proximidades de la catedral. Estaba hecho. Tomé un filtro de brujas, subí por la escalera del Obradoiro y ya el Pórtico de la Gloria me atropellaba y esborregaba. Hundí, efectivamente, la mano en el guante de piedra que otras manos habían abierto. Era, por el roce, más alabastro que mármol: un tobogán exiguo y resbaladizo para que los dedos palpasen la ultratumba. Desde la metafísica del fuste, pero sin modificar su yerta superficie, me trepaba un calor que imaginé energía allí acumulada por los peregrinos. El mundo y mi persona, cenestésicamente, se desvanecían. ¿Oré con rabia en la cripta del Apóstol o sólo estuve arrodillado? No lo recuerdo. No sé traducirlo a palabras. Pero conozco y jamás olvidaré el diáfano desenlace de la aventura. Mejor dicho: lo que entonces recibí, lo que aquellos minutos me restituyeron. Algo que tal vez nunca tuve: señas de identidad. No he vuelto a perderlas.

Lo demás fue buscar un hotel, deshelar nuestro enfado, pasear y darnos al Ribeiro, las cigalas y el queso de tetilla por los bares de Compostela.

V. OCULTISMO CRISTIANO. EL GRIAL

> Cuatro direcciones tiene la cruz,
> tendida una hacia el firmamento,
> la otra hacia los abismos (los de abajo),
> otra hacia el Oriente
> y la otra hacia Occidente.
> Con esto indica la cruz
> que extiende su poder.
>
> P. CARDINAL

A partir del año 378, cuando el obispo de Roma asciende a la jefatura de la Iglesia con veleidades de caudillaje y presunciones de infalibilidad, los gnósticos se repliegan poco a poco hacia parajes de silencio, disfraz y penumbra. La violencia tardará aún siglos en desatarse, pero ya huele a chamusquina y a sangre de Prisciliano. Empieza la clandestinidad, un segundo ciclo de catacumbas cuyas puertas siguen sin abrirse. A ese largo ayuno, a esa soledad sonora, a esa vida subterránea se llevan los intelectuales cristianos una visión profética del futuro, mucha paciencia, la certidumbre de enfrentarse a una mixtificación, los libros del apóstol Juan, otros elucidarios y bastantes símbolos. Uno, entre ellos, funcionará como peligroso artefacto de relojería en los intestinos de la nueva iglesia por lo menos hasta 1314, año en que Jacques de Molay —cabeza visible de los templarios franceses— sube en París al patíbulo musitando una doble maldición contra la monarquía y el papado. Es el Grial. Su historia, antigua como el diluvio, se enreda a cruzadas, convulsiones políticas, maneras de concebir el arte y jubilosas hecatombes. Entre el milenio y el gran disimulo del siglo XIV, pontífices y sacros emperadores germánicos, reyes de Francia, sultanes, condes de Tolosa, príncipes de Aragón, filósofos armados, viajeros sin rumbo, herejes, trovadores y paladines más o menos andantes hicieron por componer un raro mosaico de plegarias y degollinas. Quizá nunca ha estado el mundo occidental tan cerca de la teocracia, tan al borde de configurar lo que el plagiario Agustín osó llamar *Civitas Dei*. A raudales salían las sombras —y las Ideas— de la caverna platónica. Arquetipos y vida cotidiana —subconsciente y administración— pudieron coincidir entonces, prolongándose recíprocamente a babor y estribor de la línea divisoria entre lo racional y lo caótico. Ya no hubieran existido *superegos* ni voluntad de sublimar. Europa iba a ser la *república* de Platón: una gran patria habitada por hombres felices. Que a la postre ganaran los malos (ya dice el salero peninsular que Dios suele ayudarlos cuando son más que los buenos) nos parece hoy lógico e inevitable. No lo era, sin duda, a la luz irreal de aquel período. Batalla incierta, sí, como la emprendida por los ángeles luciferinos. Pero no derrota cantada de antemano. Explica Jung que precisamente en tales épocas de río revuelto suben a la superficie los *arquetipos vivificados*[1] del inconsciente colectivo. Luego existen, habría que apostillar, y sólo eso importa. Ahí el mensaje, la enseñanza. Lo de menos es la suerte que les corresponda en la lotería provisional del acontecer histórico. Dijo el Cristo: *pasarán este cielo y este infierno.*

La saga del Grial no constituye algo exclusivo de la Península, como hasta cierto punto lo fue el Camino. Pero la recorre, la sacude, a menudo la determina y siempre la fecunda. No estamos, pues, en presencia de una fábula española por su origen, sino ante mitos de todo tiempo y lugar que en la Edad Media *también* se hicieron españoles y después, ya bajo los Austrias, produjeron aquí sus frutos mejores y más obstinados: la mística del siglo imperial. Desembocaremos en ella a condición de recorrer impávidos este sendero vidrioso y de no perdernos en sus frágiles, imperceptibles encrucijadas. Mowgli nos lo enseña: se trata de seguirle la pista a un *ankus* del rey.

Para los antiguos, el Grial era el cáliz donde los jefes de la confederación atlante primero recogían y después bebían la sangre del toro inmolado en los ritos poseidónicos.[2] Para los chinos (y para los caballeros de la Tabla Redonda) fue un símbolo de bóveda celeste e infinitud: el círculo o mesa agujereado en su centro.[3] Para los celtas, el supremo heliotropo plantado en la última casilla del laberinto.[4] Para los hindúes, la *ûrna,* esmeralda o tercer ojo incrustado en la frente de Shiva,[5] y también el vaso del *soma* o licor iniciático descrito por los Vedas.[6] Para los árabes, el anillo o lámpara de Aladino que dispensa poder y conocimiento.[7] Para los judíos, el Arca de la Alianza y las Tablas del Sinaí.[8] Para los cristianos, la copa en que José de Arimatea recogió la sangre de Jesús después del Descendimiento...[9]

Y para todos el Grial fue el símbolo sublime y prolijo de la prolija y sublime simbología que cada religión, en su vertiente esotérica, implicaba y sincretizaba: instrumento de redención frente al pecado original de Adán o de Lucifer, Sagrario de una eucaristía que Roma heredó, sangre del dragón lustral, agua de la laguna Estigia, objeto ritualmente conservado y adorado en la última Thule de las tradiciones boreales,[10] ónfalo, vellocino de oro, elixir de la eterna juventud, piedra filosofal y paralelo, en suma, del tesoro perdido. Buscar éste —dirá Cirlot— es empresa minuciosamente opuesta a la que postula el mito del cazador condenado a perseguir en incesante esgrima del ser y el no ser una presa *fenoménica* a machamartillo.[11] Ya estamos otra vez frente al *samsara* o rueda de la vida. Y el Grial, en cuanto motor inmóvil e imagen inalterable del Centro, interrumpe ese baile fantasmal, disipa el *maya,* perdona las culpas y dirige el pulso de las esencias. El *satori,* como siempre, se alcanzará cabalgando piedras, metales nobles o drogas sacras. Litolatrías, alquimias y embriaguez seguirán definiendo el espacio *numénico.* Sangres o licores, esmeraldas, copas de oro, meteoritos: tales son los más frecuentes ectoplasmas del Grial. Por cierto: ¡qué extraño voquible, huérfano de sonidos y de historia! Ningún etimólogo ha conseguido aún componerle el *pedigree.* ¿Será la lengua éuskara quien, de nuevo, sugiera una solución al enigma? *Graal* podría venir de *har-ahal,* que en vascuence significa algo así como *poder de la piedra.* ¿No dijo, mayéuticamente, San Bernardo que de ésta cabe extraer la miel?[12] El *cáliz* surge en la tangencialidad de dos hemisferios que se dan la espalda. Uno mira asuso y se convierte en receptáculo de las fuerzas espirituales; otro, vuelto ayuso, esconde el globo terráqueo y lo duplica. Poner ese objeto en el ombligo de la Tabla Redonda equivale a dar jaque mate y a salir de nuevo en el vasto ajedrez de símbolos organizado desde la noche inicial por las religiones mistéricas. La tentativa de Arturo y sus caballeros es, en consecuencia, el último e imprescindible paso «antes de la mítica instauración del reinado del Centro».[13] También el Dalai-Lama preside un consejo circular en el que toman asiento doce *namshans.* Y doce fueron los Pares de Francia, los Apóstoles, los departamentos del estado etrusco, los lictores nombrados por Rómulo, los capitanes de Hernán Cortés... Pero no sigamos, porque mil veces se estrellará la misma empresa contra el mismo obstáculo: la engañosa realidad, la Rueda, la trampa de los sentidos, la fatua cenestesia, el orgullo, el miedo, la voluntad de poder, los penachos y, sobre todo, el pícaro vientre de doña Ginebra. Caerán en él los caballeros que atinaron a sortear el resto. Antes o después aparece una dama y la lujuria, inexorable, los derriba. Sólo el casto Galahad se acerca al ónfalo. Sólo Parsifal, el Electo, se instala en él. Pero sepamos dónde, cuándo y cómo se recoge la leyenda. Y quién lo hace.

Ocho *minnesänger* tiene el Grial en tierras de occidente: el mago Merlín (que recitó su historia en la corte de Arturo), el moro Flegetanis (que la escribió en Toledo), el armenio Kyot (que tradujo nuestro manuscrito a la lengua occitana), el francés Roberto de Boron (que a principios del siglo XIII urdió una trilogía sobre el tema), Chrétien de Troyes (que puso la versión al *oc* en gabacho paladino), Wolfram de Eschembach (que se la llevó al alemán), Ana Catalina Emmerich («que añadió cuanto ignoraban los anteriores») y Ricardo Wagner (que, entre otras cosas, supo dar al mito su forma más sublime).[14] A ver dónde nos lleva este mosaico.

Ana Catalina Emmerich fue, como apunta Risco,[15] quien a finales del siglo XVIII iba a trazar la prehistoria del Grial o, simplemente, su historia antes de que el mundo mediterráneo la cristianizase implicándola en los mitos de la última Cena y la Crucifixión. El episodio entra de lleno en los fastos de la literatura inspirada. La muchacha, que nació en una breve aldea de Alemania y murió en otra al cumplir cincuenta años, veía cosas increíbles y las relataba a sus amigos. Uno de ellos, el poeta Clemente Brentano, se encargó de recogerlas. No era Ana Catalina una farsante ni una histérica ni —tanto menos— una médium, sino un ser humano, lúcido y normal, cuya memoria saltaba, a veces, los límites de su espacio y de su tiempo para abarcar parcelas vírgenes (y quizá algo siniestras) del inconsciente colectivo. La psiquiatría moderna conoce la viabilidad de este fenómeno e incluso puede provocarlo en determinadas condiciones con la ayuda de sustancias psicotrópicas. Yoguis y lamas lo hacen montando a pelo, sin necesidad de píldoras ni hipnosis. Yo mismo, en ciertos lugares como el Valonsadero de Soria, he acertado a dialogar con presencias tangibles (o por lo menos visibles) de un ayer nada cercano. Insisto en que no se trata de espiritismos o mediumnidades, sino de recuerdos. De herencia biológica. De sensibilidad. De sueños percibidos durante el insomnio. De lo que Jung llamaba *imaginación activa.*

De algo así como la mollera de Funes el memorioso aplicada al más allá del útero materno. León Bloy, que no era lego en la materia, quiso explicar el fenómeno atribuyéndole a Ana Catalina antepasados que en su día presenciaran o incluso protagonizasen los sucesos referidos por la vidente.[16] Teoría humilde, pero sustanciosa. Es menos difícil remontarse al inconsciente personal que al colectivo. Y entre éste y aquél existen niveles medianeros: la memoria acumulada en la retroconciencia por el clan, la tribu, la nación, la raza... Quizá por boca de Ana Catalina sólo hablaba la voz de la sangre, el duende familiar de una determinada estirpe, sin necesidad de acometer problemáticas incursiones por el magma universal o *spiritus mundi*. Pero también cabe aceptar —quien sea capaz de ello— la hipótesis fideísta: manifestación o revelación de fuerzas superiores.

En cualquier caso, esta joven teutona sin malicia cultural transmitió una versión plausible, iluminada y fascinante de las aventuras cumplidas por el Grial en la selva virgen del *illud tempus*. Y como los estudiosos adscritos a la servidumbre del dato fehaciente no pueden infiltrarse en esos predios, tanto vale aceptar a título de probabilidad lo que con la noble entonación del arrobo y el endiosamiento se nos propone.

El Grial de Ana Catalina empieza siendo gema de extraordinario fulgor engastada en la corona de Lucifer. Sobreviene en seguida el primer drama de la creación (o de la historia natural): aquel dilecto de los dioses se subleva, lo arriesga todo, no alcanza nada y pierde inclusive el honor. La joya cae entonces de su frente y pasa a manos de los ángeles sumisos, que esculpen en ella una copa y la entregan con unción a los patriarcas antediluvianos. Éstos la elevan a viático de su liturgia o Santísimo Sacramento del Altar y guisan en la concavidad extremosos brebajes eucarísticos, transubstanciaciones, coágulos de *agnus dei,* tortas ácimas y otras concorpóreas golosinas. Hasta aquí, la vidente se limita a exudar con nomenclátor cristiano el consabido sueño de los atlantes (y por ello desemboca en las aguas platónicas del mito): las huestes de Lucifer (Adán, Poseidón, Prometeo), enajenadas de orgullo, se creen iguales al Hacedor y manipulan la naturaleza o las relaciones humanas con artilugios excogitados por su modesta inteligencia de chimpancé sabelotodo. Así provocan una hecatombe de raíces psicológicas (la guerra) o ecológicas (el diluvio). Y su propia catástrofe: el crepúsculo de los semidioses. Algún náufrago de corazón puro (o Parsifal que no confunde la divinidad con la ciencia) salva el receptáculo donde los monarcas de la confederación bebían sangre de toro primordial y lo deja en herencia a sus discípulos o epígonos (los patriarcas), que ya por los siglos de los siglos venerarán de grado o por fuerza ese objeto a la vez sagrado, esotérico, milagroso y admonitorio. La propia vidente se encarga de confirmar esta interpretación contándonos que el Grial se hallaba en una ciudad caldea (Babel) al producirse la corrupción del *homo sapiens,* y su consecuente castigo, y que Noé se lo llevó en el arca para que siguiera pasando de mano en mano. Iniciática circulación: lo tuvieron Melquisedec, Abraham, Moisés, David, Salomón... Y aquí Ana Catalina se interrumpe para describir en términos más bien desconcertantes el aspecto que a la sazón presentaba el sacro cáliz. Era —dice— rotundamente macizo y no parecía forjado como los metales, sino a modo de vegetal. ¿Viene ahora a cuento la distinción apuntada por Eliot entre cultura (lo que crece) y civilización (lo que se fabrica)? Sí. El Grial no era, efectivamente, objeto de manufactura, sino fruto de la naturaleza o invención de un artesano capaz de insuflar vida. Era —sabe Dios— girasol, tentáculo, madreperla, kaaba, liquen, bacalao o lechuga. *Primera materia,* en una palabra. Elixir, *lapis, azoth,* quincallería forjada en el áureo crisol del alquimista. Y ave Fénix (cuya correspondencia simbólica es, por cierto, la piedra). Ana Catalina se apresura a adelantar que sólo Jesús, más tarde, discernirá la esencia del Grial. Éste, entretanto, acumula polvo de siglos en alguna gaveta olvidada del Templo de Salomón. Forma parte del tesoro, pero nadie acierta a manejarlo y mucho menos a fundirlo (aunque se intenta). Al cabo, ya con el Unigénito en danza por la requemada piel de Palestina, los fariseos o cualquier sacerdote chupón distraen el Hostiario y lo enajenan a un perista. Va de mercader en mercader la gema del diablo —¡qué cuento para las *mil y una noches*!— hasta reaparecer en el escaparate de un anticuario. Allí lo ve la Verónica, lo compra, lo añade a la vajilla de los domingos, lo saca en fiestas a las que suele asistir el Salvador, lo incluye en el servicio de la Última Cena, empléalo Jesús para mudar la sangre en vino (o viceversa), síguense los sucesos del Calvario y, por fin, José de Arimatea aplica el Copón a la herida abierta por Longinos...[17] Este Grial en clave cristianizada llega desde Oriente a Europa pasando —como el ajedrez, el sistema decimal, la Cábala, los diálogos de Platón, el cuscús, la marihuana y el arco de herradura— por la sufrida e inefable España. Pero ahí cede Ana Catalina Emmerich los trastos al moro Flegetanis y a sus traductores. Es ya la historia que Wagner ha difundido en olor de multitud. El Cáliz —no importa por cuáles vericuetos— desaparece de la realidad cotidiana y busca refugio en el *Montsalvat,* lugar misterioso, abrupto e inaccesible (para los homínidos) adonde no llegan las catástrofes cíclicamente desencadenadas en el mundo de abajo. Una legión de caballeros custodia el templo. Por las cercanías merodea Klingsor, constructor de una fortaleza concebida como reto a la divinidad y brazo armado por las tinieblas con la misión de hundir en su vientre la reliquia. A pique está de conseguirlo introduciendo en el palacio a una hembra de lujo. Ya Amfortas, rey de los abanderados, muerde el anzuelo y todo lo que le brindan bajo suave apariencia de muslo, labio o pecho. Ya es un pecador, ya Klingsor clava una lanza en su costado, ya el Grial se desvanece, ya los hombres van a quedarse sin *centro.* Recuperar éste, o rescatarlo *in extremis,* se elevará a tarea imprescindible para redimir a los ángeles caídos, garantizar la estabilidad del cosmos y desatar la gran revolución erótica (de *eros,* no de sexo), escatológica y cognoscitiva que el Milenio exige. A ello se aplicarán con fantástico tesón y breve éxito los paladines de la caballería. Es Lohengrin quien habla por primera vez de Montsalvat y de su tabernáculo. Luego, una embarcación lo acoge, un palmípedo lo arrastra, una laguna lo devora. O dicho de otro modo: el Cisne (animal nocturno aunque solar, símbolo de la conciliación de los contrarios en el seno de la alquimia) empuja la Barca de Caronte por las aguas del Hades. Sí, *eros* y *thanatos.* Para llegar o (en el caso de Lohengrin) regresar al Montsalvat es preciso morir: iniciarse. Vanamente se echan al camino los hombres de Arturo y otros santos o intelectuales de a caballo. Se suceden las décadas y los reveses. La querella del Grial empieza a ser agria melancolía de quienes esperando desesperan. En eso aparece Parsifal, adolescente criado entre las faldas de su madre, que nada sabe del mundo ni de la caballería. Su iluminación recuerda la de Buda: en presencia de un ánade (la Oca) abatido por una flecha, la vida y la muerte le descubren repentinamente sus secretos. Conque, arrebatado por una luz o una fuerza inextricable, el joven irrumpe en la asamblea de Montsalvat. Allí el tiempo se ha detenido: aún vibra la hoja de Klingsor en el costado de Amfortas, aún éste agoniza con rostro atribulado, aún la hermosa Kundry putañea entre los caballeros, aún el Cáliz se distancia con la niebla mordiéndole y trepándole. El Grial, decían ya sus primeros doctores, sólo se consigue con el acero en la mano.[18] Parsifal lo blande. Kundry empieza a envolverlo con la nube de sus brazos: es la voluptuosidad, el peor enemigo. Allí no valen armas. El soldado las arroja, está a punto de ceder. Se le yergue el sexo, brujas reman por su sangre, estallan fulgores en sus dedos y es como si amaneciera el mundo, el octavo día de la semana, un clamor de pájaros, la caricia del euro, una cresta de roca bajo la piel del agua. Pero la tentación es menos fuerte que la fe. Parsifal resiste y el mago, sollozando, desclava su acero del costado de Amfortas y lo lanza hacia el intruso. El rejón, incapaz de herir a un perfecto, se demora y atasca. Klingsor y su castillo, que eran rueda de la vida, diabólico trápala de los sentidos, se hacen fragor y explosión. Es el desenlace. Un eremita saluda en Parsifal al nuevo soberano del Montsalvat. El caballero cambia su armadura negra por la túnica blanca de los sin tacha y luego, con el aire disolviéndose en música de viernes santo, alza el Grial sobre las cabezas de sus defensores. Un bautismo de fuego para éstos y una paloma alrededor del cáliz completan el retablo. Deflagra la sublime insolencia de los coros wagnerianos y cae el telón.

Dije que Parsifal recuerda a Buda. Y ahora vengo a enterarme de que, en efecto, el compositor alemán estaba ya tejiendo su obra cumbre alrededor de Gautama cuando se le cruzó, como impuesto desde fuera, el tema del Grial. ¿Desde fuera o desde arriba? Hay quien sospecha o no descarta esto último: inspiración angélica o divina. Nietzsche —anota Vicente Risco— lo comprendió al vuelo. Comprendió que perdía a Wagner para siempre, que el *Parsifal* lo aniquilaba, lo hundía irremisiblemente en la locura de la Cruz.[19]

Volvamos atrás: el momento que, por español, más nos interesa. El *calvario* acaba de consumarse y la Copa, arrastrada por vientos mediterráneos, se dispone a cubrir sus etapas europeas empezando por las de la Península. Comentario forzoso: llovía sobre mojado. Cuando el Grial de la Verónica recala en España, sus habitantes estaban seguramente más que cansados de andar a la greña con un símbolo que en resacas sucesivas —y cada cual a su aire— habían importado tanto los hipotéticos atlantes como los tangibles celtas, judíos y muslimes. La versión cristiana fue, aquí, por lo menos la cuarta de las que al correr del tiempo montaron en diferentes engarces la gema de Lucifer. Imposible saber a qué liturgia respondía el cáliz de estaño adorado en Dugium antes de que Jacobo bautizase el Finisterre.[20] En la iglesia catedral de Lugo —hablo de hoy— el Santísimo se mantiene día y noche expuesto en el sagrario. Es privilegio rarísimo, que granjea a la ciudad muchos visitantes y no poca fama. Me pregunto: ¿qué dios parpadea en ese tabernáculo? ¿Ante quién se arrodillan las beatas lucenses? ¿Cómo, cuándo y dónde se forjó el Hostiario que campea en el escudo de Galicia? Vicente Risco, quizá sin demasiado fundamento, pretende que José de Arimatea —ganimedes del Grial cristiano— figuraba en la comitiva fúnebre del Apóstol y trajo a Iria Flavia la preciosa reliquia: *chegados que fueron, meteron o corpo do Santo Apostolo en huma Arca Marmorea e soterrarono a Arca num campo debaixo do Pico Sagro, que foy aprimeyra sede dos Cavaleiros do San Graal, que com il traguía Joseph d'Arimateia.*[21] Es verdad que aún hoy abundan en los caminos gallegos cruces de piedra donde se ve a un ángel acercando la Copa al costillar de Jesús y que el Monte Cebrero, puerta del Noroeste y de las más altas singladuras jacobeas, bien pudiera ser el Montsalvat de la fábula. Pero tampoco cabe dudar de que tales deliquios eucarísticos habían empezado mucho antes de que la nueva fe los disfrazara. Y si *Galicia* —como algunos quieren— viene de *cáliz*,[22] ni éste será el comprado por la Verónica ni las ensoñaciones de Risco podrán apuntalarse con la etimología de un topónimo profusamente documentado en centurias que ya se tildaban de pretéritas cuando Cristo llegó al mundo. El Grial (como la caballería andante que le pondrá cerco) atufa a druidismo de tope a quilla. Bien está tomarle medidas cristianas (o jacobeas) a lo que cristiano (o jacobeo) terminó siendo, pero sin cargar la suerte ni convertir la devoción del ayer en génesis del antesdeayer. A Risco, en temas así, hay que cogerlo con pinzas, pues la imposibilidad de conciliar su arrebatada paganía y galleguismo con su miedo (desde el año treinta y nueve) a no parecer ortodoxo le obliga frecuentemente a bailar en el alambre. Conque si José de Arimatea vino a Galicia y se trajo en el morral la Copa, es de suponer que ésta terminase alistada como un soldado más en una prodigiosa cristalería de piezas en realidad gemelas.

Pero lo de Risco es hipótesis aparte para uso y consumo de la mitología gallega. El grueso de la leyenda, tal como Wagner y Ana Catalina la refieren, sigue derroteros menos regionalistas, aunque también —en su arranque y más allá— rotundamente españoles, qué digo, toledanos, si bien las fuentes de todo el asunto parecen encontrarse en tres florilegios persas (el *Gahmurethnameh*, el *Parsiwalnmeh* y el *Gawannameh*) que proceden, ahí es nada, de Ispahan.[23] El ciclo allí concebido tarda casi seis siglos en llegar a la ciudad del Tajo, donde pasado ya el Milenio (pero vivos aún sus terrores) recogerá la antorcha el moro Flegetanis. Este membrete —que no es nombre ni apellido, sino apodo— significa *astrólogo*.[24] Y en las estrellas, efectivamente, estaba escrita la historia del Grial, según reconoce el propio Wolfram de Eschembach, acaso su relator más inspirado. No se olvide que Toledo fue en la Edad Media algo así como la universidad del ocultismo y la indiscutible causahabiente de una Alejandría cuya biblioteca ya se había reducido en tres ocasiones a ceniza. Allí estaba la tremebunda Cueva de Hércules, cubil prehistórico y suburbano que exploraremos en otro capítulo, pero que ahora resulta forzoso traer a colación, pues varios mitólogos de escándalo o prestigio sitúan en él nada menos que las Tablas del Sinaí —o tanto vale— la vagabunda Copa. Dice, por ejemplo, Otto Rahn[25] que en ese albañal depositó Alarico el tesoro de Salomón, así como suena, y que con ánimo alacre lo sacaron a la luz las montoneras rifeñas después del desastre de Guadalete. Menos mal que las cuentas tornan a maravilla y que en la mencionada catacumba había ya entrado a manteniente el infausto Rodrigo, desamortizando un tabú varias veces ancestral y feriándonos con ocho siglos de garantía el estupendo torbellino de la morisma. En eso piensa el sarraceno Abdelhakem, muerto en el 871 (que ya es diñarla pronto), al escribir que «había en España una casa cerrada con muchos cerrojos y cada rey le aumentaba uno»...[26] Hasta que —añado de mi cosecha— el buen Rodrigo se los quitó todos y nos dejó a la intemperie. Gracias. Y mira por donde ya tenemos al Copón enredado en el suceso más vistoso e importante de nuestra historia. La rabieta y venganza del conde don Julián debieron de ser mera artimaña divina para disimular los insoportables deslizaderos escatológicos de un castigo místico cuyo origen, fundamento, leyenda y teología cuenta con el aval de

Alfonso el Sabio. No se fuerza impunemente la tumba de Tutankhammon ni se va de rositas quien mea en la trasalcoba de nuestros inmortales. Y eso que gracias a Dios, según parece, ni las Tablas ni el Cáliz cayeron en la sacocha del infiel. Una de dos: o jamás llegaron a la canorca de Hércules o alguien supo escamotearlas en aquella hora de la verdad. Y así siguieron en el baile para que el astrólogo Flegetanis, quizá con el despecho del malogramiento y la priestleyana desazón del yo estuve allí una vez, escoliase las sucesivas andanzas de la reliquia tal como han llegado hasta nosotros.

Chrétien de Troyes y Wolfram de Eschembach cuentan con profusión de fechas y nombres propios esta fábula leída en las alturas por un moro toledano. Acaba de empezar el último tercio del siglo uno. Perillo, príncipe asiático convertido a la fe cristiana y trajinero del Grial, se establece en Cataluña y llama a cruzada contra los descreídos de Zaragoza y Galicia. Su nieto Titurel gana para la religión del Cristo ambas regiones, conquista —ayudado por provenzales, arlesianos y carolingios— los campos de Granada y planta por todo lo alto la latría del Corpus Dei levantando *camino de Galicia* un templo *como el de Salomón* y encerrando en su tabernáculo a la dichosa Copa. El cronista francés no da otros detalles geográficos, pero Wolfram cita el frondoso bosque de Salvatierra y las ciudades de Zazamanca (Salamanca) y Azaguz (Zaragoza). También añade que Titurel organizó una hermandad de caballeros para defender el Grial y mantener el decoro en sus vestíbulos.[27] Los autores de la *Primera Crónica General,* al referirse en el capítulo 981 a la conquista de Almería por Alfonso VII el Emperador, adoban la misma leyenda con la verosimilitud y ramplonería de lo históricamente documentado. Corre el 1147 «et ell (rey) estando allí ya cuanto tiempo, viniéronle y en ayuda el conde don Remond de Barcilona, su cuñado, et los genueses con sus flotas (...) En la prea et los espojos que tomaron en la cipdat et en los términos della fallaron y un vaso de piedra esmeralda que era tamaño como una escudiella, et los de Genua dixeron al emperador que les diesse aquel vaso, et todo lo al que lo diesse a quien el quisiesse, ca ellos no queríen enda más de aquel vaso, et con aquéll eran sus pagados. Et ell emperador otorgógele, et diole el vaso, et tomó la otra prea et diola luego toda al conde de Barcilona». Sabemos, efectivamente, que en el año 1502 los genoveses enseñaron un Cáliz muy peripuesto a Luis XII de Francia asegurándole que era el de la Última Cena y que en buena lid lo habían ganado cuatro siglos antes al entrar a la bayoneta en las calles de Jerusalén.[28] Elévase esta ciudad en las antípodas mediterráneas de Almería, pero las fechas casi coinciden y en ambos casos juegan un baluarte del Islam, una cruzada, un asedio y una pieza de pillaje. El Mare Nostrum era entonces sopa borracha donde todas las repúblicas de Cristo metían el cucharón. Libre y velozmente lo atravesaban las gentes del medievo, sin más velas o pagayas que las de su fantasía.

El mitólogo Bonilla y San Martín escucha en estas historias un eco «de la instalación de los templarios en Foix (1136) y Barcelona (1144), así como de la peregrinación a Santiago de Galicia».[29] Y se queda corto. Muchos catalanes y aragoneses guerrearon a discreción en Tierra Santa y allí pudieron conocer los atributos eucarísticos de la lanza, instrumento que la iglesia griega utilizaba para dividir la Hostia en el fastigio de la misa.[30] Perillo y Titurel son, a todas luces, almogávares que regresaban de Oriente con la misión de reconstruir el Templo (quizá *camino de Galicia,* donde los símbolos de Hiram no cejaban dentro de los círculos masónicos del Apóstol) en torno a la *esmeralda* caída de la corona de Lucifer. Reincidiremos en el tema al hablar de los templarios. Los defensores de una génesis catalana para las leyendas del Grial suelen convertir Montsalvat en Montserrat y a Ramón Berenguer III en príncipe inspirador del ciclo de Lohengrin.[31] Lo primero parece pie forzado sin antigüedad ni fundamento, pretensión dolosa del afán separatista y —como acerbamente señala Risco—[32] mostrenco dato espigado en el *baedeker.* Cabe discutir, en cambio, lo segundo. Aunque casi *in articulo mortis,* Ramón Berenguer III vistió precozmente los hábitos templarios (pues la Orden no se establecería en Cataluña hasta varios años más tarde) y redactó un testamento casi tan raro como el de Alfonso el Batallador, en el que legaba sus armas y trebejos militares a varios institutos de caballería.[33] No fue él, sino su hijo Ramón Berenguer IV, quien ayudado por los genoveses acudió a la cita de Almería, pero a este respecto puede argüirse que el Lohengrin de la leyenda se limita a indicar el camino del Cáliz sin convertirse en portador del mismo ni arrebatárselo, como hará Parsifal, a sus enemigos. De todas formas, el solitario del Cisne ha dejado una huella mucho más profunda en la mitología castellana que en la catalana. Bonilla menciona a propósito de ello la *preciosa narración* delimitada por los capítulos 47 y 185 de *La Gran Conquista de Ultramar,* obra que se tradujo del francés a finales del siglo XIII o principios del XIV.[34] Gayangos cree descubrir insistentes analogías entre el lenguaje empleado por Lohengrin y el que despliega nuestro Amadís. Menéndez y Pelayo rastrea el tema en el romance viejo de la Infantina y en la *Crónica de Don Rodrigo* atribuida a Pedro del Corral...[35] No salen las tesis catalanistas muy bien paradas en estas guerras de erudición. De todos modos, y en líneas generales, parece algo pedestre, cazurra y quisquillosa esta pretensión de buscarle modelos tangibles a los protagonistas de los grandes ciclos legendarios. Menos improbable sería que en ellos desagüen y se agavillen por vía de sincretismo muchos personajes históricos de varia ubicación en el espacio y en el tiempo. Pero ¿no habrá que cambiar las tornas? ¿No resultará gallina lo que imaginamos huevo? ¿Conformará Lohengrin, y no al revés, la humana imagen de algún esforzado conde de Barcelona? ¿Imitará la naturaleza al arte, será la vida Carro de Tespis, lo aprenderá todo el Príncipe en los libros? Mitólogos e historiadores gustan de jugar al ping pong convirtiendo los unos en causa lo que para los otros es efecto, y así hasta caer rendidos. Nuevamente el *sâmsara.* Sigue la bola, gira la rueda, se aturde el caballo blanco trotando con su amazona alrededor de la pista...

Y los gerundenses, a los que nunca correspondió oficio ni beneficio en el saneado negocio de Montserrat, reivindican la tutela del Cáliz para el monasterio de San Pedro de Roda aduciendo que éste se levanta a los pies de un Monte del Salvador o Salvatierra y que no andan lejos las ruinas del castillo de Quer, Quermansó o Carmansó, cuya fonética recuerda la de Klingsor.[36] Ya es afinar.

Pero salgamos de Cataluña. El geógrafo Al-Edrisi, buscándole las vueltas al *palacio del bosque sagrado* que Ptolomeo colocara en la Nemotóbriga gallega, cita el *Mons Sacer* o Pico Sacro del valle del Ulla, la gruta del Monsagro en Oviedo y las *Salvatierras* de Granada, Orense, Pontevedra, Álava, Zaragoza, Badajoz y Cáceres.[37] Ahí tenemos un itinerario mínimo, pero abrumador, de las raíces echadas por el Cáliz en una península que sigue celebrando el Corpus Dei con tambores de epinicio castrense, custodias envueltas en fajín de capitán general, lugareñas de tiros largos y cartel taurino de tarde grande. ¡Claro que ese jueves reluce más que el sol! La paganía y el misticismo de los españoles no pueden por menos de asociar el espectáculo heliolátrico y poseidónico del toro con el misterio poseidónico y heliolátrico de la eucaristía. Rara es la provincia o región que no echa su cuarto a espadas en esta secular querella del Grial. Vicente Risco, después de recorrer todas las fuentes de la fábula, afirma sin rodeos que el Montsalvat debe buscarse en España.[38] Y lo mismo aseguran, sin sospecha de patriotismo, muchos preclaros mitólogos y ocultistas de otros países.[39] De acuerdo. El problema se plantea, entonces, en términos de ubicación geográfica: ¿hacia dónde orientar nuestros pasos? Una vez descartada Cataluña, que de verdad no tiene naipes suficientes para pujar en este plato, todos los indicios señalan al Camino. Y en él, casi a sus extremos, dos lugares de excepción perfilan aguerridamente su candidatura: San Juan de la Peña, en las guájaras de la serranía oscense, y Santa María la Real, en el brumoso, inevitable Cebrero. Dos nidos de águila, dos farallones cargados de historia, dos morros de piedra viva, dos absurdos enclaves monásticos para albergar la joya o crátera donde más larga, gloriosa y llamativamente convergen las antónimas tradiciones religiosas de los cuatro puntos cardinales.

El convento de San Juan de la Peña, con su claustro engaviado en una sobrecogedora espelunca del paraje más abrupto de la tierra, es monumento sin parangón en España y con muy contadas parejuras por esos mundos de Dios. Estamos a veintisiete kilómetros de Jaca y a otros tantos del camino real jacobeo. Grandemente tenían que trepar y porfiar los peregrinos para rendir visita a esta breña utilizada desde finales del siglo décimo por Cluny como jalón a primera vista disparatado de sus tortuosos itinerarios espirituales. Llegar allí exige tomar aire y echarse a un mar de piedra por reventaderos en los que el azul pirenaico de repente se hace añicos. A la vez monasterio y plaza fuerte, con ventanas que son troneras, adarves disfrazados de barandal, crestería de capiteles, puertas casi levadizas y capillas incrustadas como barbacanas en el mismo culo del granito. Esas profundidades son hoy un clamor antiguo de ballestas y letanías: la herencia de Viriato. Pernoctaban allí frailes de tizona al cinto, sacristanes de pelo en pecho, misacantanos quisquillosos y obispos de navaja en liga. Dispensábase a topa tolondro universal derecho de asilo. Más de un príncipe desdichado compartió catre y yantar con los mohicanos de Jaca. Y, fuera de atrincherarse frente a moros de verdad o de mentira (siendo los que hasta allí llegaron, con la sola excepción del rifeño, hombres de Sahara y llanura), no se acierta a comprender qué diablos pintaban gentes de iglesia en lugar tan húmedo, cerril, fragoso, umbrío, solitario y, en definitiva, dejado de la mano de Dios. Había agua y madera, pero faltaba todo lo demás. Fue preciso construir arriba, en la soleada cumbre del Monte Pano, un segundo convento con la exclusiva finalidad de avituallar a los del sótano y, quizá, de sacarlos con tiento y de tarde en tarde a respirar un poco de aire seco. San Juan de la Peña es, para el profano, un sinsentido. Charpentier llega a la conclusión —y yo se la abono— de que los monjes negros bajaron hasta esa hermosa sima inducidos sólo por el deseo (o la necesidad) de colocar una antigua gruta iniciática bajo el signo de la Cruz.[40] Una vez más demostraban tener el olfato muy fino. En aquel monasterio siempre han pasado *cosas*. La historia de Aragón no se comprende sin él, como la de Navarra necesita a Leyre y la castellana a Sahagún. Peñas arriba trepa la fortaleza de Pano, arrasada por una falange de sarracenos que en ella encontró numantina oposición a su cruzada. Cerca está la muela de Oroel, mordida en su cumbre por otra gruta en la que se juramentaron los primeros *maquisard* del Sobrarbe para hacerle cara al invasor. Toda la geología se engalla en aquellas torcas como disponiéndose a entablar con alguien una pelea sin cuartel. El convento fue durante varios siglos camposanto de los reyes de Aragón, pero sus huesos —infinitas veces profanados— yacen ahora en un osario común obstruido con piedra pómez. Y no sólo los cluniacenses, sino todos los mochales de Aragón debieron de meter baza en los capiteles del prodigioso claustro engastado en la roca. Yo anoté en mi diario de peregrino escenas del Apocalipsis, pelícanos (el tótem eucarístico), palmarios rosacruces de cuádruple flor, ruedas, crismones, espirales y nudos de Salomón. La cadena de símbolos compone también un vademécum ilustrado de las maquinaciones alquímicas, con imágenes tan oscuras a veces como la Degollación de los Inocentes y tan meridianas, otras, como la retorta caldeándose al fuego lento del atanor.[41] Pero San Juan de la Peña es hoy un patrimonio *ab intestato*, un rincón de la historia dejado a cureña rasa, una mano corroída sin monjes ni carboneros que le devuelvan sudor y sangre. Mendizábal incluyó esta conejera lustral en su programa de desamortizaciones a mayor medro de un estado atento sólo a la secularización del país. ¿Qué interés revestía para el erario público un enclave donde, por lo vertical, casi ni cultivos de enredadera podían echar raíces? Pero la violación se consumó. Y ya no hubo inconveniente para enterrar allí al Conde de Aranda, lacayo de los Borbones que expulsó a los jesuitas y al que por ello negó la Iglesia (e hizo bien) el alivio de un sepulcro cristiano. La cosa tiene su gracia, aunque no venga a cuento del tema que nos ocupa.

La leyenda dice que el Grial permaneció por espacio de seiscientos años en una hornacina de San Juan de la Peña. Sería el mismo cáliz de ágata sardónica montado en oro que hoy, con fama similar y asombroso parecido al que en su día describiese Ana Catalina Emmerich,[42] se conserva y adora en la catedral de Valencia. San Pedro lo llevó a Roma desde Jerusalén y allí quedó el Copón hasta que el papa Sixto II, por razones que no se nos alcanzan, lo puso en manos del futuro santo oscense Lorenzo o Laurencio Diácono. Huelga añadir que éste —sorprendido, pero no desconcertado— se echó al cabás la reliquia y salió como un cohete en dirección a su aldea. Ya estaba Huesca erigida en centro de la cristiandad. En eso llegan los árabes y el ciborio va a esconderse en el rudo monasterio. Sus abades lo utilizarán chiticallando hasta que en el amanecer del siglo XV alguien se va de la lengua. ¡Qué golosina! Martín I el Humano corre a incautarse del Vaso y le busca acomodo en el cesaraugustano edificio de la Aljafería. De allí lo sacará Alfon-so V para depositarlo, antes de zarpar rumbo a Nápoles, en su actual peana levantina. La historia no dice más, pero cabe rellenar con la imaginación ese hiato de seis centurias cuyo secreto se llevaron los cluniacenses a la huesa. ¡Qué potajes, qué trapisondas, qué diálisis, crisopeyas y borborigmos no se cocinarían en el cubilete!

Otro Grial —menos documentado, pero quizá más lógico— pugna por ubicarse en la iglesia del Monte Cebrero, magnífico centinela plantado por Dios en la linde ártabra del Camino. Sube éste jadeando a una cota de 1 293 metros y en ella vuelve definitivamente la espalda a León y al mundo entero. Allí, entre *pallozas* celtas hoy primorosamente restauradas, fundaron los monjes de San Benito un cenobio y hospital nada menos que en el oscuro 836. Y cierta mañana de muy enconado invierno, en fecha que la historia no precisa, se produjo entre aquellas paredes un milagro que siglos después vendría a narrar y confirmar una bula firmada por Inocencio VIII en el 1437. El lance fue eucarístico. Estaba oficiando misa un curilla calavera, y llegaba ya el momento de levantar la Hostia, cuando las puertas del recinto, hasta entonces desierto, se abrieron de par en par y apareció bajo su dintel, pintándose contra la cellisca, la entabardada figura de un campesino de Barjamayor. El licenciado ironizó para sus adentros: «¡mira que salir con este tiempecito para catar un trozo de pan y beber un sorbo de vino iguales o peores de los que sin duda tendrá en su casa!». Y ahí, inmediato, asomó el prodigio: mudóse la Hostia en carne y el licor en sangre, mientras el clérigo se hacía cruces, repicaban las campanas, arrebolábase el cielo, descorríanse las nubes y el buen cristiano alababa al Señor. Hoy se sitúa esta transubstanciación en un cáliz del siglo XII, que el curioso puede y debe mirar, aunque se trata seguramente de un objeto forjado para sustituir a otro más antiguo.[43] La carne y la sangre se conservan en dos relicarios de cristal de roca y plata sobredorada que a ese fin encargaron y regalaron los Reyes Católicos. Tampoco esta leyenda da para mucho, pero por encima de la historia menuda, de las milagrerías peor o mejor trabadas y de los callejeos atribuidos por la piedad y el regionalismo a tal o cual Copa, más cumple imaginar el Montsalvat en Galicia que en cualquier otra positura española. Todo el Camino se vuelca a favor de la hipótesis. Al socaire de ella, aposentándose el Grial en las barbas o estribaciones del Finisterre, un hueco vendría a colmarse. ¿Por qué a los gallegos se les llamaba *ártabros* siendo artolatría el helenismo que pone nombre a la adoración eucarística? ¿Por qué una entretalladura de Caldas de Reyes coloca el cuerpo del apóstol en una barca arrastrada por un híbrido de *cisne* y doncella, algo así como una sirena con alas y pies de palmípedo?[44] ¿Por quć entre todas las iglesias españolas sólo la catedral de Lugo (y van tres), construida a imagen y semejanza de la compostelana, tiene el privilegio de exponer constantemente el *Corpus Dei*? ¿Por qué en Dugium se rendía culto desde la noche de los tiempos a un enorme cáliz? ¿Por qué fue precisamente un armenio —Kiot o Guyot— quien se encargó de traducir al provenzal (idioma de los cátaros) la historia arrancada a las estrellas por el moro Flegetanis? Lo digo porque los armenios llegaron en seguida a Compostela, dedicándose por lo general a vender hierbas aromáticas, terapéuticas y alucinógenas en los soportales de la Azabachería. Fruto de su encendida piedad (y de su talento para los negocios) fue el Hospital de Jerusalén. Tanto acuciaban en Armenia las devociones jacobitas que incluso León V de Lusiñán, último rey de esa región eternamente esclavizada, hizo voto de peregrinar a Compostela mientras Soldán de Babilonia lo tenía cargado de grilletes en una mazmorra de su palacio. Y cumplió lo prometido en el año 1383. Al parecer, y para colmo, Kiot o Guyot realizó la traducción por encargo y a sueldo de Felipe de Alsacia, conde de Flandes y ex peregrino del Apóstol.[45] ¿Cabos sueltos? Sí. Empalmándolos se urde la historia.

Otro presunto Grial se conserva en la Cámara Santa de la catedral de Oviedo.[46] Como es de rigor, su historia —a la vez eucarística y apostólica— comienza en Toledo. Acaban de llegar los muslimes. Un hombre de fe hurta la reliquia, escapa con ella hacia el norte y la oculta en una cueva del Monsagro o Monte Sacro, a dos leguas de la capital asturiana. Vuela el tiempo mientras las tornas bélicas giran lentamente a favor de los vencidos. Éstos recuperan la raya del Tajo y su ciudad cimera. Alfonso VI, el Conquistador, exhuma el cáliz ovetense y manda que lo encierren a prueba de milenios en un baúl de madera ornado por una inscripción en caracteres cúficos. ¿Otro cofre de Leyre?[47] Quizá. En todo caso, y por disposición no sé si de obispos o de monarcas, ese relicario *jamás* se abre. Nadie, en consecuencia, ha visto el Grial que allí se custodia ni los demás *objetos orientales* transportados a Toledo por las gentes de Alarico, profanados en la Cueva de Hércules por don Rodrigo y recuperados cuatro siglos más tarde por el rey que vendió Castilla a Cluny (aunque parte de las reliquias, según dice una carta del obispo Osmundo, terminaron en la diócesis de Astorga y desde allí se repartieron entre Liébana y Valladolid). El arca de Oviedo contiene «un trozo de maná, el manto de Elías, la vara de Moisés, un peñasco del Sinaí, leche de los pechos de María, la cuna del Niño en Nazaret, las suelas de los zapatos de San Pedro, pelos largos y rubios de la Magdalena, panes de la Última Cena, sangre de Cristo, clavos de la Cruz, fragmentos del sudario, escarcelas de Pedro y Andrés, retales del vestido de la Virgen, tierra del monte de los Olivos, trozos del pudridero de Lázaro...»,[48] y así hasta la suma de ciento veinte amuletos. Pasmoso asunto. O vuelta a empezar: quizá el país gire en redondo apenas alguien fuerce la caja. ¿Nos invadirá Khedaffi? ¿Bajarán los bolcheviques? ¿Cruzarán el Estrecho las kábilas del adusto Hassán? Bromas aparte, tan célebre se hizo a partir de Alfonso (o de Cluny) ese tercer o cuarto Cáliz que sólo por verlo acostumbraban muchos peregrinos a desviarse de la ruta principal en León o a elegir ya desde los Pirineos la alternativa cantábrica. Oviedo, por lo demás, siempre guardó memoria de vetustos talismanes. La *Crónica de Alfonso III* especifica que este rey guardaba en su templo asturiano por lo menos una reliquia de cada apóstol, sin excluir (naturalmente) al teórico titular de Compostela.[49] Todos los eruditos del Camino conocen y citan, pero no desentrañan, cierto embolismático refrán del que propios y ajenos se hacían lenguas. Rezaba: *quien va a Santiago y no visita el Salvador, sigue al criado y desagrada al Señor.* Aquella gente llamaba a las cosas por su nombre. San Salvador (o *salvatierra*) fue la iglesia (o *monte*) donde a la sazón descansaba el Cáliz. Que entienda quien quiera entender.

El símbolo del Pez, y la mágica virtud del individuo capaz de arrancarlo a las profundidades, suministra otra fecunda ilación entre el Grial y el culto jacobeo. Jesús aborda a cuatro futuros apóstoles —Andrés, Simón Pedro, Juan y Santiago el Mayor— cuando, repartidos en un par de barcas, se aplican a zurcir sus redes. *Seguidme* —dice el Cristo— *y os haré pescadores de hombres*[50] (el lector se pregunta para qué rayos pescaban dos vegetarianos tan recalcitrantes como los hijos del Zebedeo). A mediados del siglo XI llegaría a Compostela un obispo griego que no pudo contener su ira ante la postulación leonesa de un apóstol matamoros y exclamó en perfecto román paladino: *no le digáis caballero. / Pescador era llamado.*[51] Pues bien: idéntico oficio se le atribuye al guardián del Cáliz ya por boca de José de Arimatea[52] y Parsifal lo revalida al entrar en el palacio del Montsalvat y conocer a su monarca. La conexión entre el animal marino y una búsqueda equivalente a la del Grial se establece también en varias leyendas árabes que, traducidas al castellano, llegaron a ser muy populares en la Europa medieval.[53] Todas ellas transmiten con más o menos bambolla la vieja fábula del anillo perdido por Salomón en el mar y recuperado luego en el estómago de un pez. El rey sabio, entretanto, se ve desposeído de sus taumatúrgicos poderes. Algo muy similar iba a sucederle siglos después a Alejandro Magno, que encontró una piedra luminosa en las negras vísceras de un leviatán. Rara es la mitología que no se cuela por la brecha de este símbolo vertiginoso. Bajo forma de pescado, y con la misión de pilotar el Arca donde los gérmenes del porvenir pugnan por escapar al Diluvio, se manifiesta por primera vez Vishnú *(matsya avatara)* en el actual ciclo cosmológico; luego, vencida la lluvia, revelará los Vedas... Guenon cree que el carisma atribuido al rey en el momento de echar las redes proviene de las tradiciones nórdicas. Sería alusión a un gigante en decadencia que se esfuerza por reactivar lo primordial. Es decir: lo atlante o hiperbóreo. Todo esto puede llevarnos muy lejos y sugerir un esquema de correspondencias simbólicas francamente intrincado. Entre las insignias del papa figura un anillo y acaso corresponda identificar la gema engastada en él con la *piedra* angular de la Iglesia que Jesús menciona, según la interpretación canónica, en uno de los pasajes más controvertidos del Evangelio. *Pescar,* dice Cirlot, equivale a extraer difíciles tesoros del subconsciente.[54] Y *pescar almas* será, entonces, la simple e inevitable consecuencia de saber bucear en ellas. El pez (confluencia de *eros* y *psique,* de la mística y el conocimiento) vive en un medio ambiente que provoca la disolución, pero también el renacimiento y el bautismo. Por todo ello, y por otras cosas, el portador del Grial (o individuo instalado en el *centro* y provisto de *equilibrio, sabiduría* y *poder*) es, como Jacobo Zebedeo, un pescador, un médico, una fuerza capaz de remontarse a los orígenes y de actuar sobre la fuente misma de la vida, una luz en cuyo seno se concilian lo consciente y lo inconsciente. A partir de ese cortocircuito, que sólo un parsifal acierta a producir, ya no hay conflicto ni angustia (entendida, quizá, en su apolillada acepción existencialista). Concluye así el Diluvio, despedido por una *rara avis*: el sosiego, prenda y sinónimo de *felicidad...*

(Y ya poca importancia puede tener que en otra ruta secundaria jacobea —la que por el este de Vizcaya fluye hacia el *gran tronco*— postulen los inevitables vascos su propio y enésimo Grial. Está o estaría en San Pantaleón de la Losa, monasterio consagrado a principios del siglo XIII por el obispo de Burgos.[55] Sabido es que en España nunca nadie cede a nadie.)

Wagner supo, y dijo, que el Montsalvat se alzaba en un lugar inaccesible situado al norte de la España goda. Amén. Griales a lo largo del Camino y en dos de sus paradas culminantes: Jaca (o San Juan de la Peña) y el Cebrero. Griales en el finisterre. Griales de mar a mar: en Galicia, en Asturias, en el País Vasco, en Aragón y en Cataluña (ay, si apareciera otro más —foramontano— en Liébana, Santillana, Potes o el Naranjo del Bulnes). Griales —presuntos o verdaderos— en los dos cogollos de la reconquista: muy cerca de Covadonga y a un grito de la peña de Oroel... Allá van los cristianos de Pelayo y los católicos varones del Sobrarbe a enzarzarse en una lucha que *no* es aún, y esto nadie se atreverá a discutirlo, la de la Cruz contra la Media Luna. Ya se asoman al llano, ya el *riau* y el *ajujú* espantan al enemigo, ya ventean la tumba de un apóstol y se hacen fuertes sin desmayo al hilo de las rutas que corren hacia ella. Lo vimos: Américo Castro, y —a su son— el grueso de la actual historiografía española, opina que el culto jacobeo cobró importancia sólo por su valor estratégico frente al rabioso carisma del Islam. Queda así establecido un parentesco entre el Camino y la Reconquista que, para bien o para mal, será ya casi imposible destruir. Pero los parentescos, como las teorías, tienen siempre doble filo. O sea: pueden invertirse. ¿Quién generó a quién? ¿El empeño bélico al fenómeno apostólico, como quiere Castro, o al revés? Ambas cosas: esto y aquello. Enhebremos con hilaza de mitólogo algunos de los datos que en clave de magia, subconsciente o religión se nos proponen. Periclita la estrella visigoda —según cierto rumor tan arraigado en la memoria colectiva que ni siquiera hoy, en época de derribar imágenes, se atreven a elidir los estudiosos— cuando el último monarca del ciclo descerraja en Toledo las puertas de un tabú indiscutiblemente relacionado con el mito del Grial. Reliquias orientales, hasta entonces protegidas por la prohibición, escapan de modo oscuro hacia el norte y buscan otra morada de silencio en grutas numénicas que acto seguido servirán de plataforma a la temprana (y aún por explicar) insurrección de elementos hispanogodos. Nótese que las mismas gentes se avinieron con admirable suavidad, y desde el principio, al benévolo *modus vivendi* instaurado por los emires de Córdoba en el resto del país; y así surgió la gran explosión mozárabe, castizo fruto de la paz y de la recíproca tolerancia. O sea: individuos de igual talante y hechura reaccionan ante el intruso de forma muy diferente según su respectiva ubicación geográfica. Los unos, instalados de norte a sur y de Portugal a Levante por toda la palma de esa mano extendida que entonces era la Península, comparten el cuscús o el hachís del hermano moro y prosiguen una vida cotidiana hecha de labranza, artesanía, comercio y pastoreo; los otros, arrinconados en cuatro esquinas cantábricas y pirenaicas (verdadero e irrepetible *rompeolas de las cuarenta y nueve provincias españolas*), escogen el monte y la ruda servidumbre de las armas. No existía, pues, el sentimiento nacional (ni siquiera colectivo) de estar padeciendo una invasión. Tanto menos una tiranía. Y entonces, al hilo de los escarceos militares y con sospechoso apremio, empieza la cogorza jacobea, estrechamente vinculada a las tradiciones eucarísticas por una parte, y —por otra— a la guerra impopular y sin motivo que un tropel de fanáticos desencadenaba y ventilaba. Galicia, la única región española que intervino poco, mal y a regañadientes en la reconquista, se convierte de sopetón en su perenne motor inmóvil. Toledo, mientras tanto, conserva su carácter de símbolo ancestral y unitario para los soldados que luchan en el norte. Quizá se trataba sólo, al principio, de recuperar esa ciudad. Me pregunto si alguien, entre aquellos padres de la patria anteriores al Milenio, pensó en la posibilidad de plantar banderas cristianas al sur del Tajo. No parecían desearlo. En torno a Toledo habría de producirse, ya en el siglo XI, un desconcertante fenómeno de irresolución militar y psicológica. Los monarcas cristianos querían y no querían penetrar en ese alcázar numénico que entrañaba responsabilidades demasiado altas y revestía significaciones acaso insoportables. El cerco final, que duró seis años, constituye un raro ejemplo de tira y afloja entre presuntos enemigos. Lévi-Provençal ha rastreado noticias maravillosas en la confusa historiografía del episodio. Verdadero asombro produce enterarse de que la campaña fue financiada por los propios moros.[56] No puedo evocar aquí los detalles de la complicidad que acabó por establecerse entre sitiadores y sitiados. Aquello fue una empresa comanditaria, un elefante siamés parido al alimón por la Cruz y la Media Luna. Por fin, Alfonso VI —el más atormentado de nuestros reyes— decidió traspasar lo que parecía última frontera, entró en la ciudad, nombró gobernador de ella a un conde mozárabe islamizado hasta el frenillo, se proclamó emperador de las dos religiones, prohibió imponer tributos especiales a los vencidos y garantizó a éstos el libre funcionamiento de su mezquita mayor (aunque acto seguido la siniestra Constanza se encargaría de profanarla ceremoniosamente con la venia y colaboración del arzobispo Bernardo, también francés, cluniacense a machamartillo, segundo abad de Sahagún, mano derecha de un papa singularmente fisgón y vergonzante primado de las Españas tras una vacancia forzosa de casi cuatro siglos. Dicen los documentos de la época que Alfonso, al enterarse, montó en cólera). Pues bien: este rey, viscosa e irremediablemente comprometido con la orden monacal que sin miramientos estaba ingeniándoselas para prevalecer en el Camino, se apresura a registrar la Cueva de Hércules, desentierra los *objetos orientales* que allí seguían, requisa cuantos pudieron encontrarse en otros sitios, expide las reliquias al norte, saca el Grial de su escondrijo asturiano, guarda la entera colección en una arqueta tallada por imagineros árabes e impone sobre ella un nuevo tabú de cara al poder civil, a la jerarquía eclesiástica, a la historia y al infinito. Asimismo ordena que el cofre se deposite en Oviedo (no en Santiago, León o Burgos), seguramente por ser esa ciudad la menos expuesta a las incursiones musulmanas de cuantas a la sazón existían en los territorios reconquistados. A todo esto, el país intentaba convertirse —ahí su sempiterno cisma religioso— en el único del orbe cristiano oficialmente consagrado de por vida y con salvoconducto de Su Santidad al Corpus Del o misterio eucarístico.

Sí, quiero insinuar que el problema inicialmente planteado por los insurrectos de Covadonga y el Sobrarbe era o pudo ser la posesión y defensa (o quizá la búsqueda) de uno o varios griales, tangibles o simbólicos, entendidos como troquel atávico de las razas hispanas y como garantía de equilibrio espiritual. Dicho de otro modo: se trataba de penetrar y de permanecer en ese *centro* —intersección del macro y el microcosmos, de los cielos superiores e inferiores— al que tantas veces nos hemos referido. La casilla de la Madre Oca, el núcleo del Laberinto, el cuadrivio de la Cruz Gamada: por razones así, creo yo, luchan y mueren los humanos. No por un pedazo de pan o una parcela de tierra. Ni por raptos de Helena, mañerías de reina consorte, magnicidios de Sarajevo, solidaridades proletarias o republicanismos vindicados por la tremenda. Aún no hace medio siglo estallaba la mayor conflagración de la historia del mundo por el sí o por el no de una esvástica falsamente entendida (y dibujada). Y mientras escribo estas líneas, árabes y judíos dirimen a cañonazos no ciertamente la posesión de un pedregoso lóbulo de desierto, sino el derecho de acceso al recinto primordial de sus mayores. Se me dirá: ¿y las guerras de independencia? Vale la misma contestación: toda presencia extranjera viola la paz de los arquetipos, turba la solemne manifestación (a menudo frágil y cotidiana) de lo numénico. Los conflictos de la historia son fiel reflejo, a escala colectiva, de los que contemporáneamente devastan el almario de los individuos. La clave de cada crisis, universal o nacional, está en la *psique* del hombre medio que la protagoniza y la padece. Ahí la busca (y la encuentra) casi siempre el artista, de tarde en tarde el psicólogo (si es junguiano) y rara vez el filósofo. Pero nunca quien, como el científico o el economista, cree en la existencia de mecanismos *sociales* objetivamente discernibles y cuantitativamente ponderables. Esos fantasmas se autocondenan a cruzar la vida como el rayo del sol por el cristal, sin jamás elevarse sobre las apariencias ni inscribirse en la dialéctica esencial del adónde vamos y de dónde venimos. ¡Claro que estoy de acuerdo con Américo Castro! La devoción jacobita fue pieza maestra en la lucha con el Islam. Pero no sólo efecto de la misma, sino noble y exacta causa: se guerreaba *por* Compostela. Quiero decir: por la vasta simbología en ella agazapada. Hemos dado en poner nombre de ciudad a esa larga dimensión de espacio y tiempo que fue siempre olimpo del Numen español y más tarde, a partir de un determinado momento y por azar o designio de la providencia, brumoso Montsalvat con el Cáliz plantado en las entrañas. O sea: metacentro del laberinto, prenda de estabilidad para un hemisferio, corazón de Occidente, legatario de una capitalidad cristiana que antes estuvo en Jerusalén y nunca pasó por Roma. Pero que nadie eche las campanas a repicar. La gran oportunidad ya se ha desvanecido (y, como diría Machado, dos veces no llama). Es evidente que no supimos rayar a la altura de tan dignificadora responsabilidad. Primero, al aparecer Cluny, nos dejamos arrinconar en el pescante del vagón de cola (y ya la reconquista fue eso: asunto de razas, riña de ganapanes). Luego, al aceptar en el siglo XV el chantaje de Isabel y convertirnos estrepitosamente a la ideología del *mundo moderno,* perdimos para siempre el tren. Conque paciencia y barajar. No somos los únicos. Por lo mismo se quedaron los egipcios sin Tebas y los judíos sin Jerusalén. Quizá Benarés se le está yendo de las manos a la India. Peregrino: no busques a Compostela en Compostela. ¿Quién cree aún que se ganó la Reconquista?

Quería, pues, *sugerir* que el Grial pudo formar parte de las ambiguas motivaciones inscritas en los orígenes de la España medieval. ¿Idea aventurada? No lo son menos cuantas a propósito de esa caliginosa aurora viven esgrimiéndose. En el capítulo siguiente, al hablar de los templarios, encontraremos un poco de luz con que alumbrar los rincones de esta hipótesis. Dije *sugerir.* No iré más allá. Para hacerlo necesitaría datos que acaso ya nadie consiga recoger. Y afición a la polémica. Y voluntad (no contaba yo con tales enredos al empezar este libro). Y, sobre todo, arrestos: me pesan ya sus muchas páginas. Quiero ponerle fin. Quiero quitármelo de encima así sea con faena de alivio y estocada de refilón. Quiero recuperar mi libertad.

Dictaminé, de paso, que los hombres van a la guerra (mal que les pese) sólo para vindicar o rescatar determinados símbolos del subconsciente. Entre el 1208 y el 1244, un millón de personas murieron en tierras de Aquitania,[57] alentadas a tan definitivo gesto por el carisma —amor y odio— del Grial. Inocencio III, cuyo pontificado lleva fama de haber sido «el más brillante de la Edad Media»,[58] desencadenó la escabechina so pretexto de ortodoxia y unidad, pero la muerte —generosa— quiso evitarle el mal trago de contar las víctimas y se lo llevó al hoyo cuando su cruzada contra los albigenses sólo arrojaba en saldo futesas como la carnicería plenaria de Béziers y el feroz asedio de Carcasona. Luego fue peor. Pero debo resistir al impulso de adentrarme en la gran epopeya cátara, tema que las academias prefieren soslayar o trasquilar con las tijeras de lo socioeconómico. Es, en definitiva, asunto francés. O provenzal (no confundamos). Pero también catalán y aun español. Estas implicaciones cispirenaicas sí que parecen venir a cuento.

Menéndez y Pelayo, con su gracejo habitual, dice que al cumplirse el Milenio empezaron a pulular por Orléans, Aquitania y Tolosa partidas de maniqueos *castos y vegetarianos* que *pensaban mal* (ahí es nada) del *Señor del universo.*[59] El polígrafo no extiende la viruela a España, pero este triunfalismo de *bouquet* franquista sirve sólo para posponer historiográficamente la normalización de lo que en la calle era normal. Beguinos, iluminados, valdenses, pobres de León, fraticelos y otros grupos ácratas de cristianos a lo bestia andaban ya enseñoreándose de una religiosidad —la tuya y la mía, paisano— que siempre había sido y nunca dejaría de ser algo ligera de cascos en el más noble sentido de la expresión. Al empezar el otoño de 1174, cinco años antes de que el III Concilio de Letrán interviniese a toque de clarín, Alfonso II de Aragón (otro rey que por mérito o capricho luce el apodo de *casto*) se creyó obligado a promulgar un decreto contra los anarquistas místicos que soliviantaban o encendían al populacho.[60] De antisociales —como al *hippy* o drogadicto— los hubieran tildado hoy, ya que en el desprecio por las cosas de este mundo (y quizá en otros desvalimientos) suelen coincidir el asceta, el santo, el peregrino, el morfinómano y el hijo de las flores. El milenio había sacudido las conciencias. Sucede siempre así: las fechas muy fronterizas obligan a trasvasar las aguas, llévase a cabo la limpieza primaveral, resurge un alma disponible, nacen mesías, los viejos hablan de corrupción, los políticos acuartelan a las tropas y es como si los clarines de Jericó estuviesen largándonos bocinazos desde la funda de cada almohada. Como la gente ya no cree en esas *horas altas* de la historia, y menos aún los analfabetos que nos gobiernan, bonita danza le va a tocar a Europa en el (por ventura) ya próximo Milenio. Respecto al anterior, y a sus muy tenaces consecuencias, no me he dedicado a rastrillar archivos palaciegos, pero don Marcelino anota que por valdenses o begardos se quemó en el 1263 a un tal Berenguer de Amorós y se le secuestró una alquería en la ubérrima Valencia a Guillermo de Saint-Melio.[61] Hacia 1323 aparecería en Gerona otro disidente de esa laya y once años más tarde eran ya legión en todo el litoral levantino. Caro Baroja ha estudiado la cartagenada de Durango (en el siglo XV), que «mientras para unos fue un brote de la herejía de los *fraticelli,* para otros fue nada menos que una vuelta al paganismo ancestral de los vascos».[62] Todos esos mormones, cuya buena fe rayaba a la altura de su fervor, parecen secuaces resurrectos de Prisciliano. Quien alcanza la perfección y mantiene libre su espíritu —decían— a ninguna ley humana está sujeto. Muchos eran *clerici vagantes,* cuando ya ni la Iglesia ni la sociedad lo toleraban, y para colmo vivían sin dar golpe y generalmente amancebados.[63] No es por arrimar dos veces el ascua a una metáfora fácil, pero de nuevo se impone la comparación con los *hippies,* también místicos, desobedientes, vagabundos, ociosos y promiscuos. No en vano se cierne el año dos mil sobre las cabezas (rapadas a cepillo) del *establishment.* Los estructuralistas italianos, que ni por lo uno ni por lo otro son gente de mi devoción, insisten sobre lo mismo en textos más bien pedantes y aún con olor a tinta:[64] el Medievo está otra vez entre nosotros —dicen— y una de sus manifestaciones se cifra en el giróvago *way of life* centrifugado desde San Franciso. A propósito (que se me olvidaba y es noticia curiosa): los begardos y demás compañeros de viaje sostenían la licitud a ultranza del coito por considerarlo espontáneo e inevitable peaje de madre natura, pero sádicamente proscribían el beso en todas y cada una de sus variantes.[65] No hay de qué sorprenderse. Idéntica distinción sigue hoy viva en buena parte de Asia. Y no lo sé por lecturas, sino por melancólica experiencia.

Juntando el castellano al latín eclesiástico no encontraremos palabras suficientes para designar y diferenciar a las mil sectas que entonces —¡y les dicen siglos oscuros!— mantuvieron encendido el pábilo inicial de nuestra fe. Dejábanse ganar aquellos españoles por la voluntad de convertir la religión en peldaño cimero de sus vidas y de practicarla como experiencia estrictamente interior y, por ello, quisquillosamente individual. Primera y última vez que la mística llegaba al pueblo (ni más ni menos que en la Aquitania de los albigenses, limítrofe en el espacio y paralela en el tiempo). Luego, escarmentado el brazo secular y sobre aviso los jerarcas, ya todo se haría minúsculo, elitista y clandestino. Aunque quizá, por eso, más bello. No voy a detenerme ahora en el análisis de lo que vivió y padeció semejante tropel de cristianos libres, o gnósticos sin careta, a los que una sociedad en franco proceso de secularización no podía por menos de considerar herejes y de aplicar el varapalo correspondiente. Su apuesta, sus ramificaciones y sus rastrojos se entenderán mejor en el contexto del sufismo arábigo-andaluz, de la cábala hispano-judía y, sobre todo, de la juncal aventura religiosa protagonizada por algunos dominicos, franciscanos, agustinos, jerónimos y carmelitas con agallas en los siglos de oro de la Inquisición y de nuestra cultura. Si, anticipándome al orden del día, he sacado aquí a relucir begardos y demás ralea, es porque su precoz arraigo en las comarcas catalanas explica la torpe (pero leal) intervención de un rey aragonés en la guerra de los cátaros y ayuda a comprender ciertas bobadas que de todo ello se seguirían, tales como excomuniones, briosos privilegios conseguidos *a furor di popolo,* magnicidios y hasta quiméricos eldorados en ínsulas y penínsulas del *mare nostrum.*

Las personas encargadas de castigar delitos de opinión recurren siempre a los mismos latiguillos. Seguro que los jueces nombrados por Inocencio IV (angelito que en el año 1258 declaraba legal el empleo de la tortura)[66] con la misión de asar al sable a los últimos albigenses manejaron contra éstos la socorrida metáfora de los perros y los collares. Y con razón, pues aquellos malvados criticaban instituciones tan respetables como el sacerdocio y el matrimonio, se negaban a adorar la Cruz, postulaban el dualismo del universo, distinguían entre una dura religión para los menos y otra —llevadera— para los más, denigraban el oropel de la liturgia, repartían su dinero, se proclamaban *puros* o *perfectos* (eso significa *cátaro*), denunciaban el derecho de propiedad, aireaban la lujuria y avaricia del clero, escondían con evidente temor de Dios un extraño Cáliz o piedra preciosa y transigían (sin dar ejemplo) con cualquier práctica sexual que no condujese a la procreación.[67] Esta sutileza (tan de hoy) es corolario inevitable de las doctrinas que consideran a la materia una corrupción del *pneuma* o sustancia original y, consecuentemente, postulan un regreso al plano numinoso rompiendo la cadena de los nacimientos o encarnaciones. Ya sabemos que, por lo mismo, más de un claro varón de Alejandría no titubeó en caparse *motu proprio*. Los cátaros, que propinaban a los moribundos una especie de palpable extremaunción denominada *consolamentum*, llegaron a hacerse sospechosos de apuntillar por las buenas a ciertos enfermos que, ingerido ya el sacro sopón, se ponían repentinamente a mejorar. ¿Sospechosos? ¡Seguro que cultivaban la eutanasia mística! ¿Por qué no si ellos mismos —los puros, los perfectos— practicaban el suicidio por inedia (o *endura)* y «su lecho de muerte se convertía en lugar de regocijo y admiración hacia el hombre que pasivamente se dejaba morir con la regularidad y el orden de un ritual»?[68] Aunque no siempre se elegía el ayuno a ultranza para tan erótico abandono en el regazo del Altísimo. Algunos optaban por el veneno, otros se abrían las venas o se arrojaban a un abismo y no faltaba quien prefería una ruda sauna consistente en tirarse a ríos gélidos después de haberse bañado en agua como para escaldar pollos[69] (por negarse a sacrificar uno de estos animales pereció un grupo de cátaros en la horca de Gondal).[70] Cerca de Carcasona, en una cripta de la Montaña Negra, han aparecido varios cadáveres de la época albigense dispuestos como radios de un círculo, con los pies hacia fuera y los cráneos en el centro. Parece que tres mil años antes de Cristo ya se practicaban en Bretaña inhumaciones (o muertes voluntarias) de tal guisa.[71]

Pedro II de Aragón, irónicamente apodado *el Católico,* pasó los Pirineos en septiembre de 1213 capitaneando a mil irreprensibles almogávares. Eran éstos «gentes rarísimas, reliquias de tribus desaparecidas»,[72] o quizá visigodos fugitivos desde el 711,[73] que un siglo antes Alfonso el Batallador había encontrado en las montañas y convertido —Dios sabe cómo— en punta de lanza de sus ejércitos. El cronista Desclot los califica de «catalanes, aragoneses y sarracenos»,[74] exquisito frangollo al que por añadidura se sumaron los *golfines* o *folgines,* gentileshombres leoneses y gallegos que por una u otra causa andaban en el maquis y que en lo tocante a robar no distinguían entre moros y cristianos.[75] Los almogávares del Batallador vestían pieles, calzaban abarcas de cuero, se tocaban con un morrión de cota de malla, acampaban siempre al raso, no blandían más arma que un garrote rematado por pincho de hierro, se alimentaban de yuyos como el sabio de la décima[76] y entraban cual zulúes en batalla rodeados por sus hembras y su prole.[77] Pero cuando *el Católico* decidió desenvainar la espada en defensa de la cátaros del Languedoc, sus abominables caballeros de las nieves estaban ya sometidos a cierta disciplina militar (dicho sea sin menoscabo para su ferocidad y extravagancia, pues de la primera dio fe lo sucedido tras el asesinato de Roger de Flor y la segunda no puede regatearse a quienes en 1313 fundaron en Atenas una ínsula autónoma de lengua catalana cuyos gozos iban a durar ochenta años. Gestos así reconcilian con la historia de España).

Pedro II pignoró literalmente varias ciudades para sufragar los gastos de la expedición y llegó a las orillas del Garona con ínfulas de mío Cid. Simón de Montfort, caudillo de los regalistas, estaba encerrado en lo que parecía una trampa mortal: la fortaleza de Muret. Jamás se había visto cáfila tan brillante y variopinta en el país de los trovadores. Éstos cantaban por anticipado el triunfo de aquellos pumas hirsutos, cachondos, viriles y democráticos. Kermese, y no cabalgada, sugería el antruejo desplegado en la dulce Francia por los cafres y donceles de Aragón. Caravana de mogoles, desfile de la victoria, circo, zarzuela, *déjeuner sur l'herbe.* Ya el otoño adornaba con brochazos pajizos uno de los paisajes más serenos de la tierra. Allí los árboles mulatados, las playuelas bronceadas, la rucia lejanía, los retales atabacados y el vellorio de las peñas. Allí las aguas de miel y hornaza. El horizonte estaba como vidriado por un alfarero de minucioso pulso y el campo parecía mordido por los marrones y barrosidades de una enfermedad hepática. Todos los agüeros se anunciaban favorables al aragonés, y éste, para mayor certeza, anticipó en un día el zafarrancho con objeto de que no cayera en trece. Ignoro si los almogávares se habían llevado a sus hembras como Aníbal a sus elefantes, pero de fijo que no faltó puterío la noche víspera de la batalla, pues consta que el rey hubo de pasarla insomne, de claro en claro, de grito en grito y de catre en catre. ¡Qué zambra tan española! Dormían los pífanos, bordoneaban las bandurrias, cosíanse a chuchilladas los pellejos de Cariñena, abríanse los muslos como mariscos bivalvos y nacarados, gimoteaban los cornudos, traía cada hora una nueva francachela, y a la del alba —pálido, con ojos de almagre, lengua de estropajo, rodillas de algodón e ijares de pan de higo, sosteniéndose apenas sobre los de su caballo— Pedro se lanzó al combate y pereció en él. Con bastante gracia comenta un escritor francés que al príncipe lo perdió su ibérica y desalada *furia.*[78] En la *Crónica de Jaime I* se lee a propósito del desastre de Muret: *e aqui mori nostre pare, car axi ho ha usat nostre llinatge tot temps, que en les batalles que els han faytes e nos farem de vençre o morir.*[79] Y apostillaría decenios más tarde su bisnieto Jaime II: *es* (Pedro el Católico) *perde per sa follia.*[80] En cualquier caso, por honor, vanidad, furia o locura, aquella alta ocasión brindada por el Cáliz quedóse una vez más en mester de juglaría, dolor de plañidera y extracto de alicornio. Pudo nacer allí un país soberano catalán, provenzal, mediterráneo y gnóstico. Falló la espoleta. Lástima. Los elementos conspiraban ya a favor de la futura univocracia castellana. Por ahora, el retablo se cierra con los caballeros de San Juan reclamando y obteniendo el cadáver de su rey. Éste, en vida, había sido hermoso, acérrimo, impulsivo, leal, valiente y desdichado. De poco le sirvieron tantas cualidades: como Prisciliano, volvía a España entre cirios, de negro, a lomos de carreta y con embalaje de pino.

¿Por el Cáliz? Sí. En el cono de sombra que arrojaba tramaron los cátaros su fe y compusieron después su resistencia. Estaban ya definitivamente acorralados en la fortaleza de Montségur cuando un grupo salvaje, amparado en las horas de oscuridad que precedieron a la capitulación, se descolgó a fuerza de sogas y bíceps por los imponentes taludes del enclave. Llevaba el Grial. Una vez escondido éste en alguna gruta o quiebra de aquellos tortuosos espinazos, los fugitivos encendieron una hoguera en la montaña de Bidorta para que los numantinos de Montségur supiesen del éxito de la maniobra y murieran en paz. No es una historia fantástica: figura en los archivos de la Inquisición.[81] El 1 de marzo de 1244, bajo el signo de piscis, los cátaros se rindieron. Pero antes de que el senescal de Carcasona y el arzobispo narbonés entraran —al frente de los cruzados— en el castillo, una *perfecta* llamada Esclarmonde de Foix trepó al pezón más alto del fortín, se transformó en una paloma blanca y voló hacia Oriente. Dicen que sigue allí, en el Paraíso, o en cualquier lugar de Asia, y que algún día volverá. Este postrer episodio no asoma entre los archivados por la Inquisición. Es sólo leyenda, albigense hasta los tuétanos.[82]

(En la protohistoria —valga como inciso que nos alude— los iberos acudían anualmente a Montségur para rendir homenaje al sol en el equinoccio de otoño. La fortaleza es, a todas luces, un templo heliolátrico y por ende eucarístico. Las aspilleras del torreón están distribuidas y orientadas de tal manera que el claror del alba pega siempre de plano en las paredes del recinto principal. Al despuntar la mañana de San Juan, el astro virgen del solsticio sube con solemne lentitud y purpúreo empaque a lo largo de la tronera central de la alcabaza.[83] Y No resulta difícil imaginar la tensión cósmica que tal espectáculo suscita en el observador, por muchas conchas que éste tenga. Lo sorprendente es que la fábrica del edificio viene determinada a rajatabla por el perfil y disposición del terreno. Quiero decir que en éste, y no en aquél, se encuentra el verdadero templo. ¿Casualidad? ¿O fue la entera montaña artificio excogitado por una raza de cíclopes o de titanes? ¿Quién transmitió su arcano? ¿Quién supo recogerlo? ¿Sigue emplazado allí un *chakra* del planeta tierra, un centro neurálgico de su vida vegetal y mineral, o el mecanismo quedó desactivado al marcharse el Cáliz y emprender su vuelo la paloma?)

Quizá convenga superponer el esquema de la guerra cátara al mapa casi mudo dibujado por los orígenes de nuestra reconquista. No insistiré en el tema. Sólo me pregunto: si cientos de miles de personas poco amigas de las armas (Occitania siempre fue más dulce que belicosa) perecieron en el siglo XIII para defender una concepción del mundo cuyo símbolo y resumen se encontraba en el Grial, ¿por qué en el VIII no pudo concitar éste la discordia entre dos etnias rematadamente marciales que al parecer buscaban lo mismo? Y si un príncipe de Aragón se inmoló en pecado mortal a los pies de esa bandera, ¿por qué otros caudillos de igual patria, o de la que paralelamente se formaba en las breñas astures, no iban a ser víctimas de igual locura o capaces de idéntico sacrificio en época mucho más crédula y alucinada?

Con Parsifal no termina la historia del Santo Cáliz. Se acumulan los siglos y la humanidad —o la cristiandad— vuelve a las andadas. De nuevo la corrupción, el olvido del Centro. Y la inminencia del apocalipsis. La Virgen y un grupo de ángeles intervienen entonces para salvar la Copa. ¿Cómo? Arrebatándola. ¿Hacia dónde? Ahí disienten los doctores, la tradición ocultista, los textos revelados... Pero sólo de dientes afuera. En realidad, tres son las respuestas dadas y todas apuntan a un mismo espacio semántico: el Cielo, la India o los dominios del Preste Juan (la Edad Media sabe, incomprensiblemente, que allá en el puto corazón de África, en el carajo etiópico, en la fantástica geografía de la reina de Saba, subsiste un poderoso foco de cristianismo inicial). El *jardín* está ahora en pleno este. Los occidentales, gallegos o no, lo han perdido. O no lo han merecido. Como quizá mucho antes también lo perdieron, o no lo merecieron, los orientales. Ya nadie encontrará atlántidas en el océano tenebroso. Por eso la isla de San Brandán asume definitivo talante de espejismo. El fiel de la balanza oscila: poco a poco, los nuevos *clerici vagantes* (que se llaman de otra forma) vuelven los ojos al nacimiento del sol. Y cambia el sentido direccional de las búsquedas y peregrinaciones. Ese jardín, esa India o paraíso, ese imperio del Preste Juan —dirá Risco— es lo que verdaderamente *(a conciencia)* persiguen hombres como Rubriquis, Gómez de Sotomayor, Ruy González Clavijo, Marco Polo, Vasco de Gama, Raimundo Lulio, Cristóbal Colón...

Y así cobra sentido el milagro de la paloma que en las mismas barbas de los incrédulos emprende su vuelo *popular* (el movimiento albigense, muy democrático de cara a los asuntos del César, ganó para su causa a todo el villanaje, la marranalla y el medio pelo del Languedoc) y libertario no a la buena de Dios, sino precisamente rumbo a los valles y regolfos levantinos. Y también se comprenden las misteriosas obnubilaciones sufridas por nuestros griales a partir *—grosso modo—* de la incontenible escalada castellana. Tras el allanamiento y casi geológico prolapso de Montségur, y la inmolación de los templarios (lo veremos en seguida), Occidente se demuda en una tierra sin dios o iglesia a su pesar secularizada, algo así como una zona franca o barrio chino donde las autoridades no quieren o no se atreven a intervenir. Los papas y las monarquías centrípetas de Burgos, Londres y París devuelven al erario civil lo que hasta entonces siempre fue territorio de jurisdicción más o menos celestial. El mundo eslavo, nórdico y germánico conservará en parte la tensión numénica al calor de una geografía muy propicia, pero a eso yo no le llamo Occidente *strictu sensu*. Los personajes mitológicos hacen, pues, las valijas y se aposentan extramuros de la cristiandad: en Asia (pasado el Ararat), en África (sólo en lugares como Etiopía y Tombuctú) y después en América, aunque el paraíso resulte aquí mucho más psicológico que escatológico (el hombre europeo del siglo XVI ya casi no conserva memoria de que alguna vez hubo dioses). Es decir: en la nueva isla inexistente, en los dominios sin longitud ni latitud del Preste Juan. Y no nos van a quedar ni siquiera diez justos para una eventual petición de gracia. Seremos, provisionalmente (aunque esta purga no lleva trazas de cejar), el coro de los grillos que cantan a la luna. Sobrevivirá, desde luego, algún que otro Noé en sordina y saldrán de Sodoma, sin volverse a mirarla, contadas taifas o familias de Lot: alquimistas, cartujos, místicos, alumbrados... Pero la iniciación mistérica se esconderá ya bajo siete cerrojos. *Cortapicos y callares* fue la castiza consigna pasada de boca en boca por los últimos adeptos de Occidente. La libre posesión —y ejercicio— del Espíritu queda en manos orientales. Al mismo tiempo cambia ligeramente el significado de la Copa: será en lo sucesivo un objeto astral cuyo propietario (o, mejor, *depositario*) se convierte automáticamente, cara a la tierra y por transferencia divina, en el nuevo Preste Juan.[84] Siento que bajo estas frases acecha un malentendido. Al manejar conceptos como *libertad* y *clandestinidad* no quiero decir que los maestros asiáticos, *libres,* se precipiten a los púlpitos y desgarren en olor de multitud el antiguo secreto preceptivo. Para la *weltanschauung* mistérica, lo uno no excluye a lo otro: antes bien lo ratifica (afirmación que muy pocos de mis contemporáneos estarán dispuestos a suscribir). El *gurú* de los pueblos orientales practica un sigilo sacramental voluntario, nacido por generación espontánea de la doctrina y no, con fórceps, de la persecución. El adepto occidenlal, en cambio, calla (cosa que de todos modos haría) y *además* se disfraza o esconde por humano temor de la hoguera. Así que aquél resulta unilateralmente clandestino por omisión, mientras éste lo era (algo han mejorado las circunstancias) doblemente y por comisión. El matiz tiene su importancia.

Hasta ahora no se ha concedido al mitologema del Preste Juan la atención que merece, al menos en cuanto respectivo síntoma y acicate del desvalimiento psicológico padecido por los europeos en los siglos XIV y XV, y de su brusco interés (en la misma época) hacia las inexploradas regiones periféricas. Es entonces cuando poco a poco empiezan los grandes viajes y el continente sale de su cascarón. No se precisa mucho cacumen para entender que sólo abandona su concha quien alguna carencia siente y algún remedio busca. ¡Cuán angustiadas debían de ir, con los pies en la proa de su barco y los ojos al arrimo del horizonte, aquellas gentes de tierra firme metidas a capitanes en empresas de circunnavegación! Ya no eran protonautas diluviales, arraeces fenicios, navarcas del Egeo o cómitres de Marco Antonio, sino soldados de a pie, marineros de agua dulce o —todo lo más— pescadorcillos de boquerón en lanchones de bajura y régimen de cabotaje. El nómada, en realidad, no se mueve. El camino es su casa, su patria. Jamás sale de ella. Sólo el sedentario —y Europa lo era entonces unánimemente (con la salvedad, a título individual, de los *clerici vagantes* y peregrinos)— viaja en lo que este verbo entraña de cambio, de aventura y de tropismo. Lanzarse a ello exige (y supone) una conciencia de frustración, una necesidad de escape. Hoy lo demuestran, más que nunca, la boyada turística (postrera manifestación del borreguismo trashumante) y los brutales éxodos del fin de semana, del puente laboral (bonita manera de santificar las fiestas) y de las plebeyas vacaciones.

El Grial: Cristo nos lo dio, Cristo nos lo quitó. Algo así podía pensar el hombre cultivado de la Baja (muy baja) Edad Media, inmerso aún en una mentalidad mágica bastante evolucionada. Y acto seguido acometía la búsqueda del Centro, doquiera hubiese ido a parar. Nuestros conquistadores (no todos) practicaron esta suerte de *trip* con raro talento y áspera fortuna. Pienso en Balboa, en Cortés, en Lope de Aguirre, en Ponce de León, en Cabeza de Vaca. Lo emprendían y lo vivían, por lo general, sin darse cuenta: víctimas inocentes de un sistema mitológico que se hacía añicos y liberaba en defensa propia, como un mecanismo de compensación, los posos acumulados en la represas del subconsciente. ¡Pobres! Yo los imagino como un cajero del Banco Hipotecario (o un capitán de cuchara del Goloso) que cae por casualidad en Ibiza, funde el motor del seiscientos junto a una comuna de peludos, pide ayuda, no recibe atención, se sienta por timidez en un *puf*, hace circular la petaca, le ofrecen un *sunshine* de Amsterdam, no sabe negarse, odia desentonar, cierra los ojos y cortésmente se lo echa al coleto. Digo yo que salir en busca del océano Pacífico, el paso del Noroeste, el manantial de la eterna juventud, las Siete Ciudades o el cabo de Hornos no sería muy diferente de lo que por las buenas o por las malas acarrean doscientos cincuenta microgramos bien pesados de ácido lisérgico.

Creo que los historiadores de largo alcance y apetencias cíclicas —Vico, Pirenne, Toynbee— no han reparado en el tremendo proceso *desacralizador* sufrido en vísperas de la Edad Moderna por el mundo occidental ni han comprendido la importancia que para la evolución de éste tuvo la derrota de los cátaros y la condena de los templarios. O su inevitable consecuencia: la pérdida del Grial. Sólo el gran Spengler, tan incomprendido y olvidado, acusa el golpe entre líneas.

A excepción de las óperas de Wagner y las visiones de Ana Catalina Emmerich (que se limitaban a *padecer* el mito sin comentarlo, sin modificarlo y, en realidad, sin referirlo), casi todas las informaciones atendibles respecto a la gran epopeya eucarística proceden de las tres últimas décadas del siglo XII. Y a partir del 1225 no se redacta un solo texto de primera mano. El desarrollo cristiano (o por lo menos europeo) de este tema «hace pensar en una corriente subterránea que brota e inmediatamente vuelve a desaparecer como si venteara algún obstáculo o grave peligro».[85] La inspiración se mantiene algo más de cincuenta años, los mismos que delimitan la Edad de Oro medieval o apogeo del gibelinismo. Vencido éste, aunque todavía le quedara largo rabo por desollar, comienza un sálvese quien pueda al principio circunspecto y luego desalado. Alfiles del Temple, arturos, parsifales, cátaros y emperadores de Alemania huyen, arremangándose las túnicas, ante los miuras con divisa vaticana que les pisan los talones, y no precisamente por la calle de la Estafeta. En la desbandada se volatiliza el Grial, pero amanece en cambio su tenaz *querella* (demostración, como dice Risco,[86] de la importancia que el símbolo tiene para nuestra especie). Los doctores ceden su cátedra a los hermeneutas, tal como exigen las reglas del juego en ese espacio conceptual de la historia humana que llamamos *occidente* y cuya mayor originalidad cultural estriba en confundir la literatura con la crítica, la filosofía con el nominalismo, el acto con su mención, el vino con la etiqueta y la realidad con la palabra. Sostendrán algunos que el Grial es pagano y asiático de la cruz a la bola, trasunto de una leyenda maniquea ambientada en Afganistán y animada por drávidas, parsis, heftalitas y budistas.[87] Lo agitarán otros como bandera de la resistencia civil al papado, metiendo en danza a los *Minnesänger*, Dante Alighieri y Christian Rosenkreuz (fundador de todo lo que se entiende —o desentiende— bajo el epígrafe de *rosacruces*). Uno de los más empedernidos defensores de este Copón gibelino y politizado será, por cierto, el prerrafelita Dante Gabriel Rosetti, individuo tan sugestivo y emblemático como postergado por la ciega erudición actual. Mientras tanto, y sin perder comba, los ocultistas prosiguieron su benemérita tarea de buscarle o ponerle modales teosóficos al mito. Nuestro Roso de Luna —volatinero a veces, pero nunca antipático ni mal intencionado— llegó al extremo de imaginar un Grial nacido en el cono de sombra de los eclipses.[88] Sería, sin embargo, un alemán quien terciado ya el siglo XX propuso no sin alharacas la más paroxística de las interpretaciones. Otto Rahn arribó en el verano de 1931 a la región del Montségur decidido a encontrar la Copa escamoteada por los albigenses. Algunos estudiosos y muchos indígenas aseguran que, en efecto, dio con ella y se la llevó a otro escondrijo de su país o de su almario.[89] Dos años después publicaba *La cruzada contra el Grial,* libro que hizo furor en la hipersensibilizada década del treinta y cayó en un incomprensible (o harto comprensible) olvido al derrumbarse el III Reich. Se supone que Otto Rahn, arcaizante neocátaro teutón, pertenecía al Grupo Thule, o a cualquiera de las marginales estribaciones esotéricas del nacionalsocialismo, y actuaba en cumplimiento de órdenes cuyo alcance hoy se nos escapa. Interesa destacar que, a su juicio, en el Montségur funcionó hasta el siglo VI un santuario de la diosa Belisena atendido por druidas de la rama celtíbera.[90] En 1937, los franceses —filtrándose por la brecha fáustica de micer Rahn— fundaron una *Sociedad de Amigos de Montségur* que, según creo, todavía colea. Y aunque no hay tiempo ni excusa para adentrarse desde aquí por los mondongos de esta pasmosa fábula del siglo XX, ¿se me permitirá la presunción de un consejo? Es el siguiente: basta una visita a Montségur para atisbar el fulgor de los misterios cátaros con la suprema certeza del Verbo, como yo sé que ahora —en el instante de escribir esta línea— hace sol, tengo sed y maúlla un gato en el corral contiguo. Condición —la de acudir a esas ruinas— suficiente, sí, pero también preceptiva. La magia no se transmite por correspondencia.

Sin molestarse en demostrarlo, la tradición ocultista española asegura que —desbaratada a finales del siglo XII la quintacolumna en la iglesia de Roma— el Grial y sus últimos ganimedes buscaron refugio en cuatro *logias* o *gotas de sangre* de nuestra geografía: el Bierzo, Quintanar de la Orden, un picacho o valle del Pirineo (quizá —se me ocurre— en los alrededores de Jaca o de Leyre) y la ermita templaria de San Pedro, en Soria, a los pies del celebrado Monte de las Ánimas.[91] En cuanto al Bierzo, parece lógico que el mito fuera a enquistarse cerca del Cebrero, junto a la ruta jacobea y en el shangri-la elegido por el primer (y único) monacato independiente español para instalar sus compludos, *stupas* y lamaserías. Nunca estuve en Quintanar. Pero en cambio conozco al dedillo la *curva de ballesta* trazada por el Duero en torno a Soria y de modo especial su orilla izquierda, donde en poco más de dos kilómetros se suceden los claustros románicos y mudéjares de San Juan, el enclave de San Polo (hoy finca privada) y el hipogeo del asceta Saturio, patrón de una ciudad que piedra a piedra lo trasuda y de unas gentes que día a día traicionan su memoria. Jugué de niño en esos parajes, ellos me hicieron grande y a su arrimo planté mi casa. No hay allí un solo guijarro, rumor de chopo, ruido del agua o jirón del cielo que me malquieran o desconozcan. Como Antonio Machado, distingo sus voces de sus ecos. Como el ciego del *Lazarillo,* no tengo que abrir los ojos para saber quién come uvas junto al Duero y cuántas se lleva en cada pecador bocado. Nadie me ha dicho ni yo me atrevería a asegurar que en ese rincón, uno de los más hermosos de la tierra, se guarda (por voluntad de quien para ello tenga poderes) una gota de sangre derramada por mi señor Jesucristo en la cruz o un destello del Grial que durante muchos siglos la contuvo. Pero —con la misma evidencia del sol, de la sed y del gato que ahora miaga en el corral— aprendí, cuando tales lecciones no se olvidan, que la cuerda de arquero tendida cabe el agua desde la canorca de Saturio hasta los capiteles arábigos-cristianos de San Juan es prenda de prodigios, otro de esos *chakras* (como Montségur) donde la vida se dispensa a fanegadas y pulsa, terrible, el corazón del mundo. Sí, puede abrirse la tierra o secarse el río para que desde este fondo o desde aquellas entrañas suba a nosotros, como la *corona de hierro* que el cine hiciera célebre, el Cáliz luminoso de la nueva Edad de Oro. Y si los hindúes creen que el hombre ha de trabar perenne y magnético contacto con el calor del planeta, y por ello —para recibirlo sangre arriba— pasean descalzos en el campo, de igual forma sé yo que debo este libro al numen de Alvagonzález, al Urbión, al agua del Duero, al sábado agés, a mi casa en el Collado y a cierto viejo nogal cuyas ramas aún no han terminado de desgajarse al pie de los alcores del Mirón. Pero no sólo Castilla celtibérica y, a su trasluz, mi patria. *Como un rumor distante,* para decirlo otra vez con palabras de Machado, en Soria me llega también ese *clamor de mercaderes de muelles de levante* sin el cual no hubiera sido yo capaz de escuchar resonancias antiguas y orientales en el habla hogaño mostrenca de mis paisanos.

Asistimos, dentro y fuera del país, a un espúreo, trivial y sacrílego recrudecimiento del interés suscitado por cátaros y templarios. Plumíferos sedientos de *royalties* (o, en su defecto, meros reales de vellón) tercian en el tema con estoque simulado. Las vitrinas se llenan de librillos asnales. Rehalas de excursionistas ensucian con papeles grasientos Montségur y compran calcamonías en las poternas del castillo de Ponferrada. Equipos de mentecatos se organizan en sociedades secretas que funcionan de viernes a lunes. Falta ya muy poco para que acerbos senos de muchachitas francamente revolcables nos encelen so las rojas cruces de minitúnicas templarias confeccionadas en plástico adhesivo y transparente, abiertas en ambos muslos hasta el hueso de la cadera y vendidas a boca de costal en el departamento juvenil, progre, exótico y psicodélico de cualesquiera grandes almacenes...

Y, sin embargo, bien pudiera suceder que lleve mar de fondo la carnavalada universal emprendida a raíz del viaje de los Beatles a la India (y en la que ninguna responsabilidad incumbe a esos virtuosos de la música y bravos inconformistas de nuestro tiempo). No pasa año sin que zalameramente nos propinen algún *maestro* cobrizo y ensabanado (o encorbatado, que es peor) tan estúpido como un melocotón sin hueso, y allá que se van los neuróticos de turno, jovencitos a la busca y captura de un ideal o covachuelistas pachuchos rebotados un buen día por la máquina de escribir... Sí, embaucadores los unos y dementes los otros, pero síntomas todos ellos de una dolencia colectiva que ya no responde a analgésicos y, quizá, convulsiones peristálticas previas a la gran vomitona que el mundo necesita. Sube en él sin remisión la marea del inconsciente y estalla el viciado recinto de una conciencia con olor a tigre, a sobaquina y a bufanda de beata. Por más carne que la Inquisición ponga en el asador, «el catarismo —como el movimiento templario, como la alquimia— se revela imposible de extirpar. Para ello sería preciso alcanzar la aleación secreta en la que el espíritu está fundido. Cabe ofuscarla, sumirla en el terror, ahogarla en ganga, pero nada de eso importa. Tarde o temprano, de forma inesperada, las íntimas aspiraciones se darán a conocer, impacientarán al hombre, le hablarán veladamente de un *yo mismo* lejano y a la vez más *ensimismado* en él que su propia mismidad».[92] Llevamos, en efecto, casi un siglo de psicoanálisis a las espaldas y ya ninguna paradoja de los adentros puede asombrarnos. Ni siquiera ésta, tan vehemente, de buscar sin tregua la felicidad, resistirnos a ella con denuedo y encontrarla finalmente por las vías de la purgación y el masoquismo. Las tres cosas a un tiempo. Somos aves de carroña, autófagas y, sin embargo, recuperables. ¿Por qué resquicio se filtra nuestra esperanza?

Sospecho que en esa misma *aleación secreta del espíritu* se vació el Grial. De ahí su permanencia. Y es ocioso conservarlo en logias, gotas de sangre, farallones pirenaicos o refugios antiaéreos de la Berlín bombardeada. Por lo que a España se refiere, el Preste Juan en persona se encargó de devolvernos el indestructible símbolo con todo su poder corregido y aumentado. La propia leyenda, interpretada literalmente en sus aspectos a primera vista menos verosímiles, suministra la clave de la realidad. Algo así como el descubrimiento de Troya, que estaba donde lo dijo Homero. Sí, nuestro Grial buscó refugio en Etiopía, junto al Nilo, en el mar Muerto, en el viejo Sinaí... Y desde esos muelles de Levante nos iba a ser restituido por los senderos más íntimos y encantados de la historia. Siempre al filo del Milenio, musulmanes temerosos de Dios y amantes de la verdad (o de sus dos sinónimos: la libertad y la belleza) se pusieron en erótico contacto con el cristianismo copto y de él aprendieron, sin renunciar a Alá, técnicas y filosofías místicas que Mahoma no había previsto o divulgado. Así nació el sufismo, o vertiente gnóstica (y por ello esotérica) del Islam, que habría de dar sus mejores y más perfumados frutos en las dos extremaduras del imperio sarraceno: Persia y Andalucía. En esta última, con círculos concéntricos suavemente propagados a partir de Córdoba, abrevarán cada cual a su modo y en su siglo todos los *maestros* que al correr del tiempo se ocuparon de recoger y transmitir la antorcha casi apagada de nuestra antigua espiritualidad: Raimundo Lulio, Juan de la Cruz, Teresa de Ávila, Servet, Miguel de Molinos... Absurdo, prodigioso viaje de ida y vuelta. Cristo, efectivamente, nos quitaba el Grial y Cristo así nos lo devolvía. El priscilianismo, expulsado de Galicia, gozaba de muy buena salud en el monacato oriental, en las ásperas ermitas del África más sedienta. Y un puñado de derviches lo trajo otra vez a la Península cuando ésta andaba ya a punto de cumplir sus primeros mil años de soledad. Quizá sólo para eso —para llenar un paréntesis del finisterre, para atar por encima de los siglos un cabo suelto en la historia religiosa del mundo occidental— cruzaron los árabes el Estrecho en cierta interminable mañana de estío del brusco 711. Fantásticamente tortuosos pueden ser, oh Señor, tus senderos.

VI. OCULTISMO CRISTIANO. EL TEMPLE

Para ti y tus cachorros matar puedes o bien para tu hermano: justo es ello.
Mas no mates por gusto y *nunca, nunca* des caza al Hombre con ningún pretexto.

RUDYARD KIPLING
El libro de la selva

Bien puede un dios
burlarse de otro dios.
Venerad a todas las gracias,
temed a cuanto pueda dañar.

J. W. GOETHE,
Fausto, escena de las Kabiras

El 1095 iba a ser eso que, con óptica cristiana, se ha dado en llamar un año de gracia. El Papa Urbano II llama a concilio en Clermont Ferrand y lloriquea en presencia de los caballeros mejor bragados del sacro romano imperio. Cinco lustros antes, los turcos seldjúcidas habían literalmente acogotado en la batalla de Manzikert a los bizantinos y, a consecuencia de este desastre, patrullas de cimitarra al cinto florecían con gesto de malas pulgas en todas las bocanas, otrora abiertas, de la estoica Tierra Santa. Era el fin de las peregrinaciones y del insoslayable contacto místico entre una Europa sin *gnosis*, pero con *sofía*, y los veneros orientales tan ricos en aquélla. Así que Pedro el Ermitaño recoge el patético envite del pontífice y se lanza a predicar guerra de religión por los caminos de Francia. La historia no suministra muchas imágenes tan bien calzadas en su entorno como esta de un botafuego ambulante y desgreñado que vocifera en las rotondas, impreca al mundo desde las esquinas y blande crucifijos sobre los boquiabiertos destripaterrones de una sociedad apalancada como un bígaro en su almario. Con semejante obra de arte, que no tuvo su Brueghel ni su Goya, empieza el ciego *trip* de las Cruzadas, cuya locura y fracaso a pique estuvo de hundir para siempre en los infiernos al entero Pontificado y a sus numerosos acólitos. Sobre la absurda Palestina iban a dirimir güelfos y gibelinos una querella que en Europa no conseguían resolver. Los cristianos —no ya peregrinos patidifusos y en general un poco zonzos, sino maliciosos políticos, astutos banqueros, pícaros de todos los monipodios, frailes con callo en las tetas y en el culo, y pudibundos caballeros de mucho pelo en los cojones y muchos pájaros en la cabeza— establecían por fin un contacto verdaderamente íntimo y a veces hasta pecaminoso con lo más granado y representativo del Islam. Se dirá que eso mismo estaba sucediendo en Sicilia y en las tornadizas fronteras españolas, pero en aquélla como en éstas —sin hacer por quitarles magnitud— el compadrazgo se tomaba con seltz, parecía más diluido en el tiempo y en el espacio, carente de aspiraciones proselitistas y, desde luego, mucho menos ecuménico por marginado, por patriótico, por casi habitual y por estrictamente mediterráneo. Además, en Jerusalén y sus alrededores merodeaban los *asesinos* ismaelitas de Hasán-I Sabbah, primer e irrepetible *sheik-al-jabal* o Viejo de la Montaña...

Quizá la más antigua alusión europea a este personaje, que tantas mentiras y temores llegaría a desatar, procede del insigne Marco Polo, que atravesó Persia en 1273 y allí tuvo noticias del enjuague. Los orígenes de todo el asunto se remontan nada menos que a seiscientos cuarenta y un años atrás, cuando la muerte de Mahoma se resolvió en pleito hereditario (y secular) de dos facciones irreconciliables: los *sunnitas* —con epicentro en el califato de Bagdad— y los *shiitas,* alineados a lo largo de una cadena de *imanes* o reyes sacerdotes que se proclamaban consanguíneos del Profeta por directa descendencia de su hija Fátima y de su yerno Alí. Cabe enterrar a este segundo grupo en la fosa común —iluminada, comunera y anarquista— del Milenio, pues creían sus partidarios que al cumplirse la fatídica fecha uno de sus antiguos jefes reencarnaría en la persona del *Mahdi* (enésimo mesías de aquella hermosa época) y establecería en la ciudad y en el orbe el definitivo imperio de la justicia. Pero el sexto imán murió en el siglo VIII dejándose a las espaldas otra querella sucesoria y sus fieles, que ya eran francamente minoritarios en el sopicaldo del Islam, se reprodujeron por fisiparidad como una ameba. Y puesto que Ismael se llamaba el mayor de los dos hijos del monarca causante de la escisión (el otro respondía a Muza), *ismaelitas* se llamaron con impecable lógica quienes en torno a él cerraban filas para a continuación desparramarse por el mundo árabe difundiendo una exégesis coránica rabiosamente heterodoxa y subversiva. Y con fuerte garra, a juzgar por los resultados. Los misioneros de esta genuina *reforma* musulmana encandilaron a los habitantes de Túnez y consiguieron instalar allí su propio califato. Fue en el 909. Un siglo después, los *fatimitas* (que tal marbete eligieron) de aquella nueva Cartago plantaban ya sus pendones en Sicilia, Libia, Egipto y todo el norte de África. Entretanto, quintacolumnas muy aguerridas socavaban sin prisa y sin pausa la ortodoxia *sunnita* de Bagdad. La Gran Logia del movimiento funcionaba en El Cairo. Allí, muy cerca de las Pirámides y de los antiguos falansterios de Toth, se dispensaban con sigilo implacables enseñanzas mistéricas y gnósticas. El hombre, según los adeptos ismaelitas, ocupa el séptimo escalón de una *creatio* que se despliega de mejor a peor (calidad) y de menos a más (cantidad) a partir de un Dios incognoscible e inalcanzable. Los otros cinco niveles son, por orden descendente, la *Razón Universal* (reservada a los siete únicos profetas: Adán, Noé, Abraham, Moisés, Jesús, Mahoma e Ismael), el *Espíritu Cósmico* (donde reposa Alá), la *Materia Primordial* (o morada de los siete imanes), el *Espacio* (círculo del Gran Maestro de la logia cairota) y el *Tiempo* (esfera de los Iniciados). El hombre puede ascender hasta la penúltima etapa gracias a su esfuerzo personal, pero no pasar de ella. Es decir: el *pneuma* divino, una vez que se degrada y cae en la rueda putrescente de lo que el vulgo llama realidad, ya no vuelve a ser el mismo. A este leve toque pesimista apunta la única diferencia de cierto peso existente entre los misterios ismaelitas y el grueso de las doctrinas iniciáticas. Bueno, ahí y quizá (aunque el asunto aparezca hoy artificialmente hinchado por la mojigatería congénita de la raza blanca) en el abuso de una sustancia que los otros gnosticismos no rechazan a título de aliado inicial, pero cuyos efectos enseñan poco a poco a poseer sin necesidad de fumarla o ingerirla: el hachís.

En la recta final del siglo XI, un *shiita* persa llamado Hasán-I Sabbah —al parecer ex compañero de escuela del que luego sería gran poeta sufí Omar Khayyam— llega a El Cairo y pide autorización para predicar en su patria el credo de Ismael. Nace así, en el 1078 (apenas siete años después de la hecatombe sufrida por los bizantinos en Manzikert), la secta de los *hashishin* o fumadores de marihuana con ella engatusados por el individuo que en seguida iba a adoptar (o a merecer) el extraño título de *sheik-al-jabal*: Viejo de la Montaña. Poco antes de su viaje a El Cairo, Hasán —que desde niño se había devanado los sesos buscando la última clave de las ciencias, las artes y las religiones— cayó víctima de una grave enfermedad y al hilo de ella «Dios mudó su carne en algo mejor que su carne y su sangre en algo mejor que su sangre».[1] Nada tiene de particular (ni de nuevo) que las iluminaciones se presenten en coincidencia con las grandes crisis biológicas, ya que es entonces cuando el pensamiento positivista desguarnece sus bastiones y el hombre se encuentra a merced del subconsciente. Bastante menos clara queda, en cambio, la supuesta toxicomanía de quienes habrían de ganar fama por lo unánime de su violencia. Sabido es que la *cannabis,* lejos de despertar instintos agresivos, los adormece y excluye, sin por otra parte crear hábito ni mucho menos inducir a cualquiera de los llamados síndromes de ausencia. Y aunque así no fuese, mal se ve cómo el Anciano podía ejercer con el señuelo de la droga un derecho tan absoluto de vida y muerte sobre gentes que disponían de toda la altiplanicie irania para cultivar o simplemente arrancar la dichosa hierba en cuanto les apeteciera echarse un puerro. Marco Polo, hombre de vehemente fantasía (y no se la critico), cuenta que Hasán había plantado un jardín delirante entre dos montes acérrimos y que en él fluían arroyos de vino, leche y miel, se daban cualesquiera frutas del sistema planetario y menudeaban las alhambras habitadas por bailarinas, reposteros, venenciadores, saltimbanquis, hetairas, violinistas, herbolarios y, por supuesto, dueñas o compadres especializados en preparar *chilones,* pipas largas y cortas, pebeteros, narguilés, tirulos con filtro, *joints,* petardos del Congo, *spinelli,* cafelitos con negro libanés, zumos de Ketama, petisús rellenos de mierda kabuleña, yemas al *charas* de Nepal, calumés tuttifrutti, galletas de Cahemira *first quality,* tocinos de cielo revestidos con chocolate de Mazarshariff y todos los ajilimójilis y filtros del andante fumequeo universal. A esta Capua, apostilla Marco Polo, sólo tenían acceso —y breve— los *asesinos* de buena conducta, que por el tirón de la droga estaban dispuestos a prostituir a su santo padre con tal de volver a ella. Uno a uno, el italiano va suministrando hasta el último de los ingredientes barajados más tarde por la novela: un viejo, una montaña (o, mejor dicho, dos), un edén, incalculables serones de *kif* y una punta de drogadictos con el cuchillo fácil, el belfo espumajeante y los ojos sanguinolentos. Reconozcamos, en su lengua, que *se non e' vero, e' ben trovato.*

Descendiendo a geosinclinales más históricos y abyectos, parece ser que Hasán —encerrado a piedra y lodo en su fortaleza de Alamut, de la que únicamente saldría dos veces en treinta años— modificó a su favor los misterios ismaelitas, enseñó que infierno y cielo son caras iguales de igual medalla y por definición indiferentes (sin bondad ni maldad) todos los actos, y remató la faena con un pase de la firma proclamándose nada menos que rey de reyes al morir en 1094 el irreal y remoto califa de Egipto. Desde su nueva posición, el Anciano hizo cuanto estaba a su alcance (y no fue poco) para minar la unidad islámica y menoscabar su fuerza. Luego lo imitarían los Borgia y mucho antes sobresalieron en lo mismo los romanos, pero en lo que toca a Oriente Medio y al siglo XII nadie puede arrebatarle a Hasán la culpa o virtud de haber elevado el crimen palaciego a oficio, arte e institución. Los *hashishin* eran malabaristas del puñal y expertos en cuestiones áulicas. Ni recurrían a otros vehículos de muerte (como el doncellil veneno) ni gustaban de hundir sus armas en sangres que no llevaran fama de escrupulosamente azules. Visires y califas, príncipes cristianos, condes, tribunos, padres de todas las iglesias e infantinas del almendro caían a su alrededor como moscas de abril. De esta forma, gracias al puñal de los ismaelíes y a las altas miras de su jefe, los cristianos dieron en Tierra Santa con un enemigo achacoso por arriba y hecho literalmente jirones por el faldellín. No me atrevería yo a pensar que el Anciano actuaba así con el expreso deseo de ayudar a las huestes de la Cruz, pero tampoco parece descabellado el sospecharlo. Se intuye mucho mar de fondo en todo esto. Los *hashishin* de la rama siria fueron tributantes del Temple y su preboste se comprometió a cristianizar la secta si los beneficiarios del gravamen renunciaban a él.[2] La noticia corresponde al 1152. Ocho lustros después, y porque sí, dos *asesinos* asesinaban al güelfo Conrado de Monferrat, entonces príncipe de Tiro, rey de Jerusalén y piedra angular de la estrategia papalina cara a Levante. Aunque no se ha conseguido elucidar la mano que movió a quien movía el puñal, sí sabemos que el magnicidio sólo beneficiaba y alegraba a dos personas: Saladino y Ricardo Corazón de León. Y también sabemos que estos legendarios campeones de Lucifer y Jehová (en mis años infantiles jugábamos a buenos y malos bajo la advocación de tan augustos caudillos) llegaron a un sigiloso acuerdo para repartirse el pastel de los Santos Lugares con la venia y el efusivo apoyo del tolosano Raimundo V, a la vez monarca y paladín de los cátaros.[3] El proyecto, en realidad, era más antiguo y llevaba la firma de Enrique II Plantagenet, padre del brioso Ricardo y mecenas a ultranza del canciller Map, que con su novela *Lancelot* dio definitivo espaldarazo literario al ciclo de la Tabla Redonda, uña y carne —como ya vimos— del que tiene su epicentro en el Grial. Hacia el 1250, según narra con pelos y señales la *Crónica de Joinville,* Luis IX de Francia recibió la visita de tres *asesinos* que aseguraban estar cobrando tributos al emperador de Alemania, al rey de Hungría y al sultán de Babilonia. El gabacho reacciona amenazando a Hasán, pero luego estrecha lazos con él y recibe en prenda de amistad un anillo y una camisa. A punto ya de concluir el siglo, Federico II Hohenstaufen —juncal, superdotado, dueño de cuatro coronas, enemigo inquebrantable de los Papas, iniciado a los misterios de los sufíes y del Temple (conocemos el lugar y la fecha: San Juan de Acre en 1288), favorito de los dioses, caballo ganador (aunque casi en la meta lo desjarretasen) y animoso abanderado de las esperanzas gibelinas— se convierte en Rey del Mundo y garantía de la *civitas* gnóstica por decisión de los caballeros teutónicos y templarios, reunidos a tal efecto en el bastión octogonal de Castel del Monte, cuyas ruinas todavía se conservan en Sicilia...[4] Siglos más tarde exclamará Nietzsche: «¡guerra sin cuartel a Roma! ¡Paz y amistad con el Islam! Así sintió, así *obró* aquel gran espíritu libre, el mayor genio entre los emperadores alemanes: Federico II».[5]

Anglosajones, franceses y tudescos, profetas del esoterismo musulmán y del cristiano, albigenses, *hashishin* y buscadores del Grial: tales son algunas de las piezas implicadas en el embrollo. ¿Cabe eludir la tentación de jugar con ellas un ajedrez menos maniqueo, y más sincretista, para recomponer el jaque de esas *cruzadas* que casi todos los libros cuentan aún como una película del Oeste? ¿De verdad se enfrentaban allí los rapaces de Cristo a los de Mahoma? Ni por asomo. La partida entablada en Jerusalén fue el penúltimo capítulo de la antigua lucha entre los Magos y los Pastores, referidos aquéllos y éstos tanto a las filas de la Cristiandad como a las del Islam. Güelfos y gibelinos (clase de tropa y gnósticos) existían en todas partes. Quiero decir: en todas las religiones. El Viejo de la Montaña encarnaba precisamente, por encima o por debajo de su leyenda, una de las posibles reacciones iniciáticas frente al califato ortodoxo de los *sunnitas,* cuya significación en lo tocante a los adeptos musulmanes era análoga a la que el Pontificado revestía para los cristianos libres. De ahí que la cuestión vaya a dirimirse no entre razas o creencias, sino entre *actitudes,* entre maneras diferentes de acercarse a Dios y de concebir el orden social. En las dos trincheras militaban gentes de uno y otro bando. «Las cruzadas contraponen el genio europeo y el genio árabe en ese gran misterio de la guerra, donde los adversarios se abrazan y se desgarran, recíprocamente atraídos por la cólera pasajera que es el rostro en sombra del amor eterno.»[6] Exacto, aunque el autor (Victor-Emile Michelet) se queda corto. Las complicidades no sólo irían aún más lejos, sino que también venían de mucho antes, predestinadas y forzosas, pugnando por convertir el juego bélico en catalizador casual o plataforma para manifestarse. *Asesinos* y *templarios* fueron, como diría el Anciano, caras iguales de igual moneda. Por eso he traído largamente a colación, saliéndome del contexto, una remota leyenda de *ismaelitas* y *shiitas* en la cual, sin embargo, también estaba ventilándose una parte de nuestro futuro. Desde la perspectiva de éste, poco o nada nos importa a los españoles el destino final de aquellos persas o libaneses virtuosos de la daga, pero un mínimo de cortesía hacia ellos y hacia los lectores me obliga, quizá, a referir el desenlace prescindiendo de perifollos. Hasán murió en el 1124. La secta se mantuvo mal que bien, entre jacobinismos y golpes de sifón, hasta que mediado el siglo XIII los mogoles allanaron sin encontrar resistencia el de otro modo inexpugnable fortín de Alamut.[7]

Ningún historiador decente se atreve ya a maltratar la hipótesis, en realidad muy antigua, de que los templarios y los *hashishin* abrevaban en un hontanar común, imitando más bien aquéllos a éstos que viceversa, por contundente determinismo cronológico. Todavía menos cabe discutir la evidencia de que las órdenes de caballería se calcaron sobre la falsilla de los *ribat* musulmanes (de donde *rábida*) o monasterios fortificados en los que una gavilla de hombres de honor se las arreglaba para practicar simultáneamente la mística y el ejercicio de las armas.[8] Dirá Victor-Emile Michelet: «las congregaciones *ismaelitas* y el Temple nacen de un troquel homogéneo, se apoyan en doctrinas idénticas y reflejan un esoterismo análogo, invariable y eterno».[9] Y concluirá Américo Castro: «las órdenes del Hospital y del Temple resultarían ininteligibles sin el modelo oriental (...) Sólo en el mundo musulmán se dan unidas en una misma persona la vida de rigurosa ascesis y el combate contra el infiel (...) No es, por ello, ningún azar que las órdenes en cuestión naciesen durante el siglo XII en las fronteras del Islam —España y Palestina— y no en cualquier otra parte».[10] Recientemente, y a propósito de los periplos árabes cubiertos por el Grial, el francés Pierre Ponsoye ha acumulado muchos datos en favor de esta teoría.[11]

Por una vez, incluso los ocultistas van a refrendar la opinión de los historiadores. Nuestro enciclopédico Roso de Luna puntualiza que los templarios anduvieron no ya en parodias y contrahechuras, sino en francos devaneos de amistad y mesianismo con los secuaces del Anciano y con los *Hermanos de la Pureza* atrincherados en el Atlas marroquí, concretamente en el castillo de Glani.[12] De éste quizá sobreviva algún pedrusco más o menos turistizado (aunque trepar hasta él no es fácil), pues la revista teosófica y sevillana *Zanoni* publicó allá por entreguerras unas borrosas fotografías de tan esquivo alcázar. Por su parte, el italiano (y sin embargo ocultista) Julius Evola escribe *con brío* cuanto sigue: «los cruzados terminaron por enfrentarse a su propio facsímil, es decir, a presuntos enemigos que en realidad encarnaban la misma ética, las mismas costumbres caballerescas y los mismos ideales. Ambos ejércitos, además, estaban recorridos y animados por idénticas arterias iniciáticas. Vivo espejo del Temple eran en este sentido los ismaelitas, que también se consideraban defensores de los Santos Lugares (en el doble significado exotérico y esotérico de la expresión) y se organizaban en dos jerarquías paralelas, secreta la una y oficial la otra».[13] Cirlot recuerda que las cofradías orientales de los Drusos y los Asacios reclamaban asimismo el título de *guardianes de Tierra Santa.*[14] Ésta, en el lenguaje cifrado (pero universal) de las correspondencias simbólicas, alude al Centro y —en él— al Grial. No en vano muchos dibujos medievales pintan la *city* de Jerusalén como un laberinto de tres segmentos con el santuario de Salomón en la casilla más recóndita. Por si fuera poco, *ismaelitas* y *templarios* (que calzaban los mismos colores: cruz roja y capuz blanco, éstos; chilaba blanca y perejiles —cinturón y turbante— rojos, aquéllos)[15] van a coincidir en otro emblema importante: la *Espada,* compuesta de hoja y guarda, que simultáneamente alude a la fuerza, la libertad, la herida y el poder de herir.[16] Los ingleses llaman a ese arma *sword* y a la palabra (en general) *word,* con semejanza fonética y gráfica muy significativa, pues en la Edad Media se consideraba a la filosa símbolo del Verbo y, en cuanto tal, llevaba nombre de pila: Balmunga, Excalibur, Durandal, Joyosa, Tizona... Este juego de equivalencias da vértigo, recorre el cosmos y nos arrastra casi a los confines de la razón. Dicen los árabes que la primera espada fue judía y se forjó junto a Damasco, en aquel Monte Casium donde la tradición asegura que el herrero Caín mató a su hermano Abel. El enclave se haría luego célebre en todo el Islam por el temple, filo y vigor de los aceros que allí se fabricaban.[17] Y puesto que el hombre medieval entendía el viaje a Tierra Santa como una búsqueda de la *palabra perdida* (*Verbo* divino o *Grial*), poco puede extrañarnos que cerca de Jerusalén existiese una importante industria de cuchilleros, ni que los *asesinos* dominasen el arma blanca como el mar a sus espumas (puñal o espada: tanto monta. Basta que lleve arriaz y gavilanes, es decir, forma de cruz latina), ni que los templarios elevaran tan encanallado instrumento de ofensa y defensa a emblema de perfección espiritual... Pero corto el *trip*.

(Con una última voluta dedicada a los colores. El estandarte del Temple fue rectangular y dividido en dos mitades: negra la de arriba, blanca la de abajo. Esta contraposición, relacionada con el gran mito de Géminis, expresa «polaridad simultánea o mutación sucesiva y alterna».[18] Los alquimistas utilizaban el *nigrum* para evocar o provocar la fase inicial y generatriz de la Obra. Por eso Noé, en opinión de madame Blavatsky, soltó sucesivamente un cuervo prieto y una paloma albina al empezar el descenso de las aguas. Cierta leyenda catalana gira sobre el quicio de un torrente en cuyas proximidades viven pájaros de pechera blanca, como las hermanas de la Caridad. Cirlot *dixit*. Hoy los hombres ya no conocen los símbolos, aunque diariamente los manejan con el alelado automatismo del *golem* que frota un candelabro de siete luces en la lúgubre sinagoga de Praga. ¡Cuánta pobreza!)

Seldjúcidas, ismaelitas, marcopolos, güelfos y lancilotos: ya es hora de retratar a los templarios por sí mismos y no por lo que otros les prestaran o quitaran.

El ciclo se abre en el 1118. Ese año, ocho caballeros acaudillados por Hugo de Payens llegan a Tierra Santa, se instalan en un soberbio palacio junto a las ruinas del templo de Salomón[19] y fundan una hermandad de «pobres soldados compañeros de Cristo».[20] Algunos autores atribuyen la jefatura (o por lo menos la iniciativa) de esta incursión al cisterciense Bernardo de Claraval.[21] De ser así, no se comprende por qué el ardoroso monje y futuro santo la emprendió veintinueve años más tarde con los cátaros, que estaban bailando al mismo son. ¿Cazurrería? ¿Chaqueteo? ¿Regionalismo? Quizá, simplemente, no supo olfatear hacia dónde soplaba el viento.

El Císter, dirigido por Bernardo con mano férrea en guante de terciopelo, iba a desencadenar la revolución del gótico. Sigue, pues, la conchabanza de los canteros. Parece ser que Hugo y sus compinches tenían la misión de recuperar cierto instrumento iniciático escondido en algún buche soterraño del Templo de Salomón. ¿Otra vez el alfabeto de Hiram, el Péndulo del rey sabio, la columna Jakim, la flor de lis, el tridente, la pata de oca? Hay quien llega más lejos y sostiene que se trataba de encontrar las Tablas de la Ley, perdidas diecisiete siglos antes en el pandemonio desatado intramuros de Jerusalén por las catervas de Nabucodonosor.[22] Así que los templarios habrían desenterrado el palimpsesto y ya lo demás no es difícil de suponer: lo traen, lo descifran, lo traspapelan en la abadía de Cîteaux (o en otro sitio), imparten sus enseñanzas (o explican su funcionamiento) a unos pocos carbonarios y éstos se encargan de aplicar el antiguo saber inciático y científico a la agricultura y a la arquitectura (que constituyen las dos grandes empresas colectivas de la época, los terrenos en los que la sociedad medieval se juega el resto). «Y es el desarrollo (...), es el gótico, es Chartres», prorrumpe eufóricamente Louis Charpentier.[23] Muy bien. No cabe negar visos de cantería a quienes se llaman Caballeros del Templo (con *o* final y española), se aposentan inicialmente junto a los escombros del construido por Salomón, eligen el *bastón de medidas* como cetro reservado al Gran Maestre de la Orden y, sobre todo, se convierten por decisión propia en policía (o algo así) dedicada a mantener la paz en el Camino apostólico y a garantizar el libre tránsito de jacobípetas por el mismo.

Pero también podría tratarse de una vocación alegórica que no exija desbastar sillares, levantar mampostas, empuñar garlopines y falsear dovelas. Podría tratarse no de Chartres, Burgos o León, sino de ese *templo* «que se edifica sin ruido de martillos ni de otras herramientas»[24] y que en el esoterismo oriental llaman *de los siete* o *de los nueve pisos*, pues tales cifras suman los sucesivos estadios del conocimiento según quien los dispense...

O de ambas tareas: alzar catedrales de piedra y basílicas de sueños. Las unas para inscribir una desviación y un impulso en el cansino deambular de los homínidos (eso perseguían los interminables monumentos religiosos del Medievo) y restañar poco a poco el quebrantado equilibrio de la historia. Las otras, reservadas a los adeptos y fruto de la acucia individual, para avecindarse definitivamente en el seno de la luz blanca o energía de Dios. Fieles a este impulso bipolar, los templarios se organizaron con arreglo al eterno esquema de la pirámide (y sabido es que en ella cabe todo). Del Gran Maestre para abajo se sucedían priores, caballeros, escuderos y hermanos legos. ¿Por qué no habrían de dedicarse aquél a volar, los segundos a permanecer arrodillados, los terceros a pelear, los cuartos a servir y quizá a construir, y los zotes a remojar garbanzos o baldear letrinas? También esta sincera estructuración jerárquica tiene su paralelo o (más probablemente) su punto de partida en el sindicato de los *hashishin.*[25] Y es que nunca hubo ni habrá clases, sino castas, calidades de reencarnación, monos y esencias (o personas), corrupciones escalonadas del soplo divino y también voluntades de trepa imperiosas, afímeras, febles o nulas. Parias (y, por suerte, brahmines), sí; proletarios, no. Lo sabía Hugo de Payens y hoy lo enseña la madre India.

Los nueve templarios germinales se abstuvieron de todo proselitismo por espacio de una década[26] y después ya no hubo necesidad de organizarlo porque las gentes acudían a posta y en tropel. Especialmente los excomulgados, «los bribones e impíos, los salteadores y sacrílegos, los asesinos, los perjuros y los adúlteros».[27] Empezó así, con la sonrisa y bendición del *establishment,* un baile de los malditos acaso sin precedentes en la historia. Había, por supuesto, algún que otro Beau Geste en aquella legión extranjera, pero la catadura predominante en la hueste era como para taparse el culo con una mano y las narices con la otra, y aun eso sin soltar la cartera de entre los dientes. En los banderines de enganche, como en el Tercio, se disparaba antes de preguntar: ni certificados del Registro ni confesiones de arrepentimiento ni promesas de buena conducta. El futuro San Bernardo llegó al extremo de escribir con su puño y letra un aval para que Hugo de Payens fuera recibido y jaleado en el Concilio de Troyes del 1128 (que presidía un obispo de Orléans a quien por sus tendencias homosexuales llamaban Flora[28]). Esgrimiendo esa cédula, y sin duda respaldado por otros factores que no mencionan las actas, el caballero obtuvo para los templarios no sólo el *fiat* del sumo e infalible pontífice, sino una dispensa de excomunión cara prácticamente al infinito. Sus gentes ya podían hacer mangas y capirotes sin que gravitase sobre ellos la pesadilla del anatema. Los camposantos de la Orden —y esto era realmente excesivo dadas las estrechas miras de la época— recibieron autorización para inhumar en tierra sagrada incluso a réprobos titulares de paulinas mayores o a matacandelas que jamás hubiesen pertenecido al Temple. Con intención plausiva anotaba San Bernardo en su famoso aval: «nunca los veréis acicalados, rara vez lavados y siempre con las barbas enmarañadas, cubiertos de sudor y de polvo, lacerados por los arneses bélicos y el calor».[29] La descripción, exceptuando su penúltima pieza, calza de maravilla a ciertos conventículos de la juventud actual. Y aunque en ellos nadie suscribe voto de castidad, sino de libertad, parece ser que tampoco de dientes adentro lo hacían los templarios. En la madeja sin cuenda de la gringalla pululan los llamados *freaks* de Jesús y cunden los exorcismos. No me iré del tema, pero creo que las semejanzas encubren siempre eso: semejanzas. Y conste que yo también lo digo con ánimo encomiástico, pese a ciertas perplejidades. ¿Que si quedan infieles? Quedan. Y también Palestinas...

La tradición teosófica afirma que Hugo de Payens y sus compinches fueron iniciados en los misterios del cristianismo primitivo por los cabalistas de sectas nazarenas refugiadas en los antiguos palomares de los esenios y dedicadas a predicar en un desierto donde madre natura les suministraba maná, saltamontes y miel silvestre.[30] Verdad o mentira, está demostrado *ad nauseam* que uno de los rituales obligatorios para entrar en el Temple implicaba la renuncia formal a todo lo cristolátrico. Aquellos *freaks* de Jesús (y más aún del Bautista) negaban el linaje divino del Maestro, los santos, el purgatorio, las reliquias, las nociones de culpa y pecado, la mayor parte de los sacramentos, la autoridad del papa y el carisma depositado en el crucifijo.[31] Peor: los catecúmenos tenían que escupir sobre éste, pisotearlo y cubrirlo de injurias preferiblemente en día de Viernes Santo.[32] Sobra aclarar que no se trataba de un pueril exabrupto montado sólo por joder, sino de un juego expiatorio para que el aspirante demostrase por la tremenda su decisión de traspasar los aspectos exotéricos y gazmoños de la liturgia. Purgas así también resultaban útiles para establecer entre adeptos y discípulos la complicidad delictiva sobre la que levantan su cohesión todas las sociedades secretas. Lo mismo significaba el pacto de sangre firmado por los *hashishin* con el Viejo de la Montaña. Los insultos al crucifijo, como escribe Gil y Carrasco en su *Señor de Bembibre,* no tenían nada que ver con la magia negra, sino con «la rehabilitación del pecador a partir de la impiedad y del crimen» ayudándole a subir «por los peldaños de la purificación y del sacrificio hasta las regiones santificadas de la gracia».[33] El sistema no revestía novedad ni siquiera en el seno del cristianismo, pues prácticas muy parecidas se perpetraban con ánimo burlón en las *fiestas de los locos y los asnos,* toleradas —si no fomentadas— por la Iglesia, y ya vimos lo que hasta hace poco venía sucediendo en el pueblo soriano de Cabrejas.[34] A tal respecto no está de más recordar que la efemérides del Viernes Santo, escogida por el Temple para sus sacrílegas lustraciones y vindictas, coincide en el esoterismo eucarístico con la llegada del héroe al castillo inaccesible del Grial;[35] y que Wolfram de Eschembach llama *templeisen* a los defensores del mismo, aunque en su narración no aparece templo alguno. Será la propia Iglesia quien involuntariamente termine por establecer una red de conexiones subterráneas entre los *hashishin* cristianos y la gema que Ana Catalina Emmerich viera desprenderse de la corona de Lucifer.»[36] De igual modo se convertirá en Montsalvat la fortaleza ismaelita de Alamut. Ya Tertuliano, el de la fe absurda, había hecho militar a todos los ángeles rebeldes en las filas de la magia y del hermetismo cuando ello no era aún causa suficiente para propinar hisopazos y encender hogueras.[37] Y así, abundando en la antigua identificación de la raza atlante o primordial con los ejércitos vencidos de Luzbel, Roma no pudo por menos de escalfar los manejos anticristolátricos del Temple en las socorridas gachas de los cuatrocientos mil seiscientos treinta y siete, y llevo dos, demonismos. Mucho antes de que sonara la noche de Walpurgis, el listo de Inocencio III se olió el embarque y tildó de *utentes doctrinis daemoniorum* a los todavía prestigiosos sucesores de Hugo de Payens.[38] El texto latino de la acusación formulada en 1314 para justificar su definitiva condena rezaba así: *it post crux portaretur et ibi diceretur sibi quod crucifixus non est Christus, sed quidam falsus propheta, depetatus per Iudaeos ad mortem propter delicta sua.*[39] Caras iban a pagarse las bromas con el *lignum crucis.*

Porque, efectivamente, condena hubo. Y no tan dolosa como suele afirmarse. Es verdad que Felipe IV el Hermoso, albacea de la degollina, lanzó cuantas calumnias se le vinieron a las mientes; y también lo es que el poder temporal, tinto ya hasta la tiara en la sangre de los cátaros, se cubrió otra vez de mierda reservando tortura y hoyo para quienes no pensaban como él. Pero no corresponde ahora discutir la oportunidad de los delitos de opinión, sino la exactitud de las acusaciones esgrimadas contra los templarios a partir de una determinada moral al uso y con arreglo al código entonces vigente. Hecha esta salvedad, forzoso es reconocer que los encartados practicaron la herejía *cum* ludibrio, el derreniego *cum* mofa y el sacrilegio *cum* recochineo. Hasta la empecatada madame Blavatsky así lo admite, y aun afirma que la enemiga templaria hacia la *civitas* católica se revela consustancial desde un principio a los fines de la organización y no, como se ha pretendido, fruto espúreo y azaroso de acontecimientos posteriores (la misma cruz zurcida en la pechera —añade la teósofa a título ilustrativo— aludía a las cuatro puntas del compás o símbolo esotérico del universo y se inspiraba en la planta arquitectónica de las grandes basílicas hindúes de Madura y Benarés).[40] Progresistas de todas las banderas y masones de varia índole derraman desde hace seis centurias sus mejores lágrimas de cocodrilo sobre el asunto procurando que las ascuas de la fogata judicial sofrían la sardina propia, mientras se pudren las ajenas, y que las escobas barran hacia dentro con la desdeñosa soltura del *croupier* profesional. ¡Pobres templarios! Entre los chismes esparcidos por el rey de Francia, la mala leche de Su Santidad y la hipocresía filantrópica de las sociedades secretas contemporáneas, ya no sabemos si fueron maricones, borrachos, comecuras, lechuguinos de comunión diaria, tragasantos o caballeretes que gustaban de empolvarse la nariz. Algo es seguro: el hilo de la madeja se ha perdido definitivamente y nadie podrá ya desenredar lo que de hecho ocurrió entre los bastidores de aquel asunto. A no ser que verdaderamente existan en las cuevas vaticanas tenebrosos atestados abarquillándose y amarilleciendo en el ahí te pudras de cofres con llave de oro y bisagras de fiero chillón. Perspectiva quizá imposible, pues María Luisa Ambrosini leyó en uno de los más vetustos catálogos del *Archivio Segreto* la siguiente anotación: «*mani sacri-*

leghe, abusando della fiducia del legati pontifici, hanno sotratto molti documenti preziosi. Tra i più importanti c'era quello riguardante il processo dei Templari». Claro que aún subsisten, en el mismo lugar, otros muchos autos y pergaminos sobre las inicuas actuaciones. La investigadora citada vio un rollo de ochenta metros con otros tantos testimonios cosidos entre sí.[41] Pero mientras salen o no a la luz del día estos trapos sucios, y quizá obedeciendo al inconfesable temor de que nunca se desmorone el trono de Pedro ni salte en mil pedazos la puerta de sus archivos, la francmasonería se ha cuidado de fabricar falsas pruebas de inocencia y de escamotear cuantos testimonios fehacientes de culpabilidad se le ponían y ponen a tiro (tal hicieron, verbigracia, con la colección de documentos reunida por Meldenwaher).[42] Tarea verdaderamente desatinada, además de poco honorable, pues por muy herederos del Temple que esos albañiles ricachones aseguren ser, mal se concilia el proverbial anticatolicismo de la secta con el intento de granjearle fama de santurronería a sus presuntos mayores.

En fin, lo cierto es que el Temple —cuyo prestigio militar quedó bastante malparado al rendirse en 1291 la plaza de San Juan de Acre, exactamente un siglo después de que ellos mismos la conquistaran— iba a caer como un pichón sin plumas en las sartenes del rey hermoso. Del barullo que entonces se armó no salen muy claras (ni muy airosas) las motivaciones de ese monarca que Dios tenga en los infiernos. La tradición ocultista pretende que Felipe fue iniciado en las ceremonias mistéricas y que después, por miedo a lo que allí viera o a la reacción del papa caso de que llegara a saberlo, cantó la palinodia, puso las manos por delante y se curó en cabeza ajena.[43] Aunque hasta ahora no ha podido esclarecerse el ritual completo que los templarios imponían al catecúmeno en la última fase de la recepción, consta que un juvenil caballero salió de la prueba peinando canas y con definitiva expresión de naufragio en su desencajado rostro.[44] Literalmente lo mismo se atribuye en el ciclo eucarístico a determinadas ceremonias de iniciación al Grial «que hacían encanecer y suscitaban, en quien no era capaz de vencerlas, incurable infelicidad y profundo disgusto por la vida».[45] Así que, volviendo a Felipe, parece lógico pensar que individuo tan miserable y corto de ánimo por fuerza hubiese salido del trance empapado en orines y con temblores de conejo. Pero ¿de verdad se le sometió a él? Cuesta trabajo imaginar a los veteranos de la Orden tan bobos e incautos como para franquearse con quien ya tenía larga fama de camaleón traicionero. Más sensatas se dirían —esta vez— las interpretaciones de corte económico propuestas por la mafia de los positivistas y hegelianos. Felipe —concluyen— actuó movido por la codicia. Y, ciertamente, no le faltaba olfato ni desmesura en lo que respecta a tal vicio. Con anterioridad había devaluado el franco —o lo que entonces circulase— y expulsado del reino a los judíos y a los inversores lombardos sin, por supuesto, concederles franquicia para la exportación de sus haberes.[46] En el 1305 sólo quedaba una mina de oro, o gallito con huevos de lo mismo, en el radio de acción de sus alguaciles: el Temple, erigido —por quisicosas, chanchullos y razones que no vienen al caso— en verdadera empresa pulpo del Mediterráneo, *zaibatsu* de la *Mitteleuropa,* hipotecario de las Albiones e inversor con mucha usura en todos los proyectos de desarrollo público y privado para mayor gloria de Dios, de Alá, de la Cruz y de la Media Luna. Su sede central en París constituía, sin énfasis, la Bolsa medular en el mercado monetario de la época.[47] Y sabido es que entonces tanto los poderes civiles como los eclesiásticos contaban con autorización para incautarse de los bienes poseídos por quienes además tenían la desgracia de morir chamuscados en una hoguera. Al levantarse en 1307 la veda del Temple, todos los monarcas de Europa supieron hacer buen uso de tan saneado privilegio con la sola excepción del portugués Don Dionís, que se caía de puro bueno.[48] La Iglesia, en cambio, no. La Iglesia se consideró suficientemente pagada con la alegría de asistir al sálvese quien pueda de los últimos gibelinos. Quedaba descombrado el horizonte.

Así que empezó el tripudio en 1305, cuando los dos caballeros encarcelados por lo que fuera en las mazmorras de la Orden atinaron a fugarse y buscaron asilo entre las faldas del rey. Para ganarse el favor de éste y presumir al mismo tiempo de inocencia, los felones cantaron de lo lindo, y entre bromas y veras, copa va ternasco viene, oyéronse cosas en la de por sí desvergonzada corte de Francia que habrían levantado ronchas en la conciencia de un hampón y encendido rubores en el trasero de una meretriz mamona. Felipe, quizá pellizcándose el ídem en gesto de solaz y no me digas, se apresuró a denunciar el caso y tuvo la suerte de coincidir en el solio de Avignon con un Papa débil, pobre, achacoso, occitano y putañero, que además le debía la tiara y que probablemente nunca consiguió olvidar la cínica acusación de herejía formulada por el mismo rey contra su antecesor Bonifacio VIII.[49] Pues bien: este individuo, cuyo nombe era Clemente (mal habría de cuadrarle) y cuyo ordinal el Quinto, firmó en día trece del ocho del trescientos seis una bula disponiendo que se incoara una investigación, «ya que —explicó— en negocio de fe nada se deja por hacer».[50] Paráfrasis veraz, al menos en lo que al *negocio* se refiere. Clemente sólo tenía una palabra. En cuanto a la *investigación,* huelga añadir que se confió a sayones más o menos encapuchados y se practicó en lugares discretos, por lo general bajo tierra y muy bien amueblados con chismes donde brillaba de forma casi insoportable todo el ingenio de la época. Había embudos, trampazos, potros, botas malayas, parrillas, empulgueras, graciosas jaulas de roedor (con bicho), hierros de marcar, mancuerdas, jubones claveteados, nudos de víboras, cántaras de salmuera y de ricino, ortigas vírgenes y otras lindezas enumeradas por don Julio Casares bajo la rúbrica *tormento,* página 429 de su valentísimo diccionario (aunque algo he añadido yo de mi cosecha y de las lecturas de Salgari). Recordemos que tales utensilios eran de ordinaria administración en la Cristiandad desde que Inocencio IV los había declarado provechosos y oportunos para socorrer las almas de los albigenses recalcitrantes catorce años después de la rendición de Montségur.

Y con la tortura ya se sabe: confesiones a granel para elegir las menos sosas y hacerlas cuadrar. Los templarios no se anduvieron con rodeos ni se atrincheraron en remilgos. Su pieza de autos es literatura pornográfica de lo más alzamiembros que yo he visto (acertará el editor que se decida a publicarla en libro de bolsillo). Pornografía de ciencia-ficción, claro, que es la buena. ¡Fantástica morbosidad la de aquellas gentes! Si bien, a juzgar por los resultados, eso de que a uno le estiren los huesos en el torno parece estímulo artístico de primer orden. Y más cuando los magistrados o los mochines añaden al aderezo su granito de sal. Salomón Reinach, que estudió con bastante mala uva los papeles de la farsa, hace notar que los templarios interrogados por un solo inquisidor coincidían en sus declaraciones aunque pertenecieran a diferentes comandancias, mientras los cofrades torturados por más de un clérigo se contradecían incluso al hablar del mismo cenobio.[51] Muchos se retractaron apenas tuvieron ocasión de hacerlo con sinceridad tan digna de loa como poco aconsejable, pues el gesto les granjeaba automática consideración de relapsos e incontinente se inhibía del asunto la Iglesia, entregándolos al brazo secular. O se les bajaba otra vez al sótano. Lo de siempre.

Jacques de Molay, Gran Maestre de la Orden, incurrió al principio en el error o villanía de aconsejar a sus hombres que confesaran, pero luego se tragó *in extremis* todo lo dicho y veinticuatro horas antes de morir en el rogo, mientras alzaba los ojos a la fachada de Notre-Dame, declaró: «me reconozco culpable de la peor de las infamias. He mentido. Lo hice al admitir las viles acusaciones formuladas contra nuestra orden. El Temple no es culpable. Su pureza y santidad nunca conocieron mancilla. Y si en algún momento confesé lo contrario, sólo el temor a insoportables torturas me indujo a ello».[52]

Dije borrachos y maricones. Ambos delitos (dejémoslo en costumbres) amenizaban una y otra vez, efectivamente, los meaculpas entonados ante el tribunal por los convictos del Temple. Tanta publicidad se dio al asunto que la voz del pueblo acabó por acuñar la frase *bebes como un templario* —y no como un cosaco, si es que ya los había entonces y con la misma fama— para apostrofar las proezas alcohólicas de sus paisanos; y los golfillos se decían con descoco y sorna *custodiate vobis ab obsculo templariorum* a manera de saludo o despedida.[53] Lo del ósculo apuntaba a la ceremonia iniciática consistente en besar la boca, el ombligo y el culo (quizá también el cipote) del grave pitágoras encargado de revelar los misterios al catecúmeno. Y no paraban ahí las cosas. Entre botella y botella, hociqueos e intromisiones por el escotillón trasero, aquellos endemoniados frailes todavía sacaban tiempo para adorar al mismísimo Lucifer con disfraz de gato en las barbas de diablesas vírgenes (se supone que por delante) y ansiosas de mudar su estado.[54]

Pero aún más curioso y divertido era el asunto del *bafomet*, como se llamaba a cierta cabecita de jívaro, o busto de escultor, o falo, o calavera con aderezos, o manitú, o lo que fuere, respecto del cual sólo conocemos a ciencia cierta los honores que se le rendían, ignorando casi todo lo restante: forma, índole, materia, origen, acepción, propiedades y ringorrangos. El idolillo, según algunos, venía de Oriente, reproducía el cráneo de la Medusa y era empecinada supervivencia folklórica del mito de Perseo o de su rifirrafe con las Gorgonas.[55] Según otros, el nombre atribuido al amuleto resultaba de combinar las voces griegas *baphé* y *metis* (cito desde el francés) y vendría a significar algo así como *bautismo de la inteligencia.*[56] Roso de Luna propone una etimología *Baal-phomet* vinculada a los ritos dionisíacos del aquelarre.[57] Más verosímil parece la hipótesis de que el apodo en cuestión era simulacro acústico de *Mahomet* o Mahoma. Un caballero florentino declaró que su gurú, al enseñarle por primera vez el precioso objeto días antes de la ceremonia iniciática, dijo en buen latín: *ecco deus vester et vester Magumet.*[58] Los templarios, en definitiva, no subieron al patíbulo por empinar el codo ni escarbar con lo que cuelga en la culata de los aprendices, sino a causa de sus falsos o reales contubernios con el Islam.[59] Desde esta perspectiva, y a favor del horterismo crónico en los inquisidores, ciertos detalles probablemente inocuos —como el de conocer el idioma arábigo y recortarse la barba al estilo muslime— acabarían por perderlos. Durante el juicio oral se adujo que la primera sede de la Orden fue una mezquita levantada en Jerusalén sobre las ruinas del Templo, que en ella se le permitió a un visitante mahometano musitar sus plegarias a Alá con el rostro vuelto hacia La Meca y que los convictos gustaban de subrayar a tontilocas el puesto de honor reservado a la Virgen María en el Corán.[60] Pero no es cosa de insistir otra vez en tales comineos, pues ya quedó suficiente constancia del peculiar sincretismo arábigo-cristiano que hizo factible la aparición del Temple y de las demás órdenes militares, así como el vertiginoso e inexplicable predicamento alcanzado por la *weltanschauung* y el *modus vivendi* de la Caballería en la mayor parte de los países europeos.

Etimologías más recientes retrotraen *bafomet* hasta *ubat el fumet* (de nuevo transcribo una transcripción francesa), lo que al parecer significa en muslim *boca del padre.*[61] Y éste pudiera ser nada menos que Gerberto, benedictino dc Aurillac, probable descendiente de los duques de Aquitania y primer pontífice gabacho con el nombre de Silvestre II (elegido *in memoriam* de un antecesor con fama de chamán[62]). No recogeré aquí, a cuento de tan prodigioso personaje, más datos que los estrictamente alusivos al tema que nos ocupa. Sabemos que a la edad de veinte años, y en alguno impreciso del siglo x, escapó del convento para estudiar en España la ciencia andalusí. Pasó por Toledo tras haberse demorado en Cataluña, donde aprendió matemáticas con los maestros de la Escuela de Vich,[63] y llegó a Córdoba con la tempestividad necesaria para seducir a la hija de un famoso sabio y robarle a éste durante la batalla de amor —pues lo escondía bajo los cojines del catre que sostuvo el coito— un manuscrito, titulado *Abacum,* que saltaba al universo desde el trampolín de los números. Lo demás fue sencillo. Dice la *Patrología latina* del padre Migne que «Gerberto, utilizando secretos árabes, fundió en cobre una cabeza cuando todos los cuerpos celestes estaban al principio de su curso»;[64] y que el tótem, por gracia de un mecanismo «enteramente basado en fórmulas donde sólo intervenían dos cifras», contestaba afirmativa o negativamente a cualquier pregunta y vaticinaba el futuro. El *Liber Pontificalis,* conservado en la Biblioteca Vaticana, recoge inequívocamente la misma historia: «Gerberto —dice— (...) fabricó una imagen del diablo con objeto de que en todo y por todo le sirviese.»[65] Leyenda fáustica donde las haya. ¿Qué diantre podía ser aquello? ¿Una voz de ultratumba? ¿Un *golem*? ¿Un pelele de ventrílocuo? ¿Un cerebro electrónico? ¿Una radio de galena? ¿Un *bafomet*? Los templarios honraban la memoria de Gerberto y en el artículo decimoctavo de la primera parte de sus *estatutos* incluyeron una extemporánea alusión a «la Iglesia del verdadero Cristo en tiempos del Papa Silvestre».[66] Quien, por cierto, fue a morir mientras oficiaba en el templo romano de la Santa Cruz *in Gerusalemme,* lo que equivalía a tentar no tanto a Dios cuanto al demonio, pues éste —allá por la adolescencia— le había anunciado que viviría ilimitadamente a condición de no cantar misas ni otros sacramentos en tierra jerosolimitana. Sea como fuere, y por lo que fuera, Gerberto cayó en la burla o trampa nominalista y escuchó por entre los gorgoritos del gregoriano previo a Gregorio el estrépito que desencadenaba la sin dientes al aproximarse para cobrar su pieza. Empezó entonces el réprobo a llorar, reveló a la urbe el pacto con Lucifer y ordenó que su cadáver se depositara sobre un vehículo arrastrado por dos mulas o, en otras versiones, por *un par de bueyes* (¿cómo evitar el símil jacobeo?), y que estos animales, deambulando a su arbitrio, señalasen involuntariamente la ubicación de la tumba allí donde el azar los detuviera. Que fue en la basílica del Laterano. Y a su abrigo yacen, efectivamente, los despojos de Gerberto o —mejor dicho— su sepulcro, pues al parecer (y tras la transitoria disposición que hurtó el nombre de Silvestre a las analectas pontificias) en aquel hueco fue inhumado un tal Agapito, ilustre don nadie que sólo por tamaña usurpación dejó de serlo. Tan sabrosas especies no nos llegan desde Voltaire, pongamos por ejemplo, sino desde la Biblioteca Vaticana, donde las recoge el susodicho *Liber Pontificalis* o compendio biográfico de todos los papas (menos los del siglo nono) comprendidos entre el sucesor de San Pedro y el último del cisma aviñonés, ambos inclusive.[67] Otros textos añaden otros datos: el relativo, *verbi gratia,* a la presencia del famoso cráneo parlanchín en el ataúd de Gerberto hasta que doscientos años más tarde pasó al laboratorio u obrador del astrólogo, alquimista y franciscano Rogerio Bacon, inventor de la pólvora, al que sañudamente dieron cárcel dos papas sucesivos. Llegó luego la cabeza a poder de San Alberto Magno (ese *mauvais Albert* cuyo apócope se perpetuaría en la parisiense plaza de *Maubert)* y entre sus dedos se desvaneció.[68] ¿O quizá fue a transformarse lisa y templariamente en el *bafomet* que para tanto zigzag sirve de excusa? De alquimistas iba el juego.

Y aún encontraremos otro lugar de cruce o punto de contacto entre Gerberto y el Temple. Una tangencialidad, por así decir, en clave de gibelinismo: Silvestre II fue uña y carne de su discípulo —y emperador alemán, además de mesías nietzscheano— Otón III. Juntos concibieron una *renovatio imperii* que hubiera podido desviar el cauce de la historia. O invertirlo. Se interpuso, como de costumbre, una némesis con nombre de mujer: la viuda del rebelde Crescencio, que al morir éste degollado por orden de Otón supo elevarse hasta concubina del joven príncipe y envenenarlo a la sórdida edad de veintidós años.[69] Cosas que suceden y *en fin en fin,* como diría Teresa Panza...

Volvamos al *bafomet.* Antoine de Verceil, notario del Temple en Siria durante la friolera de ocho lustros, contó lo que contaban los caballeros de ese país a propósito del ídolo. Y era lo siguiente: andaba enamoriscado cierto noble sidonio de una muchacha que la hincó antes de concederle sus favores. ¿Y con eso? El aristócrata, que era hombre de recursos, profanó la tumba horas después del sepelio y dentro de ella violó a la interfecta, escuchándose entonces una voz cuyas palabras fueron: *regresa aquí dentro de nueve meses y encontrarás —hija de tus obras— una cabeza de la que nunca debes separarte, pues te procurará cuanto quieras...* Y ya tenemos a nuestro señor *bafomet.* Lo que en este cuento duele, sobre todo, es la horrible coincidencia de que verbo a verbo lo repitiese *otro* templario (¿su nombre? Hugues du Faure) detenido en *otra* ciudad por *otros* inquisidores sin relación alguna con los de la distante Siria. Roger de Hoveden, poeta británico fallecido en 1201, añadió a la historia un dato esclarecedor y estremecedor: la virgen se llamaba *Yse.* Con lo que cada peón se acomoda en su casilla y éstas en las del insoslayable ajedrez egipcio: levantar el velo de Isis confiere (a quien tanto osó) conocimiento y poder. *En el sexo de esta diosa,* remacharán los alquimistas, *se recoge la materia inicial.*[70] Gerberto —digámoslo de refilón— pasa por ser el más antiguo *carbonero* cristiano. Una leyenda de Aurillac explica que en su juventud extrajo oro del Jordán mediante una piel de oveja en cuyos vellones se enredaron las pepitas.[71] Alá guarde a Jasón.

¿A qué juego jugaban los cadetes y oficiales templarios con su misterioso *bafomet?* Al de la adoración, por supuesto, pero ¿cómo? ¿En qué posturas, con cuál talante, *ubi,* cuándo y por dónde? Aquí echarían los encartados cremallera y paso atrás. Hasta los más charlatanes prefirieron perderse por las ramas, las alturas y los subterfugios. Sabemos que a Goucerand de Montpesat le calzaron una pretina sacada del tambarillo que contenía el fetiche y lo conminaron a llevarla hasta el último trance[72] (más conexiones: otro tanto aconsejaban los albigenses a propósito de un cordel de lino). A Pierre de Bonnefond, también recluso gárrulo, le ciñeron un cíngulo similar que —según le explicó el maestro de ceremonias— había permanecido largo tiempo en contacto con una cabeza mágica depositada en cierto país de ultramar.[73] Lo que acaso obligue a suponer un solo *bafomet* auténtico, y levantino por más señas, siendo los restantes *ersatz,* imitación o espejo. Todavía asoman en los catálogos de los museos no pocos relieves, tallas de piedra y miniaturas de bronce genéricamente agrupadas bajo tan impía etiqueta.[74]

Algunos insolentes tuvieron la osadía de especificar las hechuras del *bafomet* y la desgracia de no coincidir ni por asomo entre ellos. «Al decir de uno la cabeza era blanca, según otro negra, para un tercero dorada y no faltó quien presumía de haber visto sus ojos como carbunclos. Éste la comparaba al Creador que hace florecer los árboles y granar las cosechas; aquél la estimaba amiga de Dios y eficaz intercesora; muchos juraban haberla visto mudarse de repente en un gato negro, o en una urraca, o en un demonio con aspecto de mujer.»[75] María Luisa Ambrosini, en quien espigo la cita, formula a propósito de ella un comentario idéntico al que cualquier lector con conocimiento de causa formularía: «en este carrusel de imágenes se percibe algo familiar para la óptica contemporánea, y es la relación con los efectos del LSD, que produce visiones diferentes en cada persona (...) La verdadera culpa de los templarios estribó, quizá, en el uso de sustancias psicodélicas pertenecientes a la cultura árabe».[76] Conclusión elemental, como lo abona cuanto dijimos al respecto de los *hashishin*. Pero no sólo chocolate, sino también —nos lo cuenta Perucho,[77] que sus razones tendrá— nada menos que *eléboro negro* «para los sortilegios sodomíticos y para hacer hablar al *Baphomet*» (tiene, efectivamente, razones como la incontrastable de haber descubierto en el castillo templario —y catalán— de Miravet un latoso poema sobre dicha planta grabado donde tales cosas suelen grabarse: en piedra. ¡Aleluya!).

De otras confesiones se desprende que el idolillo en cuestión salía a relucir en un determinado momento de la misa y como si fuera un misterio superior a ella. No es difícil imaginar las novelerías que a costa de tales minucias tramaban las vehementes molleras de la época. Se llegó a decir que los templarios incineraban delante del *bafomet* a los niños pecaminosamente engendrados en la promiscuidad de los monasterios. Delirios, sueños de psicópata. Señala Julius Evola, con muy buen acuerdo, que probablemente se impartía un bautismo por el fuego o iniciación heroica a los neófitos, quedando éstos convertidos —tal como lo exigían, y exigen, las tradiciones del esoterismo— en *hijos* espirituales de los adeptos.[78] Llamas, muerte y resurrección: he ahí todos los ingredientes necesarios para aliñar una bonita fábula de infanticidios. Pocos se hicieron de rogar.

Y así, por fas o por nefas, por nocturnidades y cachondeos (y por barbas de más, discreción de menos, codicia de algunos, reconcomio de otros, aplausos de la plebe, murmuraciones de la clerigalla y aburrimiento de los aristócratas), la Orden quedó administrativamente deshecha en 1312 y humanamente pulverizada dos años después, cuando el Gran Maestre Jacques de Molay se encaramó a los leños apilados sobre una tosca plataforma en pleno centro de París y —con la lumbre mordiéndole ya los bordes del sambenito— ordenó a Felipe IV que compareciera ante el tribunal de Dios sin demorarse por los recodos de la vida.

Amén. Pocas semanas más tarde el rey moría en su lecho,

tan sano como un meloncillo de Murcia, a corta edad, sin alarma previa, quejándose por la sed y en el curso de un raro patatús que los médicos de entonces no supieron diagnosticar ni los investigadores de hoy han acertado a reconstruir (el telele le entró mientras perseguía a un misterioso ciervo o jabalí —lo que, mira por dónde, configura una metáfora de la crisopeya alquímica— en el bosque de Pont-Saint-Maxence[79]). El ministro Nogaret, también emplazado por su víctima, no tardó mucho en liar el petate (y dijo en el momento del óbito: *sto bruciando*[80]), aunque para entonces ya lo había hecho Clemente V, tercer responsable de la traición. Siempre por las mismas fechas, una patrulla de desconocidos mutiló el puño diestro de su estatua, erigida en el antuzano de la catedral de Burdeos. Éste era el castigo reservado a los parricidas por el antiguo derecho canónico.[81] Dante Alighieri, miembro de la sociedad secreta y gibelina de los *fedeli d'amore,* se vengó del pontífice felón colocándolo a mayor gloria de la literatura occidental en uno de los siete círculos de su infierno. Casi cinco siglos después de toda esta zaragata, al caer la cabeza de Luis XVI también en pleno centro de París, un espectador anónimo subió al cadalso, mojó los dedos en la sangre del monarca y lanzó gotas y cuajarones de la misma sobre la muchedumbre, mientra vociferaba: *Pueblo, yo te bautizo en el nombre de la libertad y en el de Jacques de Molay.*[82] Napoleón, el mismo año de nuestra francesada, no pudo por menos de enviar una delegación de lujo a los oficios fúnebres dedicados a rescatar la memoria del *maestro,* y organizados por quienes a sí mismos se proclamaban sucesores del Temple, en la iglesia de *Saint-Paul et Saint-Louis.*[83] Y cuando en 1917 irrumpieron los ejércitos ingleses en Jerusalén, forzando un bloqueo de seis centurias largas, manos sin rostro depositaron ramas de laurel en las tumbas templarias de Londres.[84] Son episodios aislados de una *vendetta* que jamás se detendrá. Y no, ciertamente, porque aún existan *hashishin* enmascarados pasándose el puñal, sino porque el proceso y sentencia de Paris originó un acucioso sentimiento de culpa en todo el orbe cristiano. Habrá siempre víctimas de este complejo colectivo dispuestas a creerse lo que no son y a quebrar cráneos (o nudillos de mal papa) invocando a quienes ya nunca han de volver. Clemente el Pusilánime y Felipe IV Harpagón desencadenaron una leyenda sin mecanismo de retroceso.

(Se ha llegado a escribir que el conde —y farsante— Cagliostro, peón pasado de los templarios, prendió en 1780 la penúltima mecha de la Revolución francesa, empujando así hasta su postrer límite la maldición del caballero Molay.[85] Bien traído, pero no cuela. El vivales de Bálsamo pescaba para su zurrón en las aguas revueltas del gibelinismo contemporáneo. Y éste, que se apuntó la victoria y hoy hace furor, tiene de *res publica y* materialismo todo lo que en el otro —el medieval— era mística, quimera, iluminación, ucronía, sueño y a menudo delirio. No confundamos.)

La conjura se quedó renga, farfallosa y tierna de ojos en el resto de la Cristiandad. Hubo encuestas y procesos, y al cabo se suprimió la Orden porque el Papa así lo quiso, pero nadie subió al cadalso allende los confines de Francia.[86] En la Península, donde el Temple había alcanzado quizá más lustre y desde luego mayor predicamento que en otras partes, ni un solo príncipe se atrevió a imponer sentencias condenatorias (aunque sí, probablemente, a desearlas). Jaime II de Aragón cargó de fierros a los aguerridos frailes e incluso los montó en el torno, pero el tribunal —falto de pruebas, de testigos y de confesiones— devolvió la libertad a todos ellos. Lo mismo sucedió en Castilla, bajo la férula de Fernando IV (que luego terminaría tan mal emplazado como su colega francés) y a instancias de un concilio expresamente convocado en Salamanca. Los portugueses ni siquiera dictaron auto de procesamiento. Y en esas, frisando la primavera de 1312, Clemente V se descolgó con la famosa bula donde, además de disolver la Orden, decretaba que sus muchos bienes pasaran a poder de los hospitalarios. Se produce entonces una extraña votación a mano alzada, una especie de plante peninsular a escala de palacio y obispalía, que ningún historiador (de los que yo conozco) se molesta en anotar. Tanto menos en explicar. Se trata de uno de los episodios más enigmáticos de nuestra vida religiosa. Por lo que fuese, los titulares de los tres grandes reinos se engallaron al unísono frente a las pretensiones de un pontífice que apestaba a caldos del Mosela. Y tanto porfiaron, y con tal encono, que el bueno de Clemente —hombre, al fin y al cabo, de breves arrestos— prefirió envainársela y autorizar el motín de aquellos eximios cristianos y extravagantes católicos. A partir de ese momento, España —que aún no existía— tuvo ya para siempre *órdenes* propias, relativamente libres y un poquillo ácratas. Con el patrimonio del Temple valenciano se fundó la de Montesa. En

Portugal inventaron la de Cristo (¿por qué ninguna embarcación lusitana podía navegar allende el cabo Mogador si no lo hacía bajo pabellones templarios?[87] Con ellos forzó Vasco de Gama la derrota del Indostán). En Castilla —la duda ofende— funcionaban ya dos tercios indígenas: el de Calatrava y el de Santiago (cuya organización era idéntica, en los fines y en los modales, y hasta en el lema de los blasones, a la del grupo proscrito). Para ambos se trajinó el botín. Y en Aragón, como en Cataluña, tampoco fue preciso alumbrar herederos, pues la Orden de San Juan, aunque transpirenaica y por supuesto ultramarina, llevaba en regla sus papeles ibéricos y heterodoxos. Así, con la excepción de Navarra (donde reinaba un hijo del Hermoso y era mismamente como estar en París) y de los taifas musulmanes, todas las regiones españolas —que (insisto) no jugaban a eso, sino a la celosa independencia y a la intencionada discordia— se arrancaron por las mismas bulerías con unanimidad difícil de entender. ¿Por qué? ¿Y por qué nadie se plantea la pregunta?

Sí, es verdad. Para responderla habría que iluminar una de las caras en sombra de nuestra historia: el testamento de Alfonso el Batallador. Y ahí andamos en pañales: penuria documental, grietas de una arquitectura política aparentemente invertebrada, telones de humo lanzados por Gelmírez o la pérfida Urraca, cabildeos de Cluny, pasiones y —sobre todo— escasez de consanguinidad espiritual a propósito de un hombre volandero y anacrónico donde los haya. Hemos perdido el pulso de aquel reinado.

Alfonso fue un tipo más que extravagante, *muy suyo* (como hoy nos gustaría llamarlo). Los bachilleres saben que conquistó Zaragoza, Tudela, Tarazona y Calatayud, que estuvo a punto de entrar en Lérida y que a su muerte dejó los campos de Aragón sumidos en un absurdo pleito sucesorio. Es poco, demasiado poco, para un individuo de tan densa rebotica. El Batallador, en cualquier otra parte, hubiera sido antagonista de Schiller o protagonista de Shakespeare. Aquí se quedó en ejemplo de matamoros (vivir para ver) a disposición de los triunfalistas o en fulano algo misógino y un tanto antipático de cara a los derrotistas. Suelo preguntarme si entre éstos y aquéllos hay una tercera posición, pero los síntomas son mortales.

La historia de su matrimonio con Urraca, angelical hijita de

Alfonso VI, levanta una cordillera de ronchas entre la basílica de Santiago y la del Pilar: el camino del Apóstol. Y es, además, tan divertida como una comedia del antiguo Hollywood con aderezos sádicos y fitzgeraldianos. Consienten en sus primeras nupcias de mala gana, quizá porque Cluny lo impone, y a continuación se separan y arrejuntan hasta cinco veces antes del divorcio definitivo, fraguado (sin quizá) por otra Cluny que andaba a la búsqueda de una Galicia independiente y borgoñona para servir a objetivos tan arduos de explicar como fáciles de imaginar.[88] No puedo demorarme en la querella, pero sí acometer un esbozo marginal, trasero, mínimo y puntillista del Batallador. Este energúmeno me apasiona.

Sabemos lo de los almogávares.[89] Otras gracias son: que apaleó con sus propias manos a los obispos de Palencia, Burgos, León, Osma y Orense (todos, o casi todos, miembros de Cluny), y expulsó de su presencia al arzobispo de Toledo y al abad de Sahagún, escandalizando con la misma tacada a los cristianos de tres reinos, tres lenguas y tres culturas;[90] que para ahuyentarlo rezaban los muslimes españoles la llamada *azalá del miedo*;[91] que en Ávila, guerreando contra Urraca, ordenó cocer las cabezas de setenta notables a guisa de escarmiento (el sitio donde hirvió el puchero aún lleva el nombre de *Las Fervencias*); [92] que solía poner «las manos en el rostro y los pies en el cuerpo» de su mujer, según confesó ésta a los autores de la *Historia Compostelana*;[93] que sitió la ciudad de Astorga, tras recorrer media Castilla y gran parte de León, «con una turba de réprobos llenos de graves maldades e infamias, homicidas, malhechores, fornicadores, adúlteros, ladrones, malvados, raptores, sacrílegos, encantadores, adivinos y apóstatas execrables» (hasta aquí —de nuevo— la *Compostelana,* que cito por boca del profesor Lacarra. Con ecuanimidad comenta éste que el susodicho grupo salvaje no dejó muy buen recuerdo de su paso. «Para hombres que tenían una concepción absoluta de la jerarquía feudal —concluye— era la revolución en marcha»);[94] que, tras entrar a punta de cuchillo en el castro gallego de Monterroso, apuñaló con frenesí a uno de los supervivientes sin molestarse en sacarlo de las enaguas de Urraca, donde el desdichado hizo por encontrar burladero;[95] que fundó el rumboso hospital de Roncesvalles para ofrecer a los peregrinos pobres mesa y mantel durante tres días sin aflojar un ochavo;[96] que al morir en 1134, cualquiera sabe si en gracia de Dios o del demonio, regaló todos sus reinos a las órdenes militares de Tierra Santa... Y esta postrer rareza es, en definitiva, la que me constriñe a citarlo.

Rezaba su última voluntad: «dejo por heredero mío al Sepulcro del Señor, que está en Jerusalén, y a los que velan en su custodia y sirven allí a Dios, y al Hospital de los pobres de Jerusalén y del Templo de Salomón, con los caballeros que allí velan por la defensa de la Cristiandad (...) Añado también a la milicia del Templo mi caballo con mis armas».[97]

¿Misoginia y paso atrás? Con ella suele remendarse el acertijo. Buena chapuza. Resulta que el rey más peleón de la historia aragonesa cede porque sí horizontes invadidos pueblo a pueblo con la dialéctica de las armas a quienes, como los templarios, iban a tomarse aquella guerra (hablo de la Reconquista) con evidente parsimonia, desgana, racaneo, filosofía y mucho seltz. De sus caballeros —ha escrito un apocalíptico cagatintas— no se contarán victorias ni derrotas.[98] Y lo pongo en futuro porque la Orden no se estableció en España hasta 1132, según algunos, o 1143 según los demás.[99] O sea: un año después, como mínimo, de que Alfonso redactara su testamento, cosa que según parece se decidió a hacer en el 1131[100] (aunque tampoco la fecha resulte muy segura).

A mí, la verdad, no se me alcanza el motivo ni, por otra parte, dispongo de datos para tapar agujeros. Es sorprendente el desinterés o la prevención que esta esquina del siglo XII infunde en los eruditos. Planean sobre ella tan altos y displicentes como una punta de buitres sobre un campo de chatarra. Y ahogan o ahuyentan los interrogantes con torpes aleteos de gallinazo. Es un decir, se sobrentiende, puesto que todos siguen en pie. ¿Cómo se le ocurrió a un palurdo con corona legar sus haberes a gentes cuyos únicos méritos o deméritos se centraban todavía en el quinto carajo del Mediterráneo? ¿Qué sabía del Templo? ¿Qué de Tierra Santa? ¿Perteneció a la Orden el almogávar Roger de Flor?[101] En tal caso, ¿qué propósitos lo movían a buscar el Oriente por mar y capitaneando una flotilla de piratas españoles? ¿Por qué levantaron éstos un enclave catalán independiente en el ombligo de Grecia resucitando la tradición neolítica de los nómadas iberos (de Iberia: curetes, celtas, moros y lo demás) dedicados a roturar islas de mar abierto o ínsulas de tierra adentro allá por los acantilados, regolfos y finisterres levantinos? ¿Y qué habría sucedido —curiosidad inevitable en España y en el mundo si el testamento de Alfonso hubiese arraigado de generación en generación? Porque —¡faltaría más!— ni siquiera la inmediatamente sucesiva lo acató. Y así cayeron los aragoneses en manos de un monje renegado, despótico y absentista, y los navarros en las de un triste ilota que se apresuró a vender el reino a las armas castellanas. Lo gracioso en este caso es que la Santa Sede intervino con relativo ahínco a favor de la legalidad, o sea, del Temple. Inocencio II quería que se respetara la voluntad del Batallador. Faltaban aún dos siglos, o poco menos, para que su colega Clemente organizase la sarracina. Aunque también es cierto que los juramentados no soltaban prenda ni se exponían a las miradas ni daban pábulo a las murmuraciones. Éstas, y lo restante, vinieron mucho después. Sólo la indiscreción iba a perderlos. ¿Adrede, quizá? No sería la primera ni la última vez que una capilla de adeptos sienta las bases de su propia destrucción para recuperar la clandestinidad o para servir a designios superiores de esos que, sin dejarse ver, rizan las galaxias enseñando de tarde en tarde el fugaz extremo inferior de su bucle más propincuo a un Noé, una familia de Lot o un grupo de *perfectos*.

Ya hemos visto que las rutas de España conducen siempre a Compostela. Hacia ella, y a lo largo de su eje principal, converge desde muy pronto una miríada de cruces templarias. Las hay, por citar algunas, en San Juan de la Peña, en Berdún, en Sangüesa, en Puente la Reina, en Estella, en Torres del Río, en Gradefeo, en Ponferrada e incluso en el eterno Padrón.[102] Menudeaban los oratorios románicos en forma de naves, con proas que apuntan a Oriente, como ese pájaro de Borges que vuela mirando hacia atrás porque no quierc saber adónde se dirige, sino dónde estuvo. Se ven en sus fachadas soles y lunas separados por una cruz o por la estrella Pentalfa, símbolo de Venus y de Mercurio, y también inquietantes *taus* rematadas por un astro.[103] Gil y Carrasco se interroga sobre cierto símbolo grabado en el dintel de una poterna del castillo de Ponferrada: dos cuadrados se cortan y recortan para formar ocho triángulos equiláteros cuyas bases delimitan un polígono regular (una especie de sol, a la derecha, y un lucero —a la izquierda— encuadran el dibujo).[104] Surge así el Octógono, emblema templario por excelencia. Nadie ha conseguido despeñarse por su laringe, recorrer sus intestinos, hacerse bilis, orín o sangre negra en sus mondongos. Tan oscuro permanece este símbolo como el vientre de la ballena que devoró a Jonás. Tan lacrado como hubiera debido de estarlo la caja de Pandora. Y octogonal será precisamente la pieza más sugestiva y hermética dejada por el Temple en el Camino: la capilla de Eunate o de las Cien Puertas. ¿Qué hacían los caballeros dentro o alrededor de este ambulatorio con arcadas, de esta iglesia que huele a lección de geometría, de esta óctuple cuadratura del círculo, de esta plaza de toros, de este *cromlech* levantado con piedra medieval? Sí, tal vez eso, un redondel prehistórico para acoger los pasos de una antigua ceremonia. Se adivinan sardanas, el *ballu tondu* de Cerdeña, los graves ritmos solares de todo el Mediterráneo. Michener alude a una especie de Valhalla para los adelantados que morían en tierra de sarracenos.[105] Charpentier recuerda que durante mucho tiempo los obispos de Chartres dirigieron tripudios orbiculares en el silencio preñado de su catedral.[106] ¿Y la Tabla Redonda, los círculos iniciáticos de Delfos y Eleusis, el baptisterio, la cúpula de las basílicas de Bizancio, la rueda sin principio ni fin (ni reposo) de los laberintos y crismones, el mercurio yantando y vomitando *mandalas* en el caleidoscopio de los alquimistas...? Pero Eunate, en cierto sentido, se extrapola de su propio enigma por ser remedo casi cabal de aquella famosa mezquita hierosolimitana del Peñasco donde Hugo de Payens y ocho compadres ávidos de perfección hicieron su nido para apostar a una casilla nueva de la historia.[107] Cabe preguntarse: ¿por qué se fabricó ese simulacro a veinticinco kilómetros de Pamplona, en tierra vasca y junto al Gran Tronco del apóstol? ¿Y por qué en el extremo opuesto, allá en Galicia, el Temple decidió explotar las ubérrimas minas de estaño de Monterrey y luego, al disolverse la Orden, se olvidaron éstas con tanto empeño y tan desmedrada memoria que pasarían casi cinco siglos antes de que las *descubriesen* de nuevo?[108] No lo digo para empalmar quesiqués, sino para tender un bandullo de leopardo entre los dos cuernos de esa ballesta a la vez templaria y apostólica donde cada tripa, cada nudo, cada rugosidad, vibración y dardo plantea un logogrifo.

Así que la Orden buscaba Compostela y por espacio de dos centurias, a contrapelo de Cluny, supo conservar el Camino relativamente abierto, aseado, transitable y seguro. Lo de hostigar a la morisma era (en el mejor de los casos y la menos imaginativa de las hipótesis) un disfraz, un señuelo o lumbre de artificio para despistar al profano. A la postre, ¿no se trataba de terminar el Templo? Nada más lógico, en consecuencia, que desembarazar la gran aorta de los canteros, los atajos del finisterre, los mareñales donde quizá se oxidaba el Grial, languidecía el Centro, graznaba la Oca y poco a poco se borraban las fórmulas de Hiram, ya fueran simbólicas o reales, místicas o técnicas, rabo de cabra o pico de alcotán. Nítido se escucha el mensaje: los *templeisen* (o defensores del Cáliz cantados por Wolfram) cierran el acceso del Montsalvat a quienes no figuran en una lista grabada sobre la joya mucho antes de que el tiempo se convirtiera en licor amniótico de este cosmos sietemesino.[109] Su misión era, pues, bastante contradictoria y conflictiva: seleccionar, discernir, cortar, a veces reprimir y siempre equilibrar —entre el sí y el no— la falleba de una ventana sin cristales, más allá de la cual aguardaba la tumba del apóstol. Y es que entonces, como hoy, no *entraban* en la ciudad santa todos los que traspasaban sus puertas. Bien recuerda el pueblo que no debe confundirse a quienes *son* con los que *están.* Existían dos Caminos de Santiago casi superpuestos: el de Cluny —pícaro, trapisondista, palaciego, clerical y entretenido— y el *otro* (apalancado, taciturno, un adarme nebuloso), el de Flamel o Francisco de Asís, el posdiluvial y neolítico, el de los Maestros, astrólogos, druidas, alquimistas y alarifes. Huelga explicar que sólo este segundo sendero compostelano, roturador de un submundo, interesaba al Temple y se acogía a su aval armígero. Pero el otro, el tangible y cluniacense, pasó sin romperlo ni enterarse.

Pero también estuvo al margen del Camino. Y, como en él, rodeado de misterios. Todavía no se conoce a carta cabal ni siquiera el número de los baluartes que la Orden controló en España; tanto menos su minuciosa geografía. Argote de Molina contó doce grandes comandancias y a ocho les puso nombre: Montalbán, San Juan de Valladolid, San Benito de Torrijos, San Salvador de Toro, la valenciana de Montesa, la de San Juan de Otero (en Osma) y las dos lusas de Tomar y Castromarín. Investigaciones más *aggiornate* han rastreado bailiazgos, colegios, maestranzas, plazas fuertes y freirías en todos los rincones del país. Las hubo en Galicia (el Foro), en León (Ponferrada, Balduerna, Tabara, Almansa, Alcañiz), en la raya de Portugal (Valencia de Alcántara, Alconete, Jerez de Badajoz, Fregenal, Capilla, Caraquel), en Andalucía (Sevilla, Córdoba,

Cebolla, Villa-Alba), en Murcia (Carabaca, Almonchel) y desde luego, a tentebonete, en las dos anchas Castillas: Villalpando, Burguillos, San Pedro de la Zarza, Faro, Amotiro, Goya, San Félix, Ucero, Canabiel, Villapalma, Satines, Alcanadre, Termancia, Medina Deleytosa, Alconcitar, Neya, San Pedro de Zamora, Salamanca, Capella Villalpando, Tejares, Ciudad-Rodrigo, Ventoso, Calbaceas, Junco, Benavente...[110] España era un colmenar de abejas machiegas con cruz en el escote que fecundaban a los sanchopanzas, libaban en los ancestros y alanceaban al villanaje.

¿Qué se fizo del rey don Juan? ¿Qué fue de tanto galán? Sugiere algún hexagrama del *I Ching*: tras el encuentro sobreviene la dispersión. Y así, firme ya la sentencia y comunicada la condena, hubo quien se hundió en el anonimato de las *órdenes* de nuevo cuño —la de Cristo, la de Montesa— y quien se disimuló por cualquiera de las antiguas: Calatrava, San Juan, Santiago, San Jorge de Alfambra... Otros, sin duda, volvieron al siglo como pedestres renegados. Y los restantes —quizá los más— se encastillaron a solas por las gargantas, las cuevas y las tundras. Algún nombre ha llegado hasta nosotros: el de Ginés o Ginesito, por ejemplo, soriano, oriundo de Nájera, único hijo de don Nuño de Lara y doña Mencía de Montalbán, primero rapaz triste y taciturno educado por el orífice (o alquimista) Gonzalo, luego infatigable lector de los becerros que en 1450 robó el mago Juan Láscaris con destino a la biblioteca hermética y florentina de los Médicis, más tarde vagamundos y trotaconventos del Moncayo, después simeón sin columna en las escabrosidades de la sierra de la Demanda («la región menos visitada del país», solía apostillar Roso de Luna) e *in extremis* último templario de San Polo[111] en la misma tornátil curva de ballesta a la que he dedicado algunos extemporáneos madrigales en otros capítulos de este libro.[112] Un segundo ejemplo de fidelidad agazapada nos lo dan los monjes bernardos de Carracedo, lugar teúrgico al que varias veces me he referido y donde al parecer se conservó el ritual iniciático del Temple por lo menos hasta el siglo XVI.[113] Pues fue después de su comienzo y antes de su término cuando alguien fabricó en dicho enclave una talla del Niño *(hijo de Dios* o *adepto)* inmovilizado en el trance de entregar un cinco de oros al catecúmeno mientras con la zurda le retira un cuatro de copas. Son números rivales de la Cábala y naipes opuestos del tarot, apuntando las Copas al juego embriagador de las pasiones y los Oros al metal noble de una sabiduría inoxidable. Se dibuja, para quien pueda entender, una constante angular de todos los esoterismos: la Rosa en la Cruz, es decir, el conocimiento representado por el *mandala* y obtenido a través y a pesar de una agonía.[114] Este Retablo de la Quinta Angustia se conserva en Cacabelos del Bierzo,[115] otro *chakra* español en el que por vueltas y revueltas siempre venimos a dar.

Rosacruz: ¡qué escurridero! Es la respuesta de la tierra al resplandor del sol: así la define Jung.[116] El resultado de una convergencia erótica (se diría) entre el calor del astro padre y la fecundidad de la diosa madre y nutricia. O sea: la flor, la flor en todas sus formas, la flor de oro de los alquimistas chinos, la flor heliocéntrica de los *parsis,* la flor múltiple de la Cábala, la flor egipcia del renacer, la flor dionisíaca y eleusina de la *rosalia,* la flor sentimental de Cupido, la flor cátara del *Roman de la Rose,* la flor hindú de Lakshmi, la flor turquí de los poetas románticos y, por supuesto, la flor del Temple, que durante varios siglos permaneció colgada en concejos y asambleas de muy diversa índole, conminando a los asistentes a guardar en secreto cuanto allí, *sub rosa,* se trataba.[117]

No voy a historiar la secta —ahora tan popular— de los rosacruces. Y ello por dos motivos: porque en España nunca los hubo (aunque sí los hay en España) y porque el juego, sea como fuere, ha terminado entre impostores respetables. Añado con prisa que el sustantivo (y su epíteto) apuntan sólo a quienes hoy se atribuyen la representación oficial de la Hermandad, pues poco o nada se sabe (ni yo sé) de lo que en siglos pretéritos buscaran o realizaran sus miembros. Parece comprobado que Christian Rosenkreuz, presunto fundador tudesco del consorcio, pasó por la Península a principios del siglo XV, camino de Alemania y procedente de Fez, villa donde aún se impartía entonces la Cábala veraz a quien jugase a aprenderla.[117] No se adivinan, en cambio, las razones que lo incitaron a marcharse dicho y hecho, sin dejarnos la semilla ni remolonear por este país hoy tan del agrado de sus compatriotas. Algún que otro autor malévolo sostiene que lo echaron por hereje.[118] Más fácil sería que nadie se percatase de su presencia, a lo cual Herr Christian pudo reaccionar con un portazo y el clásico ahí te pudras. Si así fue, tranquilos todos, que la maldición parece levantada. Y no lo digo por Benidorm, sino porque los rosacruces tienen botica abierta en Madrid y Barcelona (quizá también en alguna melancólica capital de provincia) y se anuncian en las páginas traseras de varios periódicos, por lo que están al alcance de cualquier gaznápiro. Cabe visitarlos o escribirlos. Si lo primero, se conoce a gente pintoresca, pero no muy divertida. Si lo segundo, se reciben de bóbilis o contra módico reembolso folletos iniciáticos cuyo contenido no es ciertamente más necio del que otros buscan en los apotegmas de monseñor Escrivá, el catecismo rojo del déspota Mao y las fantasías bíblicas de los Testigos. No hace falta añadir que estos rosacruces nos llegan de yanquilandia, resucitados, financiados y adorados entre gorititos de vómito por corpulentas menopáusicas con varices y sombreros de florón.

Bueno, pues se le echa la culpa y el embolado al Temple. Se dice que toda la cochambre del ocultismo contemporáneo —masones, *muratori accettati, massenia* del Santo Grial, carbonarios, teósofos de vario pelaje, espiritistas, neocátaros, rosacrucianos y etcétera— arranca de la forzosa clandestinidad que asumió la Orden a partir de su procesamiento y condena. El enredo (o conjura) empezó por los años de la Revolución francesa. Se buscaba un aval histórico, un pedigrí, una dimensión castiza para los ideales laicos del período, y a la postre terminó por fundirse y confundirse el queso con la manteca en la perola común de una palabra: gibelinismo. Pensarían los masones, los jacobinos, los mazzinianos, los socialistas: ellos —alarifes, albigenses, templarios— se oponían a Roma en defensa de un orden subversivo. Es lo que hacemos *nosotros*, *ergo*... Y ya está guisado el engrudo para encolar a los aristocráticos y místicos herejes del ayer con los democráticos, politiqueros, descreídos y materialistas revolucionarios del hoy. Quizá suponen que entre gnóstico y agnóstico sólo media una vocal proclítica... Y así, zapatazo va, zapatazo viene, resulta que debemos a los hermanos del Temple todo lo *progresista*: los Estados Generales, el termidor, el brumario, el *risorgimento*, la industria, las cuatro internacionales, el bolchevismo, las Naciones Unidas, la descolonización y, por supuesto, la guillotina. ¡Qué digo! Incluso el Renacimiento —explicado como escuela de filosofía emancipadora del yugo pontificio— se impuso (dicen) gracias a la muy gibelina actividad de una sociedad secreta en cuyas filas militaban ateos tan conspicuos como Dante y Giotto. No lo invento yo: lo escribe un ocultista de tronío.[119] Y menos mal que madame Blavatsky bajó los humos a tanto gurú de bata y pantuflas estableciendo, desde lo alto de su magisterio, una precisa frontera entre algunos francotiradores anónimos (que siguen en contacto con las cofradías orientales) y quienes en tropel, con afeites y a plena luz del día se disfrazan de albañiles y templarios. A éstos los conoce inclusive el recaudador del fisco. De aquéllos, en Europa, no se tiene noticia. Y efectivamente, «a pesar de los supuestos descubrimientos de cámaras secretas, pergaminos en forma de T y cadáveres incorruptos que empuñan lámparas eternas, nadie hasta ahora ha conseguido echarle el guante a un rosacruz»[120] que de verdad lo fuera. A los otros, a los de mentirijillas, claro que sí. Ya dije que disponen de bufete abierto y apartado postal. Pero entre lo que son y lo que pretenden ser hay la misma diferencia que entre un pringoso templario de Ponferrada y un pulcro guardia civil provisto de naranjero. Los dos, al fin y al cabo, se dedican (o se dedicaban) a recorrer y vigilar caminos.

En esta picardeada diáspora de las masonerías contemporáneas merece titular y recuadro, por cronopio e incordión, el ínclito José María Moralejo, alias *el cura de Brihuega.* Su historia, ambientada en la primera mitad del siglo XIX, suministra un ejemplo de gibelinismo templario arrostrado con gallardía verdaderamente quijotesca. Pocos personajes hay en nuestro santoral tan españoles, tan barojianos y tan rebeldes como este energúmeno de teja y navaja, cuya novela bosquejó el no menos español y barojiano Menéndez y Pelayo.[121]

Fue don José María, aunque sacerdote, amigo inseparable de Riego y liberal empedernido de los que se despepitaban en las tarimas de las sociedades patrióticas y en las tertulias de *La Fontana de Oro.* El trienio constitucional le dio prestigio y energía, pero quiere una antigua tradición que tales diversiones nunca duren mucho al sur de los Pirineos. En 1824, al cerrarse aquel insólito período con el carpetazo de rigor, nuestro buen clérigo tuvo que salir zumbando para Gibraltar, recaló luego en Londres y al cabo se instaló en París, ciudad ésta donde entre champaña y cocotas debe terminar todo exiliado español que se respete. Más de tres lustros duraría el destierro. Y a fe que el birocense supo aprovecharlos, marginándose de la política y pujando con arrojo en los asuntos del espíritu. Brujuleaban entonces por la capital francesa, rompeolas de la Europa posnapoleónica, tropeles de individuos casi tan chiflados y simpáticos como nuestro curilla rojo; y así no tuvo éste mucha dificultad para formar equipo con quienes en modo alguno le iban a la zaga. A saber: un tal Abate Chatel, cierto cómico de la legua por nombre Auzón y un fulano pedicuro que se apellidaba Palapret. El primero había fundado una nueva *Iglesia de Francia* y se autotitulaba *Primado de las Galias*. El segundo era obispo en el seno de la misma institución. El tercero desempeñaba el cargo de *Gran Maestre* en una rediviva y fantomática *Hermandad de los Templarios*. Moralejo se ganó la confianza del preboste y no tardó en hacerse con una mitra. Varios emigrados españoles, entre ellos un compañero de estudios y vecino de Brihuega, lo vieron oficiar de pontifical con mucho despliegue de monagos y turíbulos.[122] Fueron desgranándose los años, bajó la marea de la represión fernandina, murió el Deseado, se aupó al trono la Reina Castiza y un buen día del 1840, con el pasajero respaldo de la constitución liberal, don José María regresó a la patria convertido en *Ministro Honorario del Consejo del Gran Maestrazgo*, además de *Bailío y Legado Plenipotenciario del Temple para todas las Españas*. Pero no sólo títulos, pues al parecer se lo creía. En 1846 dio a la imprenta, con *nihil obstat* de su puño y letra, unos *Estatutos* mirantes a restablecer la Orden en sus antiguos bastiones. Y menos mal que el autor, en el prologuillo del documento, renunciaba solemnemente «a la conquista de Palestina y los Santos Lugares, y a todos los bienes, derecho y acciones que poseían los templarios en el momento de su extinción». No se equivoca don Marcelino al comentar que por esta primicia cabe juzgar de lo restante.[123] Lo gracioso es que Moralejo dictaba a la sazón una suplencia de teología en la universidad central, bicoca que iba a costarle cara. De ella vino a enterarse el chivato Juan González Cabón-Reluz, al parecer maestro de Isabel II (supongo que de primeras letras, pues la Gallina Pendón nunca tuvo otras) y el muy judas denunció el contrasentido en la secretaría del Arzobispado, no sabemos si por envidia o por sincero horror.[124] Lo demás es ya auto de fe. Moralejo perdió la cátedra, abjuró de sus errores ante el gobernador eclesiástico de Toledo, siguió dándole al Temple por lo bajinis y acabó medio loco al arrimo de la sopa boba que sus antiguos compinches le servían.[125] Hoy, probablemente, hubiera sentado plaza de santón con un nutrido séquito de galopines. Malo es nacer antes de hora.

Sin salir del corral de lo pintoresco, cabe percibir vagas reminiscencias templarias en algunas *hermandades* paletas de intención jocosa que todavía maúllan por nuestra geografía. Roso de Luna da cuenta de la curiosa *Orden de San Blas o de los Borrachos,* restringida a los años de su infancia y al estrecho ámbito de la villa cacereña de Logrosán.[126] Los cofrades inauguraban su temporada en la noche del solsticio invernal con una especie de ágape pitagórico a base de mucho vino y buñuelos de miel. Presidía la reunión el *Hermano Regla,* que se ocupaba (entre otras cosas) de devolver la compostura a quien pareciese empeñado en perderla, recurriendo a una fórmula de autoridad casi sacramental. Le decía: *ceremonia, amigo, ceremonia.* Y al punto reportábase el patoso. El dos de febrero, víspera de San Blas, los cofrades vestían sus mejores paños, sacaban un sable curvo del cajón o la panoplia, se encaramaban a un corcel poco domado y de esta guisa salían a la plaza para organizar en ella, y delante de todo el pueblo, una corrida de gallos con tantas justas como parejas de miembros figurasen ese año en la hermandad. Y digo *corrida,* que no *pelea,* porque la diversión estribaba en cortar al vuelo y al galope la cabeza del animal con un molinete de la filosa. En la mañana del tercer día, los cofrades hacían voltear personalmente las campanas de la iglesia llamando a una excéntrica misa donde no se aconsejaba la confesión ni se dispensaba la comunión (dos sacramentos condenados por los templarios). Después del *ite,* el *Hermano Regla* y el cura párroco se acercaban a la imagen de San Blas, le descolgaban del brazo los garrotillos de mimbre que caracterizan iconográficamente a este santo, se instalaban en sendos altares y desde ellos tocaban con el palitroque el cuello de los fieles para librarlos de dolores de garganta durante todo el año. Venía luego un banquete abastecido con la pulpa de las aves sacrificadas y, por último, se montaba un espectáculo teatral claramente emparentado con los misterios y autos sacramentales de la Edad Media. La Cofradía —y no es detalle menudo— abominaba de las ordenanzas escritas, ateniéndose sólo a las instrucciones verbales casuísticamente impartidas por el *maestre* de turno. Bien pudiera ser esto resquemor hacia antiguas persecuciones; y *soma*, venido a menos, el tintorro; y cimitarra, o querencia muslime, el sable curvo; y Jacques de Molay a la vettona, el *Hermano Regla*; y recuerdo de un angosto ritual, ese *¡ceremonia!* disipador de vapores; y Última Cena, el ágape; y taurobolio casero, la escabechina de gallos; y cíngulo bendecido por Bafomet, la vara de San Blas; y autoridad blasfema la ejercida por el cofrade en el templo, y... Demasiados hilos para no ver en su hilván la hueca mimesis de esoterismos viejos, perseguidos y olvidados. Roso de Luna presenció la corrida y la fiesta en claras mañanas finiseculares. Ignoro si la costumbre se conserva, pero me extrañaría que así fuese. El sol del siglo XX calienta mucho menos que el de entonces.

Por lo demás, palabras... Vayan todas, como Ofelia, a un lupanar. Y sigue en pie la misma pregunta: ¿qué fue de tantos galanes? Los hermanos del Temple, los *maestros,* ¿a do fueron?

Borges pensó del tango: *una canción de gesta se ha perdido en sórdidas noticias policiales.* Algo similar puede escribirse a propósito de los caballeros proscritos: una hoguera de Dios se ha resuelto en fumarola de arrebatacapas, charamusca de trampantojos y socarrina de borrachuzos. Anoche decía la prensa que acaba de reconstruirse el Temple en la Alemania Federal por iniciativa de oficinistas barrigones fieles al Vaticano y a la ortodoxia católica. ¡Ceremonia, amigos, ceremonia!

Y mientras escribo estas líneas, una guerra estúpida vuelve a incendiar los campos del Sinaí. Me pregunto: ¿andaríamos entre tales lodos de haber permanecido mis caballeros en la mezquita de lo que hoy es parodia al hidrocarburo y *montsalvat* profanado por tres falsas religiones? ¿O los *hashishin* en su paraíso de Alamut? Sonrío. Las habas no sólo se cuecen en Roma, Madrid o Washington. Nuestros templarios se han convertido en covachuelistas y guardiaciviles, pero no puede decirse que los varones del *sheik-al-jabal* hayan corrido mejor suerte. También ellos sobreviven militar y burocráticamente, también colean prolongados por caricaturas. Son los *fedayin* y los súbditos ismaelitas del Aga Khan. Dedícanse aquéllos a desviar aviones, éstos a desembolsar en oro el peso de un mentecato. ¿Adónde, pues, volverse?

Leo en Risco: «la ruina del Temple supuso para el mundo occidental la ruptura de las relaciones vitales con el Centro (...) En esa encrucijada empezamos a cambiar de espíritu. Ya no hay Tierra Santa que guardar. El camino hacia ella se ha perdido».[127]

¿Y entonces?

Sólo cabe responder como lo hizo Montherlant en *El Maestre de Santiago.* Está a punto de caer el telón sobre la última escena. Don Álvaro y su hija Mariana, genuflexos, vencidos sin humillación y arrebatados por la fe, invocan al Altísimo, se encienden, se transfiguran y —ligeros de equipaje— aguardan la inminente nave que nunca ha de tornar. Las exclamaciones se les atropellan en la boca. Es una subida al Carmelo casi insoportable para el espectador. Concluye la *noche oscura* y grita el anciano: «hace tiempo que lo sé. Ya no hay España. Pues bien: perezca España, perezca el universo con tal de conseguir la salvación. La tuya y la mía, cada uno por su lado». Yo imagino a Jacques de Molay pensando algo muy parecido cuando la hoguera se le enroscaba al talle...

El drama transcurre en el siglo XVI. A cántaros ha llovido desde entonces y siempre para mal, a gusto de casi nadie. Montherlant —fiel al adolescente que allá en Sevilla saboreó el placer de una cornada y lo contó luego en *Les Bestiaires*— tuvo que suicidarse hace apenas dos años. Repito: ¿adónde volver los ojos?

Cae también el telón sobre la tragedia del Temple y sobre el acto más voluminoso de este libro. Cambio de edades o de eras. A partir del 1314 ya no habrá congregaciones iniciáticas apostando a un orden nuevo ni herejes de Cristo jugando a preservar antiguos hontanares. Veredas serán las rutas, solitarios los adeptos e intransferibles las iluminaciones. Perezca, sí, España y cuanto la rodea. ¿Quisieron destruir el Templo? Pues que sus columnas no aplasten a Sansón, sino a todos los reyes de Francia, los pontífices, los inquisidores y los filisteos.

Pero regocijémonos: esa fiesta ya ha empezado.

TERCERA PARTE

Minorías y marginaciones

I. LOS JUDÍOS

Mi abuela, muy enferma, estaba leyendo. *Hace bien*, dijo Alexander Schulz. *Estudia. Se dispone a entrar en el Cielo.*

GEORGE LORING FROST,
The sundial[1]

¿Tengo alguna sinagoga
adónde a deshora voy?
¿O no se come en mi casa
el puerco de San Antón?

JERÓNIMO
DE BARRIONUEVO,
Avisos[2]

Cavalleros de Castilla, no me lo tengáis a mal,
porque hice dar de palos a Ramiro de Guzmán,
porque *me llamó judío* delante del Cardenal.

Romancero Hispánico[3]

Puse las manos por delante donde mejor parece esa inútil precaución: en el exordio.[4] No volveré a polemizar con quienes inciensan ante las falsas deidades de lo *histórico* ni a justificar en salud la profundidad de horizontes que gusto de atribuir a *lo español*. Si concedí este título a gentes tan remotas e indemostrables como los curetes, los guanches, los vettones o los celtas, ¿podría negárselo ahora a minorías étnicas (o simplemente excéntricas) cuya singladura peninsular es paralela en el tiempo al proceso conformador de los valores hoy predominantes e incluso —por lo que hace a gitanos, agotes, pasiegos, vaqueiros, chuetas, maragatos y quinquis— hasta se atreve a mantener el rumbo surcando las aguas niveladoras de lo actual? Los seres humanos o inhumanos (y a veces sobrehumanos) que se agrupan bajo tales etiquetas me parecen, con su capa la pardilla, tan españoles como quienes al abrigo de la suya guarnecida (¿por cuánto tiempo?) se arrogan la voz, el voto, el fuero y el huevo de tan heterogénea nacionalidad (cargando de paso con todo el honor y la infamia depositados en el gentilicio). Mucho menos cabrá excluir del banquete a andalusíes y sefarditas, vértices unos y otros —a tope con los cristianos— de lo que Américo Castro llamaba con donaire triple casticismo de nuestra historia.[5] Sobra insistir en ello. Bien o mal que nos pese, somos de por vida un polígono equilátero cuyos dioses, idiomas y factores genéticos se cuentan de tres en tres. Sancionan este pluricefalismo, con voz unánime e inapelable, el arte, la erudición, la filología, el pensamiento, el folklore, la ciencia, la cocina, la fe, la indumentaria, la menestralería, el carácter, el inconsciente colectivo, nuestro sistema de inclinaciones y espantadas, el color del cielo y, por supuesto, la historia toda. Los hebreos desterrados hace casi cinco siglos se llaman a sí mismos *sefarditas,* hablan castellano y piensan en Toledo. Los moriscos proscritos en 1609 formaron grupos *andaluces* doquiera la ventura los dejó. Tamaña testarudez, inédita en las otras ramas de esos árboles, exige a moros españoles más españoles que moros y judíos menos israelitas que *marranos.* Quizá no andaba tan por las márgenes José Antonio al creer que lo de aquí marca e impone arisca unidad de destino en lo universal. Como si nacer en España, o derivar de ella, fuese sacramento de los que imprimen carácter. Una crónica epidemia de atavismo estremece a esta península. Incluso don Américo Castro, tan escasamente proclive a creer en númenes de la colectividad, tuvo que admitirlo casi in extremis: «los cristianos o católicos que a lo largo y a consecuencia de la Reconquista llegaron a ser españoles, no han sido cristianos en la misma forma que los cristianos europeos. Los judíos entretejidos con aquéllos no fueron como los otros judíos de la diáspora, y por eso se llaman aún sus descendientes sefarditas, o sea españoles. Los mudéjares y moriscos a su vez no son reducibles a un común denominador musulmán».[6] Maravilla este postrer reconocimiento en el último libro de quien hasta entonces siempre había roto lanzas contra los valedores de una *forma mentis* intrahistórica y peninsular. Pero la parca suele obligar a dramáticas reconciliaciones con lo que, gozando de buena salud, nos parece inadmisible. Chispazos de sinceridad o desconcierto que a menudo generan bruscos retrocesos a lo anterior. El propio Castro, a la vuelta de pocas páginas, se apresura a poner sifón en su vino tardío exponiendo la imposibilidad y tontuna de medir a moros y cristianos por el rasero común de ese «inexistente tipo de eterno español».[7] ¿A qué se debe, entonces, el categorema o *peculiaridad* hispánica señalada en las tres razas? Respondería el astuto historiador: a lo contrario, al talante *oriental* impreso por hebreos y muslimes en la cera blanda de lo ibero-romano y visigodo. Muy bien. No seré yo quien deslustre esa visión tan mía de la patria. Pero ¿y si Oriente resultara entre nosotros más castizo y más antiguo que Occidente? ¿Y si los judíos hubiesen *vuelto,* que no *llegado,* a España antes que el proboscidio cartaginés cruzara el Estrecho y el bajel latino hincara su proa en las albuferas de Valencia? Tal afirma, y en seguida lo veremos, una insistente tradición. ¿Y si pudiera demostrarse, como apunté a lo largo de casi cien páginas,[8] que lo *oriental* —aquí y allá— procedía de los finisterres ártabros y algarabíos, de la Estaca de Vares y del Cabo de San Vicente, y entró en Creta, en Egipto, en Palestina, en el Irán, incluso en la India, llevado por el brazo fugitivo y nómada de los andaluces autóctonos, los mismos que varios milenios más tarde regresarían a Iria Flavia metamorfoseados en celtas? ¿Habremos sido los españoles moros y judíos, o ellos españoles, antes de que judíos y moros vinieran a poblarnos y a recordarnos una música ibérica achicada en odres viejos? ¿Coincidirá ese andante con el que un marinero salido de allende el mar le cantaba al conde Arnaldos en la página quizá más hermosa, sugestiva y profunda de la literatura castellana? No me desinterprete ni se lo tome a mal, estimado don Américo, pero de ser así tendríamos un cultivo común y muy remoto, todo lo *oriental* que vuecelencia quiera, para transmitir el adusto microbio celtibérico que con las ansias de la muerte se materializó a los pies de su cama produciéndole, supongo, un sobresalto tan morrocotudo como largamente merecido. O sea: ese *eterno español* con el que otros comulgan, del que usted reniega, por el que yo me bato y en cuyo seno, probablemente, ellos, usted y yo nos confundimos. Andaluces que se van a Egipto y celtas que vuelven a Galicia desde la India. Iberos *del lado de allá* y *del lado de acá.* Judíos y árabes que se nos aposentan como en su propia casa. Cordobeses organizando un estado andaluz en el ombligo de la geografía minoica. Almogávares que repiten la baladronada en la matriz helénica de nuestro mundo antiguo. Gallegos tonsurados y giróvagos en las cuevas del Jordán. Alejandrinos giróvagos y tonsurados en el vientre del Bierzo y el Cebrero. Sufíes de Al-Andalus amamantados por los últimos Padres de la Iglesia en el silencio desértico del Sinaí y el clamor pedregoso de Etiopía. Místicos de Ávila (y futuros santos de Roma) bebiendo su herética verdad en los labios de quienes por Murcia, Sevilla o Córdoba aderezan con salsa muslim el añejo verbo de Jesús. Gitanos que otra vez llegan de la India. Jesuitas de Navarra para enseñarle avemarías al sonriente japonés y al correoso chino. Marineros o legionarios imponiéndole a las islas Filipinas el nombre del más español de nuestros reyes. Etcétera. De casi todo esto ya se ha hablado y de lo restante se hablará. Recuerdo ahora, entre paréntesis y a columpio de los Machado, lo de *tu calle ya no es tu calle* y aquello tan taoísta de *busca a tu complementario / que marcha siempre contigo / y suele ser tu contrario.* ¿Resultará el ingrediente oriental de nuestra patria más antiguo e *indígena* que el romano o visigodo? ¿Habrá enloquecido la rosa de los vientos en algún rincón traspapelado de la historia? ¿Se mareó la brújula como una botella de Albariños en el trance de pasar el puerto? ¿Fuimos nosotros oriente y estuvieron ellos, los de Oriente, instalados en un mundo de creencias e ideas que provenía de Occidente? Ya dijo el Trismegisto que lo de abajo es como lo de arriba y que todas las cosas proceden del Uno. A mayor abundamiento coincidirá la izquierda con la derecha, el este con el oeste, el anteayer de aquí con el hoy de allí y el ayer de allí con el mañana de aquí (Dios me oiga). Aunque el *otro* Machado lo explicaba mejor, a la andaluza, con fondo de guitarras y sombra de cortijos: *es una calle cualquiera, camino de cualquier parte.*

Yo no sé (jugando limpio) si de verdad las gentes del bajo Guadalquivir acometieron su viaje ni tampoco he encontrado noticia alguna resolutoria de su existencia. Pero eso queda atrás. Ahora hay que aventurarse por territorios menos inciertos. Así los moros, los judíos, los gitanos y las demás etnias marginadas con peor o mejor intención en tiempos tan rotundamente históricos como los que aún vivimos. Ya no hace falta redoblar con el badajo de la fe en el bronce de la fantasía. A partir de la improbable batalla de Covadonga lo español se nos convierte a bocajarro en merluza de tres salsas con especias y tropezones. ¿Quedan fascistas para ponerlo en duda? Antes del 881 ya Alfonso III el Magno enviaba a su hijo Ordoño a la corte sarracena de Zamora, deseoso de que en ella recibiera educación, ciencia, piedad, buenas maneras y mejor sentido.[9] Mediado el siglo X, mozárabes venidos de Al-Andalus levantaron en Celanova de Galicia una capilla cristiana de escrupuloso estilo muslim.[10] Los Arista, primera estirpe real de Navarra, contrajeron varios matrimonios con la familia mogrebí de los Bauna Quasi, dueños a la sazón de casi toda la Ribera.[11] El fuero de Castrojeriz, que se promulgó en el 974, ordenaba que judíos y españoles fueran medidos por las mismas leyes caso de delinquir.[12] Abderramán IV, tras pedir ayuda al conde Raimundo de Barcelona, remitió un mensaje amenazador a Zawi el Zirita, entonces sultán de Granada, para anunciarle que se dirigía hacia él seguido por *una muchedumbre de cristianos y de todos los valientes de Europa.*[13] Un edicto leonés del 1020 dispuso que dos representantes de la Corona y dos hebreos integraran la comisión de arbitraje propuesta para resolver los conflictos de propiedad planteados por las incursiones de Almanzor.[14] Alfonso VI, al entrar por fin en Toledo, transformó dos sinagogas de lujo en iglesias del Crucificado sin molestarse en purgarlas con turibulazos y vaderretros.[15] El Cid, efímero dueño de Valencia, confió la vigilancia de la ciudad a centinelas mozárabes, porque éstos «fueran criados con los moros et fablaban assí como ellos et sabíen sus maneras y costumbres».[16] Los *europeos* reclutados por Inocencio III para la gran jornada de las Navas volvieron grupas antes de que empezase la juerga, encolerizados porque *manu militari* se les impidió degollar a sangre fría a los musulmanes del castillo de Calatrava (y tan burros debieron de ponerse que para ellos se inventó lo de *ultramontano* como sinónimo de cavernícola a machamartillo. En aquella edad de oro, España daba lecciones de libertad y democracia a quienes hoy presumen de lo mismo.[17] Ya preferíamos la honra al Mercado Común. Sin pestañear renunciaron Alfonso VIII y Pedro II a las sesenta mil fieras venidas de allende el Pirineo antes que transigir con tan estúpido crimen.[18] Mejor, así la victoria fue toda nuestra). Fernando III conquistó Córdoba en 1236 y, lejos de destruir la gran mezquita, ordenó reedificar una parte de ella con hechuras cristianas (no se trata de enjuiciar ahora el dislate arquitectónico que de ello se derivó, sino de anotar el meritorio sincretismo del gesto);[19] y dice el padre Flórez a propósito de este santo —rey— (o —rey— santo), que puso no poco empeño en exterminar a los secuaces de cierta herejía fraguada en el seno del judaísmo e incurrió en la evidente exageración de «ahorcar y cocer en calderas a *muchos omes,* tal como se lee en los *Anales toledanos»* (apostilla Américo Castro, en quien recojo la anécdota: «esto de que un monarca cristiano llegara al crimen para defender la ortodoxia de los rabinos parecerá intolerablemente absurdo, pero tal hicieron todos los reyes de Castilla desde el sexto al décimo de los Alfonsos. Los *caraítas* judíos, por ejemplo, fueron sañudamente exterminados durante las dos primeras centurias del milenio»).[20] A finales del siglo XV, unos moros granadinos prepararon con gracia algunos textos y reliquias en los que se armonizaban cristianismo e islamismo, los enterraron en secreto, los desenterraron haciéndose de nuevas y confundieron con la artimaña al arzobispo don Pedro de Castro, que decidió llamar *sacromonte* a la colina del hallazgo.[21] En un célebre soneto de Góngora se le adjudica a Felipe II el título de *mayor rey de los fieles,* traducción casi literal del árabe *amir al-Mislimin,* que es como se alude a Jaime II de Aragón en una carta sarracena de 1314.[22] Y todavía en el siglo XVII, los moriscos expulsados de la Península construyeron una mezquita en Túnez con pechuga de iglesia cristiana.[23] Son ejemplos recogidos al azar en ese denso gazpacho de tres dioses al que poco antes hice referencia. ¿Reconquista? No, mejor conquista recíproca de los unos hacia los otros. Y no hubo caballo ganador hasta que los Reyes Católicos nos convirtieron a todos en perdedores.

Así que no voy a hablar de intrusos o invitados, sino de compatriotas: nuevas caras y aristas del poliedro español. Y empezaré por quienes son más antiguos en la Península: los judíos.

A ellos se refieren en última instancia las tradiciones *tubalitas.* Ya conocemos las leyendas galaico-astures relativas al desembarco en España de un hijo de Jafet y nieto de Noé. La toponimia suele ubicarlas en torno a la ría de Noya o el ídolo llanisco de Peña-Tú, pero eso no impidió a cierto mosén renacentista (por nombre Joan Binimelis) lanzar la especie de que Túbal «viniese por mar a la tierra firme y encontróse con estas Islas Baleares, que están de la África en distancia de dos días de navegación, y vio que eran aptas y convenientes para ganados, en que toda su riqueza consistía, y las dejó pobladas».[24] Traduzco: el bendito cura pretende que los judíos mallorquines son los españoles más antiguos en nómina. Aún quedan quince apellidos chuetas en la zona y, según cifras de 1955, un 2,73 por 100 de la población los lleva a título de padre o de madre.[25] Ya es durar. Y exagerar, porque la primera mención histórica del pueblo errante procede del archivo de Amenofis IV, se remonta a treinta y cuatro siglos atrás, y alude a ciertas tribus nómadas, denominadas *habiru* por los egipcios, que en tan escabroso *illud tempus* se desparramaron por los eriales de Siria y Palestina.[26] *¿Habiru?* Ya volvió a parir la abuela. Milosz no pudo por menos de observar la palmaria semejanza de la voz *ibri,* que es como a sí mismo —y en su lengua— se califica el judío, con el remoquete de ibero que en español gustamos de llevar los españoles; y en seguida llegó a la convicción de que «no eran fenicios cananeos quienes durante la prehistoria desembarcaron en Andalucía, sino andaluces los que por espíritu de aventura o por causa de cataclismo impusieron a los asiáticos su vieja civilización».[27] Y Jehová nos asista, pues desde ello deriva el investigador al corolario de que el *Génesis* transcurre, sí, en los campos del Edén, pero béticos, por ser ese topónimo de la Biblia transliteración con truco del bisílabo *anda* que encabeza *Andalucía.* ¿Se desploma así, como quiere un trabajo del 1933 aparecido bajo pseudónimo (o nombre que lo insinúa) en la *Revista de Occidente,* el empedernido calambur de quiénes son o no son esos *askenazis y sefarditas* yuxtapuestos tan a disgusto bajo la común etiqueta de judíos?[28] Resultarían aquéllos, según el enigmático señor Medina Azara, consecuencia del mestizaje entre los indígenas de Palestina y los iberos que se marcharon, y los segundos —los sefarditas— descendientes por línea directa de los iberos que se quedaron. O lo que monta igual: *semitas* los askenazis —y profundamente corrompidos bajo esa «capa étnica que a veces contrasta tanto con su ambiente occidental»— y españoles de toda la vida los otros, razón por la que resulta casi imposible distinguirlos de quienes en la Península obedecen a Roma. «Desde luego —añade el autor— entre los hebreos puramente sefarditas de España debieron de haberse mezclado en la época visigoda judíos askenazis que volvieron *de Palestina*»; y así se concibe «el orgullo fanático (...) de una tribu que siente bajar los últimos nervios de sus raíces hasta la primera cultura europea y que no abandonó su suelo natal sino expulsada bajo circunstancias terribles».[29] Hipótesis brillante y luminosa que no quita ni lo uno ni lo otro a teorías diferentes e inminentes. Sigamos cuesta arriba por el tiempo.

Muchos historiadores y eruditos del ayer dieron pábulo a la conseja bíblica de que comerciantes hebreos llegaban por mar a Tarsis en la época de Salomón. España —dicen— era entonces tributaria de este rey y envió grandes cantidades de oro y plata destinadas a la construcción del Templo. En apoyo de la tesis se aducen dos lápidas de Sagunto conocidas sólo por transcripciones de segunda mano y, según Ambrosio de Morales, desfachatadamente apócrifas.[30]

Autores rabínicos (y un poquillo esotéricos) como Emmanuel Apoab, Isaac de Acosta y Cardoso sostienen que el pueblo errante se estableció en la Península durante el reinado de Nabucodonosor. O sea: en torno al 590 a. de C. No parece imposible. Estrabón y Flavio Josefo, citando a Megasthenes, afirman que el tirano de Babilonia llegó a las Columnas de Hércules y conquistó parte de África y de Iberia.[31] Muchos hebraístas cristianos se arroparon luego bajo esta servidumbre. Y hasta se pretende que los judíos de aquella provecta hornada fundaron varias ciudades aquí, entre ellas ni más ni menos que Toledo o Tholedoth, donde ya antes del nacimiento de Cristo funcionaban sinagogas de lustre y enseñaban sabios de relumbrón. A tan antigua fama se agarraron los vivales de turno en el siglo XVI para afirmar que un tal Azarías, rabino de Jerusalén, se acercó a la villa del Tajo por las fechas de la detención de Jesús con miras a recibir consejo de sus colegas españoles. Y éstos, según consta en carta apócrifa inventada para descolgar a los hebreos el sambenito del deicidio, apoyaron la absolución del Maestro y añadieron al escarnio una profecía sobre la inminente destrucción del Templo.[32] Genio y figura. No importa que se trate de una fábula. Quien la maquinó sometía la naturaleza al arte y andaba pero que muy tocado por el díscolo virus español de no callar en los bancos de la iglesia.

Una hipótesis no menos tentadora arguye que los cartagineses y bereberes del Mogreb pudieron convertirse al judaísmo y transportar a cuestas su nueva religión por todo lo ancho del Mediterráneo. Los historiadores llevan muchas centurias devanándose los sesos para averiguar dónde rayos fueron a parar los fenicios tras la ruina de Sidón, Tiro y Cartago. ¿Sería una patochada imaginar que al descostillarse todas sus instituciones civiles y religiosas la fatalidad étnica, la superposición geográfica y la lógica cultural los movieron a buscar alivio y norte entre las faldas del pueblo errante? Ambas colectividades eran semitas, hablaban idiomas estrechamente emparentados, gustaban de inscribirse en la cuenca del *mare nostrum* y además se conocían a fondo, pues durante casi un milenio habían cooperado en las mismas empresas mercantiles, arquitectónicas y viajeras. Las gentes púnicas, muy numerosas al disolverse Cartago en un infierno de sal y llamas, por fuerza tuvieron que cruzarse con las fértiles tribus lechosas o negroides del África septentrional. Y así su sangre se multiplicó por los mil arroyos del mestizaje. Esta miscibilidad demográfica de población suministraría recias motivaciones para explicar la aparentemente absurda proliferación de enclaves judíos en el Mogreb, Península Ibérica, *Midi,* puntos aislados de Italia e islas del Mediterráneo.[33] Y de paso resolveríamos otra vez y de distinto modo el problema planteado por la bipolaridad askenazi y sefardita, aunque no tanto el de las diferencias étnicas que separan a las dos grandes familias del judaísmo cuanto el de sus irreconciliables inclinaciones geográficas. Éstas parecen caprichosas y arquetípicas: no hay aquí término medio. Conocemos dos inconfundibles jetas de judío: la dolicocéfala y aguileña de los askenazis, y la braquicéfala de los sefarditas (que suelen tener, además, el pelo muy negro y ondulado). Pero nadie sabe cuándo se produjo esa escisión. Lo cierto es que un buen día empieza la diáspora y burla burlando van a instalarse los unos en la Europa continental, mientras los otros se desperdigan por Asia, África y el Mediterráneo. ¿Cabe admitir que los tránsfugas se bifurcaron espontáneamente al salir de Israel según un criterio de selección basado en la forma de la cabeza, el color del cabello y el dibujo de la nariz? De haber existido dos castas diferentes y poco amigas de confundirse en el seno de la comunidad mosaica, tal como sucedía y sucede en otros estados confesionales, forzosamente nos lo hubieran hecho saber la tradición oral, la Biblia y la historiografía. No, los judíos se ramificaron lejos de la patria y en el azar del éxodo. Su disparidad obedece a la separación geográfica y no viceversa. En Israel moraba un solo pueblo, que emigró en forma de abanico. Hoy llamamos sefarditas a quienes grosso modo permanecieron en el mundo mediterráneo o asiático y a su través se mezclaron con fenicios, árabes y bereberes. Esta hipótesis, que no es mía, alumbra y quizá resuelve la peculiar idiosincrasia del judaísmo español. Por lo menos del palpable, del que históricamente conocemos a partir de la Diáspora y de la última Destrucción del Templo. De fuera traían nuestros israelíes lo que aquí no les había de faltar: atavismo africano y hechuras orientales (dos factores, por cierto, que machacona e irónicamente se encargarían de acrecer los siglos). Y así, como luego iba a suceder con el Islam, la judiada reforzó, por una parte, el más añejo sustrato de la mismidad celtibérica y, por otra, se adentró beatíficamente hacia una emboscada mortal. Los sefardíes confundieron aquella España mora y oriental con la genealógica tierra prometida que su mestizaje reclamaba. Y a punto estuvo de ser así. Pero todo quedó en sueño bruscamente interrumpido a partir del 1321, cuando treinta mil pastores pirenaicos armados de teas y puñales irrumpieron en las dulces, industriosas juderías del reino de Navarra.[34] Con ello se levantó la veda del circunciso y empezó otra enésima guerra civil (maldición bíblica que todos los españoles de ayer y de hoy han pagado alguna vez con sangre. O con sangre de su sangre, que para muchos es peor).

El nieto de cien abuelos (como el padre de mil hijos) practica la tolerancia y ama la libertad: los dos principales hontanares de la heterodoxia. Quiero decir que el mestizo tiende a ésta. Con tantas voces en la memoria es imposible admitir una Verdad unívoca y cerrarse a la del vecino. Los nietos de cien abuelos sonríen para su conciencia escuchando al profesor, lanzan miradas socarronas a sus compadres cuando el sacerdote ladra desde el púlpito y escriben desacostumbrados libros emanatistas que se discuten en la trastienda de las farmacias. Los padres de mil hijos o maridos de mil mujeres dejan abiertos los armarios, invitan a los vagabundos y prefieren rezar fuera del templo.

Esto por una parte (Jung lo sabe).

Por otra, ya iremos viendo cómo los judíos españoles inventaron o transmitieron la Cábala (misticismo y esoterismo hebraico) mientras los moros de Iberia llevaban al paroxismo las doctrinas sufíes (misticismo y esoterismo musulmán).

¿Será el mestizaje del sefardita y el andalusí una de las claves que expliquen el empecinamiento de ambos en la heterodoxia y su voluntad de afirmación individual en el puré amiboideo de la canalla semítica?

Desde luego, mestizos serían —o conversos, que tanto da— quienes a partir de la expulsión y con tapadera cristiana transformaron la cultura española en algo rabiosamente personal, acéfalo, místico, esotérico y libertario frente al popurrí racionalista interpretado por la clorótica ave de Occidente. También esto se verá.

Y así, por vías tortuosas, termino yo coincidiendo con Castro en que lo árabe y lo judío cantan en el almario del españolito contemporáneo con voz tan gárrula como el romano. Me atreveré a decirlo: con voz *más* gárrula. El uno trajo leyes, monumentos, una lengua y una liturgia (mal comprendida y peor obedecida), pero —que yo sepa— no modificó nuestra manera de pensar, de entender y sentir. Los otros, a más de enseñarnos ciencias aplicadas como la aritmética y el regadío, enriquecieron sobre todo lo que ni se ve ni se toca: el alma. O, para quien prefiera palabras menos socorridas, la *weltanschauung,* el subconsciente, el exaltado sentir, la actividad mental. Hoy elevamos preces latinas a un dios romano en templos inventados por Europa, pero nuestra devoción es talmúdica y coránica. ¿Qué importa más: el Verbo de los altares o el que se lleva en el magín? Vuelvo siempre a lo mismo: Roma podía colonizarnos, pero no civilizarnos. Para aquello sobra con el dominio militar, mientras esto exige afinidades electivas, coincidencia de arquetipos. El hombre del Lacio pertenece de forma natural a Occidente, un concepto que nosotros intentamos vanamente asimilar por medios artificiales desde hace alrededor de veinte siglos. Pasan las lenguas, los acueductos, las religiones, pero el numen familiar permanece incluso por encima de los diluvios. ¿Somos entonces tribu asiática, horda levantina? No, pero estamos en el *exótero,* en los confines estigios, y sucede que Oriente —por casualidad o por lo que sea— tiene mucho de eso, de séptima nube, de Hades, de infierno y paraíso, de puerto franco para magias, monstruos, marcianos y maravillas. Judíos y musulmanes se emparejan con los celtíberos allá lejos, entre las sombras de lo inconsciente y colectivo. No hubo encuentro, sino reencuentro. Unos y otros se conocían de antes, quizá de otra parte. Estábamos condenados a la promiscuidad. Nuestra máquina funcionaba con arreglo a un esquema desaprendido, primordial y común. Llevábamos sangre de parecido octanaje. Esferas armónicas. *Yin* y *yang*. Aquel coito triangular dio los hermosos frutos que suelen crecer en el tálamo de los predestinados. Y también, como la fábula de Tristán e Iseo, terminó en tragedia. Los amores rotundos no suelen resolverse con mejor desenlace. ¿Fue el nuestro un matrimonio de azar o de providencia? Que cada español responda a esto de acuerdo con sus ideas y aficiones. Yo proclamo mi simpatía por la pirámide, mi convicción de que existen designios absolutos en el caletre de una deidad absoluta. Los hombres me parecen guisantes, polen que un viento del Señor arrastra. Ni casualidad ni causalidad: plan del universo. Existe la proporción áurea y en algún lugar del cosmos descansa un método para ganar a la ruleta. El *Zohar* —libro judío, español y cabalista— constriñe a creer en los números y en las letras. La Fortuna es la Gracia.

Difiero, en cambio, de Castro a la hora de buscar orígenes,

señalar fechas y distribuir responsabilidades. Ese diestro tirador de florete viene a postular, con el silencio, muchedumbres angélicas instaladas desde el neolítico (y es decir poco) en la Península que se evaporan sin dejar ningún residuo dentro del puchero romano y visigodo. Yo no acierto a imaginar tantas y tan antiguas congregaciones de fantasmas. Seis o siete siglos apenas ocupan lugar en el cuadrante de la historia. ¿Eran los famosos turdetanos, los venerables druidas o los arquitectos de Tiermes títeres invertebrados que se hicieron humo al firmarse la precaria paz octaviana? Llevo mil holandesas escritas con ahínco para demostrar lo contrario: la existencia y resistencia de un virus calloso, colectivo, ancestral y vernáculo. Ser español es una enfermedad por desgracia reversible, pero difícil de erradicar (y, como la epilepsia, acompañada por algunos síntomas geniales). Envuelve nuestras vidas un espíritu de la tierra suave y tan remoto que poco importa ya averiguar si lo de aquí fue su causa, su cuna, su rampa o su habitáculo. Las etnias prehistóricas pudieron traerlo o recibirlo: tanto monta. En ese licor amniótico se confundieron ciertas gentes afines —los musulmanes y judíos— y naufragaron todas las oleadas de mamíferos extranjeros: Roma, París, Berlín, Moscú... Es decir: Europa o el pensamiento racionalista. También naufragarán los yanquis. No sabemos incorporarnos a un continente que nos toca de refilón y, gracias a una imagen del progreso caracterizada por vectores económicos y tecnológicos que íntimamente nos atufan, a una rala filosofía que nos estriñe, agosta, descepa o —peor aún— convierte en seres expósitos y tirando a mongoloides... Aunque ni lo primero ni lo segundo: hijos de puta a secas. Tales contubernios, aquí terminan fatalmente en sangre o en vaniloquio. Una y otra vez tropezamos con Galba o Escipión, con Cluny, con Esquilache, con Pepe Botella, con los proletarios que en 1936 importaban marxismos eslavo-teutónicos y los marquesitos que a la recíproca trasplantaban esquejes fascistas e insolentes al barbecho libertario de Castilla. Felipe II, que era un monarca sabio e imaginativo, cerró las fronteras. Este cordón sanitario ya no parece posible. Hoy es 30 de marzo de 1974. Miro alrededor y me pregunto: *¿ubi* España? Alguna breve esquina queda cerca de mi hogar, en Soria, pero incluso ahí —alto llano numantino— soplan auras de mudanza y desestero. Nos curan, nos desinfectan, nos propinan antibióticos (nunca mejor dicho) en dosis de caballo. Treinta y cinco millones de turistas que arrojan un balance de treinta y cinco millones de *europeos*. ¡Dios nos valga! ¿Dónde está Santiago Matamoros? Rezo para que una oportuna epidemia de cólera salve *in articulo mortis* el país. Peste negra: te esperamos. Me avergüenzo de una nacionalidad que gusta de expulsar a los propios y de acoger a los ajenos. Don Niceto Alcalá Zamora habló a veces de aprobar una ley que devolviera su nacionalidad a los sefarditas (lo que ya había hecho Primo de Rivera, según me dice Manuel Cerezales). Por lo mismo abogaba el socialista Fernando de los Ríos.[35] Franco entregó pasaportes rojo y gualda a los de Grecia y Turquía que quisieron aceptarlos y emplearlos como salvoconductos para esquivar al nazi. Demasiado tarde. Hay caminos que ya no se desandan. Nadie volverá a injertarnos ese hueso, esa víscera perdida. Suena un claxon. Aparto los visillos, sigo mirando alrededor: ¿*ubi* España?

Sin necesidad de retrotraernos a singladuras salomónicas, aunque tampoco de descartarlas, consta de mil maneras que los judíos amanecieron pronto en la Península. Una fehaciente fábula asegura que en la colonia fenicia de Lucena funcionaron desde el principio falansterios talmúdicos de rara autoridad.[36] No suena a despropósito. En todo caso, la inscripción de Abdera demuestra que ya en el siglo III, como mínimo, había muchas y muy florecientes comunidades hebreas establecidas entre nosotros.[37] Para entonces, la liquidación del Reino y la Diáspora eran hechos más que consumados. Herodes quiso levantar otro Templo, pero los levitas se negaron a demoler el anterior y escondieron las nuevas dependencias tras un muro que hoy es el de las lamentaciones. En eso estaban cuando los almogávares de Tito circunvalaron las estribaciones de la basílica. Fecha para la historia: 1 de julio del 70. Los sacerdotes, impertérritos, siguieron celebrando sacrificios ante el altar central hasta que las jaulas se vaciaron de pollos y pichones. Menudeaban los proyectiles enemigos, jadeaban sus tizonas en los ijares. Cuando caía un levita, otro ocupaba su puesto. ¡Qué hermosa estampa, que tardía entereza! Pronto los huecos superaron a las personas. Los *marines* vivaqueaban por patios y tabernáculos, se derrengaban junto a los estanques lustrales. Tito, el piadoso Tito, entró en la celda postrera y descorrió la cortina que celaba el Arca. Le urgía contemplar el rostro de aquel dios invisible adorado por los hebreos. No lo consiguió. El seis de agosto, víctima de un berrinche, quemaba el Templo.[38] Allí el éxodo, la encentadura de una maldición interminable. Empezaba a nacer (en Occidente, quizá en España) la leyenda de Ashavero, el judío errante. Es éste encarnación simbólica del hombre que no puede morir o que, tras una muerte bastarda, tiene que renacer. Así don Rodrigo, don Sebastián, Arturo... Jung dice que tales personajes aluden a los aspectos imperecederos de la especie y los compara, por ello, al mito de Géminis y a los Dióscuros.[39] No sorprende encontrar siglos más tarde al melancólico viajero en Compostela. Pero mucho antes, ya los judíos de España se habían volcado en apoyo de los muslimes invasores.[40] Se trataba, en definitiva, de un refuerzo étnico y psicológico frente a la clase dominante y *europea* aún con miasmas del Tíber, del Rhin y del Danubio. Fueron los sefarditas quienes alevemente descerrajaron las puertas en muchas ciudades para abrir un escotillón a la morisma. Ésta aprendió muy pronto a dejar sus posiciones guarnecidas por cáfilas de nazarenos. Pretenden los sefardíes que suyo fue el peligro y el honor de conquistar Sevilla y que Toledo estaba ya en su talega al despuntar el primer turbante junto al río.[41] Matrimonio de amor, cordial entente a la que en seguida se incorporaron no pocos celtíberos de esos que obedecían a Roma y a Rodrigo por no disponer de otro palo en la baraja. Los historiadores prefieren ignorar estas promiscuidades. O, como mínimo, eludirlas arguyendo escasez de datos. Todos, padres e hijos, tendemos a empezar desde la ambigua escaramuza de Covadonga sin hacerle cara al problema de cómo un puñado de berberiscos pudo apoderarse en un santiamén, y casi sin desenvainar, de esta espaciosa península habitada por gentes que jamás, ni antes ni después, cejaron en presencia de un invasor. Los franceses bien supieron frenar a la morisma en la jornada de Poitiers a pesar de su proverbial flojera de redaños. ¿Cómo soslayar esta ambigüedad que raya en aporía? Reconociendo que no hubo conquista, sino traición o pacto. En el Islam español metieron baza pocos bereberes, casi ningún árabe y muchos muladíes. Duele aceptarlo tanto como alivia ignorarlo. Y ello, aunque sabemos, por otra parte, que el mestizaje hispanomusulmán fue rotundo, irreversible. Ni Tarik ni Muza trajeron hembras entre sus jenízaros. Éstos las buscaron reciamente ibéricas sin que mediara violencia. Los apellidos autóctonos se perdieron, pues era costumbre mahometana computar la descendencia sólo por línea masculina, pero la sangre y los arquetipos resultarían sin duda huesos más difíciles de roer. Ya en el siglo X se juzgaba punto menos que imposible distinguir a un árabe de un muladí.[42] Los historiadores mejor intencionados no ocultan su sorpresa ante esta masiva conversión, que ni se dio en otros lugares ni aquí volvería a repetirse.[43] El trasfondo arriano de los visigodos pudo acelerar o catalizar el proceso, pero en modo alguno lo explica. Los padres de los intrusos habían sido pastores sin pastos en la tierra monda de Arabia, mientras por los mismos años el español Isidoro transformaba Sevilla en luminosa capital de santos, eruditos, filósofos y poetas. Teóricamente, todos los determinismos culturales jugaban a favor de quienes incontinenti bajaron la guardia y se hicieron muladíes. Éstos no sólo abjuraban de una religión, sino de cuanto define al hombre: etnia, lengua, arte, indumentaria, costumbres de cada día... Por eso el hechizo alcanzó también a los mozárabes, que se mantuvieron firmes en su fe por una especie de reducción al absurdo, pero abandonaron todo lo demás en la refriega. Desde la panza del siglo IX un escritor cristiano se expresaba en estos términos: «nuestros jóvenes parecen hambrientos del saber de los gentiles. Intoxicados por la elocuencia árabe, manejan con ansia, devoran con urgencia y discuten con pujo los libros de los caldeos, mientras ignoran la literatura eclesiástica y desprecian sus caudales. A menudo tropezamos con profusa chusma muy versada en los magnilocuentes períodos del idioma musulmán».[44] *Caldeo* vale por *mahometano*. Éstos y otros compadrajes explican la facilidad y gloria de ese paseo español que los triunfalistas, preparándose una coartada, calificaron de invasión militar. Pero no adelantamos lo muslime a lo judío.

Afirma tajantemente un hebraísta de cartel que la cultura de la Diáspora conoció su edad de oro en las aljamas ibéricas entre los siglos X y XIII.[45] Amador de los Ríos deduce que en ningún otro sitio alcanzó el pueblo errante pareja prosperidad ni disfrutó de tan peregrinos privilegios.[46] Cabría citar infinidad de opiniones análogas. Y en rigor inútiles, pues todos sabemos (con la certeza reservada al olor del pan) que los hebreos encontraron en la Península su horizonte perdido y además, trabajándolo a maravilla, hicieron por merecerlo y conservarlo. Sucesos recientes, y aun actuales, demuestran que el paraíso judaico no está precisamente en Palestina (por más que se empecinen). La querella de Israel es el resultado de una frustración. Así que algo de culpa incumbe en ella a los Reyes Católicos, aunque de Hitler para abajo otros muchos conllevan el peso de tan mezquina responsabilidad. Sin excluir (por supuesto) a los propios judíos, reos de pertenecer a una raza masoquista, delatora y neuróticamente abnegada.

Conque al desplomarse el enclenque estado de los godos ya nuestras ciudades se alargaban por barrios de semitas circuncisos y obedientes a Iahvé. No sabemos cómo eran los sefardíes anteriores a la muerte de Rodrigo, pero conocemos bastante bien a los que tras ella se acogieron a la magnanimidad islámica o a las equitativas leyes de los primeros monarcas cristianos. Locura, misticismo, estudio y herejía compondrán el perfil de sus aljamas. En seguida se convirtieron éstas en campo abierto para tres heterodoxias. Los papiros dan cuenta de un primer arrebato ya en el 721, cuando muchos judeznos se dejaron encandilar por un falso profeta sirio llamado Serenus, enajenaron o abandonaron sus pertenencias y allá que se fueron otra vez con el mar a cuestas para dar el pecho en los desiertos de siempre.[47] La iluminación terminó en desastre, pues el predicador (que se oponía al *Talmud*) cayó en manos del clero ortodoxo, y a sus seguidores, diezmados y macilentos, no les quedó más salida que regresar a Occidente. Pero los mesianismos sefarditas se habían desatado. Otro Hijo de Dios entusiasmó a los cordobeses en la empuñadura del siglo XII y pagó su demencia con la vida (también —dinero ajeno— con la de centenares de discípulos). Hasta un hombre tan sabio como Jehudá ha-Leví se permitió anunciar la llegada de Cristo para el año 1130, ni antes ni después. El gran Maimónides retrasaría el acontecimiento hasta 1216. Abraham ben Hiyah ha-Barkeloní aún lo fiaba más largo: predijo que sería en el 1358...[48] Todos eran gente de buenas letras. ¡Qué tiempos aquéllos! Un erudito podía buscarle las cosquillas etimológicas al Pentateuco y profetizar de paso, con pelos y señales, el advenimiento del Salvador. Astrónomos y zahoríes trabajaban copulativamente. No era entonces aburrido el estudio, ni grave el filosofar, ni ociosa la investigación. Se ensamblaba vida, arte y pensamiento. Y teodicea. Tantos mesianismos —también los hubo árabes— tenían que dejar forzosa huella en lo cristiano: serán los alumbrados y recogidos, los begardos, los valdenses, los padres de Lyon, los congregantes del Libre Espíritu, los mil y un locos o santos que enardecen la religión oficial de las Españas entre el Milenio y los Borbones. Y quizá los cátaros, pues en el

Languedoc existían antes de su exterminio aljamas menos especulativas que las nuestras, pero más pingües. Allí, verbigracia, seguían vendiendo los mercaderes esclavos de color cuando en el resto de Europa ya nadie explotaba ese negocio.[49] «Algún día se comprobará que los judíos provenzales tuvieron arte, parte, oficio y beneficio en la secta librepensadora de los albigenses.» Quien lo afirma es un rabino askenazi en cierta esclarecida obra del judaísmo contemporáneo.[50] ¿Descubriremos ahora que los deicidas del Calvario también veneraban aquel Grial tinto en sangre por ellos mismos derramada? ¿O fue todo una broma?

Hemos hablado de escuelas talmúdicas emplazadas en Lucena bajo la férula fenicia. Nada, cronológicamente, se opone a ello. Sabido es que el Talmud —ese *mar de conocimientos,*[51] ese apabullante dilucidario del Pentateuco— empezó a fraguar después del exilio babilónico, en la época de Esdras y de Nehemías. Es decir: alrededor del siglo V a. de C., recién terminada la recopilación y redacción del Antiguo Testamento. Mil años iban a invertirse en la tarea, mil años pasarían antes de que la *Tora* recibiera formulación concluyente. Pero existen dos *talmudes*: el ortodoxo palestino (publicado gracias a la tolerancia iluminista del papa Juan de Médicis) y el heterodoxo de Babilonia, ocho veces más extenso. Huelga aclarar que los sefarditas optaron por éste a contrapelo de la geografía. La elección, o la predilección, se produjo en el siglo X. ¿Cómo diantre hicieron los pergaminos, escolios e ideas de Babel para alcanzar sin mutilación de órganos vitales el otro culo del planeta? Nos lo explica una especie de relato bizantino, casi cuento, crónica de Indias o cuaderno de bitácora...

Ello fue que los judíos babilónicos de Sura organizaron una colecta en todas las sinagogas del mundo y encomendaron la delicada misión a cuatro rabinos de confianza. Salieron éstos hacia Europa, toparon con una galerna, estampáronse contra el litoral adriático de Italia y allí los hizo prisioneros un tal Abén Rumahis, cómitre o quizá navarca al servicio del califa Abderrahmán. Quedó pues resuelta la aventura en lance de esclavitud. Tres de los viajeros fueron vendidos a toda prisa. El cuarto, que se llamaba Moisés ben Hanoch, tuvo la suerte o la habilidad de terminar en Córdoba como trofeo. La aljama no podía tolerarlo, conque reunió dinero y lo rescató, así como a su mujer y a su hijo. Cierto día entró el asiático en la escuela talmúdica de la ciudad y escuchó la lección de exégesis dictada por el rabino de la gran sinagoga. ¿Qué era aquello? Nada cuesta imaginar al buen Hanoch llevándose las manos a la cabeza o desgarrando su balandrán de lino. Sea como fuere, pidió la palabra y atinó a ilustrar el criterio babilónico con tanta mesura de ademanes y elegancia de verbo que el levita cordobés le cedió los trastos, la autoridad y el púlpito.[52] Así llegó el judaísmo caldeo, henchido de teosofías, a la ciudad andaluza que entonces dictaba ley a su antojo y deshacía caprichosos nudos gordianos en la cultura europea de las tres razas. El cuento termina con Hanoch, artífice y atamán de la primera *escuela de traductores,* deslizando verdades insufribles junto a un atril y entre las blancas paredes de la escuela talmúdica, pero ahí justamente arranca la aureola de ésta, el brillo de sus alumnos y la proclividad a lo esotérico de los escoliastas sefardíes.

Pero será, naturalmente, en la *Cábala* y no en el *Talmud* donde los españoles sin prepucio van a plantar el mingo de su heterodoxia. Asunto portentoso, pero que obliga a estar en el ajo, a dominar un contexto. ¿Quién lo posee en el micromundo occidental de hoy? ¿Quién se atreverá a definir lo que no es —como el *Talmud*— mar de conocimientos, sino océano del finisterre? A él se han arrojado muchos, pocos han vuelto en sus cabales y nadie, probablemente, lo ha recorrido por entero. No se trata de una doctrina, sino de un método elaborado sobre la pauta del espejismo: las palmeras se alejan al exacto son de nuestro paso. Graznan pájaros invisibles, hace frío, pásmase el reloj, nos araña la zozobra y el cielo se tizna de gris, pero ni por ésas amanece. «El cabalismo es el único movimiento religioso de tipo gnóstico capaz de completar su ciclo: crear enigmas y explicarlos, esconder secretos y descubrirlos, y concluir al cabo en un misterio aún mayor del que nos sirviera de punto de partida.»[53] Gnosticismo, sí... Ahí está de acuerdo hasta Menéndez y Pelayo, hombre de muchos tímpanos, que en la zambra vuelve a escuchar los obsesivos redobles emanatistas de Basílides y Valentino.[54] Pero ¿qué más?

En hebreo, *cábala* (o *kabbhala*) significa *tradición recibida.* Las razas primordiales se fueron a las estrellas dejándonos el recuerdo de un libro pergeñado en jeroglíficos por sabios de antigüedad absolutamente escatológica. Incluso Adán se hizo con un palimpsesto de ese jaez y tuvo la osadía de utilizarlo para recomponer su honor tras el asunto de la manzana,[55] pero en general suele atribuirse la paternidad del vademécum a Enoch (por los judíos), Toth o Hermes Trismegisto (por los egipcios) y Cadmo (por los griegos).[56] Con lo cual venimos a enterarnos de que la Cábala no es hebrea, sino universal. O cosmopolita, que dirían los alejandrinos. Escribí en otra parte que existen tantas cábalas como culturas y casi tantas como iniciados. A todas, sin embargo, les dio nombre el pueblo errante. Y ninguna congregación hermética se aplicó a la tarea de elucidar la Clave con más empeño, fuerza, rigor y magines que los desplegados por la gente de Judá. El *affaire,* como de costumbre, se le endosa al primer visionario de la Tierra Prometida. Moisés platica con el Hacedor en el atribulado Sinaí y necesita cuarenta fáusticas jornadas para aprender la nueva mística. Baja luego al vivaque donde todo un pueblo le espera entre jaimas y dromedarios, convoca a los setenta archimandritas de las doce tribus y les transmite el secreto. Se guardará éste en susurros de príncipes y sacerdotes hasta que Esdras reciba el encargo de conferir a la tradición oral la eternidad del pergamino. Así lo cuenta Pico della Mirandola,[57] y yo no conozco autoridad más autorizada que la suya. El mensaje repite la eterna canción de los adeptos: un dios, que es energía o luz sin límites ni interrupciones, se degrada por emanación en esferas sucesivas. Hay diez y llevan el nombre de *sephiroth.* Los gnósticos reducirán el esquema a siete cielos, pero no lo alterarán. Ya tenemos un ombligo mosaico para lo que se convertirá en dolencia crónica de nuestros ascetas y filósofos: el emanatismo (es Menéndez y Pelayo quien machacona y quejumbrosamente lo reconoce). Cada *sephiroth* conserva más o menos en rescoldo los atributos de la divinidad y las criaturas pueden utilizarlos como palanca, espejo o recuerdo para regresar a las regiones de la pura luz.[58] Pero ya sabemos que toda mística esconde un *soma,* un petardo de kif, una jaculatoria, un entrenamiento, un empujón, un resorte. Esta vez el truco consistirá en meditar arduamente sobre los nombres del *Tetragramaton.* O (tanto vale) sobre las veintidós letras del alfabeto hebreo, que no son garabatos inventados por el hombre para transcribir un idioma, sino epítomes o receptáculos del supremo poder.[59] Tal exacerbación metafísica del signo lingüístico era inevitable en el seno de la ortodoxia judaica. El estudio obsesivo del Antiguo Testamento condujo a la liberación de los fonogramas que lo urdían. Se trata de un fenómeno muy bien conocido por los aficionados al rosario, por los intérpretes de músicas rituales y por quienes se inclinan sobre un texto o un problema con largura de tiempo, avaricia de análisis y totalidad de atención. Transfórmase en mugido el ave maría, suena a yunque el tambor, los números o las letras bailan, las cifras y palabras se descomponen, la tinta se yergue sobre el papel y cada elemento vomita su significado convencional poniéndose a existir por sí y en sí mismo. Una metamorfosis similar condujo, por ejemplo, a esa plaga de nuestro siglo que Ortega definió magistralmente con la etiqueta de *deshumanización del arte*. Los culteranismos poéticos terminaron por conferir existencia autónoma a las palabras, y fue *dadá*. El minucioso escrutinio de las conciencias fragmentó la realidad por ellas entrevista, y fue Joyce o su epígono Beckett. El malabarismo (que no destreza) de los pintores acabó desgarrando las escenas representadas, y fue Picasso, cabalista a su modo, aunque truculento, lenguaraz, robaperas, tramposo, platirrino, saltimbanqui y fondón. Pero lo que en este caso mata al artista, quizás engorda y dignifica al místico. No cabe duda de que los judíos se acercaron (y nos acercaron) a la divinidad destripando dígitos, vocablos, sílabas y fonemas. Un sacro furor los animaba, una vesánica esperanza les quitaba el sueño. Por la *gematria* establecieron equivalencias entre vocablos cuyas letras poseían el mismo valor numérico y saltaron de unos a otros con la frágil gracia del colibrí. Por el *notaricón* aprendieron a entender cada voz como inicial de una frase y a comprimir ésta en una sola palabra de siglas. Por la *ternura* acuñaron un inaudito metalenguaje, combinando y desplazando con geométrico rigor los caracteres, las sílabas, los términos, los morfemas y los conceptos.[60] Son los tres abracadabras de la Cábala. Con ellos pueden franquearse las cincuenta puertas de Moisés (que no pasó de la cuadragésimo nona), recorrerse los treinta y dos *senderos* dibujados por los diez *sephiroth* y los veintidós signos del alfabeto, y formularse los nombres del Todopoderoso en setenta y dos letras angélicas.[61] El juego parecerá gratuito e incluso pueril a los nominalistas, pero su potencia de centrifugación respecto a la realidad inmediata está más que demostrada. Quizá se trate del mejor instrumento fabricado por el hombre para escudriñar lo intangible. Quizá no exista en Cabo Cañaveral una rampa que tan certera y vertiginosamente conduzca a las estrellas. Quizá ningún pensador alcance la agudeza de este insolente telescopio metafísico. Y, en cualquier caso, antes o después, todo argonauta o explorador moderno de los niveles numinosos ha tenido o tendrá que utilizarlo. ¿Razones? Una de mucho peso por lo que al hoy y al aquí se refiere: la Cábala juega a vestir de exactitud el ocultismo. Lo disfraza de ciencia, le confiere empaque académico, nos lo dora en píldoras que las cuadradas molleras del positivismo consiguen deglutir y a veces digerir. Anzuelo irresistible. ¿Acaso no inventaron los hebreos (algunos hebreos) el monoteísmo y el marxismo? *Son, pues, gentes de paz, respetables ciudadanos,* piensa el gabachín, el italianito, el holandesuelo, el gringuillo. Y hete aquí que se cuelan en su alcoba, arrebujados en la barriga de la Cábala como los aqueos en la del famoso caballo, también los *otros* judíos, los del bacilón astrológico y el delirio trigonométrico, los que saludan diciendo *buenas salenas,* comen cerdo, calientan retortas y acaparan velorios. Así cundieron las enseñanzas de la magia babilónica y egipcia entre los árabes y después entre los cristianos.[62] Si algún esoterismo colea en Occidente, justo será agradecerlo a esa quintacolumna irracionalista que supo travestirse de exactitud y engañar con tan evidente carátula a muchas nulidades del pensamiento europeo. A partir del sarpullido renacentista, y por supuesto durante él, todos los chamanes del Viejo Mundo se ven obligados a llenar sus alforjas en la despensa de los cronopios palestinos. Pico della Mirandola, Cornelio Agrippa, Paracelso, Nostradamus, Cagliostro, Saint-Germain, Papus y Eliphas Levi fueron —citando a bulto y sin reparar en su mayor o menor decoro— cabalistas, recabalistas, discípulos de cabalistas y maestros de cabalistas. Sólo madame Blavatsky y sus legiones de teósofos escapan de refilón a esta regla (que, por otra parte, ya no rige hoy en día). Los esoterismos orientales han aparecido bruscamente en el patio de butacas para irritar a los cómicos y enriquecer a los espectadores. Pienso en Huxley, en Isherwood, en Krishnamurti, en Romain Rolland... y vuelvo a lo que nos interesa: lo español.

Aunque no está nada claro, porque los textos anteriores al siglo XII se perdieron y los posteriores se ramificaron en espurio tropel de mestizajes, tengo que correr el riesgo de imaginar a la Cábala creación exclusiva, o por lo menos preferente, de las tribus sefardíes. Salta a la vista, por lo pronto, que los askenazis eligieron la banca, la música, la relatividad y el sionismo, mientras sus presuntos parientes del Mediterráneo optaban por la medicina, la alquimia, la búsqueda filosófica del absoluto y el enraizamiento en sus respectivas tierras de adopción. Sería insania negarles *parte* en la Cábala a los judíos dolicocéfalos, pero yo creo que el *arte* de la misma no les corresponde. Cuestión de gustos, de afinidades electivas, de medio ambiente o de providencia. Poco importa. Desde mis posiciones, el hecho de que el *Zohar* se escribiera en España no puede atribuirse a casualidad. Como tampoco lo sería de haberse redactado en Egipto o Babilonia. A falta de un *aleph* (cuya ubicación se revela siempre caprichosa y por ello imprevisible), esa enciclopedia de la metafísica tenía que brotar en un *exótero*. Y le tocó al nuestro.

Pero el *Zohar* es de finales del siglo XIII y no surge precisamente de la nada. Hay trompetazos que lo anuncian. Doscientos años antes, un repentino sefardita se descolgó con el *Libro de Jasher,* que sigue siendo la más vetusta manifestación de cabalismo escrito desenterrada hasta la fecha. Expone en clave alegórica y alquímica el Antiguo Testamento tal como lo utilizaban los samaritanos: limitándolo al quíntuple libro inspirado por Dios a Moisés y excluyendo todos los demás. Madame Blavatsky cree que la Biblia hebrea se formó por aglutinación en torno o a partir del *Libro de Jasher.*[63] Éste jugó frente a la ortodoxia judaica un papel muy similar al que los evangelios gnósticos desempeñaron en el seno del cristianismo. Los doctores talmúdicos se apresuraron a condenarlo y hasta ahora nadie ha propuesto que se arríe el entredicho.

Otra *rara avis* ibérica, casi por los mismos años, ponía los cimientos de la cábala matemática, que a partir de entonces serviría como diábolo para toda suerte de malabarismos. Este saltimbanqui de la aritmética luminosa se llamaba Abraham Aben Ezra y tenía por maestros a Pitágoras, Platón, Aristóteles y Alfarabí, además del Trismegisto, a quien identificaba con el autor del *Libro de Jasher.*[64] Lo de oficiar al mismo tiempo en los altares del ateniense y el estagirita no fue el menor de sus milagros. O de sus locuras. Sabemos que en el 1186, con motivo de un congreso de astrólogos celebrado en Cataluña y agarrándose a una maligna conjunción de planetas, anunció el apocalipsis para ese mismo verano.[65] Discípulo de este agorero fue Samuel Abulafia, tudelano nacido en Zaragoza y trotamundos sin contrición, que entre 1240 y 1291 escribió veintiséis tratados cabalísticos y veintidós obras proféticas.[66] La mayor parte de ello, como debe ser, no está hoy al alcance de los mortales, aunque sí del divino Scholem, que asegura conocer no menos de veinte títulos, muchos de los cuales aún copian *con devota meticulosidad*[67] sus esclavos jesubeos. Abulafia llevó una vida que para mí la quisiera. A los veinte años abandona Tudela y busca el Asia Menor tras las huellas de un río fabuloso donde al decir de los maestros aún subsistían (e insistían) las diez tribus eclipsadas de Israel. Pero ya era un infierno el Medio Oriente, por lo que nuestro hombre prefiere volver a Europa y demorarse entre Grecia e Italia alrededor de diez años. En el 1270 lo tenemes otra vez intramuros de su España, o mejor en Cataluña, donde arrimándose al iluminismo barcelonés despabila las ascuas cabalíes y las aventa. O lo que es igual: por espacio de muchos meses naufraga con premeditación en el estudio del *Sefer Yetsirá* y de sus doce comentarios.[68] A partir de ellos, y con ellos, insinúa el perfil de una doctrina que sólo enseña y quiere enseñar el retorno del alma a Dios mediante el método o truco de *soltar los lazos* desde el trampolín del alfabeto judío (o tentativa de formular con sus letras el nombre del Hacedor). Por cierto: dice Abulafia que para tal apuesta también sirven los signos de los restantes idiomas, pues todos son corrupciones del hebreo único que chamulla Dios. El primer paso, por si alguien descubre que es éste su deporte, consiste en combinar y permutar las veintidós cifras del explosivo abecedario hasta volverse loco, amén de aderezar el deliquio con oportunos jadeos proferidos desde posturas yóguicas. Conviene poner cuidado en que las vocales y consonantes no se salgan de su sitio, pues la confusión de éstas puede y suele perturbar la mágica correspondencia entre los signos alfabéticos y los órganos corporales, con lo que su forma se modificaría, quedándose el místico lisiado. Dice Angel L. Cilvetti, y yo me lo creo, que Abulafia bebió tales congojas en las fuentes del chassidismo alemán,[69] aunque también podría ser cierta la vía contraria.[70]

Tuvo el tudelano su primer embeleso a la verde edad de treinta y una primaveras, dos antes de lo que sin el descubrimiento de los antibióticos seguiríamos considerando ecuador en el camino de la vida. Y en algún trance sucesivo, pues vinieron muchos, alcanzó (o se le autorizó) a formular el nombre del Innominable y, hasta aquella visión, Innominado. Conque ya se despendula este *nemo propheta in patria* por los campos de la misma, y a lo peor con mezquino éxito, lo que en 1274 le empuja a dejar definitivamente la Península para volver al nomadismo por Italia y Grecia. Forma y conforma entonces a su mejor discípulo —el español José Gikatila— y da a luz varias obras firmadas con los pseudónimos *gemátricos* (o anagramas numéricos) de Raziel y Zakarías. Entretanto no cede ni ceja en su inquietud, que en 1280 lo arrastra a la delirante tentativa de discutir con el papa Nicolás III el negocio de que los cristianos adopten la fe mosaica. Así que entra en Roma desoyendo las advertencias del Pontífice, da con sus huesos en un calabozo franciscano y aprovecha esta coyuntura cervantina para escribir un manual sobre la meditación en cuanto palanca del misticismo. Pero dice una leyenda que antes de eso, exactamente el día de su aparición en la urbe, Nicolás muerde el polvo como por birlibirloque, sin aviso ni viático ni remordimiento. Y Abulafia no tarda en recuperar la libertad a expensas de un milagro. Tras éste aún tendrá tiempo de vivir otra década convulsa hasta desencarnarse en 1291, zarandeado por amigos y enemigos que no consiguen entender a quien simultáneamente se proclama profeta de las dos religiones y, poco antes de morir, mesías para lo que ustedes gusten. Con este cabalista la Cábala se hace profética, sale de su cubil ebúrneo, vuelve en *praxis* las tornas de la *theoria,* acerca la especulación a los pucheros y pone en marcha un artefacto gnomónico de mesianismo.[71] Abulafia corre paralelo en la cronología y en todo lo demás a Raimundo Lulio y Arnaldo de Vilanova, cuyos itinerarios se describirán en inminentes capítulos, y anuncia —como lo anuncian los dos maestros citados— al también alquimista y panteísta Miguel Servet. Son cuatro esquinas posibles en ese juego del misticismo español que las tiene por docenas. Don Quijote supo las normas y los trucos.

La fecundidad y amor a la hipérbole del tudelano no desentonan ni sorprenden en un siglo y unas aljamas donde los enigmas de la Letra y el Número fueron moneda trivial, penitencia de sinagoga y pasatiempo de tertulia. Toda España se derretía en cabalismos[72] útiles, a menudo, sólo para andar por casa. Prosperaron entonces disciplinas tan periféricas como la coprofarmacia y la lapidaria. Ésta exponía las propiedades teúrgicas de las piedras preciosas demorándose en párvulos y erráticos casuismos. Aquélla zanjaba enfermedades o resolvía problemas cosméticos recetando mondongos recién extraídos, heces frescas, vísceras palpitantes, telarañas, piojos, sangre de víboras, lagartos en escabeche y otras lindezas por el estilo.[73] Huelga añadir que muchos de estos fármacos servían también para excitar la libido, prolongar el placer y desorbitar sus efectos. Samuel ben Judá escribió un peregrino *ars amandi,* que se titulaba *Yaye,* y hasta el Catón Maimónides garabateó un libelo afrodisíaco para uso —y probablemente abuso— del sultán de Egipto[74] (asombra, por cierto, esta veleitaria actividad en quien, según algunos,[75] provocó *de rechazo* la Cábala, entendida no como tradición del pueblo errante, sino como respuesta irracional a las infiltraciones del pensamiento helénico en el judaísmo). Cagajones aparte, la medicina sefardí hizo furor en la Península hasta muy entrada la Edad Moderna y tuvo tanto arraigo como fue de difícil desarraigo entre quienes para la salud del cuerpo no confiaban en la Iglesia. Una absurda ley de 1412 imponía multas de cierto tonelaje a los cristianos que se curaban con recetas de aljama. Medio siglo más tarde, y vigente aún la citada disposición, el franciscano Alonso de España seguía quejándose de que en las cortes y obispalías españolas anduviera siempre al paño (y al cobro) una cualesquier eminencia del criptogalenismo hebreo. La Orden de Predicadores solicitó salvoconducto pontificio en 1489 para recurrir a la tenebrosa ciencia cuando ello fuera menester.[76] Y en 1580, casi un siglo después de la expulsión, Gregorío XIII tuvo que renovar los anatemas relativos a tan vergonzante promiscuidad, pues los piadosos monarcas de Castilla —imitando en esto a los súbditos— no renunciaban a trasegar potingues de gentil ni a ofrecer a la lanceta judía sus temblorosas carnes y tumores. Converso era el doctor Villalobos, alfaquín de confianza en las cortes de los Reyes Católicos y del César Carlos, y conversos serían mucho más tarde los señores Diego Mateo Zapata y Juan Muñoz Peralta, médicos de cabecera del borbón Felipe V. Entretanto, también las luminarias Cristóbal de Acosta y Andrés Laguna tuvieron renombre por lo mismo.[77] Podrían multiplicarse los ejemplos de esta cábala practicona, doméstica, retrechera, trivial y asendereada. Que si un afeite para la menina, que si un lapislázuli para el orgasmo de la marquesa, que si un horóscopo para el mosquetero, que si un bisturí para el orzuelo del principito... Santa Teresa iba a decir que el Padre Eterno también mete el cucharón en las sartenes. Lo cierto es que las dos cábalas —la especulativa y la picaresca— enredaron muy pronto a todos los españoles, sin distinción ni de credo ni de raza. La primera —ya se apuntó— sedujo a intelectuales de tanto lustre como Arnaldo de Vilanova y Raimundo Lulio.[78] A la segunda se refería, probablemente, Alfonso el Sabio cuando ordenó traducir al romance no sólo el *Talmud,* sino también esas «sciencias que han los judíos muy escondidas e que llaman Cábala».[79] Nos lo cuenta el sibilino infante Juan Manuel. En seguida veremos hasta dónde llegó la vocación judía en la Escuela de Traductores de Toledo. Y todo para que la voluntad pluralista de Sánchez Albornoz invirtiese los términos a la vuelta de pocas centurias asegurando, oh manes de Castilla, que «los propulsores del movimiento llamado Cábala se dejaron influir por las ideas cristianas de los *fraticelli* y de los *espirituales*».[80] Vivir para oír. ¿Sabe el insigne historiador que las metáforas eróticas tan frecuentes en nuestros místicos son cereal segado en la imaginería hermética de sus colegas sefardíes?[81] Sin ellos no hubiéramos tenido *noches sosegadas*, ni *llamas de amor vivo,* ni *esposos* celestiales, ni presencias que *hieren* y escapan como el *ciervo.* ¿Por qué el judío Fray Luis tradujo el *Cantar de los Cantares*? Pruebe don Claudio a responder.

Y así, los trajines más o menos solapados de dos siglos culminarían a finales del decimotercero con la aparición del renombrado *Zohar* o *Libro del Esplendor,* que fue y sigue siendo evangelio universal del cabalismo andante y despachurradora enciclopedia del saber hermético judío, donde «a la doctrina metafísica se mezclan teorías astronómicas y astrológicas, fisiognomía y quiromancia, revelaciones acerca de los nombres de Dios, de los ángeles y de los demonios, de las fórmulas numéricas y del *alfabeto,* formación de palabras mágicas, descripciones del cielo y del infierno, de las Tiendas Celestes y de los tiempos mesiánicos».[82] Este imponente vademécum se encarnó cerca de 1280, con la rúbrica de un sefardita que figura en el Parnaso como vecino leonés, pero que al parecer lo era de Granada.[83] Respondía a Moisés ben Semtob y conviene no desorbitar su responsabilidad en el asunto, pues obras de tamaña envergadura rara vez proceden de un tintero solitario. Además, por si esta duda no bastara, una parte del libro se redactó en jerigonza aramea de Jerusalén y otra en hebreo paladino. El leonés pudo ser eslabón final de una cadena hermética, organizador o copista de una turbia biblioteca oral y también, como muchas tradiciones aseguran, simple traductor de una obra escrita por Simeón ben Jocay, *improbable rabí palestino* del siglo II.[84] Este individuo, según algunos, sólo se ocupó de los capítulos redactados en lengua aramea, siéndole todo lo demás ajeno y posterior.[85] El propio Moisés de León se cuidaría de atizar la conseja explicando que su libro no hace sino repetir o glosar un asombroso palimpsesto exhumado en una cueva.[86] La apostilla parece ardid tramado para conseguir un salvoconducto de respetabilidad y burlar la académica desconfianza de los rabinos víctimas del *Talmud.* En la trapisonda anda mezclado otro sefardita célebre, el venerable Moisés ben Nachman, que al final de su vida se estableció en Jerusalén y allí topó con el manuscrito original. Éste salió inmediatamente rumbo a Cataluña (no olvidemos que Nachman era español) y se adentró por los laboriosos periplos peninsulares hasta caer en las alforjas de quien cara a la posteridad se convertiría en su autor.[87] Así lo refiere, lavándose las manos, el rabino Guedalia en su influyente *Cadena de la Tradición.*[88] Conque vaya usted a saber. El *Zohar,* en todo caso, utiliza expresiones tan rudamente castellanas como *esnoga* (que vale por sinagoga) y *gardina* (por guardián).[89] Eso cuenta. No será la Cábala española de origen, pero sí lo es —desde entonces— por adopción y autoridad. Moisés ben Semtob fue a morir en Arévalo, año de 1303 o de 1305, dejándonos uno de los trece mayores monumentos religiosos levantados por el hombre (junto a los *Vedas*, el *Mahabbharata*, el *Tao-te-king,* el *Libro de las Mutaciones*, la *Odisea*, los *Diálogos* platónicos, el *Bardo Todol,* el *Canon Budista,* la *Biblia, El Paraíso Perdido, Los Hermanos Karamazov* y el *Corán.* Incluyo éste con titubeos y cierta repugnancia. Perdón si me olvido de alguno). El *Zohar* —que es un *midrasech* del *Pentateuco,* o sea, un comentario en clave de la *Tora* como ya lo había sido el *Libro de Jasher*— divide la historia del movimiento cabalístico en dos acérrimas etapas: antes y después de él. En la Europa oriental, y dentro del judaísmo militante, los *chassidim, frankistas y zaddikistas* le siguen confiriendo una autoridad a menudo superior a la del *Talmud.* Antes había servido de fundamento para las pretensiones mesiánicas del arrebatado Sabbatar Zebi.[90] Y ya sabemos que, al margen de la estricta observancia y a partir del Renacimiento, todas las grandes firmas del ocultismo alemán y francés se limitaron a aplicar las instrucciones dadas por aquel españolito del mundo en el decimotercer siglo del Medievo. No me demoraré en otros ejemplos de esta vigencia ni me atreveré a resumir el contenido de un libro que es, como la cosmogonía de Einstein, finito pero ilimitado. Sus páginas reflejan, por lo demás, la constante lección de todos los gnosticismos. Me corrijo: de todos *nuestros* gnosticismos, porque el semen del *Zo-*

har dio siempre soberbios frutos españoles. En 1450 se ejecutó con fuego al valenciano Samuel Zarza, astrólogo de campanillas que buscó (y encontró) en las alturas la explicación de varios enigmas del *Pentateuco,* dándose luego a la desalada herejía de *sostener la antigüedad del hombre* (sic), así como la consecuente *eternidad del mundo.*[91] Entre 1450 y 1515 vivió el salomón charro Abraham bar Abraham Zacuto, catedrático de astrología en la universidad salmanticense. Antes de la expulsión obtuvo el mecenazgo de un obispo (para el que escribió su celebérrimo *Almanach perpetuum*) y de don Juan de Zúñiga, Gran Maestre de la Orden de Alcántara, que le encargó el *Tratado breve de las influencias del cielo* y el Juyzio *de los eclipses.*[92] Pero a partir de 1492 se nubló su estrella y ya todo se le hizo zascandilear por el extranjero esperando a la parca. Quizá fuese a dar con sus huesos en la villa mistérica de Safed, topónimo que aún no ha desaparecido de los vapuleados alrededores del Jordán. En 1555, según anota un escrupuloso documento turco, residían allí 183 familias castellanas (102 andaluzas, 55 de Aragón y Cataluña, y el resto cualquiera sabe). Todavía rompe y rasga en la ciudad el nombre y el recuerdo de José Caro, ibérico autor de una *Mesa Preparada* o compilación del ritualismo talmúdico en la que se esgrimen concretísimas soluciones para todas las pejigueras de la vida cotidiana. Dice Vicente Risco que esta obra fue el pendón en torno al cual cerraron filas los judíos de la Diáspora durante casi trescientos años.[93] Sí, don José Caro se convirtió en último legislador virtuoso del pueblo errante y en ejemplo manejado con afán por quienes postulaban el regreso a la ortodoxia tras los devaneos sacrílegos y cuasi-cristianos del Renacimiento. Por eso tiene aún más gracia enterarse de que el buen señor departía al mismo tiempo con la Cábala y escondía mesianismos de considerable monta.[94] Mal podía ser de otro modo, pues Safed se transformó a raíz de la expulsión en sanctasanctórum de los cabalistas españoles y éstos, que no eran cortos de genio ni perezosos de embestida, se apresuraron a instalar allí la primera imprenta del continente asiático. Como desplante los hay peores. El *Zohar* seguía haciendo de las suyas.

Pero con razón dicen nuestras madres que Dios da los hijos y el diablo se los lleva. Entre isabeles y torquemadas, con algún que otro espontáneo en capítulo, pronto nos quedaríamos sin los cubiles ocultistas que a partir del siglo XVI jugaron a destripar el contenido de los siete cielos por las juderías de esos mundos. Empezaba la fuga de la *inteligencia* y a tal exilio (triste, pero bien pagado) se acogieron los grandes gurúes y escoliastas de la Cábala sefardí, aunque no todos, pues siguieron aquí los trasconejados de costumbre (por astutos o por pusilánimes) y varios filósofos inaccesibles. La torre de marfil estaba hecha a conciencia. En sus riñones pudo enquistarse el cuplé emanatista tarareado en volapuk platónico, o sea, el otro eminente refugio del misticismo hebreo para uso de una exigua minoría. Ya antes de que el siglo XI llegase a su cintura lo había puesto de moda Salomón ben Gabirol, malagueño o cesaraugustano a quien los españoles de cruz y padrenuestro rebautizaron Avicebrón. Dos libros suyos, el *Makor Hayim* y el *Kether Malkut,* volvieron a echar las semillas alejandrinas en los surcos de Prisciliano. La cobranza fue gloriosa. El primero de esos títulos, traducido al latín en el siglo XII bajo el epígrafe de *Fons vitae,* se convirtió en manual poco menos que imprescindible para quienes animaban los liceos filosóficos del cristianismo peninsular antes de que el convincente Erasmo empezase a europeizar y soliviantar cerebros.[95] Plotino, Filón, Proclo y el Pseudo-Empédocles delimitaron durante mucho tiempo el recinto especulativo de nuestros hombres de religión. Y otro gran sefardita, toledano y médico de refilón, vino a rematar la torre de marfil. Citarlo casi da vergüenza: tan alta fue su autoridad, tan intenso el olvido que hoy nos merece... Jehuda ha Leví imaginó una sutil disputa sostenida en presencia del rey de los Khazares por un rabino, un filósofo, un teólogo de Cristo y un ulema del Islam. El libro lleva forma de diálogo (otra virtud platónica) y se llama *Cuzarí.* En él se arremete contra la razón y la ciencia, instrumentos romos que nada pueden frente a la íntima iluminación del poeta o del profeta escogidos por Dios en el seno de una raza privilegiada.[96] Avicebrón y Jehuda ha Leví, acompañados por el musulmán Abenmasarra, mantendrán expedito el acceso a la Caverna de las Ideas para que Duns Scoto y los pensadores franciscanos alcancen a visitarla. Fatiga opuesta a la que paralelamente se impusieron Avicena, Averroes y Maimónides, condenados los tres a la mísera servidumbre del Estagirita. Y así llegarían el Islam y el Templo a las intimidades de la Escolástica. Una historia que sólo nos interesa a medias: en su vertiente platónica y alejandrina. Por ella siguen cerrándose los anillos de la cadena hermética, mientras al otro lado ya todo será falsa luz del camino aristotélico, después tomista y por fin marxiano. A propósito de anillos, o de *sincretismos,* puede parecer curiosa la renunciataria coincidencia de que tanto Avicebrón como Jehuda ha Leví redactaran sus obras capitales en lengua árabe. Gesto, sin duda, escasamente acorde con la tradición del ghetto. ¿Veremos en ello un motivo de sorpresa o una taimada corroboración de promiscuidades? Mejor lo segundo. Aquello era alcuzcuz comunitario, aliñado con sal de las dos razas y pagado a escote. Muy pronto, cuchara en ristre, se acercó la tercera al festín y los broncos idiomas del desierto quedaron trasvasados en los odres de la culta latiniparla. Pero eso fue ya algo más que un sincretismo: podemos llamarlo *escuela de traductores de Toledo.* Quizá nuestro antepenúltimo momento estelar (si convenimos en que sólo Dios conoce el último).

Nunca España coincidiría tanto con su propia imagen. Nunca prestó tan impagables servicios a quienes transpirenaicamente presumen de monopolio europeo. Nunca volvió a erigirse con tan exacto equilibrio en fiel de una cultura hemisférica que *sine die* y a su pesar le pertenece.

Segundo cuarto delantero del siglo XII. Ocupa el trono Alfonso VII, *emperador* leonés, y es un cluniacense borgoñón —arzobispo primado de España y gran canciller de Castilla— quien se encarga de orquestar el baile: describirlo parece superfluo e improcedente escudriñar su génesis. Partiré de hechos inequívocos. Estamos en Toledo. Una pléyade de filósofos furiosamente libertarios (utilizo a mi modo la expresión) persigue la ambigua quimera de traducir al latín las herejías emanatistas de sus colegas paganos. El dislate, a la luz de lo que tradicionalmente se nos despacha por reconquista, es clamoroso y no hay historiador confesional capaz de enderezarlo (ni interesado en ello, puesto que rinde más dar por buena la plusvalía de gloria involuntariamente acumulada). ¿Existían a la sazón dos poderes, dos actitudes, dos maneras de hacer y entender la patria? Acaso (y ya siempre nos tocará deshojar la margarita). Por una parte, roturando a dentelladas las tierras de pan llevar, sargentos de Cristo y alfiles moros se entendían a mandobles y zurriagazos que era un primor. Por otra, rabinos, ulemas e isidoros se concedían tablas, ensimismados en el ajedrez de las ideas. Los extranjeros no acabarán de entenderlo. Son peculiaridades que o se maman o desquician. ¿Cabe sentir un amor parigual y simultáneo por toros y toreros?

Desde el tendido, sí. El país debía de parecer entonces una gran Maestranza donde las incidencias de la lidia afluían con armónica exasperación hacia la boca de riego, que es única, central, imprescindible y equidistante. Así también Toledo, barrio franco, puerta de privilegios, zaguán de asilo, prohibición de armas, símbolo trinitario, paréntesis, judería, zoco, corte, iglesia, sinagoga y mezquita. A él llevaba cada maestro su toro para que arremetiese contra los caballos. Cara a Europa, dirá Risco, el renombre de la ciudad no fue sólo por ciencia, sino más aún por nigromancia.[97] Allí despuntó la nueva Alejandría. No sabemos cómo eran sus cafegijones, sus ateneos, sus bibliotecas. Ni en qué pupitres se acodaban los sabios. Ni hacia dónde miraban sus reclinatorios. Ni bajo cuáles peplos se escondían. Ni al respaldo de qué chaflanes se daban citas. Ni si cultivaban la castidad o la abstención de carnes. Ni mucho menos cuántos insomnios necesitaban para alumbrar una herejía. Pero la imaginación, que es prenda de libertad, propone aposentos anchos y largos, losas apenas desbastadas, severos facistoles, quinqués góticos, un cántaro de agua y varias ventanas de herradura pintando en el suelo cárceles de luz solar, polvorienta, azulada, evocadora y oblicua. Quizá arde un pebetero en cualquier rincón y sus volutas sirven de falsilla al cavilar de los diógenes. Juan Hispalense (o Hispano), de pie junto a una mesa, vierte al vuelo frases árabes y judías en buen romance burgalés, y a su arrimo, casi de bruces sobre el becerro virgen; Domingo Gundisalvo pergeña con escrúpulo y ritmo las palabras de su edecán en parsimonioso latín del Medievo. Los dos amautas, miniatura de un enquiridión perdido, se demoran en el hipérbaton y la proclisis. Anhelan zeugmas, evitan solecismos, desentierran acentos de cantidad, se abren paso por la selva de las declinaciones y suenan ablativos absolutos que ya no caben en la estrechez macarrónica de la antigua lengua imperial. El lector es un hebreo de Sevilla; el traductor, un arcediano de Segovia. Ambos definen y acaparan el primer período áureo de la *escuela.* Con sosiego y dulzura, como una almáciga que premiosamente discurre por las paredes del alambique, se van diluyendo en latín cristiano la *Fons vitae* de Avicebrón, el *Libellus Moysi Egiptii* de Maimónides, la *Isagaya astrologica* del moro Abdelaziz, la *Differentia spiritus et animae* de Costa ben Luca, el *De sciencia de imaginibus* de Alfergan, el *Liber Mesallach,* el *Thabit de imaginibus* y una muchedumbre de opúsculos goéticos, babilónicos, genetlíacos y judiciarios. Egidio de

Zamora tildó de maestro en esas artes al propio Juan Hispano.[98] Como el vuelo de las ocas, o como el hálito de la peste negra (quizá pensarán otros), corrieron tales libros por Europa y ya Toledo, que no únicamente Compostela, se trasmutó en lugar de cita para los alejandrinos transpirenaicos. Sobra, sin embargo, este adjetivo infamante, pues allí todos hablaban un mismo idioma, anterior a la confusión babélica o por lo menos heredero de la primitiva unidad. La Cábala, al fin y al cabo, sólo pretende restituirnos un lenguaje ecuménico. En su búsqueda vendrían sabios de tapadillo, jóvenes inquietos, sacerdotes desalentados, místicos en agraz, charlatanes, naturistas y taumaturgos de exótica vestimenta. Se practicaba el secreto, pero algunos nombres terminaron por filtrarse: Gerardo de Cremona, Adelardo de Bath, Alfredo de Mortay, los dos Hermann (el Dálmata y el Alemán), Miguel Scoto... El Cremonense (al que muchos, por afán de hispanizar, supusieron oriundo de Carmona)[99] aprendió árabe al galope y tradujo, entre otras cosas, la *Terapéutica* de Juan Damasceno y la *Astronomía* de Geber.[100] Pero fue el opinable escocés Miguel Scoto quien mayor crédito de nigromancia iba a conseguir fuera de la Península. Documentos palatinos de Reggio Calabria le atribuyen talentos proféticos de insultante clarividencia. El cronista Francesco Pipini lo compara a la Sibila. Dante no se olvida de meterlo en el correspondiente círculo infernal. Boccaccio le reconoce autoridad absoluta en materia de ocultismo.[101] Y así todos...

Otro centauro español, y quizás hijo de Toledo, fue el autor anónimo de la asombrosa *Virgilii Cordubensis Philosophia*, donde el poeta Eneas aparece travestido de filósofo musulmán. ¡Qué caradura! Estamos, por supuesto, ante un apócrifo de la cruz a la bola, pero la vendimia de libros así no puede ni debe obtenerse en los viñedos de la exactitud. Según Menéndez y Pelayo, que involuntariamente atiza la libido de sus lectores, el creador del bodrio se inspiró «en la tradición napolitana de la magia de Virgilio y tomó prestado el nombre de éste para autorizar sus propios sueños, que hoy llamaríamos espiritistas».[102] Se acepta el párrafo. Y muy bien por el adjetivo, oh Calícatres venerable de las ínclitas razas ubérrimas...

En todo aquel floreo hizo encaje dc bolillos un tal Mauricio Hispano que siempre estuvo —y sigue— encubierto como un cabrón tras la vaguedad de su pseudónimo. Traducirlo es perogrullada: se trataría de un *moro español.* De ahí no consiguen pasar los investigadores. Don Marcelino, fiel a sus demonios, lo identifica sin pruebas con Domingo Gundisalvo. Los teósofos se apresuran a abrirle ficha como «*clericus* de España muy versado en doctrinas de Alejandría y Bagdad».[103] Sabemos que escribió un celebérrimo *Libellus Alexandri,* anatematizado en París por el juez Courgon hacia el año 1215. Día a día gana valedores la hipótesis de que Mauricio puso en marcha el implacable mecanismo de las herejías panteístas intramuros de la teología cristiana. ¡Menuda zambra! Su compás pudo transmitirse sin intermediarios a David de Dinent y Amaury de Benes, prosélitos de Avicebrón que contagiarían el virus a media Europa. Análoga ascendencia cabe atribuir a Escoto Erígena, que inventó a Proclo sin conocerlo y cuyas audacias ni se agotan ni se explican recurriendo al Pseudo-Dionisio.[104] Y nada impide enredar en la misma trama a los furibundos neoplatónicos y pitagóricos de la escuela de Chartres, algunos de los cuales —en opinión de Asín— «saborearon las primicias de las traducciones toledanas»...[105] Aquí un ilimitado etcétera. La garra del panteísmo ya nunca perdería *sex-appeal.* Roma no ha conocido quintacolumna más tenaz, trampa mejor urdida, oposición tan pluricéfala. Con o sin Mauricio, nos corresponde todo el honor de la ofensiva. No a mí ni a usted, sino al cabalista judío, al sufí muslime y al gnóstico cristiano que hace ocho siglos compartieron pluma y yantar en Toledo sentados a la misma mesa, traspuestos en la misma ensoñación y encendidos por el mismo Verbo de una divinidad omnipresente. En Italia, junto al Tíber, dirán: *creatio ex nihilo.* En España, cabe el Tajo, un clamor de profetas y filósofos repetirá el antiguo mensaje de los cristos: *emanación, emanación, emanación.* ¡Ay, Toledo, peñascosa pesadumbre!

Dos palabras aún sobre Gundisalvo. Éste no se limitó a traducir, sino que puso cinco obras de su cosecha. Fueron y serán importantes, aunque no lo parezcan ahora, en un intervalo histórico de ronco rebuznar involutivo. El pensamiento del segoviano trasuda, alarga, subraya y reitera la filosofía de Avicebrón. En sus tratados no hay originalidad, pero sí apremio de profundidad. El vigor de ésta sustituye al eclipse de aquélla. En mística, por otra parte, no cuenta ni existe ni estimula la novedad. Todo es revelación del Verbo (que no cambia: se repite), catalizada en ocasiones por los buenos oficios de un adepto. Creía pues Gundisalvo en un dios estrictamente personal y en el estallido de fogonazos psicodélicos capaces de iluminar (a veces) la estructura recóndita de lo *nouménico.*

Kant, *mutatis mutandis,* quiso hacer otro tanto: es el *volatín inmortal* que le imputan las meditaciones machadianas. Sólo que el filósofo de Koenigsberg maneja el zapapico de la razón pura, y por ello se esteriliza, mientras el clérigo de Toledo desconfía de ese arnés y prefiere correr el albur de las nupcias místicas así tenga que pagarlas al precio de creer como Tertuliano en el absurdo. Carlos Areán, uno de los pocos intelectuales españoles que se ha atrevido a detectar la presencia en la Península de elementos vernáculos indestructibles (o, por lo menos, aún no destruidos), recuerda en una obra reciente[106] que Dominicus Gundissalinus fue contemporáneo del *ingenuo* y *delicioso* Berceo, y atribuye el abismo existente entre ambos al entorno mudéjar que circunscribió los estudios del filósofo.[107] Mucho separaba entonces a los mínimos frailes riojanos de los masoretas, nazarenos, derviches, rabinos y morabutos. Aquéllos, por los pagos de la Bureba, coloreaban misales con fe de rapaz y primera comunión; éstos, al sur del Cerro de los Ángeles, perseguían la *gnosis* por los intestinos de vastas bibliotecas. Y así, mientras el dulce trovador de la Virgen remansaba la cuaderna vía en dehesas de jilgueros y amapolas, el grave discípulo de Avicebrón andaba ya cavilando soluciones para roturar la génesis del cosmos y escudriñar la viabilidad del conocimiento. No eran problemas favoritos de la época, al menos entre los cristianos. Gundissalinus, adentrándose por la brecha de Alejandría, anticipó varias centurias de quehacer filosófico y armó —como dice Areán— la primera síntesis teológica del Medievo entre los saberes de salvación de las tres grandes religiones monoteístas.[108] Tuvo, además, suerte (o desgracia, según se mire): nadie le colocó *off limits* de la ortodoxia. Supo bailar en el alambre con naturalidad. Y Toledo se prestaba. Murió, pues, con la cabeza en su sitio. De otro modo quizá las provincias del sur hubieran desarrollado una segunda mitología priscilianista con sólo ocho siglos de dilación. Como el Druida, Gundisalvo era un adepto. Sólo así se entiende su actitud y su precocidad.

La Escuela de Traductores inició una calmosa decadencia al irse adelgazando por muerte o desgana su primera generación de cerebros, pero en la bisectriz del siglo XIII, casi cien años después del mutis, resucitó contra pronóstico y con mejor salud que nunca gracias al mecenazgo de Alfonso X. Hubo entonces menos filosofía, más ciencia (exacta, física o natural) y, como siempre, mucha religión y misticismo. No olvidemos que por los mismos años alguien está redactando el *Zohar.* La Cábala, en consecuencia, será uno de los principales vectores incorporados al quehacer de la nueva época.[109] Alfonso, ese benévolo comisario de cultura popular, no esconde su inclinación al ocultismo ni su interés por el dramático deambular de las estrellas. En 1250, el presbítero Garci-Pérez y el rabino Yehudah-Mosehha-Qaton terminan de arromanzar los célebres *Lapidarios* de Abalais y Abenquios, traducidos por estos autores (según se afirma en el prólogo) nada menos que del caldeo al árabe.[110] Placer de dioses: mientras en Francia se dedican a achicharrar cátaros, en Roma a establecer inquisiciones y en Palestina a crucificar sarracenos, hay en Castilla ciudades donde un circunciso y un tonsurado pueden sentarse pacíficamente a la misma mesa para poner en cristiano fórmulas litolátricas redimidas por los heterodoxos musulmanes en los bíblicos alrededores de Sodoma. Cumplida esta tarea, el rey encomienda a tres proviceros judíos la composición de las imponentes *Tablas Astronómicas* o *Alfonsíes.*[111] Y mientras tanto, Yehufa ha Cohen —alfaquí muy reputado en la corte— traduce un clásico de la astrología judiciaria muslim: el *De Ochava Sphera.*[112] Quizá venga de entonces la costumbre de llamar *cohen* (con voz que figura en el diccionario) a los adivinos, a los hechiceros y también —ignoro la causa— a los alcahuetes. Hebreos serían además, y sin duda amigos personales del rey, muchos de los funcionarios que redactaron o tradujeron los pingües, fértiles *Libros del saber de astronomía...*[113] «Extraño fenómeno», y sin parangón en otros países, comentaría Américo Castro en lo tocante a la paradoja de que varios judíos del siglo XIII se avinieran a escribir en el idioma de los usurpadores.[114] Y leo por casualidad en Spengler: «cuando Alfonso X de Castilla, hacia 1250, mandó componer una nueva obra astronómica —bajo la dirección del rabino Isaac Ben Said Hasán— por sabios hebreos, musulmanes y cristianos, esta labor fue producto no del pensamiento fáustico, sino del mágico».[115] Muy otra sería, en cambio, la reacción de nuestros inextinguibles campazas. El padre Isla, por ejemplo, tuvo la deplorable ocurrencia de incluir en su *Historia de España* versificada estos endecasílabos ripiosos: *Alfonso X, a quien llaman sabio, / por no sé qué tintura de astrolabio, / lejos de dominar a las estrellas, / no las mandó, que le mandaron ellas, / y mientras mide el movimiento al cielo / cada paso un desbarro era en el suelo.*

Así nos va. Y cierro el tema con una cita de Feijoo. Dice éste que en la iglesia primada de Toledo se conserva un pasmoso manuscrito, titulado *Nigromantia ut ab spiritus traddita,* donde se menciona con pelos y señales a quienes en vida del autor sentaban cátedra de ocultismo por los porches y tertulias de la ciudad.[116] Firma el tumbo un filósofo cordobés coetáneo de Averroes. Ignoro si la referencia es fiable o sólo *ben trovata,* pero a bulto la doy por buena pues el benedictino siempre gustó de comprobar empíricamente la verdad o falacia de las supersticiones. ¿Cuántos magos figuran en la lista? Feijoo no lo dice, pero sugiere que son tropel. Habría que ganar el Tajo (cualquier excusa vale), trepar hasta Zocodover, llegarse por la calle del Comercio a la Biblioteca del Cabildo, pedir venia, buscar y acaso encontrar el becerro, tirar de ábaco, sumar a pie de página, deducir cifras totales, mirar al infinito y sorprenderse. Porque si Compostela sirvió de quicio casi milenario a la frustrada religiosidad del mundo occidental, Toledo alcanzó pareja aureola como universidad mayor del ocultismo en todo un continente a mogollón y en otros dos al sesgo. Con una ventaja para este rabo de Europa por desollar: allí jugaron libremente y de poder a poder las tres grandes etnias conformadoras del existir histórico español.

Equilibrio fugaz: harto lo sabemos. La sinfonía iba a interpretarse muy pronto en sordina. Luego vendría el silencio. Aún temblaban en el mar guijoso de Castilla los círculos crecientes y concéntricos originados por la colosal aventura de síntesis alfonsí, cuando los pastores cispirenaicos tuvieron la desfachatez de invadirnos para desencadenar su célebre escabechina en las aljamas de Navarra. Fue —lo dijimos— en el año 1321. Cierto es que los felones aullaban en galiparla y que Alfonso de Aragón dio buena cuenta de ellos, pero el tiburón cristiano cató en el episodio el olor de la sangre, se encoñó con él y ya no hubo forma de desintoxicarlo. Espantosas y definitivas habrían de ser las consecuencias. Cundió el ejemplo, se europeizaron los catalanes y en el Call de Barcelona —como reconocen hasta los *Heterodoxos*—[117] no quedó piedra sobre piedra, virgo íntegro, gaznate intacto, butifarra por destripar ni judezno con lengua para contarlo. *Cobdicia de robar, no devoción,* dice Pero de Ayala que empujó a los desalmados en aquella feroz orgía. Y apenas cinco lustros más tarde llegaba a España, desde toda Europa, la epidemia de peste negra que en ocho democráticos años dio mulé a veinticuatro millones de súbditos occidentales.[118] Motilona pintaban a la ocasión: el pueblo sostuvo que ciertos malvados *sembradores* hacían por multiplicar el contagio. ¿Quiénes? Los judíos en unión de los leprosos. ¡Rediós, qué ocurrencia! El bulo era de alivio y corniveleto. Resucitaban en él —dirá Risco—[119] antiquísimas leyendas sobre el compadrazgo de semitas y lazarosos, entendiéndose a los primeros como enemigos naturales del ser humano.

Y así, poco a poco, se impuso un clima espiritual proclive al genocidio. En el 1413, por ejemplo, organizó Tortosa (con la venia del papa Luna) una discusión pluralista sobre el *Talmud,* abierta —empezaban las traiciones— por el malsín converso Joshua Lorki. Al cabo de casi un año hubo sentencia condenatoria y se prohibió la lectura (tanto más el estudio) de aquel Libro sagrado.[120] No citaré otros episodios. Creció la tensión a lo largo de todo el siglo, mientras los sefardíes —tan masoquistas como los *askenazis*— rendían parias, cantaban el kirieleisón, apechugaban cornudos y apaleados, pero contentos, e inclusive, a veces, trabajaban hombro con hombro de sus verdugos. Sobre esta absurda complicidad volveré más adelante. Hubo también breves conatos de resistencia y se produjeron venganzas poco nobles, aunque comprensibles, que desde luego no contribuyeron a pacificar los ánimos. Así andaban las cosas cuando en 1488, y en día de Viernes Santo, un grupo de israelitas apedreó el humilladero sito en el puerto salamanqués de Gama. La reacción fue instantánea: los cristianos del lugar embistieron a toque de corneta y los judíos, culpables o inocentes, tuvieron que refugiarse echando humo en la pesadilla berroqueña de las Hurdes, junto al hontanar del río que ellos llamaban Jordán y nosotros —con hache antaño aspirada— Hurdano. Algún investigador reciente atribuye a este episodio el proverbial abandono administrativo de la comarca,[121] hipótesis que concuerda no sólo con los criterios predominantes —hoy como ayer— en los gobiernos de Castilla, sino también con la aureola de sanctasanctórum y escondrijo que desde la más remota antigüedad viene santificando el valle de las Batuecas, ubicado para su ventura o desventura (y siempre aventura) en aquellos canchales. ¿Resultará que los cretinos de Buñuel son cachorros de cachorro de perro judío? Tierra sin pan ácimo se revelaría entonces la hermosa región olvidada.

Conque menudearon lances como el descrito hasta culminar en el más famoso, sañudo, dramático y grotesco: la inmolación en olor de magia negra del llamado Santo Niño de la Guardia, en el siglo Juan de Pasamontes y piadosa criatura de Toledo. Un auto de fe como tantos catalizó el infanticidio en fecha 21 de noviembre de 1490. Enésima gota de sangre para colmar el vaso de la venganza. Manos conversas secuestraron al chaval, lo torturaron y le dieron muerte en todo análoga a la sufrida por Jesús en el Gólgota.[122] Indignóse la plebe, achicáronse los marranos y entendió la magistratura en el asunto. Las diligencias revelaron que los asesinos, para más befa, habían elaborado un filtro mágico con el corazón de Juanito siguiendo las instrucciones de un punto por mal nombre llamado Benito García de las Mesuras. Huelga decir que éste confesó haber aprendido tales artes en la pagana Francia,[123] pues de otro modo no se comprendería semejante malicia, tamaña ruindad y tan aleve fantasía. El cordial —nunca mejor dicho— llevaba sangre venosa y tropezones de hostia consagrada. No estaba la época para ultrajes tan insolentes. El pueblo exigió linchamientos que la Corona no se atrevió a impedir. Había que imitar a Europa. Torquemada propuso el edicto de expulsión y los reyes lo firmaron recién comenzada la primavera del fatídico 1492. Cabe suponer que no se harían de rogar. Isabel y Fernando llevaban ya cuatro lustros desandando el camino de tolerancia abierto por sus mayores. En 1476 habían arrebatado a los hebreos su independencia judicial en lo tocante a delitos criminales. En 1480 crearon juderías obligatorias. En 1481 recabaron la autoridad de la Inquisición para dirimir la infinita querella de los conversos. En 1483 segregaron de Andalucía a los sefarditas y tres años más tarde, sin el rebujo de peones ni consortes, Fernando los desnidó de Zaragoza...[124] Así que en el tristemente célebre *edicto de expulsión* —uno de nuestros clichés universales— hubo de todo, menos sorpresa. Se afianzaba la decadencia antes de que empezase la *grandeur.* Alrededor de 200.000 españoles salieron con la chaqueta al hombro rumbo a un exilio irreversible. Otros tantos probaron a quedarse so capa de conversos en la Península, decididos a torear lo que viniere. No les faltaría diversión.

Tan amargo trance suele pintarse como postre o entremés del supuesto cerrilismo ibérico. Hipótesis falaz, extranjera e incluso, ay, ligeramente halagadora en lo que cabe. Porque la realidad parece aún peor, si no de esencia, sí de consecuencias. Vayamos a lo que importa: al *deus ex machina* capaz de jugar durante cuatro siglos con las vidas de todos los españolitos habidos y por haber. Ese motor tiene nombres —se llama Inquisición, Tribunal de la Suprema, Santo Oficio—, y fue en definitiva el instrumento del que iba a servirse la clase opresora castellana para defender sus privilegios, imponer al paisanaje su ideología y aprisionarlo en la cárcel de una sociedad cerrada a machamartillo.[125] Por ahí asoma el busilis. No existe otro y en él convergen todos los investigadores de la última hornada. La pureza racial —idea absurda en lo tocante a un pueblo que siempre ha entendido las relaciones internacionales como asunto del bajo vientre— y el amparo de una ortodoxia religiosa a la sazón todavía por definir eran marrulleras cortinas de humo para guindar (o entusiasmar) a la chusma. Pronto ilustrarían los extremeños su gustosa moral del mestizaje sobre la ingle de las aztecas. En seguida los erasmismos se harían dueños del cotarro áulico, monacal, universitario y artístico. No, la Inquisición no venía a romper lanzas en torneos de tan poca chicha, sino a sancionar para siempre el ucase de la España central sobre los ilotas del extrarradio. En ese contexto se inscribe la delirante partida de guardias y ladrones organizada por un Señor de las Moscas que entre nosotros no fue espontáneo ni precoz (en Francia contaba ya con dos siglos y medio de fechorías), aunque sí poderoso, inteligente y obstinado. La cruzada *adversus* judíos del 1492 debe entenderse, pues, como ensayo general del drama que a mayor gloria de lo centrípeto se seguiría (y cuyas consecuencias aún estamos pagando, quizá con más apremio que nunca). ¡Pensar que fue precisamente un monarca de la periferia quien se tragó el anzuelo, el sedal y hasta el carrete! Pobre Fernando, tan ladino, tan listorro, según el lugar común que nos lo propone como modelo de príncipes renacentistas... Y eso que no le faltaron bocinazos del villanaje, pues los maños —catando que allí se cocía un desmán para sus fueros— cerraron apretujadas filas frente a la Suprema.[126] Empezó Teruel, cuyas autoridades no permitieron entrar en la ciudad a los dos comisarios de la abominable institución, y siguió Zaragoza con un episodio célebre, viril, malquisto y quizá goyesco: el asesinato del inquisidor general Pedro de Arbués, cosido a mandobles mientras rezaba de hinojos en el altar mayor de la Seo. Aún llovía poco: la definitiva y, por dos motivos, toledana noche de autos se produjo el 15 de septiembre de 1495, un lustro antes de la crucifixión del Niño de la Guardia. Pero ya hubo ley de Lynch. Los terroristas, que por supuesto eran conversos y aragoneses, no se limitaron a sufrir la pena capital. A uno de ellos, por ejemplo, le cortaron las manos para clavarlas a guisa de aldaba en las puertas de algún edificio público y a renglón seguido lo arrastraron hasta la plaza de abastos, lo decapitaron, lo descuartizaron y repartieron sus despojos por las calles de la ciudad. Otro, para evitar el tratamiento, masticó y engulló una lámpara de vidrio, pero la treta se reveló ociosa: pocas horas después emprendía su cadáver el itinerario arriba descrito... Futesas, cirigañas, gallofas y quiquiriquíes de un asunto que no es de mi incumbencia. Quédese la Inquisición, martillo de esoterismos, para sus muchos doctores.

Pero sí interesa destacar el papel *activo*, de minervas o incluso de verdugos, que en ella jugaron los sefarditas. Que nadie prorrumpa en trenos: es cosa demostrada. Y, en realidad, lógica: ¿a quién le importará más la actuación y prestigio de los tribunales que a un presunto culpable? Serían, pues, los conversos quienes —deseosos de evitar malentendidos y disipar entredichos— presionaran con mayor encono a la administración hasta conseguir que también en España funcionara el Santo Oficio.[127] Esto por una parte. Por otra, parece que el estatuto de la limpieza de sangre —tan ajeno a la *weltanschauung* peninsular— se inspiraba en el Antiguo Testamento y, dentro de él, en los libros de Esdras y de Nehemías. Tal postula Américo Castro, desde una inexpugnable (por caudalosa) barrera de noticias, detalles y documentos,[128] y hasta coincide en ese enfoque con su eterno rival Sánchez Albornoz. También don Marcelino, en carta dirigida a Juan Valera, atribuyó el *lado antipático y repugnante* de la Inquisición al *fanatismo racial* de los judíos, «que luego habría de volverse contra ellos».[129] Otros autores van más allá: el espíritu del Santo Oficio —recelo, delación, compadrazgo, envidia, intolerancia— sería en sí y por sí mismo reflejo del que aún hoy cobra víctimas en aljamas, sinedrios y sinagogas.[130] No se entiende, en efecto, la actividad y eficacia de la Suprema sin la eficacia y actividad de aquellos *malsines* que, protegidos por un involuntario factor sanguíneo, husmeaban el aire mefítico del *ghetto* para vomitarlo después en las barrigudas carpetas de los prefectos. Angela Selke publicó en 1973 un trabajo muy escrupuloso, aunque circunscrito al entorno de los chuetas, donde se da razón del predicamento alcanzado por tales delatores cara a la trastienda de los procesos incoados por el Santo Oficio.[131] Ahora bien: al malsín no lo inventaron los inquisidores. Sabemos, por el contrario, que constituían una corporación (o plaga) «oficialmente acogida por la jurisprudencia rabínica».[132] Y hasta la propia Iglesia, ya entonces, llevaba más de dos siglos recurriendo a los *marranos* para menesteres de traición todavía incruentos, como lo demuestra el debate sobre el Talmud entablado en Barcelona hacia el 1263.[133] Páginas atrás se hizo mención de un caso análogo, fechado siglo y medio después en la diligente Tortosa. Por desgracia, no todas las complicidades quedaron entre malsines, correveidiles y soplones, fauna venenosa que al fin y al cabo siempre repta por las comisarías y se encarama a los escaños de las audiencias. Exaspera y levanta ronchas la noticia de que Tomás de Torquemada y Diego de Deza —primeros inquisidores generales de las Españas— eran sefarditas renegados y de que por lo mismo se tuvo y se tiene al cardenal de Sevilla Alonso Manrique, ascendido en 1523 al escalón más alto de la Suprema.[134] Y sin embargo, como apostilla Kamen,[135] este círculo vicioso e indecoroso de persecuciones fratricidas se ha repetido demasiadas veces desde entonces. La peculiaridad ha degenerado en lugar común y el historiador —aburrido, quizá con asco— ya no puede ni debe reparar en su importancia. Es el judío un lobo para el judío. ¿Quién acertará a olvidar los comistrajos y contubernios entre los nazis y sus víctimas? ¿Quién el sombrío genocidio perpetrado a dos manos en la promiscuidad del *lager*? Bruno Bettelheim, que estuvo allí y no precisamente entre los carniceros, nos ha contado muchas cosas sobre la *entente* contra natura que en torno a las cámaras de gas establecieron los arios y los semitas.[136] Cinco millones de personas no van al sacrificio si de verdad desean evitarlo. Sólo los borregos, los suicidas, los mártires y los jugadores a largo plazo colaboran con el matarife. Los judíos del Tercer Reich no eran, por supuesto, borregos ni suicidas ni mártires. Conque...

Sí. Jugadores clarividentes, individuos enfrentados al futuro, capaces de rizar el rizo sobre las crestas de la historia (o por lo menos de intentarlo). El *homo mosaicus,* racional hasta la náusea, cree más que nadie en la posibilidad de forjar (y forzar) el destino. La venenosa tendencia de hogaño a la planificación le corresponde en exclusiva. Y su secuela: la fe en el progreso. Guste o no, el siglo XX está empapado en judaísmo. Carlos Marx tenía que pertenecer al pueblo errante. Necesitaba esa hechura racial o atávica telaraña para tejer sus populares desvaríos. Ni en mil años hubiera dado con ellos un pensador de sangre aria, mongólica, cobriza, drávida o camita.

Y así —¿por qué no?— todo se había previsto. La planificación era atrevida, temeraria la apuesta. Ni quinquenal ni secular: bimilenaria. Consistía en recuperar Israel corrigiéndole abscisas y coordenadas a diecinueve siglos de diáspora. ¿Acaso no lo consiguieron? ¿No están los hebreos en Palestina, no ocupan el rancio solar del Templo, no envuelven y desenvuelven el Sinaí de los Patriarcas, no han recuperado el muro de las lamentaciones? Para ello era menester una guerra continental, un jaque mate a la cruz gamada y cinco millones de hermanitos acogotados. No les tembló el pulso y hoy tienen casi todo lo que buscaban. Napoleón, un siglo atrás, le había dicho a Metternich: *para hombres como usted y yo, ¿qué significan cien mil cadáveres?* Los rabinos se sentaron a la mesa y movieron, con hilos largos, a sus soldaditos de plomo: Hitler y Churchill, la Gestapo, las divisiones acorazadas, el Ejército Rojo, un mujik en Ucrania, un exiliado cordobés en las Ardenas, André Malraux, los hoplitas de Normandía... Todos se equivocaron de conflicto, quisieron vender fuego en la fragua de Vulcano, sin saber que nadie se enfrenta impunemente a un israelí sobre tapetes de ingenio, crucigramas de historia y tablas de trigonometría. La lógica y el cálculo estarán siempre de su parte. Les incumben por ley de arquetipos. Son genialidades de semita, unívocas e intransferibles, como el toreo lo es para los españoles o el arte culinario para los chinos. Ya van tres veces que Judá maquina una trama plurisecular con el solo objeto de interrumpir la diáspora y apoderarse de la tierra prometida. Sabe Dios cuándo y dónde empezaron las maniobras de esta tercera estrategia (victoriosa, como las demás), cuándo y dónde alguien adelantó un peón sobre el tablero de ajedrez en el que andando el tiempo iba a ventilarse la segunda guerra ecuménica. ¿Fue un rabino en Praga, un hacán en Salónica, un joyero en Djerba, un mendigo en Larache, un doctor en Teruel, un pálido levita superviviente junto al Templo que Tito acababa de destruir? Poco importa, puesto que la partida parece a punto de entablarse otra vez y otra vez su resultado será el de siempre. ¿Hasta cuándo la frívola (pero trágica) danza, hasta cuándo aceptaremos en campo ajeno un desafío al que no sabemos responder? Harían bien los arios y no arios desentendiéndose definitivamente de tales trivialidades, abandonando el yermo de la historia a los judíos que tanto gustan de triscar por ella y ciñéndose a la esvástica, a pensarla y observarla hasta que su centro se transforme en lengua negra, a trenzar los brazos con sus brazos, a imprimirle el movimiento que el aire imprime al molino, a engancharse de sus aspas, a volar y a vivir y morir y desvanecerse en ese símbolo postrero de una deidad atlántica y personal. Me consta que es buen *karma*. No así el otro.

(¿Cómo no distinguir entre judíos y judíos? Los mecanismos de la razón y el poder, o sus dudosos frutos, sólo tientan al sionista. Los demás, con o sin Cábala, permanecen sordos a la música del éxodo, la revancha, las ametralladoras, el desarraigo, la irrigación del desierto con lavativas de cobre herrumbroso y la historia en general. Hay muy pocos sefarditas en el fosforescente infierno de Israel e incluso algunos askenazis acertaron a ventear el garlito. No pensaba yo en aquéllos ni en éstos al escribir el último párrafo. Menos aún en el cabalista, acérrimo enemigo de los llamados sabios de Sión.)

El rodeo viene a cuento de España. De lo que dijimos sobre la decisiva colaboración hebrea en el quehacer del Santo Oficio. ¿Habrá que contemplar la hipótesis de un complot fraguado en las aljamas? ¿Fueron los malsines e inquisidores conversos, a sabiendas o no, ingenuos soldados de exploración en una tentativa encaminada a conseguir que el control del país quedara en manos mosaicas? ¿Se sirvieron éstas de la Suprema como trampolín, alibi y argumento de chantaje, sacrificando sin pestañear a montoneras de consanguíneos cada vez que las circunstancias así lo requerían? Ya sabemos que algo similar sucedió o pudo suceder siglos después en la Alemania de Hitler. Pero bastantes zonas de sombra hay en todo este embrollo de la Inquisición, de por sí más que sombrío, sin necesidad de buscarle simetrías en la historia. De entrada, y pase por aquello del masoquismo atávico y el atávico retorcimiento, judíos de claras luces (arropados en conversiones de boquilla) se vuelcan a favor del lúgubre sanedrín, lo organizan, lo empujan, lo mantienen y quizá, atrás en el tiempo, lo fundan o lo inspiran. Viene a continuación la trapisonda de los malsines, asunto bastante raro que, por supuesto, también cabe achacar a los rincones del inconsciente colectivo o, mejor aún, a simple mieditis, a ganas de trepar, a dedos que por cualquier razón se hacen huéspedes y a la proverbial codicia de los samuelitos. Yo, la verdad, no lo veo muy claro ni las noticias cosechadas me lo abonan, pero dejémoslo. En todo caso, con o sin esgrima de atavismos, parece forzoso admitir que los procesos de judaizantes encomendados a la Inquisición originaban con frecuencia situaciones verdaderamente chuscas (o festines de Juan Palomo): uno o varios judíos conversos en el tribunal, uno o varios judíos malsines echando leña entre bastidores y uno o varios judíos convictos encaramados a la picota. ¿Qué pintaban los cristianos en aquel pleito de familia ajena? Poco, a juzgar por lo que sucedía en el resto del país. Las estructuras del poder se ajudiaban firme y fatalmente, los monises seguían en los arcones de opulentos desprepuciados y el ejercicio de la inteligencia —ya fuese en el cazadero de las humanidades, ya en el científico— se circunscribía a los clubes de conversos. El tema está de moda y no pasa día sin que alguien lo enriquezca con nuevos datos y cotufas. Es como si a partir de la expulsión, por raro que ello se juzgue, España entera hubiese empezado a bailar el son del poder judío. Éste sale de la aljama y se encastilla en la postura —a menudo incómoda, pero siempre vigorosa— del converso. De ahí no habrá Cristo que lo desaloje, y eso que la Suprema —ora la dirija un payo, ora un calé— descarga cintarazos a boca de costal. ¡Qué resbalón el de los Reyes Católicos (o qué astucia si estaban en el ajo)! Hasta 1492, el sefardí vivía en su *ghetto,* rezaba en su sinagoga y buscaba mujer entre sus iguales. Por sus obras, por sus ropajes, por su perfil, por los olores de su fogón se le conocía. Tras el Edicto, esa claridad, esa nítida frontera resultará imposible. El converso es un camuflado, un hipócrita (en el buen sentido) que va a la iglesia, renuncia a las abluciones, trabaja en sábado, viste como su vecino, a veces almuerza cerdo y casi nunca se hurta al mestizaje. ¿Quién puede conocerlo, definirlo? Se transforma en espiroqueta invisible al microscopio. En mancha de aceite batida por las aguas. Es el fin del ideario hispano-romano-godo. La sociedad queda irremediablemente contaminada. Se disuelve, se hace trizas la arquitectura del antiguo régimen. Perfílase la soberbia paradoja: el afán de limpiar la sangre conduce a su definitivo enturbiamiento. Ya se van los judíos, ya todos somos judíos...

La operación, en realidad, venía fraguándose desde mucho antes. La danza de las conversiones (da igual que unas fueran falsas y otras verdaderas, pues el converso cambia de liturgia, jamás de mentalidad) en modo alguno empezó con el Edicto ni tampoco éste iba a acicatearla por encima de ciertos límites. La infiltración tenía solera y más conchas que el altar de Santiago. España, en el 1492, era ya laborioso hormiguero de criptojudaísmos. Quizá la iniciativa, o por lo menos la primera maniobra en gran escala, partiese de los Jerónimos, que allá por el siglo XIV habían puesto los cimientos de la nueva religiosidad («sentimental, reflexiva, lírica e íntima», la definiría Sánchez Albornoz).[137] La Orden empezó por abrir sus puertas a todos los ermitaños de Castilla y por corear en voz no demasiado baja las enseñanzas embriagadoras del misticismo sufita.[138] Luego, a raíz de las matanzas de judíos perpetradas en 1391, un verdadero enjambre de conversos buscó refugio en ella.[139] Sería una de las grandes ocasiones (perdidas) de nuestra historia. Por algo aquellos frailes se acogían a la advocación y autoridad del santo heterodoxo que con más denuedo había hecho suyo el axioma de Pablo: *ubi Spiritus Domini ibi Libertas*. Imponente reducto de esta intentona sincretista fue el monasterio de Guadalupe, construido (por supuesto) sobre un adoratorio prehistórico que el paso de las eras y las edades no había conseguido secularizar.[140] Allí se dieron cita masarríes, priscilianistas, anacoretas, franciscanos de rebote y judíos pusilánimes: todo el puchero de grillos que a la sazón se cocinaba en el país. Y la historia de España empezó a fluir del recinto como agua de manantial. La Virgencita de Guadalupe —morena clara— otorgó al undécimo de los Alfonsos la victoria del Salado, o por lo menos tal responsabilidad y tan conspicua fama dieron en atribuirle los cronicones. En un interminable aposento del enclave produjo Colón el cortocircuito que habría de llevarlo a América. También arrancó de allí la novicia ciencia experimental, se practicaron las primeras disecciones y el cuerpo humano comenzó a despojarse lentamente de los secretos que lo velaban. Guadalupe pudo ser y de hecho fue la cuna del liberalismo español, «según me descubriera un maestro mío de brujerías y ensalmos antes de morir». Lo dice Giménez Caballero,[141] al que nadie podrá acusar de regodearse indina y desiderativamente en tan nefanda ideología. Pero todo —misticismo, historia, ciencia y libertad— terminó en melodrama y rechinar de dientes. El bajo pueblo se hacía malas lenguas de aquella orden monástica convertida en nido de judaizantes. De repente alguien vino a sospechar o a saber que Fray Zapata, prior de los jerónimos toledanos, gustaba de mascullar una asombrosa jaculatoria en el momento de la consagración. Decía (hablando con la hostia): *arriba, Pedrito, y deja que el pueblo te mire.*[142] También solía volver la espalda al pecador cada vez que daba una absolución en el confesionario. A este réprobo, naturalmente, lo quemaron junto a dos de sus colegas ante la fachada del convento. Fue a finales del siglo XV, cuando ya hervía la idea de la expulsión en los pucheros de la corte. Parece ser que el proletariado, tan carca como de costumbre, estaba al borde de la exasperación. La presencia de judíos en los templos cristianos debía de antojárseles una especie de insulto para su virilidad. En eso se descubrió que un tal Marchena, monje con todas las de la ley en el monasterio de Guadalupe, ni siquiera estaba bautizado. Fue la chispa. El Santo Oficio llamó a auto de fe en Toledo y cincuenta y tres hermosos frailes (con el caradura de Marchena incluido en el cartel) se metamorfosearon en carbón animal sobre un rimero de leña. A los pocos meses, en 1486, los jerónimos daban marcha atrás, aviniéndose a pedir un estatuto de limpieza de sangre. Los franciscanos hicieron lo mismo en 1525. Les tocó luego a los dominicos y así, de oca en oca, se llegó al 1547, fecha en que el cabildo toledano aprobó con veinticuatro votos a favor y diez en contra la imposición de un codicilo de pureza a todos los colegios universitarios y órdenes religiosas o militares de la Península.[143] Martínez Silíceo fue la minerva de esta atrocidad, que Felipe II aceptó a regañadientes, aunque el presbiterado español era ya entonces, dentro y fuera del país, una alborotadora lechigada de conversos. ¡Extraño asunto! Como entre los anarquistas de Chesterton, miembros todos de la policía, allí no quedaba ortodoxia, sino quintacolumna. A mediados del siglo XVI se informó de que los curitas celtibéricos avecindados en Roma al calor de las prebendas tenían un ramalazo judío que ni Melquisedec.[144] La Suprema, entre tanto capullo al aire, se despepitaba. Cincuenta mil conversos desfilaron por sus auditorías antes de que el cardenal Silíceo se decidiera a promulgar el estatuto.[145] ¡Qué sería luego! Y la marea, sin embargo, ni un solo instante dejó de subir. Hubo que purgar el monasterio de Guadalupe, sagrario de los manes castellanos, y también el baluarte jerónimo de San Isidoro de Sevilla (a cuyo sambenito consiguieron escapar dieciocho frailes rumbo a la tolerancia, la flema y el asilo de la Europa cispirenaica. Entre ellos iba Cipriano de Valera, presunto hereje y futuro traductor de una Biblia que en su pluma se hizo monumento de la lengua castellana).[146] Ocioso es añadir que la sangría no se limitaba al clero. En todos los autos de fe celebrados durante los siglos XVI y XVII figuran convictos judaizantes.[147] Muchos de los inculpados, por no ser, no eran ni conversos, sino españoles de raza, hidalgos de sangre y cristianos de siempre. Estaría aquí fuera de lugar un catálogo de ejemplos (que el lector puede encontrar en otros libros), pero sí mencionaré —por disparatado y peregrino— el enjuiciamiento de don Lope de Vera y Alarcón, vallisoletano que se hacía llamar Judas el Creyente y que sólo por eso, y por interpretar la Biblia a su criterio, se adjudicó una fogata en 1649.[148] Ni eran ni podían ser tantos los criptosemitas en la penumbra, pero la manía persecutoria de los obispos, las orejeras de los jueces y la psicosis colectiva de la canalla consiguieron multiplicarlos. Ponerle velas a Jehová estaba de moda. Era lo *progresista.* Imagino a los clérigos buscando iscariotes bajo su cama antes de acostarse. Silíceo llegó a decir que los judíos, y sólo los judíos, organizaron el movimiento de las Comunidades.[149] Don Juan Valera sabía o suponía que entre los más preclaros hijos de la España cristiana hubo siempre idólatras secretos de las deidades de Judá.[150] Lo mismo sostiene cierta novela anglosajona que en su día sugestionó a lectores de bastantes países.[151] Y hasta Disraeli pellizcó ratos libres en su actividad política para escribir y publicar en 1844 un romántico relato sobre el tema. En sus páginas, y bajo el título de *Coningsby or the new generation,* acertaba a dibujar con tolerables perfiles la aventura de un joven inglés apellidado Sidonia e hijo de un negociante español enriquecido con la sopa boba financiera de Waterloo. Este padre opulento es el que ahora nos interesa. Tras la batalla supo renunciar a la Península para establecerse en la City y blandir cotizaciones. Allí, al amparo de la democracia británica, se apresuró a hacer pública profesión de judaísmo, pues tal era —dijo— la antigua, constante y verdadera religión de su familia, pese a que en ella figuraban mucha sangre azul, varios prelados y todo un señor arzobispo de Toledo. Disraeli explica entonces, por boca de Sidonia jr., que los hebreos españoles descienden de remotos árabes convertidos a la fe mosaica. Y los llama así: *mosaic arabs.*[152] Hipótesis fascinante, que me obliga a recordar al lector otras páginas de este capítulo.[153] Los sefarditas —añadirá el *whig*— se mantuvieron durante siglos en continuo estado de gracia y de pureza. Con ambas virtudes, y con su intachable ajetreo, lograron fabricar palmo a palmo la grandeza de un país que ruidosamente se derrumbaría a causa y a partir de la expulsión. Cita Disraeli, entre los sefarditas de tapadillo, al duque de Medinasidonia, al marqués de Cádiz y al conde de Arcos. También dice que fue judía la primera generación de jesuitas y judíos los mejores hombres de las que la sucedieron.[154]

El tema parece gustar a los ingleses. Será precisamente don Jorgito Borrow quien por los mismos años le consagre media docena de páginas felices, famosas y quizá definitivas. Sobre ellas han caído cántaros de tinta dentro y fuera de España, pero no creo que el riesgo de incidir en lo sabido me excuse de traerlas otra vez a colación. Y sin comentarios, pues solas se comentan y en todo caso más vale no meneallas después de tantos litigios, apostillas, acusaciones y derreniegos.

El inglés, siempre con su Biblia al hombro, encuentra por los pagos de Plasencia a un individuo corpulento, guarnecido por un sombrero de copa y abrigado en una rara túnica de cutí. Lleva alforjas, esgrime cachaba o pértiga en la diestra y luce «un inmenso matorral de pelo negro como el carbón, espeso y rizado, que se desborda por todas partes». El astuto Borrow se le empareja, tira de labia, quizás ofrece un veguero, habla entre líneas, alude mucho, no dice nada y a fuerza de faroles consigue que el fulano se le franquee. Su nombre es Abarbanel (y sólo con eso hay ya para hacerse cruces). Don Jorgito desgrana un cauto diálogo y lo anota puntillosamente. Evitaré rodeos: su interlocutor resulta judío o morisco encaratulado por vía hereditaria desde los tiempos de la expulsión. Más bien lo primero que lo segundo, pero el texto se abstiene de señalar. Abarbanel lleva lo que se dice una doble vida. Es rico, pero se finge longanicero. Tiene dos mujeres y con ambas está casado: un matrimonio por la vicaría, otro por lo bajinis y lo antiguo. No llama la atención, no ofende ni da cuerda para habladurías. Atesora piedras preciosas y monedas anteriores al reinado de *Fernando el Maldito y Jezabel* (obsérvese la finura del apodo). Se explaya luego el hereje: «nos hacemos pasar por pobres, incluso por miserables. En nuestras fiestas, una vez cerradas y atrancadas las puertas, y después de soltar los perros en el corral, comemos en vajillas que para sí quisiera la reina de España y nos lavamos en aguamaniles de plata repujados antes del descubrimiento de América (...) La gente sospecha, pero no se mezcla en mis asuntos. A veces, cuando entro en la iglesia para oír misa, me miran por encima del hombro (...) y se santiguan al pasar a mi lado. Con las autoridades estoy en buenas relaciones. Casi todos los altos cargos me deben dinero. Los alguaciles y corchetes suelen favorecerme en consideración a los duros que de vez en cuando reparto entre ellos (...) Los curas me dejan en paz, sobre todo en el pueblo (...). Oí contar a mi padre que cierta noche vino secretamente un arzobispo a casa sólo para tener el gusto de besar la mano al abuelo (...) El arzobispo era de los nuestros, o por lo menos lo había sido su padre, y no lograba desaprender lo que aprendió a respetar en la infancia. Dijo que lo había intentado, pero que el *ruals* se cernía constantemente sobre él y que desde la niñez los terrores conturbaban su ánimo hasta llegar al extremo de no poder sufrirse a sí mismo (...) Algunos de los más famosos clérigos de España han sido de nuestra cuerda. Hoy día, incluso, hay muchos curas que piensan como yo. Todos los años, coincidiendo con cierta festividad especial, cuatro dignatarios eclesiásticos vienen a visitarme y —después de tomar las debidas precauciones— se sientan en el suelo y blasfeman.[155]

Borrow, al que no faltaban virtudes y maneras literarias, pudo sacarse de la manga esta bonita historia, pero ni el tono de su libro ni el talante de su vida autorizan a sospecharlo. Quizá emperejilase el peregrino episodio, pero aun así —recortando lentejuelas y fantasmadas— hay para quedarse varias veces boquiabierto. ¿Qué se hizo de los abarbaneles? ¿Siguen sus vagabundeos, disfrazados de otra guisa, por las claras rutas de España? Quiero creerlo así. Resistieron más de trescientos cincuenta años: raro sería que una pávida centuria, impotente para engendrar y fornicar, los hubiera extinguido como al botúlico pájaro migratorio de las marismas.

Ésas son las barbas apostólicas y las calaveras venerables que Machado recomponía volviéndose con gesto de frontera hacia el futuro paradójico de un país sin futuros de ninguna especie. Por otra parte, ¿quedarán dignatarios eclesiásticos tan surrealistas como para tomar asiento en la morada de un infiel y ponerse a vomitar tremebundas blasfemias? ¡Los clásicos me valgan! No acierto a imaginar desafuero más español, gratuito, disparatado y jubiloso. Dicen que en el Ateneo, allá por la República, se puso a votación entre los socios el sí o el no de la existencia de Dios. Y que el escrutinio favoreció de milagro a los ateos. Gonzalo Suárez, socarronamente, gustaba de exclamar (cuando los dos éramos mozos y compañeros de escaso estudio): Dios no existe, pero buena la hemos hecho como exista... Se dice que algún aragonés famoso (por sus filmes) guardó en cierta ocasión una hostia consagrada —¡arriba, Pedrito!— dentro de una minúscula grillera. ¡Y se quejaba de no oírla cantar! Supongo que es mentira, pero importa que tales calumnias se inventen y se propaguen. ¡Un presbítero rufo y barrigón escupiendo culebrinas a paso de carga en el gabinete de un marrano! No puedo evitarlo: la escena me embarga de alborozo sin ánimo de ofender a nadie. Reclamo sentido del humor. Es la noble, desgarrada religiosidad de mi pueblo. Todos sabemos que a Buñuel le sobra fe para mover montañas. ¿No llueve? ¡Pues el Cristo al río! Así celebran los españoles la gloria de su Padre que está en los cielos. Liturgia de amor, no de temor. Zumba el rudo villancico: *en el portal de Belén hay un hombre haciendo botas. Se le escapó la cuchilla y se cortó las pelotas.* ¡A tocar el arpa por mil eternidades quien lo cantó y quien lo trujo!

Recupero el hilo. Iban, pues, ajudiándose los monasterios, los cabildos, las casas solariegas, las tabernas, los cordeles de merindad, los fijosdalgos, las vías de comunicación y las mismísimas Cortes de Castilla. No digamos la intelectualidad, aquella *gauche divine* de físicos y humanistas desgañitándose de solapa bajo la férula de la Inquisición (y también antes de ella). Pensar era asunto de judíos: lo sabían todos. De ahí arranca, sin duda, el por lo general cruento prejuicio con que nuestras autoridades obsequian en primera instancia a quien —español— tiene la desdicha de poder hacer la o con un canuto. Es el plañido de Larra. Disparan antes de preguntar. Todo escritor eximio se convierte por definición en extravagante ciudadano (cuando no en cosas peores). Y tienen razón. Sin ironía. Conversos o hijos de conversos fueron, efectivamente, Antonio de Nebrija, Fox Morcillo, Luis Vives, el Tostado, Francisco de Vitoria, Arias Montano, Huarte de San Juan, León Hebreo, Fray Luis, Andrés Laguna, Juan de Mena, Rodrigo de Cota, Álvarez Gato, Mateo Alemán, Santa Teresa, Juan de la Cruz, Antonio de Guevara, Torres Naharro, Baltasar del Alcázar, Fernández de Oviedo, Góngora, Gracián, Cervantes, Rojas Zorrilla, el autor del Lazarillo (sea quien fuere), Laínez, Vélez de Guevara, el Brocense, Melchor Cano, Servet, Bartolomé de las Casas, Florián de Ocampo, Alonso de Santa Cruz, el bachiller Fernando de Rojas e incluso —para apropiarnos un ascua ajena— el gabachito Montaigne, cuya madre procedía de la aljama de Calatayud y se apellidaba López Pagarón.[156] Pregunto: ¿quién nos queda a los cristianos viejos? ¿Qué gramático, qué cronista de Indias, qué santo abulense, qué poeta alambicado, cuál Celestina, pícaro, historiador, médico, alquimista, viajero, energúmeno, italianizante, casanova, traductor, dramaturgo, onubense, fraile de Trento, soldado de ventura, epigramista o gloria eterna de la raza? ¿Lope? ¡Vaya usted a hacer puñetas!

Habrá que volver sobre algunos de estos *hombres* —en el sentido que lo era el Bruto de Shakespeare— a cuento de los esoterismos infiltrados de rondón en el estómago del Siglo de Oro.

Sobre Arias Montano, Cervantes, Fray Luis, Miguel Servet, Huarte de San Juan, los dos carmelitas de Ávila...

No todo, por lo demás, era milagro, ciencia, iniciación, fidelidad o conjura. A los méritos del sefardita sumábanse con frecuencia los títulos de oropel brindados por la corrupción. Costaba poco adquirir un curriculum de limpieza, una canonjía, un apellido claro, un timbre de aristocracia. Garagorri ha escrito, con sarcasmo, que «sarcásticamente Munibe (conde de Peña Florida) llamaba *cristiano viejo* a Aristóteles».[157] El soborno era moneda corriente en aquella sociedad paupérrima donde a veces el almotacén de palacio carecía de los maravedíes necesarios para mercarle una chuleta a su monarca. Días hubo en que Carlos II, césar de un imperio en el que aún no declinaba el sol, consiguió desayunar gracias a la generosidad de sus criados.[158] Por la misma época, casi al borde del siglo XVIII, todavía el poderoso hebreo don Ventura Dionís pudo comprar en sesenta mil coronas la encomienda de la Orden de Santiago.[159] Vivir para ver. Y, sin embargo, la represión seguía. Siguió, de hecho, hasta que en 1818 la Suprema dictó auto de procesamiento contra el cordobés Manuel Santiago Vivar, último judío inculpado en la Península por el mero delito de serlo.[160] Para entonces, ya el turista anglosajón Joseph Townsend se había adelantado a su paisano Borrow escribiendo, en 1787, unas líneas harto significativas. «Suele creerse —anota el viajero— que los hebreos y mahometanos abundan todavía en España, refugiados éstos en las zonas montañosas y aquéllos en las grandes ciudades. Su disfraz consiste casi siempre en el exceso de celo a la hora de obedecer las ordenanzas de la Iglesia. A menudo, quien más beato resulta no ya dentro del clero, sino incluso entre los mismos inquisidores, se convierte automáticamente para algunas personas en sospechoso de judaísmo.»[161] ¡Cuánta porfía! No sorprende que la tensión se mantuviera incluso después del carpetazo judicial y de que Fernando el de las Caenas, dos años más tarde, se precipitase *francamente* por la vereda o vía crucis de la gaditana Constitución. Hubo que esperar hasta 1865 para que la limpieza de sangre dejara de figurar entre las condiciones exigidas a los funcionarios públicos.[162] Con ello terminaba el *apartheid*. No, probablemente, la infiltración de quienes estaban en exceso escaldados para quitarse la careta y bajar la guardia. Quizá algún día nos enteremos, a este propósito, de por qué rayos la España una, grande y libre de Serrano Suñer le dio con la puerta en los hocicos al señor Adolfo Hitler. Digan lo que digan, ese gesto gallardo y desesperado (además de imprevisto) ni se explica ni se agota con la cazurrería de un general, la clarividencia de un ministro carismático o la endémica angostura de nuestra red viaria. El episodio exige, como mínimo, cierto oscuro condicionamiento psicológico. No será éste (o sus consecuencias) el menor de los favores que debemos a los patriotas sefarditas. Y me atrevo a esperar que tampoco el último.

En 1834 —¡por fin un año de gracia!— la reina María Cristina disolvió para siempre, de hecho y de derecho, el muy folklórico Tribunal del Santo Oficio. Su balance no era leve: cálculos optimistas le atribuyen la muerte de cien mil personas y el destierro de un millón quinientos mil súbditos soberanos. Pero las cifras siempre dicen poco. Probablemente, como en su día escribiera Salomón Reinach,[163] la Suprema «había arruinado la civilización de ese hermoso país» que los españoles (aunque se moleste don Américo) acostumbramos a llamar España. El juicio, audaz y o patético, no resulta hiperbólico.

Y sin embargo, por lo que hace a los judíos, tanto crimen y tanta desolación sólo sirvieron para azotar el aire. Lo hemos visto. Era como si el acecho los engordara, como si los grilletes se les volvieran raíces y las corozas meollo y los tormentos semilla. Muchos encepes de Judá teníamos antes del Edicto de Expulsión, pero a partir de éste se hicieron cifra periódica, feligrés ubicuo, liquen de lo cristiano, herrumbre de las catedrales, gato casero, moneda en el bolsillo, tiesto de la ventana, compinches de nuestros reyes... ¿Cómo es posible que la Inquisición, tan apodíctica y expurgatoria en otros terrenos, resbalara precisamente en el que más parecía interesarle? ¿De verdad tramaron los judíos el asunto para disfrazarse de noviembre y pujar en la vuelta final con los naipes boca abajo? Maquiavélico, sí, pero propio de semitas e incluso natural, dadas las circunstancias. Estaban ya muy vistos, el pueblo los aborrecía (eso no es incriminatorio: el proletariado siempre embiste contra los ideales), Roma acuciaba, tenían deudores (es decir: enemigos) por doquier, los monarcas castellanos adoptaban posturas y melindres europeos... ¿Dónde iban a esconderse mejor que bajo el sambenito, en la mazmorra, junto a la vara del inquisidor o tras el certificado de converso? ¿No es coartada férrea la persecución —cualquier persecución— para quienes están a punto de verse perseguidos por sicarios de otra sangre? Nadie busca al criminal en casa del criminal. Ni al fugitivo en los calabozos, al reo entre los magistrados o al judaizante en el pecho del malsín. ¿Quieres liquidar impunemente a un mariscal? Asesina esa misma noche, por celos, a tu mujer y declárate culpable. Parece lógico que los cabalistas aprendiesen *ab ovo* la primera ley universal de la estrategia: dos bombas nunca dan en el mismo agujero. Para salir de la cárcel, Fray Luis tuvo que entrar en ella. De otro modo se hubiera quedado en profesorzuelo, en exégeta bíblico, quizá (con suerte) en versificador de liras pinchado como una mariposa por los rincones de las enciclopedias. ¿Quién juzgará al juez o detendrá al detenido? Se requieren cinco años de prisión en Valladolid para musitar con predicamento y sin albur un solo *decíamos ayer.* Yo no urdo estos laberintos: los aprendí del pueblo errante. Ni tampoco provoqué la coyuntura: fueron mis antepasados. A finales del siglo XV, los sefarditas necesitaban una nueva virginidad para que sus compatriotas godos y romanos se olvidaran de ellos. Lo más rápido y sencillo era convertirse. Ninguna máscara tan eficaz, ningún virgo tan entero. Pero evidentemente no podían bautizarse en tropel de la noche a la mañana. Urgía un motivo plausible y la herramienta capaz de fabricarlo. Lo primero fue, o pudo ser, la persecución. Lo segundo, el Santo Oficio. Ya tenían coartada y escenario para representar la farsa magistral de los conversos.

Es una hipótesis. Falsa o verdadera, el hecho principal no se modifica: la cultura sefardí daría sus mejores frutos *españoles* después de la expulsión. Lo de antes —espléndido— había sido desayuno de aljama, no festín peninsular. Hablo, naturalmente, de quienes se quedaron. Porque los otros, los judíos del exilio, renunciaron como León Felipe a la hacienda, al caballo y a la pistola, mas no por ello consiguieron llevarse la voz antigua de la tierra. Esas plantas mueren de pie y en el lugar donde nacieron.

La segunda parte del *Quijote,* flor de sincretismos, apareció en 1615. Cuatro años más tarde, un curita sabihondo (al que nada cuesta imaginar marrano) forjaba y publicaba una desconcertante cadena de símiles entre los *wasp* de la Hispania imperial y los judíos de la Biblia. Bien puede la referencia cerrar con broche de contubernio este capítulo. Y de asombro, porque la *Política española* de Fray Juan de Salazar vio la luz cuando más furiosos estacazos propinaba a derecha e izquierda la omnipotente Inquisición. En sus páginas se insinúan atrocidades como puños (se entiende que para las costumbres y el ideario del *establishment*). El autor empieza por aseverar que «el pueblo israelí fue figura y enigma del católico cristiano». Brillante metáfora (Góngora acababa de publicar las *Soledades*). Dice luego Fray Juan que a ningún país «de los que han militado y militan bajo el suave yugo de la ley de gracia» les conviene el remoquete de *pueblo de Dios* tanto como al español, ya que en éste se cumplen sin faltar una coma «muchas de las *mayores promesas* hechas a los israelitas». ¿Que el Señor hurtó los judíos a *las crueles manos* de los calés (léase egipcios)? Pues de igual modo encontró España el principio «de su augmento y propagación en la tiránica servidumbre de los moros árabes y africanos». ¿Que los hebreos gandulearon con dromedarios sin tuareg por la paramera del Sinaí? Pues también nosotros anduvimos «muchos años por los desiertos de España» hasta ganar «palmo a palmo la tierra de promisión a punta de espada y a fuerza de brazos». Y ya dom Salazar pierde la cordura en una auténtica jumera de paralelismos. Bernardo del Carpio será Gedeón y no habrá de faltarle un mitológico Ruy Díaz para el atleta de la quijada de burro, un barbado César Carlos para repetir el hondero entusiasta de Goliat y —¡qué osadía!— un cerúleo Felipe II para darnos y dar a España el Salomón que ella y nosotros merecemos. Brindis al respetable. Y si *Sabio* el uno, *Prudente* el otro, «imitándole aun hasta en el insigne y portentoso edificio de San Lorenzo el Real, que hizo fabricar a imitación del famoso Templo» levantado en Jerusalén por su anterior encarnación.[164] No se vea en ello megalomanía. Lo de comparar el monasterio escurialense al símbolo madre no sólo de la cultura hebrea, sino de todas las sociedades secretas de Occidente, era empedernida costumbre de la época. Américo Castro recuerda que análoga reivindicación vuelve a encontrarse en la *Vida de Estebanillo González,* expresada —si cabe— de forma todavía más presuntuosa. Sostiene la novela, sin falsos pudores, que El Escorial es «suntuoso templo, obra del segundo Salomón y émulo de la fábrica del primero».[165] El lector, entonces, bizquea, vacila. Y viene la pregunta fatal: *¿por qué no?* La estrella de David aparece como marca de cantero en incontables losas de nuestras iglesias. Idas y venidas —peregrinos del apóstol, parsifales, templarios, sefardíes— siempre se trata de reconstruir el Templo. ¿Llegarían a tanto los españoles de Judá? ¡Qué tentación, qué lujoso laberinto!

Pero hay que detener este tema ilimitado en cualquier recodo de la ruta. Sea aquí, donde no nos faltan brisa y manantiales, toros bravos, un monasterio gris con techumbre de pizarra, buen idioma paladino y muchos recuerdos de la historia para soñar con ella. Y tranquilícese el curioso: los árabes aguardan.

II. LOS MOROS

¿Por qué el turco no verná y ganará a España para que viva cada uno como quiera?

Bachiller RODRIGO VÁZQUEZ[1]

Yerba del hombre de la Montaña,
el Santo Oficio te halló en España.
Cáñamos verdes son de alumbrados,
monjes que vuelan y excomulgados.
Son ciencia negra de la Caldea
con que embrujada fue Melibea.

R. DEL VALLE-INCLÁN,
La pipa de kif, clave XVII

Este gran don Ramón (de rostro aguileño, frente lisa, alegres ojos, barbas de plata, bigotes de mosquetero, boca pequeña, algo cargado de hombros y no muy ligero de pies... ¿Cómo no ha reparado nadie en su semejanza con Cervantes?), este gran don Ramón, digo, sabe preparar ensaladas con acierto y garbo: unas hebras de grifa, su poquito de Inquisición, nigromantes, melibeas, gnósticos, *hashishin,* ícaros de cogulla y cristianos sin acceso a la casa de Dios. Yo no imagino (ni con el empujoncito de una pipa) mixtura que mejor se acomode a la herencia española del andalusí. Acoto: a la herencia numinosa, ya que en este libro todo lo demás sólo aparece al sesgo. En cuanto a lo de *andalusí,* sirva el gentilicio para alejar tópicas (y torpes) identificaciones con el árabe y el mogrebí, pues de uno y otro hubo poco en lo militar, casi nada en lo social y maldita la cosa en lo que al ejercicio de las artes herméticas se refiere. Una vez más, y como ya nos sucedió en la aljama, encontraremos el espíritu de nuestros musulmanes troquelado por las dos renuentes matrices de quien al azar o a sabiendas decide aposentarse en estos campos: lo autóctono (o español eterno) y lo oriental. He ahí la bestia bicéfala, la doble miel, la arena más o menos movediza donde fatalmente quedan atrapados nuestros invasores. Así el gorrión en la liga de un huckleberry. Lo dije: como si *volvieran* en lugar de *venir,* como quien acude a un reencuentro, como transformándose en peregrinaje la conquista, como el vino de la tierra que recién vendimiado emborracha por igual a indígenas y alienígenas. Lo ibérico termina por ser molde donde se vacían todos los pueblos hispánicos. No entro ahora en las causas (ni seguramente, de querer, diera con ellas). Me limito a admitir algo tan seguro como este jueves soleado del mes de abril colándose por la ventana de la alcoba. Sabemos que, históricamente, carece de sentido referirse a una invasión o dominación árabe, y ello porque nunca pasaron el Estrecho ni densos ejércitos ni profusas cáfilas de inmigrantes acompañados por sus mujeres y por sus hijos. Lo leo, con gratitud y algo de sorpresa, en un libro de Rodolfo Gil Benumeya,[2] arabista y padre de arabista (que fue además —el segundo— compañero mío en afanes universitarios). Así que cabría definir la Reconquista (esa jarana) con el verso famoso de Góngora: *trescientos cenetes eran deste rebato la causa...* ¿Qué puede hacer una falange de caballeros sin esposa en la jaima ni concubina a la grupa? Lo que hizo: amontonarse con las hembras del país (no había otras) y diluir un sorbo de sangre africana y asiática en el río macho de lo aborigen. Esto también lo dice el padre de mi amigo. Y ya que entramos en intimidades, no estará de más recordar que los extranjeros de marras solían casarse cuatro veces por lo legal y otras muchas por lo directo, de forma que a la vuelta de tres generaciones no quedaba un atisbo de perfil exótico en aquellas ciudades españolas salpicadas de minaretes. Las hechuras muslimes del emirato cordobés servían únicamente para encuadrar el vasto mosaico hispanorromano.[3] Durante muchas décadas, o quizá siglos, se llamó *moros* a los niños sin bautizar, reconociendo implícitamente «que la cristianización era el paso a otra categoría, pero no un cambio racial ni mental».[4] Mi maestro Lapesa recuerda que la voz *Hispania* (o *Spania*) designaba «en los primeros tiempos de la Reconquista» el territorio dominado por los musulmanes, siendo *espanesco* sinónimo de *moro* o de *morisco.* De esta forma, lo que diferenciaba a los infieles de Al-Andalus, por una parte, y a los «asturianos, gallegos, leoneses, castellanos, navarros, aragoneses y catalanes», por otra, no era un matiz de raza o nacionalidad, sino de religión.[5] Algo que vengo repitiendo o insinuando desde el comienzo de este libro. Suerte que plumas de más autoridad también lo afirmen. La Reconquista hubo de ser, en tal caso, guerra ideológica, de opinión y por supuesto civil. Lo de siempre. En Granada se encerraron y sucumbieron individuos *de sangre española* (en sentido estrictamente literal) que no gustaban de postrarse ante los fetiches de la Cruz. Claro que entonces ya no quedaba otro remedio. Mucho antes, sí. Mucho antes quizá fue mejor patriota el mozárabe o el muladí que el energúmeno alistado con o sin ganas en el maquis de Covadonga y el Sobrarbe. Lo escribo y me arrepiento. Frase absurda, aunque significativa. Se trataba, a decir verdad, de una controversia entre los partidarios de la tradición y los valedores de la revolución (yo hubiera preferido aquélla, pero mis simpatías no quitan ni ponen al patriotismo de ésta). Quiero decir que el régimen cordobés representaba hasta cierto punto la continuidad histórica, mientras los núcleos rebeldes del Cantábrico y el Pirineo postulaban a bulto (mayor precisión no era todavía posible) una España nueva y en cierto sentido menos española, menos acorde con su pasado. Huelga aclarar que subsumirse en éste me parece la única forma viable del ensimismamiento, ora para los individuos ora para las multitudes. Y que propongo precisamente eso: *ensimismarse.* De nuevo el pájaro de Borges... Pero sobra insistir donde tantos y yo mismo hemos insistido. Me acojo a una brazada de páginas del capítulo anterior, pido perdón por lo que Américo Castro llamaba (defendiéndose) *estilo repetitivo* y acudo sin más preámbulos a lo esotérico. Aunque abundando en el tema, porque será ahí —fuera de la historia— donde mejor se aprecie y manifieste el doble virus indígena y oriental que ha dado origen a esta digresión.

Lo señala el sorprendente Menéndez y Pelayo, eludiendo la presencia ibérica y ciñéndose a la levantina. Las artes mágicas de nuestros muslimes —dice— eran de acarreo. «El fondo principal de las supersticiones está tomado de creencias persas y sirias. Influjo oriental, pues, y no árabe (ni siquiera semítico, puesto que (...) la tradición de los Magos es aria) debemos llamar al que traen aquí los musulmanes y propagan los judíos.»[6] El polígrafo añade a continuación que entre los unos y los otros formaron *copiosa biblioteca* atinente a ocultismo, astrología judiciaria, días, natalicios e interpretación de sueños. «Sólo de esta última materia menciona algún catálogo 7.700 libros.»[7] Muchos parecen y quién los pillase, pero no es eso lo que ahora importa. Don Marcelino, que en temas así suele ver musarañas, se ciega con los árboles y olvida el bosque. Lástima, porque su olfato de can montañés y su inextinguible erudición le llevan casi siempre por buen camino. Es verdad, en efecto, que moros e israelíes venían pertrechados hasta los dientes con magias egipcias y babilónicas, pero ni las primeras ni las segundas podían sonar a novedad en este *exótero* que ya entonces merecía el verso socarrón y famoso de don Antonio el Bueno: *cansino rabo de Europa por desollar.* Y nadie conocía el asunto mejor que el monstruo de los Heterodoxos, pues precisamente él había documentado a conciencia (y en ocasiones exhumado) tales magias en su admirable —aunque inadmisible— vademécum. Por eso el lapsus lleva doble fondo y doblemente irrita. ¿Dónde deja Menéndez y Pelayo el cabirismo de los fenicios,[8] el viaje de Apolonio de Tiana,[9] las proezas agitanadas del Hércules osiríaco,[10] los colegios de druidas,[11] los taurobolios de muchas partes, el culto a Isis en Iria Flavia,[12] el millón de ritos táuricos y, sobre todo, el observatorio o pirámide caldea plantada al abrigo de una noche oscura en el albaceteño Cerro de los Santos?[13] La magia árabe (y su mística) era, sí, de acarreo levantino, pero en España dio con venturoso pan para sus dientes. Una falsilla, un sabor de la infancia, otra patria, otro caldo de cultivo, otro lugar de origen... Digo la España fiel de entonces, claro, no la *Expaña* de hoy. ¿Y Prisciliano? ¿Y los desvaríos que se trajeron de Tierra Santa los *clerici vagantes* de Galicia y León?[14] No insistiré. Aquellas tradiciones *neopitagóricas y gnósticas* configuraron la *psicología étnica* que tenazmente «sobrevive y reanuda la vida del pensamiento español con idénticos caracteres de misticismo y austeridad en lo emocional y de panteísmo naturalista en lo especulativo».[15] Los árabes andaluces (esos caballeros inexistentes) no consiguieron hurtarse al magnetismo de la tierra ni tampoco, probablemente, lo deseaban. ¿Para qué si todo (opina el sufí) viene a confundirse en el regazo del Señor?

Y una vez más la danza comenzó en Toledo, fantástica ciudad levantada en una sola noche por el astrólogo que desde sus alminares quería contemplar y traducir el libro del firmamento.[16] Allí, en alguna cloaca o sótano denegrido por la humedad del Tajo, se abría la Cueva de Hércules, *nefando gimnasio* (dijo el jesuita Martín del Río) donde se supone que funcionó una cátedra de magia «en tiempo de los sarracenos y aun después».[17] Era esa *casa de muchos cerrojos* (citada por el moro Abdelhakem y construida, según la leyenda, nada menos que por Túbal[18]) que ya traje al retortero en el capítulo sobre el Grial.[19] Sabemos que cada rey le añadía un nuevo pestillo, que un mesiánico o apocalíptico tabú pesaba sobre ella y que en alguna de sus cámaras había escondido Alarico ni más ni menos que el tesoro de Salomón (con las Tablas del Sinaí y el Cáliz de la Última Cena, amén de otras chucherías). La *Crónica General* de Alfonso el Sabio nos cuenta la clamorosa chuminada del último soberano godo. Parece ser que don Rodrigo, fisgón él y mentecato, descerrajó la sagrada puerta, franqueó el umbral, vio en las paredes un friso con mamelucos de túnica y turbante, y remató la faena leyendo boquiabierto que gentes así se adueñarían de la Península cuando un tonto coronado quebrantase aquella interdicción milenaria. Dicho y hecho. Las algaras de Tarik se colaron por el escotillón de los dos mares y ya no hubo vigisodos. Gibraltar, Gibraltar, ¡cuántos sudores! Y (como de costumbre) a España muerta, España puesta. Estábamos en el florido mayo del 711...

La primera preocupación de la morisma fue llegarse a Toledo y forzar aquella catacumba numinosa. Ellos podían. Y hubo chasco, porque los tesoros viajaban ya hacia el norte sobre el costillar de cien acémilas, pero también júbilo por encontrar intactas las paredes y expedito el acceso de lo que atinadamente suponían mesón o canorca de los dioses derrotados. Para mandar sobre un pueblo basta la llave de su sanctasanctórum. Éste iba a llamarse, o se llamaba ya, Cueva de Hércules. ¿Por qué? Hay discusiones. Menéndez y Pelayo (vivir para ver) se confesó incapaz de resolverlo. Amador de los Ríos transformó el cubil en sótano desdentado de alguna basílica romana. Breve antigüedad parece ésa... Los historiógrafos locales habían ido desgranando y postulando prodigiosos orígenes al paso de los siglos: Alcocer, Pisa, el conde de Mora y, sobre todo, cierto micer Lozano que a finales del XVII publicó Los *reyes nuevos de Toledo*, «especie de novela histórica o viceversa».[20] Más bien viceversa. Entre esas gentes de pluma «opinan unos que Hércules fundó la cueva, a semejanza de la que hizo en África (según Pomponio Mela) o en Gibraltar (según Estrabón), para que guardase memoria eterna de sus hazañas o como templo en que se le diera culto. Otros la creen obra de los romanos, ya cloaca, ya camino seguro y fácil por el cual podían retirarse sin ser vistos. Y no falta quien sospecha que allí se reunían los cristianos durante las persecuciones».[21] Dolmen, sagrario, alcantarilla, catacumba, *getaway*: a fe que todos parecen cimientos plausibles. Y bien está que la devoción vernácula los refiera al más antiguo y reiterado de nuestros héroes. Por lo demás, como dice Luis Bonilla, gran parte del cerro toledano se resuelve en aljibes, hipogeos, sótanos y galerías.[22] Quiere una terca leyenda que Alfonso VI conquistara la ciudad infiltrándose precisamente por ese dédalo maravilloso y subterráneo, de cuya existencia hubiera tenido noticia mientras aguardaba al pairo la traición de Bellido Dolfos en la prudente corte de Almamún (¡zas! Recupero el sabor de una tarde abrileña, colegio, quinto de bachillerato, monotonía de la lluvia en los cristales, la voz sin modulaciones de don Serafín repitiendo —¿cuántas veces, Señor, a lo largo de su vida?— la fábula froidiana y portentosa: Alfonso, vencido por su hermano Sancho, pierde el reino y se acoge a la hidalguía rifeña del príncipe moro. Año de 1072. Sobremesa de un almuerzo sin historia. El leonés dormita, observa con los ojos entornados el baldaquino de un lecho que no le pertenece. En la habitación contigua, Almamún y sus consejeros cuchichean: hay —dicen— una válvula en el cinturón inexpugnable de la ciudad... En eso descubren al durmiente. ¿Habrá escuchado? Le va en ello la vida. El anfitrión se acerca y derrama sobre la mano de su huésped unas gotas de plomo colado. Quiere comprobar la reciedumbre de su siesta. Alfonso agarrota las quijadas. No habla. No gime. Detiene hasta el sudor. Catorce años más tarde irrumpe en Toledo por la puerta falsa. Recorre la espelunca de Hércules en sentido contrario. Desanda la violación perpetrada por Rodrigo. Los dioses están vengados. ¿Verdad? ¿Mentira por las buenas? ¿Embuste patriótico? ¡Ah de la infancia! Yo no puedo creer que el marianista don Serafín fuera un mentiroso).

Sabemos, en todo caso, que allí existían (precisamente entonces) «artificiosas invenciones arábigas, como las dos cisternas o clepsidras que fabricó Azarquiel y destruyó en tiempo de Alfonso VI un judío deseoso de penetrar el mecanismo».[23] ¡Qué historias! Se comprende que Gerberto huyese a Al-Andalus en busca de ciencia y de fortuna.[24]

¿Dónde estaba o está la Cueva de Hércules? Asegura Bonilla que el laberinto, «pintoresco e intacto», arranca de lo que hoy llamamos Casa del Greco.[25] Lo mismo cree Vicente Risco, que para mayor exactitud pone todo ese colmeneo en comunicación con el Palacio de Galiana.[26] Así que los pasos de los turistas suenan a hueco, a calavera y quizás a peculio. Bajo el actual museo se alzaba antes (mucho antes) la mansión del plutócrata Samuel-Ha-Leví, prestamista, paño de lágrimas y tesorero de Pedro el Cruel. Al morir éste, el mohatrón fue detenido y torturado, pero no hubo forma de hacerle confesar el escondite de sus riquezas. Enrique II cedió el terreno y la fábrica al señorío de Villena, por lo cual —dos generaciones más tarde— todo vino a caer en manos del famoso marqués plumífero, cisorio y alquimista. Era este desgarrado aristócrata el balarrasa de su siglo. ¡Dios sabe las zapatiestas que en el gimnasio armaría! A buen seguro no le faltaba catre para fornicar, bargueño para conspirar, escribanía de cuero repujado para hilvanar patrañas, tapete verde para jugarse los cuartos al hideputa y retorta para alcanforar ozonos o yerbaluisas con estramonio, menstruo y papel de tornasol. Sea como fuere, ¡cuán hermosa línea hereditaria! Samuel Leví, don Enrique de Villena y Doménico Theotokópulos o las finanzas, los fueros de la fantasía y el suplicio de las musas. En cuanto a la bocana de la Cueva, a su exacta ubicación, confieso que tengo otros datos y que ladinamente me los reservo. ¿Qué creían? No soy un tonto ni un papanatas. Risco dice que hay todavía en esos parajes increíbles tesoros enterrados.[27] Que alguien exhume un mapa del capitán Kid y me lo enseñe. Entonces hablaremos.

(Leo en el número seis de la revista *Tropos* datos que, por ser de dominio público, no merece la pena comprobar y que ojalá resulten falsos. A saber: «en la finca Higares y en el término municipal de Mocejón, a once kilómetros de Toledo por la carretera de Aranjuez y dos al oeste de dicha carretera, asoma el ingreso a la gruta. Ésta, casi cegada, se abre a una sala laberíntica. Pilones cúbicos de dos metros de lado. Muchos derrumbamientos en su interior (...) Orificio con acceso a una galería (...) que desemboca en otra sala. Luego...». La exactitud me aturde. Mejor será que vayan y vean.)

En 1546, el purpurado Juan Martínez Silíceo organizó una impía sonda vaginal por las entrañas de la Cueva. No sabemos si lo hizo para satisfacer su curiosidad o para atajar el toletole de sus feligreses. Quizá también él buscaba un patrimonio soterraño, que en lo tocante a tal todo les parece poco a los príncipes de la Iglesia. Lo cierto es que varios hombres se deslizaron por el esófago de la ciudad provistos de linternas, valor y sogas. Arriba quedaba el señor arzobispo cardenal contando los minutos. Salieron al cabo los valientes y se les tomó declaración jurada. Olavarría y Huarte la transcribe sentenciosamente con rudo compás de ablativos absolutos: «habiendo caminado como media legua —dice— entre Levante y Septentrión, encontraron unas estatuas a su parecer de bronce y colocadas sobre un ara (...) Pasando adelante toparon con un curso de agua que no fue posible atravesar. Desde allí se volvieron y enfermaron casi todos».[28] Menéndez y Pelayo, más cazurro o peor informado, escribe que los excursionistas sólo vieron grandes murciélagos.[29] ¡Y le parece poco! Es una novela de Julio Verne. El cardenal estaba desesperado y para vengarse no concibió mejor salida que tapiar a perpetuidad el antro. Así quedaron las cosas hasta 1851, fecha en que varios próceres volvieron a la carga, tramaron una extraña sociedad o monopolio y limpiaron la cueva «en un espacio de cincuenta pies de largo por treinta de ancho, en el que se alzaban tres grandiosos arcos de buena piedra sillería y dos muros de lo mismo a los costados de éstos, sosteniendo otras tantas fortísimas bóvedas de construcción evidentemente romana».[30] Más allá todo era roca viva y no hubo empeño ni posibilidad de perforarla. Decreció el entusiasmo, se terminaron los monises, enmudecieron poco a poco las hablillas y quedóse el gaudeamus en hético gazpacho de borrajas. A finales del siglo XIX todavía enseñaban en Toledo ciertas cutres ruinas como si hubieran pertenecido al mirífico Enrique de Villena. ¿Por qué no? Siempre hay tomate allí donde el pueblo lo huele. Nuestros gobernantes gastan ahora pródigas sumas en túneles de autopista, aparcamientos subterráneos, conductos para ramificar la contaminación y oleoductos y chismes (cuyo nombre ignoro) de similar calaña. ¿A nadie le queda fantasía, indiscreción, codicia o riñones para hurgar en el hormiguero toledano así sea con una vara de zahorí? Pues no, parece ser que ya no hay ni siquiera cardenales silíceos. Mejor, mejor...

Hubo otra cueva hercúlea, también gimnasio de ocultismos, en la muy noble y complutense Salamanca. La mencionan los demonógrafos Martín del Río y Francisco Torreblanca, especificando éste que allí ejercía de pontífice caldeo el sacristán Clemente Potosí y asegurando aquél que con sus propios ojos había contemplado la *cripta profundísima* donde *palam* (es decir: en público) se dispensaba el hórrido magisterio.[31] Ambas autoridades desmienten la creencia popular de que en la cantina dictaba lecciones de predicción el mismísimo Lucifer. *Paparruchas*, sentencian... Y todo recae sobre la cabeza del terrible sacristán. Feijoo, escudándose en la memoria suscrita a tal efecto por un ignoto *Cathedrático de Humanidad* cuyo nombre era Juan de Dios, coloca el tugurio bajo la advocación de San Ciprián y lo ubica bajo la cruz de piedra existente en la parroquia contigua a la iglesia de San Pablo. No estudié en Salamanca y sólo pasé por ella como turista, por lo que ignoro si algún elemento de este paisaje sigue en pie. El rapavelas —concluye Feijoo— enseñaba en su bohedal Artes Mágicas, Astrología Judiciaria, Geomancia, Hydromancia, Pyromancia, Aeromancia, Chiromancia y Necromancia.[32] Lo más bonito e inopinado es que ya entonces hubiera *piromancia*. A nadie se le oculta que esa asignatura encontraría, mediado el siglo XX, muchas cátedras y no pocos doctores en las universidades socráticas de Ketama, Goa, Kathmandú, San Francisco, Amsterdam e Ibiza. Valle-Inclán, otro adelantado, compuso versos delirantes y admirables sobre el tema: *Si tú me abandonas, gracia del hachís, / me embozo en la cama y apago la luz. / Ya puede tentarme la Reina del Chic: / no dejo la capa y le hago la Cruz.*[33]

Salgamos a flor de tierra. Los moros venidos de África perdieron en seguida sus cabales. Dejaron las armas en el desván y triscaban margaritas por los prados profiriendo sonidos inconexos. El primer despapucho lleva matasellos del 851. Un febril gurú de los yermos levantinos recorre los bazares y rastrojos aullando parrafadas teológicas inéditas, extravagantes, provocadoras y difíciles de entender. Comienza la aventura del gnosticismo islámico. Nuestro derviche interpreta el Corán mediante símbolos y se declara estandarte por derecho divino de una misión profética. ¿Mesías o Anticristo? Ni lo uno ni lo otro, pues ambas funciones exigen el desgaste del tiempo y ni siquiera han pasado tres siglos desde la muerte de Mahoma. ¡Qué más da! El ermitaño sopla sobre las gentes y las gentes lo siguen. Predice nuevos ritos y los ritos entran en las iglesias, en los zaguanes, en las alcobas, en el pecho de los creyentes. Gritará erguido sobre el cruce de los vientos: el hombre no debe modificar una sola tilde en el mundo que el Señor ha creado. Siga la naturaleza su curso sin que nadie se atreva a cortar un helecho, escardar un resallo o desviar un arroyo. Consecuencia (por sinécdoque): el varón de fe llevará barba enmarañada, cabello intonso, cejas tupidas y uñas como zarpas de gavilán. Aquel iluminado era ya un santo del siglo XX, un profeta del crecimiento cero. Iban tras él muchedumbres desgreñadas colocando signos de puntuación sobre los azufrosos horizontes de Murcia, Alicante y Almería. No hay predicador que carezca de desierto y de melena. Y de verdugo: esta vez será el segundo

Abderramán quien detenga y crucifique al agitador. Después, lo consabido. Apóstoles para la clandestinidad, feligreses a masticar escarabajos en las catacumbas. Y alguien, de vez en cuando, que asoma la crisma, parpadea y hace pública confesión de su verdad. Así el cordobés Moslema Benalcásim, que antes del año 932 visitó una por una y con calma todas las células ocultistas del cercano Oriente. Sabemos que estuvo en Egipto, en La Meca, en Bagdad, en Damasco y por supuesto en el Yemen. Un viaje digno de las mil y una noches. Entonces se quedó ciego (aunque saturado de luz) y regresó a España para formar discípulos. Murió, sexagenario, en la brecha de la enseñanza.[34] Todo en él —en su vida, en su doctrina— anuncia y repite la doctrina y la vida de los ascetas andaluces que tumultuosamente se sucederían. Comienza ahí uno de los capítulos cruciales en la historia de la mística peninsular: el *sufismo*. Pero no, no simple encrucijada de pasiones gnósticas, sino quicio, umbral, ágora, envoltura de todas ellas. De las judías y de las cristianas. Sin el insolente desafío hermético de los andaluces quizá se hubiera detenido el flujo de la fe en el ámbito de la Península. Ni más ni menos. Pero lo curioso —lo ejemplar— es que se trataba de un vaivén histórico, de un columpio mediterráneo, de un enésimo sincretismo en clave de Alejandría, de una diáspora organizada con billete de ida y vuelta...

Lo sufí se ha puesto de moda. Elemental, inevitable, puesto que en esa dirección apunta la brújula del más reciente esnobismo. Pasó el interés por Freud, menguó el chaparrón marxista, quedó desenmascarado Sartre, crió malvas el cuerpo y el mito del Che, aburrió en agraz el estructuralismo, se apolilló la burda dialéctica de Mao... ¿Qué hacer? ¿Cómo henchir el vientre de las librerías, preñar ideológicamente a nuestras novias y enriquecer a los editores? Ya está: se desentierra a Dios con chispa, bullicio informativo y refrendo de autoridades. Que si Allen Ginsberg, que si *satori,* que si *Hare Krishna,* Pink Floyd, retornos de brujos, revistas dirigidas por Louis Pauwels, contrabando de hierba y ricos mandalas del *underground.* Así andamos. Parece como si en una sola noche todos mis amigos (o enemigos) se hubieran hecho cartujos. Paciencia. El *quartier,* el *village* y Berkeley (no el filósofo) deciden. Y en esta cursi danza de intelectuales no podían faltar los sufitas, que al fin y a la postre configuran un hermetismo cercano en el reloj y en el mapa.

Es decir: medieval y mediterráneo, aunque no circunscrito ni a lo uno ni a lo otro. Paciencia, sí. Carece de sentido rebelarse contra algo tan tenue y pasajero como una moda. Ya lloverá menos y distinto. Se desvanecerán las profanaciones, los cerditos sabios se quedarán sin pocilgas y habrá manera de que unos pocos puedan acercarse sin aplausos ni silbidos a los graves asuntos ahora celebrados por quienes se visten de seda. Entretanto, escribir —como yo lo hago— sobre cuestiones de ese pelaje resulta más bien molesto. Produce la extraña sensación de trabajar para la revista *Elle* o algo así y de bailarle el agua, que sé yo, a los muchachitos del *gurú* Maharaj Ji por ejemplo. Conque barajar, pues no parece existir otra solución por el momento, acompañada si acaso por una copa de buen vino.

Y definiciones al vuelo (con el apoyo de algunas parábolas), pues ni hago por componer una enciclopedia ni me urge encontrar lectores. El sufismo es, en dos palabras, la vertiente esotérica de la religión muslime tal como la entienden, practican e ilustran los derviches. Éstos se reconocen inmersos en el agua eterna del Trismegisto, de Pitágoras, de Platón,[35] y contagiados por la espiritualidad y el panteísmo del Extremo Oriente. Mediante *ritos orgiásticos* —dice Asín— fuerzan el logro del *éxtasis histérico.*[36] Suprímase el adjetivo para que permanezca lo demás.

«Sufí es aquel cuyo lenguaje coincide con su conducta. Sufí es quien manifiesta el silencio y renuncia a todos los lazos con el mundo.»[37] Estas palabras se atribuyen al hierofante egipcio Dhun-Nun, que murió en el 860 después de haber descifrado los jeroglíficos faraónicos sin necesidad de piedra Rosetta.[38] Oiremos hablar de él.

Mohidín Abenarabí, murciano universal y «sufí exaltado que llevó los gérmenes del panteísmo (...) hasta los más remotos países del Islam»,[39] iba a escribir en el siglo XII: «tres formas asume el conocimiento. La primera es sólo información y acopio de hechos con objeto de alcanzar mediante ellos los niveles hiperbóreos de la inteligencia. La segunda estriba en comprender tanto las emociones como ciertos estados de ánimo a través de los cuales el hombre percibe conscientemente algo sublime que todavía no sabe aprovechar. La tercera se llama conocimiento de la Realidad. Es el último estadio. En él, los mortales aciertan a separar lo verdadero de lo falso, a distinguir entre lo justo y lo injusto, y a traspasar con la mirada los límites del pensamiento y de los sentidos. Científicos y estudiosos se encierran en la fase inicial del conocimiento: es la vida intelectual. Los aficionados a las emociones y a la acumulación de experiencias se sirven de la segunda etapa: es la vida sentimental. Un tercer grupo de personas recurre contemporánea o alternativamente a los dos instrumentos citados. Sólo el verdadero sufí —el derviche que ha sabido realizarse— alcanza el estadio superior».[40] Esto lo firmaría el *yaqui* don Juan (y cualquier brujo). También de Mohidín Abenarabí seguiremos hablando.

Creen los sufíes que existe una especie de plataforma a medio camino entre Dios y la esfera sensible. Es el *intermundo,* desde el cual los espíritus privilegiados pueden contemplar la realidad (inmediata) sumergida en la estática luz de los cielos superiores. Esa fulguración metamorfosea todo lo visible en símbolos, expurga a los objetos de su corteza putriscible. «Las cosas se convierten en transparentes y se convierten en *modos* de manifestación del Uno»[41] sin perder la individualidad necesaria para seguir inscritas en lo fenoménico. Es lo de siempre: la corrupción de pneuma divino en sucesivos estadios de encarnación y la posibilidad de abismarse en la luz blanca remontando peldaños de desencarnación.

Referiré alguna parábola de los derviches.

«Existía cerca de Ghor una ciudad. Todos sus habitantes eran ciegos. Cierto día acampó en los alrededores un famoso rey acompañado por su corte y su ejército. Militaba en éste un vigoroso elefante. La población estaba ansiosa por admirarlo y los más impacientes corrieron hacia él. Como no conocían la forma del animal, lo palparon a tientas convencidos de que así reunirían alguna información. Cada ciego tocó una parte diferente. Cuando volvieron a la ciudad, una muchedumbre se apiñó a su alrededor. Todos querían enterarse de los hechos. Interpelaron al primer hombre y éste, que sólo conocía la oreja del bicho, dijo: es rugoso, grande y grueso como un felpudo. El segundo, que no había pasado de la trompa, se apresuró a rectificar: es una especie de tubo recto y hueco, horrible y pernicioso. A lo cual, el tercer ciego, que se había limitado a las patas, exclamó con aspereza: tan firme y poderoso es como una columna de granito.»[42] El cuento lleva una moraleja. Nadie —añade el rapsoda— supo percibir en aquel trance la *realidad*. Todos se equivocaban, porque la *gnosis* no está al alcance de los ciegos. Y concluye: «la criatura humana carece de información relativa a la divinidad. En esa ciencia no consigue abrirse paso el intelecto».

Aún más esclarecedor y edificante resulta el apólogo que podríamos intitular balada de las aguas de antaño. Se atribuye a Dhun-Nun, el egipcio. Es, en su brevedad y laconismo, un certero epítome del Génesis.

«Hace ya mucho tiempo, Khidr (el maestro de Moisés) puso en guardia al género humano. Dentro de poco —dijo— desaparecerán todas las aguas del mundo que no estén recogidas en un lugar especial. El hombre tendrá entonces acceso a nuevos manantiales y enloquecerá.»

«Sólo un individuo entendió el significado de esta advertencia y se cuidó de llenar varios odres para almacenarlos en el fondo de su choza.»

«Un buen día los torrentes dejaron de correr, los pozos se secaron y la lluvia quedó en suspenso. Nuestro hombre saciaba su sed con el líquido envasado. Después volvieron a fluir las aguas y el solitario abandonó su refugio, descendió a la ciudad, se mezcló entre la gente y descubrió que ésta hablaba de manera ininteligible. Nadie parecía recordar lo sucedido, nadie guardaba en su memoria las palabras de Khidr. El forastero trató de hablar, pero todos lo tomaron por loco, demostrándole hostilidad o compasión. Regresó entonces a la montaña y siguió abrevando en su reserva hasta que no pudo soportar la soledad. Ese día empezó a beber lo mismo que los demás hombres y se convirtió en uno de ellos. No tardó en olvidar por completo la advertencia de Khidr y la terrible sequía. Bajó otra vez a la ciudad y sus habitantes creyeron encontrarse ante un loco que había recuperado milagrosamente la cordura.»[43]

Que oiga quien tenga oídos.

Y ahora, un momento en la vida de Jesús (que aparece en el relato bajo pseudónimo).

«Así lo cuenta el derviche Jalaludin Rumi: Cierto día caminaba Isa, hijo de Miriam, por un desierto cercano a Jerusalén. Iban con él varias personas en cuyos pechos aún anidaba la codicia.»

«Uno de aquellos hombres, hablando en representación de los demás, pidió al profeta que les revelara el Nombre capaz de resucitar a los muertos.»

«Isa respondió: si os lo enseño, sé que abusaréis de él.»

«Y sus acompañantes rebatieron: estamos preparados para recibir ese conocimiento que reforzará nuestra fe.»

«El hijo de Miriam dijo entonces: jugáis con fuego.»

«Y les dio la Palabra.»

«Horas después recorría aquella gente una llanura solitaria. Tropezaron por casualidad con un montón de huesos calcinados y alguien sugirió: pongamos el Nombre a prueba.»

«Lo hicieron, formularon la Palabra.»

«Instantáneamente los despojos se cubrieron de carne y asumieron la forma de una feroz alimaña que se abalanzó sobre los curiosos y los devoró.»[44]

También esta vez termina la historia con un latiguillo inopinable. Comenta el derviche: «quienes se hallen dotados de razón comprenderán. Los restantes podrán adquirirla meditando sobre la parábola».

En el siglo XI, el alquimista sufí Ghazali escribió una turbadora alegoría a propósito del último viaje. El lector empieza desconcertándose y luego experimenta alivio. Conozco muy pocos textos que arrojen luz sobre la vida situada más allá de la muerte. Éste es uno de ellos. Me fulguró. Leyéndolo palpé cenestésicamente mis futuras dimensiones escatológicas. Gusté la evidencia de lo que se percibe sin premisas, sin causas, sin volición, sin deducciones y, por supuesto, sin la amenaza del olvido. Pero vamos con la anécdota. Dice así: «un basurero, mientras paseaba por el barrio de las perfumerías, se desplomó en la calzada. Parecía muerto. La gente intentó reanimarlo con esencias y colonias, pero sólo conseguía empeorar su estado. En eso acertó a pasar por allí otro trapero, buscó una sustancia de olor nausebundo y la acercó a la nariz del yacente. Éste se incorporó al punto gritando: ¡qué perfume tan maravilloso!».[45]

El hermetismo de la metáfora requiere su porción de exégesis. El propio Ghazali nos la brinda en zigzag: «conviene irse preparando durante la vida para ese momento de transición en el que no tendremos alrededor ningún rostro familiar, ningún objeto conocido, ninguna costumbre, ninguna sensación antigua. Más allá de la muerte, nuestra búsqueda de una identidad obedecerá a estímulos que hubiéramos podido percibir antes de desencarnarnos. Permanecer anclado en lo habitual sólo granjea desdichas. El olor de los perfumes carece de significación en el barrio de las perfumerías». ¿No es esto el *tantra*, la vía de la mano izquierda?

Cedo a la tentación de transcribir una última parábola. Nos habla del trasfondo más secreto de la historia, de esa habitación oscura que se abre (se cierra) al extremo del pasillo y que nadie suele visitar. Si acaso, de tarde en tarde, los hijos menores de doce años (y siempre de puntillas, con susurros, con temor, con sentimiento de culpa, con magia, con embriaguez). ¿Se mueve alguien en el trastero? ¿Hay una cara de dios, de hombre o de licántropo tras los ojos de carbunclo que yo veía todas las noches en el corredor de la casa de mis padres? Aún están. Y me miran de vez en cuando, sugiriendo una apuesta que nunca me atreví a recoger. Pero no visito a menudo esa emboscada infantil, ni me gusta hacerlo a solas, ni en tales trances cultivo la nocturnidad. Tanto menos la insolencia, el desgarro y la alevosía. Ignoro si antes de mi muerte llegará a romperse para bien o para mal el ingenuo equilibrio establecido entre la fiera y mi persona.

Pero me disponía a citar otro relato sufí. Se me perdonará su extensión, pues calza de manera que yo llamaría milagrosa a las hipótesis más discutibles de este libro e incluso a los propósitos genéricos que inicialmente me animaron a lidiarle. También arropa con una miaja de claridad ciertos rincones que yo no debo, no puedo, no quiero o no sé iluminar a fondo. ¿Es locura suponer que un árabe del yermo (desconocemos su nombre) inventó hace siglos el apólogo de los cuatro tesoros mágicos para ilustrarme y suavizar estridencias de una obra escrita sobre papel canadiense en el año trigésimo sexto de la Era de Franco? Sólo recordaré que en Roma, a caballo del Aventino, existe un ojo de cerradura con la pupila clavada en la basílica del Vaticano. El juego (o espejismo) emociona y asombra. Usted, turista de mis pecados, sube a la mejor altura de la ciudad, pasea por sus costanillas de jaspe y hiedra, se asoma a un par de *campanili*, respira hondo en algún ensanche supitaño, merca un cucurucho de altramuces y sin aviso viene a encontrarse ante la finca o minúscula nación gobernada (¡todavía!) por los maestres y caballeros de la Orden de Malta. Hay un muro y una puerta. La estatura de aquél hace inútil empinarse. La solidez de ésta desaconseja el empujón, hiere el hombro y excluye la ganzúa. Sólo queda un recurso: cimbrearse de riñones y aplicar el ojo al ojo de esa cerradura prodigiosa. Amanece entonces una avenida perpendicular de guijo con árboles a los lados (cipreses, creo) y en su remate —lejana, focal, novísima, perfecta— la cúpula de Miguel Ángel. Nada más, nada menos. La congostura de coníferas y el absoluto cimborrio bajo el pálido dosel celeste de la Urbe. *Roba da non crederci!* Gustaba yo de imaginar, en mis años romanos, que todo aquello —el Foro, la Suburra, los cubiles ocres del Trastévere, los gatos sagrados con cabeza de león, el río sinuoso, la esgrima del Imperio y el Papado, las mil fuentes, los cármenes del Pincio, la cólera barroca del Bernini, los gansos, Rómulo y Remo, el encolerizado Garibaldi del Gianícolo, la *dolce vita,* el suicidio de Tosca, los ventorros del Matadero, Julio II, Ángel Sánchez-Gijón, mi hija Ayanta, las tres Barilli de Monteverde, la irrepetible tramoya de esa *civitas* plantada por el paso de los siglos sobre los siete pilares del melodrama romántico, la RAI y el asesinato sutil de César— todo, repito, la historia interminable —mármol y *travertino*— de aquella capital ni confiada ni alegre me parecía arduo malabarismo de la Providencia para conseguir que en un instante cualquiera de cualquier milenio el ojo de una cerradura, excluyendo lo demás, pudiese enjaular en su esclerótica de hierro el paseo, la grava, los cipreses, el lóbulo de azur, la infame basílica, quizá el silencio de un jardín y, a veces, el garabato urgente de un pájaro sin lugar de apoyo. ¡Qué admirable pesadilla! Más allá del paréntesis de la bocallave todo era juego, excusa, vanidad, invención, pompa, apostasía, placer, valle de lágrimas, trampa, chascarrillo, estribadero de cartón piedra, muleta de papel, cariátide sin esqueleto. Roma o los andamios de una coincidencia. Cadáver es la que ostentó murallas, pero yo buscaba y encontraba el espíritu de la momia colosal en mi pupila inmóvil del Aventino. Mirando por ella comprendí (cenestésicamente) que la realidad es ilusoria, un sueño pasajero. Lo sabía, claro, pero no acertaba a obrar en consecuencia. Y de repente, gracias a un artilugio metálico que parecía ficción de Borges, el nirvana, el Eclesiastés, Laotzú, los Vedas y Calderón se iluminaron...

¿Y la parábola o lección de historia impartida por el sufí anónimo?

«Cuatro derviches de la segunda jerarquía decidieron recorrer la superficie de la tierra buscando objetos útiles para la humanidad. Con su hatillo al hombro, y después de haber concertado una cita a seis lustros de distancia, los piadosos varones se echaron al camino, vagabundearon sin rumbo y volvieron a encontrarse en el día convenido. El primer derviche trajo de las regiones árticas un bastón capaz de transportar por los aires a quien lo cabalgase. El segundo había encontrado en el extremo occidental de la tierra una capucha que confería a su propietario el don de metamorfosearse cuantas veces lo juzgara necesario. El tercer sufí adquirió en el lejano Oriente un espejo sabihondo en cuya superficie podía contemplarse cualquier lugar del globo. Y el cuarto, que había pasado mucho tiempo en las comarcas meridionales, aportó una escudilla capaz de curar toda clase de dolencias.»

«Los derviches empezaron por buscar el Manantial de la Eterna Juventud en el espejo, pues deseaban vivir largos años para sacarle el mayor partido posible a sus instrumentos. Una vez localizada la fuente milagrosa, volaron hacia ella subidos en el bastón y saciaron su sed a grandes sorbos. Entonces preguntaron al espejo por la identidad del hombre que más necesitaba ayuda. No tardó en dibujarse sobre el azogue el rostro de un moribundo. Su casa se encontraba a muchas lunas de distancia.»

«Los derviches se instalaron a horcajadas sobre el bastón y en un abrir y cerrar de ojos llegaron al lecho del agonizante.»

«Somos médicos famosos —dijeron— y nos hemos enterado de que padeces una grave enfermedad. Queremos ayudarte.»

«El hombre levantó la mirada y al punto empeoró. Era como si hubiese sufrido un extraño ataque. Los criados expulsaron a los intrusos sin contemplaciones, después de explicarles que su dueño detestaba a los derviches. Éstos se colocaron la capucha, cambiaron de aspecto y fueron recibidos. El enfermo bebió la medicina del tazón mágico y al instante recuperó la salud. Como era hombre de posibles, quiso recompensar a sus bienhechores y les regaló una casa. Los derviches se instalaron en ella y vivieron en paz durante algún tiempo. Todas las mañanas se alejaban en distintas direcciones para utilizar en beneficio de la humanidad sus prodigiosas herramientas. Luego, al anochecer, regresaban al hogar y descansaban.»

«Así siguieron las cosas hasta que un buen día irrumpió un tropel de soldados en la casa para arrestar al propietario del tazón. El rey había oído hablar de ese famoso médico y lo necesitaba para curar a su propia hija, víctima de una extraña enfermedad. El prisionero fue arrastrado hasta el dormitorio de la princesa, sacó su escudilla y preparó una pócima. Pero como no le permitieron buscar la receta en el espejo sabelotodo del tercer derviche, la medicina resultó ineficaz. El rey, encolerizado, ordenó que emparedaran al impostor sin atender a sus protestas. El sufí sólo quería que le autorizaran a celebrar una consulta con sus amigos antes del cumplimiento de la sentencia, pero el monarca —que era un individuo impaciente— interpretó la petición como una estratagema dilatoria y la rechazó.»

«Los otros derviches, mientras tanto, localizaron con la ayuda del espejo al prisionero y gracias al bastón llegaron a tiempo de salvarlo. La princesa, en cambio, murió por culpa de su padre, que había ordenado arrojar el tazón en la más profunda de las fosas oceánicas. Mil años tardaron los derviches en recuperarlo. Y a partir de entonces decidieron trabajar siempre en secreto y con astucia, *de forma que su quehacer en beneficio de la humanidad resultara lógico, espontáneo y comprensible a los ojos del vulgo*.»[46]

Sigan los políticos seguros de que gobiernan.

Así los sufitas. Confío en que la transcripción de estas cinco parábolas ayude a entenderlos sin necesidad de otras explicaciones.

Reconozco mi predilección por los derviches. Son maestros a los que siento muy cercanos, no sé si por afinidad congénita o por determinismos religiosos y culturales del país que me ha tocado en suerte. Mejor dicho: lo sé. Por ambas cosas.

Pero mis inclinaciones no interesan.

En cuanto al espacio histórico donde nací y me muevo, saltan a la vista sus muchas complicidades con una *praxis* mística que corre paralela de lo islámico y de lo cristiano. Paralela y, a menudo, equidistante. Tal es la *diáspora emprendida con billete de ida y vuelta* a la que páginas atrás me refería. Y no sólo porque España y Persia fuesen, quizá, las dos islas musulmanas más fecundas en morabitos, santones y padres del sufismo. Ni tampoco porque éste arraigara sobre todo en el litoral mediterráneo de África al calor de la tolerancia ideológica fraguada en Córdoba. Hay mucho más.

El *viaje de ida* nos lo explica don Miguel Asín. «¿De qué gérmenes —dice— pudo brotar este frondoso árbol místico en un terreno tan poco abonado como la árida y fría religión del Islam? Algunos han querido ver en el fenómeno una secuela del budismo o una espontánea florescencia del espíritu iranio sometido a Mahoma. La flagrante analogía discernible entre el panteísmo extático de los brahmanes y las especulaciones de ciertos sufíes muslimes heterodoxos parecía apoyar la primera hipótesis. El hecho de que los más antiguos maestros de la doctrina en cuestión hayan aparecido en el Turquestán venía a sugerir la segunda. Para mí, el sufismo es en sus orígenes un simple caso de imitación (con mucho de consciente) del monacato cristiano oriental.»[47]

Y para mí también, gran señor arabista. Usted mismo, por lo demás, se asocia a otros autores de alcurnia para demostrarnos sin derecho a réplica que los fermentos desencadenantes del panteísmo sufí proceden del laboratorio neoplatónico y gnóstico establecido a perpetuidad en el Mediterráneo.[48] ¿Cómo juzgar casual, entonces, la coincidencia histórica y geográfica entre los derviches andalusíes y esos *adopcionistas* mozárabes en quienes la erudición contemporánea ha venteado no sólo influencias nestorianas e islámicas, sino también alejandrinas y priscilianistas?[49] Es un simple ejemplo, sin voluntad de ahondar en el tema ni perjuicio de que más adelante volvamos sobre él. Todo esto me parece un budín en el que ya no hay manera de separar o distinguir los ingredientes. ¿Por qué empeñarnos en atribuir a cada escuela de pensamiento una herencia rectilínea? La famosa ley de la causalidad: no conozco invención más perniciosa para el desarrollo espiritual de los europeos. ¿Dejaremos alguna vez de asfixiar con ella a nuestros semejantes? ¡Qué pepla, qué melancólica manía! No todo va a ser préstamo o mimesis. Los indios precolombinos sabían hacer el amor antes de que los españoles desembarcaran (aunque les faltaba, eso sí, el albur de la sífilis). Abundan en la filosofía —tanto más en el misticismo— las generaciones espontáneas y hay también mucho incesto, mucho amor promiscuo, mucha sangre transmitida en zigzag, en curvas caprichosas y en círculos que se intersecan.[50] Verdad es que el sufismo indio pudo venir de Buda (o coincidir con él) y que el iranio acaso surgió de los pingües yacimientos teosóficos acumulados por el mazdeísmo y el mitraísmo. Pero ninguna de esas dos razones es óbice para que en Egipto, en el Moghreb y en Al-Andalus se desarrollara casi simultáneamente un sufismo idéntico al de Asia en lo esencial, con la sola diferencia de que sus raíces se hundían en la *gnosis* mediterránea, en Pitágoras, en Platón, en Alejandría y, sobre todo, en el ejemplo ofrecido por los derviches autodidactas y cristianos del monaquismo oriental... Ése —lo reitero— es el viaje de ida: los muslimes, al calor de su expansión geográfica, entran en contacto con los admirables ascetas coptos. Se produce un cortocircuito, hay barahúnda, escapan los palafreneros, los bridones se encabritan y varios jinetes caen a tierra fulgurados, pues nunca faltan individuos predispuestos por gracia de cuna o de Dios a recibir en su ingle la semilla gnóstica. Aparece así un primer mondongo de trismegistos árabes ribereños del Mediterráneo. Serán los adelantados de la quintacolumna esotérica en las ínsulas occidentales de la pacata ortodoxia muslime.

(No se trata de fantasías. Ni siquiera de una hipótesis. Sabemos que muchos sufíes, pese a no aceptar la naturaleza divina de Jesucristo, colocaban a éste por encima de Mahoma en razón de su santidad y de sus virtudes. Mohidín Abenarabí menciona a derviches españoles, africanos y orientales cuyos hábitos ascéticos o místicos se inspiraban directamente en las lecciones y en la vida del Nazareno. Existió, incluso, una etiqueta para señalar a esos espontáneos del sincretismo. Los llamaban *isavíes,* pues Isa —como pudimos comprobar en la parábola de los Escépticos y el Animal del Desierto— es el nombre reservado a Jesús en las tradiciones sufitas.)[51]

El viaje, por lo tanto, empieza en el Sinaí y termina en la Península Ibérica, donde los derviches del Islam —que han llegado revueltos en el oleaje de la invasión— van a topar, y supongo que a reconocerse, con los tataranietos, más o menos tullidos, del también derviche Prisciliano. Éramos pocos y el maricón de la casa parió siameses. Nuevo cortocircuito. Una y otra vez, a lo largo de toda la Edad Media, estallarán entre nosotros barrenos de mayor o menor alcance engendrados a la garibaldina por Cristo y por Mahoma en el coito forzoso de los yoguis. Forzoso e incestuoso, pues se trataba, como mínimo, de primos hermanos con un pariente común en las orillas del mar Rojo. Conocemos algunas de tales fogatas —adopcionismos, *gimnasios nefandos*, traducciones de Toledo, griales, órdenes de caballería— y poco a poco iremos viendo las demás. Todas ellas configuran el *vieja de vuelta* —del cristianismo al cristianismo— que concluirá aparatosamente en el Siglo de Oro con la soberbia traca final de la literatura mística. Era ésta un convite cierto al que ocho siglos antes nos habían invitado.

La Inquisición hizo cuanto pudo por restarle brillantez, pero fastos así no se descomponen. Había demasiada belleza y santidad en ese licor para que una boca codiciosa, profana y trotaconventos acertase a deglutirlo. Y cuando Roma, asustada, quiso tapar agujeros por el increíble sistema de poner a herejes en los altares, se estrelló contra hechos consumados. Ya los derviches de Al-Andalus habían devuelto el cristianismo de Cristo a quienes en realidad, por ser sus destinatarios naturales, nunca podrían perderlo: los cristianos del *exótero*. Tú y yo, hermanito. Y tortuosos fueron, como siempre, los caminos del Señor: ocho siglos, miles de lenguas, una guerra inagotable, pintorescos faquires del Sabara encaramados en nuestros alcores, monarcas de triple religión, herejías, autos de fe, promiscuidades... Por fin, Juan de la Cruz y Teresa. El Druida estaba vengado.

Ferid el Din Attar escribió el *Libro de los Consejos*. Silvestre de Sacy lo tradujo y divulgó. Por sus páginas nos llegan los hechos de aquellos apóstoles. Sus nombres, sus milagros, el alcance de su ejemplo. Nos explica el autor que la locura sufita era moneda temprana y corriente en el Islam español. En Murcia —dice—, en Málaga, en Córdoba, en Sevilla, en Mérida, en todas las encrucijadas de Al-Andalus —genuina Arabia Feliz— «hombres y mujeres se lanzaban al camino para predicar y enseñar desde él sus verdades místicas».[52] El sur era una llama. Confuso tropel de ascetas echaba leña en cada esquina. A veces tenían nombre propio, cosa más bien rara entre los santos. Se llamaban (por ejemplo) Sad el Jair de Valencia, discípulo y amigo de Algazel; Abderrahmán de Peza, faquí de la aljama almeriense; Abenjanín de Toledo, teólogo y jurisconsulto; Aben Zooca de Orihuela; Abud Havas de Sevilla, maestro de Mohidín Abenarabí; los también murcianos Aben Sabin y Aben Llud; Aben Hassán, autor del celebérrimo *Sirr al-asrar* o *Secretum Secretorum,* que Juan Hispano tradujo al latín con el intolerable título de *Epistola Aristotelis ad Alexandruor de conservatione corporis humani* y que en romance iba a llamarse *Poridat de Poridades...*[53] Todos eran sufíes y sufíes se proclamaron.[54] No había lugar a equívocos en la atmósfera de relativa libertad que siempre caracterizó a los reinos de Taifas y casi siempre, antes, al califato de Córdoba. Pero España no sólo consumía derviches. También los exportaba. Enorme prestigio alcanzaría dentro y fuera de la Península Ibn Abbad de Ronda, que gastó buena parte de su vida en la sagrada Fez y en la profana Rabat.[55] Andalusíes eran asimismo, y piadosos sufitas exiliados por vocación o a la fuerza, Abú-Maydan de Tlemecén (que fundó la hermandad mística de los *sazziliya),* As-Sazili, Abu-l-Abbas al-Mursi[56] y Yusuf Qalandar.[57] Nombres de alucinante fonética, lo sé... Pero tan españoles como el de Antonio Pérez.

A posta forcé la cronología anticipando todos estos místicos madrugadores e ilustres al más ilustre y madrugador de los místicos que nuestro Islam produjo: Aben Masarra. El gran precursor, el nuevo Empédocles, el sabio que no era sufí, gnóstico, musulmán o cristiano, sino —a secas— *masarrita.* Es decir: cristiano, musulmán, gnóstico y sufí. No vale la pena acumular adjetivos, porque los cuatro citados —que podrían ser cuarenta— se encierran en un solo sustantivo: sincretismo. El marbete común de todos los *Krishnas.*

¿Dónde iba a nacer el grave mozuelo que a los diecisiete años —en el 912— surge repentinamente, rodeado por sus discípulos, entre los tabiques de su austero cenobio, sino en esa pujante Córdoba que a la vuelta de tres lustros se convertirá en venturoso epicentro del califato de Occidente? Como Platón, y con metáfora acomodaticia que ya apliqué a otros platones, aquel imberbe maestro —pero maestro ya— podía agradecer cuatro cosas al Todopoderoso: ser hombre, varón, árabe andalusí y ciudadano cordobés en el siglo de Abderramán III. El Mediterráneo se mordía la cola. Tras catorce siglos de silencio y esperanza, el Altísimo concedía a sus criaturas otra ocasión, otra Atenas, otro Pericles y otro filósofo por antonomasia.

Ahí, y así, comienza la historia del Masarrita. Un *ashram* en los mismos contrafuertes serranos —¿coincidencia?— donde aún hoy asoman blancas ermitas de Cristo. Un puñado de moros hambrientos de elevación espiritual. Un adolescente metido a Hijo de Dios. Nada más. Los biógrafos no explican el cómo, cuándo y porqué del falansterio. Tampoco hablan de la infancia del profeta. Ni de sus años de aprendizaje. Arrancan, y eso es todo, de la escena descrita como si se tratara de un sueño materializado, de una sinfonía incompleta o del primer vagido de la Creación.

Algún autor[58] apunta que el joven se retiró a la montaña para no exasperar a los próceres malequíes de la ciudad. Éstos, efectivamente, andaban ya diciendo que Aben Masarra era tan ateo, subversor, hereje y panteísta como siglos atrás lo fuese

Empédocles.[59] Por segunda vez sale a relucir el filósofo exiliado en Agrigento. Y no a humo de pajas. Ni la comparación fue gratuita ni con ella descargaban los ortodoxos su clásico palo de ciego. Allí dolía. Hoy suena a música celestial, pero los musulmanes de aquel siglo consideraban a Empédocles el naipe más antiguo en el repóker de la sabiduría griega (los otros ases eran Pitágoras, Sócrates, Platón y el Estagirita) y le atribuían proezas o extravagancias dignas de un héroe mitológico. Decían, por ejemplo, que antes de su exilio había recorrido todo el Oriente para sajar el buche de la magia y de la mística en los laboratorios fáusticos del teurgo sirio Locman y del imponderable Salomón. Para los muslimes de la vieja guardia —comentará Asín— aquel filósofo griego casi primordial era un «hierofonte y profeta entregado al ascetismo, al estudio y a la enseñanza, apartado del mundo e impermeable a sus honores».[60] *Lo pintaban como a un sufí*, concluye con desabrimiento el arabista. Pero nadie lo atribuya a arrebato de la fantasía mahometana, sino a postrer eco —lo que quizá resulte aún más fantástico— de la inextinguible Alejandría. Allí, Plotino, Proclo y Yámblico (entre otros) habían incurrido en el magnífico fraude de atribuir sus tardíos platonismos (o hechicerías y alquimias) a los primeros sabios de Grecia, incluyendo en la lista al egipcio Toth o legendario Hermes Trismegisto.[61] Los árabes se limitaron a morder el goloso anzuelo. Y así iba a surgir en la Bagdad del siglo VIII, con el cadáver de Mahoma aún pudriéndose en su tumba, un ensordecedor griterío de «sistemas neoplatónicos impregnados de intenso misticismo cristiano».[62] En esa ciudad y en esa época se fraguan las doctrinas del Pseudo-Empédocles, que casi doscientos años más tarde divulga en España el cordobés Aben Masarra. Será otra de nuestras aportaciones al universo. Raimundo Lulio las recoge, las infiltra en la Escolástica y tiñe con ellas el pensamiento medieval europeo (y el renacentista). En la Florencia de Lorenzo el Magnífico (tercera Atenas para el tercer Pericles), humanistas de tanta labia como Pico della Mirandola, Marsilio Ficino y Johanán Alemanno discuten sobre temas religiosos al socaire del Empédocles andaluz, del sefardita Avicebrón y del inevitable Trismegisto. Cornelio Agrippa, ya en el alba del pensamiento actual, será el último eslabón de esta cadena.[63] Ahí tenemos otra historia de fantasmas que también nos pertenece, aunque a la postre se nos escurriera entre los dedos. El caimán alejandrino pegó un soñoliento coletazo y casi se lleva por delante la ortodoxia de Bagdad y la de Roma. Parece casi natural que un príncipe de novela romántica decidiese carbonizar la famosa biblioteca (lo que de ella quedaba) esgrimiendo un silogismo irreprochable: *todo libro afirma o niega el Corán; si lo afirma, es inútil; si lo niega, es herético.* A eso le llamo yo argumento verdaderamente cornuto. Cenizas gnósticas, ¡quién os sacara del purgatorio!

Lo cierto es que Aben Masarra, acaso para acentuar o rematar su parecido con Empédocles, terminó por librarse del acoso de los malequíes con el socorrido truco del exilio. Implicaba éste unas fronteras naturales: el litoral mediterráneo del África mogrebí, frente por frente de la isla sícula y magnigriega donde su paredro se había refugiado muchos siglos antes. Y allí, en alguna capilla iniciática de Egipto, Libia o Cartago, el cachorro de profeta (o profeta cachorro) forzosamente tuvo que entrar en contacto con los discípulos del admirable Dhun-Nun, *Señor de los Peces* y debelador de jeroglíficos, que había muerto cosa de seis decenios atrás.[64] Lo asegura Alfaradí, uno de sus biógrafos. Y musita Asín, escudándose tras el tentetieso de un *quizá,* que el derviche egipcio pudo servir de eslabón perdido entre el Islam y «la triple tradición hermética, neoplatónica y cristiana» de sus pagos.[65] De todas formas, con o sin trapicheos de iniciados, África configuró un exilio de aprendizaje para el Wilhelm Meister andalusí que en sus costas había hecho por brindar un canto de frontera al estudio, al silencio y al olvido. Es la vida privada de Jesús tras haber polemizado en el templo de la serranía cordobesa. Luego, otra vez en España (esa palestina), retornará al ágora y será Cafarnaúm, las bodas de Caná, el sermón, el milagro, la apoteosis.

Pero con juicio y pies de plomo. No consta la fecha exacta en que el masarrita regresó. Sí sabemos que lo hizo al resguardo de la tolerancia inscrita por Abderrahmán III en todo Al-Andalus y muy poco tiempo después de que ese reciente califa ahorcara los hábitos de emir.[66] Alrededor del 930 encontramos al filósofo, que entonces debía de andar *nel mezzo del cammino,* instalado de nuevo en la ciudad donde sus paisanos no le habían permitido ser profeta. Pocos amigos y casi ningún enemigo reconocen en aquel barbudo silente al joven enérgico, luminoso, peleón y algo vocinglero del primer cenobio en la sierra. Ha cambiado (sin envejecer). Apenas habla. Menos aún escucha. Va y viene de las soledades al secreto. Murmura palabras lentas (como cachirulos en el aire), ígneas (como gotas de plomo) e infrecuentes (como estrellas fugaces). Se diría que el contacto con los taciturnos batiníes de ultramar lo ha persuadido de las virtudes del silencio. Será ya siempre, como lo fue Dictinio,[67] casi un simulador, un hombre que sabe y calla, un tesoro cerrado por siete llaves. Un adepto. «Persecución y esoterismo —dirá Asín— explican la falta de información sobre este filósofo»,[68] y ubérrimo sacerdote sincretista, concha de mar con borborigmos nilóticos, budistas, cristianos, *batiníes,* sufíes y *motaciles* (¿por qué una herejía musulmana lleva el nombre científico de los pájaros dentirrostros cuyo prototipo es el aguzanieves? Me entero de esta impertinencia o patochada hojeando el diccionario ideológico del cabalista Julio Casares). No se conserva, en efecto, una obra, un pergamino, un simple rasguño trazado por la péñola del Masarrita. Pero tanta elipsis, o afasia, o voluntario mutismo, o inaudita, se ven colmadas e inundadas por la feracidad apostólica del maestro. Mil herejes plantan con sus manos la semilla del monte en la ladera del Al-Andalus. ¿Herejes? Herejes, sí, que al rezar no miraban en dirección a La Meca, sino hacia el oriente astronómico, igual que el ábside de las basílicas cristianas.[69] Cilvetti nos cuenta el desenlace: «la escuela de Ibn Masarra se mantuvo más de un siglo (...) y cuando fue perseguida por Almanzor, desde finales del siglo X, conservó su unidad en torno a un jefe religioso. Al cabo degeneró en el cisma de Isma'il de Pechina (pueblo almeriense) precipitándose hacia un *anarquismo comunista y libertario (...) en lo político, en lo económico y en lo moral*».[70] La frase subrayada es de Asín.

Conque muere Abderrahmán, se desguaza el califato y apenas medio siglo después comienza el motín cenetista de las Taifas. Compiten aquellos virreyes en amparar el arte, las ciencias, la filosofía y la búsqueda de Dios. Bajo su égida florecen todas las corrientes del pensamiento, y el sufismo —no lo digo yo— se transforma en impetuoso oleaje popular.[71] Hacia el año 1063, aupado por la multitud, un derviche masarrí alborota la medina almeriense predicando la coyunda mística de Dios y sus criaturas en descarada clave de panteísmo.[72] Ya no lo persiguen, ya no se persigue a nadie por ese herético clamor. Muy pronto van a instalarse en la ciudad los bereberes saharauis o almorávides —es decir: los *tuaregs*— con sus rostros velados, su afición a la soledad y sus ideales caballerescos urdidos en los *ribat* templarios de Senegal y el Níger.[73] Almería se convierte en metrópoli sagrada de los sufíes españoles. Allí brota el maestro Abulabás Benalarif, postulador de una incisiva regla monástica cuyo quicio es el éxtasis y cuyo andamiaje ideológico prolonga «las extravagantes supersticiones de la escuela masarrí».[74] Dicho y hecho. La resaca del Milenio vuelve al camino. Una milicia de locos converge en el *ashram* de Abulabás por los campos de Níjar, los despeñaperros de Sierra Nevada y las dunas de Motril. Son andaluces de todos los pelajes: rondeños, onubenses, accitanos, itálicos, algarabíos... Tres caudalosas corrientes esotéricas van a nacer en el cónclave almorávide: la del mallorquín Abubéquer (que se instala en Granada), la de Benbarrachán (o Ibn Barayan) en Sevilla y la de Abencasi (o Ibn Qasi) en el Algarve.[75] A partir de ese momento, la continuidad del sufismo está garantizada en Occidente. Y fuera de él, porque sus aguas desbordarán los confines de la Península. Un segundo Abulabás, apodado el Magrebí, surge a la sombra de la Giralda y enseña ciencias divinas al más universal de los murcianos: Mohidín Abenarabí, sucesor indiscutible del Masarrita y tercer o cuarto *cristo* de esta Iberia descarnada. Nació (sombríamente premonitorio inclusive en ello) un 18 de julio: el de 1165. Fue *ab initio,* como Prisciliano, hombre de muchas mujeres: dos —las sufíes Yasmina de Marchena y Fátima de Córdoba— le dejaron una impronta indiscutible. Fiel a ese carisma (o estigma), trabó tempranas nupcias hispalenses y a poco, creo que en las inmediaciones de su compañera (pues también la tuvo por tal en amores místicos), recibió la visión incoativa de lo que luego, por contraste con la *irrealidad* de lo que casi todos llaman realidad, calificaría de *'alam al-mithal* o *mundo real* (y por ello irreal para el hombre de la calle). ¿Trabalenguas? No: éxtasis. Le sobrevino éste en el curso de una grave enfermedad (como a mí la estantigua[76]) y consistió en el asedio de una turba satánica que al cabo se encargó de disolver cierto ente numinoso. Conocemos sus señas de identidad, porque Mohidín tuvo la sensatez de preguntárselas: era el espíritu del trigésimo sexto *sura* coránico, mirante a quienes agonizan, que a la sazón recitaba su desconsolado padre. Es decir: lo que dije (la estantigua). Y ya saltamos al 1193, primer año de los siete que el Arabí dedicó —como Abulafia y el Masarrita— a correr mundo para descorrer el velo del que no se encuentra en éste. Todo se le hacía extraordinario. Cilvetti cuenta la anécdota del desconocido que se le acercó en Sevilla para recitarle un poema que el propio Mohidín había compuesto con ánimo de clandestinidad varios meses antes (lo mismo, más o menos, le sucedería —y también en Sevilla— a Manuel Machado con la copla de *mi calle ya no es mi calle*). Al expirar el siglo terminó su primera tanda de viajes y vio el Trono de Alá sostenido por columnas de fuego. En torno al dios revoloteaba un hermoso pájaro que lo conminó a buscar el Oriente. Así lo hizo. Llegó a La Meca y conoció a Nizam, la sufita hija de un sufita que sería para él lo que Beatriz para Dante.[77] Murió ocho lustros después en Damasco, si es que puede morir quien se deja atrás una obra de cuatrocientos títulos. Dos de ellos, el *Fotuhat* y el *Foseis,* siguen editándose en El Cairo, en Lahore, en Bombay, en Estambul, doquiera bulle en su mástil un gallardete del Islam. No en España, por supuesto. Junto al *Diván* —también alandaluz— de Benalfarid y las *disquisiciones* de Algazel, las dos obras citadas forman la fuente de cuádruple caño donde hoy como entonces acuden a saciar «su sed de ideales religiosos todos los pensadores esotéricos del Irán y de los países árabes».[78] Ya está aquí otra vez el movimiento de ida y vuelta, el péndulo rabdomántico de la internacional teosófica. La peregrinación al sol levante. La búsqueda de una postura fetal en el útero de la especie. España devuelve uno por uno sus doblones. Gracias a un huertano de chilaba y encausto, la cadena hermética empalma su último eslabón con el primero: Sais, Alejandría, Dhun-Nun, lbn Masarra, Abenarabí y, *voilà*, el Oriente (donde Mohidín lleva el calificativo de Cheik-al-Akbar, o sea, *el más grande de los jeques*.[79] La Escolástica no le apeó el tratamiento, aunque sí lo tradujo, dejándolo en *Doctor Máximo*). En fin, parar y templar... Así se restituye un Pseudo-Empédocles a quienes tuvieron la argucia y la audacia de forjarlo. Pero eso no fue todo. Los maestros andalusíes mal podían excluir de la fiesta a sus hermanitos cristianos y judíos. Un autor (y derviche) hindú descendiente de príncipes afganos —los dos gentilicios garantizan la imparcialidad que a mí, por patriotismo, puede faltarme— considera discípulos de las escuelas sufíes españoles (sic) a los sefarditas Jehuda ha-Leví, Moisés ben Ezra, Yusef ben Zadiq, Samuel ben Tibbón y Simtob ben Falaquera.[80] De casi todos se ha hablado en algún capítulo de este libro. Lo curioso es que Asín Palacios cita los mismos nombres, ni uno más ni uno menos,[81] denunciando al bies *flagrantes* paralelismos ideológicos entre Ibn Arabí y Avicebrón, así como la tácita presencia de las doctrinas masarríes a lo largo y ancho del *Zohar.*

No sorprende ni lo uno ni lo otro, pues incluso los especialistas judíos admiten que la Cábala y también el *chassidismo* entraron inicialmente a saco en las pingües alacenas teosóficas de los sufitas.[82] Con lo que todo, una vez más, vuelve a darse la mano para bailar amistosamente la heliocéntrica sardana del Mediterráneo.

Sabido es, por lo que hace a la brecha abierta en el frente occidental, que las visiones escatológicas del exaltado Mohidín sugirieron y posibilitaron el terrible viaje de ultratumba emprendido por Dante en la *Divina Comedia*. Demasiada tinta ha corrido sobre el tema para que yo acepte el riesgo o cometa la impertinencia de darle otra pasada. Pero a propósito de frentes occidentales, y de murcianos ilustres, sí me atreveré a citar una frase lisonjera del susodicho sufita hindú y príncipe afgano. Dice Idries Shah (que tal es su nombre): «Ibn-al-Arabí de España, muerto en el año 1240, expone teorías psicológicas y postula procedimientos psicoterápicos que el lector actual no podría comprender sin las aportaciones muy posteriores de Freud y de Jung.»[83] Gracias, *mahatma*. Pero confío en que sólo el segundo extremo de esta filiación en clave de futurible responda a verdad y (por tu parte) a sinceridad. Basta y sobra con un Freud.

Y ahora, ya que el juego anda entre moros cristianizados y romanogodos islamizados, fuerza será mencionar los sucesos, derrotas y singladuras de un bajel que se llama Raimundo Lulio. Pocos catalanes dieron ni darán tan ambiguo pábulo a las murmuraciones, menos aún conseguirán renombre peor entendido y tergiversaciones más tenaces, injustas y disparatadas. Todavía hoy no sabemos con certidumbre si hubo un Lulio a la vez filósofo y alquimista o un alquimista que se llamaba Lulio por coincidencia o recurría a ese alias en señal de sibilino respeto hacia el filósofo homónimo. Éste fue, en todo caso, hombre de varios niveles, varias lecturas, varios credos y (como mínimo) doble biografía. Quédese ahora la esotérica para mejor ocasión y adentrémonos con brevedad en los hechos de su existencia exotérica, que aclara pocas cosas y deja muchas pistas so capa de cabos desanudados. Valga un ejemplo. Entre las habilidades de Lulio (quizá del Lulio alquimista) no era la menor su pretensión de atajar la lepra propinando al lazaroso una papilla de fresones disueltos en extracto de perlas.[84] ¿Cómo se le echa el guante a una luminaria oficial de la Escolástica gustosa de dinamitar continuamente las esclusas de su propia respetabilidad académica con piruetas tan insondables? Tuvimos en aquel beato catalán a nuestro primer Salvador Dalí y mejor Alberto Magno. Fue ovillejo, calambur, quesiqués y hoguera. Más le cuadra el apodo de Doctor Jekyll que el calificativo de *Doctor Iluminado,* título póstumo que los mallorquines hubieron de concederle por no parecer horteras, frívolos, disolutos o desagradecidos. Eran todo ello y en todo ello se quedaron.

Conque nació el niño Raimundo en Palma de Mallorca a 25 de enero de 1235, o sea, bajo el signo de Acuario, en día que suma siete y con la madrugada de un año que equivale al dos en la notación algorítmica de la Cábala. Estos prodigios de su alumbramiento indican que era ya brujo antes del parto, en el parto y después del parto. Con su vida, andando el tiempo, él mismo se encargaría de probar la hipótesis, sostener la apuesta, rayar a la altura del horóscopo e incluso mejorar lo trazado por la sabiduría de las estrellas. Su padre fue caballero y punta de lanza en el ejército que don Jaime reclutase para incorporar a Cataluña el cayo máximo del archipiélago balear. Pesa también este determinismo (o simbolismo) geográfico. Raimundo será siempre un insular. Traduzco: un hombre instalado en el Centro y que desde él se aventura sin riesgos ni temores por las aguas de la Dispersión. Viajero, nómada con un hogar, marido infiel respaldado por la tela de Penélope, conciliador, anfibio, jefe por derecho de nacimiento y muchas veces a su pesar. Acuario, sí, pero también Libra, como Dictinio, Gandhi y Prisciliano. Sospecho que ese emblema figuraba en su ascendiente. Armonía, noble astucia, idealismo, garra popular, *sex-appeal*, olfato histórico, buen gusto, inteligencia y una cucharada de locura son, en efecto, virtudes paladinas de este Ulises o ermitaño Paulo que al final perdió Itaca, pero sin pagar (ni mucho menos) el leonino arancel de condenarse por desconfiado.

Su juventud discurrió bronca, liviana, palaciega y fácil. Estudiante, por así decir, de Princeton, con *sedán* amarillo, versos prometedores, corbata de pajarita, abrigo de pieles y fantástico toque de balón. Un héroe de los años del jazz que iba para crisálida de Scott Fitzgerald. Tuvo, de hecho, su Zelda en la pulida cortesana Ambrosia del Castello, hembra de lujo por la cual, y en cuyo seguimiento, cometió cierto día la bravuconada de entrar a caballo en la iglesia de Santa Eulalia. La señora, que no doncella, sólo pudo pararle los pies a aquel señorito insolente desabrochándose el corpiño en cualquier zaguán oscuro y mostrándole con pena y sarcasmo una fétida ubre carcomida por el cáncer. Áspera fue la lición, amarga la melecina y milagrosos los resultados. Raimundo dejó de ser Siddharta para transformarse en Buda, renunció a los honores, abandonó la casa, olvidó a su mujer, canceló a sus hijos, se embriagó de penitencias y consagró el resto de una vida octogenaria a los dos amores que le conquistarían el mundo sin menoscabo de su piedad: el amor a Dios y el amor a la sabiduría. O sea: religión y ciencia, los dos grandes desafíos de la época, «que en su entendimiento venían a hacerse una misma cosa».[85] Ahí, ante el salaz espectáculo de un seno de mujer inútil para la caricia y el mordisco, empieza la *vita nuova* del principito mallorquín. Y también el primer enigma, la primera extravagancia: Raimundo decide aprender el árabe. Hoy, en años de pedantería filantrópica y trisagios dedicados al becerro de oro de los hidrocarburos, el estudio de ese idioma tienta a quienes confunden la universidad con una rampa de acceso a plataformas bien remuneradas. Entonces —todavía estamos en el incorruptible Medievo— ni las humanidades eran asunto de parné ni funcionaban los ramplones conventículos de despotismo ilustrado que ahora reparten la miseria occidental entre las razas del Tercer Mundo. A muy pocos españolitos del siglo XIII (y no hablemos de los europeos) se les hubiera ocurrido la peregrina idea de invertir tiempo y denarios en el estudio de una lengua doblemente endiablada: por difícil y por arrepticia, pues sólo en el infierno podía tener origen (pensaban) la infame algarabía utilizada por los descreídos demonios de Mahoma. Fue, sin embargo, lo primero que hizo el nuevo Raimundo después de su conversión y de buscar el atajo de la enmienda en sus irrepetibles soledades del Monte Randa. En seguida sabremos el porqué.

(Lo segundo sería inventar el *Ars Magna* o Doctrina Universal, una tarea propia de alquimistas. Claro que éstos —y Lulio— van a maldecirme por mi torpe elección de infinitivo. No se trataba de *inventar,* sino de recoger verdades eternas y omnivalentes en el pensamiento —otra palabra torpe— o en el regazo de Dios. O sea: de merecer la iluminación como remate de un arduo esfuerzo purgativo.)

Transcurre, pues, un ancho período de aprendizaje y *yoga*. No poseemos noticia alguna sobre la fórmula de este silencio ni, por otra parte, vendría nada a turbarlo. Será el de siempre (*lo* de siempre). Y un buen día, por fin, Lulio (dueño quizá de rotunda calma y relativa perfección) se embarca con la proa apuntando a Roma, trepa hasta rozar las sandalias del Santo Padre —que es Nicolás III— y consigue un lacónico *fiat* para demorarse en tierra de infieles predicando la verdadera fe. ¿Misionero o peregrino? La autorización librada por la jerarquía no alude a lo segundo, pero será éste el único talante espiritual discernible en la aventura. Raimundo recorre Siria, Tierra Santa, Egipto, Etiopía, Mauritania (no elegía a tontilocas, no) y otros países de pareja hermosura y análoga significación religiosa. En Bona discute pública y contemporáneamente con cincuenta doctores árabes y ni una sola vez baja la guardia, granjeándose por ello la malquerencia de una chusma que en su encanallamiento, y entre vejaciones de toda laya, se permite la colosal de mesarle las barbas al anciano.[86]

¿Qué puede hacer un sabio escarnecido? Volver a Europa, dedicarse en Montpellier a la enseñanza del *Arte Universal*, conseguir que Honorio IV inaugure y financie en Roma una escuela de lenguas orientales, permanecer dos años en una cátedra de la universidad parisiense y luego, olvidándolo todo, marcharse a Túnez para esgrimir su verdad de nuevo y de nuevo escapar milagrosamente con vida a otro motín del populacho. Así gastaba mi señor don Raimundo, primer arabista de la historia, los talentos de todo tipo que el Todopoderoso tuvo a bien dispensarle en la alucinada soledad del Monte Randa. Aunque español, aquel anarquista del siglo XIII fue siempre miliciano de Dios con los ojos tan vueltos hacia Oriente como entonces lo estaban los tragaluces de cualquier ábside románico.

(Inciso. Otro mallorquín iba a incurrir pocas décadas más tarde en delirios islámicos iguales o mejores que los de Lulio. Nació fray Anselmo de Turmeda —«franciscano, poeta, teólogo, satírico y hereje»— en 1352. Moriría setenta años después nada menos que en Tunicia. Tiempo atrás se había convertido a la religión musulmana —¡en Bolonia!— renunciando a su nombre cristiano para adoptar el más ortodoxo y casi inevitable de Abdallah. El quiebro levantó furores y ronchas en Italia, en España y en otros rincones del Viejo Mundo. Benedicto XII anunció que perdonaría al réprobo siempre y cuando aceptara reincorporarse públicamente a las normas de la Iglesia, pero no era nuestro compatriota hombre dispuesto a escuchar los arrullos arribistas de la Administración. Siguió pues donde estaba, redactó en árabe impecable una *docta refutación de los partidarios de la Cruz*, se negó a salir de Túnez y allí, en efecto, rindió el alma invocando (la duda ofende) el bendito nombre de Alá. Era ya santo —y, por supuesto, profeta fuera de la patria— para gentes que nunca han visto con buenos ojos las conversiones religiosas. La tumba del fraile Anselmo se venera hoy en la plaza tunecina del Essakadin. Y, sin embargo, había escrito en catalán unas cuartetas tituladas *Coblas de la Mort y Coblas de la Sibila* para anunciar con lúgubre claridad las señales premonitorias del definitivo apocalipsis. Ello le hubiera valido en Francia o en Italia imperecedera fama de nigromante. ¿Cómo no pensar en Nostradamus? Pero su país era España. Y los españoles no conocen ni quieren conocer las *centurias* que vienen de dentro. Cuestión de parvulez. Quizá cualquier licenciadillo faltoso exhume antes o después el cadáver de Turmeda con miras a tramar una tesis de doctorado que sacará sobresaliente *cum mofa* y nunca se publicará. Quizá yo mismo haga por resucitar al muerto en estas o en otras páginas. Pero no aquí. Ahora hay que seguir hablando de Raimundo Lulio.)

Dejamos a nuestro héroe acosado por una muchedumbre crespa y así como espumajeante. No sabemos si el trance era de linchamiento. Cabe esperar que sólo quisieran emplumarlo. Lo cierto es que el dómine prefirió apostar por lo seguro, se arremangó las haldas y tiró campo a traviesa con veinticinco mil lobos aullándole en los talones. Andaba ya por los sesenta años, pero más le sirvieron éstos de acicate que de estorbo. Pupilas de volcán, barbas al viento, sandalias en chancleta, muslos peludos y un si es no es como de puta por rastrojo: la escena se pinta sola. Y hubo final feliz. Lulio debió de encontrar una falúa con los remos en alto o una tartana de veinte mulos, pues a los pocos meses estaba otra vez en Roma, ileso de cuerpo y alma, dándole la murga a Bonifacio VIII con nuevos y aún más acuciantes proyectos apostólicos. Sangre de cosaco llevaba en las venas aquel mallorquín. Y de almogávar.

Tras lo cual siguieron los viajes. Chipre, Armenia, Rodas y Malta compondrán las cuatro esquinas del enésimo periplo. En ellas, y por doquier, Raimundo «predica y escribe sin dar reposo a la lengua ni a la pluma».[87] Luego vuelve a Italia, a la Provenza de sus años mozos... Y de repente lo encontramos otra vez en África (en Bujía) montando su numerito habitual:

exasperar a la canalla, echársela encima y salvarse por los pelos. ¡Hi de puta, y cuánta obstinación! En 1309 le tiende un inesperado capote la Universidad de París: el sabio podrá dictar en ella, y en público, lecciones de filosofía. De *su* filosofía. Aquello era como soltar al lobo feroz, ayuno de dos semanas, en un seráfico redil de borregos experimentales. Lulio, platónico empedernido, cae en pleno cuartel general de los averroístas. Ni que fuera adrede. Se calza el yelmo de Mambrino y arremete contra los gigantes dialécticos del Miramamolín. Ante ninguno ceja, a todos mantiene en jaque. Años de gloria especulativa (y de disputas con Duns Scoto). Por ahí bogará más tarde el cachalote del pensamiento moderno. Pero Lulio anda siempre tocado de la misma ala: padece un incurable mal de África. Así que renuncia a París, remolonea por Mallorca y acaba en la Bujía de costumbre. Esta vez el cántaro se rompe. Los infieles lapidan al profeta. Dos trujamanes genoveses recogen el cuerpo en una rastrojera y lo llevan a Mallorca. Allí desaparece el filósofo, muere Lulio ochenta años después de su nacimiento... Una vida extraordinaria, se dirá. Pues no. Lo realmente extraordinario está en el reverso de esa vida. En su silencio, en su cara sin luz. En la circunstancia de que un misionero y agitador fabricado con rabos de lagartija encontrase tiempo suficiente para escribir más de quinientos títulos sobre temas cuya abstracción da vértigo. Dije *quinientos*. La cifra es de Menéndez y Pelayo.[88]

Salta a la vista que ni yo ni nadie se atreverá por sí solo a quebrar chuzos en las aspas de esa biblioteca colosal. La tarea exige no ya un equipo de investigadores, sino un determinado ambiente o primavera o revolución cultural. Y también un rudo colirio para quitar telarañas de los ojos. Este mallorquín del mundo es otra víctima de las dos Españas. Los buenos quisieron convertirlo en santo a la celtibérica, en martillo de herejes, en escolástico ramplón y en estandarte de la Contrarreforma. Lo que da risa. Los malos hicieron de él un niño travieso, un librepensador, casi un agnóstico. Lo que da pena. Desde luego no fue ni lo uno ni lo otro, pero ¿qué fue? Sólo se me ocurre una respuesta segura: el mayor desconocido de nuestra historia religiosa. Y no precisamente por falta de interés. De hecho, una apabullante bibliografía escamotea su perfil en lugar de dibujarlo. Mucho se ha escrito en torno a la obra de Lulio. Eso: *en torno a* ella. Sin citar de frente. Rodeándola, batiendo su periferia, acribillándola a bajonazos. Por lo que sea, nadie acierta a calar hondo en una baraja de textos sin los cuales la llamada *via modernorum* del pensamiento filosófico resulta punto menos que ininteligible. Las causas de esta incomprensión (o superficialidad) pueden buscarse, aunque no de forma exhaustiva, en «el estilo oscuro de Lulio, su raro tecnicismo, su extravagante método y sus extrañas afirmaciones, unido todo ello a la costumbre de no citar las fuentes».[89] El arabista Julián Ribera opinaba así un año después del Desastre. Desde entonces ha llovido mucho, casi un siglo, pero la frase se mantiene relativamente en pie. Relativamente. Nuestra ignorancia no puede atribuirse por entero al hermetismo del mallorquín. Hay algo más: un error de óptica, un paralaje. Lulio, como todos los genios *excesivos,* jugaba. Sus piruetas nos distraen y en cierto modo nos abruman. Mejor: nos *despistan.* Poseemos demasiada información chispeante sobre él, que era en realidad filósofo homogéneo, hipostático, vertical y casi monolítico. Para vislumbrar su cohesión secreta hay que desaprender datos y desenseñar opiniones. Para conocerlo, como a Cristo, hay que desconocerlo. Se trata de recuperar una pupila ingenua. Sobra aquí la malicia. El lector adolescente entenderá mejor a Lulio que el hombre de cultura. Así contempla un niño las cosas y ve en ellas lo que nosotros hemos olvidado. El adepto se envuelve siempre en una nebulosa defensiva. Es su barrera de anticuerpos. Para atravesarla no vale la curiosidad o el cacumen, sino la inocencia. Algo que ya dije en lo tocante al Apóstol y a su Camino. Cualquiera puede entender la verdad del iniciado. Cualquiera, a excepción del petulante, del erudito profesional, de quien ve en el estudio un *bulldozer* capaz de agotar las alcuzas del conocimiento y se cree sabio porque mira y calla sin beber el vino de las tabernas. Es de suponer que nuestros servicios de instrucción se decidan algún día a gastar talentos (de los dos tipos) en el despliegue de una ofensiva idónea para arrancarle al *Doctor Iluminado* buena parte de las iluminaciones yacentes en la cripta nunca profanada de su pensamiento. Entretanto, ni yo sería capaz de disipar tales sombras ni tampoco me incumbe la tarea. Estoy escribiendo una historia mágica de España y, dentro de ella, un capítulo dedicado a la presencia del moro andalusí en esos campos vírgenes. Por ello, y sólo por ello, hablo de Lulio. Porque fue teósofo e islamizante. Porque ofició en los altares del ocultismo y encendió velas con la zurda en la mezquita y con la diestra en la iglesia de Jesús. Porque derramó en el mismo recipiente la heterodoxia platónica de los musulmanes y la platónica heterodoxia de los cristianos (sin olvidar el tercer platonismo ibérico: la Cábala). Lo demás me excede. Debo, pues, aludir a Lulio, pero mal podría agotarlo. Aun ciñéndome a sus alforjas esotéricas, lo que en ellas he conseguido pellizcar no es mucho ni resuelve gran cosa ni va en definitiva más allá de lo anecdótico. Pocos párrafos se requieren para dibujar a bulto la retaguardia mistérica y sincretista del Maestro. Aquí no hace falta otra cosa. El resto corresponde a voces y lugares que no son los míos. Atienda cada Antón pirulero a sus zapatos.

Lo *platónico*. Nadie duda de que el mallorquín se inscribe, por lo que hace al filosofar de los escolásticos, en los círculos de la escuela franciscana. Ocupa en ella una garita similar a la de Gundisalvo, Guillermo de Auvernia, Alejandro de Hales, Duns Scoto, Buenaventura y Rogerio Bacon. Es el camino real (de los) *modernorum* (en cuanto calificativo invariable de una especie), la cuadrilla de quienes desdeñan todo acto racional que no entrañe un mínimo de iluminación escatológica. Ahora bien: si Lulio sólo hablaba catalán y árabe, desconociendo el latín (aunque sobre esto existan opiniones discordantes), ¿dónde pudo aprender las tesis filosóficas de la gran familia franciscana? Hay dos respuestas. O aceptamos (como tajantemente afirma Asín Palacios)[90] que el Doctor Iluminado abrevó en los libros de Mohidín Abenarabí o admitimos la posibilidad de que en su minerva se desencadenara un proceso de partenogénesis. Esto da vértigo. Aquello nos conduce al no menos vertiginoso *sufismo* de quien pese a todo luce título de beato y fama de santidad en las prietas cuevas del Vaticano (*prietas* por muy colmadas, por mezquinas, por peligrosas y por oscuras o francamente negras. Es curioso que las cuatro acepciones de tan españolísimo adjetivo convengan al objeto calificado. En América se sustantiviza la palabra para aludir a quien ejerce el bandolerismo en campo abierto. Seguimos, pues, en el margen semántico de las cuevas en cuestión).

Dice Américo Castro: «el delicioso *Libre de Amich e Amat* constituye otro ejemplo de mudejarismo literario. La tradición neoplatónico-cristiana del amor divino se entrelaza en él con la mística de los musulmanes».[91] Julián Ribera menciona como ejemplos de lo mismo el *Teliph* y el *Atehuidí* (ambos escritos en árabe).[92] Weyler añade el tratado sobre la *Contemplació* y Asín remacha que todos los textos citados, además del que se titula *Els cent noms de Deus,* esgrimen sin rebozo la terminología esotérica de los sufíes y recogen a manos llenas los conceptos vertidos por Mohidín Abenarabí en el *Fotuhat* y en otras partes.[93] Ribera también señala «*coincidencias muy curiosas*» entre las respectivas biografías del murciano y del mallorquín.[94] Nada puedo añadir de mi cosecha a tanto argumento de autoridad.

En dos obras de Lulio (*De auditu Kabbalistico sive ad omnes scientias introductorium,* cuyo título lo dice todo, *y Lamentatio philosophiae contra averroistas*), y quizá en alguna otra que se me escapa, aparece una figura antaño inescrutable y hogaño casi escrutada gracias al pulso y minuciosidad de Asín. Se trata de un círculo dividido en tres gajos iguales. El primero lleva un marbete que dice: *figuratotū.* En el segundo se lee: *representans.* El tercero reza: *creatu.* Este participio se repite al pie del diagrama, aunque en acusativo y arropado por el vientre de una frase: *totum creatum est corpus* (cualquier gnóstico, sin excluir a Prisciliano, la corroboraría). Aún más abajo, y como remate del enigma, campea una de esas máximas apodícticas que cortan la respiración y apelmazan los testículos: *sphericum extra quod nihil est.* ¡Caramba! Pero Lulio nos deja ahí, sin añadir oste ni moste sobre el significado del jeroglífico. Guiña, evidentemente, un ojo a quien está en el ajo. Y es que «*en ciertas ocasiones*» —dirá Weyler y Laviña quedándose corto— el mallorquín «no puede traducirse ni interpretarse, como si escribiera bajo la inspiración de una doctrina desconocida en la actualidad y en un sentido más metafísico que matemático».[95] Alude este comentario sólo a la *Geometría Nueva* (de ahi su coda), pero nada impide extenderlo a otros textos o pasajes oscuros y, en líneas generales, al humor con que Lulio suele empuñar la pluma.

Pues bien: el circulito de marras aparece tal cual en el *Fotuhat* de Mohidín Abenarabí, aunque escoltado por luminosas apostillas metafísicas (Asín *dixit*) que esclarecen casi definitivamente su significación. El murciano lo escruta, lo olfatea, lo soba, lo cita una y mil veces, lo usa con poderes de comodín. Es el quicio donde se agarra toda su carpintería mística, la escalera cuyos peldaños permiten alcanzar el pneurna a partir de los cielos inferiores. *Círculo de los posibles* lo llama, efectivamente, el sufita. Y le superpone tres rótulos equivalentes (por no decir iguales) a los de Lulio. El primero corresponde al centro geométrico del conjunto y reza, literalmente, la *Verdad* (término que en Mohidín designa siempre a Dios). La segunda inscripción abarca la superficie interna de la figura, significa lo *posible* o contingente y alude al mundo fenoménico, a la creación no *ex nihilo,* sino *ex Deo* y por emanaciones. Fuera de la circunferencia, un tercer exergo —casi un epitafio— cancela brutalmente cualquier eventual mundo demoníaco o periférico con un axioma análogo al esgrimido por el mallorquín: lo *que se encuentra más allá de la línea exterior convexa es la Nada.*[96] Estamos de hoz y coz, como puede verse, en la vorágine teocéntrica del gnosticismo. Huelga, pues, insistir. Lulio no fue musulmán ni cristiano, sino ambas cosas: sufí. Digo que lo *fue,* no que *imitó* a los derviches o *coincidió* con ellos. Esta filiación organiza, concentra y reconstruye su desparramada personalidad. No es virtud de poca monta. ¿Que dónde están las pruebas documentales? Hoy por hoy en ningún sitio. Los clubs mistéricos no extienden carné a sus socios ni anotan con póliza y rúbrica las entradas y salidas. Con todo, ¿no sobrevivirá alguna papela por entre la hojarasca de los archivos? Parejo hallazgo se produjo recientemente a propósito de un publicista en apariencia tan discreto e inofensivo como Arias Montano. Los mogrebíes, los catalanes, los arabistas tienen la palabra. Y también el Santo Padre que celosamente guarda en Roma el secreto y la llave de sus calabozos atiborrados de libros. Nosotros ya sabemos a qué ton Raimundo Lulio estudiaba el árabe y desdeñaba el latín.

Así que *platónico* y *sufita*. En cuanto a la *gnosis hebrea,* que no podía faltar, algo se ha dicho y lo demás se sobrentiende. Llamaba el mallorquín a la Cábala *superabundans sapientia y habitus animae rationalis ex recta ratione divinarum rerum cognoscitures.*[97] Ambos latinajos se alaban solos. No cabe pedir más a un ciudadano catalán de la Baja Edad Media que siempre aspiró a nadar sin perder la ropa dentro de las aguas territoriales del cristianismo. De clara filiación pitagórica y judía es, por otra parte, su fe en los *mantras* o voquibles sagrados (similar a la de Rogerio Bacon)[98] y su empeño en jugar a pasapasa con los números atribuyéndoles intenciones metafísicas y teosóficas.[99] Entre los dígitos prefería Lulio el 2 (dos maneras de conocer —la *sensible* y la *afectivo-intelectual*— y dos naturalezas en Cristo), el 3 (tres potencias del alma correspondientes —como en Pitágoras, los *Vedas,* Ibn Arabí y San Buenaventura— a la triple personificación del dios trinitario), el 4 (cuatro elementos, cuatro aspas de la Cruz, cuatro puntos cardinales, cuatro herramientas filosóficas —principios, normas, definiciones y preguntas— y cuatro tipos de alegoría para representar literariamente los contenidos del intelecto: *círculos giratorios, árboles* que permiten la expansión de lo unitario a lo múltiple en todos los órdenes del pensamiento, *parábolas* y *diálogos*), el 5 (cinco llagas de Cristo, cinco almas en el hombre: *vegetativa, sensitiva, imaginativa, racional* y *motriz*), el 7 (siete virtudes, siete pecados capitales, siete planetas, siete notas y siete colores), el 9 (los tres triángulos intersecantes del *Ars Magna* se resuelven en estrella de nueve puntas, los círculos del *Ars Brevis* se descomponen en nueve gajos o sectores) y por supuesto el 1, símbolo natural del panteísmo emanatista, de la creación *ex Deo...*

Y así, poco a poco, van saltando a la pista como pulgas amaestradas los microbios ocultos en el almario de aquel misionero mallorquín. El platonismo de los franciscanos, el éxtasis de los sufitas, el minucioso vértigo de la Cábala... ¿Qué cifra arrojan tales sumandos? La conocemos: *sincretismo.* Es —cabe pensar— otra hermosa formulación del misterio trinitario: un solo dios revelado en tres religiones verdaderas. Los españoles siempre supimos cantar con buen oído esa canción. No en balde fue Prisciliano quien al parecer la deslizó fraudulentamente (y para los restos) en el gran varieté podrido de la ortodoxia romana.[100] Quieras que no, somos gente de triple altar.

¿Dije misionero? ¡Pues a fe que nunca tendremos otro como Micer Raimundo! Tan inofensivo, tan cándido, casi casi tan lelo... Andaba ya el Beato metido hasta la nuez en las tareas propias de su apostólico sexo cuando se le ocurrió escribir el *Llibre del gentil e los tres savis,* obra tan inusitada como folklórica, densa y pluritraducida. En ella, un judío, un cristiano y un muslim resumen y explican por este orden sus respectivas creencias religiosas para deleite o ludibrio de cierto pagano agnóstico que sin pestañear los escucha. El descreído abandona el cónclave sin convertirse a nada, aunque promete pensarlo, y entonces los tres venerables se despiden «muy amable y gratamente; y cada uno pidió perdón al otro por si hubiera dicho contra su ley alguna fea palabra; y cada uno perdonó al otro».[101] Verdad es que la trama, y el espíritu que la impregna, no nació en la minerva de Lulio, sino que éste fue a recogerla en cualquier *Barlaam* árabe o en el *Cuzarí* judío,[102] pero con todo y con eso sorprende encontrar tamaña tolerancia en boca de quien consagró prácticamente su vida entera a la propagación de la Cruz. El lector se pregunta cómo demonios conseguía bautizar infieles un predicador de tan flexible talante, persuadido al parecer de que la Verdad no se esconde en fórmulas unívocas, sino cosmopolitas. ¿Fue su ardor apostólico una máscara como ya sabemos que lo era la aparente belicosidad de los templarios? ¿No trataría Lulio de embozar sus tentativas de conchabanza para evitarse pejigueras y malos ratos en el interior de un territorio, la Iglesia cristiana, al que en modo alguno quería renunciar? ¿Por qué, si no, llegó al extremo de aducir que sólo poniendo fin a la *cruzada de las armas* se atinaría a desencadenar la *cruzada del espíritu*?[103] Escuchemos, sin traducirle su envarado catalán, lo que a tal respecto dijo en el *Llibre de la Contemplació:* «com sia cosa que los cristians e los sarrains guerregen entellectualment en ço que no s'acorden en fe ni en creença, per ço, Senyor, guerregen sensualment, per la qual guerra esdevenen los hòmens bafrats, cativats e morts e destruits, per lo qual destruiment són gastats e malmesos molts principats e moltes riqueses e moltes terres e són cessats molts de béns qui es farien si la guerra no era. On qui vol metre pau entre los cristians e los sarrains (...) primerament covè que hom meta pau en la sensual natural per tal que los més pusquen anar a ésser entre els altres, e per la pau sensual porá hom concordar la guerra intellectual; e pus la guerra intellectual sia fenida, adoncs serà pau e concordança entre ells per ço com hauran una fe e una creença, la qual unitat de fe e de creença será ocasió e raó com hagen pau sensualment».[104]

Aunque en el siglo XIII abundaban los españoles dispuestos a participar en una tregua como la descrita, muy pocos se hubieran atrevido a reconocerlo con tan explícito desparpajo. Bien estaba la tolerancia, pero sin olvidar que su troquel se hallaba en Córdoba, y no en León, Burgos o Zaragoza. Quiero decir que dárselas de liberal desprendía ya entonces cierto tufillo de traición no forzosamente armada, sino más bien psicológica. De simpatías, de costumbres, de paisanaje, de sentimientos... Y, por último, de convicciones religiosas. Eso, no tipificado en ningún código, que burla burlando llegaría a configurar el delito congénito (pues se lleva encima porque sí, como una nariz de porra o un ojo vidrioso) de ser *mal español.* La Inquisición y todas las inquisiciones posteriores supieron explotar a fondo el inexplicable complejo de culpabilidad sin causa que a tantos celtíberos inocentes nos agarrota. ¿Quién no recuerda el sambenito de *antiespañol* que hasta muy entrados los años sesenta adjudicaban los periódicos a cuanto *español* exiliado se permitía disentir públicamente de la democracia vertical encasquetada a los de dentro? Ese lenguaje parece ahora proscrito, pero no hay cuidado: volverá traído por los unos o por los otros. Es patrimonio inalienable de la raza, y no de los mejores. Por algo Lulio, que era un *mal español,* tuvo la cautela de escribir en árabe el *Llibre del gentil,* aunque en seguida llegara el incordión de turno y se lo tradujera. Esa obra —dijo Américo Castro— acota el territorio más cercano al espíritu tolerante del Islam que nunca haya ocupado un cristianito de la Península.[105] Cierto es que casi por los mismos años manifestaba don Juan Manuel opiniones no menos duras de tragar (ésta, por ejemplo: «Jesucristo nunca mandó que matasen nin apremiasen a ninguno porque tomase la su ley, ca El non quiere servicio forzado, sinon el que se face de su buen talante et de grado.»[106] Pero aquel hombre de pensamiento y de acción, con casta para dar y vender, era además sobrino de Alfonso X, lo que sin duda le servía de acicate y pararrayos.

A Lulio, no. A Lulio, hijo de nobles y mártir de la fe, terminaron soltándole los perros (aunque el beato, bien calentito en su tumba, pensaría: ¡ahí me las den todas!). Sus muchas máscaras no consiguieron evitar que algunos individuos de sensible olfato y bajísimo vientre se barruntaran la chamusquina despavesada en el fogón. La veda se levantó en París, ciudad que tiene fama de tolerancia sin hechos que la sustenten. El canciller y teólogo Jean Gerson ojeó *atrocissima stigmata* en el *Ars Magna*[107] y acertó a señalar la influencia terminológica del misticismo musulmán. Estaba hecho. La polémica viajó hacia el sur, cruzó el Pirineo y cayó en manos del Inquisidor catalán o aragonés Fra Nicolau Eymerich brindándole la oportunidad de arrimar simultáneamente el ascua a su sardina dominica y el tizón al trasero de los franciscanos. Lulio había sido alguna vez hermano terciario en esa Orden platónica hasta la capucha. Eymerich, cegado por el odio (la frase es de Menéndez y Pelayo),[108] quiso cobrar dos liebres con un solo perdigón: la fama del Iluminado y las cabezas de quienes con su buen quehacer filosófico menoscababan la autoridad del Aquinense. Hubo mucha esgrima verbal y todo quedó en eso. El rey Pedro IV —astrónomo, poeta, polígamo, versátil y ceremonioso— estaba harto del fanatismo de su Inquisidor y terminó desterrándolo a perpetuidad. El *Ars Magna* volvió a correr de mano en mano. Fra Nicolau falleció sin chicha ni limoná meses antes de que el siglo XIV lo imitara. Pero en el momento de su tránsito otros soplillos, que para todo hay gente, llevaban ya varios lustros aventando los rescoldos.

La intervención del monarca se produjo en 1369. Siete años más tarde el papa Gregorio XI volvía a agitar las aguas con la bula *Conservatione puritatis*. Era un documento minucioso: veinte libros del mallorquín quedaban fuera de la ley eclesiástica y doscientas proposiciones heréticas, recogidas con lupa en el conjunto de su obra, pasaban del sagaz embozo a la desembozada vergüenza. Y así continuaron los vaderretros y egoteabsolvos hasta que la Corona intervino por segunda vez. Martín V apremió a un cardenal para que se dictara sentencia, el prelado le pasó el muerto a un obispo italiano y éste, que lo era en la hermosa Città di Castello, desautorizó la estúpida bula medio siglo después de que el undécimo Goyo la promulgara.

Estamos ya en 1419. Pronto lo comido se iría por lo servido. Los dominicos denunciaron en bloque las actividades del *Studium* luliano abierto en Palma de Mallorca. Un tal padre Daguí ganó para su incierta causa a los pontífices Sixto IV e Inocencio VII. El Inquisidor de las Baleares reeditó en Barcelona los libelos de Eymerich y la bula gregoriana, añadiendo por su cuenta una lista con cien presuntos errores teológicos del encartado. Sería Pablo IV quien metiera a Lulio en el Índice. Aquello sonaba a carpetazo y barajar. Los seguidores del mallorquín jugaron su último y desesperado naipe en el Concilio de Trento. España trinchaba allí el bacalao y logró una absolución con todos los pronunciamientos favorables a 1 de septiembre de 1563. También esto parecía definitivo tentetieso, pero no lo fue. Algunos iniciados extranjeros —Agrippa, Alstedio, Bruno— seguían proclamándose discípulos de nuestro chamán y enturbiaban su buen nombre con toda suerte de maravilladas gratitudes y signos de admiración. Agrippa, el gran

Agrippa, más que nadie, pues «a pesar de comprender el carácter sintético del Arte luliana, se atuvo a la parte cabalística, añadiendo algo de sus teosofías y ciencias ocultas.»[109] Así que un ilustre purpurado exhumó en Roma el *Directorium* de Eymerich y por su brecha volvieron a desencadenarse no ya las pasiones, los dimes y los diretes, sino hasta la mismísima cólera del Supremo Hacedor Felipe II, que descargó un puñetazo imperial en la ventanilla de la censura y ya todo fue un apresurado envainársela de la clериganzanía in curia. Pero murió el Prudente, aparecieron sesenta libros de alquimia firmados por el Beato con rúbrica falsa o verdadera (de ello se hablará más adelante), racaneó el tercer Austria y otra vez rompieron las hostilidades los clarines del anatema. Estamos en el despuntar del siglo XVII. Hasta mediados del siguiente, y es decir poco, seguiría ganando o perdiendo batallas (sin suscitar jamás indiferencia) el sidi jeque campeador nacido quinientos años atrás en una isla de las Baleares. Animaban las escaramuzas muchos españoles y bastantes extranjeros, los de aquí sólo para vitorear y los de allí también para lo contrario. Los dominicos de Mallorca volvieron a la carga en pleno Siglo de las Luces, apandaron la estatua del filósofo plantada en la Universidad, pusieron carteles en las esquinas denunciando el contenido herético de la *opera* luliana, saquearon la *biblioteca de la Sapiencia* inaugurada por Bartomeu Llull en 1364, suprimieron las efemérides del Iluminado en el calendario de la diócesis, rasgaron centenares de litografías y aguafuertes que lo representaban e incluso llegaron a prohibir que en la pila bautismal se impusiera a los varones el abyecto nombre de Ramón.[110] Blaspiñar de los inicuos *guerrilleros* fue el *bisbe* de la ciudad Joan Díaz de la Guerra (que hacía honor a su apellido). Y así, entre agrios sones de verbena a la española, siguió la diversión. Todos nos la imaginamos. Y sería —¡qué casualidad!— el patoso de Feijoo quien mucho después saliera a la pista para dar la última nota y marcarse bajo los focos el preceptivo pasodoble de sanseacabó. Aquel benedictino renegado sin fe ni molleras hizo cuanto pudo para ridiculizar al mallorquín en su penoso *Teatro Crítico* y escasamente universal. Huelga demorarse en los resultados: rara vez los elefantes consiguen emular a las libélulas danzando sobre el pistilo de un nenúfar. Terminó así, con torpeza, lo que torpemente había comenzado un francés: la batalla adversus Lulio. Y los enemigos de éste, escaldados sin escarmentar, volvieron grupas hacia una estrategia harto más insidiosa: la del silencio. Con ella han obtenido una victoria aplastante e inclusive lógica (aunque ya lloverá menos). Los españoles nada saben ya del mejor filósofo nacido en la España que antes ocupaba la península donde hoy se asienta Expaña. Pero justo es reconocer que algunos españoles (con ese) de todo tiempo y lugar han permanecido leales en el seno de los siglos al fuego de Raimundo Lulio, a sus ideas y a su memoria. Citaré a Ramón de Sabunde (ídolo de Montaigne), a los Reyes Católicos (sin ganas), a su epígono Cisneros, a nuestro buen Felipe que Dios guarde, al masón y arquitecto trasmerano Juan de Herrera (cuyo *Tratado del cuerpo* cúbico quería ser, y fue, hijo o remedo del *Ars Magna),* a mosén Jacinto Verdaguer y a servidor de ustedes. Entre los extranjeros, además de los ya citados, Nicolás de Cusa, Pico della Mirandola, el cardenal Bessarion y nada menos que Leibniz cantaron la fama del sufí catalán y se reconocieron en deuda pública con su eversora postulación de platonismos. Y aún hubo más. A principios del siglo XVIII, Ivo Salzinger —alemán de Alemania— fundó la gran escuela luliense que entre 1721 y 1742 se encargaría de financiar y publicar en latín la inagotable *opera omnia* del filósofo, del místico, del santo y del alquimista.[111] Sí, *nemo propheta...* Pero también es verdad que a éste, como antes a Prisciliano y después a Servet, lo mató la intolerancia en tierra que nada tenía de española. Con habas y sin longanizas, que unas y otras pesan igual en todas partes.

Así que éste fue Raimundo Lulio. Pero no terminaré su retrato sin referirme en pocas líneas a la cuestión de *Blanquerna.*

Celestino V subió al solio en 1293 y lo perdió por voluntaria abdicación un año más tarde. ¿Motivos? Sólo daría uno (sin duda el que mejor parece en un hombre de iglesia): el deseo de consagrarse a la soledad contemplativa, al silencio iluminado, a la ascética, al temor y amor de Dios.

Esta desacostumbrada renuncia sobresaltó a los cristianos, cuyo poder temporal vivía a la sazón jornadas cruciales.

Lulio había redactado su novela entre 1283 y 1285. Se trataba de un relato descaradamente autobiográfico y a la vez genérico, que iba de lo particular a lo universal, del dato casi íntimo a la fantasía premonitoria. El mallorquín supo urdir una máquina literaria que se adaptaba (como las ficciones de Lovecraft) a porqueros y agamenones, a lo personal y a lo ajeno, a lo único y a lo colectivo, al hoy (a su hoy) y al futuro, a la historia y a la invención. No puede extrañarnos su éxito. Ni lo demás.

El joven Blanquerna, educado por padres cristianos y solícitos, siente la llamada de Dios. No se opondrá. Iba a casarse con Natana. Le revela sus intenciones y ella no sólo las acepta, sino que además las comprende. Ambos se encierran en un convento (en *sendos* conventos, claro está).

Ahí termina la primera parte.

La segunda describe la vida del claustro en torno al fraile Blanquerna y a la monja Natana. El héroe se convierte en abad del monasterio.

Tercera etapa. El autor postula una ambiciosa reforma de la Iglesia y la expone detalladamente. Blanquerna llega a obispo.

Cuarta. Es ya Sumo Pontífice. Lulio aprovecha la ocasión para analizar la hipoteca que entonces gravitaba sobre la silla de Pedro y sobre los costillares de quien se avenía a ocuparla.

Quinta y última parte. Blanquerna se percata de que, en efecto, no es posible repicar y figurar en la procesión. O papa (y pecador) o santo (y humilde monje). Renuncia, pues, a la sinecura y hace mutis. Pero antes de desaparecer para siempre en la frondosidad o aridez de la sierra —y ojo, que no es detalle liviano— este caballero sin tacha se vuelve hacia sus semejantes e incurre en un postrer gesto de solidaridad: escribir y entregar en herencia el *Libre d'Amic e Amat,* ese *ejemplo de mudejarismo literario* donde la tradición neoplatónica se viste de chilaba sin dejar de ser cristiana. Ya lo vimos.

(La disyuntiva del relato, que Lulio remacha para más inri con un escolio místico cosechado en la huerta de los derviches, era dinamita bien cebada. Sorprende que nadie lo percibiese hasta casi un siglo después, y aun eso con apuros y pirronismos. Sobre todo teniendo en cuenta que el propio autor se había cuidado de iluminar y subrayar el escéptico itinerario seguido por su personaje en el prólogo —casi un desafío— de la novela: «volem departir aquest llibre en cinc llibres, per dar doctrina o regla de la manera segons la qual són significats en aquest llibre cinc estaments de gents a les quals és bo tenir aquest llibre: lo primer és de Matrimoni, lo segon és de Religió, lo tercer és de Prelació, lo quart és d'Apostolical estament qui és en lo Papa e cardenals, lo cinquè és de vida ermitana».[112] Cualquier budista o alejandrino hubiera refrendado este sublime disparate sociológico. En la memoria de Lulio seguía fresco el mensaje de los cátaros: creced y *no* reproduciros. O casado y homúnculo o soltero y santo. O religioso o jerarca de Roma. O Sumo Pontífice incrédulo o ermitaño con fe. No cabe desestimar el alcance herético de tales afirmaciones. La Iglesia siempre ha pretendido que fuera de ella no hay salvación. Lulio sostiene lo contrario: la imposibilidad de perfeccionarse militando en sus filas. Serán éstas el cuarto *enemigo del alma.*

Lulio y Celestino V se conocieron en Roma y se trataron en Nápoles. Sabemos que el mallorquín presentó al augusto personaje su petición *Pro conversione infidelium* precisamente en la ciudad partenopea.[113] ¿Cómo no atar cabos entre la dimisión del Papa y el argumento del relato? *Blanquerna* era un libro de éxito (se tradujo cuatro veces al francés antes de que terminara la Edad Media). Mal podía desconocerlo Celestino. Ni tampoco parece lógico suponer que él, y sólo él, se hurtara al peculiar encanto con que Lulio solía enredar a toda clase de gentes. Los eruditos, que siempre terminan por escoger el albañal de en medio, suelen avalar la bonita hipótesis de que el escritor rehízo el desenlace de la novela con posterioridad al *gran rifiuto* y a la luz del mismo. Se trata de conseguir que los hechos entren por bemoles —y como de costumbre— en el marco de la estricta causalidad. Quizá posean esos sabios algún punto de apoyo lógico y cronológico, pero ni aun así resiste su postura al fuego graneado de la religión y de la psicología (dos factores que nadie, en este caso, se atreverá a menospreciar). ¿Por qué reconstruir siempre lo intrahistórico a la medida de lo histórico? ¡Ay, marxismo, marxismo! En mi opinión sucede lo contrario: los *hechos* nacen de las *convicciones* y no viceversa. Es la conciencia quien crea los modos de la existencia. Hablo, naturalmente, de convicciones (o *ideas*) en su dimensión platónica: innatas, arquetípicas, depositadas en el hombre por una fuerza sobrenatural o por un *illud tempus* tan remoto que todo en él se sacraliza y funciona como dios.

Agustín, Teresa de Ávila e Ignacio de Loyola cambiaron de repente las cartas de su vida a consecuencia de una lectura casual. Ejemplos así abundan dentro y fuera del ámbito cristiano. Yo mismo recuperé una fe olvidada —y dejé, sí, las cartas de mi vida anterior— entre las páginas de un libro. Ya lo he contado. Devora Turgueniev *Pobres gentes* sin alzar la vista y corre como un animal desbocado por las calles de Moscú para despertar a Dostoyevski en el claro corazón de la noche y decirle que lo ama...

Cierro, pues, mi versión de Lulio sobre la imagen de este adepto español que con una novela y una mirada devuelve su libre albedrío (y su ocasión de santidad) a todo un pontífice de Roma y modifica así la historia del mundo en una de sus más resolutorias encrucijadas. Habrá quien no pueda creerlo. Asunto suyo.

¿Por qué el doctor mallorquín, prototipo cristiano de ese sincretismo que entre los árabes encarnaron lbn Masarra y Mohidín Abenarabí, fue a nacer tan lejos de Castilla y de Andalucía, comarcas ambas donde al calor de la guerra hervía el puchero de la promiscuidad con más espuma que en otras partes? No por azar precisamente. La cosa tiene rebotica y hasta lógica. Desde mediados del siglo X funcionaba en los cenobios del monacato catalán una difusa *escuela de traductores* anterior a la toledana y menos famosa que ella, pero igualmente crucial para entender los préstamos filosóficos y religiosos concedidos por la cultura de Al-Andalus al candoroso pensamiento europeo de la época. Se trata de un capítulo nuevo y casi subterráneo en la historia de España. Sólo ahora empezamos a conocerlo. En aquellos antros de masturbación intelectual trabajaban a sueldo especialistas musulmanes capaces de llevar al latín las obras científicas publicadas en Córdoba y de traducir al árabe los escasos textos cristianos entonces disponibles. Empeño de ida y vuelta, dice Carlos Areán.[114] Y añade que gracias a esta *escuela toledana* de Cataluña (valga el absurdo), Europa pudo conocer antes del Milenio la gran aventura cultural de los intelectuales andalusíes y acometer la digestión de una sabiduría cuyos hermosos frutos iban a madurar doscientos años más tarde. No hubo en todo ello improvisación ni prisas. El monasterio de Ripoll, quicio probable de esta primera *renaixença,* resistió en vanguardia del quehacer científico hasta más que mediado el siglo XII. Parece ser que allí estudió matemáticas y astrología el inaudito Gerberto antes de alborotar a la prudente Córdoba con sus volatines intelectuales, sus goliárdicas calaveradas y sus proezas amorosas.[115] Así lo reconocen arabistas tan inopinables como González Palencia[116] y eruditos tan escépticos como Menéndez y Pelayo. «Silvestre II —admite con cierto retintín los *Heterodoxos*— se había educado en escuelas cristianas de Cataluña.»[117] El polígrafo también recoge la fábula relativa a los tesoros que el benedictino encontró en Roma. Había en esta ciudad un ídolo de mármol con el brazo extendido y una leyenda en el pedestal. *Golpea aquí,* rezaba la inscripción. Y gentes de todo el Mediterráneo, y aun de Asia, acudían a aquellos jardines para escarbar con ahínco en derredor de la imagen. Con ahínco y también con una llama de avaricia en la pupila, pues quería la leyenda que allí estuviesen sepultadas riquezas prácticamente insoportables. En eso llegó Gerberto, que era ya disparatado dalai-lama de la Iglesia, y con una sola deducción desbarató el intríngulis. Dijo: *la sombra del brazo proyecta una línea en el suelo y el dedo índice señala un punto. Cavaré ahí cuando el sol alcance su cenit.* Ingenioso, ¿no? Silvestre llevaba razón. Desenterró los tesoros y se convirtió en el más acaudalado de los mortales.

Lo curioso es que esta historia reproduce al pie de la letra un apólogo atribuido al derviche egipcio Dhun-Nun. Siguen cuadrando los balances. Idries Shah, al que ya conocemos, escribe lacónicamente a propósito de tal coincidencia: «el papa Silvestre II vivió en el siglo X como un filósofo sufí».[118]

Tarazona, capital del arte mudéjar, constituía otro foco cardinal de intercambios cristianos y musulmanes. Allí urdió sus hermetismos Hugo de Santalla, padre de la alquimia europea y primer traductor al latín del *Lawh Zabaryad* o *Tabula Smeragdina,* que es el texto esotérico más antiguo de la historia humana y quizá también el de mayor significación y trascendencia. Lo componen diez o doce vertiginosas máximas inscritas sobre una lápida de esmeralda virgen por los discípulos de Hermes Trismegisto, que deseaban resumir en clave iniciática la doctrina del Maestro para uso (y abuso) de la posteridad mistérica. Apolonio de Tiana utilizó la *Tabla* como capítulo final de uno de sus libros y en él, probablemente, la recogieron los árabes al ocupar Alejandría. La traducción de Tarazona se conserva en un manuscrito de la Biblioteca Nacional de París titulado *Hermetis Trismegisti Liber de secretis naturae et ocultis rerum causis ab Apollonio translatus*. San Alberto Magno incluyó el inescrutable manual en su *De rebus metalicis et mineralibus* y así, respaldados por una lumbrera de la Escolástica, los mandamientos del egipcio (o extraterrestre) Toth llegaron hasta el último rincón de Europa. Hugo de Santalla, no contento con haber posibilitado la gran explosión (sucesiva e inminente) de la alquimia occidental, escribió un *Ars Geomantiae* (o sistema de adivinación por medio de puntos, rayas y figuras) inspirándose —dijo— en la obra de un improbable tripolitano llamado Alatrabucus. Y, ya puesto, echó la contera con dos tratadillos de *espatulomancia* u oficio de adelantarse al porvenir leyéndolo en los omóplatos de los animales.[119] Para tan maravillosas menudencias sobraba atención, voluntad y tiempo en la atmósfera sosegada de los *scriptoria*.

(Ya en Toledo, otros traductores proseguirían el itinerario alquímico iniciado por Santalla. ¿Crisopeya o *cristopeya*? Ambas cosas. Roberto de Chester trasladó en 1144 el *Liber de compositione alchemiae,* impreso en Basilea cuatrocientos quince años más tarde, y el Cremonense se encargó de pasar al cristiano —al latín— el *Liber Divinitatis* de Geber y un precoz estudio sobre *aluminibus et salibus*.[120] No parece exagerado afirmar que Europa *también* recibió de España la alquimia en las dos centurias germinales de este milenio, para mí las más brillantes de nuestro quehacer histórico. Transcurrirían tres siglos largos antes de que Marsilio Ficino interpretara el manuscrito griego del *Corpus Hermeticus* exhumado por los primeros eruditos renacentistas en Macedonia.[121] Hasta entonces fueron andalusíes y toledanos los escasos atisbos de la *obra* exportados allende el Pirineo. Recogeremos el hilo tempestivamente.)

Y tempestivamente tenemos que volver ahora al sur del Tajo, a Córdoba, a los reinos de Taifas, al Islam peninsular.

Allí, en la irrepetible Al-Andalus, hubo también maestros independientes que nada debían al Masarrita ni a Mohidín. Quizá sea yo culpable de estar dando a entender otra cosa al calor de mi connivencia con el sufismo. ¡Claro que los muslimes tuvieron místicas de diferente cuño! El guadijeño Ibn Tufayl (o Abentofail) se descolgó a mediados del siglo XII con el *Risāla* o *Filósofo autodidacto,* novela alegórica que dio varias veces la vuelta al mundo y a la que hoy siguen recurriendo los cuáqueros como libro de meditación y de oraciones.[122] Merece la pena recordar su argumento. En una isla desierta del Indostán aparece un niño por birlibirloque. Quizá —sugiere el autor— su madre, princesa incomprendida, lo encerró en un cofre (o moisés) para que las olas y la Providencia lo salvaran. Otra versión convierte al solitario en huérfano primordial alumbrado por una lastra de arcilla en fermentación. Sea como fuere, ahí lo tenemos: montaraz, intrépido, adoptado (educado) por una gacela. ¿Hijo de reyes, náufrago, nutrido por la leche de un animal que rumia y cuyo macho lleva cuernos? Abentofail era por fuerza andaluz. Su personaje, sin embargo, no se llama Habidis, sino *Havy* (¿coincidencia o convergencia?) Ibn Yaqzan: otro símbolo para la posteridad. Crece el niño en años y en sabiduría. Mira constantemente a su alrededor. Reflexiona y al cabo formula por partogénesis una doctrina que lo constriñe a buscar en el éxtasis la comunión con la divinidad. Para ello se retira a una caverna, ayuna a lo largo y ancho de cuarenta días consecutivos, suspende el quehacer epistemológico, pulveriza los saberes almacenados por el intelecto, olvida la memoria, arrasa la conciencia, bloquea los sueños, ignora la carne, censura la información cenestésica, anonada el mundo en una nebulosa primigenia o final, hace por transformarse en pergamino virgen y una buena mañana se sale con la suya. Entonces, y sólo entonces, desembarca el santo Asal en la isla taciturna. Es un aborigen del archipiélago que ha decidido consagrar el resto de su vida al ascetismo. Los dos eremitas charlan (o callan) y coinciden. Luego, como Segismundo, dejan el burladero, viajan a la ínsula gobernada por el piadoso Salaman y hacen por revelarle cuanto la bondad de Dios les ha enseñado en el aislamiento. Inútil tentativa. No puede el que quiere, sino el que tiene *gracia*. Los dos sabios comprenden a su pesar que no se ha hecho la luz para los ojos del vulgo. Peor: que la inteligencia plebeya sólo alcanza a deglutir los groseros símbolos esgrimidos por las religiones al uso (clero, canon, jerarquía y liturgia). Así que bien está y con su pan se lo coman. Estúpido sería meneallo. Asal y Abenyaqzan se encogen de hombros, aconsejan a la canalla el empecinamiento en los ritos heredados y acometen un viaje sin retorno a la isla deshabitada para organizar en ella la vida superior que la *gnosis* confiere. ¿Privilegio, favoritismo divino? Claro que sí. Los hombres no nacen iguales.

Dice Rafael Urbano que el *Filósofo Autodidacto* sólo cede en prestigio universal, por lo que hace a obras de carácter especulativo redactadas en España, a la *Guía* del clérigo Miguel de Molinos.[123] ¿Se me tachará de derrotista si sugiero que ambas yacen entre nosotros literalmente apabulladas por un silencio de siglos? Para desmentirme salen ahora dos ediciones lúcidas y baratas de la segunda.[124] Esperemos a ver cuántos ejemplares se venden en esta tierra donde los *fans* (no merecen otro nombre) de un *gurú* gordinflón y extranjero suman ya decenas de millares. Y preparémonos noramala a ingresar en el infierno de quienes olvidan y resecan los cauces de la propia, íntima, atávica espiritualidad. Dante no describió ni numeró este círculo. Así la sorpresa mitigará el tormento.

Gracias a otra imprevista edición de bolsillo[125] circula ya entre los españoles que leen (o que lo fingen) no sólo *El Collar de la Paloma,* sino también el nombre de su afortunado autor. Ibn Hazam ilustra en ese texto clásico del neoplatonismo la convicción de que el amor entre los sexos devuelve unidad e intimidad a las dos mitades de un espíritu inicialmente concebido por Dios en forma de perfecta esfera.[126] No se requieren conocimientos de sinología para distinguir en tan venturosa hipótesis el rostro (tez de limón, ojos de almendra) rematadamente oriental del *yang* y el *yin,* desanudados por el *karma* y ensamblados por el *Tao.* Los motivos mozárabes del siglo XI tenían, pues, la envidiable posibilidad de contraer nupcias según el orden divino. Los cristianos, no. Los cristianos (y tras ellos todo el país) escogieron en seguida el ominoso matrimonio vicarial.

¿Más hermetismo de Al-Andalus? Los *Heterodoxos* incluyen nada menos que a Averroes entre los envenenados por el panteísmo.[127] Gracias, pero con socios así no me aventuro yo ni hasta la tienda de la esquina.

En cambio, fuerza es aceptar como epígonos sufíes a ciertos cristianos de la España áurea, mal que el asunto les pese a los veinte o treinta millones de alféreces provisionales sueltos por el país. Hablo, claro está, no sólo de los alumbrados y demás ralea (que a ésos nadie se lo discute) o de Miguel de Molinos (que es hereje de por sí), sino de los bienfamados Teresa de Ávila y Juan de la Cruz, por citar únicamente a quienes más rabia dan. Suerte que la flor y nata de nuestros arabistas me haya precedido en tan biliosas trincheras. Sin medias tintas decía, por ejemplo, Asín (resumiéndolo): la renuncia a los carismas y la sed inextinguible de exhibicionismo litúrgico son herencia sufita del Mohgreb y el Andalus (o sea: *saddhilí*) recogida en los siglos XVI y XVII por las dos grandes corrientes —carmelita y quietista— del misticismo español.[128] La aseveración resiste a la prueba del casuismo. Coinciden, efectivamente, los métodos, el léxico, el ideario e incluso las imágenes líricas propuestas en épocas diferentes por los derviches de Al-Andalus y por los monjes de Castilla. La *anchura y apretura* del alma, su *vacío* y *desnudez*, los símbolos del *día* y de la *noche oscura*, las metáforas del *velo* y el *espejo*, del *súbito relámpago*, de los *átomos que flotan sobre los rayos de sol* y el *agua extraída de las entrañas de la tierra*, así como todo el ambagioso juego del *éxtasis* y el *rapto* (distinguiendo entre simple *inconsciencia* y genuina *aniquilación* del espíritu en Dios), se revelan patrimonio superpuesto de las dos razas y fruto común, en realidad, de un árbol hasta cierto punto ajeno y, en cualquier caso, muy anterior: las doctrinas profesadas por los padres del yermo en el irreducible monacato del cristianismo oriental.[129] Lo que, naturalmente, no impide establecer un atisbo de jerarquía digamos cronológica: los sufíes son hijos del abuelo de los carmelitas. La deuda, pues, resulta unilateral y no recíproca. Así, por ejemplo, cuando Teresa habla de siete *moradas* y un *castillo interior*, habrá que buscar al arquitecto de esa máquina insigne no en conventos de Ávila y siglos imperiales, sino entre aquellos santones andaluces que simbólicamente se atrincheraban en una *medina* (o regazo de la divinidad) rodeada por seis *alcázares* concéntricos y que en ella se miraban el ombligo, con perdón, absteniéndose de todo, inclusive de rezar y de ofrecer resistencia a las tentaciones.[130] De ahí al quietismo de Molinos no media ni la pupila de un gusarapo (pero esto —lo de Molinos— es otro cantar y ya lo escucharemos cuando llegue el turno). En fin: estaríamos, si la hipótesis se confirmara, ante «*un caso nada anómalo de restitución cultural*». Son palabras de Asín. «El pensamiento evangélico y paulino —concluye— injertado durante los siglos medios en el Islam habría adquirido en éste un desarrollo tan opulento y rico en nuevos matices ideológicos y formas de expresión inusitadas que, transferido luego al solar hispano, nuestros místicos del siglo XVII no hubieran desdeñado el recogerlo... ».[131] Lenguaje prudente (de sabio y de españolito que se cura en salud), pero inequívoco. Ahí, en las celdas descarnadas de algunos carmelitas abulenses y en el elegante pupitre italiano del baturro Miguel de Molinos, la tradición hermética occidental se inclina o cierra definitivamente sobre sus propios talones como el *ouróboros* de los padres de la alquimia. Ese lustre (ese penacho) nos pertenece, y también ese pesar. Ningún otro eslabón de la antigua cadena volverá a forjarse en Europa con posterioridad al que so capa de cristianismo y en plena

Edad Moderna fabricara un grupo de españoles tenidos por santos o por herejes. No es la última vez que (Dios mediante) aludimos a ellos.

Ni a los *alumbrados*. Irrumpirán en este libro los doscientos años de oro, la España psicológicamente feliz (aunque política y económicamente desgraciada) de los Austrias, con toda su explosiva carga de belleza y de locura. Habrá entonces tiempo y holandesas suficientes para dar cabida al hervidero de anarquistas místicos desparramados por el país durante aquella contradictoria época de la Inquisición y las cien flores. Ahora se trata sólo de apuntar que nadie —ni el historiador ni el mitólogo ni el arabista— puede entender esta deflagración repentina (y violenta, y arduamente popular, casi multitudinaria, y por supuesto herética, y —sobre todo— tardía) de los viejos ideales cátaros sin volver los ojos y meter el cubo en el venero inagotable de la religiosidad heterodoxa andalusí. Lo dice González Palencia refiriéndose a las biografías de los yoguis murcianos pergeñadas por su maestro Asín: esa muchedumbre de «ascetas, místicos, videntes y taumaturgos de toda edad, sexo, profesión, oficio y clase social» que se mueven por el escenario de «las ciudades y aldeas andaluzas como en una cinta cinematográfica, con sus inconfundibles rasgos físicos y morales, sus respectivos géneros de vida ascética (el eremítico, el deambulante, el monástico militar, el caballeresco, el apostólico), sus peculiares métodos de disciplina para la formación de los novicios, sus ejercicios espirituales (rezos, jaculatorias, lectura, meditación, examen de conciencia y vigilias nocturnas, retiro, silencio, mortificaciones corporales, ayunos, castigos y organización del tiempo), con sus específicos carismas, gracias de oración, don de lágrimas», alucinaciones, éxtasis y milagros, ese —digo (dice González Palencia)— beligerante tercio de Dios ofrece, además, «el interés de suministrar al historiador una versión anticipada y quién sabe si un precedente explicativo de la secta de los alumbrados».[132]

Y lo repite (lo corrobora), por supuesto, el propio Asín. ¿Quiénes fueron —empieza por preguntarse— las ninfas Egerias de aquellas exageraciones? ¿A quién atribuir, por ejemplo, «el audaz tránsito desde la doctrina ortodoxa de la voluntad hasta el quietismo herético de los *dejados*, que suprime toda actividad libre y responsable»?[133] Cuestiones contra las cuales se han roto el alma y la cabeza no pocos esclarecidos hispanistas de la Península y del orbe. Algunos, como el afamado Bataillon, esgrimen *mutatis mutandis* el paradigma de Spinoza y meten en danza a los judíos conversos, que —dice— «desarraigados de su fe mosaica constituían un fermento de inquietud religiosa en el seno del catolicismo»,[134] siempre a vueltas con el tema de la libertad y con la búsqueda de un Dios propio de cada individuo aunque (a veces) transferible. ¿Por qué no? Otros sesudos varones, retrepándose en la terca idiosincrasia erasmista de nuestra erudición (la de entonces), postulan paternidades nórdicas, flamencas, alemanas y, en definitiva, pecaminosamente europeas y hugonotas. No es hipótesis del todo despreciable, pese al perfume cartesiano, cuáquero y cateto que irradia. Queda una última y no menos lógica posición: la patrocinada (cada loco con su tema) por el grueso de los arabistas. A este respecto llama Asín la atención sobre la coincidencia o síntoma de que «muchos secuaces de tan peregrina secta fueran moriscos conversos».[135] Huelga aclarar que lo de *peregrina* va por la grey de los alumbrados. Por mi parte, y sin echar a higas lo juicioso de las demás posturas, me atreveré a vindicar antecedentes más vernáculos aduciendo —a propósito de anarquistas místicos y no con ánimo de excluir, sino de acumular— la desconcertante aventura protagonizada por los muchos andaluces del primer medievo que tan apriesa se sumaron a la herejía tercermundista de los *acéfalos,* consistente (como su nombre indica) en oponerse de entrada y por las buenas a toda tentativa de jerarquización eclesiástica. Enésima humorada a la española, y rincón de nuestros orígenes, casi desconocida por quienes tienen el deber de conocerla. ¿Humorada? Sí, pero también algo más: precoz, drástica, imaginativa manifestación de ese entrañable anarquismo visceral que hasta ahora (y toco mi escribanía de madera) siempre ha venido a salvarnos o a reivindicarnos en los momentos críticos y coyunturas viles de una historia abundosa en éstas, grávida de aquéllos y a menudo abiertamente feroz. Dejemos el socorrido dos de mayo, pues otras fechas no menos insignes y a veces más recientes sazonan el perezoso desanillarse de nuestros siglos. En Córdoba, va ya para uno, se celebró si no ando errado el primer congreso europeo de la internacional libertaria. Las gentes de la FAI tomaron el poder a raíz del 18 de julio en extensas zonas de Aragón y lo mantuvieron hasta bien entrado el 1937 (experiencia —esta de los anarquistas en palacio— que nunca se había producido dentro o fuera de España ni volvería a hacerlo después). Conozco tres continentes *in solidum* y poco menos que a golpes de calcetín. En ellos he coincidido a menudo y sin premeditación (ni participación, se entiende) con alborotos organizados en olor de nitro por jóvenes secuaces de Bakunin, y siempre, siempre, así fueran cabildos indonesios o pandillas del mau-mau, había españoles en el ajo y además dando la cara. Españoles taurinamente espontáneos, sobra aclararlo, pues nada se nos va ni se nos viene a los de aquí en meriendas de negros, de japoneses, de kurdos o de fedayines. Dije en otra parte de este libro que la patria exporta monjas y prostitutas (ambas mercancías destinadas por lo general a los mismos lugares) y me quedé corto. Exportamos también anarquistas a prueba de bomba, de esos que (como el tergal) jamás se arrugan. *Rosario, dinamitera...* cantaba Miguel Hernández. Y aquel maravilloso libertario de Baroja gritaba a pleno pulmón, *¡viva la literatura!* en la última página de una novela magistral. Acontecimientos muy recientes (corrijo esta página en agosto del tercer año postfranquista) vienen a confirmar, contra pronóstico, que el arquetipo sigue funcionando en la caja negra de los mozuelos de hoy. Ojalá se nos perdone en gracia a él, a la santa anarquía española, esta nueva y quizás injustificada digresión.

Cerrándola, y volviendo al tema, cabe preguntarse cómo diaño se las arreglaron los carmelitas y otras hierbas para digerir las especulaciones de los sufíes, si ninguno de ellos, a cuanto parece, chapurreaba el árabe. La respuesta es fácil: intimando con los moriscos recién convertidos, que alimentaban en secreto —y a veces con descoco— el sacro fuego de las tradiciones heredadas. Recuerda Asín que en el siglo XVI toda la Península, y no sólo Andalucía, albergaba a numerosos ejemplares de tan desdichada especie. Cierto es que Felipe III decretó en el 1609 su expulsión, pero las estadísticas de la centuria «acusan todavía la supervivencia de abundantes núcleos moriscos en Arévalo, Medina, Pastrana, Salamanca, Granada, Alcalá, Segovia, Ávila y Toledo, es decir, las ciudades que sirvieron de escenario a San Juan de la Cruz»[136] y de polígono teúrgico a casi todos los brotes de alumbrados. Con ello desembocamos en la postrer variante esencial de la ecuación andalusí. O, si se prefiere, en otra de las grandes querellas (y abyecciones) planteadas por la historia del país.

Perrigalgos y *mastines* llamaban nuestros escritores clásicos a los mudéjares que en 1502, por obra y gracia de Ferdinandvs

Rex, se vieron forzados a abjurar del Islam para caer en el malagón del cristianismo. Quizá por eso, obedeciendo a un impulso nominalista, puso don Miguel de Cervantes todo su impulso (en él extemporáneo o socarrón) hacia los moriscos en boca del can Berganza, sabihondo, iluminado y parlanchín.[137] Pero fue también el glorioso complutense quien ya con el pie en el estribo cambiaría la seda por el percal metiendo en la escena del *Persiles* a un venerable renegado que se expresa así: «¡Ay, si han de ver mis ojos antes que se cierren, libre esta tierra destas espinas y malezas que la oprimen! ¡Ay, cuándo llegará el tiempo que tiene profetizado un abuelo mío famoso en Astrología, donde se verá España de todas partes entera y maciza en la religión cristiana; que ella sola es el rincón del mundo donde está recogida y venerada la verdadera verdad de Cristo! Morisco soy, señores, y ojalá que negarlo pudiera; pero no por eso dejo de ser cristiano; que las divinas gracias las da Dios a quien Él es servido, el cual tiene por costumbre, como vosotros mejor sabéis, de hacer salir su sol sobre los buenos y los malos y llover sobre los justos y los injustos. Digo, pues, que este mi abuelo dejó dicho que cerca de estos tiempos reinaría en España un Rey de la Casa de Austria, en cuyo ánimo cabría la dificultosa resurrección de desterrar los moriscos de ella, bien así como el que arroja de su seno la serpiente o bien como aparta la neguilla del trigo, o escarda, o arranca la mala yerba de los sembrados. Ven ya, oh venturoso mozo y Rey Prudente, y pon en ejecución el gallardo decreto.»[138] Conque la *verdadera verdad de Cristo*... ¡Buen zorro estaba hecho el cuasi luterano (se verá) Cervantes! Riámonos, sí, entre dientes por lo de España *entera y maciza* (que al menos en lo segundo iba a darle el tiempo salerosa razón), pero reconozcamos que la parrafada, así como otras de otros clásicos igualmente fáciles de citar,[139] se las trae y revela un estado de opinión nada lisonjero para los fastos de la patria. El edicto de desalojo no fue, mal que nos pese, una de tantas despóticas medidas de palacio: Felipe III tradujo con él, y al pie de la letra, la voluntad del pueblo. El propio Cervantes, que no era precisamente un portavoz de la oligarquía, jaleaba en ese mismo pasaje del *Persiles* al monarca con talante y entusiasmo de rabanera (aunque sin rebajar por ello su acostumbrada dignidad de estilo): «¡Ea, Mancebo generoso, ea, Rey invencible, atropella, rompe, desbarata todo género de inconvenientes, y déjanos a España tersa, limpia y desembarazada desta mi mala casta, que tanto la asombra y menoscaba! (...) No los esquilman *(a los moriscos)* las religiones, no los entresacan las Indias, no los quitan las guerras; todos se casan, todos, o los más, engendran; de lo que se sigue y se infiere que su multiplicación y aumento ha de ser innumerable. Ea, pues, vuelvo a decir, vayan, vayan, Señor, y deja la taza de tu Reino resplandeciente como el sol y hermosa como el cielo.»[140] Parece seguro, en efecto, que *la casta asombraba* al país; no lo es tanto que la *menoscabe.* Cervantes, por lo demás, estaba jugando a profeta con los naipes marcados: el decreto de expulsión se publicó siete años antes que el *Persiles.* Así cualquiera...

Dice un refrán que el desagradecimiento es prenda de malnacidos. Por ahí duele nuestra abyección. Con los mudéjares se iban las últimas nieves de antaño, los mejores músculos campesinos, la flor y nata de la trashumancia peninsular, un idioma ya sin ínsulas de lustre fuera del tercer mundo, una raza madre con casi mil años (faltaban ciento dos) de brava españolía, todo un capítulo aún abierto en el ejercicio de la arquitectura y de las mal llamadas artes menores, mil oficios a beneficio del Mogreb, muchas jofainas de humeante alcuzcuz, un contrapeso de fe y de locura frente al mezquino ideario que la Europa transpirenaica estaba vomitándose (y vomitándonos) encima y, como renglón final de tan desastroso balance, se iba asimismo nuestra postrer oportunidad de irrumpir en la Edad Contemporánea con la firme andadura reservada a los estados pluralistas. Quizá, de haber sabido guardar al menos dos cabezas —la cristiana y la morisca— entre las tres que la tradición nos asignaba, hubiésemos llegado a lo de hoy con la frente (la doble frente) tan alta como hasta hace pocos años la llevaron Inglaterra y la sagrada Rusia anterior a Lenin, y como aún la lleva la indiscutible Yanquilandia. Y por supuesto no aludo a virtudes políticas o económicas (aunque éstas coincidan en dos de los ejemplos citados), sino a talentos y rango espirituales. Pero tomo una copa y callo. Hice ya más que excesivo hincapié en tan inútiles lamentelas y, por otra parte, acaso resulte cierto eso del mal que por bien no venga. Toda resurrección exige los previos clarines del apocalipsis.

Abramos un paréntesis de historia. Ocioso parece aclarar que la expulsión ni vino ni se fue de rositas. Cuando el tercer Felipe, en 1609, decidió pegar el cerrojazo, arrugándose ante las presiones del codicioso duque de Lerma y del beato Ribera, las tolvas de ese molino llevaban más de una centuria tragando majuelas de intolerancia, cáscaras de disimulo y cañamón adobado en sangre. O, como diría el de Lepanto, neguillas de mala hostia. Los Reyes Católicos, al ceder Boabdil (o al comprarlo con artes de charlatán) dieron una capitulación por la que se comprometían a respetar las mezquitas, los trajes y los tribunales de los vencidos.[141] Papel mojado, claro está, pues aquellos aristócratas carecían de palabra. Conque las buenas gentes del Albaicín tuvieron que descolgar los alfanjes, cuyo temple aún no llevaba una década tiritando bajo el polvo, y corrieron a la Alpujarra de costumbre. Año de 1500: empieza un siglo (quizá una época) con la primera sublevación de los *mastines.* Intervino Fernando, y el 11 de febrero de 1502 apareció una pragmática que obligaba a los moros a salir de la Península o renegar del islamismo. En esa encrucijada comienza la discordia, pues casi todos los aludidos prefirieron quedarse mascullando *eppur si muove.* Por si no había bastante con la querella de los *marranos,* hete aquí que nos suministraban de bóbilis otro pleito similar con cristianos nuevos que tampoco lo eran. España o la obsesión de las guerras civiles. La reina loca, tan hidalga, se dignó conceder a aquellos perros un plazo de seis años para que depusieran sus terribles albornoces y kaftanes, y aún lo ensanchó luego por diez más, que a tanto llegaba la generosidad y paciencia de la Corona. Vino el César Carlos, siguieron vomitando bilis los unos, no pararon los otros de tragar quina y la situación alcanzó tensiones francamente insoportables en la crítica fecha de 1525, cuando la Administración optó por tomar cartas en el asunto y adoptar medidas, qué digo, verdaderos ucases, a saber: que los moriscos no podrían abandonar sus puntos habituales de residencia, que no saldrían de casa sin lucir en el sombrero una media luna de paño azul, que no trabajarían en domingo ni en fiesta de guardar, que los almuédanos se abstendrían de piarlas en el minarete, que las mezquitas quedarían clausuradas sine die, que todos los idólatras de Alá recibirían las aguas bautismales antes del 8 de diciembre del año en curso...[142] Y así hasta mil. Los interfectos solicitaron del Rey una moratoria de cuatro décadas y, *velis nolis* (no tenía la Corona medios ni esbirros para aplicar el chantaje), la obtuvieron. Expirado el plazo en 1566, reunióse en Madrid un monipodio específicamente concebido para sajar el quiste. Fruto de las deliberaciones fue una nueva andanada de sartenazos. Se prohibía el uso de la lengua árabe, definitivamente la indumentaria magrebina, cualquier besamanos o rito no sancionado por nuestra madre Roma, casi casi los capullos sin prepucio y, desde luego, la muelle, satánica, pecaminosa costumbre de incurrir en pediluvios, alemas, zambullidas, duchas, calumbos, abluciones, baños e hidroterapias.[143] ¿Quién dijo miedo? Pintaban sables: los cimarrones de la Alpujarra buscaron un caudillo y promovieron tres años de guerra civil. El pronunciamiento no hubiera durado tanto sin la mudanza (o transubstanciación) en Aben Humeya de don Fernando de Córdoba y de Valor, caballero veinticuatro de Granada, tataranieto (según Hurtado de Mendoza) de un nieto de Mahoma, vástago por línea directa (según Mármol Carvajal) de los Omeyas cordobeses, señorito andaluz, musulmán agazapado, calavera impenitente, espadachín, codicioso, ambicioso, valeroso, aristócrata de la víspera a lo mejor un poco resentido con la sociedad y hombre, en todo caso, literalmente acogotado por sus deudas.[144] Así que cogió la ocasión al vuelo y en 1568 se hizo coronar rey, al estilo muslime, de las cáfilas moriscas beligerantes en la serranía. No es cosa de analizar el episodio. Lo de que éste fue guerra civil *de españoles contra españoles* no lo pienso yo, sino que con esas mismas palabras, y por aquellas mismas fechas, lo escribía el ilustre cristiano y susodicho historiador Diego Hurtado de Mendoza...[145]

En fin: liquidó el bastardo Juan de Austria a los fedayines insurrectos, racaneó por escilas y caribdis el siempre indeciso rey Felipe y fue su hijo homónimo y tercero quien entre muchos dimes y diretes terminó promulgando, en la citada fecha de 1609, el dichoso *Edicto de Expulsión.* Los dimes eran eclesiásticos y plebeyos (es decir: clamorosos). Los diretes corrían a cargo de señores latifundistas que en la trapisonda iban a quedarse sin los mejores jornaleros de sus campos. No fue aquélla la primera vez (ni habría de ser la última) que los aristócratas abrazaban en España la causa de la verdad. El almirante baturro Sancho de Cardona, anteriormente procesado por el Santo Oficio bajo la acusación de *no* ensañarse con la morisma (había permitido reconstruir una mezquita en el valle del Guadalest), acudió o pensó en acudir al Papa y al sultán de Turquía para protestar por la draconiana imposición del bautismo a quienes en sus propias fincas veía él rezar todas las tardes con el rostro vuelto hacia La Meca.[146] Pero el señor De Cardona era golondrina y no verano. Sus compatriotas preferían el cierra España. Los grandes dramaturgos de la época (que nunca quisieron educar al pueblo, sino seguirlo y halagarlo) se encargaban de atizar el jolgorio de los espectadores con bromas fáciles y patosas sobre aquel pleito candente. Las de mayor éxito incidían una y otra vez en la saludable costumbre islámica de no comer carne de cerdo ni embriagarse con licores espiritosos. Dicharacheaba Lope de Vega: «tome un poeta al aurora / dos tragos sanmartiniegos, / con dos bocados manchegos / desto que Mahoma ignora / (Belcebú lo lleve presto / a Argel o a Constantinopla) / y podrá de copla en copla / henchir de versos un cesto».[147] Conque viva el alboroto, yo me subí a un pino verde y ya don Tirso se marcaba ese otro cantar que dice «mos vemos entre diabros / de *mastines,* con perdón; / donde ninguno se ve que rezando a San Noé / se encomienda a San Jamón»,[148] o aquello de «es gran *perrazo.* Ni vino bebe, ni tocino come; / y me juran que desde muy muchacho / su ordinaria comida ha sido macho»,[149] pues al morisco también se le conocía, y él solo se denunciaba, por la afición al pinchito chiskebab brocheta mechuí de cordero velloso reslanar musmón y cabrón. Entretanto, y no por hacer rima, Ruiz de Alarcón (don Pedro) se inspiraba o iba a inspirarse para su comedieta *Quien mal anda, mal acaba* en la verídica aventura o desventura del perrazo Román Ramírez, víctima en 1595 de un expediente de la Suprema que puede pasar por modélico respecto a cuantos en aquellos años y contra las mismas víctimas andaba promoviendo el acucioso tribunal. Caro Baroja ha estudiado y reconstruido la querella con esa minuciosidad que en su pluma deja de ser método para hacerse estilo.[150] Ya sabe el lector curioso dónde desaguar su impaciencia. Yo no entraré esta vez en intimidades. Era maese Román —dice el etnólogo— «morisco por los cuatro costados». Un colateral le inició en los misterios de Mahoma cuando el rapaz estaba aún más interesado por los juegos infantiles que por los reviros de la bisexualidad religiosa. Empieza ahí un largo folletín de milagrerías terapéuticas practicadas en trance de vivisección, y no precisamente *in anima vili*. Román era un herborista con vocación de doctor Jekyll. Remoloneó muchos años por los rincones de su secreta ambigüedad y en el de 1570 cometió el error de acogerse voluntariamente a un edicto de gracia promulgado por la Suprema. O sea: confesó sus torturas íntimas, que a nadie se le alcanzaban, y quedó para los restos en la difícil situación de quien cree en dos altares o por lo menos se postra ante ambos.

Con todo, cinco dulces lustros transcurrieron antes de que esa doble vida trasluciera y llamase la atención de los curiosos. Entonces comenzó el proceso. Partía éste de tres postulados que el fiscal se encargaría de probar: Román practicaba hechicerías (de ahí sus curaciones), andaba en tratos con Lucifer (de ahí su fáustica memoria) y descendía de un abuelo, también terapeuta prodigioso, acusado y condenado por la Inquisición de Zaragoza. Categórico testigo de incriminación fue durante todo el gatuperio una aldeana de Soria, quizá hermosa y, desde luego, típica malmaridada de esas que se hartan de llevar la entrepierna fría y noche tras noche convocan desde la cama a un íncubo duro de riñones para metérselo suspirando hasta los tuétanos del bajo vientre... Abrevio: Román murió en la cárcel el 31 de enero del año 1600, que ya es casualidad, y algún tiempo después el Santo Oficio dictó sentencia condenatoria del cadáver y entregó sus mondos huesos al brazo secular para que éste metiera las cenizas en un relicario o en un estuche de rapé. Treinta y siete años antes, en Murcia hubo sambenito y sentencia de reclusión para un cristiano nuevo, que se pretendía hijo del emperador marroquí y beneficiario de un belcebú familiar al que convocaba —dice don Marcelino—[151] «*mediante sahumerios y estoraques*». Otros traidores ensabados se dedicaban «a la pesquisa de tesoros ocultos, siendo muy notable a este propósito el caso del morisco aragonés que engañó a don Diego de Heredia, señor de Bárboles, víctima de las turbulencias de Aragón y de su amistad con Antonio Pérez». Y bien le estuvo, pues tres siglos más tarde, en vida de quien escribió ese párrafo (que sigue siendo don Marcelino), aún buscaban doblones los villanos de Andalucía y Extremadura «valiéndose de ciertos libros supersticiosos que suelen salir de los presidios de África».[152] Gajes, en realidad (y por fortuna), de casi todas las épocas. Pero en aquélla hubo tantos, y tan parecidos, que el cauce se desbordó y, con él, los límites de la paciencia. Imposible seguir así. Ya no eran sólo la Iglesia y el pueblo quienes exigían redobles de expulsión: también el Cielo los reclamaba. Una serie de prodigios anunció el venturoso advenimiento de los nuevos idus de marzo. Quince llegaría a contar, y a esgrimir jubilosamente en público, el carmelita caracense Marcos. Primero: la campana de Velilla, que se puso a repicar sin intervención del rapavelas. Segundo: las nubes del Villorio de Grañón, que en octubre de 1603 —y coincidiendo con el *ramadán*— empezaron a escupir sangre, tiñendo «la tierra, yerbas y piedras de toda su comarca y distrito». Tercero: el ilógico diluvio que ese año o el siguiente taló las sementeras y ciudades de media España. Cuarto: lo sucedido en el *claro y caudaloso* río de Carrión, que «se secó y lo estuvo por espacio de seis horas, como lo afirman con auténticos testimonios los vecinos de Palencia; y que en los senos y charcos más hondos de su ribera cogieron a mano y pies enjutos mucha cantidad de pescado». Quinto: la bóveda celeste, que al sonar la media noche de un día de mayo de 1606 se abrió en canal y arrojó fendiendo el aire una espada ígnea cuya punta señalaba al África. Sexto: el picapleitos y buen cristiano de Ledesma que a 26 de septiembre del mismo año vislumbró en la atmósfera «figuras y extraordinarios cuerpos fantásticos en tropas distintas y desiguales». Séptimo: el cometa plomoso y desconocido de 1607. Octavo: los furiosos vientos que entonces devastaron el país. Noveno: el *gran temblor* en la iglesia del Apóstol Santiago, los *pífanos y cajas de guerra* que allí se pusieron a mugir y el *¡arma, arma, España, España!* que, pronunciado por una voz sepulcral, puso término a la batahola. Décimo: muchos terremotos. Undécimo: ciertos rumores contra el rey propalados por malas lenguas. Duodécimo: el cielo se incendió en horas postmeridianas del mes de mayo. Decimotercero: *siendo luna nueva* transformóse una noche pirenaica en claro día. Decimocuarto: todas las grullas de Aragón, Valencia y Cataluña, «y aun, al parecer, cuantas había en el mundo, según el infinito número dellas», se juntaron y espontáneamente dividieron en *tropas, letras* y *cifras* para salir destos reynos hacia el orbe. Y decimoquinto (aunque a posteriori): al abandonar las parameras baturras el último grupo de moriscos «se extinguió o resolvió el misterioso sudor de la benditísima imagen *(bilbilitana)* de Nuestra Señora de Tobet».[153] ¿Cómo podía oponerse el monarca a tanto apremio divino e indignación escatológica? ¿Iba un cristiano viejo a permitir que la linda cara de una Virgen aragonesa (y, por ende, dos veces española) trasudase por los siglos de los siglos gotas de sobaquina aluego mezcladas con las perlas salobres de sus lágrimas? Responder está de más. Vino el 1609 y los perrigalgos se fueron, con la muerte al hombro, caminito de África (donde, por cierto, los recibieron poco menos que a cantazos) o siguieron lánguidamente a la sombra de la Península, inscritos a empellones en la religión de los infieles. Ya se quedaba la Alpujarra triste y escura. El jesuita Pedro de León la recorrió un año después, travestido de misionero, y pudo establecer paralelismos entre «el comportamiento de los moriscos echados de sus tierras y el de los cristianos viejos que las habían ocupado».[154] Éstos —escribió— «eran cada uno de lugar diferente y cada cual tenía sus costumbres, y sobre todo era una gente medio foragida y de mal vivir, gentes que no las avían podido sufrir en sus tierras, adonde avían nacido, matadores, facinerosos y de fieras e incultas costumbres, que ni tenían en sus tierras viñas, ni llovía sobre palmo de tierra suyo, holgazanes y de malas mañas, que no dexavan madurar las fructas de sus vecinos, porque en agraz se las hurtavan».[155] El panorama se pinta solo. Triste y oscura iba quedándose, en efecto, la patria. ¡*Hermanos*, estalla al final el misionero, *dadnos de vuestras costumbres y tomad de nuestra fe*! Su interpelación era furibundo remedo de otra pronunciada tiempo atrás por Fray Hernando de Talavera, jerónimo y (naturalmente) judío por parte de madre, primer arzobispo de Granada,[156] confesor de la reina católica (cuyos yerros escuchaba de arriba abajo, repantigado él en un cómodo butacón e hincada ella de rodillas en un huesudo reclinatorio), hombre que en su diócesis —lo cuenta el cronista Sigüenza— quiso y supo levantar el sueño platónico de la *República*, y al que con la venia de Cisneros y del Papa osó poner grilletes el Santo Oficio sin luego acertar a demostrarle contubernios ni con moriscos ni con marranos...[157] Pero esto es otra historia que no conté en su momento y que ahora aparece definitivamente trasnochada.

Sobra también todo lo demás. El elocuente carpetazo de Felipe III no necesita anotaciones al margen ni adornos a pie de página. Dice una reciente y voluminosa publicación: «el ciclo iniciado en el siglo VIII con los cristianos mozárabes se cierra en el XVII con la expulsión de los moriscos».[158] Es todo. En ese fugitivo instante del 1609 dejan de contemplarnos casi mil años de historia. Un derroche. Mejor: una verdadera emasculación, un lujo que ni siquiera naciones cuarenta veces más viejas hubieran podido permitirse. Ay del pasado.

Quedó, naturalmente, un mínimo de tradición islámica agazapada en la clandestinidad y en el folklore. Vergüenza da citar aquí el ejemplo de Mojácar, villorrio moro de Almería al que la sucedánea actividad andariega de algunos preciosos ridículos (o escritorzuelos de la pandilla de la berza) arrancó de su sueño secular allá por los años de Eisenhower y del Jarama literario.

En 1492, cuando los Reyes Católicos plantaron su augusto vivaque en Real de Vera, una delegación de mojaqueros había pedido y obtenido permiso oficial para seguir en España sin renunciar a sus costumbres ni abjurar de sus creencias.[159] Perderían éstas con el paso del tiempo, pero casi hasta el final supieron conservar aquéllas. Hace apenas dos lustros, Mojácar era aún (sin retóricas) un espléndido retazo del Mohgreb en tierras andaluzas: añejos tejedores tramaban alfombras de marroquinería en zaguanes aljamiados, edificios de cal y añil —uno o dos niveles y mucha terraza— se empinaban monte arriba como hoy lo hacen en Xauen, y virgencitas morenas todo ojos taconeaban de la alfaguara a la plaza sujetando entre los dientes, a manera de rebozo, los dos picos inferiores y añudados de un exorbitante pañuelo de cabeza. Eso pasó. Pasaron los tejedores, el silencio, las doncellas, su recato y se diría que hasta el mismo sol, pues el de ahora ni calienta ni ciega ni enardece como el de entonces. ¿O será mi vejez, mi deterioro? No, no. Mojácar se ha transformado en torpe madriguera de turistas (rascaleches, guardiaciviles, güisquerías, puterío, paellas albardadas con jamón de laboratorio o mejillones *findus*) y no sorprende que incluso las estrellas se tapen los ojos despavoridas. Queda sólo el *indalo,* caricatura prehistórica y fenicia de la diosa Tanit, para rescatar el dintel de algunas casas. O para columpiarse (¡Dios mío!) como una baratija más de bronce fofo o cerámica plastificada entre las ubres farmacéuticas de las vikingas.

Clandestinidades... Se lee en *El Donado Hablador* de Jerónimo de Alcalá: «acuérdome que siendo mozuelo, antes de que los moriscos saliesen de España, y estando un día en el cigarral de Toledo entreteniéndome con unos muchachos morisquillos, les pregunté: ¿cómo os llamáis, para que de aquí en adelante no ignore vuestro nombre cuando os hubiere de nombrar? Y el muchacho, con la simplicidad de criatura, me respondió: ¿cuál nombre me pregunta, el de calle o el de casa? Yo, que oí semejantes razones, eché de ver que no era sin algún misterio en la respuesta, y le dije: ¿pues cómo que dos nombres tienes? Por tu vida que me los digas entrambos... Y el niño entonces, sin hacerse mucho de rogar, me dijo: mire, señor, en casa me llaman Hamete y en la calle Juanillo».[160] El texto es del siglo XVII, pero no hay que remontarse tan atrás. Jorgito Borrow, caballero tragaleguas de cuya muerte aún no ha sonado el centenario, hace mención (y se asombra) de la «hostilidad profundamente arraigada entre los habitantes de este lugar (Villaseca) y los de un pueblo inmediato llamado Bargas».[161] Camina a la sazón el inglés por tierras de Toledo: ciscastellanas, cuasi manchegas, medio extremeñas y un poquito andaluzas. Y anota que los vecinos de una y otra aldea rara vez se dirigen la palabra (ni, por supuesto, mixturan jamás sus sangres en la fosa común del matrimonio). También recoge desdibujadas consejas que imaginan cristianos viejos a los de Bargas y bastardos de sabe Dios cuál semilla a los de Villaseca. Éstos —añade— tienen la tez oscura, mientras aquéllos son rubios y blancos. Hasta ahora (escribo en el corazón de África) no he tenido ocasión ni tiempo para verificar si algo queda en pie de tan curiosas diferencias. Pero el míster, que solía atarse muy bien los machos antes de aventurar definiciones, es concluyente y casi abrumador al respecto. «Así (dice), en pleno siglo XIX, se conserva en España la antigua enemistad de moros y cristianos.»[162]

Con todo, el agente clandestino más retrechero y rebelde al tratamiento se embosca en el folklore, en esa guitarra de Machado cuyo rasguear le trae al peregrino un aire o el sueño de un aire de su tierra. *Flamenco* puede venir del árabe *fellah* (labrador) y *mencus* (exiliado),[163] aunque quizá responda esta suposición a lo que Chomsky llama *etimología de conveniencia.* Los moriscos eran ambas cosas: destripaterrones y gentes arrancadas a su religión y a su medio social. Los musicólogos —remontándose nada menos que a las *Cantigas*— nos dicen que su estructura métrica sigue la pauta de las canturrias andalusíes, heredada a su vez de las tradiciones musicales persas y bizantinas. Y añade don Julián Ribera: «si los cristianos, aun siendo sacerdotes, no tuvieron inconveniente en aceptar para sus trajes litúrgicos las telas fabricadas por artífices moros; si para el servicio de la mesa les compraron los objetos de su cerámica; si para guardar las reliquias de los santos emplearon arquetas labradas por los artesanos de Al-Andalus, ¿qué obstáculo ni qué convención habían de tener para aceptar la música, siendo ésta agradable y placentera?».[164] Desde Tartessos, como en la edad dorada del Mediterráneo, invaden toda Europa las zapatetas y tijereteos de las *zambras* diurnas y de las nocturnas *leilas.* En Italia se escenifican, transformándose en *bufonadas de obscenidad rayana en la desvergüenza.*[165] En Inglaterra, bajo el rótulo expresivo y populista de *morris-dances,* llegan a ser el espectáculo predilecto de los caballeretes nictálopes, conformándose siempre a un mismo ritual y croquis coreográfico:

seis varones, un efebo disfrazado de mujer (que se llama *May de Maryan*) y un centauro con la mitad ecuestre fabricada de cartón y ceñida al talle bornean en el palenque los pasos y posturas de un remoto ceremonial. Idéntico tripudio brindaban los moros de cartel a sus huéspedes en los jardines colgantes del califato andalusí. El caballo aludía entonces a la vanguardia garrochista de las tropas que alanceaban cristianos por todos los campos de pan llevar, pero sus raíces o sus cascos se hundían en vertederos del inconsciente histórico harto más antiguos y profundos. Sabemos en cuáles (sin excluir la posibilidad de otros anteriores): en el folklore neolítico del equinoccio primaveral. «Sobre la pantomima del caballo renace el simbolismo hechicero del joven tiznado, cuyos pies patean la tierra al compás de los cascabeles atados en sus tobillos incitándola a la fertilidad.»[166] Nada nuevo en un mundo donde la invención entraña plagio. Hoy, italianos e ingleses (y también suecos, franchutes, teutones y hasta rusos) siguen buscando ese castizo paganismo por nuestra Hesperia triste y sus alegres ínsulas: en el Sacromonte, en las tabernas de Cádiz, en Lepe, en el Puerto, en Somorrostro, en la Murcia minera, en la Cartagena púnica, en los tablaos empalagosos de las grandes ciudades, en Triana... En Triana, sí, socorrido arrabal sevillano donde ya en el siglo XVI se celebraban las veladas moriscas de postín.[167] Lo atestiguan no sólo los fastos y efemérides del cante, sino también los archivos jondos de la Inquisición, pues de Real Orden estuvo prohibido durante aquella interminable centuria organizar zambras y leilas al son de panderos, crótalos, furrucos, jabegas y bandurrias árabes. Letal era entonces arrancarse por bulerías o jalear con palmas de tanguillo en las inmediaciones de un corchete, de un clérigo, de un pelota, de un malsín. Ni saetas se le clavaban en el manto a la pobre Macarena ni un mal jipío saludaba la entrada en el barrio de la Blanca Paloma. Considerábase la juerga inequívoca señal exterior de arreniegos mudejarizantes espetados con saña en la soledad del propio tórax. A Francisco Descalzo, alicantino y católico viejo de Cocentaina, se le acusó y procesó por «cantar cantares moros y exhortar a sus vecinos al ayuno del Ramadán».[168] Bueno, a mí (en Soria y cuando tenía catorce años) a pique estuvieron de hacerme un juicio de faltas *por calvinista*. ¿Que si existían indicios racionales de criminalidad? Evidentes. Era yo reo de haber buscado interino refugio en los soportales de la capilla de la Soledad para escapar al aparato eléctrico de una breve tormenta de verano. En la tentativa (que se estrelló contra mi status de hijo de papá) tampoco había plagio, sino perspicua, entrañable tradición.

Recapitulo el sumaisigue: colusiones, quintacolumna, miradas furtivas, complicidad latebrosa y penitente. ¿Por qué? ¿Por qué ese regodeo en lo promiscuo (por parte de los semínolas) y esa obstinación contraria y paralela (por parte de los yonvaines) en raspar con papel de lija hasta el último poso de una cultura que tanto espacio geográfico y tan elevado número de siglos ocupaba en nuestra historia? Freud diría: masoquismo, rencor edípico, rabietas suicidas, deseos de muerte orientados hacia lo que más se ama. Y Silvestre Paradox: principio de acción y reacción funcionando a todo gas en el epigastrio del primate hispanicus...

Porque, en efecto, tiene busilis comprobar que el tarrito de las esencias patrias huele a sarnoso perro mogrebí por los cuatro costados. ¿Ejemplos? Pondré sólo dos, quizá los de mayor significación y carisma entre cuantos esconde el escapulario de la España una, grande, libre y pisamorena. Apunto nada menos que al nombre de Castilla y a la condición de hidalgo. Parece ser que el españolísimo topónimo, cuna y honra de la Santa Tradición, no puede derivar en buena ley filosófica del neutro latino *castella* (como siempre se había pensado), pero sí del tunecino *Qastilya*, que en ese hermoso país también significa *región* y *capital*. Lo está descubriendo el erudito con rostro humano Jaime Oliver Asín, persuadido a posteriori de que «la conquista de la Península no fue enteramente musulmana o de musulmanes» y de que en «la confusa muchedumbre empujada por la minoría de árabes dirigentes (...) había, sí, norteafricanos islamizados, pero muy pocos en comparación con la masa de beréberes cristianos e incluso de antiguos romanos bizantinos», pertenecientes todos ellos a un litoral de regia voz y terco voto en los asuntos de la Iglesia.[169] Ya está aquí otra vez el chapapote autóctono, el gazpacho ibérico y semita del Mogreb y de Tartessos.[170] Con razón se pregunta el estudioso: si las catervas cristianizadas de África recularon hacia la Península, ¿cómo no iban a traerse en las alforjas el noble idioma latino que desde muchos siglos atrás utilizaban para entenderse con Dios y a menudo también con los mortales? Tras los talones de este planteamiento rastrea y escucha don Jaime Oliver prosodia berberisca en bastantes topónimos castellanos, empezando por el que los engloba a todos. Y estamos al principio. Es de esperar que en años venideros tal actitud haga escuela y aun academia entre los jóvenes arabistas. Por lo demás, y al hilo del discurso, ¡qué vertiginosa hipótesis esa de que nos invadieron cristianos espoleados de forma más o menos inconsciente por su alergia a la Media Luna! Algunos disparates dejan así de serlo, varios nudos se desatan, muchas cosas encuentran su lugar y otras tantas vuelven al limbo del que nunca debieron salir.

En cuanto a la *hidalguía definitoria*, hoy como ayer y aquí como acullá, de *lo español* huraño, irrepetible y acérrimo, sabido es que se trata de un simple (aunque fecundo) arabismo semántico: *hijo de algo* llamaban y llaman en su lengua los musulmanes a quien de ello —de ese *algo*— se beneficia.[171] De ahí que en ninguna otra parte de Europa haya existido (ni exista) o se comprenda (ni se haya comprendido) una institución semejante. Dice Américo Castro que la hidalguía posee sentido mágico y lo confiere: es «como un espíritu que realza a la persona» y puede irse por donde ha venido.[172] Para demostrarlo cita una asombrosa norma fiscal vigente en la Castilla del siglo XIII: «la Dueña Fijadalgo que casare con labrador, que sean pecheros los sus algos. Pero se tornarán los bienes esentos después de la muerte de su marido; e deve tomar a cuestas la Dueña una albarda, e deve ir sobre la fuesa de su marido, e deve dezir tres veces, dando con el canto de la albarda sobre la fuesa: *villano, toma tu villanía, da a mí mía fidalguía*».[173] *Pechero* alude a los bienes imponibles y *fuesa* es, naturalmente, huesa, hoyo o sepultura. Hay para hacerse cruces. El ceremonial descrito pertenece por derecho al mundo de la magia negra. Dése el huevo a Sancho y el fuero a Quijano, la albarda al labrador y los gules a quien ya en el parto los llevaba. Alá quita, pone y restituye. Y así se nos esfuman —palomitas mudéjares y volanderas— las dos gracias y perejiles más alabados en nuestra ejecutoria: lo hidalgo, lo castellano... ¿No hubiera sido mejor quedarse con esto y con aquello aun a trueque de conservar lo *otro*? Entre los truchimanes Tantomonta y Montatanto, jugando de pillo a pillo, nos cortaron a cercén las vergüenzas nacionales. ¿Que si duele mucho? ¡Quiá! Basta tener puntería para no cogerse los dedos.

Y mal será que en el metisaca no perdamos también nuestra ciudad-yugo, ejemplo, corte, pradera de manolas, vestíbulo del cielo y capital. Resulta que la villa de Madrid está «armada sobre las aguas» con arreglo a un sistema de urbanismo inventado en la altiplanicie irania y traído por los árabes a sus colonias del Mediterráneo.[174] La calle de Segovia —«eje de las tierras y de los climas, de las influencias telúricas y de las estructuras históricas»—[175] separaba y delimitaba en un principio dos redes de canalizaciones subterráneas que los andalusíes llamaron *mayiras* o *mayras,* de donde no sólo el topónimo *Magerit,* sino también (pasando de la fonética a la semántica) la zarzuelera denominación de los *Madriles.* Así, en plural, puesto que efectivamente existían dos ciudades, dos «conjuntos paralelos de minas y galerías explorados, estudiados y explicados hace pocos años por Jaime Oliver Asín».[176] Gracias. Me consuela pensar que nací y he vivido largamente en un enclave primo hermano de la *acurrucada* Fez, de la *encaramada* Argel (los adjetivos no son míos) y, sobre todo, de la incomparable Marrakech, bermejo vientre de la ballena universal donde el padre Sáhara derrama a las cinco de cada tarde derviches y escorpiones trenzados en una fiesta de cotidiana embriaguez dionisíaca. Gil Benumeya dice que en uno de los arcenes de la Puerta del Sol aún seguía empezando o terminando Europa a principios de este siglo. Y añade que esos linderos rupestres de la Andalucía berberisca pueden verse hoy desdentadamente al aire en los alrededores de la plaza de la Ópera y la desembocadura de la calle del Arenal. «Allí está, casi invisible, el recurvo pasadizo del Espejo y el foso de la Escalinata. Allí, también, una casa de baños prolonga todavía (...) el *hamman* del barrio de los caños, nacido en torno a los famosos manantiales donde se ocultaban las aguas gordas.» Desde ese rincón —concluye el arabista— cabe seguir las huellas dejadas por el moro español en el Islam asiático o africano de nuestros días.[177]

Galopa entonces, pálido caballo, pálido jinete. De Madrid a Toledo y de Toledo a Córdoba, a los burgos con linaje y nombre de frontera, a las marismas de Gerión, al Guadalquivir tartéside, al Estrecho. Más allá de él te aguarda el mundo. Ese vector marcha a contrapelo de la historia (se diría), pero no es imposible que nos devuelva a ella. Lo sabe todo espíritu despierto que al menos una vez haya dejado Ceuta camino de Tetuán. Es como resucitar, como salir al campo y al vino del estío con aquella mujer cantada por Rimbaud. No valen gaitas ni estadísticas. Mientras Andalucía jode por dinero mordiéndose las uñas, Marruecos pulsa. Hay en sus hombres y en sus tierras algo cuyo incólume sabor apenas conseguimos ya reconocer: la vida. ¡Suerte que la tengamos tan cerca! ¿Y cómo no contagiarse? Dicen los virtuosos del eterno retorno, para quienes la historia es una canción con estribillo o un sistema de círculos concéntricos, que en 1979 nacerá de España otro Mitríades, un adalid enviado por el Cristo del Escorial y los atletas del Carmelo sufí para reverdecer Al-Andalus, unificar el Mediterráneo y destruir el estado trápala de Israel. Tales propósitos se cumplirán vencido el séptimo lustro del próximo milenio, pues «fue ciento veinte años antes de Cristo cuando los partos arrasaron las ciudades caldeas».[178] Yo no veo la relación, pero me congratulo de la perspectiva. Y paso por alto el pijotero despliegue de ecuaciones y teoremas con que los alfaquíes de la historia cíclica gustan de apuntalar la exactitud de sus vaticinios. Poco importa. Al fin y al cabo, centuria más centuria menos, nos están prometiendo el despuntar de un monarca musulmán y cristiano capaz de erguirse frente al belicoso Iahvé de los judíos como «un dios de amor y de no-saber aliado de todas las entidades femeninas».[179] La frase tiene entretelas. Lo que a su arrimo se insinúa es la resurrección del Hércules primordial o caballero andante de las vírgenes y *mulheres mariñas*. En cualquier escuela, cárcel, callejón o descampado del *exótero* —vienen a decirnos— afila ya sus armas inminentes un paredro del arcaico héroe solar. ¿Inverosímil? Quizá para otros. En fin de cuentas, ¿qué sentido tendría esta obra si yo no admitiera la viabilidad de semejante advenimiento? Sertorio soñó lo mismo. Y aunque acabó de bruces en una trampa, nada ni nadie en la historia se ha atrevido por el momento a quitarle la razón. Los orientales saben que la realidad conspira incesantemente para restituir su justicia (así lo diría Conrad) al universo material: terminará por suceder lo que debió de suceder. Y no fue un cantamañanas ni un iluminado, sino un severo mandarín de la investigación académica quien hace cosa de ocho años escribía: «no sabemos si los avatares de la historia nos llevarán andando el tiempo a ser dominados otra vez por gentes del norte de África. Creer que lo de hoy es lo de siempre equivale a ver el mundo con ojos de hormiga y a medir los hechos con el cronómetro de su vida efímera».[180] Ese mismo profesor, don Antonio García Bellido, se encargó también de recordarnos que la algarada del 711 no fue sino la simple y enésima reedición de un fenómeno endémico en el acontecer nacional.[181] Muy bien. De acuerdo en todo, menos en la elección del verbo: porque aquí ni hubo ni habrá dominadores. No volvamos a las andadas. No exageremos. Se trata sólo de recomponer un matrimonio que Francia y Roma desgarraron con oficios de tercería. En ese trance contará por fin el pueblo: mozárabes, mudéjares, moriscos, rifeños y berberíes. El hombre llano se reconciliará con sus arquetipos en las dos orillas del Estrecho. Volverá de Marruecos la vieja lección. Aprenderemos, quizá y entre otras cosas, a rezar, guerrear, escribir y fornicar como Dios manda. Cúmplase pues la profecía. Y sin miedo, señores, que no ha lugar a él, sino a júbilo y campanas. Yo me confieso traidor, oh sagrados penates del conde don Julián. Seduciré a Florinda y celebraré las tornabodas bailando con chilaba el desmadre turdetano de Estrabón. Omeyas quiero, que no Borbones. Lo demás vendrá por sí solo y por sus pasos. Conque hasta entonces, *salam*.

III. LOS GITANOS, APROXIMADAMENTE

> Preguntéle en el camino si los que estaban allí eran gitanos nacidos de Egipto. Respondió que maldito el que había en España, pues que todos eran clérigos, frailes, monjas o ladrones que habían escapado de las cárceles o de sus conventos.
>
> *Lazarillo de Tormes,* 2.ª parte, cap. XI

> Maz dejemoz dizparatez,
> que zólo el vulgo creyó
> que le he de decir verdad.
> Todaz eztaz rayaz zon
> zeñalez de que la mano
> muchaz vecez ze zerró.
>
> MIGUEL DE CERVANTES,
> *La Gitanilla*

Aparecen las primeras tribus gitanas en Europa cuando los europeos están empezando a cobrar conciencia de sí mismos. No hay noticia sobre el tema que nos lleve más allá del siglo XII.[1] Fastigio de las cruzadas: lo mejor de Occidente cabalga extramuros. Y entonces, desandando en sentido inverso ese feroz camino, unas gentes oscuras de ánimo y de rostro se atreven a plantar sin insolencia sus jaimas siempre *off limits*, en los tendidos, al borde de las carreteras reales, allí donde la ciudad vierte la basura y sólo crecen camposantos o cizaña. ¡Qué descaro! Es la dialéctica de las antípodas, Alicia en el mundo del espejo. Una estrategia de aledaños salta en las barbas de quien se ocupa a la sazón en fórmulas de centro. Se diría una jugarreta del subconsciente. O una proyección. Pero no hay aún sudores fríos ni clarín de cinegetas. Griegos, croatas, húngaros y teutones asisten al desanillarse de las comitivas con el ánimo arrobado por las dos virtudes humanas que mejor predisponen a meditar sobre un fenómeno: curiosidad y respeto. Los niños sedentarios participan con naturalidad en los juegos de sus fascinantes hermanitos nómadas, mientras los ciudadanos adultos de rostro pálido emprenden un toma y daca de preguntas o respuestas con los nuevos salvajes carentes de zapatos. De esta espontánea connivencia han llegado hasta nosotros decretos, pragmáticas, exégesis, anales y cotilleos. Se comprende. Había ya entonces mapas de perspicaz trazado, señas colectivas de identidad, anchas vías transcontinentales y nítida conciencia de determinadas derrotas. Las fronteras empezaban no sólo a perfilarse, sino —lo que aún es peor— también a vigilarse. El *homo* eurasiático, por primera vez roturado, conocía con relativa claridad su ubicación en un hemisferio que no era ya virgen ni, mucho menos, tenebroso. Podía, en pocas palabras, sentirse diferente al bípedo de otro plumaje. Y, para colofón de este eje de abscisas geográficas y coordenadas cronológicas, resultará seguramente ocioso añadir que ocho siglos no suman una migaja de la historia y que en modo alguno cabe considerar a los gitanos especie extinguida, a extinguir o en extinción.

Entonces, ¿por qué los estudiosos no aciertan a ponerse de acuerdo sobre la raza y proveniencia de quienes junto a los judíos protagonizaron una de las dos mayores migraciones humanas del actual milenio? ¿Y por qué incluso ellos, los lacónicos faraones o drávidas implicados en el asunto, ignoran o presumen ignorar de dónde salen? Salta a la vista que un corrimiento demográfico de esa magnitud, iniciado además en pleno cenit de la carnavalada histórica, no pudo pasar inadvertido a los ojos de sus animadores ni a la atención de quienes a partir de él asumían eterna e involuntariamente la condición de payos. Cabe, quizás, atribuir a los gitanos el designio más o menos platónico de no despejar una incógnita a la que deben en definitiva, y por oposición, la conciencia de su extravagante identidad. Los súbditos de Freud suscribirían de volea esta tesis del olvido intencionado. Pero ¿a qué ton la discordia de los etnólogos? ¿Cómo justificar el embarazo de la ciencia occidental, tan ávida siempre de mediciones y decimales, tan hábil a la hora de formular doctrinas homógenas aprobadas con el voto unánime de los académicos? Algo rechina ahí. Y la avería puede tener dos explicaciones: o un espíritu burlón lanza adrede bombas de humo en el recinto o bien todas las teorías del folklore y de los amautas llevan su granito de verdad. *Los* gitanos, en tal caso, serían gente de muchas cunas y *lo* gitano se definiría como un categorismo o espacio ideológico destinado a almacenar determinadas mercancías humanas inclasificables en los registros de la moral mayoritaria, aunque no enteramente condenadas por ella. Algo, pues, a mitad de camino entre el campo de concentración y el jardín zoológico. Un colegio para subnormales, una casa de muñecas, un hospicio con hijos de puta, un monipodio para antropoides que sepan tallar el sílex y trajinarse a las hembras en posición supina.

El primer supuesto, o del espíritu burlón, tiene el inconveniente de ser inexpugnable. El segundo —la ausencia de un factor étnico común entre los gitanos— parece más de hoy, más verosímil, más original y sandunguero. Amén, claro está, de más fecundo. Me convence sobre todo lo de sandunguero. Otros coincidirán conmigo apoyándose en la lógica. Vamos a ello.

Sostener, como ya lo hacen muchos, que la estirpe de los clanes ziganos arranca en la India responde probablemente a verdad, pero ni agota ésta ni resuelve el asunto. No hay que trepanarse los magines para establecer relaciones fonéticas de derivación entre la diosa *Kali* y la raza *calé* o para percibir resaca hindú en la querencia del azafrán y el color rojo.[2] Tampoco es difícil llegar a la conclusión de que en todo pueblo endógamo hasta la yema de los testículos alienta poderosamente la noción de casta ni parece dislate ver en ello, a propósito de lo cañí, la vigencia de un estilo de vida característico del noviciado brahmánico:[3] entretener la lumbre, mendigar la pitanza, dormir en el suelo, cultivar la pobreza... Incluso cabe acoger la socorrida tesis de que patrullas de hindúes más o menos numerosas y organizadas prefirieron en su día abandonar el suelo patrio a languidecer en él oprimidas por el Gran Tamerlán.[4] Pero no vale quedarse ahí. Cuando el impío Timur-Beck entró en Delhi a finales del siglo XIV, los gitanos llevaban casi dos centurias revolcándose entre los lodos europeos; y eso si apuntamos por lo bajo, a ras de historia, ya que haciéndolo con el teodolito de la mitología iríamos a parar mucho más lejos. La nueva oleada mogol pudo, en consecuencia, intensificar el éxodo, pero no desencadenarlo. Lo de menos es que no engranen las fechas. La discordancia se perfila sobre todo al analizar los ritos, costumbres, tradiciones y creencias de estos nómadas. Buena parte de su equipaje es *made in India* o pasó por ella, pero no faltan en el zurrón bultos que jamás salieron del Mediterráneo. Soslayaré ahora la incomodidad de adentrarme por los laberintos de una polémica que lleva siglos encaramada a la cuerda floja. Estoy de acuerdo con todos. Pero sí querría, antes de cambiar el tercio, señalar el sinsentido de que —aun aceptando exclusivamente la tesis rabicorta de la ascendencia drávica— una casta de brahmines o de parias indostanos haya sido capaz de sobrevivir y conservarse químicamente pura incrustada por espacio de ochocientos años en la Europa anémica, carnívora, católica y cartesiana. Dicho sea barriendo para adentro y con ánimo de apuntalar frente a los ortodoxos las intenciones de este libro.

Me parece, sin embargo, mucho más rica y satisfactoria para todos la hipótesis de que el gitano empezó siendo un calderero o forjador arrojado al camino en el trasfondo de la historia por la persecución implacable de unas coéforas instaladas hasta nuestros días en el subconsciente de los payos. Roturar esa pista nos lleva al Génesis y a todo el universo roturado por el hombre con anterioridad a Colón. Hay que remontarse a la segunda generación de patriarcas. Sabemos que Caín significa *herrero* y Abel está por *pastor.* El relato bíblico del fratricidio suministra una ingenua coartada para justificar el status de marginación conferido al artesano del metal en todas las sociedades de economía agrícola y ganadera.[5] Descartado el crimen, otras disquisiciones iluminan el origen de esta situación conflictiva. Conviene buscarlo, en el crepúsculo del neolítico. El rabadán o labriego de la Piedra, atrincherado en su modus vivendi, presencia con rencor y temor el alba de la nueva edad. Su actitud es la de siempre: el *desprecia cuanto ignora* de Machado. Y como el poder todavía le incumbe, expulsa de la tribu a los herreros convirtiéndolos en trabajadores itinerantes, en parias sin choza ni familia (pues ésta sólo se entiende en el contexto de la vinculación a la gleba), e incluso se atreve a imponerles una señal de reconocimiento —la famosa marca de Caín— que simultáneamente los deshonra y los protege. Con ello se acentúa aún más la aureola de magia y la fama de intocables que ya siempre pesará sobre estos menestrales de frontera. Depositarios de una técnica superior a la del nivel cultural predominante, con el carácter de santidad que ello confiere, el tabú va a transformarlos por añadidura en sempiternos extranjeros, vanguardia o reliquia de una civilización desconocida.[6] Mircea Eliade y, tras él, todos los mitólogos contemporáneos han comprobado de manera inequívoca la relación que el vulgo establece entre el arte de la fragua y la mediumnidad o virtud de mantenerse en contacto con las fuerzas del Empíreo. Se trata de una leyenda o superstición con semillas de testaruda antigüedad que siguen dando fruto en nuestros días. Gaster ha exhumado numerosos ejemplos,[7] aunque ninguno atañe a la Península. Sorprende descubrir que el *Génesis,* a la chita callando, coloca el sambenito de homicida a todos los patriarcas de la estirpe de Caín cuyo número ordinal en la línea sucesoria sea múltiplo de cinco. El Talmud calcula sin margen de error esta diabólica genealogía y señala trece (claro) asesinos descendientes del primero.[8] En anchas regiones de Arabia, Abisinia y Etiopía sólo los judíos pueden o se atreven a ejercer el oficio de la forja.[9] Los askenazis alemanes gustaban de introducir un arma blanca en el lecho de las parturientas.[10] Ghedalia ben Rabí Josef Jachija publicó en 1570 y, en España, un *Libro de Quiromancia* cuya paternidad atribuía nada menos que a Enoch, primogénito de Caín.[11] El *Génesis* menciona entre los dimanantes de éste a Juba, «antepasado de quienes tocan la cítara y la flauta», y por supuesto a Túbal-Caín, «padre de cuantos trabajan el bronce y el hierro».[12] *Tumal* se llaman todavía hoy los forjadores sómalos, casta proscrita de hechiceros,[13] y es precisamente Mircea Eliade quien ha exhumado «en diferentes niveles culturales» —lo que demuestra su brutal antigüedad— la estrecha vinculación del herrero no sólo con la práctica del ocultismo, sino también con «el ejercicio de la música, la danza y la poesía».[14] Tres profesiones —fragua, magia y espectáculo— en las que el gitano actual, como el de ayer, sigue siendo un especialista. Y más aún en España que en otras partes: chatarreros, cartománticos, ferrones, zahoríes, saltimbanquis y camborios (recordemos —por boca ajena—[15] el clan de los Cagancho, «trabajadores de la forja aún durante este siglo en Triana, sublimes intérpretes del toreo con ángel y extraordinarios maestros del martinete»). Sí, es verdad que la raza calé se demora en todos los oficios calificados de inmundos por el *Código de Manú* y que ello parece avalar la tesis de su progenie india, pero en tal caso se habrían marchado mucho antes de las invasiones mogólicas y en modo alguno a causa de las mismas. Sabemos, en efecto, que los súbditos del Khan recitaban poemas de caluroso elogio a los forjadores[16] y les confiaban el cuidado y manutención de los instrumentos bélicos.[17] Los gitanos *kalderas* llegaron a Europa mezclados con la retaguardia de los ejércitos tártaros.[18] Quizá la India fue sólo una etapa de su peregrinar, y un retorno el viaje a Occidente.[19] Eso explicaría muchas cosas. Cirlot da como cierto que los ziganos trajeron el bronce a todos o casi todos los países del tardío Hierro europeo. Calcúlese la fecha.

Y aun sin calcularla: Juba, Túbal-Caín, *tumal*... Ya estamos danzando otra vez en brazos del tubalismo, aunque no seré yo quien se suba de nuevo a ese pescante. Sólo un dato: en Miranda, a tres kilómetros de Avilés y algunos más de Peña-Tú, proliferan desde tiempo inmemorial los caldereros.[20] Son nómadas. Abandonan sus hogares al empezar octubre y vuelven a ellos con el solsticio de San Juan. Hablan entre sí una jerigonza de cofradía a la que denominan *bron*. Nos las vimos con ella en el capítulo dedicado al Apóstol.

Me pregunto si todo esto guarda alguna relación con cierta asombrosa costumbre de los verdugos españoles recogida por Sender en una de sus novelas.[21] Parece que esos furtivos menestrales tenían (y quizá tienen) la delicadeza de reunirse cada dos años en una fragua abandonada con objeto de intercambiar impresiones y de fundir en el horno los garroteviles sobre cuya abrazadera recaiga la infamia de trece estrangulados. Lo mismo hacen en Alemania con las hachas, en Inglaterra con las cuerdas y en la dulce Francia con la suave cuchilla. Sólo los rusos emplean *ad nauseam* sus pistolas sin llevar la cuenta de los ajusticiados ni tomar en consideración la fatídica cifra. Eso —arguye *el verdugo afable*— «no podía por menos de producir con el tiempo la ruina del régimen». ¿Alguien dijo bolcheviques?

Conque gitanos y sayones (dos minorías sobre las que gravita un tabú), corbatines y calderas (o artesanía del hierro), reuniones alevosas y nocturnas al amparo de una fragua, trece víctimas de la justicia, trece asesinos en la estirpe bohemia de Caín...

Coincidencias.

Pero no las busquemos —diría madame Blavatsky—[22] en la identificación del chamán (gitano o herrero) con el homicida. Esa cuenta sale bien: Shiva, numen destructor de la *trimurti* hinduista, es también quien regenera la creación emanada por Brahma y conservada por Vishnú. De igual forma se nos propone a Caín —fratricida simbólico— como fundador de razas e inventor de técnicas o instrumentos. Para la Biblia, texto inspirado donde los haya, lo uno parece seguirse de lo otro. ¿No es en definitiva función del brujo *iniciar* sacramentalmente a los vecinos de la tribu propinándoles una muerte emblemática que les permita resucitar?

Sí, fratricidio, eterno *ouróboros* de la naturaleza que en la aniquilación se reanuda y rehabilita. Ni vayamos a olvidar que la madre Kali —de donde *calé* y *caló*— es en el hinduismo uno de los paredros o manifestaciones del gran Shiva.

Las cuentas tornan, en efecto. ¿Por qué, si no, indios y judíos —la tradición aria y la semita— iban a ponerse separadamente de acuerdo, no estándolo en casi nada, sobre la génesis y significación del único pueblo nómada marginado para bien o para mal en todas las épocas y culturas?

(Terminemos con lo bíblico. Ciertas especulaciones vagamente talmúdicas van aún más lejos: serían los gitanos —dicen— hijos del propio Adán y de una primera esposa anterior a Eva. Consecuencia: la única estirpe humana no contaminada por el pecado original. Predilectos de Iahvé sin cháchara con culebrones ni flatulencias de manzanita. Por eso pueden entregarse al *dolce far niente.* Ninguna maldición les obliga a sudar el pan.)[23]

Así, por caminos tortuosos, venimos a desembocar en dos cursos fluviales del esoterismo: en la alquimia, desde la forja, y en el seno de las Vírgenes Negras desde los mil y un brazos de Kali.

Lo primero se verá en otro capítulo. Adelanto sólo que Alfonso el Sabio trajo gitanos de Almería con la misión o mochuelo de fabricarle oro. La mentira de que los egipcios sabían hacerlo —dice el padre Sarmiento— aún cobraba cabezas en aquel período.[24]

Las Vírgenes Negras son, en cambio, tema forzoso. Pero lo recortaré. Seguir ese hilo en toda su extensión y ramificaciones nos llevaría demasiado lejos. Como poco a las deidades femeninas de los cabos, que ya veneraban los hombres del Neolítico. A Tanit, a Astarté, a Isis. Y quizás al momento, postulado por muchos autores y leyendas, en el que una cuadrilla hiperbólica de atlantes o de extraterrestres se ayuntó (pues no había otra cosa) con nuestras antepasadas de piel oscura. Así pudo nacer el mito universal de la Virgen que fornica con un superhombre extranjero o espíritu santo y en el trance engendra héroes, argonautas, cristos, semidioses...

Pero repito que no iremos tan allá (aunque allá estuvimos).[25] Me ceñiré a lo gitano. También ahí se dibuja una antigua historia. Hay que evocarla con aires de novela.

Donde hoy surge la aldea francesa de *Saintes-Maries-de-la-Mer*, no lejos de Marsella, hubo entonces, durante y después de los romanos una ciudad que se llamaba Ra. El topónimo no es arbitrario: alude, en efecto, al dios solar de los egipcios. Éstos conocían a los galos y a los españoles por lo menos desde la cuarta dinastía. También sabemos que el litoral en cuestión brindaba a los viajeros ultramarinos una inmejorable plataforma para desde ella acometer las rutas terrestres del estaño. Nada se opone, pues, a la verosimilitud de una fundación faraónica en esa esquina del Mediterráneo. Y todo la refrenda.

Se adora en Ra no sólo al sol, sino a la madre Isis y, en segunda instancia, a Mitra y a Cibeles. Una estratificación de cultos que conocemos muy bien. De ella queda una cripta taurobólica y un manantial de teúrgica reputación. Con sus aguas y con la arenisca de una peña hincada en el mitreo se preparaba un licor que a veces devolvía la luz a los invidentes y la fertilidad a las beatas yermas.[26] Este milagro se producía aún en pleno Siglo de las Luces y no me consta que se haya interrumpido. Quizá Lourdes vino a ofuscar su fama.

Pero pasaron los faraones, declinó el cartaginés, cayó Roma, se instaló la Virgen palestina en el altar de la *Magna Mater* y la ciudad cambió su vetusto nombre por el de Ratis, voz que algunos emparentan a *radeau*, en francés *balsa* o *almadía.* Origen de la permuta fue una tradición local que desde ese foco andaba ya irradiando al universo. Sus muchas variantes coinciden sólo (y siempre) en lo que sigue: las tres Marías —Magdalena, Salomé (madre de Juan Evangelista y de Santiago el Mayor) y la Jacobea (madre del otro Santiago y de San Judas)— subieron en Israel a una barca sin remos ni velas ni gobernalle para escapar de una persecución y poco tiempo después encallaron sanas y salvas en las inmediaciones de Marsella. Dos de las mujeres —quizá la otra (Magdalena) volvió a los barrios chinos tenuemente iluminados— permanecieron hasta el último trance en aquel litoral y su presencia o su memoria fue convirtiéndose poco a poco en epicentro de un piadoso culto. Así estaban las cosas cuando en 1448 alguien descubrió o creyó descubrir los huesos de María Jacobea y María Salomé intramuros de lo que entonces ya no se llamaba Ratis, sino *Notre-Dame-de la Mer*. Y el lugar cambió por tercera vez de nombre, metamorfoseándose en lo que hoy es: uno de los más inesperados santuarios *yin* existentes en el mundo occidental.

Hasta aquí lo pagano y lo cristiano. Fijémonos ahora en la gente del bronce, la fetén, que se ha atrevido a escoger la apacible y muy francesa villa de *Saintes-Maries* como escenario de una provocadora, decisiva peregrinación anual. Miles de gitanos convergen al calor de ella, y desde toda Europa, en la antigua cripta o mitreo para que las mujeres, sólo las mujeres, puedan elegir allí a su nueva reina. Luego, ya a la del alba, hembras y varones se desbordan hacia las marismas del extrarradio, desenfundan antiguos instrumentos musicales, encienden hogueras y bailan en corro las inextinguibles danzas solares del Mediterráneo. La ceremonia subterránea, y ha mucho cristianizada, está abierta a los curiosos, pero ningún payo conoce en rigor lo que al amanecer se urde por los tremedales.[27] La *omertá* cañí resiste a la picardía de los antropólogos. Quizá sólo Henri de Montherlant (el escritor menos cartesiano de la literatura francesa) escuchó o intuyó en su adolescencia el secreto tañido de esas campanas y acertó a evocarlo en *Los Bestiarios*. Sugiere esta obra maestra que *ratis* es palabra gitana y significa *nacido de la sangre.*[28] ¿Fantasía? No, lógica implacable. Sabemos que allí, en Ratis, se celebran taurobolios. Y que el Tauróforo, bajel focense con una testuz de lidia en la proa, se estrelló cinco siglos antes de Cristo contra los bajíos del litoral marsellés, probablemente en el punto donde hoy surge *La Ciotat*. Sus náufragos, forzosamente convertidos en marineros de a pie, se afanaron entonces por las playas y dieron vida a una urbe con nombre de astado. En esa región se encuentra el sanctasanctórum de los ritos táuricos franceses. Lo asegura Montherlant, que antes de empuñar la pluma fue matador de toros en Sevilla. Y luego, al hilo de una prosa cuyo admirable dramatismo no puede ni debe quebrar el traductor con sus miserias, nos recuerda que *chaque année, venus de partout, conduits par un souffle, les Gitans amants des chevaux (que le gran prêtre pensait être, avec les Egyptiens, les Basques et les Indiens peaux-rouges, les descendants des habitants de l'Atlantide) se rassemblaient dans la crypte pour y accomplir les rites mystérieux de l'eau et de la flamme, et y adorer avec la sainte chrétienne, le Feu, le Feu male, sur l'autel du Taureau qui est son signe.*[29]

(Caballos: otra vertiginosa vía de aproximación. Animal psicopompo a rajatabla, compañero del hombre en el camino de la pálida ultratumba. Su carne es tabú para el gitano, que la entierra ajustándose a un severo ritual. Los chinos de la China anterior a Mao llamaban chalanes a los iniciados. *Que tus caballos tengan larga vida*: así, hasta hace algún tiempo, deseaba felicidad a sus interlocutores el camborio castizo que iba por el monte solo.)[30]

Pero esto es apartarnos del tema. Corridas y cabalgadas: Montherlant se sube a la cabeza, escritor de dominio, maestro en el arte de la ilación y la ilusión. Sigamos con las mujeres evangélicas.

Sobra aclarar que los gitanos, católicos por socarronería, no celebran en su rito anual a ninguna de ellas, sino a una tercera o cuarta diosa, sierva de las que no necesitaron remos para llegar a Francia.

La fábula se remonta a una fecha imprecisa de la antigüedad, cuando la gente cañí no había abjurado del politeísmo y una vez al año entraba en el mar llevando a cuestas una estatua de Ishtari o Astarté para que su bendición se extendiera a todo el orbe. Vivía entonces a orillas del Ródano, y cerca de su desembocadura, Sara-la-Kali, doncella y gitana de prestigio, vidente, zahorí y un tanto soñadora. Cierto día sufrió esta guardiana de secretos una alucinación que poco después, puntualmente, habría de cumplirse. Vio a tres mujeres, testigos de la muerte de Jesús, desembarcando en una playa cercana. Menudeaba el temporal y corrían peligro. Sara trotó hacia él, se quitó las haldas, pespunteó la mar gruesa con la caligrafía de los muslos, acalló el oleaje, manejó el ropón como una balsa y rescató a las infelices. Éstas se apresuraron a administrarle el bautismo y a predicar el evangelio entre los gitanos.[31] Sara se convirtió en criada de María Jacobea y María Salomé. Sus cenizas descansan al abrigo de una urna en el mitreo hoy cristianizado de la eterna Ra.

Leyenda sin duda antiquísima, poblada de resonancias e implicaciones. Sara es patronímico recurrente en casi todos los grandes ciclos religiosos para designar a la *Magna Mater* o diosa de la generación: en la Biblia (mujer de Abraham), en los *Veda* (la Sarasvati desposada con Brahma), en los mitos del Cáucaso (las cien Sarai) y en la Cábala (donde significa *residencia en el exilio* y confiere a su poseedora el apodo de *viuda errante*). Kali está siempre por *negra*. Es la *Candelaria* de los guanches, la *Macarena* del gitano andaluz, la *Moreneta* catalana, la *Rocamador* de Ciudad Rodrigo, el fetiche de Covadonga y las inacabables vírgenes endrinas (e ibéricas) citadas en otro lugar de este libro.[32] Una tradición judía sostiene que el culto a Sara y a la Macarena se originó en las logias del vasto cenáculo cabalista dirigido por Isaac el Ciego en Beaucaire del Ródano. Los peregrinos de Saintes-Marie cuelgan ropas usadas junto a la imagen del mitreo. Los drávidas de la India septentrional hacen lo mismo cabe otras diosas y aseguran que esa operación devuelve la salud al propietario del exvoto.[33] Siete faldas cubren el sexo de nuestra Macarena. ¿Cómo no establecer relaciones, quizá insoportables, entre tanto dato disperso?

Hay, de hecho, un hilo conductor: el antropocentrismo gitano se refiere siempre a un héroe solar protegido por la gracia de una virgen.

Blaise Cendrars, hombre de pandero, consideraba al zíngaro último brazo dislocado de la raza guanche. Kleistern lo imaginó discípulo de los druidas (se escucha, efectivamente, clamor de celtas en todos los antros donde hoy se veneran madonas de tez oscura).[34] Predari, otra autoridad en la materia, lo elevó a hijo de los Atlantes.[35] Y —como dice Cossío—[36] tratándose de España, de la promiscuidad de sus indígenas con el toro, siempre viene a interponerse «el recuerdo de Egipto, del egipciano o gitano Hércules». Todos llevan razón, porque todos escriben al compás de una misma música de fondo mitológica.

Y en eso interviene el ínclito Feijoo para propinarnos la bonita macana de que los calés «habían negado el hospedaje a María, Señora nuestra, cuando llegó fugitiva con el Divino Infante a su región».[37] De ahí que se les condenara a peregrinar por espacio de siete años. ¿Y los otros mil novecientos setenta? Quizá le cogieron gusto. El benedictino, como de costumbre, no afirma, ni niega, ni quita, ni pone: prudentemente transcribe el bulo, fondea al pairo, ayuda a su señor y a ver si cuela.

Otra especie delirante, y también peninsular hasta la bola, distinguía entre el bohemio y el gitano, haciendo indio o egipcio al primero y vástago de moros andalusíes al segundo.[38] Pensamiento derivativo desde cuya panza vuelve a guiñar el ojo, sin fortuna, la maciza estrategia de los cristianos viejos.

Hasta aquí las opiniones exotéricas, más o menos razonables, sobre el origen de los Rom. Pero ¿qué dicen al respecto los ocultistas?

Su respuesta o clave se encierra en una palabra: *tarot*. La etnia romaní sería, a su juicio, depositaria exclusiva de los poderes y conocimientos que subyacen en ese cruel juego. Y también garantía de origen: sólo hay imitaciones al margen de la buenaventura zazosa esgrimida con falda de volantes bajo la tela de una carpa.

Nuestro vicecompatriota Papus, abrigándose en los repliegues del mito solar, reconstruye el *iter* de los bohemios a partir de su protohistórica singladura fenicia y concluye que una minuciosa tradición oral permitió y permite a este pueblo conocer sin merma ni perversiones el arte de echar las cartas. «No tienen —dice— más libro que el cielo, ni más letras que los astros, ni más ángeles que su luz, ni más profetas que el sucederse de las estaciones, ni más sacerdotes o pontífices que el sol y la luna, ni más señor que Dios, ni más templo que el mundo.»[39] Tres órdenes de datos ayudan a entender la misión y el origen de quienes nunca se sincerarán con los investigadores payos: el valor semántico de los nombres propios, el *background* común de todas las mitologías y la interpretación esotérica de la Biblia. Ciñéndose a este triple método o camino descubre el estudioso que las cáfilas gitanas llegaron al Mediterráneo con un arca o navío (con un *argo* o una ciencia) desde el golfo Pérsico o el mar Rojo (no importa mucho precisarlo), y que As*taroth*, su deidad, es traducción estricta del Tan*tara* o zodíaco presagioso de los hindúes y los tár*taros*.[40] *Taroth*, *tara* y *taros*: conexiones vertiginosas y dignificadas por su voluntad de síntesis, aunque excesivamente abstrusas.

Saunier, otro ocultista que escribe como si el Padre Eterno hablara por su boca, es aún más explícito e intrépido. Asegura que «los Iniciados Egipcios, antes de morir, tuvieron una idea genial. Para impedir que Roma destruyera la tradición de las Pirámides, decidieron confiar los jeroglíficos a un pueblo de nómadas oriundo de la India que por aquel entonces vagabundeaba entre los pantanos del Nilo. Respondían tales gentes al nombre de bohemios y eran viciosas, naturalistas, alcahuetas, borrachas, buscarruidos y amigas de lo ajeno. Carne, en una palabra, de Involución. Pero la iniquidad, opinaban acertadamente los Iniciados, sería en aquella época de tinieblas un arca más segura que la virtud. Y sin vacilar instruyeron a los bárbaros en el saber de la Tradición, les enseñaron el arte de utilizarlo para anunciar el porvenir y les revelaron el sentido profético de las veintiún láminas santas incluidas en el libro del Trismegisto, para cuyo estudio se exigían entonces otros tantos años de fatiga. Y les dijeron: de ahora en adelante seréis el pueblo de los Rumi. Vuestra misión consistirá en ir por el mundo indagando el mañana con la ayuda de los naipes y persiguiendo al sol para averiguar dónde se cobija cada noche. Día llegará en que quienes sepan leer, y oír, y mirar, descubran estos jeroglíficos en manos de los bigardos del camino y los identifiquen con las hojas sueltas de la Tradición. Así comprenderán que la palabra Rumi viene de Ram, el padre del Cordero».[41] Yo me limito a traducir. No me incumbe la paternidad de las ideas ni la solemnidad del estilo ni la innumerabilidad de las mayúsculas. Pero hay más cordura histórica y antropológica en este párrafo de la que a primera vista admitirá el antropólogo y el historiador.

¿Por qué los juramentos de la *Orden de la Banda*, creación de Alfonso XI, se comprometieron en 1332 a no tocar un naipe en el resto de su vida? Para esta pregunta, como para tantas otras, carecemos de respuesta. No debió de ser ni por puritanismo ni por santurronería. El contexto sugiere motivaciones menos triviales. Papus parece incluir al Onceno en su no muy generosa lista de iniciados españoles.[42] Y digo *parece* porque hay una discordancia cronológica. El coruñés sitúa en 1295 a un Alfonso de Castilla que no puede ser el Sabio, pues éste figura en el elenco con su ordinal (aparte de que en la susodicha fecha llevaba más de diez años apacentando malvas). Su tataranieto, nacido en 1311, es quien menos se aleja de lo afirmado por el ocultista.

Ni estará de más recordar que la voz *naipes* viene del romaní *naïbi*, plural de respeto alusivo a las diablesas, sibilas y pitonisas. *Naiba* llamaban los gitanos de España e Italia (quizá también los de otras partes) a Lucifer, supremo arúspice.[43]

Pero todo esto no nos lleva a ningún sitio. Ni tampoco la noticia de que una secular maldición (o bendición) prohíbe a los rumis establecerse en América.[44] Verdad o mentira, cierto es que evitan como al demonio ese continente.

Por último, otra especulación esotérica y un poco calamitosa sostiene que llegará el fin del mundo cuando los gitanos acepten el tedio de la vida sedentaria.[45] ¡Vaya por Dios! ¡Con lo que ahora se lucha por integrarlos! Las derechas y las izquierdas, hermanadas en el papanatismo de la justicia social, pugnan por prepararnos un apocalipsis ahí mismito, a la vuelta de cualquier decreto-ley.

Más previsores eran los monarcas del pasado —hablo de España— que sin reparar en cotufas impedían la incorporación a la legalidad de quienes malditos estaban y malditos habían de seguir. Respetar un tabú es respetar a Dios.

Fernando e Isabel promulgaron una severa cédula contra egipcios y caldereros (sic) meses antes de que terminara el siglo XV.[46] El tudesco Carlos y su prudente hijo siguieron el ejemplo.[47] Y hasta el pueblo llano lo corroboraba, pues en 1584 —valga una muestra— los leoneses cerraron la ciudad a los calés el día del Corpus manejando el católico argumento de la estaca.[48] Pero que si quieres. Empecinábanse los gitanos por lo más oscuro al primer anuncio de degüello y reaparecían pianito, como jugadores de mahyong, en cuanto el chubasco amainaba. Así que en 1746 el doctor Sancho de Moncada se sintió obligado a solicitar de Felipe V la *persecución, ejecución y expulsión* de los empedernidos trotaconventos a lo ancho de un discurso prodigiosamente refitolero y erudito.[49] Lo que no se entiende es cómo pensaba expulsar a los individuos ejecutados. ¿Era aquel doctor un Frankestein a la violeta? Cosas aún más extrañas sucedían en palacio. La Corona acababa de publicar una pragmática por la que se permitía (e incitaba) al payo a liquidar incontinenti las sabandijas cañís ojeadas fuera de su lugar de residencia.[50] Como lo oyen: el far-west. Dispara, hermano, y después pregunta. Cosas de Borbones.

Con todo, los déspotas en cuestión se limitaban a respetar inconscientemente el orden divino. Mejor gitano muerto que integrado. No es una frase cínica ni irónica. Estoy seguro de que cualquier rumi cabal la firmaría.

Y ya despuntan los filántropos con su pasmosa habilidad para joder la marrana. El señorito Borrow, allá por los felices veinte del siglo XIX, tuvo la ocurrencia de traducir al caló peninsular nada menos que el Evangelio según San Lucas (otros pretenden que fue el de San Mateo. Da igual, porque todos los ejemplares de ese bodrio andan acurrucados por sentinas de coleccionista). Lo cierto es que a partir de entonces comenzó a extinguirse el romaní ibérico, lengua defensiva y coetánea del hindi, el guzrati y el cachemiri. El dato, por desgracia, parece histórico.[51] Incluyámoslo entre las secuelas de la alfabetización. Aunque poco debió de prosperar ésta: sabemos que los zincali madrileños agotaron la edición del evangelio *según Borrow* no para edificarse con su lectura, sino para llevarlo en el bolsillo como amuleto.[52]

Don Jorgito inaugura la decadencia. Y sin embargo los amaba.

(Antes de los Reyes Católicos hubo longanimidad y hasta entusiasmo. En 1425, Alfonso de Aragón concedió un salvoconducto de tres meses a don Johan de Pequeño Egipto. Dos lustros después llegaba a Compostela el conde y peregrino Tomás, de la misma tribu. Barcelona acogió a una muchedumbre de egipcios —utilizo la terminología de los documentos— en junio de 1447. El conde Martín de Pequeño Egipto residió trece años más tarde en Castellón, ciudad que en otras dos ocasiones (que sepamos) recibiría entre palmas y vítores a sendos jefes romaníes. En Jaén, y por las mismas fechas, Miguel Lucas de Iranzo —condestable y canciller de Castilla— agasajó a los condes Tomás y Martín de Pequeño Egipto, acompañándolos luego «con ceremonia» a lo largo de tres kilómetros.[53])

Vigésimo séptima holandesa de mi capítulo sobre los gitanos: dije bastante sobre su origen y algo a propósito de su decadencia. Pero ¿qué hubo entre una y otro? ¿Qué hay ahora? ¿Qué se escondió tras la mirada de los últimos nómadas cristianos?

Describir el *hinterland* esotérico de los rumi exigiría un tiempo que no es el de este libro y más letras de las que su autor posee.

Nada hay en lo gitano que no resulte (o parezca) esotérico. Esotérico por definición y a machamartillo, esotérico hasta en las más triviales manifestaciones de la vida cotidiana. Se trata, por supuesto, de una mentalidad y también de una cuestión de fe, un código, un folklore, una obligación, un academicismo, una forma de ganarse el pan... ¿Cómo abarcarlo?

Ya dije, además, que el romaní ni caneco se sincera con un payo. Tampoco escribe: su cultura es de insobornable tradición oral (aunque recientemente, y por primera vez —creo— en la historia de su etnia, un calé marisabidillo y deseoso de notoriedad haya cometido la impertinencia de publicar un zonzo cuaderno con ínfulas de *weltanschauung.* No señalaré).

Entonces, ¿desde qué mínima certidumbre entrarle al tema?

Y aún hay otro obstáculo de peso: la teosofía gitana lleva marchamo de exclusividad, es racista, no recibe préstamos ni concede créditos, juega a la autofagia, no cultiva amistades, no se siente copartícipe de ningún clan iniciático. Eso excluye la posibilidad de empezar a entenderla partiendo de ámbitos excéntricos.

Cabría ir poco a poco y desde yuso recortando el burel con naturales monográficos para ahogarle la salida. Indagar, por ejemplo, sobre la probable y problemática relación existente entre la cocina gitana y la del aquelarre. Las brujas, al volver de éste, aseguraban haber bebido *tímpano* o *tamboril* y comido *címbalo*. Tres metáforas que evocan al instante lo cañí. Por tímpano entendían cierto pellejo de cabrón utilizado para percutir y para contener la sopa. El címbalo era, naturalmente, la cazuela. Idéntica promiscuidad musical y culinaria se ha constatado en los misterios de Eleusis.[54]

Cabría buscarle las costuras al vampirismo gitano (que en España alcanza dramáticas tensiones) poniéndolo en relación con el *pneuma* de los gnósticos. La lengua romaní llama *mulo*, participio pasado del verbo *merau* (morir), al cadáver de raza calé que abandona su tumba por la noche y regresa a ella con el primer canto del gallo. Dije vampiro, pero se trata más bien de un zombi, pues entre sus apetitos venéreos (que los tiene y a eso, a tracatrá, se reduce en definitiva la noctámbula resurrección) no figura el inteligente frenesí del chupador de sangre. Los *mulé* (con desinencia de plural) también se incorporan durante las doce campanadas del mediodía, tiempo muerto que divide el sol levante y el del poniente, y aleph crucial de las jornadas que el rumi de Iberia vive con emotiva hipersensibilidad.[55] Recuerdo, a propósito de vampirismos, lo que en su diario de viajes decía un tal Davillier, francés decimonónico de esos que entonces nos visitaban buscando desahogo para su romanticismo. Asistió el *europeo* a la ya entonces clásica juerga del Sacromonte y no escondió su terror ante una gitana vieja, arquetipo de la bruja, que estuvo toda la noche acurrucada a los pies de una pared sobre cuyo albor se advertía la azufrosa osambre de un gigantesco murciélago.[56] Estoy citando de memoria. La gitana era, en efecto, bruja, y de las más ilustres de Granada. Detalles. Como lo es también el barbarismo recientemente incorporado a la lengua castellana: *dar mulé* dicen ya a menudo hampones y majos como circunloquio de matar.

Y cabría, sobre todo, orientar la disección hacia lo mucho que en los zincali de España se revela peculiar y exclusivo. ¿Habrá que mencionarlo? Dos macrocosmos: *tauromaquia* y *flamenco* (ciñéndonos a lo esencial).

Tacones, guitarra, voz ventrílocua de aguardiente, cintura de doncella minoica corriendo el toro, manos de bailarina balinesa e invocaciones a Alá disfrazadas de *olé*. Europa se romperá una y otra vez los cuernos contra este disparate sincretista. «Sólo los gitanos húngaros, rusos y españoles tienen talento musical. Los de otros países se han demostrado verdaderas nulidades. Este dato nos infunde una sospecha: ¿resultará el calé de Andalucía discípulo en vez de maestro?»[57] Si tal sugiere el cante jondo, no digamos lo taurino.

Escribía Juan de Piña en sus *Casos prodigiosos*: «naciendo en Castilla quieren ser de Egipto».[58] Y sabemos de sobra, porque lo cuentan en tropel los clásicos y —a modo de ejemplo— la cita del Lazarillo introductora de estas páginas, que en los convoyes de nuestra andante gitanería siempre hubo gitanos viejos y hasta fijodalgos fugitivos (por lo que fuera) de sus familias, de sus templos, de sus paisajes infantiles, de su ideario y de su idioma. *Hippies* de Siglo de Oro, extranjeros de Camus, forajidos, maletillas curiosos, pícaros, díscolos, angustiados, mozuelas de ingle casquivana, criaturas favoritas de Cervantes: ¿son ellos los maestros? No. Sólo hay un maestro: el tropel hispánico. El Señor de los Anillos, el elfo o espíritu elemental que una y otra vez saca vino de la misma viña con los canjilones y rostros de cuatro razas. En las últimas treinta páginas hemos ganado una. Se me acusará de llevar agua a mi molino. Es cierto. Para otra cosa no estaría ahora, amanecer soriano y cafetera fría, desgastándome los dedos contra las teclas de una máquina. Pero, incluso sin mi voluntad de conciliación, ¿cabe negar que el gitano español se españolizó con vehemencia aun a riesgo de corromperse en el trance?

Así fue. Y sin embargo, por encima o debajo de tanta consanguinidad psicológica, también yo percibo que algo separa radicalmente a este caballero aceitunado de todos sus compatriotas. No me importan las causas, sino el hecho: a diferencia del judío, del moro o del cristiano, nuestros rumi siempre supieron quedarse al margen de la historia. En esa danza, que es la mía (y la tuya, lector), no cosecharon triunfos ni fracasos. Habrá quien tercie: porque no se les dejó. Cada cual con su juicio. Sería absurdo aclarar a estas alturas que yo creo en muy otros motores del acontecer humano. Mas no por ello moralizo ni reprocho.

Tendrán, efectivamente, sus motivos. Quizá también una estrategia. Pero ni la una me conmueve ni consigo entender los otros. A punto estuve de guardar silencio, de no incluir al gitano en lo que a fin de cuentas deseo presentar como una trayectoria, casi una cinta de Moebius. Lo sentía ajeno a mis intenciones y emociones. Escamosa, yerta piel de salmonete. Sordera. Paréntesis. Y eso sigue: esa indiferencia por su indiferencia, ese no percibir clamor ni música llevándome la caracola a los oídos.

Pero sin un poco de equidad no se puede vivir y, menos aún, escribir. En la España de hoy tienen asiento cincuenta clanes de rumis repartidos en treinta y seis ciudades e integrados por casi trescientas mil almas.[59] El uno por ciento del país. No conozco cifras sobre la España de ayer. ¿Cabría ignorarlos?

Sus prácticas y saberes esotéricos no son españoles, sino gitanos a secas. De allá y de más allá. Del vasto mundo. Por eso son también españoles.

Y antes o después respirarán por la herida.

IV. OTROS GRUPOS MARGINADOS (agotes, pasiegos, vaqueiros, maragatos y quinquis)

Vaqueiriña, las tuas vacas
son de buena condición:
beben mirando a la luna
y se acuestan cara al sol.

Copla vaqueira

El españolito del montón nunca se entera de nada, pero hubo en la historia de su país (y no han desaparecido hogaño) compatriotas de segunda categoría y paso atrás que no son ni fueron árabes, judíos, moriscos, cristianos nuevos o calés. ¿Cuestión de castas o de razas? Precisarlo resulta difícil: quizá de lo uno y de lo otro. Pertenecen, en todo caso, esos individuos malditos, cenicientas o boquerones recalentados, a cónclaves de oscuro origen que siempre han sabido conciliar los achaques de una marginación a menudo voluntaria con sus testarudos deseos de permanencia y arraigo en los planteles de Iberia. Fuera de ello, y por lo que hace al estudio de tales grupos, se impone el casuismo, pues no todos proceden del mismo coito, ni adoptaron modos de vida paralelos, ni corrieron una sola suerte, ni por supuesto fueron tratados de igual forma en sus inevitables relaciones con los ciudadanos derechohabientes. Pasiegos y maragatos, por ejemplo, gozaron casi siempre del favor de los eruditos y ello les granjeó cierta aureola de respetabilidad cara a las familias honorables, que de hecho no titubearon en contratar a las hembras de los primeros como nodrizas de sus hijos ni en confiar a los segundos el almacenamiento, transporte y entrega de valiosas mercancías. A todo esto, agotes y vaqueiros —acaso víctimas de una mayor coherencia con el propio historial atávico— continuaban agazapados o acorralados en su penumbra propiciatoria. Y allí siguen los unos, mientras los otros —los brañeros de Asturias— han preferido aceptar un destino a mi juicio todavía más aciago y alienante: la estampa folklórica cultivada con una miaja de deplorable orgullo para deleite de sus antiguos enemigos. Quedan los quinquis, pero nadie ciertamente ignora el triste papel que hoy se les asigna: servir de postreros camuñas a la España papanatas, barbilinda y europeizada. Constituyen, por así decir, un nuevo artículo de consumo concebido para tranquilizar la conciencia de los ejecutivos y hurgar sin pecaminosidad demostrable en la inquieta libido de las cónyuges cristianas. Una profesión peligrosa. Suelen esos pacíficos nómadas acabar de carnaza en una cárcel, y es arbitrariedad que levanta ampollas, pero con todo no se me negará que existen soluciones harto más negativas para la suerte y vigencia de una casta. En asuntos raciales la persecución une y mantiene. Quinquis y agotes son, en efecto, las únicas etnias marginadas que entre nosotros conservan con nitidez sus caracteres. La tolerancia y el distraído aplauso han transformado en bastardas a todas las demás. Mueve hoy el vaqueiro a la sonrisa. El pasiego abre cafeterías en Madrid o llega a futbolista internacional. En cuanto al maragato, ¿qué se hizo? Pero los otros dos siguen ternes dando miedo, lo que no resulta fácil en esta época de faroles altos, santa hermandad motorizada y seguros de vida acechándonos desde la cartera de quien casualmente toma asiento a nuestro lado en un figón.

Conque cinco especies de jardín zoológico no muy parecidas entre sí. Habrá que buscar un criterio convencional para asomarnos a sus jaulas o reservas. No sirve la cronología, pues todas hunden sus raíces en un ayer igualmente lejano e impreciso. Lo geográfico, en cambio, suministra un atisbo de orden y casi un denominador común: cuatro de los grupos citados tienen morada fija en las provincias septentrionales a lo largo de una tangente cantábrica que empieza en el valle del Baztán y se dobla en Luarca para envolver a Astorga. Sólo el quinqui prefiere vagabundear por el campo llano de Extremadura y Andalucía. Esta repartición parece sugerir que nadie fuera de los cristianos practicó en España el arte de discriminar y confinar en ghettos a quienes tenían distinto origen, pero conviene añadir en su descargo que las cinco marginaciones mencionadas pueden ser anteriores no ya al 711, sino incluso a la conversión de Constantino. Y también que las presuntas víctimas del *apartheid* hicieron cuanto humanamente estaba a su alcance para prolongar los sufrimientos del mismo. Sabido es que no siempre se deben los campos de concentración a la voluntad de quienes permanecen fuera.

Dije miedo más arriba. Y por tal tuve, en efecto, a la obsesión o sensación dominante que tiñó con vívido color de absurdo mi primera y por ahora única incursión en la reserva de los agotes españoles (pues hay otros, franceses, discretamente apiñados en la *rive gauche* y nordoccidental de los Pirineos). Fue hace cosa de dos años, al arrimo de mi peregrinación jacobea, en inmejorable compañía y calados ambos por el sirimiri inaugural de un otoño que en seguida iba a revelarse fanáticamente lluvioso. Echo mano de mi diario y vengo a recordar que, más allá de Elizondo, nos demoramos en un inclemente aprisco para almorzar el pan y queso que con muy buen acuerdo habíamos traído de Pamplona. Venteábamos ya olores de selva amazónica, de indígenas con las vergüenzas escondidas bajo un perizona de jaguar. Los agotes, diseminados al principio por todo el Pirineo navarro e incluso por el breñoso norte de Aragón,[1] prefirieron enfrascarse más tarde en los valles del valle del Baztán y concretamente, dentro de él y de esta centuria, en un caserío de aspecto vulgar y nombre poco o nada en consonancia con su entorno. *Barrio Bozate* le dicen con unanimidad los lugareños y tal reza un flamante cartel plantado en sus dos accesos nada menos que por el mismísimo Ministerio de Obras Públicas (pues a veces también los funcionarios poseen cierta sensibilidad para los rudos efluvios de la historia). Bajo tan trasnochada o quizá traspapelada denominación se agrupan unas sesenta casas y, a su abrigo, no más de trescientas personas, todas ellas legítimas descendientes de quienes allá por el año del Desastre aún vestían obligatoria túnica blanca con una pata de palmípedo bordada en rojo sobre la hombrera izquierda. En el mismo sitio y con idéntica combinación de colores brillaba la Cruz del Temple sobre la clámide de los Templarios. Pero dejemos por ahora esta asociación inevitable. Ya llegará su turno.

La más antigua mención de los agotes es francesa y se encuentra en un cartulario de la Abadía de Luc correspondiente al año 1000,[2] pero sólo con posterioridad a las primeras cruzadas empiezan a menudear las referencias en ambas vertientes del Pirineo.[3] La vox populi, que ni los documentos de ayer ni la erudición de hoy desmienten, asignaba a los bichos raros en cuestión cabellera rubia y abundante, tez endrina, ojos azules, orejas de lóbulo atrofiado, amplio cráneo, cuello rechoncho, breves piernas de cowboy, desaforada lascivia, dedos mañosos y occipucio trágicamente perpendicular. Esto en lo físico, pues en lo moral y en lo social carecía el agote de nombre propio, solía caminar descalzo y esconder sus melenas bajo una especie de gorro frigio, se comunicaba con sus iguales tartajeando una germanía de gremio ininteligible para el cristiano y fornicaba (no sabemos si de grado o por fuerza) con arreglo a los principios y limitaciones de la más severa endogamia. También su vida religiosa fluía encauzada por entre los caprichos de la raza en candelero: el agote llegaba a la iglesia franqueando una puertecilla vergonzante, tomaba agua bendita con la punta de un cucharón, asistía a los oficios litúrgicos desde un rincón oscuro habilitado ex profeso y comulgaba pescando sin manos la hostia en el extremo de una larga paleta. Fuera del recinto sagrado, otras vejaciones lo aguardaban. Muchas eran de carácter higiénico y económico: prohibición de abrevar en fuentes que no les hubiese destinado el municipio, de ganarse la vida con el comercio, de cultivar tierras que no fueran de lino o cáñamo (tolerándose a veces un huertecillo de pícara subsistencia) y de poseer cabezas de ganado, con la sola excepción de un cerdo viudo y de un asno o acémila que bajo ninguna excusa transitara por el monte. Los agotes varones trabajaban siempre como carpinteros o albañiles, mientras sus mujeres optaban por tirar de rueca. Unos y otras solían agruparse en barrios especiales denominados agoterías, pero no faltaban quienes preferían ocupar míseras cabañas bajo la mole aguileña de los castillos, imitando en todo (o sólo pareciéndose) a los malfamados siervos de remensa catalanes. El vulgo, por si todo lo dicho fuera poco, los acusaba además de llevar en el cuerpo un estigma infamante (lo que no consta), de oler a tigre (lo que parece exacto), de haber participado en la primera construcción del Templo y de ser encabronados ebanistas de la cruz donde Cristo rindió el alma en siete suspiros.[4]

A partir de tales características y de tan curiosas leyendas cabe atribuir a los agotes, hijos de padres desconocidos, los mil y un orígenes que de hecho la malevolencia popular y la curiosidad científica les atribuyen. Todos calzan al dedillo en los círculos de tiza de esta obra.

En primer lugar, como agotes o *cagots* hay lo mismo en Francia que en España, fue inevitable que allí se tildara de vacas españolas a quienes aquí consideraban perros franceses. Entramos en el terreno de lo chistoso. Cree algún autor que el gentilicio de la etnia bien pudiera derivarse de *gabacho*,[5] adjetivo que familiar y despectivamente alude a nuestros vecinos, pero que también se aplica con más propiedad y mejor intención a los naturales de ciertos pueblos ubicados en las laderas pirenaicas. Otros, colocándose a la recíproca, sostienen que el *cagot* de Francia fue en principio navarro-aragonés fugitivo de la morisma o mercenario de Carlomagno en la retirada de Roncesvalles.[6] Parecidos bulos llovieron al hilo de la Edad Media sobre los *colliberts* del Bajo Poitou, presuntos descendientes de una emigración de menestrales españoles fechada en el siglo nono.[7] También esta hipótesis se apoya en semejanzas fonéticas: *collazos* llama la Academia a quienes prestan servicio en una casa o cultivan tierras cedidas por un señor. El término conviene, evidentemente, a todos esos obreritos y criadas que hoy cambian la España árabe por el París de los infieles. Cien mil temporeros de mi patria vendimian ahora, octubre frío, en el Midi un vino que jamás subirá a sus labios. Nada nuevo bajo el sol, si bien esta eterna historia de celtíberos jugando a ser raza maldita en la maldita Francia se revele una especie de tremebundo disparate aplicada al tema que aquí nos ocupa.

Y, como de costumbre, erudito a la violeta que dice español no menos dice moro, judío o gitano. El prelado gabacho (¿o *cagot*?) Pedro de Marca incurrió más de una vez en la chinchorrería de considerar andalusíes derrotados en la batalla de Poitiers a quienes para bien o para mal no pasaban de ser agotes.[8]

A lo que el padre Sarmiento —quizás no traidor, pero sí mal aconsejado— deglute la fábula inventada por un tal Wagensilio y sin mutatis ni mutandis se la encasqueta como una coroza a nuestros publicanos del Pirineo. El batiburrillo resultante es de alivio y hasta de riguroso luto, pues a su aire acaban los judíos convertidos en gitanos, éstos en agotes y al borde todos de quedarse meramente en maragatos. Resumiendo: dice Wagensilio que los hebreos alemanes buscaron refugio en una cueva para huir de las persecuciones y de la peste negra, salieron por fin de ella en 1417 y aína —«macilentos, andrajosos, desfigurados»— invadieron la Europa cristiana con la excusa de que eran egipcios condenados por Dios a zascandilear de por vida. Hételos ya en catadura de bohemios. Salta entonces la tapia el polígrafo de cogulla, cita el sínodo publicado contra los agotes en 1436, recupera al quiebro las gitanerías de Wagensilio y escribe que «esos mendigos errabundos y embusteros, judíos de corazón, cristianos de boca, alemanes de patria, egipcios de impostura, ladrones de oficio, casi leprosos y fétidos de miseria (...) ésos, digo, vendrían a parar al país donde hoy dí agotes y, avecindados allí, incurrirían en la abominación, odio, desprecio y horror de los naturales».[9] Pitos y aplausos. Síguese luego un *delirium tremens* de etimologías: de *egipcios* saca el ilustrado fraile *aguptos, agoptos, agotos* y *agotes*, no sin recordar que los musulmanes llaman *aleugti* a lo mismo y *agadoth* los judíos (perdónese la incongruencia) al florilegio formado por las alegorías del Talmud.[10] Lo cual demuestra, a juicio de Sarmiento, que los cristianos del Norte se atoraron a fuerza de oír paquete-paqueta-agadot-agadote en boca de los parias y terminaron conociendo por *agadotes* y después por *agotes* a quienes en vida del autor ya nadie designaba de otro modo. Desbarra el curita, sí, pero sus desatinos están dentro del genio o humor negro de la raza y copulan de carambola con la hipótesis, harto más interesante y plausible, de que los canteros acorralados en Navarra (junto al tramo inicial del Camino) fueran nolentes o volentes depositarios de la ciencia esotérica tradicionalmente vinculada a la construcción del Templo. Utilizo adrede el pretérito imperfecto, pues no cabe suponer al agote de hoy, por mucha volición que yo le eche, tabernáculo ambulante de ninguna sabiduría hermética. Ni de las otras. Su facies está mordida por el comején de la endogamia y parpadea en el fondo de sus ojos la penumbra del embrutecimiento progresivo. O quizá —como diría Machado— la cordura, la terrible cordura del idiota. Gajes, en cualquier caso, de mantener tanta pureza con tanta vehemencia durante tanto tiempo entre tan poca gente. Nueva tierra sin pan: un cretino, otro cretino. Lo sé, hablé con ellos, fingí simpatía, quise violar el pudor de su silencio apaleado, me asomé al barandal herrumbroso de una mirada que carece de pupilas. Y tuve que retroceder. No hay paisaje, no hay nada detrás de esa ventana. Sólo torpeza, astenia, declinación, vacío. *Es terrible,* me dijo una vez Rafael Alberti. *A Ehrenburg se le está borrando la cara* (y meses después, efectivamente, fallecía el frustrado escritor soviético). Pues bien: a ellos —a los agotes— les empieza a pasar lo mismo, tienen cuatro rasgos delebles, son como el mendigo *sin* ojos que vi una mañana en la estación de autobuses de Kuala-Lumpur. No he dicho ciego o tuerto. He dicho *sin* ojos. Enfermedad de marcianos, tiniebla de Polifemo arrojando galgas a un mar cuya hermosura se ha desvanecido para siempre. No de otro modo imagino yo las últimas batallas de Goliat. Gigantes de linaje noble que salen vacilando de sus cuevas para derrumbarse sin decoro tras la primera arremetida de un mezquino David. Y con estrépito, con burla. ¿Cómo atribuir un vislumbre de conciencia, por mínima que ésta sea, a tales despojos de humanidad? ¿Cómo suponerlos en lúcida posesión de secretos que alguien encadenó a su sangre? No. Si algo supo el agote, ese saber yace ahora sepultado bajo las más profundas capas de aluvión del subconsciente y sólo en ellas podrá recuperarlo el hombre rana capaz de bucear con simultáneos pulmones de amigo, de brujo, de artista y de psicólogo junguiano. Cuatro talantes que rara vez coexisten en el axiomático alférez plenipotenciario de la antropología cultural y que desde luego tampoco yo, ahíto de pan y queso, llevaba en el macuto cuando al vapor de mis buenas intenciones me adentré húmeda y alegremente por la amazonia del Baztán.

Retomaré este hilo más adelante. Volviendo ahora al pretérito imperfecto donde se originó la divagación, ¿fueron de verdad los agotes un cónclave iniciático de maestros alarifes directa o indirectamente implicados en el ciclo mitológico de la construcción del Templo? Varios factores impiden descartar por las buenas tan fantástica hipótesis. Hay como una conspiración de casualidades. Tenemos, para empezar y sobre todo, la pata de oca bordada quieras que no en el hombro de quienes incluso hoy llevan fama de ser albañiles de lujo. En otro capítulo hablé sin empacho de ese tornátil signo que el fenicio Hiram recibiera o inventara en el sacro recinto de Jerusalén.[11] Sabemos, porque también entonces lo dije, que a finales del siglo XIX aún coleaba en Francia una sociedad secreta de constructores cuyo maestro era un remoto cantero pirenaico, «adepto, tránsfuga y místico de la piedra».[12] Se dibuja ahí la segunda premisa del acertijo y poco cuesta encontrar la tercera en esa lengua de gremio —agótica y argótica— a la que páginas atrás hice referencia. Con lo que nos vuelve de rebote cuanto en su lugar quedó escrito sobre el *latín dos canteiros,* el *verbo das arginas,* la *xíriga,* la *jalleira,* el *barallete* y las quince mil doscientas veintiocho farfollas de pan llevar.[13] Todas ellas jerigonzas defensivas. No vayamos a olvidarlo.

(Aquí tercia el científico para apostillar: *defensivas frente a un entorno hostil.* E inmediatamente rebate el mitólogo pirado: *defensivas de algo cuyo conocimiento no se debe divulgar.* ¿Cuestión de preposiciones?)

También hemos mencionado ya, aunque no bajo esta luz, la cuarta pieza del mosaico. Se trata del gorrito más o menos frigio con que los agotes gustaban de coronar sus blondas guedejas de hippy. ¿Significado? Cualquiera sabe, pero idéntica barretina llevaban los sacerdotes de Cibeles en las comunidades pelásgicas del Asia Menor y los cretenses que se atrevían a franquear el umbral esotérico de los misterios táuricos.[14] Otra vez el levante y el poniente del Mediterráneo cocinándose en un mismo puchero de madres primordiales, dioses con cuernos y trabajadores del mar. De exótero en exótero, de oca en oca, y así podría seguir la cadena de casualidades hasta rompernos todos el alma contra los herrajes de un infinito ásperamente deshumanizado. Un grupo de parias se instala, al margen, en los dos zaguanes españoles del Camino (pues en Jaca hubo también agotería de mucho renombre) precisamente cuando Cluny consigue desalojar del gran tronco jacobeo a sus anteriores y legítimos inquilinos. Son, además de parias y quizá por ello, constructores de rara habilidad que nadie les regatea. Mascullan una jerga de gremio. Lucen cucarda iniciática. Se distinguen, por infamia o por nobleza, con una marca de origen que puede ser flor de lis, tridente poseidónico, pie de ánade o esqueleto esencial de un mandala, de un laberinto, de un crismón. ¿Cómo no ventear algún que otro bandullo sibilino en este crescendo de fugas y variaciones herméticas? El contrapunto sólo se alaba: búsquesele el cogote camino de Compostela. Y entonces no sonará a despropósito admitir que los ilotas del Pirineo bien pudieran resultar descendientes *off limits* de quienes, canteros rematados y brazo escatológico de una secta o pueblo hoy por hoy sin señas de identidad, se dedicaron a llenarnos de dólmenes el mundo (y el futuro) allá por las hermosas estribaciones del Neolítico. ¡Qué hallazgo, qué venturosa respuesta! ¡Qué hipótesis tan desvergonzada, tan imaginativa, tan eficaz, tan deseable! En forma de pregunta se atreve a postularla Charpentier[15] y no será aquí, ciertamente, donde con mi permiso se le busquen tuercas flojas a ese engranaje. Quédese para perro más mezquino el hueso de criticar lo que amamos y para el *noioso* o indiferente Moravia la especialidad en devorar cadáveres. Yo —política de autor, voz de la sangre— me inclino a pensar que sí: que los agotes fueron arquitectos sagrados en épocas y lugares de cuyo nombre nadie quiere acordarse. Y que, por eso mismo, nunca han de volver.

Pero también algo más, canteros y algo más, señores, que el oficio no obsta a las creencias y antes suele marginar el hombre al hombre atendiendo a éstas que esgrimiendo aquél. Lo digo porque muchos eruditos antiguos y modernos consideran a los agotes fosca supervivencia de la tentativa cátara.[16] No parece imposible ni por las fechas ni por las coordenadas de la geografía ni por los requerimientos de la lógica.

Una insistente tradición apunta que los clanes marginados del Pirineo estuvieron junto a Raimundo de Tolosa en su cruzada contra París y Roma.[17] Paralelamente, cuesta trabajo admitir que el profuso ejército entonces reclutado, amén de sus abigarradas retaguardias, desaparecieran en el siglo XIII del Midi como si la madre tierra hubiese deglutido a soldados y paisanos con una repentina crispación de las mandíbulas. Tal sugiere, sin embargo, la historia ávida de datos y huérfana de ideas que hoy inventan desde sus cátedras eximios historiadores de andorga llena, riñón cubierto y molleras precintadas. ¿No sería menos inverosímil suponer que algunos fugitivos se echaron al monte replanteando la estrategia eterna, universal e inevitable del *maquisard*? ¿Y dónde mejor que en la Gran Muralla pirenaica o en la tierra libre y extranjera de Aragón, único reino que había desenvainado la espada para ayudarlos moral y militarmente en su luciferiana lucha contra los güelfos? Silbarían belachau con la coraza al hombro, el morral en bandolera y guindillas en el culo. Verdad es que la vida religiosa de los agotes no da pie para dualismos, pero acaso éstos —patrimonio intelectual y difícil— se fueron al hoyo cuando en él pararon todos los insobornables caudillos de la algarada maniquea.[18] Además —ya sea por voluntad de secreto, por miedo, por astucia o por simpleza de espíritu— nunca los hotentotes del Baztán han transparentado ideas discordantes con las que en torno a ellos prevalecían. Argumento poco arguyente, lo sé. Demuestra a contrariis la desnuda posibilidad de algo, no su existencia. Pero hay también otras cosas. Piezas (escasas) de un encuentro de ajedrez que puede ganarse hilvanando jugadas clarividentes, recias y sutiles. Por intentarlo nada se pierde.

Salida: peón de rey con apertura a la dama y al alfil español. Estrategia a la vez prudente y agresiva. Sabemos que los cátaros ignoraban o habían olvidado adrede todas las tradiciones relativas a su origen.[19] De lo mismo presumían los agotes.

Defensa siciliana. La *gnosis*, o reivindicación del ser corrupto a través de sucesivos estadios catárticos, trae aparejado un factor de jerarquía. Cinco clases de hombres, sin incluir a los homúnculos, contaban los albigenses. Cuatro de ellas aludían a otros tantos órdenes litúrgicos: *obispo, filius major, filius minor* y *diacres*. La quinta era para la clase de tropa: *chrestiens, christians* o *chrestiani* se llamaba a los fieles sin graduación.[20]

Apoyo por el carril de torre con miras a movimientos venideros. Se recuerda al adversario que gnosticismo fue sinónimo durante mucho tiempo del llamado *cristianismo primitivo*.

(Gambito que se rechaza. El abad Venuti proponía a los agotes como descendientes de *los primeros cristianos* enrolados en la grillera de las cruzadas.[21] La hipótesis es verosímil y fascinante, pero discurre por otra vía que sólo in extremis se une a ésta. Lo veremos.)

Juego medio: cadena de peones, contragambito, caballo por caballo y dama a sotavento. Al agote también se le llamaba *chrestias*, con apodo que en la lengua del oc significa a un tiempo *cristiano* y *cretino*.[22] ¡Bravo sacrilegio! (en el que no podemos detenernos). El catastro municipal de Semeac correspondiente al siglo XVII inscribe como *champs du chrestias* todas las parcelas de tierra propiedad de los agotes.[23] Todavía hoy existen en muchas iglesias pirenaicas puertas cegadas y presididas por un cartel que reza *des cagots*. Pero lo raro no es esto, sino la taciturna presencia en su remate o en sus jambas de un círculo con el monograma griego de Cristo (xi, rho, sigma) y la yuxtaposición de dos letras latinas: la *a* y la *r*.[24] ¿Cristianos, cretinos o portadores de una *cresta* en forma ora de gorro frigio ora de absalónica cabellera? Lo primero, lo segundo, lo tercero y lo cuarto. Nadie tan proclive a juegos de palabras ni tan ocurrente en ellos como la *vox populi*.

Ayuda de un mirón. Recuerda que cierto etnólogo de fuste identifica a los agotes con los valdenses.[25] La cosa sigue entre gnósticos.

Tenue rey, sesgo alfil: *en el oriente se encendió esta guerra / cuyo anfiteatro es hoy toda la tierra*.

Ofensiva general y jaque de resultado incierto. ¿Cabe demostrar con las piezas lanzadas al tablero que los agotes descienden de los albigenses o bien que éstos, tras los desastres de Muret y Montségur, se emboscaron y diluyeron en aquéllos? Más, desde luego, la segunda hipótesis que la primera, pues una ascendencia exclusivamente cátara dejaría sin explicar el busilis de la cantería. Pero evitemos las palabras gruesas. *Demostrar* lo es. No así, por ejemplo, *sugerir*, crear en el ánimo del investigador (y quizá del lector) eso que en algunos sistemas de enjuiciamiento criminal se denomina *libre convicción* de los magistrados. O sea: la facultad de absolver o condenar a un reo sin pruebas concluyentes o incluso a contrapelo de las mismas. Más de una cándida paloma se ha jugado el cuello a resultas de la cláusula. Y viceversa.

Entonces, sí. Entonces sugiero que los agotes depositarios de un determinado esoterismo arquitectónico se mezclaron y confundieron a los ojos del vulgo con los agotes supervivientes de la gran insurrección cátara. Nada se opone. Belleza y lógica —*esprit de finesse* y *esprit de geometrie*— gritan jaque mate a la vez haciendo tablas en ese desafío simultáneo. *Dios mueve al jugador y éste, la pieza. / ¿Qué dios detrás de Dios la trama empieza?* Nos enfrentamos a dos corrientes herméticas —gnosticismo maniqueo y construcción del Templo (o masonería ante litteram)— que pueden y hasta deben superponerse sin provocar lesiones por atrición. Y ahora vamos con la lepra.

No es un golpe de efecto, sino una de las pautas más antiguas y mejor acreditadas para identificar a los agotes. Escuchemos, a guisa de introducción, cómo el padre Sarmiento enreda negligentemente a los *chrestias* pirenaicos y a los gallegos de agua salada en el gazpacho de una dolencia medieval que la clerigalla y las mayorías silenciosas (¡pésete!) de la época solían utilizar a manera de círculo dantesco. Lo hace así: «se llaman *gafos* los leprosos del último grado, enfermedad que corresponde a la elefantiasis. En las Partidas se declara grave injuria el llamar a un hombre *gafo.* En algunas Marinas de Galicia injurian a los marineros llamándoles *cagotes* y a los de tierra *gafos* o descendientes de ellos. Los marineros están más expuestos al escorbuto y por consiguiente a adolecer de *gafos* (...) Alcancé dos o tres que los tenían reclusos en una jaula o toril de cuadra a los pies de la iglesia que servía a los leprosos que aún no tenían la *gafedad* o *gafura*».[26]

Nuestro buen fraile, a tontilocas y por supuesto sin ahorrarnos la tortura de su estilo, predica en este párrafo maravillosas *(malgré lui)* conexiones entre *a*) la lepra (enfermedad tan sagrada para la óptica del hombre antiguo como la epilepsia), *b*) los agotes, *c*) los gallegos (¿será posible que hubiera de aquéllos en éstos? Ya tenemos al caminito francés reconstruido de la cruz a la bola), *d*) los marineros (así Túbal, Jacobo, los espías de Hiram, los sacerdotes del gorro frigio, el asceta Pelagio... Véase todo mi libro) y e-efe-ge) atrocidades tuttifrutti (elefantiasis, jaulas del pueblo, toriles, escorbutos) que aquí poco interesan. Ya es afinar. No comento y caballerosamente renuncio a moler en mi molino las ilaciones que con rara generosidad se me brindan desde el otro lado de la trinchera. Estoy desperdiciando un po de póker, pero tampoco es cosa de ensañarse.

(Aunque sí aprovecharé el quite para ilustrar con dos o tres anécdotas lo mucho que el leproso contaba y pesaba en la vida cotidiana del Medievo español. Existían lazaretos en todos los barrios, calles y edificios que llevan o llevaron el nombre de San Lázaro, y también en otras partes. Gafo o *gafe* se llamaba y consideraba, efectivamente, al malato, al que traía perra suerte contagiosa en forma de bubones, eflorescencias, morreras, empeines y paquidermias. Por temor reverencial, por caridad o por fetichismo solía reconocerse a estos enfermos con rostros de león o de elefante el derecho a un buen gajo del botín en cuantas batallas, depredaciones y torneos se les pusieran a tiro. Algunos municipios llegaban al extremo de organizar *happenings* o ferias de leprosos donde con exención de impuestos y ausencia de ozonopino se malvendían y cambalacheaban las reses, faralaes, yuyos, frutas y legumbres procedentes de las malaterías.[27])

En principio parece demasiado fácil y bonita la coincidencia de que los canteros y cátaros agotes fueran también leprosos, pero tan correosa resulta esta sofisticada teoría como las anteriores y ni siquiera les va a la zaga en cuanto a la calidad o número de las autoridades y argumentos que la abonan. El *Fuero General de Navarra,* urdido a caballo de los siglos XII y XIII, menciona ya la presencia en el reino de hombres *gafos* a quienes la ley separaba de sus semejantes.[28] Y todavía en 1832, don José Yangüas y Miranda —secretario de la Diputación y autor de una apretada historia comarcal— podía tildar de elefancíacos a los agotes sin que el asomo de una duda turbara sus plácidos sueños de erudito.[29] Entre ambas fechas, al bies de seis centurias decisivas, una compacta cadena documental certifica que todos los payos de España y Francia tenían al agote por leproso de solemnidad. Y ya fuese por invención, ya por azar, ya por exceso de celo reproductor en la vida privada del microbio de Hamsen, cierto es que entre aquellos malditos marginados y aquellos enfermos malditos existían no menos de cinco notables puntos de convergencia: la atrofia o mutilación del lóbulo auricular, el hedor, el porteo de un estigma físico, la penumbra de la piel y la rijosidad exagerada hasta más allá de lo humanamente soportable.[30]

Y aquí es donde tenemos que coger al vuelo la hablilla de las cruzadas. Varios autores,[31] además de la incansable voz del pueblo, confunden a los agotes con los caballeros renegridos que intervinieron y no murieron en las primeras carnavaladas de Tierra Santa. Jurando en sánscrito volvían. Y aun sin eso salta a la vista que en aquella época bastaba conocer Jerusalén para convertirse automáticamente a los ojos del cristianito carpetovetónico y paleto en un inadmisible bicho raro. ¡Que me lo digan a mí! Estuve en Oriente, vivo en Soria (que es la España del Milenio conservada como un mamut siberiano en los hielos del Urbión) y el concurso de ambos hechos me procura desde hace noventa meses una inusitada y al parecer inextinguible popularidad entre mis conciudadanos. No es que éstos lleguen a la marginación, pero desde luego se quedan prudentemente al pairo, boquiabiertos, ceporrudos, emboinados y señalándome con un dedo de alma negra. Está dicho. Ahora cambio la tocata (pues de no hacerlo acabaríamos ella y yo en gorigori de linchamiento) y me refugio en la hipótesis de las cruzadas.

De nuevo habrá que preguntarse: ¿por qué no? Nada ahí subleva el buen sentido. Ya sabemos que las fechas coinciden. Y coinciden otras cosas. También los templarios venían de Tierra Santa, también —como los agotes— se demoraron en conciliábulos de cantería, y vivieron de refilón, y copularon a mansalva, y anduvieron huroneando por todas las rutas jacobeas, y condenadamente marginados acabaron no ya en ghettos y con pata de oca o labio leporino, sino peor, en la puñetera ultratumba, tras mellar cuchillos, calzar sogas y acaparar hogueras. Sabido es, por otra parte, que la lepra llegó de Oriente con la resaca de las cruzadas y la pelusa de las alfombras persas. Así que muchos de los factores cuadran: lazarosos, arquitectos, extranjerías, fechas, compostelanadas y gnosticismos sincretistas arramblados en el buche levantino. Y ahí está el balance (*mi* balance): no hubo una clase de agotes, sino varias, y todas fueron decantándose en el columpio de la convivencia hasta componer el batiburrillo sin fe de vida que, ya inexplicable, descubrieron nuestros espíritus ilustrados (o atónitos afrancesados) en las fatídicas postrimerías del Siglo de las Luces. Se me argüirá que alguien empezó la danza. Desde luego. Pero ¿qué importa eso? La marginación o, mejor dicho, la memoria de la marginación comienza en el Milenio y no se perfila hasta cien años más tarde, cuando ya todos los bailarines andaban al retortero: los anarquistas místicos, los gnósticos con el collar cambiado, los leprosos, los demoníacos caballeros de las cruzadas... Y, por supuesto, los constructores de dólmenes y los albañiles del Templo, que a ningún otro agote ceden en antigüedad, pero cuya condición de personajes malditos no empieza a tomar cuerpo hasta el golpe de estado cluniacense. Lo de antes no cuenta. Nace el esquivo licántropo del Pirineo en la omega del siglo XI, cuando la teórica basura deyectada por el esfínter de la intransigencia española (que alentaba ya en aquella época de transigencia) decide encasquetarse gustosamente un sambenito de marginación con miras a conseguir algo que en definitiva tiene su importancia: vivir en paz. Hay leprosos de tangible buba y leprosos con piel de verde doncella. Éstos imitan la enfermedad y se enarcan por los caminos, pero luego descorchan botellas de malvasía en sus cubiles. El agotismo, como el frac de Duvivier, fue una prenda de quita y pon, una máscara proyectada para correr de rostro en rostro. ¿La camisa del hombre feliz? Quizá. Y ahí sigue para quien se atreva con ella. Pero no yéndose a vivaquear entre los agotes, que además ya no amadrigan a extraños y hacen bien, sino contrapunteando el canto de frontera machadiano a la muerte, al silencio y al olvido.

Trataba de postular una visión del gafo pirenaico entendido como zona franca para acoger a cuantos se sienten extranjeros en los campos de su tierra (neurosis española si las hay). Claro que aplicando un criterio geográfico muy restringido. Sería absurdo pensar que los canteros de Garganta la Olla, pongamos por caso, se emparedaron en el valle del Baztán. Había entonces en la Península otros enclaves con derecho de asilo. Poco a poco hemos ido conociéndolos. Mejor dicho: recordándolos (pues ya no quedan árabes para tirar de daga, ni judíos para cerrar fronteras, ni fueros para perpetrar incestos y parricidios).

Pero aún caben otros clientes en los calzones elásticos del agote. Court de Gebelin transforma a éste en pinchaúvas o guiñapo de las tribus celtas: *cagot* vendría de *caeh, cakod* o *caffo*, voces del bretón arcaico que mencionan al hediondo, al indecente, al obsceno, al cicatero, al triquinoso y por supuesto al malato.[32] Imposible acumular más lindezas en menos sílabas. Le recuerdo a ese ignoto caballero que el vocablo en cuestión también podría derivar de un castizo insulto castellano: cambie la dental en nasal y está hecho.

En vascuence, la partícula *go* empalmada por la cola a un sustantivo entraña idea de lugar o de profesión. A ello se agarran otros etimólogos para trepar de *cagot* a *ha'rgo* u *oficio de la piedra.*[33] O bien, mezclando el éuskaro al celta y al ligur, inventan un *ca-go* que significaría *mester de perro.*[34] ¿Por qué no, entonces, *ca-goth* o *perro godo* tal como sugiere Gerard de Sede?[35] Y conste que no es teoría novedosa por mucho que a su autor se lo parezca. Ya don Juan de Perocheguy sostenía en el siglo XVIII que los primeros agotes pertenecían al ejército de Alarico desmantelado por el franco Clovis.[36] Celtas, hebreos, godos, andalusíes y demás ralea. Sólo quedamos tú, cristiano viejo que me lees, y yo. Erudición, ¿dónde está tu victoria?

Antes, medio en broma, llamé licántropo al paria que nos ocupa. Hablaba el subconsciente. Vengo ahora a enterarme de que en la iglesia de Novailles, justo encima de la puerta (hoy cegada) de los agotes, asoma una imagen de Saint Loup enmarcada por una cadena que dos pájaros sostienen con el pico. Hasta aquí todo normal. Pero no lo es tanto comprobar que los vecinos de ese concejo propenden al alobamiento y se curan de él añudando sus cabezas en pañuelos previamente restregados contra la cara del santo.[37]

Hay más. Los agotes de Pau gustaban de incurrir al claro de luna llena en un delirio intransferible denominado *cagoutille.* Era un aquelarre de albañiles, ebanistas y canteros que empezaban lanzando sus herramientas al azar y con toda el alma en el mapa mudo de la noche y vagaban luego por ella sin concierto hasta que el alba infundía serenidad en su locura.[38] No se grite a falordia. Tan rigurosa es la documentación de este arrebato que más de un lingüista francés[39] se ha arropado en ella para tender puentes etimológicos entre *gaffo* y el misterioso *cafard,* concepto intraducible que encierra en dos sílabas la infinita y a menudo feroz demencia provocada en el hombre por un exceso de nostalgia, de soledad, de misantropía, de horizontes...

Y sabido es, como Hollywood nos enseña, que no hay licantropía sin draculismo. Hasta 1789, todos los oficios (menos uno) les estaban vedados a los agotes de Lescun. Eso sí: podían ser sepultureros.[40] Mucho antes, todavía en pleno siglo XVII, los concejales (o quizá los jueces) de cierta localidad bearnesa habían creído oportuno publicar una curiosa ordenanza contra los *chrestias* que se negaran a fabricar ataúdes y arneses de ejecución o de tortura.[41]

Última inquietud: dije al comenzar este capítulo que la más antigua mención de los agotes se encuentra en un cartulario de la abadía de Luc fechado el año mil. Pues bien: mangoneaba a la sazón en la comarca un tal *Loup* Aner, vizconde de Oloron.[42] Supongo que se trata de una coincidencia.

Otras cabría rastrear por los archivos de Francia. En cuanto a los de España, mejor no molestarse.

Por lo demás, ellos y nosotros nos hicimos buenos chicos a partir del 1789. Esa fecha entraña, grosso modo, la derogación teórica de todas las medidas discriminatorias contra los agotes. Sobra añadir que éstos instrumentalizaron al vuelo la coyuntura, dejaron de celebrar reuniones secretas[43] y quemaron la mayor parte de los documentos que a propósito de su raza se habían ido acumulando en las covachuelas municipales. Son datos relativos a Francia, pero también en la borbónica España soplaban aires de reforma. Don Miguel de Lardizábal, por ejemplo, no esperó a que terminara el siglo para dar a conocer su famoso memorial en defensa de los chuetas, agotes y vaqueiros.[44] Y el filántropo Goyeneche (o conde de Saceda) tuvo la peregrina ocurrencia de levantar en el espinazo del yermo complutense la aldea de Nuevo Baztán, algo así como una pulcra Brasilia proyectada con la gracia de Churriguera y sin el malaje de Le Corbusier, para trasplantar navarros que inyectasen su energía y buen humor en los exhaustos testículos de la meseta. Vinieron —vergüenza da decirlo— no pocos agotes y es de presumir que en seguida nacieron hijos mixtos, cholos manchados por la sangre de todas esas *mujeres alevosas de corazón traidor* que el Arcipreste solía encontrar y revolcarse a lo largo y ancho de sus merodeos por la serranía caracense. Claro está que la ingenua maniobra de Goyeneche no sirvió para redimir a sus paisanos ilotas, sino más bien para lo contrario: extrañar de su entorno a algunos y dejar menoscabados en número y moral a los restantes. Pero de ella se derivó cuando menos una rareza arquitectónica que hoy cita el Baedeker y puntualmente elude el turista. Algo es algo. Yo prefiero el Nuevo Baztán a Chandigarh. Y en todo caso no conviene olvidar que la maniobra fraguó siendo soberano de las Españas el efímero Luis de Borbón. O sea: en 1724, noventa y tres años antes de que los Estados Generales de Navarra se decidieran oficial y ceremoniosamente a considerar periclitado el ominoso *apartheid* de los agotes.[45] Con los cuales, por cierto, jamás quiso entendérselas la Inquisición. Hasta el momento, que yo sepa, no se ha catalogado en sus archivos un solo pliego relativo al problema.[46] Seguro que en la trama oculta de tan insólito silencio culebrean los rodeos mentales característicos de los loyolas y torquemadas, pero sin descender a ellos cabe adivinar la premisa mayor de sus motivaciones: a los angelitos de la Suprema todo se les iba hacia los judíos y salíanles quienes no lo eran tan ahí me las den como un ardite. Se verá más despacio al tratar de lo atinente a la brujería.

Por otra parte, fas o nefas, con o sin Inquisición y mal que les pese a Lardizábal, a Goyeneche, a los procuradores en cortes por Pamplona, a nuestros déspotas ilustrados del ayer y deslustrados del hoy, a los maoístas de la Autónoma y al presidium plenipotenciario de la Unesco reunido sub rosa en el ambigú con los caballeros de la Tabla Redonda, por otra parte, digo, eso de que la discriminación ha terminado es un cuento de Chaucer con ribetes kantianos, final feliz, ombliguito pecaminoso y Lana Turner trincándose al botones del Waldorf Astoria sobre la rueda dentada del ascensor en el último fotograma de la película.

Pero ya vuelvo a mis andanzas entre los agotes, al preciso instante en que —desmigajado el pan, ramoneado el queso y escampada un si es no es la testaruda lluvia— servidor de ustedes se encaminaba entre regüeldos de jocunda sobremesa hacia ese Barrio Bozate en el que tanta curiosidad previa me habían constreñido a invertir vastas y gélidas lecturas.

En fin: que llegamos y aquello estaba a manera de alcachofal y planeta Venus. No se veía agote vivo ni muerto. Sí, claro, cuatro casonas húmedas, cizaña, mucho dintel calloso, cunetas, una iglesia a cal y canto, varias bocacalles empinadas y el campo éuskaro derramándose montaña arriba montaña abajo en infinitas tetas verdes sin pezones. Dimos un lento paseo con sonrisa de bisectriz y pretensiones de mustio collado. Bajamos luego, disfrazando aún la depresión, hasta la carretera y tiramos por ella con pocas ganas de marcharnos. En eso había un bar: formica, penumbra, entrepaños ciegos. Aquí detengo el recuerdo filtrado por la literatura. Quizá ésta resulte mejor limitándome a lo espontáneo. Cedo el papel a los apuntes que apresuradamente garrapateé aquella noche en un cuaderno de tapas cremosas. Dicen (cogiendo el hilo en el mostrador de la taberna): «nos ofrecen café de puchero. Intento sonsacar a la dueña. Rubor inmediato. Mira al suelo, se aturulla, niega que haya oído hablar de los agotes, luego lo admite y, en resumen, nada. Probamos suerte con una rubiales plantada en la puerta de la escuela. Lo mismo. Es evidente que no quieren soltar prenda, que están montando para mi uso y consumo una rácana conspiración de silencio. Y algo cinematográfica. Pienso en Spencer Tracy, en *Perros de paja.* A la entrada del barrio hay una casa solariega construida por Goyeneche, entonces tesorero de la reina, y dedicada al balarrasa Ursúa, que encontró triste fin (creo) en la aventura Eldorado. Dos kilómetros resbaladizos hasta la iglesia de Arizcun. Postigos, ventanas y troneras cegadas más que cerradas. Buscamos a uno de los dos curas locales en el pazo soñoliento junto a la parroquia. Nos abre un ama inútil ya para lances de barraganía. Tartajea en penoso castellano. Ni rastro de los clérigos. Volvemos a la mansión de Ursúa, que hace las veces de escuela, y conseguimos echarle el guante a un licenciadillo joven y rubio. Del encuentro se derivan algunos comentarios sobre los agotes (que —dice— reniegan de su ascendencia) y datos muy precisos a propósito de cómo localizar hombres de iglesia por aquellas verdosidades. Topamos así con don Bernardo, párroco afable y eficaz, maestro y alma máter de una revisteja bilingüe dirigida a los baztaneses de ultramar. Lleva nuestro interlocutor la friolera de veinte años en este culo del mundo. Preguntas y respuestas. Se explaya (sin perder los estribos) sobre el tema y viene a decirnos lo siguiente: que no se conservan testimonios escritos ni siquiera en el archivo de la iglesia, pues casi todos sus fondos se quemaron cuando la francesada; que la discriminación es cosa de ayer, pero no así la conciencia de la misma en el almario de quienes tanto tiempo la sufrieron; que empiezan a producirse esporádicos matrimonios entre los españoles sin tacha de Arizcun y los cholos lerdos bozatarras; que éstos padecen o simulan una suspicacia rayana en la agresividad; que dentro de la escuela es importante formular igual número de preguntas a los hijos de madre y a los hijos de perra, pues si no los agotitos se pican; que hasta ayer mismo cada enclave celebraba las fiestas de San Juan por separado; que en la iglesia existían, sí, lugares reservados a los unos y a los otros, y que eso desapareció va ya para algunos años, pero que los crestias siguen remoloneando y cediendo el paso a la hora de participar en el ágape eucarístico; que él —don Bernardo— atina sin esfuerzo a distinguirlos tanto en lo físico (aunque no sabría explicar dónde está la diferencia) como en lo espiritual, siendo los bozatarras mucho más cortos de entendederas que los vecinos de Arizcun; que aquéllos tienden al pasmo en el pupitre y al tembleque en el encerado, pero suelen resultar buenos trabajadores manuales y, siempre, espléndidos albañiles y carpinteros; que por eso no escasean las comodidades en sus humildes casas; que se jactan de haber nacido en Elizondo, pues la simple mención de su barrio les parece infamante; que en consecuencia no les ha hecho ni pizca de gracia el cartel alusivo plantado a la vera del asfalto por los sicarios de la Diputación; que existe en Bozate una capilla, habiendo pensado don Bernardo en desempeñar allí las funciones propias de su sexo con miras a levantarle al agote la maldición de fundir media mañana del domingo yendo y viniendo a Arizcun entre carámbanos y charcos, pero que juzgó más prudente desistir, pues la cosa se habría entendido por la tremenda en clave discriminatoria; que la dueña del bar de marras era agote hasta el colodrillo y loco debía de estar yo para habérselo preguntado; que el futbolista Zaldúa, capitán no sé cuándo del club Barcelona, tenía padre, madre y lugar de nacimiento en el mismísimo Bozate; que la sangre de gafo, a juzgar por los análisis clínicos realizados, no difería excesivamente de la cristiana; y que un tal Luis de Uranzu, donostiarra, había publicado en 1955 una biografía del Bidasoa titulada *Lo que el río vio* y abundosa en curiosidades agóticas. Dicho y hecho. Don Bernardo me pasa el libro y por él me entero de que los bozatarras hablan en vasco afrancesado, cruzan a menudo la frontera, tienen al otro lado deudos más o menos próximos y alardean justamente en su vejez de poseer luengas cabelleras de inaudito color blanco. El biógrafo añade que cierto párroco, a finales del siglo pasado, propuso abandonar la pata de oca como signo de identificación, imponiéndose en vez de ello a los agotes nombres de pila bíblicos. Por eso menudean las Sara, Raquel, Ester y Judit entre las mujeres de Bozate. Pero ya cerramos el volumen, ya nos despedimos del cura con sincero agradecimiento, ya volvemos la punta enlodada de las botas hacia el decepcionante cementerio comunal de los sanos y los leprosos. Sólo barro y necrofilia de mal gusto. Las tumbas son recientes, mudas las lápidas, anodinas las cruces. Nada en ese lugar de muerte trasluce lo que dando el pecho a la vida distinguió a sus moradores. No queda sino regresar al dos caballos buscando el arrimo de los árboles. Veredicto: ningún rastro iniciático en los agotes de hoy. Gastan toda su energía en el odio hacia la propia condición, asumiendo por las malas o por las buenas el belfo caído y la cintura blanda de quienes ponen punto final a una cadena monárquica de degeneraciones. Acaso hijos de Polífemo, ahora son sólo carne de pedrada precisamente allí donde su fantástica cepa calzaba el tercer ojo. David, Ulises. No supieron, no quisieron conservarlo».

Hasta aquí mis notas de viaje. Tras el cementerio alcanzamos el entelerido vehículo y con muy mal sabor de boca pusimos su morro rumbo a la cueva de Zugarramurdi. Continuamente topábamos con espectros aguardiacivilados. ¡Brrr! Otra historia. Quizá los *abertzales* andaban escondidos por la virginidad del monte. Con todo —pensábamos Pilar y yo retrepándonos en los asientos— mejor esa atmósfera de frontera en pie de guerra que la reinante ayuso, entre unos individuos oficialmente desprovistos de existencia. La vida, al fin y al cabo, es lo que se dibuja cada vez que un tricornio asoma su calavera de charol por los desgarrones de la niebla. Hemingway diría: como avistar un tigre. Cazalla de ley en amanecer invernal. Lo *otro,* en cambio, apuntaba a terror yerto, a enemiga de zombis. Iba yo pertrechado, como es natural, con cápsulas de plata en el revólver, astilla de enebro en la cintura, crucifijo de pulsera y varias ristras de ajo enredadas en el capó. Precauciones inútiles. No tardé en comprender que lo mejor era tomar el olivo.

Hasta Zugarramurdi no recuperamos la dignidad. Hubo allí risas, resbalones, mosqueos, alzolamayas, comisuras teñidas de vino tinto e incluso, curándonos en salud, unas miajitas de sexo. Luego cenamos paloma estofada en el Marceliano, vimos por segunda vez *Los cañones de Navarone* y aun creo recordar que terminamos de refocilarnos sobre el frígido jergón de un hotel absolutamente detestable. Todo en vano. La conciencia del fracaso estropeaba en agraz cualquier tentativa de jolgorio. Humillación: ésa era la palabra. Los agotes me habían puesto en abierta, desvergonzada fuga. Trasero al aire, vergüenzas al viento y nalgas cantando bajo la lluvia. Desquites y represalias estaban descartados. Más valía escoger el ademán senequista: paciencia y barajar. O lo que tanto monta: barrenar a secas. Como un estribillo pilón me pespunteaba las meninges aquella soberbia pendejada que Valle-Inclán inventó para la boca de un prior encolerizado: *Señor granadero del rey, no hay absolución. Yo no absuelvo a los cobardes.*

Así que me dije: duele la rabadilla, luego cabalgamos. Y en seguida: pide mus, imbécil.

De Pilar se alzaba ya una respiración acompasada que era pura onomatopeya de gato junto al fuego.

A lo que me puse cara abajo, requerí el embozo, tiré la almohada, musité chau, lié una jaculatoria, apalanqué las quijadas, cerré los ojos y salerosamente dormí doce horas de un solo envite. Nunca más he vuelto a tener trato con agotes.

A propósito de los pasiegos escribía don Jorgito Borrow en 1841: «pequeña nación o más bien casta de contrabandistas asentada en el valle de Pas, provincia de Santander. Llevan largas pértigas en cuyo manejo no conocen rival. Se ha visto a un matutero de esa zona traer en jaque a dos dragones de a caballo sin otra ayuda que su vara».[47] Y a renglón seguido especifica el buhonero de la Biblia que ni siquiera el personal éuskaro se atreve a tirar de palo cuando cualquier pasiego anda de hocicos en la gresca. ¿Convendrá recordar aquí que precisamente a bastonazos (sin que los tales fueran en detrimento de la oportuna honda) deslomaron los vascos una y otra vez a las impertinentes legiones romanas de quienes tantos siglos pugnaron por meterse en corral ajeno?

Cuando míster Borrow estuvo entre ellas, eran aún las gentes de Pas *los del rute* (no sé por qué. Quizá proferían algún rumor extraño al callar o al hablar) para el resto de los montañeses y jamás bebían agua o vino en copas de cristal, como sus paisanos, sino en bárbaros recipientes de cuerno.[48] Datos —éstos y lo del palo— demasiado marginales y caprichosos para caracterizar a una minoría étnica cuya ejecutoria documentada se remonta a la primera década del Milenio.[49] No pretendo yo tanto, sino todo lo más tirar por la calle de en medio y comenzar el juego donde la suerte diga. Lo del contrabando, sea como fuere, lleva trazas de ser cierto. El profesor Terán reconoce a los pasiegos maestría y antigüedad en tan noble oficio, añadiendo (no sólo por descargarlos) que también descuellan en el pastoreo y en el minucioso comercio móvil de baratijas.[50]

Conocemos además su castiza indumentaria (hoy venida a menos): montera, calzón, chaleco, sayo y abarcas sujetas por galgas entonadas de color.[51] Remátese el maniquí con una melena hirsuta, plántese ésta sobre un occipucio *cortado a hachazo,* atraíllese en la zurda del andoba una jáquima de novilla, póngasele su caduceo en la diestra y tendremos ante nosotros el fantasmón típico del valle de Pas tal como hasta hace cosa de medio siglo podía atisbar sin consumo de grifa ni delirio de moscorra cualquier caminante despistado. Otras rarezas o costumbres de la etnia, cosechadas a bulto y descosidamente, se cifran en lo que sigue: supervivencia de la covada (el paterfamilias asume algunos de los privilegios tradicionalmente reservados a la parturienta, sobre todo en lo relativo a la alimentación. A eso se le llama *ponerse a pan y a cuca,* o sea, a hogaza y a frutos secos. Asegura Estrabón que igual hacían los cántabros de la hora inicial);[52] empecinamiento por parte de las nodrizas y madres lecheras en el uso de un abalorio fabricado con carbonato cálcico o creta blanca para acrecer el coeficiente proteínico de su exudación (las anchurosas añas pasiegas de nuestras mocedades celaban el amuleto entre los corales de su gargantilla);[53] tenacidad y cuasi-persistencia de las *lloronas* o plañideras que se *atristolaban* en velorios e inhumaciones a pesar de lo dispuesto en contrario por la primera Partida alfonsí (lárguese la clerigalla de los funerales donde fazen ruido las dueñas o a gritos endechan al ome), el noningentésimo Concilio de Toledo en 1323 y «la mano bienhechora y férrea del Santo Oficio»[54] ya en el siglo XVI (está demostrado que poco antes de la guerra del 14 aún vociferaba la viuda pasiega en la capilla ardiente del marido, refiriendo a grito pelado los hechos memorables de su vida matrimonial); pretensión de barruntar augurios meteorológicos en los *escuchos* que las abejas se dicen por el aire;[55] empleo del *cuévano* o banasto que las mujeres se echan a la espalda para transportar en su interior a los hijos reptantes;[56] trashumancia gobernada por la rotación de pastos, y no habría en ello nada de particular si no fuera porque además de azuzar los ganados por delante se llevan toda la casa a cuestas...[57] Economía de espacio: abro aquí un largo etcétera en el que caben otras muchas aficiones paganas, perdidas las más, valederas las menos, proscritas algunas, homologadas pocas y encubiertas las restantes.

Por lo que hace al origen de esta quinta ralea o negrada, de nuevo los eruditos nos invitan a un baile de rigurosa fantasía.

Pasiego —dicen los fanáticos de la antigüedad— equivale a *pésico,* nombre que Plinio daba a los aborígenes aposentados por las inmediaciones del Caspio y del Aral. Tesis tan ambiciosa y rompedora suele acodarse en la tenue toponimia del concejo asturiano de Pezós. No basta, arguye con razón la etnología académica.[58] Y más vale así, pues de otro modo padecerían los pasiegos incurables nostalgias y amarulencias por el hidrocarburo de antaño.

Entre los vaqueiros legítimos de las brañas luarquesas y los no menos vaqueiros (pues también llevan uve de vaca) del valle de Pas circula una fila india de apellidos comunes: Arias, Barbón, Blanco, Bustío, Castro, Cayarga, Collar, Corbato, Cordero, Coronel, Cuenco, Folguerón, Gallo, Lana, Méndez, Nieto, Pájaro, y así hasta la zeda, amén de los que suprimo por neurosis de cacofonía.[59] Eso, y otros repulgos de empanada, esgrimen varios autores con caderamen folklórico para postular identidades entre los marginados de allende el Nalón y los de aquende Altamira (escribo desde una óptica soriana), puestos todos a macerar en el menú turístico de la ascendencia celta. Sería, entonces, el pasiego beneficiario por línea directa de la estirpe cántabra con mezcla pro indivisa de los genes cimbrios mitteleuropeos (altos, rubios) y de los simplemente alpinos (bajos y morenos). El antropólogo don Luis de Hoyos Sainz distinguió o creyó distinguir ambos genotipos entre los moradores del valle de Pas. García-Lomas, montañés y titular de un monopolio oficioso en cuestiones de pasieguería, maneja esta coartada y ciertas abstrusas conclusiones de la ciencia craneoscópica para salir al paso de quienes con argumentos mucho más sólidos prefieren catar y desempolvar la espinosa paternidad de marras en la zahúrda inevitable de los pueblos semitas.[60]

En el año 1010 (que fue dc gracia para los cristianos, pues mediado el tercer trimestre volvieron a sus alforjas todas las plazas conquistadas por Almanzor en las demarcaciones de Soria, Segovia y Burgos) el muy preclaro Sancho García, tercer conde independiente de una Bardulia que ya merecía el nombre de Castilla, y su esposa Urraca fundaron y dotaron el monasterio de San Salvador de Oña, concediendo a los abades y monjes del mismo el usufructo de los grávidos pastizales vírgenes existentes a la sazón en el valle de Pas. Suena a lógico, y por ello a probable, que los señores del cenobio encomendaran tan humilde tarea de desbroce y ramoneo a sus propios vasallos o *familias de criación,* convirtiéndolos así en colonos currinches de la comarca pasiega y en padres vagamente primordiales de una casta condenada a la endogamia y premiada con la hermosa aventura diaria del juicioso nomadeo. Ahora bien: el vasallaje, en aquellos duros años de la cuña incoativa castellana, se reclutaba casi al cien por cien entre los cautivos cobrados a la morisma sobre los campos de pan llevar. Con lo que tendríamos a esclavos beréberes relativamente redimidos en el seno de las familias de criación y a éstas —las de Oña— metamorfoseándose poco a poco en cepa madre de una futura raza marginada.[61] Lo que son las cosas: África puede seguir empezando en la raya pirenaica incluso por lo que a poniente se refiere.

Y no sólo lógica e historia (herramental dialéctico), sino también indicios folklóricos, o sea, estructurales. Otros se han percatado de ello, limitándome yo a tomar en préstamo sus ideas y a veces sus palabras. El pasiego cubre su cabeza con una gorra de paño parecida a la tiara de los antiguos egipcios y lleva chaleco y casaca idénticos a los del moro (corta ésta, abrochado aquél). Sus *chátaras* o *corizas,* que así le dicen a las albarcas, son de cuero y tienen forma de alpargata, posible trasunto lo uno y lo otro de características que coinciden *sine qua non* en la babucha islámica. Las calzas apenas difieren de las que todavía se utilizan (aunque sólo sea para cortejos y tripudios de fiesta patronal) en ciertas comarcas andaluzas intensamente marcadas por el sello del Mogreb. Usa el hombre capucha y la mujer *capiruza,* rematando lo que parece y es un albornoz moruno sin tentativas de innovación ni pretensiones de adaptación... Por todo ello, y por otras cosas, resulta casi imposible señalar discontinuidades iconográficas entre el vaquerizo pasiego que anda de cabaña en cabaña buscando mejor forraje para su ganado y el rabadón rifeño que bien albardado en su chilaba (y su silencio) desciende año tras año de la sierra con las primeras heladas del otoño.[62] «Yo digo —asegura tajantemente el autor que de forma más escrupulosa ha huroneado en el tema— que los pasiegos no proceden de los cántabros, sino que son familia semítica de la rama de Ismael conservados sin mezcla en medio de sus montes por la poca tendencia que siempre hubo entre ellos y los habitantes de los valles a enlazarse.»[63] Esta teoría en modo alguno contradice la coexistencia en la región de dos troncos étnicamente diferenciados, tal como don Luis de Hoyos afirmaba, pues sus cimbrios altos y rubios serían ni más ni menos que jaféticos cántabros, mientras sus alpinos bajos y morenos se superpondrían a los pasiegos ismaelitas. Incluso el cauto profesor Terán acepta la ascendencia semítica a título de hipótesis.[64] ¿Por qué, si no, hubo de sentirse Juana la Loca obligada a firmar una provisión (en Sevilla, a 21 de junio de 1511) prohibiendo a los *judíos y nuevos conversos* que se establecieran en «la muy onrrada, cabal et castellana villa de Espinosa de los Monteros»?[65] ¿Y por qué su pimpollo Carlos porfió en lo mismo el 20 de mayo de 1524 con una *sobrecarta* donde se conminaba a los *judíos y cristianos nuevos* a no pasar en Espinosa más de un día natural, aunque para ello esgrimiesen convincentes necesidades de bolsa, banca, comercio y chalaneo? ¿Tan numerosos —y peligrosos para la inmaculada limpieza de sangre de los Monteros— eran precisamente en aquella zona los infieles, los marranos, los advenedizos, los conversos, los agazapados, los espías, los hipócritas, los malos españoles, los perrigalgos y los mastines? Mucha casualidad parece eso, pues no hubo (que yo sepa) tales provisiones y sobrecartas en otros lugares siglos ha reconquistados, pero desprovistos de pasiegos. No, los tiros no miraban esta vez a cabezas de carajo (y de turco) recientemente circuncisas, sino a los hijos de los hijos de aquellos pastores vasallos confinados en la dulce cárcel de Pas por los monjes guerreros de Oña.[66] Rectifico: también los pasiegos eran, en definitiva, berberiscos aprendices de cristiano (pues a la sazón debían de llevar décadas, quizá centurias, convertidos), y en cuanto tal judiazos de glande en porreta y bautismo de tente mientras cobro, pero no creo que el paisanaje (aunque sí la Corte) los confundiera en pleno Siglo de Oro con quienes —también muslimes o sefarditas verdaderos— habían mantenido y engallado el tipo hasta el estacazo de los primeros decretos de expulsión. O sea: con lo que literalmente se entendía por *cristiano nuevo*.

Y aunque yo no he tramado esta tesis, tiendo a dejarme convencer por ella. De revelarse cierta, no tendría mucho sentido discursear y menos aún pontificar sobre la marginación de los pasiegos en pliego aparte de la sufrida harto más a lo largo y a lo ancho por los constantes moros andalusíes.

¿O sí? Porque sabemos *ad nauseam* que en las tres villas pasiegas no hubo sólo pastores beréberes al servicio de la iglesia, sino también hidalgos y cristianos viejos (quizá criados de Espinosa) que paulatinamente fueron maridándose con aquéllos a los ojos de quienes por residir extramuros del valle acabarían inventando un gentilicio común (y en este caso despectivo) para todos los que en él vivían. Con lo cual ganaron (o perdieron) los unos y los otros: los pastores, porque beneficiándose del apellido ajeno soslayaron el peligro de convertirse en una comunidad tan anatematizada como con el tiempo llegarían a estarlo los vaqueiros o los agotes,[67] y los hidalgos, porque sin merecerlo por su sangre terminaron metafóricamente confundidos en una etnia trashumante de periecos. Claro que la factura no fue gravosa. Lo confirman los muchos rancios solares escaqueados por el valle de Pas y la noble fama mantenida, que no sólo heredada, por algunos de sus propietarios. Entre ellos me limitaré a citar el linaje de los Beltrán, emparentados por vía directa con un duque de Alburquerque y Gran Maestre de varias Órdenes Militares. En época más dolorosamente actual consiguieron fama, aunque no nobleza, y firmaron autógrafos temblones el balompédico Pasieguito y los hermanos ciclistas Trueba.[68] ¿Venir a menos? Sí, pero algún día tornará la cigüeña al campanario. Sabido es que cada Régimen acuña sus propios, opinables timbres de aristocracia.

Así que en los pasiegos confluyeron (poniéndonos en lo mejor) esclavos moros y cristianos libres o, por lo menos, pastores trashumantes e hidalgos de rocín y breve lanza en astillero. Nada impide suponer que unos y otros cedieran a la sugestión del entorno (al mitologema ecológicamente aposentado en la zona) y terminaran asumiendo cuanto la fama gustaba de asignar a los antiguos cántabros. De esta forma llegaron a ser a la vez víctimas y héroes de una leyenda hermosa, ancha y ajena. Porque, desde luego, no cabe reducir a herencia islámica (ni al peso de la fantasía montañesa) sus muchas y muy notables peculiaridades. Nadie es sólo el que es, sino también el que quiere ser y el reflejo de lo que los otros son.

Echo un vistazo, como lo hice al hablar de los agotes, a mi diario de viaje. Poca cosa. Alguna trivial anotación admirativa y unos cuantos bienintencionados dislates. Ejemplo: «la vega de Pas conduce al puerto de Estacas. ¿De dónde el nombre? Quizá porque manejan el palo. Etimologías visionarias: *estaca* igual a *est auca* (oca, pie de oca, emblema de canteros, símbolo universal de la vanguardia hermética), castellanizado luego por lo más cercano». Don Ramón del Mío Cid ruge en su tumba.

¿Visos de inquina? Sólo el que sigue: «vega de Pas, lugar de madroños y antiguos dulces *(sobaos, quesadas)*. Pregunto si hay por allí mucho pasiego. Me responden secamente: *esto es la vega de Pas*. Otros que no quieren soltar prenda».

¿Mandingas y esoterismos? Cómo no, aunque traídos a rastras (Guillermo de Occam condicionaba las funciones de ver y conocer al capricho de la voluntad) y salteados con mucho amor y fantasía: «alma máter en las cuevas prehistóricas (Altamira, el Castillo, ¡la Pasiega!). A un paso, a un soplo, como si Cibeles saliera a la luz y se encarnase, estas señoronas parias que fueron nodrizas muy requetebién trajeadas de los pudientes hijos de clorótica (tararéese —tanto vestido nuevo tanta parola— el coro de las niñeras, oh sí, santos años infantiles) y que hablaban de ignotas brujas a sus pupilos. Se extiende gracias a ellas ese intenso y misterioso lazo de parentesco que une de por vida a los hermanos de leche».

¿Miedo (por nuestra parte)? Sin llegar a tanto: «un extraño labriego-vampiro-dentón se arrima a la ventanilla del coche e insistentemente nos mira, olfatea lo que estoy escribiendo... Pero no molesta». Es un decir. En realidad estuvo no menos de tres cuartos de hora con el morro aplastado en el cristal, y eso que llovía, persiguiéndonos luego hasta el interior de una taberna y a lo largo de nuestro calmoso paseo por el pueblo. La cosa era, y fue, un poco inquietante. Supe ya en Madrid, al cabo de algún tiempo (pero referido a los que corren), que el mocerío pasiego había montado una especie de escuela rural de epilepsia con el loable objeto de renunciar a la grandeza y servidumbre de las armas.[69] Dio comienzo el disparate cuando dos reclutas en caja se liaron a devorar yerbas con seriedad, fruición y escándalo de sus paisanos. Hubo éxito y de él se siguió lo que cualquier psiquiatra conoce: revolcadas, retortijones, espumarajos, farfallosidades, torbellinos de la clara ocular, lenguas hidropésicas y hasta priápicas, aspavientos, calambres, tembleques y comisuras teñidas de sangre. Cada familia proporcionaba un dostoievsky. Surgieron maestros y discípulos, normas, tradiciones orales: sotovoz, de bisbiseo en bisbiseo, circulaba el intríngulis de los trucos, combinábase acertadamente la *praxis* con la *theoria*. No tardaron en formarse sectores discrepantes, pero unidos por lo esencial, y en aparecer acérrimas individualidades. Cinturones de seis colores diferentes ilustraban el índice de perfección alcanzado por cada adepto (o gañán) en sus arrebatos experimentales. Dejábase, por supuesto, completa libertad y felicidad de interpretaciones. Y así, tras no pocos paripés y entrenamientos celebrados cabe la soledad de las majadas o (por las noches) alrededor del llar y en presencia de los palmoteantes deudos y abuelitos, se enfrentaban aquellos muchachos en flor al momento de la verdad, a las cochambrosas clínicas del ejército de tierra, a la bigotuda, severa presencia de los engalonados médicos de la patria. Dicen que muchos —Dios se lo premie y a los demás se lo demande— consiguieron su propósito: ser devueltos a casa con la primorosa calificación de inútiles totales, aptos sólo para arrear boyadas.

Puse humor en los detalles, pero no (lo juro) fantasía en el esqueleto de la anécdota: hanla escrito los doctores.

(*A toi,* Herr Frankenstein Príncipe Michkin y *sensei* Roberto-san.)

En cuanto a mí, memorioso por aquel entonces del vampiro dentón, ladré al leerla: *no me extraña.*

Y di por terminado el incidente.

Vaya por delante la confesión de que los vaqueiros actuales me inspiran poca simpatía. No puedo tenérsela a quienes con tan visible regusto convierten sus peculiaridades étnicas y folklóricas en ocasión de espectáculo. Lo siento. Bien está la *égalité* social y demás zarandajas extendidas a clanes cuyo único segismundiano delito consiste en haber nacido donde y como lo han hecho, pero no a costa de vender el alma por treinta dineros y sin Margarita lírica que llevarse a la entrepierna. Payasadas sobran incluso en Expaña y supongo que también en otras partes. Lárguense noramala los gitanos señoritos, los sioux hacedores de souvenirs tallados en asta de búfalo, las senegalesas tetudas (así las llama unánimemente nuestra colonia) que bailan en Dakar apenas un embajadorcito lo requiere y las melosas tahitianas que abusando de pareo y tamuré se meten a rabizas desdentadas en los abominables tugurios de luz purpúrea ubicados hoy sobre las tierras vírgenes descritas ayer por mis maestros Stevenson y Conrad. Abreviando: fundí varios días inútiles en el litoral de Luarca persiguiendo la huella (y la posible verdad) de una raza inexistente. Busqué vaqueiros de carne y hueso en un anfiteatro de cartón piedra. Palpé los castizos instrumentos de percusión, los jocosos sombreretes, las ruidosas madreñas, los venerables amuletos, los ronzales repujados de la mi vaca más lechera. Coleccioné resabios de toros toreados. Reí gracias sin gracia. Lloré desgracias graciosas. Recogí el ramplón anecdotario setenta veces recogido por los muchos investigadores que ha tiempo vivaquean en la zona. Bebí licores infames. Me adentré peñas arriba de un repertorio folklórico tan coñazo como marisabidillo y a la postre consigné secamente en mi libreta de viaje: «individuos profesionalizados, incrédulos, teatrales y poco interesantes. Listillos víctimas del turismo y de la antropología».

A título de ejemplo, o de humor a la española, puede consultarse el folleto gratuitamente distribuido por los ayuntamientos de Luarca, Tineo y Belmonte de Miranda a propósito de la Vaqueirada de Aristébano, fiesta de interés turístico (sic) que allá por el mes de agosto se organiza desde hace quince años en la referida braña. Yo conseguí el ejemplar de 1965, pero no creo que esta joya puntual y periódica desmerezca en las ediciones posteriores. Entresaco de ella: «a la 1, Santa Misa en la capilla donde contraerá matrimonio la pareja vaqueira que lo haya solicitado y haya sido elegida por la dirección del Festival (...) A las 4, sobre el tablado dispuesto ad hoc, mensaje del Vaquéiro Mayor y salutación de los Alcaldes (...) A partir de ese momento dará comienzo la exhibición de los coros y danzas de las brañas, coplas de careo, elección de Vaquéiros Mayores, Reina de la Vaqueirada, nombramiento de Vaquéiros Honoríficos, imposición de bandas y diplomas, presentación del nuevo matrimonio vaquéiro y entrega de una dote de diez mil pesetas a los contrayentes». Especifica el libelo en su penúltima página que esta cifra pudo reunirse gracias a la esplendidez conjunta y *fifty fifty* de la emisora Radio Juventud y de la Organización. El mérito del brutal acento propinado a la *e* de vaqueiro es enteramente achacable a la minerva del señor Modesto G. Cobas, abajofirmante del texto, secretario perpetuo de los Festivales y cronista oficial del Instituto de Estudios Asturianos. Véase al respecto en la página 3 la voz *chúpa* tempestivamente citada a cuento de la casaquilla que hasta hace poco solían llevar los *xaldos* o aldeanos. Quizá recalca don Modesto la prosodia paroxítona para evitar de antemano el hipotético pero no imposible desplazamiento del lector hacia *chupá*, lo que sonaría a imperativo pornográfico de rechulo rioplatense dirigiéndose con voseo a novia gachona y acezante medio hincada ya de hocicos sobre su ingle.

En fin: que el vaquero se arrancó a la Escila de la marginación para encallar en la Caribdis de la mentecatez. Así que más vale poner popa al presente y surcar las aguas, siempre menos desconsoladoras, del pasado próximo y remoto.

Acevedo y Huelves ha sido el profeta de esta etnia. A su pluma pertenecen las siguientes definiciones (exactas, concisas, inexpugnables): «*vaqueiros de alzada* llaman en Asturias a los moradores de ciertos pueblos fundados sobre las montañas bajas y marítimas, cerca del confín de Galicia. El natural de la braña, aunque nunca se haya ocupado de vacas o de toros, será *vaqueiro*. Hay entre vaqueiro y vaqueiro de alzada gran diferencia. El primero guarda vacas propias o ajenas obedeciendo a las exigencias de un oficio libremente aceptado. El segundo sólo se encarga de los animales que le pertenecen y ellos le arrastran a la braña de alzada. Pero insisto en que cuando el vaqueiro no vive del cabestraje —ya sea leñador, cura o magistrado— sigue siendo vaqueiro».[70]

La observación tiene su busilis. Demuestra, entre otras cosas, que no estamos en presencia de una casta de gremio como la constituida por los canteros o afiladores, sino ante un grupo étnico consciente de serlo (y en consecuencia endógamo) y extrínsecamente reputado por tal. ¿Se trata, quizá, de un quiste benigno y asombroso a cuyo socaire aguantan mecha los descendientes postreros de aquellos «aborígenes asturianos que por no humillar la cerviz ante las razas conquistadoras prefirieron encerrarse en perpetuo aislamiento»,[71] pasividad y altivez? Parece legítimo aceptar, con las habituales precauciones, esta hipótesis en modo alguno disparatada. Insistentes son las leyendas relativas a pueblos de progenie solar que casi en el séptimo día de la creación *ex nihilo* turbaron el reposo del Verbo colonizando Asturias (además de otras regiones) y enfrentándose a las tribus lunares o hiperbóreas.[72] Aureliano Fernández Guerra localizó veintiún cipos alusivos al tema en la Concania o comarca circunyacente a Covadonga y Cangas de Onís.[73] Las brañas (o pastos de verano) nacieron a consecuencia de un *way of life* ganadero que parece haber arraigado en el litoral astur mucho antes de que lo hiciera el modus vivendi de la pesca y de la agricultura.[74] Don Ricardo Piedra, médico de Luarca y estudioso incansable de la intimidad brañera, aseguró a su ilustre paisano Alejandrino Menéndez que los vaqueiros viejos aún guardaban memoria de cuando sus mayores, dueños absolutos de las vegas y cañadas asturianas, fueron desahuciados de ellas por unos extranjeros y hubieron de refugiarse en los escuros pastos que hoy ocupan.[75] El príncipe Siddharta Sakya-Muni, primer e irrepetible Buda, adoptó tras retirarse al yermo el sobrenombre de Gautama, que significa vaquero o conductor de vacas (e hizo muy bien, pues durante todos esos años no iba a probar otro alimento que la leche). Cree Roso de Luna, siempre en alas de su indomeñable fantasía, que la mayor parte de las supuestas razas malditas (o, cuando menos, los jurdanos de las Batuecas, los brañeros de Logrosán, los vyndias indostanos, los ifogaos de Luzón y los vaqueiros que aquí se tratan) descienden de pueblos solares *porfirizados* en la superficie de la tierra.[76] Don Ramón Menéndez Pidal se preocupa de recordarnos que, según pensaba Joaquín Costa, el *cuélebre* asturiano celador de tantos tesoros ocultos y moras encantadas es prodigio escapado en un descuido de noche primordial al peculio mitológico de la raza aria.[77] Y modestamente añado yo, para hacer más digerible la dispépsica tesis aborigenista, que toda ella podría reducirse en fin de cuentas a una postulación de sangre celta sin mácula para las venas del vaqueiro, pues de estirpe tradicionalmente solar (y, por ende, jafética) eran los portadores de esvásticas o laberintos que entre los siglos décimo y sexto antes de Cristo se nos aposentaron *sine die* en una buena rodaja del país.[78] Apuntaba Walter Starkie que en las brañas astures, como en el campo gallego e irlandés, la vivienda tradicional es una cabaña con techo de bálago, y decía Roso que la calavera del vaqueiro se resuelve siempre en rectitudes de braquicefalia.[79] Ambos detalles constituyen leitmotivos del celtismo. Casi todos los investigadores de la última hornada coinciden en aceptar éste como la solución más plausible al problema que nos ocupa, aunque su entusiasmo se enfría ante el inconveniente de que tan venturosa hipótesis deja sin explicar (opinan) el origen de la marginación.[80] Yo no estoy de acuerdo. Verdad es que en Galicia nunca se arrinconó a los celtas (si existieron, pues la última moda cultural consiste en negarlo), pero de ello no cabe inferir su inmunidad en otras partes. Los gallegos, cualesquiera fuese su linaje, jugaron al escondite frente al invasor romano, mientras los astures prefirieron citarlo de poder a poder. Basta y sobra esta insolencia para justificar la discriminación de todos (o sólo de quienes no cejaron). También se atribuye herencia céltica (cimbria, jafética, aria, cántabra) a los pasiegos de Santander, otro grupo marginado de insobornable resistencia a las águilas romanas.

¿Y no es asunto de druidas la devoción al cuélebre, a la Gran Bicha o benéfico reptil elemental que tanta fe y admiración despierta entre los habitantes de las brañas? Me dicen que Antonio García Miñor, catedrático en la Escuela de Artes y Oficios de Oviedo, casi llenó con ese tema un libro de regular tamaño. Yo no pude comprarlo ni leerlo, pero sí palpar la vigencia y presencia de la santa serpiente en mis tímidas incursiones por el territorio de los vaqueiros. Vi, por ejemplo, en la iglesia de Celón (concejo de Allende) un boquete trasero que todavía suele utilizar cierto cuélebre muy prestigioso para meter las narices en el mundo de los mortales. Y escuché cerca de Luarca, en la braña de la Lairiella, la increíble y estupenda historia exhumada, durante su único paréntesis de sinceridad, por un detestable charlatán de pista circense, el vaqueiro más redomado y menos espontáneo de cuantos aquel viaje me deparó. Gusta de peinarse —dijo— sobre una peña situada no lejos de aquí cierta *xana* famosa por su hermosura y generosidad. Los hombres pueden y deben acercarse a ella mañanitas de San Juan para decirle: *toma de mi pobreza, dame de tu riqueza*. Entonces el hada se transforma en bicha y empieza a enroscarse lentamente en el cuerpo de su interlocutor, anillándolo de pies a cabeza. Si el cuitado aguanta y no se descompone ni siquiera al percibir el aliento del animal en sus pestañas, éste recula sin apresurarse, regresa a la roca, se instala nuevamente en su apariencia de espíritu femenino, llena el cesto del vaqueiro con objetos sutiles o invisibles y le conmina a llevarlo hasta su casa sin bajar la vista. Desenlace más que evidente: se descubre oro a raudales en el cuévano de quien supo obedecer.

No me demoraré en otros factores de meridiana vocación céltica que ya se han ido desgranando sin concierto en las páginas de este libro: dólmenes (o mejor dicho: culto a los mismos), lascas y herramientas prehistóricas entendidas como amuletos y utilizadas como fármacos, obstinación en los ritos solsticiales de la noche de San Juan (ya a la del alba —Dios se apiade de nosotros— las mozuelas de Balboa, aldea limítrofe con Pola de Allande, acudían a retozar en cueros sobre el rocío de las dehesas para ponerse guapas. Me lo contó don Julio Lamuño, perito municipal de Tineo, con un asomo de picardía en su vivacísimo mirar. Y recalcaba que la costumbre lleva fecha de ayer mismo)... Perdí el hilo, pero no la memoria y el gusto de mencionar otras encrucijadas donde lo celta se hace vaqueiro: el áspero ijujú, por ejemplo, citado ya en el segundo capítulo de esta tercera parte,[81] que hoy sigue restallando no sólo en las fiestas cabales o en los improvisados guateques brañeros, sino también (caricatura o mofa de sí mismo) en la carnavalada turística de Aristébano; el rito de ahumar a los niños y al ganado con un sahumerio (helecho, laurel, hinojo y sándalo) que apesta a teosofía druídica y a naturismo macrobiótico;[82] el inconcebible lectisternio todavía usual en la parroquia tinetense de Santullano... Merece la pena detallarlo: un buen salvaje del sexo débil sigue al féretro en los entierros llevando una cesta sobre la cabeza. Previamente ha metido en su interior dos botellas de vino, un pan y un espinazo de cerdo, cuyo rabo —es de ritual— asoma por debajo de una servilleta. La mujer llega hasta el mismo borde de la sepultura, entra luego en la iglesia con su ofrenda y la deposita ante el catafalco. Interviene entonces el sacerdote, que bendice el bulto antes de que la aldeana lo abandone definitivamente en la cocina de la casa parroquial.[83] No es difícil imaginar la pitanza que el tonsurado y su coima preparan con tan sabrosos manjares. Ni lo que el diablo alcohol urde más tarde bajo las sábanas.

(Sin ofensa. ¿Cómo dar ejemplo de castidad en esa atmósfera de desalado paganismo? Mozos y doncellas se reúnen todos los años en la braña de Encinedo para festejar las mayas con las evoluciones de la danza prima y luego se acuestan juntos en los pajares, repitiendo una costumbre o sancionando una conquista que ya no depondrán hasta el lejano día de San Miguel.[84] Los chicarrones de Cármenes esperan a que suene la noche de San Juan para coger en brazos a sus prometidas y zambullirse con ellas en el agua reparadora y sagrada de los arroyos.[85] Recién hablamos de esas virgencitas desmadradas que cerca de Pola se revuelcan en pelele sobre la yerba endurecida por la primera escarcha del amanecer.)

Conque celtas.

Y, sin embargo, no falta quien prefiere considerar al vaqueiro descendiente de esclavos romanos fugitivos,[86] de cimarrones moros sublevados contra la férula del rey usurpador Aurelio,[87] de maragatos,[88] de piratas nórdicos escarmentados por el buen Ramiro,[89] de judíos agazapados al repaire de la braña tras el decreto de expulsión[90] o de moriscos aguantando en ella los siglos de las vacas flacas.[91]

Lo primero es superfluo, inverosímil lo segundo, inane lo tercero, posible (pero poco probable) lo quinto y relativamente conformes a razón las otras dos hipótesis.

En apoyo de la alcurnia escandinava suele esgrimirse el topónimo Godán (correspondiente a una parroquia del concejo de Salas), cuya grafía se ajusta a la castellanización del nombre divino Odín, y la semejanza entre los escudos brañeros de los Omañas y los Valdés, por una parte, y los albiones de Norfolk, Sufolk y Sussex, por otra.[92] Muy bien. Pero ¿sabían guardar vacas, y gustaban de hacerlo, los ferrugientos corsarios vikingos?

Lo de la parentela morisca tiene, en cambio, un buen pasar. Nada he averiguado respecto a compatibilidades étnicas o lo contrario, pero someramente y sin meterme en dibujos aprecio yo cierta similitud física entre mis grandes amigos rifeños de Ketama y los pocos vaqueiros que en su día pude conocer. Además, la hostilidad del paisanaje contra éstos se exacerbó a mediados del siglo XVII,[93] lo cual —por razones cronológicas— calzaría que ni pintiparado a la tesis en cuestión. Fue entonces cuando el hidalgo gradense don Diego das Marinas elevó a la superioridad una memoria solicitando con sensatez y mesura que se procediera a la inmediata castración de los vaqueiros para atajar de una vez y por donde más duele «la despreciable raza de estos moriscos alpujarreños».[94] Y tanto si había algo de verdad en la especie como si todo en ella era patraña, los parias asturianos envueltos en el asunto terminaron por creérsela. Brañeros muy comedidos le dijeron a Acevedo y Huelves (ya no hay delación en publicarlo) lo siguiente: que algunos entre ellos deseaban por lo bajo la derrota de las armas españolas en la guerra de África y que los más temían persecuciones y represalias caso de que la bandera nacional sufriese algún quebranto.[95] ¿Llegaría a saber Abd-el-Krim que una quintacolumna de pastores rezaba por él sutras castellanizados del Corán precisamente en ese litoral de Covadonga que los ejércitos del Andalus nunca supieron hacer suyos?

Cierro aquí lo que cualquier precioso ridículo del siglo de las luces hubiera titulado *discurso crítico y miscelánea de varia lección sobre el origen de los vaqueiros de alzada,* no sin añadir que en las brañas tratan a todo el mundo de tú (como unánimemente hacían los pueblos de la antigüedad),[96] que *xaldos* y *marnuetos* les dicen respectivamente por esos pagos a los habitantes sin graduación de la ribera y la montaña (quizá una especie de raya fronteriza y marginatoria trazada por los propios marginados) y que puede imponerse al rapaz vaqueiro cualquier nombre del santoral asturiano menos (a rajatabla) el muy frecuente entre los payos de Diego.[97] A saber por qué. Pretenden algunos que la fobia obedece al estupro perpetrado en la personilla de una pastora por un cazador o ingeniero que respondía a ese nombre. Sí, *cazador* o *ingeniero*: ambos oficios mencionó literalmente el párroco de San Martín de Luiña al contarme la historia. Y conste que me gustaría creerla (pues tan mal considero a los asesinos de criaturas como a quienes levantan rascacielos y cúpulas atómicas), pero poca violación y harto reciente parece la descrita para un tabú tan generalizado. Mejor asoma en ella la urdimbre de una fábula inventada a posteriori con ánimo de cuadrar el balance o de podar exflorescencias turbias. Digo sólo que resulta curioso, y algo incriminatorio, el cercenamiento pinten copas pinten bastos de un nombre de pila alusivo al apóstol titular de Compostela y santo patrono de las Españas. Pronúnciese la curia.

El resto es o era marginación más que nada religiosa. «En las iglesias estaba acotado el lugar de los vaqueiros de alzada ya con una viga tendida de través en el suelo (como en Naraval y Polavieja), ya impidiendo que rebasaran una línea señalada por tal puerta o tal arco, ya escribiendo en grandes caracteres *no pasa de aquí para oír misa el vaqueiro* (como en Soto y en el citado San Martín de Luiña), ya teniéndolos en perpetuo entredicho y prohibiéndoles pisar el recinto consagrado.»[98] Esto último sucedía en Santiago de Novellana, muy cerca de Cudillero.

Jovellanos añade en su diario que bastantes párrocos preferían salir con el copón y la patena a la puerta de la iglesia antes que autorizar el apropincuamiento al altar de los vaqueiros ansiosos de eucaristía.

Otras exclusiones: el abominable hombre de las brañas no podía subir al estrado de los tribunales, ni llevar cruz o pendón en las procesiones, ni tocar en el curso de éstas los palos de las andas con que se transportaba a las imágenes. Por si fuera poco, de nada servía confiar en la Parca, pues los *xaldos* y *marnuetos* iban al camposanto calzados en ataúd de aldabas, mientras el vaqueiro lo hacía a lomos de sarnosa parihuela. Diferentes eran los gorigoris y hasta el tañido de las campanas. Peor aún: ni siquiera se utilizaba la misma cruz en los oficios fúnebres. Sacábase una de plata o de bronce para los aldeanos y otra, de madera común, para los difuntos yetis. *Una cruz mala,* como éstos (en vida) se cuidaban de recalcar.[99] ¿Acaso no dijo Jesucristo que todos nacemos desiguales?

Comentaba, en efecto, el cura párroco que me sirvió de interlocutor en San Martín de Luiña: «son de otra raza, más fuertes, más honrados. Y no se sabe de ninguno que haya cogido la tuberculosis».

Luego (soplaba un día de perros y yo acababa de tomarme tres carajillos en el Mesón de la Lupa) añadió: «en Aristébano se organiza todos los años una gran vaqueirada, pero al parecer no interviene en ella ni un solo vaqueiro auténtico».

En cualquier caso, y como colofón, escampó paulatinamente la acrimonia en lo que va de siglo, concedióse a los vaqueiros paridad de derechos ante la magistratura y la iglesia, se les alfabetizó lo suficiente para que no desmerecieran junto a los pieles rojas, se les hizo posar a bocajarro de instamatic y muchos de ellos emigraron no ya a la braña invernal, sino al siniestro Madrid, donde dicen que supieron sentar cabeza y monopolizar el ramo de carnes y el de carbones.[100]

Yo, la verdad, no llegué a conocerlos.

La palabra a don Pío Baroja: «otro tipo desaparecido de la corte, con una desaparición rápida, fue el maragato. El maragato era pescadero. Habitando una región que no tiene costa, no se comprende por qué se había dedicado a esta especialidad. A la puerta de todas las pescaderías de Madrid se le veía al maragato con su traje regional de aire antiguo. Éste consistía en unos calzones anchos, verdes a rayas negras, atados con cintas a las polainas, un chaleco de cuero o de ante, un jubón de color con botones de filigrana y un sombrero redondo de alas anchas y copa chata con dos cintas para atrás. Con esas trazas se parecía un poco a los bretones. Los maragatos se decidieron un día a abandonar esta indumentaria patriarcal, y de su carácter y de su antigua vestimenta no les quedó más que un peto y un mandil negro y verde. Fue una ruptura violenta de la tradición...».[101]

Con lo que ya sabemos algo importante: no quedan maragatos. Esa gente, como los vagones de tercera, pasó a la prehistoria. Mentarla será volver los ojos atrás. Pero existen destinos peores. Acabamos de verlo.

Dice Caro Baroja que la Maragatería abarca siete ayuntamientos, trescientos cincuenta kilómetros cuadrados y (en las primeras décadas del siglo) alrededor de dos mil almas empadronadas.[102] Todo eso —de más está aclararlo— por tierras y bajo la férula de Astorga, ciudad sagrada por derecho de fundación. Jorgito Borrow se pateó a conciencia el enclave trujamaneando biblias paganas y nos dejó, como de costumbre, una sabrosa parrafada de primera mano sobre la catadura de sus habitantes. Pareciéronle éstos «la casta más singular de cuantas puedan encontrarse en la mezclada población de España». La frase, escrita por un inglés, suena a desafío y a impertinencia. Borrow, sin embargo, la justifica con gracejo acumulando extravagancias fidedignas en la filiación de los encartados. Conocemos ya su fantástica indumentaria. El maragato, además, «nunca se casa con españoles», habla la lengua de éstos sin buena voluntad y adornándola de aspereza, considera asunto de faldas el quehacer del campo, lleva el cráneo rigurosamente afeitado (menos un anillo de pelo en su parte inferior), rara vez se enfada (aunque resulta enemigo de mucho cuidado cuando alguien le obliga a hacerlo) y vive de, por y para la arriería, siendo en ella tan de fiar que «cuantos han utilizado sus servicios no vacilarían en encomendarles el transporte de un tesoro desde el Cantábrico hasta Madrid». Y eso aun teniendo en cuenta lo desalado de sus honorarios. Conque arrieros eran, en el camino andaban, a su sombra se enriquecían y muchos dejaron al morir grandes fortunas condicionadas, ay, a la obligación de invertir parte de ellas en la compra, manufactura y embellecimiento de chismes litúrgicos y religiosos.[103]

Sorprende tanto fervor póstumo y un poquillo lameculos, pero quizá pretendían lavar con él la fama de la especie y proteger en salud el futuro cuello de su descendencia. Y es que estamos en lo de siempre: al maragato nunca le creyeron cristiano viejo quienes con razón o sin ella se arrogaban ese título. Una y otra vez se resuelve la discusión sobre el origen de la etnia en la zarabanda de costumbre. Y más, si cabe. El caritativo fray Sarmiento aún tuvo que echar al asador en pleno siglo XVIII todo el agibílibus y mundología de su minerva para poder estampar en el remate de un minucioso ensayo esta increíble frase: «digo, pues, en conclusión, que los maragatos son hombres como los demás».[104]

Egipcios, celtas, astures, *pueblos antiguos* en general, fenicios o cartagineses, pitecántropos de la sierra, esclavos romanos, visigodos, beréberes, descendientes de Mauregato, agotes, mauritanos y mogrebíes convertidos a otros credos: todos estos orígenes, que yo sepa, se les han achacado sucesiva o simultáneamente a los inofensivos arrieros del círculo de Astorga. Veamos a santo de qué y con cuál talante.

Egipcios. Hubo en la región del Nilo una tribu llamada *maragat*.[105] El disparate podría dejar de serlo si anidara algo de verdad en mis elucubraciones sobre Gárgoris y Habidis. A ellas me remito. Y también a la villa romana que apareció en Soldán, ladera arriba del monte de las Médulas y dentro del término de Santa María de Somoza, cabeza de ayuntamiento maragata. Allí, entre los motivos ornamentales, no faltan las hojas de sicómoro (árbol de madera incorruptible que los egipcios utilizaban para tallar el sarcófago de las momias) ni las inconfundibles líneas onduladas que en la escritura jeroglífica aluden al agua. También se han exhumado tres variedades de vidrio, con la particularidad de que la más gruesa y original de ellas respondía en todo y por todo a técnicas de fabricación nilóticas. En Soldán, y entre los restos de pintura, apareció asimismo una silueta de hombre vestida con bragas idénticas a las que durante muchos siglos lucieron los maragatos y conoció Baroja.[106] ¿Música de azares? Yo no digo lo contrario.

Celtas. Algún autor señala coincidencias poco lógicas (por exceso) entre los nómadas asturicenses y el personal de la Auvernia.[107] También sugiere que esos tipos y esos rostros se repiten (cabales, cíclicos, eternos) en Noruega y en Bretaña. Por su parte, el decimotercer diccionario de la Academia sostiene que el gentilicio aquí traído a debate es voz derivada del celta *marc'hekaat* (cabalgar).»[108] Otra etimología propone el latín *margo* (margen), de donde *maragato* o individuo de frontera, de marca, de raya, de hito...[109] Ya dijimos que la saudade, sintonía celta y gallega por excelencia, es sentimiento de confín, aullido de miedo o de valor lanzado por un lobo estepario desde las puertas aduaneras de la civilización. Hice por decirlo mejor en su momento. No cargaré la mano.

Astures. Proximidad obliga. Y trajes, y otras bazas. Las apunta tímidamente Tabanera.[110] Quizá no sólo él. Pero la hipótesis, cabal o falsa, nos saca de un enigma para dejarnos a la intemperie sobre otro más arduo y más primevo. ¿Quiénes eran los astures?

Pueblos antiguos. El padre Sarmiento se opone casi con rabia a la vindicación de una progenie musulmana —en seguida veremos eso— y urde una teoría que no suena mal del todo. Parece ser que las actas del concilio de Lugo, allá por el 569, mencionan una comunidad de *Maurellos superiorum e inferiorum* entre los territorios adscritos a la diócesis de Astorga. Ambos topónimos vuelven a aparecer en la repartición de obispados atribuida a Wamba y colean con fuerza (y disfraz fonético) en la inapelable *Crónica General*... Al grano (concluye el cura): «antes de que naciese Mahoma ya había en Astorga pueblos con el nombre de *maurellos* altos y baxos».[111] ¿Quiénes eran? Respuesta: tales gentes vivían y siguen viviendo *mauricatim*, o sea, como los antiguos mauros o númidas, cuya existencia transcurre deambulando perezosamente tras el perezoso deambular de sus rebaños.[112] Y así se convence el padre Sarmiento de que la supuesta sangre africana de los maragatos en modo alguno obliga a extenderles un lejano pedigrí muslime. La tesis viene a reforzar lo que hace dos capítulos se dijo a propósito de presencias mogrebíes en la Península tercamente anteriores al 711: uno de los asideros donde más páginas de este libro cuelgan, giran, pasan, vuelven y se abren de par en par.

Fenicios o cartagineses. Sugerencia traída a rastras. De *Malaka* (colonia libanesa que luego degeneraría en la horrible Málaga actual) y del sufijo *catos*, frecuente entre los celtas, quieren algunos extraer el gentilicio *maragato*.[113] En Santa Colomba de Somoza han aparecido varias tumbas de perfil vagamente púnico.[114] Leyendas un poco descoloridas presentan a los astures como aliados y conmilitones de los cartagineses en su enfrentamiento a los romanos.[115]

Pitecántropos de la sierra. O delirium tremens del padre Sarmiento. Lo transcribo sin comentarios: «*murex* en latín significa cuatro cosas parecidas (...) La cuarta es la aspereza de un peñasco o roca que tenga muchas puntas (...) Murex es ciudad de Mesopotamia, según Ortelio; y no es impropio que las montañas de la Maragatería tomasen dicho nombre por sus picos. En este caso sale murex, murice, muricato, murecato, maragato».[116]

Esclavos romanos. De los que venían a trabajar en las minas de oro y hierro.[117] Una mínima tradición de la comarca asegura que precisamente en Soldán funcionaba una arrugia explotada más tarde por los moros. Y el topónimo vendría de *sultán*.[118]

Visigodos. Pues *maragato* —dice Borrow— no es sino fusión de *moro y godo* que alude a los súbditos de Rodrigo pasados en cuerpo, alma, costumbres, religión y traje al servicio del invasor.[119]

Beréberes. O *mauri captus*: cautivos hechos a los moros.[120] También podrían ser marroquíes que prefirieron vivir con los cristianos a soportar entre los musulmanes las sevicias y arrogancia del árabe puro.[121] Ningún obstáculo de peso se opone a la propuesta paternidad etimológica de la voz *Mahgreb* respecto al gentilicio *maragato*.[122] Richard Ford aún pudo ver el *caramiello* en forma de media luna con que se tocaban las mujeres de la etnia después de contraer matrimonio (y que ya antes había encontrado, siempre sobre cabezas femeninas, en los bajorrelieves de Granada).[123] Por último, y ya que andamos en contubernios plurirraciales, ¿por qué no admitir, como lo hace más de un rumor,[124] que en el fondo del asunto sólo brujulea una partida de mozárabes envueltos pero no fagocitados por las tropas cristianas en su avance hacia el sur?

Descendientes del rey usurpador Mauregato. ¿O lo contrario?

Agotes. Sin mejor argumento que la dudosa semejanza de las tres últimas sílabas.

Mauritanos. Ya se vio.

Mogrebíes convertidos a otros credos. Se trata, a mi juicio, de la hipótesis más certera Y más hermosa. Es, también, la más reciente. Jaime Oliver Asín —hasta el momento su único valedor— ha rastreado las huellas dejadas en la Península por ciertas tribus cristianas de Berbería que pudieron pasar el Estrecho antes, durante y después del 711.[125] Entre ellas cita a los *baragwata*, clanes del litoral atlántico marroquí en cuyo seno convivían seguidores del Evangelio, militantes del Talmud y paganos de las antiguas religiones. Más tarde, a finales del siglo VIII, esos rebeldes congénitos propusieron una exégesis sincretista con *swing* y compás de Marrakech para que Jesús y Mahoma pudieran bailar el mismo son. Ello les convirtió, de cara a sus paisanos, en el ventripajizo y risueño payaso de las bofetadas. Tuvieron que emigrar.

Pues bien: los maragatos serían sangre de la sangre de esos *baragwata* que desde Safi subieron al Andalus para establecerse luego (definitivamente) al oeste de Astorga, según Oliver Asín cree que podrá demostrar en otra ocasión.[126] Por ahora se conforma con recordarnos que la equivalencia acústica *m-b* fue siempre moneda común en los topónimos pertenecientes a zonas de albedrío berberisco.[127] Yo le presto fe y aguardo con vehemencia el tempestivo asidero que nos ofrece. Ahí es nada: pergeñarnos una etnia bicorne (andalusí y leonesa, islámica y cristiana) que los españoles de ambos credos marginaron por los siglos de los siglos. Justicia, amigo Conrad, que ya nadie conseguirá restituir al universo material. ¿Quizás el arte?

Y, sin embargo, algo queda en pie. Es por Año Nuevo. Los maragatos de arriba desentierran entonces una liturgia cuya ceremonia principal consiste en surcar la nieve con una reja empuñada por un varón disfrazado de mujer y arrastrada por varios mozos o *zamarracos* travestidos de animales y cubiertos con pellejos y cencerros.[128] La escena, una vez más, sola se alaba. Con razón dice Julio Caro, hablando de la comarca leonesa, que en ningún otro lugar de Europa se avienen tan armónicamente los elementos de la cultura moderna con las supervivencias de un ayer remoto.[129] Y me pregunto yo: ¿quiénes son, de dónde salen estos iluminados magníficos y anacrónicos que en Expaña y en el abdomen del siglo XX cultivan alquimias permutadoras de hombres en hembras, reconstruyen la solidaridad perdida de las criaturas (renunciando en favor de ellas a su aspecto humano) y lanzan el inaudito desafío a la realidad cutre (y a los que la dan por buena) de abrir besanas con un arado viejo sobre la panza yerta de la nieve? ¡Qué jeroglífico! Una cadena de metamorfosis perfectamente inútiles: confusión de sexos, confusión de especies, confusión de objetos y confusión de umbrales psíquicos. Como si el dios peyote moviera la tramoya.

Y, mientras tanto, la censura, la policía, la guardia civil, los camisas viejas, los húsares de la Corona: todos en Babia, todos *in albis*.

Es el turno de los quinquis. No sé nada, no diré nada. Que sigan en su arisco anonimato, en su far niente, en su confortable soledad tapizada de calumnias. Hace más de tres años una revista madrileña les dedicó un par de artículos ecuánimes y, por ello, excepcionales en el contexto de una prensa vendida entonces al bajo vientre de los horteras y al culo dulce de los jerarcas.[130] Hubo luego un volumen engañabobos, sensacionalista y vacuo publicado por una editorial constantemente alerta a lo que salta. Y nada más.

Así que no he podido consultar ni tan siquiera un título. Mejor, en todo caso, para ellos: para los quinquis.

¿Y trato personal? Alguno tuve —aunque al sesgo y por encima— hace ya muchos años, cuando en castigo de ciertas fruslerías políticas, sueños de adolescencia y amenos bochinches universitarios tres correctos jueces de instrucción me franquearon otras tantas veces las puertas de ese palacio de las maravillas que los julai llaman trena de Carabanchel y los boqui Prisión Provincial de Hombres. Lo juro: tierra libre de España, ínsula de Sancho flotadora en un océano de abominación que furiosa y vanamente estrella su oleaje contra los muros de ladrillo. ¡Alerta el Uno! ¡Y alerta también vosotros, hermanitos de una aventura que nunca ha de volver! Yo puedo ciscarme en esa nostalgia porque me considero carne de presidio (y mientras tanto, Manolo Santamaría —el buen Manolo— construye parsimoniosamente, como Goethe el Fausto, su facsímil de una celda carabanchelera bajo el aire encantado de Ibiza). Salir al patio en aquella cárcel era, cada mañana, una fiesta nacional de tiros largos donde el Señor nos dispensaba a fanegadas el pan nuestro cotidiano: un anarquista, un sarasa andaluz con ganas de alboroto, un gitano sacacuartos, un loco de remate dispuesto a confirmar la alternativa, un sifilítico pirado, un caballero carterista, un hierofante adorador de cocodrilos, un Antonio Ron, un legionario resuelto en tatuajes, un cirujano de burdel que le había cosido el himen a la Chelito y a sus dieciocho suripantas... ¡Rediela, qué cuadrilla! Con una así me presentaba yo en Cartagena de Indias y evohé Lope de Aguirre, a morderte las uñas en tu tumba... Hesperia, España nuestra de cada día volcándote a chisguete sobre las losas por ti misma desgastadas en cualquiera de los siete patios. ¡Merci, don Acisclo! ¡Merci, coronel! ¡Merci, usía cuyo nombre no he olvidado!

Pero la cosa iba de quinquis. Sí, los traté un poco en el invierno del 56, bastante a lo largo y ancho del 58, casi nada en el breve otoño del 63. Eran buena gente. Jugábamos al frontón. Se echaban siempre al quite en mis latosas contradicciones de señorito encarcelado. ¿Qué más puedo añadir? Me las daba yo entonces de marxista, no entendía de esoterismos...

Y después vino el Lute. Un baile de leones. Toda España se desperezó, se quitó de encima treinta años de santurronería y aburrimiento. Por fin un héroe, un capitán de Extremadura, un libertario generoso, un Quijano de Triste Mirada, un Hombre como el que Diógenes buscaba ya sin fe. El desenlace lo saben hasta los niños que ahora mordisquean la placenta en el vientre ciego de sus madres: le dieron caza, lo arrinconaron en mezquinos barrios construidos cuando la era del hambre por sus verdugos. Pero éstos —diría Marco Antonio— son sin duda hombres honrados.

Error de simple, moliente sensibilidad. Violaron un arquetipo, no percibieron la emoción que oscuramente anuncia su presencia o su inminencia en el pecho de quien le debe el ser, no olieron el olor de Álvar Núñez Cabeza de Vaca, no saborearon el sabor del Heraclida. Y lo cubrieron, nos cubrieron de grilletes.

Estaba yo a la sazón en tierras de Senegal. Lo dijo Radio Las Palmas. Me quedé de un aire.

Luego hice por reponerme. Pensé: larga patria espera, hay indultos por delante y —quizá— reyes o ministros proclives a la largueza.

Pero en todo caso —España, España, y salte el futuro por donde salte— habremos tirado a los cerdos de Edipo años irreversibles en la vida violenta y ejemplar de este español tan claro, tan rico en desventura.

CUARTA PARTE

Entre la clandestinidad y la farsa

I. LA ALQUIMIA

Buscando hallé y purgué diversas veces;
Junté y aun maduré, no sin acuerdo,
Hasta que procedió la Áurea Tintura,
Que se llama del mundo único centro.
Después tantos escritos de Hombres grandes,
Varias figuras, dichos tan diversos
(Ingenuamente a todos lo aseguro)
Los comprobé, los vi y hallé ser ciertos.
Ya por fin conseguí la Medicina
De los Metales y de hermosos cuerpos;
O por mejor decir nació aquel punto
Divino, celestial, grande e inmenso.

(Encentadura del *Testamento de Hadriano en el qual Hadriano Mynsicht expone su última voluntad y parecer sobre la Piedra Áurea de los Phylosophos revelando a los alumnos o Hijos del Arte y de la Sabiduría todo quanto ha alcanzado sobre ella.* Traducida en versos castellanos por Francisco Xavier de Santiago Palomares.)

Recoge una buena cantidad de agua de lluvia, por lo menos unos treinta litros, y consérvala muy bien encerrada en recipientes de vidrio durante diez días. Entonces se aglutinará y aparecerán sedimentos en su fondo. Vierte el agua clara en un recipiente de madera, redondo como una pelota, que cortarás en el centro; llénalo luego hasta un tercio de su capacidad y ponlo al sol, a la hora de mediodía, en un lugar apartado o secreto. Toma después una gota del vino rojo bendito y hazla caer en el agua. En seguida verás cómo aparece en ella una especie de niebla y un a modo de densa oscuridad. Así ocurrió en la primera creación. Echa luego dos gotas y verás a la luz surgir de las tinieblas. Añade después, una tras otra y a cada mitad de un cuarto de hora, la tercera, cuarta, quinta y sexta gota. Entonces tendrás ante tus ojos, sobre el agua, todas las cosas del mundo, sucesivamente, tal como Dios las creó a lo largo de seis días. Son secretos que no pueden expresarse ni yo tengo poder para revelarlos. Cae de rodillas antes de emprender esta operación. Deja que tus ojos juzguen, pues así fue creado el mundo. No toques nada. Al cabo de una media hora todo desaparecerá. Y así comprenderás claramente los designios de Dios, que ahora permanecen tan ocultos para ti como para un niño. Entenderás lo que Moisés escribió de la Creación. Contemplarás los cuerpos de Adán y Eva antes y después de la caída. Desentrañarás la serpiente, el árbol, el fruto que comieron, el lugar del Paraíso, su esencia y la carne en cuyo seno renacerán los justos, no ésta recibida de Adán, sino aquélla que proviene del Espíritu Santo. O sea: un cuerpo como el que nuestro Redentor trajo de las alturas.

(De *Abtala Jurain Filii Jacob Juran, Hyle und Coahyl, aus dem Aethiopischen ins Lateinische, und aus dem Lateinischen in das Deutsche übergesetzt von Johann Elias Müller,* Hamburgo 1732).[1]

La dificultad estriba en procurarse el tintorro consagrado. Hice cuanto estaba a mi alcance. Se lo pedí a un clérigo moderno, de esos que se ciscan en Dios por no desentonar y que han suprimido desde el alzacuello hasta los tres votos. Acunóse en una desmañada negación. Insistí cerca de un obispo argumentando que mi finalidad no era sacrílega, sino al revés. Repitiéronse los nones. Le bailé el agua a un rijoso jesuita renegado (pues sabido es que ahorcar la sotana no acarrea la pérdida de las virtudes que calzársela confiere) y, cuando más propicio parecía, no sólo se la envainó repentinamente y de cuajo, sino que hizo rotundo mutis de amistad desertando a la francesa de mi compañía, de nuestra afición al ajedrez, de la mal contenida lascivia que mi coima le inspiraba y, en líneas generales, del horizonte y del futuro. Cosas de iglesia.

Entonces opté por la acción directa. Elegí un recoleto templo de asuncionistas. Le puse sitio. Empecé a frecuentarlo con gafas oscuras y cara de Sam Spade. Reloj en mano acordelé las idas y venidas de las beatas, el deambular de los sacristanes, el cenit y el nadir de las horas punta, el manoseo de los confesores, los santiguamientos de los arrepentidos y la neurótica laboriosidad de la clerigalla. Medí los pasos que separaban el propileo de la credencia. Comprobé que sobre la misma, y sin *cave canem* solían quedar las vinajeras con un turbio poso de sanguis a lo ancho del tiempo muerto comprendido entre la última misa de la mañana y la primera del crepúsculo. No parecía difícil apoderarse de ese aloque transubstanciado improvisando un corte de mangas en el revuelo de una genuflexión y tomando luego soleta con la color encendida, los ojos bajos, las nalgas a pistón, el trote conciso y alguna que otra puñada de pocas nueces en el pecho. No parecía difícil y no lo era. Aun así, me rajé. Harto pesaba en mi ánimo, y justificaba la cobardía, el recuerdo de las amistades carabancheleras que años atrás me habían en mala hora patentizado el rigor (o brutalidad) puesto por la magistratura española en todo lo tocante a ultrajes, profanaciones y robos sacrílegos. ¿Merece una tentativa alquímica de resultado incierto el albur de pudrirse media década de los setenta a la sombra de un tragaluz con barrotes verticales? Quizá sí, pero mi pésimo karma me impidió correrlo. Y regresé, apesadumbrado, a las miserias de la rutina.

Con todo, nadie crea que he añadido la sordidez de una renuncia a la vergüenza de mi collonería. Sé lo que voy a hacer. Aprovecharé mi próximo viaje a Madrid para mezclarme en una de esas misas coptas (o mozárabes o ecuménicas o kurdas o lo que diámine sean) donde la eucaristía se imparte al pan pan y al vino vino. Rondaré con rostro penitente el presbiterio, aceptaré el corrusco, tomaré una copa, guardaré su contenido en la cavidad bucal y lo insuflaré —ya fuera de la iglesia y al abrigo del ojo ajeno— en una cucúrbita de vidrio previamente esterilizada. ¿Sacrilegio? En modo alguno. Dada mi condición de cristiano gnóstico tengo el deber y el derecho de restituir a la letra muerta de la liturgia exotérica falsificada por Roma su antigua profundidad y alcance. Así lo exige el desarrollo de mi conciencia, el perfeccionamiento de mi persona y la salvación de mi alma. Entre todas las metodologías esotéricas formuladas para franquear de abajo arriba los sucesivos umbrales de la metafísica, ninguna hay tan cercana a la *gnosis* de Cristo tan circunscrita a su origen, evolución y desembocadura, y por ende tan nuestra, tan occidental, tan española como ésta de la alquimia *europea* (pues hubo y hay otras en otros sitios) incoada en la penúltima Edad Media después de la derrota (voluntaria o no) sufrida por los gibelinos al intentar hacerse con el poder secular (en su doble esfera civil y eclesiástica) para instituir desde él una *new society*, o Ciudad de Dios, inspirada no por la acucia de progreso material y ciencia analítica, sino por el designio iniciático de erigir una pirámide con base ascética y cumbre mística conducente tras un persécula finito (pero a veces ilimitado) al logro de una fulguración sincretista, unitaria, instantánea e irreversible. Ello, naturalmente, caso por caso y en el recinto de cada conciencia. Lo que en nuestro microcosmos blanco y europeo entendemos por alquimia es sólo la desesperada búsqueda a título individual del séptimo cielo cristiano por parte de quienes —escarmentados y malheridos— sobrevivieron al desbaratamiento manu militari de los cátaros, de los templarios y de la resistencia gibelina organizada en torno a los Hohenstaufen. O sea: ni más ni menos que el sempiterno gnosticismo alejandrino, desfigurado ahora por el miedo, aquilatado por la experiencia del percance y escondido bajo la máscara ambigua de la clandestinidad. Uno de los axiomas capitales en la tradición oral y escrita de los *carboneros,* tal y como a su debido tiempo lo formulase la legendaria María Prophetissa, reza textualmente: *el Uno se transforma en Dos, el Dos en Tres y del Tercero sale el Uno como Cuatro*.[2] Son verdades que ya formulaba Toth, pero que el Cristo se cuidó de repetir casi con las mismas palabras y, si cabe, aun con mayor claridad e hincapié. ¿Qué otra significación podemos dar al *hombre nuevo* de los evangelios (o morada rediviva del Numen) legitimado por el advenimiento sobre un cuerpo mortal de la Tercera Persona con visos de Espíritu Santo? Jung no albergaba dudas al respecto. La alquimia —dice drásticamente en el mejor de sus libros— «constituye una especie de curso inferior cuya superficie se halla dominada por el cristianismo. Y guarda con él una relación análoga a la que existe entre el sueño y la conciencia. Por lo cual, del mismo modo que los conflictos de ésta se compensan en la vida onírica, así también la alquimia procura llenar las lagunas dejadas por la tensión de los opuestos en el ámbito de la mentalidad cristiana».[3] Y luego: «nos movemos (con la alquimia) exactamente en la misma demarcación de la psique donde hunde sus raíces la *gnosis*».[4]

(Claro que «mientras el gran tema de la Iglesia es la *imitatio Christi,* el alquimista —sin saberlo a ciencia cierta e incluso sin quererlo— queda a merced de las condiciones inconscientes de su espíritu, pues dada la soledad y oscura problemática de la *obra* no puede apoyarse, como el cristiano, en ningún modelo obvio y falto de equívocos».[5] Pero esto es otro cantar. Un cantar que glosa, precisamente, los abismos abiertos entre quienes imitan a Cristo arropándose en el genérico mal de muchos de la Iglesia y quienes apuestan a hacerse carne de su carne jugándosela a pecho manifiesto por los terribles caminos de la *gnosis*.)

Sería agua de burbujas pedirle más claridad a un autor tan altanera, tradicional y empecinadamente oscuro. Y no se busque contradicción en el hecho de que a ese maestro le pareciese la alquimia a la vez coto cerrado del cristianismo e intentona psicoanalítica (en los símbolos, en las parábolas, en los preceptos y en los diagnósticos) de desanidar a la memoria colectiva de sus inexpugnables cubiles subconscientes, pues ya dijo Tertuliano que *anima naturaliter christiana* con frase que acuciaba a Jung y que yo, discípulo de ambos a mucha honra, tengo ya inscrita en el dintel de mi casa.

Con lo que, entre burlas y veras, delimítase también cuanto en este capítulo va a tratarse bajo el epígrafe, sin duda anfibológico, de *alquimia.* No hablaré (excepto si la urdimbre de las referencias me constriñe a hacerlo) del Trismegisto, ni de las transmutaciones obtenidas en su misma brecha de esmeralda por los siervos de Alá, ni tampoco olfatearé la frágil flor de oro que el propio Jung cortase en las cavernas de Catay, ni menos aún me entretendré en la crisopeya que al calor de Shiva y de la fragua era ya cien veces vetusta cuando los *Vedas* la mencionan. Ni por asomo. Han de quedarse esos quebradizos dédalos velando armas en mi penumbra sin perjuicio de que voces menos desafortunadas los hayan recorrido, estén en ello o se dispongan a acometer la empresa (menoscabándome en los tres supuestos). Insisto: sólo aludiré en las páginas que ahora se abren a la *alquimia española* —y por eso europea— *de la Baja Edad Media,* pues ninguna otra interesa en derechura a los fines de este libro. Un territorio, pues, acotado a rajatabla en el espacio y en el tiempo, y —de resultas— limitado asimismo a una precisa endosfera de mandamientos, ideas y dogmas: la cristiana. Que nadie se dé por ofendido.

(Sin embargo, cuán poco costaría a un español de observancia católica sacrificar en ese horno que el sabio Li-Chao-Kiun brindaba al emperador Wu-Ti no sin asegurarle que los espíritus descenderían tras el holocausto, y transmutarían el polvo de cinabrio en oro, y serviría éste para fabricar utensilios, y alcanzaría la longevidad quien comiera o bebiera ayudándose de ellos, y entonces se le manifestarían los bienaventurados de la isla P'ong-Lai, y...[6] Cuán poco esfuerzo tendría que hacer un gitanillo de la Unión o un quincallero nómada de Alcalá de Guadaira para convenir con el *Rigveda* en que el creador del mundo fue un herrero y en que, por lo mismo, sólo el herrero puede ejercer las funciones de monarca.[7] ¿Y qué españolito de pro no sentiría como suyos, como amistosos y familiares, los vapores nirvánicos desprendidos por el atanor de los adeptos muslimes? Renuncias, ésta y otras, que la fragmentación esquizofrénica del pensamiento racionalista nos impone a casi todos.)

Pero la alquimia, contra pronóstico, se ha puesto inexplicablemente de moda. Hace una década, sólo cuatro chalados se interesaban por ella (además de los ocultistas, serios o no, que siempre lo hicieron). Hoy, otoño de gracia del 74, ahí la tenemos, transformada porque sí en un enésimo e iterativo producto de consumo. Los yanquis nos envían telefilmes donde la tradicional figura del científico bondadoso (y horrorizado por el uso que la Administración hace de sus inventos) cede los trastos de protagonista a cuarentones misteriosos que durante el día trabajan como ujieres en cualquier rascacielos y por la noche manejan probetas en la bañera de su chabola con miras a subvertir la involución y a sembrar el bien entre sus prójimos. Los editores *sine nobilitate* de Barcelona aprovechan el dandismo de los inteligentes y el prurito vaginal de las amas de casa para inundar los escaparates con perogrullescos prontuarios desde cuya portada un búho dentón de peluche hace por hipnotizarnos, hundido hasta el gañote en un frangollo de alambiques, matraces, polveras de la madre celestina, retortas y mecheros bunsen. Los maestros ciruelos de las escuelas montessori y similares explican a sus bien trajeados alumnos, hijos todos estándar de padres pero que muy modernos (ejecutivo de izquierdas algo cornudo, él; licenciada en letras con buenos muslos y tirando a mujer de Putifar, ella) que no deben incluir automáticamente a los alquimistas en el batallón de los farsantes, pues muchos de ellos anticiparon e hicieron olalá posibles las maravillas nucleares y de las otras perpetradas siglos después por la química comilfó que hoy nos conforta.

(Y mienten, dicho sea de paso, como charlatanes de púlpito o de parlamento, pues a tal apunta quien confunde los alquimistas con los meros *sopladores*, o tontainas dalequedale sin imaginación ni dignidad, que machacona y desordenadamente mezclaban, socarraban, destilaban, aliñaban y hasta saboreaban cuanto el azar o su formicularia obsesión de inventariarlo todo les ponía entre manos. Nada en común, pues, con el genuino *adepto,* que no ignoraba ni un adarme de lo que se traía en ellas: su ruta *material* —dejemos la otra— hacia el Elixir y la Piedra era, por así decir, casi mecánica, refrendada por un exacto conocimiento del qué, cómo, cuándo y cuánto había que meter en danza de laboratorio. El soplador, con su sistemático azacaneo y margen de error sistemático, sí pudo ser y fue el padre de la química actual. No —de ningún modo— el alquimista, cuyo belmonteño *dominio* de la fiera lidiada excluía la posibilidad de variantes. Y conste que no barro para dentro. Son otros, muchos otros, quienes en este asunto me inspiran y me salen valedores.[8] De hecho, casi nadie cree ya que la química científica, basada en la fatua arrogancia del *homo sapiens* respecto a lo que sólo él ha dado en imaginar madrastra naturaleza, guarde relaciones de ningún tipo —superioridad, inferioridad o simple parentesco— con el arte solitario y setenta veces provecto de quienes nunca buscaron modificar para bien o para mal la ubicación del hombre en su entorno, tal como el químico lo hace, sino liberar a cada espíritu de la ilusión que lo mantiene sometido a las falsas leyes —*maya, sâmsara*— del espacio y del tiempo. Éste se volatiliza ante la inmortalidad que el Elixir dispensa; aquél, gracias a lo mismo, se diluye cuando el adepto alcanza la dimensión del oro filosofal que reposa simbólicamente en el centro de la tierra y permite instalarse en las islas paradisíacas de P'ong-Lai o de Brandán, situadas fuera de la historia y de su maquinal, inevitable decadencia.)

No son conceptos fáciles. Y la farsa, la moda, el clímax exquisito de lo inusual, su condición de juguete recién importado, más contribuyen a velarnos ulteriormente el rostro de la alquimia que a hacérnoslo manifiesto. Quizá por eso, por una culpa ajena, me sienta yo obligado a incurrir en generalidades que de otro modo, presuponiendo un mínimo de contexto y claridad en el lector, me parecerían impertinentes y extemporáneas. Con todo, no me referiré a la alquimia (a lo que sabemos de ella) partiendo de sus primeras letras, pues tal jornada dejaría de ser descaro, falta de oportunidad o exceso de celo para convertirse en mentecatez. Definiciones de esa laya pueden encontrarse en tantos libros y libelos que forzoso es considerarlas ya tema de cultura general. Pero sí me atreveré a deslizar, con modestia, algunas anotaciones marginales, casi diría a pie de página, que quizá no se condenen por descontadas. O que, aun siéndolo, me parecen imprescindibles para situar en su verdadera perspectiva este capítulo y para no malentender mi enfoque (deliberadamente junguiano) de tan arduo asunto. Ahí van pues las apostillas, muy enjutas y sin más orden o criterio de clasificación que el de la mera sucesividad.

Escribía el adepto Basile Valentine en su *Carro de triunfo del antinornio*: «todas las cosas vienen de la misma semilla, todas han sido originariamente alumbradas por la misma madre».[9] Y concluía en su *Testamentum* el pseudo o cabal Lulio: *omnia in unum.*[10] Sin esta evidencia, o por lo menos hipótesis, que ya postulaba la *Tabula smeragdina* arrancada por los soldados de Alejandro al vientre de la gran pirámide donde quizá estuvieron las cenizas del Trismegisto, nadie se hubiera aplicado al afán crisopéyico ni, en líneas generales, hubiese empezado a trazar esa compleja red viaria de iluminaciones que solemos denominar mística. La convicción de pertenecer a un organismo cósmico unitario o de sobrenadar —carne de la misma carne— en un universo *lleno* y homogéneo sirve de premisa a todas las tentativas blancas, negras, pretéritas y futuras de empujar los umbrales de la conciencia más allá del dintel señalado por la razón. Sin ese impulso no hay concupiscencia de conocimiento absoluto ni posibilidad de epifanía pasiva o de éxtasis activo.

La alquimia es, por ello, un arte sagrado cuyo ejercicio depende de una revelación: la unidad del cosmos, la identidad monística entre forma y materia (o, si se prefiere, la falacia de ésta). Nadie realiza la *obra* sin la ayuda de Dios o, eventualmente, sin el ejemplo de un maestro investido por Él. Pero atención: tamaña destreza no se consigue por mérito de condigno. El adepto lo es en virtud de su propio afán y sólo de él, sin *gracia* que previamente lo señale o que por lo menos, caso de existir, garantice mecánicamente la culminación de la crisopeya. Ésta corre en paralelo a una experiencia personal y, sensu strictu, intransferible. De ahí que los alquimistas fueran siempre investigadores en soledad y brutalmente desarropados, sin el desahogo que permiten los discípulos, el norte que confiere la memoria o el consuelo que suministra la tradición. De hecho, como Jung señala, la historia de la alquimia no recoge ninguna de las polémicas o disensiones que cabía esperar en ciencia tan empírica, silvestre y poco vertebrada. Hay en ella, por el contrario, un difuso y «sorprendente acuerdo general de principios», al parecer espontáneo, «aunque nunca llega a entenderse del todo por qué y en qué coinciden exactamente los adeptos».[11]

¿Experiencia y revelación? En el eje de esa bipolaridad se inscribe automáticamente otro de los rasgos que mejor definen (o caracterizan) a la alquimia: no caben en su templo los ignorantes. Sólo el hombre superior, el Ungido total o parcialmente, se instala en la íntima verdad de las transmutaciones y descorre el velo de su recóndito significado, mientras los necios «se atienen a su sentido literal, se deslumbran con el brillo de las recetas y jamás deponen el error».[12] Apunta Jung en esta frase al vaniloquio, tan popular ayer como hoy, de que los alquimistas buscaban un sistema para fabricar oro partiendo del carbón y de otros cuerpos plebeyos. Pero se trata de un equívoco generosamente aireado por la erudición y la divulgación contemporáneas. No perderé el tiempo vareándolo de nuevo.

(Ya se vio cómo el oro alquímico de China —el de más antigua definición que ha llegado hasta nosotros— granjea la inmortalidad y, con ella, un luminoso resquicio para escapar al doble ensueño del espacio y del tiempo. Surge, lógicamente, esta interpretación en el ámbito de las teosofías asiáticas, tan proclives siempre a la metempsícosis y tan dadas a vindicar contra viento y marea la irrealidad de cuanto los sentidos nos proponen como real. Propende la alquimia búdica e hindú a intervenir en el vaivén de las reencarnaciones, acomodándolo teleológicamente a las miras de una voluntad superior, de un infinito y —a primera vista— insoportable proyecto universal. «Si las transmutaciones son válidas para los elementos y para los metales, ¿no pueden serlo también para el hombre? ¿No puede éste, en un cambio cíclico, pasar de la juventud a la vejez y nuevamente a la juventud?»[13] ¡Ay, *yin* y *yang*! Pero los cristianos de aquende el Bósforo conciben y buscan un metal mucho más acorde con la *gnosis* del Mediterráneo y de Alejandría: su oro entrañará conocimiento, catarsis, perficiencia del yo y proyección del alma hacia zonas o cielos cada vez menos contaminados por la corruptibilidad de los eones. Cierto es que tal alquimia no disiente en nada fundamental de la que practicaban los adeptos orientales, pero viene a corregirla un tanto, a introducir sabores y matices que tienen en Europa aire de familia. Y se agradece.)

Por lo demás, Dios sabe al hilo de qué vericuetos, la clásica armonía de Laotzú entre un principio femenino, húmedo, suave y noctámbulo (el *yin*), y otro masculino, seco, áspero y solar (el *yang*), gobierna también las reglas del juego en el juego sin reglas de la alquimia occidental. Dos caminos se le ofrecían, efectivamente, al adepto de estos pagos: el *húmedo* (del que no lo ignoramos todo) y el *seco,* llamado asimismo *vía sacerdotal* o *de los humildes,* que inspiraba terror y costó la vida a bastantes temerarios. Su busilis nunca se transmitía por escrito.[14] De él no tenemos más noticia que la mera existencia ni nos ha llegado otra fama que su siniestra aureola. Pero no es difícil escuchar en el misterio un apocalíptico rumor de hongos y explosiones nucleares.

Idéntica huella levantina se percibe en las normas dictadas por el embolismático *Rosarium Philosophorum*: «haz del hombre y la mujer un círculo redondo. Saca de ese círculo el cuadrado y de éste el triángulo. Haz un círculo redondo y obtendrás la Piedra de los Filósofos».[15] Aquí no sólo funciona la corriente alterna del *yin* y el *yang.* El autor va más lejos (rumbo al este): nos propone nada menos que la elaboración y contemplación de un clarísimo *mandala.* No sorprende que Jung consagrase más de cien páginas de su *Psicología y Alquimia* al estudio del simbolismo yacente en ese cosmograma de todas partes que las religiones orientales siempre han dibujado, considerado y teorizado con singular interés y fervor. Al simbolismo y, claro es, a su específica significación en el contexto de lo onírico.

Sueños, sí. Buceándolos, como su oficio le ordenaba, empezó el médico de Kessvil a interesarse por una rama del saber en la que sus presuntuosos colegas de la ciencia occidental no veían sino chabacano asunto de fantasmas y de viejas tras el fuego. Jung no tardó en comprobar que las imágenes oníricas descritas por sus pacientes coincidían a menudo con los laberintos e ilustraciones de la menospreciada literatura alquímica. Y siguió ese rastro hasta llegar a la conclusión de que ambos sistemas de símbolos apuntaban a una misma categoría de recuerdos: los olvidados mil veces y otras tantas vueltos a olvidar entre las arrugas del inconsciente colectivo. Era una revolución, un descubrimiento estelar en la milenaria lucha emprendida bajo el señuelo del *nosce te ipsum,* pero casi nadie se dio cuenta (y en ello seguimos). Jung acababa de fundir una llave de oro capaz de irnos abriendo las puertas conducentes a la primordial sala de máquinas, al naos donde funciona el motor y descansa el secreto de nuestros actos, de nuestras convicciones, de nuestras fobias y apetencias, de nuestros ángeles y demonios. Aún más: se nos suministraba la falsilla de todo el acontecer humano, se alzaba el telón sobre la recóndita tramoya de la historia (mientras, por los mismos años, otro médico suizo descubría casualmente el ácido lisérgico, o sea, la sustancia que hace posible viajar por espacio de mil centurias comprimidas en ocho horas a través de ese jardín interior, indeleble feria de monstruos y maravillas, que Jung acertó a llamar *inconsciente colectivo*).

No me incumbe referir aquí la fantástica teoría (¡y praxis!) que este profeta tejió con el paso del tiempo alrededor de su hallazgo. Pero sí mencionaré algunas de sus incursiones en el mundo que nos ocupa, organizadas siempre desde la óptica y órbita del psicoanálisis.

No es en los conceptos filosóficos *(dixit),* sino en las vivencias individuales de proyección donde conviene buscar las raíces de la alquimia. Y sin morder el anzuelo, ya que los iniciados en ésta confundían sus experiencias psíquicas (a menudo de carácter alucinatorio) con las fases del proceso químico desarrollado en el crisol. Dicho de otra forma: el alquimista atribuía sus visiones a efectos mecánicos y propiedades objetivamente discernibles de la materia que a fuego lento se metamorfoseaba en el crisol, pero «lo que en realidad vivía era su *inconsciente,* repitiendo así la historia del conocimiento de la naturaleza en general. La ciencia, como nadie ignora, nace con el estudio de los astros. En ellos descubrió la humanidad a sus primeros dioses, rostro o proyección numénica de las tendencias o factores más acusados del inconsciente. De hecho, las cualidades psicológicas imputadas a los diferentes signos del Zodíaco constituyen una verdadera teoría de caracteres. La especulación de los astrólogos es, desde este punto de vista, una experiencia primordial muy semejante a la de la alquimia. Tales proyecciones se repiten cada vez que el hombre decide explorar un espacio oscuro y vacío, pues inmediata e involuntariamente acaba llenándolo con el despliegue de sus propias criaturas».[16]

Me pregunto, a este respecto, si la fabulación arquetípica volverá a producirse en los dominios de la aventura espacial. Un desierto inmóvil y silencioso aguarda por encima de nuestras cabezas. ¿Lo roturaremos con mesnadas de duendes, bestias y dioses? O lo que tanto vale: ¿lo poblaremos de recuerdos, de símbolos oníricos y religiosos? Apuesto a que sí. Cabo Cañaveral es un nuevo finisterre: más allá de él nos acecha otro océano de tinieblas. Parece ser que los técnicos de la Nasa incurren ya en mil ritos supersticiosos antes de apretar botones, conectar circuitos o iniciar cuentas atrás. Allí las reverencias, las plegarias, los tripudios circulares, la oblación de objetos, las genuflexiones. Lo relataba en 1970 (¡qué será ahora!) un apabullante artículo del severo *Time.* Y ni siquiera le falta a ese mundo una mitología glosada en libros sacros por exegetas y evangelistas. ¿Qué otra cosa es la ciencia-ficción? Me refiero, claro está, a la que inventa, resucita o simplemente describe criaturas espaciales. ¡Oh, trífidos, fundaciones, amebas de Saturno, cerebros de gelatina, estanques de Bradbury, demonios familiares de Julio Verne, de Sturgeon, de Asimov, de Simak! Quizá el frufrú del primer sputnik anunciaba el comienzo de una odisea en cuya Itaca recuperaremos la tela mil veces tejida y destejida del inconsciente. Publicó Jung poco antes de morir un luminoso (y numinoso) estudio sobre objetos volantes no identificados.[17] ¿Sonará verdaderamente la hora de la reconciliación primordial gracias a los juguetes sin sal ni alma de la tecnología? ¡Quiá! Rusos y americanos prefieren invertir sus dólares y sus talentos en la mejora del nivel de vida. Todos tendremos ataúdes con muy buenos herrajes.

Pero basta de exabrupto. Volvamos a la alquimia, a lo que el suizo dijo de ella, a su condición de pantalla hábil para proyectar las imágenes y vivencias del inconsciente. Calcúlese lo que eso significa a efectos de psicoanálisis. Nada menos que la ocasión de sacar a flote el material más esquivo de los sueños con miras a conocerlo y estudiarlo bajo la luz diurna de la perfecta vigilia.

(Idéntica posibilidad brindan las drogas alucinógenas, especie de crisopeya *pré-cuite*, pero su iluminación es efímera, aunque altamente pedagógica, y exige muchos redaños. Lo que se ahorra en paciencia, se gasta en miedo. Váyase el uno por la otra).

Y recalquemos en bastardilla la originalidad terapéutica de este oficio oscuro (un matraz, una llama, un cuerpo inorgánico, un hombre temeroso de Dios), sin por ello menospreciar el resto de sus virtudes, harto más divulgadas. Una genuina *curación por el espíritu* era el premio que aguardaba al adepto tras la soledad, aparentemente estéril y desde luego árida, de su laboratorio. Salud para pocos, sí, pero tan firme y espaciosa como la bóveda del cielo, como la inequívoca palabra de los profetas. Leo por azar (y por ventura) opiniones casi iguales en un semanario de esos que sólo se compran en las estaciones: «la alquimia, a través de los siglos, ha intentado la recuperación de los arquetipos, la unión entre el cuerpo y la mente, y la conjunción total del individuo, poniendo fin a la ambivalencia en que siempre ha vivido el hombre».[18] Chirría el estilo, que me atreví a retocar, pero no su trasfondo (venga de donde viniere). Alquimia, sí, *recuperación de arquetipos*. Y hasta tal punto que a veces la *materia lapidis* se revela desde la incorruptible profundidad del sueño. *Aqua philosophica tibi in somno aliquoties manifestata*, reza un testimonio recogido por Jung. Y «*nigredo* se llamaba en argot iniciático la fase de la Obra, que el sujeto de ella vivió siempre con *melancholia* y que psicológicamente corresponde al encuentro con la propia *sombra*».[19]

Así que (se diría) basta inclinarse sobre una probeta o escudriñar con ahínco la platina de un microscopio (pongamos) para que las neurosis del observador se desvanezcan al cabo de cierto tiempo. Pues no. De presentarse las cosas tan fáciles tendríamos en los científicos a los individuos de mejor salud mental que imaginarse quepa. Y sucede más bien lo contrario. ¿Dónde está el truco? ¿Dónde la diferencia entre el químico y el alquimista? Solución elemental: en la *ignorancia* del segundo respecto a los límites de una actividad que su congénere (o hermanastro) conoce perfectamente en lo relativo a la suya; y ello aunque también en el plano de la pura técnica conociese el adepto nociones que la ciencia de hoy no atina a recuperar (pero esto es una faceta secundaria —y casi diría que inevitable— de su quehacer). En otras palabras: no reviste la misma significación espiritual ir en pos del DDT que ponerse al trabajo sin saber cuándo, cómo y dónde terminará. El químico explora ya antes de serlo, en la Universidad, las nueve décimas partes del territorio reservado a su disciplina y comprende que ésta, por mucho margen que le demos y mucha insipiencia que nos atribuyamos, no puede progresar indefinidamente. Los límites *reales* de su tarea señalan el tope *imaginario* (pero tan eficaz como si fuera de granito) de su futuro desarrollo espiritual. El alquimista, en cambio, vive y trabaja *sub specie aeternitatis,* tiene por delante (o cree tener, que para el caso es lo mismo) un terreno virgen y horro de mojones terminales, conoce el estímulo y la alegría del puro *quaerere,* de la investigación por la investigación, libre, gratuita, flagrante, inagotable. O sea: se mueve fuera del tiempo y del espacio, en un ámbito mental de infinitud y eternidad mentales donde la mente fluctúa eterna e infinitamente, pues carece de percha en la que posarse, de tregua para hacerlo, de experiencia con que repetirse y de meta en la que rendir viaje. ¿Quién dudaría de que un espíritu arrojado con placer y miedo a esa otra dimensión termina por trascenderse a sí mismo y estallar en chiribitas de colores? Quizá hasta reunirlos todos en una explosión de luz blanca, mudarse en cuerpo traslúcido, participar —bailando— en la *gnosis* de las esferas y franquear el quicio del séptimo absoluto... Poseía además el alquimista la radical esperanza que nace de esperar en una empresa desesperada. Así la Obra.

Y, por lo que hace al sistema seguido para alcanzarla, diré sólo que refleja sin posible equívoco cuanto a propósito de la intencionalidad fundamentalmente *psicológica,* que no *científica,* de los adeptos aquí se viene exponiendo. Consiste esa delirante técnica en lo que Jung llamaría y llama *método de la amplificación*: algo que los psicoanalistas de su escuela conocen al dedillo, pues se trata de un truco de mecánica ondulatoria o juego de esferas concéntricas muy utilizado en lo tocante a interpretar los sueños. Éstos suelen producirse en un ámbito tan exiguo de indicaciones que su comprensión resulta prácticamente imposible si no se enriquecen (y aun multiplican) los datos oníricos con analogías, encadenamientos y efectos simpáticos de varia índole. Ahí la *amplificatio* o maniobra que arroja luz sobre una vivencia oscura a base de alimentarla con parentescos extrapolados de otros dominios. El psicoanálisis usa y abusa de este sistema, pero evidentemente no pudo inventarlo. Quizá la alquimia sí, pues los adeptos levantaban, de hecho, una especie de fortín ebúrneo y «más o menos individual, constituido por los *dicta* de los filósofos y por una combinación analógica de los principios y símbolos alquímicos en la que resuenan ecos de todas las partes del mundo».[20] Los iniciados llamaban *theoria* a este bagaje de asociaciones, lo colocaban en la segunda parte del *opus* y lo identificaban con esa resbaladiza *ciencia hermética* que formuló Trismegisto, glosó Alejandría, filtró en Europa la Escuela de Traductores toledana (a partir de manuscritos árabes) y divulgó, en el siglo XV, Marsilio Ficino trasladando al latín los textos griegos del *Corpus Hermeticus*, acumulado en Macedonia. No es la primera vez que hablamos de ello.[21]

Y así, *obscurum per obscurius* e *ignotium per ignotius* (a lo oscuro por lo más oscuro, a lo desconocido por lo más desconocido), como no sin ironía definieron los alquimistas a su fatigoso progresar en movimientos peristálticos, la Obra eternamente inacabada se sucedió a sí misma, y a sí misma, y a sí misma... Pero el juego reclamaba un desenlace. El divino *ouróboros* —la serpiente que se muerde la cola para recordarnos la infinitud de los ciclos cósmicos— no podía seguir en tan incómoda postura por los siglos de los siglos. Los adeptos, al fin y al cabo, estaban apostando todos sus ahorros a una lotería sin premio: trataban de representar la sustancia incorruptible con las propiedades de un producto químico. ¿Representación? No, encierro (o caricatura, en el mejor de los casos). ¡Hermosa quijotada! Y salió la suerte por donde tenía que salir: al sonar la hora del XVIII (centuria tristemente célebre por el desaforado abuso de la razón que nos dejó en herencia) la *alquimia de laboratorio* fue poco a poco enredándose y ahogándose y desvaneciéndose en su digna oscuridad. Mas no se crea que hubo derrota en el trance, pues —como afirma Jung— la *alquimia reli-*

giosa y filosófica, lejos de desaparecer, conquistó nuevos y decisivos intérpretes. «Lo demuestra el ejemplo del Fausto y lo mucho que la moderna psicología del inconsciente debe al simbolismo de los adeptos.»[22] Y otros brotes. Podríamos añadir el nombre de Fulcanelli (menos por sí mismo que como síntoma de un fenómeno) y desde luego, aunque con infinitas reservas, las cosas y casos de esa discutible moda que las cigüeñas Pauwels y Bergier trajeron no ha mucho de París. La toma de conciencia ecológica también viene a coincidir con (o a abundar en) no pocos aspectos, diagnósticos y consecuencias laterales de la mentalidad alquímica. Rezaba el segundo axioma hermético: *para trasmudar una sustancia hasta su perfección se requiere un largo proceso de sufrimiento.* Y el cuarto: *sólo puede mejorarse la naturaleza en sí y desde sí misma.* Y el decimotercero: *lo que mata, produce vida; lo que es causa de muerte, conduce a la resurrección; lo que destruye, crea.*[23] Así Shiva y Visnú, y quienes se oponen, por ejemplo, al exterminio de los lobos.

Hasta aquí mis apostillas a pie de página, que pretendían connotar y aclarar (sin presunción de conseguirlo) el fenómeno difícilmente comprensible de la alquimia. Todas ellas se encierran en una norma de sentido común: aproximarse a lo que nos es ajeno con inaplazable atención y un mínimo de fe. Escribía Mircea Eliade: «hay un sistema eficaz —y nada más que uno— para asimilar y comprender los hechos culturales extraños a nuestra actual mentalidad. Consiste en descubrir su foco e instalarse en él para desde esa posición tener acceso a todos los valores que gobierna. Sólo colocándonos en la perspectiva del alquimista llegaremos a entender el universo de la alquimia y a calibrar su originalidad».[24]

Con lo que corto y paso. Es el turno de España.

La referencia más antigua, que yo conozca, sobre la actividad de los adeptos en la península envuelve nada menos que a Alfonso el Sabio. Y es (o era) natural, casi inevitable, dada la decisiva protección que este raro monarca dispensó a la Escuela de Traductores en su segunda época. Ya dijimos en otro capítulo, por boca del Padre Sarmiento, que el personaje de marras «encaprichóse con la idea de hacer oro y trajo para ello gitanos alejandrinos». Se le atribuyen además dos tratados de alquimia. Ambos llevan el nombre de *Tesoro*. El primero no pasa de ser una traducción monda al castellano del manual que con el mismo título pergeñase Bruneto Latino. El segundo goza fama de apócrifo.[25] En varios epígrafes de las *Partidas,* según Amador de los Ríos (y yo no me cuidé de comprobarlo), se acusa al *ars sacra* de oficio hueco y engañoso.[26] No dudo de que la anotación responda a verdad, pero salta a la vista que el legislador —en cuanto hombre de estado y a la vez hombre de letras— forzosamente jugaba a dos tapetes y quemaba incienso en dos altares. Por lo demás, minucias, logomaquias, querella de compadres...

Como lo es la tediosa disputa sobre si el Raimundo Lulio alquimista coincide o no con el Beato mallorquín del mismo nombre que los católicos siguen empeñados en apandar contra toda razón y evidencia. ¡Uf! Cacarean los mojigatos de costumbre recordando que Lulio el Bueno preparó en 1311 una especie de autobiografía y censo de sus obras donde no figuran las muchas que sobre la ciencia hermética se le atribuyen.[27] ¡Bonita argucia, habida cuenta de la voluntad de secreto que animaba a los adeptos y del compromiso de lo mismo que en pureza y rigor los obligaba! Nadie, por otra parte, puso en tela de juicio la paternidad de tales obras hasta después de que la Iglesia beatificara al hereje.[28] Lo de siempre. Pero no me rebajaré al extremo de aceptar la discusión. ¿Importa algo que fuera Shakespeare, Ben Jonson, Marlowe o fulano de tal quien de su puño y letra escribió *Macbeth*? Peloteras de erudito. En cuanto a mí, dado que circula por esos mundos una no flaca gavilla de manuales alquímicos imputados desde siempre a Raimundo Lulio, abonaré la especie y supondré con sencillez que alguien de ese nombre y apellido los redactó. Si mallorquín o tarraguense (pues lo segundo era, como veremos, el Raimundo malo propuesto por los cavernícolas para sustituir al bueno), no me interesa. Aunque naturalmente tengo (y retengo bajo siete llaves) una opinión sobre el asunto. Imagínenla.

Causa espanto —dice textualmente el único investigador español que se ha tomado en serio esto de la alquimia— comprobar que se atribuyen al prolífico Beato más de quinientos volúmenes relativos a la ciencia hermética.[29] Mencionar sus títulos sería —además de inútil— imposible, pues parece ser que no existe catálogo ni intención de acometerlo. Quizá entre todos ellos corresponda una jerarquía de prominencia al *Codicillus* o *Cantilena*, en cuyo capítulo undécimo recogió Jung el testimonio más antiguo sobre la relación entre el *lapis* y Cristo que jamás llegara a sus manos.[30] Luanco[31] exhumó en el convento de carmelitas descalzas de Barcelona un grueso manuscrito del siglo XVI con muchas hojas en blanco y un curioso lema en la portada (que dice así: *octo es libris Magistri Raimundi Lulli presas de arte transmutatiua — 1us spiritus metalli epistola. 2us de pintura perfecta et acquis salutiferis. 3us Ars operatiua. 4us Magica. 5us doctrina intellectualis. 6us apertorium. 7us lapidarium. 8us fixatio et separatio u sulphuris...* Lo que se dice un programa completo. Especial atención merece el parágrafo segundo, pues quizá el *acquis salutiferis* sea ese agua de la vida —o simplemente alcohol— cuyo tardío descubrimiento suele achacarse al filósofo mallorquín, al también español y alquimista Arnaldo de Vilanova, al cirujano árabe Albukasis[32] o al papa Juan XXI, lisboeta o santiagués que publicó con el pseudónimo de Juan Hispano una obra de alquimia —el *Camino de Compostela*— y extendió doce recetas de *aguas admirables*, incluyendo el alcohol y el *elixir de vida*.[33] Cree Luanco, sea como fuere, que todo el manuscrito del *magister* se inspira en el *opus* hermético del Iluminado o directamente lo traduce).

Y Weyler, con quien pongo fin al chaparrón bibliográfico, tuvo entre manos y escrutó seis títulos de alquimia atribuidos al proteico Raimundo. Son el *Testamentum*, el *Compendium animae transmutationis artis metallorum*, el *Rupero Anglorum regi trasmissum*, una epístola sobre la piedra filosofal dirigida al mismo monarca, el celebérrimo *De Quinta Essentia* y, por supuesto, el *Codicillum*.[34]

El francés (dicho sea sin ánimo ofensivo) Jean de Meun, contemporáneo de Lulio, incluye a éste entre los adeptos y aun especifica que sus virtudes no ceden a las de Hermes Trismegisto, Geber, Morienus y Arnaldo de Vilanova. En idénticos términos y con la misma convicción se expresaron Jean Gremenus, que fue abad de Westminster y discípulo del mallorquín, y el ampurdanés Juan de Rippacisa, teólogo, profeta, misionero, alquimista y triunviro de la ciencia catalana en el siglo XIV (junto a Lulio y Vilanova) del que más adelante volveremos a ocuparnos.[35]

El gallego de refilón, parisino de vocación y brujo (entre otras cosas) de profesión Gerardo Papus, de cuya solidez científica ni siquiera los científicos rabiosamente positivistas de su época se permitieron dudar, nos recuerda que Lulio, «iniciado por los árabes en los secretos de Hermes-Tau o del *Tarot*, enseña en sus *Ars Magna* la manera de reemplazar el cerebro humano por matemática y con ello suministra el principio de fondo sobre el que descansará el sistema docente universitario durante más de cuatro siglos».[36]

Y Lenglet-Dufresnoy, que publicó en 1842 una *Historia de la filosofía hermética* destinada a convertirse en clásico de la materia, opina a rajatabla: «los españoles, siempre sabios y esquivos, se han aplicado menos en el estudio de las ciencias ocultas que los filósofos de las demás naciones. Sólo conozco a dos artistas entre ellos, pero uno —Raimundo Lulio— supera a cuantos aparecieron después en otras partes»[37] (el segundo *artista* es, por cierto, un tal Diego Álvarez Ohacan. Lenglet únicamente dice de él que en 1514 dio a la imprenta en Sevilla un manuscrito sobre Arnaldo de Vilanova. Papus también lo menciona, sin más aclaración que una fecha —1515— calzada entre paréntesis. Yo, que hice por seguir la pista con interés no exento de brío, embarranqué en idéntica nebulosa).

Sabemos que Arnaldo y Raimundo se encontraron varias veces a lo largo de su vida, y no precisamente para jugar a los bolos. En Roma, hacia 1288, y en Napolés, entre 1293 y 1294 (o, según otros autores, quince años más tarde y conviviendo sin interrupción por espacio de casi dos), el médico alquimista y el alquimista filósofo pusieron a prueba sus respectivas posiciones herméticas.[38] Parece demostrado que en el curso de esa discusión, o quizá al término de ella, Arnaldo coronó triunfalmente una difícil trasmutación con ánimo de ilustrar, convencer o abrumar a su colega. Aseguran otras erudiciones que en Italia funcionaba a la sazón una sociedad de ciencias físicas presidida por un *rex phisicorum* y que en alguno de sus cónclaves plenarios «tiñó el mallorquín vulgar mercurio» (el sentido de la frase se me escurre y quien la firma no hace nada por aclararlo)[39] Sadoul, un francés de hoy con fama de experto en el asunto, sostiene que alrededor de 1289 —y antes, por lo tanto, del célebre debate partenopeo— Lulio siguió los cursos dictados por Vilanova en la Universidad de Montpellier y que fue entonces cuando ese Doctor Faustus lo inició irreversiblemente en los secretos del *arte*.[40] Sedir, otro clásico del ocultismo, llega aún más lejos atreviéndose a situar en el cruce (doquiera se produjese) de los dos sabios españoles el origen de los métodos pitagóricos y del ideario alquímico que posteriormente adoptarían los rosicruces.[41] Ecumenismos de la patria sin homologación oficial.

También sabemos que Lulio recibió en Viena, con fecha de 1312, varias cartas de Eduardo II de Inglaterra y Roberto I de Escocia invitándole a visitar y a demorarse en sus respectivas cortes, cosa que nuestro impenitente trotamundos hizo sin esperar a ulteriores apremios y no tanto por vanistorio o molicie como por su deseo de promover en ambas coronas el entusiasmo suficiente para convocar una nueva cruzada. Inauguróse así un episodio entre pícaro y mundano que habría de resultar decisivo para la historia de la alquimia por la aureola de bajo cuño que en el lance se originó. Fue una especie de presentación en sociedad. Las ciencias herméticas, acarreadas por el insobornable Lulio, irrumpieron en palacio. Paradojas de una vida paradójica. Y tacada con efecto de retroceso. Los filósofos filosofales pasaron a formar parte de las plantillas áulicas con títulos no muy diferentes a los que justificaban la presencia en ellas de bufones, gardingos, chambelanes y reposteros.

Sea como fuere, el buen Raimundo (que andaba ya por los setenta y siete años) amaneció en Londres, sedujo al rey, lo convenció de que bastaban un infiernillo y varios serones de antracita para fabricar más oro del que hubieran exigido cien cruzadas, se instaló a mesa y mantel en un desván de la Torre y puso manos a la obra, aunque no fue ésta asunto de carbón, como con apresuramiento de profano di a entender, sino de mercurio o, mejor, de *espargiro*, pues así llamaban los adeptos a la plata viva de sus pecados. Cuarenta y cinco libras fueron alimentando la paciencia del crisol y la esperanza de aquel monarca de fe. Con ellas acuñó Lulio rosenobles de purísima factura valorados en diez millones (me pregunto: ¿de qué?). Y esas monedas existen, circulan aún por Inglaterra, afanosamente disimuladas en la talega mafiosa de los coleccionistas. La erudición de los siglos posteriores dice haberlas visto y abona el inconcebible origen del metal en que se forjaron. Lenglet tuvo el buen acuerdo de incluir un censo de tales autoridades en su *Historia*. Lo encabeza Robert Constantin, un hombre del XVI que «tras minuciosas investigaciones no pudo por menos de corroborar la exactitud de la especie: Raimundo Lulio —escribe— había fabricado verdadero oro en la Torre de Londres. Pierre Gregoire, de Toulouse, llegó a la misma conclusión. Y, según Edmond Dickinson, el "célebre Camden" —que no era precisamente un crédulo— se vio obligado a reconocer que los rosenobles en cuestión nacieron por contacto con la piedra del alquimista»...[42] Confieso no saber quién es el célebre Camden.

Pero sé, en cambio, que el Iluminado admitió haber producido oro, en Inglaterra y por una sola vez, partiendo de una amalgama de mercurio, plomo y estaño.[43] Nadie dirá ni pensará que el Beato era hombre mentiroso.

Todavía un pormenor. Alude a los años de aprendizaje del sabio mallorquín. ¿Recuerdan que éste, por entonces aún artista cachorro, descubrió el vanidad de vanidades en la carcoma cancerosa de unos senos de mujer y se apartó del mundo para cultivar su propia soledad en la soledad del Monte Randa?[44] Pues bien: dice la biografía (casi siempre autobiográfica) del maestro que a raíz de ese episodio tuvo una visión y recorrió el camino de Compostela.[45] Sin embargo, y por más que la piedad apostólica vindique lo contrario, el corsé implacable de las fechas y las dudas de costumbres sobre el don de ubicuidad arrebatan todo sostén a la tesis de que Lulio visitó *de corpore* la ciudad del apóstol. ¿Entonces? Me remito a algo que ya dije en otra página de este libro: *camino de Compostela* (o *trabajo de Hércules*)[46] llamaban los alquimistas al sinuoso itinerario físico y mental que de transmutación en transmutación conducía hasta la Piedra. Saque el lector sus conclusiones.

Y perdóneme aína tanta diarrea de fácil erudición. La desencadené sólo por chinchar a quienes, tercos en su santurronería, siguen empeñados en sostener sin pruebas que ningún gallo alquimista cantaba en el gallinero de su señor don Raimundo. Y ahora, tras el desahogo, insisto otra vez en que ni yo puedo demostrar lo contrario ni me importa una higa averiguar si el adepto Lulio fue también filósofo y beato mallorquín o se quedó en simple pillo catalán de pies llevar agazapado, para mayor gloria de su ciencia, tras la santidad de un nombre ajeno.

Y en todo caso sería semejante lagartón, de ser, aquel Raimundo de Tárrega que hubimos de mencionar hace todavía pocas páginas. No hay lugar a dudas sobre su existencia (aunque parece difícil su posterior identificación, cara al público, con el otro Raimundo). Calzó en vida el doble apodo de *rabino* y de *neófito,* lo primero por haber nacido en familia de conversos y lo segundo (supongo) por las magias, mesianismos y apocalipsis en que andando el tiempo se demoró. Sabemos que a los once años, solerte, abrazó la religión del *establishment* y que luego cargó las tintas ingresando en la Orden de Predicadores, donde iba a distinguirse por el arte y agudeza de ingenio puesto en dirimir las controversias escolásticas de la época (imposible no pensar en Gracián). Tan brillante esgrima habría de ser palanca de su renombre y, a la par, instrumento de su perdición. Acabó excediéndose (pues le adornaban el carácter muchos rasgos de energúmeno), dio en defender proposiciones que al principio asombraban y al final exasperaban, se ratificó mil veces en ellas, porfió, cayó en la órbita del inquisidor general de Aragón, mereció un proceso y el 20 de septiembre de 1371 amaneció fiambre en su cama por causa de violencia o de suicidio, cualquiera sabe, pero en modo alguno (hasta Menéndez y Pelayo lo reconoce) apaciblemente frito en eso que suele llamarse una muerte natural. El undécimo Papa Goyo ordenó a los pocos meses que sus infames obras fueran quemadas por el cuello hasta morir, yendo al rogo —entre otras— las que se titulaban *De invocatione Daemonum* y *Conclusiones variae ab es propugnatae*. ¿Dónde estaban sus errores? Primero: en suponer que el Hijo de Dios puede abandonar a su suerte la naturaleza humana condenándola a no dejar nunca de serlo. Segundo: en pronosticar el inminente exterminio del pueblo hebreo (faltaba, en realidad, cosa de seis centurias). Tercero: en demostrar que el primer evangelista era un trápala y charlatán de no escasas conchas. Cuarto: en anunciar que todos los frailes morirían incontinenti, acabándose la liturgia por falta de sacerdotes. Quinto: en suponer que las iglesias se transformarían en establos y se dedicarían a usos inmundos, que jamás volvería a celebrarse el sacrificio de la misa, que las tres razas (judíos, moros y europeos) se disolverían en un solo puré de ciencias...[47] Vamos, lo que se dice, con perdón, un cachondo mental. Pero nadie le bailó las gracias.

Y aquí hacen mutis los Raimundos, pues el segundo gran alquimista de nuestra historia demanda todo el escenario (y más que hubiese) para montar su número.

Nació Arnaldo o Arnau de Vilanova alrededor del 1238 en la ciudad de Valencia, que por aquel entonces aún debía de seguir intensamente arabizada. Casi tres siglos tardaron los extranjeros de costumbre en admitir que esta lumbrera de la medicina medieval (y de bastantes otras cosas) no les pertenecía por derecho de territorialidad. Los franceses quisieron hacerle francés de Narbona, e italiano (de cualquier parte) los italianos. La polémica consumió muchas resmas de papel impreso y derramó cántaras de mala leche en la cuenca occidental del Mediterráneo. Hoy se ha resuelto en meaculpas de cocodrilo. Consta no sólo que Arnaldo era español y valenciano, sino también el barrio donde nació: esa *vila nova,* residencia de pescadores humildes, que mucho después se llamaría El Grau.[48] Detalle, por cierto, sociológicamente significativo. Se nos viene con él una vaharada de peces baratos y cieno de albufera que explica el enigma todavía circunscrito a los años infantiles del maestro. Parece ser que éste andaba al borde de los veinte por París y que el mojón implacable de los treinta le cogió entre las murallas de Montpellier, quizá para estudiar ciencias teológicas con quienes mejor podrían enseñárselas: los ambagiosos frailes de la Orden de Predicadores. Cabe suponer que para entonces ya dominara el árabe, una lengua que pudo mamar de labios golfos y picardeados en los inverosímiles monipodios de la medina valenciana, y que más adelante le serviría para poner en buen cristiano varias obras de Avicena. No se ha llegado a esclarecer si Arnaldo hablaba también el griego, pero los síntomas son mortales, pues sabemos que conoció a fondo el Monte Athos y que a su sombra mantuvo relaciones poco claras con los tercos monjes bizantinos allí cobijados.[49] De lo que no hay duda es de que pasó o quemó una ancha parte de su vida en Italia, atraído por los muchos círculos pitagóricos que salpicaban ya ese país preñado de Renacimiento. Y más de medio siglo llevaba el valencianito sobre el espaldar cuando en 1290 anunció públicamente su acuerdo con las doctrinas místicas y mesiánicas que el desalado Gioacchino de Fiore desgranaba a la sazón aullándolas por todos los barbechos religiosos y sementeras filosóficas de la *vivace* Italia de la época. Y es que el anciano Arnau no envejecía. La extemporánea declaración de principios, que (como tantas otras) pudo costarle cara, no parecía sino un arrebato más entre las mil locuras y piruetas heterodoxas que desde el moisés al ataúd acompasaron su vida.

Utilizó Italia para contraer tormentosas amistades con reyes y pontífices (Miguel de Molinos repetiría más tarde la jugada). Entre los primeros, ninguno tan cercano a él como Roberto, cabeza coronada de Nápoles y acérrimo protector de los *iniziati,* a quien dedicó el tratado *De conservanda juventute* (alquimia químicamente pura) y por lo menos una epístola consagrada a la definición y ejercicio de las artes herméticas.[50] En cuanto a los pontífices, habría de ser Bonifacio VIII el más veterano y principal de sus amigos, si cabe llamar de esta forma a quien habiéndole nombrado médico de cabecera tuvo a renglón seguido que encarcelarlo (asunto de pocos días) para atajar y castigar sus atrevimientos teológicos, y le impuso luego cremallera y punto en boca a perpetuidad sobre todo lo relativo a semejantes cuestiones.

Claro que el vilanovense, sobre quien gravitaba un destino común (ayer como hoy) a muchos de sus compatriotas, no era un recién llegado en eso de las cárceles. Jaime II de Aragón había tenido la disparatada ocurrencia de enviarlo, en 1299, como embajador plenipotenciario a la corte parisina y pervertida de Felipe el Hermoso. Hubo, naturalmente, cortocircuito a las primeras de cambio y de nada le valió a nuestro mandarín el cacareado derecho de inmunidad diplomática. Para entonces ya había redactado y lanzado a los cuatro vientos su celebérrimo *De adversu Antichristi et fine mundi* (con título en latín, pues el manuscrito catalán se ha esfumado y sólo conocemos el códice de la Biblioteca Vaticana) donde anunciaba el advenimiento de la Bestia no antes ni después de 1345 e incurría en feroces improperios contra la gente de sotana y la Iglesia en general. Así que los teólogos de París resolvieron condenarle (por temerario, no por hereje), chaparlo para su bien en un calabozo cualquiera y aplicarle sin demora el beneficio de la libertad bajo fianza. Normal. Todo era soborno y simonía en la corte que asesinó a los templarios.

Debió de ser por aquellas fechas cuando Arnaldo regresó a Roma y se puso al servicio de Bonifacio VIII, que le dio venia y luz verde con estas palabras: *intromitte te de medicina et non de theologia et honorabimus te* (años más tarde comentaría sarcásticamente el interesado: «me quisieron para la salud temporal y no para la espiritual»).

Pero huelgan los remedios a lo que remedio no tiene. El flamante médico de Su Santidad se apresuró a incurrir en una visión que don Marcelino ha relatado o inventado con buen pulso narrativo. Cabría recrearla con aire de romance viejo: *quién hubiera tal ventura sobre las aguas del mar como hubo el infante Arnaldo* cierta mañana de estío en que paseaba por un transepto meditando sobre si escribiría o no acerca del fin del mundo. En eso apareció ante sus ojos una inscripción angélica *(marinero que la guía...)* o bien escuchó una sorda voz escatológica. Ambas transmitían el mismo mensaje: *sede cito et scribe quod cumque cogitas.* Y al punto se encontró con un libro numinoso entre las manos y, dentro de él, una cita de los *Proverbios: homines pestilentes dissipant civitatem* (prehistoria bíblica, baja edad media, día de hoy: siempre lo mismo). Y las meninges del heresiarca echaron chispas. Abalanzóse sobre un pupitre, tomó recado de escribir y empezó la redacción de un codicilo con ánimo de desbaratar los reparos que Bonifacio había opuesto a su doctrina sobre la inminencia del Anticristo. En ello estaba, y ya muy próximo al final, cuando llamaron a la puerta para anunciarle que el rubricante apostólico subía hacia la habitación. Arnaldo quiso ocultar el manuscrito *(yo no digo mi canción sino a quien conmigo va),* pero no hubo tiempo. El cardenal lo leyó de un golpe y se quedó con él. A los pocos meses había fructificado como los evangélicos peces de la montaña y circulaba por toda la cristiandad. Tal difusión y éxito —aseguraría después Arnaldo— estaba previsto por el vigésimo sexto capítulo de Jeremías. Y como ya no restaba más solución que la de dar pecho a lo hecho, el insolente alfaquí metió su tesina en un sobre y se la remitió a Bonifacio, que no ganaba para sustos, acompañado por una carta donde le anunciaba con sádica acumulación de detalles que acabaría defenestrado del solio y desterrado (lo que puntualmente se cumplió). No contento con eso, aprovechaba la ocasión para cubrir de insultos al papa y arremeter contra los cartujos que «so pretexto de salud suministraban carne a los enfermos», pues era lógicamente nuestro compatriota un vegetariano extremoso de esos que ya no quedan (la cruzada de Franco liquidó a los últimos).

En fin: jaleos, pleitos, trapisondas, desafíos, ganas de complicarse la existencia (uno se pregunta, en efecto, por qué diablos no prefería Vilanova urdir tranquilamente alquimias —o lo que fuera— en ese espléndido castillo de Oller que su mecenas Pedro III le había regalado)... Pero lances, todos los descritos, que poco a poco estaban convirtiendo al infatigable doctor en algo así como un especialista de apocalipsis y diluvios a disposición de los organismos internacionales. Hay todavía en el Archivo de la Corona de Aragón una hoja suelta donde bajo el título *Confessió de un escolà* se consignan las siete señales del último juicio presentadas al rey por Pedro de Manresa con súplica de transmitirlas al *molt excellent e devot Arnau de Villanova* para que opinase sobre ellas.[51] Cosas del país y de la época.

En 1304 murió Bonifacio VIII y subió a su vapuleada cátedra el undécimo de los Benedictos. Como un meteoro viajó de Valencia hasta Avignon y obsequió al recién electo con un escrito por el que le hacía donación de todas sus obras y le conminaba a no imitar la conducta de su antecesor desoyendo las trompetas del inminente apocalipsis.[52] ¡Ay, se oviesse tenido buen señor!

Y sigue un enésimo período de caras y de cruces. En 1305, Guillem de Cotllioure —inquisidor de Valencia— prohíbe la *opera omnia* de su paisano, pero Jaime II (constante valedor del alquimista) revoca inmediatamente el alevoso edicto. Más o menos por las mismas fechas va a irrumpir en la vida y en el juego del sabio levantino un personaje que resultará determinante para éste y para aquélla. Se trata de Federico III, rey de Sicilia, hermano de Jaime y hombre obsesionado desde su infancia por visiones oníricas que unas veces lo deleitan y otras lo torturan. Protagonista recurrente de tales delirios suele ser su señora madre, que a menudo se le muestra con el rostro velado diciéndole: *hijo, te doy mi bendición con objeto de que siempre seas esclavo de la verdad.*[53] En el mencionado Archivo de Aragón se conserva una carta autógrafa enviada por este raro príncipe insular a su hermano y colega de la Península para presentarle dos opúsculos del maestro Arnaldo relativos a la interpretación de sueños...[54]

Y hete aquí que cierto día comienza Federico a martirizarse con la duda de si los evangelios serán de inspiración divina o simplemente humana. A poco se le manifiesta otra vez su madre para sugerirle que resuelva el asunto consultando al señor de Vilanova. El rey se dispone a obedecerla, fleta un barco, lo avitualla, lo bendice (tarantelas, vino de Salaparuta, malvasía de las Égades, rapé, blancos pechos de siciliana) y ordena a su capitán que localice al séneca sin reparar en gastos, en puertos, en paciencia ni en derrotas. El arca se hace a la mar. Insisto: locuras —por desgracia irrepetibles— de un Mediterráneo donde aún preocupaban los asuntos del espíritu.

Desconocemos las peripecias de esa navegación. Pero un buen día desembarca el gran Arnaldo en los muelles de Messina, escucha al monarca, coteja sus sueños con los del bíblico José, añade que don Jaime los ha tenido de trama muy parecida y...

Año de 1309. El padrecito —son ya más de catorce los lustros que se le apiñan dentro— reaparece en Avignon y da lectura en presencia de toda la curia a un *Rahonament* dedicado a glosar las visiones de los reyes Jaime y Federico. Con inevitable curiosidad e igual cautela le escuchan no ya los cardenales, sino el mismo Papa. En eso pega Arnaldo un quiebro brusco, cambia de estoque, pisa los terrenos que le son propios y anuncia con voz tonante que el mundo acabará antes de que lo haga la centuria y que bastarán sus primeros cuarenta años para contener el periplo de la Bestia. ¡Por Satanás, y cuánta obstinación! Los purpurados se quedan de un aire y el caballero levantino aprovecha su estupor para quebrar una lanza defendiendo a los vistosos herejes de la época: fraticelos, beguinos, valdenses, espirituales... O sea: a la comitiva de pirados —discípulos de Taulero, de Eckehart, de Suso— que por aquel entonces proclamaban la defenestración del Hijo en el reino de este mundo a manos del Espíritu Santo.[55] Y el pontífice, que ahora se llama Clemente V, conmovido o convencido por la elocuencia del español, accede a cambiar impresiones con los diputados de esos gremios subversivos en las aulas incomparables de Avignon.

Pero Arnaldo lleva a cuestas un escarmiento infinito. Sabe ya que todos los papas son iguales, que confiar en ellos no devenga intereses. E intuye, quizá, que el propio rey de Aragón puede echarle en cara su última proeza.

Así que corre a esconderse de nuevo en la siempre islamizante Sicilia, donde Fadrique acaba de heredar el cetro de Federico. Un sabor de tango: gira *(yira)* la rueda del vivir, cae Roma, con estremecimiento de otoño llegan y pasan los mecenas, los epígonos, los enemigos. Comprende Arnaldo que le están segando la yerba de ayer, que es tiempo de morir. Acepta unas credenciales de embajador en la Ciudad Eterna, zarpa, columbra por última vez la isla y rinde definitivo viaje en alta mar *(¡quién hubiera tal ventura!)* recién comenzado el noveno mes del 1311. Digo yo que lo haría casi desnudo, ligero de equipaje, como sin duda lo estaba (en la hora de su tránsito) el chamán Raimundo Lulio y como seguramente lo estará a su debido momento ese otro catalán del cosmos —Salvador Dalí— en quien no parece difícil reconocer a un *paredro* o reencarnación del padre Arnaldo. Uno y otro son entre sí lo que Spengler (genio también —ahora— incomprendido) llamaba *espíritus análogos,* concepto a no confundir con el de *homólogos,* que en cierto sentido apunta a lo contrario.

Parece ser que el maestro fue enterrado en Génova. A veces

me pregunto si todavía existirá su tumba e incluso hago el proyecto de encontrarla. Pero más vale, en rigor, que haya desaparecido como desaparecieron casi todas sus obras, declaradas heréticas por la Iglesia cuatro años después de su fallecimiento. No existe mejor manera de permanecer fieles a la memoria de este *grand theologien, medecin habile et savant alchimiste*[56] o valenciano con retranca que aun enseñándonos mucho nos enseñó muy poco de lo que en sus alacenas había.

Otros detalles sobre la vida de Arnaldo en el segundo tomo de los *Heterodoxos*, cuyo tercer capítulo (casi cincuenta páginas) se va íntegro en glosar tan imborrable y hoy borrada figura.

Gran teólogo: ya lo vimos.

Médico hábil: hasta tal punto que, según el Tostado, se empeñó en fabricar artificialmente un hombre dentro de una redoma y a pique estuvo de lograrlo, sólo que «el cristal se rompió por la fuerza del crecimiento del niño, el cual salió muerto».[57] Establézcanse comparaciones nada odiosas (ni ociosas) recordando que Simón Mago y el pseudo Clemente concibieron el llamado *arte espagírico* (u oficio de insuflar vida en lo inorgánico), que San Alberto y el rabino de Praga intentaron animar un golem, que Paracelso dio la receta de lo mismo en su *Paramirurn,*[58] que Goethe lo escenificó en la segunda parte del *Fausto*[59] y que la señora Shelley confirió definitiva forma novelesca al mito universal de Frankestein.

(Arnaldo, en cuanto médico, también enseñaba la manera de preparar maleficios con cojones de gallo, sangre de murciélago, habas, nueces secas, bellotas o agujas previamente utilizadas para coser un sudario. Los antídotos también se las traen. Consisten en comerse la nuez de marras, cambiar de domicilio, llevar al cuello un corazón de buitre, derramar hiel de pescado sobre carbones, salpicar las paredes con sangre de perro y otras lindezas que no cito por aquello del pudor estomacal. Admitía asimismo el influjo planetario sobre el hombre «con tanta crudeza como los priscilianistas»[60] y, por supuesto, se declaraba perito en oniromancia, un arte no demasiado diferente del que hoy creen poseer los psicoanalistas.)

Nos queda lo de *savant alchimiste,* cosa que indudablemente fue y que cinco famosos jurisconsultos —Platen, Juan Andrés, Baldo, Oldrado y el abad Panormitano— reconocen sin encono en el juicio ni estreñimiento en los detalles. El segundo inclusive llega a afirmar que Arnaldo troqueló lingotes de oro *(virgulas auri)* en presencia de Bonifacio VIII.[61] Y en los mentideros medievales solía atribuirse a nuestro compatriota la invención o extracción del espíritu de vino, del aceite de trementina y de numerosos perfumes que todavía hoy delatan las singladuras de nuestras cónyuges y cocotas. El aguafiestas de Menéndez y Pelayo sostiene que el propio Vilanova quemó en la vejez todas sus obras relativas a la alquimia. Y es, infelicemente, hipótesis verosímil no por lo que en ella pueda haber de compunción, sino antes bien de voluntad de secreto, y asimismo porque explicaría el eclipse, sólo parcialmente imputable a la Iglesia, de muchos escritos herméticos firmados en su día por el valenciano. Mas no todo se hizo sombras. El señor Gil y Gil, catedrático en la Facultad de Letras aragonesa, guardaba a finales del siglo último un becerro en 4.º de noventa y cuatro folios titulado o encabezado como sigue: *Rosario del Excellentísimo Doctor Maestre Arnaldo de Villanueva sobre la Piedra Mayor, traducido del latín en lengua castellana por Iohan de Tovar y dedicado al ilustre y muy magnífico señor don Fadrique Hernrríquez de Riberas, Marqués de Tarifa, Adelantado Mayor de Andalucía.*[62] Luanco, sin dejarse avasallar por el oleaje heráldico, juró que se trataba de un apócrifo.[63] Sea. Pero no cabe colgar el mismo marbete al *Libro Fénix* (del que restan dos impecables códices latinos y uno en catalán), ni al ya citado *De conservanda juventute,* ni a los muchos opúsculos de Arnaldo incluidos en las colecciones alquímicas de Guillermo Gratarol (Basilea, 1561), *Ars Aurifera* (íd., 1610), Lázaro Zetner (Estrasburgo, 1613), etc.[64] Todos vueltas y revueltas, dicen igual cantar: el de esa «materia prima, existente en la naturaleza, que una vez localizada y llevada a la perfección del arte transforma en sí misma a cuanto con ella entra en contacto». El levantino *dixit* y Eliade le sirve de profeta.[65] ¡Qué terrible banderilla final la de este azúcar lento y mudo transmudando el cosmos nada menos que en sí mismo! A esa droga otros la llaman Dios. ¿Se comprende ahora por qué ningún tribunal de clérigos me condenará en justicia si distraigo un sorbo de especie sacramental? Pero muy diferentes aves cacarearían en las audiencias del César. Lo cual me reprime. ¡Malhaya!

Sobre la imagen de Eliade / y mi delito frustrado / se apagan las candilejas / que iluminaron a Arnaldo. / Cuatro meses, cuatro meses / desgraciados, desgraciados / me disparan, se me paran, / me separan de aquel parto / y ahora no sé saltar / las bardas de tanto claro. / Excusas, motivos hubo: / la navidad, ¡qué carajo!, / el invierno y quien me diere / un alevoso trancazo / de guardar caliente cama / y cuarenta en el sobaco, / además de la pereza / y de reunir unos cuartos / destinados a pagar / de los días el rosario. / ¡Madrid, Argel, mucho vino / peleón y mareado, / mucho insomnio, mucho gesto, / mucha gente, mucho palo, / carne, fumeque, tertulia, / bofetadas a trasmano, / discusiones, sapos, crisis / y bobadas de caballo / que gusta de maltrotar / lo que otros le encomendaron! / ¡Cuatro meses de locura / a cara o cruz apostados, / cuatro meses tontimeses / sin amor y con agravio, / cuatro meses zampabollos, / cuatro meses mentecatos, / cuatro meses lelolilas, / cuatro meses zurumbáticos, / cuatro meses de babieca, / cuatro meses de desmayo, / cuatro meses al mendrugo, / cuatro meses, meses cuatro, / que al recuerdo le parecen más de cuatrocientos años! / Y ahora me siento a la mesa, / qué caradura y qué espanto, / con ánimo de escribir / tal que no hubieran pasado. / ¡Que en ese trance me valgan / los manes del buen Arnaldo, / Arnaldo de Vilanova, / vilanovensis Arnaldo, / arnáldibus bracadabra, / puro arnaldo valenciano, / busilis de arnaldabiro, / arnaldus garantizado, / arnalditis galopante / curada con arnaldáboro / y como dice el romance / en versos arnaldizados / y orillica de la mar: / ¡Conde Arnaldo, conde Arnaldo!

Los cuatro meses son ciertos y también su locura. No se me ocurre mejor solución a esta solución de continuidad.

Desamanece el de Vilanova y ya clarea Juan de Ruppescisa, Rippacisa, Peretallada o Ribatallada, que con todos estos nombres, y quizá otros, nos lo sirven sus coetáneos. Se trata de un fraile alquimista nacido para ser gente en nuestra historia. Menéndez y Pelayo lo acusará —¿o es elogio?— de formar junto a Lulio y Arnaldo el gran triunvirato de la ciencia catalana en las entrañas del siglo XIV.[66] Y los franceses, como de costumbre, se tirarán a la arrebatiña de hacerlo francés, le asignarán una familia francesa —la celebérrima de los Montfaucon[67]— y lo obligarán a nacer en un lugar de la Francia, concretamente en el de Marcolés, aledaños de Aurillac.[68] Esto de asimilarse por aquello del apropincuamiento a todo payés de pro pasa ya de vicio oscuro, pero vecinitos a la mar. El asunto, de nuevo, le incumbe a monsiú Chauvin y no a este cura, que hizo el bachillerato en España y lleva desde entonces el título de don. Menos aún se interesará por ella el hermano Juan, que *à cette épo-*

que batía diferentes rastrojales y debe de estar ahora en pleno limbo o nirvana. Conque dibujos fuera y vamos a suponer, pues así nos place y conviene, que el individuo de autos brotó en la estirpe de los Roca o Peretalladas, castizamente vinculado desde siempre al recinto ampurdanés de Cataluña.[69] Y a aceptar, como si de notario fuese, la palabra del notario Gonzalo Rodríguez de Passera, que en la segunda mitad del siglo XV se dedicó a matar el tiempo copiando un manuscrito en 4.º intitulado *De familiaritate philosophiae* y que cálamo currente, sin regatear rúbrica ni lacre, lo atribuyó al bueno de nuestro Juan de Ruppescisa.[70] Al *nuestro,* digo, y no al que Europa —voraz, pulida y cortesana— pugna por embaularse con mucho despliegue de zalemas y *bon appétit.*

¿Europeo? ¿Y de Francia? ¿Con qué se aliña la especie? ¿Quién la abona? ¿Cómo cabe encorsetar en esa ubicación barbilinda al energúmeno que siendo fraile francisco tuvo la osadía o el placer de imaginar para los terciarios de su Orden una futura ejecutoria de sefardíes conversos y un porvenir especializado en toda clase de uranismos y jumeras? Aclaro: cuenta Ruppescisa en sus *Visiones fratris Joannis* que allá por julio del 1345, y pocos días antes de la festividad del Apóstol, entró en posesión de rumores confidenciales acerca del Anticristo. Llevará éste —dice— sangre mixta de Federico II el alemán y de Pedro III el aragonés, se llamará Luis de Baviera y para 1366 habrá embutido a Europa y África en un solo y mismo reino acoquinado bajo su talón. Cierto déspota abominable ejercerá entonces el poder en las comarcas de Oriente y una guerra de todos contra todos empapará el mundo por espacio de cuarenta y cinco años. Vendrá luego el cisma, surgirán de sendos cónclaves dos pontífices rivales, los hombres de fe se escaquearán en tres facciones, brotará de mil pistilos la flor feraz de la herejía, se desplazará el cetro imperial al trono de Jerusalén y allí será la conversión de los judíos, su encumbramiento al vértice de la pirámide, el menguante de Roma y el umbral de un milenio paradisíaco. Más o menos por las mismas fechas comenzará la afluencia de todo el género humano a la orden terciaria franciscana y su unánime entrega al placer trasero de Sodoma y al cunnilingua de la embriaguez. Las herejías, mientras tanto, vivirán como crisálidas en islas y montes inaccesibles, pero bajarán de éstos y zarparán de aquéllas al cumplirse los primeros mil años de felicidad. Hará entonces furor el último Anticristo hasta que un fuego celestial lo carbonice entre los clamores del definitivo apocalipsis.[71]

Sin comentarios. Y a lo que iba: ¿suena esto a francés? La nacionalidad, en todo caso, no es sólo cuestión de Registro, sino también de talante.

La vida de Ruppescisa sigue parcialmente envuelta por su nebulosa, pero sabemos que transcurrió casi íntegramente de cárcel en cárcel. Otro rasgo español. Hacia el 1340 andaba nuestro héroe cargado de pihuelas en un calabozo de Aurillac, precisamente allí donde los franchutes situarían más tarde su lugar de nacimiento. A finales de 1344 reaparece en una celda cenagosa del convento de Figeac y allí resiste catorce lunas encadenado a la cama, con una pierna rota, ciscándose encima y cubierto por un brujulear de gusanos devoradores de su propia mierda. Son detalles que motu proprio nos relata el alquimista en el *Liber Ostensor* y en el *Liber Secretorum.* También nos dice que el 15 de julio de 1349 recibió la visita de un ángel en el presidio de Rieux por quien vino a saber que recobraría la libertad en cosa de tres semanas. Y así sucedió, aunque no por mucho tiempo. Consta que Ruppescisa visitó a continuación varias cárceles de poco lustre y que al cabo se pudrió durante siete hermosos años en la muy mentada y pontificia de Soudan, cerca del palacio de Avignon. Allí hubo de compartir la celda con un fraile endemoniado e inglés que gustaba de repetir incesantemente estribillos surrealistas. No tardó en inventarle uno al catalán, que rezaba: *heretic, heretic, / tic, tic, / heretic, heretic, / tic, tic...* Y así las horas muertas. Añade Ruppescisa que el muy cabrón tomó luego la costumbre de ir acumulando sus heces en un orinal para utilizarlas como amistosos proyectiles *ad hominem*. Y que con el paso de los años dio en querer asesinarlo. Paciencia. Cosas de cárcel y de quien las trujo. Pero en 1360 aún seguía preso el español, o quizá volvía a estarlo, en una caponera del castillo de Bagnoles y por orden, esta vez, de Inocencio III, el Papa que levantó la veda del albigense. Eso ya era vicio. Entre bromas y veras, y entre civiles y clérigos, más de doce años se tiró el alquimista en los carabancheles. Y hasta corren rumores de que murió con las argollas puestas, aunque la noticia no se ha confirmado ni es menester que tal ocurra.[72] Bueno, pues de tanta calamidad y tanta coña —apunta el franciscano— sólo los frailes predicadores, a quienes llama *herejes de Mammón,* tenían la culpa. De eso *—le sue prigioni—* y de todas las cuitas que en aquel siglo infausto atribulaban a la cristiandad. Luego ya no, pero los hombres del *poverello* aún jugaban entonces la moneda absurda de Dios (o de Tertuliano) contra las razonables razones del César (o de Aristóteles) manejadas por los dominicos. Ruppescisa era o parecía un *fraticello,* uno de aquellos subversores de la pax romana que practicaban desde dentro y a su modo el *turn on-tune in-drop out* de los actuales *freaks,* que —como ellos— vindicaban el nomadismo y la comuna, y que consiguieron mantener en jaque durante varias décadas al pontificado en general y a Juan XXII en particular con el cuento de si la Iglesia debía o no bendecir los derechos patrimoniales. El mismo Ruppescisa terció en la discordia y no precisamente para bien de su cuerpo. Pero es asunto que huele a economía y por ello no nos incumbe. Lo soslayaremos. Más cuentan y mejor parecen algunas quiméricas fatigas abordadas por el inverosímil buscapleitos, como esa de obtener *quintaesencia* cabal a partir de la sangre de hombres jóvenes, bragados, coléricos y amigos del buen beber. ¿Sistema? Se le añade sal común, se vierte el mejunje en un frasco de cristal, se entierra éste en cagajón de caballo, se aguarda cosa de cuarenta días para que el tósigo se pudra y transforme en agua, se tira luego de alambique y ya lo demás es el consabido asunto de las mil destilaciones. Complicado, pero quizá valga la pena, pues dice el inventor que la quintaesencia así obtenida no admite réplica y «obra tales milagros que nadie osaría creerlos».[73]

Y ahora, ruppescisas aparte, una de *ouróboros.* ¿Recuerdan? Aquel dragón fusiforme que se vuelve sobre su propia cola, infinita rosquilla de escamas que ya hemos encontrado en otras partes y que para los alquimistas era el no va más de la suerte y de la ciencia.

Seguimos en aguas medievales. Protagoniza el evento un tal Johannes Paulinus, que se adjudicó o mereció el noble apodo de Juan de España. En sus *Doce experimentos con piel de serpiente pulverizada* prometía este brujo lo de costumbre: juventud y longevidad, amén de otras bicocas. Nos adentramos así por los terrenos de la ordinaria administración, ya que el reptil sin patas es en la alquimia de aquí y en la de allá inevitable símbolo de la perpetua regeneración a causa de la fidelidad con que cíclicamente cambia de camisa. Y más aún si se muerde el rabo, como el *ouróboros* lo hace, pues entonces hay amputación de los puntos de referencia y se produce la aporía sin término ni principio del huevo y la gallina. No me detendré en la tortuosa casuística del Paulinus.[74] Va ya para dos lustros que en Tokio, y mucho antes de que los misticismos me maliciasen, ingurgité varias cápsulas con polvo de piel de bicha, prestando así oídos a los farmacéuticos que las reclamizaban como afrodisíacas. Y no me hicieron efecto o acaso yo, treintón rijoso, lo incorporé mecánicamente a la exuberancia que el pelaje exótico de aquellas mozas me inspiraba. Se veían también víboras de regular tamaño encaramándose a los sarmientos angustiados y cachopos retorcidos que con tal fin e impecable gusto había dispuesto el boticario en sus vitrinas. Lo que se dice una preciosa selva en miniatura, un fragmento de naturaleza palpitante. Los japoneses se pintan solos para esas chuminadas: que si *bonsei,* que si *bonseki,* que si *ikebana* y jardincitos *zen...* Así que entraba usted en la apoteca, hacía su pedido y allá que se iba el aprendiz navaja en ristre a degollar un viborezno para ofrecerle (a usted) su sangre gélida en una copita como de coñac. Vayan y vean. Confieso que yo no tuve estómago suficiente para comprobar la virulencia erótica del brebaje. Pero otros picaron, entre ellos un frankenstein argentino cuyo nombre no hace a mi historia. Por cierto: sorprendía en aquella farmacia el lúgubre detalle de un cipote humano, y es de suponer que japonés, metido hasta la yema en un pomo de alcohol. Y abundaban por las cercanías extraños restaurantes con el rótulo de *Hormonas* (en ideogramas, claro) cuyo menú presumía de añadirle riñones a los quebrados y de restituir el vigor a los baldragas. Alguna vez entré. Y pásmense: me sirvieron un bife, ni más ni menos que un bife, aunque de campanillas, eso sí. El truco, porque lo hay, está en que los japoneses no comen nunca carne y parece ser que un solomillo tomado así, de repente, les hace el efecto de la bomba de Hiroshima, sólo que mejor, hasta que el asunto se les pone como un *lingam* de Vislinú y tracatrá. La jodienda, señores, tiene mucho que ver con la alquimia. Quedo, pues, justificado. Y otra vez a España.

Corría el último tercio del siglo XIV cuando un *artífice* de nombre desconocido se puso a urdir transmutaciones metálicas en Tortosa con tanto éxito y notoriedad que hasta don Pedro IV el Ceremonioso se interesó *urgentemente* por ellas en carta fechada el 14 de abril de 1372. El documento existe aún en el Real Archivo de la Casa de Aragón.[75] Y lo menciono por ser prueba de cargo en esa cadena de eslabones casi siempre ocultos que ahora, a ras de cronología, nos lleva hasta el Marqués de Villena, mitológico personaje de carne y hueso que bordó a maravilla el oficio de atribuirse la fama de los demás. Lo que se dice un apócrifo a conciencia, un contrahacimiento sobre dos pies, una superchería con ojete y ombligo, una farsa sin desmayo, y en eso precisamente, en la simulación a todo trance, radica la autenticidad de este cronopio. Viene a cuento don Enrique en el asunto de la alquimia por una curiosa fábula relativa a su manera de hincar el pico. Dicen que tenía el marqués un gorro mágico y un servidor negro. Requirió cierto día la presencia del segundo y le espetó las siguientes instrucciones: «cuando me veas a punto de morir, no te apartes en ningún momento de la cama ni permitas que entre nadie. Cálate luego el bonete milagroso, que te metamorfoseará en mi sosias, y no te lo quites de por vida, pues ambos nos perderíamos. Coge entonces mi cuerpo y colócalo sobre el mármol del laboratorio para hacerme picadillo a golpes de pistadero y media luna. Cuida de que en el tasajo se confundan bien los huesos, los meollos y la chicha. Vierte la mezcla en la redoma disimulada detrás del catrecillo verde y ocúltala bajo un montón de bosta, en cualquier lugar secreto de la casa». Eso fue todo. Pasó la vida, cascó el brujo y Alí, que tal se llamaba el moreno, cumplió minuciosamente con lo estipulado. No hubo problemas. Nadie se percató de la suplantación. Llevaba el fámulo —nunca mejor dicho— una vida de marqués y el marqués quizá de perros bajo el cristal de su probeta, pero tramando —dicen— brujerías aún más portentosas de las que le dieron fama. Y así iba el mundo cuando Alí, en mañana de mal fario, tropezó cerca de Zocodover con los Santos Óleos y su cortejo de fantasmones. Uno de ellos, indignado ante el espectáculo de aquel aristócrata que no se descubría en presencia de la Unción, le dio un papirotazo en el gorro y allá que se fue éste por los aires. Al punto recuperó el negrito su verdadera jeta de infiel y —zarandeado por los unos, interpelado por los otros— no vio mejor salida que confesar el enjuague. Intervino la magistratura, se apersonaron los alguaciles en el muladar y desenterróse con mil amores la redoma. Dentro de ella burbujeaba un líquido amarillento y oleaginoso en el que no era difícil distinguir los perfiles de un feto de ocho meses. Faltaba uno, mísero, para que el divino marqués renaciera en este valle de lágrimas. El desenlace se cae por su peso: fue el negrazo al rogo y la placenta o vasija a manos del verdugo que la hizo añicos. Así cuenta la fábula Roso de Luna.[76] Y don Marcelino, que también la recoge,[77] cree que la redoma estaba escondida en la cueva toledana de San Cebrián. Paparruchas, pues salta a la vista que no hay aquí leyenda mejor o peor fundamentada, sino artilugio simbólico maquinado adrede por un alquimista veraz (a diferencia del Marqués) que andaba entre bastidores y jugando con cartas marcadas. Jung hubiera enloquecido ante esta historia de espejos mágicos y cajas chinas cuyas permutas y formulaciones replantean en un lenguaje transparente varios de sus esquemas favoritos: el hermafrodita, el blanco y el negro, la aniquilación de la materia, el golem, la quintaesencia o elixir (que también Ruppescisa buscaba bajo estiércol), la interrupción del *sâmsara* mediante el canibalismo eucarístico... Pero ni desgraciadamente soy Jung ni estoy ahora de humor para jugar a serlo.

Dice Menéndez y Pelayo, pasando a noticias menos irreales aunque no por ello más fecundas, que en la Biblioteca Nacional se conserva una supuesta carta enviada a don Enrique por veinte sabios cordobeses y escrita, seguramente, por «algún alquimista proletario de los que rodeaban al arzobispo Carrillo. Allí se atribuye al de Villena, entre otras maravillas, la de hacerse invisible por medio de la obra *andrómena,* embermejecer el sol con la piedra *heliotropia,* adivinar lo futuro recurriendo a la *chelonites,* y atraer la lluvia y el trueno merced al *vaxillo de arambre*».[78] Por lo menos se enriquece el vocabulario. Y valga la cita para rematar con salero ajeno este entremés dedicado a los quehaceres ocultistas del aristócrata. Más le hubiera servido a su imagen de gregario permanecer dentro de la estricta literatura. Y no de la propia, que era mala, sino de la que involuntariamente supo inspirar al precio de convertirse en polichinela tragicómico. La de Quevedo, por ejemplo, que en su *Visita de los chistes,* implacable como siempre, describe al patricio hecho tajadas en el interior de una redoma. Tangibles eran los toros.

En cuanto a los *alquimistas proletarios* de don Alonso Carrillo, abónese como exacta y muy lograda la expresión. El inefable prócer, que llegó a primado de España y tan hábilmente supo organizar los desposorios clandestinos y contra natura de Fernando e Isabel, fue en efecto muy generoso a la hora de alimentar charlatanes con labia negra y eligió por favorito, entre los muchos que abusaron de su credulidad, a un caradura conquense, vivales de oficio, provicero en la taberna, astrólogo por las noches, alquimista ante el tapete, prestidigitador en la cama de las criadas, clérigo sin tonsura y llamado (o apodado) Fernando de Alarcón. Eso sí: se pintaba solo en lo tocante a sorber seseras. Y tanto se la sorbió al dómine Carrillo que incurrió éste en el extremo de utilizar la autoridad de su cargo para sacarle a la roñica de Isabel la friolera de quinientos florines aragoneses con miras a financiar arduas experiencias de atanor. Para entonces, probablemente, ya el arzobispo habría enajenado casi toda la quincallería de las iglesias toledanas en busca de doblones con que sociar la faltriquera del sedicente alquimista. La maniobra figura en los archivos. Se masturbaba don Alonso creyendo a capón que su cliente mantenía conversaciones de teléfono rojo con una beata del tercer cielo, plataforma ésta congrua si las hay para otear el futuro y acomodar a sus abscisas el presente. Varios años duró el juego. Hasta que un buen día el gorrón se lió a mamporros con un fraile en las barbas de la reina, perdió su favor, vino a menos en la confianza del arzobispo y terminó degollado sobre una espuerta de paja en los soportales de Zocodover. Importa añadir que don Alonso anduvo toda la vida en contubernios con los franciscanos y seguramente mamó en sus faldas la afición al opio de la alquimia.[79] Fue, además, vecino y contemporáneo del Marqués de Villena. El Espasa se atreve a suponer que los dos fallecieron el mismo año. Noticia falaz, pues la historia la desmiente y la imaginación se resiste a admitir seres capaces de afinar hasta tal punto.

Otro raro alquimista, más serio y menos extrovertido, asoma en las primeras décadas del XVI. Se llama Luis de Centelles, nombre envidiable. Y eso es casi todo: no sabemos una jota de su vida ni de lo demás. Amador de los Ríos menciona la existencia de 28 octavas sobre la piedra filosofal firmadas por el sujeto en cuestión y recogidas por una mano anónima en el códice L.112 de nuestra más importante biblioteca.[80] Los ingenieros Maffey y Rúa Figueroa desanidaron otras cinco estrofas del mismo, y de lo mismo, bajo la signatura T.284 del citado depósito.[81] Una de ellas apareció en un billete autógrafo de Centelles en el que se alude a cierto *manuscrito alquímico en lengua castellana* cuyo título era (o es) el muy singular de *Haarim Diu*.[82] Nadie, hasta el momento, ha conseguido desentrañarlo.

Ni tampoco la personalidad de su autor, pese a que la mayor parte de las octavas figuran en el epílogo del volumen dedicado a las ciencias físicas por el *eccellente dottore e cavaliere* Leonardo Fioravanti Bolognese, individuo del que lo sabemos casi todo y en cuya casa de Nápoles solían darse cita *alchimisti di diverse nazioni,* amén de los muchos españoles residentes en la ciudad y de otros pájaros de cuenta. Como seguramente lo era el anfitrión, que siempre mantuvo íntimas y poco claras relaciones con la infame turba celtibérica. El virrey Pedro de Toledo acabó nombrándole protomédico de su hijo don García, y con éste salió el siñor Leonardo para África, enrolados uno y otro en la flota del emperador. El suceso lleva fecha del 1551 y vitola berberisca. Bien le rodaron las cosas al de Nápoles, que luego visitó la corte de Felipe II, tuvo el atrevimiento de dedicar al severo monarca su *Della fisica* y ejerció dos o más años en Pamplona y Barcelona, donde las gentes dieron en llamarle *gran médico, gran práctico, alquimista, nigromante* e incluso *santo.* Por algo sería. Fioravanti, de hecho, cita con pelos y señales a varios adeptos castellanos en la cuarta parte de su libro.[83] De ahí que no sorprenda la reproducción de las octavas de Centelles como tampoco debería de sorprender el interés de Felipe II, rey de mala fama, por disciplinas que tan buena la merecen. Volveremos sobre esta afición, recordando ahora que el hombre de El Escorial defendió la memoria de Lulio y protegió a sus epígonos, entre ellos al propio Herrera, y adelantando que en 1567 ordenó a su secretario Pedro de Hoyo la supervisión de una serie de transmutaciones con miras a obtener oro partiendo de metales viles.[84] ¿Le animaba la fe o la codicia? No lo sabemos.

Luliano era también —aunque tardío— don Luis de Aldrete y Soto, criatura imposible que acertó a conciliar el oficio de alquimista y el ejercicio de un cargo de responsabilidad en la Inquisición de Granada. Su renombre data de la segunda mitad del siglo XVII y se debe, entre otras cosas, al hallazgo de una panacea o aguardiente capaz, a su juicio, de enmendar todos los males. Cuando el Protomedicato le exigió la receta, Aldrete se negó a darla con el resbaladizo argumento de que su inventor era el Espíritu Santo. A pesar de ello, María Luisa de Orleans, primera mujer del Hechizado, se atizó unos sorbos del polémico potingue confiando en disipar una grave dolencia y murió a las pocas horas.[85] ¿Quizá buscaba eso el alquimista? Varios de sus libros yacen y pueden consultarse en la inevitable Biblioteca Nacional.[86] Defiende en ellos a la astrología, sopesa los pros y contras del agua universal, indaga en el silencio de las sectas muslimes, y escruta los vaticinios de Malaquías y Vicente Ferrer a cuento de los futuros reyes de España.

Antes, en 1610, los jueces de un auto de fe lucroniense habían demostrado una vez más su escaso sentido del humor penitenciando a un bachiller en cánones «porque para hacerse alquimista y sacar plata de otros metales baxos (...) ponía y juntaba con ellos, superstición lamentable, pedazos de estolas y albas benditas, olio santo, agua bendita e incienso sin bendecir».[87]

Para entonces ya llevaba cuatro décadas cumplidas zascandileando por la península y sus colonias el licenciado Álvaro Alonso Barba, espagírico, fundidor, alevín de ingeniero, clérigo a su modo, adelantado de nuestra pobre ciencia y autor de un *Arte de los metales* famoso en Europa y desconocido aquí.[88] Papus infiltra a este onubense de Lepe entre los nombres ilustres de nuestra historia hermética. Sorprende enterarse de que fue cura (y párroco) en el distrito inca de Tihuanaco, ombligo indiscutible de todos los misterios precolombinos. ¿Qué diablos pintaba allí uno de los pocos y más verosímiles adeptos de la madre patria?

Conocemos otros nombres, otros anillos de la cadena. El rey don Martín escribió cinco cartas alusivas a Jaime Lustrach, alquimista mallorqués —y por ello luliano— de cuyos gastos y salarios da curiosa noticia un documento perteneciente al Archivo del Reino Balear.[89] La Biblioteca Nacional y la Universidad de Granada poseen sendos ejemplares del *Libro de la Celidonia por separación de elementos,* obra fundamental cuyo autor han devorado los siglos.[90] Nada sabemos tampoco de ese incierto Caravantes, español de nacionalidad, cuyo apellido se menciona en el tercer tomo del *Theatrum Chimicum* y cuya *Práctica* sobre la crisopeya cita con evidente respeto Guillermo Cratarolo.[91] Otro turbio compatriota (aunque catalán), por nombre Jaime Mas, tradujo del latín a su lengua madre el *Testamentum* de Raimundo Lulio.[92] En 1703 publicó Francisco Borrel o Miguel Carbonell, boticario de Barcelona, un volumen dedicado a la «purificació dels set metalls de varios y differents Augtors graves ab gran cuidado recuillits».[93] Gil y Gil, especialista en Arnaldo de Vilanova, incluye entre los discípulos del valenciano a Vidal de la Peña, Juan de Tovar y Fadrique Henrríquez de Ribera.[94] Y, por último, Luanco remacha el catálogo con las iniciales del misterioso M. L., autor de una hoja sobre la alquimia fechada ayer mismo, en 1842.[95]

Nombres, en efecto. Y lagunas por todas partes. ¿Qué hay en el fondo de éstas? ¿Y qué detrás de aquéllos, una vez descartada la triste y fácil victoria de la erudición? Pregunta inútil, pues —aunque la tiene— va a seguir sin respuesta. Nadie correrá el albur de dárnosla. Los unos por escarmiento, los otros por sabiduría y los demás por ignorancia. Al Tao me remito: si callan los doctos, ¿qué dirán los nescientes? ¿Explotar, como Villarroel, el negocio a base de medias tintas y de volatines entre avisados e incrédulos? ¿Convertirlo en truco de sobremesa, trifulca de cañas y recorte de banderillero, como intentó hacer nuestro mejor conceptista en su *Libro de todas las cosas y otras muchas más?* Remedaba allí Quevedo al Trismegisto: «recibe el rubio y mátale, y resucítale en el verso; item, tras el rubio toma lo de abajo y súbelo, y baja lo de arriba, y júntalos y tendrás lo de arriba».[96]

Rumor confuso de la plebe. Lo de Villarroel es inicuo. Lo de Quevedo, demasiado fácil: un manierismo.

Decía el ratón del cuento: *dormir y callar. Eso haré por la noche.*

Y exclamaba la ratita: *¡qué requetebién!*

Dormir, sí, y quizá —como Hamlet— soñar, con toda la carga de símbolos, de monstruos, de riesgos y de resurrecciones que tal operación conlleva. Ahí está el camino. Es difícil practicar hoy otra suerte de alquimia. No tenemos equipaje de *mandalas,* para explicarlo de algún modo. No tenemos atanor ni espargiro ni sótano ni magisterio ni, probablemente, fe. El instrumental se desgastó hace mucho y, sin embargo, los arquetipos —mojón final de la Obra— están ahí, donde para bien o para mal se refugiaron, al alcance de los sueños y del éxtasis: en el inconsciente colectivo. Y el problema, como escribe Jung, se reduce a *vivificarlos* reproduciendo «un fenómeno que se observa con frecuencia en las épocas de grandes cambios religiosos, pero que también puede manifestarse por separado en un individuo para quien las representaciones dominantes ya nada significan».[97]

Just so!

Y ese hombre en soledad, casi desnudo, pero con un antiguo piélago delante y la voluntad de surcarlo, será el moderno Ulises, el único alquimista plausible en nuestros días.

Estad tranquilos. Andan sueltos por ahí. Gentes que cuando el mundo perezca no perecerán con el mundo. Gentes que rescatan *la vieja vida en orden suyo y nuevo,* cuyos *yunques y crisoles* no *trabajan para el polvo y para el viento.*

II. LA OSCURA GENTE
(estrelleros, jorguinas, espantanublados, arrepticios, diantres, maléficos, lemures, sacamantecas, leviatanes, convulsionarios, saludadores, antipapas, monagos y recristos)

Una verdad te quiero confesar, Cipión amigo: que me dio gran temor verme encerrado en aquel estrecho aposento con aquella figura delante, la cual te la pintaré como mejor supiere. Ella era larga de más de siete pies; toda era notomía de huesos, cubiertos con una piel negra, vellosa y curtida; con la barriga, que era de badanas, se cubría las partes deshonestas, y aún le colgaba hasta la mitad de los muslos; las tetas semejaban dos vejigas de vaca, secas y arrugadas; denegridos los labios, traspillados los dientes, la cabeza desgreñada, las mejillas chupadas, angosta la garganta y los pechos sumidos; finalmente, toda era flaca y endemonidada.

MIGUEL DE CERVANTES,
Coloquio que pasó entre Cipión y Berganza

¡Qué será verte una noche
cuando a las doce, desnuda,
para pisar esos aires
te vales de las unturas,
y penetrando en bodegas,
brincando de cuba en cuba,
tanto chupas sus licores
como a los muchachos chupas,
hasta que en solio azufrado
al torpe cabrón adulas
besándole en aquellas partes
tan cursadas como sucias!

ALONSO DE CASTILLO SOLÓRZANO,
A una vieja habladora
(en *Donayres del Parnaso*)

¡Bajar a estos infiernos como el Dante!
¡Llevar por compañero
a un poeta con nombre de lucero!
¡Y este fulgor violeta en el diamante!
Dejad toda esperanza... Usted primero.
¡Oh nunca, nunca, nunca! Usted delante.

ANTONIO MACHADO,
Cancionero Apócrifo de Abel Martín

Como casi todo va a ser ya desorden, tanto vale empezar por lo más antiguo. Y acatando, aunque nadie me gane en eso a pecador, el dictamen de Gracián, pues si dos veces cuadra la brevedad a lo bueno, figurémonos a lo otro. Sin salir de los clásicos, que efectivamente saldrán (y nos ayudarán) a menudo en esta jornada, hasta el empecatado de Lope reconocía que no *hay tan cruel melecina / como ver a una ventana / una esclava o dueña anciana / entre bruja y Celestina.*[1] Hagamos entonces todo lo posible por acortar el espectáculo.

Y lo más antiguo, en esa horda milagrera un mucho divertida y algo infame que se despeña faldas abajo del medievo, parece ser el negocio y sacerdocio de los llamados astrólogos judiciarios. Atención: no busco jarana. Digo negocio, en lugar de quehacer o incluso ciencia, atendiendo sólo a centurias en las que el ejercicio de las nobles artes vatídicas de la antigüedad derivó a ocasión y ganancia de charlatanes. Se me dirá que no siempre, y es cierto, pero de la astrología seria ya hablé con seriedad en otras partes —al hacerlo sobre la *Escuela de Traductores,* por ejemplo, o sobre los liceos de cabalistas— y aún se nos arrimarán algunos cataestrellas veraces del antiguo régimen cuando empecemos a sortear los rabiones de la Edad Moderna. Recuerde además el lector que soy hombre de fe. El maestro Zolar llama *soberano pontífice de la naturaleza* al astrólogo y *profanador* de la misma al brujo, pues el primero —aclara— recurre a una fuerza conocida, mientras el segundo abusa a bulto de algo que ni remotamente penetra.[2] Por mi parte aplaudo la distinción y los calificativos que la ilustran, pero no así el caprichoso prorrateo de etiquetas. Brujería, astrología y otros términos de similar pelaje son desde hace mucho *flatus vocis.* Dejémonos de testarudeces y fijaciones nominalistas. Hay tipos tan de fiar como el *yaqui* de Castaneda, que jamás miran al cielo, y legión de zahoríes prácticamente cotidianos (véase el horóscopo de las revistas) que nos embaucan con fórmulas trigonométricas, floreo de helenismos y cartografía del espacio. La diferencia no está en el marbete, sino en la tramoya íntima de cada oficio y en la capacidad e intención de quien lo desempeña. Como dice el pueblo: se es o no se es. Se sabe o se imita. Mejor: se remeda. Volvemos una vez más al diapasón de Michkin, que *conoce* sin reflexión ni estudio, y de Parsifal, que sin buscar *encuentra.* Pero nosotros, al hilo de las páginas y del tiempo, hemos pasado ya de la epifanía a la clandestinidad y de la clandestinidad a la farsa. En este capítulo, y en los tres o cuatro que cierren mi historia, no habrá ya ocasión de escuchar a maestros, sino sólo de subirse al inope tingladillo de quienes se conforman con recibir unas monedas y salir de naja, llevándose probablemente a la Guardia Civil en los talones. Por lo demás, cumplido así el enojoso deber de ponerle puntos a las íes, yo no voy a negarles las monedas ni la sal de esta tierra española (que por usufructo y herencia les pertenece) ni menos aún el famoso trago de bon vino reclamado por el juglar. Conocida es mi inclinación hacia las existencias orilladas, mi solidaridad con el lumpen de los caminos, mi aplauso para la briosa resaca nacional que siglo tras siglo y año tras año llena de anarquistas las cárceles, de organillos los arcenes, de falsos ciegos las esquinas, de tómbolas con trampa las verbenas, de tocomochos las estaciones y de espontáneos al albero de la vida. *En este país,* a la vez tan propio y tan ajeno, sólo el hampa me parece una, grande y libre. Hampones son efectivamente, aunque a su manera, los diablos cojuelos y duendes familiares que aquí me dispongo a evocar. Por ello cuentan de antemano con mi simpatía, si bien el cachondeo resulte —como se verá— inevitable. Pero en él me precede y abona el propio humor de los burlados. Vacilemos, entonces, con salud.

El vademécum astrológico de mayor fuste en la España medieval, y probablemente el más antiguo, apareció recién doblado el Milenio bajo la firma de un árabe que se llamaba Ibn Ragel. Arranca de ese códice, o de sus aledaños, un período de desbarajuste espiritual e insolente descristianización que Julio Caro no vacila en extender a toda o casi toda la Europa *ab eterno* romanizada.[3] Es entonces cuando vuelven a circular por el sistema sanguíneo de Occidente las viejas convicciones babilónicas y alejandrinas sobre el influjo del firmamento en el acontecer humano, trasladadas esta vez con la venia y por la mediación de los alfaquíes árabes y hebreos. Conocemos de sobra el decisivo papel que le corresponde a España, recalcitrante oveja negra de la *pax* tomista, en el nuevo florecer de heterodoxias. Lo de siempre: incordiar, cumplir la función de niña terrible en el seno de un continente acomodado y estéril. Son *nuestros* moros y judíos quienes ceban el proyectil y tiran del gatillo. Esa pólvora incendiará las universidades, las iglesias y las tabernas al sur y al norte de los Pirineos. La superstición astrológica, en efecto, va a ser ya patrimonio común y casi permanente de la nobleza, la *intelligentsia,* la clerecía y el estado llano. Pero no nos interesa Europa, sino su espolón: España. El arrebato tendrá aquí carta oficial por lo menos hasta Felipe III y oficiosa hasta la muerte de su nieto el Hechizado (dejemos ahora la encanallada devoción que las modistillas de hogaño reservan a los horóscopos). No es hipótesis o concupiscencia, sino llagas tangibles en el costado de nuestra historia. Las bibliotecas están atiborradas de tumbos, títulos, sucesos, opiniones y mención de prebendas con apellido astral. Puesto que en tales antros, y también en la erudición contemporánea, pueden rastrearse con relativa facilidad esas noticias, no incurriré yo ahora en el pleonasmo de citarlas, aunque sí en la tentación de escoger desordenadamente algunas con ánimo de rasguñar como mínimo los ya borrosos perfiles de aquella atmósfera y de propagar sus efluvios. Veremos así, entre otras cosas, como la afición a dar o recibir horóscopos sirvió de rasilla democrática en nuestros mejores siglos, guindando por igual a nobles y a plebeyos, a industriosos y a holgazanes, a meapilas y a descreídos, a linces y a cenutrios... Y de paso percibiremos constantes vacilaciones en estos astrologuillos de papel pintado, que a cada momento renegaban de su fe cambiando los óbolos por bofetones. El país, en lo relativo a la bóveda celeste, tuvo siempre mala conciencia.

Y mala conciencia tuvo, acaso más que nadie, el propio Alfonso X, autor de aquellos lodos, que «cediendo a sus aficiones» —como muy bien apostilla Menéndez y Pelayo[4]— dio en considerar a la astrología *primer género de adivinanza* y en tolerarla *por ser una de las siete artes liberales,* aunque proscribió su manejo *a los que no son ende sabidores.* En esta lenidad del siglo XIII conviene buscar los orígenes de la danza, al menos en lo que a Castilla corresponde. So capa de ciencia y mesura acabaría el buen Alfonso patrocinando una vasta biblioteca de manuales sumergidos en astrología judiciaria. Tal parecen, por citar sólo algunos, los tres *Lapidarios* de Rabí-Yehudah-Mosehha-Qaton y el de Mohamad-Aben-Quineh (traducidos éste y aquéllos por el clérigo Garci-Pérez), el *Libro de ochava esfera,* a ratos, y —en todo— el *de las tres cruces,* cuya tendencia fatalista ni siquiera don Marcelino se atreve a negar.[5] Diríamos hoy que sus autores, y también el curita rojo que cristianó los lapidarios, eran torvos enanos apuntándose al resopón de una corte alegre y confiada. El rey Alfonso —sostienen los malignos— andaba papando moscas con un cazamariposas de organdí.

Lo que dije: aquellos lodos. Una década más tarde, su sobrino Juan Manuel (nieto, para mayor vergüenza, de Fernando el Santo) admitía sin tapujos la virtud fatídica de las estrellas en su *Libro del caballero et del escudero* y daba con el *de los Estados* definitivo pasaporte peninsular a cristianización de la leyenda hagiográfica de Buda, cuyo arraigo en Europa atribuye Julio Caro a la interferencia de las prácticas astrológicas con la liturgia y fe romanas.[6] Por los mismos años defendía don Sem Tob el influjo celeste en sus *Consejos et documentos al rey don Pedro*,[7] mientras las cabezas coronadas de Aragón abrían las puertas de palacio a una vistosa cáfila de presuntos especialistas en la lectura del firmamento. El Ceremonioso, con fecha 24 de octubre de 1359, ordenaba al archivero áulico que entregase todos sus libros de astrología (menos el ya citado de Ibn Ragel) a Dalmáu çes Planes «para que éste escribiera una grande obra de dicho arte».[8] Su hijo Juan I el Cazador alardeaba de estrellero y envió farautes a media Europa en busca de nuevos manuscritos sobre el asunto,[9] a pesar de que en 1387, año de su entronización, se había descolgado con una cédula condenatoria para quienes «cataban agüeros, adevinanzas et suertes (...) e otras muchas maneras de agorerías et sorterías, faciéndoso astrólogos».[10] Miraba entretanto el rey cruel de Castilla al cielo por si el cielo venía en su ayuda, menudeaban en Levante las *Taules* y *Juys d'Astronomía*, y empedrábase el *Cancionero de Baena* con presagiosas alusiones al firmamento.[11] Poetas como Diego de Valencia, Micer Francisco Imperial y Bartolomé García de Córdoba creían a machamartillo en la dialéctica fatal de los luceros. Y ya, desde mucho antes, andaban los zodíacos incorporándose a la imaginería de las iglesias románicas (como lo demuestra nada menos que San Isidoro de León) y —claro es— góticas, a menudo «combinados con representaciones de los doce meses para dar a las gentes una idea del orden cósmico que debían trasladar con frecuencia del plano puramente físico al ético, del Macrocosmos matemáticamente organizado al Microcosmos o vida individual».[12] Ya eclesiásticos de tanta confianza y peso como Alonso de Madrigal *el Tostado* se aventuraban de hoz y con la sotana puesta por los inciertos senderos de la astrología no aplicada.[13] Ya la ciencia médica, casi siempre flor de judería y conversa luego, daba en considerar el horóscopo de los pacientes antes de enfrentarse al albur del diagnóstico, mientras el soriano (y profesor de astrología en Salamanca) don Diego de Torres tomaba y publicaba su *Medidas contra la pestilencia: el eclipse de sol del año de l465*,[14] cobraba fama el esculapio y uranógrafo Mesué,[15] urdía sus libelos celestiales el tebib valenciano Jerónimo Torrella[16] y el ínclito doctor Villalobos se permitía el lujo de atribuir la peste bubónica de 1494 a una conjunción aciaga de los astros.[17] Prognosis, por lo demás, que hoy se nos antoja ligeramente cínica, pero que estaba muy dentro del estilo y el espíritu de la época. Las epidemias, como apunta Caro Baroja, configuraban entonces un *hecho sociológico* y su declaración iba siempre acompañada o precedida por una psicosis de pánico. De ahí proviene, según el polígrafo, la neurótica aversión a la mendicidad en cuanto vehículo pintiparado al transporte de microbios forasteros y el general convencimiento de que por la caridad entra la peste.[18] En Asia o África, donde tales morbos fueron endémicos, no existe ningún prejuicio en lo tocante al modusvivendi de tender la mano. Los pordioseros son allí hombres de honor.

A todo esto, y mientras acuciosamente se desencadenaba nuestra presencia en litorales ajenos, el caudal castizo de la astrología iba de continuo enriqueciéndose con la aportación de lo exótico. Los *condottieri* de la gran aventura ultramarina andaban por ella arropados bajo una viscosa corte de paraninfos y agoreros que no se dolían de perder anillos entrando a saco en los usos y costumbres de sus colegas incas, araucanos, aztecas o quichuas. «Saturnal de las conciencias» llama Caro Baroja a la orgía sagrada y profana que se adueñó del país desde Colón hasta Felipe. Y de ella —añade— no se libraban curas ni frailes, lanzados como cada quisque al desenfreno.[19] Un grupo de agustinos se demoró en China mediado el siglo XVI y tuvo la ocurrencia de regresar a la Península con varios códices ideogramáticos de astrología natural y judiciaria, disciplinas que los amarillos atribuían al dios inventor del azadón y el arado.[20] El famoso padre Rada figuró entre aquellos insensatos, de quienes huelga añadir que nadie consideraba tales en el seno de una sociedad donde el magnífico caballero Mexía —chismoso oficial de la época, cronista del primer Carlos e impecable autor de una *Historia imperial y cesárea*— podía merecer y lucir el apodo de *astrólogo,* beneficiándose de esa fama. En 1524, y evidentemente en Toledo, publicó Alvar Gutiérrez de Torres un *Sumario de las maravillosas y espantables cosas que en el mundo han sucedido,* apología casi ilegal de quienes recibieron o conciben la historia como un comedido e inevitable corolario del devenir de las estrellas. Y hasta el maestro Ciruelo en persona, flagelador integérrimo de nuestra afición a lo maravilloso y lumbrera matemática en los claustros universitarios de París y Alcalá, se creyó obligado a distinguir la cabal de la falsa astrología judiciaria en su reprobable *Reprobación de las supersticiones y hechicerías,* obra antiespañola —y sin embargo proverbial en España— cuya lectura desaconsejo vivamente.

Hasta aquí casi todas han sido de cal. Las de arena empezaron a darse bajo la férula del Prudente y más por casualidad o cansancio que por estrechez de criterio, pues nuestro rey Felipe no cojeaba de este pie (aunque el croar de las ranas asegure lo contrario) y siempre reservó escrupulosos miramientos a lo que se vestía con fama de tradicional y ropaje de lo mismo. Y así —insisto en que por mera ley de columpio— diose por ejemplo el caso del rondeño Diego Pérez, sedicente matemático, estrellero falaz y escriba follón de un opúsculo intitulado *De incertitudine judiciarum astrologiae*.[21] No hay que saber muchos latines para ventear por dónde van los tiros ni perderemos nosotros el implacable tiempo en la consideración de estas minucias.

¿Qué hacía mientras tanto la señora vestida de negro, la que jamás llamaba al timbre, la de pasos felinos, la Suprema, la madrecita Inquisición? Poco o nada. Muy otras eran sus preocupaciones y relativas todas ellas al correr o descorrer del cristianismo. Lo demás pertenecía al *panem et circenses,* como hoy el fútbol o ayer los toros, y se juzgaba preferible no meneallo. Con razón opina Caro Baroja que la astrología ha sido y sigue siendo la disciplina esotérica más aceptada por el vulgo y menos acosada por los gobernantes.[22] Pero no sólo ella. Lo mismo sucedió *aquí,* que no en la ilustrada Europa o Estados Unidos de América, con el arte o estafa de la brujería. Y aunque sea adelantar los tiempos, pues del tema se hablará muy pronto, no resisto a la tentación de recordar que con fecha 31 de agosto de 1614, y a raíz del celebérrimo auto de fe celebrado cuatro años antes en Logroño, el Consejo Supremo del Santo Oficio redactó unas *Instrucciones sobre el modo de perseguir a las brujas*[23] tan mesuradas y progresistas que hasta el protestante Lea, indiscutido especialista en nuestra Inquisición, se aviene a mencionarlas como un *enduvering monument to his calm good sense, which saved his country from the devastation of the witchmadness then ravaging the rest of Europe*.[24] Tras varios siglos de leyenda negra impresiona escuchar una opinión así precisamente en inglés. Y en inglés la dejo. Tendré que volver enseguida sobre las citadas *instrucciones,* pero desde ahora doy por seguro que «cuando se realice un estudio minucioso y sistemático de los procesos por hechicería conservados en los archivos inquisitoriales, alcanzarán a verse cosas jamás sospechadas ni siquiera por quienes hasta ahora han dedicado mayor desvelo al examen de los mismos».[25] Lo dice (en otro contexto) el inabarcable Caro Baroja, hombre tan poco sospechoso de alimentar simpatías por la institución y modales del Santo Oficio como este servidor pueda serlo. Guste o no guste a los de España y los de fuera, aquí el castigo de las brujas consistía en exhibirlas a horcajadas de asno, y a lo peor con coroza, por la plaza mayor de la ciudad o aldea donde ejercían su ministerio. Los del Mercado Común, mientras tanto, las socarraban al baño de María (nunca mejor dicho) poniendo en la cacerola manteca de Holanda, *paprika* de Budapest, *bovril* anglosajón y cominos del Pirineo, todo ello cultivado y elaborado según las rigurosas pautas de Bruselas. Cabe el alivio de pensar que quien tuvo retuvo.

Pero hay límites, diría Borges. Y los hubo también para la transigencia con la astrología. Tanto debió de propagarse el negocio por la metrópoli y por sus colonias, y tan contagioso parecía, que la Inquisición mejicana declaró la guerra por su cuenta el 8 de marzo de 1616, fijando en las esquinas un dahír por el que se ordenaba el secuestro de todas las obras relativas al asunto y la excomunión de oficio para quienes de uno u otro modo cultivaran el peligroso arte. La tregua quedaba rota y no es difícil imaginar lo que por ese agujero se coló. A partir de 1620 empezó a aplicarse sin flema ni mansedumbre la *dura lex* del Santo Padre, que llevaba pólvora, y la astrología ibérica pasó con todos sus ajilimójilis a la ilegalidad aquende y allende los mares.[26] Otro muerto se iba al hoyo. Sus cenizas son hoy pasto de la plebe. Se tardó algún tiempo en sepultar el cadáver, pero qué más da. No hablaremos de Villarroel, no nos detendremos para historiar un sórdido proceso de corrupción. Ni tampoco incurriremos en jeremiadas. Justa es la ruina de un arte vinculado a las conexiones ecológicas. Las estrellas, en efecto, mal pueden ya orientar las vidas de quienes no nacen a su luz, sino sobre una plataforma de cemento, asfixiados por el aire estéril de los sanatorios, envueltos en pañales de celofán o plástico y tan forzosamente ajenos, en consecuencia a las intimidaciones del magnetismo terrestre como a la autoridad de los graves dibujos inscritos en la bóveda del macrocosmos. ¿Para qué ejercer la astrología en lo tocante a individuos que no sólo se aíslan adrede de la naturaleza, sino que además hacen todo lo posible por destruirla? Nuestros abuelos tuvieron signo del zodíaco, nuestros nietos nacerán sin él. Nuestros padres respiraban *prana,* nuestras narices huelen mierda. Bien sepultado está el antiguo ademán de mirar al cielo. Nadie se bañe en luz de luna ni contemple la danza de los heliotropos. Que los muertos entierren a sus muertos.

Y ahora, un soplo de libertad: la brujería.

En su origen se mezclan Dionisio y Venus, un dios cornudo y una diosa ubérrima, un chivo ebrio y una hetaira por amor. La cosa tiene más entretelas de las que a primera vista se dibujan. No estamos ante una invención, retorcida y afortunada del *homo ludens* (u hombre que se aburre), sino ante la matemática consecuencia de una frustración psicológica común a muchos. Rectifico: común a los cristianos. No existe asomo de brujería en el ámbito de las demás religiones, aunque sí *chamanismo*, o sea, nunciaturas de lo numinoso atemperadas a las necesidades de una mentalidad primitiva. Y sin confundir, que lo uno es función social sometida al desgaste de la historia y lo otro impermeable martillazo pilón del subconsciente. El chamán está a punto de desaparecer doquiera aún no ha desaparecido, pero las meigas seguirán entre nosotros mientras no se cumplan las centurias de Nostradamus y vaya el solio de Pedro a freír definitivamente monas en el limbo que Jesús le tiene destinado.

Creen muchos antropólogos de la hora actual, con la inglesa Margaret Murray encabezándolos, que el fenómeno de la brujería es caricatura y supervivencia de una antigua religión en cuya liturgia menudeaban las orgías iniciáticas y los sacrificios rituales.[27] Sólo podemos participar en esa fiesta remota a través de la psicología. Los libros sagrados no dicen nombres propios ni hay en los sepulcros inscripciones pertinentes. Pero sabemos cómo, cuándo y por qué surge la explosión de lo dionisíaco, ágape periódico o enfermedad recidiva del espíritu que nada tiene que ver con fechas o lugares, pues en todo tiempo y región se declara, ni con profesiones de fe, pues pertenece a la universal del subconsciente. Por este terreno, como de costumbre, nos guiarán las manos de Risco, de Jung y de Cirlot.

En el principio era la espontaneidad libre de pecado. No había sentimientos de culpa. Dafnis y Cloe jugaban a inventar en cada matorral la consagración de la primavera. Volaba Psiquis, mientras Eros se volvía asno de oro para pisar a horcajadas el mejor de los caminos. Europa corría el toro a su manera, en un templo de Chipre danzaba Bilitis alrededor de un *lingam* coronado, Leda estrechaba al cisne entre sus muslos, con ellos oprimía Nerón la mano de su madre (lo cuenta Suetonio) y muchedumbres de doncellas temerosas de Dios brindaban su virginidad a los viandantes desde los peristilos sagrados de Astarté. Entonces despuntó el monoteísmo (no importan ahora sus razones) y alguien formuló la leyenda del pecado original. Obligaba éste —o la voluntad de poder que allí surgía— a practicar el apostolado, forma de locura inédita hasta entonces. Y se reclutaron brigadas de misioneros. La flamante religión (si religión era) echó pocas raíces en Oriente —donde los hombres poseían la cordura de la vejez— y casi ninguna en el África negra, donde las gentes conservaban la sabiduría de la infancia, pero consiguió enredar a las gentes del Mediterráneo, contaminadas ya por el uso supersticioso de la razón. Y todo en él, y en los mundos por él colonizados, se tiñó indeleblemente con los colores del puritanismo, el tentetieso y la culpa. El culto de Dionisio, que a la sazón florecía con mil nombres y los mil eran de libertad, se redujo por las bravas a vituperable bullicio de borrachines. Y fue pecado. El culto de Venus, tan natural entre los hombres como en las olas lo parece la espuma, quedó para insípida circunstancia de procreación y matrimonio. Y fue pecado. El dios huyó entonces al bosque, donde a veces aún se manifiesta acudiendo al reclamo de una moza sin compañía, y la diosa regresó a la caverna de sus mayores, al útero de la *Magna Mater* en el que había estado el primer templo, al intestino de la tierra por cuyas profundidades se aventura a solas el iniciado antes de renacer.[28] Conocemos esta música. Es la incomparable leyenda o ciclo mitológico del Venusberg, cumbre sagrada de borrosa ubicación que simultáneamente sirve de refugio diurno a la deidad proscrita y de momentánea catacumba a las divinidades paganas, allí en letargo a la espera de que suenen los clarines de la resurrección. Al caer la noche, Venus abandona su escondrijo, convoca a todas las brujas y enciende la mecha del aquelarre. Por derecho natural le corresponden las funciones de sacerdotisa en las ceremonias de ese oficio de tinieblas. ¿Quiénes acuden a él? Dionisio, en primer lugar, y

—pisándole las pezuñas— una legión de frustrados, de reprimidos, de simuladores. Son los que padecen el peso de las Tablas de la Ley: malmaridadas histéricas, solteronas a su pesar, borrachos arrepentidos, monjas sin vocación, lesbianas platónicas, homosexuales en barbecho, viejas renegridas, vírgenes en noche de San Juan, artistas que no pudieron esculpir desnudos. Gentes, en una palabra, a quienes la Iglesia de Roma o la atmósfera de puritanismo por ella difundida impidió manifestar y, en consecuencia, desarrollar uno de los dos hemisferios de todo carácter humano y humana conducta: el orgiástico o dionisíaco, contrapunto indispensable para la salud psíquica del igualmente imperioso menester apolíneo. Y no lo digo pensando sólo en el sexo —como a tenor de la despótica y casi unánime tradición freudiana parece preceptivo— ni exclusivamente en los enclaves de obediencia católica, pues en este y en otros asuntos más papistas resultan los seguidores de Lutero que los del propio Papa, quizá trasquilados aquéllos por su menor arrimo a la historia, lengua y países donde en su día floreciera el mundo pagano.

Era así inevitable que el fenómeno de la brujería se instalara en el ámbito del cristianismo, y sólo en él, ya que ninguna otra religión decidió amputar coercitivamene el lado más feliz y luminoso de nuestro carácter. Tonio Kröger, que tinta en la terraza mientras sus coetáneos bailan en el salón, abona lo que estoy diciendo. Y no se invoque el budismo, pues la renuncia predicada por Siddharta no se refiere a este o aquel placer, sino a la totalidad de la información transmitida por los sentidos, y por ello constituye una simple (o compleja) alternativa metafísica que a nadie se impone ni a nada compromete, y cuyo quebrantamiento no acarrea culpa alguna.

Lo dionisíaco —escribe sin medias tintas Jung, arredilando bajo ese término equívoco la suma de los impulsos emocionales yacentes o militantes en el ser humano— «no encontró adecuado cauce religioso en la ética y liturgia del cristianismo, que eran preferentemente apolíneas. Cuando bien entrada la Edad Media se prohibió celebrar las carnestolendas y cultivar el juego de pelota en el interior de los templos, el carnaval se hizo secular y la *ebriedad divina desapareció de los recintos sagrados*. A la Iglesia le quedó el luto, la tiesura, la severidad y una harto mesurada alegría del espíritu. Pero la embriaguez, el más peligroso e inmediato de los raptos, volvió las espaldas al Olimpo y arreció —patética y excesiva— por el mundo de los hombres.

Las religiones paganas evitaban este peligro incorporando el éxtasis de lo dionisíaco a la trama de su liturgia. Heráclito lo comprendió muy bien al escribir: *es en el Hades donde enloquecen y celebran sus fiestas*»[29] El subrayado corre por cuenta mía.

(Parece, en consecuencia, natural que volaran menos brujas en la Península que en otras partes, como en seguida veremos. Mis compatriotas, gentes de turbio *exótero* y cierra España, atinaron a conservar indemne su sentimiento lúdico hasta el antipentecostés de los Borbones y a no perderlo del todo, pesia a los muchos menoscabos y hemorragias, ni siquiera en nuestros días. La explosión anual de los toros y el vino —o de los *toros del vino*— nos lo sigue puntualmente demostrando. Por lo demás, y en cierto modo para desmentirme, vengo a leer en la *Relación de Madrid* —obra escrita por un visitante foráneo en 1664— que «la escasez de brujos en España se debía a la decisión del diablo de no tratar con españoles por miedo a que lo engañasen».[30] ¿Habrá algo de verdad en la especie? Dios lo quiera.)

Pero íbamos en andas de la medianoche con la ductriz de las brujas desabrigándose de su cubil diurno y echando a repicar las campanas cosmopolitas del aquelarre. Cuestión, a la postre, de montar y de ser montado. Lo reconozco por mucho que la cosa huela a Freud, pues no hay misa negra que se respete sin anterior o posterior promiscuidad de sexos ni siquiera en estos años modorros de berreón y risible feminismo. Pero no confundamos causas principales y efectos colaterales. También el matrimonio, por ejemplo, abunda en rebufes y refregar de muslos sin que en ello estribe su motor ni su justificación ni su contenido. Frustrados y frustradas convergían en el *Sabbath* más por razón de masturbaciones psicológicas que buscando el desahogo mecanicista de los instintos sexuales. Claro que luego, arrebujaditos todos en derredor de una hoguera, se acercaba el diablo a soplar y venía el sofaldeo, pero es éste percance de ordinaria administración que se produce en cualquier tertulia heterogénea sin necesidad de untos, trances, salmodios o meigas. Había, eso sí, dialéctica de *yin* y *yang* (que incluye el sexo sin agotarse en él). O sea: poseedores y poseídos, toma y daca de lo varonil y lo ahembrado, esgrima de los opuestos, armonía de las esferas, mezcla de levaduras activas y pasivas, fermentación, violación, penetración y a menudo (de ahí la mala prensa y, en parte, su conflictividad social) fecundación. Pero siempre, y por encima de todo, *relación* entre quienes fuera del aquelarre no podían establecerla libremente. Y los tiempos no han cambiado ni podían hacerlo en una sociedad como la actual, tanto o más represiva que la de entonces. En España seguimos diciendo lo de *sábado sabadete*, sin reparar en que se trata de una fórmula desiderativa y propiciatoria cara a nuestra intervención en el todavía vigente convite semanal de las madres brujas. Suena la medianoche del sexto día y nos encaramamos (quien lo haga) en una escoba con motor de explosión para desfogar los instintos aplastados en la rutina de cuarenta horas laborales acudiendo al engaño de placer y ocio —luces fosforescentes, carteleras, huríes de lujo, platos chinos, música, oscuridad, güisqui de rutilante etiqueta— que agitan en nuestros morros los diosecillos toreros de la publicidad y del consumo. Claro que aquí nos limitamos a llenar la andorga con chorizo y el buche con cariñena, mientras en sociedades más evolucionadas se montan el bonito número del *partouze* o cama redonda. Maneras diferentes, éstas y aquéllas, de entender el aquelarre, pero en él andamos indígenas y extranjeros zurcidos por una soga común: la mitificación del trabajo y quien lo trujo. Que es —no lo olvidemos— exclusiva mundial de marxistas, católicos y protestantes. No hubo *sabbath* en el llamado Tercer Mundo y no hay ahora *noche del sábado* (o la hay sólo en sus grandes burgos, industriosas parodias de Occidente levantadas a viva fuerza en el ombligo de paraísos rurales que todavía no han dejado de serlo). Paciencia, por lo demás, si las brujas españolas resultan hoy por hoy un poco isidras y no nos proponen mejor entretenimiento que jugar a las tinieblas achuchando a la mujer del jefe. Con el nivel de vida nos llegará el relajo.

Dos manoseadas voces resumen y encierran la esgrima que aquí se evoca: *íncubos* y *súcubos*. Tal sería a mi juicio la exacta traducción del *yin* y el *yang* taoístas en el contexto de nuestra brujería medieval. Con lo que sin aportación de más laberintos queda demostrada la seriedad de un asunto tras cuya urdimbre se aposta nada menos que una completa teoría de la conducta y casi una metafísica —discutibles ambas, pero respetables— y no, como aún pretenden los drogadictos del racioanálisis, una fábula inventada sin fundamento para consumo de niños y menopáusicas. Nos movemos otra vez por esas inciertas profundidades donde el hombre se sumerge quieras que no buscando sin saberlo una reconciliación con sus arquetipos.

Por todo ello, oh padre Tao, son precisamente Dionisio y Venus los hierofantes de la gran ceremonia, los únicos delegados del Olimpo en esa antigua religión de cuya liturgia dijimos que eran caricatura y supervivencia los ritos medievales de la brujería. Sí. *Yin* y *yang*. El dios cabruno y sus sátiros caían como *íncubos* sobre las mujeres convocadas al aquelarre, mientras la esposa infiel de Vulcano y su milicia de meretrices servían de *súcubos* a los varones que en él se refocilaban. Éste es el esquema. No hay otro. La Iglesia hizo por acumular ambas funciones en el cajón de sastre de Satanás para que el análisis del fenómeno encajara en el marco de la demonología ortodoxa (pues nunca llegó a admitirse la existencia de diablesas), pero la maniobra se redujo a un simple escamoteo de significantes sin alteración de los significados. Sabido es que el Lucifer de la cristiandad puede disfrazarse de cualquier cosa, hasta de maricón o hermafrodita. Y así hubo hombres muy hombres que regresaban del aquelarre persuadidos de haber folgado con la papisa Juana, pongamos por ejemplo, y sin sospechar que el lance no había ido más allá de ciertas menudencias posteriores obradas en la persona del Maligno. Léase, si no, al padre Martín del Río, «gloria insigne de la Compañía de Jesús, portento de erudición y de doctrina, comentador del Eclesiastés y de Séneca, historiador de la tragedia latina, doctísimo catedrático de Teología en Salamanca»,[31] e individuo de notables tragaderas, que en sus *Disquisitionis Magicae* nos habla de monstruos, de demonios súcubos y demonios íncubos, de cabrones con alas, de brujas a lomos de escoba y de aquelarres por él mismo presenciados, quedándole aún humor y tiempo suficientes para analizar en detalle la fórmula y muestrario químico de las unturas. No se dejó nada en el tintero. Su libro le parece a Menéndez y Pelayo «el más erudito y metódico, y el mejor de cuantos hay sobre la materia».[32] Palabra.

Menos insolente y arbitrario resulta el *Discurso sobre las Brujas y cosas tocantes a Magia* que allá por el siglo XVII compusiera el filósofo, teólogo, helenista y hebraizante Pedro de Valencia. Este autor, discípulo predilecto de Arias Montano, sanciona la posibilidad del pacto diabólico y de la traslación local siempre y cuando medien untos «de yerbas frías como cicuta, solano, mora, beleño, mandrágora» y algún otro ingrediente.[33] Ya Andrés Laguna certificaba la eficacia de la receta en sus anotaciones a Dioscórides. Por mi parte, les aseguro que con pomadas así *se vuela*. Y mejor si añaden un pellejo de sapo bien impregnado en bufotenina.

A todo esto, ¿dónde el Venusberg? Nadie lo sabe, dirá Vicente Risco. «Pirineos, Selva Negra, Alpes, Cárpatos, Balcanes... Asoma incluso en las alucinaciones de los anacoretas exiliados al desierto, pero los caballeros errantes tienen más probabilidades de dar con él. Parsifal lo encontrará en el camino del Montsalvat. Reinaldo en el de Jerusalén.»[34]

Según otros, alemanes en su mayoría, alzábase la montaña mágica entre los bosques de la Turingia, escenario y presa de una circe falaz que engatusaba lascivamente a los curiosos sin dejarles salir de su castillo. En él pasó siete años de hambre, cuentos, amor, atrición y cautividad el caballero Tannhaüser.[35] Ricardo Wagner le puso música y rescató su fama.

En cuanto a vindicaciones españolas, *Montes del Templo de Venus* llamaban los árabes a la cordillera pirenaica y un *Monte de Venus* a secas debe de existir aún en Portvendrés.[35]

¿Y Montserrat? Allí se fabricó en el 197 una ermita consagrada a la diosa de las brujas.[36] Allí subsiste un culto primevo y genesíaco cuyas entretelas nadie atina a destripar.[37] Allí pueden verse dibujos prehistóricos que muestran al hombre agachado y en cuclillas, «como un ser marginal, punto de intersección del cielo y de la tierra por medio del sacrificio». Tal es para Cirlot[38] el recóndito significado del enclave y también la etimología del topónimo que lo bautiza, pues el perfil y disposición de los homúnculos reproduce la dentadura de una sierra.

Nobles, patrióticas cicaterías. Y siempre sueños. No son los españoles o alemanes, sino el gallego Risco quien esta vez tiene razón. El Venusberg pertenece al *illud tempus* y al doquiera. Su búsqueda se impone como obligatoria en el peregrinar del hombre deseoso de perfección, pero no conduce a ningún sitio. Es decir: sí. A una localidad innominable en la geografía interior de cada espíritu. Acaso cerca del Grial. Esto lo pongo de mi cosecha y sin erudición en qué apoyarme. ¿Será el monte de Venus gemelo y vecino de esa otra cumbre en cuya espesura acecha el Copón? No percibo yo sacrilegio alguno en la aparente audacia de asociar el tabernáculo a la cueva de las brujas. Misterio de la eucaristía, misterio del aquelarre: tanto monta comulgar con carne de Cristo que con crenchas del diablo, pues el vacío que Dios deja *no puede compararse / al vino /*

con que Satán obsequia / a sus buenos amigos. / Licor hecho con llanto. / ¡Qué más da! / Es lo mismo / que tu licor compuesto / de trinos. Lo dice Lorca, un poeta genial que antes o después, de seguir vivo, hubiese desembocado en el incontenible curso caudal de nuestra literatura mística.

Y eso que en Iberia, como ya se apuntó, jamás merecimos medallas por el número ni por la calidad de nuestras hechicerías. La atmósfera del *exótero* brindaba mejores vías de escape al fervor dionisíaco comprimido en el subconsciente. Alguna vez hemos hablado del colosal auto de fe que la Suprema montó cierta tibia mañana dominical del mes de noviembre de 1610, para aviso, recreo y escarmiento de los logroñeses. Veintinueve brujos convictos y confesos figuraban en la sentencia, de los que cinco treparon al rogo en efigie y seis lo hicieron por su propio pie. Tanta chamusquina amedrentó incluso a los inquisidores, que aproximadamente un año después enviaron a don Alonso de Salazar y Frías con el encargo de recorrer la zona esgrimiendo un edicto de gracia para todos los navarros dispuestos a abjurar de sus errores. El emisario no acometió el asunto a la ligera. En nueve meses de incansable zurra tomó declaración y consiguió reconciliar a casi dos mil supuestos brujos, entre los cuales se contaban 1.384 chavales de ambos sexos que no habían cumplido los quince años ni bajaban de los nueve. Don Alonso, empuñó luego la pluma y derramó sobre el pupitre de sus jefes un prolijo informe que no parece exagerado calificar de asombroso. Razonaba en él su convicción de que en toda la comarca no se había cometido ningún verdadero acto de brujería y hasta llegaba a argüir que tres cuartas partes de los interrogados —quedándose corto *(dixit)*— habían incurrido en falsas confesiones de culpabilidad. Contaba también que encontrándose en Valderro (cerca de Roncesvalles), y a punto ya de regresar a la capital tras haber reconciliado a varios jorguines, recibió una carta firmada por los alcaldes del valle de Amescoa con la súplica de que no se fuera sin antes visitarlos a ellos, y no porque en la demarcación se hubiesen percibido síntomas de brujería, sino para evitar que las aldeas sometidas a sus varas se creyeran víctimas de un trato discriminatorio. Y concluía el insólito inquisidor: «estoy seguro de que en las actuales condiciones no hay necesidad de promulgar más edictos ni de prolongar la vigencia de los ya existentes, ya que, dada la perniciosa agitación de la opinión pública, todo lo que se haga removiendo el asunto no haría más que daño y aumentaría la extensión del mal. Por mi experiencia deduzco la importancia del silencio y de la reserva, *ya que no hubo brujas ni embrujadas hasta que se habló y se escribió de ello*». El subrayado, y la cita, es de Kamen.[39]

Pues bien: La Inquisición no sólo respaldó las hipótesis de Salazar, rápidamente confirmadas por el ocaso de la hasta entonces oronda brujería navarra, sino que fue entonces cuando publicó las célebres y ya mencionadas *Instrucciones* de 1614, cuyos treinta y dos artículos aconsejaban benevolencia y cautela en todo lo referente a estos delitos. E incluso se hizo justicia póstuma a los hechiceros inmolados en el susodicho auto de fe, prohibiéndose la exhíbita de sus sambenitos y dejándose sin validez el estigma o inhabilitación que tradicionalmente pendía sobre sus cabezas y las de su descendencia. De esta forma, opina Kamen,[40] España se libró de los furores provocados por la histeria popular contra las brujas y evitó las ronchas levantadas por el cruento sacrificio de las mismas en la brutal Europa de la época. Un dato: en los archivos judiciales de Castilla la Nueva no figura una sola sentencia de muerte dictada o aplicada a individuos convictos de hechicería. La omisión resulta especialmente significativa en el contexto de la hecatombe que por los mismos años andaban perpetrando nuestros tribunales en lo referente a delitos de opinión o incluso de mera situación (como el increíble de *extranjería*), ante los cuales no sabemos hoy si echarnos a reír o ponernos a llorar.

En fin: hubo pocas brujas, pero algunas hubo. ¿Y cómo, rediós, podía no haberlas si bastaba carecer de lunares —es un ejemplo— para que Satanás se adueñara del malparido convirtiéndolo en factótum de sus maquinaciones?[41] Lo que, por otra parte, sólo rezaba con la península, pues en Canarias siempre resultó más difícil adquirir el ambicionado *status* de bruja. Sólo se tenía por tales a las hembras que, amén de otros requisitos, cumplían el casi imposible de pertenecer a una serie de siete hermanas habidas todas ellas en alumbramientos consecutivos.[42] Algo muy similar se exige a los *lobishomes* en Galicia[43] y a los santiaguados o saludadores en otras comarcas.

Conque tuvimos brujas. Por citar, citaré los aquelarres históricamente localizados en Trasmoz (Zaragoza), Cubera (Asturias), Coiro (Galicia), Rentería (San Sebastián), Barahona (Soria) y Cernégula (Santander o norte de Burgos), así como el anseático de Sevilla y los cuatro catalanes del monte Gardeny, Granollers, Prats y Caldas de Estrach.[44] Dejo para en seguida el famosísimo de Berroscabarro, contiguo a esa gruta de Zugarramurdi por la que tanto ha hecho el clan de los Baroja. Y con motivo, pues fue en su solar y terruño —allá por Vera y la raya de Francia— donde más brujerías españolas se han urdido hoy como ayer y apuesto a que mañana como hoy. Lo de *españolas,* claro, debe cogerse con pinzas habida cuenta de que nos movemos por el territorio soberano de la brava Euzkadi.

En cuanto a fechas, sobra explicar que el asunto dura de toda la vida, aunque documentalmente sólo nos enteremos de su existencia a partir de los arrebatos policiales. Corren éstos casi en paralelo a la Reconquista. Los jurisconsultos de Alfonso X aún no mencionan a los brujos por sus nombres, pero de costadillo recurren ya contra sus obras. Eran, sin embargo, gente benévola. La segunda ley de la séptima *partida* habla con serenidad de los *verdaderos goetas* como de individuos que por la noche y con aullidos se divierten apostrofando a los ectoplasmas. La tercera ley llega al extremo de declarar inocentes a cuantos urden diabluras bienintencionadas y cita entre ellas, las cuatro obras de misericordia que a continuación se detallan: desendemoniar a los endemoniados, desligar —sinuosa forma de divorcio— al marido y mujer que no se avengan, transformar nubes en granizo y desarbolar a los pulgones. Y aun aclara que por todo esto no debe de imponerse pena, sino antes bien galardón. Sólo entonces se descarga el puntapié recomendando el último suplicio para los demás *baratadores, truhanes y maléficos*.[45] Una lúgubre jurisprudencia acechaba ya tras el consejo. No es educado exponerla.

Pasan los siglos y al empezar el de Oro topamos con otra curiosa referencia documental en el escolio que el arcediano Pedro Fernández de Villegas añadió a su no menos curiosa (y donosa) traducción del *Inferno* dantesco. Se nos brindan en esas páginas noticias nada comunes a propósito del nido ocultista detectado en Amboto cuando ya sus Católicas Majestades llevaban más de cinco lustros en el poder. Eran aquellos años —ya lo dije— un poquito nazis, y don Pedro debió de sentirse obligado a descargar la responsabilidad del enredo sobre las anchas espaldas de los judíos, en cuyos tratos —dice— «también se entremeten, y mucho, unas falsas mujeres hechiceras que llamamos brujas o xorguinas (...) las cuales fazen fechizos y maldades, y tienen sus pláticas y tratos con el demonio».[46] Se insinúa ya en la trastienda de estas líneas la gazmoña capacidad de escándalo y desconcierto que pocos años más tarde rodearía, haciéndolo a la vez posible, el inútil y redundante pleito nacional de los alumbrados.

Julio Caro, infatigable debelador de vidas mágicas, supo en su día rescatar la memoria del bachiller Velasco y Mañuelo, al que garbosamente considera *aprendiz de brujo* a la española.[47] Fue el tal vecino de Grijalbo y hombre de estudios muy competente en cuestiones de astrología, quiromancia y fisiognómica. Entre sus numerosos discípulos cita Caro Baroja al barbián y dibujante Juan Alonso de Contreras, que terminó por denunciar al maléfico después de haber transcrito, siguiendo sus instrucciones, un recetario de maravillas hoy cosido a las actas del inevitable proceso inquisitorial. Contiene ese opúsculo más de cincuenta fórmulas hábiles para satisfacer toda suerte de deseos, inclusive el excesivamente peregrino y zumbón de que una dueña se arremangue las basquiñas en plena plaza para bailar con descoco o de que otra incurra en parecidas liviandades callejeras por el mero gusto de fastidiar a los transeúntes. Era mi señor Velasco un adelantado de dadá en tierras burgalesas, pero le faltaban allí closerías de las filas donde representar sus números. Incongruencia fatal. Como a muchos de sus coetáneos, le perdió el ingenio.

¿Brujas periféricas? Sea ahora con nosotros la diócesis de Vich, fecha de 1618, y escuchemos al procurador *in curia* Arnaldo Febrer informando a la veguería de que pocos años antes menudeaban los jorguines de ambos sexos en Urgel, Segarra y otros enclaves del Principado, peritos todos en el arte de apiolar chicuelos, envenenar alimañas, propinar bocios y llenar con agua de grifo las pilas de las iglesias. No fue difícil detenerlos, pues como las ovejas y las vacas llevaban esos malvados una etiqueta del Candinga grabada indeleblemente en el hombro izquierdo.[48] Les tocó además el gafe de pasar a la jurisdicción ordinaria, donde no valían coplas de arrepentimiento, y muchos treparon al patíbulo después de comprobar con satisfacción que a ningún otro tiempo y país cedían los propios en materia de instrumentos de tortura. Los catalanes siempre han sabido estar en su sitio: gente refinada y europea...

A diferencia de los vascos, que nada deben a nadie y jamás revelan su cantar. Ya anuncié, como si el asunto necesitara de publicidad, que entre ellos ha dado siempre sus mejores y más copiosos frutos la planta frágil de la hechicería. De antiguo viene la cosa. Cuentan las *Crónicas de Nuestra Señora de Aránzazu* que en época inmemorial pasó de Francia a Cantabria un incomparable brujo por nombre Hendo, de donde se llamó Hendaya a lo que hoy no ha dejado de serlo e Indomendia a cierta altura que tal vez exista aún, pero que yo no atino a encontrar en los mapas. El forastero instruyó en las artes diabólicas a muchos campesinos sin malicia y ya todo fue un humillarse de cervices cada vez que Satán se dignaba bajar a los caseríos de Vasconia. Demasiado tarde comprendieron las autoridades que allí olía a chamusquina. Y se dictó, al parecer, mandamiento de prisión contra el culpable, pero pudo éste escapar al herético país vecino «dejando tan inficionada la zona que si bien faltó su presencia, no por ello escasearon los herederos de su doctrina».[49] Comenzaba así un juego vernáculo de nocturnidades que en cierto sentido acabaría por imponerse al mundo. Lo demuestra, sin más, la fortuna alcanzada prácticamente en todas las lenguas y dialectos por el vocablo *akelarre,* vasquismo universal derivado de la voz *aker,* que en éuskaro significa *macho cabrío*. Y ningún akelarre llegará a ser, en consecuencia, tan numinoso y cabal, tan emblemático, tan sombra o imitación de su propio concepto, como el que todos los años se celebraba al sonar la Virgen de Agosto en el ya citado campo de Berroscabarro y junto a la espelunca primordial de Zugarramurdi, *chakra* de las tribus agotes que allí tienen su territorio, alma máter del País Vasco con merecimientos que igualan a los de Guernica, Saturno devorador de torcas y carcajada abierta en la misma linde de Francia para desasosiego de los rebaños turísticos que puntualmente la cruzan. Estamos en el Baztán: Europa a un lado y en el otro España. ¡Atención, *o voi che entrate*! Ahí os aguardan las fauces desencajadas del *exótero.* ¿Quién es vuestro Virgilio? ¿Un *baedeker,* un pasaporte, un manojo de dólares, un clavel reventón, una zozobra antigua? Parco equipaje: no alcanza. Regresad a las cochiqueras y rediles. Quédese sólo *la perduta gente,* los que ya no son recuperables. La fiesta va a empezar: se ha ensayado tres veces a la semana durante todo el año. Aquelarres gozosos, sí, y presididos por Dionisio, pero con el perfil de los brujos inflexiblemente vuelto hacia ese día de agosto en que la Virgen Madre y la Madre Venus se confundirán ante sus súbditos como un Jano bifronte tallado en el doble misterio de la Asunción y la Lascivia. Ya comienza el *de profundiis,* ya el Ángel de Luz asoma por la embocadura de la cueva con su disfraz tradicional de sátiro cornudo. Temerosa y emocionada se aproxima la clientela para besar su príapo. Enderézase éste y rompen la noche los primeros campanillazos de la misa negra. Será la gran ceremonia, el mayor espectáculo del mundo. Todos los sacramentos van a mezclarse y agitarse en la marmita de la execración con aliño de promiscuidad. Aquí bisbisea sus pecados una rijosa mientras el confesor la muerde y dos monaguillos la sodomizan. Allí un misacantano con liguero de tanguista compone el ademán eucarístico invocando el descendimiento del Señor sobre una escupidera llena de orines. Apetitosos castrados entonan pangelinguas y tantunergos en cocoliches sacrílegos que alborozan a los feligreses. Sobre una sintaxis de jadeos van abriéndose los muslos de las casadas, la bragueta de los varones, la ingle de las mozuelas y el lomo núbil de los rapaces. Es la hora del tribalismo y la *fellatio,* la hora de los sollozos, el derreniego y el rechinar de hímenes. Revuelan las casullas, arrúganse las enaguas, se desborda el vino y a cuerpo desnudo garabatean las meigas y cabrones su caligrafía de lujuria, arrebujándose en una confusión de gallos muertos, dalmáticas pisoteadas, vinajeras rotas, escapularios inmundos, sangre de menstruo, acezos de pederasta en clímax y rumor de sochantres tripones instalados a pelo y jumentillas sobre el gelatinoso tafanario de monjas menopáusicas, húmedas, diarreicas, pestilentes, mamonas y salaces. Pero cata que no dura el temporal, que mengua la fiebre, que se arría el ímpetu, oscurécense las gargantas, se apoltronan las lenguas, hacen mutis las uñas, distánciense los orgasmos, y ya todo el aquelarre es solamente reposo del guerrero. Exhaustos y en mísero montón yacen iniciados y neófitos, aprendices y principales, legos y jesuitas, lesbianas y desvirgadores. A paso quedo desfilan entonces por el campo de batalla demonios de humilde rango que se inclinan sobre los cuerpos para imprimir en cada hombro la huella de una garra y en cada pupila izquierda la imagen de un sapo. Será éste el duende familiar de su respectivo brujo, al que vestirá, calzará, obedecerá, proporcionará ungüentos y puntualmente despertará minutos antes de que empiece el aquelarre. A nadie olvidan los diablos estampilladores en su despacioso circular. Y mientras tanto, el padre Lucifer, atusándose las cerdas en el trono de la gruta, contempla el carnaval y devora con incontenible apetito un frangollo de sesos y ternillas provenientes del cadáver de un ahorcado...

¿Fantasías? En modo alguno. Simple aderezo literario de

las declaraciones que en 1610 prestaron ante los tribunales del Santo Oficio los brujos convictos y confesos Miguel y Juan de Goiburu, María de Zuzaya, María de Iurreteguia, Graciana de Barrenechea, Juan de Sansin, Estefanía y Juana de Tellechea, María Juancho, Juan de Echalaz y Martín de Vizcay. El primero pasaba por rey del aquelarre y se ganaba la vida como *tempestario* o movedor de tormentas en los rabiones de San Juan de Luz. El segundo, tamborilero de la reunión, se reconoció culpable de parricidio en la persona de su primogénito, cuya carne devoraron luego los jorguines de Zugarramurdi. La tercera gozaba fama de insigne dómine e inigualable dogmatizadora. La cuarta fue catequizada por sus tías. La quinta envenenó por celos a Mari-Juana de Oria, que también se había encoñado con Belcebú. El sexto gustaba de tañer la flauta mientras sus compinches se enardecían con la fornicación. La séptima y la octava llegaron a ser prestigiosas artistas del infanticidio. La novena dio muerte a su unigénito. El penúltimo era hombre de forja. El undécimo se encargaba de adoctrinar a los neófitos.[50]

Todos fueron denunciados a la Suprema por una mocosa de Hendaya que se acobardó antes de recibir las órdenes mayores. Y todos, quizá con perjurio, se confesaron hechiceros, sodomitas, sacrílegos, asesinos y torturadores de impúberes. Merecían mil muertes, concluye con su habitual deshumor Menéndez y Pelayo.[51]

Fue entonces, y para ellos, cuando se organizó el auto de fe o payasada de Logroño al que muy pocas páginas atrás hiciese referencia. Primero vino el patíbulo y después la absolución. Gajes, en cualquier caso, de ayer y de hoy. Juegos prohibidos de iglesia y magistratura sin guitarra de virtuoso que a su manera los rescate. Ya no importa, pero ¿fue de verdad injusto el veredicto? Me lo pregunto desde una perspectiva técnica. ¿No engañarían a Salazar, ese hombre ilustrado, los solertes lugareños del Baztán con miras a conseguir que sus futuros delitos quedaran impunes? Inquisidores así recuerdan al americano tranquilo de Graham Greene. Conocí a muchos por tierras de Asia y África: maníacos de su *way of life,* incapaces de comprender que los usos de cada etnia constituyen un sistema cerrado. Conque se les baila su música y se les lleva al huerto. Salazar no creía en duendes: ¿cómo iba a encontrarlos? Por mi parte estoy convencido de que, apenas volvió grupas, los conciliábulos nocturnos se recrudecieron en Zugarramurdi y en todos los valles. Ya oigo a don Pío espabilándose en su guarida del cementerio civil para abonármelo con un gruñido de aprobación. Julio Caro, de hecho, respalda en *Las brujas y su mundo* el testimonio que un cirujano de Deva le confiase en 1932 a propósito de una noche vascongada de Walpurgis descubierta al azar cosa de tres años antes. No está de más recordarla. Vámonos a la carretera de Bilbao. Es verano. El doctor R. viaja en automóvil. Ha dejado atrás Lequeitio y se aproxima a Ispaster. En eso atisba un bulto inmóvil sobre el asfalto. Avanza con precaución, toca la bocina, y nada. Faltan ya pocos metros. Comprende entonces que se trata de una mujer. Echa pie a tierra y la interpela en vascuence. Responde la desconocida con una carcajada y pide que la dejen en paz. *¿No se da cuenta* —dice— *de que estoy en pleno aquelarre?* E inmediatamente corre hacia un prado donde la aguardan varias personas.[52]

Es sólo un ejemplo. El propio Caro Baroja recoge otros semejantes en el mismo libro. Destaca entre ellos el testimonio de un médico navarro con domicilio en San Sebastián. Su narración parece tan digna de crédito como difícil de creer. Estamos en el mes de agosto de 1942, muy cerca del paso de Roncesvalles. Son las once de la noche. Seis hombres y tres mujeres beben vino y vermut en una cuadra. Acaban de cenar copiosamente. Sofocados por la digestión y las libaciones, dan todos ellos en desnudarse. La dueña de la casa pone a calentar un caldero lleno de sopa. Se levanta el jefe de protocolo y añade a ésta un gato vivo. Alguien tapa el recipiente con rapidez. Pasa el tiempo necesario para la cocción. Se agrupan los comensales y sorben el caldo felino cucharada a cucharada, deteniéndose de vez en cuando para recitar melopeas en vascuence. Es el turno de la misa negra. Un voluntario monta con tablas el altar y asume el papel de sacerdote. Síguense cuescos, pésetes y latinajos. Para la comunión traen un chorizo: sus rodajas servirán de hostias. Crescendo. Ora folgan los unos a caballo de los otros, ora se aventuran en porreta por el monte con ánimo de buscar sapos. No van a dar con ellos.[53]

(¿Aludía don Jorgito Borrow a tripudios de esta laya cuando en el decimoséptimo capítulo de su libro refiere las confidencias de que le hiciera objeto un antiguo inquisidor del Santo Oficio cordobés? Termina el diálogo con la mención de quienes *profanan los palomares* e introducen en ellos *carne de contrabando para fines indecentes*. No oculta el inglés su perplejidad y viene entonces a saber que las palabras del clérigo apuntan a *ciertos actos de perversión* practicados por la gente de iglesia en *lejanos huertos* y denunciados por San Pablo en su primera epístola al papa Sixto.[54] La explicación, que satisface a Borrow, me deja doblemente ayuno, pues ni conozco la carta en cuestión ni doy con ella en ninguna de mis Biblias. El inquisidorcito —faltaría más— se revela maestro en el arte de tirar fintas y propinar subterfugios. ¿Conque palomares, carne de contrabando e imprecisos actos de perversión? Echa el cierre, sirve unas copas y bájale las bragas al circunloquio. ¿Nos movemos también aquí por la rastrojera de misas negras celebradas con la bendición del Señor, a la vuelta de la esquina y sobre un asiento cronológico de casi intolerable actualidad? Tendremos que creerlo así, mientras el hombre de Tarso se acoge al incógnito de su septuagésima reencarnación.)

Volviendo ahora a otro silencio: el de Zugarramurdi. ¿Se mantiene vivo algún lodo de aquellos polvos? ¿Queda en los indígenas de la zona la huella de una huella de inquietud respecto a lo que en el siglo XVII aún constituía una de las más libres y libertarias manifestaciones del espíritu de Euzkadi llevado en volandas por sus demonios y sus ángeles? ¿Qué sucede hoy, si algo sucede, a la del alba o a la medianoche del ferragosto por los campos y simas donde otrora convergieran gritos, colodros, besos, trances, devociones y estremecimientos?

Ya sabemos que un *aleph* nunca muere del todo y que un *chakra* conserva parte de su virtud incluso bajo la funda de un cadáver. *Kundalini* vela en el sueño, en la elipsis, en la soledad, vela en la renuncia, vela en el tránsito y el perecimiento.

Por lo que aún ahora siguen acercándose los ancianos del Baztán a Zugarramurdi en la mañana del quince de agosto para inmolar dos o más carneros dentro de la cueva, asarlos, degustar su carne entre empujones de pan y vino, pagar a escote lo gastado y rematar la digestión con un desfile de hilera india y a manitas juntas (o pañuelos en nudo) que empieza por llevarlos a la casa del cura, ante cuyo dintel bailan con desafuero e insolencia, y por dejarlos al cabo en la plaza mayor, donde se transfiguran y recomponen para interpretar en clave solemne los solemnes y numinosos movimientos de la proverbial, pagana, encrespadora e intraducible *sokadantza*.[55]

¿Recuerdan ustedes a don Bernardo, aquel cura de presa avecindado en Arizcun que tanto me ilustró y encogió el alma a propósito de los agotes?[56] Pues el buen señor resumía (y de paso desjarretaba) el ritual descrito con la sola ayuda de tres hábiles plumazos, que en eso —y en el aprovechar las consabidas mantecas de la consabida ama— siempre han sentado cátedra los clérigos marrajos y cornalones de nuestra denostada Iglesia rural. Sin adornos para la galería, entre fustigador y apodíctico, sentenció: *hacen corderos, se entrompan, cantan hasta desgañitarse y se revuelcan en el prado como cerdos.* Simultáneamente, valle abajo, la gente alborota, atiza carbones y quema en sus ascuas simulacros de bruja, quizá sólo por reincidir en el pecado crónico de la magia simpática. Pero conté ya entonces, al tratar de las agoterías, mi por ahora única incursión en los sexmos de Zugarramurdi, y no es cosa de insistir en la memoria de una jornada que tan poco honor me trujo. Eso sí: recuerdo, o me lo recuerda la lectura de un librillo de viaje, que el suelo del antro estaba sucio de tabas, perniles lirondos y reliquias de francachela. ¿Me creerán si les juro que encontré, cerca ya del riachuelo, varios preservativos? Inservibles, claro está. Y había también una hornacina para que desde ella, acurrucada en su palidez turquí, la imagen de una *madonna* se asomara en silencio a las basuras de aquel campo de agramante. Reparación y exorcismo, sí, pero a la vez instrumento que ni fabricado a medida para los muchos que precisamente en ese lugar sueñan con transformar a la Virgen en sacerdotisa propiciatoria de sus infames misterios. ¿Quién puso allí la estatua? ¿Fueron manos de brujo o manos de cristianillo incauto, manos juntas para rezar a la Inmaculada o manos hechas a la intimidad de Venus? Madre de Cristo, madre de Eros: se trata de una sola y misma madre. Sobradamente lo sé y, sin embargo, no dejan de sorprenderme tales símbolos, arrojados en pleno siglo de Franco por el azar o la perfidia en el exacto entorno que su contenido exige. Y en cuanto a mí, virgencita, qué no diera por haber visto lo que han visto tus ojos en la penumbra de Zugarramurdi. ¿Me los abrirás algún día?

Y ya olvido las brujas, ya me voy capote en ristre hacia sus primos hermanos: médicos que curan sin necesidad de estudio. Los conocemos, los conoce la princesa de yate y la de barca ruin. Acuden en tropel desde lo más antiguo. Oscuras luces de campo que alumbran sarcásticamente las ciudades. Ejército español y palurdo, aunque casi siempre universal. Yerbateros, ensalmadores, machis, sacamuelas: ¿quién va a querer demorarse en una ruta tan general, tan de ayer y hoy, tan de fuera y dentro, tan salvajemente saqueada en los últimos años por el incorregible papanatismo de quienes ejercen farmacia o medicina amparándose en la falsa legalidad de sus diplomas universitarios? Quédense en buena hora con todo ello, permitiéndome sólo la mención de quien esa farándula encabeza en España, nada más que en España. Hablo del saludador: un monstruo sabio, retorcido, feliz y minucioso, que nunca agradeceremos bastante a la devota imaginación de nuestro pueblo. Ustedes, sin duda, lo conocen. Y probablemente lo reconocen. Puede llevar la rueda de Santa Catalina (o la de Santa Quiteria) impresa en el paladar o en cualquier otra parte del cuerpo,[57] puede ir marcado con el estigma de la cruz sobre o debajo de la lengua,[58-59] puede haber nacido a las doce en punto de una nochebuena o en día de Viernes Santo,[60] puede ser de estirpe real o séptimo hijo varón de un matrimonio que nunca haya concebido hembras,[61] puede y no puede —como el guerrillero de la canción— en cuanto a su origen y señales distintivas, pero lo que siempre puede —en cuanto a su virtud y actividad— es curar al enfermo con saliva,[62] manejar impunemente el fuego y aun atajarlo,[63] detener el curso de las tempestades, modificar la apariencia de las criaturas animadas o inanimadas y desbaratar las plagas del campo.[64] Esto último merece un rodeo, y no precisamente por la dificultad del asunto, que era y es milagro de ordinaria administración en casi todas las comunidades agrícolas españolas o extranjeras, sino por la farsa judicial que en derredor del mismo gustaban de tejer nuestros paletos. Instalábase el taumaturgo en lo más alto de un improvisado tribunal y ante él comparecían dos picapleitos o procuradores: el primero en representación del pueblo y para defender sus intereses, el segundo (¡qué salomónico dislate!) con el ruinoso encargo de exponer y vindicar los motivos del insecto. Ni qué decir tiene que éste, langosta o pulgón que fuera, salía invariablemente perjudicado: el juez lo conminaba a mandarse mudar del término en el plazo de pocos días, imponiéndole, caso de no obedecer, la pena de excomunión mayor *late sententiae* con todas las accesorias.[65] A eso le llamo yo tiempos mejores. Abundarían las calamidades, sí, pero sobraba ingenio y sentido del humor para combatirlas. Hoy nos proporcionan una avioneta de cuarta mano que fumiga sin ton sustancias letales inventadas por la FAO. Al poco tiempo muere el gato, enmudece el loro y Pepito se llena de pústulas. Pero Dios no ahoga: los insectos adquieren dimensiones de caballo, fornican que es un primor y da gloria verlos al atardecer mordisqueando las lombardas en unión de sus retoños.

Otra españolada (e italianada) digna de mención es la relativa a las danzas terapéuticas. Asunto, desde luego, con mucha más enjundia que el de los saludadores, aunque no menos lírico y eutrapélico (a pesar del lastimoso interés que desde entreguerras despierta). Ya oigo a la ciencia de barrio residencial llenándose la boca con las pedanterías de su penúltimo *jolly*: la medicina psicosomática. Y estamos, en efecto, ante un inequívoco sistema de *curación por el espíritu,* sólo que las enfermedades así atajadas casi nunca pertenecen al socorrido grupo de las imaginarias. Servían los bailes, sobre todo, para desarmar venenos tan objetivos y palpables como el inoculado por las tarántulas con su mordedura. O por las arañas en general. Los gaditanos del siglo XVIII arreglaban el desaguisado con un minué cuyo nombre era *la Máscara,* mientras los españoles de otras provincias preferían los acordes de *la Cadena*.[66] Se trataba en ambos casos, y en casi todos los demás, de partituras expresamente concebidas para vihuela.[67] ¡Quién lo diría! Sin embargo, ciñéndonos a lo esencial, ninguna saltación medicinante cede en renombre ni en ingenio semántico a la folklórica *tarantela,* que hasta ayer mismo todavía se bailaba con fines exclusivamente terapéuticos en bastantes aldeas de Aragón, como hoy lo siguen haciendo en varias del *Mezzogiorno* italiano.[68] Quizá la jota baturra, más frenética y brincadora que la de otras comarcas, repita el capricante pespunteado de pies que tales enfermos dibujan en el aire para evitar el aguijón de los ilusorios arácnidos propuestos por su delirium. El tema, que yo sepa, está inédito y sin cascabel.

Pero andábamos de broma con lo psicosomático arguyendo que el tósigo de la tarántula tira cornadas reales. Y era juego sucio, pues no hay aquí tarántulas que valgan. Los bichos de este embrollo pertenecen a la mística, como a la mística pertenecen los síntomas de las intoxicadas. En femenino, sí, que la *taranta* (palabra de doble vida, con anverso de canción y reverso de locura) constituye una simple aunque aristocrática variante de la *histeria.* E histeria viene de útero.

No se recuerdan muchos ejemplos de varones atrapados por la vesania del tarantismo y aun cabe sospechar que esos pocos tengan la nalga floja por su inclinación a cambiar de acera.

¿Cómo suele conducirse la comadre feliz —pues que se encuentra a sí misma— envenenada por el bicho? De forma asaz curiosa. Incurre, por ejemplo, en ademanes de pato, para lo cual sumerge ocasionalmente su cabeza y cuello en el agua, sin sacar casi nunca las extremidades de ella. Se adorna las manos con algas y caracoles de mar para exhibirse dentro de los corros que otras chifladas forman a su alrededor. Gusta de tumbas y de ataúdes, de lugares umbrosos, de pantanos. Da en paroxismos: se golpea las rodillas, descarga taconazos, muge, aúlla como un lobo, se considera pez o sirena, suspira con sinceridad de enamorada, pierde la memoria, se queda sin voz, solicita espejos y gime mirándose en el azogue.[69] No tiene nada de fiera rabiosa, sino de lo contrario, pues sólo cerca del agua puede conciliar el sueño... Síntomas, pensará el lector, que definen una hermosa dolencia. Parece, en efecto, una miniatura medieval arrancada a cualquier página de los *minnesinger*, las cantigas o el romancero. Y es decir muy poco. Cree Marius Schneider, máximo especialista en la materia, que los bailes curativos inspirados en el movimiento de los animales provienen de una cultura anterior a la megalítica, cuyos ingredientes totémicos sólo han podido mantenerse incorruptos en el seno de determinadas comunidades pastoriles.[70] Como las que aún patalean, añado yo, en el Alto Aragón de las estribaciones pirenaicas. Todo cuadra, inclusive esa aparente arbitrariedad de que los arácnidos suministren el modelo del baile más famoso, pues no en vano sospechan los antiguos que sabandijas así pueblan la bóveda del firmamento y traban sus remos de colores armando sobre nuestras cabezas el inquietante arco iris, acueducto místico a través del cual (según los griegos) se mezclaba el licor terrestre de la Laguna Estigia con el celeste licor del cosmos, fermentado y destilado en música de esferas similares.[71]

Ni tampoco es casual la alusión a un origen megalítico. Cualquier enfermedad sugiere un óbito pasajero y morir equivale a petrificarse en virtud de un sistema casi ecuménico de metáforas que yo no invento, sino que Schneider recoge en los surcos del simbolismo yacente bajo la mentalidad mitológica de las culturas primitivas. Eso por un lado. Por otro, y siempre a compás de dicho sistema, sabido es que el círculo biológico de las correspondencias místicas se cierra sobre un año completo de vida animal (o vegetal) y que todo hombre (o todo ser animado) viaja entre diciembre y junio desde una muerte relativa hasta una relativa resurrección, originadas ambas por el vaivén magnético y teleológico (que no mecánico) de las estaciones.

(Esoterismos solsticiales. Se entenderá mejor el asunto, o al menos así lo espero, cuando en la última parte de esta obra me acerque a las noches mágicas de Cristo y de San Juan.)

Pues bien: en lo uno y en lo otro —en la enfermedad entendida como petrificación o muerte pasajera y en la pasajera muerte o resurrección que para todos entraña el sucederse de inviernos y veranos— es donde hay que buscar y encontrar la génesis de los enigmáticos ritos medicinales. Concentran éstos en muy pocas horas, y con ánimo obviamente catártico, nada menos que todo el ciclo anual de amortecimiento y palingenesia. Viene a demostrarlo, entre otras cosas, el hecho incontrovertible de que las tarantas y demás histerias colectivas de igual signo aparezcan en diciembre, se exacerben en febrero y declinen en marzo o abril, cuando públicamente cae degollado el primer loco, esto es, se decapita en olor de muchedumbre al Príncipe Carnaval rodeado por un círculo de fuego.[72] Y durante esos meses, la función de los chamanes —que a menudo padecen de epilepsia o por lo menos revelan inclinaciones esquizofrénicas— consiste en devolver su humana flexibilidad a los pacientes, o místicos petrificados, desencadenando en torno a ellos una terapéutica de choque. A idéntica actitud y a la misma necesidad responde la leyenda pagana y cristiana de San Jorge, pues las doncellas retenidas por el dragón en una gruta o cárcel de piedra equivalen en todo y por todo a las histéricas que se transforman en fósiles atarantándose a consecuencia de un veneno o hechizo verdaderamente *cautivador*. Cuélebre o araña ¡qué más da! En ambos casos se requiere el advenimiento de un héroe (o curandero) capaz de herir la roca con su lanza (o bisturí) para que a borbotones fluya por el tajo la sangre o agua de vida simbólicamente coagulada.[73] Remedio casi homeopático. No olvidemos que el acero teúrgico de Excalibur se le brinda a Arturo incrustado hasta el pomo en la entraña de la piedra, y de la piedra tiene sobrehumanamente que arrancarlo. Ni tampoco que el arma blanca procede del hacha de sílex y forma con ella un inexpugnable vector de doble sentido dentro de la esgrima de significantes propuestas por el tantas veces mencionado sistema tradicional de correspondencias místicas. Megalitismo también aquí: una daga de pedernal regresa violentamente a su antigua vaina de granito para devolver movimiento y color a un granito que es sólo necrosis o momia de seres humanos en telúrico letargo. Y todo eso —tarantelas, hazañas de San Jorge— acontece en el interior de un triángulo litúrgico delimitado por el mar, la montaña y el valle, o sea, por las tres imágenes que en la mentalidad religiosa (y en el mapa de símbolos sagrados que de ella se deriva) corresponden a la idea de la muerte, de la resurrección y de la convalecencia. Diciéndolo de otro modo: no hay vida biológica ni evolución ética ni prosperidad material sin un sacrificio violento que las reanude y conserve. Esta convicción reposa, por ejemplo, en el origen de la tauromaquia, en el ritual eucarístico, en la filosofía de la guerra, en la doctrina brahmánica y, desde luego, en el quehacer cotidiano del hombre megalítico, pero es en realidad infinitamente más antigua. Tanto —se atreve a escribir Schneider— como la primera chispa o fulgor despedido por nuestro entendimiento.[74] Hipótesis, de sobra lo sé, que a muchos les parecerá antipática y acaso insufrible. Yo no tengo la culpa.

Y abro aquí, a propósito de piedras, un paréntesis reservado a la *betzar* o *betzoar,* peladilla «soberanamente buena contra todo veneno o ponzoña» y superstición favorita de reyes y menestrales a lo ancho de bastantes siglos. Me refiero a España, sin perjuicio de suponer que en otros países, y quizá bajo otros nombres, también hayan recurrido a sus virtudes. Y por cierto que encontré amplia, casi inverosímil bibliografía a cuento de este absurdo guijarro que se lapidificaba en el buche o en el entrecejo de determinados animales, útil no sólo para acarrear buena suerte y ahuyentar la mala, sino asimismo para vencer enfermedades, diluir cicutas y aliviar en lo posible la resaca de los excesos. O sea: a la vez talismán y antídoto. Pero no me alargaré en el asunto, pues no lo merece y tengo además la vaga sospecha de que ya quedó mencionado en algún capítulo del pleistoceno. ¿Dije reyes? Ahí va una muestra: Juan I de Aragón solicitó el 7 de junio de 1392 una *betzoar* para entregársela al duque de Berry, que era su hermano, y tres años más tarde —aunque de nuevo en 7 de junio— le envió otra a su hija doña Juana, condesa de Foix, junto con «una lengua de sierpe muy buena como triaca». De sangre le venía la afición. Con fecha de 1383, su castizo padre (el Ceremonioso) se había empeñado en regalarle al rey Darminia, que además era su primo, una loncha de *betzoar* donosamente engastada sobre el verdugo de una sortija.[75]

Aquellos polvos de siglos derivaron a lodos terapéuticos de vergonzante actualidad. No es mi propósito recurrir a sus virtudes, cuya exposición parecería abrumadora, ni la cosa viene a cuento en este capítulo. Richard Ford, sin embargo, y por casualidad, me brinda —me brindó anoche— algunos ejemplos tan sabrosos que no podría silenciarlos aquí sin pecar de descortés. Estamos en la primera mitad del siglo XIX. Dice el anglosajón, con adverbio inicial alusivo a entonces, que «hoy en España los curas y curanderos hacen conjuros del mismo modo que Ulises detenía, cantando, la salida de sangre; una medalla de Santiago cura la fiebre; un pañuelo de la Virgen, la oftalmía; un hueso de San Magín sirve para todos los casos en que está indicado el mercurio; un huesecillo de San Justo suple en Segovia la pérdida del sentido común; la Virgen de Oña acabó con las lombrices de las reales infantas y la faja de la de Tortosa ayudó al parto de las princesas. Todo labrador murciano cree que no le alcanzará ninguna enfermedad, ni a él ni a sus rebaños, si los toca con la cruz de Caravaca que los ángeles bajaron del cielo y pusieron sobre una res colorada. Cuando visitamos Manresa por última vez, el digno individuo que enseñaba la cueva en que Loyola (...) hizo penitencia durante un año, se procuraba una rentita vendiendo piedras pulverizadas que los fanáticos tomaban para atajar las mismas dolencias que un médico inglés curaría con polvos de Dover. Cada provincia, por no decir cada pueblo, tiene su santo y su reliquia particular, altamente venerados en la jurisdicción y muy poco fuera de ella (...) Zaragoza está bien provista de favorecedores: a un pedazo de hígado de Santa Engracia acuden los pacientes necesitados de píldoras mercuriales; el aceite de sus lámparas (. ..) cura los *lamparones,* o sea, los tumores en el cuello, mientras que el de la Virgen del Pilar (...) restituye las piernas mutiladas».

Por sí sola bastase esta minuta, y con creces, pero aún menciona Ford, como resopón, el caso de un enfermo con la córnea inflamada al que dos o tres doctores quisieron curar recetándole un tratamiento a base de leche de burra, agua marina y caldo de culebra de Chiclana.[76] Con razón tituló el inglés a su libro *Gatherings from Spain* y optó el traductor por dejarlo, sin más dibujos, en *Las cosas de España*. Algunas todavía existen.

Y aunque el tema de los curanderos me canse, y hasta cierto punto —lo que es peor— me hastíe, no puedo apartarme de él sin echar una parrafada a yerbas milagrosas y a los extraños seres que las recogen. Historia sagrada y antigua, acaso más que ninguna otra. Explica el *Rig-veda* que las yerbas empezaron a crecer tres edades antes de los dioses. Verdad o mentira, con eso está dicho todo. El dialecto véneto, que fue *parole* italiana receptora por posición y comercio de mucha *langue* oriental transportada en barco, llama *erberia* (con acento prosódico sobre la i) a lo mismo que nosotros llamamos *brujería*.[77] Y *herbolario* vale en castellano no sólo por local que expende plantas medicinales y por tendero que sin preparación científica se atreve a cosecharlas, sino también por sinónimo de *botarate* o *individuo alocado*. Definiciones —las españolas y la italiana— que puede encontrar cualquiera en cualquier diccionario. Y que algo significarán. Un proverbio húngaro atribuye omnisciencia al individuo que oye crecer el césped. Idéntica virtud se le supone al héroe-niño en muchas fábulas de muchas partes. Por estas noticias, y por otras que no vamos a desembalar, creen bastantes autores que la historia de la hechicería corre pareja en todo a la historia de la herboristería.[78] Quizá, pero lo juzgo excesivo. Yo no llegaré tan lejos (ni de nada me serviría). Insisto en que las brujas me interesan sólo como anécdota y síntoma o caricatura de un quehacer esotérico confinado, por lo que al medievo se refiere, en una situación de forzosa cesantía y voluntaria clandestinidad. No escribo sobre sortilegios. Tampoco sobre yerbas, lo cual no quiere decir que identifique a las unas con los otros (el mundo vegetal me parece más rico que el del aquelarre) ni que deba abstenerme por completo de mencionarlas. Una mandrágora al año no hace daño. Mi consejo es que las tomen incontinenti allí donde las ofrezcan. Y rápido, que se echan a perder. ¿Lechugas mágicas? Llevo siete años persiguiéndolas por los siete mares. Que si amanita, que si datura, acónito, peyote, olioliqui y escopolia carniólica. Nombres difíciles, pero bocados de arzobispo electo. Y no digamos las de consumo habitual. Afrodisíacos, alucinógenos, narcóticos, tintes Iberia: a todo le hinco el diente. ¿Que si aguanto? Pasen y vean. ¿Que si me volví zonzo? Eso ya no sé.

¿Que si fue por mis viajes? De acuerdo, pero no los juzgo necesarios. El país da lo que tiene. Pingües bayas. Sólo en la provincia de Soria, saltando bancales con una lupa y una enciclopedia, localicé más de treinta especies al sesgo de un trágico verano. Conque no desesperen. Nos informa un bestiario medieval de que el elefante varón se pone burro por comer mandrágoras.[79] Y otro tanto la hembra. Me dirán que en España no hay elefantes. Por desgracia es así, pero nos sobran mandrágoras. Nuestros antepasados solían cocerlas en vino. San Isidoro las alaba y recomienda. Ibn-el-Beithar de Málaga las incluye en su *Gran Colección de medicamentos simples,* vademécum botánico que Menéndez y Pelayo consideraba «el más insigne de todos los tiempos». Andrés Laguna escribe que ese tubérculo humano (demasiado humano) «ofende principalmente al cerebro, templo y domicilio del alma». También discurren sobre ello Vicente Espinel y Sebastián de Covarrubias. Pero a todos gana el impío Quevedo con una sola frase del *Buscón*: «cuando vi que las unas por el santo y las otras por el otro trataban indecentemente de ellos cogiéndole a la monja mía, con título de rifárselos, cincuenta escudos de cosas de labor y medias de seda y bolsillos de ambar y dulces, tomé mi camino para Sevilla, temiendo que si más aguardaba, *había de ver nacer mandrágulas en los locutorios*». El subrayado es mío, pues aquel maestro no necesitaba de trucos. ¡Y qué razón tenía! Cosas peores, efectivamente, hemos visto nacer en los confesionarios, y también fuera de ellos, aunque alguien se cuidó de suprimir estos renglones en la edición cesaraugustana de 1626. ¿Por qué lo haría? Nunca aprenderemos. Quevedo, sí. Quevedo, en otra memorable ocasión, llamaba *aspaviento ya carroño, mandrágula con zollipo* a una vieja revieja cuyo mayor crimen era la fealdad.[80] Mi madre, entretanto, me reprocha el lenguaje barriobajero de este libro. Decía Dostoievski, y Rubachov lo abonaba, que no se puede vivir sin un asomo de piedad. De acuerdo. Pero tampoco escribir con un exceso de lo mismo.

Mucho opio debía de cultivarse en España para que el padre del pretoriano Publius Licinus muriese aquí por sobredosis de esa droga. ¡Bonito escándalo! Lo cuenta Plinio. Y añade una justificación: odiaba su existencia aquel romano por causa de cierta enfermedad insoportable.[81]

Muchas ganas de jinete a la española debía de tener doña Germana de Foix para asesinar a su esposo don Fernando, propinándole por voluntad afrodisíaca un *potaje frío* o típica sopa castellana del siglo XV preparada con filtros de bruja y huevos de toro. Ya hubimos de mencionarlo.[82] En aquel catre pudo cambiar la historia de España.

Mucha afición a la coca y otras yerbas debieron de coger nuestros conquistadores para que los cronistas de sus hazañas se sintieran obligados a manosear el tema y no, simplemente, a mencionarlo. Bernabé Cobo habla de los cactus. Bernardino de Sahagún y Francisco Hernández describen el *olioliqui*. Hernando Alvarado Tezozomoco se rezaga en éstos y otros éxtasis aztecas. Alonso de Molina les da nombres. Y nombres españoles llevan con honra los primeros especialistas de cocaína que en Occidente han sido: José Acosta, Fernández de Oviedo, Monardes, Cárdenas, Lizarraga, Agustín de Zárate, Vargas Machuca, Garcilaso de la Vega...[83] Hasta Fernando Colón trae al retortero la *cohoba* en el libro que consagra a la vida y hechos de su padre. Claro que estos ilustres historiadores, todos ellos avezados al pudor y a la Inquisición, colocan invariablemente las drogas en boca de los indígenas. ¿Y dónde habían de ponerlas? Pero me pregunto si nuestros marineros, que entre otras cosas viajaban a Indias para traer especias, habrán resistido a la tentación de sazonar el vientre de sus bajeles con azafranes tan sabrosos de por sí, y exiguos en España, como los mencionados. Dirán que desde luego. Que digan. Yo lo juzgo imposible. No existían entonces interesados prejuicios ni fiscales del Supremo ni campañas de prensa ni sobornos de tabacalera ni brigada de estupefacientes. Sí, en cambio, y como ahora, mística, curiosidad, cachondeo, vicio, frustración, mimesis, sopor, ciencia, filosofía y ganas de hacer monises. Sumen y resten. ¿Qué arroja el balance?

Y mucho afán de vicaría deben de seguir teniendo las zagalas salmanticenses y cacereñas para que sus brujas no hayan desistido de elaborar dulces de *cantárida* destinados a los novios zorrastrones. En las cuatro sílabas de esa hermosa esdrújula acecha uno de los afrodisíacos, y a la vez tósigos, más potentes que la farmacopea conoce. Y pido apresurado perdón, pues no se trata de verdolaga ni yerba, sino del maravilloso polvo que ciertas moscas muy resabias segregan por los élitros. Conque va la bruja y caza el díptero, lo muele, lo seca, lo desmiga, lo amasa con harina y azúcar, convoca a la doncella, la engatusa, merca la niña el sobadillo, lo come el novio, y, entonces, una de dos: o se la tira o muere. Si lo primero, hay panza y boda. Si lo segundo, funeral. Y fiesta en ambos casos.

Aunque, con un poco de suerte, entre el palmar y el joder te queda al cuitado una tercera posibilidad: la calvicie acompañada de ceguera (que tales son las consecuencias marginales de una dosis torpemente calculada). Con lo que no ha lugar ni a desposorio ni a entierro. Deportivas costumbres de nuestra católica España. Confieso, a fuer de sinceridad, que quizá la treta ande ya periclitada, pero en todo caso su vigencia se remonta a muy pocos años atrás.[84] ¡Cuidado, pues, los mocitos barberos a la hora de aventurarse sin escolta por tan asilvestradas comarcas!

Y eso que en España no resulta fácil coger yerbas. Ni de las prohibidas, ni de las otras. El herbolario tiene que hacer encaje de bolillos antes de echarse al campo. Lo que se dice un ritual de auténtica pesadilla. De entrada, más vale que sea doncel o, por lo menos, si ya perdió la honra, que se abstenga de juegos carnales (con el prójimo y consigo mismo) durante los días de la cosecha. Cada mañana purificará su cuerpo en agua recibida por aspersión. Serán inmaculadamente blancos sus vestidos, sin olvidar que ciertas plantas exigen la desnudez. Ayunará. Trepará al monte con soledad y en secreto. Cerrará los ojos antes de arrancar el fármaco o bien lo contemplará rezando piadosa y sucesivamente en la dirección de los cuatro puntos cardinales. Se enredará flores en las muñecas o, de no poder cumplirse este requisito, hincará en el suelo tres armas blancas de empuñadura negra y prorrumpirá en cabriolas, como rito previo a la oración. Siempre serán sus herramientas de oro, plata, sílex, cuerna de ciervo o hueso de animal no humano. En determinadas ocasiones ocultará bajo un paño la zurda, mientras con la diestra procede a la erradicación. En otras, azuzará perros o gorrinos que hocen y escarben para desarraigar la planta, y ello porque tal operación acarrea indefectiblemente un castigo a quien de córpore la realiza.[85] Y así hasta que ustedes quieran.

No hace falta aclarar que esta liturgia paganizante se prestaba y se presta a toda suerte de bautismos, contagios, préstamos, disfraces y cristianizaciones. Citaré sólo un ejemplo. Nuestros herbolarios medievales canturreaban al coger la verbena el siguiente trípili: *salve, yerba bendita que creces en el campo / y del sagrado huerto de los Olivos vienes. / Muchos males tú curas y la salud confieres. / En nombre de Jesús del suelo te levanto.*[86] O algo parecido, porque lo de medieval suena a camelo. Pavisoso, ¿verdad? Es posible que el cristianismo romano salvara del infierno a los gentiles, pero desde luego hundió en él a los poetas. Y váyase lo servido por lo vomitado, que no todos íbamos a salir gananciosos en la mudanza.

Remato el tema en clave de actualidad. ¿Quién no frecuentó en su infancia una escuela de monjas o de curas? Aquellos irrepetibles centros de educación (y lo digo sin retintín, pues educar consiste a mi juicio en exacerbar la fantasía y acicatear la rebeldía. Yo apechugué con ambos estímulos en el Colegio del Pilar y sé que en la enseñanza laica no los hubiera recibido)... Conque aquellos centros transformaban en mes de María o de las flores al de mayo, y allá que nos íbamos los alumnos a despepitarnos por el pasillo con lo de *venid y vamos todos* o a levantar altares en cada aula (se sobrentiende que fuera del horario lectivo) para ver quién se llevaba algún premio o accésit de cartón piedra en el concurso floribundo sabiamente convocado al efecto. Actividad —ésa de ponerle claveles a una Virgencita de túnica azul— más propia de damiselas ursulinas que de animales como nosotros, descangallados en aquel entonces por todas las lacras del machismo, pero no es este zangolotinesco disparate lo que aquí me importa, sino el otro, el de los curas, que inocentemente, y contradiciendo a su etiqueta (pues de ello se curaban poco), nos constreñían a repetir en pleno siglo de hoy, y en una nación católica recién salida de la guerra civil, los fastos y cuchipandas que el hombre anterior a Cristo había inventado con el exclusivo objeto de saludar el retorno de la primavera. Y al mismo tiempo, mientras los señoritos nos amariconábamos en el certamen colegial, el pueblo libre o golfería andante se sacaba un parné pidiendo teórica limosna para la *Cruz de Mayo,* o equivalente callejero y gratuito de nuestros altares a escote, que cualquier mano anónima instalaba en cualquier esquina de cualquier barrio, siempre con alarde de flores y con idéntica finalidad: esa que todavía Stravinsky no me había enseñado a llamar consagración de la primavera. Y Barcelona —un poco antes, pero casi por las mismas fechas— festejaba mediterráneamente la efemérides de San Jorge en el patio de la Diputación Provincial con una entonces célebre *feria de las rosas.* Curioso resulta comprobar que las *floreales* de Asia Menor empezaban precisamente el 24 de abril, onomástico de los *Jordi,* y que ése fue el día elegido por Shakespeare en una de sus tragedias más famosas para emplazar, organizar y describir el gran baile de los Capuletos.[87] Costumbres, a propósito, que veinte siglos no consiguieron desarraigar y que en sólo cuatro lustros —los que grosso modo me separan del último año escolar— parecen haberse disipado. ¿O quizá se celebra aún la primavera en el tabernáculo de unas aulas que ya me son inaccesibles? Lo dudo. Y no veo, en cualquier caso, altares *naïf* por las esquinas, aunque sí mandrágulas en los locutorios.

Mejor, entonces, aquellos tiempos de vilipendiada superstición, Hablo del medievo, no de mi infancia. Del ayer de todos, no de mi ayer. Había más piedad, más *dolorido sentir,* más religión, con lo bueno y lo malo que esta palabra entraña. En ello convendrán hasta los curas, y ojalá que por una vez lleven agua a mis cangilones. ¿Acaso no era un hombre de fe el Cid, que auscultaba el futuro como unánimemente lo hacían los guerreros de la época, esto es, escrutando el vuelo de los pájaros?[88] Berenguer el Fratricida se atrevió a decirle (y así nos lo cuenta la *Gesta Roderici Campidocti*): «sabemos que los montes, los cuervos, las cornejas, los azores, las águilas y casi todas las demás aves son los dioses en cuyos augurios confías más que en el dios verdadero».[89] Y admite, con su peculiar encanto literario, el propio *Poema* escrito o transcrito por Per Abbat: «a la exida de Vivar ovieron la corneia diestra / et entrando a Burgos ovieron la siniestra».

No de otro modo comprometía a su cónyuge Urraca la Pérfida, acusándole de escuchar alados auspicios. Lo dice la *Compostelana* y ya se hizo mención de ello. ¿Tampoco Alfonso el Batallador, martillo de la morisma y mecenas del Temple, era hombre de fe?

¿Y no lo era el Arcipreste, siempre prono a la astrología judiciaria y alegre juglar de ensalmos moriscos, que en su justipreciada obra de buen amor nos explica cómo Trotaconventos enredó a doña Endrina con una estrategia de *fadas*, estornudos, mal de ojo, filtros, yerbas, sortijas, rurrupata y otros chichisbeos de bruja constantemente perseguidos por la madre Iglesia?[90]

Búsquense supersticiones de toda laya en la literatura de la época. En el *Libro de Aleixandre,* por ejemplo, o en el dedicado a *la justicia de la vida espiritual* por el arzobispo Pedro Gómez de Albornoz. No quedaremos defraudados ni con éstos ni con otros títulos. Menos aún en lo concerniente a determinados energúmenos de la Baja Edad Media que so capa de religión al uso del Milenio prepararon por entre reyes católicos y verdugos el renacimiento de nuestra mística. Eran todos, en efecto, hombres de fe y de profusas conchas, a más de un alguandre casquivanos, pasmarotes y locuelos. Varios andan ya por los catálogos. Otros no tardarán en invadirlos, arrastrados por el doble ejarbe de la erudición y el ocultismo en boga. Entre ellos fuerza es mencionar a Gundisalvo de Cuenca, imprescriptible personaje engendrado en el cielo y supuesto *boy scout* del Espíritu Santo en la meseta, que compuso el *Virginale* hombro con hombro de un tal Nicola el Calabrés avecindado en Barcelona. El eterno inquisidor Eymerich, al que ya conocimos a cuento de Raimundo Lulio, arremetió contra ambos, sostuvo que el libro obedecía a directa inspiración diabólica y no paró hasta dar con el culo del italiano en las ascuas de una hoguera.[91]

Por los mismos años hizo y deshizo el fraile apóstata Tomás Scoto, de quien sabemos que todas las noches empuñaba un arma, invocaba con estrépito la presencia de Satanás y se batía sudoroso hasta rayar el alba.[92] Ocioso parece añadir que era franciscano.

Y en 1363, con Urbano V en el solio, el mallorquín Bartolomé Janoessius exhumó otra vez los manoseados y arrebatosos advenimientos del anticristo, que en España fueron siempre historias de nunca acabar.[93] Arnaldo de Vilanova andaba por las entretelas de este nuevo hereje y quizá anduvo también, cosa de siglo y pico más tarde, por las de cierto Barba Jacobo, ángel del apocalipsis constantemente vestido de arpillera que se fustigaba por medio de inconcebibles ayunos y no creía en el edénico pecado de comerse la manzana, sino en el harto más lógico y verosímil de beneficiarse a Eva junto al árbol.[94] Con razón subrayaría luego Wilson el Botarate que Iahvé se equivocó en prohibirle a ésta la dichosa fruta y no la solerte bicha, pues parece razonable suponer que en tal caso nuestra madre común hubiese preferido hincarle el diente al reptil. Lo transcribe con gracia Mark Twain. ¡Y cuántos quebraderos de cabeza nos habríamos ahorrado! Pero desde el principio fue tarde y tarde seguía siendo en estas inmediaciones de la Edad Moderna por las que inadvertidamente nos adentramos. A pesar de ello solicito un poco de esperanza, de paciencia y de contención. Todavía el diablo hará de las suyas durante un mogote de lustros. Se verá en el capítulo sucesivo.

Y cierro ahora el circunstante evocando con arrojo y sin tacha la figura acaso menos ajena a lo español eterno de cuantas en clave de potpurrí religioso nos depararon las últimas décadas libres antes de que los Reyes Católicos se encaramaran al poder. Me refiero al orgullo de Aragón, al prócer más honrado y contumaz de nuestra historia eclesiástica. ¿Quién no lo conoce? Se llama Pedro de Luna. Nació en Illueca hacia 1328. Tenía sesenta y seis años cuando se convirtió en Papa con el apodo de Benedicto XIII y casi noventa cuando el Concilio de Constanza lo obligó a erigirse en antipapa. El prefijo no hace esta vez al caso: tanto monta lo segundo como lo primero. ¿Por qué? Porque el señor de Luna siempre fue sólo eso: señor de Luna, *one self, se stesso, lui même,* ensimismado de por vida en su abrupta y difícil verdad.

Todo empezó al morir Gregorio XI, el francés que le había nombrado cardenal y que volvió a Roma desde Avignon. Año de 1378. Se llama a cónclave y el aragonés dicta solemne testamento antes de franquear las puertas vaticanas. Otros purpurados, menos altivos o más cobardes, prefieren llevar coraza bajo los hábitos. No es para menos. Fuera, entre un clamor de timbales, el pueblo ruge y amenaza con una fiesta de cuchillos largos si resulta elegido un extranjero. *Romano lo volemo!,* gritan cien mil gaznápiros del Tíber en su jerigonza garbancera. Y al cabo, solución de compromiso, se instala en la cátedra a un hombre de Bari. Será el sexto de los Urbanos, pero a los pocos meses impugna su designación una gavilla de cardenales a sueldo del rey de Francia. Y ya se abre el cisma con el nombre o bandera de Clemente VII, que pierde la batalla de Roma y gana la de Avignon. En torno a esta ciudad y a este camauro cierran filas los reinos españoles. Se suceden recíprocos anatemas y muertes respectivas coronadas por elección de sucesores. En 1394 suena el turno de nuestro compatriota y el acorde inicial de una alucinante historia celtibérica. Don Pedro de Luna tiene sangre mora y granítica mollera de aragonés. Con todo, o quizá ignorándolo, sus colegas lo consagran Papa en el transcurso de un cónclave cuyos miembros se han comprometido unánimemente a deponer la tiara caso de que ello se juzgue necesario para la unidad de la Iglesia. Y se juzga. Una comitiva de cinco mil personas desfila por Avignon exigiendo la fidelidad a esta promesa. Figuran en su vanguardia los hermanos del rey francés, los pares de la corte y las mejores cabezas de la Universidad. Ingenuos. Desconocen eso que ha dado en llamarse nobleza baturra. Don Pedro se cierra en tablas y en sus trece. Poco a poco va perdiendo cardenales. Son cuatro años de preparación a la soledad. En 1398 un ejército pone sitio a las torres del palacio, mientras en sus jardines se celebra una representación de la guerra troyana. Arde el edificio, resiste el de Luna en él más de veinte días, se deja crecer la barba, cruza el Ródano con nocturnidad y sobre la incertidumbre de una barquichuela, compra caballos, galopa y alcanza por fin la corte de su amigo Luis II de Anjou, que lo recibe, lo afeita y quieras que no termina envolviéndolo en perfumadas sábanas de lino. La suerte parece echada, pero no lo está. El prelado entra nuevamente en liza a modo de corsario negro: organizando una escuadra en Marsella con ánimo de acabañarse en Roma. Y aunque los genoveses le dispensan una acogida entusiasta, la calentura muerde en la soldadesca y acaba por lanzar la expedición al garete. Don Pedro pone entonces proa a Mallorca, acepta el asilo de Martín I y concede audiencia a los mensajeros del emperador Segismundo, recibiéndolos a caballo de un trono, arropado en una túnica carmesí y cubierto por un birrete de armiño. ¡Qué magnífica arrogancia, qué olfato escenográfico, qué devoción a las formas! El de Luna era un hombre del Barroco exiliado en la Edad Media. Pero sigue el trance. Están ya los tudescos en el palacio balear. Toma la palabra el anciano y no la suelta en siete horas, demorándose durante todas ellas en explicar que los demás cardenales anteriores al cisma han muerto y que por consiguiente sólo a Nos incumbe la tarea de sembrar unidad en la triste discordia de la Iglesia. ¡Qué arrogancia, sí, y cuán inútil! Hasta su infatigable valedor Vicente Ferrer le aconseja flexibilidad ante las razones de quienes con absoluta evidencia son ya los más fuertes. Pero el aragonés da libre rienda a sus demonios y organiza un postrer baluarte en la playa encantada de Peñíscola. Sabe que el rey Martín, pariente y pupilo suyo, jamás se atreverá a desahuciarlo. Y menos aún tratándose del numinoso castillo templario donde el rebelde va a colocar su solio: no ya un monumento incomparable, que hoy siguen visitando propios y extraños, sino quizá y por añadidura uno de aquellos rompeolas secretos desde los que en vida de la Orden zarpaban bajeles misteriosos transportando oscura zahorra hacia lugares desconocidos. Y esto no lo presumo yo, pues lo apuntan entre vuelo de polillas ciertas efemérides ojeadas por otros en los no menos desconocidos, oscuros, misteriosos y proverbiales archivos del Vaticano.[95] Todavía hoy puede leerse en la fortaleza de Peñíscola una reveladora inscripción: *hic est arca Dei.* Y a bordo de ella, de la eviterna arca de los viajes iniciáticos, sentará sus reales por espacio de ocho años del antipapa con nombre de planeta, excomulgando uno detrás de otro a sus innumerables enemigos. Tiempo de pobreza, de yantar escaso (y quizás vegetariano) servido sin ceremonia en opaca vajilla de peltre. La de oro solamente reluce para atender a las visitas. Y en eso despunta la carnavalada de Constanza. O mejor dicho: sus embajadores, encargados de notificarle al mulo de Peñíscola las nuevas de su deposición. Todos pertenecen a la orden benedictina. Don Pedro los recibe con una soberbia frase espetada a puerta gayola: *aquí* —dice— *llegan los cuervos del concilio.* Para la ocasión cubre su cabeza con la corona de Silvestre I, que los papas del destierro depositaron en Avignon. ¡Cuántas casualidades! Un pariente de Abderramán, y aragonés como el Batallador, se coloca las insignias de Gerberto para desobedecer a Roma entre las murallas de un enclave templario. Casualidad también que su más íntimo compinche sea, como dije, el cascarrabias de Vicentito Ferrer, valenciano un poco santo y un mucho hereje, que en los momentos de inspiración se cree el ángel apocalíptico vaticinado por el apóstol Juan y en los de lucidez atribuye al ectoplasma de Judas Iscariote la proeza de haber cubierto volando la distancia entre la horca y el Gólgota con el solo y trivial objeto de hacerse perdonar por Cristo.[96] Y eso no es todo. Alardea el iracundo en cuestión de milagros tan fantásticos como el de profetizar la arribada a Barcelona de dos buques cargados de cereales en época de tremenda carestía (y córcholis, aún está anunciándolo en el claustro de la Universidad cuando hete que el doble velamen asoma por el horizonte)[97] o como aquel otro —*milagro,* digo— de conseguir que Mefistófeles le devolviera personalmente en el transcurso de un sermón la cédula firmada meses antes por un fausto de vía estrecha, que enseguida se arrepintió del acuerdo y acudió al confesionario de Vicente por ver si el todopoderoso gurú le recuperaba el alma.[98] Muchos feligreses asistieron al prodigio. Y otros tantos, esta vez en Toledo, presenciaron una ópera bufa digna de Herr Frankenstein: deseaba una dama tener descendencia, quedó encinta por intervención del santo, alumbró una piltrafa de carne sin asomo de humanidad, la llevó a la iglesia, encargó una misa y, de latinajo en latinajo, aquella ameba putrefacta fue transformándose como el Golem en un niño sonrosadito, alegre, pizpireto y con las peloticas muy bien puestas. ¿Broma? Quizá, pero éste y otros prodigios similares figuran sin ánimo alguno de jolgorio en el triunfalista proceso de canonización.[99] Antes de desembocar en él, Nicolau Eymerich (el inquisidor de costumbre) se había olido a carta cabal el enjuague y quiso procesar por herejía a Vicente, pero el antipapa andaba atento al quite y se apresuró a reclamar los infolios del atestado para destruirlos.[100] ¿Dónde está la línea que separa la santidad del anatema? Lo demás fue un paseo: el valenciano gozaba de sincera popularidad.

Y volviendo a lo que importa: teníamos a nuestro señor de Luna flamencamente entronizado ante los benedictinos del Concilio. ¿Cuál será su reacción al enterarse de la sentencia? Sobria y olímpica, desde luego, pero rebosante de significado. Opugna: *la Iglesia no está en Constanza, sino aquí. Aquí está el Arca.* Y ya se rebela contra el mundo, ya enloquece en su concupiscencia de legitimidad... Imposible catalogar ahora el inverosímil anecdotario que sazona la entrevista. Don Pedro llega al extremo de venir a pactos con los eruditos judíos de la Diáspora y de enviarle todos los días una bula de excomunión al pobre Fernando I, que por aquel entonces yace exangüe en el catafalco de su alcoba con más de un pie en el estribo de ultratumba. Insultos y acusaciones se estrellan contra Peñíscola. *¡Papa del Sol, papa de la Luna, hereje!,* silabea el clamor entero de la Iglesia. Y no a humo de pajas: transcurrirá una sola generación antes de que la Curia amoneste al futuro santo Benardino de Siena por su empeño en utilizar un monograma de Cristo enmarcado en fuego a modo de corona solar. Y a propósito: fue Vicente Ferrer quien dio en profetizar el destino hagiográfico del italiano cuando éste ni siquiera frisaba en la adolescencia.[101] Siguen, pues, las casualidades. ¿Cuál es el intríngulis? ¿Cuál la cadena? ¿Acaso capitaneaba Pedro de Luna un movimiento de retroceso hacia los antiguos cultos heliolátricos del Mediterráneo, en cuyo entorno y dintorno surgió o por lo menos se inscribió la peripecia de Cristo? Ya antes de llegar a Papa se le imputaba al baturro, como a Gerberto, su presunta fidelidad *a una religión más antigua que Roma.* Sic.[102] Y en lo mismo insisten, mutatis mutandis, las cinco ridículas pero significativas acusaciones formuladas contra el cabeciduro por el Concilio de Pisa. Se le achacó allí indulgencia para los herejes, comercio con los *elementales,* búsqueda de libros mágicos (puntualizando que encontró dos en España y uno entre los sarracenos, además de esconder constantemente otro bajo la almohada) y perversa relación con un par de diablillos servidores que llevaba encerrados en un cabás.[103] De risa. Pero lo cierto es que bajo la presión de tamañas simplezas transcurrieron los últimos días de aquel ángel rebelde y almogávar debelador de una cristiandad ya entonces carcomida hasta la linfa. Asombrosamente modernas fueron y siguen siendo sus convicciones religiosas, expuestas en manuscritos que hoy conserva bajo siete cerrojos el antipapa del Vaticano. A la luz de ellas, y como siempre, cabe preguntarse lo que hubiera sucedido caso de suceder lo que no sucedió: el consenso ecuménico sobre la legitimidad de Benedicto XIII. Faltaba siglo y pico para el Concilio de Trento. ¿Habría protagonizado la iglesia de Roma una revolución en vez de una contrarreforma? No se trata de mis habituales delirios, sino de una hipótesis suscrita por autores harto menos visionarios que yo.[104]

La sangre de los mártires, sea como fuere, volvió a resultar semilla de cristianos. La historia del Papa Luna no termina en 1418. Se cuidó de prolongarla su amigo y discípulo Juan Carrier, mercenario, monje y poeta, a quien el propio don Pedro había nombrado cardenal de Saint-Étienne antes de rendir el alma. Sigamos el hilo a partir de ese momento. Se desgaja el roble centenario de Peñíscola y su curia elige heredero en la persona de Giles Muñoz, individuo más bien anónimo, que no tarda en dimitir. A todo esto, Carrier —que consideró simoníaca la elección y el cónclave— anda ya refugiado en su castillo del bosque de Rouerges y a lo juan palomo designa un Papa secreto entre los aldeanos de la región. La nueva iglesia —explica— permanecerá abierta a los humillados y a los hebreos, a los gentiles y a los ofendidos; no habrá lugar en ella para liturgias, jerarquías, pampanajes ni oropeles, sino sólo para devociones mondas; a sus cristianos se les franquearán de par en par las puertas del templo y de la gloria sin pagar a cambio el peaje de la expiación y el arrepentimiento.[105]

Lo que se dice ideas claras y distintas.

Conque de repente va a despertarse la Gascuña ante tres papas: el Martín V de Roma, el Giles Muñoz de Peñíscola (que aún colea) y ese otro cuyo nombre sólo el fidelísimo Carrier conoce. ¿A cuál obedecer? El conde de Armagnac, desconcertado, escribe a Juana de Arco pidiéndole consejo. Y casi lo obtiene.

Responde la *pucelle* arguyendo que anda a la sazón excesivamente atareada con el negocio bélico, pero que apenas despunte la paz entrará en contacto con su señoría y le disipará la duda. Esta carta no pertenece a la leyenda ni a la esgrima de las hipótesis: se utilizó como prueba incriminatoria en el proceso posteriormente incoado a la doncella.»[106]

Luego fuerza es preguntarse: ¿nombró sucesor el Papa de Carrier, y el sucesor a otro heredero, y el heredero a otro Papa? *Y todo un coro infantil / va cantando la lección: / mil veces ciento, cien mil, / mil veces mil, un millón.* O lo que es igual: ¿existen todavía feligreses bosquimanos inmersos en las aguas de nuestro señor don Pedro? ¿Quedan salvajes venerando su memoria en cualquier altar de druida? *Vi e' forse tra gli scaricatori di qualche porto francese o tra i cavalieri di Malta un papa della succesione di Luna?*[107] Firma la frase (en un libro delicioso) María Luisa Ambrosini, quizá la única investigadora que ha podido y querido hojear (y ojear) con detenimiento las misteriosas carpetas consagradas al orangután de Peñíscola en las cuevas del Vaticano. ¡Ay, Cabezón de Oro, Cabezón de Oro, quién te cogiera una noche solo! Y añade esa mujer italiana: «la peripecia de don Pedro —el pontífice de la Luna, el Noé del *arca Dei*— deja un regusto de inconclusión que no se debe sólo a la imagen de este anciano carismático cadáver en su fortaleza. Antes bien, y sobre todo, se echa de menos el triple drama que Shakespeare no escribió: la historia de un Papa acaso excesivamente fiel a los preceptos de una religión muy antigua, la historia de un santo que terminó apartándose de él por motivos de obediencia y la historia de un soldado montaraz (personaje harto común en las obras del Cisne) que escucha la llamada del coloso, quizá cuando éste empieza a sentirse ahíto de santidad, y se compromete a reincidir en las ascuas de su antiguo sueño».[108] ¡Bravo! Nadie se atreverá a dudar de que Benedicto XIII, Vicente Ferrer y el cardenal de Saint-Étienne confluyen en un perfecto vértice dramático: la apuesta de Prometeo, la pasión por el cauce de la norma y la lealtad sin mácula de un rústico soñador. Tres piezas para que un mago de la anagnórisis las juegue sobre el tablero. En España, tan sólo Calderón hubiera sabido hacerlo, pero demostró su prudencia al pasar de largo. No existía necesidad alguna, en efecto, de proporcionarle motivos a la Suprema.

Y todo un coro infantil va cantando la lección. Los colegiales estudian. Con timbre sonoro y hueco truena el maestro. *Es la clase. En un cartel / se representa a Caín / fugitivo, y muerto Abel / junto a una mancha carmín.*

Pedro de Luna fue enterrado en su aldea. De allí lo sacaron los franceses de Bonaparte para esparcir sus huesos y su memoria en los meandros del río Isuela. Pescadores piadosos y probablemente aragoneses consiguieron recuperar el cráneo, que hoy se conserva y exhibe en el castillo de Saviñán.

Una tarde parda y fría de verano. Monotonía de la lluvia en los cristales.

III. UNA PAUSA EN LA DECADENCIA: LOS DOS SIGLOS LÚDICOS (zambra, babilonia, jubileo, festín, laberinto)

¡Teresa, alma de fuego,
Juan de la Cruz, espíritu de llama,
por aquí hay mucho frío, padres, nuestros
corazoncitos de Jesús se apagan!

ANTONIO MACHADO

A la caída del sol pudo verse entre el Céfiro y el Bóreas un cometa maravilloso en su especie. Era semejante a un globo de fuego, pero salían de él dos caminos de color plateado que se enroscaban como una serpiente en medio de los campos. Uno de ellos se dirigía al cenit y constaba de cerca de treinta vueltas; el otro tendía hacia abajo y no contaría más de doce. Por el lado que miraba a Castilla salía un humo negrísimo que poco a poco iba sorbiendo el vientre del cometa, de tal manera que éste parecía preñado y a punto de arrojar el feto, hasta que una vez visto por toda la Corte acabó consumiéndose.

(Suceso fechado el 17 de mayo de 1520 en La Coruña. Lo menciona Ramón Alba en su libro sobre las Comunidades de Castilla.)[1]

Madrugada de la España moderna y del Imperio. No es la primera vez que arremeto contra los Reyes Católicos, pero sí la última. Y sin saña, pues a partir de ahora quedan definitivamente atrás ambos usurpadores, aunque no la irreversible y torpe huella de su política. Saben a lágrimas de alligator todas las derramadas por lo que no tiene remedio.

Fernando e Isabel celebraron sus dolosas nupcias, que sólo la traición hizo posibles, en 1469. Cinco años más tarde muere Enrique IV y se acuña nuestro primer escudo de supuesto alcance nacional, amontonando las armas castellanas y aragonesas bajo la bendición de un símbolo cuyo lívido significado conocemos mejor que nadie los españoles del siglo veinte: el yugo y las flechas. A mi padre, como a tantos otros padres e hijos de la misma hornada, le clavaron todas en el pecho al abrigo de un pelotón, un amanecer y un descampado. Pasó aquel trance, pero aún hay y habrá quien se atreva a esgrimirlas, herramientas de tiburones resabiados que no embisten por derecho.

Me gustaría saber si alguien salió ganancioso en aquel zigzag de la historia. Éramos un mosaico de paleta heterogénea y quedamos en paisaje monocromo. Adorábamos a tres dioses y apenas nos dejaron uno en el sagrario. Teníamos libertad (la del espíritu que Jesús predicó) y nos encanallaron bajo la garra de dos sombrías instituciones: la Suprema para los negocios del alma y la Hermandad para los asuntos del césar, el mundo y el camino. Ambas, por cierto, lucían aureola y adjetivo de santidad. La primera arrasó las tertulias de los doctores en el atrio de las iglesias. La segunda tradujo el hermoso riesgo de pasear por España (un liceo en cada porche, una lupercal en cada fonda) a mezquina ocasión de vuecencia, pasaporte, tricornio y trabuco. De paso, aunque no marginalmente, las Órdenes Militares tuvieron que deponer su autonomía. Dicho de otro modo: se desarmó al pueblo. Las milicias, manifestación genial de un incorregible subconsciente libertario, derivaron hacia dócil, manejable, aburrido y belicoso ejército. Chau a Viriato y al apóstol, chau a esa raza ibera «que nunca quiso uniones, que jamás —como dice Estrabón— agrupó sus escuelas ni consintió en sacrificar el interés de los menos en aras del bien de todos».[2] Y chau definitivo a la convivencia de los españoles, que ya no volvieron a serlo de pleno derecho sin antes airear en las barbas de los covachuelistas el fementido salvoconducto de la limpieza de sangre.

Que las columnas del debe y el haber asuman de una vez por todas su verdadero rostro: la hermanita del Impotente y el baturrico de Sos oxearon a los árabes, expulsaron a los judíos, acogotaron a los mudéjares, devastaron las tradiciones periféricas, malbarataron su rancia estirpe en los dormitorios franchutes y tudescos, sancionaron la mitología apócrifa de las dos Españas y para colmo nos dejaron en impugnable herencia la Inquisición, la Guardia Civil, el servicio militar obligatorio, el yugo y las consabidas flechas. ¡Qué derroche! Y todo para que un rey extranjero trepase al trono de Bardulia mientras una comadre castellana obtenía licencia de entrometimiento en los celosos asuntos de Aragón. Así se comprende el prodigio de La Coruña, se comprende que el negro humo del bastardo poder central regresara como un feto arrepentido a la vagina precisamente cuando en el decimoséptimo día del quinto mes del vigésimo año de aquel siglo zarpaba el césar Carlos nada menos que desde el Finisterre y rumbo a Europa para en Europa dirimir problemas europeos a cambio de descuidar los españoles. La corte lo vio. Y, sin embargo, ese hombre de Gante no era todavía rey de España (título que en puridad nunca ha existido), sino *Rex Hispaniorum,* rey de las Españas, como habría de serlo su hijo, y el hijo de su hijo, y su bisnieto, y el nieto de su nieto, y también (muy a su pesar) toda la etnia ultrapirenaica de los Borbones cispirenaicos, sin excluir al que en estos momentos nos ocupa. Y extiéndase la frase a los futuros monarcas de probables borregos, que verán ondear ante sus augustas narices no sólo la libre bandera éuskara, sino las cien banderas libres de las Españas astures, cántabras, gallegas, andaluzas, granadinas y catalanas (y aun de aquellas mogrebíes que no hayan renunciado por completo a tan hermosa condición). Se esfumó el trapío, pero la casta tira. Pasodoble de fueros y, sobre todo, dialéctica de arquetipos (ya que no mérito de ciudadanos). El rey de los Madriles —cualquier rey de ahora o de mañana— tendrá que serlo antes de los agotes, de los vaqueiros, de los quinquis, de los anarquistas, de los rojos, de los guanches y de los tetuaníes; y ni siquiera entonces lo será de todos los españoles, pues yo (leal a los Omeyas, a los Austrias y a don Carlos) jamás lo acataré, así me obliguen a besarle los pinreles de rodillas y con un naranjero de la Santa Hermandad atravesado en el occipucio. Lo firmo, lo rubrico y me voy sin plácet de corte ni de curia a ver la corrida de Beneficencia por televisión. Que Dios reparta suerte.

Eso fue ayer. Hay una noche por medio. Sueños pegajosos. Sigue el tiempo nublado y, bajo él, mi siniestra intuición: España tiene ya un bonito clima nórdico. Por fin se salieron con la suya. Tanto turista, tanto turista... ¿Y cómo, hi de putas, no iba a castigarnos el cielo? Adiós, veranillos de mi infancia. Adiós, juventud. Nos veremos en el próximo neolítico. Sólo Ruiz Miguel, que es andalusí, estuvo a la altura del rito. No así la presidencia. Hubo triple brindis, por supuesto. Y, por supuesto, llovió a cántaros.

En mi locura achaco este mal viaje del cambio meteorológico a los delitos de lesa patria que cometieron o autorizaron Isabel y su consorte. Con ello quiero decir, entre otras cosas, que el proceso fue largo, que los síntomas de la enfermedad tardaron en manifestarse y que tenía entonces el país reservas de magia suficientes para encajar sin un pestañeo la política de langosta y comején aplicada por los Reyes Católicos. Así pudieron venir los Austrias, genuinos magistrados *nacionales,* no en volandas del simple azar o de las chingas leyes hereditarias, sino como un acto de equidad histórica clamorosamente merecido por los españoles y largamente reclamado por sus espíritus elementales. Se trata, en efecto, de esa *pausa en la decadencia* que el título menciona y que tantas veces me oyeron vindicar. Pausa, por anadidura y a mi juicio, lógica —que no sólo verosímil— pues a nadie se le oculta mi convencimiento de que las presiones arquetípicas afloran antes o después con violencia de geyser —si las reprimieron— o constancia de manantial, si se permitió su flujo. Como creo que tendremos no sé cuándo un despertar con ira, un retorno quizá trágico al modus vivendi de la España Antigua evocada por el termestino. En tanto llega eso, los dos siglos lúdicos de los Austrias seguirán configurando el único período de reconciliación total con las alcantarillas del exótero que nuestra historia recuerda (tras haber recordado aquella otra imagen feliz de la Iberia prerromana). Mis amigos cultos, obcecados casi al unísono por la tierna manía persecutoria de la democracia, suelen argüir que mis también amigos los señores de Habsburgo no fueron precisamente demócratas. Y respondo yo, sin ánimo de pasar por tal (pues no lo soy), que depende. ¿No consistirá la democracia, hablando de España, en recrear alrededor de nosotros una atmósfera onírica y absurda, grotesca y fabulosa, que origine o por lo menos estimule el regreso de las nebulosas arquetípicas? Sólo así, acordándose y bienquistándose consigo mismos, podrán mis compatriotas *participar en el gobierno* de su propia vida sin recurrir en el plagio —y consecuente pérdida de ese derecho— que entraña toda negación de lo tradicional (hablo en tercera persona, excluyéndome del juego, porque los españoles como yo —en rebeldía permanente y previa a cualquier forma de organización política— no necesitamos ni tan siquiera de la democracia junguiana representada por los Austrias). A los que nadie, supongo, se atreverá a regatear su condición de maestros en la ciencia de elevar la anarquía a norma del no-poder (pues siempre templaron y hasta pararon alguna vez, pero jamás mandaron). Ya lo dije: una primavera de París, la imaginación en el trono, Nietzsche provisto de cetro y golillas, los nibelungos en la meseta, un soplo de locura germánica para atizar la ibérica locura y desde luego, hasta su desenlace del 1700, una ventana abierta de par en par al mundo.[3] ¿Debe verse simple coincidencia en la coincidencia de que fuéramos tantos y nos pariese encima la demente Germania de los vampiros, el lúpulo y la Selva Negra? Poco importa. Y de acuerdo: quizá los

Austrias chambosos y casuales, únicamente catalizaron un fenómeno que de todas formas se hubiera producido. Las flores iniciales, de hecho, brotaron aún bajo la férula de los Católicos. No parece aventurado suponer que la liberación empezó con y por el alba de América. Yo siempre imaginé aquello como un cortocircuito. Abrirse al espacio es también, en definitiva, abrirse al tiempo. Volver atrás, ir hacia delante. Y de eso se trataba, anticolumpio de Rubachof y de la historia. Pero tampoco me importan las causas: el Caribe o el infierno, ¡vayan ambos a pudrirse! Sucedió. No quiero saber más. Ya se acercan los músicos, ya empieza el primer Siglo de Oro. Un titubeo. Empuño la aldaba. ¡Ah, de la vida! Todos me responden.

Y una moza sefardí de quince abriles despeja el albero, En cualquier parte había que arrancar. Estamos a finales de la anterior centuria, muy a finales, y en Herrera del Duque, campo que fue de moros entre la escila de Extremadura y el caribdis de Ciudad Real. Nuestra doncella hoy habla con el Mesías y mañana lo acompaña al cielo, donde puede ver a los ajusticiados de la Inquisición requetesentaditos en butacas de oro puro. Así un día, y otro, y otro. Hasta que el Señor le promete bajar a la tierra, liberar al pueblo errante y devolverlo al Jordán. Inútil añadir que de todo ello los conversos se hacen lenguas. Funciona radio macuto. Muerde de villa en villa su entusiasmo. La autoridad se considera obligada a intervenir. E interviene con los modales de costumbre: celebrando a 22 de febrero de 1501 un hermoso auto de fe en la imperial Toledo. Veinticuatro horas más tarde suben al patíbulo sesenta y siete doñas de Herrera del Duque y Puebla de Alcocer, mientras una partida de noventa marranos cordobeses va a la cárcel por idénticas razones de alevoso mesianismo. Obertura premonitoria de alumbrados. Ya no se interrumpirán los gozos, las denuncias y las querellas.[4] Repito que estamos en febrero de 1501. El siglo acaba de empezar.

Y empieza, por lo que a locos de Dios se refiere, con la Beata de Piedrahíta, santa mujer de quien Menéndez y Pelayo dijo que no era viciosa, aunque sí harto fanática e iluminada.[5] Pertenecía a la Orden de Predicadores, tuvo por padre a un villano de Ávila y a partir de 1507 se erigió en indiscutible *vedette* de la religiosidad castellana, agrupando alrededor de su pollera un cónclave sediento de rigor y de reforma.[6] Cristianos derviches, por así decir, pues el capítulo provincial de los dominicos celebrado en Zamora un año más tarde hubo de reconocer que la Beata protagonizaba sin rebozo *bailes místicos* en presencia de sus admiradores. Era aquella matrona simulacro prematuro de Janis Joplin, y Piedrahíta una isla de Wight frecuentada no sólo por los intonsos de la época, sino también (y muy a menudo) por la flor y nata del Gotha y del Cabildo. ¿Ejemplos? Nada menos que el duque de Alba, el cardenal Cisneros y el rey Católico solían merodear por los ágapes.[7] Y de ahí para abajo.

La Beata mantenía relaciones íntimas con Dios Padre e incluso llegaba a estrecharlo entre sus brazos. Luego caía en éxtasis y en tierra, a guisa de tronco seco, mientras los impávidos espectadores desfilaban ante ella. Más de una vez la sorprendieron discutiendo con la Virgen sobre asuntos tan triviales como cederle el paso frente al dintel de una puerta. Y porfiaba en tales ocasiones la psicópata: *si tú no hubieras parido a Jesucristo, yo no sería en estos momentos su legítima esposa. Por ello tienes que ir delante*.[8] Dicho lo cual se acunaba en tablas.

Lo de Cisneros, sin embargo, poco puede asombrar teniendo en cuenta su devoción por Lulio. Lulianos eran, a pie juntillas, tanto la Beata como su devoto discípulo fray Melchor, cuya vida y milagros conocemos por dos cartas dirigidas precisamente al cardenal. Llevaba apellido de conversos burgaleses e ingresó en la Orden franciscana por indicación de su maestra, especializándose desde su juventud en el ramo de las profecías. Invariablemente anunciaban éstas horribles sucesos, encaminados casi todos a glosar el desmantelamiento de Roma, el exterminio de las naciones europeas, la decapitación general de la clerigalla y el traslado de la Iglesia al paraíso perdido de Jerusalén.[9] O sea: lo de siempre (lo de Lulio, lo de Tárrega, lo de Vilanova, lo de Rupescisa, secuaces en modo alguno agazapados del beatnik umbro). Las cartas de fray Melchor evidencian por sí solas la fidelidad de los *poverelli* a un «mesianismo iluminista potenciado en numerosas ocasiones por la ascendencia judía de muchos de ellos».[10] Seguirá siendo esa Orden, como ya lo fue en el pasado, un foco permanente de heterodoxia y esoterismo hasta (por lo menos) el borrón y cuenta nueva decretado en Trento. Y el cardenal no sólo llevaba sus hábitos, sino que al ponérselos cambió su nombre bautismal de Gonzalo por el infinitamente más adulto y confortador de Francisco. Hay en ese gesto mucha semántica. Imposible no fantasear a cuenta de ella. Sobre todo cuando se viene a saber que

Cisneros anduvo siempre protegiendo a lunáticas hasta el extremo de creer en la inminencia de una segunda navidad ubicada por decisión de cierto profeta áulico en el vientre virgen de una beata.[11] Bajo su capelo de cardenal políglota crecían los gnósticos como champiñón, y casi siempre de sexo femenino. Los respaldaba (y quizá se los beneficiaba) no ya la Curia, sino incluso el Santo Oficio, pues era entonces el hombre de Alcalá nada menos que Gran Inquisidor elegido para el cargo en 1507. Y el deshielo duró hasta la guerra de las Comunidades.[12] Casi tres lustros de desenfreno místico, cuya marea no dejó un solo instante de subir y se mantuvo luego. En esa peculiar atmósfera deben de inscribirse las hipótesis de algunos historiadores a cuento de doña Juana la Loca, que al parecer no lo estuvo nunca. El remoquete, y el secuestro de persona que esgrimiéndolo se practicó, obedecía presumiblemente a la necesidad de soterrar el ideario herético de la reina cara a una nación cuyos cristianos nuevos o viejos andaban ya requemándose en la doble hoguera y llama viva del tardío Renacimiento y la inminente Reforma.[13] En el mismo contexto de estupor y libertad hunde sus raíces inmediatas el fenómeno acaso más llamativo de la época, ese que una reciente frase publicitaria definía con olfato y tino como *la otra cara de la España imperial,* y en cuya trastienda —según apunta Antonio Márquez— podría esconderse la clave o una de las claves de nuestro turbio Siglo de Oro.[14] Me refiero, naturalmente, a los alumbrados.

Tipos, por cierto, que recién se pusieron de moda. ¿Quién no los conoce? Casi da rubor dedicarles más páginas. Empezaron a incordiar en varias ciudades andaluzas alrededor de 1509, volvieron a probar suerte en Guadalajara hacia 1512, asomaron en Salamanca rayando el 1515 y resucitaron en Escalona al hilo del 22,[15] pero el potaje cabal —lo que historiográficamente se incluye bajo la etiqueta de *libro de los alumbrados*— abarca sólo los expedientes abiertos contra tan españolísimos herejes desde el 26 de abril de 1524, fecha de la detención de Alcaraz, hasta su condena, pronunciada en el vigésimo primer día de igual mes cinco años más tarde.[16] No menos precisa resulta su dimensión geográfica. Se ciñe a un triángulo irregular con vértices en Pastrana, Medina de Rioseco y Escalona.[17] O sea: hubo comunas sensu strictu en las provincias de Guadalajara, Segovia, Valladolid, Madrid, Ávila y Toledo, lo cual no significa que faltaran o escasearan las intentonas en otros lugares ni en otros momentos. Todavía en pleno siglo XVIII pudo detectar focos de alumbramiento algún trasnochado cazador de brujas. Se verá. Y cualquier doctorzuelo sabe que las llamas de lo mismo prendieron durante la fase crítica del fenómeno en la mayor parte de Aragón, Extremadura y Andalucía, así como en el reino español y transmediterráneo de Nápoles. Sólo el Cantábrico y el litoral de lengua catalana parecieron relativamente inmunes a la epidemia. Cabe pensar que el segundo por demasiado europeo y el otro porque de sobra tenía con sus delirios vernáculos. Pero yo no voy a historiar aquí las presencias y ausencias de la secta yéndome por sus muchas ramas, pues de eso ya se han encargado varios colegas con más dedicación y mejor información, sino que fanática y caprichosamente me limitaré a espigar ejemplos, desenterrar raíces, iluminar implicaciones y rastrear secuelas, sirviendo sólo a lo que sirva para la urdimbre e intereses de mi libro.

Y todo arranca de Guadalajara. A este lugar eternamente inadvertido corresponde, según Márquez, el honor o la infamia de haber engendrado «la única herejía original y persistentemente española».[18] Sobrevino el parto en la casa madre de los Mendoza, antiguos marqueses de Santillana y a la sazón primeros duques del Infantado, pero sus vagidos no resuenan por los aposentos de la planta noble, sino entre los sotanillos de la servidumbre. Happening, astracanada de antihéroes: un género muy frecuentado por nuestros dramaturgos de aquel siglo. Dos mujeres y un hombre van a caer en las garras de la Suprema. Son María de Cazalla, Isabel de la Cruz y ese Pedro Ruiz de Alcaraz que ya trajimos a colación. Adelantados del iluminismo. Los denunciarán otros fámulos de Sus Altezas, y hasta aquí asunto normal, comedia de Lope, mesetario embrollo de fregonas y gandules, pero lo grave es que ya se dibuja sin equívoco la grieta de las dos Españas en el subsuelo popular del Imperio: toda la servidumbre encartada es conversa, toda la servidumbre acusica pertenece a la tribu brahmánica de los cristianos viejos.[19] Asoman ahí dos de los rasgos que constantemente pespuntearán la querella: los alumbrados se reclutan casi al cien por cien entre la plebe y por los vertederos de la España sefardí. Y algo más: a menudo serán mujeres las depositarías del carisma y del secreto. Lo *popular*, lo *minoritario*, lo *femenino*. ¿No parece una reivindicación digna de los tiempos que ahora corren?

A todo esto, y por los mismos años, otra flipada corniveleta encandila a los cristianos de buena voluntad por la tundra de Valladolid y Salamanca. Responde a Francisca Hernández, es charra de incierto origen y debió de nacer más o menos con el siglo. Iba para monja cuando alguien le tapó la salida reduciéndola a terciaria franciscana. Desde muy niña conoce y entiende el misterio de la Trinidad por directa revelación del Altísimo. Cura desarreglos y enfermedades como lo haría un prestidigitador de feria: revolando cintas y pañuelos. No sabe leer, pero se entera de lo que contiene cualquier sobre sellado e interpreta en su tertulia los libros de la Ley con talento que no cede al de Jesús frente a los doctores. Y, sobre todo, posee sin tacañería una rara moneda de curso universal: encantos físicos. A pesar de ellos, o quizá por ellos, el inquisidor Adriano de Utrecht —niñera del joven Carlos, regente de España y futuro pontífice de Roma— procesa en el 1519 a la irresistible Francisca, aduciendo que «tiene los ojos demasiado alegres para ser beata».[20] Vaya por Dios. Se origina en el extravagante piropo uno de esos cuentos judiciales de nunca acabar. Lo de siempre: perdones y estacazos, testigos de aquí y de allá, recursos, fianzas, sobreseimientos, arbitrajes, apremios, suplicatorios y todos los trucos del oficio. En 1523 fallece Adriano después de pedir in articulo mortis a su confesor que lo absuelva de la injusticia perpetrada y que acuda en nombre suyo al cubil de la vampiresa para encargarle cuidadosas oraciones tanto a favor de su negra alma (la del holandés) como en descargo del alma negra de la Iglesia. Pero a buenas horas. Los mastines de la Inquisición tienen mandíbulas berroqueñas. Sigue, pues, la farsa y en 1529, coincidiendo casi minuto por minuto con el pronunciamiento de la sentencia sobre los alumbrados de Guadalajara, Francisca ingresa petate al hombro en la cárcel de Toledo acompañada por el predicador Ortiz, que pocos días antes había arremetido desde el púlpito de San Juan de los Reyes contra la inicua persecución de la beata.[21] Y me permitirán que folletinescamente abandone a ambos en una lóbrega mazmorra, no sin avisar al lector curioso de que puede resucitar estas vidas mágicas hojeando el fruente volumen cuasi-policial escrito al respecto por Angela Selke.[22]

Pero sigamos unos instantes en 1529 y en Toledo, sólo el tiempo justo para descubrir una clandestina «congregación de *alumbrados* o *dexados,* casi todos idiotas y sin letras». La paternidad de la frase corresponde, naturalmente, a don Marcelino.[23] También hubo coscorrón. Los menos lilas fueron al calabozo y los restantes al vergajo. Seamos justos: con merecimientos. Gente rara, provocadora, que ni se ungía con agua bendita, ni gustaba de arrodillarse ante nadie ni veneraba los iconos ni prestaba atención a los predicadores. ¿Mahometanismo de carambola o de intento? Supongo que el uno o el otro, pues las cuatro extravagancias citadas son propias de quienes al anochecer rezan mirando a La Meca. Y, además, recochineo: llamaban aquellos miserables *pedazo de massa* a la Hostia, *palo* (¿en qué sentido?) a la Cruz e *idolatría* a las Genuflexiones. Y para remate se regocijaban en Semana Santa, presumían de hablar con el mesmo Dios *ni más ni menos que con el corregidor de Escalona,* disfrutaban contemplando el rostro de las mujeres *para recordar el de la Virgen,* juzgaban cicateras las peticiones del padrenuestro, y se pasaban el día papando moscas y sin acudir ni por casualidad a las Escrituras, que ya el Señor pecharía con el trabajo de rumiarlas y digerírselas. O Alá, que es infinito en su misericordia. Pero todo —reconozcámoslo— inevitable y más que lógico, pues los cuitados creían hasta tal extremo en la suprema perfección del éxtasis o *dexamiento* que rechazaban incluso la posibilidad de cometer un pecado venial bajo los efectos de ese arrobo.[24] En fin, gages o *cosas de España,* como decía Richard Ford, o del país, como desde Unamuno decimos nosotros.

Y casi por las mismas fechas devengaba en Córdoba renombre de santidad la clarisa Magdalena de la Cruz. Siguen, pues, las mujeres, que rijoso y empalmado se planteaba el siglo. Esta de ahora tuvo la ocurrencia de convenir ante los tribunales del Santo Oficio en que, niña aún de siete espabiladas primaveras, fue inducida por el demonio a traslucir virtud y a simular con su ayuda los estigmas de la Crucifixión. Ya puesta, desembuchó también que al cumplir los doce años había sostenido devaneos con los íncubos Balbán y Pitonio, dos grandísimos pillastres que por la noche cabalgaban a la moza disfrazándose de negros, de toros, de camellos y de frailes franciscos o jerónimos, pero que de día, descuajeringados ellos y sudoroso el corcel, inventaban en su presencia sucesos de otras latitudes para que luego se diera aires de profetisa en las tabernas del tubo y en los escalones de la plaza mayor. Abreviando: ya adulta, caía Magdalena en éxtasis a lo largo de la misa, lanzaba gritos después de recibir la comunión, afirmaba no ver nunca al Santísimo Sacramento en forma de simple hostia (sino de cruz, a veces, y otras —qué cursilada— de niño con una cenefa de ángeles en derredor) e inclusive alardeaba de haber parido al buen Jesús en persona. Lo gracioso es que también se hacía lenguas sobre su don de perpetua virginidad, directamente otorgado por Dios padre. Y vengan íncubos. Pero así, entre quínolas y cucamonas, consiguió la muy astuta llegar por tres veces a abadesa de su Orden y ser venerada como santa al hilo de siete lustros (y me quedo corto). Hasta don Alonso Manrique, inquisidor general de Sevilla, solía visitarla con el ruego de que lo tuviera presente en sus oraciones. Sobre todo, y es natural, los cordobeses andaban como embobados, sin reparar en nada ni avenirse a críticas. Incluso mordieron el anzuelo de que su Magdalena, cuerpo glorioso, se nutría sólo con hostias en el buen sentido de la palabra, bastándole ese alimento por espacio de ciento cuarenta y cuatro lunas (aunque Menéndez y Pelayo dio luego en sostener que la mochales «comía y se regalaba en secreto»). Y al cabo se produjo lo de siempre: mucha santidad, mucha santidad, hasta que la monja dio con ella en la cárcel el día uno de enero de 1544. Más de treinta meses tardó en salir el juicio, se adujeron y reconocieron atenuantes, y hubo sentencia de libertad aparejada a la obligación de retractarse en público con una soga de esparto al cuello y un cirio en la diestra, de pasar el resto de sus días reclusa en un convento y de no acercarse a la comunión antes de que transcurrieran tres años (con la salvedad de poder hacerlo sólo en peligro de muerte).[25] Dicho de otra forma: le prohibieron el rito eucarístico y obligatorio de la pascua florida. Contradicción *in terminis*. Se ve que ni siquiera entonces la inquietud espiritual pagaba.

Y vamos ya con *quer pasticciaccio brutto* de los extremeños, quizá quienes mejor se lo pasaron por aquel entonces entre los herejes de su laya (se sobrentiende que hasta recibir el primer tantarantán de la Suprema). Tierras de Villafranca, de Jerez de los Caballeros, de Zafra, de Fregenal y, especialmente, de Llerena. Que si Badajoz, claro, pero también (por cuestión de milímetros) que si Portugal, Huelva o Sevilla. Menos exactas son las fechas, pues el amanuense se olvidó de anotarlas en los autos del sumario, pero todo el asunto se inscribe sin titubeos en la década filipina de 1570. Ocho clerizánganos seculares capitaneaban el embrollo y dos de entre ellos ascendieron a pontífices. Eran Chamizo y Hernando Álvarez, nombres que se me antojan (no sé por qué) propios de balompédicos, ciclistas o ministros de Fernando VII. Profesaban los dos puntos en cuestión una doctrina tirando a simplona y consistente en meditar sobre las llagas de Cristo hasta percibir *movimientos del sentido gruesos y sensibles* que condujeran a un volcánico desahogo de la lascivia, hábilmente rebautizada so la perífrasis *derretirse en amor de Dios. Tantra* cabal y catarismo virgen. Alcanza el éxtasis —decían los palurdos de Llerena— y nada te estará vedado. ¡Qué hermosura! ¡Cuán estrenua proposición de libertad! Desde un axioma así anchas son las Penínsulas y las Américas. Folgaban aquellos puñeteros a calzón caído, con espuma en la boca y sin parar mientes en el odio de sus paisanos. O quizá sólo envidia, que los españoles siempre la hemos tenido a propósito de quienes sin tálamo ni certificación matrimonial consiguen dormir caliente. Conque Chamizo, Álvarez y sus compinches se entendían mejor que bien con las lóbrigas beatas de la secta, que según los folios inquisitoriales andaban constantemente pávidas, descompuestas, aturdidas bajo los desvaríos de la meditación y soliviantadas por un ardimiento inconfesable. Menéndez y Pelayo recoge varios nombres de mujer más bien asilvestrados y destaca, entre las Filumenas y Priscilas de la conchabanza, a una alcahueta viuda y comeglandes, una tal Mari-Gómez, que tuvo el descaro y osadía de abrir «un secreto conventículo —o, mejor dicho, burdel— en Zafra».[26] Exabruptos de don Marcelino, sí, pero a cuento de algo. Las iluminaditas de marras no eran de las que se chupan el dedo con fruición gangosa. Oigamos cómo las describe cierto dominico de la época, autor (creo que por encargo) de un elocuente *Memorial en que se trata de las cosas que me han pasado con los alumbrados d'Estremadura desdel año de setenta hasta el fin deste año de 75*.[27] Transcurre la parrafada no exactamente en Llerena, sino al repaire de un cabañal cercano que todavía hoy figura en los mapas. La cita será extensa y salpicada de arcaísmos, pero en ningún momento inútil o aburrida. Estamos, en mi opinión, ante una humilde obra maestra del periodismo picaresco. De ahí que no me haya atrevido ni tan siquiera a modernizar su estrafalaria y casi siempre desrazonable ortografía (teníamos ya clásicos del idioma en aquellas fechas). Así que se produce el fraile en los siguientes términos: «Considerando algunas personas que yo me yua çeuando en esta sçiençia de los alunbrados, me venían a dezir cosas estrañas de ellos, conviene á saber, como se alçauan con el çielo, como catiuauan las donzellas, como descasauan á las casadas, como se apoderauan de las haziendas, como se arrebatauan y tenían sentimientos diuinos, como dauan gritos y berreauan en el templo, como çerrauan los dientes al tienpo de comulgar (...) Entre las alunbradas que auia en la La Fuente del Maestre, vna dellas principal se celebraua por muger santisima y muy sabia en los misterios desta secta, segun se trataua entre la gente desta doctrina; era muger moça donzella y hija de un pobre onbre ortolano; llamauase Mari Sanchez y avia llegado a tanta perfección que comulgaba todos los dias, y esto por necesidad espiritual estrema, porque tenía tanta hanbre del Sacramento quel dia que no se lo dauan caya enferma en cama y daua mil gemidos y padecia crueles tormentos, y hazia como una muger mordida de rrauia, tanto que ponia admirazion no solamente á la gente sinple, pero á onbres sabios é rreligiosos ponia en confuçion (...) Aviendo, pues, yo predicado, como tengo dicho, esta muger se halló presente al sermon, y segun parecio para el efecto que hizo venia sobre hecho muy pensado, y para el mesmo fin traya una cruz debaxo del manto, y luego que yo me baxé del pulpito se leuantó disimuladamente de su lugar y llegándose á el lugar de la predicazion arremetió de golpe y fue corriendo por la escalera del pulpito y en un instante se puso en lo alto; en lo qual se vido una obra evidente de Satanas, que siendo el escalera del pulpito asperisima y que tenia quebrado un escalon muy alta, la subio con tanta belosidad y ligeresa como si fuera un gato, y fue cosa certíssima que de tres mil animas que avia en el templo, ninguno pudo entender como subiese á lo alto tan ligeramente sino fue ayudándole el demonio, como en efecto la fauoreció y puso en el mismo lugar donde yo auia pedricado; y queriendo mostrar la cruz que lleuaua para la dicha ynvencion, leuanto el braço y mostró un palo mondo, porque el braço de la cruz se auia caydo, ó permitiéndolo Dios se auia quebrado por orden del demonio, que jamás hizo buena compañia con la cruz; ansimesmo puesta en lo alto dió un poderoso grito, diziendo: *¡Dios de mi alma!*; y boluiendose contra mi, me llamaua que viniese á disputarme con ella, y dezia: *¡venid aca, bachillerejo!*; sinificando al pueblo que me queria convençer boluiendo por su dotrina; y quiriendo proçeder adelante con su desatino, no le dieron lugar, porque luego la Justicia arremetió contra ella para derribarla de lo alto, y ella se defendía asida a las verxas del pulpito, y estuvo tan fuerte y poderosa para rresistir á la Justicia, que fue necesario, segun entendí, que la asiesen de partes vergongosas para hazerla baxar, y desta manera se dexó venzer, y luego la baxaron muy desonestamente, descubiertas sus carnes y las piernas arriba, y la cabeça abaxo, con grande ynominia de su persona; y el Vicario del pueblo la hizo prender, y tomándole la confision no quiso jurar, ni queria obedeçer, ni rreconoçia perlado, diziendo que á solo Dios se deuia la obedençia, y otros muchos errores que adelante se dirán. El Vicario hizo sus diligencias y la enbió presa al Prior de la provincia, para que le diese el castigo condigno de sus culpas».[28]

¡Brauo, bachillerejo! Dicho de otra forma no tendría gracia. Señor, qué macanudo pastiche. Y vaya un paisanaje. Los ocho clerizontes, ni cansados ni saciados por el trajín de las adeptas, llegauan al estremo de requerir para el catre a las feligresuchas de buen ber que ignaras y modosas se arrepentían de sus resbalones rozando a la birlonga la reja del confesionario con las curvas amiboideas y pulpoides de sus boquitas carmesíes. Ese timo de la época, en el que muchas bragas cayeron, ascendió de bolazo a figura delictiva con nombre propio: *solicitación* fue el que los magistrados de la Suprema le impusieron. O lo que tanto vale: *solicitar* de amores a una muger moça donzella hincada de rodillas ante el único hombre que puede desembarazarla de sus culpas, aprovechando éste la plataforma de superioridad psicológica que tal situación confiere. Muy bien, pero que cada quisque aguante su vela: ni mus ni pollas ni gracia de entonces ni menos aún truco exclusivo de alumbrados, sino picardía de siempre y de todos, de ayer como hoy, de mañana como ayer y no sólo de sacerdotes reclutados en las estibas de la heterodoxia. Que se lo pregunten a mis novias juveniles (pues las de hoy, oh nostalgia, ni por navidad se acercan a la celosía del confesionario). ¡Cuántos sofiones y tarascadas, generalmente verbales, aguantaban en posición genuflexa aquellas vírgenes impúdicas para luego referirme el caso en los pinares de Filosofía o en el gallinero culón de cualquier cine con programa doble! Verbales, sí, pues no existe otra manera de *solicitar* en la acepción eclesiástica del término. Y que nadie me atribuya intención de crítica. Aplaudo (y suscribo) el impulso de requebrar a una dueña con o sin dueño a favor de la intimidad y la penumbra, y no me importa distinguir entre quienes se marcan el lance —tonsurados o greñudos— ni establecer jerarquías éticas atendiendo a las circunstancias en que el desliz se produce. Si acaso envidia. ¡Quién fuera cura o peregrino para otro tanto!

Y a lo que íbamos. No he conseguido saber si Chamizo y sus compadres berreauan en el templo con rrauia y belosidad, pero desde luego pedricavan asuso el asperísimo escalera del púlpito y asidos a sus verxas pedricos y pedricaciones nada frecuentes en boca de perlado: lo de que el perfecto feligrés se comulgará con varias hostias cotidianas, pues *mientras más Formas más gracias,* o aquello otro de *¿a qué andarnos cada día con la muerte de ese hombre?* referido a la pasión de Cristo. La primera frase es de Hernando Álvarez y la segunda de un sacerdote de Zafra cuyo nombre también conocemos: Francisco de Mesa. Entretanto otro bonete de la misma urbe (Paco Gutiérrez) presumía de contemplar la sustancia del Altísimo transmutada en figura de buey y quizá a poca distancia del bachiller Hernando de Écija, hombre terne y algo obsexo, para quien una beata recién comulgada era visión tan adorable por lo menos como el cuerpo sacramental del dios que en ese momento peristálticamente recorría a la hembra entre las vaginosas paredes de su esófago.[29] No son chistes, sino citas. Y cabe acumularlas.

Pero se preguntará el lector: ¿por qué Llerena? ¿Por qué precisamente ese gozne de tres comarcas en el que a todas luces hicieron alto los nómadas de Habidis? Sujetaré la fantasía. Sabemos, sin embargo, que desde siempre brujulearon por allí los dioses de la perversión y la heterodoxia (en el sentido que la posteridad —nuestro presente— conferiría a ambos términos). Lo demuestra no sólo la fama y cuanto acabamos de explicar, sino también —y con timbre móvil abonado en maravedíes— la jurisprudencia babilónica de la kafkiana Inquisición. Creyóse ésta constreñida a tramar en aquella Sodoma mil y un procesos de mala madre, ya saben que si por copas o bastos, hoy tú y mañana cualquiera, al otro un sefardita, luego un mozárabe, después un carabinero maricón y siempre la ralea de costumbre, judiazos, gentes de malvivir y barrio chino, para cena una terapia de grupo o cama redonda de alumbrados, para almuerzo una pechuga de monja con boñigas salobres de jerónimo al licor, que si vagos y maleantes, que si intelectualoides, brrr... Y la puntilla vino con el descubrimiento de América. Allá que se fueron los Pizarro y los Valdivia llevándose en el pañol a todos sus paisanos con edad de merecer. Apuesta de vida y de aventura. Casi no quedó en los municipios extremeños un carajo potable que arrimarse al pubis. Sólo mujerzuelas y cocinillas. Amén de los curas, claro, que hasta entonces siempre se habían vestido por la cabeza. Y puesto que las hembras andaban salidas, se juzgó prudente tranquilizarlas de la mejor manera posible: concediendo lo que por legítimo derecho de entrepierna les correspondía. Y fue Troya. Lo reconoce hasta Menéndez y Pelayo. Escaseaban —opina— los varones de tal suerte «que nada tiene de singular ni de inverosímil el estrago hecho por aquellos clérigos rijosos entre las pobres mujeres de la tierra. Duras parecen, y repugnantes, de decir, estas cosas; pero la historia es historia».[30] En efecto. Y aun lleva trazas de empezar a repetirse. ¿No asistimos hoy, precisamente en esos lugares (pero también en otros), a la génesis de una sociedad sin hombres que acaso salga muy pronto por las peteneras del matriarcado o el desenfreno? Los granadinos están en Santurce, los manchegos en Madrid, los murcianos en Barcelona y todos —andaluces o extremeños que sean— se pudren de asco por los grises arrabales sin tasqueo de París, Hamburgo, Amsterdam y Ginebra. Con lo que más de media España (sus hermosos campos machadianos) se vuelve en nuestras barbas estéril Amazonia. ¿Qué hará —qué *no* hará— ese enjambre de malmaridadas? Sólo sus confesores lo saben.

Y a otra cosa. Acaba Llerena, sale el turno de Sevilla. Estamos ya en pleno siglo XVII, pero no cejan los alumbrados. Como a su modo lo fue el Padre Francisco Méndez, lusitano de origen que en 1624 mereció el honor de una condena. Para entonces lleva lustros entreteniendo a toda la ciudad con sus ocurrencias. Verbigracia: el *streaking* que casi siempre improvisaba al terminar la misa. O quizá mero *striptease* a la española, pues los cronistas no dicen si el desnudo era integral o se limitaba a los arreos eclesiásticos. El curita, sea como fuere, y apenas el monaguillo le servía el último clarín, arrancaba a bailar como Don Quijote en la sierra, acomodando las puñadas y cabriolas al ritmo que le sugerían sus adeptas con palmas, olés y ajujúes. Debía de ser el fulano un pantagruélico energúmeno excepcionalmente provisto por madre natura. Baste decir que en cierta ocasión tuvo redaños y riñones para cantar una misa de veintitrés horas sin que en el ínterin se le fuera la clientela. Pero en otra se pasó de la raya al anunciar *coram populo* el momento exacto de su muerte, que —juró— habría de producirse antes de las doce de la noche del 20 de julio de 1616. La ciudad estaba en ascuas, rellenábanse quinielas, encendían cirios las prójimas, ayunaba el loco con denuedo y tan acuciosa era la expectación que un fraile del cabildo se atrevió a reconocer en público: *si el Padre Méndez no nos cumple su palabra, lo hemos de ahogar so pena de que nos silben por las calles.* Y silbidos hubo, supongo, ya que no defunción por más que el suicida se empeñó en lograrla. Trescientos cincuenta años después, y en Hollywood, una película de Dustin Hoffman recogería el tema, ambientándolo entre los cheyenes.[31] Los curas de Sevilla, al parecer, no tienen los mismos poderes que los yoguis del Himalaya. Lógico. Al bueno de Méndez terminaron metiéndolo en la cárcel y allá, por fin, murió.[32]

Pero no los de su raza. Hacia 1627 iba a declararse en la ciudad una epidemia de alumbrados casi idéntica a la de Llerena. Fueron sus hierofantes la beata linarense Catalina de Jesús y el maestro tinerfeño Juan de Villalpando, quizá menos libidinosos y desde luego mucho más cultos que sus correligionarios de Extremadura. Aun así, extraviábase frecuentemente la hembra por vericuetos de sospechosa intimidad con determinados hombres de iglesia y definía el varón *zahurda* o *cenagal de puercos* al matrimonio, del que se declaraba detractor a ultranza. Añade Menéndez y Pelayo que ambos, y sus discípulos, invertían la mayor parte del tiempo en escandalosas juergas y festines, yéndoseles el restante en el vicio masturbatorio de meditar o en la tarea de ingerir hostias, cuantas más mejor, pues —como todos los alumbrados— creían estos de Hispalis que una diaria no garantiza el ingreso en la eternidad.[33] Conque jolgorio y devoción aderezados en salsa de exhorbitancia o cara y cruz de una moneda que sobradamente conocemos. Nada novedoso cabe ya aprender. Salimos hace ciento y pico años de Pastrana para terminar ahora en los médanos del Guadalquivir. ¡Tres cuartos de España y más de un siglo de oro requirió el paseo! Sí, acierta Márquez al sugerir que difícilmente encontraremos en el *cinquecento* una figura de nuestra espiritualidad ajena a este belén.[34] Lo de los alumbrados no constituye sólo la *otra* cara de la España imperial, sino quizá su *verdadera* cara o por lo menos *una* de las verdaderas, ya que la patria de entonces —plural como nunca volvería a serio— se ajustaba a la feliz imagen de hidra con mil cabezas, todas ellas fanerógamas. Ni parece justo hablar de *fenómeno,* mea culpa, a cuento de lo que tal vez —lejos de caracterizar por acumulación con otros sumandos el poliédrico Siglo de Oro— *sea* el Siglo de Oro. Quiero decir: no su realidad más o menos divisible en partes ni tampoco una de esas partes, sino su esencia y sustancia, su modelo en la mente de los dioses, su Idea platónica intrusa por un instante en el recinto de la Caverna, su tuétano, su semen, su forma previa y definitiva, su mejor perfume...

Yerra, y además se contradice, Menéndez y Pelayo al concluir que no existe una mística española anterior a los alumbrados, pero atina al señalar su decisivo influjo cara al arrobo psicodélico que se adueñó de nuestros intelectuales con posterioridad a 1528, fecha en que Francisco de Osuna publicó la primera parte de su *Abecedario espiritual*.[35] Este libro increíble (que fue desanillándose en el tiempo a lo ancho de otras cinco entregas) y ese increíble franciscano sólo podían brotar en el huerto de la Orden, a la vez mendicante y predicadora, que desde su encepe peninsular hasta la brusca floración de la escuela carmelitana, mediado el siglo XVI, alimenta la casi totalidad de los cursos fluviales convergentes en el molino de nuestra heterodoxia cristiana (puesto que la islámica y la hebrea se nutren con otras aguas acarreadas por otros cangilones desde otros hontanares). El parentesco alcanza, naturalmente, a los *dexados* y alumbrados descritos en estas páginas, y no por transmisión de poderes metafórica o indirecta, sino inmediata y tangible, amén de evidente desde el principio, esto es, desde Pastrana, villa donde todavía existe (y funciona) el mismo convento franciscano cuyos monjes instruyeron a los herejes de la comarca en el raro arte de cultivar la introspección quietista arrodillándose primero y sentándose después en un cantillo oscuro con los ojos cerrados para mejor *recogerse*. Nos lo dice Asín, un hombre que antes de opinar sobre estos asuntos solía atarse muy bien los machos. Y parece ser que el truco da o daba, quizá sólo para uso de supuestos bobalicones, «noticia cierta y evidente de la gracia y luz del Espíritu Santo», cuyo directo resplandor permitía contemplar al alma, «la esencia y los misterios divinos sin necesidad de meditación ni de discurso racional».[36] De ahí, precisamente, que se inventara el calificativo de *alumbrados* para designar a los felices majaretas que el propio Dios *alumbraba* desde el cielo.

También Bataillon[37] sitúa en la espiritualidad franciscana el precedente inmediato del *recogimiento* y admite que los monjes, a diferencia de los seglares, consiguieron torear al Santo Oficio sólo porque escribían con la astucia de un sioux, enarbolando además como parachoques la tradicional doctrina de la *abnegación* expuesta por San Bernardo. Gentes, digamos, escarmentadas en la cabeza de Raimundo Lulio. Osuna, por ejemplo, hizo encaje de bolillos en su *Abecedario* y, como un derviche, acertó a sostenerse siempre sobre el filo de la navaja. Más que milagro, pues aquel animal de Dios y lince de lo analógico interpretaba la mística como el arte de mantener al espíritu en una constante órbita centrípeta, montando celosa guardia en las puertas de la percepción para impedir que el mundo sensible se cuele por ellas. O lo que es igual: no se alcanza el *recogimiento* con las armas de la razón, sino esforzándose en suspender la actividad mental.[38] Volvemos al solapado *zen* cristiano, a aquella *nube del no saber* propuesta por el cartujo anglosajón del siglo XIV. Pero Osuna era español y, sin embargo, se libró del sambenito. Ya había que afinar.

Queda la cuestión de los orígenes remotos: ¿por qué la vorahúnda de los alumbrados vino a desencadenarse precisamente en España? Interrogante que no se formulará quien me haya leído hasta aquí, pero que sigue atormentando a los investigadores positivistas tras casi un siglo de apasionada erudición. El debate arranca de los *Heterodoxos*. Menéndez y Pelayo, después de opinar que no hubo en la península *dexamiento* autóctono anterior al que nos ocupa, mete en danza con su habitual desparpajo a los gimnosofistas de la India, a la escuela neoplatónica de Alejandría, a Simón Mago, a los gnósticos, a la Biblia en verso y a toda la cohorte milagrera de los ofitas, nicolaítas, cainitas, adamitas y carpocracianos, para llegar finalmente a la conclusión, un tanto imprevista, de que «este pseudo-misticismo es muy antiguo en España. Lo profesaron los agapetas, lo difundieron en Galicia los priscilianistas y duró en tenebrosos conciliábulos hasta el derrocamiento de la monarquía sueva. Remaneció en el siglo XIII con los albigenses de Cataluña y León», y pese al humo de las hogueras volvió a despuntar en el XIV con los begardos del litoral levantino y en el XV con la secta de los *fraticelli* o, en español, herejes de Durango conducidos por el fraile Alonso de Mella.[39] Ahí tenemos un pedigrí que se remonta casi hasta la coronilla del espermatozoide, aunque no por ello (ni por la autoridad de quien lo traza) consigue satisfacer a las lumbreras del academicismo. Éste, después de emplazar y desechar por tiquismiquis de fechas el posible magisterio europeizante de los Eckart y compañía, dio en recurrir al cauce abierto por el previsible Bataillon con su chifladura del virus luterano travestido de primavera erasmista. Y por el escotillón se colaron todos: un baile de los malditos con chisporroteo de marranos, sadhilíes del Andalus, filósofos alemanes, grifotas florentinos, anabaptistas comunistoides y trasnochadas ratas mutantes del Milenio. Cada loco amartelándose a tornillo, moflete y tangazo con su pareja: Asín al árabe, Américo Castro también, Sáinz Rodríguez al meloso italiano, la Selke al adusto protestante, Groult a Osuna, Bataillon a los judeznos y así todos. Yo no pienso mezclarme en disputa de tanto grillo, Ni a quitar ni a poner. Ni tampoco a salir por la tangente de Pilatos. Conocida es mi posición de no cerrarme a nada o método anticartesiano de la fe sistemática. ¡Qué le voy a hacer! Creo, de verdad, que los unos y los otros tienen razón. O, por lo menos, deberían de tenerla. Así, en condicional ético y desiderativo. ¿Quién se disgustaría al saber que los alumbrados —si fuera cierto— llevaban sangre no sólo del Druida y de los tres gnosticismos ibéricos, sino también de Ruysbroek, Dionisio el Cartujo, Nicolás de Cusa, Taulero, Dante, Erasmo, Eckart, Gioacchino de Fiore, Gerson, Suso, Lucifer y todas las lumbreras transpirenaicas —medievales o renacentistas— de lo que Huxley llamó *filosofía perenne*? Quizá algún diplodocus ultramontano con bisoñé de la dehesa, boina calá, bigote de mosca, medias con costura, zapatos gilda, falda de tubo, acero de Albacete y perfume de maritornes, pero allá películas considerando que los últimos ejemplares de esa especie en peligro de extinción aborrecen de entrada y porque sí a todos los alumbrados y alumbradillos, cualesquiera que sean, sin atender a peculiaridades de genealogía. Ojalá, pues, ande Márquez en lo cierto al comparar la religiosidad heterodoxa de la época (y del país) con una de aquellas catedrales platerescas en las que se agrupaban elementos góticos, renacentistas y mudéjares para componer una armonía de difícil análisis en el plano de las ideas.[40] Cáspita, si *eso* no es España, es por lo menos la imagen de España que Dios llevaba en el caletre minutos antes de empuñar el tiralíneas para dibujar la creación ex nihilo. Y a mayor abundamiento lo será de la España áurea, a la que tantas veces he querido presentar como una transitoria reencarnación en la tierra de su troquel platónico depositado hasta nunca en los bolsillos del Verbo.

Postrer digresión antes de renunciar al tema: lo que, a vueltas con él, me parece un disparate es la hipótesis de que en su fondo zigzaguean veleidades luteranas. ¿Qué simpatías y cruces pueden existir entre los dionisíacos botafuegos de Llerena o Sevilla, tal como brevemente los hemos descrito, y los puritanos, cejijuntos, laboriosos, honestos y aburridos funcionarios de la internacional protestante? Lo primero es celtiberia pura en toda la extensión del topónimo. Lo segundo, latosa pepla de anglosajones y alemanes. No hay posibilidad de entendimiento entre filosofías a la vez tan firmes y tan excéntricas.

Ahora bien: tanto al norte como al sur de los Pirineos soplaban a la sazón aires de fronda. Era en eso España lo mismo que el continente. Cada conciencia escondía una inquietud, cada grupo social —convicto o confeso— delineaba su propio croquis de rebelión contra el sistema. Más adelante se acabó por ponerle nombre a esta enfermedad del siglo: sería la *reforma,* que echó raíces por doquier con flores de color distinto, ecológicamente adaptadas al entorno de los unos o de los otros. En ese sentido, sí. En ese sentido, la conspiración española de los alumbrados y la conspiración europea de los hugonotes obedecían a la misma necesidad de reaccionar contra un *status* podrido desplegando el velamen gemelo de un malestar común. Pero nada más. No se rebela de igual forma un andaluz fullero o un baturro socarrón que un holandés pazguato o un alemán monolítico. Lo sabemos de sobra. Mientras Stalin organizaba milimétricas depuraciones de cerebros con la excusa de la revolución, los libertarios de Cuatro Caminos arremetían revolucionariamente contra el Cuartel de la Montaña esgrimiendo palillos o cortaplumas y dando tientos a una bota con panza de nueve meses. Así les fue (para bien de todos). Ellos siguen en su paraíso socialista y cuadriculado. Nosotros, ya lo ven, como siempre, en la taberna de la esquina al caer el sol, epicúreos, irresponsables, borrachines, posteuclidianos y oblongos. Pero cada cual se aburre a su manera.

Y el rebelde Martín Lutero tuvo también, a su pesar, arte y parte —aunque no beneficio— en la mala suerte judicial que corrieron los alumbrados. El peor sueño del *establishment* se refería entonces a la posibilidad de que la mancha contestataria del centro de Europa se extendiera, viscosa y repugnante, al todavía impoluto sanctasanctórum de la península. Hasta ahí podían llegar las bromas. Y el sueño, desgraciadamente, frisaba con la realidad. Junto al Rhin, y gracias a la ayuda de la nobleza, un humilde agustino se las había arreglado para transformar con trucos de birlibirloque sus desacuerdos escolásticos en el mayor cisma político y religioso sobrevenido desde Bizancio. ¿Por qué no iba a suceder lo mismo en España? Dábanse cita a su sombra contradicciones muy parecidas a las de Alemania, cuyas gentes —como dijo Melchor Cano— empezaban a ver y oír cosas que sus antepasados nunca habían visto ni oído.[41] Aquí sobraban comuneros, *clerici vagantes,* redobles de conciencia, discordias regionalistas y candidaturas mesiánicas. O sea: pólvora, mecha, estopín y fulminante. Faltaba sólo una chispa casual o histórica. En ese contexto hay que situar el desafío de los alumbrados. De otro modo no se entenderá la trama ni el desenlace. La Inquisición reaccionó ante las denuncias como si el propio Lutero estuviese en el banquillo.[42] No era para tanto, claro, pero el recuerdo del agustino la acuciaba y le quemaba los talones. Lástima, porque con la prisa y el sofoco acabó olvidando lo de siempre, lo ya dicho: que España, pesia a todas las parejuras, no es el valle del Rhin ni eran los duques del Infantado como el elector de Sajonia o las mucamas lascivas de nuestros gentilhombres como los frailes díscolos y a la vez obedientes de la Europa sin sol. Los jueces del Santo Oficio no supieron salvar las distancias ni guardar la ropa ni repicar durante la procesión ni fingirse sordos a un asunto en el que no había motivo ni lugar para guerra de religiones. Dos no riñen si uno no quiere y los alumbrados jamás cayeron en la trampa de esgrimir razones propias contra razones ajenas, por lo que ni cedían a la tentación del debate ni creían en el argumento de la cachiporra. Se limitaron, como apunta Márquez, a proponer una experiencia definida y su correspondiente método de aproximación. Empirismo sin tontunas: el *pruebe y verá* de quienes hoy rompen lanzas a favor de las drogas alucinógenas.[43] Entre los cuales —la duda ofende— me incluyo con la misma pasión y prontitud con que hace cuatrocientos años me hubiese incluido en la odisea 2001 de Pastrana, o en cualquier otra similar, caso de nacer a tiempo. Y no sólo por la prima de las *solicitaciones,* que de por sí no merecen el albur de jugarse el pescuezo ni la servidumbre del confesionario. Mejores motivos hubo para profesar de hereje y todos siguen en pie.

Querría mencionar ahora, con escasa ilación y algo de capricho, a Eugenio Torralba, el brujo más famoso del Renacimiento español (según Caro Baroja) y hombre, por lo que a mí se refiere, casi imposible de adscribir a temas, grupos, hechos o capítulos. Luché ya, inútilmente, por sacarlo a colación en otras páginas. Así que aprovecho este paréntesis entre los alumbrados y lo que ha de seguirse para infiltrar al personaje.

Nació no sé dónde, mediada la década del 1480 y en familia de cristianos viejos. A los quince años se estableció en Italia y pasó más de diez adentrándose por las espesuras de la medicina, la filosofía y el ocultismo. Allí, y entonces, se le manifestó una presencia tutriz o demonio personal que ya nunca le abandonaría. Se llamaba Zaquiel, nombre ungido por una magia común en los grimorios judíos, árabes y cristianos del medievo. Con la ayuda de este espíritu elemental derivó Torralba a hipócrates de lujo y a certero profeta, ganándose por lo uno y por lo otro la enemistad o el favor de muchos varones ilustres en España e Italia, países entre los que repartió su saber, su vida y su comezón viajera. Un día de tantos lo denunciaron. Y no era quizá para menos, ya que el angelito acababa de ir y venir en media hora de Castilla al Lazio con objeto de presenciar al vuelo la macumba carroñera organizada por las tropas del rey de España en la ciudad del Tíber. De tan fausta ocasión hablaremos a la línea. Año, quién no lo sabe, de 1527. El mismo en que pasó Torralba a manos de la Inquisición conquense. La recibió, al parecer, con una tanda de ayudados por alto y lo demás fueron pases de la firma, o sea, reconocer sin fútiles protestas de candor la esencia, presencia y potencia de Zaquiel. No se pudrió en la cárcel. Los magistrados, conscientes de estar ante un lince, se apresuraron a readmitirlo en el seno de la madre Iglesia. Aclaróse el equívoco en 1531. Y a partir de ese año ya todo fue mitología. De don Eugenio se hace lenguas de *Carlo famoso* del licenciado Zapata y hasta Cervantes hubo de mencionar *a quien llevaron los diablos en volandas por el aire, caballero en una caña*. Menéndez y Pelayo, mucho después, lo llamaría loco (no sé si por insulto o lisonja), aunque Julio Caro no tardó en apearle el tratamiento, cambiándoselo por el de conspicuo representante de la magia neoplatónica y cabalística. Más detalles en el primer volumen de su libro *Vidas mágicas e Inquisición,*[44] al que pertenecen todos los aquí recogidos.

Conque el bueno de Torralba no quiso perderse el Saco de Roma. ¿Y alguien sí? Mucho hubiera dado yo por contemplarlo; más, a cambio de intervenir. Fue aquélla la mejor de nuestras locuras en una época saturada de locura. ¡Y qué desquite, compañeros! ¡Qué noble *vendetta* frente a quienes la inventaron! Extrañará la calificación a los fofos pacifistas de la hora actual. Insisto: *noble,* sí, pues pudieron evitarla. Que nadie nos acuse de traición. El cielo avisó mil veces y otras tantas lo hicieron nuestros diplomáticos. Ocho meses atrás, en septiembre de 1526, el virrey de Nápoles don Hugo de Moncada había devastado brevemente la ciudad en una especie de ensayo previo o grandes maniobras. Y el papa siguió puteándonos. Comenzaron entonces los agüeros. Días antes del definitivo desastre parió una mula en los salones de la cancillería vaticana y el oratorio de Clemente VII amaneció alfombrado de hostias como si de su techo hubieran caído copos de nieve ázima en el transcurso de una tempestad eucarística. Pero no hubo reacción: aquella corte de la infamia universal sólo tenía ojos para sus trapisondas y su ombligo. El cuatro de mayo acampan los ejércitos imperiales frente a las torres de Roma, fuliginosas y melladas como la dentadura de una sifilítica. Y ni aun así. Cuarenta y ocho horas más tarde se obrará el prodigio: una turba de valientes entra a punta de lanza en el corral donde muge el Becerro de Oro y balan, barbilindos, sus lacayos. Es el grupo salvaje: doce mil lansquenetes de Jorge Frundsberg, siete mil falangistas del Condestable y cuatro mil legionarios españoles. Pero engañan las cifras y mienten los gentilicios: ni un solo francés o tudesco militaba en aquella hueste. «España *era* entonces Europa y la simbiosis racial de sus guerreros no actuaba en detrimento de su personalidad.»[45] Española fue la empresa, españolas sus insignias. Toque de diana. Amanece un seis de mayo: hermoso día de primavera para morir en paz con Dios por la justicia del mundo. Y el primero en hacerlo es quizá Su graciosa Alteza el Condestable de Borbón. Lo derriba con bala de arcabuz otro gran aventurero: Benvenuto Cellini.[46] Vida y muerte de soldado. ¡Ay, dolor! Pero lo vengarán sus hombres. Comienzan en ese cadáver ocho largas jornadas de magnífica barbarie. Dan escrupulosa cuenta de ello varios desenfadados cronicones que hoy dormitan en el archivo secreto del Vaticano.[47] Se descuartiza a las víctimas en plena calle. Muchas prefieren el suicidio al tormento y evitan éste por el vertiginoso vano de las ventanas. Barra libre de sangre, de botín y de virgos. Soldadesca a discreción. Mientras unos arrancan cálices de oro a los tabernáculos y gemas de valor insoportable a las custodias, otros se divierten estrenando a las doncellas o recorriendo a pistón la vulva de las matronas. Y ninguna de éstas se resiste, sino al contrario (lo que parece lógico), pero ¡sapristi! tampoco aquéllas. Lo denuncian las propias crónicas: «si potrebbe pensare» —cuentan en su vacilante italiano previo a Manzoni— «che qualche nobile e pura vergine, per non essere contaminata, spontaneamente con ferro si ammazzasse, o si butasse nel Tevere o nelle strade. Ma non ho ancora inteso nominare di tanta virtuosa et honesta, il che non devrebbe far meraviglia considerando quanto fosse corrotta la cittá e piena di abominevoli vizi».[48] A tal señor tal honor. No sólo crueldad y avaricia en algunos, sino lascivia y desvergüenza en todos. Dando tumbos por las costanillas del Trastévere lavan sus culpas romanachos empedernidos a los que han puesto un áspero ronzal en los cojones. Gimen otros, envarados por cantinas y catacumbas, con un asta de hierro al rojo introducida en el esfínter. Y algunos, menos desafortunados, almuerzan gratis una parrillada mixta donde humean los testículos, la nariz y las orejas que cualquier daga piadosa recién termina de cortarles. Ya asoma por el fondo —ensabanado— el cardenal de Araceli, protagonista en vida de su propio entierro: lo llevan a horcajadas de un ataúd con herrajes de gala y va el fúnebre chaleco en andas de una caterva que ora empina el codo hasta emparejarlo al sobaco pestilente ora brama estentóreos gorigoris con relincho sepulcral y aguardentoso. Ya empujan un asno ventripotente hacia el altar de cierta capilla del *trecento* y exigen la comunión para el receptáculo de sus sansónicas quijadas; niégase a impartirla un sacerdote desalmado; incontinenti lo apuñalan. Ya los tapices de San Pedro amortiguan el caracolear de los corceles, ya los partidarios de Lutero destripan la sepultura de Julio II para robar su anillo, ya los devotos de la misa negra beben licor de menstruación en los copones de las cinco basílicas... Y paulatinamente, con rasguños de trazo grueso a la española, va pintándose la justicia ante el tribunal del pueblo: los soberbios prelados de la Curia vuelven de viva fuerza a sus orígenes, sandalias abarquilladas, calzón corto, guayabera por zurcir y triste oficio de estabular las cuadras, voltear en la barbacoa los corderos y fregar con asperón la alcallería, «come facevano forse la maggior parte di loro avanti che acquistassero con pessimi vituperosi vizi quella dignitá che non avevano mai meritato»[49] ¿Hace falta traducción? ¿No se entiende sin ella lo de *pésimos y vituperables vicios?* El Papa, sin duda, lo entendía —y en ochenta lenguas— allá por las estancias ciclópeas del Castel Sant'Angelo, entre cuyas paredes había buscado refugio a la par de otros tres mil conejos para seguir desde el callejón, al pairo y sin mojarse el culo, las incidencias de la grandiosa sarracina. A lo largo de ella —nos explica el erudito Picatoste— los italianos sobresalieron en la pecaminosidad y lujuria, los alemanes por su sed y apetito, y los españoles precisamente a causa de su insaciable crueldad.[50] Ahí queda eso y arree el que venga: poner una pica en Roma. Va por vosotros, Manolo Bayo, Chicho, Teresa, Ángel Sánchez-Gijón, José Luis Muñiz: estáis (estabais) vengados. Y entérense nuestros gráciles caudillos posfranquistas de que «cuando Carlos V supo el asalto de la Ciudad Eterna, la muerte del Condestable y la prisión de Clemente VII, vistióse de luto y mandó hiciesen al malogrado Duque solemnísimas honras, a las cuales asistió Su Majestad; suspendió las fiestas que se estaban celebrando por el nacimiento de su hijo el príncipe don Felipe, y escribió a los monarcas cristianos una carta justificándose de aquellos acontecimientos. Es lo cierto, sin embargo, que a pesar de estas protestas no se apresuró a emplear ninguno de los remedios que tenía a su disposición para probar con las obras lo que afirmaba de palabra. El Papa continuó siendo su prisionero por espacio de muchos meses, Roma en poder de su ejército, y sus ministros y capitanes en Italia, quejándose de su largo silencio unas veces y, otras, de la ambigüedad de sus cartas».[51] Subráyense los dos últimos párrafos. No hubo desdoro ni arrepentimiento. ¿Y cómo, por Júpiter, podíamos arrepentirnos de lo que en cierto modo venía a ser la categórica conquista del Grial, hispánicamente transformada su búsqueda —como señala Luis Alberto de Cuenca—[52] en persecución a la rebatiña de cualquier objeto litúrgico más o menos reluciente y limonado? Que la discreta ganancia en nada enturbia la pulcritud del impulso. Sí, plácemes y laureles para los mercenarios que con tanta apostura y lealtad supieron poner la última palabra de un capítulo oculto sin palabras finales. El ouróboros. Muere Parsifal en Roma y ya salen hacia América, con el mismo humor, otros parsifales y argonautas que ibéricamente, y a chafarrinones, transforman la búsqueda del vellocino en persecución a la rebatiña de una riqueza inútil. Como en el Saco de la ciudad corrupta, alquimia y santo grial conspiran bajo el caletre de los extremeños para hacer por fin posible la plenaria aventura de Eldorado. Otra vez otras voces, otra vez otros ámbitos. ¡América, América! Y allí, sin matices inútiles, la fortuna o la muerte. Cualquier homero reencarnado tendrá que historiar algún día con anfíbracos y celeusmas la historia sin historiadores de quienes durante los dos siglos de oro eligieron el mar desde los puertos andaluces para enriquecer a la patria con una tierra inexistente, que acaso es aún la de la verdad. ¡Y que bien sus nombres suenan! Felipe de Hutten, Hernán Pérez de Quesada, Gonzalo Pizarro, Pedro de Ursúa, Lope de Aguirre, Diego de Ordás, Malaver de Silva, Fernández de Serpa, Jerónimo de Ortal, Antonio de Berrio, Domingo de Vera, Alonso de Alvarado, Juan de Salinas, Sebastián Caboto, Martínez de Irala, Hernando de Ribera, Ayolas, Chaves, Diego García y el (además) soberbio escritor Cabeza de Vaca,[53] en el que mi maestro Henry Miller reconoce a un maestro de la narrativa. Mejor: a uno de sus maestros. Y hasta el inglesillo Walter Raleigh hubo de figurar en la alcavela. ¿A quién olvido? Sin duda a muchos, pero estoy con ellos. Y vaya por delante (para disipar románticos malentendidos) que nadie buscó en la aventura honor o gloria, sino metal a secas. Quizá el del siglo. Con lo que, al margen y entre paréntesis, encontraban otras cosas sin apetecerlas. Don García de Silva y Figueroa, zafreño como bastantes alumbrados y embajador que fue del tercer Felipe, alcanzó a compartir no pocas sobremesas del 1609 con uno de aquellos semidioses anónimos. Me refiero al capitán Lorenzo Ferrer Maldonado, extravagante individuo que recitaba de corrido la *Clavícula* salomónica y se adornaba con perejiles de charlatán limpiamente ganados. Pues bien: este incorregible marinero a la deriva compuso en 1558 un croquis geográfico de sus expediciones y estampó en la cresta del Nuevo Mundo un inequívoco istmo que hacía juego septentrional con el meridional estrecho de Magallanes. Vista, suerte y capricho: como ustedes quieran. Pero iban a transcurrir varias centurias y a caer muchas cabezas en el intento de localizar el bronco paso *del noroeste* antes de que el vikingo Amundsen lo atravesara en 1903. España, que nunca ha dado un Julio Verne, prefirió desembarazarse de la responsabilidad. Como de costumbre, alguien decidiría: basta de follones y a poner cara de palo. Con lo que, de repente, se esfumó para los restos el capitán Ferrer sin dejarnos una maldita huella tras los talones[54] (aunque no cabe excluir la posibilidad de que esté salando mojama de foca en el infierno de los esquimales). Asunto, por otra parte, y encuesta, que ni me concierne ni me preocupa, pues allá se las ventile el registro de la propiedad intelectual con la salerosa escurribanda de cerebros. Sólo pretendía insistir oblicuamente en la conveniencia y viabilidad de medir por igual rasero al señor de Vilanova, los monjes de San Juan de la Peña, los hunos del Condestable y los argonautas de El Dorado. Todos jugaban a las cuatro esquinas (alquimoides y artolátricas) de un constante juego español. Hay por supuesto otras, que ya no vamos a repetir. Sobra coherencia en nuestro acontecer y átense cabos alrededor de la plazuela, si es que alguno sigue suelto. Que no seguirá, pues fundí tres años de los mejores ataraceando foceifizas.

Y ya comienza la suma y sigue de los grandes heresiarcas semicontemporáneos: no brujos ni videntes más o menos relativos y pardales, como el cojuelo Torralba o la barrenada de Piedrahíta, sino lumbreras que han impuesto su fama y su nombre en casi todas las academias del universo mundo. El primero por cronología, y quizá también «por la audacia y originalidad de sus ideas»,[55] fue el oscense o tudelano Miguel Servet. Don Marcelino lo consideraba teólogo heterodoxo, alférez de la Reforma, adelantado de la moderna exégesis racionalista, geógrafo de lustre, médico perspicuo, roturador de la circulación sanguínea, filósofo, hebraizante, helenista, editor de Ptolomeo, meninge del panteísmo, soñador de místicas, bachiller vagamundos, cascarrabias por capricho y astrólogo acorralado con saña por los perreznos de la universidad parisina.[56] ¿Puede añadirse algo a tan apabullante curriculum? Y, por añadidura, siempre gozó Servet de buena prensa en esta patria endémicamente saturada de patriotas, quizá porque lo asesinaron fuera impidiéndonos ejercer el legítimo derecho (y deleite) de darle justicia aquí. Sacrosanto, luctuoso principio de la no intervención: lave cada cual sus trapos en la propia penumbra, acogote cada país a sus herejes en cárceles vernáculas y con instrumental de estricta fabricación casera... Pero empezaba a decir que Servet recibe elogios hasta en las aulas de parvulitos y, entonces, ¿cómo recuperarlo con donosura y sin tedio? Por lo demás, y desde diferente perspectiva, harto lo conoce ya el lector de este libro. Su ir y devenir repite que ni calcadas las peripecias de Raimundo Lulio y Arnaldo de Vilanova. Otra vez lo español eterno en eterno conflicto con la pedante Europa. Nace Servet —y aun eso se nos alcanza a duras penas— alrededor del 1511, como retoño quizá no primogénito de un notario nacido o avecindado en Villanueva de Sixena. Estudia leyes en Tolosa y allí le coge gusto al onanismo bíblico practicado como libre examen: una toxicomanía de la época a la que ya jamás renunciará. Pero nadie se confunda: entendiéndola a su manera, íntima y española, pues este hermeneuta testarudo nunca será, en efecto, «ni ortodoxo ni luterano ni anabaptista, sino hereje sui generis con aires de reformador y de profeta».[57] Sigamos. Termina o no termina nuestro hombre sus estudios y se diluye en toda suerte de viajes por Europa. Asiste en Bolonia a la coronación de Carlos V, traba amistad con Melanchton, conoce a Lutero, exacerba sus conjeturas religiosas y da en urdir un opúsculo contra el misterio de la Trinidad. Para entonces anda ya refugiado en Basilea y cuenta con la jubilosa enemiga de todo cristo: de tirios y troyanos, de moscateles y malagones, de católicos y reformistas. Situación, quizá, un poco límite y de toro enmaromado: le llueven puntapiés a la redonda, ignora supinamente el alemán, no dispone de hembra que le ladre, está sin puñetera blanca... Conque a tomar las afufas calzando viñas y sin ahobachonarse. Como Lenin, se establece clandestinamente en Francia, arropado por un pseudónimo geográfico de meridiana transparencia: ¡el hereje Servetus ha muerto, viva el hipócrates y astrólogo Michel de Villeneuve! Veinte años resistirá la máscara. A nuestro compatriota, en ellos, va a quedarle tiempo para casi todo y especialmente para despertar la ojeriza de sus colegas universitarios, que primero lo arrastran ante las togas de la divina Inquisición y después lo someten, más o menos encadenado, a la humana justicia del Parlamento. *Esto es vida*, resollaba para sus adentros el medio baturro, hostia va calamorrazo viene. Y, eso sí, firme el ademán como don Rodrigo en su tarima. ¿De qué lo andaban acusando? Pues de vituperar a los médicos sin afición al Zodíaco y de publicar la *Apologetica disceptatio pro astrologia*, donde anunciaba, entre otros inris, el advenimiento de una catástrofe para la Iglesia sincronizada con cierto inminente eclipse del planeta Marte. Ya anuncié que no hacía este dragón sino repetir los malos pasos de Lulio y Vilanova. Pero nadie quería gresca. La Inquisición se lavó las manos con chanel número cinco y los procuradores decidieron que monsiú Michel de Villeneuve, exitoso profesor en el Colegio de los Lombardos, podía seguir con sus *investigaciones celestes* a condición de no utilizarlas para conjeturar sucesos colectivos o individuales. Piadoso fue el coscorrón, pero no hubo escarmiento ni en puridad los jueces lo esperaban (que ya entonces gozábamos los de aquí fama de indeformables en la plegadiza Europa). Servet, fortalecido por los palos, se dedicó incontinenti a la redacción del libro que acabaría costándole el pescuezo. O sea: la *Christianismi restitutio,* obra salpicada de barbaridades teológicas excesivamente duras de tragar tanto para los católicos como para los protestantes. El cuento era el de siempre: emanatismo gnóstico y platónico sin mezcla de ortodoxia alguna. «Desde la eternidad —decía Servet— están en Dios las imágenes o representaciones de todas las cosas brillando dentro del Verbo como en la cáscara de un arquetipo.» Dentro o mejor por transparencia, pues añadía el hereje que de luz, y sólo de luz, se componen las esferas metafísicas y su degradación en peldaños hacia la tangibilidad del universo sensible. «Esta lumbre divina penetra hasta la división del alma y del espíritu, penetra la sustancia de los ángeles y lo colma todo, como la lumbre del sol penetra y colma el aire.» Regresamos de hoz y coz al recinto de la Caverna y es el Druida quien esclarece con los ojos en ascuas las anfractuosidades de ese laberinto lisérgico. Fuera cabalga el auriga con sus dos corceles. Lo sabemos hasta la saciedad: todo místico español acaba perdiéndose antes o después por tan vertiginosa curvatura. Son las *vueltas y revueltas (ya no puedo más)* que debelara Abel Martín. El mundo entendido como caleidoscopio que proyecta las chiribitas de una luz abrumadora sobre la pantalla de un cinematógrafo, cuyos espectadores casi nunca atinan a traspasar el juego para descubrir al Jugador con la centella de su soñoliento ojo pineal. Reincido en una cita del gran Borges: *Dios mueve al jugador y éste, la pieza. / ¿Qué Dios detrás de Dios la trama empieza?* Nuestros antepasados lucharon contra la oscuridad de esa cámara, se debatieron en ella. Y sigue blasfemando Servet: «el alma de Cristo es Dios, la carne de Cristo es Dios (...) En Cristo hay un alma semejante a la nuestra y en ella está esencialmente Dios. En Cristo hay un espíritu semejante al nuestro y en él está esencialmente Dios. En Cristo hay una carne semejante a la nuestra y en ella está esencialmente Dios. El alma de Cristo, su espíritu y su carne han existido desde la eternidad en la sustancia divina (...) Cristo es la fuente de todo, la deidad sustancial del cuerpo, del alma y del espíritu (...) Algún día la sustancia divina de Cristo irradiará hacia nosotros transformándonos y glorificándonos».[58] Cabría prolongar el concierto con ritmo de martillo pilón: alma, carne, sustancia, esencia, Cristo, Dios, Cristo, esencia, sustancia, carne, alma y Dios. Por cierto: fue en ese frangollo de cuerpos y de espíritus donde Servet introdujo de refilón sus intuiciones a propósito de la sangre. Pero no iban a servirle de analgésico ni paliativo. El drama llevaba casi un lustro rehogándose en la marmita. Conviene regresar a 1546 y 1547, años en los que Calvino y Servet mantuvieron una delirante correspondencia sobre cuestiones teológicas hilvanada con insultos y poco más. *Ímprobo, blasfemo, ladrón, sacrílego* y otras lindezas de similar calibre tuvo a bien propinar entonces el energúmero ibérico a su enemigo de Noyon. Y éste, que no andaba muy sobrado de correa, agarró una menopáusica sofoquina al enterarse de que en el apéndice de la *Restitutio* figuraban con pelos y señales treinta de aquellas cartas precedidas por su nombre. Imaginemos brevemente la cólera del reformador antes de recuperar el hilo cronológico. Servet termina su última y definitiva obra en 1551, busca editor (infructuosamente, pues nadie —cuerdo o loco, papista o luterano— hubiera corrido el albur de pechar con semejante bicoca) y por fin decide publicarla a mayor gloria de Dios y, naturalmente, a sus expensas. Conque huye a Viena manuscrito en ristre, monta con la ayuda de dos franceses una imprenta clandestina, envuelve a los tipógrafos en un masónico juramento de sigilo y al cabo de quince semanas pone en circulación mil exactos ejemplares. Calvino se mesa los testículos, da rodilla con rodilla, encanece, sufre de urticaria y arroja espuma azul por el ombligo. ¿Cómo sajar la afrenta? Servet, lejos de su alcance, duerme y sonríe, toma el sol, hojea los periódicos, se desayuna con *sachertorte* en el *Zur blauen Flasche,* cultiva el lánguido ajedrez de sobremesa, baila el vals, deambula por el *Prater* y al caer la fresca descorcha canecos de *grinzinger* en las posadas del extrarradio. Viena es así y no incurrirá el hereje en la mentecatez de cambiarla por Ginebra. Queda el extremo recurso de la dilación, un arte helvético y exquisito. Calvino la urde con aburrida eficacia. No nos demoraremos en sus detalles ni tampoco en el tira y afloja (detenciones, registros, interrogatorios) que la traición desencadena. Importa sólo saber que toma cartas en el asunto el inquisidor general de Francia, que una y otra vez se arropa el tudelano en los burladeros de la tangente, que por su espiral van desanillándose las semanas y que al cabo deciden cerrar un ojo los carceleros para permitir la evasión del escurridizo sabio. En ella empieza su perdurable desventura. Titubeos, ignorancia de la geografía. Servet, español al fin, quiere volver a España. Y elige el derrotero más ilógico: el italiano. *Vueltas y revueltas*. Quizá le martillea las sienes el futuro verso de Cernuda: *¿Volver? Vuelva el que tenga / tras largos años, tras un largo viaje, / cansancio del camino y la codicia / de su tierra, su casa, sus amigos, / del amor que al regreso fiel le espera. / Mas, ¿tú? ¿Volver? Regresar no piensas, sino seguir libre adelante, / disponible por siempre, mozo o viejo, / sin hijo que te busque, como a Ulises, / sin Itaca que aguarde y sin Penélope*. También este exiliado, en efecto, organiza su retorno con dolorosa ambigüedad. Se diría que no lo desea. ¿Acto fallido? Sí. O voltaria rueda de la fortuna. Una maldición centrífuga lo constriñe a girar por espacio de casi cinco meses en la órbita del propio ombligo. Irremisiblemente coloca y vuelve a colocar el pie en la huella anterior de su pisada. Cinta de Moebius. Viscosa pesadilla. En círculos concéntricos y sin salir del Delfinado deambula el infelice hasta que el trece de agosto, por error, masoquismo o mala sombra, da con sus aperreados calcañares en la fatal Ginebra. Dicen que tenía la intención de cruzar el lago para buscar cobijo en Zurich. Pero el gafe lo persigue: es domingo, nadie se atreverá a infringir el tercer mandamiento en la espartana capital del déspota. Uno tras otro van negándose los barqueros a desenganchar sus botes. Servet, acorralado, decide suicidarse. ¿Cómo? Con lentitud de buen torero: yéndose de sobremesa hacia el púlpito donde Calvino suele predicar. Éste, ay delicia, lo reconoce al instante. Y lo prende. Lo demás será repetir la historia de Prisciliano en Tréveris: cohecho judicial y un místico al cadalso. Cumplióse la sentencia, que fue de muerte en la hoguera, el 27 de octubre de 1553. Algo más de cuarenta años contaba el reo. Los *Heterodoxos* descienden a macabros detalles sobre su última jornada,[59] pero no explican hacia dónde se aventaron las pavesas. ¿Soplaba el aquilón, el austro, el rabiazorras o el poniente? Quizá un fantasma flamígero vagabundea todavía, blasfemando en español, por los verdes cantones de blanquinegros chotos. Las autoridades helvéticas, tan bizantinamente escrupulosas, guardan silencio administrativo. Por nuestra parte seguimos a la escucha. ¿Regresará el cadáver cuando regrese el espargírico oro de Moscú?

Y aquí, repentinamente, atasco, rémora, embarrancamiento. Les toca el turno, dentro del turno de los grandes herejes, a los dos sufitas del Carmelo Descalzo: Teresa de Ávila y San Juan de la Cruz. ¿Qué decir? ¿Cómo identificar a personajes tan excesiva y abrumadoramente identificados? Ninguna verdad o mentira cabe ya atribuirles en esa verbena de espejos deformantes cuya peor charanga consistió en anteponer a sus nombres un apócope de santidad. Santos (y de Roma para más señas): ¡qué dislate! Maestros, señor, maestros (como el Papa Luna) de una religión infinitamente antigua y universal. Pero insisto: «¿quién podrá añadir algo con sabor novedoso a las vastas bibliotecas elevadas en su memoria? Cortocircuito mental, desesperación. Corro al padre Duero, me chapuzo en sus aguas y en un adarme de sol vespertino, dejo de barrenar, trasiego media botella de clarete en un ventorrillo de Cañada Honda. Y la cuarentena sigue. No se me ocurre un adverbio, un triste pronombre, una insignificante diéresis, un sinuoso divagar infiltrado con oficio. Llega gente de Madrid. Figón, tertulia y copas. Alguien pierde una apuesta y yo apuesto a ocho horas de buen sueño, pero nada, insomnio sin causa, onanismo sin eyaculación, lecturas sin provecho, cabalgatas sin caballo ni reposte por el eje de un pasillo que empieza a parecerme objeto inútil de dadá. Acude el miedo. Busco el auspicio de una cama turca para desde ella espantar motacílidos, aguzanieves, neurópteros y musarañas. Bogey me mira y el farol japonés inventa marionetas sobre el pergamino de un calendario hindú. Pupilas como puños. Hacia las seis antemeridianas del domingo incurro en amodorramiento, pero una repugnante cantinela lo disipa antes de transformarse en letargo. Son padrenuestros, avemarías y salves ensartadas por una sarta de voces gangosas en cierta indefinible tentativa de arrullo helicoidal que quizá apuntara a canto llano en las meninges de su compositor. ¿Pesadilla? ¿Exceso de dosis? ¿Resaca? ¿Está enchufado el tocadiscos? ¿Rezan las ánimas del purgatorio en mi porche para lavar ante la ciudad y ante Dios la herrumbre de mis pecados mortales? Pero la alucinación no lleva trazas de disolverse, así que me levanto dispuesto a todo, salgo al balcón y atiza: una patrulla de fantasmones serpentea con talante de malas pulgas por el sorianísimo Collado. Van de negro, mueven las zancas como Frankenstein, sujetan cirios en la diestra, miran al suelo de chapapote y se adornan pechuga y espaldar con una suerte de escapularios gigantescos tal que etiquetas de andrajo hippy exhibidas a la birlonga desde exóticos escaparates de rastrillos frecuentados en la calle de Lagasca por auténticos jóvenes de hoy. Chupando rueda y con andares de moscorra se acerca una imagen de trasgo o virgen cuyas relamidas facciones desencaja la bruma del amanecer. Sendas tropillas de clérigos con uniforme abren y cierran la caravana. Peristálticamente avanza ésta, deteniéndose en la boca de casi todos los portales para ensayar un contrapunto de gallipavos o despepitarse en un crescendo de gorgoritos. La ciudad está desierta y cejijunta, supongo que con veinticinco mil cristianos acordándose bajo la almohada de quienes tan villanamente se atreven a turbar el sueño postcoitum de las mañanitas dominicales. Me agarro, convulso, a los fierros del balcón como un aeróstata al pretil de su barquilla zarandeada por un huracán con nombre de mujer. Soy el único espectador y caigo por fin en la cuenta de hallarme ni más ni menos que ante el fabuloso rosario de la aurora. Ergo existen tales paridas. Me recobro y vuelvo grupas hacia el retrete, pero un proyectil ruidoso y volador me corta la retirada en el brocal del pasillo. ¿Quién dijo miedo? Es una golondrina que ciega de terror busca un getaway por entre mis frágiles cacharros de cerámica sudanesa. Reflexiono, engancho al pájaro (que se encampana de pico y uñas), lo llevo hasta el balcón y dejo que recupere volando su falsa libertad de cielo gris. Lo hace recortándose contra él. Y de repente me siento solo. Una centramina. Vuelo yo también, pero rumbo a la habitación del fondo para enfrentarme al compromiso de una Olympia con cincuenta descarnadas teclas. A su arrimo, sentados en el borde de la mesa como dos *venerables* de Marte o una bicéfala divinidad prehistórica, me aguardan Teresa y Juan. ¿Qué decir? Al diablo: busque cada cura sus libros y el rescoldo de su pecho. Yo sortearé las rompientes con una simple anécdota de mi anteayer universitario. Hace casi un cuarto de siglo topó el profesor Maldonado con su joven colega Bousoño en cualquier encrucijada de la Facultad y, aunque apenas se conocían, lo agarró ipso facto del codo, diciéndole efusivamente: *venga, venga usted conmigo al aula no sé cuántos, donde hoy me toca hablar de los místicos españoles*. Y allá que se lo llevó sin dejarle tiempo para abrir la boca. Hasta aquí nada de extraño. El individuo en cuestión, titular entonces de la cátedra de literatura en segundo de comunes, era un irreprimible volcán, una especie de pajarraco afónico que los días pares nos encandilaba con su ciencia, su vitalidad, sus gratuitos furores, su tuberosa gesticulación de búho aliquebrado, su macizo ímpetu de tanque a la carga en las Ardenas y su talento para transformar el aburrido arte de la docencia en algo así como una película de Buster Keaton dirigida desde un diván de la Bauhaus por un epígono del noventa y ocho a los acordes de un reloj blando esgrimido entre adormideras de Oz por un cronopio con canana de Pancho Villa sobre el vértice de un octaedro fabricado en Andorra la Vieja para el príncipe Sihanuk con mazapán de Namibia. Y ahora, caballeros, un mínimo de orden. Se encaraman Maldonado y Bousoño a la tarima, trae el bedel un sillón de tijera, lo abre, lo coloca en el centro del escenario, se instala el huésped con timidez, pasea su anfitrión como un oso mesándose la cabellera, alzando los brazos al cielo, mascullando sonidos incomprensibles, fulminándonos con la mirada y exclamando a veces: *¡San Juan! ¡San Juan y Santa Teresa!* (pausa, carraspeo, ojos de ira) *¡Santa Teresa! ¡San Juan y Santa Teresa!* (angustia de zopilote) *¡La mística!* (taconeo, repentino furor) *¡Las Moradas y la Noche Oscura!* (puñetazo en la mesa) *¡Los místicos del Siglo de Oro!* (visible desesperación, aspavientos) *¡Santa Teresa y San Juan! ¡San Juan y Santa Teresa!* (pausa, resoplido de cachalote, pupilas llameantes, postrer ademán de agobio, estertor intraducible) *¡No puedo, no puedo más!* Y mutis por el foro, dejándonos a los alumnos en los pupitres y a Carlos Bousoño en su escabel tan boquiabiertos y de hito en hito como en Milán, va para cinco años, lo estuvo cierta amiga mía frente a la monstruosa (y pacífica) pitón que un cliente del hotel había traspapelado horas antes debajo de su cama.

¿Qué podíamos hacer? Bousoño, mis compañeros y yo guardamos un minuto de silencio, nos encogimos taimadamente de hombros y a otra cosa. La juventud tiene piel de elefante.

Así las gastaba el profesor Maldonado, un hombre que ninguno merecíamos. Pero yo jamás olvidé sus enseñanzas.

Por eso exclamo ahora (con alivio): *¡San Juan! ¡San Juan y Santa Teresa!* O mejor: ¡Juan de la Cruz, Teresa de Ávila! (pausa y paciencia) *Mis maestros... No puedo, no puedo más.*

Y todo está dicho.

No es por salir del paso. En páginas y capítulos anteriores mencioné ya muchas veces a estos héroes de Roma que configuran en olor luliano el vértice definitivo de las tres grandes corrientes espirituales afincadas en la Península. Cábala, gnosis y sufismo se amanceban para siempre en el contexto de una obra literaria (y algo más) que muy pocos pugnan por entender. Astutos eran aquellos herejes y qué bien conocían la esgrima del Trismegisto. *No llaméis la atención*. Y no la llamaron. Ni estaban los tiempos para eso. En 1559, cuando Teresa contaba cuarenta y cuatro años y sólo diecisiete su discípulo Juan, ya el *Índice* de Fernando de Valdés se permitía el dispendio de incluir entre los autores censurables a Bartolomé de Carranza, Juan de Ávila, Erasmo de Rotterdam, Taulero, Francisco de Borja y fray Luis de Granada. Cinco lustros más tarde, en 1584, el nuevo *Índice* publicado por Quiroga se encargaba de respaldar, ensanchar y matizar —aunque no de corregir— la delirante lista negra.[60] Son años decisivos no sólo para la historia de la mística, sino para la de nuestra literatura en general. Durante ellos, y a causa de la hostilidad desencadenada en todos los frentes de la inteligencia por la Inquisición con el aval de otros estamentos oficiales y oficiosos, nacen y se desarrollan las tendencias criptográficas que para bien o para mal caracterizan de modo inequívoco a muchos escritores de aquella centuria y a no pocos de la siguiente. Perderá el tiempo y ganará dioptrías quien se aproxime a las obras de Osuna, Fray Luis, San Juan o Santa Teresa —cuatro nombres decisivos— sin conocer el extremoso arte de la lectura entre líneas. Carlos Alberto Moreyra defiende la existencia de un *código místico* en el que, por ejemplo, la voz *noche* equivaldría a oscurantismo religioso (o contrarreforma) y el voquible *luz* apuntaría a la posición opuesta, coincidente por lo general con los regüeldos luteranos venidos del frío.[61] La añagaza, por lo demás, no parece exclusiva de los autores citados ni tampoco de la temática directa o indirectamente religiosa transcrita en lenguaje de ensayo, sino que remanece con insistencia y evidencia en la literatura de creación al hilo, sesgo y trasluz de toda la época. Se trataría de algo así como un idioma secreto capaz de transmitir varios niveles simultáneos y antónimos de lectura mediante la habilidosa conmixtión de bustrofedones, anfibologías y sinonimias encadenadas.[62] El sistema (y su hispánico contexto) pone la carne de gallina. ¿Hacia dónde señala, por incurrir sólo en la cita más flagrante, esa *noche oscura del alma* que con tanta asiduidad y entrecomillamiento menciona Juan de la Cruz en su poesía y en su prosa? Divino arte de las alusiones. Con nitidez, según

Moreyra, intentaba describir el abulense la sigilosa marcha hacia el futuro de un grupo criptorreformista acogido a la libérrima clandestinidad del Carmen Descalzo.[63] Y eso en las cinco primeras líneas, que después...

¿Cervantes? Tanto o más que cualquier otro. Lo da a entender Avellaneda en el prefacio de su engendro al afirmar que expresamente evitará *él* la utilización de *ostensibles sinónimos voluntarios*. ¿Evitar o no alcanzar? (que lo primero exige nolición y lo segundo ineptitud). Pero ya Moreyra, convencido por el resentimiento del falsario, se aplica a buscar y rebuscar mensajes latebrosos por entre la llaneza del Quijote cervantino, encontrándolos algunas veces e inventándolos otras con mejor o peor gracia y fortuna. A su juicio, los ciento veintiséis capítulos de la novela plantean desde diferentes enfoques todos y cada uno de los posibles extremos relacionados con la historia de nuestra Criptorreforma a través de un artificio de *recapitulaciones* sugerido por el sistema hermenéutico del *Apocalipsis*. E incluso se atreve a afirmar que la canonización de Santa Teresa suponía para Cervantes, y para muchos otros, el nihil obstat oficial de la iglesia romana a las tesis defendidas por Lutero.[64] Ambas opiniones pueden resultar erróneas, pero no son mendaces ni disparatadas. Sabemos que el *Apocalipsis* figuró siempre entre las lecturas favoritas del alcalaíno.[65] Y en cuanto a la santidad de Teresa o a su posible significación y repercusión cara a las tensiones eclesiásticas de la época, conviene recordar que ya Melchor Cano había interpretado (y denunciado) ocho decenios atrás el placet pontificio a la Compañía de Jesús como algo equivalente a reconocer *de factu* la presencia y legitimidad de un gnosticismo más o menos luteranizante en el seno de la *civitas* católica.[66] A la luz de esta aprensión resulta doblemente curiosa la segunda argucia de las seis aducidas por el propio Melchor Cano en contra del *Cathecismo* de Carranza, libro —según esa fiera de la ortodoxia— «dañoso al pueblo cristiano (...) porque profana y hace públicos *los misterios de la Religión*».[67] El subrayado es mío y denota asombro. ¿Qué misterios puede haber en el zurrón de una Iglesia incompatible con la teoría de la doble verdad y obstinada detractora de cuanto Cristo dice en los evangelios gnósticos? La frase de Melchor Cano descubre, según Moreyra, que en el catolicismo de la Contrarreforma aún existían secretos reservados a unos pocos y similares a los que en cifra arduamente iniciática celaban los antiguos credos órficos y eleusinos.[68] Como espoleta cargada las hay más débiles. Y conste que yo no profeso simpatía alguna a este pujo de adornar con ferrajes luteranos la trastienda de nuestros dos siglos de oro. Ni en rigor me parece verosímil, pues mal encajaría esa intentona de racionalismo con mi tesis junguiana de que por inderogable ley de arquetipos seguiremos perteneciendo al *exótero* hasta la consumación de los mundos. Y que inventen los de fuera.

No pretendo negar la evidencia de que *algo* influyó la Europa luterana en la Iberia de la época, tal como hoy influye el Occidente omnimarxista en mi pobre España de a pie, pero que nadie confunda las modas con los modos de existencia, pues éstos son indelebles mientras aquéllas se marchitan en unos cuantos otoños para no volver nunca. Lo siento, amigos y enemigos de un ayer ilusoriamente revolucionario en el que ya no creo (en el que jamás creí). Llamadme carca o lo que gustéis, pero deshabitados —amén de oportunistas, triviales y un poco estúpidos— me parecen hoy vuestros antojos de cambio hacia sistemas que ni nos corresponden ni nos cumplen. Pasará el marxismo y quien lo trujo, como por ventura pasó el franquismo, mas *ellos* —los de Europa— *no pasarán.* Seguid, seguid ahí, milicianos de pega sentaditos en las Cortes. Hay que elegir entre marginación y desarraigo. Yo opto por la primera, que el árbol con raíces bien se lame. ¿Desesperanza? No: seguridad y paciencia. Dura promete ser la travesía, pero en peores viajes nos hemos visto y siempre, península ayuso, se mellaron los elementos. París no merece una misa: celebrémosla en Termancia. ¿No sobra entre nosotros corazón para pinchar a un prefecto de Roma por la penumbra de cualquier calleja? ¡Ah de las Cortes!: pedid vino y naipes, pues nunca tendréis aquí democracia que no sea foral, adalid que no lleve sangre de Gárgoris, ideas inmunes que no se remonten a Tartessos ni ciudadanos cabales que en última instancia no prefieran la anarquía. Lo demás —socialismos, urnas, *habeas corpus,* televisión, claveles mustios sobre la siniestra peana de un fusil— es cosa de afrancesados. O ley o libertad. Todos a la plaza de Oriente con pañosas y chambergos. No terminó el motín. Muera Esquilache. Quédese en Italia el tercer Carlos.

¿Cómo y con qué modales pudo encandilar Lutero, reptil de sangre fría, precisamente a los vecinos más tórridos de la tórrida España de la época? A otro can con ese caneco. La subliteratura agazapada bajo la literatura de entonces transmite gnosticismos y nocturnidades de muy diferente laya. Se vio, lo estamos viendo y lo veremos en seguida a propósito, verbigracia, de Arias Montano y Miguel de Molinos, dos taberneros que también solían bautizar sus zumos con agua de pozo artesiano. Como los bautizaba (a pesar de lo dicho) Cervantes, escritor que por encima de sus posibles veleidades reformistas apunta a heterodoxias mucho más lejanas y perversas no tanto en el *Quijote* —libro hasta cierto punto de circunstancias— cuanto en el *Persiles,* que con sus errores y aciertos fue quehacer de último estribo y apuesta a la eternidad. Entre las ansias de la muerte dijo el manco que esa obra póstuma resultaría la mejor o la peor de cuantas había escrito: la mejor si llegaba a entenderse su equipaje simbólico, la peor si lo contrario.[69] Empieza el cuento con su protagonista cargado de grilletes en un calabozo, pero a las pocas líneas le devuelve Cloelia la libertad levantando una piedra iniciática y dejándolo así a merced de su destino, que será el de surcar las aguas sin miedo ni timón, como Ulises o Moisés.[70] *Historia septentrional* subtitula Cervantes a esta fábula que carece de longitud y latitud. Y ya es afinar, pues Periandro y Auristela —o Persiles y Segismunda— incorporan, según Roso, el mito de Tristán e Iseo al curso principal de nuestra literatura.[71] Falta hacía. *Periandro* está por *alrededor del hombre* (o búsqueda de sí mismo). *Auristela* indica el *lucero que alumbra* la derrota de Itaca, Jerusalén o Santiago. E *Iseo* viene de Isis... Pero descubran por sus puños esta lámpara de Aladino, que yo no entraré en su análisis. Se me acabó el resuello y el estímulo. Estoy atorado. Sólo escribo por divertirme, pero ya no me divierte escribir.

Volvamos, con todo y por un instante, al supuesto código criptorreformista que me empujó a tamañas digresiones. Desde o hacia él, y exhaustivamente, analiza Moreyra el soneto dedicado por Góngora al Monasterio de El Escorial hasta concluir que tras la celosía de su zafarrancho metafórico parpadea una lumbre esperanzadamente luterana. *Sacros, altos, dorados capiteles, / que a las nubes borráis sus arreboles.* Machado escribiría a su debido tiempo y también con tinta simpática: *cincel, martillo y piedra / y masones (...) / te brinden el azul de sus entrañas, / meditador de otro Escorial sombrío. / Y que Felipe austero, / al borde de su regia sepultura, / asome a ver la nueva arquitectura / y bendiga la prole de Lutero.* Revoltijo bien dosificado, pues toda la heterodoxia española del siglo XVI pasa por Juan de Herrera. Fue éste no sólo discípulo platónico de Lulio, sino también artista predilecto de Felipe, que a su vez —como sabemos— asumió la defensa del iluminado mallorquín ante la corte y la curia. Tornan siempre las cuentas, funcionan los engranajes subterráneos. Y tampoco don Luis de Góngora era precisamente un pardillo. Ni un recién llegado al oficio de escribir. Si el intríngulis de Moreyra resultara cierto, y bien pudiese resultarlo, fuerza sería suponer un conocimiento bastante minucioso del código en cuestión por parte de quienes teóricamente iban a descifrar tanto las metáforas culteranas del cordobés como las agudezas y calambures del conceptista Baltasar Gracián.[72] Entre la redacción del soneto escurialense y el cenit existencial del aragonés discurre, hoja por hoja y año tras año, el primer hemisferio del siglo XVI. Y se diría que durante esas cinco décadas optó la Inquisición por tolerar o incluso fomentar la literatura con billete de ida y vuelta reformista en todo el ámbito del país.[73] Dios sabrá por qué. Quisicosas de palacio en cuyos bastidores no podemos entrometernos. Y engordar para morir, pues la tregua se rompe alrededor del 1551, cuando aparece la primera parte de *El Criticón* y los papas negros jesuitas deciden meter en cintura a su díscolo camarada. Pero qué aburrimiento. No me interesan tales minucias ni interesan a mi libro. ¿Reforma y Contrarreforma? Los mismos perros. Por muy distintas catacumbas debió de ir (y fue) la procesión.

Venía tan larga perífrasis a cuento de los dos gnósticos de Ávila. Y quisiera añadir algo. Llegó a ser Santa Teresa, después de su muerte, lo que en puridad hagiográfica se llama un *myroblytes*. ¿Animal fabuloso de bestiario medieval? No. Simple cadáver de esos que destilan potingues aromados. Falleció la Doctora en octubre de 1582 y aún de cuerpo presente se puso a despedir olores de jazmín, lirio y violeta. Bastaba que un objeto la rozase para atufar a ellos. Se le dio profunda tierra y nada: a los pocos meses subía el perfume por la estela de su sepulcro hasta henchir de fragancia los atardeceres del cementerio. Pasó un año y alguien decidió exhumar los despojos. El féretro estaba podrido, pero no así el cadáver de la monja, que se mantenía intacto, mórbido, suave y cubierto por una costra de cieno verdoso. Más: cada articulación rezumaba una gota de aceite balsámico. Piadosos y solícitos carmelitas recogieron el licor en telas que quizá conserven todavía sus efluvios. Y alguien le quitó a la santa el cinturón para que veinticuatro años más tarde pudiera comprobar el odorífero milagro todo un señor obispo de Tarazona. La madre Ana de Jesús visitó el túmulo de 1594, creyó ver una mancha rojiza sobre los húmeros de Teresa, pidió un trapo para limpiarla y al punto se empapó éste de sangre sin herida que la justificara. Cuidado: no se trata de burlas ni de cotilleos. Son detalles escatológicos que cuentan con respaldos de cierto fuste.[74] En asuntos de santidad Roma no paga a traidores y sí a excelentes picapleitos del diablo. Aquello no era el fiambre de una sufita, sino Moby Dick o el pebetero de Abderramán. ¡Quién lo tuviese en su alcoba para llegar a poeta y santo!

Otro hereje con buena fama, otro intelectual que triunfó en el exilio, otro escritor de disimulo y clave: Benito Arias Montano.

Su biografía figura en las enciclopedias. Seleccionaré lo esencial para mis fines.

Nació en 1527 y en Fregenal de la Sierra, aldea extremeña y medio onubense que era a la sazón barbecho de alumbrados. Su padre (qué risa) desempeñaba el cargo de notario en el tribunal de la Suprema. Estudió el adolescente para genio en la Universidad de Sevilla, bastión de Erasmo, y luego en la de Alcalá, guarida del criptojudaísmo. Desde allí, o en éste, se eclipsa (como Jesús), viaja (como Guillermo Meister) y acepta la costumbre de arrinconarse a menudo en su *ashram* de Aracena (como Buda, Prisciliano, Abenmasarra y Lulio). No nos han llegado muchos datos acerca de este período sigiloso.

(Abro un paréntesis sobre Aracena, que es la antigua Arcilacio de los túrdulos citada por Estrabón.[75] Allí se yergue el cerro de San Ginés, asceta jina que pasó largos años en una caverna alimentándose sólo de leche como el Sakyamuni.[76] Allí vegetó y murió en los siglos visigodos San Víctor, padre del yermo.[77] Allí estuvieron los árabes y el Temple.[78] Allí discurre sinuosa la *Gruta de las Maravillas,* donde dicen que Salazar y Franco almorzaron juntos y urdieron pactos ibéricos sobre una descomunal mesa de piedra. Allí regresó nuestro hombre para terminar sus días. Campo, pues, de casi todo: de cuevas, de Tartessos, de ermitaños, de Toros, de alféreces proscritos y también, eso ya hoy, de dictadores con voluntad mesiánica. Átense cabos.)

Luego, la vida pública, las enseñanzas. Brilló en Trento y en los Países Bajos, donde se encargó de supervisar la *Biblia Polyglota* de Amberes, obra titánica que el mundo debe a nuestro rey Felipe. Libros y más libros, en su mayor parte proféticos fuera de la patria. Acuciado por la Inquisición. Sospechoso de judaizante, director de la Biblioteca escurialense y traductor del misterioso *Itinerario* que en su día trazara Benjamín de Tudela (sefardita y gurú de aquel Pedro de Valencia que entró en la fama con su *Discurso sobre las brujas y otras cosas tocantes a la magia)*.[79] Y más.

Hacia 1560, cuando contaba treinta y tres años (*la típica edad de los Cristos,* anota Roso),[80] Arias Montano consiguió profesar el sacerdocio en la Orden de Santiago, tras someterse a un concienzudo arbitraje para que los *parvenus* de costumbre sancionaran la ranciedad de su estirpe. Que, desde luego, está por ver. Varios eruditos siguen atribuyéndole ascendencia hebraica.[81] Y hebraico era sin duda alguna el método seguido por el extremeño en sus investigaciones bíblicas, que se apoyaban siempre en el texto judío original, sin prestar atención al de la *Vulgata.*[82] Tendremos que volver sobre este punto. Ridículo es, en cambio, el absurdo episodio de los dos jamones que un tal Zayas, secretario del rey, enviase como obsequio al filólogo en su rincón y que éste rechazó esgrimiendo coartadas a decir verdad no muy convincentes. Bastaba entonces una trivialidad gastronómica de tan escaso bulto para que las comadres de lengua bífida sacaran el taburete al porche y se pusieran al trabajo. E, inclusive, jaleadas en más de una ocasión por el inevitable Lope, cagatintas oficial y lameculos áulico, que a vuela pluma y entre dos comedias componía cualquier ripio de ocasión que la ocasión demandara (como aquello de *jamón presunto de español marrano / de la sierra famosa de Aracena, / adonde huyó del mundo Arias Montano*). Lo gracioso es que éste, haciendo quizá honor a su carisma, practicaba una dieta no sabemos si parcial o estrictamente vegetariana, pero sea como fuere poco amiga de empalagos charcuteros.[83] Lo cual, evidentemente, zanja el asunto de los jamones, pero no resuelve el de la claridad de su sangre. Sicroff y —citándolo— Domínguez Ortiz se extrañan de que un pacense cabal y —para más inri— protegido por el rey, gustase de vivir casi siempre fuera de la península hasta el extremo de haber declarado en

1573 que aceptaría gustoso la prebenda de embajador en Venecia por ser esa una ciudad donde apenas residían españoles.[84] Y cuando por fin regresó a la patria, lo hizo a empujones, de muy mala gana y soñando en todo momento con retirarse al cobijo de Aracena.[85] Aunque también parece posible encontrarle a esto del exilio voluntario una curiosa explicación sin recurrir, como siempre, a la sobada pugna de los linajes. En seguida nos ocuparemos de ello.

Rematando ahora la biografía: el sabio se encastilló definitivamente tras la empalizada de su cortijo en 1587 y pasó allí alrededor de diez bucólicos años cultivando el romero, ya que no la pobreza (pues le quedaba el sueldo de comendador además de unas cuantas jubilaciones, fruto de sus antiguas sinecuras).[86] Sabemos que desgranaba las horas entre libros, cuadros de estilo flamenco, utillaje astronómico y yerbas prodigiosas recogidas para él por amigos sin nombre en campos del extranjero. Tuvo, efectivamente, fama de saludador y en calidad de tal lo frecuentaban y veneraban los rústicos de la zona. Con la primavera de 1598 le llegó el perfume de la sin dientes y prefirió recibirla en la casa de un compinche sevillano. Se produjo el suceso a seis de julio de 1598. Menos de una década después todos los títulos de Arias Montano figuraban en el *Índice.*[87]

Curioso destino. El polígrafo había sido hasta 1563 una de las principales bazas esgrimidas por la Iglesia española en el Concilio de Trento. A regañadientes, pero no importa. La *Políglota* de Amberes, que ha pasado a la posteridad como *Biblia de Arias Montano,* constituye un raro ejemplo de heterodoxia cosmopolita. Casi todos los colaboradores del extremeño profesaban idearios heterodoxos (cuando no descaradamente heréticos). Postel pertenecía a la secta latebrosa *Familia Charitatis* (de la que ya hablaremos). Plantino la capitaneaba. Masio terminó de morros en el *Índice* por sus comentarios al libro de Josué. Raphelengius se convertiría andando el tiempo al calvinismo (o quizá estuvo en él desde casi siempre, aunque sin apechugar en público con esa filiación clandestina hasta el momento de incorporarse a una cátedra de hebreo en la Universidad de Leyden).[88] El texto definitivo de la *Políglota,* que citaba con extraña insistencia la autoridad del *Talmud* y la del cosmógrafo luterano Sebastián Münster, se estampó en una tipografía creada para publicar los trabajos del profeta espiritualista Hendrik Niclaes y con caracteres de imprenta suministrados por el protestante en el exilio Charles de Bomberghe. ¡Y qué decir de nuestro filósofo, evidente valedor de la cábala en por lo menos dos de sus obras (el *De Arcano Sermone* y el *De Ponderibus et Mensuris*) y «genio maligno de Fray Luis» según los inquisidores que arrestaron en Salamanca al gran poeta! Montano, de hecho, postulaba un sistema de traducción literal férreamente apuntalado por la praxis filológica. Quería (resucitando un antiguo sueño de las humanidades bíblicas) que la palabra pura de Iahvé volviera después de tantos siglos a su habitáculo natural, rabiosamente expoliado hasta entonces y después de entonces por la pusilanimidad de una Iglesia a la que agobiaban los remordimientos.[89] No entraremos en detalles. Lo cierto es que sólo el empeño y la prepotencia de Felipe II salvaron a la *Políglota* de un naufragio irreparable. Más de cinco años estuvo Roma deglutiendo la píldora antes de tolerar, que no aprobar, la distribución del kayikí al socaire de una sentencia amiboidea que hubiera hecho las delicias de Pilatos. Y menos mal que nuestra diplomacia tuvo el sentido común de presentar el problema a toro pasado, cuando ya la obra era libro impreso y económicamente irreversible. ¿Cómo desairar en tan vidrioso asunto al soberano más principal y católico de aquel siglo? La *Congregatio Concilii* adujo, en su informe al Papa, que sólo por deferencia al *Rex Hispaniorum* cabía formular un *nihil obstat* renitente que de otro modo hubiera sido inequívoco decreto de prohibición. Y eso en cuanto al texto mondo, pues ni amparándose en la mencionada salvedad se atrevieron los cardenales a considerar hacedera la difusión del *apparatus*. A lo que Gregorio XIII se encogió de hombros, pasó al lavabo y dejó la última palabra a los teólogos españoles, hombres todos ellos más leales a la patria que a la moral y lógica de su oficio.[90] Otra vez el País abusaba de sus poderes para minar con paganismos la paz de camposanto artificiosamente impuesta en la comunidad católica después del paripé de Trento. Al tomar posesión del trono —y en frase quizá apócrifa, pero nunca desmentida por la corte— había dicho Felipe II que en cuanto monarca y emperador sólo pretendía conservar los territorios de la Corona en la originaria pureza de su fe. ¡Qué individuo tan complicado! ¡Cuán ambagioso y porteador de conchas! Claro que Dios dispone en lo que el hombre propone, y más aún agudiza ese desequilibrio la congénita inclinación de cada estirpe. Soplaron entonces todos los vientos del exótero a favor de Arias Montano. Y siempre, a decir verdad. Desde el moisés a la sepultura fue el extremeño persona cauta y afortunada, dos virtudes que no tuvo Miguel Servet (y cuya ausencia pagó muy cara).

Aludíamos hace poco a la *Familia Charitatis,* amenazando con una parrafada sobre ella. Inevitable, como en seguida se verá. Este rebaño esotérico de origen belga, aunque de proyección y filiación internacional, suministra efectivamente la clave muda y subterránea capaz de explicar todo lo que en Arias Montano ha parecido durante mucho tiempo inexplicable. Una doble vida, de escarabajo o mister Hyde, que los adeptos conocieron siempre (como demuestra Roso de Luna en su libro *De Sevilla al Yucatán*) y que ahora también conocen los eruditos y hombres de la calle gracias a un circunspecto trabajo del holandés Ben Rekers, puntualmente traducido al español.[91]

Fundó y dirigió el conventículo a mediados del siglo XVI (y creo que en la ciudad de Amberes) el maestro Henrick Jansen Barrefeit, alias *Hiël* o *luz de Dios* y antiguo miembro rebotado de las comunidades espiritualistas. Pero como este benévolo profeta debía de ser criatura tirando a nebulosa y despistada, muy pronto se convirtió en único usía, cabeza visible y factótum del entruchado ese impresor Plantino cuyo nombre recién tuvimos la oportunidad de escuchar. Hiël predicaba en sus escritos la vaporosa gimnasia de un amor universal perpetrado desde fuera y por encima de todas las despreciables religiones, lo que no le quitaba de aconsejar a sus neófitos «la praxis aparente del catolicismo o del calvinismo a tenor de su respectiva vecindad y según la Iglesia que en cada caso ocupara el poder».[92] Se trataba, por lo tanto, de respetar a priori cualquier *statu quo* con miras a eludir inútiles complicaciones externas que sacaran a los iniciados de su parsimonioso ensimismamiento: una norma, como sabemos, muy propia de conchabanzas esotéricas en años de guerra fría (o de religión y caliente, que ambas cosas era el conflicto librado por aquel entonces junto a las esclusas de Flandes). Plantino y sus hombres aprendieron perfectamente la lección: nadie sospechó jamás que no fueran católicos a machamartillo. Farsa, por otra parte, llevadera y muy fácil de mantener para quienes en privado abominaban de la gestualidad religiosa y pugnaban por entablar contactos fronteros con los números prestando oídos a la sempiterna voz interior de todos los embelesamientos místicos.[93] ¿No les suena esta canción? Pues asómbrense: niega Rekers con estrépito de citas la existencia de paralelismo alguno entre los librepensadores nórdicos de la *Familia Charitatis* y nuestras simultáneas familias de alumbrados más o menos meridionales.[94] ¡Por el toro que maté! Ya hay que estar ciego para no ver ese bosque (e intoxicado de positivismo al uso). Una misma Inquisición aquí y allá con idéntico culatazo, un éxtasis convergente, un entorno erasmista trasplantable y de ida y vuelta, un similar desprecio cara a los ritos y ceremonias, un común agobio, una voz que al sur y al norte habla desde dentro sin necesidad de idioma, una pareja inclinación a protegerse hombro con hombro en el seno de sociedades clandestinas fundadas al efecto y una sola diferencia: lo que en Flandes se tiñe de aristocraticismo empapirolado e intelectual es en Castilla agria, desmelenada manifestación de plebe. Más que natural: siempre hubo democracia en España antes de que Europa (los Borbones) exportase Pirineo abajo el despotismo de los parlamentos. Y en eso, para colmo, cae por Amberes un humanista *precisamente* extremeno que se apresura a ingresar en la *familia* de Plantino *precisamente* hacia 1573,[95] cuando por todo el sudoeste de la península flamea el clímax de misticismo intimista propagado *precisamente* a partir del foco herético y extremeño de Llerena.[96] Salta a la vista que Arias Montano, espíritu selecto, de ningún modo podía desembocar en Dios por las rutas soeces y capipardas de sus vecinos infantiles. Por eso tuvo que irse fuera y sin duda a su pesar, ambiguo extranjero entre quienes expresándose en otra lengua le hablaban un idioma más afín. Pero tampoco exageremos: ¿qué era la obsesión de guarecerse en Aracena sino un anhelo de retorno a las raíces? ¿Y qué su postrer oficio de curandero sino una desesperada tentativa para compartir el yantar de los paisanos?

Amigo Rekers: no acaban aquí las coincidencias de bulto entre tus adeptos de Amberes y los míos de la fatal península. Se da también un extraño juego de contrapuntos líricos. Los miembros de la *familia* —tú lo apuntas— se desinteresaban de todo, menos de «llevar una vida tranquila dedicada al continuo estudio y a la intensa devoción».[97] ¿No es *precisamente* eso el ideal de Horacio traducido a la poesía castellana *precisamente* por Fray Luis —discípulo y compañero *precisamente* de Arias Montano— que (como él) menospreciaba *precisamente* la autoridad de la *Vulgata* y que *precisamente* en 1572, un año antes de que el extremeño ingresara en la secta de Plantino, fue a caer con todos los arreos en las callosas manos de la Suprema? Y a propósito: ambas luminarias de nuestra decimoquinta centuria nacieron *precisamente* el mismo año. ¿Quién se burla del horóscopo? Fray Luis, Arias Montano, Plantino: sorprendente sistema de casualidades. Identidad de espacio, tiempo y vindicaciones. Escribía el profesor de la universidad salmanticense todo aquello de la *descansada vida,* el *monte en la ladera y la pobreciella / mesa de amable pan bien abastada.* Correspondía el sabio de Fregenal con estos versos: *quien las graves congojas huir desea / de que está nuestra vida siempre llena, / ame la soledad quieta y amena, / donde las ocasiones nunca vea. / Allí de paciencia se provea / contra los pensamientos que dan pena / y de memoria del morir, que es buena / para defensa de cualquier pelea.* Y coreaba Plantino (con un hermoso soneto que hubiera merecido los honores de la lengua castellana): *Avoir une maison commode, propre et belle, / un jardin tapissé d'espaliers odorans, / des fruits, d'excellens vins, peu de train, peu de 'nfans, / posséder seul, sans bruit, une femme fidèle. / N'avoir dettes, amour, ni procès, ni querelles, / ni de partage à faire avec que ses parens, / se contenter de peu, n'espérer rien des grands, / régler tous ses desseins sur un juste modèle. / Vivre avec que franchise et sans ambition, / s'adonner sans scrupule á la devotion, / dompter ses passions, les rendre obéissantes. / Conserver l'esprit libre et le jugement fort, / dire son chapelet en cultivant ses entes, / c'est attendre chez soi bien doucement la mort.*[98] ¿Influencias recíprocas o espontáneas coincidencias? Es igual, pues ambas explicaciones responden a una misma maquinación escatológica de simultaneidad. Y en cuanto a Fray Luis, del que todavía sé poco, alguna vez nos enteraremos de barbaridades religiosas y esotéricas que harán rechinar los retorcidos colmillos de los pútridos inquisidores en sus tumbas. Acaso el listo (con amistad y sin retintín) de Manolo Ballestero —que ya se las vio con Juan de la Cruz— termine por descostrar esos silencios salmantinos desde su cueva del *quartier* (o —Dios me oiga— desde su casa de Atienza), si no se obstina y embarulla demasiado en el afán perverso de conciliar marxismo y misticismo. Imposible, creo yo, nacer a orillas del Duero y pertenecer de verdad a torpes grupos de derechas o de izquierdas. Hora es ya de elegir. O Zamora o Hegel, hermanito.

Y ya que hablamos de Manolo: se enfrentaban en pleno siglo XVI los hombres de la *familia* a un problema de conciencia similar al que hoy padecemos las personas decentes. Me refiero al chantaje sartriano (y otras yerbas) del *compromiso*... Ya sabes, Manolo, aquello del *engagement* que tantas veces decíamos y tan mal pronunciábamos los niños terribles del 56. ¿Cómo escoger *ahora* entre la peste del comunismo y el tifus del capitalismo? ¿Cómo escoger *entonces* entre católicos y calvinistas, dos sistemas —dice Rekers—[99] que para cualquier *honnête homme* de la época encarnaban lo más granado de la andante opresión e intolerancia universal? Efectivamente, pero sin que este palmarés deba entenderse en excesivo detrimento de la impiedad manifestada por las otras religiones. Escribía Hendrik Niclaes, *gurú* de Hiël y motor inmóvil de la secta: «mahometanos, judíos, papistas de cualquier especie, obispos, curas, frailes, franciscanos, dominicos, jesuitas y todo género de hipócritas, incluidos los cardenales y demás bestias del campo, caben en la cuadra de esta familia...».[100] Aunque no, naturalmente, en la muy sosegada y anárquica de Plantino, cuyos miembros se negaron a escuchar toda voz que no fuera la de su deidad íntima y a transigir con otro credo que el directamente emanado por la Biblia original, sin filtro de exégesis e interpretaciones. Años más tarde, a propósito de esta negativa al compromiso y de su consecuente opción por una religiosidad sin dogmas ni aparato, exclamaba el sereno Lipsio: *haec est mea militia*.[101]

Dijimos que Arias Montano ingresó en la secta alrededor de 1573. Y ya nunca habría de abandonarla, a pesar de que en seguida, a la vuelta de un escaso trienio, le obligaron a despegar de Amberes para convertirse en bibliotecario de El Escorial. Canonjía —ya lo sabemos— tragada como una purga, pero no exenta de furtivos gozos y arcanas clandestinidades. El sabio, en efecto, se cartea asiduamente con Plantino, que lo elogia no sólo «por sus tenaces progresos en la contemplación espiritualista», sino también —alabado sea Dios— por su infatigable trajín de proselitismo entre los astutos jerónimos del Monasterio. Esto último consta.[102] Nadie lo achaque a mi bienintencionada fantasía. Son los años del *Apocalipsis*. Arias Montano, juguete ya de un remolino psicodélico que lo constriñe a sustituir los comentarios literales de la Biblia por interpretaciones abiertamente visionarias,[103] se dedica a revolver los desvanes del apóstol Juan, supuesto autor del único libro gnóstico que entonces como hoy forma parte del *Canon*. Y su maestro Hiël se apresura a enviarle *con las máximas precauciones* unos escolios ad hoc, titulados *Sendbrieffe,* que en seguida pasan íntegros a las *Elucidationes in IV Evangelia* difundidas a partir de 1588 por nuestro insigne humanista.[104] Tortuosos vericuetos. Y así terminó por avalar el *prudente* Felipe, desde su cenobio gurriato, las mismas ideas de hermenéutica libertaria a propósito de la Biblia que, alrededor de Amberes y por esos mismos años, reprimían —bañándolas en sangre— sus togas y arcabuces. Los reales sitios de San Lorenzo derivaron a tierra libre, donde cada cura hojeaba en su escritorio lo que literal y mandálicamente le venía en gana.[105] Calcúlese la importancia que un cenáculo de tales características *hubiera podido* tener para nuestra historia, actuando en profundidad y con impunidad desde su irrepetible posición de cogollo a horcajadas sobre esa España imperial que precisamente entonces escandía sus monumentos álgidos. Quizá (diciéndolo con metáfora orteguiana) no seríamos hoy ni hubiésemos sido ayer triste país sin vértebras, quizá conserváramos aún el *bouquet* de gran potencia que otras potencias mantuvieron al desmoronarse. *Wishful thinking?* Yo creo que no, pues en definitiva trataba Arias Montano de incorporar a la mentalidad de nuestras clases ductrices ese talante liberal de *ora et labora* que permitió el desarrollo económico de la Europa reformista y, como una prolongación de (para mí) siniestro símbolo, el de la América frankliniana. Todo ello con la ventaja de postularlo desde una perspectiva insobornablemente española y casi veinticinco décadas antes de que las cortes gaditanas malograsen el mismo negocio, planteado con óptica francesa, sin olor de pueblo y a destiempo. El complot, además, estaba consciente o inconscientemente respaldado por el rey. Arias Montano no debía explicaciones ni siquiera al Gran Inquisidor.[106]

¿Por qué, entonces, he subrayado un pluscuamperfecto de subjuntivo en los primeros compases del párrafo anterior? No lo sé. Hay fósforos que incendian mil hectáreas de bosque y fuegos volcánicos que no resisten a una micción de chucho. Números cantan. El calpul escurialense, por lo que fuera, se quedó en capilla iniciática poco a poco desconchada por el tiempo y otro tanto le sucedió en Amberes a la numerosa *familia charitatis* de Plantino. El grupo español se extinguió lentamente al extinguirse Arias Montano. Por su herencia escrita pudieron y podemos conocerlos. Escrita y casi siempre manuscrita: nadie se ha preocupado de imprimir tan hermosos libelos y poemas.[107] ¿Dónde entretienen sus ocios nuestros ínclitos doctores?

Y sin embargo... Los archivos del Escorial rebosan de documentos con fecha en los pañales del siglo XVII que al unísono vindican y elogian los frutos de la llamada *religiosidad interior.* A través de ellos puede medirse la anchura y hondura del magisterio ejercido por Arias Montano en y desde esa plataforma reformista.»[108] Incontables fueron sus discípulos a lo largo de la citada centuria. Discípulos de lujo. Discípulos en el saber y discípulos en el creer: de ciencia como de conciencia. Uno, sobre todo, merece algo más que la fosa común de los recuerdos colectivos. Se llamaba Fray José de Sigüenza, pertenecía a la orden de los Jerónimos (cuya historia escribió de cabo a rabo. Léanla. Es una obra maestra) y llegó al monasterio escurialense con cuarenta años cumplidos. A tan refractaria y correosa edad tuvo el gesto, la osadía y la honradez de proclamar en su conciencia la revolución, adscribiéndose convicto y confeso al ideario espiritualista que *sotto voce* predicaba el director de la biblioteca entre sus pupilos aventajados. Confeso, porque con el correr del tiempo lo manifestaría. Y convicto, porque tanto se jactó al hacerlo que la Inquisición hubo de intervenir sin interés ni apetencia, acaso azuzada por otros monjes del Monasterio que no digerían el ascendiente conseguido por el hermano Sigüenza en las habitaciones áulicas. De veinticuatro delitos lo acusaron, incluyendo en el lote, y por el mismo precio, los de judaizante, luterano y wiclifista. Tras los fas y nefas de rigor, y pese al encastillamiento del jerónimo en acérrimas posiciones de montanismo y desprecio a la escolástica, hubo primero exoneración, enseguida absolución y, al cabo, rehabilitación tan completa que Fray José terminó encaramándose al priorazgo de su Orden en el Monasterio. Sin duda mediaron unas palabras de Felipe, y los chiquilicuatros de la Suprema, con muy buen acuerdo, prefirieron guardar la ropa a base de cerrojazo, cremallera y paso atrás. No le convenía a la Iglesia enredarse en un pulso de poder a poder con el Emperador por un vulgar encoñamiento de frailes celosos o menopáusicos.[109] Y, hoy lo mismo que ayer, en todo el pleito —como apunta Rekers— sólo cabe lamentar que Fray José de Sigüenza persista en ser un ilustre desconocido para los historiadores de nuestra literatura.[110] O para la mayor parte de ellos. Menéndez y Pelayo, excepción tenaz, lo consideraba hombre de estilo irrepetible, «bajo cuya mano se convirtieron en tela de oro los secos anales de una orden religiosa» y «quizá el más perfecto de los prosistas españoles después de Juan de Valdés y Cervantes».[111] Así será, pero ¿quién lo lee? Tal vez en Amsterdam.

Otro escritor de fiesta grande «criado a los pechos de la santa y universal doctrina de Montano»[112] fue ese Pedro de Valencia, perito en magias y, por lo tanto, en lunas, que hace no más de quince páginas llamábamos por la tangente al retortero. Cosechó tantos honores a lo largo de su vida que ninguno le quedó para después de ella. Y pase, pues en este valle de ingratitud suele suceder justamente lo contrario.

Fray Juan de la Puebla, quizá el menos madrugador entre los seguidores del extremeño, mantuvo en ascuas la lumbre del espiritualismo hasta doblar la mitad del siglo XVII y nos dejó la breve herencia de un epigrama anticlerical más connotador (de un talante y de un venir a menos) que gracioso: *del oro de amor bañados / los sacerdotes estaban, / cuando cálices usaban / de madera fabricados. Mas, ya por nuestros pecados, / es la plaga en tal manera / que, sin la estrofa primera, tratan, con poco decoro, / cálices de fino oro / sacerdotes de madera.*[113] Lástima de octosílabos.

Y a propósito de seguidores (o compinches) en esoterismos escurialenses: ¿se conocieron Arias Montano y Juan de Herrera? ¡Vaya una pregunta! y cómo no iban a conocerse si los dos eran de la misma hornada (con tres insignificantes años de diferencia), se entrometían en parecidos dibujos, gozaban de idéntico favor real y anduvieron media vida requemándose el alma porque sí o porque no en las parrillas del Monasterio... Rectifico: ¿se trataron y apreciaron tal como corresponde a dos agentes secretos investidos de similar misión? No lo sé. No he encontrado nada al respecto. Pero seguiré en la brecha y, antes o después, la verdad dará conmigo. Mientras tanto, Edison Simons y Roberto Godoy tienen la palabra.[114] Está en buenas manos.

Para terminar, una fábula (Faulkner *dixit*). Entérense de ella: el discípulo más cordial del extremeño, y hasta cierto punto el menos verosímil, no fue una momia de gafas y péñola como las anteriormente descritas, sino un hombre de armas que llegó a las letras gazapeando y de rebote, pero con aliento suficiente para convertirse casi sin necesidad de obra en uno de los grandes poetas subterráneos de la literatura castellana. *Metafísico,* igual que los ingleses a John Donne, tuvo el acierto de bautizarlo ese otro gran poeta, también metafísico y español, que se llamaba Luis Cernuda.[115] Me refiero a don Francisco de Aldana, soldado de Felipe II que ascendió a general en Flandes y ejerció ese oficio discutible bajo la discutible férula del Duque de Alba y el señor de Requesens. Nueve años quemó en Amberes nuestro hombre y allí debió conocer al *swami* Arias Montano, a la sazón consejero político (ya ven qué cosas) de los gobernadores españoles. Cortocircuito inevitable. Del suceso arranca —ignoro si con ardimiento de flechazo o desmigada en titubeos— una de esas eternas historias de sabor oriental en cuya trama, invariablemente, se inscriben un taciturno *brahmín* o santo de la soledad y un giróvago *ksatriya* o guerrero de sangre azul. Entre alharacas llega éste a la humilde choza de aquél y un viento lo desarzona como al judío en las puertas de Damasco. Síguese un aprendizaje de silencio. El asceta fascina definitivamente al soldado, ganándolo para su quehacer de paz. Así el filólogo y el adalid en un puerto lejano. Sabemos todavía muy poco acerca de este asunto, pero sí lo suficiente para dar fe de que Aldana se convirtió en compañero de viaje (por lo menos) de la gran *familia,* encontrándose a sí mismo —gracias a ella— como escritor y como hombre. Crisis quizá convulsa de un Sakyamuni en medio del camino de la vida. Duro adiós a las armas. Soledad sonora. Y decisión, nunca tardía, de *torcer de la común carrera / que sigue el vulgo y caminar derecho / jornada de mi patria verdadera.* Endecasílabos arrebatados a la espléndida *Epístola VI del capitán Francisco de Aldana sobre la contemplación de Dios y los requisitos della,* que el autor dedicó precisamente a su maestro Arias Montano *(mas ya parece que mi pluma sale / del término de epístola, escribiendo / a ti, que eres de mí lo que más vale).* ¡En pie, señores! Nunca la gaya ciencia plateresca dio en España tan sabrosos frutos. ¿Añadiré que ignorados aquí y aplaudidos entre los gentiles? Cierto hispanista anglosajón con nombre de coñac los considera y llama *one of the greatest poetic meditations in the language* (española, es de suponer).[116] Ahí formula Aldana la doble acucia de *entrarme en el secreto de mi pecho / y platicar en él mi interior hombre,* meridiano en lo tocante a su afinidad con la secta, y de pasar *contigo en paz dichosa esto que queda / por consumir de vida fugitiva,* donde el ablativo inicial alude a Arias Montano, aunque no a su refugio de Aracena, sino al fortín donostiarra del Monte Urgull.[117] En él quería recluirse mi señor don Francisco para siempre jamás. Sueños infructuosos. El poeta, que no había muerto en San Quintín, lo hizo a los cuarenta y un años, casi en agraz (al menos de su *vita nuova*) y como cumple a un legionario: en África, con un arma en la diestra, un juramento en la boca y una deflagración en las pupilas. 1578, playa de Alcazarquivir, triste *jornada* que desde luego no fue la de *su patria verdadera* ni en lo físico ni en lo metafísico de la expresión. Desapareció allí menos un rey ajeno que un insustituible juglar de este villorrio. ¡Qué buen caballero era! Su postrer imagen —rescatada por el commilitón Diego de Torres en el informe que oficialmente le encomendó la Corona— nos lo transmite a pecho abierto en el fragor de la batalla, desarzonado y requerido por el rey don Sebastián para buscar cabalgadura. Allí su última frase: *Señor, ya no es tiempo sino de morir, aunque sea a pie.* Montano, al enterarse del suceso, empapó de sollozos y atrición una epístola dirigida al cortesano Zayas (el de los jamones). «Grande pena —decía— me ha dado la muerte del capitán Aldana y no me la ha aliviado el tener casi pasado este trago con la sospecha grande que dello tenía; siempre alabado sea Dios, que ansí nos ha castigado por esta parte de Portugal... »[118] Y ansí suele castigar el Olimpo a quien hurga con las narices en corral extraño. Por cierto: sería otro gran poeta, homónimo del masón escurialense y escuro amigo del rosacruz extremeño, quien apriesa se ocupara de inmortalizar literariamente el drama representado por tres gavillas de andalusíes sobre las arenas moras de Alcazarquivir. Apunto al divino e hispalense Herrera, anfibológico personaje (y casi todo por descubrir) que amén de varios otros embelecos y repulgos sintió la desalada necesidad de componer una *historia general del mundo* —ipso facto engullida quisiera yo saber por qué culpable escotillón— bebiendo, según dicen, en las mismas fuentes donde Arias Montano había bebido antes de publicar en 1593 su *Anima* y a título póstumo, en 1601, su *Naturae Historia.*[119] ¿Que no existió tal engendro? Pues entonces borracho debía de andar el canónigo don Francisco Pacheco —a no confundir con el pintor de igual nombre y pariente político de Velázquez— que hacia 1590 lo vio terminado y puesto en limpio.[120]

Lo sé: coincidencias, azar, encabalgamientos... Acaso fortuitos o absurdos, acaso razonables y largamente meditados por los dioses. Sea como fuere, nunca entenderemos del todo la historia religiosa, literaria y científica de nuestro siglo XVI sin antes desmontar la poliédrica actividad de Arias Montano, ese manipulador de marionetas eternamente agazapado en la sombra de los bastidores y desdeñoso de una gloria hoy ajena que el país le adeudará mañana. He dicho, en efecto, *literaria* y *científica,* además de religiosa. En cuanto a lo primero, paso por paso está saliendo a relucir que el hombre de Extremadura trató e *ilustró* no sólo a los ya citados Pedro de Valencia, Francisco de Aldana, Fernando de Herrera, Fray Luis de León y José de Sigüenza, sino a un donoso racimo de juglares que encabezan, pero no agotan, los nombres de Baltasar del Alcázar, Cristóbal Mosquera de Figueroa, Gonzalo Argote de Molina, Juan de Jáuregui y Luis Barahona de Soto.[121] Y si alguien deseara más ejemplos, sepa que los hay. En cuanto a lo segundo —la historia científica— sabido es que Arias Montano quebraba a menudo su clausura de la sierra para platicar en Sevilla con una sinagoga de judeoconversos donde figuraban, entre otros, el concejal Diego Núñez Pérez, el canónigo Luciano Negrón, los dos Pacheco, y los biólogos Francisco Sánchez Oropesa y Simón de Tovar (en cuya casa, precisamente, falleció —y por algo sería— el solitario de Aracena). Asegura Rekers que este grupo, pese a no haber alcanzado nunca la importancia del escurialense, resultó decisivo para el desarrollo de la libertad científica (o de la ciencia en libertad, que acaso no es lo mismo) tanto en la frenética España como en la cachazuda Holanda de aquel siglo. Tovar, por ejemplo, se carteó generosamente con los profesores Clusius y Paludanus, doble punta de lanza en la de por sí puntiaguda y provecta universidad de Leyden, mientras el propio Arias Montano lo hacía —acerca de los mismos asuntos con las luminarias Dodoneus, Lobelius, Goltzius y Monaw. El geógrafo Ortelius consiguió parte de la información necesaria para trazar los mapas— y estructurar las descripciones del Nuevo Mundo recurriendo a las buenas artes —o malas, pero siempre laboriosas— de sus amigos sevillanos. Esquejes, semillas, bulbos, yerbas y guijos de opalescente cutis viajaban cada poco desde el Guadalquivir a Flandes, y viceversa, para colmar allá y aquí los huecos dejados en jardines y laboratorios por la tenace idiosincrasia de cada clima. Hombro con hombro se desabotonaban en los parterres de Hércules y del Vondel azaleas y muérdagos, pitas y culantrillos, jazmines y tulipanes, «testimonios todos ellos de un internacionalismo superior a las guerras».[122] Francisco Pacheco enriquecía su pintura abismándose en los grabados flamencos que exornaban las paredes de Aracena y los sutiles astrónomos del Andalus escrutaban incansablemente la bóveda de Dios gobernando herramientas ópticas fabricadas entre hielos por las exactas manos de Walter Arsenius y Gemma Frisius. Toda una historia inédita de compañerismo, colusión y estudio, que Rekers ha empezado a exhumar.[123] De nuevo clamo: ¿dónde los investigadores? ¿Detrás de qué arbusto la España de la rabia y de la idea? ¿Para quién los archivos? ¿Y las fundaciones? ¿No sobran chavales en la Facultad de Letras que aspiran al título de doctor?

Con esta impertinencia en la glotis me desentiendo de Montano, «cuya memoria lastima siempre el alma porque se refresca en ella de una pérdida irreparable». Tal dijo a cuento y después de su muerte el jerónimo Juan de San Jerónimo en ciertas indefectibles *Memorias sepulcrales de El Escorial*.[124] ¿Y dónde un Edgar Allan Poe para reinventarlo todo en el estómago de ese monumento?

Tras lo cual, siempre desde el Andalus, nos llega una copia de nuncios, moriscos y reliquias. Granada, 1588. Algo de lo más divertido que celtiberia ofrece. Se convencerán. Y a propósito: Arias Montano terció policíacamente en el festejo.

Conque pasen por taquilla y acomódense en sus butacas. Chitón, señores. Se trata de añadirle una tercera nave a la catedral. Ajobo de albañiles. Los arquitectos bisbisean y —como de costumbre— deciden demoler la torre Turpiana, antaño alminar de la mezquita y hogaño pene erecto en lo que muy pronto habrá de ser deambulatorio de beatas. Dicen (las gentes) que ni romanos ni moros construyeron ese *lingam*. Dictaminan (los expertos) que, entonces, fuerza es atribuirlo a los fenicios. Muy bien. Cuanta más antigüedad, mejor para los perros descreídos que trabajan en la sombra.

Frenesí de zapas y dolobres. Se desploman los venerables muros y bajo un costillar de escombros ventanea el cantón abollado de un arca plúmbea. Será milagrosa. Y con impecable acuerdo, pues contiene un osecico (¿o zancarrón?) de san Esteban Protomártir, parte del lienzo enarbolado por la Virgen para enjugar las lágrimas de su hijo en la calle de la Amargura, y un códice escrito en árabe, latín y castellano con caracteres salomónicos y cenefas de números caligrafiados en *rouge et noire* bajo la salpicadura de escasas letras griegas apuntando a incomprensibles. ¡Qué doble casualidad! Primera: porque alguien de veleidosa entraña morisca había ya profetizado que al derrumbarse la torre aparecería en sus cimientos una pauta del futuro. Segunda: porque de antiguo se venía pronosticando que en 1588 naufragaría España e hincarían el pico todos sus aborígenes menos un manojo apalancado para simiente de sucesivas generaciones en la cueva toledana de San Ginés, Hércules o Túbal (que los tres nombres le habían puesto y con justicia, por tratarse de tres presuntos héroes genetlíacos con pedigrí primordial). En cuanto al texto del pergamino, sobra añadir que forzosamente calzará como a medida en todos y cada uno de los vaticinios anteriores al hallazgo. Ya salta la cerradura, ya se inclinan los garbanceros capataces sobre la oquedad con olor a roña. Estamos en el primer siglo de las luces: no faltarán paleógrafos. La parrafada en latín menciona a San Cecilio —primer jerarca de la ciudad y discípulo árabe del Apóstol (sí, *árabe*)— asegurando que entregó las reliquias adjuntas a su aprendiz Patricio con el encargo de esconderlas. Queda así cristianada la trapisonda. Pero lo grave viene luego, en idioma infiel, y consiste en un horóscopo o jofor donde se anuncia «la llegada de Mahoma en el siglo VII bajo la forma de tinieblas muy oscuras que se levantarán en el Oriente y se extenderán al Occidente, y la de Lutero en el XVI, bajo la de un endriago que saldrá de la parte del Aquilón, y cuya boca arrojará simiente, que dividiría la fe en sectas, después de lo cual vendría el Anticristo y en seguida el Juicio Final».[125] Sobran comentarios. Hete aquí un formidable pastiche de historia religiosa concebido para engañar el hambre sincretista de una nación plurícreyente y mitigar la mala conciencia de los cristianos respecto a las dos minorías expoliadas.

¡Aleluya! Una bandera en cada balcón y tocan a rebato. La Península amanece ansiosa de redimir su atávica unidad. Menéndez de Salvatierra, obispo de la diócesis, abre el sumario de calificación de las reliquias con todos los tiquismiquis que el Concilio de Trento ordena. Entre los teólogos y jurisconsultos encargados del primer dictamen figura Juan de la Cruz, prior por aquel entonces en el convento local de carmelitas. No será el único pájaro de cuenta con voz en el capítulo. Se diría que alguien, desde detrás o desde encima, incordia adrede. Pintan en el asunto Arias Montano, Pedro de Valencia, Luis de Mármol (una suerte de Lawrence español) y, por supuesto, el rey Felipe con su rotundo carisma de infalibilidad. Meses, años de palestra, porfía y logomaquia. Saltemos sobre bizantinismos y cotufas judiciales. Al grano. Para interpretar los textos acuden, entre bastantes otros, dos ilustres moriscos de la vecindad. Uno de ellos —Miguel de Luna— ha escrito, o va a escribir, esa *Historia verdadera del rey don Rodrigo* que a partir de 1593 se incorpora por derecho de cronopio a la biblioteca de los falsos cronicones.[126] Calculen. Y a todo esto, aunque mucho después, aparecerá en América el segundo o tercer jirón del paño con que la Virgen sosegó el rostro de Dios Hijo. En El Escorial, por cierto, se exhibe ya otro retal de la misma circunstancia. Tras él campea un chanchullo palaciego travestido de milagro.[127] Por inútil lo censuraré.

Y ya sigue la copla: Alboroto y tiroteo. Siempre en Granada, cosa de siete años después: 1595, 21 de febrero, aguas arriba y a la izquierda, monte de Valparaíso, a un breve tirón de lo que entonces era la ciudad. Dos chiflados místicos o buscones de tesoros —el granadino Francisco Hernández y el aurgitano Sebastián López— se encaraman por los terraplenes con el instrumental del oficio. Ortigas, tábanos, sudor y fe. De pronto, fosca, la dentadura de una cueva. Apartan matorrales, la exploran, se enganchan en una cinta de plomo. A su extremo, esta frase inicialmente latina: *cuerpo quemado de San Mesitón. Sufrió martirio bajo la férula del emperador Nero.* Corren los intrusos a Bibarrambla. Es a la sazón arzobispo don Pedro de Castro, que inmediatamente espolea la fiebre de las excavaciones. Cuatro semanas más tarde despunta otra lámina de plomo con la especie de que allí mismo fenecieron en la hoguera San Hicsio, discípulo de Santiago, y sus catecúmenos Turilo, Meronio, Panuncio y Centulio. No faltan por los alrededores osamenta de varia índole, cartílagos zapateros, pedruscos chamuscados y hasta una miaja de cenizas. Sigue la locura y siguen los despojos. Una tercera placa menciona el suplicio de San Tesifón, que antes de calzarse la aureola se llamaba Aben Athar (nombre palmario) y era también dilecto —y directo— pupilo del Apóstol. La cuarta lámina riza el rizo, desvelando quién transcribió y comentó la profecía de la torre Turpiana. Ya tenemos a lo uno empalmado con lo otro. Y también se empalman los descubrimientos hasta cerrar la cadena cabalística de veintiuno. Pero algo más que planchas y palastros: verdaderos *libros*... En efecto: los *de plomo.*

¿Oyeron hablar?

Y Granada se desboca: todo el teatro del mundo. Una mano de menestral sin nombre hinca la primera cruz sobre la yema del cerro. Al día siguiente se dibuja otra; y otra al otro; y otra, y otra, y otra, y otra, hasta que los maderos proliferan como espantapájaros de agosto en los trigales de Castilla. Nunca volverá a decirse Valparaíso, sino Sacromonte.

¿Oyeron hablar?

Y allí la zambra. Acuden gentes del norte y del extranjero. Son, en cierto modo, los adelantados del turismo: limpiabotas, procesiones, penitentes, moriles, pescaíto, juego de cañas y seguiriyas... Una fiesta grande cotidiana en el mismo bochornoso lugar donde hoy despluman al sueco y asesinan el cante. Sin prescindir (entonces) de cierto sabor a Lourdes y a milagros. En 1599, por ejemplo, merodea la peste alrededor de la Giralda, pero los granadinos se despepitan en trisagios ladera asuso del Sacromonte y a las pocas maitinadas remite la epidemia. Ni qué decir tiene: aquella unción se ha perdido. Y su salsa de alborozo. Corren ahora (hoy) edades menos crédulas, aunque con muchas más farmacias para envenenar a huéspedes y anfitriones en el fuego lento de las píldoras. Mejor que mejor: sobran (o sobramos).

Y, a todo esto, prosigue el minucioso expediente de calificación, enriquecido a partir de 1599 por los debates en torno a la autoridad de los libros plúmbeos. Con ellos, y con el arca de la torre Turpiana, han fajado los cristianos un mismo y optimista haz.

Ya no sólo brujulean por la cancillería dómines de toga, tonsura y ciencia, sino también musculosos artesanos del metal y quién sabe si algún caladizo alquimista. Los jueces demandan continuos peritajes.

Y un tangible deseo se insinúa por los autos: el de que todo resulte verdad.

¿Qué contienen los *libros*? Un mensaje similar, en sustancia, al de los falsos cronicones. O sea: el adobo hermenéutico y hagiográfico que permita mixturar cristianismo e islamismo con objeto de proporcionar a las gentes de Mahoma una coartada o tradición castiza. ¡Y tanto! Insiste esa literatura patriótica en que los árabes han traído el evangelio cristiano a España y aun se atreve a sugerir que los moriscos ayudarán a Dios, y a Roma, desencadenando una pataleta universal de conversiones o hipóstasis religiosas a través de un concilio ecuménico celebrado en Chipre. Ideas, como ven, harto de hoy.

Y hoy, por lo que hace a entonces, ya no existe misterio, sino lógica. Sabemos que el fraude se forjó precisamente en la cashba donde cualquier Maigret hubiese buscado a los culpables, obedeciendo a esa praxis policíaca —y mostrenca, pero casi siempre eficaz— de *cherchez* el móvil. O sea: argucia y revancha de moriscos o último naipe de quienes tras la derrota de Aben Humeya en las Alpujarras no tenían nada que perder ni posibilidad alguna de incorporarse con un mínimo de dignidad religiosa y civil a la sudáfrica inscrita por los Reyes Católicos en la libérrima y tolerante España de sus antepasados.

Conque todo —reliquias y libros— era falso como falsos eran los falsos cronicones. Y todo, sin embargo, era también verdadero desde otro punto de vista. No siempre coincide el justo veredicto de los magistrados con las persuasivas razones de Raskolnikov. Ni los datos sincrónicos de la física con los eternos de la metafísica o los cesarecamestresfestinobarocos de la escolástica con las ideas (platónicas) de Dios. Ya me entienden: *históricamente* no había una brizna de realidad en lo que *filosóficamente* (para mí la historia —cualquier historia— es sólo el fruto pasajero de una previa filosofía) explicaba toda la íntima verdad y nada más que la verdad recóndita de la España Antigua con vocación, corazón y religión multirracial. Sí, los invasores del 711 *eran* discípulos del Apóstol en igual medida que los sufitas lo eran de Prisciliano (al trasluz del monacato oriental) y de hecho, aunque con diferente letra, habían añadido a la fervorosa religión de la península un fervor religioso que le sacaba nuevo lustre, sin mudanza ni mengua, al otrora suscitado en los mismos campos por la predicación del evangelio. Todo esto quedó dicho: indígenas (suponiendo que los haya), andalusíes y sefarditas se cuecen en un troquel metafísico o geográfico que por alguna misteriosa razón imprime carácter, y se convierten así en sumandos irreversibles de una aritmética cuyo orden y circunstancial vaivén no atañe a los resultados. Ahí la profunda veracidad (y autoridad) de una farsa que es en rigor artificio de símbolos, esgrima de metáforas, ceremonia litúrgica y lenguaje de abstracciones, como cualquier auto sacramental. Los moriscos, en efecto, poseían una impecable tradición castiza y el derecho de hacerla valer sin reparar en medios. ¿Dónde está la mentira de una mentira que devuelve su verdad a algo? En ninguna parte o quizá en la sesera de Dios, *ese aleph* que disipa y confunde los contrarios.

Hablé páginas atrás de un *tangible deseo*... Remontémonos a él y a la Granada de los plomos. 30 de abril del año de 1600: los doctores han concordado en una sentencia de calificación y van a divulgarla. Portavoz: el arzobispo. Momento: uno casual bajo la luz del día. Escenario: la plaza de Bibarrambla. Clientela: de católicos y muslimes hirviendo en un común entusiasmo. Veredicto: todo —libros plúmbeos, reliquias anejas y códices augurales— se da por auténtico en el transcurso de una bacanal plebeya cuya fogosidad reverdece los perdidos fastos del Condestable en Roma. Prolija es la sentencia, como arduos fueron los litigios hasta su texto conducentes, y el arzobispo la desgrana entre un lujo de circunloquios que el clamor de la muchedumbre ahoga. Se asiste en silencio, sin embargo, a la traca y anuncio final: el monte de Valparaíso, con todas sus luces y sus cruces, se reputará a partir de la efemérides tierra oficial y deliberadamente bendita. España, quizá por última vez en su historia, se hace honor a sí misma respaldando el principio de que sólo la tradición no es plagio. Así, a carta cabal y entre caballeros, comienza nuestra postrer centuria. Tiene ésta, al producirse el ágape y reconciliación de Bibarrambla, exactamente cuatro meses. Y exactamente cien años, dos trimestres y un día después (en jornada de difuntos) morirá entre convulsiones epilépticas Carlos el Hechizado, último Austria y posiblemente, o en cierto modo, el más español de los reyes españoles. Con lo que el siglo y el país están servidos.

Pero no vayan a creer que el asunto de los plomos se zanja con la sentencia descrita. Habrá otras muchas —otras aplicaciones, otros dares y tomares— al calor del pleito suscitado por el dogma de la Inmaculada Concepción (que no se reconocerá como tal hasta 1854). La corte de Madrid, siguiendo a Raimundo Lulio y a todos los disidentes de la escolástica, se vuelca a favor de un misterio (heredado de las religiones orientales) que contradice a la lógica y repugna por ello a la mentalidad occidental. El Vaticano, y aún más la Inquisición (controlada entonces por los ergotistas dominicos), maniobran sin empacho para evitar que tamaño desafuero se perpetre. Ahora bien: los libros plúmbeos, urdidos al fin y al cabo por gentes de estirpe asiática, vindicaban la certidumbre de la hipótesis concepcionista. Y eso, a más de otras consideraciones fáciles de suponer, les valió la casación y una nueva andanada de logomaquias. Abreviándolas: ordenó Felipe IV en 1631 que el cuerpo del delito viajase a la villa y corte para someterse en ella a un enésimo examen pericial. Nueve años más tarde, por expresa decisión de Urbano VII, las baqueteadas reliquias cayeron en las fauces de la Ciudad Eterna, entonces como ahora serpiente pitón capaz de engullir una res sin evacuar un hueso. Curias y recontracurias. Hisopazos. Pijo de los ángeles. Y así hasta que Inocencio XI promulgó un breve en 1682 declarando que *todo* en los libros plúmbeos y en la arqueta de la torre respondía a fraude concebido para detrimento de la fe. Lo demás se resolvió en puro tópico, casuística de prohibición y conjura de silencio organizada con la irresistible minuciosidad que nuestra santa madre Iglesia derrocha en tales ocasiones. Los granadinos, por supuesto, siguieron visitando individual o procesionalmente el Sacromonte y creyendo a pie juntilla en las virtudes de sus mondongos; los calés se instalaron sin llamar la atención al arrimo de las mismas faldas (barruntándose que bajo ellas podía existir no sólo milagro, sino también industria); y las dichosas láminas de plomo desaparecieron para siempre jamás en la hidropésica barriga del edificio vaticano, tan proverbialmente pródigo en fisuras como luengo de intestinos y apretado de esfínter. Parece una ingenuidad añadir ahora que nadie ha vuelto a verlas. O a vivir para contarlo.[128]

Y otro heresiarca español. Nació Miguel de Molinos en Muniesa, provincia de Zaragoza, allá por 1627. Estudió en el seminario de Valencia, consiguió junto al Turia un humilde beneficio y trazas llevaba de quedarse para los restos en raso confesor de sores y novicias cuando, a pique de no cumplir ya los cuarenta, tuvo que trasladarse a Roma con el deber o la excusa de intervenir en cierto rutinario proceso de beatificación. Y allí le aguardaba su minuto de suerte, esa *esquina peligrosa* que Priestley bautizó y que se presenta por lo menos una vez en la vida de cada quisque. Casi nadie se atreve a doblarla, cuatro o cinco lo hacen con aprensión y en seguida vuelven grupas, uno entre mil se lanza a la carrera e inevitablemente coge pleno... El baturro Molinos pertenecía a esta última brigada de valientes.

Conque de nuevo a la Ciudad Eterna, año de 1665 y férula de Clemente nono. El recién llegado acomoda sus coriáceas posaderas en la parroquia de San Alfonso, gobernada a la sazón por los agustinos descalzos españoles, y muy pronto la convierte no sólo en colmena de herejías y autárquica metrópoli de su imperio, lo que hasta cierto punto entraba en la lógica de su idiosincrasia, sino también, y de paso, en pabellón de moda frecuentado por la crema de la intelectualidad, la aristocracia y la ambulante tontería. Molinos corta y recorta a su antojo por los salones del burdel, expulsando de la comunidad, uno por uno, a más de cien frailes que no comulgan con sus ideas ni se resignan a sus métodos. ¿Sabe acaso el manitú que los demonios familiares de su raza lo mueven como a un alfil en el tablero, obligándole a repetir antiguas jugadas de antiguos (y grandes) profetas españoles? Lo ignoro, pero su esgrima, su apuesta y su desafío es la de Prisciliano, la del varón Saturio, la de Abenarabí y Juan el carmelita. Y el poder, todo el poder, le nace de su acucia y de un acuciante tratado, «tan breve como bien escrito, especie de manual ascético cuyo rótulo a la letra dice: *Guía espiritual que desembaraza el alma y la conduce al interior camino para alcanzar la perfecta contemplación.*[129] Diantre, en Castilla (y en el mundo) la hemos llamado siempre *Guía espiritual,* por las buenas y sin moños. Y seguiremos haciéndolo. Se trata ni más ni menos que de una obra universal, traducida (como *El filósofo autodidacto*) a todas las lenguas y admirada desde cualquier perspectiva religiosa. Alguien, quizá Juan (o Antonio) de Mairena, ha escrito que en nuestro haber figuran cuatro prodigiosos migueles: Cervantes, Servet, el que motiva esta cita y Unamuno. En cuanto a la porción que de tal herencia puede tocarme, suscribo alegremente la de los tres primeros y lo siento por el último: nunca me convenció el Don Quijote de Fuerteventura. Ciñéndonos a Molinos, hasta Menéndez y Pelayo hubo de reconocer con palabras bífidas que el manual en cuestión «es uno de los libros menos conocidos y leídos del mundo, aunque de los más citados».[130] Ni se pretendía otra cosa, buen señor. Su talante esotérico lo convierte en producto nada fácil de digerir. Molinos, como todos los priscilianistas, interpela a unos cuantos y prescinde de las muchedumbres. No es, desde luego, falta suya la relativa popularidad que fuera de la patria le cupo en suerte. Ni por asomo. Imaginen que en el preámbulo de su obra empieza por considerar a la mística *ciencia del sentimiento* que «no es de ingenio, sino de experiencia; no es inventada, sino probada; no leída, sino recibida...», y que entra en las meninges mediante la «liberal infusión del divino espíritu, cuya gracia se comunica con regaladísima intimidad a los sencillos y pequeños».[131] Ya tenemos aquí la *nube del no saber,* tantas veces invocada por mi libro. Aconseja el aragonés a sus lectores que empiecen por soltar las amarras de la razón, dejando ésta al garete, y que después estimulen en sí mismos el crecimiento de una fe áspera y enjuta con miras a extrapolarse para siempre de la plebeya devoción sensible. También nos sonará este cante: se trata de *quietismo* neto sin mezcla de ortodoxia alguna. El baturro, pues, pasa de largo junto al españolísimo laboratorio gnóstico del *recogimiento* —inaugurado por el *Tercer Abecedario* de Osuna en 1527 y cobijo posterior de todos los reformistas franciscanos— para inscribirse en la también españolísima praxis herética del *abandono* (asunto, por ejemplo, de alumbrados) que consigue o se esfuerza en conseguir el último estupor *dexándose*[132] flotar a la deriva, no haciendo nada, no pensando en nada, no alterándose por nada, no apostando a nada, no luchando contra nada. El espíritu, dice Menéndez y Pelayo que dice Molinos (yo no atiné a dar con la frase), «ha de ser como un papel en blanco donde Dios escriba lo que quiera».[133] Pero no se confunda este truco con proposición diabólica para lograr que el alma se encanalle en el cultivo del ocio, pues sin ambagiosidad advierte Molinos de que la tercera persona trinitaria se desuña constantemente tras el pecho de quien supo convertirse en receptáculo del vacío. Y es por la brecha de tal conjetura, en el *Libro Tercero* de la *Guía,* donde asoma el cogollo menos exorable de las ideas molinosistas y, acaso, «la más elocuente proclamación de *nihilismo estático* que nunca se haya formulado».[134] La hipérbole, si la hay, es de don Marcelino. *Abísmate en la nada,* viene a decir el hereje de Muniesa, y *Dios te embargará de todo.* Lo de siempre: lo del Tao, lo de la *tabula smeragdina.* No volveré a repetirlo. Sí, en cambio, citaré para ejemplo del curioso y ejemplarización del creyente algunas líneas casi finales de este libro español contra el que no prevalecerán las puertas del infierno. Escribe Molinos: «¡Qué pocas almas hay puras, de corazón sencillo y desapegado, y qué vacías de su entender, saber, desear y querer, anhelen a su negación y muerte espiritual! ¡Qué pocas almas hay que quieran dejar obrar en sí al divino Criador, que padezcan por no padecer y mueran por no morir! ¡Qué pocas almas hay que quieran olvidarse de sí mismas, que quieran desnudar el corazón de los afectos, de sus deseos, satisfacción, propio amor y juicio! ¡Qué pocas almas hay que quieran dejarse guiar por la vía regia de la negación e interior camino! ¡Qué pocas almas hay que quieran dejarse aniquilar, muriendo en los sentidos y en sí mismas! ¡Qué pocas almas hay que quieran dejarse vaciar, purificar y desnudar para que Dios las vista, las llene y perfeccione! Finalmente, ¡qué pocas, Señor, son las almas ciegas, mudas, sordas y perfectamente contemplativas!»[135] ¿Alguien dijo Sakya Muni? Olor a especias, a ingle de prostitutas con sangre real, a templo de los monos, a *ganja*. Elipsis alrededor y un xilófono desde el horizonte. ¡Oh, muchacha que escardas trigo en aquel antuzano de Bhatgaon! Mis ojos deseándote valen el exacto peso de una *tola*. *Hash party* en el Cabin Hotel. ¡Evohé, Francesco! *La vita e'l'arte dell'incontro*. ¡Evohé, Caterina, Novella! Me pasan un *chilon*. Bruma. Recuerdos de Huxley. Nostalgia de emociones toscanas. ¡Evohé, Moscewicz! Olor a especias y a búfalo. Hetairas reales. Roberto Oest aguarda en una escalinata de Benarés. ¿Quién dijo Sakya Muni? Resbalar. Navegar fuera del tiempo. Estoy sentado en un patio sin nombre de Kathmandú.

La *Guía espiritual* se cierra con este prodigioso embuste del autor: «todo —dice— lo sujeto, humildemente postrado, a la corrección de la Santa Iglesia Católica Romana».[136]

De poco iba a servirle tan ingenuo regate, como de nada le sirvió su fama de oráculo dentro y fuera de los estados pontificios ni el ardid o gramática parda de esconder su deuda con Juan de la Cruz hasta que en 1675 fraguó definitivamente la beatificación del carmelita.[137] Y aunque el papa defendía el honor de Molinos e incluso llegó a barajar su nombre como destinatario de un capelo, acabó pesando más en la balanza la inquina que desde siempre profesaban al quietismo los poderosos miembros de la Orden de Predicadores y de la Compañía de Jesús. Para colmo, allá por la novena década del siglo y en el prefacio a una célebre traducción de Confucio, el padre Couplet tuvo la fatal ocurrencia de trazar paralelismos casi incuestionables entre los mafiosos europeos del *dexamiento* y los muy *dexados* monjes budistas del Oriente.[138] Con lo que estaba hecho. Intervino la Inquisición romana, empezó a susurrarse en los *salotti* que el aragonés capitaneaba una conjura pitagórica, menudearon los mandobles clericales descargados a traición con voluntad de miura y no pudo seguir oponiéndose el Papa al caudaloso flujo de mala leche que alrededor y por debajo de su trono exigía un escarmiento. Llegó éste en mayo de 1685, cuando los trigos encañan y responde el ruiseñor. Molinos fue el primer molinosista que triste y cuitado oyó chascar a sus espaldas la cancela de la cárcel. Más de doscientos amigos le siguieron a sorbos en el plazo de unos días. Y eso a pesar del sálvese quien pueda. Cuentan que la redada levantó ronchas hasta en los sillares del Puente Milvio. Hubo inmediato regodeo doquiera antes había fanática devoción, mientras los frailecillos sonrosados de culo fácil deponían las posturas genuflexas o del loto para recuperar líneas horizontales y más o menos despatarradas sobre los tálamos cardenalicios. Tras la causa vino la sentencia. Nuestro compatriota salió del trance convertido en hereje oficial y condenado a cadena perpetua sin saber cuando es de día ni cuando las noches son sino por una avecica. Y ya se nos acaba ahí, ya no volvemos a tener noticia alguna del baturro hasta la muy lacónica de su fallecimiento, once años más tarde y en jornada de los Santos Inocentes. ¡Qué casualidad! Inocencio se llamaba el pontífice (o ballestero) que no quiso esgrimir la autoridad de su tiara para detener el dolo.[139] ¡Dios le dé mal galardón!

Y aunque murió el perro, no se detuvo su rabia. El molinosismo siguió amagando por los muslos del Pirineo y acezando en todas partes. ¿Ejemplos? Don Juan de Causadas, beneficiado de Tudela, se descalabazó literalmente para divulgar las ideas del que consideraba su maestro. Al cabo, en 1729, la Inquisición de Logroño lo condenó a la pena de doscientos azotes más diez años en galeras y el resto de su vida a la sombra de una ergástula. Fue el tal contumace estragador de monjas, y aun de madres prioras, antes de venir a menos. Entre sus pupilas destacaba doña Águeda de Luna, pirandona que a fuerza de gritítos y teleles cobró fama de santa en un cenobio de Lerma, sentando luego reales de superiora en otro de Corella, donde pasmó a los lugareños por su fecundidad en milagrerías. También ahí metió baza el Santo Oficio, y cabe añadir que a fondo, pues la abadesa murió de torturas en el transcurso del interrogatorio, no sin antes confesar cuanto a sus jueces les vino en gana. La muy verrionda, dicho sea sin ánimo de ultraje, estuvo veintiocho años encamada con cierto Juan de la Vega, fraile de Santander, natural de Liérganes y —como apunta don Marcelino— quizá pariente harto estrecho del famoso hombre-pez posteriormente detectado por las mismas latitudes. Resumiendo: doña Águeda tuvo cinco hijos de aquel vivales, a quien los otros miembros de la secta llamaban (y consideraban) *el extático.*[140] Estremece pensar en lo que hubiera sucedido caso de no serlo.

Pero siga la bola. En Cartagena de Indias hizo furor por idénticos móviles un fraile descalzo que, Molinos va prepucio viene, desvirgó (o por lo menos se tiró) entera y verdadera a toda una congregación monjil manejando el socorrido señuelo cátaro de la santa lascivia perpetrada *in charitatis nomine.* Ya saben: puros resultan siempre los actos del hombre puro. O camino de la mano izquierda. Y «así pasaron largos años hasta que por trece declaraciones conformes fue descubierta la perversidad del confesor y se le formó proceso».[141] A lo que colorín colorado. Desconocemos el nombre de este gran follador.

Y —habida cuenta de que Molinos en todo momento supo encandilar e hizo bizquear a las mujeres— inevitable fue la presencia de éstas entre quienes se ocuparon de recoger y transmitir la antorcha. Por citar, Menéndez y Pelayo cita a tres, aunque hubiera podido añadir trescientas. Rompe el hielo o el fuego Isabel Herráiz, más y mejor conocida como Beata de Cuenca o de Villar del Águila. Estamos ya casi en la estrena del siglo XIX. Y a tanto va a llegar el prestigio de la alumbrada que por lo menos una vez (y quizá otras) saldrá procesionalmente a hombros de la muchedumbre entre cirios, monstruos, saetas, turíbulos, casas colgantes y densos lingotazos de resolí. ¿Título del filme? *Más dura será la caída.* Isabel, en efecto, murió de mala muerte en una mazmorra secreta de la Inquisición, y sólo entonces la sacaron de nuevo por las calles de la ciudad, si bien a lomos de burro, y se sobrentiende que en efigie, para cocerla en olor de pueblo y aventar sus cenizas hasta donde el diablo quisiera remolcarlas.[142] Dicen que tomaron la hoz del Júcar a toda prisa, sin peralte y derrapando. Cosas de Cuenca. Y también de la pedestre Madrid, redimida esta vez por una tal Clara, que acertó a fingirse contrahecha durante los mejores años de su vida convocando en derredor de su tumbona a las gallinas más locuelas de la alta sociedad. Requeríanla sus contertulias para casos de machorrez, eventos de purgaciones, episodios de alcoba, bascosidades de pitanza, ditirambos de melopea, lances de marido capón y coyunturas de harakiri. Mangoneaban en la tramoya (y por supuesto pasaban el cepillo) la consabida madre alcahueta y un confesor muy gaucho. ¡Qué trapatrapa! Entonces no existían consultorios sentimentales ni expresión corporal ni feministas ni psicoanálisis ni asociaciones de mujeres universitarias. Cada piculina vadeaba la frigidez o la senectud con todas sus secuelas, a pie enjuto, culo en pompa y pezón descubierto. Con lo que está explicado. Doña Clara terminó por hacerse un altar a toca penoles de su catre y allí comulgaba veintiocho veces entre menstruación y menstruación, con la típica excusa de que el pan ácimo era su único alimento. Y así año tras año, a la sopa requeteboba, hasta que la Vieja Dama los enchironó a los tres.[143] De nuevo, y perdonen la insistencia, no se trataba de milagro, sino de vil metal. Con adobo de histerismo.

La tercera beata se llamaba Dolores y nació en Sevilla o por lo menos en tan sutil ciudad subió a la horca. Vaya por delante: era ciega desde la cuna, pero asaz espabilada en negocios de ingle. A los doce años abandonó hogar y familia para amancebarse con su confesor, que no estaba a la altura y en menos de un lustro se fue al hoyo. La insaciable Lolita neutralizaba a fuerza de rijo sus penurias anatómicas, o tal se diría, pues casi todas las fuentes insisten en pintarla «negrísima, repugnante y más horrenda que la vieja Cañizares del Coloquio *de los perros*», amén de individua «fluminada, secuaz teórica y práctica del molinosismo»,[144] y tan tientaparedes, por supuesto, como cualquier monstruo de Sábato. En fin: la prójima, muerto ya su cachirulo, quiso ser organista y se quedó en Beata de Marchena, empleo bastante agradecido con el que ganó muchos laureles y aún más notoriedad. ¿Y cómo no iba a ganarla llamándole tiñosito al Niño Jesús —por citar sólo una de sus ocurrencias— y ventilándose sin excepción a todos sus confesores? Liviandad, por cierto, que acabaría costándole cara, pues fue precisamente uno de los maromos quien la delató, y se delató a sí mismo, en julio de 1779. Para entonces llevaba Dolores más muescas en la culata y cardenales en los bajos que pielesrojas había en el currículum del general Custer cuando murió con las botas puestas. Eso sí: le quitaron lo bailado. Dos años se demoró el proceso antes de que por decisión de los jueces interviniera el brazo secular. ¡Menudo festín para los ojos famélicos del pueblo andaluz! Dicen que la ramera lució en el auto de fe escapulario blanco y coroza con llamas y demonios. Aun así tuvieron que amordazarla para reprimir las blasfemias y uno de los inquisidores llegó a blandir amenazadoramente el crucifijo en sus negras fauces. Al final, sin embargo, la beata se arrugó con estrépito de lágrimas y meaculpas. Ese ademán piojoso pudo salvarla del infierno, pero no le evitó el patíbulo. Incluso, y por si acaso, después de ahorcarla frieron su cadáver en la hoguera. Los sevillanos la tenían por bruja, atribuyéndole la exquisita facultad de poner huevos.[145] Hecha la autopsia, resultó mamífera.

Estos tres endriagos de Molinos o santas comadres del molinosismo alargan un siglo más la mística demencia de los dos siglos de oro. Y son, por supuesto, mera anécdota, rictus fúnebre, chisme ingenioso, rabo mustio de elefante en descomposición. Como todo eso, y encima villana caricatura, serán para recreo del lector las fatigas esotéricas brevemente mencionadas en el próximo capítulo.

Dicho esto, bien pudiera dar por terminado el que ahora nos ocupa si en el último instante no me lo impidiese un escrúpulo de honestidad o acaso simple prurito de bobalicona erudición: ¿hubo por ventura en la España de los Austrias algún hereje verdaderamente imperscrutable y latebroso? ¿Un nombre a la vez grande y furtivo que casi todos desconozcan y que sin embargo circule entre determinadas bocas? Me lo pregunto pensando en ese lacónico A. Sala que el adepto coruñés Papus incluye en su breve lista de colegas españoles.[146] Muy poco he averiguado al respecto y nadie se acercó para ilustrarme. Fue esa incógnita filósofo oriundo del Valle de Arán y profesor en la Universidad barcelonesa a partir de 1603. Conocemos dos de sus obras, respectivamente fechadas en 1618 y 1619. Son los *Commentarii in isagogem Porphyrii et universam Aristotelis logicam* y la *In physicam Aristotelis de substantia corporea in comuni, de ejus principiis, causis, partibus ac propietatibus commentarius*. Títulos, a decir poco, escasamente agraciados y nada connotadores de hermetismo. Lo contrario: apestan al Estagirita. ¿Dónde buscar el truco? Tiene que haberlo. Papus no solía hablar a humo de pajas. Y hasta Torres Amat —un autor sin sueños en la cabeza— menciona el arcano y le yuxtapone nuevas tabarras bibliográficas en sus *Memorias sobre los escritores catalanes*. Quizá quepa oxear por ahí a la gallina para meterle el diente. Aunque a fuer de coherencia haya que preguntarse: ¿con qué fin? No, no, dejémosla en paz.

Y perdón. Tampoco ahora puedo cerrar el capítulo sin antes aludir al convento de San Plácido. Doble trampantojo: el primero relativo a lujuria de monjas con clérigos y el segundo atinente a lujuria de emperadores con monjas. Pasa el sacerdocio y el imperio, pero las hembras quedan. Máxime si juraron castidad y clausura. Veámoslo.

Se fundó el susodicho monipodio de piedad en 1623 y a la vuelta de cinco años ya prorrumpía en una de las más escandalosas campanadas discernibles entre las muchas y muy resonantes que desde siempre amenizan nuestra historia eclesiástica. No pocos extranjeros y aborígenes insisten en definir el asunto como un Loudun peninsular. Ganas de no desmerecer, aunque poco importa si exageran. Confieso que el primer episodio de San Plácido me aburre, quizá por la excesiva atención que las dos Españas le han dedicado en el contexto común de este país terca y secularmente enemigo de orear en el dintel los trapos sucios. Con todo, un enésimo escrúpulo de información me obliga a mencionarlo. Bastarán dos palabras.

Y una sola apostilla para situar la trapisonda: negocio fue ésta —o más bien coletazo postrero— de la mística *alumbrada,* tan proclive (como ya se vio) a perdonar y aun fomentar los pecadillos de alcoba entre expertos confesores solicitantes y doñas debidamente solicitadas. Pedir, discurrían aquellos ministros de Roma, poco cuesta. El *no* lo llevamos gratis y cualquier revolcón, por decepcionante que resulte, de sobra merece el riesgo de un cachete a manos de manos blancas.

Permitiré que la galantería me obnubile el juicio al enjuiciar maremágnum tan galante: la culpa no fue de las cándidas religiosas, y cómo había de serlo, sino del priápico presbítero micer Francisco García Calderón, que por aquel entonces mandaba intramuros del convento y arrastraba lindamente por la cola cincuenta y seis años cumplidos, «lo cual hace menos excusable su desenfreno».[147] El entrecomillado proviene de Gregorio Marañón y así se explica. Conocido es el talante puritano de ese doctor liberal. Pero cotufas en el golfo y marejada en el Estrecho: don Francisco abusó de su autoridad (y acaso de su buena forma) para calzarse a las pupilas donde casualmente le pillaran. Tanto daba la piedra del altar o la tarima del confesionario como el púlpito de estribor o el rastrillo de la clausura. Empezó por la madre priora y siguió en orden alfabético o cronológico hasta perforar el arrugado mapamundi del sacristán. Ni una sola novicia escapó a su brama. O quizá lo consiguiese aquella tan dengosa e inoportuna que se resistía... Déjenme soñar. Felices y retozonas, por no decir encoñadas, iban de pastoforio en transepto las inocentes de San Plácido hasta que los federales de la Suprema surgieron a la del alba por el horizonte enarbolando el tomahawk, jinetes a pelo de garañón apache y cubiertos de cadera a coronilla por sus mejores plumas de urogallo. ¡Válgame Dios! Se fastidió el invento. Había música de somieres y todo fue apagándose para quedar en maquinales erotismos de endemoniadas. Salida airosa que el *establishment* agradeció. Como agradecidos y benévolos resultaron los estacazos. Más galantería: don Francisco se encargó de pagar la cuenta, consistente en permanecer chapado a perpetuidad tras las celosías de otro monasterio. Y es de suponer que en él hizo de las suyas acometiendo a los varones por detrás, pues no abundaban las hembras para intentarlo por delante. Que a todo se acomoda el recluso y lo mismo pesa el tafanario de un chorbo en Carabanchel que la ostra de una gitana en la Ribera de Curtidores. Al réprobo se lo consideró «sospechoso de haber seguido a varios herejes antiguos y modernos —en especial gnósticos, agapetas y nuevos alumbrados— así como a los yerros de los pseudoapóstoles Almarico, Serando y Pedro Joan».[148] ¡Señor, cuántas historias para una que en otras latitudes apenas hubiese quedado en fabliella del *Decamerón*! Y ya verán cómo antes o después el cine que tenemos se nos convierte a Ken Russell. Pero lo tomas o lo dejas: se trata de España, hermanito.

Marañón y su corte han hecho cuanto estaba a su alcance para encajar el furibundo encoñamiento de San Plácido dentro de los límites de una cartilla clínica capaz de recibir explicación inapelable desde los presupuestos del psicoanálisis freudiano. ¡Pitas, pitas, gallinitas! A mí no me importa la libido como origen, sino como resultado.

Y ya está bien. No me atuve a dos palabras.[149]

Muchas más merece el segundo episodio de San Plácido. En él toma parte nada menos que su serenísima majestad Felipe IV, cuya lujuria sólo era comparable a su inmensa devoción. Le dará la réplica una monja llamada Margarita de la Cruz. Huelga encarecer sus virtudes físicas y no conviene indagar en las otras. Se incoa el drama en un parlamento de don Jerónimo de Villanueva, protonotario de Aragón y patrono de la dichosa rábida. Está hablando con el rey y sus informes versan sobre la galanura de la novicia. Algunas voces malévolas pretenden a posteriori que no hubo en el diálogo casualidad, sino confabulación para distraer al monarca de las muchas calamidades que asolaban el país y las colonias bajo la férula del Conde-Duque.[150] ¡Hum! Me huele al habitual empeño de secularizarlo todo. Aunque allá películas, pues el salaz Felipe —sea como fuere— mordió el anzuelo a quemarropa y se distrajo, sí señor. Arranca la segunda escena. Aparece el prognato Austria en el convento, va de tapadillo, husmea, se aproxima al locutorio y zas, flechazo incontinenti. ¿Cómo resolverlo? ¿Tirará más la teta de Margarita que la carreta de Dios? ¡Ay, ay! Insomnio.

Fregamiento de manos. Convulso deambular entre infantes y meninas. Decidido: tira más la teta. Don Jerónimo tendrá que hacerle de rufián. Y bien que le luce al candongo, pues vive muro con muro de San Plácido y, como Papillón o la Máscara de Hierro, no titubea en abrir un boquete que a su vez se abre al trastero de las monjas. ¡Tate! Descúbrelo la abadesa y se dispone a vender cara la ingle de su pupila. ¿Cómo? Con un ardid macabro, merecedor de una efemérides en el zodíaco surrealista y de un fuliginoso escaparate en el museo de Madame Tussaud. Ven acá, paloma mía. Vístete de blanco, corre a tu celda (que ahora es capilla ardiente) e instálate en el túmulo con las manos juntas, los ojos prietos y un crucifijo allí donde se lo ponen a los cadáveres. ¡Deprisa, incauta! Ya suenan los pasos del paraninfo, pronto le seguirán los del rey...

¡Qué gran señora! ¡Qué espectáculo tan cabalmente español!

Virginidad, satiriasis, muerte, religión y monarquía. Ahí queda eso.

¿Será necesario añadir que don Felipe y don Jerónimo salieron de naja sin esperar a más? ¿Y que a los pocos días todo se supo y otra vez el soberano dio en desear a Margarita? Quien la sigue la consigue, principalmente si ostenta cetro y corona. Intúyese el desenlace. Vinieron las presiones, vinieron los amagos, vinieron las dádivas, y a la postre pudo el rey fornicar como un jenízaro entre los ijares de la moza, que en los diez primeros minutos perdió para siempre esa triste condición, aunque con taimería de mujer y de monja no dejó de aparentarla hasta el trance de su muerte verdadera. Otros pormenores: folgaba la muy cuca (o cuando menos se lo ponía para recibir a su amante) envuelta por un vestido azul y blanco, en permanente guisa de Inmaculada Concepción. Y no sólo don Jerónimo, sino también el Conde-Duque solía estibarse al costado de la cama para perfumar con la ayuda de sendos turíbulos el trajín que su señor y nuestro señor Felipe organizaba sobre aquella potra de nácar.

Y aún dice más la leyenda (o el documento que la corrobora). Parece ser que un buen día terció en el escándalo la Suprema con los miramientos que cabe imaginar. Y algún tiempo después, por instigación del propio Olivares, reclamó el Papa todos los autos y diligencias del proceso con la excusa de querer supervisarlo. Feroz iba a revelarse la habilidosa martingala del Conde-Duque. Deposita éste el cartapacio en un maletín con precinto y lo confía al burócrata Alfonso de Paredes, que de bote pronto se embarca en el muelle de Alicante rumbo a la mafiosa Génova. Será su ruina. Olivares, adelantándose a los procedimientos de hoy, expide un retrato más o menos robot del edecán a las autoridades españolas destacadas en los puertos italianos con la orden perentoria de arrestarlo. Y eso hacen. Don Alfonso (o José K.) viaja a Nápoles sin pagar billete, da con sus huesos en el Castel del Ovo y lo abandona quince años más tarde embutido en un pijama de madera. Paciencia: otra víctima de la razón de estado. Para entonces ha mucho que la urna y su contenido flotan bajo apariencia de cenizas por el éter. La chimenea personal del rey sirvió de horno crematorio. Y sus propias manos, trabadas a las del Conde-Duque, hicieron lo demás. Pero esto no es todo: hay un colofón (ya dije que el penúltimo de los Austrias siempre brilló por su piedad. Y no sonrían). Dos sobornos envió Felipe al convento de San Plácido para expiar las infamias urdidas y cometidas a su sombra. Estribó el primero en un reloj de carillón y música que de quince en quince minutos tocaba a muerto. Y fue el segundo ese *Cristo* de Velázquez que al subyugarnos los Borbones terminó donde hoy está. Vivir para ver. Y para creer, cosa que don Gregorio Marañón no hace a propósito de tan divertidas monsergas entre reyes, monjas, validos e inquisidores.[151] Yo sí. ¿A qué cementerio de elefantes conduce el escepticismo?

Y ahora una última addenda, casi una posdata. Quise ilustrar en este capítulo no tanto el inevitable, exotérico, cosmopolita y difuso *mal du siècle* latente en el nuestro de Oro (hay en cada centuria como mínimo una enfermedad endémica que la connota, pero que no la agota) cuanto la locura soterraña e indígena, pasional e intransferible, que se adueña de este mi país entre el advenimiento del primer Carlos al litoral de Villaviciosa en 1517 y la dramática desaparición del segundo, coincidente por azar o necesidad —la disyuntiva no me importa, aunque importe a los historiadores— con el año que inaugura el estrepitoso Siglo de las Luces y de la nueva época. Que para nosotros será la de los Borbones o san desestero de los arquetipos. Sí, hice por ilustrar esa locura a riesgo de excederme en la dosis, de cargar las tintas y de introducir un elemento de distorsión en la óptica de los lectores. Aporreé su cacumen, y quizá su paciencia, con toda suerte de perífrasis, sinónimos, metáforas, hipérboles, espejos cóncavos y círculos viciosos manejados una y otra vez para lo mismo: inocular el virus de aquel delirio nacional en mis circunspectos compatriotas del hoy y el mañana efímeros, sacarlos de sus almidonadas casillas, devolverles la lógica del éxtasis o por lo menos instilarles la convicción de que el pedestre borreguismo actual no es enfermedad congénita, sino adquirida y en consecuencia curable. Ahora bien: ¿bastaron mis esfuerzos e intenciones? ¿Cubrí, siquiera parcialmente, tan vituperables objetivos? Seguro que no, y menos por culpa mía que por la coriácea insensibilidad al tema desarrollada en casi tres siglos de abdicaciones, *bon sens,* imitación, autofagia, masoquismo y comercio venéreo con la fétida y emputecida Europa. De ahí que para zanjear de una vez este capítulo, y en un último pujo por transmitir el sabor no ya esotérico sino decididamente exótico de aquella España, me haya permitido espigar al tuntún un puñado de fehacientes disparates en la prensa de la época y en los diarios de ruta escritos por los chismosos extranjeros que a la sazón nos visitaban. Escúchenlos con ánimo devoto, pues a mi juicio configuran un espléndido retablo de mística aliñada a la española por entre las grietas de su perfil lúbrico, su gratuito furor, su folklórico desgarro y su bárbara desfachatez. Hay mucha religión en estas salvajadas, pero sólo me la abonarán quienes todavía no hayan formulado voto de ateísmo. ¿Queda alguno?

Menciona Andrés Navagero, embajador de Venecia en España, a ciertas monjas santiaguistas del convento de las Junqueras que estaban autorizadas para contraer matrimonio.[152] Su carta exhibe fecha de 1523. Ignoro la causa y las cláusulas de tan insólito privilegio.

Federico Badoaro, otro ministro véneto con credenciales ante la misma corte, describe con sinceridad muy poco diplomática al César Carlos, cuya famosa mandíbula —dice— le impedía juntar los dientes y pronunciar de forma inteligible la última sílaba de las palabras. Sufría el emperador «casi continuamente de hemorroides y a menudo —en los pies y en el cuello— de la gota, que le tiene agarrotadas por entero las manos». Así se explica que escuchase, sin duda exigiendo alivio, la friolera de tres misas diarias.[153]

El holandés Enrique Cock sostuvo hacia 1574 que en toda España, y principalmente en Valencia, tirarse a una puta era el pan cotidiano de los súbditos varones, «muchos de los cuales primero irán a ello que a la iglesia».[154] Y cita el caso de una horizontal llamada Margarita González que en treinta y tres partos alumbró a ciento cincuenta y ocho criaturas.[155]

Cambiemos de siglo sin abandonar la temática del burdel. Un *Itinerario de España y Portugal en la primera mitad del siglo XVII,* quizá anónimo (perdí la ficha o me olvidé de anotar el nombre del autor), se encarga de explicarnos lo que sigue: «dentro de Aragón, en cada lugar de buena vecindad, además de todas las ciudades de España, hay una casa adonde se recogen a mal bivir las mugeres que, perdida del todo la vergüenza, quieren darse del todo a los vicios. Y llámase esto la putería, y a nadie pueden negarlo, llevándoseles su premio tassado: si encima de la cama medio real; si en la cama, un real; y biven en unas celdillas, cada una en la suya, en guardia de un hombre y de una muger, que llaman el padre y la madre (...) Cada semana son visitadas de los médicos, y si las hallaren enfermas, las sacan de ella y embían a curar al hospital, por beneficio de todos, acudiendo a ellas grandísima cantidad de gente baxa, que se aporrean las más veces al entrar, por ser antes o después, como se suele hazer en la audiencia de algún príncipe o juez».[156]

Pero no sólo ramería, sino también lo contrario. En 1636 se detectó por los entresijos de los Madriles a «un numeroso enxambre de putos o arisméticos». Y aunque algún juez distraído se empeñó en ahorcar —y ahorcó— a varios, muy pronto intervinieron las autoridades para echarle tierra al asunto. Por algo colocó Quevedo a los (¿o las?) «putas ambigui generis y mujeres-hombres y hombres-mujeres en acciones y pelillos» entre las *Cosas más corrientes de Madrid y que más se usan.* Aproximadamente un siglo después afirmaría el filósofo David Hume que sólo las empedernidas ciudades de Sodoma y Gomorra rayaban a la altura de nuestra corte (bajo Felipe IV) en lo que al vicio se refiere.[157] Y eso que para combatirlo se organizaban números tan vistosos como el de conducir entre alguaciles cada viernes de cuaresma a todas las chalecos madrileñas hasta la iglesia de las Recogidas, donde se les endilgaba un sermón y alargaba un crucifijo invitándolas a besarlo (aunque ay de la infelice que lo hacía, pues el inocente gesto granjeaba una reclusión a perpetuidad en el convento de las Arrepentidas).[158] Conque nada tiene de extraño que unos lustros más tarde, exactamente en 1664 y en su *Relación de Madrid,* el caballero Roberto Alcide de Bonnecase considerara a las

30.000 putas y 100.000 sifilíticos de la ciudad como «miembros principales de aquella república».[159] ¿Cifras exageradas? No lo parecen a tenor de la rara unanimidad que en lo tocante a ello manifiestan todos los turistas de la época. Pero tanto monta: decapitémoslas y el asombro dura.

Cita luego Bonnecase, cuya obra no tiene desperdicio, el magistral verso de Góngora a propósito del Manzanares *(bebióte un asno ayer y hoy te ha meado),* cogiendo la ocasión al vuelo para acusar a la villa y corte de *gran retrete público* y aplaudir la costumbre madrileña «de llevar las espadas altas por temor a cortar los mojones que todos plantaban desvergonzadamente en pleno mediodía sin cuidarse del ojo ajeno. Las mujeres, en esta acción como en las demás, pierden la vergüenza de su sexo. Las ancianas no se ocultan por mostrar que no están muertas y que pueden utilizar sus partes. Las jóvenes son más escrupulosas, pues temen dar a conocer por la forma de su obra la del instrumento».[160] Y a continuación venimos a enterarnos de que la ciudad agoniza por obra y gracia de un viento al que dicen *gallego,* capaz de dejar paralítico a cualquiera que entorne una ventana y de «llevar el gálico desde un burdel vecino hasta un centro de devoción». De ahí, apunta el cronista, que todo poseedor de un divieso «lo mismo pueda haberlo cogido en la casa de Dios que en una del diablo».[161] Tras lo cual reincide en su tema favorito y corre a explicarnos que «las dueñas viejas tienen como favor el ser llamadas putas», mientras a «las jóvenes no les agrada la consideración de mozas ni tampoco el serlo, pues toman tal honor como inequívoca señal de la escasez de su mérito y belleza (...) En otras naciones se consigue algo de las mujeres bajo promesa de matrimonio; en ésta, a las primeras demandas os responderán que *para marido no, para amancebado sí.* Y en los contratos de boda se incluyen reservas de ciertos días completamente libres para desahogo de las consortes. En una palabra: si no son zorras, lo parecen (...) Y las encarecidas por su espiritualidad deben esta fama a la creencia de que la manera más corta de llegar al cielo consiste en obtener de jóvenes diez mil escudos meneando el cimbel para invertirlos en misas después de la muerte».[162] Y añade el viajero que «las doncellas extraviaban su integridad al echar los dientes, convencidas de que las Vírgenes Locas del evangelio estaban en el purgatorio por vírgenes y no por locas».[163]

El cura Juan Muret, que vivió en la capital hasta 1667,

agrega otros detalles. Las señoras —dice— tomaban rapé a tiempo y a destiempo, estornudaban como posesas, reían a grandes carcajadas y se abanicaban desvergonzadamente en la rejilla de los confesionarios. Los clérigos recorrían las calles de la ciudad mosquetón al hombro y machete al cinto. Por la nochebuena se transformaban las iglesias en corrales de comedias y los frailes en actores barbilindos. Las trotaconventos de los burdeles habitados por impúberes comunicaban gozosamente la aparición de la primera menorragia a los padres de las precoces golfillas. En cuanto a las púberes, tanto si eran profesionales como aficionadas, acostumbraban las muy pindongas a entregar un pañuelo mojado en sangre de menstruación a sus amantes para que éstos lo besaran con arrebato.[164] Y puntos suspensivos.

La condesa d'Aulnoy, autora del interesante *Viaje por España en 1679 y 1680*, recoge una anécdota de palacio en la que se atribuye la muerte de Felipe III a una cuestión de protocolo. Despachaba cierto día el rey su correspondencia cuando alguien colocó un brasero a poca distancia del pupitre, sin reparar en que todo el calor del artefacto se iba en derechura hacia la calamorra del Austria. Empezó éste a sufrir visibles síntomas de congestión, pero la suavidad de su carácter le impedía acusarlos. Por fin se percató del entuerto el marqués de Tobar, que inmediatamente avisó al duque de Alba conminándolo a intervenir, aunque en vano, pues el gentilhombre adujo que el conflicto no entraba en sus funciones, sino en las del señor de Uceda. Convocóse a éste y dio la casualidad de que se hallaba fuera de Madrid, visitando las obras de una residencia campestre situada a bastantes leguas de la capital. Se reanudaron entonces los conciliábulos entre el de Tobar y el de Alba, pero la inflexibilidad del segundo no le dejó al primero otra salida que la de enviar recado urgente al Duque de Uceda. «Y cuando éste —apresuradísimo— llegó, el rey se hallaba casi extenuado a fuerza de sudar; aquella misma noche tuvo fiebre alta, presentóse una erisipela, degeneró la inflamación, agravándose, y al cabo le hizo morir.»[165]

Reproduzcamos ahora unas cuantas esquelas arrobiñadas en los célebres *Avisos* de don Jerónimo de Barrionuevo, que entre 1654 y 1658 sentó plaza de periodista chismoso e incordión, adelantándose en varios siglos a su época. *Madrid, 1 de agosto del primer año citado*: «por la tarde hubo toros ferocísimos, muchos rejones y dichosas suertes, pero tan gran calor que se quedaban los hombres en cueros por los tablados y era una mojiganga ver cómo estaba la plaza».[166] *Íd., veintiún días más tarde*: «otros cinco o seis hombres desterrados porque gritaban *¡viva la Iglesia!*».[167] *Íd., 30 de septiembre de ese año*: «un médico de Andalucía sustenta en conclusiones hechas públicas desde el monasterio de la Encarnación que si los reyes de Francia tienen la gracia de curar lamparones, igual la tienen los de España para sanar a endemoniados»[168] (lo de *lamparones* no está aquí por su acepción figurada, y hoy más usual, de *mancha en la ropa,* sino por la tradicional de *tumor blanco* o *escrófula linfática*). *Íd., 19 de diciembre del mismo año*: «en Cataluña, los micaeletes dieron en los herejes sacramentarios y mataron a más de 300 dellos, y a un tal Calvo, cuñado de Margarita. Dícese fue por desagraviar las ofensas hechas contra los templos y el Copón».[169] *Íd., 2 de febrero de 1656*: «los frailes jerónimos han traído una pretina de San Juan de Ortega. Es de hierro y está formada por dos medias abrazaderas. Aseguran que obra milagros en orden a concebir las mujeres. Pidióla el rey y quien la trujo murió en llegando acá».[170] *Íd., 27 de febrero del mismo año*: «Su Majestad ha ordenado no vayan mañana a la Comedia sino mujeres solas, sin guarda-infantes, por que quepan más, y se dice la quiere ver con la Reina desde las celosías y que tienen algunas ratoneras con más de cien ratones cebados para soltarlos en lo mejor del festejo, así en cazuela como en patio, que si sucede, será mucho de ver y entretenimiento para sus Majestades.»[171] *Íd., 12 de julio del mismo año*: «en Sevilla hay un clérigo de Écija preso por la Inquisición, el cual tenía una viña muy linda, pero que nunca dio fruto, ya del pulgón, hormiga, piedra, niebla y otros accidentes. Quitóse de ruido y consagró una tinaja entera, la mejor, y con esto, poco a poco, todos los días, después de haberla podado, fue echando en cada cepa un sorbo. Y entonces cargó fruto en ella con exceso, siendo los racimos tan disformes que parecían a los de la tierra de promisión. Milagro a ojos vista».[172] *Íd., 25 de octubre del mismo año*: «dícese que gusta la Reina de acabar la comida con dulces, y que habiéndole faltado dos o tres veces, salió la dama que tiene a su cargo y preguntó que cómo no los llevaban. Respondiéronle que el confitero no los quería dar porque le debían mucho y no le pagaban nada. Quitóse entonces una sortija del dedo y pidió: *vayan volando por ellos con esta prenda a cualquier parte.* Pero hallábase Manuelillo de Gante, el bufón, presente y dijo: *torne vuesa merced a envainar en el dedo su prenda.*

Y sacó un real de a cuatro y diólo ordenando: *traigan luego los confites a prisa para que esta buena señora acabe con ellos de comer*».[173] *Íd., 4 de abril de* 1657, «a día de Viernes Santo iban en un coche el marqués de Villanueva del Río, Chinchón, Tabara y Fernandina, cuando quisieron romper la procesión a la altura de unos albañiles que llevaban el paso de la huida a Egipto y diéronles tantas pedradas que, si no escapan por pies, no quedara ninguno de ellos a vida, llevándose hacia allá cada uno a buena cuenta cuatro o cinco guijarrazos, y como iban con túnicas, no conocieron a ninguno».[174] *Íd., 14 de noviembre del mismo año,* «ya van sucediendo muertes y heridas en alguaciles por levantar las faldas a las mujeres».[175] *Íd., 28 de noviembre de 1657,* «come el Rey pescado todas las vigilias de la madre de Dios, pero en la de la Presentación sólo pudo refocilarse con huevos por no tener los compradores un real para prevenir nada».[176] Y sin embargo, más o menos por la misma época, salía rumbo a la raya de Francia la princesita María Teresa para contraer matrimonio con Luis XIV, escoltada a lo largo de siete leguas por 70 carrozas, otros tantos corceles de representación, 18 literas de a caballo, 2.600 mulas de albarda, 900 de silla y 72 vehículos culones de transbordo con el ajuar de la novia. Sólo para empaquetar los guantes perfumados al aroma de ámbar se requirieron dos baúles.[177] Y es que la corte española siempre supo distinguir entre la esfera de Dios y la del César. Faltaría un cuproníquel para comer japutas, pero no cien mil doblones que gastar en bragas de menina. Dicen que el Rey Sol a pique estuvo de morir estrangulado en su noche de bodas por culpa de un resbalón entre los faralaes. Agrade o exaspere, así se manifestaba entonces el postrer genio de la estirpe ibérica.

Y tanta locura (sobra decirlo) se exasperó con el segundo Carlos, cuya férula —para mí la más estimulante de nuestra historia— insisten en no entender nuestros historiadores. Campanada de imaginación y claroscuro: dos arneses que casi ningún polluelo de academia sabe manejar. Y esgrima de perdedores que renuncian al halcón maltés. Pero del Hechizado, último Austria y primer Maldoror, ya esbocé una silueta anecdótica en la introducción a este libro,[178] quizá por aquello de echarle carnaza al lector. Repetir ahora tan remotos apuntes me parece absurdo. Ampliarlos quedaría fuera de contexto. Pasé entonces la palabra a Sender, gran novelador del tema, y humildemente aguardo a que también la recoja mi pluma en un futuro nebuloso cuya distancia no sabría precisar. Escribo en castellano: mal puedo morir sin brindarle un toro a ese augusto individuo por el que abdica España y concluye el *paréntesis en la decadencia* que dio origen a mi digresión. ¡Teresa, alma de fuego! ¡Juan de la Cruz, espíritu de llama! Y día de todos los santos en el empeine del mil setecientos: Su Majestad agoniza. Como postrer recurso le cubren la cabeza con palomas que acaban de morir y le aplican entrañas de cordero aún palpitantes sobre el vidrioso abdomen:[179] La última metáfora surrealista de un reinado que siempre supo estar a la vanguardia. Se le consume el pábilo al faraón de dos mundos por entre la negrura de la magia negra. De ser yo Dalí, pintaría ese cuadro. Grandes de España, curanderos de Galicia, obispos de Roma, embajadores de París y nodrizas de Santander dibujan una medalla de Tiépolo —cabezuelas y suspiros— alrededor del sobrio lecho castellano donde el monarca, milagrosamente, todavía aceza. Una gota de sangre tiñe el albo plumón de los pichones mientras se disuelven los mondongos sobre el vientre imperial entibiando una gélida marea que ya sube. Los *cortigiani* se disponen a brindar por Expaña. Dan las tres menos cuarto de la tarde en el reloj magistral de repetición, campana y longitudes, con música de Monteverde y forma de Atlas sosteniendo el globo, que quince años antes enviara como regalo de buena voluntad todo un señor primer ministro de los Habsburgo. Sufre allí Carolus Rex un ataque de epilepsia y rinde el alma entre convulsiones.

El futuro será silencio.

QUINTA PARTE

Aquí cerca y ahora mismo la involución

I. PREDICADORES DE PEGA SENTADOS EN LOS CAFÉS

> La cucaracha, la cucaracha,
> ya no puede caminar
> porque no tiene, porque le falta,
> marihuana que fumar.

Éste es un baile de criadas y de horteras. A veces con buena intención, algo de chispa y cierto gusto: de ahí no pasan. Conque nadie grite a engaño. *Hic et hunc*, los Borbones. Quizá *hic et semper*. Vitalicia calavera cosmopolita. El exótero galopa vertiginosamente hacia lo seglar. ¿Me equivoqué en todo? Dejémoslo. Nada puede atormentar esa pregunta a quien bajo el envés de la historia sólo percibe y quiere una invención. Ciertos son los toros: el país, como siempre, encontrará una salida airosa en la picaresca. Tenaz talento de doble filo. Los tres randas se estiban con cazadoras de ante en las terrazas de los cafés. Pongamos *La Fontana de Oro* o cualquier tabuco de igual pelaje por los alrededores de Sol. Es lo que don Benito va a catar en sus primicias madrileñas. Y empiece la carnavalada —¡qué más da!— a eso del 1757, año en que la Inquisición detiene y procesa a un francés requerido por la burocracia de Fernando VI para dirigir una fábrica de hebillas en la capital. Se trata, lógicamente, del clásico masón que pugna por implicar en juegos de logia y compás a los adoquines enrolados como obreros o novicios. Algunos tragan el anzuelo e infelices corren a escupirlo sobre las escribanías de la Suprema.[1] Cuestión de escasa monta, pero la cagarruta germinará. Qué risa: esoterismos a la violeta y un poco al uso del París pagano. Ya tenemos a madama la masonería afincada en nuestros campos con mucho zalamero temblor de repoltudas nalgas filantrópicas. No nos demoraremos historiándola: quede fuera de este libro. Si acaso, curiosear un instante en lo que Menéndez y Pelayo consideraba logia madrileña de más rumbo, sita en la calle de las Tres Cruces y decorada con zafarrancho de simbolismos por el pintor valenciano Ribelles, o asistir bajo antifaz de sorna a la tertulia vespertina de los caballeros rosicruces en su buharda de Antón Martín.[2] Lo siento, no da para otra cosa. Y guardémonos de las provincias. De Jaén, de Salamanca, de los puertos peninsulares o ultramarinos —pues el virus masónico, como los polizones, viaja a menudo en el pañol de proa— y sobre todo de Sevilla, donde la logia principal brujulea bajo el mismo techo que la Inquisición. Allí va a estrenar el masonazo de Alberto Lista su barbitúrica oda *Al triunfo de la intolerancia, oh, hijos gloriosos de la paz* y *feroces magistrados* de *ese lumbroso Oriente,* caudal inextinguible de saber y de clemencia, *cantad el himno de amistad, que presto / lo cantará gozoso y reverente / el tártaro inhumano / y el isleño del último Océano...* Y también *oh, sopor,* del cual quizá nos saquen, por las trochas de un tenebroso itinerario, los émulos y vengadores de Padilla, sociedad secreta «de carácter español y castizo»[3] que en 1812 le puso nomenclátor sandunguero al ceremonial masónico, y allá que se mudaron las *logias* en *torres* y el *Gran Oriente* en no menor *Castellano* a la cabecera de una vitrina con los huesos del vencido en Villalar, para que ante ellos recibiese numinoso y amigable espaldarazo cualesquiler catecúmeno provisto de rodela, incorporándose de tal suerte a una *confederación* o civitas Dei desmembrada en *comunidades* que se desmembraban en *merindades* desmembradas en *castillos* y *fortalezas* con sus respectivos *alcaides* y *cuerpos de guardia,* solitarios aquéllos y apiñados éstos en diez *lanzas* para las necesidades de la acrópolis, siete para las garitas de los torreones y otras tantas para la defensa del rastrillo, cuando mira que ya se viene a los adarves el neófito con los ojos vendados y aúlla el centinela de turno su quién vive y asoma el comunero padrino para esclarecer que el fulano esgrime pendón de nieve y deseo de alistarse, santos voquibles que obligan a bajar el puente levadizo no sin concierto de goznes y cadenas orquestado para sobrecoger al aprendiz, que ahora se cuela en la alcazaba dando traspiés y ya en derredor se le dibuja la oploteca grávida de armaduras mohosas que proceden de la prendería más cercana,[4] y en fin, truculencia va, olor de carroña viene, a lo tontiloco, papando moscardones de cadáver, este asunto de la comunería llegó a controlar en 1822 cosa de cuarenta y nueve *torres* con diez mil adeptos para cuadricular la epidermis de la Península. O para azotarla desde las columnas del *Zurriago,* publicación oficial de la pandilla que probablemente desató por primera vez en España a todos los diablos manes y desmanes del periodismo entendido como milicia. Gente curiosa —hay que reconocerlo— y acaso más, pues muchas y muy enérgicas iban a ser sus bazas en el tapete de lo político. Sobra añadir que siempre desde la trinchera liberal y a menudo festoneándola de anarquía. Anduvo en el ajo Flórez

Estrada y no lo rehuyeron dos generales ascendidos in artículo mortis a imperecedera carne de cañón, el uno, y de horca, el otro: Torrijos y Riego. A la altura de ambos héroes se colocó el magistrado Romero Alpuente, individuo de gran predicamento en la comunería, que tuvo la memorable ocurrencia de llamar y considerar *don del cielo* a la guerra civil.[5] No cabe frase más desgarrada y desgarradoramente española. Todo nuestro *fatum*, desde el hermafroditismo de Alfonso VI hasta la batalla interior del noventa y ocho, pulsa ahí con la impavidez de una termita reina. Y sin cinismos, aunque ya el lector gazmoño los detecte con vértigo farisaico. ¿Existe algún compatriota por el que en este baile no doblaron las campanas? Y volverán a doblar: se lo prometo.

Conque llegó la masonería y ahí sigue, ya rutinaria, sin disfraz ni música de profundidades. Arrojó la careta. Mejor así. Jarabe de Borbones, zumo de meninge cartesiana. Que se lo beban y buen provecho.

Otra moda del *hic et nunc*: el espiritismo. Hacia 1682 apareció en Valencia *La verdad acrisolada con letras divinas y humanas, Padres y Doctores de la Iglesia.* Firmaba el médico don Luis de Aldrete y Soto dando en sostener la pluralidad de mundos y en proponer como ubicación del paraíso bíblico alguna esquina extraterrestre. Y no sólo: su opúsculo menciona la evidencia de un peri-espíritu o «inateria simplicísima engendrada por Dios Óptimo Máximo para la restauración de la naturaleza humana».[6] Son conceptos que no se avienen al equívoco. Razón llevan los espiritistas de Iberia al reclamar para este ibérico doctor los honores iniciales de un parto que dos siglos después repetiría con más éxito y lisonja el extranjero Allan Kardec. Y ya se nos cuela otra vez el francesito de turno (que por algo corta Francia casi todo el bacalao de la época). Se trata de Alverico Peron, fundador en Madrid (y en 1865) de la Sociedad Espiritista Española. No tarda ni duda en recoger su herencia el vizconde de Torres-Solanot, revolucionario, periodista y prócer oscense que se juega el resto en el negocio. Llegan y pasan revistas, libros, clubes, trances, veladores voladores y ectoplasmas. Fueron, o son, laberintos rectamente intencionados e ingenuamente fideístas por los que no quiero perderme. Menos descenderé a discutir las dosis de ciencia cierta yacentes en algo tan inequívoco como lo es la posibilidad (y aun inevitabilidad) de establecer relaciones con el alma de los muertos o con cualquier otro habitante del espacio intangible, aunque extrasensorialmente inteligible. En una cripta romana, va para cinco años, presencié impolutas conjunciones del acá y el allá, mientras *altrove* mi compadre Santino, juglar abruzo trasplantado al Tíber y extranjero en los campos de su tierra, cambiaba serenamente la vida al compás de los mensajes transmitidos por su mejor compinche desde las moradas del Edén. Era la voz de Vincenzo, hasta entonces golfo de solemnidad, trasteverino de raza, odre de aguardiente, buen follador y áspero milonguero de taberna. Santino ahorcó la guitarra y el trago: hoy es médium en la Asociación Italiana de Parapsicología. *Peccato!*, supongo que pensarán los alféreces de aquella vieja guardia. ¿Y qué le hubo, cuates? Ponedle paciencia, que tampoco vosotros sois los de entonces. En cuanto a mí, no cito estas anécdotas intransferibles como demostración de algo, sino para recrearme un instante en la turbia hermosura del recuerdo. La viabilidad del espiritismo no necesita de andamios: es un dos por dos. Y tan chata, por cierto, como el balance de esa mugrienta operación aritmética. En el mejor de los casos se entabla amistad con el diablillo Asmodeo o suena la voz gangosa del general Bonaparte. Eso cuando no acude al velorío aquel sobrinito que murió de sarampión a los nueve años o interviene la antigua portera de la finca de mamá con chismorreos sobre los vecinos que le tocaron en su trozo de ultratumba. ¿Y bien? Ocultismo familiar con olor a berza y a partida de parchís. Hay que apuntar más lejos, no quedarse en el limbo de los difuntos ni en la tierra intermedia de nuestras envolturas astrales. El espiritismo tiene gracia como juego de salón. Su ámbito natural es la mesa de camilla, pero no los folios de este libro. Por eso me fijaré única y brevemente en dos o tres tonterías chistosas, celtibéricas y marginales. Las voces de Moisés, María Inmaculada, el Niño Jesús, Fenelón, Lúculo, San Pablo, Eulogio de Córdoba, Santo Tomás de Aquino y San Luis Gonzaga dictaron a don Domingo de Miquel, don José Amilgó y otros maestros de Lérida un volumen titulado *Roma y el Evangelio* con el aparente móvil de negar la existencia del diablo, anunciar «el próximo fin de la iglesia pequeña de Roma y el principio de la Iglesia Universal de Cristo»,[7] y poner de chupa dómine a todos los curas. El gallego Suárez Artazu escribía —o transcribía— novelas de éxito inspiradas por Marietta y Estrella, musas astrales que empujaban el lápiz del médium a vertiginosa velocidad. Miguel de Cervantes Saavedra redactó el reglamento de la Sociedad Espiritista de Oscense y/o quizá el de otros grupos similares. Menos fortuna tuvieron los metapsíquicos de Zaragoza, a cuyo reclamo —y con miras a dictar una revolucionaria biblioteca de política— sólo acudió la sombra de William Pitt. En general, como felicísimo apunta Menéndez y Pelayo, casi toda la pólvora del espiritismo español se fue en salvas anticlericales y en búsquedas de cristianerías asiáticas anteriores a Cristo. El bueno de Torres Solanot hizo por lo segundo casi tanto como en seguida harían los adeptos de la Blavatsky. Y sorprende enterarse de que fue entre los maestros de escuela, los veterinarios y los oficiales de artillería donde más socios reclutó el espiritismo. Pase lo primero, pero ¿cómo explicar los otros dos renglones? Inadmisible: nada menos que el teniente general don Joaquín Bassols presidía el cónclave de Zaragoza.[8] Se necesitaba ya un Glorioso Movimiento, una guardia mora, un caudillo que cortando cabezas depurase las costumbres. Pues los artilleros no sólo se atribulaban en guateques de vela y velador, sino también con algunas merendolas místicas de trassosmontes que en el contexto castrense sonaban, como mínimo, a sedicioso cuartelazo o incluso a cachondeo. Incurría en éste el coronel D.R.T., cuasi-héroe del susodicho cuerpo y de la primera intentona carlista, que pasó al exilio en Francia y de allí se trajo la encomienda de una orden cuyo rótulo tradujo por el de *Obra de Misericordia.* Funcionaba su principal consistorio en Lyon y bajo la férula de un tal Elías, fantasma de modales engolados además de buen amigo y asiduo contertulio del arcángel San Miguel. Sus admiradores madrileños celebraban siniestros aunque inocentes ritos en un caserón de la calle de la Soledad. Lo sabemos por Menéndez y Pelayo, que interceptó y archivó una carta enviada por el archimandrita francés a la adepta española María de Pura Llama. «Documento extraordinario», dice —al margen— el montañés, «especie de apocalipsis dictado por un frenético, pesadilla en que el autor contesta mano a mano con los espíritus angélicos y con el mismo Dios».[9]

Pero mucho antes de eso, al socaire de su revolución, ya había decidido Francia soliviantarnos la decencia con toda suerte de estrafalarias novedades. O quizá al revés, considerando que en este trasiego de herejías no hubo ni hay bípedo implume capaz de discernir entre subversivos y subvertidos. Asoma siempre una cuerna de vaca española en los jaleos del país limítrofe, ya se trate de Raimundo Lulio en la universidad de Montpellier, del abate Marchena atizando el despecho de los *sansculottes*, de cualquier andaluz ebrio de pólvora en el desmadre de las Ardenas o de una pasionaria con diecinueve abriles morenos y belísonos provista de su insobornable adoquín en las orgías de mayo. No de otro modo aquel Martínez Pascual que inició al después celebérrimo teurgo Claude de Saint-Martin, llevándole sabe Dios cómo al huerto de la pampirulancia desde una lóbrega trastienda de Burdeos. Curiosa historia y curioso personaje. Algunos (pero no importa) lo quieren portugués de ese Portugal que para mí nunca ha dejado de ser España. Nació sefardita, le dieron bautismo, emigró, abjuró y helo inventando por los muelles de la *rive gauche* «una especie de secta, mezcla informe de cábala y tradiciones rabínicas, de gnosis y teosofía, de magnetismo animal y espiritismo, todo ello complicado con el aparato funéreo y mistagógico de las sociedades secretas».[10] Esta invitación al vals luce fecha de 1754. Luego se extendió a las cantinas bordelesas y lugdunenses. Martínez Pascual expuso sus hipótesis en un volumen sobre *la reintegración de los seres* escrito en viperina lengua francesa acribillada de barbarismos. De nuevo nos encontramos ante la canción gnóstica de los eones caídos y su posterior palingenesia. El mensaje coincide con el que desde todos los océanos transmiten las Atlántidas: los hombres, que eran por ley de nacimiento causas segundas constreñidas a no desbordar ese ámbito, se arrogaron el derecho a intervenir en el diagrama de la creación transformándose en causas primeras de causas y terceras y cuartas. No es un galimatías: en ello incurre quien con buenas o malas intenciones modifica poco o mucho el sistema cerrado de la naturaleza. Un ingeniero, un médico, un asesino. Ocioso insistir. El maestro Martínez murió en Puerto Príncipe de Santo Domingo diez años antes de que estallase la revolución francesa. Desconocemos los motivos de su singladura americana. ¿Un personaje de Carpentier, un agitprop del Siglo de las Luces? Tal se diría. Y siguió librando batallas desde ultratumba: sus secuaces generaron por fisiparidad la mafia de los *Grandes Profesos* y el consorcio de los *Philaletas*. Éstos buscaban el *lapis* alquímico en absurdos laboratorios de Versalles y merecieron la cólera de Saint-Martin. Aquéllos acapararon las artes esotéricas en Alemania hasta el advenimiento boreal de Swedenborg.[11] Efectivamente: ¡qué historia! Y ramificada, pues el país dispone (por ejemplo) de una vida paralela en la persona del caracense Andrés María de Santa Cruz, que andaba traspapelado en Londres cuando el suceso de la Bastilla, pero que al enterarse no se lo hizo repetir dos veces, plantó a sus discípulos, escupió sobre el Támesis, lió los bártulos y en las postrimerías de 1790 ya estaba de imaginaria en un buchinche de Montparnasse, arrimando su ascua a la chamusquina de la emancipación francesa y universal. Merodeaban por aquellos bufetes y tertulias los chiflados de medio mundo (pues el otro seguía siendo reaccionario) y Santa Cruz pudo elegir sin prisas, quedándose por último, tras mucho *dubonnet* y *fuagrás,* con la secta de los *theophilántropos,* cuyos misterios él mismo se encargaría de divulgar al cumplirse el quinto año de terror en un folleto novedosamente intitulado *Le Culte de l'Humanité.* Dicen los *Heterodoxos* que al de Guadalajara y sus compinches se les iba el universo en panfilismo. Comentario feroce, pero cabal. ¿Alguna otra definición conviene a hombres hechos que se visten de clámide blanca para escuchar el catecismo de Telémaco sobre un fondo de voces infantiles escondidas en un enorme tulipán de cartón piedra que funciona como caja de resonancia? Pues números así gustaban de montar los theophilántropos, que por ello —o por lo que fuere— obtuvieron no sólo la sonrisa y el aval del Directorio, sino también una pingüe subvención en metálico dispensada por los conductos oficiales de la bofia.[12] No le demos vueltas: las revoluciones siempre resultan mojigatas.

Y aquí —todavía en el flujo del *quartier,* pero con humor menos casquivano— asoma la presencia de uno de los grandes fetiches del decadente ocultismo occidental. Su filiación reza Gerardo Anacleto Vicente Encausse Pérez, alias *Papus,* nacido a doce más uno de julio en La Coruña, tras coito de padre francés y madre vallisoletana. Fue masón, martinista, homeópata, kardequiano, rosicruz, fisiólogo, doctor en cábala, alquimista, hipnotizador, astrónomo, brujo, abanderado de los caminos mistéricos occidentales frente a la teosofía levantina de Madame Blavatsky y precipuo fantasmón en el misceláneo *Grupo Independiente de Estudios Esotéricos,* que llegó a tener sucursal abierta en Madrid. Todo ello refrendado por una impresionante longaniza de bicocas, títulos, condecoraciones, merecimientos, dignidades más o menos honorarias y panzudos volúmenes contra natura híbridos de magia, religión y ciencia. El lector vicioso puede encontrar esas minucias en las primeras páginas del *Ensayo de fisiología sintética,*[13] yéndose después hacia la lista de *maestros* españoles que este presunto *maestro* español incluye en *su Tratado práctico de ciencias ocultas.*[14] Algunos han aparecido y hasta reaparecido en mis elucubraciones; de los restantes nada pude averiguar. Menciona Papus, por ejemplo, a un Alfonso de Castilla, en 1295, que llevando sangre azul sólo podría ser el Infante de la Cerda, nieto del Rey Sabio y ocioso pretendiente a la corona bárdula, pues ningún otro figura con ese nombre en la encrucijada de aquel lugar y de aquella época. Las demás incógnitas envuelven a Rabbí Canches (médico de León en 1379), Diego Álvarez Ohacam en 1515 y Luis de Conti en 1661. Sin apostilla cronológica se insinúa un tal Grillandus. Cinco silencios que no he sabido penetrar.

Pero prosiga el baile: masones, comuneros, espiritistas, theophilántropos, grandes profesos, philaletas, discípulos de Martínez... ¿Y los teósofos? ¿Podían no figurar en este rabo de Europa que desde los Borbones se apunta a todo lo extranjero? Gente seria, bondadosa, tirando a coñazo y más bien patética. Lo digo respetuosamente, pero aburrido. ¡Qué remedio! La farmacopea puritana no me va. Siempre consideré mejor ingerir los alimentos que bendecirlos. En la duda, el pecado, y mojándome lo posible. Acaso la vejez me cambie esos naipes. Bienvenida sea, pero entretanto habrá que barajarlos: envidiaré a Narciso e imitaré a Godmundo. A Roma se va desde ambas partes. Infancia: sabiduría. Adolescencia: desazón y olvido. Madurez: paciente aprendizaje. Senectud: misterio. Estoy ahora pasando lo peor, mi penúltima etapa de mortal... Noche oscura. ¿Y luego?

El vaticano de lo teosófico se encuentra en Madrás, pero la teosofía cultivada en Europa por los teósofos europeos es tan europea como París. Madame Blavatsky la inventó (lo que me parece bien), la corroboró en Oriente y nos la trajo cuando más la necesitábamos: en plena revolución industrial. A ese mérito no le saldrán debeladores. Y en cuanto al resto —las músicas celestiales y los ha poco mencionados panfilismos—, tirémoslo a la papelera de las anécdotas sin darle mayor importancia. Las locuras estrictamente individuales son hermosas e inofensivas. La sal de la fe. Hablaba Roso de Luna, citando un códice masónico, de que los misterios adscritos a las iglesias iniciáticas de Mérida y Andújar —últimas en desaparecer de cuantas nos legó la Antigüedad— pasaron de oca en oca hasta los archivos o cacumen de la familia Blavatsky.[15] Ya tenemos el eslabón preciso para encadenar la teosofía española a la de esos mundos. Fue fácil, ¿no? Y también inevitable, si resultara exacto el axioma de que cada seiscientos veintidós años comienza un enésimo ciclo de regeneración espiritual. El cómputo es de Roso. Argumentaba éste que el último Buda nació en Kapilavastra 622 años antes de Cristo, que otros tantos después de Él huyó Mahoma a Medina, que en 1244 alcanzó su cenit la religión caballeresca y que en 1886 predicó Madame Blavatsky por todo el orbe un catecismo cuyos mandamientos sembrarán ecuménica concordia 622 años más tarde...[16] Fuera de la segunda, que es de bachillerato elemental, no comprobé las otras fechas. Pero el artilugio teosófico español funcionaba a maravilla mucho antes de que el extremeño hiciera públicos sus hallazgos. Lo armó Francisco de Montoliú y Togores (ingeniero, abogado y director de la *Escuela de Peritos Agrónomos* de Barcelona) y se cuidó de engrasarlo el aristócrata José Xifré, amigo personal de notabilidades tan opuestas entre sí como Alfonso XII y la Blavatsky. Luego vendrían Roso de Luna con su *Ateneo Teosófico,* cien revistas y mil despapuchos provincianos. En ese río revuelto citaré sólo dos nombres: el de Arturo Soria, pitagórico profeta que arrojó a los chanchos madrileños su revolucionaria *Ciudad Lineal,* y el de un presunto conde e indiscutible aventurero que amaneció aparatosamente organizando zambras de hipnotismo por los salones de palacio con el visto bueno de la reina y regente doña Cristina. Otro pícaro de cuenta. Se llamaba Alberto Das y a nadie cedía en el oficio de venderle palabras a la aristocracia. Puso en Madrid, por ejemplo, un nosocomio metaloterápico que hizo furor entre los gentilhombres gotosos y las ricahembras teticaducas, pero al cabo juzgó preferible vadear airosamente la frontera con los gendarmes en las nalgas. Llegó a Bélgica y en Bruselas repitió la trápala, el pleno y el regate. ¿Qué postura adopta en circunstancias así todo un señor pícaro con garantía de origen? Pues largarse a América de sopetón y en lo que caiga. Allí fundó el maestro casi un centenar de figones teosóficos, almorzó a diario con presidentes y primeras damas, cosechó discípulos, visitó alcobas, se dio de «efectivas calabazadas contra las paredes» (dice literalmente Roso) cuando alguien o algo se le torcía y manejó con soltura los difíciles argumentos del disfraz, el pasaporte falso, la oportuna mordida y el garboso quiebro. Abreviando: remató su aventura —que fue larga— en ciudades con sabor a Islam, perpetua y felizmente protegido por califas o visires. Itinerario (y vocación) de pirata: Marruecos, Persia, Egipto y allá a su frente Estambul, donde al parecer vivía como un sultán en el palacio del sultán cuando el impávido Roso hizo por componer su biografía.[17] Fue este granuja tan buen ejemplar de español como mal teósofo. Lo primero le salva, lo segundo no le condena. Confío en que los númenes gestores de la reencarnación le adjudiquen otra oportunidad.

Y así cabría seguir. No sólo tras las huellas de la historia más reciente, sino a lo largo de cualquier jornada (hoy mismo) y a lo ancho de cualquier ciudad (Madrid por ejemplo), cuando sales a comprar el periódico en la esquina o a fotografiarte de carné. El ocultismo acecha. Dos galopines hablan de piscis y acuario en el mostrador de una cafetería. Otro baja del autobús con un folleto de Suzuki en la cartera. Musita nuestro mejor amigo mantras bisílabos en el inodoro del aeropuerto mientras la criada nos adorna la cocina con efigies de Aurobindo. En Bogotá y San Sebastián se celebran congresos de brujología. En Chicote un chamán chicano chicolea con la crema de la intelectualidad. Los curas postconciliares cantan *hare Krishna.* La Editora Nacional se acuerda de Prisciliano. Un boxeador lee a Fulcanelli. Guillermo medita en Londres, Dakar, Tenerife o Muros de Nalón. Mi hermana formula gorigoris hinduistas en una conejera de suburbio donde todos los miércoles confluyen los seguidores de Yogananda. Caterina conoce a una troika de budistas en el expreso de Barcelona. Los derviches madrileños levitan cerca de Embajadores bajo la batuta de un faquir que desde siempre chalanea perfumes en el Rastro. Una sobrina me pide que la ayude a consultar los hexagramas del *I Ching.* En la colonia del Bosque tienen casa abierta los del gurú no sé cuántos. Los polluelos de Gurdjieff hacen gimnasia metafísica entre los matorrales del Retiro. Úrculo y Mazarrasa ruedan una película sobre los templarios del Cañón de Ucero. Carlos Moya descubre a la *Magna Mater.* Chicho le pone música a la letra de la *Crónica Troyana.* Yo...

No son disparos al azar. Bromas aparte, se trata de individuos con nombres propios, de sectas en candelero, de situaciones que presencié, de lugares en los que estuve. Y si alguien me ha seguido hasta aquí, de sobra conoce mi opinión a propósito de tales embelecos. No voy a repetirla. Sólo que gasté algún tiempo curioseando en madrigueras y he querido levantar acta de lo que ocurre. Los *maestros* pueden dormir tranquilos. Tienen seguro el pan y la clientela. Se diría que ya nunca faltarán milicianos con pantalones de cuero en las terrazas de los cafés.

Cualquier parecido con esta obra es pura coincidencia.

Por lo demás, ni aun queriéndolo hubiese podido hablar del asunto. Funciona en Salamanca un archivo militar de masonería y ocultismo (o algo así) en el que sólo me permitieron consultar el catálogo. Atribuí esta prohibición al capricho de cualquier sargento de cuchara y elevé la consabida solicitud a la superioridad, encarnada en la persona de un almirante vecino de Madrid. Se me dijo que no. Busqué entonces recomendaciones de fuste, esgrimí las necesidades de este libro, demostré mi condición de profesor universitario... Ni por esas. Muy bien. Y gracias. En definitiva conviene enterarse de que algunas instituciones abusivamente adscritas a determinados organismos no están abiertas al público. Y atar cabos.

Sólo aspiraba a consultar rúbricas tan inocentes como las intituladas *Revista masónica Acacia* (signatura 350-A-3), *Asociación Hispanoislámica* (672-A-2), *Caballeros del Santo Sepulcro* (792-A-3), *Club Rotary* (309-A-1), *Trabajo sin firma sobre la ley kármica* (355-A-5), *Destellos* (361-A-9), *Espiritismo de Jumilla* (355-A-5)—, y otras pendejadas de similar jaez. Pero debieron de creer que me iría derechito (y disfrazado de piñorra) a los legajos del Tribunal de Represión del Comunismo. Están allí.

Terminaré citando unas líneas de Sender y su *Verdugo afable*. Alude éste, evocando el Ateneo, a «un viejo teósofo que hablaba ex cátedra todos los días en un grupo de adictos, accionando con la mano izquierda en la que tenía una tenacita de plata y en ella un cigarrillo turco. Era un hombre pequeño, sonrosado, con cabellera blanca. Se llamaba Mario Roso de Luna. Había descubierto una estrella que llevaba su nombre y publicado muchos libros sobre metapsíquica, no pocos de los cuales estaban traducidos a varios idiomas».[18] En seguida llamará Sender al mismo personaje «superintendente secreto y universal de los gnomos».[19] Interesan estas definiciones para la comprensión de la escena, evidentemente histórica, que aquí vamos a presenciar. Actúan (a su aire) dos brillantes espíritus de la España que murió en la guerra. Cuenta Sender otra visita del verdugo afable al Ateneo, donde «le salieron al encuentro el viejo teósofo Roso de Luna y el hijo de Valle-Inclán, un muchacho de dieciséis años. Éste, al ver al teósofo, se contuvo y, con una expresión hermética, retrocedió. Ramiro fue más tarde a su lado y le preguntó si no era amigo de Roso de Luna. El muchacho dijo que el teósofo se había portado mal con su padre y que desde entonces no le saludaba. Parece que Valle-Inclán, convencido de que con sus libros no lograría nunca hacer dinero se dirigió un día a Roso de Luna para que le ayudara en una empresa mágica. «La tierra —dijo el viejo poeta— guarda en sus entrañas tesoros ocultos, enterrados por los aventureros del pasado. Estos tesoros duermen esperando la mano que sepa descubrirlos. Usted tiene virtudes adivinatorias. Yo dedico mi vida al culto de la belleza que también es de naturaleza mágica. No quiero la opulencia, amigo Mario, sino un decoroso bienestar. Ayúdeme a localizar uno de esos tesoros.»

«Roso de Luna le prometió hacer lo que pudiera y algunas semanas después, acuciado por el poeta, dijo que el tesoro estaba localizado.»

«Perteneció —le dijo— a un rey moro de Guadalajara. Guadalajara quiere decir en árabe *río del excremento,* pero no todo lo que llevaba el río era escoria. Tuvo también oro.»

«Añadió que estaba enterrado entre el río y la arboleda llamada en la antigüedad Morabito de Abd-ala. Valle-Inclán le preguntó muy gravemente si había gnomos custodiando el tesoro.»

«Sí —dijo Roso de Luna—. Hay siete gnomos.»

«Debí figurármelo. Siete ¿Y los gnomos se muestran propicios?»

«Hasta ahora, sí, don Ramón. Pero hay que esperar.»

«El poeta estaba impaciente y el teósofo le pedía que respetara las etapas rituales. Valle-Inclán no sabía cuáles eran esas etapas y el mago no quería decírselo. Se despidieron con la promesa del teósofo de avisarle en plazo breve. El hijo de Valle-Inclán terminaba, decepcionado:

«Al final salió don Mario con que había tenido una revelación contraria, la revelación de que papá iba a hacer mal uso del tesoro. Del círculo del tercer enigma le decían que no debía descubrir el lugar exacto del tesoro. ¿Qué te parece?»

«Días después, Ramiro, hablando a solas con Roso de Luna, le preguntó si lo que había dicho el hijo de Valle-Inclán era verdad. Roso de Luna lo confirmó todo e insistió en que no podía poner en sus manos una fortuna sabiendo que iba a hacer de ella un uso irregular. »

Hasta aquí el relato de Sender. En nombre de España, que nadie le arrebate o ponga una tilde. ¿Abarcamos ahora la dimensión de lo perdido? De gentes así —dijeron la Biblia y Aldous Huxley— es el reino de los cielos.

II. LA TRASHUMANCIA

¡Este placer de alejarse!
Londres, Madrid, Ponferrada.
Tan lindos... para marcharse.
Lo molesto es la llegada.

ANTONIO MACHADO,
El tren

Framontano o foramontano, una de las palabras más reciamente castellanas que jamás hayan exornado el romance de Castilla, no figura en el *Casares* ni en el *Espasa* ni en el *Corominas* ni en casi ninguna de las enciclopedias o diccionarios al uso, incluyendo por supuesto el de la Lengua y el especialmente infausto dedicado nada menos que a la Historia de España bajo el prestigioso rótulo de la *Revista de Occidente.* Sólo María Moliner recoge el término, atribuyéndole la significación, para mí disparatada, de *cipo que semeja un fraile.* A no ser —hipótesis poco verosímil— que esta respetable (y venerable) dama clasifique a los animales de bellota entre la fauna de convento. El comentario se justificará en seguida. Volviendo ahora al despiste de los diccionarios, hay en él busilis más que suficiente para clamar venganza. Su silencio, que hubiera sobresaltado a Freud, apunta a síntoma palpable de eso que en germanía de manicomios novecentistas se llama edipo infeliz, referido en este caso a frustraciones prácticamente nacionales. Ay, psicopatología cotidiana de nuestros lexicólogos. ¿Quién ignora, en efecto, que Castilla nace despeñándose hacia la estepa desde los Picos de Europa y que esa ruta, encabezada por la mole del Naranjo de Bulnes, se define como *de foramontanos* inclusive en los polícromos folletos que las aeromozas de Iberia reparten a sus pupilos entre perfumes de Christian Dior, cartones de Philip Morris y botellas de Johnny Walker? Hablo de Castilla en cuanto espacio histórico y no en su inmediata, evidente, mostrenca dimensión de geografía. Son individuos de carne y hueso —varones tangibles de Cantabria— los que en la oscura Edad Media se libran a un safari de taludes y rehoyos siguiendo la lógica ancestral de los mojones totémicos hincados por sus primates. Extrañas bestias de granito con perfil de esfinge devorado por el viento. Cerdos, musmones y toros. En una palabra: *verracos,* ese misterio de anteayer que el ayer clasificó azarosa y precipitadamente bajo la torpe etiqueta de Guisando. O mejor aún —y al fin— *foramontanos,* voz que está por *imágenes de piedra anteriores a Roma y dispuestas al hilo de las rutas batidas en la trashumancia.*[1] Creo yo, a pesar de María Moliner y del silencio de sus colegas, que el vocablo se explica desde sí mismo y por su propio peso: será lo que no pertenece al *monte,* lo que adrede se coloca *fuera* de él con ánimo de acotar una servidumbre de tránsito, lo señalizador de tierras desbrozadas para que otros las recorran... Y, por extensión, el antónimo de lo silvestre. Es decir: lo civilizado. No hay de qué asombrarse. La cultura ibérica nació en la grey, que no en el agro. Sus conductos capilares de desarrollo y manutención a lo largo de los milenios decisivos serían las *cabañeras* aragonesas, los *carreratges* catalanes y cuanto en Castilla todavía responde —según y cómo— a *cañadas, cordeles* o *veredas.* Cabe discutir la inserción de este dispositivo en lo moderno y lo contemporáneo, pero no su vigencia anterior. Y es de esperar, o de temer, que el entramado nos acompañe hasta el juicio de la tumba.

De hecho, a la luz de lo que hoy por hoy se sabe con certidumbre, los vectores matrices de nuestra historia parecen ordenarse y alinearse sobre la falsilla de la trashumancia como las rayas de un tigre en relación a su espinazo. Para entenderlo hay que volver a la primera edad heroica. Dice Trogo, citado por Justino, que el empecinamiento pecuario de la economía peninsular se remonta a los siglos nocturnos de Gerión y Gárgoris. Joaquín Costa, cuya solvencia en el tema respaldan hasta sus enemigos, abona la opinión y la destripa.[2] Paredes Guillén, sagaz compilador de una *Historia de los framontanos celtíberos,* ignorada por la plebe, señala que los mojones en cuestión fueron plantados por egipcios de verdad o por gentes que también creían en Osiris.[3] García de Cortázar, medievalista poco sospechoso de funambulismos, reconoce quizá con amargura que la trashumación parece ser tan antigua en España como la propia oveja.[4] Luis Pericot da como seguro el asentamiento en las fragosidades pirenaicas de un núcleo primordial de pastores enterrados en dólmenes y étnicamente afines a los éuskaros, pero dimanantes en lo cultural de «territorios más ricos situados al sur o al nordeste» de la península.[5] Ya Plinio sostenía que los gravios, helenios y fidios fundadores de Ampurias se habían trasvasado tierra adentro hasta confluir en los *olcades* o *arcades* de aquella montañosa Arcadia hispánica luego metamorfoseada en *Alcarria* por el gelatinoso acontecer impuesto a las consonantes líquidas en el román palurdo;[6] y Mauro Olmeda sugiere que el gentilicio *gallego* o *galaico*, voz indígena fagocitada por el latín e inicialmente parigual a *nómada*, se ayuntó con el también bárbaro *callis (camino de cordel)* en la acústica del invasor y terminó señalando a *peregrino que transita sendas rebañegas.*[7] Paredes Guillén va aún más lejos en esta espiral de etimologías (o mudanza de equívocos fonéticos en perseverantes contagios semánticos) y corrobora la *boutade* de Paulo Osorio, que llamaba *cabeza de Galicia* a Numancia, y no porque el hinterland del finisterre se extendiera hasta lindar con la tundra soriana, sino «porque Galicia, Numancia y Trashumancia son lo mismo que viajar o emigrar los ganados; y Galaico o Extremeño significan los pastores que los conducen a los extremos de los caminos» de cordel trazados entre los agostaderos y los invernaderos. En apoyo de esta hipótesis cabe atribuir al topónimo *Numancia* —y Paredes, flanqueado por algunos diccionarios, lo hace— una filiación etimológica pertinente a los celtas *nómadas* que plantaron su capital en la altiplanicie de Garray. Y adelante, pues siendo ese altar de la patria indiscutible epicentro de lo celtíbero, bien pudiera lo celtíbero equivaler a lo gallego y lo extremeño —o sea: a *trashumante*— en un birlibirloque trinitario capaz de disolver tres adjetivos en una sola noción verdadera. Así, concluye el framontanista, disiparíamos además el misterio de que antes y después de Roma se aplicara el gentilicio en cuestión a españoles nacidos o aposentados fuera de lo que geográficamente llamamos *celtiberia.*[8] Corríjase entonces el lema del escudo, el refrán de la calle y el verso de Machado: *¡Soria fría, Soria pura, cabeza de Galicia y de Extremadura!*

Cuatro grandes cabañas van a articularse andando el tiempo en la Meseta de Castilla. Serán, desde abajo y citadas en orden progresivo de importancia, la leonesa, las de Segovia y Cuenca, y —allá en lo alto— la de Soria, depositaria de la legitimidad numantina y por ello ductriz del reino, ayer como hoy, en todo lo atañedero al pastoraje.[9] No sólo costumbre, sino arquetipo. Sabemos desde 1273, porque ese año nos lo dice a pluma un privilegio sancionado por la Mesta, que en los campos horros de morisma se acotaban *extremos* o *tierras llanas* para habilitar dehesas de verano patrimoniales y en cuanto tal inalienables.[10] Este documento pone punto final a una tenaz querella de nuestros filólogos e historiadores. Gentes como Zurita, Garibay, Morales, Mosquera y Tamayo de Vargas lidiaron con imaginación y sin concierto para esclarecer el costillar semántico de la rara voz *extremadura,* que proviene de lo arriba dicho y no de *extrema* hora (por la de la verdad en batalla), ni del *extremoso* clima, ni de la ubicación en el *extremo* de los territorios conquistados, ni de la *extrema* dureza orogénica, ni ciertamente de los *extremos* del Duero,[11] hipótesis esta última que me tuvo guindado y fascinado hasta cumplirse el séptimo año de mi tardía vocación soriana en el trigésimo sexto de mi edad. Pero mucho antes de que el país cobrase conciencia administrativa y monárquica de su pedigrí cañariego deslindando extremaduras perdurables, toda la dialéctica casual (o quizá no) de nuestra historia antigua nos empujó constantemente de Málaga a Malagón entre el ir y venir de setenta veces siete etnias invasoras lloviendo sobre lo mojado por los aborígenes, ya fueran arcades de Grecia que aquí se hicieron alcarreños, ya celtas de gayato y caramillo en la promiscuidad de la rehala, ya suevos con la grey suelta por los pastizales leoneses o asturianos, ya —en fin— visigodos atentos a reparar las cañadas iberas y a garantizar su servidumbre de paso en una cláusula añadida al séptimo libro del Código de Eurico.[12] Hombres, todos ellos, que apestaban a cabruno. Y para remate tuvieron que venir los pastores del Mogreb a plantar sus jaimas en nuestros zacatales con el pretexto de la media luna y los cojones de Mahoma. Seguramente hubo en el tiberio menos afán de guerra santa que ambición de conquistar pastura. Y así, cómo no, entre tanta arribada de extranjeros que por ser rabadanes en su terruño parecían españoles en el nuestro y medraban a su calor desde el principio sin apenas entrechocar de armas, se nos coló en los pastizales una invasión de labrantines que nada sabían ni querían saber de trashumancias. ¿Su nombre? Roma. Y con ella empezó el *arma virumque cano* que desde hace más de veinte siglos nos obliga a dar el pecho en una guerra crónica de independencia que por supuesto no ha terminado. Ahí la verdadera *reconquista,* y no esa otra frente al perro mogrebí que inútilmente cacarean los manuales.

Reconstruyamos la historia siguiendo caminos de cordel. Cuenta Ocampo en su *Crónica de España* que hacia el 431 antes de Cristo, y un lustro después de que Aníbal desembarcara en la península, trabaron los extremeños del Guadiana y los andaluces del Guadalquivir descomunal combate por un quítame allá dehesas, «la cual batalla duró todo un día, de la mañana a la noche, con gran derramamiento de sangre, sin que por aquel tiempo nadie alcanzase señales de victoria. De las mujeres se afirma que estuvieron muchas en la pelea con armas, animando cada cual a los hombres de su parte y muriendo juntamente con ellos».[13] Esta sarracina tiene nombre: se llamó *de los rayos*. Y su charamusca prendió España asuso, envolviendo a celtíberos y romanos en una guerra o guerrilla sin cuartel, cuyas causas deben o por lo menos pueden buscarse en la universal rivalidad del pastor y el labriego. Gustos y filosofías irreconciliables, claro es, y de ahí la estrenua resistencia a firmar paces honrosas, pero también asunto de bolsillo. Lo reconozco. Roma quería convertir España en granero de la metrópoli y ese rapaz designio obligaba a sacrificar la infraestructura viaria de la trashumación.[14] Se entiende, pero no se aplaude. En aquella época anterior al hielo industrial no viajaban los huevos ni los churrascos ni las tripas a la moda de Caen ni los requesones ni las botellas de leche, aunque sí los pellejos y las lanas, dos productos que nunca se han considerado comestibles. De acuerdo, pero ¿sólo se vive de pan? ¿Y los tantas veces glorificados yantares del espíritu? Roma jamás pagó por ellos y ahí, antes o después, fermentará su derrota. Hubo entonces, sin embargo, un italiano ilustre que abrazó la causa de España y, armipotente, se erigió en defensor de los antiguos dioses. Su nombre era Sertorio, primero y último adalid de una historia de Europa que no llegó a cumplirse. Casi dos lustros de esperanza y ágape, como quien despierta de una pesadilla con el vapor de abril empañando los cristales. Hablé de ello en el prólogo[15] y quizá cualquier mañana, en la empuñadura de otro libro, comience a largar el lastre de esta peripecia ajena que no me lo parece. Entretanto, aquí, sólo una pregunta (que tampoco es mía): ¿consiguió Sertorio la adhesión casi unánime de la meseta al socaire de su empeño en defender la trashumancia? Si así fue, como algunos dicen,[16] ya tenemos a este negocio móvil convertido otra vez en árbitro de los destinos españoles.

Y en cuanto a la *reconquista* apócrifa, esa que cuatro tontos de corbata se inventaron contra el sentir del pueblo, sabido es que muchos la interpretan como un breve episodio secular en el milenario desanillarse de la pitón ganadera.[17] Dicho de otra forma: los cristianos o moros del norte necesitaban las brañas invernales de Extremadura y Andalucía, mientras los moros o cristianos del sur no se resignaban a perder los ópimos agostaderos del septentrión. Y las contorsiones de esa pugna no eran para tomarse a broma. Lívidamente se justifican, y también la duración en el tiempo de la guerra entablada, con sólo explicar que los rebaños sorianos recorrían la futesa de ochocientos treinta kilómetros a son de esquila y ritmo de cachava antes de alcanzar, año tras año, los apriscos y campamentos invernales.[18] Ardua fatiga esta de conquistar y mantener un camino abierto de casi doscientas leguas castellanas por entre la jungla pelona de campos de pan llevar. O desafío sólo al alcance de tuareg y templarios, dos maneras análogas de entender la vida que entre nosotros se hicieron cotidianas. Cabalgar es lo que importa. E incluso Sánchez Albornoz percibe una charanga de flautas y cencerros en el trasfondo de su *reconquista* cuando atribuye *en parte* el origen del conflicto al largo *duelo* iniciado *entre la oveja cristiana y el caballo árabe.*[19] Lástima que por exceso de amor propio tergiverse el erudito una intuición sagaz. Asunto de pastizales, sí, pero ventilados entre pastores, mi señor don Claudio, y no entre solípedos y criaturas de vellón. ¿A tanto llegan sus ganas de sembrar falsas discordias étnicas o espirituales? Ovejas nómadas hubo en la retaguardia de las dos Españas, como en su vanguardia hubo caballos de breve aceifa sedentarios y poco amigos de meterse a giróvagos por un costal de alfalfa. Convertir a unos o a las otras en motivo o protagonistas de toda una guerra es locura en la que ya incurrió Don Quijote al avistar el ejército del Miramamolín hecho carne de cabrón bajo los vellones de una rehala de borregos.

Pero en fin, y cortando por donde duele, salta a la vista que los flujos y reflujos del cuerpo a cuerpo entre norte y sur se ajustan con aceptable simetría y concorde euritmia al vaivén (paralelo en el tiempo) de los negocios pecorinos. Las grandes vías de la trashumación celebran desde entonces efemérides comunes al calendario de las armas. Sobran ejemplos. Precisamente un año después de que Alfonso VI desvirgue las puertas de Toledo, con la nueva raya en el cauce del Tajo y media Castilla detrás sirviendo de cojinete, la pécora cristiana vuelve a trotar, pastar y balar por los antiguos cordeles del Duero.[20] Seis lustros más tarde entran las fieras del Batallador en el alto llano numantino y le imponen de punta a punta una *pax* pecuaria que responde no sólo al eterno afán político aragonés de recortarle alas a Castilla, sino también a la imperiosa necesidad económica de habilitar más y mejores agostaderos.[21] Así, el segundo río caudal de la trashumancia se rotura a partir de 1118, horas después de que Zaragoza pase definitivamente a poder del vietcong. Y será, qué coincidencia, el décimo Alfonso quien a finales del siglo XIII descargue su espaldarazo oficial sobre las provectas ágoras de rabadanes que nunca dejaron de reunirse cabe los apriscos, pero que desde cualquier imprecisa fecha posterior al desastre del Guadalete lo hacen bajo un nombre nuevo y más acorde con Al-Andalus. Ya están aquí las *mestas,* vocablo de incierto origen que algunos empalman con *amistad* (la nacida en torno al fuego del refugio) o con *mezcla* (la de los corderos descarriados entre los que tienen dueño) y otros empujan hasta ese escurridizo *mechta* que los nómadas de Berbería ladran con la significación de *pastos invernales.*[22] Alfonso el Sabio, decíamos, sanciona la costumbre (que en muchas partes funcionaba ya con fuerza de privilegio) y aparea todos los cónclaves en un solo *Honrado Concejo de la Mesta,* cuyo bastón de mando empieza a pesar inmediata y decisivamente en la sensible balanza de Castilla.[23] O mejor de España, ese país donde el precio del éxito estriba en adquirir forzosa aureola de hideputa o maricón. Era, pues, inevitable que el nuevo organismo derivara a blanco de todos los improperios y a pasivo albañal de maravillosas calumnias. Una muestra: como las epidemias diezmaban la población y por ello, indirectamente, contribuían a fomentar la trashumancia (asunto no de peonaje, sino de campo raso), allá que se descolgó el Padre Sarmiento con la especie de que era el *Honrado Concejo* «hijo de pestilencia, comparable a la langosta y a la sífilis, y uno de los tres grandes azotes de la humanidad, creado por los odiosos infieles bereberes y, como ellos, procedente de África y traído a España en pos de la peste negra para su mayor devastación».[24] Lógico. Sarmiento siempre fue un reaccionario. Quise decir: un espíritu profundamente secular. Como lo serían Jovellanos y Mendizábal, quizá los dos hombres que más han hecho en los últimos siglos para llevarse al hoyo el bollo de la trashumancia. El primero a fuerza de teorías y vaniloquio, el segundo desamortizando al tuntún.[25] Y estos tres ladrones de tumbas tenían las ideas y los ojos vueltos hacia el enciclopedismo. Parece un chiste: Roma y Francia, los huéspedes más rapaces e inoportunos de nuestra historia, pujando otra vez con dinero de mentirijillas en la subasta pública de las tradiciones autóctonas. Círculos y remansos del inconsciente colectivo: ¿prevalecerán sobre las gemas de su tabernáculo? Dice Paredes Guillén que este juego sin trampa de los *extremos* y las *sierras* podrá acaso transformarse, pero nunca desaparecer del todo, pues «los Framontanos Celtíberos volverían para restaurar la independencia al primer apuro de la patria. Es tan nacional la trashumación y se impone a los españoles con tanta fuerza en los momentos de agobio que no cabe temer hayan muerto los celtíberos ni haya concluido su historia».[26] La frase es del 1888. Pocas décadas después aullaría el vasco Unamuno lo de que inventen y se españolicen ellos.

Salga ahora el lector por las tierras de Iberia, como una vez lo hiciera Quijano, y ponga el oído o los ojos en los nombres de sus pueblos. Recuperará una música de ayer olvidada, pero no perdida. Hubo estación de trashumancia allí donde ahora suena *callis, cabanilos, calzada, caña, cabaña, galiana, carrera, adrada, cordel, cuerda, cordones, vereda* y *vía.* Hubo guardiaciviles e imaginarias del Honrado Concejo en lo que hoy son *torres, miras, mirandas* y *atalayas* maullándonos desde la fonética de topónimos simples o compuestos. Hubo esguazos y trasmontes para el ir y venir de las rehalas junto a los estrangulamientos de sierra o río que aún llamamos *puertos reales, quinteros, contaderos, montazgos, arandas* y *puentes de cañada* o *de cordel.* Hubo ínsulas con catadura e intención de amojonamiento doquier se mientan *toros, caballos, carneros, cerdos, mugas, almoras, hincones, marmolillos, majanos* y otros mil etcéteras sinónimos de *hito* o connotantes de hitación. Y hubo, por último, pastores de pan llevar afincados en los parajes con rumor a *celtas, celtíberos, gallos, gallegos, mohedinos, trashumantes, serranos, montañeses, ribereños, extremeños* y *mesteños.*[27] Nombres hermosos, que serían algo más si en el presente no rigieran pretérito indefinido. Pero hoy todo *fue* en esos campos. Hasta el futuro.

Y además los ritos, las usanzas, la querencia de una vida que se resiste a morir...

En el término de Piormal, y por la efeméride de San Roque, suben los mozos a la peor cresta de Gredos, cobran allí un pino que no crece en otras cumbres, lo bajan, lo emperejilan con tentempiés en forma de pirámide, le quitan ramas para ceñir con ellas la cintura y el pecho de las novias, lo ponen sobre unas angarillas adornadas con címbalos y lo meten en la iglesia, lejos del altar mayor, mientras el párroco canta una misa de tiros largos. Ya concluye el evangelio, ya el oficiante se detiene y aparta con el mocerío, empujando jubiloso su artilugio por el andén central. Retinglan los cencerros y la casa de Dios parece un aprisco. Saltos, copias, ajujúes, vaivenes y pausas. Así hasta la barandilla, donde el clérigo pecha con el muerto de cristianar y bendecir el simulacro. Sale éste entonces y se ofrece, como una doncella númida, al postor más generoso en subasta popular, a grito abierto, con profusión de alcoholes, palpen y huelan, sin compromiso, paisanos, y naturalmente junto al portal del templo.[28]

En la aldea catalana y pirenaica de Benés, poco antes de que suenen las ocho de la mañana en día de Viernes Santo, los rabadanes practican una incisión o *senyal* en la oreja de sus corderos.[29] Ignoro el porqué, pero idéntico tijeretazo se le sacude en la India a las vacas sagradas para que nadie las confunda con las seglares.

En mis tierras de Soria, todavía no ha mucho, quedábanse algunos pueblos sin varón durante los meses invernales, por aquello del irse a Extremadura, y entonces se organizaba un matriarcado provisional ejercido desde los *trasnochos*, o rediles de personal merino, donde las comadres se reunían para marcarse un tute, jugar a munícipes, revolver caldos, proferir sollozos y tirar de rueca.[30] Hoy quizá pase lo mismo, pero los hombres están en Düsseldorf o Zaragoza y sus hembras picardeándose en el teleclub con los zapatos de coturno que, piropo va pellizco viene, consiguió feriarles en una mañana tonta cualquier baratillero quincenal y murciano de furgoneta diesel. ¿Dudaba alguien de que los tiempos adelantan?

Y dije ritos, querencia de una vida que se resiste a morir... Pueden buscarse, a manojos, en las obras de nuestros folkloristas. Y, más aún, campo a través. Yo sólo quería espigar varios ejemplos confidenciales, oportunos, alusivos, elusivos y personalmente afines.

Como afines me parecen esas figuras que los pastores andariegos de hoy siguen tallando a navaja en sus garrotas o en la cuerna de los animales sacrificados. Lo de siempre: *mandala* y barajar, que sobra tiempo, con el rebaño por delante, para aprender y entender. Son cruces gamadas, pentalfas y rosetones análogos a los que subsisten sobre los cipos discoidales de la antigua Iberia o nos hacen gestos olvidados desde las linternas románicas. Vale también la frase, y su desandar la historia, para los arreos y las marcas de propiedad pecuaria, a menudo exacta reproducción de los signos grabados en los dólmenes.[31]

Otros mundos, otras huellas que nos conducirían a casi todas partes. Pero llevamos muchos siglos y casi dos mil folios alejándonos de eso. Otra vez Cernuda: *vuelva el que tenga...*

Por lo demás, carezco de títulos y saberes que me autoricen a opinar sobre la cinética de la trashumancia. Me sobran, en cambio, convicciones, intuiciones y, quizá, revelaciones suficientes para asegurar que en su fondo acecha la única España que me incluye, persuade, emociona y gusta: aquella *—antigua—* mencionada con rabia por el termestino. De ahí que sin el concurso de los pastores no sea posible entender los temas que ahora vendrán: solsticios de invierno y de verano, jotas y, para remate (sin ironía), el toro. Diciéndolo de otra forma: los últimos refugios o almacenes de arquetipos españoles dentro de la España secularizada y borbónica que sucedió a los Austrias. Y también, claro está, los capítulos postreros de mi libro.

Todos ellos, describiendo una espiral con lentitud de águila, se ciernen sobre los campos de Soria. Y ya oigo reproches de regionalismo para lo que sólo es ineluctable lógica de encrucijadas culturales. Yo no tengo la culpa de que en los alcores de Garray descanse la legitimidad numantina, ni de que la tauromaquia histórica proponga su monumento más antiguo en las entrañas de Tiermes, ni de que las fiestas sorianas de San Juan constituyan la supervivencia arcaica menos fosilizada y manipulada de cuantas en olor de multitud salpican nuestra geografía, ni de que sólo los sampedreses pisen una alfombra de ascuas la noche del solsticio, ni de que resulte ser la Cañada Honda de Valonsadero algo así como el fulcro o llave maestra capaz de mover y abrir todo el dispositivo de la trashumancia celtíbera, ni tampoco tengo la culpa de que tales evidencias me empujaran, con el apoyo de la casualidad, a establecerme cierto día en un palomar del Collado.

Además, recordaba Cirlot,[32] por algo los pastores desempeñan el papel de psicopompos en los recintos de ultratumba según los sistemas tradicionales de simetrías simbólicas. Su rebaño enuncia las fuerzas latentes en el cosmos.

Así que en Soria, y no en Toledo, pondría yo la capital de España.

III. SOLSTICIO DE INVIERNO, SOLSTICIO DE VERANO

> Aunque estas fiestas sorianas tengan fuego del Irán
> se han hecho fiestas cristianas pues las bautizó San Juan
> y a misa los parsis van
> cuando tocan las campanas.
>
> (Romance sanjuanero recogido en Soria por Teodoro Rubio Giménez)[1]

Así tuvo que ser: Prometeo roba la lumbre de los dioses y en torno a ese tizón van a urdir los seres humanos su cultura. Debió de perpetrarse el delito al terminar la penúltima semana de diciembre, cuando la luz y el calor del sol enflaquecen hasta casi rozar la metafísica. Acude entonces el mido, la nostalgia de una primavera que acaso nunca volverá, y los animales ineptos para el letargo por sobredosis de inteligencia tiemblan en sus cubiles menos a causa del frío que por las rompientes del oleaje cósmico. A mayor cacumen, más desamparo. ¿Qué hacer o qué no hacer? Eso: inventar la aventura prometeica y construir en el centro de la casa un altar de roca para que a su arrimo parpadee sin apagarse el numen cegador arrebatado al Empíreo. Nace una religión íntima: la del hogar. E inmarchitable. Todos los hombres extrínsecos al trópico (pues en él es la lluvia y no la mecánica celeste quien sirve de diapasón al clima) adoran al nuevo dios en el solsticio invernal o fase álgida de su duermevela. Plegaria un poco sórdida, aunque comprensible: los devotos piden que el astro permanezca o cuando menos que no se vaya para siempre. Y ciclo orgiástico de la *navidad* en torno a la noche más larga del año y al alumbramiento de un varón que seis meses después presidirá desde su cenit o solsticio de verano la orgía desencadenada a partir de la noche más corta por los faunos y doncellas de San Juan. ¡Oh, gran señor de las esferas armilares, cataclismo puntual de cada día! Naces el 25 de diciembre y te llamas Melkart, Hércules, Osiris, Krishna, Serapis, Dionisio, Baco, Jule, Mitra, Atis, Cristo... ¿Qué importan los mil nombres impuestos en mil sitios al eterno héroe solar? Siempre la misma música o historia: heliolatrías... Y siempre un tizón arrimando el ascua a otro tizón, y éste a otro, a otro, a otro, la flor roja de los hombres que Mowgli el Lobezno robara de cualquier aldea, un pasarse rescoldos de mano en mano, dentro y fuera de la casa, en la familia, en la tribu, en el clan, en la urbe y el orbe, que la solidaridad del fuego no se detiene en las fronteras de la sangre ni en el parentesco de los rostros ni en las barbas de la patria ni en el límite de la amistad ni en el compadrazgo del vasallaje. ¿Iba a constituirse España en excepción de lo que parece una norma universal? Ni por asomo. Hubo aquí navidades mucho antes de que la navidad de Cristo las bautizara, como el bueno de San Juan bautizó a los pobres parsis sorianos. En otra página de este libro llamé a las fiestas navideñas «olla podrida en la que se cocieron los partos de todos los héroes solares».[2] Una fauna que entre nosotros, con la venia del padre Hércules, distó mucho de escasear. Y así, San Martín Dumiense, obispo de Braga en una centuria remota y bárbara cuyo ordinal ahora no recuerdo, menciona la inextirpable costumbre de quemar troncos por nochebuena, tildándola ni más ni menos que de abyecta paganía.[3] ¿Exageraciones de prelado? No lo creo. El tiempo se encargó de justificarla, pues colea hoy el hermoso y nefando rito precisamente donde entonces coleaba. O sea: por doquier.

En las demarcaciones lucenses de Becerreá y Cervantes —sobra especificar el día— los campesinos no han renunciado por completo a la querencia de encender una bauza de feroz volumen, cuyo destino consistirá en crepitar con lumbre nueva cada amanecer, si es posible, de cuantos traiga el año. Y ese cepo tiene (o adquiere) virtudes mágicas: el paterfamilias conserva cuidadosamente sus últimas astillas y carbones para quemarlos o requemarlos con unción en caso de pedrisco, catástrofe y necesidad.[4]

En Asturias, como en toda Galicia, acaso muchos sigan creyendo que la extinción del fuego en el llar acarrea malaventuranzas.[5]

En Cantabria circula aún la especie de que «si se apaga el *travesero* / habrá enfermos en enero».[6] La voz en cursiva vale por *trashoguero* o *nochebueno,* palabra esta última que sola se trasluce.

En Aragón arde el tronco de navidad hasta el día de inocentes y luego se desparraman sus cenizas por las zanjas de la sementera.[7] Tampoco es costumbre que necesite de apostillas.

En Cataluña, o en algunos villorrios catalanes, no ha mucho que los vecinos socarraban lentamente la madera del *noche-*

bueno hasta sonar la epifanía y después guardaban el muñón en cualquier sótano para que sirviera de tácito amuleto a los habitantes de la casa. Y aún más: a los doce meses, ese mismo tizón, otra vez en ascuas, transmitía su fuego rancio a la nueva *tronca,* convirtiéndose así en testigo y garante de la legitimidad navideña.[8]

Quedan por las aldeas castellanas, levantinas y andaluzas no pocos vestigios de un trajín muy similar.[9] Quizá antes del apocalipsis se decidan los estudiosos a levantar portulanos.

Y el *Fuero de Navarra,* regresando al norte y a la ocasión de la Reconquista, buen cuidado puso en ordenar y mandar que «quien preparare sus comidas habrá de tener por lo menos tres tizones en el fogón, y el vecino postulante de fuego llevará un pedazo de puchero roto con algo de paja cortada, y si no hay patio dejará el puchero a la sombra del dintel, y entrará luego en la cocina, y soplará sobre los tres tizones sin extinguirlos, y entonces cubrirá con ceniza la palma de su mano, y colocará encima dellas unas ascuas, y las llevará a casa en el puchero; y si a pesar de tales precauciones rehusara cualquier vecino darle fuego a otro, quedará convicto deste hecho y pagará por él sesenta sueldos de multa».[10] ¡Dios, qué época y cuán prudentes señores! Leyes así codifican el sentir del pueblo sin profanarlo. Huelga aclarecer que el centralismo se apresuró a derogarlas. Con todo, escribía un anglosajón en 1885, «hoy por hoy nadie se atreve a negar candela en las zonas rurales del País Vasco».[11] Y bien: mientras deslío estas líneas, apuntando ya noviembre del 75, policías forasteros reparten gratis y a quemarropa por las esquinas de la brava Euskaria un fuego a discreción que nadie les ha pedido. Cosas del país (y de la España Inmunda). Y heme en Tokio precisamente ahora, cuando agoniza en su cama rodeado de coyotes un general muy particular de cuyo rostro no voy a acordarme. Así castiga Dios a los viajeros. Paciencia y rechinar de dientes.

¿Quién dijo que la usanza nórdica del *lichterbaum* o Árbol de Navidad carece de secuelas en España? Casi todos los folkloristas. Pero da igual: se equivocan. Por lo que hace al solsticio, tanto vale luz como calor. Maneras divergentes de entender idéntico venir a menos: el de la esfera solar sobre la raya del horizonte. Y conjuros muy similares. Al fin y al cabo, lo mismo aquí que allí, se trata de mantener el bienestar perdido encendiendo un árbol o un fragmento de árbol. *Encender,* o sea, poner incandescente un objeto para que dé luz o calor. La Academia de la Lengua *dixit*. ¿Dónde, pues, la diferencia? En la Europa nórdica se cree que durante el solsticio de invierno afloran a la superficie de la tierra, desde sus honduras, comitivas de espíritus elementales que asustan o divierten a los simples disfrazándose de fantoches enmascarados y tiznados. A este respecto, señala Tabanera, no faltan en la Península trasgos natalicios de análoga vitola y significación. Uno de ellos podría ser ese *olentzaro* u *olentzano* éuskaro, ave nocturna de pupila sanguinolenta y rostro de chafarrinones, que a su debido tiempo gusta de resbalar por el cañón de la chimenea arrimándose estrafalariamente al calorcillo del *nochebueno*.[12] Lo cual se resuelve en demostración de que también al sur de los Pirineos incordia el barbazas de Santa Claus. Naturalmente, cabe argüir —y algunos no se privarán de hacerlo— que por ser los vascos cofradía rematadamente extraña, nunca constituirán regla, sino en todo caso excepción. Curiosa forma de razonar. ¿Pierden, por ello, su carácter de españoles? Y respuesta obvia: no son castellanos. Claro que muchos confunden a España con Castilla, incurriendo en uno de los vicios clásicos del silogismo: equiparar el todo y la parte, elevar lo necesario a suficiente.

Hablé antes de *orgía* gobernada por el paredro solar, que entre nosotros se llama Cristo. Pero lo orgiástico —dicen los maestros— es sólo el contrapunto microcósmico del caos o plenitud (ambos términos valen aquí lo mismo), respectivamente desencadenado o alcanzada en el macrocosmos. O sea: está al margen de las abscisas temporales, adscrito a lo escatológico, elevado a la dimensión metafísica de instante eterno.[13] La navidad empieza con un ágape y un parto, zurcidos más o menos en familia, para terminar a la vuelta de una semana en clave de absoluto desenfreno. También esta segunda orgía padeció el nominalismo de los cristianos: hoy se llama Noche de San Silvestre. La conocemos todos. Oportunidad de embriaguez y amplios escotes, de condescendencia entre casados y aquiescencia entre solteros, de riña fácil, promiscuidad golosa, churros a la del alba, resaca, sequedad, ronquera y quince días de remordimiento. Con una peculiaridad española a machamartillo: la costumbre de ingerir doce uvas rituales a compás de los aldabonazos que el reloj descarga. Es liturgia de Puerta del Sol en Madrid, de meandro final en las Ramblas de Barcelona y de plaza mayor en todas las ciudades de la Península. Un berrido demoníaco asciende tras la última campanada. Con él se manifiesta la voluntad de eliminar el tiempo, de hurtarse al pasado y a sus culpas, de ignorar el futuro y sus compromisos, de abrir un paréntesis abnorme en lo cotidiano y de alcanzar, en una palabra, ese *instante eterno* al que pocas líneas atrás hice referencia. Tal brinco, o trasposición de planos, permite confundir (y disolver) las formas habituales e invertir (o a veces subvertir) el orden social.[14] Lo que se dice pura *orgía,* en el más noble sentido de la expresión, y patente de corso para folgar sin riesgo hasta que amanezca. Entonces, como Drácula, los juerguistas vuelven a un ataúd en cuya cerradura nadie hurgará hasta que sazonen las carnestolendas. Y...

Pero no sólo derogación provisional del tiempo, sino tentativa de atajar el espacio, y por ende el cosmos, levantándole mojones terminales a lo que científica y filosóficamente no parece tenerlos. En Cataluña, cerca de Suria, asoma una colina que los indígenas llaman Cap del Mon. O sea: *final del mundo.* Y con algún motivo, pues una obstinada leyenda insiste en que allí puso Jehová el finibusterre del planeta, a modo de enorme poste, cuando los años hacendosos de la creación *ex nihilo*. Y aún añade la tradición que un punto cimero de la absurda montaña no recibe luz solar el veinticinco de diciembre (aunque sí los trescientos sesenta y cuatro días sucesivos) con objeto de que vigilando la cumbre del alcor pueda reconstruirse la fecha del cumpleaños de Jesús «si por cualquier causa llegara a borrarse de los papeles escritos y de la memoria de los hombres».[15] Vamos: que allende España, como diría un ministro de las calendas franquistas, aguarda el caos y el rechinar de dientes. Historias así nos empujan desde el solsticio de invierno al de verano sin salir de las comarcas orientales. En la gerundense de la Selva creen los campesinos que los menhires de la *Pedra Llarga* y de *Las Goges* proyectan una sombra de siete varas (sin parangón con las restantes del año) sólo al cumplirse el mediodía en la jornada de San Juan, por lo que en ocasión de cataclismo, diluvio, langosta o guerra nuclear cabría rehacer los calendarios a partir de ese rincón, esos pedruscos, ese momento y esa anamorfosis chinesca.[16] Embustes o verdades equivalentes también circulan por los alegres velorios de Bretaña, Irlanda y el País de Gales. No somos, pues, tan palurdos como los anglosajones sospechan. En Stonehenge, al rayar el alba del veinticuatro de junio... Pero no nos salgamos de cauce. Y por cierto: ¿qué le hubo, a propósito de la misma fecha, con la acrópolis antaño alejandríaca y hogaño simplemente imperscrutable de Montsegur? Ya lo dije.[17]

O priapismos solares de ida y vuelta, correspondencias galácticas de un trayecto bifocal. Aunque yo los esté encadenando a contrapelo, sensu strictu —y desde el punto de vista de la sincronía cósmica— el solsticio de verano preexiste, determina y anuncia a su pariente invernal. Juan es el precursor de Cristo, y no viceversa (ya que toda agonía —en este caso la del sol— exige un nacimiento previo. O, como mínimo, una resurrección). ¿Será preciso añadir que bajo tan singular despliegue mitológico sólo resopla el vaivén de la naturaleza? De ahí que el héroe solsticial del orbe cristiano, a diferencia de ese otro Juan gnóstico al que se atribuye el último evangelio, luzca en su iconografía rutinaria modales y estampa de tosco derviche belicosamente forjado por los elementos. Se comprende que Roma lo convirtiera en pasmarote capaz de conferir un ambiguo talante ortodoxo a las juergas más naturalistas, y por ello menos cristianas, de cuantas ofrece el año. Están los ingredientes cabales: *fuego* de hogueras y de canícula, *aguas* jordánicas de mar y de río, todo el *aire* en suspenso del amanecer y, alrededor, la *tierra* preñada de frutos que enseguida sazonarán. ¿Cabe imaginar algún otro juego tan arcaico e inevitable como el que se entabla a partir de esa dialéctica? Acude Jesús de Nazaret a las orillas por donde un melenudo santón del desierto distribuye iniciaciones sacramentales derramando simple agua solsticial sobre el occipucio de la canalla, y ya tenemos un gurú con cuerda para veinte centurias desatado en el tórax del hijo de un menestral. Hacedlo en memoria mía. Amén. Y enjambres de mozos o doncellas toscanos y españoles se echan monte y mañana de San Juan arriba, frotándose los ojos con rocío (para que nadie, precisamente, pueda *aojarlos* durante el resto del año)[18] o la cara —sólo las mujeres— en una incierta tentativa de alindársela y encontrar novio.[19] ¿Pero cuál será el oficio y cuánto el beneficio del barbián? Vierta la impúber una clara de huevo sobre el agua de un recipiente y calme su zozobra interpretando con el auxilio del Bautista los caprichosos morfemas que la albúmina dibuja. Ese recado no sólo adelanta destinos conyugales, sino que a veces incluye noticias sobre la muerte de un amigo.[20] Y mientras lanto, los gallegos se amontonan en dunas y cantiles para sostener la embestida de nueve olas terapéuticas al dar la medianoche o cuando la oscuridad se desgarra con el primer grito del gallo.[21] Costumbre, por cierto, que ingresó en la medicina respetable: ¿quién no tuvo algún abuelo que escandiese la talasoterapia con ritmo de novena? Yo aún recuerdo al mío, culminante y majestuoso, que sin renunciar al braguero domeñador de sus varices se sumerge en las cabrillas del Postiguet desde la proa de un balneario. Contaba entonces no mucho menos de ochenta primaveras transcurridas con honor y por las tardes (bombín, alfiler de corbata y cuello duro) salía a pasear encaramado en una irrepetible bicicleta de neumáticos macizos que allá por el desastre de Cuba le regalaron mis bisabuelos no sé si para confirmar su adolescencia... ¿Es también el olvido una manera de existir? Cuestión un poco absurda a la que sólo pueden responder los muertos. Aceptando, naturalmente, que los haya. En fin: inclusive para quebrar la maldición de un matrimonio sin prole creen los celtas coruñeses de este siglo que son ungüento de Fierabrás los maretazos sanjuaneros recibidos entre las dunas de la Lanzada.[22] Y por igual frenesí de salud, o por irrefrenable emputecimiento, ese mismo día se revuelcan *in puribus* las mozas asturianas sobre la yerba húmeda al despuntar el sol del solsticio (que —dicen— sale bailando).[23] Y es que San Juan, allí como en otros lugares, saca el mocerío a campo abierto y lo derriba por cualquier cuneta. Coartada: recoger la flora abracadabrante que sólo crece esa noche. La verbena, por ejemplo, en Madrid y en toda España, a excepción de Cataluña, que prefiere los helechos.[24] Y tanto o más el trébole de la copla, ecuménico emblema de la Trinidad, que si madura en la cumbre de un monte equivale al conocimiento de la naturaleza divina tras el cansancio y la ascensión.[25] Plantas trotaconventos y dudoso negocio para el *family planning*. Dice un refrán soriano: *la que mucho sanjuanea, en marzo marcea*. Al fin y al cabo es lógico joder cuando los trigos encañan. Y calentarse luego en las famosas hogueras que a tanta estupidez positivista han dado pábulo. O meramente cristiana. Que si Zacarías encendió un fuego para anunciar a la Virgen el parto del Precursor (léase Juan el Bautista) e incluso, oh dislate, que la universal llamarada de esa noche evoca la piromanía de Nerón.[26] Claro: somos el ombligo del mundo porque el único Dios verdadero quiso a su creación europocéntrica. Y, de resultas, ahí tienen a los uraloaltaicos, por citar a alguien, celebrando quisicosas del evangelio o proezas surrealistas de un emperador émulo de Dalí. Paparruchas. Sabemos que la *cremá* del solsticio es monda magia simpática, ejercida para impulsar al Astro en su peregrinación.[27] Y como sin eso no hay vivir, en todas partes se juzgará delito contra la convivencia el acto de maltratar al fuego.[28] Abre éste una tregua nocturna de varias horas en la observancia de las convenciones que oprimen la individualidad. Dicho con otras palabras (que ya dijimos): será la orgía. Por una vez van a jugar los hombres de yo a tú, excluyendo la peste de los plurales. Retorno a Itaca o al paraíso. Danza de lobos esteparios. Anarquía feliz. Y en la región gallega, extremosa —como de costumbre— al repartir vituallas teúrgicas, se autorizará en la noche de San Juan algo más que todo (si me perdonan el calambur). Quiero decir: no ya tentar nalgas de novia, requebrar a la mujer del prójimo, soltar bueyes, espantar pitas, robar cerezas, despanzurrar tiestos, escalar balcones y otras chiquilladas, sino *romper los límites,* esto es, arrancar las cancelas de edificios, campos y corrales con la intención de abandonarlas lejos de su dintel y de sus goznes, «junto a la iglesia, por los caminos, en el río e incluso colgadas de los árboles»,[29] doquiera no alcancen a desarrollar su celosa función inhibitoria. Estamos, como apunta el antropólogo Lisón, ni más ni menos que ante un allanamiento simbólico de morada con las consecuencias que cabe imaginar. Diciéndolo en el idioma de nuestros mayores: se va todo al carajo. Con el agravante, aunque parezca un contrasentido, de que las hogueras no sólo derogan (mientras crepitan) el código social, sino que para mayor escarnio de los valores establecidos conceden amnistía e indulgencia plenaria carbonizando en su vientre de tiburón al rojo las culpas y rencillas de los lugareños.[30] Eso sí: cataclismo fugaz. Al día siguiente se extinguen las llamas y renace lo consuetudinario. Vuelve la rueda del *karma* a impulsar sus cangilones de basura...

Dijimos algo del fuego, de la tierra y del agua. Pero si de verdad es el tango del solsticio mixtura natural de todos los elementos, ¿dónde queda el *aire*? En Andalucía. Allí —cuentan— soplará durante seis meses el mismo viento que por suerte o deber meteorológico sopló al rayar el día de San Juan. Y viceversa: resistirá hasta esa jornada sin torcer su dirección el que haya empezado a soplar en la medianoche de la vigilia navideña.[31] Se entiende que es sólo un ejemplo, traído —como todos los anteriores— para mencionar, sin ánimo de agotarlos, asuntos por definición inagotables.

También lo es, aunque bajo otro concepto, cierta versión extremeña de una fábula universal: el *hermoso durmiente del bosque* (en masculino, pues calza inequívocos atributos de varón) tiene que despertarse, y de hecho se despierta, exclusivamente la mañana de San Juan.[32] Curioso. Se diría simbólica alusión a la gnosis que dispensan, en principio, las aguas bautismales derramadas por el santo solsticial.

Menéndez y Pelayo cita un prodigio más de la noche que tantos obra. Parece ser que algunas pinturas neolíticas de carácter jeroglífico se renuevan al vigésimo cuarto amanecer de cada mes de junio, como si las garras del héroe Osiris les dieran en ese preciso instante una mano de barniz. Ubicación: a lo largo del Duero.[33] Uno y otro —el río y el prodigio— pueden llevarnos a lejanas galaxias de las que por fortuna no se vuelve.

En cuanto a mí, la opción es clara. Bogaré aguas arriba de ese curso fluvial que se me antoja un padre y fondearé, agria melancolía, precisamente en la curva de ballesta trazada alrededor de Soria para descubrir o recuperar desde tan cereña singladura la noche del solsticio en todo su prehistórico esplendor. Sugerí muy pocas páginas atrás, entre bromas y veras, que esta ciudad —hoy caduca y ayer nudo gordiano de la Celtiberia trashumante— bien podría servir de asiento a una capital de España española, y no patibulariamente castellana como la que desde hace varios siglos padecemos. Los semidioses patrios, sin embargo, me obligan a rectificar: valdría Soria únicamente para cabecera de la altiplanicie, junto a por lo menos otros cinco oasis conformadores de una federación multicéfala que reflejara y respondiese a la pluralidad de las Españas. Tendrían que estar estos recintos neurálgicos en Córdoba, Toledo, Compostela (o El Padrón), Guernica y Peñíscola, respectivamente capitales del Andalus, Sefarad, Galicia, Euzkadi y Cataluña (abarcando bajo este último topónimo, a mayor gloria de Benedicto XIII, cuanto la historia oficial embutió por cojones en la mostrenca calificación de *núcleos* o *reinos orientales*). Y un ágora de doce ancianos, dos por cada españa de las Españas, se reuniría periódicamente en el sanctasanctórum de Altamira con el encargo de aunar voluntades y dirimir conflictos, en presencia (y bajo la presidencia) de las imágenes rupestres, y sin descender al consabido y rapaz juego de las partes. O sea: organizar de una vez por todas la nación con arreglo a la estructura numénica de los arquetipos. De otro modo, y como ahora, nunca tendremos patria, sino cárcel.

Los amigos, especialmente aquellos que hace ya muchas lunas militaron a mi lado en las falanges fascistoides del partido comunista, suelen interesarse con gentileza o con rabia por el ideario político que —dicen— profeso en la actualidad. Y es inútil que me encoja de hombros, largue culebrinas o salga por peteneras. Evidentemente, no pueden concebir que un *bautizado* —por muy apóstata que luego resultara— carezca de fideísmos y apetencias al respecto. Más que lógico, pues todos creen que ingresar en su cotarro es sacramento que imprime carácter. Ahí, y en otras tontunas, coinciden los católicos de Roma con los comunistas de cualquier parte. De acuerdo. Me llevaré a la tumba esa doble cicatriz de infamia, pero que nadie se aventure a proponerme un tercer bautismo. Perdiendo se espabilan hasta los caracoles. Considérenme, *please,* un abyecto y rematado agnóstico. Sí, precisamente por alardear de gnosticismo. Valga el juego de homófonos: los hombres de Alejandría vindicaron siempre el caos, la libertad y la desobediencia.

Pues bien: no tengo ideas *políticas* (aparte de las que automáticamente se deriven de tal carencia), pero reboso de convicciones *históricas* y *psicológicas.* Dos esferas, por cierto, que a mi juicio se superponen y hasta confunden, pareciéndome la *psique* de los pueblos o de sus individuos la única matriz decisiva del quehacer humano. Así que nunca votaré por nadie o lo haré sólo por quien abunde en el programa de taracea brevemente susodicho: *por lo menos* seis razas, seis religiones, seis dinastías, seis idiomas y seis maneras de vivir, todo ello amalgamado por el colapiscis numénico en la cazuela de lo *español* vernáculo e irreversible (ese concepto que don Américo Castro no alcanzaba a entender ni deseaba digerir). O sea (desengañémonos): nunca votaré por nadie.

Y por insólita que resulte, mi intención de convertir a la mínima Soria en capital de todo un reino ni siquiera tiene el marchamo de la novedad. Los suevos, que solían elegir a un par de reyes para que jamás quedara el trono vacante, obraron en consecuencia estableciendo otras tantas cortes; y una de las dos le cayó en suerte a la ciudad (o villorrio) cuyos méritos me esfuerzo vanamente en airear. Casi ningún soriano sabe que su cacareada *Ermita del Mirón* responde a este nombre porque Teodo*miro* y *Miro* se cuidaron de fundarla, y no porque desde ella *miren* los curiosos el paisaje del Duero o el horizonte acartonado de la estepa.[34] Otro cantar es que hubiese luego contagio semántico al arrimo de la homofonía, aupándose el alcor y su pagoda desde dos nombres *mittleuropeos* de varón hasta la claridad de todo un infinitivo castellano. Hoy, efectivamente, podemos y debemos *mirar* a España desde esa cumbre donde la impertinencia de los comerciantes tuvo ha poco el descaro de levantar un hotel cuyo nombre profana la memoria de nuestro mejor poeta. Pero este detalle efímero es también otro cantar. Permanece e importa, en cambio, la imagen de un burgo que nació para cabeza de reinos. Celtiberia, altiplanicie bárbara, Extremadura. ¡Y aún corre por tales campos el masoquista aunque gracioso aforismo de que *nunca la gente de Soria / hizo gran bulto en la historia*! Se me perdonará una chuscada. De niño veía yo casi todas las tardes de agosto en la plaza del Chupete al ilustre Tío Burrero, gloria local que ocupaba dos butacas en el cine y fue durante una pila de lustros el hombre más gordo de España no porque lo proclamasen las lenguas de sus paisanos, sino porque así lo corroboraba con lujo de pólizas y rúbricas un diploma oficial concedido al efecto. Aquel gigante murió mientras yo estaba en el exilio. No importa. Tampoco queda plaza del Chupete corroída en la década del crecimiento económico por un par de bancos, una zona de estacionamiento en batería, un monstruo de la Caja de Ahorros y una verga hincada en deshonor del general Yagüe. Parece ser que hasta el cine de entonces lleva trazas de acabar no sé si en *drugstore* o cabaret. Muy bien. Ya se encargará el obispo de cerrarlo.

Pero me puse a bogar hacia la curva de ballesta con el señuelo del solsticio y terminé extraviado. Enderecemos el rumbo. Y con sensatez cronológica, pues dos ínsulas traman separadamente el mismo juego por las mismas fechas. Una es la capital. Otra, casi en la punta de la barbacana hacia Aragón, lleva el nombre de San Pedro Manrique. Villa antaño judaica y solariega, hogaño desvencijada y cartuja. Menos en la noche del 24 de junio, cuando la altiplanicie envía sus fantasmas a presenciar la última verdadera saltación del fuego que se practica en Occidente (*verdadera*, pues acaso aguanten otras en pie gracias al riñón artificial del turismo). Pero los sampedreses no se andan con pelitriques: su alfombra de brasas vomita calor suficiente para escaldar el infierno y todos la recorren con zancadas de percherón. Lo ha visto el que suscribe, lo ha visto Pilar, lo han visto mis correligionarios de vida soriana. Después se aventan los tizones para que ningún forastero quiebre el rito, aunque nosotros —rebeldes a esa discriminación injustificada— bailáramos hasta caer sin aliento la eterna rueda solar brincando sobre las cenizas. Y ya la noche será ritmo de jota, trago de cariñena, grupa de muchacha, dulzaineros sin edad, fatiga, invitación al zurracapote... Por fin el alba y las *móndidas* (o solteritas del lugar, en número de tres, tocadas con un artefacto de mimbre que pesa la tiritaña de diez kilos y termina en varios *arbujuelos* o vástagos de triple y cuádruple punta cubiertos de pan ácimo y teñidos de azafrán). Sigue el amanecer. Una doncella va detrás de cada móndida para sujetar el camauro. La comitiva recorre el pueblo al son de una charanga. Los notables distribuyen rosquillas y anís. Mozos aún abiertos a la gesticulación de la jota. Facciones lívidas. Se confluye en la plaza, donde las vestales tienen que presenciar una vandálica carrera de pencos montados a simple crin. Y en seguida a la iglesia para la misa mayor, en cuyo ofertorio entregan las *móndidas* su arbujuelo de cuatro puntas al párroco y los de tres a quienes representan el municipio. Ninguna autoridad coercitiva (como lo son, por ejemplo, los números locales de la Guardia Civil) asiste a la ceremonia. Los feligreses salen al antuzano y en él bailan las doncellas una solemne jota con los figurones del Ayuntamiento. El ritual termina ante la fachada de éste y con salmodias en verso recitadas por las sacerdotisas.[35] Hasta aquí, sin adornos, los hechos y fases de una fiesta cuya evidente antigüedad levanta ampollas. ¿Qué etnólogo o folklorista español no ha probado a interpretarla? Hipótesis abrumadoras, hipótesis que me abruman. Algunos piensan en los misterios eleusinos y consideran a las *móndidas* maritornes de Ceres.[36] Otros... Pero estoy cansado. Son las seis de la mañana y quemé la noche. No precisamente la del solsticio, sino una cualquiera de noviembre, amarga como casi todas las de Tokio. Dejadme en paz.

Valor. Acudo al dos caballos y por tierras de Magaña vuelvo a Soria. Extravagante ciudad. Los turistas gustan de comprar en ella un cenicero metálico con los *doce linajes* distribuidos en círculo alrededor de un *cavaliere inesistente* (sí, por remoto e ignoto). Y la fama supone que los sorianos dedujeron ese escudo a partir de la Tabla Redonda.[37]

Pero íbamos al solsticio y no a la fortaleza de Klingsor.

Perdón: ¿sorianos o celtas? El Monte de las Ánimas no lleva tan estigio apodo por lo que Bécquer inventara, sino porque el dos de noviembre acudían a sus laderas, y en tropel, las gentes de la ciudad para regocijarse druídicamente con el fruto de las encinas.[38] ¿Entonces?

¡*Celtíberos,* señor! Y al pie de la cuesta.

Pero íbamos a otra parte situada en el mismo sitio.

Como iban, siempre en Soria, los llamados *sesmeros* o *procuradores de la tierra* (jinetes en sus mulas, macuto al hombro) hasta el Ayuntamiento de la capital y «si veían que en el cónclave se tomaba una resolución contraria a sus representados, sin decir una palabra ni regresar al concejo emprendían el camino de la Corte para defender allí su protesta».[39]

¿Dónde íbamos?

Al solsticio.

Sexto mes, miércoles posterior al veinticuatro (o veinticuatro si en ese número cae el miércoles), diez de la noche, plaza mayor: se proclama oficialmente el estado de fiesta. Doce toros aguardan en Valonsadero. *Doce cuadrillas* al mando de *doce jurados* asumen a título transitorio el gobierno de una ciudad otrora gobernada por *doce linajes.* Los sorianos bailan y beben hasta que el sol alumbra y calienta. Después acuden en caravana o romería al lugar de sus mayores. Acabamos de mencionarlo y mencionado quedó, infinidad de veces, en otras páginas de este libro. Se llama Valonsadero (¡qué bien su nombre suena!), vaguada de los rebaños prehistóricos que siguió siéndolo en la historia. Hay allí, en un estribo granítico, pinturas rupestres muy bien estudiadas (y mejor miradas) que reiteran soles, toros e individuos con los brazos en alto. Se diría que no ha llovido gran cosa desde entonces. Hoy, mañana de jueves sanjuanero, miles de indígenas (y no pocos alienígenas) incurren en idéntica postura para bailar la jota como saludo al sol y citar, o burlar, con ese gesto la acometida de los doce toros que a razón de uno por cada mes evocan el sucederse de las estaciones en la noria de los solsticios. ¡Váyase al carajo la Tabla Redonda! Es ahí, en la logomaquia del fuego y en el fuego de la tauromaquia, donde conviene buscarle explicación al número de los linajes. Todos los factores tornan: la fiera de lidia, fúnebre y solar, inscribe su ecuación de trashumancia en la cabeza de Extremadura allá por los días geniales de Hércules o el Bautista embistiendo contra la pared berrueca donde los pastores de la prehistoria soriana reprodujeron al óxido de hierro las mismas suertes y jotas resucitadas hoy por los cutres postnumantinos que sólo monte arriba de Valonsadero y alrededor del veinticuatro de junio vuelven a sentirse pastores de toros traídos desde la otra extremadura cuando cruje el deshielo. Escúpase sobre el párrafo cualquier cantidad a la barata de *precisamentes* recurriendo a lo cursivo. ¿Ya? Macanudo. Si sale con barbas será Mariquita Pérez. Excúsenme la insistencia, pero ¿cómo no atar cabos, levantar fortines, zarandear númenes, ensamblar hijuelas y alumbrar teorías? Distingo yo, para colmo, en las pinturas de marras a dos o tres banderilleros y computo, *mortacci miei,* doce toros doce (ni uno más ni uno menos), pertenecientes a sabe Dios cuál megalítica ganadería de las dehesas del Edén. ¿Andaré majara? Quizá, porque los he contado mil veces y a veces cuento doce mil en el mismo muñón o socavón de peña donde otras mil veces apenas logro contar uno. Hasta formulé infraganti la hipótesis de que ningún cristiano en pecado mortal (y yo lo estoy a menudo) consigue ver el retablo neolítico de Cañada Honda. Estupideces, claro, porque mi amigo Casas —al que nadie confundiría con Santa Teresita del Niño Jesús— se llega en un voleo al lugar de autos, arruga las fosas nasales, tira de botijo, empapa un pitoche la piedra y en el acto asoman los toros, los toreros, los bailarines, las cruces, los laberintos, las mozas, las muescas, los soles y la vaca que lo parió (al bueno del Casas, se entiende, que además —y para mayor ludibrio de quien suscribe, aprendiz de soriano sin *linaje*— anda completamente cegato de un ojo). Pero fuera bromas, que el asunto no las admite. Los doce o doce mil torillos rupestres de Valonsadero están fotografiados, catalogados y comentados al milímetro por la cámara, pluma y cacumen de don Teógenes, individuo de iglesia, arqueólogo local y endémico colaborador de la revista *Celtiberia* (lo que me parece muy bien). No tengo en el puñetero Tokio la papeleta que hace al caso, pero hay índice de títulos y nombres. El erudito en cuestión se llama Ortego y Frías.

Y adelante, sigamos con la mañana del jueves. Broncos garrochistas de la estepa (nadie vaya a confundirlos con los jinetes andaluces) han encerrado ya los doce toros en su penúltimo corral. Falta, por ejemplo, una hora para que suene como clarín inical la del mediodía. Sube el astro y casi en la cresta del solsticio un cohete lo persigue. Luego otro. Ahí el sésamo que abrirá las puertas del cubil. Por su dintel asoman cuernos y morros de dioses. Comienza *la Saca,* primer acto de una ópera que se divide en cinco. Los de Numancia —hombres y mujeres— esperan impertérritos el aluvión trenzando el dibujo de la jota y de la bota en la explanada por donde en seguida cruzarán los toros. Estamos a siete kilómetros de la ciudad. Hay que recorrerlos como sea y al precio de una sola condición: las doce bestias rituales entrarán en los chiqueros de la plaza antes del crepúsculo. Para todo lo demás, y por una vez, escrupulosamente ancha va a resultar Castilla. Y venturosa, imprevisible, versátil, abigarrada como el Orinoco, agridulce como el final de una guerra, undívaga como la macumba, cruel, inexacta como el desierto, jadeante y feliz como un carnaval de otra época. Nadie la toque, nadie la propague. Repito que es *la Saca,* un sacrilegio, una apuesta, una locura, un rock, un desafío. De Valonsadero al Ferial y desde el mediodía hasta el sol poniente: en la intersección de esa superficie, esa trayectoria y ese decurso de tiempo se libra, quizá, la mayor y mejor aventura que hoy puede correr un español en España. Sus datos no son para las páginas de este libro. Renuncio a ellos. O los escondo en el almacén de una novela.

Segunda jornada: *viernes de toros* (los de ayer). Se celebran dos corridas con el intervalo del almuerzo. Democracia a carta cabal, pues los billetes no cuestan un níquel. Muchedumbre en los tendidos para ver y no creer. El callejón a tope, la ciudad desierta. Lo de menos son los novilleros sin caballos, que inevitablemente juegan mal a este juego inútil. No hay tentativa ni atisbo de tauromaquia, sino lo contrario: hambre de caníbales ayunos. Cualquiera puede entenderlo, muy pocos aplaudirlo. Los sorianos dicen que la clave de sus fiestas descansa en la muerte del último toro. Esoterismos que me están vedados. Será, pero yo veo barbarie sin causa. Ahí ni siquiera interviene el maletilla. Los espectadores saltan al ruedo y la emprenden a morradas con el bicho Dios. Todo vale, piedras y palos, como piedras y palos les sirvieron treinta y seis horas antes para acosar a la entera vacada en la humedad del amanecer, cuando los garrochistas aún andaban lejos. Me pregunto por qué el español del Andalus ama al toro mientras el de Celtiberia lo aborrece. En uno y otro caso se trata de lo mismo: de idéntico interés por nuestro numen. Sólo que el indígena de las marismas expresa su emoción danzando frente a las astas del tótem y el yeti de la altiplanicie opta por devorarlo. ¿Es la segunda solución más profunda o más auténtica? Quizá, pero menos abundante en decoro, en calma, en reflexión, en oficio y (naturalmente) en hermosura. Señores: las normas cuentan. No se cita a los toros en el campo, sino en la plaza, siempre de uno en uno y sólo uno contra uno. El resto es alevosía o pavor impropio de caballeros.

Dije encono, canibalismo. Y el tercer acto de las fiestas nos dará razón de ello. Se llama *Sábado Agés,* con adjetivo cuya significación y génesis nadie alcanzará a descifrar. ¿En qué consiste? Teníamos doce toros respectivamente costeados por doce cuadrillas. O por la afición, ya que aquéllas viven del prorrateo entre los vecinos. Y ahora se trata de recuperar gastos siguiendo un sistema de aguda originalidad y no menor desfachatez. A Soria, ciertamente, no le faltan soportales, claustros, iglesias, ruinas de toda índole, jamerdanas bisuntas ni alcázares con mérito y antigüedad. Pues bien: en asientos así, hasta completar la eterna cifra de doce, van a instalarse los corifeos de las cuadrillas para subastar los despojos del astado que a cada uno le cupo en suerte, aplicando la minuciosa y bárbara etiqueta de un protocolo a todas luces ancestral. Por favor, *fasten your seat belts,* que el menú nos brinda chocolate a la española. Con trazo grueso transcurre el melodrama. Olor de multitud violenta entre pedrizas venerables donde rompen los neptúneos relinchos de los voceadores ebrios. Sangre y pelotas, piel, jeta, asadura, corazón, cuernos, pene, mondongos de novillo pasado por las armas. El zumo se da gratis. Palpar una pieza (emboscada en la que sólo muerden los forasteros) equivale a mejorar la postura del último que terció. Tabletean chascarrillos, reclamos, pavoneos, obscenidades. En la promiscuidad se conoce la carne prieta de quienes quizá ese mismo día renuncien a ser mozas. Y a cada instante una charanga o el grito abierto de los licitadores trasquila el enhebrarse de la puja con las tijeras —brazos en alto y pies en punto de cruz— de una jota o salutación solar. Así los doce *ageses* sustantivos del adjetivo sábado *agés.* ¡Ah de la filología! ¿Dónde yace el arcano de la palabra?

Cuarto día sanjuanero y cenit de todo el ciclo. También lleva nombre propio junto al que le corresponde en la semana: será el de *Domingo de Calderas,* fiesta grande si las hay en un país que ya no suele celebrarlas. Van a dar las doce (¡qué insolencia e insistencia!). Músicas por la ciudad y el sol, inevitable, en todo lo alto. Bajemos a la calle con legañas, pues casi nadie duerme en tales noches, y con ropa nueva. O muy vieja. Sólo para este día exhuma la soriana su traje de piñorra que en el arca se vende. ¡Y a la calle! Los cocineros de cada cuadrilla han preparado una caldera con las mejores carnes de su toro y va el alcuzcuz como un Cristo o una Virgen, a caballo sobre andas procesionales de relumbrón. No falta además, ni sobra, vajilla de tiros largos y cuanta flor, yerba, adobo, ornato, entremés, gollería, langostino, frambuesa, huevoduro, fajín, exvoto, campodegules o mote alcance la imaginación a imaginar. ¿Se puede retejer con todo eso un mixtifori de buen gusto? Sí, se puede. Y alrededor, río revuelto. Las autoridades, las peñas, la provincia, la urbe e inclusive algo del orbe se agolpan frente por frente del Municipio. Hablé de Jesús y María. Es, efectivamente, una procesión (que la Iglesia ha intentado cristianizar) la que en estos momentos sale de la Plaza Mayor, circula por el Collado y desemboca en el parque de la ciudad. Allí van las doce Calderas... Qué diantre: vino al vino. Es decir: van el becerro de oro, Moloch, Indra, Júpiter, el tótem de Ra, el Minotauro, hasta cierto punto la *Magna Mater* y, sobre todo, el numen astifino de los españoles inmolado a fuego lento en las hogueras de San Juan. Pero no hay sacrificio propiciatorio sin su correspondiente eucaristía. El desfile concluye en los altos de la Dehesa, allí se emplazan los doce barreños primordiales, asumen las *juradas* sus funciones de sumas sacerdotisas y el pueblo se acerca entre jubiloso y temeroso al escenario del ágape para deglutir en él la oblea. Con otras palabras: todo soriano puede, y seguramente debe, meter el tenedor en el guiso. Esta insólita comunión cuenta con el forzoso exequátur de la clerigalla local. Y hasta creo que algunos curas o monseñores capitanean, miran y bendicen la ceremonia, ganándose limpiamente el infierno gracias a Dios. Lo de siempre: en cuanto Moisés se echa al monte, los levitas bailan en la llanura y adoran antiguos ídolos de rostro impenetrable. Soria se convierte la mañana de las calderas en corazón universal del paganismo.

(Y miseria de los tiempos. Antes, a cada hombre le tocaba en el reparto lo suficiente para un yantar. Ahora, con la vaina del superávit demográfico y el turismo, imaginen, no da de sí la pepitoria ni para la carne de una taba. Crecieron los salarios y el número de exprimelimones eléctricos, pero bajó la renta per cápita de toro. No importa. Las cuadrillas se ocupan de remendar el entuerto obsequiando con dos *tajadas* —en crudo la una y la otra no— a quienes *entraron en fiestas*, eufemismo que alude a la decisión estrictamente individual de intervenir con una parte alícuota en los gastos. E incluso añaden un pan, un huevo, algo de charcutería y una botella de clarete peleón. De esta forma, y aunque no lleguen a mojar en la caldera, todos los sorianos de pro comulgan con carne de satán en fiesta tan señalada.)

Conque el canibalismo no ceja. Empezó a la del último novillo lidiado el viernes: víctima inútil de puñales anónimos en una especie de fuenteovejuna sin ofensa previa. Siguió el sábado con los *ageses*: subasta de partes hediondas organizadas como una misa negra que acaso culmine luego en la nocturnidad de los hogares. Y sale ahora a la luz del sol aprovechando la mañana inocente del domingo de calderas. Pues bien: de lo que se come, se cría. Quizá este refrán alumbre varios rincones del misterio.

Sexualidad y curanderismo. Con algo de ciencia. Sabemos, efectivamente, que los toros poseen un vigor genésico fuera de lo común y que esta cualidad se debe a una especialización biológica provocada por los pastores. O por los mamporreros, casta maldita del gremio. La mutilación de casi todos los machos para hacerlos animal de tiro subraya la virilidad de los pocos que escapan a esa deshonra.[40] *Tiene el toro que joder por sí mismo y por el buey.* Ni proverbio ni aleluya: norma de vida. Y luego viene la escuela salernitana a reinventar lo que el chamán siempre supo: que *simis similia curantur.* La aureola homeopática del animal en puntas proviene, al parecer, de los sumerios y acaba por confundir a todo el Mediterráneo clásico. Grecia y Roma, si Plinio dice verdad, utilizaban la sangre de astado a la vez como veneno y como reconstituyente. Apunta Pausanias que la sacerdotisa de Gea apuraba ante los parroquianos cálices de ese licor para demostrar la intransigencia de su himen. Lógico. Lo que enciende al hombre, apaga probablemente a la mujer (y viceversa. ¿Para qué, entonces, la monomaquia inútil de los matrimonios?). La sangre de un toro negro y bravo restregada sobre los riñones de una hembra provoca en su chumino el *taedium veneris.* No importa la edad ni la condición de su ingle. Lo aseguraban los persas, lo repetía el eterno Plinio y hasta Cristóbal Colón hubo de creer en tan rara virtud anafrodisíaca. Sin embargo, Temístocles, el padre de Jasón y otros figurones más o menos mitológicos rindieron el alma por abusar de ese brebaje.[41] Y ya sabemos lo que en análoga aventura le sucedió al carcamal de Fernando el Católico, acuciado por el rijo de su consorte.[42] Tales taumaturgias no se han perdido. Búsquense por ejemplo en las capeas, cuando los rústicos beben la sangre del eral sacrificado y devoran sus criadillas.[43] Éstas, por lo demás, siguen despachándose a diario en cualquier taberna española que se precie. Eugenio Noel, que es casi un contemporáneo, nos habla de cómo niños, mujeres y viejos formaban cola ante el Matadero Municipal de Madrid para recuperarse de sus alifafes y escrófulas trasegando hematíes de cornúpeta allí mismo degollado. Resucita Álvarez de Miranda un refrán que apesta al chulángano gracejo de la villa y corte: *agua de San Isidro quita la calentura, sangre de toro fresca buenas nalgas procura.*[44] Y Cela sostiene que las alpargatas teñidas con ese potingue duran por lo menos una eternidad.[45] Etcétera.

¿Y las muchas ceremonias nupciales vinculadas al cuadrúpedo de lidia? En León, por los años del siglo XVI, aún duraba la antigua costumbre de organizar una danza de solteras delante de cualquier carro convertido en capilla ardiente de un cadáver de toro.[46] La *cantiga* CXLIV recoge una usanza extremeña que siete centurias no han hecho desaparecer. Consiste en sacar una res enmaromada del matadero cuando algún vecino huele a boda para que el cuitado le coloque un par de banderillas frente a la persiana de su futura. Después se estoquea al bicho. Detalle importante: es la novia quien fabrica y adereza los rehiletes.[47] Se trata de conseguir que la ventripotencia del toro bravo alcance las entrañas de la núbil pasando por el cuerpo de su prometido. Los palitroques, primorosamente adornados en la impaciencia del gineceo, sirven para establecer el cortocircuito. Sobre todo en Coria, y precisamente por las fiestas de San Juan, se practica esta liturgia anterior a la corrida con un arrojo que raya en la temeridad o en la desvergüenza. No es ya cuestión de dos, sino de muchos. Plantan sendos pares de banderillas quienes se desposarán antes del siguiente solsticio, y sólo esa cuenta hace ya bosque, pero además el paisanaje los secunda con la estrategia de lanzar hacia el costillar del toro una nube de *soplillos* o proyectiles de cartón armados con un alfiler. Otro rito uxorio cacereño compele a espurrear la consabida sangre de marrajo sobre los umbrales de la novia.[48] Quizá no haya dejado aún de celebrarse en las montañas de León el torneo de jóvenes con disfraz de toro que antiguamente, e incluso en este siglo, precedía al emparejamiento con las muchachas casaderas.[49] Yéndonos a Calasparra el 30 de julio, festividad de santos Abdón y Senén, oiremos mugir y veremos embestir por las calles a un becerro con soga, que alguien terminará amarrando a la reja de su chavala. Y no por capricho, pues la hermosa colocará entonces un tallo de alábega entre los cuernos de la res. Aún hay más. Siempre en Calasparra, aunque con fecha de último sábado de agosto, se corren primero y después se inmolan varios novillos que ese mismo día hervirán en el interior de dos grandes pucheros, amancebándose a otros tantos jamones y varias fanegas de garbanzos. El fogón se monta en la plaza pública y los vecinos traman su kermesse alrededor de él. Huelga añadir que la velada deriva a comilona y que el jolgorio responde a *Sábado de Calderas*.[50] En Hiendelaencina, y por San Agustín, funciona un ágape similar, sólo que el estofado es de vaca.[51]

Soria, como puede apreciarse, no tiene la exclusiva. Pero sí la negra. Las autoridades nunca han mirado con buenos ojos tamaña explosión dionisíaca, que en primer lugar se prolonga más de lo aconsejable, en segundo peca de excesivamente democrática, en tercero no disimula su aparatoso paganismo y en cuarto determina amistades poco o nada acordes con el sexto y noveno mandamientos. El ciclo soriano de San Juan comprendía ocho jornadas enteras y verdaderas hasta que en 1535 un obispón, supongo que del Burgo, se empeñó en reformarlo, aduciendo que «tantos días de asueto y regocijo originaban muchos gastos y daban lugar a licencias y disoluciones».[52] Lo de costumbre en el país. Allá por los años heroicos de la censura le prohibieron a Gonzalo Torrente que dos personajes de una novela se demoraran treinta días en su luna de miel. *Con la mitad van que arden,* dijo el covachuelista cisorio. En fin, las *ordenanzas* de González Manso (que tal era el nombre del jerarca) nunca entraron en vigor, pues lo mismo las cuadrillas que los encuadrillados dijeron al unísono que ni sobre su cadáver. Y hasta se amenazó con boicotear la sanjuanada. Un corregidor de triste memoria quiso suprimir en 1743 nada menos que los *ageses* del sábado y los *repartimientos* del domingo, pero quedóse otra vez el bando en ucase de salón y aguachirle de escribanía. Sabido es que los Borbones no escarmientan. Sólo veintiún años más tarde tuvo el marmolillo de Fernando VI la inigualable ocurrencia de prohibir los toros y cañas en el ámbito de su jurisdicción, a lo que inmediatamente esgrimieron los sorianos su derecho consuetudinario y no tardó en llegar un rescripto o bula autorizándolos a correr la Saca. Y a todo lo demás.[53] La Reina Castiza, borbona cabezona (y culona), se descolgó con unas enésimas ordenanzas para disponer que la fiesta del sábado empezase con vísperas solemnes en honor de Nuestra Señora, que en la procesión no figuraran músicas ni saltaciones detrás de cada santo, que ninguna mujer portase andas ni menos aún diera gritos al hacerlo, que las cuadrillas no distribuyesen vituallas gratuitas al vecindario, que se admitieran los bailes sólo en domingo y dentro de las casas (o a su puerta), que todo estuviese terminado antes de la mañana del lunes[54] y que, en definitiva, a fastidiarse tocan, numantinos, y sin rechistar, pues en algo ha de notarse vuestra condición de cristianos, ibéricos y súbditos de Borbones. Quizá, desde algún punto de vista, no era para menos. Incluso Caro Baroja se sorprende de «la libertad que entonces tenían tanto las mujeres casadas como las solteras» durante el solsticio soriano.[55] Y en realidad yo también, poniendo la oración en presente. Ya dije que en marzo marcean las que mucho sanjuanean. Este mismo año, hacia octubre, hubo que organizar a toda prisa dieciocho matrimonios de penalti. Son demasiados para una ciudad de veinte mil almas chapadas a la antigua. Y eso sin contar los viajes clandestinos a los dispensarios de Londres. Conque pongan los buhoneros por tales fechas un tenderete de píldoras y preservativos en los altos del Ferial. Comerciarán deleitando. Harán negocio y patria. Acumularán indulgencias.

Y así, el cronista Nicolás Rabal, abundando con su poquillo de retintín en este asunto del desenfreno, admitió a finales del siglo XIX que bien pudiera ser la sanjuanada, como muchos pretendían, supervivencia o imitación de los antiguos y libidinosos juegos consagrados a las diosas paganas de la fertilidad.[56] Otros cazadores de orígenes y paternidades aseguraban por las mismas fechas que la bacanal de Soria empezó bajo la férula de Recaredo y como estandarte de oposición al arrianismo.[57] Reconozco, ingenuamente, que tal discurso me suena a cuadratura del círculo dibujada con tinta invisible en dialecto cantonés. Y una tercera hipótesis... Húndase en los infiernos. ¿A qué o a quién sirve esta lógica de eruditos provincianos? El folklore es como la geología: cuestión de cristales y sedimentos. Añádanlos a discreción, que ninguno saldrá rana. En definitiva sólo importa saber que las pascuas de Soria parecen por lo menos tan antiguas como la ciudad, pues en el fuero de ésta ya se estipula que nadie será citado en juicio mientras duren aquéllas.[58] Otro rasgo curioso. ¿Precisamente una tregua de Dios cuando por el vino y la euforia más barrabasadas pueden perpetrarse? Muevo la cabeza remedando al porquero de Agamenón: no me convence.

Pero ya estaba a punto de olvidar que la fiesta sigue. Anocheció el Domingo de Calderas y amanece el *Lunes de Bailas.* Quinto día, ya con escaso aliento. Se trata de bajar por la tarde, con música y merienda, hasta las estribaciones de la ermita de San Saturio. Conocemos de sobra este *chakra,* cobijo de templarios y buscadores del Grial.[59] Allí la curva de ballesta y los chopos que acompañan con el sonido de sus hojas. Allí, sin necesidad de más, el padre Duero. Y una romería como tantas otras. Hay quien le pone y quien no le pone una vela al santo. Da igual, porque el varón Saturio las recibe todas. Y con el orto sube la cansada tropa cuesta arriba de San Pedro para diseminarse por última vez a lo ancho de la ciudad. Son los milagros supremos de la jota y de la bota. Inconquistables, un puñado de arévacos —casi zombis— canta las exequias del solsticio en la Plaza Mayor, a las tres de la mañana y con luz de antorchas. El siguiente día lleva en argot sanjuanero el nombre de *martes escuela.* No requiere traducción.

Y todo el campo un momento se queda mudo y sombrío. Soria dormirá hasta que el miércoles posterior al próximo veinticuatro de junio...

Las *bailas* no importan, pero sinceramente creo que la nación del termestino resucita una vez al año entre la Saca y las Calderas. Íntegra, sin deterioro, mudanza, aditamento ni disminución. Setenta y dos horas de libertad concedidas a los arquetipos. Durante ese lapso mitológico, por breve que parezca, se acumulan todos los elementos necesarios para resolver el enigma histórico de España. Hombres, bestias, dioses, actitudes, ritos y cosas. Y mucho más. Diciéndolo con una palabra al uso del París pagano: las *estructuras.* Y a partir de ellas, como a partir de los tantas veces mencionados *arquetipos,* cabe derivar el resto, proseguir la partida de ajedrez. Durante las fiestas de San Juan, los sorianos son los *nambicuara* de la Península y en sus doce pucheros del domingo hierven *le cru et le cuit* de la minuta española. No excluyo que en otros lugares y ocasiones de este país se produzca la misma convergencia, pero yo no los conozco. Ni deseo conocerlos. Basta una sola estructura para reconstruir el mundo. Tal reza el mensaje de la *Tabula Smeragdina* y del *I Ching*. Todo —el Todo— está en la punta de ese bolígrafo, en mi reloj, en aquel diccionario, en la tecla que ahora pulso. No lo traicionaré.

He aludido sin orden a casos y cosas del toro y del fuego. Ceremonias nupciales, ceremonias sexuales, ceremonias medicinales, ceremonias solsticiales. Creo que a su luz se entiende mejor la equívoca liturgia de las fiestas celebradas en Soria y en San Pedro Manrique dentro del ciclo sanjuanero. Y aún me queda algo por añadir. Lo haré con brevedad.

Sospechan varios investigadores, y en especial una antropóloga anglosajona teóricamente inmune al virus del sorianismo, que el topónimo *Soria* puede esconder una alusión a ciertos rituales del fuego fechados cinco milenios antes de Cristo.[60] Que así sea. El encabalgamiento de etimologías quizá nos lleve, como una Garuda, desde la plazuela de la Telefónica hasta la isla de Bali, recalando en numerosos eslabones intermedios. También aquí convendría abrocharse el cinturón. En el mapa de Italia que trazó Ptolomeo hay una *Sora* cuya conquista le produjo a los romanos pesadumbres casi análogas a las de Numancia. Una segunda *Sora,* tan vieja como el Mediterráneo, coleaba al norte del Po, entre lugares prácticamente homófonos de los que todavía hoy rodean la capital machadiana; y en Córcega sigue existiendo un villorrio que se titula *Soria* por las buenas, sin abrigarse en metaplasmos. La ciudad libanesa de Tiro respondía a *Sor* o *Tor* más o menos en vida de Jesús. Todos estos enclaves, y algunos que me callo por lo del abreviar, guardan relación (en la que no entraremos) con menhires, saltaciones de hogueras y latrías consagradas a la deidad propiciatoria de los cereales. Los sabinos y los etruscos brincaban sobre el fuego la noche solsticial en el *Hirpi Sorani* o peñón Soracte, sito a las afueras de Roma. Ante el claustro soriano de San Juan del Duero monta guardia un pedrusco prehistórico similar a los que en Córcega y Cerdeña hincaban los hombres del *nuraghe* para sus cultos ígneos. Hoy no se conserva ningún obelisco de ese porte en la villa manriqueña, pero bien pudo existir, considerando que las autoridades eclesiásticas nunca se anduvieron con remilgos en lo tocante a cristianizar monumentos anteriores y que la advocación de San Pedro (por el significado de *piedra* que Cristo le confirió) resulta pintiparada a tan guijarroso menester. Entre los aborigenes americanos se rendían honores litúrgicos a una tal *Saramama,* protectora de las cosechas, antes de que el obispo Landa castigase a los sacerdotes del Yucatán por su intervención en el baile del fuego. El diccionario latino de Harper amanceba el nombre de Soria con la voz sánscrita *svar,* que está por *cielo.* Entre las infinitas estrofas del *Ramayana* asoma un personaje llamado *Saori,* que morirá en el rogo. Sin salir del ámbito hindú, pero mudándonos a Bali, vendremos a saber que en esa isla inimitable llaman *sora* a la adoración de las hogueras. Los países eslavos mantienen el recuerdo de dos *Zoryas* o *hijas del amanecer,* encargadas de abrir todos los días las puertas del cielo para que el sol salga a transitarlo. Y dichas jóvenes se ocupan asimismo de vigilar un perro secularmente encadenado a la Osa Mayor, y hacen bien, porque parece que llegará el fin del mundo cuando ese bicho escape. Pero *zori* es a la vez voquible vasco y, en efecto, muchos explican a *Soria* por la lengua eúskara. Con lo que el viaje concluye aproximadamente donde empezó, sobre todo si no olvidamos la ya clásica confusión entre el *Jaun* mitológico de las leyendas vascongadas y el *Juan* cristiano del solsticio. Espabilemos. Concluye Chesley Baity que a lo largo de la prehistoria atravesaron la comarca soriana (o se establecieron en ella) alrededor de diez grupos étnicos procedentes de la Europa oriental o el Asia Menor y contaminados por los cultos solares que allí se practicaban. ¿O viceversa? Siret habla de relación con los misterios minoicos. Caro Baroja...

Y yo —incauto y humilde, pero con el viento favorable de tanto indicio— me aventuraría evidentemente hasta mucho más allá siguiendo la ruta de las especias. Algún otro hilo suelto también nos conduce por ese rumbo. En el Decán hay pinturas rupestres con búfalos, o algo así, que llevan antorchas entre los cuernos.[61] Los hinduistas de Bali colocan los despojos de sus difuntos dentro de una botarga con hechuras de astado y alegremente lo incineran. Como versificaría Borges: un tercer toro buscaremos por la Bengala de las extremaduras hasta encontrarlo paramera adelante de Medinaceli. Se llama *jubilo* y su gran noche será la decimocuarta del penúltimo mes. Sabor a druidas. Los mozos han preparado varias hogueras en la plaza para tañer un *illud tempus* y delimitar un espacio religioso. Ya traen al bicho, res resabiada y puta vieja emperejilada. Una máquina de matar, un armatoste de sesenta arrobas y ocho años. ¡Ay, madre, en qué pararán estas misas! Crece sobre su cornamenta otra cornamenta de fierro rematada por burujos de pez. Alguien los prende con una tea y busca el abrigo de las tablas. El resto es contemplar, supongo que en sordina, cómo el animal ígneo e iracundo desgarra, arremetiendo a ciegas, el vientre mate de la noche. *Satori.* Caligrafía de luz trazada a varetazo limpio sobre el firmamento de la meseta. Corpus Barga intentó describir este rito indescriptible: «con las astas de fuego cada vez más encendidas por la carrera, el toro se detiene y retrae, receloso, inquieto, rodeado de luces relampagueantes. Parece un sol. Es un dios, no una bestia».[62] Y como a tal (como a Dios) lo tratan. Nadie se atrevería a hostigarlo. Una costra de lodo seco cubre su piel para que las pavesas no la estropeen. Al día siguiente, ileso, recuperará los pastizales. Y la grupa boñigosa de sus hembras.

Pero equivoqué la morfología del verbo. Ni el presente ni el futuro sirven para este lance. El *toro jubilo* es hoy una entelequia, un marciano de Bradbury. Lo mató Fraga, aquel ministro de información que luego se puso a vender cerveza. ¡Y alardeaba de encandilar turistas! Dicen que uno o varios ingleses menopáusicos detectaron síntomas de la célebre vesania española en el ritual religioso de Medinaceli. Conque pidieron el libro de reclamaciones y ganó la esterlina de la City al maravedí del Duero. Los medinenses se quedaron sin toro y sin fiesta. Faltó entonces el motín que alguna vez estallará.

Pero no sólo Celtiberia practicaba el rito. Se diría que más bien el país de punta a punta, incluyendo su prolongación americana: *toro de carretillas* en Barrax, *zezensuco* de los vas*cos, jubillo de Aragón* en Daroca, Cariñena y Mora de Rubielos; *bous de foc* en Onda, Puzal y Majamagrel; *vacaloca* colombiana, *torito de once* en México, *toro candil* de Paraguay... A menudo resultan las colonias más castizas que la metrópoli y casi siempre bastante menos mojigatas.

Después de cuanto llevamos dicho, y sabedores —por si no bastase— de que los iberos consagraban todos los años a Hércules el mejor animal en puntas de sus dehesas,[63] parece obligatorio preguntarse por qué en la juerga solsticial de San Pedro Manrique falta la presencia y también la ausencia del hermano toro. Nadie lo menciona, nadie lo echa de menos y nadie conoce la solución, pero automáticamente despunta la hipótesis de que cualquier prelado se metió a redentor allá por maricastaña y consiguió lo que sus colegas no consiguieron porfiando en la capital de la provincia, donde todo —desde la Saca hasta las Calderas— a pique estuvo de prohibirse sin que el Altísimo se aviniera a ello. Cuestiones sin importancia.

Y para terminar, la jota (otro cabo al aire, quizá —definitivamente— el último). Salud, Roberto: en este libro o *líbrido,* que mi locura quiere universal, sólo quiere mi libido hablar con españoles. ¿Y quién de esa ralea desconoce el gesto de saludar al sol y citar al toro con brazos y piernas, entre promiscuidad, a la hora de la jarana, sin fatiga y cuando ya hasta la muerte parece absurda? Entonces, ¿qué añadir? Repito que la educación me impide platicar con extranjeros. Aquí todos saben a qué sabe la jota, aunque nadie averiguó su procedencia. Seguramente es un milagro del mundo. Los egipcios utilizaban castañuelas idénticas a las que hoy se percuten en Baraguás, cerca de Jaca.[64] También los griegos. La musicología más reciente adscribe el baile en cuestión a las provincias del *antiguo estilo euroasiático,* entre las que figura el Pirineo.[65] Algún investigador acusa simultáneamente a la jota de celta y de fenicia.[66] Otros prefirieron buscar su origen en el *jubilus* o cante inarticulado de las ceremonias agrícolas paganas.[67] Los arabistas, como de costumbre, barrieron para dentro, vindicando una maquinal adaptación andalusí de las coplas iranias y bizantinas. Comentaba a este propósito don Julián Ribera: «traída la discusión a extremos tan lejanos (...), ¿quién sabe dónde vino a nacer la jota en tiempos anteriores? Sólo Dios, como dirían los musulmanes».[68] Y, por lo que hace a los posteriores, no falta quien esgrime étnica y fonéticarnente a un improbable Aben Jot, moro valenciano del siglo XII que ya adulto sentó plaza de aragonés.[69] El *Libro de Aleixandre* y el *de buen amor* todavía manejan el arcaísmo *sotar,* que en sus páginas equivale a *saltar rítmicamente.*[70] Hubo por los mil vericuetos del argot algarabí un bisílabo *xatha* con el significado de *baile,*[71] y dice precisamente una jota que ésta «nació morisca y después se hizo cristiana».[72] No pelearemos por semejante verdad de Perogrullo que postula lo indiscutible sin modificar lo problemático. Tampoco es cosa de romper lanzas en favor de una u otra provincia. El ingenioso y casi siempre exacto Marius Schneider se equivoca de bulto al elevar la jota a «lengua vernácula de la música aragonesa»,[73] pues tal definición conviene a por lo menos tres cuartas partes de nuestra geografía folklórica. La ruda, puñetera saltación cautivaba ya en el siglo XII a tirios y troyanos españoles, como lo demuestran las *cantigas* del rey Alfonso,[74] y no parece difícil empujarla hasta mucho tiempo atrás. Todo el del mundo. Yo lo intenté y Estrabón lo hizo. ¿Recuerdan? Además está Valonsadero...

Otro rasgo de identidad, otra burbuja numénica.

Y el inevitable gato encerrado. Me pregunto por qué y quiénes prohibieron bailar la jota en la Valencia del siglo XII.[75] ¿Los moros o los mozárabes? Ambos pudieron ser, y no sólo por coincidencia de fechas, sino también por convergencia de talantes, que en cuanto a esto siempre terminan igual los individuos, ya rojos ya azules, acuclillados en los cubiles áulicos de la administración. Sorprende comprobar que un ritmo teóricamente derechista, como a partir de la francesada lo parece la jota, no les peta ni poco ni mucho a las autoridades. Cabría acumular ejemplos y yo mismo espigué más de uno ganduleando por las aldeas castellanas. Sí, prende la fiesta y desanudan los mozos por las esquinas buguibuguis o cuanto se les antoja, pero muy de tarde en tarde acomete la charanga su trémulo primordial. Y entonces surge el delirio del pueblo llano, mientras los lagartones del *establishment* apuran copas de pésimo jeriñac atrincherándose en farisaicas sonrisas de conejo. Hoy como ayer, aquí como allí. Son actitudes que no cambian. Y justificables desde su pútrida tronera, pues la jota constituye una descarada invitación a la orgía y la anarquía, precisamente los dos ungüentos de libertad que más le urgen al mundo. No digamos a España. Conque a la pista de baile. ¡Qué sacrilegio este del cuerpo! Salud, Claudio. Y vosotros danzad, danzad, malditos... Sobre todo durante las jornadas sanjuaneras.

Pero sin joder. No vengáis a Soria.

IV. LOS TOROS

En la desobediencia
al hombre entregaremos a cornadas
nuestra cerviz sujeta
no a yugos y sí a espadas.
¡Oh, padre Gerión, que no vasallos
seamos de los hombres y caballos!
....
Ese gigante que mugiendo avanza
—faros por ojos, ruedas por pezuñas—
que hiriendo a nuestra madre con sus uñas
trigo le hace parir con su pujanza
es un inerte monstruo que es movido
con carbón de tus selvas extraído.

FERNANDO VILLALÓN
La Toriada

Cavernario bisonteo
tenebroso rito mágico
que culmina en el toreo.

MIGUEL DE UNAMUNO

Ya lo dije casi todo. Iba a ser este capítulo uno de los más poblados y el tiempo, página a página, lo devoró hasta mudármelo en metafísica de Rocinante. Mejor así. Tanto juega el toro en el juego de los arquetipos españoles que constantemente hube de incorporarlo a la danza sin esperar a su desencajonamiento. Quien me haya seguido hasta aquí no ignora mi sospecha de que la fiera en cuestión *personifica* (oyeron bien) el arcano más reiterativo, importante y cordial de cuantos figuran en el *tarot* de las Españas. He sido insistente en infinidad de ocasiones. Ellas me eximen de volver a serlo. Estoy, por otra parte, cansado de escribir y casi escribiría que de vivir. Conque diré únicamente lo que aún no he dicho, remitiéndome para todo lo demás a las oportunas páginas donde ya lo dije. Fatiga, al fin, escasa y por ende confortable: no es mucho lo que resta en el tintero. ¡Aleluya! Sobrepasar la cifra de cuatrocientas mil palabras en el marco de una obra equivale para el autor a incurrir en el crimen del manierismo y para el lector a padecer la ofensa del aburrimiento. Tres límites que he transgredido hasta la saciedad. Pero ya no hay ganas, tozudez ni datos para seguir haciéndolo. Aquí, con un regate más bien expeditivo, concluye el velorio.

Dice el norteamericano William A. Douglas, a propósito del contexto de la muerte en el burgo vasco de Murélaga, que «cada sistema de valores se caracteriza y distingue de los otros por ciertos *leitmotivs* a través de los cuales comprueba el investigador la validez de sus teorías en el área de un determinado perímetro cultural».[1] Pues exactamente así, como banco de verificación (amén de otros compromisos), creo yo que funciona el símbolo táurico tripas adentro de esta Península con fama de *pell de brau*. Bajo ella —la del monstruo en puntas— se nos trasluce el costillaje. Y también el de quienes se instalan Pirineo abajo Gibraltar arriba con intenciones duraderas. Un reyezuelo almohade del Guadalquivir corrió en Triana la suerte letal del magister Joselito.[2] ¡Qué no harían sus vasallos!

Pero se trata aquí de visitar la última estación cronológica de un viaje que empezó en Habidis. Nos interesa sólo el hoy de un animal totémico que ayer se adoró de otra manera. Asunto más que descrito. Sabemos, efectivamente, que el *culto al toro* fue prehistórico y sagrado, mientras la *tauromaquia* o fiesta nacional es histórica y profana. Ello sin ceder a la tentación de enredarnos con la geografía, pues lo de entonces parece rito original de la meseta y lo de ahora viste inequívoco perfil andaluz. Destellos, sin embargo, de una misma lumbre. No nos extraviemos por este artificio de cajas chinas y sombras chinescas. Algunos aficionados de poca fe juegan a demostrar que si hay corridas es sólo porque desde Zeus hubo cornúpetas con instinto silvestre en nuestros pastizales. ¡Qué trivialidad para consumo de cuantos llevan una válvula en los magines y un resorte en el esternón! Como si en Europa no hubiesen subsistido en régimen de libertad los uros hasta por lo menos el siglo XVII sin que a ningún alemán de pupila oblonga o francés con perejiles se les ocurriera citarlos agitando una capa. Y el símil no es ocioso, pues admite Obermaier y apunta Sanz Egaña que la fiera en cuestión se parecía mucho al toro bravo andaluz nacido *espontáneamente*.[3] Por lo demás, ni la *fiesta* se remonta a la nebulosa de Gerión ni hasta el siglo XVIII surgieron ganaderías especializadas en la crianza de eso que hoy llamamos criaturas de lidia.[4] Menos improbable parece que el espectáculo actual se origine en lo cinegético, pues al fin y al cabo ninguna alimaña española se acomoda tanto como ésta al abyecto deporte de la caza mayor,[5] o dimane de ciertas liturgias nupciales a las que ya hemos aludido. Álvarez de Miranda aventura a este respecto la hipótesis de que la muleta —inicialmente blanca—

remita al lienzo del tálamo, el estoque a la verga del marido, el volapié al coito y la sangre del animal sacrificado a la cruenta constatación de que el himen dejó de serlo.[6] Y añade el mismo mitólogo que la célebre *hora de la verdad* es página sin solera introducida al irse demudando el rito en lucha, con el lógico apremio de proclamar tras su desenlace un vencedor y un derrotado.[7] Discusiones. Pero no puede haberlas en torno al hecho incontrovertible de que la corrida, como en diferente tiempo y lugar le ocurrió a la tragedia griega o a los juegos circenses de Roma, surge de la evolución hacia lo lúdico superpuesta al ceremonial primitivo.

En otros términos: la idolatría se resuelve en magia, el tótem en artefacto de tramoya y el arrobo místico en emoción deportiva o placer visual. Esta metamorfosis —dirá Álvarez de Miranda— «supone una radical degradación desde el punto de vista religioso. Si en las religiones nacionales el toro únicamente puede perdurar como símbolo y en las mistéricas como víctima, por lo que hace a la magia popular sólo tiene posibilidades de supervivencia a condición de transformarse y desaparecer en cuanto a objeto litúrgico, introduciéndose en la esfera profana. Favorece dicho tránsito el germen lúdico que por naturaleza le corresponde. Y así, al no existir ninguna referencia visible a la divinidad (...) desaparece la conciencia del carácter religioso que impregnaba el antiguo ritual. Esta pérdida, sumada al progresivo descubrimiento de sus factores lúdicos, termina por inscribir al toro en el ámbito de lo profano. Se trata de un proceso lento y oscuro, cuyas etapas intermedias son siempre difíciles de precisar. Y nunca se lleva a cabo totalmente».[8]

De acuerdo en lo uno y en lo otro: en el desencadenamiento de una evolución secularizadora y en la índole deficitaria de tal permuta. Nadie vive o muere en absoluto. Nada es a carta cabal y, por ello, nada deja de ser. Yo mismo escribí en la introducción de esta obra: «cierto que las corridas actuales, con su paroxística carga de elementos profanos (lo que un poco en broma se ha bautizado *corruptelas de la fiesta*), hace tambalearse la fe del buscador de arquetipos, pero en definitiva es natural que un rito mágico, filtrado durante siglos por las rendijas de la sociedad cristiana y positivista, se nos presente bajo la forma tranquilizadora de espectáculo apto para menores».[9] Lo que en modo alguno entraña la desaparición de sus iniciales atributos religiosos. Éstos, simplemente, se han diluido en el agua tibia de lo popular, atizada por nuestra inclinación a la pereza y por los intereses de los mandamases. O mejor: se han acumulado en el fondo de una taza cuyo sedimento aún permite vaticinar el futuro. Lo comprendió muy bien el incrédulo Torquemada, adversario entre los más acuciosos de cuantos al correr del tiempo han combatido la fiesta. Había (y hay) demasiada unción litúrgica en el juego. Desde Hércules ha llovido a granel, pero los residuos de aquella sacralidad siguen siendo abrumadores. Mencionaré un puñado. Las corridas de rumbo coinciden con efemérides cristianas de solemnidad y las de ordinaria administración suelen celebrarse en domingo. El animal de lidia tiene que ser físicamente perfecto —tal como se exigía en los sacrificios de las antiguas religiones— y de ahí la contumaz querella del *afeitado,* en cuya prohibición nadie busca más peligro para el torero ni vindica a favor del toro un *fair play* absolutamente desprovisto de significado en el contexto de una ceremonia donde las cosas transcurren y se contemplan *sub specie aeternitatis.* El matador o *maestro* alcanza dicha condición después de cubrir un arduo itinerario iniciático y de someterse a un protocolo de investidura: *dar la alternativa* equivale a una transmisión de los poderes detentados por los miembros de una casta inaccesible, cuya insignia es la coleta. El traje de luces no persigue la geometría de la funcionalidad, sino la sutileza antieuclidiana del adorno. Y únicamente la indumentaria del torero lleva metales nobles (como la ropa talar de quienes en redondel harto distinto perpetran la liturgia de la misa), mientras los capotes de paseo reproducen por su forma e intención las capas pluviales de los canónigos. El matador, por añadidura, se viste paladinamente y de acuerdo con las exigencias de un intrincado ritual, y después, ya en la plaza, se descubre como lo haría cualquier varón católico al entrar en una iglesia (me pregunto si las *toreras* de hogaño repetirán mecánicamente el gesto o, con mejor lógica y mayor modestia, llevarán velo de tul). *Olé* viene de *Alá*. El público, a lo largo de la corrida, guarda silencio en determinadas ocasiones, interviene ruidosamente en otras, exige que la función transcurra por sus pasos, monta en cólera cada vez que se conculcan los cánones y exterioriza su reprobación por medio de un lenguaje gremial inasequible al profano. Los matadores rezan antes de salir al albero y en su linde se santiguan masculando el augurio de *que Dios reparta suerte.* El paseíllo configura la solemne procesión de sacerdotes y monagos que descorcha (o descorchaba) las misas de postín. Hay lances que se ejecutan genuflexos. El brindis remite el toro a un numen hoy desconocido, pero representado a tal efecto por la autoridad laica de quienes en esta centuria de irreligión ocupan a los ojos del vulgo la cátedra de los dioses o se sientan (por lo que hace a la corrida) sobre el pedestal de un palco con perifollos. Y viene el primer tercio. O sea: la *probatio*. El animal, cuya solvencia física se ha medido en la prueba de la capa y la garrocha, adquiere el irreversible derecho a figurar como cabeza de turco en la hecatombe. El *ofertorio,* indispensable en las apoteosis propiciatorias, se produce cuando el matador, antes de recurrir a la muleta, solicita la venia del presidente. Los clarines, a todo esto, anuncian y escanden los capítulos del ritual como lo hacen las campanillas en la iglesia. La concesión de orejas y rabo corresponde a la costumbre pagana de entregar los despojos de la víctima expiatoria al sacerdote que la degolló. Y mientras tanto, los espectadores ocasionales (verbigracia: un japonés provisto de cámara y prismáticos) no sólo desentonan como un orzuelo en la policromía de los tendidos, sino que además exasperan e insultan a la *parroquia* (locución, por cierto, que sola se encarece). Salta a la vista —dicen los hermanos Holguin, en cuyos escritos bebí bastantes de estas correlaciones— que «la corrida no es una diversión sino algo tremendamente serio».[10] Y apuntan, con justicia, que ese espectáculo no divierte a nadie, pero interesa y apasiona a muchos.

Dice *El Libro Negro* de Papini: «el triunfo sobre la fiera sensual y agresiva es la proyección invisible de una victoria interior. La corrida constituye, por lo tanto, el símbolo pintoresco y emocionante de la superioridad del espíritu frente a lo material, de la inteligencia frente al instinto, del héroe que sonríe frente al monstruo de espuma en el belfo o, si así lo preferimos, del sabio Ulises frente al cíclope ignorante. De ahí que el torero actúe como ministro en una ceremonia de inequívoco saber religioso. Su espada no es otra cosa que la última descendiente del puñal cultrario esgrimido por los antiguos sacerdotes».[11] Desde esta perspectiva no pueden sorprender las coincidencias entre la misa y la tauromaquia (como no sorprende el sacrilegio de que se hayan lidiado toros en el interior de las catedrales). La de Palencia suministra un ejemplo clásico: en ambos convites se trata de organizar una apoteosis litúrgica en torno a la muerte de un dios. «Y así como también el cristianismo enseña a los hombres a liberarse de los instintos bestiales que en ellos sobreviven, nada hay de extraño en que un pueblo católico como el nuestro concurra a este juego sacro incluso sin comprender a las claras su íntima significación espiritual.»[12]

Ni lo hay, por supuesto, en la coyunda que desde siempre han compartido las cosas y hombres de iglesia con los casos y gentes del toro. Ya las *Partidas* alfonsíes, donde se declara *infames* a quienes torean movidos por el afán de lucro, incluían el sacramento de la tauromaquia entre los espectáculos desaconsejables para los portadores de tonsura. En la fachada de una iglesia de Carrión de los Condes reprodujo cualquier artesano medieval el prodigio de que una torada de cuatreños embistiera contra los leoneses encargados de consignar a la morisma cien criaturas apetecibles y de virgo incólume (devolviendo a las mártires la libertad de perderlo con quien les viniese en gana).[13] A últimos de la Edad Media y comienzos de la Moderna cundió la costumbre de celebrar corridas para enfrentarse a todo tipo de desgracias con temple y humor idéntico al de los párrocos rurales hacedores de lluvia; y percibe el manitú Cossío en esta superstición (y en las numerosas *milagrerías* táuricas que sazonan los temas hagiográficos populares) un sabor a fe de infieles proclive a «trenzar y asegurar el hilo que une los orígenes de las fiestas taurinas con una inmemorial tradición religiosa».[14] En 1517, y por medio de la bula *De Salute Gregis* (¡qué ironía terminológica!), nada menos que todo un papa prohibió asistir a espectáculos taurinos so pena de excomunión, con el agravante de que no se dispensaría sepultura eclesiástica a quienes —toreros o espontáneos— murieran por obra de pitones; pero se encabritó el *establishment* y tuvo aquel miserable que recortar el veto, limitándolo a los curas y al compromiso de no permitir fiestas de toros en las que fuesen de guardar.[15] Y ello aunque existía jurisprudencia favorable, sentada en el año jubilar de 1500 por un pontífice de riñones que quiso añadir a la efeméride una corrida con cartel de lujo y ubicación en la plaza de San Pedro.[16] Dares y tomares, peleas de enamorados. Hubo inclusive una *tauromaquia* firmada por cierto canónigo burgalés[17] y centenares de cornúpetas encontraron gloriosa muerte en el ruedo para festejar las canonizaciones de Luis Gonzaga, Ignacio de Loyola, Teresa de Jesús y Estanislao de Kostka.[18] Todavía (o ya) en tiempos de Calderón arreciaba la costumbre de agasajar a los misacantanos con funciones del susodicho pelaje.[19] Y hasta cierto punto se explica esta impiedad por el busilis económico, pues las ganaderías de reses bravas pertenecieron desde el principio y durante muchos años a las órdenes religiosas. Los cartujos de Jerez y Sevilla, por ejemplo, andaban a la greña en el siglo XVIII no por argucias de castidad o trapa, sino de casta o trapío, y precisamente con el mote de *cartujanos* se bautizó a sus toros, que eran a la sazón el no va más de la tauromaquia. Duró la cosa hasta que los frailes, sensibles al inminente expolio desamortizador de Mendizábal, se le adelantaron vendiendo todas sus ganaderías.[20] No se lo reprocho. Y algo después, en décadas de Fernando VII, hizo furor la moda de que las novicias presenciasen una becerrada en vísperas de ponerse el velo; y más de una se atrevió a manejar el capote. Lo mismo sucedía al elegir abadesa. Pero desde mucho antes, cualquier turista o aficionado podía contemplar boquiabierto los relieves taurinos que aún hoy exornan los coros y paredes de algunas catedrales. Y en Tudela, cuando había festejo, un capuchino se encargaba de conminar a Dios para que los bichos saliesen bravos, mientras en Salamanca —y en tarde de toros— más de una vez llegaron a decirse cientos de misas por las ánimas del purgatorio a cambio de que la lluvia no desluciese el espectáculo. Cifra y gesto, por otra parte, nada sorprendente en un lugar donde los doctorandos de la mejor universidad española tenían que pagar seis toros el día de su investidura. La costumbre menudeó hasta 1845. Nueve lustros atrás había pedido el ayuntamiento de Colmenar de Oreja (o quizá su vecindario) que la autoridad eclesiástica costease una corrida para aumentar la devoción a no sé qué endiablado Cristo de los alrededores. Los miembros del Cabildo de la catedral leonesa iban puntualmente a los toros para bendecir *in situ* una de las puyas destinadas al primer tercio. Flameó alguna vez en la iglesia metropolitana de Sevilla el capote de *Paquiro*. Un matador onubense ofreció a la Virgen de su ciudad la *oreja de oro* que ese año había conseguido en la Feria de Madrid y el acontecimiento dio lugar a una imponente función litúrgica. En Granada llegó a presidir una corrida la Señora de las Angustias. Los cofrades malagueños de la Esperanza organizaban otra todos los años en honor de su imagen titular y con el requisito de que los diestros lucieran en la taleguilla los colores de tan celestial patrona. Cuando Lagartijo se retiró, y en la ciudad que lo hiciera, hubo que celebrar la procesión del Corpus por la mañana para evitar que, caso de mantenerla por la tarde, prefiriesen los aficionados (y a la vez buenos católicos) asistir a la corrida. Súmense las anécdotas citadas a las que ya asomaron en la introducción[21] y entenderemos por qué al Montherlant de *Les Bestiaires* no le sorprendía que la vaca Hathor del antiguo Egipto llevase precisamente una cruz en el costillar, que precisamente un buey calentara con su hálito el cuerpo recién nacido de Jesús ni que el evangelista Lucas eligiera o recibiera como símbolo y aval totémico de su quehacer precisamente la efigie de un toro.[22] Cosas de la vida, de la religión, del cristianismo, de la iglesia y del famoso arte de Cúchares. ¿O simplemente cosas de España?

A estas alturas de mi relato fuerza es mencionar —aunque de refilón y entre paréntesis, porque el tema me aburre— la sobreabundante imaginería folklórica tallada alrededor del *toro de San Marcos*. El epicentro de tan chusco rito, cruelmente saqueado por la vanidad y curiosidad de los investigadores, parece encontrarse en la gleba de Extremadura y Salamanca, con metástasis prácticamente general en la Península. Su antigüedad, cuanta queramos imaginarle. Abundan las descripciones clásicas o castizas de esta costumbre que se resiste a morir. Reproduciremos la que en el siglo XVI trazó el licenciado Luis de Zapata. Reza así: «en aquel lugar, teniendo alguno algún espantable y temeroso toro, y que de fiero no se pueden con él averiguar, dásele a la Iglesia. Llegando el día de San Marcos, a la víspera de él, va el mayordomo a esos montes por él, donde no se la para hombre que vea, y llegando en su asnillo ante el embajador de San Marcos, le dice: *Marco, amigo, ven conmigo a las Broças, que departe de San Marcos te llamo para su fiesta.* El toro deja sus pastos y, manso, váse delante de él; entra a las vísperas en la iglesia como un cordero manso, y pónenle en los cuernos rosas y guirnaldas las mugeres; y sin hacer mal a nadie, sálese acabadas las vísperas al campo, allí cerca. Otro día va en la procesión suelto entre la gente, y pasa por un arco del claustro (sic) tan estrecho que ha menester para pasar ladear los cuernos, y esto sin que se lo diga naide, y toda la misa se está en pie, delante de las gradas del altar mayor, y acabada de alzar la hostia postrera y de consumir alguna vez, sálese de la Iglesia a todo correr como muchacho de la escuela y váse por esos montes y jarales volviendo a su braveza natural».[23]

Feijoo también refiere puntillosamente el suceso en su *Theatro Crítico Universal,* enriqueciéndolo con algunas consideraciones puritanas de su cosecha tales como la de llamarse a escándalo porque «la gente mira más al toro que al sacerdote y altar (...) Muchachos y muchachas están en continuados juguetes con él; con esta ocasión, todo el Templo incesantemente resuena con risadas; y no pocas veces el Sagrado Pavimento se ensucia con las inmundicias del bruto».[24] Aparte de las ideas, ¿es necesario escribir tan mal? Reconozco que me fastidian y alarman los laureles de este clérigo.

Decía en cambio el doctor Laguna, a vueltas con Dioscórides, que al toro de San Marcos lo aturden «con el más fuerte vino que hallan, no dándole a comer ni beber otra cosa; de suerte que por esta vía le reducen a tanta mansedumbre y blandura que al día siguiente los niños y las doncellas lo llevan asido con cordoncitos y trenzas hasta la iglesia, adonde el borracho animal, mientras los Oficios se dicen, se está todo cabeceando y cayendo a pedazos de sueño, y se dexa poner mil candelas en los cuernos y en los hocicos».[25] Formula este párrafo una explicación graciosa y acorde con nuestra idiosincrasia, aunque condenadamente positivista. De ahí, quizá, el que Julio Caro la empalme al vuelo y le busque resonancias báquicas al españolísimo retablo de un toro que va a misa, habla con los lugareños y juega como los rapaces. Asegura el antropólogo que existen por lo menos cinco factores comunes entre el ritual de San Marcos y la liturgia de Dionisio, además de algunas yuxtaposiciones epigráficas, y que la demarcación del primero coincide grosso modo con la geografía peninsular, dominada por el segundo en el *tempore quo Bacchus populo dominabat iberos / concutiens thyrso atque armata Maenade Calpen*.[26] Será, pero en opinión de la Biblia y de Hemingway, importa más el fin de algo que su principio.

Otras exégesis racionalistas juegan con el tiempo. San Marcos cae en 25 de abril, día abrumado al parecer por toda clase de acontecimientos. Es, según la tradicional división del año en dos fases, la primera jornada del estío o la última del invierno,[27] y en cualquier caso fiesta grande para quienes viven de la ganadería.[28] Los latinos celebraban coincidiendo con ella las *rubigalia* o cultos encaminados a preservar el trigo de la roña.[29] Y en algunos lugares ayer celtíberos y hoy castellanamente áridos se escoge el mismo día para celebrar las *cabañuelas* o preguntas al Empíreo sobre el clima que traerán en el zurrón los doce meses del año.[30] Sólo esta última nota concuerda con mi irreal o hiperreal *weltanschauung*.

Parergon curioso del ciclo es lo que sucede o sucedía en el

burgo riojano de Arnedo, precisamente el 25 de abril y al arrimo de una ermita intitulada a San Marcos o a Nuestra Señora del Hontanar. Se practicaba allí el vezo de jugar al toro después de la misa, con el pormenor de que el sacerdote oficiante lo corría en cabeza, secundado por los jerarcas del municipio y los caciques pisaúvas.[31] Sería de ver el espectáculo hasta hace cosa de una década, cuando los clérigos preconciliares aún gastaban faldas. Y a veces ligas, según me contó en marzo de 1955 una puta guapa, cuarentona y maternal de los burdeles de Mérida.

Cabría añadir otros detalles y versiones, pero se desvanecen las ganas al comprobar que sucedió lo de siempre: palmetazo de la Curia y la Corona. Un Sumo Pontífice condenó los festejos de San Marcos en las calles de Ciudad Rodrigo y el ñoño de Fernando VI supo aprovechar la ocasión para prohibirlos por las buenas en el resto de España.[32] *De iure,* claro, pero a la larga inclusive las leyes se transforman en conducta.

Citaré todavía un último y muy espectacular ejemplo de tauromaquia y religión barajadas a la española. Asunto, esta vez, de apocalipsis (uno de nuestros más singulares fetichismos). Y de teatro, afición casi tan añeja en la Península como la convocada ayer y hoy por una corrida de cartel. Durante los siglos XVIII y XIX, sin fundamento mecanicista pero con lógica profunda, el toro ascendió a personificación del caos en las mojigangas híbridas de orangután y gurrumino que por aquel entonces solían montarse o más bien desmontarse en la plaza de la capital. Eran motivos populares o sainetes de moda cuya escenificación se desbarataba bruscamente al irrumpir un morlaco en el ruedo. El desenlace se pinta solo: consistía (lo dije) en un apocalipsis de libertad improvisado por los actores al ritmo de sálvese quien pueda, pero sin perder la cara. La conciencia profesional y los derechos del público compelían a resolver la situación según el perfil dramático de cada personaje. Entremés hubo, como el intitulado *Una corrida en el infierno,* que el príncipe Luzbel recorrió a hombros el anillo después de liquidar al cornúpeta con una estocada hasta la bola.[33] Tuvo que transcurrir un siglo para que los boquirrubios del *underground* neoyorqués inventaran el camelo del *happening.* Nosotros ya teníamos el desmadre.

¿Algún ejemplo actual? Búsquenlo en Arroyomolinos del

Puerco, una vez al año y en noche sin luna. Los mozos cierran las salidas, apagan las luces y abren de par en par las puertas de las casas. Sólo entonces se desencajona un novillo con cencerro[34] y...

El quince de septiembre, en Tordesillas, una rutilante cáfila circula bajo los balcones del edificio consistorial. La integran cuatro chavales disfrazados de *señoritas,* otros tantos manolos en carroza floribunda, dos botargas, don Quijote sobre Rocinante, Sancho a lomos de burra y armado con una pica, varios toreros de a pie y, para remate, un sultán. No falta la tarima de rigor ni por supuesto el toro, que ya sale a galopes de clarín. Los dominguillos lo citan y lo llevan hacia el tinglado, sobre cuyas tablas, sin inmutarse, los travestíes ingieren refrescos servidos por una ilustre fregona...[35]

En San Sebastián de los Molinos se echa al ruedo un cofrade disfrazado de vaquilla y embiste a una viril hilandera que, impenitente, está plantada allí mismo tirando de copo y huso. Va la lagartona por los aires, aireando quizá sus vergüenzas en forma de badajo de campana, y el diestro derriba al bicho con tres escopetazos. El maderamen del animal pasa entonces al balcón del ayuntamiento para que haya constancia de su muerte...»[36]

¿Disparates? No del todo. Mejor hablar de orgía, de mundo al revés, de eterna lucha por subvertir el orden social e imponer el cósmico. Ágape y caos.

O tentativa del español infinito.

¿Conviene echar cuentas? Toro de la Barrosa, toro cacereño de andas y volandas, toro de Dominguillo, toro enmaromado de Benavente, toro de Tordesillas, toro otoñal de Medinaceli, toro del Cristo de Deza, toro riojano de las banastas, toro del aguardiente, toro de Toro y toros mil de Fuentesaúco, Cuéllar, Coria, Simancas, Peñafiel, Fuenteguinaldo, Montehermoso, Turégano, Puebla de Montalbán... No, no conviene. Quedaría nómina de nominalismos.

Y además, por desgracia, las cuentas ha mucho que terminaron. Mi deuda, como la de Sócrates con Critón, está saldada. No así (espero) nuestra suerte colectiva. Ni el futuro.

Para enfrentarnos a él, para correr aquélla, tenemos hoy por hoy un último y solitario caudal: el toro. Si yo cupiese en tus zapatos, español, no lo desperdiciaría. Pero qué importa. Quizá tu camino y el mío estén a punto de bifurcarse.

Epílogo

...Y no hallé cosa en que poner los ojos
que no fuese recuerdo de la muerte.

FRANCISCO DE QUEVEDO

«¿España?», dijo. «Un nombre. España ha muerto.»

LUIS CERNUDA

He aquí el problema.
O bien: esta casa de Dios, ¿qué guarda dentro?

Dakar-Soria-Tokio (17 de marzo de 1973-24 de diciembre de 1975) y Fez-Soria-Madrid (febrero a octubre de 1977).

Notas

(Los números precedidos por una B. remiten a la lista de *OBRAS CONSULTADAS.*)

INTRODUCCIÓN

1. B. 231, p. 95.
2. B. 70.
3. Jackson Steward Lincoln, cit. en B. 458, p. 391.
4. B. 927.
5. B. 880, p. 184.
6. B. 815.
7. B. 803, pp. 346-348.
8. B. 945, t. 1.º, p. 243.
9. B. 605, pp. 3 y 4.
10. B. 910, p. 227.
11. B. 242.
12. B. 30, p. 111.
13. B . 2, pp. 123 y 124.
14. B. 746, p. 13.
15. B. 923.
16. B. 744, pp. 68 y 69.
17. Cit. en B. 28, pp. 29 y 30.
18. B. 721, p. 13.
19. Íd., p. 62.
20. B. 945, t. 1.º, pp. 373 y 374.
21. B. 477, p. 45.
22. B. 672, p. 57.

PRIMERA PARTE

CAPÍTULO PRIMERO

1. B. 880, p. 25.
2. B. 59, p. 102.
3. B. 683, t. 1.º p. 70.
4. B. 913, pp. 182 y 183.
5. B. 59, pp. 96 y 97.
6. B. 683, t. 8.º, pp. 32-34.
7. B. 192, pp. 61-66.
8. B. 59, p. 106.
9. B. 807, p. 18.
10. Íd.
11. Íd.
12. B. 1072, pp. 30 y 31.
13. B. 968, pp. 127 a 129.
14. B. 109, p. 108.
15. G. R. Levy, *The gate of horn,* Londres, 1946, pp. 27, 36, 37 y 53 (cit. en B. 109, pp. 108 y 109).
16. B. 683, t. 8.º, p. 27.
17. Cit. en íd., p. 28.
18. B. 242.
19. *Evangelio de Santo Tomás*, 11.
20. B. 750, p. 13.
21. B. 972.
22. Cit. en Estrabón, II, 3-6.
23. *De l'indestructibilité du monde,* inf-f.º, París, p. 936.
24. XVII, 7.
25. Ed. Jean Maise, 1551, t. 1.º, p. 5.
26. *De Pallio,* 25, y *Apolog.*, 40.
27. Datos recogidos en Santarem, *Cosmographie et cartographie du moyen age,* II, 42.
28. B. 937.
29. B. 289.
30. B. 1023.
31. B. 845.
32. B. 360, P. 279.
33. B. 878.
34. B. 683, t. 8.º, pp. 118 y 119.
35. B. 902.

36. B. 742, pp. 18 a 22.
37. B. 683, t. 8.°, p. 43.
38. B. 59, p. 214.
39. B. 128, p. 49.
40. B. 920, p. 53.
41. B. 401, lib. 4.°, cap. 8.°.
42. B. 394, pp. 212 y 213.
43. B. 1024.
44. B. 394, pp. 59 y 60, y B. 159.
45. B. 59, p. 31.
46. B. 418, t. 2.°, p. 222.
47. B. 1023, pp. 71 y 72,
48. B. 1138.
49. Vid., entre otros, B. 428, B. 447 y B. 1023.
50. B. 447, p. 15.
51. B. 428, t. 1.°, pp. 15 a 29, y B. 431, p. 41.
52. B. 815, 8-9.
53. Cit. en B. 1, p. 9.
54. *Encyclopédie des Migrations Eclésiastiques,* 1879 (cit. en B. 129).
55. B. 393, p. 171.
56. B. 202.
57. B. 369.
58. B. 880, p. 165.
59. B. 289, pp. 88-91.
60. B. 1, pp. 332 a 342, y B. 346.
61. B. 346.
62. B. 1, p. 332.
63. B. 202.
64. B. 540.
65. B. 1156.
66. B. 346, pp. 97 y 98.
67. *De rebus Hispaniae,* Alcalá, 1632.
68. *Verdadera relación del Valle de las Batuecas,* 1693.
69. B. 346, p. 85.
70. B. 131.
71. B. 965.
72. Íd. p. 35.
73. B. 770, p. 1045.
74. B. 1023, p. 73.
75. B. 537, pp. 23 y 24.
76. Bory de Saint-Vincent, cit. en B. 289, pp. 40 y 41.
77. Cit. en B. 418.
78. B. 432, p. 317.
79. B. 927, p. 90.
80. B. 89.
81. B. 552, p. 498.
82. B. 281, p. 44.
83. B. 211, p. 42.
84. B. 162.
85. Íd.
86. B. 444.
87. B. 2, p. 13.
88. B. 157, pp. 190 a 197.
89. Vid. *La teosofía en la Prehistoria,* art. firmado por «un viejo correspondiente en la R.A.H.» (en HESPERIA, año I-II, 1921, p. 21).
90. B. 157, pp. 190 a 197.
91. B. 1023, p. 277.
92. B. 162.
93. B. 456, p. 323, y B. 1023, p. 164.
94. B. 618, p. 232.
95. B. 803, p. 207.
96. B. 1023, p. 277.
97. Íd.
98. Íd.
99. B. 981.
100. B. 519, p. 120.
101. B. 329.
102. Vid. prólogo de F. de Quadra y Salcedo a B. 908.
103. B. 59, p. 80.
104. B. 1072, p. 49.
105. B. 281, pp. 127 y 128.
106. B. 59, pp. 31 y 32.
107. Íd., p. 80.
108. B. 683, t. 1.°, p. 395.
109. B. 59, p. 80.
110. B. 79, pp. 114 y 115.
111. B. 59, pp. 70 y 71.
112. B. 639.
113. Íd., p. 134.
114. B. 483, p. 214.
115. B. 289, pp. 45 y 46.
116. B. 537.
117. B. 281, p. 42.
118. B. 203.
119. B. 683, t. 8.°, p. 55.
120. B. 192, pp. 80 y 81.
121. Íd. pp. 76 a 78.
122. B. 880.
123. B. 251.
124. B. 57, p. 47.
125. B. 131, p. 347.
126. B. 683, t. 8.°, pp. 55 y 56.
127. Íd.
128. Íd., p. 54.
129. B. 34.
130. B. 262, pp. 315 y 316.
131. B. 1057, p. 324.
132. B. 456, pp. 189 a 192.
133. B. 39.
134. Íd., p. 299.
135. Íd., pp. 301 y 302.
136. B. 1026.
137. B. 829.
138. B. 57, p. 144.
139. B. 1038.

140. B. 683, t. 8.°, pp. 76 y 77.
141. B. 115, pp. 236 y 237.
142. B. 242.
143. Lib. IX, 10.
144. Bartolomé Cairasco, octava añadida a su traducción de la *Jerusalén libertada* (cit. en B. 1, pp. 22 y 23).
145. Antonio de Nebrija, *Décadas,* lib. IV, cap. 3.° (cit. en B. 1, p. 33).
146. B. 592, p. 3.
147. Cit. en B. 1, p. 146.
148. B. 244.
149. B. 758, pp. 498 a 513, y B. 909, p. 236.
150. B. 758, pp. 499 y 500.
151. B. 909, p. 349.
152. B. 289, pp. 8 a 11.
153. Íd., p. 11.
154. B. 408, p. 90.
155. B. 1, pp. 55 y 56.
156. Íd. pp. 88 y 90.
157. B. 289, p. 509.
158. Íd., p. 508.
159. B. 45, p. 78.
160. B. 1, p. 151.
161. B. 683, t. 8.°, p. 209.
162. Íd., pp. 195 y 196.
163. B. 1, pp. 158 y 159.
164. B. 540.
165. B. 542.
166. B. 984, t. 2.°, p. 388.
167. B. 289, p. 507.
168. B. 683, t. 8.°, p. 154.
169. B. 408, p. 19.
170. O sistemas de cinco pilas intercomunicantes y excavadas en el basalto. Tres son redondas y dos, situadas en los extremos, elípticas. Se encuentran siempre al pie de un manantial.
171. B. 683, t. 8.°, p. 199.
172. B. 333, p. 29.
173. B. 658 (cit. en B. 683, t. 8.°).
174. B. 1087, canto 1.°, p. 28.
175. B. 1, p.68.
176. B. 912, p. 273.
177. César Luis de Montalbán en el prólogo a B. 909, p. 14.
178. B. 683, t. 8.°, p. 163.
179. Página 9 del original (cit. en B. 683, t. 8.°, p. 164).
180. B. 683, t. 8.° p. 200.
181. B. 408, pp, 121 a 123.
182. B. 1, p. 302.
183. B. 825, p. 204.
184. B. 408, p. 81.
185. B. 244, p. 108.
186. B. 1, p. 149.
187. Bartolomé Cairasco, octava añadida a su traducción de la *Jerusalén libertada* (cit. en B. 1, pp. 163 y 164).

CAPÍTULO SEGUNDO

1. Wolf Hofmann, Berlín, 1856.
2. B. 550.
3. Vid., entre otros, B. 261 y B. 262, pp. 303 y 434-435.
4. B. 261 y B. 262.
5. B. 579.
6. B. 431, p. 15.
7. Íd., p. 16.
8. Íd., p. 17.
9. Vid. B. 909, pp. 55 y 173.
10. B. 431, p. 20.
11. Íd., p. 21.
12. Íd., p. 24.
13. Vid., de todos modos, el capítulo tercero de esta primera parte.
14. B. 677.
15. B. 579.
16. Cit. en B. 1005, p. 91.
17. *Ora maritima,* versos 154-157.
18. B. 875, p. 13.
19. B. 414, p. 43.
20. B. 447.
21. B. 579, p. 18.
22. B. 614.
23. Reproducida en B. 242.
24. B. 683, t. 8.° pp. 81-83.
25. B. 579, p. 37.
26. B. 537, pp. 36 a 38.
27. B. 639, p. 257.
28. Íd., p. 262.
29. B. 803, p. 22.
30. B. 431, p. 203.
31. B. 916, p. 129.
32. B. 803, p. 123.
33. B. 579, p. 31.
34. Íd., p. 32.
35. B. 164, t. 1.°, p. 192.
36. B. 618.
37. Cit. en B. 418.
38. B. 584, t. 2.°, pp. 205 a 208.
39. Cit. en B. 1162, p. 247.
40. Íd., p. 250.
41. B. 579, p. 31.
42. B. 581.
43. B. 213.
44. B. 457, pp. 35 y 36.
45. B. 262, p, 385.
46. En *Antigüedades de Sevilla,* cit. en B. 683, t. 8.°, p. 255.
47. B. 407, pp. 201 y 202.

48. Ramón Bascoy Pérez, autor de B. 91.
49. B. 639, pp. 357 y 358.
50. B. 523, p. 138.
51. Íd., p. 280.
52. B. 683, t. 8.°, p. 347.
53. B. 125, p. 63.
54. B. 457, p. 34.
55. B. 683, t. 8.°.
56. B. 669, pp. 71 y ss.
57. B. 958, pp. 11 a 13.
58. B. 751, p. 275.
59. B. 359, p. 160.
60. B. 70, p. 37.
61. B. 457, p. 34.
62. B. 456, pp. 289 a 294.
63. B. 913, p. 183.
64. B. 28, p. 39.
65. Íd., p. 35.
66. B. 674, p. 42.
67. B. 28, p. 35.
68. B. 30.
69. B. 967.
70. B. 825, pp. 72 y 73.
71. B. 262, pp. 430 y 431.
72. B. 431, p. 102.
73. B. 1130, p. 359.
74. Cit. en B. 431, pp. 102-105.
75. Íd.
76. B. 1137, p. 199.
77. Cit. en B. 431, p. 105.
78. B. 1150, p. 275.
79. B. 125, p. 61.
80. B. 683, t. 8.°, pp. 126 a 128.
81. Íd., pp. 228 y 229.
82. Vid., p. 88 de este libro.
83. B. 923, p. 20.
84. B. 1057, pp. 329 y 330.
85. B. 329, p. 50.
86. B. 281, p. 47.
87. B. 242.
88. *I Cor.*, X, 1-4.
89. XXVIII, 10 a 22.
90. B. 968, p. 31.
91. Cit. en B. 242.
92. *La doctrina secreta,* t. 3.°, 1.ª parte, letra B, sección V.
93. B. 904, pp. 445 a 447.
94. B. 91, t. 2.°, p. 180.
95. Art. publicado en *El Imparcial* (10-2-1902) y reproducido en B. 84.
96. B. 457, p. 39.
97. Íd.
98. B. 742, pp. 18 y 19.
99. B. 474, p. 91.
100. *Proverbios,* XXVI, vers. 8.
101. B. 504.
102. B. 640, p. 58.
103. B. 390, p. 141.
104. B. 810, p. 57.
105. B. 720, t. 1.°, p. 502.
106. B. 115, p. 248.
107. Cit. en B. 385, pp. 30 y 31. Vid. también B. 838.
108. B. 332.
109. B. 274, p. 75.
110. B. 968, p. 46.
111. B. 640, p. 54.
112. B. 1020, p. 130.
113. B. 413, pp. 45 y 46.
114. B. 91, t. 1.°, p. 30.
115. B. 97, p. 11.
116. B. 120, pp. 24 y 25.
117. B. 59, p. 228.
118. B. 79, p. 43.
119. B. 413, pp. 280 a 282.
120. B. 272, p. 282.
121. B. 456, pp. 279 a 283.
122. B. 242.
123. B. 459, p. 35.
124. B. 621, pp. 140 y 141.
125. B. 497, pp. 193 a 195.
126. B. 282, p. 161.
127. Cit. en íd.
128. B. 910, pp. 341-349.
129. B. 59.
130. B. 242.
131. B. 683, t. 8.°, pp. 126 a 128.
132. B. 975, pp. 149 y 150.
133. B. 120, p. 20.
134. B. 457, p. 37.
135. Cit. en B. 385, pp. 192 y 193.
136. Íd., p. 193.
137. B. 950, p. 139.
138. B. 335, pp. 143 a 150.
139. B. 482, pp. 70 y 71.
140. B. 1130, p. 80.
141. B. 453, p. 42.
142. B. 365.
143. Cit. en B. 923, pp. 27 y 28.
144. Íd., pp. 23 y 24.
145. B. 910, p. 227.
146. B. 157, pp. 287 a 291.
147. B. 411.
148. B. 262, p. 402.
149. B. 530, p. 6.
150. Íd., pp. 6 a 9.
151. B. 192, p. 61.
152. B. 1005, pp. 23 y 24.
153. B. 431, p. 24.
154. B. 1137, p. 199.
155. B. 968, p. 53.
156. B. 1005, pp. 23 y 24.
157. B. 262, p. 403.

158. B. 59, p. 219.
159. B. 968, p. 45.
160. B. 825, p. 127.
161. B. 21, p. 273.
162. B. 530, p. 72.
163. B. 183, p. 362.
164. B. 640, pp. 26 y 27.
165. Íd., p. 103.
166. Íd.
167. Íd., pp. 88 y 89.
168. Cit. en B. 1061, p. 106.
169. Íd., p. 50.
170. B. 640, p. 102.
171. Íd., p. 88.
172. B. 1061, p. 124.
173. B. 640, p. 106.
174. B. 345.
175. B. 640, p. 99.
176. B. 1150, p. 304.
177. B. 1061, p. 59.
178. B. 868.
179. B. 91.
180. B. 433, p. 209.
181. B. 640, p. 79.
182. B. 91, t. 2.°, p. 12.
183. B. 1061, p. 105.
184. B. 91, t. 1.°, p. 115
185. B. 1061, p. 105.
186. B. 91.
187. B. 1061, p. 105.
188. B. 640, p. 127.
189. Íd., p. 8.
190. B. 393, p. 111.
191. B. 122.
192. B. 1028.
193. Íd.
194. Cit. en B. 874.
195. B. 206, p. 100.
196. B. 259.
197. Vid. NOS, núm. 63, 1929.
198. B. 2, pp. 158 a 161.
199. B. 803, pp. 233-235.
200. B. 338, p. 27.
201. B. 639, p. 77.

CAPÍTULO TERCERO

1. B. 217, p. 138.
2. B. 720, t. 1.° p. 25.
3. B. 551, cap. 1°.
4. B. 1023, p. 23.
5. B. 803, p. 175.
6. B. 1023, p. 23.
7. B. 720, t. 1.°, p. 25.
8. B. 163, p. 263.
9. B. 261, p. 377.
10. B. 683, t. 8.°, pp. 306 y 307.
11. Íd., p. 309.
12. B. 261, pp. 381 y 382.
13. B. 57, p. 50.
14. B. 675, p. 23.
15. B. 29, p. 145.
16. B. 192, pp. 28 y 30.
17. Vid. P. Parasols en *Revista histórico-latina,* agosto de 1874.
18. B. 720, t.°, 1.°, p. 19.
19. B. 683, t. 8.°, pp. 354 y 355.
20. B. 720, t. 1.°, p. 19.
21. Íd., p. 23.
22. B. 354.
23. B. 430, p. 12.
24. Íd., pp. 130 a 132.
25. B. 456.
26. B. 261, p. 387.
27. Íd.
28. B. 28, pp. 22 y 23.
29. B. 537, p. 39.
30. B. 2, p. 158.
31. B. 242.
32. B. 683, t. 8.°, p. 251.
33. B. 284, p. 136.
34. B. 431, p. 182.
35. B. 683, t. 8.°, p. 251.
36. B. 1, p. 16.
37. Vid. TROPOS, núm. 6.
38. B. 242.
39. B. 261, pp. 312-314.
40. B. 363, pp. 53 a 56.
41. Cit. en B. 880, p. 178.
42. B. 162, pp. 262 y 263.
43. Íd., p. 279.
44. B. 720, t. 1.°, p. 493.
45. B. 907, p. 232.
46. B. 916, p. 157.
47. B. 487.

CAPÍTULO CUARTO

1. E. Soames, *Negations,* 1889.
2. B. 242.
3. B. 1020, pp. 158 y 159.
4. B. 282, p, 12.
5. B. 181, pp. 227 a 229.
6. B. 447, p. 15.
7. B. 858.
8. B. 845, t. 3.°, p. 155.
9. B. 480.
10. B. 838.
11. B. 120, p. 11.
12. B. 646.
13. B. 120, p. 11.
14. B. 613.

15. B. 614, p. 158.
16. B. 613.
17. Vid. pp. 99 a 101 de este libro.
18. B. 151, p. 280.
19. B. 284, p. 217.
20. Vid. pp. 88 a 93 de este libro.
21. B. 275.
22. B. 103, p. 55.
23. B. 858.
24. B. 605, p. 184.
25. B. 720, t. 1.°, pp. 490 y 491.
26. B. 605, pp. 171 a 175.
27. B. 120, p. 20.
28. B. 1020, p. 160.
29. B. 846, p. 150.
30. B. 282, p. 267.
31. B. 530, p. 2.
32. John Bunyan, *The Pilgrim's Progress*.

SEGUNDA PARTE

CAPÍTULO PRIMERO

1. B. 552, p. 201.
2. Mote grabado en las monedas que el místico y alquimista mallorquín acuñó (o transmutó) para Eduardo I de Inglaterra. Alude al paso de Jesucristo entre sus discípulos sin darse a ver ni a conocer.
3. *ABC* de Madrid, 23 de mayo de 1973.
4. Vid. Morton Smith, *El evangelio secreto*, Nueva York, 1973.
5. *ABC* de Madrid, 24 de mayo de 1973.
6. Cit. en M. Tuñón de Lara, *Antonio Machado, poeta del pueblo*, Barcelona, 1967.
7. B. 846, p. 292.
8. *La langue hébraique restitué*, 1815.
9. *Missions des juifs*, 1884.
10. B. 972,
11. Hay edición española, que no conozco, traducida por A. de Santos Otero y publicada en 1963 por la *Biblioteca de Autores Cristianos*.
12. Mateo, XVI, 16.
13. B. 972, p. 441.
14. B. 292, p. 481.
15. Pahor Labib, *Coptic gnostic papyri in the Coptic Museum at Old Cairo*, El Cairo, 1956.
16. J. Doresse, *Les livres secrets des Gnostiques d'Egypte*, París, 1959.
17. Vid. *Gal* 1, 6-9, y 1 *Tim*, 1, 3-4.
18. *Juan*, III.
19. B. 972, p. 429.
20. *Tomás*, 27.
21. Íd., 46.
22. Íd., 54 (el subrayado es mío).
23. Íd., 55.
24. Íd., 68.
25. Íd., 83.
26. Íd., 86.
27. Íd., 98.
28. Íd., 112.
29. Íd., 120.
30. *Felipe*, 10.
31. Íd., 21.
32. Íd., 44.
33. Íd., 52.
34. Íd., 66.
35. Íd., 68.
36. Íd., 78.
37. Íd., 119.
38. Íd., 127.
39. *Evangelio de la verdad*, 11.
40. B. 48.
41. B. 327.
42. B. 972, pp. 66-105.
43. B. 429, pp. 7 a 13.
44. B. 706, p. 167.
45. Vid. p. 225 de este libro.
46. B. 386, t. 1.°, p. 563.
47. B. 720, t. 2.°, pp. 471 y 472, y B. 1158, p. 26.
48. B. 117, 2.ª parte, núms. 537 y 538.
49. B. 135, p. 561.
50. B. 117, 2.ª parte, núms. 537 y 538.
51. *Protoevangelio de Santiago*, XVIII.
52. Íd., XIX.
53. B. 117, 2.ª parte, núms. 551 y 552.
54. *Juan*, IV.
55. B. 117, 2.ª parte, núm. 580.
56. Íd.
57. Íd., núm. 430.
58. B. 117, 2.ª parte, núm. 515.
59. B. 1072, p. 107.
60. B . 962, pp. 208 y 209.

61. 117, 2.ª parte, núm. 477.
62. Cit. en B. 489.
63. B. 63, pp. 4 a 10.
64. B. 561, p. 107.
65. B. 489, p. 11.
66. B. 683, t. 1.º, pp. 128 y ss.
67. Íd. pp. 134 a 141.
68. B. 965.
69. Cit. en B. 75.
70. B. 374.
71. B. 171, p. 9.
72. B. 207.
73. B. 466, p. 217.
74. B. 390, t. 1.º, p. 21.
75. B. 1034.
76. B. 420, p. 57, y B. 521, pp. 21 a 23.
77. B. 261 pp. 433 y 444.
78. B. 192, p. 13.
79. B. 51, pp. 301 a 306.
80. B. 706, p. 170.
81. B. 242.
82. B. 848, p. 17.
83. B. Vid. 2.º cap. del t. 1.º de este libro.
84. B. 207, p. 68.
85. *Historia de la ciudad de Astorga,* p. 62.
86. B. 551.
87. B. 207, p. 68.
88. B. 79, o pp. 147 y 148; y B. 1048, pp. 22 y 23.

CAPÍTULO SEGUNDO

1. B. 217, p. 136.
2. Vid. pp. 101 a 111 de este libro.
3. B. 1021.
4. B. 892, p. 52.
5. B. 605, p. 52.
6. B. 1015.
7. B. 892, p. 132.
8. B. 950, p. 77.
9. B. 214, pp. 35 y 36.
10. B. 88.
11. B. 616.
12. B. 157, pp. 314 a 317.
13. B. 131, p. 394.
14. B. 878.
15. Íd., p. 488.
16. B. 242.
17. B. 385, p. 103.
18. B. 923, p. 167.
19. B. 868.
20. Cit. en B. 84, p. 161.
21. B. 131, p. 294.
22. Vid. pp. 146 y 147 de este libro.
23. B, 433, pp. 263 y 264.
24. B. 868, pp. 428 y 429.
25. B. 917, p. 187.
26. B. 923, p. 166.
27. B. 91, t. 2.º, p. 180.
28. *Yo he visto a la Huestia*, p. 54.
29. B. 863.
30. B. 880, p. 180.
31. B. 863.
32. B. 874.
33. B. 683, t. 8.º, p. 239.
34. B. 274, p. 182.
35. B. 325.
36. B. 474, p. 67.
37. B. 874, pp. 212 y 213.
38. B. 880, p. 184.
39. B. 474, p. 73, y B, 874, p. 191.
40. B. 874, p. 193.
41. Íd., pp. 212 y 213.
42. B. 474, p. 89.
43. B. 874, pp. 195 y 196.
44. B. 592, pp. 28 y 29.
45. B. 640, p. 62.
46. B. 1021, p. 167.
47. B. 144, p. 150.
48. B. 1021, p. 167.
49. B. 592, p. 92.
50. B. 86, p. 111.
51. B. 892, p. 164.
52. Íd.
53. B. 1021, p. 177.
54. Íd., pp. 165 a 167.
55. Íd., p. 151.
56. Lib. VIII, cap. XXII.
57. B. 918, p. 234.
58. B. 1097, p. 30.
59. B. 867, p. 520.
60. B. 951, p. 147.
61. B. 357.
62. B. 872, pp. 93 a 116.
63. Íd.
64. B. 614, p. 142.
65. B. 867, pp. 552 y 553.
66. B. 838.
67. B. 456.
68. B. 867, p. 526.
69. Íd. B. 867, p. 526.
70. B. 683, t. 1.º, pp. 404 y 405.
71. B. 872.
72. B. 181, t. 2.º, cap. XVII.
73. Íd.
74. B. 683, t. 1.º, pp, 404 y 405.
75. B. 867, p. 530,
76. B. 357.
77. B. 1026.
78. B. 181.

79. B. 357, B. 665 y B. 867.
80. B. 867, p. 516.
81. B. 257.
82. Íd.
83. B. 1025.
84. B. 229, p. 88.
85. B. 683, t. 1.°, pp. 420 a 422.
86. B. 892, p. 65.
87. B. 87, p. 121,
88. B. 89.
89. B. 372, p. 292.
90. Íd., p. 298.
91. B. 453, pp. 42 y 59.
92. B. 147.
93. B. 881.
94. Íd., p. 140.
95. Íd., p. 141.
96. B. 757 (vid. lo relativo a Agharti y el Rey del Mundo).
97. B. 881, pp. 142 y 143.
98. B. 664, p. 189.
99. B. 1020, p. 168.

CAPÍTULO TERCERO

1. B. 217, p. 72.
2. B. 57, p. 62.
3. B. 605, p. 78.
4. Vid. pp. 228-230 de este libro.
5. B. 683, t. 1.°, pp. 184 a 187.
6. B. 960, p. 124.
7. B. 390, t. 1.°, p. 19.
8. B. 683, t. l.°, pp. 184 a 187.
9. B. 390 (cit. en B. 605, p. 22).
10. B. 720, t. 2.°, p. 470.
11. B. 57, pp. 63 y ss.
12. Íd., p. 68.
13. B. 237, p. 96.
14. B. 683, t. 1.°, p. 230.
15. Cit. en íd., pp. 186 y 187.
16. Sulpicio Severo, cit. en B. 57, p. 68.
17. E. Ch. Babut, *Priscillien et le priscillianisme* (cit. en B. 57).
18. B. 57, p. 85.
19. Cap. III, vers. 15 y 16.
20. B. 57, p. 79.
21. B. 63, p. 30.
22. B. 869, p. 3.
23. B. 683, t. 1.°, p. 227.
24. B. 720, t. 2.°, p. 476.
25. B. 875, p. 46.
26. B. 57, p. 80.
27. Íd., p. 81.
28. B. 57, p. 81.
29. B. 683, t. 1.°, p. 187.
30. B. 605, p. 88.
31. B. 844, p. 74.
32. B. 145.
33. B. 683, t. 1.°, p. 257.
34. B. 57, p. 84.
35. Babut, op. cit. (cit. en B. 57, p. 75).
36. B. 57, p. 86.
37. B. 946, p. 75.
38. B. 605, p. 165.
39. B. 126, pp. 131 a 134.
40. B. 57, p. 218.
41. Íd., p. 86.
42. B. 683, t. 1.°, p. 196.
43. Íd., pp. 193 a 196.
44. B. 605, p. 167.
45. Íd., pp. 128 y 167.
46. B. 57, p. 87.
47. B. 683, t. 1.°, p. 286.
48. Íd., pp. 285 y 286.
49. B. 57, p. 89.
50. B. 875, p. 51.
51. Lo sostiene Hidacio, cit. en B. 57, p. 92.
52. Íd., p. 71, y M. Portela Valladares, *Ante el estatuto,* Barcelona, 1932.
53. B. 683, t. 1.°, p. 209.
54. B. 796, t. 1.°, p. 141.
55. Íd., p. 155.
56. B. 57, p. 95.
57. B. 390, t. 1.°, p. 20.
58. B. 57, p. 95, y Matter, cit. en B. 875, p. 49.
59. B. 57, p. 63.
60. B. 825, p. 76.
61. B. 57, p. 76.
62. B. 1033, p. 313.
63. B. 57, p. 93.
64. Íd., p. 94.
65. B. 1033, pp. 63 y 64.
66. B. 1035, p. 313.
67. B. 796.

CAPÍTULO CUARTO

1. B. 405, p. 132.
2. B. 57, p. 218.
3. Íd., p. 44, y B. 204, pp. 7 a 17.
4. Íd.
5. B. 544, p. 13.
6. B. 444, p. 14.
7. B. 57, p. 45.
8. Íd., p. 37.
9. Íd., pp. 117 y 118.
10. B. 558 y B. 620, por ejemplo.
11. B. 363, pp. 39 y 40.

12. B. 683, t. 1.°, pp. 117 y 118.
13. B. 57, p. 44.
14. B. 945, t. 1.°, pp. 272 y 273.
15. B. 230, pp. 37 a 42.
16. B. 229, pp. 143 y 144.
17. B. 230, pp. 37 a 42.
18. B. 229, p. 145.
19. Vid. p. 114 de este libro.
20. B, 620, p. 240.
21. B. 945, t. 1.°, p. 264.
22. B. 1010.
23. Íd., pp. 80 y 81.
24. B. 57, p. 13.
25. B. 1010, p. 81.
26. *Historia de España*, dirigida por R. Menéndez Pidal, t. 6.°, pp. 51 a 57.
27. Vid. pp. 349-351 de este libro.
28. B. 761.
29. B. 57, pp. 41 y 42, y B. 944, p. 355.
30. Vid. p. 350 de este libro.
31. Cit. en B. 418, t. l.°, p. 66.
32. B. 944, p. 160.
33. B. 205, p. 63.
34. Íd.
35. Vid. p. 317 de este libro.
36. B. 374, p. 30.
37. B. 944, pp. 204-390.
38. Vid. pp. 219 y 220 de este libro.
39. B. 57, p. 38.
40. C. G. King, cit. en B. 1010, p. 100.
41. B. 57, pp. 131 y 132.
42. B. 372, p. 94 (citando la versión de Limoges de la carta atribuida a León III en la *Compostelana*).
43. B. 372, p. 19.
44. *Les legendes hagiographiques*, cit. en íd.
45. Íd.
46. *Handbook for travellers in Spain*, cit. en íd.
47. B. 57, p. 47.
48. B. 89.
49. Íd.
50. B. 105, t. 2.°, pp. 23 y 24.
51. Vid. p. 220 de este libro.
52. B. 57, pp. 99 y 100.
53. B. 217.
54. B. 620 (cit. en B. 57, p. 50).
55. B. 620, p. 237.
56. B. 397, p. 75.
57. Íd., p. 76.
58. B. 217, p, 267.
59. B. 558, pp. 447 y 448.
60. B. 57, p. 277.
61. Íd., p. 271.
62. B. 721, p. 179.
63. B. 544, p. 20.
64. B. 57, p. 188.
65. B. 620, p. 256.
66. Cit. en B. 134.
67. B. 756, p. 65.
68. Datos recogidos en íd., pp. 2, 3 y 8.
69. B. 632.
70. B. 756, p. 2.
71. Íd., p. 34.
72. B. 372, p. 89.
73. Íd., pp. 88 y 89.
74. *Datum Viterbii, XIII, Kal. julii, anno decimo*.
75. B. 756, pp. 40 y 41.
76. B. 134, p. 117.
77. B. 926.
78. Íd.
79. Vid. pp. 98-99 y 155 de este libro.
80. B. 230, p. 152.
81. B. 372, p. 94.
82. B. 583, p. 23.
83. Íd., p. 20.
84. B. 281, p. 23.
85. Íd.
86. Cit. en B. 142.
87. Íd.
88. B. 944, p. 125.
89. B. 1010.
90. B. 372, p. 259.
91. Íd., p. 19.
92. B. 1010, p.24.
93. B. 255.
94. B. 397, p. 44.
95. B. 57, p. 242.
96. B. 97.
97. B. 242.
98. B. 1095.
99. B. 242.
100. B. 962.
101. VII, 22.
102. B. 57, p. 143.
103. B. 281, p. 112.
104. Íd.
105. Íd.
106. B. 641, p, 164.
107. B. 281, pp. 110 y 111.
108. B. 864.
109. B. 241.
110. B. 281, p. 79.
111. Íd., p. 209.
112. Vid. Selma Lagerlöf, *El viaje maravilloso de Nils Holgersson a través de Suecia*, Barcelona, 1946.
113. B. 91, t. 3.°, p. 199.

114. Vid. pp. 177 y 178 de este libro.
115. B. 241.
116. B. 281, p. 209.
117. Íd.
118. B. 753.
119. Vid. cap. 4.º, de la tercera parte.
120. B. 281, p. 158.
121. B. 753.
122. B. 281, p. 112.
123. Íd., p. 209.
124. B. 77, p. 33.
125. Íd.
126. Íd.
127. B. 111.
128. Íd., y B. 77, pp. 49 y 50.
129. B. 390, t. 1.º, p. 39.
130. B. 77, p. 46.
131. Íd.
132. B. 390, t. 1.º, p. 39.
133. B. 944, t. 1.º, p. 39.
134. B. 600.
135. B. 77, pp. 40 y 41.
136. Íd., pp. 129 y 130.
137. Íd., pp. 40 y 41.
138. B. 281, p. 137.
139. B. 1003, p. 10.
140. Íd., p. 13.
141. Íd., p. 19.
142. Íd., p. 120.
143. B. 630.
144. Íd.
145. B. 77, p. 132.
146. B. 842, p. 185.
147. Íd., pp. 188 y 189.
148. Íd., p. 190.
149. B. 281, p. 76.
150. B. 105, t. 1.º, p. 387.
151. B. 281.
152. Íd., p. 76.
153. Íd.
154. Íd.
155. B. 105, t. 1.º, pp. 385 y 387.
156. Vid., entre otras, pp. 89-90, 99-100 y 148 de este libro.
157. Eugenio Llaguno, *Noticia de los arquitectos y Arquitectos de España,* t. 3.º, p. 188.
158. B. 944, p. 22.
159. B. 281, p. 173.
160. Cit. en B. 57.
161. B. 397.
162. B. 372, pp. 259 y 260.
163. B. 281, p. 216.
164. Rafael Altamira, *Historia de España,* t. 1.º, pp. 420 y 421 (cit. en B. 57, p. 136).
165. B. 405, p, 347.
166. B. 164, t. 2.º, p. 441.
167. Vid. p. 39 de este libro.
168. B. 1002, t. 1.º, p. 197.
169. B. 682, pp. 56 y 57.
170. Íd.
171. Cit. en B. 303, t. 1.º, p. 122.
172. B. 1002, p. 197.
173. B. 164, t. 2.º, p. 441.
174. B. 683, pp. 58 y 59.
175. B. 170, p. 123.
176. B. 405, p. 347.
177. Íd.
178. B. 281, p.216.
179. B. 962, p. 18.
180. B. 281, p. 139.
181. Íd., p. 173.
182. B. 97.
183. B. 576, p. 132.
184. B. 57, pp. 117 y 118.
185. B. 281, p.249.
186. B. 57, p. 266.
187. Íd., p. 41, y B. 945, t. 1.º, pp. 373 y 374.
188. B. 1010.
189. B. 374, p. 86.
190. B. 1010, p. 194.
191. B. 390, t. 1.º, p. 37.
192. Vid. *The way of Saint James,* Nueva York, 1920.
193. B. 97, pp. 77 y 78.
194. B. 57, p. 268.
195. Íd.
196. B. 372, pp. 189 a 192.
197. Íd., p. 192.
198. B. 962, p. 18.
199. B. 281, pp. 261 a 263.
200. Oswald Wirth, *Le tarot des Imagiers du Moyen Age,* 1927 (cit. en B. 267, p. 9).
201. B. 267, p. 23.
202. Op. cit. (cit. en B. 267, p. 30).
203. Vid., por ejemplo, B. 552, B. 553 y El *secreto de la flor de oro* (en col. con Richard Wilhelm), Buenos Aires, 1961.
204. Cit. en B. 282, p. 119.
205. B. 281, p. 190; B. 585, pp. 212 y 213, y B. 936, p. 101.
206. B. 281, p. 190.
207. Íd., p. 250.
208. B. 936, p. 101.
209. Cit. en B. 936, p. 111.
210. B. 281, p. 158.
211. Cit. en B. 936, p. 101.
212. Íd., pp. 101 y 111.
213. B. 581, p. 239.
214. B. 57, p. 264.

215. Íd., p. 108 y B. 372, p. 167.
216. B. 303, t. 1.°, p. 745.
217. En el *Doctrinal de Privados.*
218. B. 405, p. 198.
219. B. 944, pp. 213 y 214.
220. B. 281, pp. 183 y 184.
221. B. 153, p. 649.
222. B. 418, p. 126.
223. B. 153, p. 649.
224. Íd.
225. B. 443.
226. Cit. en B. 215.
227. B. 205, p. 204.
228. B. 153, pp. 647 y 648.
229. B. 230, p. 100.
230. B. 433, p. 213.
231. Íd.
232. B. 230, p. 119.
233. Íd. B. 230, p. 119.
234. B. 179, p. 471.
235. B. 229.
236. Cit. en B. 230, pp. 151 y 152.
237. B. 229, p. 148.
238. B. 230, p. 152.
239. B. 219, pp. 68, 69, 72 y 73.
240. B. 229, p. 148.
241. Cit. en B. 57, p. 32.
242. En la *Vida de San Millán,* cit. en B. 229.
243. Cit. en B. 57.
244. B. 230, p. 37.
245. B. 756, P. 32.
246. B. 229, p. 160.
247. B. 945, p. 77.
248. B. 231, p. 109.
249. B. 756, p. 32.
250. B. 57, p. 100.
251. B. 763, p. 159.
252. B. 945, p. 274.
253. B. 57, p. 36.
254. B. 231, p. 109.
255. Cit. en B. 57, p. 100.
256. B. 1010.
257. Cit. en B. 229, p. 138.
258. Íd., p. 139.
259. B. 945, p. 80.
260. B. 229, p. 139.
261. B. 620, t. 3.°, p. 274.
262. B. 229, pp. 139 y 140, y B. 303, t. 1.°, pp. 137-141.
263. B. 229, p. 152.
264. Íd., p. 140.
265. B. 54, p. 164.
266. Cit. en B. 57, p. 122.
267. Íd., p. 37.
268. B. 229, p. 277.
269. J. Krishnamurti, *La mutación psicológica,* Puerto Rico, 1970, pp. 9, 14 y 44.
270. Julio Cortázar, *La vuelta al día en ochenta mundos,* t. 2.°, p. 52.
271. B. 57, p. 40.

CAPÍTULO QUINTO

1. B. 552, p. 49.
2. B. 812.
3. B. 242.
4. Íd.
5. Cit. en íd.
6. B. 917, pp. 138 y 139.
7. B. 338, p. 115.
8. B. 242.
9. B. 882, p. 25.
10. B. 45, p. 25,
11. B. 242.
12. B. 281, p. 150.
13. B. 242.
14. B. 882, pp. 25 a 27.
15. Íd.
16. Cit. en íd., p. 34.
17. Íd., pp. 43 a 49.
18. Wolfram de Eschembach, cit. en B. 338, p. 120.
19. B. 861.
20. B. 882.
21. Vid. pp. 489-492 de este libro.
22. B. 858.
23. B. 882, p. 30.
24. Íd.
25. Cit. en B. 45, p. 60.
26. B. 683, t. 2.°, p. 415.
27. B. 127, pp. 43 y 44.
28. Íd., p. 42.
29. Íd., p. 44.
30. Íd.
31. B. 718.
32. Íd., p. 51.
33. Íd., y B. 303, t. 3.°, p. 399.
34. B. 127, p. 51.
35. Cit. en íd., p. 17.
36. B. 810, p. 70.
37. B. 934, pp. 166-181.
38. B. 882, p. 50.
39. B. 338, p. 118.
40. B. 281, p. 151.
41. Íd., p. 152.
42. B. 882, pp. 50 y 51.
43. Íd., pp. 51 y 52.
44. B. 433.
45. B. 882, pp. 31 y 32.
46. B. 127.
47. Vid. pp. 598-600 de este libro.

48. B. 205, p. 137.
49. B. 57, p. 39 (citando a Guerra Campos).
50. *Mateo,* 4, 18-22.
51. B. 57, p. 150.
52. B. 338, p. 115.
53. Íd.
54. B. 242.
55. B. 944.
56. B. 303, t. 3.°, p. 776.
57. B. 723, p. 13.
58. B. 303, t. 1.°, pp. 26 y27.
59. B. 683, t. 2.°, pp. 203 a 208.
60. B. 390, t. 1.°, pp. 26 y 27.
61. B. 683.
62. B. 189, p. 172.
63. B. 683.
64. B. 1062, por ejemplo, y varios artículos de Umberto Eco.
65. B. 683.
66. B. 723, p. 8.
67. B. 237, pp. 142 y 143.
68. Íd.
69. B. 45, p. 47.
70. B. 731, p. 63.
71. Íd.
72. B. 57, p. 175, y B. 711, pp. 14 y 15.
73. B. 711, p. 13.
74. Cit. en íd., p. 27.
75. Íd., p. 15.
76. Íd., p. 27.
77. B. 57, p. 175.
78. B. 723, p. 220.
79. Rovira y Virgili, *Historia nacional de Catalunya,* Barcelona, 1928, t. 4.°, p. 481 (cit. en B. 303, t. 3.°, p. 203).
80. B. 283, t. 3.°, p. 203.
81. B. 45, p. 57.
82. Íd.
83. B. 723, p. 220.
84. B. 84, p. 49.
85. Íd., p. 62.
86. B. 882, p. 43.
87. Singer, Suhtschek, Schröder, Otto Rahn, etc. (cit. en íd., pp. 43 a 49).
88. Cit. en íd.
89. B. 45, pp. 27-72.
90. B. 882, pp. 43-49.
91. B. 923.
92. B. 723, p. 14.

CAPÍTULO SEXTO

1. B. 47, p. 112.
2. Íd., p. 120.
3. B. 45, p. 129.
4. B. 47, p. 143.
5. B. 733, p. 106.
6. B. 690, p. 34.
7. B. 47, p. 119.
8. B. 405, p. 169.
9. B. 690, p. 34.
10. B. 229, p. 203.
11. *L'Islam et le Graal,* París, 1958.
12. B. 916, p. 180.
13. B. 338, p. 144.
14. B. 242.
15. B. 338, p. 120.
16. B. 242.
17. Íd.
18. Íd.
19. B. 25, p. 139.
20. B. 47, p. 120.
21. B. 281, p. 220.
22. Íd.
23. Íd., pp. 220 a 222.
24. B. 117, nn. 391 y 392.
25. B. 47, p. 120.
26. B. 25, p. 139.
27. B. 47, p. 121.
28. B. 975, p. 138.
29. B. 47, p. 121.
30. B. 117, 2.° parte, núm. 382.
31. Íd., núms. 382 y 383, y B. 338, p. 143.
32. B. 338, p. 143.
33. Barcelona, 1971, 187.
34. Vid. pp. 177 y 178 de este volumen.
35. B, 338, p. 143.
36. Vid. pp. 463 a 467 de este libro.
37. B. 338, p. 81.
38. Íd.
39. Íd., p. 142.
40. B. 117, 2.ª parte, núms. 382 y 383.
41. B. 41, p. 137.
42. Findal, *History of Freemasonry,* ap. (cit. en B. 117, 2.ª parte, núm. 383).
43. B. 962, p. 220.
44. B. 338, p. 146.
45. Íd., p. 147.
46. B. 47, p. 131.
47. Íd., pp. 122, 123, 131 y 132.
48. Íd., p. 132.
49. B. 45, p. 131.
50. B. 135, p. 208.
51. B. 846, p. 349.
52. B. 47, p. 133.
53. Cantú, cit. en B. 916, p. 180.
54. B. 47, p. 132.
55. B. 845, t. 4.°, p. 262.

56. Íd., p. 252.
57. B. 916, p. 180.
58. B. 845, t. 4.°, p. 262.
59. B. 47, p. 132.
60. Íd., pp. 127 y 128.
61. B. 975, p. 160.
62. B. 41, p. 107.
63. A. Rovira y Virgili, *El nacionalismo catalán,* p. 54 (cit. en B. 418, t. 1.°, p. 41).
64. Cit. en B. 975, pp. 156 y 157.
65. Cit. en B. 41, p. 108.
66. B. 975, pp. 158 a 160.
67. Cit. en B. 41, pp. 108 y 109.
68. B. 975, pp. 156 a 160.
69. B. 41, pp. 108 y 109.
70. B. 975, pp. 154 a 156.
71. B. 593, p. 98.
72. B. 645, t. 4.°, p. 266.
73. Íd., p. 255.
74. Íd., p. 252.
75. Langloi, *Revue des deux mondes,* CIII, 1891, p. 415 (cit. en B. 41, p. 139).
76. B. 41, p. 139.
77. B. 804, p. 140.
78. B. 338, pp. 146 a 148.
79. B. 41, p. 138.
80. Íd.
81. B. 45, p. 131.
82. Íd., p. 132.
83. B. 659, p. 277.
84. B. 47, p. 131.
85. B. 770, p. 1000.
86. B. 351.
87. B. 283, p. 122.
88. B. 57, p. 179.
89. Vid. p. 297 de este volumen.
90. B. 57, p. 179.
91. Íd., p. 174.
92. Modesto Lafuente, *Historia de España,* t. 3.°, p. 237 (cit. en íd.).
93. B. 57, p. 174.
94. B. 559, p. 50.
95. B. 57, p. 176.
96. Íd., pp. 249 y 250.
97. B. 126, pp. 94 y 95.
98. B. 390, t. 1.°, pp. 31 y 32.
99. Vid. respectivamente B. 303, t. 3.°, p. 743, y B. 124, p. 208.
100. B. 126, pp. 94 y 95.
101. B. 124, p. 208.
102. B. 281, p. 171.
103. B. 916, pp. 132 y 133.
104. Íd., p. 187.
105. B. 691, p. 722.
106. B. 283, p. 176.
107. Íd., p. 174.
108. B. 720, t. 2.°.
109. B. 338, pp. 107 y 108.
110. B. 604, p. 107 y 108.
111. B. 916, pp. 147-149.
112. Vid. p. 496 de este libro.
113. B. 913, pp. 16 y 17.
114. Íd.
115. B. 908, p. 274.
116. B. 252, p. 94.
117. B. 641, pp. 135 y 136.
118. B. 770, pp. 683 y 684.
119. B. 338, p. 179.
120. B. 117, 2.° parte, n.° 380.
121. B. 683, t. 6.°, pp. 338 y 339.
122. B. 390, t. 2.°, pp. 122 y 123.
123. B. 683, t. 6.°, p. 339.
124. B. 390, t. 2.°, p. 123.
125. B. 683, t. 6.°, p. 339.
126. B. 910, pp. 331-339.
127. B. 880, pp. 138 y 139.

TERCERA PARTE

CAPÍTULO PRIMERO

1. Cit. en B. 129.
2. B. 1120, t. 1.° (cit. en B. 499, p. 617).
3. R. Menéndez Pidal, 1953, t. 2.° p. 53 (cit. en B. 231, p. 56).
4. Vid. p. 28 y 29 de este libro.
5. B. 231, p. 273.
6. Íd., p. 115.
7. Íd., p. 246.
8. Vid. cap. 2.° de la primera parte de este libro.
9. B. 945, t. 1.°, p. 290.
10. B. 231, p. 83.
11. B., p. 130.
12. B. 945, t. 1.°, pp. 290 y 291.
13. B. 993, p. 226.
14. B. 945, t. 1.°, pp. 290 y 291.
15. B. 993, p. 226.
16. B. 945, t. 1.°, p. 291.
17. B. 682, p. 222.

18. B. 231, p. 84.
19. *Crónica general,* cit. en íd., p. 245.
20. B. 231, p. 95.
21. Íd., p. 84.
22. Íd., p. 74.
23. Íd., p. 83.
24. Cit. en B. 821, p. 12.
25. Íd.
26. B. 677, p. 183.
27. Cit. en íd., pp, 187 y 188.
28. Íd.
29. Íd., pp. 197 y 198.
30. Cit. en B. 866, p. 87.
31. Íd., p. 88.
32. Íd.
33. B. 14, p. 33.
34. B. 687, t. 2.°, p. 467.
35. B. 866, p. 429.
36. Íd., p. 174.
37. Íd., p. 87.
38. B. 93, pp. 83 a 85.
39. B. 242.
40. B. 866, p. 174.
41. Datos recogidos en B. 303, t. 2.°, p. 599.
42. B. 1105, p. 64.
43. Íd, pp, 64-66.
44. Íd., p. 66.
45. B. 93, p. 99.
46. B. 853, pp. 39 y 40.
47. B. 189, pp. 406 y 407.
48. Íd., p. 181.
49. B. 866, p. 256.
50. R. Lewis Brown, *Stranger than fiction,* p. 222 (cit. en B. 866, p. 256).
51. B. 93, p. 47.
52. B. 866, p. 195.
53. B. 1144, p. 28.
54. B. 687, t. 2.°, p. 172.
55. B. 1144, p. 35.
56. Íd., p. 32.
57. *Apología,* pp. 116 y ss., en t. 1.° de sus *Obras completas,* París, 1889 (cit. en B. 659, p. 114).
58. B. 641, p. 138.
59. B. 1114, p. 138.
60. B. 659, p. 143,
61. B. 974.
62. B. 866, p. 211.
63. B . 117, 2.ª parte, núm. 399.
64. B. 239, pp. 96 y 97.
65. B. 85, p. 5 1, y B. 866, pp. 96 y 97.
66. B. 866, pp. 96 y 97.
67. B. 83, pp. 51 y ss.
68. Íd.
69. B. 239, pp. 88 y 89.
70. B. 83, p. 55.
71. Buena parte de estos datos proceden de B. 83, pp. 51 a 55.
72. B. 866, p. 208.
73. Íd., p. 224.
74. Íd.
75. Jacob Bernard Agus, por ejemplo, en *La evolución del pensamiento judío,* pp. 253 y ss. (cit. en B. 267, p. 491).
76. B. 845, t. 3.°, pp. 477 y 478.
77. B. 309, p. 191.
78. B. 866, p. 279.
79. Cit. en íd., p. 272.
80. B. 945, t. 1.°, p. 260.
81. B. 659, p. 152.
82. B. 866, p. 211.
83. B. 93, p. 181.
84. B. 267, p. 42.
85. B. 659, p. 122.
86. B. 1144, p. 31.
87. B. 659, pp. 122 y 123.
88. Cit. en íd., p. 122.
89. B. 239, p. 101, y B. 683, t. 2.°, p. 172.
90. B. 866, p. 208.
91. B. 845, p. 414.
92. B. 866, p. 27.
93. Íd., p. 281.
94. Íd.
95. B. 866, p. 169.
96. Íd., p. 201.
97. Íd., p. 271.
98. B. 683, t. 2.°, pp. 401-416.
99. Íd., p. 188.
100. B. 866, p. 271.
101. B. 683, t. 2.°, pp. 401 a 416.
102. Íd.
103. Edmundo González Blanco, *Los grandes teósofos españoles, en* «Sophia», años 1901 y 1902.
104. B. 63, p. 117.
105. Íd., p. 118.
106. B. 99 (desde 1973 quizá hayan aparecido otros).
107. Íd., p. 277.
108. Íd.
109. Íd., p. 222.
110. Incluidos en el *Libro de las formas e de las ymágenes que son en los cielos e de las verdades e de las obras que salen dellos en los cuerpos que son en dyuso del cielo de la luna, que mandó componer de los libros de los filósofos antiguos el mucho alto e onrado don Alfonso amador de sciencias e de saberes* (manuscrito conservado en la Biblioteca de El Escorial, ed. facsímil, Madrid, 1881).

111. B. 866, p. 272.
112. Íd.
113. Íd.
114. B. 231, p. 117,
115. B. 1007, t. 2.°, pp. 368 y 369.
116. Cit. en B. 124, p. 139.
117. B. 683, t. 2.°, pp. 476 a 479.
118. B. 866, p. 259.
119. Íd.
120. B. 93, p. 99.
121. B. 798.
122. B. 683, t. 2.°, pp. 475 y 476.
123. B. 124, pp. 168 y 169.
124. B. 303, t. 2.°, p. 607.
125. Vid. B. 555.
126. Íd., pp. 56 a 58.
127. Manuel Fernández Álvarez (cit., en B. 54, p. 142).
128. Vid. *De la edad conflictiva*, 1963.
129. Cit. en B. 398, pp. 31 y 32.
130. Íd.
131. B. 978.
132. B. 308.
133. B. 93, p. 99.
134. B. 555, p. 43.
135. Íd.
136. Vid. *Individual and mass behavior in extreme situations*, 1939.
137. B. 945, t. 1.°, pp. 340 a 344.
138. B. 228, pp. 73 y 74.
139. B. 945, t. 1.°, pp. 340-344.
140. E. Giménez Caballero, *Río escondido* (en algún *ABC* del primer trimestre de 1974. He perdido el recorte y la referencia).
141. Íd.
142. B. 555, p. 136.
143. Íd., pp. 136 y 137.
144. Íd., p. 142.
145. Íd., p. 138.
146. E. Giménez Caballero, art. cit.
147. B. 683, t. 4.°, p. 290.
148. Íd.
149. B. 555.
150. B. 1066.
151. B. 7.
152. B. 305, pp. 153 y 154.
153. 12 a 15.
154. B. 305, p. 155.
155. B. 131, pp. 146 a 153.
156. B. 308 y B. 309.
157. En *Los aldeanos cristianos* (cit. en P. Garagorri, *Revista de Occidente*, dic. de 1964. Recojo la referencia y la cita en B. 231, p. 97).
158. B. 980, p. 149.
159. B. 555.
160. *A journey through Spain in the years 1786 and 1787*, Londres, 1972 (cit. en íd., p. 246).
161. B. 555, p. 244.
162. B. 846.
163. Cit. en B. 231, pp. 134 y 135.
164. Íd., p. 135.

CAPÍTULO SEGUNDO

1. Cit. en B. 660 y en B. 683, t. 4.°, p. 234.
2. B. 441, p. 13.
3. Íd.
4. Íd., p. 163.
5. B. 572, p. 14.
6. B. 683, t. 2.°, p. 401.
7. Íd.
8. Vid. pp. 223 y 224 de este libro.
9. Vid. p. 229 de este libro.
10. Vid. pp. 219-223 de este libro.
11. Vid. pp. 241-246 de este libro.
12. Vid. pp. 220-223 de este libro.
13. Vid. pp. 220-223 de este libro.
14. Vid. pp. 354 y 355 de este libro.
15. Quizá Menéndez Pelayo o Américo Castro. He perdido la referencia.
16. B. 516, p. 37.
17. B. 683, t. 2.°, p. 401.
18. Vid. «Tropos», núm. 6.
19. Vid. p. 469 de este libro.
20. B. 683, t. 2.°, p. 401.
21. B. 744, p. 299.
22. B. 124, p. 139.
23. B. 683, t. 2.°, p. 416.
24. Vid. pp. 518 y 519 de este libro.
25. B. 124, p. 139.
26. B. 882, p. 37.
27. Íd.
28. B. 744, pp. 299 y 300.
29. B. 683, t. 2.°, p. 411.
30. B. 744, pp. 299 y 300.
31. B. 348 y B. 683, t. 2.°, p. 411.
32. B. 348.
33. *La pipa de kif*, Clave I.
34. B. 63, p. 23.
35. B. 989, p. 12.
36. B. 65, p. 270.
37. B. 989, p. 39.
38. Íd. y B. 990, p. 25.
39. B. 63, p. 114.
40. B. 989, pp. 64-65.
41. B. 242 (en el epígrafe *intermundo*).
42. B. 990, pp. 28 y 29.
43. Íd. pp. 24 y 25.
44. Íd. pp. 150 y 151.

45. Íd., p. 152.
46. Íd., pp. 114 a 116.
47. B. 63, p. 13.
48. Íd., p. 15.
49. B. 54, p. 35.
50. Íd., p. 34.
51. B. 65, pp. 17 y 18.
52. B. 1051, p. 355.
53. B. 472, p. 178.
54. B. 849, pp. 199 y 200, y B. 1051, p. 355.
55. B. 1105, p. 160.
56. Íd., pp. 159 y 160.
57. B. 990, p. 236.
58. B. 1105, p. 78.
59. B. 59, pp. 31 y 32.
60. Íd., pp. 41 y 42.
61. Íd., pp. 9 y 10.
62. Íd., pp. 126 y 128.
63. Íd.
64. B. 990, p. 234.
65. B. 63, p. 79.
66. Íd., pp. 36 y 37.
67. Vid. p. 352 de este libro.
68. B. 63, p. 40.
69. B. 239, p. 81.
70. Lo cuenta Benalimán el Jalauní (cit. en B. 63, p. 89)
71. Íd., p. 109.
72. Íd.
73. B. 303, t. 1.°, p. 185.
74. B. 63, p. 109.
75. Íd.
76. Vid. p. 63 de este libro.
77. Datos recogidos en B. 239, pp. 83 y 84.
78. B. 63, pp. 115 y 116.
79. B. 989, p. 61.
80. Íd., p. 15.
81. B. 63, pp. 115 y 116.
82. B. 899, p. 12.
83. Íd., p. 17.
84. B. 110.
85. B. 683, t. 2.°, p. 325.
86. Íd., p. 326.
87. Íd.
88. Íd., p. 327.
89. B. 849, p. 190.
90. B. 63, pp. 120-123.
91. B. 849, p. 193.
92. B. 65, p. 123.
93. B. 63, p. 200.
94. Cit. en B. 62, p. 223.
95. Íd., pp. 223 y 224.
96. Vid. B. 847.
97. B. 683, t. 2.°, p. 338.
98. B. 707, p. 69.
99. Íd., pp, 62 y 63.
100. Vid. p. 19 de este libro.
101. Cit. en B. 231, pp. 267 y 268.
102. B. 707, pp. 72 y 73.
103. Íd., p. 122.
104. Cit. en íd.
105. B. 231, p. 268.
106. *Libro de los Estados,* XXX (cit. en B., p. 268).
107. B. 707, p. 110.
108. B. 683, t. 2.°, p. 337.
109. Íd., pp. 353 y 354.
110. B. 707, p. 115.
111. Íd., pp. 110 a 115.
112. Cit. en íd., p. 83.
113. B. 707, p. 86.
114. B. 54, p. 177.
115. Vid. pp. 518 y 519 de este libro.
116. B. 472, p. 164.
117. B. 683, t. 2.°, p. 402.
118. B. 990.
119. B. 472, pp. 16, 158 y 180.
120. Íd., pp. 181 a 191.
121. B. 552, p. 315.
122. Prólogo de A. González Palencia a B. 527, p. 11.
123. B. 1052, p. 46.
124. B. 1065, y Miguel de Molinos, *Guía Espiritual* (precedida de un ensayo de Claudio Lendínez), Madrid, 1974.
125. B. 526.
126. B. 1105, p. 130.
127. B. 683, t. 2.°, p. 156.
128. B. 65, p. 273; B. 66, p. 7, y B. 68, p. 341.
129. B. 66, pp. 7-18, y B. 68, pp. 341-343.
130. B. 66, p. 36.
131. Íd.
132. B. 472, p. 16.
133. B. 68, p. 333.
134. *Erasmo y España*, México, 1950 (cit, en B. 68, p. 334).
135. B. 65, p. 273.
136. B. 66, pp. 33 y 34.
137. B. 499, p. 568.
138. Miguel de Cervantes, *Los trabajos de Persiles y Segismunda*, III, 11, Madrid, 1917, fol. 162 (cit. en B. 499, pp. 568 y 569).
139. Vid., por ejemplo, Lope de Vega, *Juventud de San Isidro,* I, Real Acad. IV, p. 536-a; *Vida de San Pedro Nolasco,* I, Real Acad., V, p, 8-a; *El mejor moro de España*, I, Real Acad., X, p. 331-a; *Servir a señor discreto*, I, Real Acad.,

XV, p. 575-b; y *San Diego de Alcalá,* I, Real Acad., V, p. 41-a; Céspedes de Meneses, *Historias peregrinas,* Madrid, 1906, p. 85; Jerónimo de A., *El donado hablador,* I, 3, Rivad., XXXIII, p. 590-a; Baltasar Gracián, *El Criticón,* II, 2, Renac., I, p. 227, etc. (todos ellos cit. en B. 499, pp. 569 a 575).

140. M. de Cervantes, op. cit., pp. 568 y 569 (cit. en B. 499, pp. 571 y 572).
141. B. 303, p. 1130.
142. Íd.
143. Íd.
144. Íd., t. 1.°, p. 24.
145. T, en B. 231, p. 126.
146. B, 303, t. 2.°, pp. 1130 y 1131.
147. *La buena guarda,* II, Real Acad., V, p. 340-b (cit. en B. 499, p. 578).
148. Tirso de Molina. *Lagos de San Vicente,* t. 2.°, N.B.A.E., IX, p. 45-a (cit. en B. 499, p. 578).
149. Íd., La *Reina de los Reyes,* 1, N. B.A.E., IV, p. 153-a (cit. en B. 499, p. 581).
150. B. 193.
151. B. 683, t. 4.°, p. 375.
152. Íd., p. 376.
153. Fray Marcos de Guadalajara, *Expulsión de los moriscos,* Pamplona, 1613, cap. V y VI, p. 16 (cit. en B. 499, pp. 565 a 568).
154. B. 231, pp. 49 y 50.
155. Íd., y B. 307, pp. 49 y 50.
156. P. Longás, *Vida religiosa de los moriscos,* Madrid, 1915, p. 75 (cit. en B. 231, p. 50).
157. B. 303, t. 2.°, pp. 726 y 727.
158. Íd.
159. B. 674, p. 270.
160. II, 5, Rivad, XVIII, p. 556-a (cit. en B. 499, pp. 587 y 588).
161. B. 131, p. 470.
162. Íd.
163. B. 125, p. 143.
164. B. 850, p. 78.
165. B. 125, p. 143.
166. Íd., p. 144.
167. B. 850, p. 76.
168. Íd.
169. B. 746, p. 60.
170. Vid. pp. 48 y 50 de este volumen.
171. Rafael Lapesa, *Historia de la lengua española,* 4.ª ed., Madrid, 1959, p. 109.
172. B. 231, p. 117.
173. *Fuero Viejo de Castilla,* libro I, tit. V, XVII (cit. en B. 231, p. 117).
174. B. 441, pp. 4-7.
175. Íd., p. 4.
176. Íd., p. 5.
177. Íd., pp. 6 y 7.
178. B. 806.
179. Íd., pp. 152 y 153.
180. B. 431, p. 149.
181. Íd.

CAPÍTULO TERCERO

1. B. 659, p. 290.
2. Íd., pp. 284 y 286.
3. B. 133, p. 41.
4. B. 56, B. 683 y B. 124.
5. B. 433, p. 71.
6. Íd., pp. 71 y 77.
7. Íd., pp. 71 a 74.
8. B. 117, 2.ª parte, núm. 448.
9. B. 433, p. 72.
10. Íd., p. 74.
11. B. 340.
12. B. 1075, p. 23.
13. B. 433, p. 72.
14. Cit. en B. 244, p. 125.
15. B. 56.
16. B. 244, p. 125.
17. B. 242.
18. Íd.
19. B. 1075, p. 32.
20. B. 630.
21. B. 979, pp. 352 y 353.
22. B. 117, 2.ª parte, núm. 448.
23. B. 1075, p. 24.
24. Cit. en B. 626, p. 63.
25. Vid. pp. 152 y 153 de este libro.
26. B. 523, p. 249.
27. Íd., pp. 248 y 249,
28. B. 706, p. 237.
29. Íd., p. 127.
30. B. 244.
31. Íd.
32. Vid. pp. 152 y 153 de este libro.
33. B. 1075, p. 27.
34. Íd., p. 28.
35. B. 259, t. 4.°, p. 775.
36. B. 340.
37. B. 887, p. 288.
38. B. 770. p. 771.
39. Íd., pp. 769 a 771.
40. B. 962, pp. 211 y 212.
41. B. 659, pp. 304 y 305.
42. Vid. B. 774.
43. B. 659, p. 305.
44. B. 45, p. 257.
45. Íd.

46. B. 877, p. 225.
47. B. 659, p. 295.
48. B. 1075, p. 62.
49. B. 130, p. 172.
50. B. 1075, p. 83.
51. B. 56.
52. B. 1075, p. 83.
53. Íd., p. 54.
54. B. 244.
55. Íd.
56. B. 292.
57. B. 825, p. 94.
58. Madrid, 1907, p. 22.
59. B. 56.

CAPÍTULO CUARTO

1. B. 252, p. 508, y B. 638, p. 74.
2. B. 688, p. 173,
3. B. 281, p. 168.
4. B. 244, p. 89; B. 252, pp. 508-512; B. 281, pp. 161-166; B. 688, pp. 247-249; y B. 959, p. 203.
5. B. 688, p. 345.
6. B. 688, p. 312, y B. 887, p. 176.
7. B. 252, p. 512.
8. Íd., p. 510.
9. B. 959.
10. Íd., p. 205.
11. Vid. pp. 404 y 405 de este libro.
12. Íd., p. 276.
13. Vid. pp. 411-420 de este libro.
14. B. 281, p. 166.
15. Íd.
16. B. 688, p. 283.
17. Íd., p. 189.
18. B. 887, p. 179.
19. B. 688, p. 283.
20. B. 887, pp. 180 y 181.
21. B. 688, p. 283.
22. B. 281, p. 161, y B. 688, pp. 180 y 367.
23. B. 688, pp. 95 y 96.
24. Íd., pp. 97 y 98.
25. B. 2, p. 123.
26. B. 959, p. 207.
27. B. 944, p. 155.
28. B. 887, pp. 111 y 112.
29. B. 252, p. 510.
30. B. 688, pp. 247 a 249.
31. B. 281, p. 168.
32. B. 688, p. 288.
33. B. 281, p. 165.
34. Íd.
35. Íd.
36. En *Reflexiones curiosas y notables sobre la ciencia y valor para la guerra civil* (cit. en B. 252, p. 510).
37. B. 688, p. 109.
38. Íd., p. 105.
39. Íd., p. 354.
40. Íd., p. 140.
41. B. 887, pp. 34 y 35.
42. B. 688, p. 173.
43. Id. p. 118.
44. B. 252, p. 510.
45. Íd., p. 512.
46. B. 887, p. 179.
47. B. 130, p. 281.
48. B. 412.
49. B. 330, p. 47.
50. B. 1022.
51. B. 412, p. XVI.
52. B. 413, p. 309.
53. Íd., p. 72.
54. B. 412, p. XV.
55. Íd., p. XVI.
56. B. 330, p. 88.
57. B. 412, pp. XII y XIII.
58. Íd.
59. Íd.
60. B. 412.
61. B. 330, p. 47.
62. Íd., pp. 84 y 88.
63. Íd., p. 84.
64. B. 1022.
65. B. 330, p. 89.
66. Íd., p. 92.
67. B. 412.
68. Íd., p. XI.
69. Íd., p. XVIII.
70. B. 2, pp. 14-22.
71. Íd. (citando a Menéndez Valdés, *Estudio crítico-filosófico de la monarquía asturiana*).
72. Vid., por ejemplo, B. 2, pp. 198 a 202, y B. 662, pp. 166 y 167.
73. B. 662.
74. B. 2, pp. 14 y 15.
75. B. 923, p. 417.
76. Íd., pp. 417 y 420.
77. Cit. en B. 662, p. 19.
78. Vid. pp. 236-239 de este libro.
79. B. 923, p. 269.
80. B. 662, pp. 166 y 167.
81. Vid. p. 189 de este libro.
82. B. 2, p. 52.
83. B. 420, p. 26.
84. B. 923, p. 273.
85. Íd., p. 272.
86. B. 2, p. 123.
87. Íd., p. 124.
88. B. 548, pp. 302 y 303.

89. B. 2, p. 124.
90. B. 662, p. 222.
91. B. 2, p. 103, y B. 252, p. 517.
92. B. 2, p. 103.
93. B. 662, p. 222.
94. Íd.
95. B. 2, p. 103.
96. Íd., p. 38.
97. Íd., p. 28.
98. Íd., p. 104.
99. Íd., p. 105.
100. Íd., p. 33.
101. B. 84, pp. 243 y 244.
102. B. 183, p. 319.
103. B. 131, pp. 268-270.
104. B. 959.
105. Cit. en B. 409, p. 25.
106. B. 206, pp. 3, 59, 60 y 63.
107. Íd., p. 22.
108. B. 52, p. 14.
109. B. 206, p. 22.
110. B. 453, pp. 48 y 49.
111. B. 959, p. 185.
112. Íd., p. 191.
113. B. 206, p. 22.
114. Íd., p. 95.
115. Íd., pp. 95 a 97.
116. B. 959, pp. 193 y 194.
117. B. 409, p. 25.
118. B. 206, p. 8.
119. B. 131, pp. 268 a 270.
120. B. 453, pp. 48 y 49.
121. B. 122, p. 25.
122. B. 123, p. 14.
123. B. 1131, p. 91.
124. B. 1010.
125. B. 746, pp. 59 a 65.
126. Íd., p. 62.
127. Íd., p. 63.
128. B. 183, p. 319.
129. Íd.
130. *Triunfo* (he extraviado la referencia).

CUARTA PARTE

CAPÍTULO PRIMERO

1. B. 552, pp. 269 y 270.
2. Íd., p. 34.
3. Íd.
4. Íd., p. 36.
5. Íd., p. 47.
6. B. 237, pp. 113 y 114.
7. B. 242.
8. B. 936.
9. Cit. en íd., p. 19.
10. Íd.
11. B. 552, p. 338.
12. Íd.
13. B. 1088.
14 B. 975, p. 113.
15. Cit. en B. 552, p. 145.
16. Íd., pp. 268, 269 y 271.
17. Hay edición en castellano (Sur, Buenos Aires, 1961).
18. B. 1088.
19. B. 552, pp. 49 y 339.
20. Íd., p. 314.
21. Vid. p. 78 de este volumen.
22. B. 552, pp. 49 y 50.
23. B. 976, pp. 325 y 327.
24. B. 324, p. 19.
25. B. 628, p. 63.
26. Cit. en íd., p. 64.
27. B. 936, p. 83.
28. Íd., p. 31.
29. B. 628, t. 2.°, p. 142.
30. Íd., p. 383.
31. Íd., p. 64.
32. B. 1130.
33. B. 808.
34. B. 1109, p. 255.
35. B. 585, p. 178.
36. B. 770, pp. 683 y 684.
37. B. 585, p. 544.
38. Íd., p. 175; B. 585, p. 326; B. 936, p. 89; y B. 976, pp. 36 y 37.
39. B. 976, pp. 36 y 37.
40. B. 936, p. 89.
41. B. 976, pp. 36 y 37.
42. B. 585, pp. 166 a 169.
43. Íd., p. 168.
44. Vid. pp. 623-626 de este libro.
45. B. 936, p. 86.
46. Íd., p. 21.
47. B. 683, t. 2.°, p. 305.
48. B. 707, pp. 133 y 134.
49. Íd., p. 129.
50. B. 683, t. 2.°, p. 257.
51. Íd.
52. B. 707, pp. 133 y 134.
53. Íd.
54. B. 683, t. 2.°, p. 255.

55. B. 707.
56. Como lo definió el célebre jurisconsulto Jean André (cit. en B. 585, p. 143).
57. B. 391 (cit. en B. 481, p. 424) y Mariana, lib. XIV (cit. en B. 683, t. 2.°, p. 291).
58. B. 683, t. 2.°, pp. 419 y 420.
59. Escena 2.ª, acto 2.°.
60. B. 683, t. 2.°, pp. 260 y 261.
61. Íd., p. 254.
62. B. 628, t. 2.°, pp. 260 y 261.
63. Íd., p. 105.
64. B. 683, t. 2.°, pp. 260 y 261.
65. B. 324, p. 182.
66. B. 683, t. 2.°, pp. 260 y 261,
67. B. 585 (cit. en B. 628, t. 1.°, p. 109).
68. Jean Bignam Odier (cit. en B. 1131).
69. Torre Amat (cit. en B. 628, t. 1.°, p. 109).
70. B. 628, t. 1.°, p. 109.
71. B. 683, t. 2.°, pp. 308-310.
72. B. 1130.
73. Cit. en íd.
74. Íd.
75. Cit. en B. 628, t. 2.°, p. 83.
76. B. 907, p. 247.
77. B. 683, t. 2.°, p. 444.
78. Íd.
79. B. 1130.
80. *Historia crítica de la literatura española,* t. 3.° (cit. en B. 628, t. 1.°, p. 81).
81. Y las publicaron en *Biblioteca Mineral,* t. 1.°, p. 147 (cit. en B. 628, t. 1.°, p. 81).
82. B. 628, t. 1.°, p. 81, y t. 2.°, p. 182.
83. Íd., t. 2.°, p. 182.
84. B, 950, p. 4.
85. B. 1130.
86. Bajo la signatura Índice 26 N.M. núm. 3125 (cit. en B. 923).
87. B. 464, p. 139.
88. B. 627, t. 1.°, p. 141.
89. Íd., p. 72.
90. Íd., p. 48.
91. Íd., p. 149.
92. Íd., t. 2.°, pp. 63 y 64.
93. Íd., t. 1.°, pp. 48 y 49.
94. Cit. en íd., t. 2.°, p. 111.
95. Íd.
96. Cit. en B. 950, p. 4.
97. B. 552, p. 49.

CAPÍTULO SEGUNDO

1. *El ruiseñor de Sevilla,* cit. en B. 199, p. 240.
2. B. 1114, pp. 35 y 36.
3. B. 193, t. 2.°, pp. 156 y 157.
4. B. 683, t. 2.°, p. 416.
5. Íd., pp. 416-418.
6. B. 193, t. 2.°, p. 427.
7. B. 683, t, 2.°, p. 427.
8. B. 252, p. 343.
9. B. 124, p. 147.
10. B. 683, t. 2.°, p. 451.
11. B. 193, t. 2.°, p. 162.
12. Íd., p. 158.
13. Íd., p. 163.
14. B. 834, p. 520.
15. B. 521.
16. B. 193, t. 2.°.
17. Íd.
18. Íd.
19. Íd., p. 207.
20. Íd.
21. Íd.
22. Íd.
23. Archivo de Simancas, «Inquisición de Logroño», Leg. I, *Procesos de fe,* núm. 8 (cit. en B. 464, p. 193).
24. Cit. en íd.
25. B. 193, t. 2.°, p. 59.
26. Íd.
27. B. 522, p. 160.
28. B. 882, p. 18.
29. B. 552, p. 119.
30. El viajero en cuestión es Roberto Alcide de Bonnecase (vid. B. 418, t. 3.°, p. 154).
31. B. 683, t. 4.°, pp. 366 y 367.
32. Íd.
33. Íd., p. 381.
34. B. 882, p. 20.
35. B. 45, p. 163.
36. B. 716.
37. Íd.
38. B. 241.
39. B. 555, pp. 221 y 222.
40. Íd., p. 223.
41. B. 521.
42. B. 950, p. 65.
43. Vid. pp. 320 y 321 de este libro.
44. B. 193, t. 1.°, p. 156, y B. 950, p. 65.
45. B. 683, t. 2.°, pp. 416 y 417.
46. Cit. en íd., pp. 453 y 454.
47. B. 193, t. 1.°, p. 269.
48. B. 683, t. 4.°, p. 378.
49. Íd., t. 2.°, pp. 456 y 457.

50. Íd., t. 4.°, pp. 379-381.
51. Íd., p. 381.
52. B. 188, pp. 282 y 283.
53. Íd., pp. 283 y 284.
54. B. 131, p. 216.
55. B. 79, pp. 207-210.
56. Vid. pp. 701-703 de este libro.
57. B. 341.
58. Íd.
59. B. 521.
60. B. 477.
61. Íd.
62. Íd.; B. 341; B. 521; y B. 522, p. 343.
63. B. 249, B. 341 y B. 477
64. B. 477.
65. B. 525, p. 343.
66. B. 968, p. 19.
67. Íd., pp. 21 y 22.
68. Íd., pp. 11 y 12.
69. Íd., pp. 28 y 29.
70. Íd., p. 111.
71. Íd., p. 113.
72. Íd., p. 138.
73. Íd., p. 61.
74. Íd., p. 83.
75. B. 252, pp. 343 y 344.
76. B. 1131, pp. 256 y 257.
77. B. 681, p. 104.
78. Íd., pp. 102 a 104.
79. B. 433, p. 258.
80. Citas recogidas en B. 480.
81. Cit. en B. 377.
82. Vid. p. 28 del volumen primero de este libro.
83. B. 377.
84. B. 950, p. 76.
85. B. 377.
86. B. 480.
87. B. 681, pp. 91 y 92.
88. B. 945, pp. 347-349.
89. Cit. en B. 683, t. 2.°, p. 397.
90. B. 683, t. 2.°, pp. 425 y 426.
91. Íd., p. 420.
92. Íd.
93. Íd.
94. Íd., pp. 391 y 392.
95. B. 41, p. 152.
96. Íd., pp. 150 y 151.
97. B. 1147, p. 84.
98. Íd., p. 140.
99. Íd., pp. 140 y 141.
100. B. 41, p. 51.
101. B. 1147, p. 140.
102. B. 41, p. 150.
103. Casi todos los datos sobre el papa Luna proceden de B. 41, pp. 150-155.
104. Íd., p. 150.
105. Christian Murciaux, *Pedro de Luna*, París, 1963, pp. 283 y 284.
106. B. 41, p. 155.
107. Íd.
108. Íd.

CAPÍTULO TERCERO

1. B. 116, pp. 102 y 103.
2. Cit. en B. 1131, p. 16.
3. Vid, pp. 42-45 de este libro.
4. B. 189, pp. 407 y 408.
5. B. 683, t. 4.°, p. 215.
6. B. 1116, p. 87.
7. Íd.
8. Íd., pp. 88 y 89.
9. Íd., pp. 91-93.
10. Íd., p. 91.
11. Íd., p. 90.
12. Íd.
13. Íd.
14. B. 660, p. 17.
15. B. 68.
16. B. 660, p. 29.
17. Íd., p. 267.
18. Íd., p. 61.
19. Íd., pp. 61 y 62.
20. B. 977, p. 50.
21. B. 660, p. 69, y B. 977, p. 50 y ss.
22. B. 977, íd.
23. B. 683, t. 4.°, p. 215.
24. Íd., pp. 216 y 217.
25. Íd., pp. 217-219.
26. Íd., p. 234.
27. B. 390.
28. Íd.
29. B. 683, t. 4.°, pp. 243 a 245.
30. Íd., pp. 238.
31. *Little big man.*
32. B. 683, t. 4.°, pp. 240, y B. 1147, pp. 235 y 236.
33. B. 683, t. 4.°, pp. 243-245.
34. B. 660, p. 18.
35. B. 68.
36. Íd.
37. Cit. en íd.
38. Íd.
39. B. 683, t. 4.°, p. 212.
40. B. 660, p. 100.
41. Íd., p. 65.
42. Íd.
43. Íd., p. 202.
44. B. 193.
45. B. 1128, p. 76.
46. Íd.

47. B. 41, pp. 208-211.
48. AS MISC. ARM III, 252 (cit. en íd.).
49. Íd.
50. Picatoste, *Los españoles en Italia*, Madrid, 1887, t. 2.°, p. 142 (cit. en B. 303, t. 3.°, p. 537).
51. *Memorias para la historia del asalto y saqueo de Roma en 1527 por el ejército imperial formadas por documentos originales, cifrados e inéditos en su mayor parte*, Madrid (hacia 1880), p. 201 (cit. en B. 1128, p. 73).
52. Íd., p. 77.
53. B. 303, t. 1.°, pp. 1161-1163.
54. B. 193.
55. B. 683, t. 3.°, p. 312.
56. Íd., p. 312 y ss.
57. Íd.
58. Datos recogidos en íd.
59. Íd., pp. 376-379.
60. B. 239, p. 143.
61. B. 712, p. 11.
62. Íd., p. 44.
63. Íd., p. 59.
64. Íd., p. 16.
65. Vid. p. 44 de este libro.
66. B. 712, p. 57.
67. B. 303, t. 4.°, p. 35.
68. B. 712, p. 57.
69. B. 918, p. 226.
70. Íd., p. 231.
71. Íd., p. 222-229.
72. B. 712, p. 13.
73. Íd.
74. B. 290, p. 343.
75. B. 909, p. 70.
76. Íd., p. 66.
77. Íd., p. 71.
78. B. 924, p. 407.
79. B. 909, p. 65.
80. Íd., p. 113.
81. Sobre todo A. Sicroff (cit. en B. 308, p. 181).
82. B. 847, p. 8.
83. B. 1119, pp. 237 y 238.
84. B. 308, p. 181.
85. B. 847, pp. 9, 15 y 16.
86. Íd., pp. 17 y 18.
87. Datos recogidos (cuando no consta lo contrario) en íd., pp. 7-19.
88. Íd., pp. 74-76.
89. Íd., p. 93.
90. Íd., p. 88 y 89.
91. B. 847.
92. Íd., p. 105.
93. Íd., pp. 105-106.
94. Íd., p. 106.
95. Íd., p. 14.
96. Vid. pp. 824-829 de este libro.
97. B. 847, p. 15.
98. Cit. en íd., p. 134.
99. Íd., p. 132.
100. Cit. en íd., p. 142.
101. Íd., p. 132.
102. Íd., pp. 16, 147 y 148.
103. Íd., p. 149.
104. Íd., pp. 16 y 151.
105. Íd., p. 150.
106. Íd., p. 16.
107. Íd., pp. 18 y 19.
108. Íd., p. 150.
109. Íd., pp. 151-155.
110. Íd., p. 159.
111. «Historia de las ideas estéticas», en *Obras completas*, Madrid, 1940, t. 2.°, p. 43 (cit. en B. 847, p. 249).
112. Covarrubias (cit. en B. 847, p. 159).
113. Cit. en íd., p. 182.
114. B. 1141.
115. «Tres poetas metafísicos», en *Bul. of Spanish Studies*, 1948, pp. 109-118 (cit. en B. 1119, p. 249).
116. A. Terry, *An Anthology of Spanish Poetry 1500-1700*, Oxford, 1965, t. 1.°, p. 112 (cit. en B. 1119, p. 249).
117. B. 119, pp, 249 y 250.
118. Íd., pp. 250 y 251.
119. Íd., pp. 247 y 248.
120. *Libro de descripción de verdaderos retratos de ilustres varones de Sevilla*, Sevilla, 1559 (cit. en B. 1119, p. 248).
121. B. 119, p. 248.
122. B. 847, p. 170.
123. Íd., p. 169 y ss.
124. T. 4.°, p. 184 (cit. en B. 847, p. 151).
125. B. 444, p. 5.
126. Íd., pp. 8 y 9.
127. B. 1137.
128. Datos recogidos (cuando no consta lo contrario) en B. 444 y B. 1137.
129. B. 683, t. 4.°, p. 250 y ss.
130. Íd.
131. B. 698, pp. 62 y 63.
132. B. 239, pp. 141 y 142,
133. B. 683, t. 4.°, p. 257.
134. Íd., p. 259.
135. B. 698, pp. 252 y 253.
136. Íd., p. 253.
137. B. 1065, p. 36.
138. B. 683, t. 4.°, p. 263 y ss.

139. Datos recogidos (cuando no consta lo contrario) en íd., pp. 250-268.
140. Íd., t. 5.°, pp. 108 y 109.
141. Íd., p. 470.
142. Íd., p. 471.
143. Íd., pp. 471 y 472.
144. Íd., p. 472.
145. Íd., pp. 472-475.
146. B. 744.
147. B. 653, p. 126.
148. B. 683, t. 4.°, p. 1250,
149. Datos recogidos (cuando no consta lo contrario) en íd., pp. 130-133, y en B. 297, pp. 810-812.
150. B. 653, p. 130.
151. Datos recogidos (cuando no consta lo contrario) en íd., pp. 130-133, y en B. 297, pp. 126-129.
152. B. 418, t. 1.°, p. 106.
153. Íd., p. 133.
154. Íd., p. 245.
155. Íd., p. 246.
156. Cit. en íd., t. 3.°, pp. 15 y 16.
157. B. 653, pp. 142 y 143.
158. B. 418, t, 3.°, p. 124.
159. Cit. en íd., p. 149.
160. Cit. en íd., pp. 148 a 150.
161. Cit. en íd., p. 148.
162. Cit. en íd., pp. 150 y 151.
163. Cit. en íd., p. 152.
164. Íd., pp. 164 a 166.
165. Íd., p. 234.
166. B. 779, t. l.°. p. 441.
167. Íd., p. 48.
168. Íd.
169. Íd., p. 96.
170. Íd., p. 244.
171. Íd p . 250.
172. Íd p . 295.
173. Íd., t. 2.°, p. 12.
174. Íd., p. 76.
175. Íd., p. 113.
176. Íd., p. 118.
177. Condesa d'Aulnoy, op. cit. (cit. en íd., p. 234).
178. Vid. pp. 42-45 de este libro.
179. B. 6, t. 2.°, p. 858.

QUINTA PARTE

CAPÍTULO PRIMERO

1. B. 391, t. 1.°, pp. 125 y 126.
2. B. 683, t. 6.°, p. 32 y 33.
3. Íd., p. 119.
4. Íd., p. 120.
8. Íd., p. 121.
6. Íd., p. 486.
7. Íd., p. 490.
8. Íd., p. 486-491, y B. 391, t. 3.°, p. 772.
9. B. 683, t. 6.°, pp. 333 y 334.
10. Íd., t. 5.°, pp. 421 a 429,
11. Íd.
12. Íd., pp. 430 a 432.
13. B. 771.
14. B. 774.
15. B. 908, pp. 266 y 267.
16. B. 907, p. 290.
17. B. 914, pp. 27 a 29 y 31.
18. B. 979, pp, 215 y 216.
19. Íd., p. 222.
20. Íd., pp. 221 y 222.

CAPÍTULO SEGUNDO

1. B. 457, p. 57, y B. 557, p. 29.
2. B. 262, p. 2.
3. B. 778, pp. 171 y 172.
4. B. 406, p. 235,
5. B. 803, p. 164.
6. B. 1151, p. 90.
7. Íd., p, 93.
8. B. 778, p. 114.
9. B. 456, p. 374, y B. 694.
10. Segundo privilegio dado en Gualda el 12 de septiembre de 1973 (cit. en B. 1151, p. 95).
11. B. 557, p. 29, y B. 778 (cit. en B. 1151. p. 94).
12. B. 1151, p. 94.
13. Cit. en íd.
14. B. 778, pp. 47 y 48.
15. Vid. pp. 32-34 de este libro.
16. B. 778, p. 73.
17. B. 406, pp. 235 y 236; B. 457, p. 19; B. 910, p. 227, y Jovellanos (cit. en B. 1151, p. 94).
18. B. 456, p. 374.
19. B. 945, p. 235.
20. B. 406, p. 236.

21. Íd.
22. B. 557, p. 22.
23. B. 406, p. 237.
24. En *Seminario de Agricultura,* núm. 16, Madrid, pp. 273 y ss. (cit. en B. 557, p. 19).
25. B. 778, p. 115.
26. Íd., pp. 115 y 116.
27. B. 1151, p. 98.
28. B. 965.
29. B. 1100, p. 403.
30. B. 1045, p. 397.
31. B. 1100, pp. 406-408.
32. B. 242.

CAPÍTULO TERCERO

1. B. 929.
2. Íd., p. 395.
3. B. 456, p. 207.
4. B. 892, p. 134.
5. B. 1025, p. 110.
6. B. 414, p. 294.
7. B. 456, pp. 207 a 215.
8. B. 1025, p. 110.
9. B. 456, pp. 207 a 215.
10. B. 1151, p. 118.
11. Webster (cit. en íd.).
12. B. 456, pp. 214 y 215.
13. Íd., p. 214.
14. Íd., p. 215.
15. B. 37, pp. 416 y 417, y B. 1151, p. 116.
16. B. 37, pp. 416 a 418, y B. 1151, p. 115.
17. Vid. p. 491 de este libro.
18. B. 681, pp. 271 y 272.
19. B. 897, p. 11.
20. Íd., p. 10.
21. B. 386, p. 11, y B. 892, p. 134.
22. B . 386, p. 11.
23. B . 453, pp. 44 y 45.
24. B. 115, pp. 240 y 241, y B. 897.
25. B. 241.
26. B. 897.
27. B. 79, p. 45.
28. B. 414, p. 294.
29. B. 592, pp. 160 y 161.
30. Íd., p. 160.
31. B. 483, p. 255.
32. B. 497.
33. B. 683, t. 8.°, pp. 35 y 36.
34. B. 835, pp. 24 y 25.
35. B. 285, B. 286 y B. 336, pp. 435 a 440.
36. B. 336, pp. 435-440.
37. B. 835, p. 186.
38. Íd., p. 222.
39. Íd., p. 200.
40. B. 30, p. 12.
41. Íd., pp. 15, 18, 20 y 29.
42. Vid. pp. 40 y 41 de este libro.
43. B. 456.
44. B. 30, p. 31.
45. Cit. en íd.
46. B. 27, pp. 204 y 205.
47. B. 30.
48. B. 27, pp. 204 y 205.
49. Íd.
50. B. 562.
51. B. 259, t. 4.°, pp. 803 y 804.
52. B. 999, pp. 289-300.
53. Íd.
54. B. 835, pp. 293-295.
55. B. 199, p. 64.
56. B. 835, p. 293.
57. Íd.
58. Íd.
59. Vid. p. 496 de este libro.
60. B. 285 y B. 286.
61. B. 286.
62. Cit. en B. 214.
63. B. 214.
64. B. 1151, p. 117.
65. B. 336, pp. 382 y 383.
66. Inzenga (cit. en íd.).
67. Íd.
68. B. 852, p. 141.
69. B. 1010.
70. B. 176.
71. B. 852, p. 14.
72. B. 1010.
73. B. 968, p. 20.
74. B. 852, pp. 135 y 141.
75. B. 58.

CAPÍTULO CUARTO

1. B. 311.
2. B. 945, t. 1.°, p. 353.
3. B. 958, pp. 14 a 18.
4. Íd.
5. Íd. (cit. en B. 30, pp. 23 a 25).
6. B. 30, pp. 23 a 25.
7. Íd.
8. Íd., pp. 210 y 211.
9. Vid. p. 36 de este libro.
10. B. 501, p. 103.
11. Cit. en íd.
12. Íd., p. 104.
13. B. 944, p. 231.

14. B . 259, t. 2.°, p. 205, y t. 4.°, p. 801.
15. B. 786.
16. B. 706, p. 168.
17. Íd.
18. Íd.
19. Íd.
20. B. 786, p. 131.
21. Vid. pp. 36 y 37 de este libro.
22. B. 706, pp. 168-170.
23. «Miscelánea», en *Memorial Histórico Español,* t. 11, pp. 273 y 274, *De toros y toreros,* Madrid, 1859 (cit. en B. 199, pp. 87 y 88).
24. B. 349.
25. Cit. en íd.
26. B. 199, p. 108. El verso latino es de Silio Itálico.
27. Íd., p. 81.
28. Íd., p. 82.
29. Íd., p. 77.
30. Íd., p. 79.
31. B. 259, t. 2.°, p. 220.
32. Íd., pp. 224 y 225.
33. B. 55.
34. B. 214.
35. Íd.
36. Íd.

Bibliografía

ABREVIATURAS

AEA	Archivo Español de Arqueología (Madrid).
AEM	*Anuario de Estudios Medievales* (Madrid).
ALT	*Altamira* (Santander).
AMSEA	*Actas y Memorias de la Sociedad Española de Antropología.*
AR	*Arbor* (Madrid).
BBMP	*Boletín de la Biblioteca Menéndez y Pelayo* (Santander).
BCMO	*Boletín de la Comisión Provincial de Monumentos Históricos y Artísticos de Orense.*
BIONSE	*Boletín Informativo de la Delegación Nacional del Servicio Exterior.*
BRAE	*Boletín de la Real Academia Española* (Madrid).
BRAG	*Boletín de la Real Academia Gallega* (La Coruña).
BRAH	*Boletín de la Real Academia de la Historia* (Madrid).
BRSG	*Boletín de la Real Sociedad Geográfica* (Madrid).
CEC	*Cartas eruditas y curiosas* del Padre Feijoo.
CEG	*Cuadernos de Estudios Gallegos* (Santiago de Compostela).
CEL	*Celtiberia* (Soria).
CHE	*Cuadernos de Historia de España* (Buenos Aires).
EG	*Estudios Geográficos* (Madrid).
EM	*Emerita* (Madrid).
GD	*Galicia Diplomática* (Santiago de Compostela).
HR	*Hispanic Review* (Nueva York).
IEA	*La Ilustración Española y Americana* (Madrid).
MH	*Medicina e Historia.*
MEA	*Museo Español de Antigüedades.*
RABM	*Revista de Archivos, Bibliotecas y Museos* (Madrid).
RAH	Real Academia de la Historia (Madrid).
RCHA	*Revista Crítica Hispano-americana.*
RDE	*Revista de Extremadura* (Cáceres).
RDM	*Revue de Deux Mondes* (París).
RDO	*Revista de Occidente* (Madrid).
RDTP	*Revista de Dialectología y Tradiciones Populares* (Madrid).
RE	*Revista de España* (Madrid).
REP	*Revista de Estudios Políticos* (Madrid).
RET	*Revista Española de Teología* (Madrid).

RHR	*Revue de l'Histoire des Religions* (París).
RIEV	*Revista Internacional de Estudios Vascos* (San Sebastián).
RLM	*Revue Liturgique et Monastique.*
SEF	*Sefarad* (Madrid).
TAE	*Travalhos de Etnologia e Antropologia* (Oporto).
TCU	*Teatro Crítico Universal* del padre Feijoo.
ZEPH	*Zephyrus* (Salamanca).

OBRAS CONSULTADAS

1. ABREU GALINDO, Fray J., *Historia de la conquista de las siete islas de Canaria,* edición crítica de Alejandro Cioranescu, Santa Cruz de Tenerife, 1955.
2. ACEVEDO Y HUELVES, J., *Los vaqueiros de alzada en Asturias,* Oviedo, 1915.
3. ACOSTA, Cristóbal DE, *Tratado de las drogas y medicinas de las Indias Orientales,* Burgos, 1578.
4. ADEVA, MÁXIMO, y otros, *Las raíces de España,* Madrid, s. f.
5. AGRA CADARSO; ALEXANDRE, y otro, «Ultreya», en *NOS,* núm. 106, 1932.
6. AGUADO BLEYE, Pedro, *Manual de Historia de España,* 3 vols., 9.ª ed., Madrid, 1963.
7. AGUILAR, Grace, *The valley of the cedars,* s. f.
8. AGUIRRE SANTACRUZ, Íñigo, *El héroe sacro español Santo Domingo de Guzmán,* Madrid, 1641.
9. AITKEN Bárbara, «Las fiestas de Viloria, pueblo natal de Santo Domingo», en *RDTP,* t. IX, cuad. 3.º, 1953.
10. ALBERONI, Francesco, y otros, *La nueva Edad Media,* Madrid, 1974.
11. ALBERTOS, M.ª Lurdes, «¿Mercurio, divinidad principal de los celtas peninsulares?», en *EM,* t. XXIV, pp. 294-297, 1956.
12. ALBERTOS, M.ª Lurdes, «Nuevas divinidades de la antigua Hispania», en *ZEPH,* vol. III, 1952.
13. ALBURQUERQUE E CASTRO, Luis DE, «Interpretaçao duma cena de caça do Levante Ibérico. Negaça prehistorica», en *TAE,* vol. XVIII, Oporto, 1959.
14. ALEM, Jean-Pierre, *Judíos y árabes. Tres mil años de historia,* Barcelona, 1970.
15. ALFONSO X EL SABIO, *Las Siete Partidas,* ed. de la *RAH,* 3 vols., Madrid, 1807.
16. ALFONSO X EL SABIO, *Los libros del saber de Astronomía,* ed. de M. Rico y Sinobas, 5 vols., Madrid, 1863-1867.
17. ALFONSO X EL SABIO, *El Lapidario,* ed. de J. Fernández Montaña, Madrid, 1881.
18. ALFONSO X EL SABIO, *Libro de las formas e de las ymágene que son en los cielos e de las verdades e de las obras que salen dellos en los cuerpos que son en dyuso del cielo de la luna, que mandó componer de los libros de los filósofos antiguos el mucho alto e onrado don Al-*

fonso amador de sciencias e de saberes, manuscrito conservado en la Biblioteca de El Escorial, ed. facsímil, Madrid, 1881.
19. AL-SAQUNDI, *Elogio del Islam español,* ed. de Emilio García Gómez, Madrid-Granada, 1934.
20. ALMAGRO GORBEA, M.ª Josefa, *Los ídolos «betilos» del bronce I hispano: sus tipos y cronología,* Madrid, 1968.
21. ALONSO, Benito F., «El alalá», en *GD,* t. IV, p. 273, 1889.
22. ALONSO TEJADA, Luis, *Ocaso de la Inquisición en los últimos años del reinado de Fernando VII,* Madrid, 1969.
23. ÁLVAREZ BLÁZQUEZ, J. M., y BOUZA-BREY, F., «Industrias paleolíticas do Baixo Miño», en *TAE,* vol. XIV, fasc. 1-4, Oporto, 1954.
24. ÁLVAREZ CARBALLIDO, Eduardo, «Un altar druídico en Brá», en *GD.,* año IV, p. 295.
25. ÁLVAREZ DE ARAUJO Y CUÉLLAR, Ángel, *Las cuatro órdenes militares de Santiago, Calatrava, Alcántara y Montesa,* Madrid, 1891.
26. ÁLVAREZ DE MIRANDA, A., «Magia y religión del toro norteafricano», en *AEA,* núm. XXVII, Madrid, 1954.
27. ÁLVAREZ DE MIRANDA, A., *Cuestiones de mitología peninsular ibérica,* Madrid, 1959.
28. ÁLVAREZ DE MIRANDA, A., *Magia y medicina popular en el mundo clásico y en la Península Ibérica,* Madrid, 1959.
29. ÁLVAREZ DE MIRANDA, A., *Religiones mistéricas,* Madrid, 1961.
30. ÁLVAREZ DE MIRANDA, A., *Ritos y juegos del toro,* Madrid, 1962.
31. ALVIN, H., y otros, *¿LSD, STP y...? En el umbral de un nuevo universo,* Barcelona, 1968.
32. ALLEVI, Luigi, *Misterios paganos y monumentos cristianos,* Barcelona, 1961.
33. AMADES, Juan, *Guía llegendària de Barcelona el Raval,* Barcelona, 1934.
34. AMADES, Juan, *La mort, costums y creences,* Barcelona, 1935.
35. AMADES, Juan, «Piedras de virtud», en *RDTP,* t. VII, cuad. 1.° 1951.
36. AMADES, Juan, «El mito de la fiera malvada», en *RDTP,* t. VIII, Cuad. 1.°, 1952.
37. AMADES, Juan, «Calendario de analfabetos», en *RDTP,* t. IX, cuad. 3.°, 1953.
38. AMADES, Juan, «Los ogros infantiles», en *RDTP,* t. XIII, cuad. 3.°, 1957.
39. AMADES, Juan, «El hombre de las nieves pirenaico», en *RDTP,* t. XIV, cuad. 3.°, 1958.
40. AMADES, Juan, «El habla sin significado y la poesía popular disparatada», en *RDTP,* t. XV, cuad. 3.°, 1959.
41. AMBROSINI, María Luisa, *L'archivio segreto del Vaticano,* Milán, 1972.
42. AMO, CASTO DEL, y otros, *Alquimia y ocultismo,* Barcelona, 1972.
43. AMSTRONG, Lucile, «La vaqueirada en la braña de Aristébano (Luarca, Asturias)», en *RDTP,* t. XXV, cuad. 1.°, 2.°, 3.° y 4.°, 1969.
44. *Anales toledanos,* ed. del Instituto Provincial de Investigaciones y Estudios Toledanos, Toledo, 1967.

45. ANGEBERT, Jean-Michel, *Hitler et la tradition cathare,* París, 1971.
46. ANITCHKOF, E., «Le Saint-Graal et les rites eucharistiques», en *Romania,* I, LV, 1929.
47. ANNAN, David, *Los «asesinos» y los caballeros templarios,* en *Sociedades secretas* (vid. B. 643).
48. Anónimo ruso, *La via di un pellegrino,* Milán, 1972.
49. ANTONIO Nicolás, *Censura de historias fabulosas,* s. f.
50. APPOLIS, Emile, *Les jansenistes espagnoles,* Burdeos, 1966.
51. APRAIZ, Ricardo de, «Notas sobre la cristianización de Soria», en *CEL,* núm. 14, pp. 301-306, 1957.
52. ARAGÓN Y ESCACEÑA, Federico, *Breve estudio antropológico acerca del pueblo maragato,* Madrid, 1902.
53. ARANZADI y otros, *Exploraciones de la caverna de Santimamiñe,* Bilbao, 1931.
54. AREÁN, Carlos, *Cultura autóctona hispana,* Madrid, 1973.
55. ARÉVALO, José Carlos, «Tres mil toros van a morir», en *Triunfo,* núm. 603, 20 de abril de 1974.
56. ARÉVALO, José Carlos, «Los gitanos», en *Triunfo.*
57. ARMESTO, Victoria, *Galicia feudal,* 2.ª ed., Vigo, 1971.
58. ARNAUDES LARRODE, Miguel, *La jota aragonesa. Una opinión sobre su origen, su forma musical y su ejecución,* Zaragoza, 1933.
59. ARRINDA ALBISU, Anastasio, *Religión prehistórica de los vascos,* San Sebastián, 1963.
60. ARROYO DEL PRADO, Ramón Antonio, «Piedras armeras en Pas», en *ALT,* pp. 125-137 y 386-449, 1957 *y* 1958.
61. ARTOLA, Miguel, *Textos fundamentales para la historia,* Madrid, 1973.
62. ASÍN PALACIOS, Miguel, *Mohidín,* en *Homenaje a Menéndez y Pelayo,* Madrid, 1899.
63. ASÍN PALACIOS, Miguel, *Abenmasarra y su escuela,* Madrid, 1914.
64. ASÍN PALACIOS, Miguel, *La escatología musulmana en «La Divina Comedia»,* Madrid, 1919.
65. ASÍN PALACIOS, Miguel, *El Islam cristianizado. Estudio del sufismo a través de las obras de Abenarabí de Murcia,* Madrid, 1931.
66. ASÍN PALACIOS, Miguel, «Un precursor hispano-musulmán de San Juan de la Cruz», en *Al-Andalus,* fasc. I, 1933.
67. ASÍN PALACIOS, Miguel, *Vidas de santones andaluces: la «Epístola de la Santidad» de Ibn' Arabí de Murcia,* Madrid, 1933.
68. ASÍN PALACIOS, Miguel, «Sadhilíes y alumbrados», en *Al-Andalus,* fasc. I, 1944.
69. ASÍN PALACIOS, Miguel, «El símil de los Castillos en la mística islámica y en Santa Teresa», en *Al-Andalus,* p. 263 y ss., 1946.
70. ASÚA Y CAMPOS, Miguel, *Los toros de Guisando y el convento de Jerónimos,* Madrid, s. f.
71. AUTRAN, Charles, *La prehistoire du christianisme,* París 1944.
72. BAALEN, Joan Karel VON, *Invasores de la Cristiandad (El caos de las sectas),*s. f.
73. BAALEN, Joan Karel VON, «Plagios de la religión cristiana» *(*2.ª parte del libro *El caos de las sectas*)*,* Tarrasa, 1966.

74. BAHR, Gerard, «El arco iris y la vía láctea en Guipúzcoa», en *RIEV,* 1931.
75. BAHR, Gerard, «Alrededor de la mitología vasca», en *RIEV,* t. XXII, núm. 1, enero-marzo, 1935.
76. BALDINGER, *La formación de los dominios lingüísticos en la Península Ibérica,* Madrid, 1962.
77. BALLESTEROS CURIEL, Julio, *Verbo das arginas. Jerga-latín de los canteros,* Pontevedra, 1919.
78. BARANDIARÁN, José Miguel DE, y otros, *Exploraciones de la caverna de Santimamiñe,* Bilbao, 1931.
79. BARANDIARÁN, José Miguel DE, *Mitología vasca,* Madrid, 1960.
80. BARBARÍN, Georges, *L'Anticristo e il Giudizio Finale,* Roma, 1960.
81. BARBERO DE AGUILERA, Abilio, «El priscilianismo, ¿herejía o movimiento social?», separata de *CHE,* Buenos Aires, 1963.
82. BARBERO DE AGUILERA, Abilio, y VIGIL, Marcelo, *Sobre los orígenes sociales de la Reconquista,* Barcelona, 1974.
83. BARNATÁN, Marcos Ricardo, *La Kábala (una mística del lenguaje),* Barcelona, 1974.
84. BAROJA, Pío, *Pequeños ensayos,* Buenos Aires, 1943.
85. BARREIRO DE W., Bernardo, *Efemérides del Reino de Galicia,* Santiago de Compostela, 1877.
86. BARREIRO DE W., Bernardo, *Brujos y astrólogos de la Inquisición de Galicia y el famoso Libro de San Cipriano (*1885*),* Madrid, 1973.
87. BARREIROS, Bernardo, «Notas históricas de la Semana Santa en Galicia», en *GD,* año V, núm. 16, p. 121, 1889.
88. BARROS SIVELO, Ramón, *Antigüedades de Galicia,* La Coruña, 1875.
89. BARROS SIVELO, Ramón, «Costumbres de las primitivas poblaciones galaicas, arraigadas como vicios de la idolatría en las creencias modernas. Infiltraciones del cristianismo en Galicia», en *GD,* t. II, núm. 10, 1883.
90. BARROWS, Dunham, *Héroes y herejes,* Barcelona, 1969.
91. BASCOY PÉREZ, Ramón, *La comarca del Ortegal en el II milenio a. de J. C.,* 5 vols., Santa Marta de Ortigueira, 1954-1963.
91 bis. BATAILLE, Georges, *La peinture prehistorique. Lascaux ou la naissance de l'art,* Ginebra, 1955.
92. BATAILLON, Marcel, *Erasmo en España,* 2 vols., México, 1950.
93. BAUDY, Nicolás, *Las grandes cuestiones judías,* Barcelona, 1969.
94. BAYLE, Constantino, *El Dorado fantasma,* Madrid, 1930.
95. BAYLE, Constantino, *España en Indias,* Madrid, 1942.
96. BEDATE ÁLVAREZ, Hermenegildo, *Fármacos alucinógenos,* Valencia, 1968.
97. BEIGBEDER, Olivier, *La simbología,* Barcelona, 1971.
98. BELTRÁN DE HEREDIA, Vicente, «Un grupo de visionarios y pseudoprofetas que actúa durante los últimos años de Felipe II. Repercusión de ello sobre la memoria de Santa Teresa», en *RET,* t. VII, pp. 373-397, 1947.
99. BELTRÁN MARTÍNEZ, Antonio, *El culto de la Salud y sus representaciones en Elche y Cartagena,* Elche, 1948.

100. BELTRÁN MARTÍNEZ, Antonio, *Arte rupestre levantino,* Zaragoza, 1968.
101. BELLO Y ESPINOSA, Domingo, *Un jardín canario,* s. f.
102. BENAVIDES R., *El tarot profético,* s. f.
103. BERERA, A. y GATTO, G., *Il paradiso della droga,* Turín, 1971.
104. BERGIER, Jacques, *Les livres maudits,* París, 1971.
105. BERGUA, Juan B., *Mitología universal,* 2 vols., Madrid, 1960.
106. BERLANGA, M. R. de, *Iliberis. Examen de los documentos históricos genuinos iliberitanos,* en *Homenaje a Menéndez y Pelayo,* Madrid, 1899.
107. BERLIERE, U., «Anciens pèlerinages benedictins au moyen age», en *RLM,* t. 11, pp. 205-213 y 247-258, 1926.
108. BERRIOCHOA, Valentín, «Leyendas y narraciones bidasotarras», en *RDTP,* t. XV, cuad, 1.° *y* 2.°, 1959.
109. BETTELHEIM, Bruno, *Heridas simbólicas (los ritos de pubertad y el macho envidioso),* Barcelona, 1973.
110. BETTÓNICA, Luis, «Las cosas de comer y de beber (nostalgia y alegría de las frutas primaverales)», en *Sábado Gráfico,* núm. 885, 18 de mayo de 1974.
111. BEZARES, Nicolás, *Latín dos canteiros,* 1843.
112. BIOY CASARES, Adolfo, y BORGES, Jorge Luis, *Libro del cielo y del infierno,* Buenos Aires, 1960.
113. BLANCO CORIS, J., «El Vizconde de Torres Solanot», en *Hesperia,* años I y II, diciembre de 1921 y abril de 1922.
114. BLANCO FREIJEIRO, A., y otros, «"A lapa" de Gargantans», en *CEG,* t. XIX, núm. 57, 1964.
115. BLANCO WHITE, José, *Cartas de España,* edición de Antonio Garnica, Madrid, 1972.
116. BLAVATSKY, Helena Petrovna, *Por las grutas y selvas del Indostán,* Madrid, 1918.
117. BLAVATSKY, Helena Petrovna, *Iside svelata,* 4 vols., Trieste, s. f.
118. BLÁZQUEZ MARTÍNEZ, José María, *El Herakleion gaditano. Un templo semita en Occidente,* en *Actas del Primer Congreso Arqueológico del Marruecos Español,* Tetuán, 1954.
119. BLÁZQUEZ MARTÍNEZ, J. M., «Pintura numantina clave en la iconografía de Cernunnos», en *CEL,* núm. 15, pp. 143-148, 1958.
120. BLÁZQUEZ MARTÍNEZ, J. M., *Religiones primitivas de Hispania,* Madrid, 1962.
121. BLÁZQUEZ MARTÍNEZ, J. M., *Tartessos y los orígenes de la colonización fenicia en Occidente,* Salamanca, 1968.
122. BLÁZQUEZ Y DELGADO AGUILERA, Antonio, *Las Cassitérides y el comercio del estaño en la antigüedad,* Madrid, 1915.
123. BLOCHET, *Etudes sur l'esoterisme musulman,* Lovaina, 1910.
124. BONILLA GARCÍA, Luis, *Historia de la hechicería y de las brujas,* Madrid, 1931.
125. BONILLA GARCÍA, Luis, *La danza en el mito y en la historia,* Madrid, 1964.
126. BONILLA GARCÍA, Luis, *Los peregrinos. Sus orígenes, rutas y religiones,* Madrid, 1965.

127. BONILLA Y SAN MARTÍN, Adolfo, *Las leyendas de Wagner en la literatura española, con un apéndice sobre el Santo Grial en el «Lanzarote del Lago» castellano,* Madrid, 1913.
128. BONSTETTEIN, G. DE, *Essai sur les dolmens,* Ginebra, 1865.
129. BORGES, Jorge Luis, y BIOY CASARES, Adolfo, *Libro del cielo y del infierno,* Buenos Aires, 1960.
130. BORROW, George, *Los zincali (los gitanos de España),* Madrid, 1932.
131. BORROW, George, *La Biblia en España,* Madrid, 1970.
132. BOTELLA Y HORNOS, Federico DE, *Pruebas geológicas de la existencia de la Atlántida: su fauna y su flora,* Madrid, 1883.
133. BOTEY, Francisco, *El gitano: una cultura folk desconocida,* Barcelona, 1970.
134. BOTTINEAU, *El Camino de Santiago,* Barcelona, 1965.
135. BOUQUET, A. C., *Breve storia delle religioni,* Milán, 1961.
136. BOUZA-BREY, Fermín, «Notas de arqueología e folk-lore arousans», en *NOS,* núm. 39, 1927.
137. BOUZA-BREY, Fermín, y LÓPEZ CUEVILLAS, Florentino, *Os oestimnios, os saefes e a ofiolatría en Galiza,* La Coruña, 1929.
138. BOUZA-BREY, Fermín, «A pia megalítica de Mougas e as práticas adiviñatorias da Galiza antiga», en *BRAG,* año XXVI, octubre de 1931.
139. BOUZA-BREY, Fermín, *Los petroglifos de Monte Penido y los estudios sobre el arte rupestre gallego-portugués,* Madrid, 1934.
140. BOUZA-BREY, Fermín, «Nombres y tradiciones de la "coccinella septempunctata" en Galicia», en *CEG,* núm. 11, 1948.
141. BOUZA-BREY, Fermín, «El lagarto en la tradición popular gallega», en *RDTP,* t. V. cuad., 4.°, 1949.
142. BOUZA-BREY, Fermín, «El judío errante peregrino a Compostela», en *CEG,* t. VII, núm. 21, 1952.
143. BOUZA-BREY, Fermín, y ÁLVAREZ BLÁZQUEZ, J. M., «Industrias paleolíticas do Baixo Miño», en *TAE,* vol. XIV, pp. 1-4, Oporto, 1954.
144. BOUZA-BREY, Fermín, «Boleadora céltica de Galicia», en *TAE,* vol. XVII, Oporto, 1959.
145. BOUZA-BREY, Fermín, «Un rito popular y un vocablo incógnito: o forbodó», en *BCMO,* t. XX, 1959-1960.
146. BOUZA-BREY, Fermín, «Las enfermedades de Rosalía de Castro y los ritos de medicina mágica en Galicia», en *CEG,* t. XXII, núm. 67, p. 183, 1967.
147. BOUZA-BREY, Fermín, «Las noches de Tobías en las costumbres matrimoniales de Galicia», en *TAE,* vol. XXI, Oporto, 1969.
148. BOUZA-BREY, Fermín, «Xogos iniciáticos infantiles de Galicia», separata de la *Revista de Etnografía,* núm. 1, Oporto.
149. BOUZA-BREY, Fermín, «La mitología del agua en el noroeste hispánico», en *BRAG,* t. XXIII, pp. 1-4 y 89.
150. BOUZA-BREY, Fermín, «El ara romana inédita de la Catedral de Santiago de Compostela», en *Compostellanum,* I, pp. 495-506, 1956.

151. BRASH, Rolf, *The ogams inscribed monuments in the British Island,* s. f.
152. BRAU, Jean Louis, *Historia de la droga,* s. f.
153. BRUGAROLA, P. Martín, «Las tradiciones populares de Santo Domingo de la Calzada», en *RDTP,* t. VI, cuad. 4.°, 1950.
154. BRUGUERA, P. Mateo, *Historia general de la religiosa y militar Orden de los Caballeros del Temple desde su origen hasta su extinción,* 2 vols., Barcelona.
155. BRUNTON, Paul, *El Egipto secreto,* Buenos Aires, 1971.
156. BUJANDA, Jesús, *Ángeles, demonios, magos y teología católica,* Madrid, 1955.
157. CABAL Constantino, *Los dioses de la vida,* Madrid, 1925.
158. CABAL, Constantino, *Costumbres asturianas: su significación y sus orígenes,* Madrid, 1931.
159. CABALLE Y CLOS, Tomás, *Folklore catalán. Antiguas tradiciones, festividades populares y ferias,* Barcelona, 1947.
160. CABANELAS, Darío, «Finisterre en el "Rawd Mi'tar" de Himyary», en *Al-Andalus,* fasc. 1.°, 1959.
161. CABANILLAS, Ramón, «A espada Escalibor», en *NOS,* núm. 25, 1926.
162. CABRÉ AGUILLÓ, Juan, «La montaña escrita de Peñalba», en *BRAH,* LVI, 1910.
163. CABRÉ AGUILÓ, Juan, «Los grabados rupestres de la Torre de Hércules», en *RABM,* t. XXXII, año XIX, 1916.
164. CAGIGAS, Isidro DE LAS, *Minorías étnico-religiosas de la Edad Media española, 2 vols.,* Madrid, 1948.
165. CALDER, Ritchie, *Las drogas, aliados de la humanidad,* Barcelona, 1965.
166. CALVET, Agustín, *Fray Anselmo de Turmeda, heterodoxo español,* Barcelona, 1914.
167. CALLE, Ramiro A., *El mito de la magia (del ocultismo a la parapsicología),* Gerona-Barcelona, 1968.
168. CAMARATE FRANÇA, J., y VEIGA FERREIRA, O. DE, «Algunas consideraçoes sobre os chamados "idolos almerienses" península de Lisboa» en *TAE,* vol. XVII, Oporto, 1959.
169. CAMARILLO HIERRO, Tomás, *Viajes por España,* Guadalajara, 1954.
170. CAMÓN AZNAR, José, «El Cid, personaje mozárabe», en *REP,* XVII, pp. 109-141, 1947.
171. CAMPBELL, Joseph, *El héroe de las mil caras. Psicoanálisis del mito,* México, 1972.
172. CANETTI Y ÁLVAREZ DE GADES, Liborio, *El «Mago» de Logrosán. Vida y milagros de un raro mortal, teósofo y ateneísta,* Madrid, 1917.
174. CANSINOS ASSENS, Rafael, *Los valores eróticos en las religiones,* Madrid, 1925.
175. CANTERA BURGOS, Francisco, *Judaizantes del arzobispado de Toledo habilitados por la Inquisición en 1495 y 1497,* Madrid, 1969.
176. CAPMANY, A., *El baile y la danza,* s. f.
177. CARBALLO, J., «Las estelas gigantes de Cantabria», en *CEG,* núm. 9, 1948.

178. CARDONER PLANAS, A., «Los talismanes y la patología medieval», en *RDTP*, t. XIV, cuad. 1.° *y* 2.°, 1958.
179. CARO, Rodrigo, *Cartas a don José Pellicer sobre los dioses venerados en España*, en *Memorial Histórico Español*, vol. I, pp. 469-476, Madrid, 1851.
180. CARO, Rodrigo, *Adiciones al Principado y Antigüedades de la ciudad de Sevilla y su convento jurídico*, Sevilla, 1932.
181. CARO BAROJA, Julio, *Algunos mitos españoles y otros ensayos*, Madrid, 1944.
182. CARO BAROJA, Julio, «El toro de San Marcos», en *RDTP*, t. I, cuad. 1.° y 2.°, 1944.
183. CARO BAROJA, Julio, *Los pueblos de España*, Barcelona, 1946.
184. CARO BAROJA, Julio, «Las brujas de Fuenterrabía», en *RDTP*, t. III, cuad. 2.°, 1947.
185. CARO BAROJA, Julio, «"Mascaradas" y "alardes" de San Juan», en *RDTP*, t. IV, 4.°, 1948,
186. CARO BAROJA, Julio, *Razas, pueblos, linajes*, Madrid, 1957.
187. CARO BAROJA, Julio, *Los vascos*, Madrid, 1958.
188. CARO BAROJA, Julio, *Las brujas y su mundo*, Madrid, 1961.
189. CARO BAROJA, Julio, *Los judíos en la España moderna y contemporánea*, Madrid 1961.
190. CARO BAROJA, Julio, «Mascaradas de invierno en España y en otras partes», en *RDTP*, t. XIX, cuad. 1.°, 2.° y 3.°, 1963.
191. CARO BAROJA, Julio, *La sociedad criptojudía en la corte de Felipe IV*, Madrid, 1963.
192. CARO BAROJA, Julio, *El carnaval (análisis histórico-cultural)*, Madrid, 1965.
193. CARO BAROJA, Julio, *Vidas mágicas e Inquisición*, Madrid, 1967.
194. CARO BAROJA, Julio, *Estudio sobre la vida tradicional española*, Barcelona, 1968.
195. CARO BAROJA, Julio, *La hora de Navarra en el siglo XVIII*, Pamplona, 1969.
196. CARO BAROJA, Julio, *Inquisición, brujería y criptojudaísmo*, Madrid, 1970.
197. CARO BAROJA, Julio, *El mito del carácter nacional. Meditaciones a contrapelo*, Madrid, 1970.
198. CARO BAROJA, Julio, y TOVAR, Antonio, «Estudios sobre la España antigua», en *Cuadernos de la Fundación Pastor*, Madrid, 1971.
199. CARO BAROJA, Julio, *Ritos y mitos equívocos*, Madrid, 1974.
200. CARRACIDO, J. R., «El metalúrgico español del siglo XVII Álvaro Alonso Barba», en *Sofía*, año X, 1902.
201. CARRÉ, L., «El ciclo mitológico irlandés y Galicia», en *BRAG*, t. XXIV, 1945.
202. CARRÉ ALDAO, Euxenio, «A lenda do San Amaro o pelengrino», en *NOS*, núm. 19, 1925.
203. CARRÉ ALDAO, Euxenio, «Tradiciones y leyendas: ¿la Atlántida?», en *BRAG*, año XXVI, octubre de 1931.
204. CARRO, Xesús, *A pelengrinaxe ao Xacobe de Galicia*, Vigo, 1965.

205. Carro Celada, Esteban, *Picaresca, milagrería y milandanzas en la Vía Láctea,* Madrid, 1971.
206. Carro y Carro, Julio, *En la enigmática Maragatería,* Madrid, 1934.
207. Carro y Carro, Julio, *Origen y propagación de la doctrina del Divino Maestro en relación con los descubrimientos arqueológicos referentes a la venida del apóstol Santiago a la región galaico-astur,* Madrid, 1960.
208. Cartailhac, Emile, *La Edad de Piedra en los recuerdos y supersticiones populares,* Toulouse, 1877.
209. Cartailhac, Emile, *Les ages prehistoriques de l'Espagne et du Portugal,* París, 1886.
210. *Cartas de la Venerable Sor María de Ágreda y del Señor Rey don Felipe IV, precedidas de un bosquejo histórico por don Francisco Silvela,* 2 vols., Madrid, 1885.
211. Carvalho, P. Luis Alfonso de, *Antigüedades y cosas memorables del Principado de Asturias* (1613), en t. 1.° de la reimpresión de la *Biblioteca Histórica Asturiana,* Oviedo, 1864.
212. Casas y Gaspar, Enrique, *Las ceremonias nupciales,* Madrid, 1931.
213. Casas y Gaspar, Enrique, *Ritos de guerra. La guerra en los pueblos primitivos y salvajes,* Madrid, 1950.
214. Casas y Gaspar, Enrique, *Ritos agrarios. Folklore campesino español,* Madrid, 1950.
215. Castañaeda, Vicente, y Huarte, Amalio, *Nueva colección de pliegos sueltos,* Madrid, 1933.
216. Castañega, Fray Martín de, *Tratado de las supersticiones y hechicerías,* Logroño, 1529.
217. Castella Ferrer, Mauro, *Historia del apóstol Santiago Zebedeo, Patrón y Capitán General de las Españas,* 1606.
218. Castillo de Lucas, Antonio, «Apodos o motes españoles», en *TAE,* vol. XVII, fasc. 1-4, Oporto, 1959.
219. Castillo de Lucas, Antonio, *Folklore médico-religioso*, s. f.
220. Castillo de Lucas, Antonio, *El parto múltiple en la leyenda española*, s. f.
221. Castillo López, Ángel del, «Sepulturas antropoides», en *BRAG,* t. XII, pp. 86, 282 y 300, 1923.
222. Castillo López, Ángel del, «Por las montañas de Galicia. Origen de las pallozas del Cebrero», en *BRAG,* año IX.
223. Castillo Yurrita, A. del, *La cultura del vaso campaniforme,* Barcelona, 1928.
224. Castresana, Luis de, *Medicina pintoresca y patética,* Barcelona, 1958.
225. Castro, Américo, y Onís, Federico de, *Fueros de Zamora. Fueros leoneses de Zamora, Salamanca, Ledesma y Alba de Tormes,* Madrid, 1916.
226. Castro, Américo, «Sobre el buey en los entierros», en *RIEV,* t. XV, p. 376, 1924.
227. Castro, Américo, «Más sobre el buey en los entierros», en *RIEV,* t. XVI, p. 342, 1925.

228. Castro, Américo, *Aspectos del vivir hispánico. Espiritualismo, mesianismo, actitud personal en los siglos* XIV *al* XVI, Santiago de Chile, 1949.
229. Castro, Américo, *La realidad histórica de España,* México, 1954.
230. Castro, Américo, *Santiago de España,* Buenos Aires, 1958.
231. Castro, Américo, *Sobre el nombre y el quién de los españoles,* Madrid, 1973.
232. Castro, Américo, *Cervantes y los casticismos españoles,* Madrid, 1974.
233. Castro Pires de Lima, Fernando, «Galinhas e ovos na adivinha popular», en *RDTP,* t. VII, cuad. 4.°, 1951.
234. Castroviejo, José María de, *Los paisajes iluminados.* Vigo, 1945.
235. Caxton, W., *The Golden Legend,* Londres, 1843.
236. Cayce, Edgar, *Visions de l'Atlantide,* París, 1973.
237. Cencillo, Luis, *El misterio de iniquidad en la historia de la Iglesia,* Madrid, 1960.
238. Cervantes Saavedra, Miguel de, *El coloquio de los perros,* edición de A. González de Amezúa, Madrid, 1912.
239. Cilvetti, Ángel L., *Introducción a la mística española,* Madrid, 1974.
240. Cirlot, Juan Eduardo, *El ojo en la mitología. Su simbolismo,* Barcelona, 1954.
241. Cirlot, Juan Eduardo, *Diccionario de símbolos tradicionales,* Barcelona, 1958.
242. Cirlot, Juan Eduardo, *Diccionario de símbolos,* Barcelona, 1969.
243. Clavería, Carlos, *Leyendas de Vasconia,* Pamplona, 1958.
244. Clebert, Jean-Paul, *Los gitanos,* s. f.
245. Cohn, Norman, *En pos del milenio. Revolucionarios, milenaristas y anarquístas místicos de la Edad Media,* Barcelona, 1973.
246. Cola, Julio, *Amuletos y tatuajes marroquíes,* Madrid, 1949.
247. Colinon, Maurice, *El fenómeno de las sectas en el siglo* XX, Almería, 1961.
248. Colombo, Furio, y otros, *La nueva Edad Media,* Madrid, 1974.
249. Collin de Plancy, *Diccionario infernal,* 1818,
250. Comelles, J. M., *Magia y curanderismo en la medicina popular,* Barcelona, 1973.
251. Conde-Valvís Fernández, Francisco, «La laguna Antela y sus palafitos», en *BCMO* t. XVII, enero-diciembre de 1949.
252. Coroleu, José, *Las supersticiones de la humanidad,* Barcelona, 1891.
253. Corpus Barga, *Hechizo de la triste marquesa,* Barcelona, 1971.
254. Cortés y Vázquez, Luis L., «La leyenda del lago de Sanabria», en *RDTP,* t. IV, cuad. 1.°, 1948.
255. Cortés y Vázquez, Luis L., «La leyenda de San Julián el Hospitalario y los caminos de la peregrinación jacobea del occidente de España», en *RDTP,* t. VII, cuad. 1.°, 1951.
256. Cortés y Vázquez, Luis L., «La fiesta de San Juan en San Pedro Manrique», en *Zephyrus,* 1961.

257. Cossío, José María de, «Milagrerías taurinas», en *Razón y Fe,* marzo de 1946.
258. Cossío, José María de, *Fábulas mitológicas en España,* Madrid, 1952.
259. Cossío, José María de, *Los toros,* 4 vols., Madrid, 1965.
260. Costa, Joaquín, *Organización política, civil y religiosa de los celtíberos,* Madrid, 1879.
261. Costa, Joaquín, *Poesía popular española y mitología y literatura celto-hispanas,* Madrid, 1888.
262. Costa, Joaquín, *Estudios ibéricos,* Madrid, 1891-95.
263. Costa, Joaquín, *Último día del paganismo y primero de... lo mismo,* Madrid, 1917.
264. Costas, Manuel F., «Ilustrazons das industrias líticas da Guardia», en *NOS,* núms. 64 al 69, 1929.
265. Cotarelo y Mori, Emilio, *Don Enrique de Villena. Su vida y sus obras,* Madrid, 1896.
266. Couffon, Claude, *Histoires et legendes de l'Espagne mysterieuse,* París, 1968.
267. Cousté, Alberto, *El Tarot o la máquina de imaginar,* Barcelona, 1972.
268. Croce, Benedetto, *España en la vida italiana durante el Renacimiento,* Madrid, 1925.
269. Crombie, A. C., *Historia de la ciencia,* 2 vols., Madrid, 1974.
270. Cruz, Martín de la, *Francisco Guerra. Libellis de medicinalibus indorum herbis... Manuscrito pictórico mexicano-latino de Martín de la Cruz y Juan Badiano de 1552,* México, 1952.
271. Cuervo, Fray Justo, *Fray Luis de Granada y la Inquisición,* en *Homenaje a Menéndez y Pelayo,* Madrid, 1899.
272. Cumont, Franz, *Textes et monuments figurés relatifs aux mystères de Mithra,* 2 vols., Bruselas, 1896 y 1899.
273. Cunqueiro, Alvaro, *Tesouros novos e velhos,* Vigo, 1964.
274. Cunqueiro, Álvaro, *Lugo. La Coruña. Pontevedra. Orense,* vol. 12.° de *Rutas de España,* Madrid, 1967.
275. Cunqueiro, Álvaro, «La isla de San Brandán», en *Destino,* núm. 1857, mayo de 1973.
276. Curiel merchan, Marciano, «Juegos infantiles de Extremadura», en *RDTP,* t. I, cuad. 1.° y 2.°, 1944.
277. Cuttat, Jacques-Albert, *El encuentro de las religiones,* Madrid, 1960.
278. Chabas, Roque, *Arnaldo de Vilanova y sus yerros teológicos,* en *Homenaje a Menéndez y Pelayo,* Madrid, 1899.
279. Chadwick, John, *El enigma micénico,* 2.° ed., Madrid, 1973.
280. Chamoso Lamas, Manuel, «Sobre el origen del monumento soterrado de Santa Eulalia de Bóveda (Lugo)», en *CEG,* t. VII, fasc. XXII, 1952.
281. Charpentier, Louis, *Les Jacques et le mystère de Compostelle,* París, 1971.
282. Charpentier, Louis, *Los gigantes y el misterio de los orígenes,* Barcelona, 1971.

283. CHARPENTIER, Louis, *El misterio de los templarios,* s. f.
284. CHARROUX, Robert, *Le livre des maîtres du monde,* París, 1972.
285. CHESLEY BAITY, Elisabeth, «El nombre de Soria y los cultos al sol y a los astros», en *CEL,* núm. 28, pp. 221 a 254, 1964.
286. CHESLEY BAITY, Elisabeth, «Los cultos del fuego de Soria (España) y Serria (Grecia)», en *CEL,* núm. 31, p. 97, 1966.
287. CHICO RELLO, P., «El portento de caminar sobre el fuego», en *RDTP,* t. III, cuad. 1.°, 1947.
288. CHICO RELLO, P., *Fiestas populares de la provincia de Soria,* en *Homenaje a don Luis de Hoyos Sainz,* Madrid, 1949.
289. CHIL Y NARANJO, Gregorio, *Estudios históricos, climatológicos y patológicos de las islas Canarias,* 3 vols., Las Palmas, 1876-1891.
290. DALÍ, Salvador, *Comment on devient Dalí,* París, 1973.
291. DAS CASAS, Álvaro, y otros, «Ultreya», en *NOS,* núm. 106, 1932.
292. DAVILLIER, Charles, *Voyage en Espagne,* 1864.
293. DEFOURNEAUX, Marcelin, *La vida cotidiana en España en el Siglo de Oro,* 1964.
294. DEFOURNEAUX, Marcelin, *Inquisición y censura de libros en la España del siglo XVIII,* Madrid, 1973.
295. DELEHAYE, P. Hippolyte, *Les legendes hagiographiques,* 1906.
296. DELEYTO Y PIÑUELA, José, *La mala vida en la España de Felipe IV,* Madrid, 1948.
297. DELEYTO Y PIÑUELA, José, *La vida religiosa española bajo el cuarto Felipe,* Madrid, 1952.
298. DELEYTO Y PIÑUELA, José, *También se divierte el pueblo,* Madrid, 1966.
299. DÍAS, Antonio Jorge, «Las construcciones circulares del noroeste de la Península Ibérica y las citanias», en *CEG,* t. VI, 1946.
300. DÍAS, Antonio Jorge, y otros, «A região e a casa Gandaresa», en *TAE,* t. XVII, Oporto, 1959.
301. DÍAZ ARQUER, Graciano, *Libros* y folletos *de toros (bibliografía taurina),* Madrid, 1931.
302. DÍAZ-PÉREZ, Viriato, «Para la historia de la "Rama de Madrid"», en *Sofía,* 1924.
303. *Diccionario de historia de España,* dirigido por Germán Bleiberg, Revista de Occidente, 3 vols., 2.° ed., Madrid, 1968.
304. DÍEZ GONZÁLEZ, Florentino Agustín, y otros, *San Fructuoso y su tiempo,* León, 1966.
305. DISRAELI, Benjamín, *Coningsby or the new generation,* 1844.
306. DIXON, Pierson, *The Iberians of Spain and their relations with the Aegean world,* Londres, 1940.
307. DOMÍNGUEZ ORTIZ, Antonio, *Crisis y decadencia de la España de los Austrias,* Barcelona, 1960.
308. DOMÍNGUEZ ORTIZ, Antonio, *Los judeoconversos en España y América,* Madrid, 1971.
309. DOMÍNGUEZ ORTIZ, Antonio, *El antiguo Régimen: los Reyes Católicos y los Austrias,* Madrid, 1973.
310. DOUGLAS, Mary, *Pureza y peligro: un análisis de los conceptos de contaminación y tabú,* Madrid, 1973.

311. Douglass, William A., *Muerte en Murélaga (el contexto de la muerte en el País Vasco)*, Barcelona, 1970.
312. Dubin, Alvin H., y PURCALLA, Muñoz, J., *LSD, STP... y? En el umbral de un nuevo universo*, Barcelona, 1968.
313. Dubler, César E., «Los Caminos a Compostela en la obra de Idrisi», en *Al-Andalus*, 14, pp. 59 a 122, 1942.
314. Duchesne, L., *Origines du culte chrétien*, París, 1925.
315. Dumezil, Georges, *La religion romaine archaique avec un appendice sur la religion des etrusques*, París, 1966.
316. Dumezil, Georges, *Los dioses de los indoeuropeos*, Barcelona, 1970.
317. Dupuis, *Origine de tous les cultes ou religion universelle*, París, 1975.
318. Durkheim, Emile, *Las formas elementales de la vida religiosa*, Buenos Aires, 1968.
319. Eco, Umberto, y otros, *La nueva Edad Media*, Madrid, 1975.
320. Echevarrí Bravo, Pedro, «La danza de los diablos en el pueblo de Huete (Cuenca)», en *RDTP*, t. VII, cuad. 2.°, 1951.
321. Eguilaz y Yangas, Leopoldo de, *Glosario etimológico de las palabras españolas (castellanas, catalanas, gallegas, mallorquinas, portuguesas, valencianas y vascongadas) de origen oriental (árabe, hebreo, malayo, persa y turco)*, Granada, 1886.
322. Eguren, Aranzadi y Barandiarán, *Exploraciones de la caverna de Santimamiñe*, Bilbao, 1931.
323. *El apóstol Santiago según la Venerable Madre de Ágreda*, Tarazona, 1915.
324. Eliade, Mircea, *Herreros y alquimistas*, Madrid, 1959.
325. Eliade, Mircea, *Lo sagrado y lo profano*, Madrid, 1967.
326. Encinoso, Antonio, *Guía de forasteros de Santa Cruz de Tenerife*, 1930.
327. Enomiya-Lassalle, H. M., *El zen*, Bilbao, 1972.
328. Epalza, Miguel de, «Moriscos y andalusíes en Túnez durante el siglo xvii», en *Al-Andalus*, XXXIV, pp. 247-327, 1969.
329. Erro y Aspiroz, Juan Bautista de, *Alfabeto de la lengua primitiva de España y explicaciones de sus más antiguos monumentos de inscripciones y medallas*, Madrid, 1806.
330. Escagedo Salmón, Mateo, *Costumbres pastoriles cántabro-montañesas*, Santander, 1921.
331. Escribano, Joseph Mathias, *Itinerario español o Guía de caminos*, Madrid, 1760.
332. Esmoris Recaman, E., «San Guillermo y su ermita ("Studies to Visiones Georgii", por L. L. Hammerich. Comentarios a la parte II: Santiago y Finisterre. Resumen de las Visiones de Jorge)», en *BRAG*, t. XXVIII, diciembre de 1957.
333. Espinosa, Fray Alonso de, *Del origen y milagros de Nuestra Señora de Candelaria que apareció en la isla de Tenerife, con la descripción de esta isla* (Sevilla, 1594), reimpreso en Santa Cruz de Tenerife, 1848.
334. Espinosa, Aurelio M., «Algunas adivinanzas españolas», en *RDTP*, t. VIII, cuad. 1.°, 1952.

335. ESTADELLA, Juan María y TOMEO, J., *La brujería y la superstición en Cataluña,* Barcelona, 1963.
336. *Etnología y tradiciones populares* (primer Congreso Nacional de Artes y Costumbres Populares, 25 de mayo de 1968, Zaragoza), Zaragoza, 1969.
337. EVANS PITCHARD, E. E., *Las teorías de la religión primitiva,* Madrid, 1973.
338. EVOLA, Julius, *Il mistero del graal, s.* f.
339. FEIJOO, Fray Benito Jerónimo, «Astrología judiciaria y almanaques», en *TCU,* t. 1.°, disc. 8.°.
340. FEIJOO, Fray Benito Jerónimo, «Artes divinatorias», en *TCU,* t. 2.° disc. 3.°.
341. FEIJOO, Fray Benito Jerónimo, «Saludadores», en *TCU,* t. 3.°, disc. 1.°.
342. FEIJOO, Fray Benito Jerónimo, «Duendes y espíritus familiares», en *TCU,* t. 3.°, disc. 4.°.
343. FEIJOO, Fray Benito Jerónimo, «Vara divinatoria y zahoríes», en *TCU,* t. 3.°, disc. 5.°.
344. FEIJOO, Fray Benito Jerónimo, «Piedra filosofal», en *TCU,* t. 3.°, disc. 8.°.
345. FEIJOO, Fray Benito Jerónimo, «Peregrinaciones sagradas y romerías», en *TCU,* t. 4.°, disc. 5.°.
346. FEIJOO, Fray Benito Jerónimo, «Fábulas de las Batuecas y países imaginarios», en *TCU,* t. 4.°, disc. 10.
347. FEIJOO, Fray Benito Jerónimo, «Nueva precaución contra los artificios de los alquimistas y vindicación del autor contra una grosera calumnia», en *TCU,* t. 5.°, disc. 17.
348. FEIJOO, Fray Benito Jerónimo, «Cuevas de Salamanca y Toledo y mágica de España», en *TCU,* t. 7.°, disc. 7.°.
349. FEIJOO, Fray Benito Jerónimo, «Toro de San Marcos», en *TCU,* t. 7.°, disc. 8.°.
350. FEIJOO, Fray Benito Jerónimo, «Examen filosófico de un peregrino suceso de estos tiempos. El anfibio de Liérgana», en *TCU.*
351. FEIJOO, Fray Benito Jerónimo, «Sobre la causa de los templarios», en *CEC.*
352. FEIJOO, Fray Benito Jerónimo, «Sobre el arte de Raimundo Lulio», en *CEC.*
353. FENN, Waldemar, *Gráfica prehistórica de España y el origen de la cultura prehistórica,* Mahón, 1950.
354. FERNÁNDEZ, Buenaventura, *Resumen histórico crítico de la ciudad de Tarragona,* s. f.
355. FERNÁNDEZ, Xurxo Lourenzo, «A cristiaización do castro de Monterrei», en *NOS,* año XIII, núm. 94, 1931.
356. FERNÁNDEZ DE CERRO, Elena, y otros, *Alquimista y ocultismo,* Barcelona, 1972.
357. FERNÁNDEZ DE CÓRDOBA, Francisco de Paula, «Sobre el lobo y su presencia en Galicia», en *CEG,* t. XVIII, 1963.
358. FERNÁNDEZ COSTAS, Manuel, «Juegos infantiles en la comarca de Tuy», en *RDTP,* cuad. 4.°, 1952.

359. FERNÁNDEZ FUSTER, Luis, «Interpretación de la Pedra Formosa de Briteiros», en *CEG,* t. IX, 1954.

360. FERNÁNDEZ GIL Y CASAL, J., «Sobre insculturas rupestres en la provincia de Pontevedra», en *BRAG,* t. IX, núm. 105, p. 193, 1916.

361. FERNÁNDEZ GIL Y CASAL, J., «Sobre la identificación de las insculturas del Monte Mogor con la moneda de Cnossos», en *BRAG,* t. IX, núm. 108, p. 279, 1916.

362. FERNÁNDEZ-GUERRA Y ORBE, Aureliano, *Contestación al discurso de Rada y Delgado sobre el Cerro de los Santos,* Madrid, 1875.

363. FERNÁNDEZ-GUERRA Y ORBE, Aureliano, y FITA, P. Fidel, *Recuerdos de un viaje a Santiago de Galicia,* Madrid, 1880.

364. FERNÁNDEZ MARTIN, Pedro, «Las calzadas romanas y los caminos de Santiago en la provincia de Soria», en *CEL,* núm. 24, p. 197 *y* ss., 1962.

365. FERNÁNDEZ NÚÑEZ, Manuel, *Folklore leonés,* Madrid, 1934.

366. FERNÁNDEZ Y GONZÁLEZ, Francisco, «El vascuence y las lenguas semíticas», en *BRAH,* t. XLIV, 1904.

367. FERNÁNDEZ Y GONZÁLEZ, Francisco, «El mesianismo israelita en la Península Ibérica durante la primera mitad del siglo XVI», en *RE,* XVIII, núm. 406.

368. FIGUEROA MARROQUÍN, Horacio, *Enfermedades de los conquistadores,* San Salvador, 1957.

369. FILGUEIRA VALVERDE, José, «A lénda d'Armenteira», en *NOS,* nums. 25 *y* 26, 1926.

370. FILGUEIRA VALVERDE, José, «Cancioneiriño de Compostela», en *NOS,* núm. 103, 1932.

371. FILGUEIRA VALVERDE, José, «La iconografía de Santiago y el grabado compostelano», en *CEG,* t. 2.°, 1944.

372. FILGUEIRA VALVERDE, *El libro de Santiago,* Madrid, 1948.

373. FINEGAN, Jack, *Esplendores de las antiguas religiones,* Madrid, 1963.

374. FITA, P. FIDEL, Y FERNÁNDEZ-GUERRA Y ORBE, Aureliano, *Recuerdos de un viaje a Santiago de Galicia,* Madrid, 1880.

375. FITA, P. Fidel, «La gran caverna de Picosagro, dos lenguas al oriente de Compostela», en *BRAC,* t. LIX, pp. 276-305, 1911.

376. FLORES, Eduardo, «Supersticiones en torno a las banderillas», en *El Español,* 18 de septiembre de 1943.

377. FOLCH JOU, Guillermo, *Del opio a los modernos alucinógenos,* Madrid, 1969.

378. FONT OBRADOR, B., Y MASCARÓ PASARIU, J., *Prehistoria de las Baleares,* Palma de Mallorca, 1968.

379. FOURQUIN, Guy, *Los movimientos populares de la Edad Media,* Madrid, 1973.

380. FRACASSINI, Umberto, *Il misticismo greco e il cristianesimo,* Città di Castello, 1922.

381. FRAGUAS FRAGUAS, Antonio, «O culto os mortos», en *NOS,* núm. 87, 1931.

382. FRAGUAS FRAGUAS, Antonio, «As lendas da Fonte Pormás», en *NOS,* t. IX, núm. 108, 1931.

383. FRAGUAS FRAGUAS, Antonio, «Contribución al estudio de la navidad en Galicia. Nadales, Aninoves, Xaneiras y Reyes», en *RDTP,* t. III, cuad. 3.° *y* 4.°, 1947.
384. FRAGUAS FRAGUAS, Antonio, «Notas del folklore de boda en Galicia», en *TAE,* vol. XI, fasc. 3 *y* 4, Oporto, 1948.
385. FRAGUAS FRAGUAS, Antonio, *La Galicia insólita,* La Coruña, 1973.
386. FRAZER, James G., *Il ramo d'oro della magia e della religione,* 3 vols., Turín, 1965.
387. FROBENIUS, Leo, «La Cultura de la Atlántida», en *RDO,* año I, núm. 3, septiembre de 1923.
388. FUENTEMAYOR GORDON, Pablo, *Las brujas en Soria,* Soria, 1959.
389. FUENTE, Fray Alonso de la, «Memorial en que se trata de las cosas que me an pasado con los alumbrados d'e Estremadura, desde año de setenta hasta fin deste año de setenta y cinco», en *RABM,* 3.° época, IX *(*1903*),* X *(*1904*),* XI (íd.), XII *(*1905*)* y XIII (íd).
390. FUENTE, Vicente DE LA, *Historia de las sociedades secretas, antiguas y modernas en España y especialmente de la francmasonería,* 3 vols., s. f.
391. FUENTE DE LA PEÑA, Antonio, *El ente dilucidado. Discurso único novíssimo que muestra ay en naturaleza animales irracionales invisibles y quales sean,* Madrid, 1676.
392. FULGOSIO, Fernando, «Monumentos prehistóricos. La piedra vacilante de Silva Boa», en *GD,* año III, núm. 25, p. 193.
393. GAFFAREL, Paul, *Étude sur les rapports de l'Amerique et de l'Ancien continent avant Cristophe Colomb,* París, 1869.
394. GALHANO, Fernando y otros, «A regiao e a casa Gandaresa», en *TAE,* vol. XVII, Oporto, 1959.
395. GALLARDO, Bartolomé José, *Ensayo de una biblioteca española de libros raros y curio*sos, Madrid, 1863.
396. GALLEGO ARMESTO, Heliodoro, «El Jallas o Ezaro», en *BRAG,* t. XXIV, núm. 213, 1929.
397. GÁNDARA, Fray Felipe DE LA, *El cisne occidental canta las palmas y triunfos de Galicia,* Madrid, 1678.
398. GÁRATE, J. M., *La huella militar en el Camino de Santiago,* s. f.
399. GARCÍA, G. C. DE, «Constitución del primer grupo de la "Cadena de Oro" en España», en *El Loto Blanco,* 1920.
400. GARCÍ, Fray Gregorio, *Origen de los Indios de el Nuevo Mundo e Indias Occidentales,* Madrid, 1729.
401. GARCÍA, Juan, *Antigüedades montañesas,* en *Homenaje a Menéndez y Pelayo,* Madrid, 1899.
402. GARCÍA ALEN, A., y otros, «"A lapa" de Gargantans», en *CEG,* t. XIX, núm. 57, 1964.
403. GARCÍA CONDE, A., «En el concilio I de Zaragoza, ¿fueron condenados nominalmente los jefes priscilianistas?», en *CEG,* núm. VI, 1946.
404. GARCÍA CONDE, A., «Los "Tractatus Origenis" y los origenistas gallegos», en *CEG,* t. IV, 1949.
405. GARCÍA DE CORTÁZAR, J. A., *La época medieval,* Madrid, 1973.

406. García de Diego, Vicente, «Cuestionario sobre la noche de San Juan», en *RDTP.* t. II, cuad. 1.°, 1946.

407. García de la Riega, Celso, *Galicia antigua. Discusiones acerca de su geografía y de su historia,* Pontevedra, 1904.

408. García de la Torre, José Manuel G. *y, Leyendas guanches de las islas Canarias (primera recopilación),* 3.ª ed., Barcelona, 1972.

409. García Escudero, Ricardo, *Por tierras maragatas. Estudio e historia de Maragatería,* Astorga, 1953.

410. García Font, J., *Historia de la alquimia en España,* Madrid, 1976.

411. García-Lomas, G. Adriano, «Los pasiegos ante un supuesto tema coreográfico del condado de la Pernia. Comentario del ignoto origen del llamado baile "el cuevanito"», en *ALT,* núms. 1 a 3, pp. 111-120, 1953.

412. García-Lomas, G. Adriano, *Los pasiegos. Acotaciones suplementarias a un libro anterior,* 1960.

413. García-Lomas, G. Adriano, *Mitología y supersticiones de Cantabria,* Santander, 1964.

414. García-Lomas, G. Adriano, *Mitología y superstición de la Cantabria Montañesa,* Santander, 1967.

415. García-Marquina, J. M., *La alquimia y sus relaciones con la química,* Barcelona, 1960.

416. García Martínez, M. Carlos, «"A pedra que fala" con piletas y petroglifos», en *CEG,* t. XXIII, 1968.

417. García Matos, M. «Curiosa historia del "Toro de San Marcos" en un pueblo de la Alta Extremadura», en *RDTP,* t. IV, cuad. 4.°, 1948.

418. García Mercadal, J., *España vista por los extranjeros,* 3 vols., s. f.

419. García Páramo, Ana, y otros, *Las raíces de España, s.* f.

420. García Rendueles, Enrique, *Liturgia popular,* Oviedo, 1950.

421. García Romero, Celestino, «¿Era un desierto Santiago cuando vino aquí el Apóstol?», en *Ultreya,* año II, núm. 14, 1920.

422. García Romero, Celestino, «El gallego y el latín», en *BCMO,* núms. 163, 164, 168 *y* 169, 1925 *y* 1926.

423. García Sanz, S., «Las "rarnas"», en RDTP, t. I, cuad. 3.° y 4.°, 1945.

424. García Sanz, S., «Botargas y enmascarados alcarreños», en *RDTP,* t. IX, cuad. 3.°, 1953.

425. García y Bellido, Antonio, *Fenicios y cartagineses en Occidente,* Madrid, 1942.

426. García y Bellido, Antonio, «Una colonización mítica en España», en *CHE,* VII, 1947.

427. García y Bellido, Antonio, *La España del siglo I de nuestra era,* Buenos Aires, 1947.

428. García y Bellido, Antonio, *Hispania greca,* 3 vols., Barcelona, 1948.

429. García y Bellido, Antonio, *El culto a Mithras en la Península Ibérica,* Madrid, 1948.

430. García y Bellido, Antonio, *Les religions orientales dans l'Espagne Romaine,* Holanda, 1967.

431. García y Bellido, Antonio, *Veinticinco estampas de la España Antigua,* Madrid, 1967.

432. GARRIDO, J., «Los monumentos megalíticos de Menorca», en *Sofía,* 1924.
433. GASTER, Theodor H., *Mito, leyenda y costumbre en el Libro del Génesis (estudio con interpolación de textos de J. Frazer),* Barcelona, 1973.
434. GATTO, A., Y BERERA, A., *Il paradiso della droga,* Turín, 1971.
435. GEERTZ, Clifford, *Visión del mundo y análisis de símbolos sagrados,* Lima, 1973.
436. GENER, P., *El mal según la gnosis,* s. f.
437. GERSON, Werner, *Le nazisme, société secrète,* París, 1969.
438. GERUNDIO, Fray (seudónimo de Albino Juste García), *La brujería en Barcelona. Informaciones, interwiús, consultas, estudios e investigaciones acerca de las supersticiones, hechicerías y curanderismo en la Ciudad Condal,* Barcelona, s. f.
439. GIESE, Wilhelm, «Monumentos religiosos de piedra en el País Vasco y sus paralelos hispánicos y celtas», en *RDTP,* t. XIX, cuad. 1.°, 2.° *y* 3.°, 1963.
440. GIL, Bonifacio, *Cancionero taurino,* Madrid, 1964.
441. GIL BENUMEYA, Rodolfo, *España dentro de lo árabe,* Madrid, 1954.
442. GINER ARIVAU, L., *Contribución al folklore de Asturias: folklore de Proaza,* Madrid, 1886.
443. GODDARD KING, Georgina, *The way of St. James,* Nueva York, 1920.
444. GODOY ALCÁNTARA, José, *Historia crítica de los falsos cronicones,* Madrid, 1868.
445. GOLDWIN, Francis, *L'homme dans la lune ou le voyage chimerique fait au monde de la lune, nouvellement decouvert par Dominique Gonzales, advanturier espagnol autrement dit le Courrier Volent,* París, 1648.
446. GÓMEZ, Nicolás Primitivo, *Alebus amnis: un punto de las costas de Alicante en la Ora Marítima de Avieno,* Elche, 1948.
447. GÓMEZ, Nicolás Primitivo, *Los ibero-sicanos,* Valencia, 1971.
448. GÓMEZ ARIAS, *Vida y sucesos del astrólogo don Gómez Arias,* Madrid, 1744.
449. GÓMEZ CANEDO, Lino, «Notas pr-o estudo da toponimia compostelana (as ruas do Franco e da Raíña)», en *NOS,* núm. 114, 1933.
450. GÓMEZ DE LA SERNA, Gaspar, *Del Pirineo a Compostela,* Valencia, 1965.
451. GÓMEZ DE LA SERNA, Gaspar, *Los viajeros de la Ilustración,* Madrid, 1964.
452. GÓMEZ MARÍN, José Antonio, *Bandolerismo, santidad y otros temas españoles,* Madrid, 1974.
453. GÓMEZ-TABANERA, J. M., *Trajes populares y costumbres tradicionales,* Madrid, 1950.
454. GÓMEZ-TABANERA, J. M., *Totemismo. Estudios sobre el totemismo y su significación en la cuenca del Mediterráneo antiguo y en la España primitiva,* Madrid, 1955.
455. GÓMEZ-TABANERA, J. M., *Los pueblos y sus costumbres,* Madrid, 1965.

456. GÓMEZ-TABANERA, J. M., *El folklore español,* Madrid, 1968.
457. GÓMEZ-TABANERA, J. M., *Las religiones prehistóricas y antiguas,* s. f.
458. GÓMEZ-TABANERA, J. M., y otros, *Las raíces de España,* Madrid, s. f.
459. GÓNGORA Y MARTÍNEZ, Manuel, *Antigüedades prehistóricas de Andalucía,* Madrid, 1868.
460. GONZÁLEZ, José Manuel, «La mitología de las fuentes en Valduno (Asturias)», en *RDTP,* t. XIII, cuad. 1.° y 2.°, 1957.
461. GONZÁLEZ ALEGRE, Ramón, *El libro de los andares,* Madrid, 1963.
462. GONZÁLEZ BLANCO, Edmundo, «Los grandes teósofos españoles», en *Sofía,* 1901 y 1902.
463. GLIMENT, Anselmo, *Flamencología. Toros, cante y baile,* Madrid, 1964.
464. GONZÁLEZ DE AMEZÚ, Agustín, *Introducción a «El Casamiento engañoso» y «El Coloquio de los perros»,* Madrid, 1912.
465. GONZÁLEZ ECHEGARAY, P. Joaquín, «Las noticias sobre el pueblo cántabro», en *ALT,* 1960.
466. GONZÁLEZ ECHEGARAY, P. Joaquín, *Los cántabros,* Madrid, 1966.
467. GONZÁLEZ CÁNDARA, Remixio, y otros, «Ultreya», en *NOS,* núm. 106, 1932.
468. GONZÁLEZ LAMADRID, Antonio, *Los descubrimientos del mar Muerto. Balance de 25 años de hallazgos y estudios,* Madrid, 1961.
469. GONZÁLEZ LÓPEZ, Emilio, *Siempre de negro (Galicia en la Contrarreforma),* Vigo, 1970.
470. GONZÁLEZ PALENCIA, Ángel, «Las fuentes de la comedia "Quien mal anda en mal acaba" de don Juan Ruiz de Alarcón», en *BRAE,* XVI y XVII, 1929 y 1930.
471. GONZÁLEZ PALENCIA, Ángel, «Huellas islámicas en el carácter español», en *HR,* VII, pp. 185 a 204, 1939.
472. GONZÁLEZ PALENCIA, Ángel, *El arzobispo don Raimundo y la Escuela de Traductores de Toledo,* Barcelona, 1942.
473. GONZÁLEZ PALENCIA, Ángel, «La tarántula y la música», en *RDTP,* t. I, cuad. 1.° *y* 2.°, 1944.
474. GONZÁLEZ REDONDO, J. M., *El folklore en los castros gallegos,* Santiago de Compostela, 1971.
475. GORDO, Enrique Alonso, *El curandismo. Ensayo acerca de sus orígenes y divulgaciones sobre su ejercicio,* Valencia, 1960.
476. GRANJA, Fernando DE LA, «Fiestas cristianas en Al-Andalus (Materiales para su estudio). I. "Al Durr al Munazzam" de Al-'Azafii. II. Textos de Turtusí. El Cadi "Iyad y Wansarisi"», en *Al-Andalus,* XXXIV y XXXV, 1969 *y* 1970.
477. GRAVES, Robert, *I miti greci,* Milán, 1963.
478. GRAVES, Robert, y PATAI, Raphael, *I miti ebraici e critica alla Genesi,* Milán, 1969.
479. GUERRINO, Antonio Alberto, «Historia de la mandrágora», en *MH,* fasc. LIV, abril de 1969.
480. GUEVARA, Fray Antonio DE, *Epístolas familiares,* Madrid, 1968.
481. GUICHOT Y SIERRA, Alejandro, *Lo maravilloso popular. El mito del basilisco,* Madrid, 1884.

482. GUICHOT Y SIERRA, Alejandro, *Supersticiones populares andaluzas,* Madrid, 1884.
483. GUICHOT Y SIERRA, Alejandro, *Ciencia de la mitología. El gran mito ctónico-solar,* Madrid, 1903.
484. GUICHOT Y SIERRA, Alejandro, *Noticia histórica del folklore. Orígenes en todos los países hasta 1890. Desarrollo en España hasta* 1921, Sevilla, 1922.
485. GUILLAMENT TUEBOLS, Juan, *Els gitanos. Aproximació a un racisme,* Barcelona, 1970.
486. GUILLÉN, Julio, *Folklore marinero,* en *Homenaje a don Luis de Hoyos Sainz,* Madrid, 1949.
487. GUIRAO, Pedro, *Seis ensayos sobre esoterismo,* Barcelona, 1931.
488. GUILLÓN, Ricardo, *Pitagorismo y modernismo,* Santander, 1967.
489. GUTIÉRREZ MACIÁ, Valeriano, «Fiestas extremeñas», en *RDTP,* t. XV, cuad. 4.°, 1959.
490. HENGSTENBERG, Hans-Eduard, *Soma y escatología. El cuerpo y los novísimos,* Barcelona, 1967.
491. HENNINGSEN, Gustav, *The papers of Alonso de Salazar Frías. A spanish witchcraft poemic, 1610-1614.* s. f.
492. HERAS, H., «La primera alusión a las gentes del valle del Indo», en *Zephyrus,* III, 1952.
493. HERNÁNDEZ, Pedro, *La cerámica aborigen de Gran Canaria,* Elche, 1948.
494. HERNÁNDEZ, Pedro, *Un problema paleontológico (enterramientos guanches),* en *Actas del Primer Congreso Arqueológico del Marruecos Español,* Tetuán, 1954.
495. HERNÁNDEZ DE SOTO, Sergio, *Juegos infantiles de Extremadura,* Madrid, 1884.
496. HERNÁNDEZ DE SOTO, Sergio, *Cuentos populares de Extremadura,* Madrid, 1886.
497. HERNÁNDEZ PACHECO, Eduardo, «Los tartesios y sus míticos reyes», en *TAE,* vol. XVII, Oporto, 1959.
498. HERRERO GARCÍA, Miguel, *Ideas de los españoles del siglo XVII,* Madrid, 1966.
499. HEUTEN, G., «La diffusion des cultes egyptiens en Occident», en *RHR,* CIV, pp. 409-416, 1931.
500. HOLGUIN, Andrés y Carlos, *Cultos religiosos y corridas de toros,* Bogotá, 1966.
501. HOROZCO Y COVARRUBIAS, *Tratado de la verdadera y falsa prophecía,* Segovia, 1588.
502. HOUSTON, Jean, y otros, *LSD. Los secretos de la experiencia sicodélica,* Barcelona, 1968.
503. HOYOS SAINZ, Luis DE, «Folklore español del culto a los muertos», en *RDTP,* t. I, cuad. 1.° *y* 2.°, 1944.
504. HOYOS SAINZ, Luis DE, *Estudios de geografía humana. Distribución de los grupos sanguíneos en España. Ensayo de seroantropología,* Madrid, 1947.
505. HOYOS SAINZ, Luis DE, «Un avance a la etnogenia cántabra», en *BBMP,* núm. 1, pp. 28-56, 1947.

506. HOYOS SAINZ, Luis DE, «Fiestas agrícolas», en *RDTP,* t. IV, cuad. 1.º, 1958.

507. HOYOS SAINZ, Luis DE, *Investigaciones de antropología prehistórica de España,* 2 vols., Madrid, 1950.

508. HOYOS SANCHO, Nieves DE, «Fiestas patronales y principales devociones de la Mancha», en *RDTP,* t. III, cuad. 1.º, 1947.

509. HOYOS SANCHO, Nieves DE, «Costumbres referentes al noviazgo y la boda en la Mancha», en *RDTP,* t. IV, cuad. 3.º, 1948.

510. HOYOS SANCHO, Nieves DE, «Fiestas en honor de Santa Águeda, patrona de las mujeres», en *RDTP,* t. VII, cuad. 3.º, 1951.

511. HOYOS SANCHO, Nieves DE, «Algunos aspectos de la etnografía soriana», en *EG,* t. XIX, pp. 241-273, 1958.

512. HOYOS SANCHO, Nieves DE, «En el Brasil también pasan el fuego», en *CEL,* núm. 16, p. 277, 1958.

513. HOYOS SANCHO, Nieves DE, «Orfebrería popular española. Las brazaderas de La Alberca», en *TAE,* vol. XVII, Oporto, 1959.

514. HOYOS SANCHO, Nieves DE, «Los huevos de Pascua», en *BCMO,* t. XX, 1959-1960.

515. HOYOS Y VINENT, Antonio, *Las hogueras de Castilla. Las tumbas de León. Las piedras madre. Toledo. Cuenca. Segovia,* Barcelona, 1922.

516. HUARTE, Amalio, y CASTAÑEDA, Vicente, *Nueva colección de pliegos sueltos,* Madrid, 1933.

517. HUERTA Y VEGA, Xavier Manuel DE LA, *España primitiva. Historia de sus reyes y monarcas desde su población hasta Christo,* 1738.

518. HUMBOLDT, Guillermo DE, *Recherches sur les habitants primitifs de l'Espagne a l'aide de la langue basque.*

519. HUNT WILLIAMSON, George, *Les gîtes secrets du lion,* París, 1958.

520. HURTADO DE SARACHO, Arantzazu, *Medicina popular,* Pamplona, s. f.

521. HUTIN, Serge, *Historia mundial de las sociedades secretas,* Barcelona, 1963.

522. HUYNEN, Jacques, *L'enigme des vierges noires,* París, 1972.

523. IBERO, Juan, «Origen e historia del hórreo», en *RDTP,* t. I, cuad. 1.º *y* 2.º, 1944.

524. IBERO, Juan, «El secreto de la xana», en *RDTP,* t. I, cuad. 3.º *y* 4.º, 1945.

525. IBN HAZM DE CÓRDOBA, *El collar de la paloma,* Madrid, 1971.

526. IBN TUFAYL, *El filósofo autodidacto,* Madrid, 1948.

527. IGLESIAS IGLESIAS, Luis, «Interpretación científica de dos creencias populares gallegas», en *BRAG,* t. XXVII, p. 169, 1956.

528. *Inventario histórico-diocesano sobre costumbres y tradiciones religiosas y populares,* León, 1968.

529. INZENGA, J., *Cantos y bailes populares de España,* 1888.

530. IÑIGUEZ ALMECH, Francisco, *La escatología musulmana en los capiteles románicos,* Pamplona, 1967.

531. ÍNIGUEZ ORTIZ, M., *Ritos celtibéricos. La fiesta de San Pedro Manrique,* en *Actas y memorias de la Sociedad Española de Antropología,* 1924.

532. IZQUIERDO GALLO, Mariano, *Mitología americana. Selección de los mitos aborígenes de América,* Madrid, 1957.

533. JACKSON, Gabriel, *Introducción a la España medieval,* Madrid, 1974.
534. JAHODA, Gustav, *Psicologia della superstizion,* Milán, 1972.
535. JAMES, E. O., *La religión del hombre prehistórico,* Madrid, 1973.
536. JÁUREGUI, Juan José DE, *Posible localización del mítico Tartessos y algunos de los mitos con él relacionados,* Tetuán, 1952.
537. JESUCRISTO, Fray Andrés DE, Y VILLA DE LA CONCEPCIÓN, Fray Sebastián, *Razón del juicio seguido en Granada contra varios falsificadores de escrituras públicas, monumentos sagrados, caracteres, tradiciones, reliquias y libros de supuesta antigüedad,* Madrid, 1781.
538. JIMÉNEZ, Dolores, y otros, *Las raíces de España,* s. f.
539. JIMÉNEZ SÁNCHEZ, Sebastián, «El mes de San Juan y sus fiestas populares», en *RDTP,* t. X, cuad. 1.° *y* 2.°, 1954.
540. JIMÉNEZ SÁNCHEZ, Sebastián, *Algunas manifestaciones del culto astral entre los grancanarios prehispánicos* en *Crónica del IV Congreso Internacional de Prehistoria y Protohistoria,* Madrid, 1954.
541. JIMÉNEZ SÁNCHEZ, Sebastián, *Mitos y leyendas. Prácticas brujeras, maleficios, santiguados y curandería popular en Canarias,* Las Palmas, 1955.
542. JIMÉNEZ SÁNCHEZ, Sebastián, *El tagóror del gallego,* Las Palmas, 1961.
543. JIMENO JURÍO, J. M.ª, *La peregrinación a Compostela. Orígenes y consecuencia,* Pamplona, 1971.
544. JONES, Mervyn, *La francmasonería,* en *Sociedades Secretas* (vid. B. 643*)*.
545. JONES, Mervyn, *Los rosicruces* en *Sociedades Secretas* (vid. B. 643*)*.
546. JOVELLANOS, Melchor Gaspar DE, *Memoria sobre los españoles y diversiones públicas de España,* Madrid, 1812.
547. JOVELLANOS, Melchor Gaspar DE, *Carta a don Antonio Ponz sobre el origen y costumbres de los vaqueros de alzada en Asturias,* en *Obras de Jovellanos,* Colección de Rivadeneyra, t. II, pp. 302-308, Madrid, 1859.
548. JUDERÍAS, Julián, *La leyenda negra,* Madrid, 15,° ed., 1967.
549. JUNCEDA, J. Manuel, y MARTÍNEZ, Jesús, *Ensayo biológico sobre los hombres y los pueblos de la Asturias primitiva,* Oviedo, 1969.
550. JUNCO, Pedro, *Fundación, nombres y armas de la ciudad de Astorga,* Pamplona, 1635.
551. JUNG, C. G., *Realidad del alma,* 4.° ed., Buenos Aires, 1968.
552. JUNG, C. G., *Psicología y alquimia,* Buenos Aires, 1957.
553. JUNG, C. G., *Paracélsica,* Buenos Aires, 1966.
554. JUSUE, Pedro DE, «Notas sobre geografía histórica. Los foramontanos, Malacoria y la Cordillera Cantábrica», en *ALT,* p. 27, 1957.
555. KAMEN, Henry, *La Inquisición española,* Madrid, 1973.
556. KARST, J., *Essai sur l'origine des Basques, Ibères et peuples apparentés,* Estrasburgo, 1954.
557. KLEIN, Julius, *La Mesta,* Madrid, 1936.
558. LACARRA, José María, y otros, *Peregrinaciones a Santiago,* 1948.

559. LACARRA, José María, *Vida de Alfonso el Batallador,* Zaragoza, 1971.
560. LACARRA, José María, *Aragón en el pasado,* Madrid, 1972.
561. LAFAYE, Georges, *Histoire du culte des divinités d'Alexandrie Serapis, Isis, Harpocrate et Anubis hors de l'Egypte depuis les origines jusqu'à la naissance de l'école néoplatonicienne,* París, 1884.
562. «La fiesta de los santos Abdón y Senén en Calasparra (Murcia)», en *RDTP,* t. X, cuad. 1.° y 2.°, 1955.
563. LAIGLESIA, Eduardo de, «Tres hijuelos había el rey. Orígenes de un romance popular castellano», en *RCHA,* año III, t. 3.°, núm. 1, 1917.
564. LAÍN ENTRALGO, Pedro, *Historia de la medicina moderna y contemporánea,* Barcelona, 1954.
565. LAÍN ENTRALGO, Pedro, *A qué llamamos España,* Madrid, 1971.
566. LAMBRINO, Scarlat, *Le dieu lusitanien Endovellicus,* Coimbra, 1952.
567. LANCELOT, Michelet, *Quiero ver la cara de Dios,* Madrid, 1969.
568. LANDAU, R., *The philosophy of Ibn Arabi,* Nueva York, 1959.
569. LANGER, Jiri, *Le nove porte (i segreti del chassidismo),* Milán, 1967.
570. LANTERNARI, Vittorio, *Movimientos religiosos de libertad y salvación en los pueblos oprimidos,* Barcelona, 1965.
571. LANTIER, Raymond, *La vida prehistórica,* Barcelona, 1965.
572. LAPESA, Rafael, «Sobre el origen de la palabra español» (prólogo a *Sobre el nombre y el quién de los españoles,* de Américo Castro), Madrid, 1973.
573. LARGUIER, Léo, *Le faiseur d'or Nicolas Flamel,* París, 1970.
574. LARIZABAL Y URIBE, Miguel, *Apología por los Agotes de Navarra y los Chuetas de Mallorca, con una breve digresión a los vaqueros de Asturias,* Madrid, 1786.
575. LARREA, Arcadio DE, «Siglo y medio de marionetas», en *RDTP,* t. VI, cuad. 4.°, 1950.
576. LASTRA VILLA, Alfonso DE LA, «Marcas de canteros desaparecidas en la catedral de Santander», en *ALT,* núm. 2, p. 132, 1951.
577. «La teosofía en la prehistoria» (trabajo firmado por «Un viejo Correspondiente de la Real Academia de la Historia»), en *Hesperia,* años I-II, 1921 *y* 1922.
578. LAWSON SLATER, R., y LEWIS, A. D., *Religiones orientales y cristianismo,* Barcelona, 1968.
579. LAZA PALACIOS, Manuel, *Gárgoris y Habidis. Epopeya de la Costa del Sol,* Málaga, 1965.
580. LAZA PALACIOS, Modesto, *El laboratorio de la Celestina,* Málaga, 1958.
581. LEBESGUE, Phileas, «O Camiño de Sant Yago», en *NOS,* núm. 84, 1930.
582. LEHMANN-NITSCHE, «Astronomía popular española. Un bronce antiguo con la representación de las Pléyades hallado en Monte Pindo (Galicia)», en *BRAG,* t. XIII, núm. 148, p. 81, 1923.
583. LEHMANN-NITSCHE, *Astronomía popular gallega,* Buenos Aires, 1924.
584. LEITE DE VASCONCELOS, José, *Religioes da Lusitania,* 3 vols., s. f.

585. LENGLET-DUFRESNOY, Nicolás, *Histoire de la philosophie hermetique,* París, 1842.
586. LEREUX, Martial, *Místicos franciscanos,* Barcelona, 1961.
587. LEVI-PROVENÇAL, E., «La "Description de l'Espagne" d'Ahmad al Razi. Essai de reconstitution de l'original arabe et traduction française», en *Al-Andalus,* XVIII, pp. 51-109, 1953.
588. LEWIS, H. D., y LAWSON SLATER, R., *Religiones orientales y cristianismo,* Barcelona, 1968.
589. LHERMITTE, Jean, *Místicos y falsos místicos,* Madrid, 1958.
590. LI, Andrés DE, *Nueva edición del «Repertorio de los tiempos»,* Madrid, 1964.
591. LIEBMAN, Seymour, B., *The Englightened - The writings of Luis de Carvajal, «El Mozo», (*1567-1596*),* Miami, 1967.
592. LISÓN, Carmelo, *Antropología cultural de Galicia,* Madrid, 1971.
593. LIS QUIBEN, Víctor, «A medicina e a superstición», en *NOS,* núm. 99, 1932.
594. LIS QUIBEN, Víctor, «Medicina popular gallega», en *RDTP,* t. I, cuad. 3.° y 4.°, 1945.
595 LIS QUIBEN, Víctor, «O mal da sombra», en *BRAG,* t. XXIV, 1945.
596. LIS QUIBEN, Víctor, «Los pastequeiros de Santa Colomba y San Cibrán», en *RDTP,* t. III, cuad. 3.° *y* 4.°, 1947.
597. LIS QUIBEN, Víctor, *La medicina popular en Galicia,* Pontevedra, 1949.
598. LIS QUIBEN, Víctor, «El conjuro de la tronada en Galicia», en *RDTP,* t. VIII, cuad. 3.°, 1952.
599. LIS QUIBEN, Víctor, «Los ensalmos de la elaboración del pan en Galicia», en *RDTP,* t. IX, pp. 525-532, 1953.
600. LIS QUIBEN, Víctor, «Cancionero y refranero de los canteros de Galicia», en *BRAG,* t. XXVIII, 1957.
601. LOIENDIO, Luis M.ª, *Castille Romane,* 1966.
602. LONGAS BARTIBRAS, *Vida religiosa de los moriscos,* Madrid, 1915.
603. LOPE DE BARRIENTOS, *Tratado de la divinanza o adivinanza,* en Getino, G. A., *Vida y obras de Fray Lope de Barrientos,* Salamanca, 1927.
604. LÓPEZ, Santiago, *Historia y tragedia de los templarios,* Madrid, 1813.
605. LÓPEZ CANEDA, Ramón, *Prisciliano: su pensamiento y su problema místico,* Santiago de Compostela, 1966.
606. LÓPEZ CASTRO, Celestino, «Sobre la batalla de Clavijo. El origen del voto a Santiago» en *Ejército,* núm. 355.
607. LÓPEZ CUEVILLAS, Florentino, «O castro "A Cibdade" en San Ciprián das Las», en *NOS,* núm. 13, 1922.
608. LÓPEZ CUEVILLAS, Florentino, «A edade do ferro en Galiza», en *NOS,* núms. 19, 20, 21, 22, 25, 27, 28 y 30, 1925 y 1926. .
609. LÓPEZ CUEVILLAS, Florentino, «Papeletas arqueolóxicas e folklóricas da Bisbarra de Verín», en *NOS,* núm. 36, 1926.
610. LÓPEZ CUEVILLAS, Florentino, «Papeletas pra un inventario das mámoas galegas», en *NOS,* núm. 39, 1927.

611. LÓPEZ CUEVILLAS, Florentino, «Duas estacios dolménicas», en *NOS,* núm. 44, 1927.
612. LÓPEZ CUEVILLAS, Florentino, «Nota en col de unha inscultura inédita de Tenoiro», en *BRAG,* t. XVII, núm. 198, 1927.
613. LÓPEZ CUEVILLAS, Florentino, y BOUZA-BREY, F., «Prehistoria y folklore de Barbanza», en *NOS,* núms. 46, 47, 49, 50, 51 y 52, 1927 y 1928.
614. LÓPEZ CUEVILLAS, Florentino, y BOUZA-Brey, F., *Os oestrimnios, os saefes e a ofiolatría en Galiza,* La Coruña, 1929.
615. LÓPEZ CUEVILLAS, Florentino, «As insculturas do Coto do Corno», en *NOS,* núm. 64, 1929.
616. LÓPEZ CUEVILLAS, Florentino, «Come nasceu a cidade de Ourense», en *NOS,* núms. 126 *y* 127, 1934.
617. LÓPEZ CUEVILLAS, Florentino, «O culto das fontes no noroeste hispánico», en *TAE,* VII, fasc. II, Oporto, 1935.
618. LÓPEZ CUEVILLAS, Florentino, «Relaciones prehistóricas de los finisterres atlánticos», en *BCMO,* XIV, 1943 *y* 1944.
619. LÓPEZ CUEVILLAS, Florentino, «Sobre la mitología y las costumbres relativas a tres pilas megalíticas del Ribeiro de Avia», en *CEG,* t. IX, 1954.
620. LÓPEZ FERREIRO, *Historia de la iglesia de Santiago,* Santiago de Compostela, 1898.
621. LÓPEZ MARTÍNEZ, Marina, «Las religiones prehistóricas de Galicia», en *CEG,* t. XV, p. 121, 1960.
622. LÓPEZ MARTÍNEZ, Pío, *La historia de las religiones en el pensamiento español del siglo XIX,* Madrid, 1964.
623. LÓPEZ MORÁN, Elías, *Derecho consuetudinario y economía popular de la provincia de León,* Madrid, 1900.
624. LORENZO FERNÁNDEZ, Joaquín, «El monumento prehistórico de Aguas Santas y los ritos funerarios en los castros», en *CEG,* t. X, 1948.
625. LOUVET, Paul, y MOURA, Jean, *St. Germain, le Rose-Croix immortel,* París, 1973.
626. LUANCO, José R. DE, *Ramón Lull considerado como alquimista,* Barcelona, 1870.
627. LUANCO, José R. DE, *La alquimia en España,* 2 vols., Barcelona, 1889-1897.
628. LUANCO, José R. DE, *Clavis sapientiae Alphonsi, regis Castellae,* en *Homenaje a Menéndez y Pelayo,* Madrid, 1899.
629. LUENGOS, J. M., *El castillo de Ponferrada,* s. f.
630. LLANO Roza de AMPUDIA, Aurelio, *«Dialectos» jergales asturianos - Vocabulario de la xíriga y el bron,* Oviedo, 1921.
631. LLEGET, Mario, «La Atlántida y sus posibles culturas», en *Horizonte,* núm. 14, 1971.
632. LLOMPART, G., «El sombrero de peregrinación compostelana de Stephen Praun III *(*1544-1591*)*», en *RDTP,* t. XVII, cuad. 3.º, 1961.
633. LLOMPART, G., «Pan sobre la tumba (una nota de folklore mallorquín)», en *RDTP,* t. XXI, cuad. 1.º *y* 2.º, 1965.

634. MACALUSO, Giuseppe, *Scritti per l'Oriente e l'Occidente,* 2 vols., Roma, 1966.
635. MACIÑEIRA Y PARDO DE LAMA, Federico, «Ejemplares gallegos y portugueses de la escritura hemisférica», en *BRAH,* t. XL, pp. 439-444, 1902.
636. MACIÑEIRA Y PARDO DE LAMA, Federico, «Relaciones marítimas entre el norte de Galicia y las Islas Británicas en tiempos prehistóricos», en *BRAG,* t. XIV, pp. 73, 104 *y* 140, 1925.
637. MACIÑEIRA Y PARDO DE LAMA, Federico, «El Ortegal en el culto de los cabos (notas para su estudio)», en *BRAG,* t. XXII, núm. 250, 1933.
638. MACIÑEIRA Y PARDO DE LAMA, Federico, «Túmulos prehistóricos. Inventario descriptivo de los 286 túmulos prehistóricos hasta ahora descubiertos en la avanzada comarca del cabo Ortegal», en *BRAG,* t. XXIII, pp. 21, 124, 178, 228 *y* 714, 1934.
639. MACIÑEIRA Y PARDO DE LAMA, Federico, *Bares. Puerto hispánico de la primitiva navegación occidental,* Santiago de Compostela, 1947.
640. MACIÑEIRA Y PARDO DE LAMA, Federico, *San Andrés de Teixido,* s. f.
641. MACKENZIE, Norman, *Sociedades secretas,* Madrid, 1973.
642. MACHADO Y ÁLVAREZ, Antonio, *Estudios sobre literatura popular,* Madrid, 1884.
643. MACHADO Y ÁLVAREZ, Antonio, *Cuentos populares españoles,* Madrid, 1884.
644. MACHADO Y ÁLVAREZ, Antonio, *Apuntes para un mapa topográfico-tradicional de la villa de Burguillos,* Madrid, 1884.
645. MADARIAGA DE LA CAMPA, Benito, *Las pinturas rupestres de animales,* Santander, 1969.
646. MAGARIÑOS NEGREIRA, «O monte sagrado dos celtas», en *NOS,* núm. 107, 1932.
647. MAÍZ ELEIZEGUI, Luis, *La devoción al apóstol Santiago en España y el arte jacobeo hispánico,* Madrid, 1944.
648. MALE, E., «L'Espagne et l'Arte Roman», en *RDM,* París, 1923.
649. MALUQUER DE MOTES, Juan, *Notas sobre la cultura megalítica navarra,* Pamplona, 1963.
650. MANRIQUE, Gervasio, «Castilla: sus danzas y canciones», en *RDTP,* t. V, cuad. 2.°, 1949.
651. MANRIQUE, Gervasio, «San Pedro Manrique, Cultura popular pastoril», en *RDTP,* t. VII, cuad. 3.°, 1953.
652. MANRIQUE, Gervasio, «Yanguas de Soria. Cultura popular pastoril», en *RDTP,* t. X, cuad. 1.° *y* 2.°, 1954.
653. MARAÑÓN, Gregorio, *El Conde-Duque de Olivares,* Madrid, 1939.
654. MARAÑÓN, Gregorio, *Don Juan,* Madrid, 1940.
655. MARAÑÓN, Gregorio, *Los tres Vélez. Una historia de todos los tiempos,* Madrid, 1960.
656. MARAVALL, José Antonio, *El concepto de España en la Edad Media,* 2.° ed., Madrid, 1954.
657. MARCOS DE SANDE, Moisés, «Costumbres funerarias», en *RDTP,* t. VI, cuad. 1.°, 1950.

658. Marín y Cubas, Tomás, *Historia de las siete islas de Canarias, origen, descubrimiento y conquista,* 3 vols., 1964.
659. Marqués-Riviére, Jean, *Histoire des doctrines esoteriques,* París, 1971.
660. Márquez, Antonio, *Los alumbrados,* Madrid, 1972.
661. Martínez, Ángel, «Introducción al estudio teológico de la mística Ciudad de Dios», en *CEL,* núm. 33, p. 2 y ss.
662. Martínez, Carlos, *Historia de Asturias,* Gijón, 1971.
663. Martínez, Jesús, y Junceda, J. Manuel, *Ensayo biológico sobre los hombres y los pueblos de la Asturias primitiva,* Oviedo, 1969.
664. Martínez, Vicente, *El Camino de Santiago de Roncesvalles a Compostela (diario de un peregrino),* Madrid, 1961.
665. Martínez-Barbeito, Carlos, *El bosque de Ancines,* Barcelona, 1947.
666. Mas, José, *La bruja (novela que bien pudiera ser historia de la famosa bruja de Sevilla),* Madrid, 1919.
667. Mascaró Pasarius, J., *L'Orient: Ramon Lull,* Palma de Mallorca, 1934.
668. Mascaró Pasarius, J., y Font Obrador, B., *Prehistoria de las Baleares,* Palma de Mallorca, 1968.
669. Mascaró Pasarius, J., «El culto al toro en la isla de Menorca», en *Horizonte,* núm. 2, 1969.
670. Mascaró Pasarius, J., *Tipología de los monumentos megalíticos de Mallorca,* s. f.
671. Masters, R. E. C., y Houston, Jean, *LSD. Los secretos de la experiencia sicodélica,* Barcelona, 1968.
672. Maura, Duque de, *Supersticiones de los siglos XVI y XVII y hechizo de Carlos II,* Madrid, s. f.
673. Maynadé, R., «José Roviralta Borrell», en *El Loto Blanco,* año X, núm. 3, marzo de 1926.
674. Mazel, Jean, *Avec les phéniciens (à la poursuite du soleil sur la route de l'or et de l'étain),* París, 1973.
675. Mc Kenna, Stephen, *Paganism and pagan survivals in Spain,* s. f.
676. Medico, Henri del, *El mito de los esenios desde los orígenes hasta el final de la Edad Media,* Madrid, 1960.
677. Medina Azara, «La cuna ibérica de los hebreos», en *RDO,* t. XL, pp. 182 a 198, 2.° trim. de 1933.
678. Mélida, José Ramón, «Las esculturas del Cerro de los Santos. Cuestión de autenticidad», tirada aparte de la *RABM,* Madrid, 1906.
679. Mendelson, E. M., *Sociedades secretas primitivas,* en *Sociedades secretas* (vid. B. 643).
680. Méndez Ferrín, X. L., «Los mercheros (mal llamados quinquis)», en *Triunfo,* núm. 475, pp. 19 a 25, 6 de noviembre de 1971.
681. Mendoza, Carlos, *La leyenda de las plantas,* Barcelona, 1899.
682. Menéndez Pidal, Ramón, *El Cid Campeador,* Madrid, 1973.
683. Menéndez y Pelayo, Marcelino, *Historia de los heterodoxos españoles,* 8 vols., Madrid, 1965.

684. MENÉNDEZ VALDÉS, Mariano, *Estudio crítico-filosófico de la monarquía asturiana,* Madrid, 1881.
685. MEYEROVITCH, Eva, «El enigma de los derviches danzantes», en *Horizonte,* núm, 7, p. 113 y ss., 1969.
686. MEYEROVITCH, Eva, «El alma y el rostro del sufismo», en *Horizonte,* núm. 7, p. 85 y ss., 1969.
687. MICHAUD, *Biographie universelle ancienne et moderne,* s. f.
688. MICHEL, Francisque, *Histoire des races maudites de la France et de l'Espagne,* París, 1847.
689. MICHELET, M., *Procés des Templiers,* 2 vols., París, 1841-1851.
690. MICHELET, Victor-Emile, *Le secret de la chevalerie,* París, 1928.
691. MICHENER, James Albert, *Iberia,* 1968.
692. MILLAS VALLICROSA, José María, «Una nueva obra astronómica alfonsí: el Tratado del Cuadrante "Sennero"», en *Al-Andalus,* fasc. 1.º, 1956.
693. MINGOTE Y TARAZONA, Policarpo, *Guía del viajero en León y su provincia,* León, 1879.
694. MIRALBES, María del Rosario, «La actividad ganadera en la provincia de Soria. Condiciones físicas, humanas y económicas», en *CEL,* núm. 10, pp. 177-218, 1955.
695. MIRET Y SANS, *Vida de Fray Anselmo de Turmeda,* s. f.
696. MOHAMED ABD-EL-JALIL, Juan, «El Islam ante la Virgen María», en *Arbor,* XIX, pp. 1 a 27, 1951.
697. MOLHO, Michel, *Usos y costumbres de los sefardíes de Salónica,* Madrid, 1950.
698. MOLINOS, Miguel DE, *Guía espiritual* (ed. de J. A. Valente), Barcelona, 1974.
699. MOLINOS, Miguel DE, *Defensa de la contemplación* (ed. de J. A. Valente), Barcelona, 1974.
700. MONARDES, Nicoloso DE, *Dos libros, el uno que trata de todas las cosas que traen de nuestras Indias Occidentales que sirven al uso de la medicina y el otro que trata de la piedra bezaar y de la yerba escuerçonera,* Sevilla, 1569.
701. MONTEAGUDO, Luis, «Galicia de Ptolomeo ("La Costa")», en *CEG,* t. II, núm. 8, 1947.
702. MONTEAGUDO, Luis, «Palafitos. Problemas y leyendas», en *RDTP,* t. XIII, 1957.
703. MONTERO MORENO, Antonio, *Historia de la persecución religiosa en España (*1936-1939*),* Madrid, 1961.
704. MONTES, Euxenio, «Alalás da noite de San Xoan», en *NOS,* núm. 12, 1922.
705. MONTHERLANT, Henri DE, *El Maestre de Santiago,* Madrid, 1950.
706. MONTHERLANT, Henri DE, *Les Bestiaires,* París, 1954.
707. MONTOLI, Manuel DE, *Ramon Llull i Arnau de Vilanova,* Barcelona, 1958.
708. MONTOTO, José María, *De los maleficios y los demonios (libro quinto del «Hormiguero» escrito por el Prior Fray Juan Nyder, del Orden de Predicadores, y trasladado del idioma latín al castellano),* Sevilla, 1884.

709. MONTOTO Y RAUTENSTRAUCH, Luis, *Fiestas y costumbres populares andaluzas,* Madrid, 1884.
710. MORAGAS Y SAAVEDRA, Eduardo, *El cuadrante solar de Yecla y los relojes de sol de la antigüedad,* 1880.
711. MORENO ECHEVARRÍA, J. M., *Los almogávares,* Barcelona, 1970.
712. MOREYRA, Carlos Alberto, *Esoterismo religioso del Siglo de Oro español,* Córdoba (Argentina), 1965.
713. MOUFANG, Wilhelm, *El libro de los misterios y de las potencias ocultas,* Barcelona, 1969.
714. MOURA, Jean, y LOUVET, Paul, *St. Germain, le Rose-Croix immortel,* París, 1973.
715. MOURE-MARIÑO, Luis, «El afilador», en *Faro de Vigo,* 27 de noviembre de 1945.
716. MUNTADAS, Miguel, *Montserrat. Su pasado, su presente, su porvenir,* Manresa, 1867.
717. MUNTADAS, Ramón, *El rotarismo para la paz del mundo,* Málaga, 1933.
718. MUNTADAS Y ROVIRA, Manuel, *Probable origen catalá de les llegendes del Sant Graal,* Barcelona, 1910.
719. MUÑOZ RENEDO, Carmen, «La cuadrilla de ánimas de Vélez-Rubio», en *RDTP,* t. XVIII, cuad. 3.° *y* 4.°, 1962.
720. MURGUÍA, Manuel, *Historia de Galicia,* 3 vols., La Coruña, 1865.
721. NADA, John, *Carlos II el Hechizado,* Barcelona, 1968.
722. NADAL GAYA, Carlos, *Leyendas universales,* Barcelona, 1958.
723. NATAF, André, *El milagro cátaro,* Barcelona, 1970.
724. NAVALÓN, Alfonso, *Viaje a los toros del sol,* Madrid, 1970.
725. NAVALÓN, Alfonso, «Viaje a los toros del vino», en *Informaciones* (diario de Madrid), julio, agosto y septiembre de 1971.
726. NAVARRETE, Ernesto, «Devociones populares», en *RDTP,* t. V, cuad. 1.°, 1949.
727. NAVARRETE, José, *La fe del siglo XX,* Cádiz, 1868.
728. NAVARRO, Gaspar, *Tribunal de superstición ladina,* Huesca, 1631.
729. NAVARRO GARCÍA, Luis, *La sublevación yanqui de 1740,* s. f.
730. NAVARRO VILLOSLADA, Francisco, *Amaya o los vascos en el siglo VIII,* Madrid, 1946.
731. NIEL, Fernand, *Montsegur, la montagne inspirée,* París, 1955.
732. NIEL, Fernand, *Albigenses y cátaros,* Buenos Aires, 1962.
733. NIETZSCHE, F., *El Anticristo,* Madrid, 1974.
734. NOEL, Eugenio, *Las capeas,* Valencia, 1915.
735. NOEL, Eugenio, *España, nervio a nervio,* Madrid, s. f.
736. NOGUEIRA, Ulpiano, y SANTIAGO, José DE, *Bayona antigua y moderna,* Madrid, 1902.
737. NOLASCO, Flérida DE, *Santo Domingo en el folklore universal,* Ciudad Trujillo, 1956.
738. NOVO Y COLSON, Pedro, *Última teoría sobre la Atlántida,* 1879.
739. NOVO Y COLSON, Pedro, *Sobre los viajes apócrifos de Juan de Fuca y de Lorenzo Ferrer Maldonado,* s. f.
740. NUEVO ZARRACINA, Daniel G., «Las marzas», en *RDTP,* t. I, cuad. I.° y 2.°, 1944.

741. NWYIA, P. «Ibn Abbad de Ronda et Jean de la Croix», en *Al-Andalus,* XXII, p. 113 y ss., 1957.
742. OBERMAIER, Hugo, *Impresiones de un viaje prehistórico por Galicia,* Orense, 1923.
743. OBERMAIER, Hugo, «Una excursión a la fortaleza celtibérica de Termancia (Soria)», en *BRAH,* núm. 105, 1934.
744. OLAVARRÍA Y HUARTE, Eugenio, *Tradiciones de Toledo,* Madrid, 1880.
745. OLAVARRÍA Y HUARTE, Eugenio, *El folklore de Madrid,* Sevilla, 1884.
746. OLIVER ASÍN, Jaime, *En torno a los orígenes de Castilla (su toponimia en relación con los árabes y los beréberes),* Madrid, 1974.
747. ONÍS, Federico DE, y CASTRO, Américo, *Fueros de Zamora. Fueros leoneses de Zamora, Salamanca, Ledesma y Alba de Tormes,* Madrid, 1916.
748. ORLANDIS, José, «Las congregaciones monásticas en la tradición suevogótica», en *AEM,* 1, pp. 97 a 119, Barcelona, 1964.
749. ORTEGA GALINDO, Julio, *Orígenes y naturaleza de Vizcaya,* Bilbao, 1953.
750. ORTEGA Y GASSET, José, *Las Atlántidas,* 2.° ed., Buenos Aires, 1943.
751. ORTEGO Y FRÍAS, Teógenes, «Las estaciones de arte rupestre en el Monte Valonsadero de Soria», en *CEL,* núm. 2, p. 275 y ss., 1951.
752. ORTEGO Y FRÍAS, Teógenes, «Nuevos hallazgos de arte rupestre en el Alto Duero», en *Zephyrus,* núm. 5, 1954.
753. ORTEGO Y FRÍAS, Teógenes, «Piedras de historia», en *CEL,* núm. 10, pp. 309-322, 1955.
754. ORTEGO Y FRÍAS, Teógenes, «Tiermes: ciudad rupestre celtíbero-romana», en *CEL,* núm. 28, pp. 185-220, 1964.
755. ORTEGO Y FRÍAS, Teógenes, «Avance al estudio de las pinturas rupestres de "El prado de Santa María" en el término de Pedrajas de Soria», en *CEL,* núm. 33, p. 83 y ss.
756. OSMA Y SCULL, Guillermo Joaquín DE, *Catálogo de azabaches compostelanos, precedido de apuntes sobre los amuletos contra el aojo, las imágenes del Apóstol romero y la cofradía de los azabacheros de Santiago,* Madrid, 1916.
757. OSSENDOVSKI, Ferdinand-Antoine, *Hombres, tumbas y dioses,* 4.° ed., Ávila, 1964.
758. OSUNA, Manuel DE, «Estudios históricos y psicológicos acerca de las islas Canarias», en *BRAH,* t. XL, pp. 498-513, 1902.
759. OTERO PEDRAYO, Ramón, «Os poetas atlánticos», en *NOS,* núm. 23, 1925.
760. OTERO PEDRAYO, Ramón, «O mes de santos nos pobos celtas», en *NOS,* núm. 36, 1926.
761. OTERO PEDRAYO, Ramón, «Meditaciós compostelans», en *NOS,* núm. 43, 1927.
762. OTERO PEDRAYO, Ramón, «Problemas de xeografía galega», en *NOS,* núms. 48, 49, 51, 52 y 53, 1927 y 1928.
763. OTERO PEDRAYO, Ramón, *Ensayo histórico sobre la cultura gallega,* Santiago de Compostela, 1933.
764. OTERO PEDRAYO, Ramón, *Santiago de Compostela,* Barcelona, 1953.

765. OVIEDO ARCE, Eladio, «El genuino Martín Codax», en *BRAG,* mayo de 1917.
766. PAN, Ismael DEL, «Recuerdo folklórico de algunas fiestas tradicionales españolas» en *RDTP,* t. I, cuad. 1.° y 2.°, 1944.
767. PAN, Ismael DEL, «Devociones especiales de algunos santos (Toledo)», en *RDTP,* t. I, cuad. I.° y 2.°, 1944.
768. PANIAGUA, Victoria, y otros, *Alquimia y ocultismo,* Barcelona, 1972.
769. PANIKER, Raimundo, *Religión y religiones,* Madrid, 1965.
770. PAPUS (seudónimo de Gerard Encausse), *Traité methodique de science occulte,* París, 1891.
771. PAPUS (seudónimo de Gerard Encausse), *Ensayo de fisiología sintética,* Madrid, 1898.
772. PAPUS (seudónimo de Gerard Encausse), *L'illuminisme en France, 1771-1803. Louis Claude de Saint-Martin,* París, 1902.
773. PAPUS (seudónimo de Gerard Encausse), *Initiation astrologique,* París, 1916.
774. PAPUS (seudónimo de Gerard Encausse), *Trattato pratico di scienze occulte,* Roma, 1971.
775. PAPUS (seudónimo de Gerard Encausse), *Le Tarot des Bohémiens,* s. f.
776. PARATCHA VÁZQUEZ, C., y otros, «"A lapa" de Gargantans», en *CEG,* t. XIX, núm. 57, 1964.
777. PARDO VILLAR, Aureliano, «Escritores místicos gallegos», en *CEG,* t. XV, 1950.
778. PAREDES GUILLÉN, V., *Historia de los framontanos celtíberos,* Plasencia, 1888.
779. PAZ Y MELIÁ, A., *Avisos de don Jerónimo de Barrionuevo,* 4 vols., Madrid, 1892.
780. PAZZINI, Adalberto, *Demonios, brujas y curanderos,* Barcelona, 1961.
781. PLANELLS FERRER, Antonio, *El culto a Tanit en Ebyssos, Barcelona,* Barcelona, 1970.
782. PEINADOR LINES, Enrique, «Vocabulario dos cesteiros de Mondariz», en *NOS,* números 11, 13 *y* 14, 1922.
783. PELLICER DE OSSAU, *El cuchillo real que corta el cáncer de las historias verdaderas de España, introducido en ellas por las falsas que ha publicado en el espacio de nueve años el Padre Maestro Fray Gregorio de Argaiz, siendo el trinchante don Joseph Pellicer de Ossau i Tovar, Cavallero de la Orden de Sant-Iago, que sirve aquel oficio,* manuscrito autógrafo, Biblioteca Nacional.
784. PEMÁN Y PEMARTÍN, César, *El pasaje tartéssico de Avieno a la luz de las últimas investigaciones,* Madrid, 1941.
785. PEÑA, Manuel, «Las representaciones del Corpus Christi en Ágreda», en *CEL,* núm. 33, p. 103 y ss.
786. PEREDA, J., *Los toros ante la Iglesia y la moral,* Bilbao, 1965.
787. PÉREZ BALLESTEROS, José, *Cancionero popular gallego,* 2 vols., Madrid, 1885 y 1886.
788. PÉREZ BUSTAMANTE, Ciriaco, *Felipe III. Semblanza de un monarca y perfiles de una privanza,* Madrid, 1950.

789. PÉREZ DE BARRADAS, José, *Los primitivos pobladores de la Costa del Sol de Málaga,* Málaga, 1968.
790. PÉREZ DE CASTRO, José Luis, «La faltriquera y su significación en el folklore astur», en *RDTP,* t. XI, cuad. 4.°, 1955.
791. PÉREZ DE CASTRO, José Luis, «Los precedentes de juego en el folklore infantil figuerense», en *RDTP,* t. XII, cuad. 4.°, 1956.
792. PÉREZ DE CASTRO, José Luis, «La trompa en Asturias», en *RDTP,* t. XV, cuad. 1.° y 2.°, 1959.
793. PÉREZ DE CASTRO, José Luis, «El alarido y el palo en la cultura asturiana», en *RDTP,* t. XVII, cuad. 3.°, 1961.
794. PÉREZ DEL CRISTO, Cristóbal (seudónimo del padre Luis de Anchieta), *Excelencias y antigüedades de las islas de Canarias. Primera parte en que se comprehenden las excelencias de estas islas con los renombres que les dio la Antigüedad,* Jerez de la Frontera, 1679.
795. PÉREZ DE MOYA, Juan, *Philosophia secreta (*1585*),* en *Los clásicos olvidados,* vols. VI, VII y VIII, Madrid, 1928.
796. PÉREZ DE URBEL, Fray Justo, *Los monjes españoles en la Edad Media,* 2 vols., Madrid, 1945.
797. PÉREZ HERRERA, Cristóbal, *Enigmas,* Madrid, 1943.
798. PÉREZ MATEOS, Juan Antonio, *Las Hurdes, clamor de piedras,* s. f.
799. PÉREZ MÍNGUEZ, F., *Psicología de Felipe II,* Madrid, 1925.
800. PÉREZ-RIOJA, José Antonio, *Diccionario de símbolos y mitos,* Madrid, 1962.
801. PÉREZ VIDAL, José, *La fiesta de San Juan en Canarias,* 1945.
802. PÉREZ VIDAL, José, «Romancero tradicional canario», en *RDTP,* t. V, cuad. 3.°, 1949.
803. PERICOT GARCÍA, Luis, *La España primitiva,* Barcelona, 1950.
804. PERUCHO, Juan, *Botánica oculta o el falso Paracelso,* Barcelona, 1974.
805. PETTAZZONI, R., *I misteri. Saggio di una teoria storico-religiosa,* Bolonia, 1924.
806. PICHPN, Jean-Charles, *Les trente années à venir révélées par l'histoire cyclique,* París, 1973.
807. PIETSCH, Erich, *Altamira y la prehistoria de la tecnología química,* Madrid, 1964.
808. PIGA, Antonio, *Los dioses del vino,* Madrid, 1941.
809. PINEDO, Ramiro, *El simbolismo en la escultura medieval española,* Madrid, 1930.
810. PLA CARGOL, Joaquín, *Tradiciones, santuarios y tipismo de las comarcas gerundenses,* 3.° ed., Gerona, 1950.
811. PLATERO FERNÁNDEZ, Carlos, *La historia de Canarias en episodios,* Las Palmas de Gran Canaria, 1971.
812. PLATÓN, *Timeo,* en *Obras completas,* Madrid, 1966.
813. PLATÓN, *Critias,* en *Obras completas,* Madrid, 1966.
814. PLUMB, J. H., *La muerte del pasado,* Barcelona, 1972.
815. PLUTARCO, *Sertorio,* en *Vidas paralelas,* Buenos Aires, 1950.
816. POBLACIÓN DEL CASTILLO, José, *La epopeya del hombre en la prehistoria. Su forma de vida. Su saber tocoginecológico,* Valladolid, 1969.

817. *Pocos proverbios del Rey Salomón del Talmud, fábulas, consejas, reflexiones, dichas de españoles sefarditas, recogidas de Mosco Galimir,* Nueva York, 1951.
818. PONS, Antonio, *Los judíos del reino de Mallorca durante los siglos XIII y XIV,* Madrid, 1958.
819. PONS, Francisco, *Dos obras importantísimas de Aben Hazam,* en *Homenaje a Menéndez Pelayo,* Madrid, 1899.
820. PONZ, Antonio, *Viaje de España,* Madrid, 1947.
821. PORCEL, Baltasar, *Los chuetas mallorquines. Siete siglos de racismo,* Barcelona, 1971.
822. PORTELA, Francisco, y otros, *Las raíces de España,* s. f.
823. PORTELA PAZOS, Salustiano, «Orígenes del culto al apóstol Santiago en España», en *ARBOR,* núms. 91 y 92, julio y agosto de 1953.
824. PRAWDIN, Michael, *Juana la Loca,* Barcelona, 1970.
825. PRECIADO, Dionisio, *Folklore español. Música, danza y ballet,* s. f.
826. PRIETO, Laureano, «La zoantropía en Galicia», en *Zephyrus,* IV, pp. 353-362, 1953.
827. PURCALLA MUÑOZ, J., y otros, *LSD, STP ... y? En el umbral de un nuevo universo,* Barcelona, 1968.
828. PUYOL Y ALONSO, Julio, «Las ofrendas tradicionales al apóstol Santiago», en *BRAH,* núm. 105, pp. 103-122, 1934.
829. QUADRA SALCEDO, Fernando DE LA, «Religiones primitivas: el culto ofítico en España», en *Hesperia.*
830. QUEVEDO, Francisco DE, *España defendida y los tiempos de ahora de las calumnias de los noveleros y sediciosos,* en *Obras completas,* t. 1.° Madrid, 1966.
831. QUEVEDO, Francisco DE, *Memorial por el patronato de Santiago y por todos los santos naturales de España,* en *Obras completas,* t. 1.°, Madrid, 1966.
832. QUINTANILLA, Jaime, «O nazionalismo musical galego», en *NOS,* núm. 2, 1920.
833. QUINTANILLA, Jaime, «Razas loiras e razas morenas», en *NOS,* núm. 15, 1923.
834. RABAL, Nicolás, «Una visita a las ruinas de Termancia», en *BRAH,* t. XII, cuad. 5.°, Madrid, 1888.
835. RABAL, Nicolás, *Soria,* Barcelona, 1889.
836. RADA Y DELGADO, *Sobre el culto del sol y del fuego en el Cerro de los Santos (Yecla),* Madrid, 1875.
837. RAMÍREZ-HEREDIA, *Nosotros los gitanos,* 1972.
838. RAMÓN Y BALLESTEROS, Francisco, *Oscurantismo finisterrano,* Santiago de Compostela, 1970.
839. RAMÓN Y FERNÁNDEZ OXEA, José, «El folklore sobre los niños en Cariño (La Coruña)», en *RDTP,* t. I, cuad. 1.° y 2.°, 1944.
840. RAMÓN Y FERNÁNDEZ OXEA, José, «Costumbres cacereñas», en *RDTP,* t. VI, cuad. 1.°, 1950.
841. RAMÓN Y FERNÁNDEZ OXEA, José, «Amuletos lunares en Cáceres», en *RDTP,* t. VIII, cuad. 3.°, 1952.
842. RAMÓN Y FERNÁNDEZ OXEA, José, «O barallete (jerga de los oficios

ambulantes de la provincia de Orense)», en *RDTP,* t. IX, cuad. 2.º, 1953.
843. RAMÓN Y FERNÁNDEZ OXEA, José Ramón, «Amuletos lunares toledanos», en *RDTP,* t. XXI, cuad. 1.º y 2.º, 1965.
844. RAMOS LOSCERTALES, José, *Prisciliano. Gesta rerum,* Salamanca, 1952.
845. REINACH, Salomon, *Cultes, mythes et religions,* París, 1908.
846. REINACH, Salomon, *Orfeo,* s. f.
847. REKERS, Ben, *Arias Montano,* Madrid, 1973.
848. REPULLES, E., *El simbolismo en la arquitectura cristiana,* Madrid, 1898.
849. RIBERA, Julián, *Orígenes de la filosofía de Raimundo Lulio,* en *Homenaje a Menéndez y Pelayo,* Madrid, 1899.
850. RIBERA, Julián, *La música de las Cantigas,* Madrid, 1922.
851. RIBERA, Julián, *Historia de la música árabe medieval y su influencia en la española,* Madrid, 1927.
852. RIBERA, Julián, *La música de la jota aragonesa,* Madrid, 1928.
853. RÍOS, Amador DE LOS, *Historia social, política y religiosa de los judíos de España,* Madrid, 1875.
854. RÍOS, Amador DE LOS, *Memoria sobre las antiguas y modernas comunidades de pastos entre los valles de Campoo de Suso, Cabuérniga y otros de la provincia de Santander,* s. f.
855. RISCO, Sebastián, *Santiago de Compostela. Cuna del milagro. Constelación de Europa. Sede universitaria,* La Coruña, 1971.
856. RISCO, Vicente, *Teoría do nacionalismo galego,* Orense, 1920.
857. RISCO, Vicente, «O sentimento da terra na raza galega», en *NOS,* núm. 1, 1920.
858. RISCO, Vicente, «Galiza céltiga», en *NOS,* núms. 3 y 5, 1921.
859 RISCO, Vicente, «Irlanda e Galiza», en *NOS,* núm. 8, 1921.
860. RISCO, Vicente, «O teósofo alemán Rudolf Steiner», en *NOS,* núms. 15, 17 y 18, 1923.
861. RISCO, Vicente, «A estrela do Apóstolo», en *NOS,* núm. 18, 1923.
862. RISCO, Vicente, «O demo na tradición popular galega», en *NOS,* núm. 30, 1926.
863. RISCO, Vicente, «Da mitología popular galega (os mouros encantados)», en *NOS,* núms. 43 y 45, 1927.
864. RISCO, Vicente, «Dédalus a Compostela (pseudoparáfrase)», en *NOS,* núm. 67, 1929.
865. RISCO, Vicente, «Jogadores de cartas», en *NOS,* núm. 70, 1929.
866. RISCO, Vicente, *Historia de los judíos desde la destrucción del Templo,* Barcelona, 1944.
867. RISCO, Vicente, «El lobishome», en *RDTP,* t. I, Madrid, 1945.
868. RISCO, Vicente, «La procesión de las ánimas y las premoniciones de muerte», en *RDTP,* t. II, cuad. 3.º, 1946.
869. RISCO, Vicente, *Satanás. Biografía del diablo,* Madrid, 1947.
870. RISCO, Vicente, «Creencias gallegas. Tradiciones referentes a algunos animales», en *RDTP,* t. III, cuad. 2.º, 1947.
871. RISCO, Vicente, «Notas sobre la fiesta del carnaval en Galicia», en *RDTP,* t. IV, pp. 163-196 y 339-364, 1948.

872. RISCO, Vicente, «Contribución al estudio del lobo en la tradición popular gallega», en *CEG,* t. III, fasc. 9.°, pp. 93-116, 1948.
873. RISCO, Vicente, *Las fuerzas o agentes mágicos en la tradición popular gallega,* en *Homenaje a don Luis de Hoyos Sáinz,* t. II, Madrid, 1949.
874. RISCO, Vicente, «Los tesoros legendarios de Galicia», en *RDTP,* t. VI, cuad. 1.°, 1950.
875. RISCO, Vicente, *Historia de Galicia,* Vigo, 1952.
876. RISCO, Vicente, «Sobre la vida de los niños en la aldea gallega», en *RDTP,* t. XIII, cuad. 1.° y 2.°, 1957.
877. RISCO, Vicente, «Fieras de romance», en *RDTP,* t. XIV, cuad. 1.° y 2.°, 1958.
878. RISCO, Vicente, «Apontes sobre a "Svástika do Minho e o simbolismo dos nóss», en *TAE,* t. XVII, fasc. 1-4, Oporto, 1959.
879. RISCO, Vicente, «Apuntes sobre el mal de ojo en Galicia», en *RDTP,* t. XVII, cuad. 1.° y 2.°, 1961.
880. RISCO, Vicente, *Orden y caos (exégesis de los mitos),* Madrid, 1968.
881. RISCO, Vicente, *El fin del mundo en la tradición popular gallega,* s.f.
882. RISCO, Vicente, *Mitología cristiana,* s.f.
883. RIVETT-CARNAC, J. H., «La Piedra de la Coronación en la Abadía de Westminster y su conexión legendaria con Santiago de Compostela», en *BRAH,* t. XV, 1902.
884. ROA Rico, Francisco, y otros, *San Fructuoso y su tiempo,* León, 1966.
885. ROCAFULL, Concepción, «Templarios y sanjuanistas», en *BRAG,* t. X, núm. 118, p. 293, 1917.
886. ROCHAS, Albert DE, *Las vidas sucesivas,* Madrid, s.f.
887. ROCHAS, V. DE, *Les parias de France et d'Espagne (cagots et bohemiens),* París, 1876.
888. ROCHE, Abbé Jean, «Les objets de parure trouvés dans les amas coquilliers de Moge», en *TAE,* t. XVII, Oporto, 1959.
889. RODRÍGUEZ CAMPOMANES (Conde de Campomanes), Pedro, *Disertaciones históricas del Orden y Cavallería de los Templarios,* Madrid, 1747.
890. RODRÍGUEZ FERNÁNDEZ, Justiniano, y otros, *San Fructuoso y su tiempo,* León, 1966.
891. RODRÍGUEZ FERNÁNDEZ, Justiniano, *La judería de la ciudad de León,* León, 1969.
892. RODRÍGUEZ LÓPEZ, Jesús, *Supersticiones de Galicia y preocupaciones vulgares,* 1895.
893. RODRÍGUEZ MARÍN, Francisco, *Felipe II y la alquimia,* en *Reivindicación histórica del siglo XVII,* Madrid, 1928.
894. RODRÍGUEZ MÉNDEZ, J. M., *Pudriéndome con los árabes,* Barcelona, 1974.
895. ROMERO DE CASTILLA, Manuel, *Singular proceso en el reinado de los Reyes Católicos,* s.f.
896. ROMEU FIGUERAS, José, *El comte Arnau y su mito,* Barcelona, 1948.
897. ROMEU FIGUERAS, José, *La noche víspera y la mañana de San Juan en el alto Ripollés y Valle de Ribas de Freser,* Zaragoza, 1950.

898. ROMEU FIGUERAS, José, «Folklore de la lluvia y de las tempestades en el Pirineo catalán», en *RDTP,* t. VII, cuad. 2.°, 1951.
899. ROSESTINGEL, Arnaldo y Rutta, «Astartés ibicencas de rito cananeo», en *Ampurias,* t. 31 y 32, 1969 y 1970.
900. ROSO DE LUNA, Mario, «Ruinas protohistóricas (de Logrosán, Santa Cruz y Solana de Cabañas)», en *RDE,* t. III, 1901.
901. ROSO DE LUNA, Mario, *Preparación al estudio de la fantasía humana bajo el doble aspecto de la realidad y del ensueño,* Madrid, 1902.
902. ROSO DE LUNA, Mario, «La escritura ógmica en Extremadura», en *BRAH,* t. XLIV y XLV, pp. 357-359 y 352-353, 1903 y 1904.
903. ROSO DE LUNA, Mario, «Sobre las citanias extremeñas», en *BRAH,* t. XLV, 1904.
904. ROSO DE LUNA, Mario, «¿Atlantes extremeños?», en *RDE,* t. VII, núm. 85, pp. 427-448, 1905.
905. ROSO DE LUNA, Mario, «Notas arqueológicas», en *RDE,* t. VIII, pp. 433-439, 1906.
906. ROSO DE LUNA, Mario, *Evolution solaire et series astro-chimiques,* París, 1909.
907. ROSO DE LUNA, Mario, *Conferencias teosóficas en América del Sur,* Madrid, 1911.
908. ROSO DE LUNA, Mario, *De gentes del otro mundo,* Madrid, 1917.
909. ROSO DE LUNA, Mario, *De Sevilla al Yucatán (viaje ocultista a través de la Atlántida de Platón),* Madrid, 1918.
910. ROSO DE LUNA, Mario, *En el umbral del misterio. Estudios teosóficos.* Madrid, 1921.
911. ROSO DE LUNA, Mario, *Por el reino encantado de Maya,* Madrid, 1921.
912. ROSO DE LUNA, Mario, *Hacia la gnosis,* Madrid, 1921.
913. ROSO DE LUNA, Mario, *El libro que mata a la muerte o libro de los jinas,* Madrid, 192 1.
914. ROSO DE LUNA, Mario, «Para la historia del ocultismo español: el conde Alberto de Das, un émulo de Cagliostro», en *Hesperia,* años I y II, 1922.
915. ROSO DE LUNA, Mario, «Aportación literaria de España al acervo teosófico», en *Hesperia,* año II, núm. 14, 1922.
916. ROSO DE LUNA, Mario, *Del árbol de las Hespérides,* 1923.
917. ROSO DE LUNA, Mario, *La esfinge,* Madrid, 1924.
918. ROSO DE LUNA, Mario, *Wagner, mitólogo y ocultista. El drama musical de Wagner y los misterios de la Antigüedad,* s. f.
919. ROSO DE LUNA, Mario, *Kinetorizon,* s. f.
920. ROSO DE LUNA, Mario, *La ciencia hierática de los mayas,* s. f.
921. ROSO DE LUNA, *La Atlántida como continente histórico,* s. f.
922. ROSO DE LUNA, Mario, *Filosofía de los mitos arcaicos,* s. f.
923. ROSO DE LUNA, Mario, *Por la Asturias tenebrosa: tesoro de los lagos de Somiedo, s.* f.
924. ROSO DE LUNA, Mario, *Comentarios a «La doctrina secreta» de H. P. Blavatsky, s.* f.
925. ROSO DE LUNA, Mario, *Comentarios a «La genealogía del hombre» de Annie Besant, s.* f.

926. ROSS, M. Chauncey, «O bágoo en forma de tau na Galiza», en *NOS,* núm. 120, 1933.
927. ROUGEMONT, Denis DE, *L'amour et l'Occident,* 1939.
928. ROUSSEL, Romain, *Les pelerinages,* París, 1956.
929. RUBIO GIMÉNEZ, Teodoro, «Cuadros pintados en romance sobre los festejos que la muy antigua ciudad de Soria dedica a la madre de Dios», *Solsticio de verano,* Era Cristiana, Soria, 1956.
930. RUBIO GIMÉNEZ, Teodoro, «Una tradición soriana», en *CEL,* núm. 13, p. 141, 1957.
931. RUIZ, P. Agustín, *Abadía de Santo Domingo de Silos,* 1960.
932. RUNCIMAN, Steven, *Historia de las Cruzadas,* 3 vols., Madrid, 1973.
933. SAAVEDRA Y MORAGAS, Eduardo, «El cuadrante solar de Yecla y los relojes de sol en la antigüedad», en *MEA,* t. X, p. 209, 1880.
934. SAAVEDRA Y MORAGAS, Eduardo, «La geografía de España del Edrisi», en *BRSG,* t. XXVII, pp. 166-181, 1889.
935. SACCO, Giuseppe, y otros, *La nueva Edad Media,* Madrid, 1974.
936. SADOUL, Jacques, *Le trésor des alchimistes,* París, 1972.
937. SAINT-VINCENT, Bory DE, *Essai sur les iles Fortunées et l'antique Atlantide ou Précis de l'Histoire générale de l'Archipel des Canaries,* París, 1802.
938. SAINTYVES, P., *Corpus de folklore prehistorique en France et dans les colonies françaises,* París, 1934.
939. SAINZ RODRÍGUEZ, Pedro, *Espiritualidad española,* Madrid, 1961.
940. SAÍZ BARBERA, Juan, *Raimundo Lulio, genio de la filosofía y mística española,* Madrid, 1963.
941. SALADRIGAS, Roberto, *Las confesiones no católicas de España,* Barcelona, 1971.
942. SALILLAS, Rafael, *La fascinación en España,* Madrid, 1905.
943. SALINAS QUIJADA, Francisco, *Juan Huarte de San Juan,* Pamplona, s. f.
944. SALVADOR Y CONDE, J., *El libro de la peregrinación a Santiago de Compostela,* Madrid, 1971.
945. SÁNCHEZ ALBORNOZ, Claudio, *España, un enigma histórico,* 2 vols., Buenos Aires, 1956.
946. SÁNCHEZ ALBORNOZ, Claudio, *Españoles ante la historia,* Buenos Aires, 1958.
947. SÁNCHEZ ALBORNOZ, Claudio, *El Islam de España y el Occidente,* Madrid, 1974.
948. SÁNCHEZ-CANTÓN, Francisco Javier, «La "espiritada" de Gonzar en una miniatura, en una novela romántica y en un cuento "fin de siglo"», en *CEG,* núm. 13, 1949.
949. SÁNCHEZ CIRUELO, Pedro, *Reprobación de las supersticiones y hechicerías,* Salamanca, 1538.
950. SÁNCHEZ PÉREZ, José Agustín, *Supersticiones españolas,* Madrid, 1948.
951. SÁNCHEZ PÉREZ, José Agustín, *Supersticiones populares,* s. f.
952. SANTA CRUZ, Melchor DE, *Floresta española de apotegmas y sentencias,* Bruselas, 1598.

953. SANTIAGO, José DE, y NOGUEIRA, Ulpiano, *Bayona antigua y moderna,* Madrid, 1902.
954. *Santiago en toda España,* Madrid, 1972.
955. SANTOS, Francisco, *Las Tarascas de Madrid y Tribunal espantoso. Pasos del hombre perdido y relación del espíritu malo,* Valencia, 1964.
956. SAN VALERO APARISI, Julián, *Arte impresionista del Levante español,* en *El hombre prehistórico y el arte rupestre en España,* Bilbao, 1962.
957. SANZ, Carlos, *Mapas antiguos del mundo (siglos XV-XVI),* s. f.
958. SANZ EGAÑA, Cesáreo, *Historia y bravura del toro de lidia,* Madrid, 1958.
959. SARMIENTO, P. Martín, *Discurso crítico sobre el origen de los maragatos,* en *Semanario erudito que comprehende varias obras inéditas, críticas, morales, instructivas, políticas, históricas, satíricas y jocosas de nuestros mejores autores antiguos y modernos. Dalas a luz don Antonio Valladares de Sotomayor,* Madrid, 1788.
960. SARMIENTO, P. Martín, *Sobre el origen de Prisciliano,* en *Papeles varios y curiosos. Escritos por un monje del monasterio de Celanova, año 1760-1761,* ed. de F. R. Cordero Carrete en *CEG,* núm. 24, 1953.
961. SATRÚSTEGUI, José María, *Personajes populares relacionados con la brujería en Navarra,* Pamplona, 1970.
962. SAUNIER, M., *La leggenda dei simboli filosofici, religiosi e massonici,* Roma, 1968.
963. SAURAT, Denis, *L'Atlantide et le règne des géants,* París, 1954.
964. SAURAT, Denis, *La religion des Géants et la civilisation des insects,* París, 1955.
965. SAYANS CASTAÑOS, M., *Artes y pueblos primitivos de la Alta Extremadura,* Plasencia, 1957.
966. SCHMIDT-BRANCO, Cecilia, *A Rosa na vida dos povos,* Madrid, 1886.
967. SCHNEIDER, Marius, *El origen musical de los animales símbolos,* Barcelona, 1946.
968. SCHNEIDER, Marius, *La danza de espadas y la tarántula,* Barcelona, 1948.
969. SCHULTEN, Adolf, *Geografía y etnografía antiguas de la Península Ibérica,* Madrid, 1959.
970. SCHULTEN, Adolf, *Tartessos,* Madrid, 1969.
971. SCHULTEN, Adolf, *Coria, una estampa de la vieja España,* Cáceres, s. f.
972. SCHURÉE, Edouard, *Les grands initiés,* 1899.
973. SEBILLOT, Paul, *El paganismo contemporáneo en los pueblos celtolatinos,* Madrid, 1914.
974. SECRET, François, «Pedro Ciruelo: critique de la Kabbale et de son usage par les chretiens», en *SEF,* pp. 48-77, 1959.
975. SÉDE, Gerard DE, *Les templiers sont parmi nous,* París, 1973.
976. SEDIR, *Storia e dottrine dei Rosa-Croce,* Roma, 1971.
977. SELKE, Angela, *El Santo Oficio de la Inquisición (proceso de Fray Francisco Ortiz, 1529-1532),* Madrid, 1968.

978. SELKE, Angela, *Los chuetas y la Inquisición,* Madrid, 1972.
979. SENDER, Ramón J., *El verdugo afable,* Méjico, 1970.
980. SENDER,, Ramón J., *Carolus Rex,* Barcelona, 1971.
981. SENRA, Euquerio V., «El gallego no es hijo del latín», en *BRAG,* t. I, núm. 9, p. 203, 1907.
982. SEPÚLVEDA, Ricardo, *Antiguallas,* Madrid, 1898.
983. SERPA PINTO, R. DA, «Petroglifos de Sabroso e a arte rupestre en Portugal», en *NOS,* núm. 62, 1929.
984. SERRA RAFOLS, Elía, *De la covada en Tenerife. Un caso concreto,* en *Homenaje a don Luis de Hoyos Sainz,* t. II, Madrid, 1949.
985. SERRA RAPOLS, José, *La vida en España en la época romana,* Barcelona, 1944.
986. SERVET, Miguel, *Apologetica disceptatio pro astrologia,* 1538.
987. SIGÜENZA, Fray José DE, *Historia primitiva y exacta del Monasterio del Escorial,* Madrid, 1881.
988. SIGÜENZA, Fray José DE, *Historia de la Orden de San Jerónimo,* en *Biblioteca Nueva de Autores Españoles,* t. 8.° y 12.°, s. f.
989. SHAH, Idries, *The way of the sufi,* Londres, 1968.
990. SHAH, Idries, *Cuentos de los derviches,* Buenos Aires, 1972.
991. SILVA Y FIGUEROA, García DE, *Comentarios de Don García de Silva y Figueroa de la embajada que de parte del rey de España Don Felipe III hizo al rey Xa Abas de Persia,* 2 vols., Madrid, 1903.
992. SIMÓN DÍAZ, José, «Cien fichas», en *IEA,* año XVII, núms. 16 y 18, pp. 2476-2506 y 278c-279c, 1874.
994. SIMONET, Francisco Javier, «Los cristianos españoles pintados por los historiadores arábigos», en *IEA,* año XX, núms. 34 y 38, pp. 1596-162a y 2236-227a, 1876.
995. S. N., «O movemento pan-celtista», en *NOS,* núm. 63, 1929.
996. SIWEK, Pawel, *Herejías y supersticiones de hoy,* Barcelona, 1965.
997. SMART, Ninian, *Los misterios,* en B. 643, Madrid, 1973.
998. «Sobre apertura de mámoas a principios del siglo XVII», en *BRAG,* IV y V, 1909 y 1910.
999. «Sobre las fiestas de San Juan», en *CEL,* núm. 10, pp. 289-300, 1955.
1000. SOBRINO LORENZO-RUZA, Ramón, «El petroglifo de Oca en Ames (Coruña)», en *BRAG,* t. XXIV, 1945.
1001. SOBRINO LORENZO-RUZA, Ramón, «Origen de los petroglifos gallego-atlánticos», en *Zephyrus,* pp. 125-149, mayo-agosto de 1952.
1002. SOLDEVILA, F., *Historia de España,* Barcelona, 1952.
1003. SOJO Y LOMBA, Fermín, *Los maestros canteros de Trasmiera,* Madrid, 1935.
1004. SORIANO FUERTES, Mariano, *Música árabe-española y conexión de la música con la astronomía, medicina y arquitectura,* Barcelona, 1853.
1005. SORIANO FUERTES, Mariano, *Historia de la música española desde la venida de los Fenicios hasta el año 1850,* Madrid-Barcelona, 1855-59.
1006. SORIANO VIGUERA, J., *La astronomía de Alfonso el Sabio,* Madrid, 1926.

1007. SPENGLER, Oswald, *La decadencia de Occidente,* 2 vols., 11 ed., Madrid, 1966.
1008. SPIEL, Christian, *El mundo de los caníbales,* Barcelona, 1973.
1009. STAMM, M.ª Dolores, *Química y acción de drogas con actividad alucinógena,* Madrid, 1970.
1010. STARKIE, Walter, *El Camino de Santiago (las peregrinaciones al sepulcro del Apóstol),* Madrid, 1958.
1011. SUÁREZ ARTAZU, Daniel, *Marietta. Páginas de dos existencias. Obra emanada de los espíritus de Marietta y Estrella,* Zaragoza, 1870.
1012. SUÑE ARBUSASA, José María, «Sugerencias para una nueva edición de la farmacopea española», en *Medicamenta,* núm. 214, 1 de diciembre de 1961.
1013. TABOADA, Jesús, «La medicina popular en el valle de Monterrey (Orense)», en *RDTP,* t. III, cuad. 1.º, 1947.
1014. TABOADA, Jesús, «La cultura de los verracos en el noroeste hispánico», en *CEG,* núm. 4, 1949.
1015. TABOADA, Jesús, «Folklore astronómico y meteorológico de la comarca de Monterrey», en *RDTP,* t. V, cuad. 1.º 1949.
1016. TABOADA, Jesús, *Folklore de Verín. Las creencias y el saber popular,* Orense, 1960.
1017. TALEGÓN DE LAS HERAS, E., *Paralelo entre la alquimia y la química moderna,* Santiago de Compostela, 1889,
1018. TAMARIZ Y EGUÍA, Ramón, *Estudio sobre la vagancia y mendicidad voluntarias,* Madrid, 1890.
1019. TARRADELL, M., *La cultura de los sepulcros de fosa de Cataluña y el problema de sus relaciones con Valencia y Almería,* Valencia, 1960.
1020. TEJADA, Elías de, *Las Españas. Formación histórica. Tradiciones religiosas,* Madrid, s. f.
1021. TENORIO, Nicolás, *La aldea gallega,* Cádiz, 1914.
1022. TERÁN, Manuel de, «Vaqueros y cabañas en los montes de Pas», en *EG,* año VIII, núm. 28, 1948.
1023. THAYER OJEDA, L., *Ensayo de cronología mitológica,* Valparaíso, 1928.
1024. TOMAS, Andrew, *Los secretos de la Atlántida,* s. f.
1025. TOMEO, J., y ESTADELLA, Juan M.ª, *La brujería y la superstición en Cataluña,* Barcelona, 1963.
1026. TORQUEMADA, Antonio DE, *Jardín de flores curiosas,* Salamanca, 1570.
1027. TORRES DEL HOYO, Luis, *La novia de Gadir,* s. f.
1028. TORRES RODRÍGUEZ, Casimiro, «Las Kassitérides. El problema de su situación a través de los escritores greco-romanos y de los datos arqueológicos», en *CEG,* núm. 1945.
1029. TORRES RODRÍGUEZ, Casimiro, «La venida de los griegos a Galicia», en *CEG,* núm. 6, 1946.
1030. TORRES RODRÍGUEZ, Casimiro, «Los siete libros de la historia contra los paganos, de Paulo Orosio. Orosio, gallego», en *CEG,* núm. 9, 1948.
1031. TORRES RODRÍGUEZ, Casimiro, «La Galicia romana y la actual», en *CEG,* núm. 8, 1953.

1032. TORRES RODRÍGUEZ, Casimiro, «Prisciliano, "doctor itinerante, brillante superficialidad"», en *CEG,* núm. 9, 1954.

1033. TORRES RODRÍGUEZ, Casimiro, «Las peregrinaciones de Galicia a Tierra Santa en el siglo V», en *CEG,* fasc. 33, 1955.

1034. TORRES RODRÍGUEZ, Casimiro, «Las supersticiones en Hidacio», en *CEG,* 1956.

1035. TORRES RODRÍGUEZ, Casimiro, «Peregrinos de Oriente a Galicia en el siglo V», en *CEG,* núm. 22, fasc. 36, 1957.

1036. TORRES-SOLANOT, Vizconde DE, *Estudios orientales. El catolicismo antes de Cristo,* Madrid, 1876.

1037. TORRES-SOLANOT, Vizconde DE, *La religión laica. Estudio expositivo de C. Fauvety, precedido de algunas consideraciones respecto al movimiento religioso y seguido de ligeros apuntes sobre el estado actual de la sociedad española,* Madrid, 1876.

1038. TORRUBIA, Padre Giuseppe, *La gigantologia spagnola,* Nápoles, s. f.

1039. TOUTAIN, M., *Les cultes païens dans l'empire romain,* 3 vols., París, 1907, 1911 *y* 1920.

1040. TOVAR, Antonio, y CARO BAROJA, Julio, «Estudios sobre la España Antigua», en *Cuadernos de la Fundación Pastor,* Madrid, 1971.

1041. TREVIÑO Y VILLA, Manuel, «Los cuadrados llamados mágicos», en *Sofía.* t. XVI, p. 207 y ss., 1908.

1042. TRIMINGHAM, J. Spencer, *The sufi orders in Islam,* Oxford, 1971.

1043. TRUJILLO, Fray Antonio DE, *San Marcos defendido en el milagro que Dios obra todos los años en amansar un toro,* 1690.

1044. TUCCI, Giuseppe, *Teoría y práctica del mandala,* Barcelona, 1974.

1045. TUDELA, José, *Notas de geografía social: las migraciones profesionales sorianas,* en *Homenaje a don Luis de Hoyos Sainz,* Madrid, 1949.

1046. TUDELA, José, «El Salón del Toro», en *Cuadernos de La Saas,* núm. 1, Soria, 1965.

1047. UBICINI, M. A., *Letters on Turkey,* Londres, 1856.

1048. UGALDE, Martín DE, *Hablando con los vascos,* Barcelona, 1974.

1049. URABAYEN, Félix, *El barrio maldito,* Madrid, 1925.

1050. URANZU, Luis DE, *Lo que el río vio (biografía del río Bidasoa),* San Sebastián, 1955.

1051. URBANO, Rafael, «Mohidín y Raimundo Lulio», en *Sofía,* año XIII, 1905.

1052. URBANO, Rafael, «Miguel de Molinos», en *Sofía,* año XIII, 1905.

1053. URÍA RÍU, Juan, «Supersticiones y leyendas relativas a los animales entre los vaqueiros de alzada de Asturias», en *AMSEA,* 1924.

1054. URÍA RÍU, Juan, «Una costumbre nupcial entre los vaqueiros de alzada de Asturias, desaparecida», en *AMSEA,* 1927.

1055. URÍA RÍU, Juan, «Origen probable de la tradición o leyenda que atribuye ascensión morisca a los vaqueiros de alzada de Asturias», en *AMSEA,* 1930.

1056. URÍA RÍU, Juan; LACARRA, J. M., y VÁZQUEZ DE PARGA, L., *Peregrinaciones a Santiago,* 1948.

1057. URÍA RÍU, Juan, «Tradiciones sobre el origen de la trashumancia de los "vaqueiros" de Asturias y su interpretación», en *EG,* agosto de 1954.
1058. URÍA RÍU, Juan, «Los vaqueiros de alzada en el aspecto social», en *Estudios de Historia Social de España,* t. III, Madrid, 1955.
1059. URÍA RÍU, Juan, *Tineo y su comarca en la historia de Asturias (de la romanización al siglo XIII),* Oviedo, 1968.
1060. URUÑUELA, Luis, «El origen de los toros en la región vasco-navarra es realmente antiquísimo», en *Vida Vasca,* p. 188, 1947.
1061. USERO, Rafael, *El santuario de San Andrés de Teixido,* Santiago de Compostela, 1972.
1062. VACCA, Roberto, *La próxima Edad Media,* Madrid, 1973.
1063. VALDEÓN BARUQUE, Julio, *Los judíos de Castilla y la revolución Trastámara,* Valladolid, 1968.
1064. VALENCIA, Pedro DE, *Discurso sobre las brujas y cosas tocantes a magia,* s. f.
1065. VALENTE, José Ángel, *Ensayo sobre Miguel de Molinos (prólogo a su edición de la Guía Espiritual),* Barcelona, 1974.
1066. VALERA, Juan, *La revolución y la libertad religiosa en España,* en *Obras completas,* t. 3.°, Madrid, 1958.
1067. VALERA, Juan, *Sobre el concepto que hoy se forma de España,* en *Obras completas,* t. 3.°, Madrid, 1958.
1068. VALIÑA SAMPEDRO, Elías, *El camino de Santiago (estudio histórico crítico),* Madrid, 1971.
1069. VALOR Y SERRA, Jorge, *La nostra Serra de Mariola y la seva llegenda bimil·lenaria,* Alcoy, 1970.
1070. VALLEIO Y GUIJARRO, M.ª Luisa, *Leyendas de Murcia,* s, f.
1071. VALLE-INCLÁN, Ramón María DEL, *Claves líricas,* Madrid, 1930.
1072. VALLE-INCLÁN, Ramón María DEL, *La lámpara maravillosa,* Madrid, 1960.
1073. VALLE Y CÁRDENAS, Manuel María DEL, «Precedentes del descubrimiento de América en la Edad Media», en *Estudios científicos y literarios,* t. 3.°, Madrid, 1914.
1074. VAQUERO, Agustín, «La iglesia colegial de San Medel y San Celedón y las corridas de toros de la villa de Santander», en *ALT,* p. 277, 1964.
1075. VAUX DE FOLETIER, François, *Mil años de historia de los gitanos,* Barcelona, 1974.
1076. VÁZQUEZ NÚÑEZ, Arturo, «Dos iglesias de los Templarios (Astureses y Moldes)», en *BCMO,* t. II, núm. 36, 1904.
1077. VEGA, Luis DE LA, *Historia de la vida y milagros de Santo Domingo de la Calzada,* Burgos, 1606.
1078. VEGA, Luis Antonio, «Una cruz de paja (costumbres maragatas)», en *BIDNS,* núm. 46, pp. 93-107, noviembre de 1945.
1079. VEIGA DE OLIVEIRA, Ernesto, y otros, «A região e a casa gandaresa», en *TAE,* t. XVII, Oporto, 1959.
1080. VEIGA FERREIRA, O. DE, y CAMARATE FRANÇA, J., «Algunas considerações sobre os chamados "idolos almerienses" península de Lisboa», en *TAE,* t. XVII, Oporto, 1959.

1081. VELASCO GÓMEZ, Clodoaldo, *Santiago y España. Orígenes del cristianismo en la península,* León, 1948.
1082. VERA, Alberto, *Orígenes e historial de las ganaderías bravas,* Madrid, 1961.
1083. VERDAGUER, Jacinto, *La Atlántida,* 1877.
1084. VERGARA, Gabriel María, *Colecciones de apodos,* en *Diccionario y refranero geográfico,* s. f.
1085. VERRILL, Alpheus Hyatt, *Costumbres y creencias raras,* s. f.
1086. *Viajes por España* (Selección de José García Mercadal), Madrid, 1972.
1087. VIANA, Antonio DE, *Antigüedades de las Islas Afortunadas de la Gran Canaria. Conquista de Tenerife y aparescimiento de la Imagen de Candelaria,* Sevilla, 1604 (reimpresas en 1883 por la Sociedad Literaria de Stuttgart, Alemania).
1088. VIDAL, Nuria, «La alquimia como método de conocimiento», en *Destino,* 1926, 31 de agosto de 1974.
1089. VIERA Y CLAVIJO, Josef, *Noticias de la historia general de las islas de Canaria,* 4. vols., 2.° ed., Santa Cruz de Tenerife, 1772-1793.
1090. VIERA Y CLAVIJO, Josef, *Diccionario de historia natural de las islas Canarias,* Las Palmas, 1866-1869.
1091. VIGIL, Marcelo, y BARBERO, Abilio, *Sobre los orígenes sociales de la Reconquista,* Barcelona, 1974.
1092. VILARIÑO UGARTE, Remigio, *Masonería, espiritismo, teosofía,* Bilbao, 1949.
1093. VILÁ VALENTÍ, Juan, *La Península Ibérica,* Barcelona, 1968.
1094. VILLAAMIL, José DE, «El sepulcro del Apóstol Santiago: exploraciones practicadas para su descubrimiento en 1878 por B. Barreiro», en *GD.,* t. I. y II, pp. 17 y 11, 22, 46 y 62.
1095. VILLA DE LA CONCEPCIÓN, Fray Sebastián, y JESUCRISTO, Fray Andrés DE, *Razón del juicio seguido en Granada contra varios falsificadores de escrituras públicas, monumentos sagrados, caracteres, tradiciones, reliquias y libros de supuesta antigüedad,* Madrid, 1781.
1096. VILLALÓN, Fernando, «La toriada», en *Poesías,* 1944.
1097. VILLENEUVE, Roland DE, *Loups-garous et vampires,* París, 1970.
1098. VIÑABURU, Pedro DE, *Cartilla Pharmaceutica Chimico Galenica,* siglo XVIII.
1099. VIÑAYO GONZÁLEZ, Antonio, y otros, *San Fructuoso y su tiempo,* León, 1966.
1100. VIOLANT Y SIMORRA, Ramón, *El Pirineo español (vida, usos, costumbres, creencias y tradiciones de una cultura milenaria que desaparece),* Madrid.
1101. VIOLANT Y SIMORRA, Ramón, «Mitología, folklore y etnología del fuego», en *RDTP,* t. VIII, cuad. 1.° 1952.
1102. VIOLANT Y SIMORRA, Ramón, «Panes rituales infantiles y juveniles en el nordeste y levante español», en *RDTP,* t. XII, cuad. 3.°, 1956.
1103. VIOLANT Y SIMORRA, Ramón, «Posible origen y significación de los principales motivos decorativos y de los signos de propiedad usados por los pastores pirenaicos», en *RDTP,* t. XIV, cuad. 1.° y 2.°, 1958.

1104. VIZCAÍNO, José Antonio, *De Roncesvalles a Compostela,* s. f.
1105. WATT, Montgomery, *Historia de la España musulmana,* Madrid, 1970.
1106. WATTENBERG, *La región vaccea. Celtiberismo y romanización en la cuenca media del Duero,* Madrid, 1959.
1107. WENDT, Herbert, *Antes del diluvio,* 2.° ed., Barcelona, 1972.
1108. WENDT, Herbert, *Empezó en Babel,* 4.° ed., Barcelona, 1974.
1109. WEYLER Y LAVIÑA, P., *Raimundo Lulio juzgado por sí mismo,* Palma de Mallorca, 1866.
1110. XIMENA JURADO, Martín DE, *Anales eclesiásticos del reino de Jaén,* s. f.
1111. ZALBIDEA, Víctor, y otros, *Alquimia y ocultismo,* Barcelona, 1972.
1112. ZAMORA LUCAS, Florentino, *Leyendas de Soria,* Madrid, 1971.
1113. ZAPATA, Luis, *Miscelánea, s.* f.
1114. ZOLAR, *Enciclopedia del saber antiguo y prohibido,* Madrid, 1973.

APÉNDICE BIBLIOGRÁFICO

Obras consultadas con posterioridad

1115. ALADRO, Carlos Luis, *La Tía Norico de Cádiz,* Madrid, 1975.
1116. ALBA, Ramón, *Acerca de algunas particularidades de las Comunidades de Castilla tal vez relacionadas con el supuesto acaecer terreno del Milenio igualitario,* Madrid, 1975.
1117. ALCIATO, *Emblemas,* Madrid, 1975.
1118. ALONSO DEL REAL, Carlos, *Esperando a los bárbaros,* Madrid, 1972.
1119. ALCALÁ, Ángel, *Epílogo* (en B. 847).
1120. BARRIONUEVO, Jerónimo DE, *Avisos,* Madrid, 1892.
1121. BENITO, José DE, *Hacia la luz del Quijote,* Madrid, 1960.
1122. BOSCH GIMPERA, Pedro, *La España de todos,* Madrid, 1976.
1123. CABO, Ángel, y VIGIL, Marcelo, *Condicionamientos geográficos y Edad Antigua,* en *Historia de España «Alfaguara»,* t. 1.° Madrid, 1973.
1124. CÁNOVAS, Elena, y PIÑEIRO, Félix, *Escritos condenados por la Inquisición de Arnaldo de Vilanova.*
1125. CASTANEDA, Carlos, *Las enseñanzas de Don Juan,* Madrid, 1973.
1126. CASTANEDA, Carlos, *Una rearte,* México, 1974.
1127. CASTANEDA, Carlos, *Viaje a Ixtlán,* México, 1975.
1128. CUENCA, Luis Alberto DE, *Floresta española de varia caballería,* Madrid, 1975.
1129. FERRER DEL RÍO, Antonio, *Decadencia de España (1.ª parte. Historia del levantamiento de las Comunidades de Castilla),* Madrid, 1850.
1130. FONT GARCÍA, J., *Historia de la alquimia en España,* Madrid, 1976.
1131. FORD, Richard, *Las cosas de España,* Madrid, 1974.
1132. GARCÍA AREAL, Mercedes, *Documentos sobre los moriscos,* Madrid, 1975.
1133. GARCÍA AGUILERA, Raúl, y HERNÁNDEZ OSORIO, M., *Revuelta y litigio de los villanos de la Encomienda de Fuenteobejuna,* Madrid, 1975.

1134. GARCÍA BELLIDO, Antonio, *Hispania greca,* 3 vols., Barcelona, 1948.
1135. GARCÍA BELLIDO, Antonio, *Veinticinco estampas de la España Antigua,* Madrid, 1927.
1136. GARCÍA M. COLOMBÁS, P., *El monacato cristiano,* 2 vols., Madrid, 1974.
1137. GÓMEZ DE LIAÑO, M., *Los juegos del Sacromonte,* Madrid, 1975.
1138. GÓMEZ MORENO, Manuel, *La novela de España,* Madrid, 1974.
1139. GÓMEZ TABANERA, J. M., «La Atlántica, realidad histórica», en *ABC,* noviembre de 1972.
1140. GUENON, René, *El reino de la cantidad y los signos de los tiempos,* Madrid, 1976.
1141. HERRERA, Juan DE, *Discurso del señor Juan de Herrera, aposentador mayor de S. M., sobre la figura cúbica* (re-presentado por Edison Simons y Roberto Godoy), Madrid, 1976.
1142. HARNER, Michael J., *Alucinógenos y chamanismo,* Madrid, 1976.
1143. HERNÁNDEZ OSSORIO, M., y GARCÍA AGUILERA, Raúl, *Revuelta y litigio de los villanos de la Encomienda de Fuenteobejuna,* Madrid, 1975.
1144. HONSBAWM, E. J., *Rebeldes primitivos,* Madrid, 1974.
1145. *Mandala. Ensayo sobre la experiencia alucinógena* (varios autores), Barcelona, 1975.
1146. MANDEL, Arnold, *La vida del chassidismo,* Milán, 1965.
1147. MARTÍNEZ ARANCÓN, Ana, *La profecía,* Madrid, 1975.
1148. MAYNADÉ, J., *Los libros sagrados de Hermes Trismegisto,* Madrid, 1976.
1149. MAZEL, Jean, *Enigmes du Maroc,* París, 1971.
1150. MOREIRO, José María, *Galicia, andadura de una tierra sin fronteras,* Madrid, 1974.
1151. OLMEDA, Mauro, *El desarrollo de la sociedad española. I. Los pueblos primitivos y la colonización,* Madrid, 1974.
1152. PIÑEIRO, Félix, y CÁNOVAS, Elena, *Escritos condenados por la Inquisición de Arnaldo de Vilanova,* Madrid, 1975.
1153. PRISCILIANO, *Tratados y cánones* (ed. de Bartolomé Segura Ramos), Madrid, 1975.
1154. RACIONERO, Luis, *Textos de estética taoísta,* Barcelona, 1974.
1155. RAMSEY, Ian *T., Parlare di dio,* Milán, 1970.
1156. RIVERS, Elías L., «Introducción», en Aldana, Francisco de, «Poesías», Madrid, 1966.
1157. RUIZ, Javier, «Los alquimistas de Felipe II», en *Historia 16,* núm. 12, abril de 1977, pp. 49-55.
1158. SCHAYA, Leo, *L'uomo e l'assoluto secondo la Cabala,* Milán, 1976.
1159. SENDER, Ramón J., *Ensayos sobre el infringimiento cristiano,* México, 1967.
1160. *Sinapia. Una utopía española del Siglo de las Luces* (ed. de Miguel Ángel Avilés), Madrid, 1976.
1161. SKINNER, S., y DRURY, N., *En busca de Abraxas,* Madrid, 1975.
1162. «Testimonios de los autores arábigos en favor de la religión cristiana», en *IEA,* núm. XVI.

Índice onomástico, toponímico y bibliográfico

Este libro se imprimió
en Egedsa